मैकलुस्कीगंज

दुनिया के एकमात्र
एंग्लो-इंडियन गाँव की महागाथा

मैकलुस्कीगंज

दुनिया के एकमात्र
एंग्लो-इंडियन गाँव की महागाथा

विकास कुमार झा

राजकमल प्रकाशन

ISBN : 978-81-267-1848-1

मूल्य : ₹1395

पहला संस्करण : 2010
तीसरा संस्करण : 2025

प्रकाशक : राजकमल प्रकाशन प्रा. लि.
1-बी, नेताजी सुभाष मार्ग, दरियागंज
नई दिल्ली-110 002
शाखाएँ : अशोक राजपथ, साइंस कॉलेज के सामने, पटना-800 006
पहली मंजिल, दरबारी बिल्डिंग, महात्मा गांधी मार्ग, प्रयागराज-211 001
1, अनमोल सोराबजी सन्तुक लेन, धोबी तलाव, मरीन लाइंस, मुम्बई-400 002
वेबसाइट : www.rajkamalprakashan.com
ई-मेल : info@rajkamalprakashan.com

मुद्रक : विकास कंप्यूटर एंड प्रिंटर्स
ट्रॉनिका सिटी-201 102

McCLUSKIEGUNGE
Novel by Vikas Kumar Jha

WANTED

ANGLO-INDIANS

:: IN ALL STATIONS ::

Throughout INDIA

AS AGENTS FOR THE SALE OF LAND

IN

McCLUSKIEGUNGE

ON LIBERAL TERMS OF COMMISSION

Full Particulars from:—

THE COLONIZATION SOCIETY OF INDIA LTD.

75/P, THEATRE ROAD, CALCUTTA

Rs. 250/- to 500/- easily earned in a fortnight!

'गंज'! तेरे प्यार के नाम!

यह है 'मैकलुस्कीगंज'! इस गाँव की कथाभूमि काल्पनिक नहीं है। एंग्लो-इंडियन समुदाय का यह गाँव है। ये पात्र हैं। यहाँ का जीवन-संघर्ष अपने वास्तविक स्वरूप में है। पर क्योंकि यह एक उपन्यास है, इसलिए यह पाठकों के ऊपर निर्भर है कि वे इसमें काल्पनिकता का आनन्द लें। इस उपन्यास के वास्तविक पात्रों को कहीं से अगर लगे कि उन पर प्रत्यक्ष या परोक्ष रूप से किसी तरह का आक्षेप है, तो उनसे निवेदन है कि वे तो इसे निश्चय एक कपोल कथा मानें। अपने पात्रों और पाठकों के बीच खड़ा लेखक न तो अपने पात्रों को क्षुब्ध करना चाहता है, न ही पाठकों को। लेखक की भूमिका अपने पात्रों से पाठकों का अन्तरंग परिचय करा देने तक सीमित है। आशा है, इस उपन्यास के पात्रों से पाठक अपना संवाद आसानी से क़ायम कर लेंगे। वैसे, यह कथा सिर्फ़ 'मैकलुस्कीगंज' की ही नहीं, भारत की वर्तमान पीढ़ी की भी कथा है, जो पश्चिमी बाज़ारवाद की होड़ में अपनी जड़ों से कटकर लगातार उसकी कसक महसूस कर रही है। दरअसल, मैकलुस्कीगंज एक डर है। यह कहीं घटित हो सकता है।

मैकलुस्कीगंज पहले बिहार का एक गाँव था। पर वर्ष 2000 में अलग झारखंड प्रान्त के गठन के बाद से यह झारखंड का एक गाँव है। यों प्रान्त भले विभाजित हो गया हो, लेकिन मैकलुस्कीगंज आज भी अपनी पीड़ा में पहले की तरह उलझा है। इस उलझन में दुनिया का यह एकमात्र एंग्लो-इंडियन ग्राम मुसकता है और आँसू बहाता है। पर ज़िन्दगी कुछ चीज़ ही ऐसी है, जो हर हाल में चलती रहती है। अनगिनत उतार-चढ़ाव के बावजूद मैकलुस्कीगंज अपने स्वभाव के अनुरूप जीवन की पटरी पर चल रहा है और चलता रहेगा। पर 'गंज' को हमेशा सताती है 'गंज' की याद! इस उपन्यास में वर्णित हांगकांग की भी वही स्थिति है। 99 वर्षों का पट्टा ख़त्म होने के बाद वर्ष 1997 से हांगकांग अंग्रेज़ों के शासन से निकलकर चीन के हाथों में है। 99 वर्षों के अतीत की गहरी यादें हांगकांग के जीवन में आज भी हैं। फिर भी 'गंज' की तरह वहाँ भी ज़िन्दगी को चलनी है, सो चल रही है।

राजकमल प्रकाशन द्वारा वर्ष 2010 में इस उपन्यास का प्रथम वृहद संस्करण प्रकाशित हुआ। इसका प्रथम सामान्य संस्करण मेरे द्वारा 1993 में प्रकाशित किया गया था। बहरहाल, राजकमल प्रकाशन से प्रकाशित होने के बाद अगले ही वर्ष 2011 में इंगलैंड की लोकसभा 'हाउस ऑव कॉमंस' में इस उपन्यास को 'कथा यू.के. सम्मान' से पुरस्कृत किया गया।

यह मेरे लिए एक अद्वितीय अनुभव था। वह चैत की दोपहरी थी, जब मुझे 'कथा यू.के.' सम्मान की ख़बर मिली थी। बरबस यों लगा, जैसे ख़ुशी से ठिलठिलाते बच्चे की तरह 'मैकलुस्कीगंज' मलाई बरफ़ थामे मेरे पास दौड़ता आया हो, 'चलो, जल्दी करो, टिकोलों से लदी अमराई में बैठकर हम मलाई बरफ खाते हैं!' कहना न होगा कि यह सम्मान मुझसे ज़्यादा दुनिया के इस एकमात्र एंग्लो-इंडियन गाँव के लिए था, जो मेरे उपन्यास की कथाभूमि है। सम्मान की जानकारी मिलने पर उसी शाम 'गंज' में मिठाइयाँ बँटीं। किसी भी उल्लास को 'गंज' किस तरह उत्सवित करता है, यह वर्षों पहले मैंने पहली बार तब देखा था, जब 'गंज' के छोटे-से देहाती स्टेशन पर 'पलामू एक्सप्रेस' ट्रेन का स्टॉपेज़ शुरू हुआ था। उस दिन बड़ी तादाद में लोग ट्रेन के आगमन की प्रतीक्षा में प्लेटफ़ॉर्म पर खड़े थे। 'पलामू एक्सप्रेस' रुकी, तो गाँव के बुजुर्ग मि. मिलर ने आम से भरा एक बड़ा-सा बैग एंजिन में जाकर ड्राइवर को भेंट किया। गाँव के अन्य लोगों ने फिर बारी-बारी से ड्राइवर को गुलदस्ता सौंपा। इसी तरह 'मैकलुस्कीगंज' उपन्यास को सम्मान मिलने की सूचना से 'गंज' पारावारहीन उल्लास में था। वहाँ से देर रात तक मुझे अनेक फोन आए, 'आपने मैकलुस्कीगंज को आखिरकार लन्दन पहुँचा ही दिया। हम सब इसे 'सेलिब्रेट' कर रहे हैं।' दरअसल, इस गाँव के अवचेतन में यों भी लन्दन के लिए एक अनकहा नेह-छोह है। एंग्लो-इंडियन समुदाय का एकलौता गाँव होने के कारण इस गाँव को दुलार से लोग 'मिनी लन्दन' कहते हैं। इस गाँव के हर व्यक्ति में मार्ख़ेज की तरह जादुई यथार्थवाद-मिश्रित वर्णन शैली की अद्भुत प्रतिभा है। इसलिए यहाँ के बुजुर्ग लोग बताते हैं कि गाँव जब बसाया जा रहा था, तो इसके संस्थापक मि. इ.टी. मैकलुस्की ने यहाँ की मिट्टी जाँच के लिए लन्दन भिजवाई थी। वे इत्मीनान हो लेना चाहते थे कि एंग्लो-इंडियन लोग इस मिट्टी पर रह सकते हैं या नहीं। हालाँकि, यह बात मुझे एक कपोल-कथा लगती है। पर 'गंज' के जादुई यथार्थ पर कोई सवाल उठाना, इसके गौरव पर आघात करने जैसा है।

तुर्की में एक कहावत है—सूई से कुआँ खोदना। इस उपन्यास के साथ कुछ ऐसा ही है। 'मैकलुस्कीगंज' को पूर्ण करने में मुझे पन्द्रह वर्ष से अधिक लगे। लोगों को यह जानकर आश्चर्य हो सकता है कि इस उपन्यास में अभी भी बहुत कुछ बाक़ी है। दो दशक से अधिक हुए, बतौर पत्रकार रिपोर्टिंग के सिलसिले में पहली बार मैं यहाँ पहुँचा था। जंगल, पर्वत और नदी की नयनाभिराम शोभा के बीच पुर्चगीज़ शैली के पुराने बँगलों और गेस्ट हाउसों को देख मैं देर तक मुग्ध रहा और यहाँ के एंग्लो-इंडियन समुदाय के लोगों व आदिवासियों के बीच क़ायम अनूठे सहअस्तित्व को महसूस कर मैं इस गाँव के जादू का शिकार हो गया। ऐसा नहीं कि 'गंज' आनेवाला मैं कोई पहला लेखक-पत्रकार था। देश-विदेश के अनेक लेखक, पत्रकार, छायाकार, फ़िल्मकार और चित्रकार यहाँ आते रहे हैं। पर मेरा सौभाग्य है कि अपने उपन्यासकार के रूप में 'गंज' ने मुझे चुना। यों 'गंज' की कहानी दुनिया के सभी गाँवों की व्यथा-कथा है। लन्दन-नॉरविच सड़क पर

जंगल के बीच बसे गाँव इलवेडेन की स्थिति क्या मैकलुस्कीगंज सरीखी नहीं है? महाराजा दिलीप सिंह की स्मृति से जुड़े होने के कारण इंग्लैंड के एंग्लो-सिखों के लिए यह गाँव भी तो एक तीर्थ ही है। इलवेडेन में महाराजा दिलीप सिंह की समाधि को देख मुझे वैसी ही उदासी का एहसास हुआ, जैसा मैकलुस्कीगंज में मि. मैकलुस्की की स्मृति में बने जर्जर फ़ाउंटेन को देखकर अक्सर होता रहा है।

एक लेखक सदैव जीवन के निस्सीम रहस्य तक पहुँचने की जद्दोजेहद में जुटा रहता है। सत्य और स्वप्न को एकमेक करने की उसकी दीवानगी उसे बहुत तड़पाती है। वह चाहता है कि ईश्वर की सृष्टि के मध्य उसका स्वप्न साँस ले। बेशक़, यह एक दारुण यत्न है, पर लेखक इसे छोड़ता नहीं। इसलिए 'मैकलुस्कीगंज' मेरे लिए जागी आँखों का सपना है। समय निस्संग भाव से पलक झपकाते निकलता रहता है और लेखक ओस की बूँद सरीखी ख़ुशियों को सहेजने की कोशिश में जुटा रहता है। मैकलुस्कीगंज मेरी जागी आँखों के सपनों में झिलमिल ओस की बूँदों की दमक जैसा है। मैकलुस्कीगंज पर सबसे पहले मैंने जब एक पत्रिका के लिए दो पेज़ की एक रिपोर्ट लिखी, तो मेरे दिल ने कहा, 'बच्चे! यह एक मुकम्मल उपन्यास है।' सो बहुत दिल जुटाकर, तब एक पतली उपन्यासिका लिखी। पर 'गंज' ने जैसे मेरे कन्धे पर हाथ रख मुसकते हुए कहा, 'कसर रही! जो मेहरबानी तुम पर की गई है, वैसी मेहनत नहीं हुई।' उस समय तक 'गंज' अविभाजित बिहार का एक गाँव था। अलग झारखंड प्रान्त की माँग जारी थी। मुझे महसूस हुआ कि 'गंज' का बैताल तब तक मेरे कन्धे से नहीं उतरेगा, जब तक पूरी तरह सन्तुष्ट नहीं हो जाएगा। लिहाज़ा, उपन्यास को फिर नये सिरे से उठाया गया और इस बार 'गंज' अपने विराट फ़लक के साथ उतर आया। तब तक झारखंड को बने लगभग दस साल होने को थे। इसलिए इस उपन्यास की रचना-प्रक्रिया को लेकर ख़ुद 'गंज' से पूछा जाए, तो वह बिहँसकर कहेगा, 'शुरू में बिलकुल 'छोटामुटु' था हम। बाद में पूरा 'गोलूठोलू' हो गया।' बताने की आवश्यकता नहीं कि इन बीते वर्षों में इस उपन्यास को ईरान-तूरान एक कर दो-ढाई सौ बार तराशा गया। हाँ, 'गंज' की कहानी कहने के लिए मुझे कहीं से जादुई यथार्थवाद-मिश्रित वर्णन शैली की तलाश नहीं करनी पड़ी। अनूठे-रोचक क़िस्से, स्तब्धकारी श्वेत-श्याम इतिहास, विडम्बनाओं के भँवर में उलझा विदग्ध मन, मज़ेदार शब्द-मुहावरे, एक-से-एक लोक व पाश्चात्य संगीत और रूपक ख़ुद 'गंज' ने मुझे दिये।

'मैकलुस्कीगंज' मेरे बचपन के दोस्त की तरह है, जिसके संग नीम दोपहरियों में आम, अमरूद और जामुन के पेड़ों पर चढ़ने का सुखद रोमांच मैंने साझा किया है। मैं काले बादलों से लदे आकाश और बारिश के पहले की तेज़ हवा में उछला हूँ। घहराती बारिशों में खेतों की मेड़ पर दौड़कर उसके साथ फिसला हूँ और मिट्टी में लिथड़ा हूँ। इसलिए इस उपन्यास में बिहार के सीतामढ़ी जिला के मेरे पैतृक गाँव श्रीखंडी भिट्ठा के भी कई अक्स हैं। मेरे बाबा यानी पितामह स्व. हरिदेव झा एक समर्पित कृषक थे। अत्यधिक कठोर परिश्रम से उन्होंने अपनी दुनिया बनाई थी। एक छोटे कृषक

से वे गाँव के सबसे बड़े कृषक बने थे। वे अत्यन्त विद्यानुरागी और गहरे समाज-प्रेमी थे। मुझे याद है, प्रत्येक दिन हमारे गाँव के दालान पर लगभग डेढ़-दो दर्जन लोगों का जमावड़ा लगता था। इसमें हरेक जाति-वर्ग के लोग होते थे। घर में बाबा का निर्देश था कि सुबह-शाम के उनके मुलाक़ातियों को चाय और पान अवश्य दिया जाए। लिहाज़ा, रसोईघर की प्रभारी हमारी बड़ी काकी श्रीमती रामकाशी देवी घर के एक पुराने सेवक चुल्हाई की मदद से दालान के आगंतुकों के सत्कार के लिए सचेष्ट रहती थीं। हमारी दादी का नाम था—श्रीमती अन्नपूर्णा देवी, जो घर के पूरे राज-काज की अन्नपूर्णा थीं लेकिन हम सबके संयुक्त परिवार के चौके की अन्नपूर्णा थीं हमारी बड़ी काकी श्रीमती रामकाशी देवी। बहरहाल, सुबह दालान की बैठकी की चर्चा ज़्यादातर खेती-पत्ती के कुशल-मंगल पर केन्द्रित हुआ करती थी। अलस्सुबह खेतों से लौटकर लोग आपस में चर्चा करते थे कि किस खेत की फ़सल का क्या हाल है। अग़ल-बग़ल में मौजूद दूसरे के खेतों की फ़सलों में क्या कुछ कमी है और उसे कैसे समय रहते बेहतर किया जाए, इन मसलों पर रायशुमारी होती थी। यह थी सम्पूर्ण कृषि सम्बन्धी विचार-विनिमय की बैठकी। पर संध्याकालीन बैठकी सिर्फ़ गाँव-समाज की समस्याओं पर केन्द्रित रहती थी। मसलन, किसके माता-पिता, भाई या बच्चे बीमार हैं। किसकी पत्नी गम्भीर रोग की शिकार हो गई है। इन सबके इलाज में कैसे-क्या मदद की जाए। किसके बच्चे आर्थिक अभाव में ऊँची पढ़ाई के लिए बजाय कॉलेज में दाख़िला लेने के घर बैठे हुए हैं। उनकी कैसे मिल-जुलकर मदद की जा सकती है। बहरहाल, इन सार्थक कृषि व सामाजिक सरोकारों के संवाद के चलते हमारा दालान—'दरबार' के नाम से ख्यात हो गया। 'दरबार' शब्द से यों सामन्ती बू आती है। पर हमारे बाबा का यह विशुद्ध लोकतांत्रिक और गरिमापूर्ण दरबार था, जिसका केन्द्रीय भाव परहित था। इस परहितकारी चिन्तन में सबका हित हो जाता था। अब वैसी गुरु-गहन बैठकी का गाँव में घोर अभाव है।

कृषि और समाज-प्रेम के संग-संग बाबा शिक्षा के प्रति सदैव गम्भीर और तत्पर रहे। उस ज़माने में जब गाँव के पंडित-परिवारों में संस्कृत शिक्षा पर ज़ोर था, मेरे पितामह ने अपनी ज़िद और स्वाध्याय से अंग्रेज़ी का अध्ययन किया था। वे जानते थे कि आनेवाले दिनों में आगे बढ़ने के लिए संस्कृत के साथ-साथ अंग्रेज़ी में दक्षता आवश्यक होगी। वे अपने पोते-पोतियों के लिए भी इस वास्ते मुस्तैद थे। नये शब्दों के लिए उनकी उत्सुकता अद्भुत थी। बच्चों जैसी। इसलिए 'कैट-रैट' तो साधारण बात थी, मुझे याद है कि बाबा ने हम बच्चों को चीनी के संग-संग 'मिश्री' की भी अंग्रेज़ी याद करवाई थी। बचपन में हमारे लिए चीनी से अधिक गुड़ और मिश्री का आनन्द था। कुछ देहाती बिस्कुट और गिने-चुने कुछ फल-मूल और कन्द थे, जिनके संग हमारा बचपन अनन्त उल्लास में रहता। मेरे अगाध बिस्कुट-प्रेम के कारण हमारे घर का बुजुर्ग पारिवारिक सेवक चुल्हाई मुझे दुलार में 'बिस्कुट बाबू' कहता था। इस तरह गाँव की अमराई से लेकर देहाती बिस्कुटबाज़ी तक की एक छोटी-सी दुनिया थी वह, जहाँ सिर्फ 'प्यार ही प्यार मिले' का

नज़ारा था। यही नहीं, बचपन के चन्द महीनों में आनन्द का सबब बनकर अचानक हमारे मुख में 'अमूल पाउडर' का स्वाद भी घुला, जब हमारे घर में एक चचेरे भाई का जन्म हुआ। जब वह कुछ माह का हुआ, तो उसके लिए चाची ने अमूल पाउडर का डिब्बा मँगवाना शुरू किया। गरम पानी में सूखे अमूल पाउडर को घोल वे हमारे नन्हे चचेरे भाई को पिलाती थीं। कुछ समय बाद घर के हम भाई-बहनों को भी अमूल पाउडर की सुगन्ध का जासूसी एहसास हुआ और हम सब सूखा अमूल पाउडर चोरी-चोरी खाने लगे। रहस्यमय ढंग से अमूल का डिब्बा तेज़ी से हर महीने खाली होता देख चाची ने अमूल के डिब्बे को आलमीरे में बन्द रखना शुरू कर दिया। वह दिन हमारे लिए एक भारी 'शोक दिवस' था।

भारत-नेपाल की ऐन सीमा पर बसे मेरे पैतृक गाँव का एक अपना बोली-भूगोल है और यहाँ एक-से-एक अनूठे क़िस्सों का भंडार। गाँव हमारा अद्भुत हास्यावतारों, रसावतारों और षट्शास्त्रियों से भरा पड़ा है। हमारे गाँव के भीषण भोजनभट्ट पंडित निरसन झा के बारे में कहा जाता है कि किसी भोजभात और बारात में जब वे जाने लगते थे, तो उनकी पत्नी कुलदेवी के समक्ष अपने सिन्दूर की डिब्बी इस करुण प्रार्थना के संग रख देती थीं कि उनके पति जीवित सुरक्षित घर लौट आएँ। इस तरह कई मामले में मेरा गाँव अनूप है। हिमालय से निकलनेवाली रत्नावती नदी हमारे गाँव से होकर गुज़रती है, ठुमकती है, गाँव को भरपूर सींचकर लाड़ जताती है और बीच में किसी साल पगलाते हुए कहर बरपाकर गाँव का चेहरा बिगाड़ जाती है। गाँव के लोग मानते हैं कि रत्नावती उर्फ़ रातो नदी का इस गाँव पर हर तरह का हक़ बनता है। रत्नावती के कारण हमारा गाँव हिमालय से एक नियमित रिश्ता महसूस करता आया है। अक्सर नेपाल के पहाड़ी क्षेत्रों में जड़ी-बूटियों की तलाश में जानेवाले हमारे गाँव के वैद्य रामकृष्ण जी जब अपनी असम्भव दुर्गम यात्राओं से लौटते थे, तो हम बच्चों को लक्कड़ पहलवान और सत्तू पहलवान के रोमांचक करतबों समेत एक-से-एक अद्भुत कहानियों से तर कर देते थे। रामकृष्ण जी सही मायने में मेरे कथागुरु थे। मेरे बचपन के मार्ख़ेज, जो बड़ी जीवन्तता से बताते थे कि कैसे अमुक गाँव का सत्तू पहलवान पूरी नदी में सत्तू घोलकर पी जाता है और अखाड़ा की मिट्टी झाड़कर फ़ौरन कई नई-नई नदियाँ तैयार कर देता है। उनकी कहानी सुनकर कई बार हम सोच में पड़ जाते थे कि कहीं किसी दिन ऐसा न हो कि हमारी रत्नावती उर्फ़ प्यारी रातो को वह सत्तू घोलकर पी जाए। पर रामकृष्ण जी हमें आश्वस्त करते थे कि सत्तू पहलवान चाहे कितना भी ताक़तवर और नदियों को पचा जानेवाला क्यों न हो लेकिन हिमालय की गोद से निकली रत्नावती ही एक ऐसी नदी है, जिसे पचाने की क्षमता उसकी अँतड़ियों में नहीं है। इस तरह 'गल्प', 'गल्ल' और 'गप्प' का अनमोल ज़ख़ीरा रामकृष्ण जी के पास था। अपने क़िस्सों के ख़ज़ाने से ही वे बताते थे कि हिमालय की खोह में रहनेवाली उस परी से जड़ी-बूटियों की तलाश के दौरान अचानक वे कैसे टकरा गए थे, जब गहराती शाम को वह आकाश में चुपके-चुपके तारे टाँक रही थी।

इस तरह जब मैंने 'मैकलुस्कीगंज' लिखने की शुरुआत की, तो मुझे लगा, जैसे गाँव में व्यतीत मेरे बचपन के समस्त ऐंद्रजालिक आवेग, मेरी तमाम मासूम ज़िद और निष्कपटता के संग मेरे गाँव के खेतों और अमराइयों की सघन कंचन हरियाली, कलकल बहती रत्नावती नदी व गाँव के पोखरों का सुनहरा मटमैलापन, कलरव करती तमाम चिड़ियों की मस्ती, शहद बनाने में मसरूफ़ सभी परिश्रमी मधुमक्खियों का मीठा-खारा पसीना, मन्दिरों के से आकारवाले धान के पुआलों के बड़े-बड़े टालों का अद्‌भुत सुखवन्त मौन...और पता नहीं, क्या-क्या, सबके सब कारवाँ बनाकर मेरे साथ चल पड़े हैं। सच है कि इस उपन्यास को मेरे अन्दर सुरक्षित बचपन ने बड़े दुलार से निभाया। इसलिए दिल से बच्चा और क़द-बुत में यह बड़ा उपन्यास बन सका। मैकलुस्कीगंज का समाज, जैसाकि बहुत स्वाभाविक है, ऊपर से भले व्यवस्थित दिखता है, पर मेरे गाँव या आम भारतीय गाँवों की तरह पारम्परिक रूप से एक व्यवस्थित स्वरूप का नहीं है। हाँ, आम भारतीय गाँवों की तुलना में यहाँ का कथातत्त्व, रहस्य, विस्मय, हास्य और कौतुक कई मायने में बेशक भिन्न है। दरअसल, मैकलुस्कीगंज है तो झारखंड के आदिवासी अंचल में बसा एक सम्पूर्ण गाँव, पर इसकी तहों में पूरा-का-पूरा एक वैश्विक रूपक है। इतना ज़रूर है कि बचपन का एक महत्त्वपूर्ण समय अपने गाँव में व्यतीत होने के कारण मुझे मोटे तौर पर मैकलुस्कीगंज के कथ्य के आन्तरिक संगीत को समझने में मुश्किल नहीं हुई। मेरे बचपन का गाँव मेरा पथप्रदर्शक बना। गाँव में व्यतीत बचपन मेरे भीतर आज भी क़ायम है। गाँव के अपने संयुक्त परिवार का वह आनन्द आज भी मेरे भीतर मेघखंड की तरह आच्छादित है और स्मृति है गाँववाले घर के ओसारे पर रखे उस नक़्क़ाशीदार लकड़ी के सन्दूक की, जिसके अन्दर काकी को मायके से मिले पीतल के बरतन, माँ को मायके से मिले काँसे के बरतन, अनगिनत अगड़म-बगड़म सामान, ख़ास-ख़ास मौक़ों पर जलाया जाने वाला पेट्रोमैक्स, विशेष अवसरों पर बिछाया जानेवाला जाज़िम और रसोई में काम आनेवाले मसाले रखे होते थे। सन्दूक के ऊपर हम सभी भाई-बहन खेलते थे : 'अटकन-मटकन, दहिया चटकन'। सन्दूक के ऊपर रखी होती थी पान की डाली। सन्दूक की नक़्क़ाशियों पर चुपड़ती रहती थी चूने-कत्थे की बदरंग परत। सचमुच गाँव के हमारे उस सन्दूक में बहुत कुछ था। सन्दूक भानमती का पिटारा था। जादू का बड़ा बक्सा था। कौतूहल था हमारे बचपन का। साक्षी था हमारे साझापन का। मेरे गाँव के घर में आज भी है वह सन्दूक—ओसारे पर पड़ा, गुमसुम-उदास। सभी हलचलों से विरक्त। वानप्रस्थ भोगता। घर के खालीपन की माला फेरता। साक्षी है घर की टूटती एक-एक साँस का। मुझे लगता है कि अनायास मैकलुस्कीगंज में भी मैंने एक ऐसा ही सन्दूक पाया और उससे साझा किया अपने बचपन का। पर बेशक़ यह साझापन थोड़ा अलग क़िस्म का था। मैकलुस्कीगंज से मेरा परिचय कुछ वैसे ही हुआ, जैसे आश्चर्यलोक में नन्ही-सी ऐलिस का जादुई बिल्ली से हुआ था। 'वंडरलैंड' में ऐलिस और एक पेड़ की शाख़ पर अलसायी बैठी मुस्कराती बिल्ली का यह अमर जादुई संवाद शायद आपको याद हो :

'पर मैं पागलों के बीच नहीं जाना चाहती,' ऐलिस ने पेड़ की डाल पर मुसकती बैठी बिल्ली से कहा।

'तुम कुछ नहीं कर सकती हो...' बिल्ली बड़े आराम से अलसायी आँखें झपकाते हुए बोली, 'क्योंकि यहाँ सब-के-सब पागल हैं। मैं भी। और ऐलिस तुम? तुम क्या कम पागल हो?'

'तुम्हें कैसे मालूम कि मैं पागल हूँ?' ऐलिस ने हैरानी से पूछा।

'जरूर हो,' बिल्ली खिलखिला पड़ी, 'तुम पागल न होतीं, तो आश्चर्यलोक में न आ पातीं...।'

मैं भी पागल न होता, तो इस तरह के दीवानेपन के संग बार-बार 'गंज' न जाता। मेरी परितृप्ति में बहुत कुछ समाहित है। जीवन के न जाने कितने पुराने-नये दुर्लभ प्रेम। मेरा पैतृक गाँव, मेरा प्यारा मैकलुस्कीगंज, मेरे अनुराग, मेरी मासूम मूर्खताएँ, निर्दोष बेहूदगियाँ और क्या कुछ नहीं...! प्रेम के लिए मेरा सम्मान, साहस और समर्पण मेरी ऊर्जा है। ऐसा नहीं कि उदासी, अवसाद और अन्यमनस्कता मुझे नहीं घेरती है, पर तब मैं अगले पल एक स्वयंभू ऋत्विक की तरह अपने जीवन के समस्त प्रेम को मंत्र की भाँति मन में बारंबार दोहराता हूँ और एक बार फिर से नये उल्लास से भर उठता हूँ। प्रत्येक दिन पौ फटते ही उषा मुझे उल्लास का अमृत आह्वान देती है। पर मुझे एक अजीब-सी बेचैनी तब अनायास घेरती है, जब मुझे आभास होता है कि मेरा गाँव उदास है, मेरा मैकलुस्कीगंज उदास है। मैं उसे पहुँचकर गुदगुदाता हूँ और कोशिश करता हूँ कि उसका हाथ पकड़ हवा में सीटियाँ बजाते हुए तीखी गर्मी में हाथ में टपकता मलाई बरफ़ लिये, अमराई की तरफ़ दौड़ पड़ूँ। मुझे लगता है कि एक सम्पूर्ण व्यक्तित्व के लिए गाँव में बचपन का कुछ समय व्यतीत होना बहुत ज़रूरी है। अपने गाँव में गुज़रे मधुर बचपन ने ही मुझे मैकलुस्कीगंज में बरबस ठिठका दिया। गाँव आपके बचपन को जादुई कौतूहल देता है। जीवन का रोमांच और उसकी सुखद सिहरन देता है। मसलन, जामुन के पेड़ पर भूत आते हैं। रात को खेतों में भुकभुक दिखनेवाला 'रक्सा' है। अगहन के दिनों में बोझे का बोझा धान निहारना और धान की दवनी के बाद पुआलों के पीले गुम्बदनुमा टाल के इर्द-गिर्द बचपन में उछलना-मचलना बेहद ज़रूरी है।

जैसाकि मैं बता चुका हूँ, मेरे बाबा किसान थे। नाना डॉक्टर। बाबा को पता था कि माँ को किसानी ज़िन्दगी से उतना इत्तफ़ाक़ न होगा। माँ बताती हैं कि खेत से एक बार ढेर सारा परवल टूटकर आया, तो बाबा ने मेरी दादी से कहा, 'डॉक्टर की बेटी को बुलाइए।' परवल के विशाल ढेर के आगे बाबा मुदित खड़े थे और माँ उसे देखकर हैरान थीं। मेरी पत्नी रेखा एक बार आम के मौसम में बच्चों के संग अपने मायके पूर्णिया गईं, तो मैंने उनसे ज़िद कर कहा था कि दोनों बच्चों यानी सृष्टि और शुभाशीष को गाँव की अमराई में वे अवश्य ले जाएँगी। उन्हें मेरी ज़िद पर आश्चर्य भी हुआ था। खीज भी। पर जब वे लौटकर आईं और अमराई जाने का विवरण दिया, तो उनके आनन्द की सीमा न थी। रेखा ने बताया कि जिस समय वे अपनी माँ और भाइयों के संग बच्चों को लेकर अमराई में पहुँचीं,

तो जाने कहाँ से हलकी आँधी आई और अमराई में मानो बहार छा गई। बच्चे उछल-उछलकर पेड़ों पर चढ़ गए और आख़िरकार मेरी पत्नी भी ख़ुद को रोक न सकीं! पेड़ पर चढ़कर आम-अमरूद खाने का जो आनन्द है, वह बाज़ार से ख़रीदकर लाए फलों में कहाँ! इसलिए मुझे उन लोगों पर अफ़सोस होता है, जिनका कोई गाँव नहीं और उन लोगों पर दया आती है जो गाँव होते हुए भी अपने गाँव से कट चुके हैं।

मैं भाग्यवान हूँ कि मेरे पास दो-दो गाँव हैं। एक मेरा पैतृक गाँव श्रीखण्डी भिट्ठा और दूसरा मेरी गोद का गाँव—मैकलुस्कीगंज।

शुरुआत मेरी पत्रकारिता से हुई। साहित्य में अभिरुचि बचपन से थी। पिताजी स्व. ललितेश्वर झा राजनीति में थे और माँ स्व. श्रीमती विमला झा हिन्दी की व्याख्याता। मुझे लगता है कि राजनीति और साहित्य के मिश्रण से मैं लेखक-पत्रकार बन सका। मैं आभारी हूँ अपने माता-पिता का, जिन्होंने मुझे कुछ भी करने की आज़ादी दी। मुझे भरपूर आकाश दिया। मुझे अपने पंख ख़ुद बनाने दिये ताकि मैं पूरे आत्मविश्वास से उड़ान भर सकूँ। पिताजी ने मुझे सदैव एहसास दिलाया कि मैं इस भ्रम में कभी न रहूँ कि मेरी राहों को आसान करने के लिए वे हमेशा खड़े मिलेंगे। ऐसा करके उन्होंने मेरी बहुत मदद की। माँ ने सदैव विश्वास जताया कि एक दिन मुझे मंज़िल ज़रूर मिलेगी और कहा कि दिल कभी हारने की चीज़ नहीं। मेरी आज़ादी और हिम्मत को संजीवनी दी मेरी बचपन की सख़्त बीमारी ने जब मुझे लगा कि मैं बचनेवाला नहीं हूँ। अगर बच गया, तो सहज जीवन नहीं जी पाऊँगा। पर मैं उठा पूरी ताक़त से। ज़िन्दगी ने मुझे बार-बार बताया है कि फ़ीनिक्स पक्षी की तरह बार-बार मैं राख से उठूँगा। 'गंज' की भी यही नियति है और मेरी भी। इसलिए हम दोनों ख़ुद को दुनियावी परवाहों से बाहर कर चुके हैं। मैकलुस्कीगंज के साथ मुझे लगता है, एक बार फिर मैं राख से उठा हूँ। मनुष्य और राख! राख और मनुष्य! ईश्वर और मनुष्य के बीच की लुका-छिपी बहुत मनोरम है। ईश्वर जहाँ उल्लास और हास्य में दुःख के बीज छिपाकर भेजते हैं, वहीं अधीर मनुष्य दुःख के चरम क्षणों में अन्ततः एक प्रहसन रचता है। आप, मैं, हम सब और मैकलुस्कीगंज इसी रोचक लुका-छिपी के बीच के पात्र हैं। आपसे बहुत कुछ कहना हुआ। देर हो रही है। अब चलिए न मेरे संग मैकलुस्कीगंज...!

—विकास कुमार झा

क्रम

खंड : एक

खंड : दो

खंड : तीन

खंड : चार

खंड : एक

सन्तप्त सत्य

डेनिस मैगावन पिछले कई दिनों से अपने आप पर नाराज़ चल रहे थे। यह जानकर डेनिस के मन में अजीब-सी हूक उठ रही थी कि उनके पड़ोसी मि. किपलिंग अपना कारोबार हांगकांग से समेटकर हमेशा के लिए लन्दन जा रहे हैं। वर्षों पहले लन्दन से आकर मि. किपलिंग ने यहाँ रेस्तराँ शुरू किया था। हांगकांग का बेहतरीन रेस्तराँ था यह। पर हांगकांग के बदले हालात में मि. किपलिंग ने कोई मोह नहीं किया। रेस्तराँ बेचकर वापस लन्दन लौट जाने का फ़ैसला कर लिया। सच तो यही था कि मि. किपलिंग के इस फ़ौरी निर्णय को लेकर डेनिस के मन में गहरी सराहना थी। दरअसल, यही सराहना उनके मन की हूक भी थी। क्या मि. किपलिंग की तरह वे मैकलुस्कीगंज लौटने का फ़ैसला नहीं ले सकते? यह बात उनकी हड्डी को भीतर से खुरच रही थी।

एक शाम अपनी पत्नी लीज़ा मैगावन को उन्होंने घुमड़कर कहा, 'मुझे सख्त अफसोस है कि मैं एक मजबूत आदमी नहीं हूँ। अपना मुखौटा मैं नहीं जला सकता हूँ। हर फैसले के लिए तुम्हारा मुँह देखता हूँ।'

इसके बाद पति-पत्नी में हलकी झड़प हुई। लीज़ा मैगावन ने तुर्श हो उँगलियों को झटकारते हुए कहा, 'डेनिस! तुम्हारा दिमाग जब किसी मसले में फँसता है, तो शहद में लिथड़ी मधुमक्खी की तरह फँसा रह जाता है। अरे 'गंज' क्या है? लटसहबी, बकतूती, कामचोरी और धुरफंदी...ऐसे ही लोगों से है 'गंज'! लन्दन और मैकलुस्कीगंज में कुछ तो फर्क करो मैन। मि. किपलिंग लन्दन जा रहे हैं, किसी देहात में झख मारने नहीं। हांगकांग का चाहे जो हो, मैं तो यहाँ से हरगिज नहीं हिलनेवाली।' लीज़ा जारी थीं, 'अब क्या रह गया है वहाँ हम लोगों का...? मैकलुस्कीगंज अब हम लोगों के लिए बस डाक का एक पता भर है...! कंट्री-इंडिया...! स्टेट-बिहार...! डिस्ट्रिक्ट-राँची! ब्लॉक-बुढ़मू! पुलिस स्टेशन-खलारी! पोस्ट ऑफिस-मैकलुस्कीगंज! और...!'

'स्टॉप...!' डेनिस की आवाज़ में तेज़ झल्लाहट थी।

इस बहस के बाद कुछ दिनों तक दोनों के बीच बातचीत बन्द रही। अर्से तक पड़ोसी रहे मि. किपलिंग सचमुच एक टीस छोड़ गए थे। डेनिस मैगावन ने फिर एक दिन खाने की मेज़ पर दोहराया, 'मि. किपलिंग ने सही समय में अपनी धरती पर लौटने का निर्णय लिया।'

लीज़ा के चेहरे पर क्षण भर के लिए तमक आई, पर वे चुप रह गईं। ऐसी बहसों से कोई फ़ायदा नहीं। लीज़ा ने सोचा, एक दिन डेनिस का यह एकालाप ख़ुद बन्द हो जाएगा।

डेनिस मैगावन को हांगकांग शहर में बसे अब तो बहुत साल होने को आए, लेकिन इन बीते वर्षों में डेनिस हज़ारों-हज़ार किलोमीटर दूर बसे अपने गाँव मैकलुस्कीगंज की

यादों से पीछा नहीं छुड़ा सके। इन यादों की तपिश और बढ़ गई थी, जब से यह चर्चा तेज़ हुई कि वर्ष 1997 में 99 साल का पट्टा ख़त्म होने के बाद ब्रिटेन को हांगकांग शहर चीन के हवाले कर देना पड़ेगा। अपना 'गंज' तब से उन्हें और ज़्यादा याद आने लगा था : अंटी में पीढ़ियों से सँजो कर रखे गए प्राचीन सिक्कों की मधुर पुरातन खनक अथवा गले में कभी लिपटे रहनेवाले प्यारे-से किसी पुराने रंगीन गुलूबन्द की तरह। स्मृतियों के उद्वेग की लहरों को रोक पाना उनके लिए सम्भव नहीं था। जंगल और जंगल के बीच बसे अपने गाँव की सुगन्ध उनकी छाती में घूमती रहती थी। वे समझते थे कि उस गाँव की मिट्टी में आज भी उनके पापा की ज़िद धड़क रही है। अपनी मिट्टी से दूर बसे आदमी को मुश्किलों की आहट से घर की याद कुछ अधिक सताने लगती है, सोचते थे डेनिस मैगावन। क्या होगा जब कुछ साल बाद हांगकांग ब्रिटेन के हाथ से निकलकर चीन के मातहत आ जाएगा? अभी वर्ष 1992 का आरम्भ है। आनेवाले दिनों का एक-एक पल भारी पड़नेवाला है। वर्ष 1997 की कल्पना अपने आप में एक यातना है। उनकी भला हैसियत क्या है? जहाँ काई जमती है, वहाँ हाथी का भी पाँव फिसलता है। भविष्य को लेकर विकल थे डेनिस मैगावन। एक लम्बी अवधि से ब्रिटिश साम्राज्य का समृद्ध उपनिवेश हांगकांग एक रंगीन मौत के क़रीब है। वर्ष 1947 में भी ब्रिटिश साम्राज्य के एक अघोषित पट्टे को भारत में ख़त्म होते हुए उन्होंने देखा था। तब चारों तरफ ख़ुशी की लहर थी। महानगरों में बसे देश के एंग्लो-इंडियंस हालाँकि तब भी भविष्य की आशंकाओं में उलझे थे, क्योंकि आज़ादी की लड़ाई के दौरान ब्रिटिश राज के प्रति उन्होंने खुली हमदर्दी दिखाई थी। कांग्रेसियों और गांधी से उन्हें चिढ़ थी। पर 'गंज' के एंग्लो-इंडियंस ने देश की आज़ादी को जोरदार 'सेलिब्रेट्' किया था। दरअसल, वे समझते थे कि उनका गाँव इस देश में उनके समुदाय के अस्तित्व की मज़बूत जड़ है। पर हांगकांग में तो ख़ुशी कहीं नहीं, सिर्फ़ बेचैनी थी। बदली परिस्थिति में हांगकांग का जीवन कैसा होगा? क्या स्थिति होगी यहाँ कारोबार की? यह और ऐसी अनेक आशंकाएँ डेनिस क्या, सबको कोंच रही थीं। ऐसे में डेनिस के जेहन में मैकलुस्कीगंज की याद रह-रहकर कौंधने लगी थी। उनकी स्मृतियों में गाँव के आम, जामुन, कटहल, चम्पाकेरा, गूलर, करंज, करम, गम्हार, विलायती पाकर, आसन, सेमल, मौलसिरी, छतिवन, यूकेलिप्टस, महुआ, कदम्ब, कुसुम, भेलवा, सखुआ और पलाश के झमाठ पेड़ हमेशा मंजर, फूल और फलों से लदे-गदराए रहते थे : चीनी से भरे एक चम्मच की तरह; मुट्ठी में भरे ताड़गुड़[1] की तरह। कभी-कभी आधी रात की नीरवता में डेनिस के कानों में जैसे बरबस गूँजने लगता 'गंज' के अपने बचपन के दो दोस्तों—टुइयाँ गंझू और खुशिया उराँव का बाँहा-जोड़ी कर पेड़ों की सघन झुरमुट में झूमता वह आदिवासी-नगपुरिया मस्त गीत-संगीत...और तब उन्हें एहसास होता था मानो हांगकांग के उनके फ़्लैट के कमरों में महुआ के हल्के पीले फूलों की तीखी गन्ध अचानक भर आई हो!

'छोटे-मोटे महुआ / झबरल जाय
रे हाय रे हाय / टपा-टिपी गिरे सगर राति
रे हाय रे हाय / टपा-टिपी गिरे सगर राति...।

1. ताड़ के रस से बनाया गया गुड़

एको टोपी बिछाय / दुइयो टोपी बिछाय
लइये गेलइ हड़िया दोकान
एको दोना पिआइ / दुइयो दोना पिआइ
सैंया संगे करे झिकाझोर / रे हाय रे हाय...
छोटे-मोटे महुआ / झबरल जाय...
टपा-टिपी गिरे सगर राति...।'

डेनिस को लगता था कि मैकलुस्कीगंज में रेलवे लाइन के पार मि. थॉप के बँगलेवाले रास्ते में, जो महुआटाँड़ की तरफ़ जाता है, या कि फिर चाट्टी तरफ़ के सघन पेड़ों और तड़बन्ना[1] से भरे रास्ते में, महुआ के छतनार पेड़ों से आधी रात गए महुआ फूलों-फलों के आहिस्ता-आहिस्ता टपकने की आवाज़ अभी भी उनके कानों में गूँज रही है। चैत के महीने में पलाश के लाल टहक फूलों की कौंध और महुआ की महमहाहट में कैसे गुम रहता था 'गंज'! अद्‌भुत था। फूल आने के पहले महुआ के पेड़ों की सारी पत्तियाँ गिर जाती थीं और पेड़ झबझब हल्के पीले फूलों से ढँक जाते थे। महुआ के पेड़ों से कभी उसके फूल और फल तोड़े नहीं जाते थे, न ही उसके पेड़ को हिलाकर फूलों-फलियों को गिराया जाता था। रात भर चूने के बाद पेड़ों के नीचे जो पीले फूल बिछे रहते, उन्हें गाँव के आदिवासी-गंझू सुबह टोह[2] गाते हुए बटोरते। गाँव में कुछ पेड़ों के साथ ऐसा ही था, जैसे—हरसिंगार! शिऊली! इसके मीठे-नन्हे फूल रात भर चूकर गिरते और उन्हीं फूलों को सुबह बटोरा जाता। मि. थॉप के कैम्पस में भी हरसिंगार का एक पेड़ था। बहादुर उराँव के आँगन में भी। महुआ और हरसिंगार भी एक स्मृति है। रात भर टप-टप कर चूती स्मृतियाँ। उन्हें याद कर मधुर सिहरन होती। आज भी गर्मियों के दिन की टहाटही धूप में पीले फूलों से लदे-झलमलाते अमलतास के बेशुमार पेड़ों से 'गंज' की छटा देखते बनती होगी। बीच-बीच में सुर्ख़ लालिमा की रंगीन बौछार करता गुलमोहर और पलाश! इसी तरह स्वर्ण चम्पा के पेड़। आदिवासी औरतों का चम्पा के फूलों से अटूट नाता है—'पोखरा का पिंड़ियाहीं एक गाछ चम्पा...रद-बद गिरे चम्पा फूल...'। बचपन में मैकलुस्कीगंज से महुआटाँड़ जानेवाले जंगली रास्ते में कितनी मस्ती किया करते थे वे लोग! चैत में टिकोलों से लदे आम के पेड़ों पर भी उन लोगों की उछल-कूद चलती रहती थी। आम के टिकोले जब कुछ बड़े हो जाते, तो जामुन के पेड़ों पर मंजर लदना शुरू होता। आम... जामुन...पलाश...और न जाने कितनी यादें...! 'गंज' और महुआटाँड़ के बीच कल-कल बहनेवाली 'पंचवाहिनी' नदी उनकी यादों में क़ायम थी। इस नदी में जगह-जगह अटके पड़े पत्थर, जो किसी प्रागैतिहासिक विशाल अख़रोट की तरह और किनारे के चट्टान जो पनीर के प्राचीन आयताकार थक्कों जैसे लगते थे, उन्हें अभी तक याद थे। पंचवाहिनी को लेकर कहा जाता है कि कभी इस इलाक़े की पाँच बहनें एक साथ इसमें बह गई थीं, तभी से इस नदी का नाम 'पंचवाहिनी' पड़ गया। मैकलुस्कीगंज में नदी-नालों और छोटे-मोटे धारों के ऐसे ही नाम हैं, जिनसे कोई-न-कोई छोटी ही सही, एक कहानी ज़रूर जुड़ी हुई है। जैसे मि. थॉप के बँगले के पूरब कुछ और आगे जाइए, तो विशाल पत्थरों और

1. ताड़ों का जंगल
2. महुआ चुनते समय चुननेवालों द्वारा गाया जानेवाला गीत

चट्टानों से घिरा एक गहरा जलाशय है। इसका 'गंज' में प्रचलित नाम है—'बूढ़ी-डूबा'। कहते हैं, कभी इसमें कोई बुढ़िया डूब गई थी। डेनिस इन छोटी-छोटी चीजों को याद करते और मन-ही-मन आनन्द पाते। नदी, पहाड़ी और जंगलवाले छोटे-से उस गुलठुल गाँव के कौवे, कठफोड़वे, तीतर, चहकारते सुग्गे, तितलियाँ, जुगनू, कछुए, मछलियाँ, सीप और घोंघे उनके मन से कभी विदा नहीं हुए थे। पुटुस की झाड़ियों, जंगली चन्द्रमल्लिका के फूलों और बाँसबाड़ियों से लेकर धान के खेत तक उनकी नसों में हमेशा बसे थे। इन स्मृतियों के कारण वे अपनी पत्नी लीज़ा की दृष्टि में 'घिस्सू-चरित्र' के थे—पूरे झल्ले। वे खीजकर कहती थीं, 'वाई यू लुक सो टिमरस[1]? लुक फ़ॉर्वर्ड टू होप मैन...।'

पर इन कटुक्तियों के बावजूद डेनिस पुरानी स्मृतियों के सपनों को घर में सुनाना नहीं भूलते थे। जैसे किसी सुबह वे लीज़ा से कहते, 'सपने में धान का खेत देखने का क्या मतलब होता है? रात मैंने सपने में धान का एक हरा-भरा खेत देखा। लीज़ा, आनन्द तो धान के फूल में है। शोभा तो कपास के फूल में है। ओह! धान की बालियों के बीच मैं रात भर गुम रहा। लीज़ा डियर, तुम्हें याद है, 'गंज' में फेस्टिवल जैसा होनेवाला हरपसार[2]? मैकलुस्कीगंज के वे धान के खेत...? वहाँ खेतों के ऊपर से उड़ते झुंड के झुंड हारिल...यानी धूसर जैतूनी-हरी, पीली टाँगों वाली वह चिड़िया...ग्रीन पिजिन्स...? और टुटरूं...टुटरूं...आवाज़ निकालने वाली नन्हीं चिड़िया पेंडुकी...? पत्नी को चुप्पी साधे देख वे गहरी साँसें लेकर कहते, 'जो हो, इनसान चाहे बड़ी से बड़ी चीज ईजाद कर ले, लेकिन पेट भरने के लिए अनाज तो खेतों में ही होता है। मैं तो अपनी मिट्टी और जड़ों से ही कट गया।'

डेनिस के ऐसे प्रात:कालीन सुभाषितों पर उनकी पत्नी लीज़ा अन्ततः खीज उठतीं, 'ओह-हो, डेनिस! तुम्हारा बराबर का यह हुचुर-पुचुर बोरियत करता है मैन! इतिहास की पपड़ियों में तुम कब तक लटके रहोगे? उस फफूँद से निकलो। द रूट इज़ इनसाइड... इनसान की जड़ें उसके भीतर होती हैं। अपनी जगह छोड़कर कोई क्यों निकल पड़ता है, कभी सोचा है? इस माइग्रेशन...पलायन के पीछे भी एक उम्मीद होती है। माइग्रेशन यानी उम्मीद...ड्रीम्स...होप...! समझने की कोशिश करो मैन...! ज्यों-ज्यों तुम्हारी उम्र बढ़ती जा रही है, तुम कुछ ज्यादा नॉस्टैल्जिक होते जा रहे हो। बढ़ती उम्र के साथ उस निपट देहात की याद में तुम कुछ ज्यादा जकड़ते जा रहे हो। बन्द भी करो, प्लीज़...! टु हेल विद मैकलुस्कीगंज...।'

'हेल...?' डेनिस की आँखें क्षोभ से सहसा कुछ ज़्यादा ही चौड़ी हो जाती थीं, 'लीज़ा, तुम आइसक्रीम में बालू मत मिलाओ। इस मतलबी दुनिया में अपनी मिट्टी और रूट से जुड़ाव कितनी ताकत देता है, इसे तुम नहीं समझ सकोगी। बगैर मिट्टी के जड़ क्या? पर तुम्हें यह सब कहने से क्या फायदा? इसकी बुझारत मैं नहीं कर सकता। अपनी बेवकूफी का बोझ मुझे ही ढोना होगा।'

लीज़ा तब दार्शनिक भाव से कहतीं, 'तुम खुद 'गंज' की मिट्टी हो मैन...। मिट्टी के माधो बने रहो।'

---

1. कायर और भ्रांत
2. नई खेती के लिए प्रथम शुभ मुहूर्त में हल जोतना

डेनिस को झुँझलाने के लिए यह काफ़ी होता। ऐसे नाज़ुक मौक़ों पर डेनिस का एकलौता बेटा रॉबिन हमेशा हस्तक्षेप करते हुए पश्चाताप से भरे पापा की जिरह को सँभाल लेता था, 'पापा, दैट इज़ हेवेन! नो डाउट। जिस जगह को खास कर मैंने कभी होशो-हवास में अपनी आँखों से नहीं देखा, वह प्यारा-सा गाँव मेरे लिए तो स्वर्ग-सा है। स्वर्ग के बारे में हम सिर्फ सुन सकते हैं, उसे देखते कहाँ हैं? वैसे भी, मैंने कोई गाँव आज तक नहीं देखा। कभी चलिए न अपने गाँव पापा—किसी छुट्टी में...। दादाजी जब थे, तब बदकिस्मती से मैं वहाँ जाते-जाते रह गया था।'

डेनिस की सारी तिक्तता तब पल भर में छँट जाती थी, 'ओ, येस...।' मुग्ध होकर फिर वे रेशमी कीड़े की तरह स्मृतियों के महीन धागे फैलाते-समेटते रहते और मैकलुस्कीगंज की छोटी-छोटी बातों, वहाँ के लोगों के रहन-सहन, जीवन-शैली और संस्कृति को याद कर रॉबिन को सुनाने में मशगूल हो जाते थे।

मुग्ध भाव से रॉबिन उन कहानियों को अपलक जज़्ब करता रहता था। मैकलुस्कीगंज के मि. मिलर, मि. मेंडेज़, मि. गिब्सन, मि. रुबिन रेफ़ेल, मि. एलेक्स फ़र्गुसन, मास्टर गिलबर्ट, मि. चाको डॉमनिक, अमित घोष, मि. डिकोस्टा, मिसेज़ थ्रिपथॉप, मिसेज़ ऐलिस टॉमलिन, किट्टी टेक्सेरा और मिस बॉनर से लेकर गाँव के अधिकांश लोगों के बारे में डेनिस से वह बचपन से इतना सुन चुका था कि उसे लगता कि 'गंज' के तमाम लोग कितने जन्मों से उसके परिचित हैं! रॉबिन अच्छी तरह समझता था कि मैकलुस्कीगंज उसके पापा के लिए डर भी है और प्यार भी। दूरियाँ बढ़ने से, प्यार से डर लगने लगता है। इस डर को छूना आसान नहीं। पर यह ऐसा डर है, जिसे आदमी बार-बार छूना चाहता है।

किसी दिन उनका गाँव हवा की सीटियों के संग गुम तो नहीं हो जाएगा? डेनिस के मन के किसी कोने में बराबर यह आशंका धड़कती रहती। मुमकिन है कि यह गाँव एक दिन नहीं रहे। तब वहाँ रह जाएगा पुर्चगीज़ शैली के बँगलों का ध्वस्त-अभिशप्त स्थापत्य। मुँह के बल गिरी लाल...हरी...नीली टीन की टूटी-जंग लगी छतें। बँगलों के खँडहरों के बीच उग आया घना जंगल। घर के जंगलों में दबी पड़ी दीमक खाई शीशे में मढ़ी कई बहुत पुरानी पारिवारिक सीपिया तसवीरें...सड़े-गले पन्नोंवाली कुछ किताबें...और काई से लदे टूटे प्लेट और प्याले...। शायद और बहुत कुछ...। इस कल्पना के साथ डेनिस का मन उद्वेलित होने लगता। पर 'गंज' के बारे में रॉबिन की असीम उत्सुकता देख वे किसी तरह ख़ुद को बटोरते हुए फिर अपने-आपमें लौट आते।

अन्तिम इच्छा

उस रात मैकलुस्कीगंज और उसके आसपास के गाँवों में धारासार बारिश हुई थी। हालाँकि, देर शाम तक वर्षा का कहीं कोई संकेत नहीं था, पर जाने कहाँ से आधी रात के वक़्त ढेर सारे घने काले बादलों के लदबद झुंड घुमड़ आए और झम-झम कर देर तक बरसते रहे। अगस्त माह के अन्तिम सप्ताह की उसी दोपहर माँडर में पी.डब्ल्यू.डी. की पानी

टंकी के पास ईसाइयों के पुराने क़ब्रिस्तान में मि. रुबिन रेफ़ेल को किसी तरह दफ़नाया गया था। मि. बी. मेंडेज़ और मि. डगलस गिब्सन सरीखे मैकलुस्कीगंज के कुछ पुराने निवासियों ने अगली सुबह गहरी साँस छोड़ते हुए कहा, 'आधी रात को हुई यह गोलाधार बारिश...! दरअसल, ये मि. रुबिन रेफेल के आँसू थे।'

शिवालय वाले पंडित रामाज्ञा पाठक ने तो गणना कर यहाँ तक कहा कि मि. रेफ़ेल कुश-अमावस्या के दिन गुज़रे हैं। कर्क से सिंह राशि में चन्द्रमा ने इसी दिन प्रवेश किया। मृतक की आत्मा दुखी हुई। यह जघन्य व्यवहार हुआ। 'गंज' का अवश्य कुछ अनिष्ट होगा।

मि. रुबिन रेफ़ेल के अन्तिम संस्कार को लेकर उस दिन मैकलुस्कीगंज में जो तमाशा हुआ, उससे सभी लोग बहुत दुखी थे। बूढ़े भुटबा गंझू ने गहरे अफ़सोस से कहा, 'इतना अक्का-चक्का इसी गाँव में होता है। यह एंग्लो-इंडिया लोग अपने को पढ़ा-लिखा कहता है। पर खाक पढ़ाई! ये लोग पूरा गँवरदल[1] है।'

वाक़ई आपसी कचरे की वज़ह से ही मि. रुबिन रेफ़ेल को मैकलुस्कीगंज की मिट्टी नसीब नहीं हो सकी। जबकि मि. रेफ़ेल को अन्तिम क्षण तक यही रट लगी थी कि उन्हें 'गंज' में ही दफ़नाया जाए। अपने गाँव और समुदाय के प्रति उन्हें गहरा लगाव था। और कोई मनाए चाहे नहीं, लेकिन निजी स्तर पर हर साल 2 अगस्त को वे 'वर्ल्ड एंग्लो-इंडियन डे'[2] का आयोजन करते ही थे। अपने छोटे बजट में वे गाँव के बच्चों के बीच इस अवसर पर स्लेट-पेंसिल से लेकर चॉकलेट तक का वितरण किया करते थे। मि. रेफ़ेल के इस आयोजन का बच्चों को ख़ास तौर से इन्तज़ार रहता था। इस बार भी उन्होंने हर साल की भाँति यह आयोजन किया था। यह उनके जीवन का अन्तिम उत्सव था। अगस्त के दूसरे सप्ताह में अचानक उन्हें साँस की भीषण तकलीफ़ शुरू हो गई थी। दिन-ब-दिन उनकी स्थिति बिगड़ती चली जा रही थी। उन्हें लग गया कि इस बार उनका बचना कठिन है। तब भी वे इलाज़ के लिए 'गंज' से बाहर सिर्फ़ इसलिए नहीं जाने को तैयार थे कि गुज़र जाने पर कहीं बाहर ही न उनको दफ़ना दिया जाए। मोहम्मद लतीफ़ की ज़िद पर वे इलाज़ के लिए किसी तरह माँडर के सरकारी अस्पताल चलने को तैयार हुए। पर माँडर में सरकारी अस्पताल के बेड पर मोहम्मद लतीफ़ से उन्होंने कहा, 'लतीफ! फटे दूध से दही जमाने की कोशिश मत करो। मेरे इलाज में पैसा बर्बाद करने से कोई फायदा नहीं। मैं अब बचूँगा नहीं। बस, मेहरबानी करके 'गंज' के ग्रेवयार्ड में सुलाकर मेरा फ़्यूनरल्[3] कर देना। मेरा पारघाट लगा देना। यह रुबिन रेफ़ेल 'गंज' की मिट्टी में हमेशा-हमेशा के लिए मिल जाना चाहता है। यही 'लास्ट विश' है मेरी।'

सुनहरेपन की हद तक गोरे-बुर्राक़ चेहरेवाले मि. रेफ़ेल का पूरा शरीर उस समय रुई की तरह सफ़ेद पड़ा हुआ था।

---

1. गँवारों का दल
2. 2 अगस्त, 1935 को तत्कालीन ब्रिटिश सरकार ने 'गवर्नमेंट ऑव इंडिया ऐक्ट' के ज़रिये एंग्लो-इंडियन समुदाय को लेकर विधिवत् मान्यता घोषित की थी। तब से यह दिन 'वर्ल्ड एंग्लो-इंडियन डे' के रूप में मनाया जाता है।
3. अंत्येष्टि

'आप बेफिक्र रहें अंकल...,' मि. रेफ़ेल का हाथ थामकर खड़े मोहम्मद लतीफ़ की देह में झुरझुरी फैल गई थी।

मि. रेफ़ेल से किए गए आख़िरी वायदे को निभाने के लिए मोहम्मद लतीफ़ ने कम तनातनी नहीं की। पर मैकलुस्कीगंज के एंग्लो-इंडियन समुदाय के आपसी झगड़े ने मि. रेफ़ेल की यह छोटी-सी अन्तिम इच्छा पूरी नहीं होने दी। मोहम्मद लतीफ़ ने बुरी तरह झल्लाकर कहा, 'सब स्साले खबीस हैं। अन्धा आईना! यहाँ के अन्ध खोपड़ियों को तो मैं दुरुस्त करूँगा। पहले कुटाई और तब कपड़-छनाई करूँगा इन सबकी। छरपट छुटा दूँगा। अँचार कर दूँगा। देखते हैं, अब कौन भटतीतर टपता है 'गंज' के कब्रिस्तान में! अंकल जैसे नेक इनसान को यहाँ झंडे पर चढ़ा दिया गया।'

माँडर के क़ब्रिस्तान में मि. रेफ़ेल को ईसाई पद्धति से ही दफ़नाया गया। किसी एंग्लो-इंडियन के शव को नहलाने के पहले ज़ैतून के तेल से मालिश करने की परम्परा है, पर उस आपाधापी में भला ज़ैतून का तेल कहाँ मिलता? लेकिन लतीफ़ ने उनके 'गुसुल' और वज़ू को लेकर ख़ासी मुस्तैदी बरती। बेर का पत्ता डालकर उबाले गए पानी से उनके शव का 'गुसुल' कराया। 'क़बरखोदाई' का भुगतान लतीफ़ ने ही किया।

एंग्लो-इंडियन एम.एल.ए. मि. हेक्टर एंगस ब्राउन इस घटना के एक पखवारे बाद जब 'गंज' आए, तो गुस्से से तमतमा उठे, 'अब 'गंज' के डेवलपमेंट के वास्ते एक कौड़ी नहीं देंगे अपने फ़ंड से।'

मि. रेफ़ेल की अंत्येष्टि को लेकर उठे विवाद का मामला गाँव में हर समुदाय के बीच चर्चा का विषय बना हुआ था। एंग्लो-इंडियन समुदाय के तो अधिकांश लोग इस घटना को लेकर स्तब्ध थे। 'क्वींस कॉटेज' के बरामदे पर अपनी आरामकुर्सी में बैठे मि. फ़िल कॉलिंस मिलर ने अपने पुराने सेवक जैक से कहा, 'मि. रेफ़ेल के साथ सचमुच बड़ा ज़ुल्म हुआ जैक। ओफ़! मैं जानता हूँ कि कितना अटैचमेंट था उनको 'गंज' से।'

'जान लीजिए...ऐसा किसी के साथ भी हो सकता है...आपके साथ भी...।'

मेज़ पर चाय की प्याली रखते हुए जैक का उपराग से भरा खीजा हुआ चेहरा उस भरी साँझ में शुतुरमुर्ग-सा दिख रहा था। भुनभुनाते हुए वह किचेन की तरफ़ चला गया। यह क्या कह गया जैक? शायद...ठीक ही...। मि. रेफ़ेल कोई छोआ-पोआ आदमी नहीं थे। पर क्या हुआ? चाय की घूँट भरते हुए मि. मिलर देर तक कुछ न बोल सके। गुमसुम, शाम के झुटपुटे में खोए कैम्पस के बाहर ऐन सामने के पुराने विशाल कदम्ब वृक्ष को बस निहारते रहे। कदम्ब वृक्ष की फुनगी पर उस समय कुछ चिड़िया रोज़ की तरह फुदक रही थीं। मर जाने पर ये चिड़िया भला कहाँ दफ़न होती होंगी? कहाँ मिट्टी पाती होंगी? देर तक सोचते रहे मि. मिलर...। सूखे पत्ते कैसे पेड़ के नीचे ही मुड़-चुड़कर धीरे-धीरे मिट्टी में मिल जाते हैं, शायद ये चिड़िया भी सूखे पत्तों की तरह ही...। मरे हुए आदमी का शरीर सूखा पत्ता बन जाता है। उन्हें अपनी पत्नी मिसेज़ क्वीन मिलर की याद आई। ओफ़! लगभग एक महीने से पत्नी की क़ब्र पर वे मोमबत्ती जलाने नहीं जा पाए हैं। पत्नी के आख़िरी दिनों की कही बातें उनके कानों में गूँज गईं, 'मैं मरने के बाद इस कदम्ब के पेड़ पर बैठकर तुम्हें देखती रहूँगी।' गाँव का टुइयाँ गंझू कभी चैन में होता है, तो उनके पास आकर घंटों पालथी जमाये रहता है। कभी-कभी उदास होकर कहता है,

'फुद्दी की तरह उड़ गईं हमारी क्वीन मेम...।' कभी मूड में होता है, तो तान छेड़कर विभोर कर देता है। वह जब 'गे कदम्ब जोड़ी फूल...' गाता है, तो अपने भीतर की सारी करुणा उड़ेल देता है। क्वीन और वे 'कदम्ब जोड़ी फूल' ही तो थे...। मि. मिलर की आँखें बरबस भीग आईं।

गहराती साँझ में कदम्ब वृक्ष धुँधलके में डूब रहा था। जैक ने अभी तक लालटेन नहीं जलाई थी। बिजली का कोई ठिकाना तो यहाँ रहता नहीं। पता नहीं, कब आए! रात-आधी रात। गले में कहीं अटकी अपनी आवाज़ को किसी तरह बटोरते हुए मि. मिलर ने जैक को पुकारा, 'जैक! अँधेरा हो रहा है और अभी तक लालटेन नहीं जली। तब से उधर क्या कर रहे हो तुम?'

पर जैक ने शायद उनकी आवाज़ नहीं सुनी। मि. मिलर को लगा, उनकी आवाज़ अँधेरे में कहीं गुम हो गई है। एक मन हुआ कि उठकर जैक को देखें लेकिन पता नहीं क्या सोचकर आरामकुर्सी पर निढाल हो गए। उन्होंने तय किया कि कल शाम वह पत्नी की क़ब्र पर मोमबत्तियाँ जलाने ज़रूर जाएँगे और जैक को दिन में ही बसन्त की दुकान पर भेजकर मोमबत्तियाँ मँगवा लेंगे।

रात के गहरे सन्नाटे में क़ब्र पर जलती मोमबत्तियाँ!

उनके बाद मिसेज़ मिलर की क़ब्र पर कौन मोमबत्तियाँ जलाने जाएगा? और ख़ुद उनकी क़ब्र पर...? एकलौती बेटी सोफ़िया का चेहरा उन्हें बरबस कौंध गया। एक साल से अधिक हो गए उसके पत्र आए। इंग्लैंड में वह अपनी गृहस्थी में डूबी है। मि. मिलर ने कदम्ब की तरफ देखते हुए सोचा—जब वे नहीं रहेंगे, तो कदम्ब पर बैठी मिसेज़ मिलर क्या करेंगी? तब हमेशा के लिए यहाँ से उड़ जाएँगी। जैक की बात फिर मन पर बरसने लगी। क्या एक दिन यह गाँव एंग्लो-इंडियंस का महज़ क़ब्रिस्तान बनकर तो नहीं रह जाएगा? शायद एक वक़्त आए जब यहाँ सिर्फ क़ब्र ही क़ब्र हों, एक भी एंग्लो-इंडियन नहीं। उनका दिल डूबने लगा...। उनकी मिट्टी कैसे उठेगी? क्या सोफ़िया आएगी उनके गुज़रने पर? बेचैनी में उन्होंने फिर से आवाज़ लगाई, 'जैक, लालटेन जलाओ।'

जंगल-झाड़ियों की सघन वीथियों से होकर क़ब्रिस्तान तक पहुँचता है यह रास्ता। मैकलुस्कीगंज गाँव में एंग्लो-इंडियन समुदाय का यह क़ब्रिस्तान कंका वाले हिस्से में पड़ता है। मि. गॉस के बँगले से होकर जानेवाले रास्ते में बस आगे बढ़ते जाइए। कुछ दूर आगे जाने पर फ़ायर-क्ले ईंट की एक अर्से से बन्द पड़ी फ़ैक्ट्री का भुतहा अवशेष है, उसी से एक पाव ज़मीन और आगे। पर इस क़ब्रिस्तान को 'गंज' के ठेपी भर एंग्लो-इंडियन समुदाय ने आपस में उखाड़-पछाड़ कर कुछ समय के लिए विवाद में बुरी तरह उलझा दिया था। हालाँकि, मि. रेफ़ेल वाली घटना के बाद गाँव में अधिकांश एंग्लो-इंडियन परिवार के लोग बुरी तरह उबाल खा गए और 'मैकलुस्कीगंज बेरियल बोर्ड' के अध्यक्ष पद पर टॉम हैंक्स की जगह किसी दूसरे को बिठाने का अभियान तेज़ कर दिया। शान्त प्रकृति के मि. मिलर ने भी गुस्से में कहा, 'टॉम बदमिजाज हो गया है। ऐन मौके पर कैसा लोचा किया! इसको तो फौरन गेट आउट करो।'

मि. गिब्सन ने कहा, 'मुझे लगता है, माइकेल इस काम के लिए माफिक रहेगा। 'बेरियल बोर्ड' का चेयरमैन उसी को बनाना चाहिए।'

'कला-पहाड़ बेटा है माइकेल बाबू। हमारे पार्किंसन साहेब ने ऐसे ही नहीं उनको अपना पोसपुत बनाया था,' उराँव टोले के खुशिया पाहन ने माइकेल पार्किंसन का नाम उठते ही ज़बर्दस्त टीप दी थी।

आख़िरकार, सर्वसम्मति से माइकेल पार्किंसन को 'बेरियल बोर्ड' का अध्यक्ष बना दिया गया। गंझू टोले के टुइयाँ गंझू ने उस शाम महुआ की शराब पी लेने के बाद अपने टोले के लोगों के बीच झिमकते हुए कहा, 'मालूम है? अगह-बिगह में फैले साहेब लोगों के कब्रिस्तान का मालिक बन गया माइकेल बाबू...।'

यह सब उलटफेर बाद में जो हुआ हो लेकिन मि. रुबिन रेफ़ेल अपने नैसर्गिक अधिकार से तो वंचित हो ही गए थे।

सुनहरी गोराई और छरहरे बदनवाले मि. रेफ़ेल कलकत्ता की एक बड़ी आइसक्रीम कम्पनी में जेनरल मैनेज़र थे। उन्होंने शादी नहीं की थी। 'ओल्ड बैचलर' रह गए थे। नौकरी में रहने के दौरान ही मि. रेफ़ेल ने मन बना लिया था कि वे अवकाश ग्रहण करने के बाद मैकलुस्कीगंज में बसेंगे। दरअसल, मैकलुस्कीगंज की यात्रा वे पहले तीन-चार बार कर चुके थे। मि. इ.जी.ए. लॉरेंस और मि. ए. लोपेज़ सरीखे अपने समुदाय के उनके कई ऐसे पुराने परिचित थे, जो पहले कलकत्ता में ही सरकारी सेवा में थे और बाद में मैकलुस्कीगंज जा बसे थे। मि. रेफ़ेल को लगा था कि 'गंज' में अपने इन परिचितों के बीच वे ज़्यादा ख़ुश रह सकेंगे। इसलिए अवकाश ग्रहण करते ही वे अपना बोरिया-बिस्तर कलकत्ता से समेट सीधे 'गंज' चले आए थे।

पर उन्होंने शुरू से तय कर रखा था कि 'गंज' में किसी के यहाँ बतौर 'पेइंग गेस्ट' ही रहेंगे। आख़िर एक अकेली जान के लिए वहाँ घर बनाने या ख़रीदने का झंझट वे क्यों उठाएँ?

वैसे लॉरेंस और लोपेज़ परिवार ने उनसे अपने यहाँ रहने की ज़िद की थी लेकिन सबसे पहले मि. रेफ़ेल 'पेइंग गेस्ट' बनकर काफ़ी समय तक मि. अलबर्ट मैथ्यूज़ के घर में रहे थे। पर एक दिन जब मि. मैथ्यूज़ से किसी बात पर उनकी कहासुनी हो गई, तो पति के निधन के बाद से अपने कॉटेज में अकेली रह रहीं मिसेज़ एलेन ने अपने यहाँ उन्हें जगह दे दी थी। मि. रेफ़ेल अविवाहित ज़रूर थे पर उनकी रुचियों का दायरा व्यंजन से लेकर बागबानी और फ़ैशन तक फैला हुआ था। मिसेज़ एलेन की नज़र में उस उम्र में भी वे 'गंज' के सबसे 'वेल ड्रेस्ड' इनसान थे। क्या मजाल कि मि. रेफ़ेल के कपड़ों में कभी एक सिलवट भी दिखी हो! कपड़ों के रंग का चयन उनका बहुत गरिमापूर्ण था। मि. रेफ़ेल जिन दिनों मि. अलबर्ट मैथ्यूज़ के यहाँ रहते थे, उस समय भी बिला नागा उनकी बैठकी मिसेज़ एलेन के यहाँ होती थी। इस बैठकी में कलकत्ता के जीवन से लेकर नाना विषयों की चर्चा होती थी। मसलन, कलकत्ता में हर साल होनेवाली विंटेज़ कार[1] रैली की चर्चा से ही मि. रेफ़ेल खिल उठते थे। अपनी बेबी ऑस्टिन के साथ वे इस कार रैली में शामिल होते ही थे। अहा, वे भी क्या दिन थे! फ़ोर्ड, बेंटले, रॉल्स रॉयस और बाबा आदम के ज़माने की शेवरलेट कारों की रैली...! आख़िर में मि. रेफ़ेल एकदम से खो जाते। मिसेज़ एलेन के साथ उनकी बैठकी को लेकर 'गंज' में गुलगुले छोड़नेवालों की कमी नहीं थी। इसलिए मि. मैथ्यूज़ से अनबन के बाद जब मि. रेफ़ेल बतौर पेइंग गेस्ट

1. सन् 1917 से सन् 1930 के ज़माने की बनी कारें

मिसेज़ एलेन के यहाँ रहने आ गए, तो 'गंज' के गपोड़ियों ने मुसकते हुए कहा, 'ड्रामेबाज रेफेल को एलेन मेम का सुख-सोहबत चाहिए था, इसलिए जानबूझकर मैथ्यूज से झगड़ा और छोड़-छुट्टी कर लिया। एलेन मेम की छवि छके बिना वह रह नहीं सकता।' बहरहाल, ऐसी टीका-टिप्पणियों से न तो मि. रेफ़ेल को कोई फ़र्क पड़ता था, न ही मिसेज़ एलेन को। मिसेज़ एलेन इन चर्चाओं को बस इतना कहकर टाल जातीं कि 'गंज' के कुछ बिना काम-धाम वाले कुच्चड़ों की ये ऊलजलूल बातें हैं।

मिसेज़ एलेन बेहद ज़िन्दादिल महिला थीं। उनके पति मि. जोहांस एलेन अपने ज़माने में कलकत्ता विश्वविद्यालय में अंग्रेज़ी साहित्य के बड़े प्रतिष्ठित प्रोफ़ेसर थे और ख़ुद मिसेज़ एलेन उस ज़माने में कलकत्ता में फ़ैशन डिज़ाइनिंग का काम करती थीं। पर जब मि. एलेन विश्वविद्यालय सेवा से निवृत्त हुए, तो सीधे 'गंज' आ गए। सेवा निवृत्ति के पहले ही मि. एलेन ने 'गंज' में थोड़ी-सी ज़मीन लेकर एक छोटा-सा 'कॉटेज' बनवा लिया था। इस तरह 'गंज' आने के साथ ही मिसेज़ एलेन का फ़ैशन डिज़ाइनिंग का काम स्वत: छूट गया। अपने फ़ैशन डिज़ाइनिंग को याद कर मिसेज़ एलेन कहती थीं, 'इनोवेटिव डिज़ाइनिंग...।' उनके पास पुराने अख़बारों की कतरनें सुरक्षित थीं, जिसमें उनकी डिज़ाइनिंग के बारे में विशेष टिप्पणियाँ की गई थीं—'अ कलेक्शन सो रोमांटिक, सो इंडियन एंड सो स्ट्रांग ऑन स्टाइल, दैट अ न्यू लुक हैज़ बीन बॉर्न...।' मि. एलेन ने मिसेज़ एलेन को इस काम के लिए काफ़ी प्रोत्साहित किया था। वे कहते थे, 'फ़ैशन डिज़ाइनिंग अपने-आपमें एक लिट्रेचर है। हर कपड़े की अपनी कहानी होती है, जिससे कई यादें जुड़ी होती हैं। जब एक कपड़े की मौत होती है, तो कितनी स्मृतियों की मौत होती है। कपड़े के हरेक धागे, यादों के धागे होते हैं।'

दरअसल, मिसेज़ एलेन बहुत देर से माँ बनी थीं। इसलिए भी मि. एलेन ने उन्हें अवसाद से बचाए रखने के लिए फ़ैशन डिज़ाइनिंग के काम में रमाया था। उस ज़माने में मिसेज़ एलेन ने कलकत्ता के एक इंस्टीच्यूट से विधिवत् फ़ैशन डिज़ाइनिंग का कोर्स किया था।

शादी के लगभग दस साल बाद मिसेज़ एलेन गर्भवती हुईं, तो डॉक्टर ने उन्हें बताया, 'आप जुड़वाँ बच्चों की माँ बननेवाली हैं।'

धीर-गम्भीर स्वभाव के मि. एलेन ने तब मुसककर कहा था, 'ईश्वर ने हमें बकाया बच्चा भी जोड़कर दे दिया।'

ख़ुशमिजाज मिसेज़ एलेन अपने जुड़वाँ मातृत्व का जब ब्यौरा देने लगतीं, तो सुननेवालों का हँसते-हँसते पेट दुखने लगता, 'किड्स आर अ टोटली डिफ़रेंट बॉलगेम...। विद माइ स्मॉल फ्रेम आइ लुक्ड लाइक अ स्मॉल शी-एलिफ़ेंट व्हेन आइ वाज़ प्रेग्नन्ट्...।' मिसेज़ एलेन का मानना था कि उनका वज़न अपने जुड़वाँ बेटों को जन्म देने के बाद से ही बढ़ता चला गया। अपने भारी-भरकम पेट को थपथपाते हुए वे अपने-आप पर ठठातीं, 'अभी भी इस हड़प्पा[1] में दो बच्चे पड़े हैं।' मिसेज़ एलेन परिहास में अपने भारी-भरकम पेट को 'हड़प्पा' कहतीं।

उनकी हँसी में छिपे अवसाद को जाननेवाले जानते थे। मिसेज़ एलेन के दोनों बेटे टोनी और मोंटी डॉक्टर थे और ऑस्ट्रेलिया में जा बसे थे। मि. एलेन जब जीवित थे,

1. एक अत्यन्त प्राचीन ऐतिहासिक स्थान

तब भी दोनों का 'गंज' आना-जाना बरसों-बरस बाद होता था। पेशे की व्यस्तता और पारिवारिक ज़िम्मेवारियों से दोनों को फ़ुर्सत बहुत कम मिल पाती थी। मि. एलेन तो ख़ैर लिखने-पढ़ने में ख़ुद को भुलाए रखते थे, पर मिसेज़ एलेन अपने चाँद के टुकड़ों को पल-पल याद करती थीं। टोनी और मोंटी का कोई पत्र या कार्ड आए और मिसेज़ एलेन पूरे 'गंज' को इसकी जानकारी न दे दें, यह कैसे सम्भव था, 'मोंटी और टोनी का कार्ड आया है मेरे 'बर्थ डे' पर...। ओफ़, क्या प्यारा कार्ड है!'

पर मि. एलेन जब बीमार पड़ गए, तो उनके बेटों ने कभी खोज-ख़बर नहीं ली। मि. एलेन के इलाज़ के दौरान मिसेज़ एलेन एक-एक पैसे के लिए परेशान हुईं। मि. डिकोस्टा से उन्होंने कर्ज़ लिया और मि. एलेन के इलाज़ में कोई क़सर बाक़ी नहीं रखी। फिर भी कैंसर से जूझते हुए मि. एलेन चल बसे थे। अपने पिता के निधन का समाचार पाकर टोनी और मोंटी 'गंज' आए। दोनों बेटों ने उन्हें ऑस्ट्रेलिया चलने को कहा, 'अब यहाँ क्या रखा है मम्मी? इस घर को बेचो और चलो।'

मिसेज़ एलेन राज़ी नहीं हुईं, 'मुझे यहीं छोड़ दो, अपने पापा की यादों के साथ। तुम दोनों दुनिया में कहीं रहो, पर रहोगे हमेशा मेरे पेट में ही।' मिसेज़ एलेन ने हँसने की कोशिश की, तो उनका गला रुँध आया था। बाद के वर्षों में मिसेज़ एलेन का अपने बेटों से मात्र चिट्ठी-पत्री और कार्ड से ही सम्पर्क रहा।

पंडुक की जोड़ी थे एलेन दम्पती। पर मि. एलेन के निधन के बाद मिसेज़ एलेन बहुत अकेली पड़ गई थीं। इसलिए मि. रेफ़ेल को जब मिसेज़ एलेन ने अपने कॉटेज का पेइंग गेस्ट बना लिया, तो 'गंज' में अफ़वाहों के ज़रिये चिकोटी काटनेवालों की बन आई। कुछ लोगों को यह चिन्ता लगातार सताती रही कि दुबले-पतले और छरहरे मि. रेफ़ेल भारी-भरकम कायावाली मिसेज़ एलेन को कैसे सँभाल पाते होंगे? छोटी क़द-काठी की मिसेज़ एलेन के कन्धे काफ़ी चौड़े थे। उम्र के साथ वे ख़ासी गोल-मटोल हो गई थीं। कन्धे का हिस्सा काफ़ी भारी हो गया था और कमर पर भी कुछ ज़्यादा ही चर्बी चढ़ी हुई थी। कन्धे तक झूलते श्वेत धवल बालों में वे अद्भुत लगती थीं। खुशिया पाहन के शब्दों में 'मकुनी हाथी'। अपने बढ़े वज़न को लेकर मिसेज़ एलेन मुसककर कहती भी थीं, 'भला हाथी कहीं दुबला होता है!' टुइयाँ गंझू को सब मिसेज़ एलेन का बड़ा हसबख़ाह कहते थे। रोज़ टहल-टिकोरा करने के एवज़ में मिसेज़ एलेन तमाम आर्थिक तंगी के बावजूद उसे कुछ पैसे दे दिया करती थीं। मि. रेफ़ेल ने जब मिसेज़ एलेन के यहाँ रहना शुरू किया, तो टुइयाँ गंझू को बड़ा अच्छा लगा। मि. रेफ़ेल को वह हमेशा से 'राइफल साहब' ही कहता आया था। टुइयाँ ने देखा, राइफल साहब के आने से एलेन मेमसाहब भी ख़ुश रहने लगी थीं। टुइयाँ जब कभी रास्ते-पैरे में मिल जाता, तो मि. डिकोस्टा खोद-विनोद करते, 'क्या रे टुइयाँ, तुम्हारा राइफल साहब अपनी जंबो क्वीन को कैसे ढोता है? उसको तो बैठे-बिठाये मिसेज़ एलेन का बहुत बड़ा डेयरी फ़ार्म मिल गया।'

टुइयाँ गंझू ने एक दिन गहरे अफ़सोस के संग अपनी पत्नी से कहा, 'चाहे कोई जात बिरादर हो, मसोमात[1] को कोई खुश नहीं देखने सकता।'

---

1. विधवा

मिसेज़ एलेन के घर के ऐन बग़ल में रहनेवाला मोहम्मद लतीफ़ इस तरह कूट करनेवालों पर बुरी तरह झपटता था। लतीफ़ कहता था कि 'गंज' के नाकारा लोगों में मि. रेफ़ेल सरीखे बेहतरीन इनसान को पहचानने की क़ूवत ही नहीं। लतीफ़ उस वाक़ये को कभी भूल नहीं पाता, जब वह एक बार अजमेर शरीफ़ गया था और उसकी अनुपस्थिति में उसके बड़े बेटे अल्ताफ़ की तबीयत अचानक बुरी तरह बिगड़ गई थी। मर्ज़ पकड़ में नहीं आ रहा था। खलारी और माँडर तक के डॉक्टरों ने हाथ उठा दिये कि वे अब कुछ नहीं कर सकते। माँडर के सरकारी अस्पताल के डॉक्टर ने 'गंज' आकर अल्ताफ़ को देखा और छूटते ही कहा, 'इसका इलाज अगर कर भी सकते हैं, तो बस पटना के डॉ. मुखोपाध्याय।' लतीफ़ की बीवी धारोधार रो पड़ीं कि अल्ताफ़ को लेकर पटना कौन जाएगा, उतने बड़े डॉक्टर को दिखाने? तभी मि. रेफ़ेल पहुँचे और अल्ताफ़ को दुलारते हुए कहा, 'लतीफ नहीं है तो क्या, मैं जाऊँगा पटना अपने ग्रैंडसन को लेकर और बिलकुल चंगा करके लाऊँगा।' मि. रेफ़ेल ने तत्काल खलारी से एक टैक्सी मँगवाई और अल्ताफ़ को लेकर पटना चले गए। लतीफ़ जब अजमेर शरीफ़ से सूफ़ी सन्त ख़्वाजा मोइनुद्दीन चिश्ती की दरगाह पर ज़ियारत कर लौटा, तब तक मि. रेफ़ेल पटना से नहीं आए थे। अगले दिन लतीफ़ पटना जाने ही वाला था कि मि. रेफ़ेल टैक्सी पर अल्ताफ़ को लेकर आ गए, 'लो, सँभालो अपनी अमानत को। अब बिलकुल ठीक है ये।'

'अंकल! आपका तो बहुत खर्च हो गया होगा? कितना लगा? मैं जल्दी ही दे दूँगा,' मोहम्मद लतीफ़ ने संकोच से दोहरा होते हुए कहा।

'इतना रुपया लगा,' मि. रेफ़ेल ने अपने दोनों हाथ दो दिशाओं में फैलाते हुए कहा, 'अब तुम गिनते रहो, कितना लगा। मैंने तो नहीं गिना। अरे मैन! आँख पर पलक का बोझ भला कभी महसूस हुआ है?' मि. रेफ़ेल मुसककर चल दिए।

बाद में भी लतीफ़ ने जब उनको रुपये देने की ज़िद की, तो मि. रेफ़ेल ने उसकी हथेली को अपनी हथेली में भींचते हुए कहा, 'लतीफ! गॉड का अकाउंट-बुक बहुत बड़ा है। वह मेरा कर्ज चुकाने का बहुत मौका तुम्हें देगा। बूढ़ा आदमी हूँ। बीमार पड़ता ही रहूँगा, तुम इलाज कराते रहना। लेकिन तब मैं नहीं पूछूँगा कि तुमको कितना रुपया लगा,' मि. रेफ़ेल की आवाज़ नम हो जाती थी 'लतीफ प्यारे! अगर मछली पानी की परवाह करती है, तो पानी भी मछली की परवाह जरूर करेगा।' अक्सर मि. रेफ़ेल टहलकर लतीफ़ के दालान पर आते और कहते, 'लतीफ मियाँ! बहू को बोलो, अपने हाथ की गुड़ की स्पेशल चाय पिलाएँ।' कभी-कभार ज़िद कर वे मिसेज़ एलेन को भी साथ लिये आते थे, 'लतीफ! आज मिसेज़ एलेन भी बहू के हाथ वाली वही गुड़ की चाय पिएँगी।'

मिसेज़ एलेन और मि. रेफ़ेल एक साथ रहकर बहुत ख़ुश थे। हाँ, अचानक एक रात जब हृदय-गति रुक जाने से मिसेज़ एलेन नींद में ही चल बसीं, तो मि. रेफ़ेल के लिए ज़रूर परेशानी पैदा हो गई। मि. रेफ़ेल के लिए अगर मिसेज़ एलेन का यह घर रहने के लिए पूर्ववत बरकरार रहता, तो भी शायद मि. रेफ़ेल को उतनी ही मुश्किल होती। मामला यों था कि मि. एलेन के बीमार पड़ने पर और उसके बाद भी मिसेज़ एलेन ने गाँव के मि. स्टेनली डिकोस्टा से अपने इस घर के एवज़ में रुपये लिये थे। बदले में मिसेज़ एलेन ने मि. डिकोस्टा को यह काग़ज़ बनाकर दे दिया था कि उनके गुज़रने के बाद यह घर

मि. डिकोस्टा का हो जाएगा। इस काग़ज़ी क़रार के मुताबिक़ मिसेज़ एलेन के निधन के बाद मि. डिकोस्टा उस घर के मालिक हो गए।

गाँव की दुनिया में पैंचा-हथफेर सामान्य बात है लेकिन किसी बड़ी मुसीबत-ज़रूरत में लोग सूद पर रुपया काढ़ कर काम चलाते हैं। गाँव में सूद का धन्धा सिर्फ़ साहूकार-बनिया लोग शुरू से करते आए हैं। पर मि. स्टेनली डिकोस्टा एकमात्र एंग्लो-इंडियन हैं, जो गाँव में सूद-लगानी और ज़मीन बंधक-मकफूल रखने का काम करते हैं। उनकी चर्चा चलने पर मि. मिलर मुँह बिचकाकर कहते हैं, 'डिकोस्टा अपनी कम्यूनटि का एक अवतार है। इस कम्यूनटि के लोग साहूकारों-महाजनों से सूद पर रुपये लेने के लिए हमेशा से बदनाम रहे हैं। पर एक डिकोस्टा ऐसा बाँकुरा निकला कि ये उल्टे महाजनी करने लगा।' मि. मिलर को सब अन्दरूनी ख़बर है कि किन-किन एंग्लो-इंडियन परिवारों ने डिकोस्टा से सूद पर रुपये ले रखे हैं। वे बिहँसकर कहते हैं, 'चमैन[1] से कोई पेट छिपा लेगा!'

मि. डिकोस्टा उम्र में मि. मिलर से दसेक साल छोटे हैं। मि. मिलर उनकी पूरी जन्म-पतरी जानते हैं। डिकोस्टा के बारे में कहानी की रेलगाड़ी मि. मिलर कुछ यो बढ़ाते हैं, 'पढ़ने में डिकोस्टा ठीक-ठाक था। पर अपनी उफनती क़ाबिलीयत के चलते बी.ए. भी पास नहीं कर पाया।' मि. मिलर अपनी रौ में याद करते हैं स्टेनली डिकोस्टा के पिता स्व. चार्ली डिकोस्टा को। 'गंज' में वे एक छोटी-सी डेयरी चलाते थे। उनके पास दो-तीन गायें थीं। सुबह से रात तक वे गायों का सानी-पानी देने, दूध दुहने और उपले जलाकर उसके धुएँ से मच्छरों को भगाने के अभियान में जुटे रहते थे।

स्व. चार्ली डिकोस्टा को हमेशा इस बात की कसक रही कि अर्थाभाव के कारण उनके पिता उन्हें ठीक से पढ़ा नहीं सके। इस कसक की भरपाई स्व. चार्ली डिकोस्टा अपने एकलौते बेटे स्टेनली डिकोस्टा के ज़रिये पूरी करना चाहते थे। उनकी प्रबल इच्छा थी कि उनका बेटा शिक्षा के क्षेत्र में आए और एक विद्वान प्रोफ़ेसर बनकर नाम कमाए। और वह भी किसी ऐसे-ग़ैरे विषय का नहीं, अंग्रेज़ी का प्रोफ़ेसर। पर 'राँची कॉलेज' से अंग्रेज़ी में बी.ए. (ऑनर्स) की पढ़ाई कर रहे स्टेनली डिकोस्टा की गाड़ी बी.ए. (प्रथम वर्ष) में जो फँसी, सो कभी निकली नहीं। वे लगातार दो बार इम्तहान में फ़ेल कर गए। आख़िरकार, स्टेनली ने अपने पिता से दो टूक कह दिया कि वे आगे की पढ़ाई नहीं कर पाएँगे। स्टेनली ने अन्दर-ही-अन्दर मान लिया कि इस मूर्ख दुनिया के लायक़ वे हैं ही नहीं। पढ़ाई में छलनी हुए स्टेनली के मन में इसलिए धीरे-धीरे क्रूरता की एक परत जमती चली गई थी।

स्टेनली डिकोस्टा की पक्की राय है कि पढ़े-लिखे लोग भले ही प्रगतिशील होने का स्वांग कर लें लेकिन अन्दर से सब कूढ़मगज़ होते हैं। दरअसल, स्टेनली डिकोस्टा के इस नतीज़े तक पहुँचने की ठोस वज़ह है। अंग्रेज़ी साहित्य में सिद्धि प्राप्त करने के लिए स्टेनली डिकोस्टा ने रात-रात भर जगकर अंग्रेज़ी के महान नाटककार विलियम शेक्सपियर, अंग्रेज़ी में स्वच्छन्दतावाद के अमर कवि शेली और 17वीं सदी के अन्यतम अंग्रेज़ी कवि जॉन मिल्टन के साहित्य को भरसक घोंक डाला था। शेक्सपियर की अमर कृतियों—'हेमलेट', 'ओथेलो' और 'मैकबैथ' आदि के कई महत्त्वपूर्ण अंश उनकी दाँतों के नीचे

1. गाँवों में प्रसव करानेवाली स्त्री

थे। इसी तरह पर्सी बिशे शेली कृत 'ओड टू द वेस्ट विंड' और 'एलेस्टर' के अधिकांश अंश उन्हें ज़बानी याद थे। जॉन मिल्टन की अमर रचना 'पैराडाइज़ लॉस्ट' पर तो स्टेनली डिकोस्टा जान ही छिड़कते थे। 'पैराडाइज़ लॉस्ट' यानी 'गुम हुई जन्नत' का ज़िक्र छिड़ना था कि स्टेनली डिकोस्टा धाराशार शुरू हो जाते थे। 'हाइलैंड गेस्ट हाउस' के मि. डेविड कैमरॉन तो उनके बारे में यहाँ तक कहते रहे हैं कि अगर दुनिया भर में 'पैराडाइज़ लॉस्ट' की एक-एक प्रतियाँ जला दी जाएँ, तो धरती पर एक मि. स्टेनली डिकोस्टा ही हैं, जो 'पैराडाइज़ लॉस्ट' को ज्यों का त्यों लिख देंगे।

'गंज' में एक मि. डेविड कैमरॉन ही हैं, जो स्टेनली डिकोस्टा के ज्ञान की 'गुप्त गंगा' से परिचित हैं। बुर्ज़ुग कैमरॉन ने स्टेनली के पिता स्व. चार्ली डिकोस्टा को भी देखा हुआ है, जो अपना मज़ाक ख़ुद से उड़ाते हुए कहते थे कि 'गंज' के वे एकलौते 'एंग्लो-इंडियन-ग्वाला' हैं। दो-तीन गायोंवाली बित्ते भर की अपनी डेअरि चलानेवाले चार्ली डिकोस्टा इस अधूरी हसरत के साथ दुनिया से चले गए थे कि उनका एकलौता बेटा स्टेनली एक दिन अंग्रेज़ी का प्रोफ़ेसर बनेगा। मि. डेविड कैमरॉन को स्टेनली डिकोस्टा के लिए अफ़सोस होता है क्योंकि वे समझते हैं कि कुछ ज़्यादा ज्ञानी बनने के चक्कर में स्टेनली न तो अपने पिता की हसरत पूरी कर पाया और न अपनी। यही वज़ह है कि आज का स्टेनली डिकोस्टा वह है ही नहीं, जो अपने युवा दिनों का एक अति महत्त्वाकांक्षी लड़का स्टेनली था। बी.ए. (प्रथम वर्ष) में पढ़ाई छोड़ देने के बाद स्वयं स्टेनली ने उनसे बताया था कि यह दुनिया भले आगे जाने के दावे करती हो पर सच है कि लीक पीटनेवाली दुनिया किसी की मौलिकता पसन्द नहीं करती है। मौलिकता के आत्म फ़साद में स्टेनली को निराशा हाथ लगी थी। स्टेनली डिकोस्टा की आत्मघाती मौलिकता की मिसाल यह थी कि जब परीक्षा में यह प्रश्न पूछा जाता कि—जॉन मिल्टन ने 'पैराडाइज़ लॉस्ट' के माध्यम से क्या सन्देश दिया है? तो उत्तर में स्टेनली डिकोस्टा लिखते थे कि—'बेशक़ मिल्टन की यह कृति धर्मशास्त्रीय प्रतिबिम्बों और शास्त्रीय संकेतों से भरपूर है लेकिन शैतान के विद्रोह और ईडन गार्डेन से एडम और ईव के निष्कासन प्रसंग पर केन्द्रित अपने इस महाकाव्य को वे और सरल तथा बेहतर ढंग से लिख सकते थे। खैर, अब जो वे लिख गए, सो लिख ही गए।' कुछ इसी तरह विलियम शेक्सपियर के नाटक 'ओथेलो' पर पूछे गए प्रश्न का घटश्राद्ध करते हुए स्टेनली डिकोस्टा ने अपनी मौलिकता से परीक्षक को प्रभावित करने के लिए उत्तर में लिखा—'ओथेलो विवाह में यौन ईर्ष्या पर केन्द्रित शेक्सपियर का एक प्रसिद्ध नाटक है। पर जिस तरह इस नाटक में शेक्सपियर ने पात्रों की हत्याएँ कराई हैं, उसकी क़तई ज़रूरत नहीं थी। मूरिश सैन्य कमांडर ओथेलो के चरित्र को वे ग़लत लिख गए।' ज़ाहिर था कि ऐसे-ऐसे उत्तरों पर परीक्षकों ने स्टेनली डिकोस्टा की कॉपी पर भारी-भारी लड्डुओं सरीखा शून्य बैठा दिया। स्टेनली डिकोस्टा की मौलिकता का अपना तर्क था और पारम्परिक परीक्षकों की अपनी ज़िद। इस तरह स्टेनली डिकोस्टा बी.ए. पास नहीं कर पाए। उनके पिता ने इस बीच उनकी शादी कर दी और कुछ साल बाद चल बसे। स्टेनली डिकोस्टा ने तय किया कि वे अपने पिता की तरह 'एंग्लो-इंडियन-ग्वाला' नहीं बनेंगे और कुछ अलग हटकर करेंगे। सो उन्होंने पिता के डेअरि की जो दो-तीन गायें थीं और डेअरि का

जो कुछ टीन-टप्पर था, उसे बेचा और 'गंज' में अपनी छोटी-सी पूँजी से महाजनी शुरू कर दी। अब वे 'गंज' के महत्त्वपूर्ण महाजनों में से एक हैं। मिसेज़ एलेन ने अपने पति के बीमार पड़ने पर अपने घर के एवज़ में उन्हीं से रुपये लिए थे। मि. एलेन तो कुछ समय बाद चल बसे थे और क़रार के मुताबिक़ जब मिसेज़ एलेन ईश्वर को प्यारी हो गईं, तो उनका घर स्वतः मि. स्टेनली डिकोस्टा का हो गया।

मिसेज़ एलेन के निधन का समाचार पाकर कई दिनों बाद उनके दोनों बेटे टोनी और मोंटी 'गंज' आए, तो ख़ुद मि. डिकोस्टा ने दोनों के समक्ष प्रस्ताव रखा, 'अगर तुम लोग चाहो, तो इस घर को वापस रख सकते हो। बस नाममात्र के इंट्रेस्ट के साथ मेरा रुपया दे दो। मैं नहीं चाहता कि तुम्हारे परिवार की निशानी 'गंज' से मिट जाए।'

इस प्रस्ताव पर मोंटी ने दो-टूक कहा, 'मम्मी ने हम लोगों का काम पहले ही आसान कर दिया, अंकल। हम यहाँ घर रखकर क्या करेंगे?'

मि. डिकोस्टा के इस कथित उदारतापूर्ण प्रस्ताव को लेकर जहाँ मि. डिकोस्टा की चारों तरफ़ वाहवाही हुई, वहीं पहली बार अपने पति की दरियादिली देख मिसेज़ डिकोस्टा मारे आशंका के रो पड़ीं। उन्होंने भर्राये गले से मि. मेंडेज़ से कहा, 'मुझे लगता है कि मेरे हज़बैन्ड अब ज़्यादा दिनों के मेहमान नहीं हैं। इतनी उदारता मैंने उनमें आज तक नहीं देखी। यह अजीब परिवर्तन देख रही हूँ इनमें।' पर मि. गिब्सन ने छूटते ही कहा था, 'डिकोस्टा की यह ड्रामेबाजी 'गंज' में कुछ ही लोग समझते हैं। इस चमचिच्चड़ को मैं पहचानता हूँ। वह तो जानता था कि मिसेज़ एलेन के बेटों के पाँव पर भी अगर वह उनका मकान डाल देगा, तब भी वे लोग इसे नहीं रखनेवाले। मिसेज़ एलेन ने ऐसे ही थोड़े मकान का कागज मरने के बहुत पहले डिकोस्टा के नाम बना दिया था! वे बोलतीं भले न थीं, लेकिन अपने बेटों से उनका दिल तो फट ही गया था।'

मि. डिकोस्टा ने मि. रेफ़ेल को घर छोड़ देने का कोई 'अल्टीमेटम' नहीं दिया था। मि. डिकोस्टा की तो इच्छा थी कि वे मिसेज़ एलेन के उस कॉटेज का जीर्णोद्धार करवाकर चेंजर लोगों के लिए एक गेस्ट हाउस खोलें और मि. रेफ़ेल को ही इस गेस्ट हाउस को चलाने की ज़िम्मेदारी सौंप दें।

'ऐसा ईमानदार और मीठा आदमी भला कहाँ मिलेगा? परिवार का भी कोई झोल-झमेला मि. रेफ़ेल के साथ नहीं है। एकदम अकेला राम। कोई छुट्टी-पुट्टी का भी चक्कर नहीं,' मि. डिकोस्टा ने अपनी पत्नी से कहा। पर टुइयाँ गंझू ने भविष्यवक्ता की तरह कहा था, 'राइफल साहब अब वहाँ मरकौर[1] खाने के लिए रहेगा? हरगिज नहीं।'

पर मिसेज़ एलेन के गुज़रने के बाद मि. रेफ़ेल स्वयं इस घर से जल्द-से-जल्द निकल जाना चाहते थे। मि. रेफ़ेल सोचते थे कि अगर मिसेज़ एलेन का यह घर मि. डिकोस्टा के हाथ में नहीं गया होता, तब भी वे इस घर में नहीं रह पाते। इस घर के एक-एक हिस्से में मिसेज़ एलेन की यादें बसी हैं। बीच रात में नींद उचट जाने पर कमरों में बेचैनी से टहलने लगते मि. रेफ़ेल। मिसेज़ एलेन का बिस्तर, उनका चश्मा, उनके कपड़े...जूते...छड़ी... मि. रेफ़ेल को लगता, अचानक मिसेज़ एलेन कमरे में मुसकते हुए प्रकट होंगी और पीछे से उनकी पीठ थपथपाकर कहेंगी, 'ओह मैन! तुमको नींद क्यों नहीं आता?' मि. रेफ़ेल

1. मातम में भोजन

ने महसूस किया कि इस घर में रहकर अब उन्हें कभी नींद नहीं आएगी। इस घर से उनका चित्त उचट चुका है। इसलिए मि. डिकोस्टा से उनके घर जाकर उन्होंने कह दिया था, 'बस, जल्दी ही मैं आपका कमरा खाली कर दूँगा।' पर मि. रेफ़ेल को यह सवाल बुरी तरह परेशान किए हुए था कि 'गंज' में अब नये सिरे से अपना डेरा-डंडा वे डालें तो भला कहाँ? गिरे हुए दूध की हालत थूक जैसी हो जाती है, सोचते थे मि. रेफ़ेल। मोहम्मद लतीफ़ ने उनकी यह बेचैनी भाँप ली और एक सुबह उनसे कहा, 'अंकल! अब तो मिसेज एलेन भी नहीं रहीं। इस घर में रहकर आपको अच्छा नहीं लगेगा। अल्ताफ की अम्मी और घर में सबका कहना है कि अंकल अब हम लोगों के साथ रहें—हरदम के वास्ते...।'

अल्ताफ़ ने उनके गले में दुलार से हाथ डालते हुए कहा, 'हाँ, दादू। आप आज और अभी यहाँ आ जाइए।'

घनघोर असमंजस की उस स्थिति में लतीफ़ के प्रस्ताव और अल्ताफ़ के दुलार पर मि. रेफ़ेल की आँखें भर आई थीं। उस दिन से मि. रुबिन रेफेल माँडर के अस्पताल में अन्तिम साँस भरने तक मोहम्मद लतीफ़ के परिवार के स्थायी सदस्य बन गए थे। लतीफ़ ने कभी उन्हें अपने बाप से कम नहीं समझा। लतीफ़ के मिट्टी और खपरैलवाले पुश्तैनी घर के दालान पर बड़े-बुजुर्ग अभिभावक की तरह मि. रेफ़ेल ने अपनी बाक़ी ज़िन्दगी गुज़ार दी थी। बड़ी सहजता से मि. रेफ़ेल ने मैकलुस्कीगंज के इस निम्न मध्यवर्गीय मुस्लिम परिवार में अपने को पैबस्त कर लिया था। इसलिए परिहास में मि. रेफ़ेल का नामकरण 'गंज' के कुछ लोगों ने 'मोहम्मद रुबिन रेफेल' कर दिया था।

मि. डिकोस्टा अक्सर खीज कर कहते थे, 'आदमी को अपना ड्रेस और एड्रेस हमेशा अच्छा रखना चाहिए। मि. रेफ़ेल का ड्रेस तो ठीक है पर अपना अड्रेस उन्होंने बर्बाद कर लिया। अब सिर्फ उनकी सजावट रह गई है, तरावट नहीं।'

मोहम्मद लतीफ़ के परिवार के तमाम सदस्य मि. रेफ़ेल की सेवा में मुस्तैद रहते थे। 'गंज' के कुछ तीरंदाज़ों का तुक्का था कि मि. रेफ़ेल ने अपने खाते में मोटा पैसा गाड़ रखा है और लतीफ़ इसीलिए तन-मन लगाकर उनको पाल रहा है। पूरा लल्लो-चप्पो कर रहा है। लतीफ़ के बेटे अल्ताफ़ को तो बिलकुल 'पोसपुत' मानकर पढ़ाया-लिखाया था मि. रेफ़ेल ने। यही नहीं, अल्ताफ़ मियाँ की शादी के वास्ते लड़की देखने मि. रेफ़ेल ख़ुद राँची गए थे। मि. रेफ़ेल ने मुसककर कहा था, 'घोड़ा भर का हो गया है, अब इसकी शादी कब होगी?'

दरअसल, राँची की 'आज़ाद बस्ती' के निवासी मोहम्मद मोशफ़ीउल्लाह ने 'गंज' आकर मोहम्मद लतीफ़ के पास अल्ताफ़ से अपनी बेटी नाज़नीन के निकाह का प्रस्ताव रखा था। मोहम्मद लतीफ़ ने मोशफ़ीउल्लाह से कहा, 'जाइए, रेफेल अंकल से बात कीजिए। अल्ताफ की शादी के मुतल्लिक कोई भी फैसला वही करेंगे।'

मोहम्मद मोशफ़ीउल्लाह को शुरू में यह सब अटपटा भी लगा कि कहीं लतीफ़ मियाँ उन्हें टाल तो नहीं रहे हैं? पर उन्होंने मि. रेफ़ेल से बात की। मि. रेफ़ेल ने पहले तो कुछ नहीं कहा, पर जब किसी ने उन्हें बताया कि, 'मोहम्मद मोशफ़ीउल्लाह की बिटिया नाज़नीन बहुत ख़ूबसूरत है, और आज के समय में ऐसी शान्त लड़की कहाँ मिलेगी जिसकी आँखें

ज़मीं से सिली हों। अल्ताफ़ से उसकी जोड़ी सचमुच अच्छी जमेगी', तो मि. रेफ़ेल राँची के लिए निकल पड़े थे। नाज़नीन को देखकर मि. रेफ़ेल को लगा था कि सचमुच नाज़नीन उनके अल्ताफ़ के लिए ही बनी है। इस तरह बातचीत पक्की हो गई। मि. रेफ़ेल ने जब नाज़नीन के अब्बा को ज़बान दे दी, तो लतीफ़ मियाँ इसमें क्या बोलते? पर इस शादी को देखने के पहले ही मि. रेफ़ेल अचानक चल बसे थे।

मि. रेफ़ेल के बीच में ही गुज़र जाने पर मोहम्मद मोशफ़ीउल्लाह को लगा कि क्या पता, लतीफ़ मियाँ अब अल्ताफ़ की नाज़नीन के संग शादी की बात से कहीं पीछे न हट जाएँ! पर मोहम्मद लतीफ़ ने नाज़नीन के साथ ही अल्ताफ़ का निकाह किया। नाज़नीन के अब्बा से लतीफ़ मियाँ ने कहा, 'अंकल ने जब आपको जबान दे दी थी, तो उसमें फिर क्या सोचना? उनकी बात को मैं कैसे खाली जाने दूँगा? किनर-मिनर और कच-कच कझियाँव की मेरी फितरत नहीं।'

निकाह के दिन मैकलुस्कीगंज से राँची विदा होने के समय अल्ताफ़ की अम्मी ने जब अल्ताफ़ को चूमा, तो अल्ताफ़ की आँखों में आँसू थे, 'अम्मी, आज दादू होते...!'

राँची से नाज़नीन को देखकर जब पहली बार मि. रेफ़ेल आए थे, उस समय का उनका मुस्कराता चेहरा अल्ताफ़ की आँखों के सामने रह-रहकर नाच रहा था। नाज़नीन को देखकर आने के बाद खिलखिलाती आँखों से मि. रेफ़ेल ने अल्ताफ़ से कहा था, 'एकदम चाँद का टुकड़ा फ़ाइनल किया है मैंने तुम्हारे लिए। तुम्हारे निकाह के मौके पर देखना, मैं कैसे जमकर डांस करता हूँ!' पर अल्ताफ़ की शादी के पहले वे गुज़र जाएँगे, इसकी कल्पना मि. रेफ़ेल को ख़ुद भी नहीं थी। वे शायद ही कभी बीमार पड़ते थे।

कुछ साल पहले एक बार जब उनके पेट में लगातार बहुत दर्द हुआ था और राँची के डॉक्टर ने उनके गॉल ब्लाडर में पथरी होने की बात कही थी, तो मोहम्मद लतीफ़ ने राँची के एक नर्सिंग होम में उनका ऑपरेशन करवाया था और सपरिवार राँची में कई दिनों तक रह, उन्हें ठीक कराकर ही लाया था। पर इस बार जब मि. रेफ़ेल को साँस लेने में बुरी तरह तकलीफ़ होने लगी, तो मि. रेफ़ेल ने लतीफ़ से अकेले में कह दिया, 'लतीफ! अब अस्पताल में मुझे जमा करने से कोई फायदा नहीं होगा। यू कांट सेव मी दिस टाइम...। इस बार तुम हमको बचा नहीं सकेगा मैन।'

मि. रेफ़ेल सरीखे हौसलामन्द आदमी के मुँह से ऐसी हारी हुई बात सुनकर लतीफ़ को भी घबराहट हो गई और उसने मैकलुस्कीगंज से 40 किलोमीटर दूर माँडर स्थित सरकारी अस्पताल में रातों-रात उन्हें ज़िद कर भर्ती करवाया, 'अंकल, इमर्जेंसी में 'गंज' में कोई हाय-उपाय नहीं।'

इसके साथ ही गाँव में यह ख़बर बिजली की तरह फैल गई कि मि. रेफ़ेल अब-तब में हैं। टुइयाँ गंझू ने विकल होकर कहा, 'सुना है, 'गैस' पर हैं राइफल साहब। लगता है, उनकी 'बिल्टी' कटने वाली है।'

माँडर अस्पताल में भर्ती होने का मतलब होता है—गम्भीर मामला। छोटे-मोटे मर्ज़ के लिए तो 'गंज' के लोग खलारी के डॉक्टर के पास जाते हैं। हालत ज़्यादा बिगड़ने पर अच्छी चिकित्सा सुविधा के लिए बस एकमात्र माँडर का यह सरकारी अस्पताल है। पर माँडर अस्पताल में भर्ती होने के दो दिनों बाद ही मि. रेफ़ेल चल बसे थे। वे अगस्त माह

के आख़िरी दिन थे। मौसम में हर साल की तरह भाद्रपद के अन्तिम दिनों की चिरपरिचित हल्की खुनक आ गई थी। इस खुनक के साथ मि. रेफ़ेल की अंत्येष्टि को लेकर पूरा 'गंज' छनक उठा।

मि. रेफ़ेल को मैकलुस्कीगंज में दफ़नाने की बात आते ही 'मैकलुस्कीगंज बेरियल बोर्ड' के अध्यक्ष टॉम हैंक्स ने अचानक अन्तिम क्षण में साफ़ हाथ उठा दिया था कि 'बेरियल बोर्ड' के अध्यक्ष पद से उसने इस्तीफ़ा दे रखा है। अब जिसकी जो मर्ज़ी हो, वह करे। टॉम ने अपने गोल-मटोल चेहरे को और भारी बनाते हुए कहा, 'मैं मि. रेफ़ेल के 'गंज' के ग्रेवयार्ड में फ़्यूनेरेल के लिए हरगिज साइन नहीं करेगा। 'बेरियल बोर्ड' का रजिस्टर और सारा कागज-पत्तर मेरे पास से आप लोग अभी ले जा सकते हैं। उल्लू का गोश्त नहीं खा रखा है हमने। जब हम 'बेरियल बोर्ड' से रिज़ाइन कर चुका है, तो किसी के फ़्यूनेरेल के वास्ते ऑर्डर देने का राइट मेरे पास कहाँ रह गया?'

खुशिया पाहन ने मजीद के 'कारनी टी स्टॉल' पर चाय सुड़कते हुए उबलकर कहा, 'उसना ओल जैसा चेहरावाला इ अगमुत्तू टॉम एंग्लो साहब लोगों के नाक का नेटा बन गया है। इस छुतहर को सारा कुन्नह अभी सधाना था! इसको मिन्नत-समाजत कर लोग हार गए। रत्ती भर भी मोम नहीं है उसके भीतर। डिमांइड आदमी है स्साला...सी-नम्बर का खटबानर! कितना आँय-बाँय कर रहा था! उसकी गलथोथी पर मन तो कर रहा था कि कान ऐंठ कर मारें दो थप्पड़।'

'नंगे बड़े परमेश्वर से...नीच मनुष्य से सब डरते हैं।' पंडित रामाज्ञा पाठक ने गहरी साँस लेकर कहा।

मजीद के स्वर में तिलमिलाहट थी, 'खाली टाइसूट-हाइसूट और सुपारी सूट[1] पहनकर फफरदलाली करने से कुछ नहीं होता खुशिया चा। हमारी कारनी आंटी तो औरत ही थीं, लेकिन क्या मजाल कि उनके आगे कोई अवंडबाजी कर ले! कोई अपना मॉडल खुद बनाता-बिगाड़ता है। यहाँ के जितने बचे-खुचे साहब लोग हैं, बस, रंगीन फोटो।'

टॉम के भयानक नखरे के बाद किसी को हिम्मत नहीं पड़ी कि माँडर अस्पताल में पड़ी मि. रुबिन रेफ़ेल की लाश को लाकर मैकलुस्कीगंज के 'ग्रेवयार्ड' में दफ़ना दे। हालाँकि, गाँव के अधिकांश एंग्लो-इंडियन लोगों ने टॉम को समझाने की भरपूर कोशिश की थी कि ऐसे संवेदनशील मौक़े पर तमाशा करना उचित नहीं। यह दुहाई दी गई कि स्व. रुबिन रेफ़ेल 'गंज' की एंग्लो-इंडियन सोसाइटी के विधिवत् पुराने रजिस्टर्ड सदस्य थे और 'ग्रेवयार्ड' की चहारदीवारी कराने में सबसे ज़्यादा डोनेशन उन्हीं का था। यही नहीं, वे 'ऑल इंडिया एंग्लो-इंडियन सोसाइटी' से जुड़े हुए थे। पर ये और ऐसे सारे तर्क टॉम को उसकी ज़िद से नहीं हिला सके। आख़िर तक वह त्योरी ठाने ही रह गया।

टॉम हैंक्स को स्व. रुबिन रेफ़ेल से कोई निजी शिकायत रही हो, ऐसी बात भी नहीं थी। दरअसल, टॉम को इस बात का भारी ग़ुस्सा था कि बिहार विधान सभा में एंग्लो-इंडियन समुदाय के मनोनीत एम.एल.ए. मि. हेक्टर एंगस ब्राउन की विधायक कोटेवाली राशि से मैकलुस्कीगंज में जितनी भी सड़कें बनीं, उसमें टॉम के घर की तरफ़ जानेवाले रास्ते को शामिल नहीं किया गया। मैकलुस्कीगंज स्टेशन के उत्तर टॉम के घर की तरफ़

1. सफ़ारी सूट

जानेवाली सड़क और पुलिया की हालत वर्षों से जर्जर थी और टॉम ने 'गंज' के सभी गणमान्य एंग्लो-इंडियन लोगों से कई बार विनती की थी कि मि. हेक्टर एंगस ब्राउन की सड़कवाली योजना में उसके घरवाले रास्ते को अवश्य शामिल किया जाए, पर तब किसी ने इस पर गम्भीरता से ध्यान नहीं दिया। यही बात टॉम को लग गई। इसके बाद ही उसने 'गंज' के 'बेरियल बोर्ड' के अध्यक्ष पद से अपने इस्तीफ़े की घोषणा कर दी थी।

उस समय लोगों ने समझा था कि टॉम क्षणिक ग़ुस्से में इस्तीफ़ा की बात कर रहा है। मि. मेंडेज़ ने तब टॉम को पुचकारते हुए कहा था, 'इस्तीफा रखो मैन। इस तरह बच्चों की तरह नहीं करते! अगली बार मि. ब्राउन के फ़ंड से तुम्हारे घर के रास्तेवाली सड़क सबसे पहले बनेगी। मैं इसकी गारंटी लेता हूँ।'

मि. मेंडेज़ की बात पर जब टॉम चुप रह गया, तो लोगों को लगा था कि टॉम का गुस्सा ख़त्म हो गया है और फिर कभी वह इस्तीफ़े की बात नहीं दोहराएगा, पर ऐन मौक़े पर टॉम के तेवर ने सबको हैरान कर दिया।

टॉम को 'गंज' के एंग्लो-इंडियन लोगों ने 'बेरियल बोर्ड' का अध्यक्ष इसलिए बनाया था कि वह गम्भीर और ज़िम्मेदार है। बोर्ड के कामकाज की ज़िम्मेदारी को वह सफलतापूर्वक निभा सकता है। टॉम ने यह ज़िम्मेदारी अर्से तक ठीक-ठाक निभाई, पर उसके घर की तरफ़ सड़क नहीं बनने से उसे लगा कि जान-बूझकर योजनाबद्ध ढंग से समुदाय के लोगों ने उसकी उपेक्षा की है, वरना मि. हेक्टर एंगस ब्राउन को क्या था—'गंज' के गणमान्य एंग्लो-इंडियन लोगों ने उन्हें जिन-जिन सड़कों के जीर्णोद्धार के लिए कहा, सबकी स्वीकृति मि. ब्राउन ने तो सहर्ष दे ही दी थी।

टॉम के इस गुस्से को सब उचित मान रहे थे। पर इस बात को लेकर टॉम ऐन मौक़े पर इतना वीभत्स नाटक कर देगा, इसकी कल्पना किसी को नहीं थी। गाँव की बुजुर्ग मिस डोरथी पीस बॉनर ने हताशा भरी हैरानी से कहा, 'सड़क और पुलिया नहीं बनने का बदला क्या टॉम को मि. रेफेल से लेना था? मि. रेफ़ेल का सोल कभी टॉम को माफ नहीं करेगा...हरगिज नहीं।'

टुइयाँ गंझू ने गंझू टोले के लोगों के बीच अफ़सोस से कहा, 'बड़ा बतकुट्टा है टॉम। क्या बात करेगा? हकमैती[1] चुकाने का उसे यही मौका मिला था? ये एंग्लो-इंडियन लोग लाख लहक-चहक करें या जिट झाड़ लें, पर इनके बीच आपस में साँप और बेंग का रिश्ता है।'

ख़ैर, जब टॉम अपनी जगह से हिलने को तैयार नहीं हुआ, तो लतीफ़ समेत मि. मेंडेज़, मि. गिब्सन और मि. मिलर सरीखे एंग्लो-इंडियन समुदाय के कुछ प्रमुख लोगों ने माँडर के मिशनरीवालों से बात की। माँडर में पी.डब्ल्यू.डी. की जो पुरानी पानी टंकी है, उसी से सटा है ईसाइयों का 'ग्रेवयार्ड'। सबने मिलकर वहीं मि. रेफ़ेल को मिट्टी दे दी। बाद की जो रस्म थी, वह लतीफ़ ने मुस्तैदी से की।

दुनिया में स्व. रेफ़ेल के रिश्तेदारों के नाम पर बस उनकी एक भतीजी थी—असमा, जो न्यूज़ीलैंड में रहती थी। स्व. रेफ़ेल के भाई यानी असमा के पिता, जो कभी इंग्लैंड में रहा करते थे और एक बहन जो ऑस्ट्रेलिया में रहती थीं, का निधन स्व. रेफ़ेल के

1. हुकूमत

जीवनकाल में हो गया था। इसलिए स्व. रेफ़ेल की भतीजी असमा का पता लतीफ़ से मि. मिलर ने लिया और 'गंज' के एंग्लो-इंडियन समुदाय के लोगों से राय-बात कर एक चिट्ठी असमा को डाल दी कि उसके चाचा नहीं रहे।

इस पत्र को डाले जाने के एक माह बाद असमा मैकलुस्कीगंज आई और लतीफ़ के घर पर एक सप्ताह रुककर मि. रेफ़ेल की कुछ तसवीरें, उनकी डायरी आदि लेकर, यादों को भरसक बटोर न्यूज़ीलैंड लौट गई। बुर्राक़ गोरी, सुनहरे बालों और बड़ी-बड़ी आँखोंवाली छरहरी असमा पहली बार 'गंज' आई थी। 'गंज' के कुछ ज़्यादा काबिल लोगों को इस जिज्ञासा ने परेशान कर रखा था कि एंग्लो-इंडियन होने के बावजूद उसका नाम असमा क्यों है? बाद में लतीफ़ के ज़रिये ही 'गंज' में लोगों के समक्ष इस बात का खुलासा हुआ कि असमा का पहले कोई अंग्रेज़ीदाँ नाम था। उसने न्यूज़ीलैंड के एक मुस्लिम सज्जन से जब शादी कर ली, तो मज़हब बदलने के कारण उसका नाम बदलकर असमा हो गया।

खुशिया पाहन ने तब लतीफ़ से बिहँसकर कहा था, 'वही तो मैं कह रहा था कि किसी का नाम पलटी करना इतना आसान है क्या?'

ख़ैर, न्यूजीलैंड लौटते समय असमा ने लतीफ़ से कहा, 'अंकल को दफनाने में जो खर्च हुआ, वह तो ले लो लतीफ। मुझे इससे शान्ति मिलेगी।'

पर लतीफ़ ने असमा के आगे हाथ जोड़ लिये, 'अंकल के कफन-दफन में जो खर्च हुआ, उसका हम पैसा लेंगे आपसे? असमा, तब खुदा माफ नहीं करेगा मुझको।'

मोहम्मद लतीफ़ के इस मजबूत इनकार के आगे असमा की कुछ नहीं चली।

असमा जिस सुबह विदा हो रही थी, उस समय मोहम्मद लतीफ़ के घर में बेटी के विदा होने जैसा दृश्य था। मुँह अँधेरे ही उठकर लतीफ़ की बीवी ने घर का झाड़ू-बुहारू कर लिया था। असमा को देने के लिए कुछ पकवान भी बना डाले।

'आज इतनी सुबह साफ-सफाई?' असमा ने तनिक हैरान होकर पूछा, तो लतीफ़ की बीवी ने मुसककर कहा, 'हमारे यहाँ रिवाज है कि बेटी के घर से जाने के बाद उस दिन घर में झाड़ू-बुहारू नहीं होता। इसलिए बेटी जाने के पहले ही भुरारे-भुरारे सफाई कर ली जाती है।'

चौखट के पास खड़ी असमा बरबस भर आई आँखों से लतीफ़ की बीवी का मुँह देखती रही।

लतीफ़ और अल्ताफ़ ने राँची हवाई अड्डे तक जाकर असमा को विदा किया। हालाँकि, असमा बार-बार कहती रही कि वह अकेले निकल जाएगी, पर लतीफ़ ने आँखें चौड़ी करते हुए कहा, 'बेटी भला अकेली कैसे जाएगी? राँची तक तो छोड़ने हम चलेंगे ही।'

न्यूज़ीलैंड पहुँचकर असमा ने लतीफ़ को एक प्यारा-सा पत्र लिखा था, 'लतीफ! 'गंज' में आप लोगों के साथ बिताये उन सात दिनों को मैं भूल नहीं पा रही हूँ। अगर ईश्वर की मर्ज़ी हुई, तो कभी मैं भी 'गंज' में हमेशा के लिए रेफ़ेल अंकल की तरह आकर बस जाऊँगी।'

असमा तो महज़ सात दिनों में 'गंज' के महौल से अभिभूत हो गई थी, पर 'गंज' के ऐसे अनगिनत एंग्लो-इंडियन लोग थे, जो रोज़ी-रोटी के वास्ते वर्षों पहले अपने गाँव से निकलकर भले विदेश चले गए, फिर भी उन लोगों का प्यारा-प्यारा 'गंज' जैसे प्रतिपल

उनकी धड़कनों में पिऐनो के मन्द-मधुर धुन की तरह थिरकता रहता था। इसी तरह डेनिस मैगावन कभी अपने 'गंज' को भूल नहीं सके थे। 'गंज' के पुराने निवासी मि. बी. मेंडेज़ से इसलिए डेनिस का बराबर पत्राचार चलता रहा था। मि. मेंडेज़ अपने पत्रों में अक्सर 'गंज' का कुशल-क्षेम डेनिस को लिखते रहते थे। मि. मेंडेज़ ने मि. रेफ़ेल वाले प्रकरण के बारे में डेनिस को विस्तार से लिखा था। पत्र पढ़कर डेनिस को बहुत क्षोभ हुआ। डेनिस ने सोचा, वे टॉम को अवश्य एक पत्र लिखेंगे कि उसने एक मरे हुए आदमी के साथ ऐसा बर्ताव क्यों किया। डेनिस ने मि. रेफ़ेल के प्रकरण वाले मि. मेंडेज़ के उस पत्र को पढ़कर तत्काल फाड़ दिया। डेनिस को लगा कि अगर लीज़ा ने यह पत्र पढ़ लिया, तो छूटते कहेंगी, 'डेनिस! यही है तुम्हारा 'गंज', जो एक मरे हुए आदमी को मिट्टी तक नसीब नहीं होने देता है।' डेनिस ने सोचा कि अगर लीज़ा ने फिर 'गंज' के बारे में कोई ऐसी-वैसी बात कह दी, तो नाहक में झगड़ा हो जाएगा। इसलिए बेहतर है कि लीज़ा को यह सब बताया ही न जाए।

पर मि. मेंडेज़ के पत्र की ये पंक्तियाँ डेनिस के मन में कई दिनों तक चक्कर काटती रहीं—'किसी की अन्तिम इच्छा अगर अधूरी रह जाए, तो कहीं-न-कहीं वह कसक धरती से आकाश के बीच घुमड़ती तो जरूर रह जाती होगी! अनन्त कामनाओं और इच्छाओं वाले मनुष्य की एक अन्तिम अधूरी इच्छा...! अधूरे मनुष्य की अधूरी अन्तिम इच्छा!'

घोस्ट टाउन

अतीत के खँडहरों में लौटकर आदमी बार-बार क्यों दुखी होना चाहता है? 'गंज' को लेकर पापा की स्मृतियाँ...उनकी साँसों में बसी अपने अभिशप्त पूर्वजों की गन्ध रॉबिन के मन में उलटती-पलटती रहतीं। पापा ने कितने लम्बे संघर्ष के बाद हांगकांग में ख़ुद को जमाया लेकिन वे यहाँ कभी बस नहीं पाए। पापा आज भी वहीं हैं। दिस इज़ रूट...यही हैं इनसान की जड़ें, जो कमज़ोर पड़ जाने या छूट जाने पर पल-पल कचोट देती हैं। रॉबिन को लगता कि छूटी हुई जड़ों को स्मृतियों के ज़रिये पकड़े रहनेवाले पापा का वह एक बचपन से सहयात्री है। पापा की स्मृतियों के साथ क्या वह अपनी जड़ों को पकड़ने-छूने की कोशिश में नहीं रहा है? स्मृति और वास्तविकता के बीच की यह कशमकश मेघ और तारे जैसी है।

पापा को सुनते हुए उसे हमेशा ऐसा लगता, जैसे पापा चाँद से लौटे हों! पापा की स्वप्निल आवाज़ अक्सर उसके मन में गूँजती रहती, 'हे, रॉबिन! अपने गाँव को शुरू से जाननेवाले लोग उन दिनों भी इसे 'छोटा लन्दन' ही कहते थे। पर जो इस गाँव से अनजान थे, वे पूछते थे कि क्या खास है मैकलुस्कीगंज में? यह पहेली उन सभी लोगों को शायद आज तक उत्सुक करती होगी, जो भारत देश के बिहार प्रान्त के दक्षिणी हिस्से में राँची से 64 किलोमीटर आगे जंगल और पहाड़ियों के बीच बेहद खामोशी से आबाद हम एंग्लो-इंडियन लोगों के इस अनूठे गाँव से बहुत परिचित नहीं हैं। ऐसे लोगों

की जिज्ञासा शान्त करने के लिए एक बेहद रेडीमेड जवाब रहा है कि—पूरे भारत क्या, दुनिया में एंग्लो-इंडियंस का यही एकमात्र गाँव है, जिसके बारे में बहुत कम लोगों को जानकारी है। रॉबिन, अपनी कम्यूनटि इतिहास के जबड़ों से बच निकली एक कम्यूनटि है, इसलिए हम कायम हैं। हमारा गाँव कायम है। पर एक सवाल है, जिसने यहाँ बसे एंग्लो-इंडियन लोगों को वर्षों से उदास किए रखा है कि क्यों इस गाँव को एंग्लो-इंडियंस का 'घोस्ट टाउन' कहा जाने लगा? कहीं-न-कहीं इसके कुसूरवार हमीं लोग हैं।'

'पापा! आप तो कहते रहे हैं कि यह गाँव इतिहास से आँखें मिलाने के लिए बसा था, आँखें चुराने के लिए नहीं! पर आँख चुराने से गाँव उदास हो गया। ऐसा होना नहीं था...' रॉबिन अपनी तल्ख़ी रोक नहीं पाता।

'तुम्हारा कहना सही है। आइ एम कमिंग टू द प्वाइंट माइ सन। पहले पूरी बात समझो। वी आर नॉट ऐन ईज़ि कम्यूनटि टू अंडरस्टैंड। इतने आसान हम नहीं हैं। हमारी बदकिस्मती ने इस गाँव पर भी पंजे गड़ा दिये।' एक क्षण के लिए थमकर स्मृतियों में उसी तरह शान्त भाव से डूबते-उतराते हुए डेनिस फिर अपनी कहानी पर आ जाते, 'भारत के बिहार प्रान्त के उस दक्षिणी भाग में आदिवासी-जनजातियों, ट्राइबल्स की काफी तादाद रही है बेटे। छोटानागपुर का इलाका है यह। इस जंगल में एंग्लो-इंडियन समुदाय के लोगों का गाँव तीस के दशक में क्यों और कैसे बसा, इसकी एक बहुत पुरानी कहानी है।

एक बार एक आदमी ने एक सपना देखा। सपने में किसी ने उससे कहा कि बदनसीब एंग्लो-इंडियन कम्यूनटि की न तो कहीं कोई पहचान है और न ही कहीं किसी भू-भाग पर अपना अधिकार। ऐसे लोगों को कहीं ठाँव और छाँव मिलनी चाहिए। सपना देखनेवाले ने इसे ईश्वर का आदेश माना। वह आदमी फिर जगह की तलाश में कहाँ-कहाँ नहीं भटका! अन्त में वह वहीं आकर रुका, जहाँ आज मैकलुस्कीगंज बसा है। उसे लगा कि एंग्लो-इंडियन कम्यूनटि के बसने के लिए यही सही जगह है—बिलकुल खामोश और स्वच्छंद, एक जंगली आदिवासी इलाका। सपना देखनेवाले उन एंग्लो-इंडियन साहब का नाम था—मि. ई.टी. मैकलुस्की...यानी मि. अर्नेस्ट टिमोथी मैकलुस्की।'

डेनिस की कहानी ज्यों-ज्यों बढ़ती जाती, रॉबिन और पुलकित होता चला जाता, 'सच, इंटरेस्टिंग स्टोरी...। यूनीक इनसान थे मि. मैकलुस्की...। पापा, किस्सागोई में आपका जवाब नहीं...। लगता है, बस सुनता चला जाऊँ...।'

मुसककर कहते थे डेनिस, 'उन दिनों उस पूरे इलाके में हल्ला हो गया था कि 'गंज' की मिट्टी को जाँच के लिए लन्दन भेजा गया है। और वह इसलिए कि एंग्लो-इंडियन लोग इस मिट्टी पर रह सकते हैं या नहीं। लेकिन यह महज एक अफवाह थी।' तनिक रुककर फिर टूटी हुई कड़ी को जोड़ते हुए वे आगे बढ़ते थे, 'मि. ई.टी. मैकलुस्की के पिता आइरिश थे और रेल की नौकरी में रहे थे। रेल की नौकरी के दौरान बनारस के एक ठेठ ब्राह्मण परिवार की लड़की से उनका प्यार हुआ। समाज के तीखे विरोध के बावजूद दोनों ने शादी की। मि. मैकलुस्की बचपन से ही एंग्लो-इंडियन लोगों की छटपटाहटों को देखते आए थे। अपनी कम्यूनटि के लिए कुछ कर गुजरने का सपना इसलिए शुरू से उनके मन में था। मैकलुस्की महाशय आगे चलकर बंगाल विधान परिषद् के मेम्बर हुए और भारत के महानगर कलकत्ता में उन्होंने अपना अच्छा-खासा रीयल इस्टेट का कारोबार भी

चलाया। अपने कारोबार के दौरान मि. मैकलुस्की को एंग्लो-इंडियंस की बेचारगी को लेकर अचानक तब बड़ा गहरा शॉक लगा बेटे, जब 1930 के उन शुरुआती दिनों में 17 वॉल्यूम्स में 'साइमन कमीशन' की लम्बी-चौड़ी रिपोर्ट आई। सात सदस्यों वाले इस कमीशन के चेयरमैन सर जॉन साइमन ने भारत में संवैधानिक-प्रशासनिक सुधार से सम्बन्धित अपनी रिपोर्ट में साफ कर दिया था कि यूरेशियंस यानी एंग्लो-इंडियन समुदाय के वास्ते अंग्रेज़ों की कोई जिम्मेदारी नहीं है और इंग्लैंड में एंग्लो-इंडियनों के वास्ते कोई जगह नहीं होगी। जैसे खाने के समय प्लेट में कुछ चीजें बस छूट जाती हैं, वही थे हम—वही...। अंग्रेज़ों ने इस कम्यूनटि का क्या अपमान किया, इसके बारे में एंग्लो-इंडियन समुदाय के नेता और भारतीय संविधान सभा के सदस्य रहे मि. फ्रैंक ऐंथोनी की किताब 'ब्रिटेंस बिट्रेयल इन इंडिया' कभी जरूर पढ़ना। रॉबिन, अंग्रेज़ों के इस अचानक बदले रवैये से कहना न होगा कि एंग्लो-इंडियन लोगों के सामने एकबारगी अपने अस्तित्व का बड़ा संकट खड़ा हो गया था। इसके बाद ही मि. मैकलुस्की ने तय किया कि अपनी कम्यूनटि का एक गाँव वे भारत में बसाएँगे। वे समझते थे कि गाँव का मतलब है—इंडियननेस...देहातीपन और सादगी। एंग्लो-इंडियन कम्यूनटि को इसकी जरूरत थी। अपने सपने को सच करने में उन्हें तकरीबन चार साल लग गए। पर गाँव बसने के बावजूद भय और आशंकाओं ने इस कम्यूनटि का कभी पीछा नहीं छोड़ा। तमाम मलामतों के बाद भी ब्रिटिश सरकार के वास्ते प्यार का एक कोना इनके मन में बना रहा। खैर, भारत को आजादी मिली और भारत के संविधान निर्माताओं ने खास तौर से इस बेचैन कम्यूनटि की हिफाजत के लिए स्पेशल प्रोविज़न संविधान में दर्ज किया कि यूरोपियन वंश का वह आदमी जिसका फ़ादर या उसके खानदान का कोई मेल मेम्बर इंडिया का परमानेंट बाशिन्दा था या हो... जिसका जन्म इंडिया में हुआ हो और वह खुद या उसके माँ-बाप इंडिया में परमानेंटली रह रहे हों, वे एंग्लो-इंडियन हैं। भारतीय नागरिक के सारे अधिकार और तमाम सुविधाएँ उन्हें स्वाभाविक रूप से प्राप्त रहेंगी।' एक क्षणिक सन्नाटे के बाद डेनिस खोखले ठहाके लगाकर कहते, 'अरे अपनी कम्यूनटि से ज्यादा पक्का इंडियन कौन है रॉबिन...? इंडिया की किसी भी कम्यूनटि के नाम के संग तुमने 'इंडियन' शब्द जुड़ा हुआ सुना है? यानी तमिल-इंडियन...कन्नड़-इंडियन...मराठी-इंडियन...मलयाली- इंडियन...? पर हम लोग भारत की एकलौती कम्यूनटि हैं, जिसके नाम के साथ पूरा सील-मुहर लगाकर 'इंडियन' शब्द जुड़ा है—एंग्लो-इंडियन!'

रॉबिन हैरानी से पापा के चेहरे को देखता। सब कुछ के बावजूद पापा के चेहरे पर उसे एक स्याह पीड़ा तैरती दिखती। रॉबिन की कसक डेनिस भाँप जाते और अपनी पीड़ा को उसके सामने जैसे खोलकर रख देते।

डेनिस दीवार की तरफ़ शून्य दृष्टि से देखते हुए कहते थे, 'पर हाँ, यह सच है कि हमारी नस्ल ईश्वर का एक क्रूर मजाक रही है बेटे। एक कविता कहीं पढ़ी थी—एवरि पार्ट ऑव मी इज़ अलाइव...एक्सेप्ट माइ फ़ेस। हमारे शरीर का हर हिस्सा जिन्दा है, सिवा हमारे चेहरे के...। कहते हैं, लॉर्ड कर्ज़न ने एक बार कहा था कि ईश्वर ने हम अंग्रेज़ों को बनाया, ईश्वर ने इंडियंस को बनाया और हमने एंग्लो-इंडियंस बनाया। यही विडम्बना एंग्लो-इंडियंस की रही, बेटे। इट इज़ द टच ऑव द कलर...जिसने हमेशा तड़पाया। हम

न अंग्रेज़ थे, न ही इंडियन...।'अठन्नी'...एट आनाज़ थे हम। ब्लैकी व्हाइट्स...आठ आना...। चीचीज़...! हाफ़ कास्ट्स! कंट्री-बॉर्न! आखिर क्या थे हम...? कहनेवाले ये भी कहते रहे हैं कि यह कम्युनटि सेक्सुअल क्राइम का जीता-जागता उदाहरण है। आख़िर क्या हैं हम...क्या? हरदम अधूरे। डूबे आसामी! हमारी चमड़ी में अंग्रेज़ों की सी गोराई थी...। हमारे ये बाल ब्रिटिश साहबों की तरह सुनहले थे...हमारी जबान अंग्रेज़ी थी...पर रॉबिन, खून हमारा हिन्दुस्तानी था...। भारत की मिट्टी का खून...इंडियन ब्लड...। हमारा दिमाग अंग्रेज़ था पर दिल हिन्दुस्तानी...। हम अंग्रेज़ी डिशेज़ खाते थे...और इंडियन मिठाइयाँ लड्डू-पेड़े भी पसन्द करते थे...। हम ऊपर से अंग्रेज़...भीतर से हिन्दुस्तानी...। पर हिन्दुस्तानी हमें कभी अपना मानने को तैयार नहीं हुए...और अंग्रेज़ों ने तो हमें पहले ठुकरा दिया था...। डस्टबिन में पड़ी एक कम्यूनटि का एहसास हमेशा हमें सालता रहा...! यही फ़ेट था एंग्लो-इंडियंस का।

फिर भी रॉबिन बेटे, भारत की धरती ने हमें शेल्टर दिया...आश्रय दिया...। इसलिए गाँवों के देश भारत में अपना एक गाँव बसाकर मि. मैकलुस्की ने साबित कर दिया कि हम एक ठेठ इंडियन की तरह देहात में रह सकते हैं...। दक्षिण बिहार के इस जंगली क्षेत्र में मैकलुस्की साहब ने गाँव बसाया—गाँव...होम...स्वीट होम...अपना घर...। बम्बई के बांद्रा इलाके में, बेंगलूर के व्हाइट फ़ील्ड क्षेत्र में और कलकत्ता के इलियट रोड तथा बऊ बैरक्स में अभी भी वैसे एंग्लो-इंडियन कम्यूनटि काफी कुछ बसी हुई है...। उस समय, गाँव बसने के दौरान, सबको यही गलतफहमी थी कि ये खुदरा-खुचरा साहब-मेम साहब...ये अधकचरे अंग्रेज़ लोग शहर के बाहर हरगिज नहीं रह सकते। मि. मैकलुस्की को साबित करना था कि नहीं, हम लोग गाँव के जीवन में रह सकते हैं। गाँवों के देश भारत में गँवई बनकर—देहाती एंग्लो-इंडियन...। शुरुआत अच्छी हुई। 'गंज' ने बहुत अच्छे दिन भी देखे। बड़ी तादाद में एंग्लो-इंडियन लोग यहाँ आकर बसे। पर दो दशक लगते न लगते गाँव तेजी से उजाड़ होता चला गया। भारत को आजादी मिलते ही इस कम्यूनटि में पता नहीं क्या भय समा गया कि सन् 1947-48 के बीच भारी संख्या में भारत से एंग्लो-इंडियंस का पलायन हुआ। सन् 1947 के पहले भारत में इस कम्यूनटि की आबादी तीन लाख के करीब थी, जो पलायन के कारण तेजी से घटते-घटते सवा लाख के करीब रह गई। स्थिति गम्भीर थी। मुझे लगता है कि आजादी के बाद यह कम्यूनटि भारत के बाहर ही अपना आधार सुरक्षित देख रही थी। और दूसरी खास बात यह थी कि आजादी की लड़ाई के दौरान क्योंकि 'एंग्लो-इंडियन एसोसिएशन' खुलेआम अंग्रेज़ों के पक्ष में था, इसलिए इस कम्यूनटि के लोगों को यह आशंका खा रही थी कि आजाद भारत के 'नेता-बाबू राज' में उनके संग अच्छा सलूक होगा या नहीं। पर सच यह था कि भारत के उदारवादी नेता कतई ऐसी सोच नहीं रखते थे रॉबिन। खैर, जो हो, पलायन के इसी तेज दौर में मैकलुस्कीगंज के कई एंग्लो-इंडियन परिवार यहाँ से जमीन-मकान बेच विदेश चले गए और इस गाँव के साथ 'घोस्ट टाउन' का फतवा जुड़ता गया। इसके लिए कुसूरवार हम लोग हैं बेटे। जमीन से जुड़ने की कोशिश की, पर जुड़ नहीं पाए। हमने खुद ही अपना गाँव बर्बाद कर लिया। दरअसल, कलमी पौधे की शक्ल में यह कम्यूनटि गमले में जिंदा थी, जमीन से जुड़ने पर ठूँठ हो गई।'

रॉबिन को लगता, जैसे डेनिस बहुत कसक के साथ धीरे-धीरे कमीज़ के बटन लगा रहे हों—हांगकांग और मैकलुस्कीगंज के बीच...। डेनिस के मैकलुस्कीगंज में बीते मधुर बचपन की वह अनन्त आनन्द-गाथा! मैकलुस्कीगंज के उस आनन्द-लोक का वह पुलक-भरा रेशा-रेशा विवरण उसके मन पर देर तक छाया रहता। जैसे मैकलुस्कीगंज मात्र एक गाँव नहीं, एक विश्वजीवन हो—एक सम्पूर्ण विश्व आभा...! जिसके बारे में बस जानकर ही आप अपने भीतर नित-नित उदित हो रहे हों! रॉबिन का जी करता, डेनिस और पीछे जाएँ—बहुत, बहुत पीछे। अपनी माँ और उनकी माँ की माँ के पीछे की कथा सुनाएँ। धुँधली पड़ चुकी सीपिया तसवीरों की-सी उस पुरानी साबिक़ दुनिया की कहानी सुनाएँ। सच, दुनिया कितनी पुरानी है! सबके समय की अपनी-अपनी दुनिया। इस बीती दुनिया को वह कैसे जान सकेगा, किससे जान सकेगा—सिवा अपने पापा के?

रॉबिन के लिए डेनिस बचपन से इतिहास के सन्दूक थे, जिसमें अगड़म-बगड़म सामान की तरह अनगिनत क़िस्से पड़े थे। और पड़े थे, वास्को दा गामा और अलबकर्क से लेकर मि. मैकलुस्की सरीखे धूल-गर्द सने कई बेहद पुराने-प्राचीन चेहरे। राजा-रानी और परियों की कहानियों के बजाय रॉबिन इतिहास के इन्हीं चेहरों की कहानियाँ सुनता हुआ बड़ा हुआ था। डेनिस एक-एक कर इन चेहरों को बटोरते और उन क़िस्सों को याद कर रॉबिन को सुनाते रहे थे कि कैसे सैकड़ों साल पहले 1498 ई. में, मई महीने के आख़िरी दिनों में अपनी किश्ती में डोलता...जाने कितने समुद्री मार्गों को टटोलता... लाँघता...पुर्तगाल का वास्को दा गामा भारत देश को ढूँढ़ता हुआ केरल के मलाबार तट पर एक दिन उतरा था। मन में इतिहास को खँगालते, गहरी साँसें लेते हुए डेनिस कहते थे, 'रॉबिन! वास्को दा गामा के भारत आगमन से तकरीबन दो सौ वर्ष पहले केरल के मलाबार तट पर इटली से मार्को पोलो तथा मोरक्को से इब्ने बतूता भी आकर जा चुके थे। पर वास्को दा गामा के आने के बाद से केरल के मलाबार की जिन्दगी में तेजी से बदलाव शुरू हुआ। अमेरिका को तलाशने वाला इटली का कोलम्बस और यूरोपियनों के वास्ते भारत की तलाश करनेवाला पुर्तगाल का वास्को दा गामा, दोनों समकालीन थे।' फिर एक पल थमकर वे कहते, 'और एक गजब का इत्तफाक है वास्को दा गामा और कोलम्बस की कहानी में...। जैसाकि मैंने तुम्हें बताया रॉबिन कि वास्को दा गामा पुर्तगाल का था और कोलम्बस इटली का। क्रिस्टोफ़र कोलम्बस का जन्म सन् 1451 में हुआ था और वास्को दा गामा का सन् 1460 में। दोनों अनन्त खोजी समुद्र-यात्री थे। कोलम्बस एक बुनकर का बेटा था। स्पेन के किंग फ़र्डिनांड ने सन् 1492 में उसके खोजी अभियान का खर्च उठाया था और तब कोलम्बस अमेरिका पहुँचा। कोलम्बस की तुलना में वास्को दा गामा बहुत सम्पन्न था। हालाँकि, पुर्तगाल के किंग ने भी पूर्वी देशों की तलाश करने के लिए वास्को दा गामा की समुद्र-यात्रा का खर्च उठाया था। पर जो सबसे खास बात है, वह यह कि इटली का होते हुए भी कोलम्बस पुर्तगाल में शादी करके बस गया था।'

रॉबिन के चेहरे पर उत्सुकता गहराते देख डेनिस कहते थे, 'सन् 1476 में कोलम्बस की पहली लम्बी समुद्र-यात्रा अटलांटिक महासागर की थी। तब वह 25 साल का जवाँ मर्द था। वह एक व्यावसायिक जहाजी बेड़ा था, जिसका वह सेलर...नाविक था। पुर्तगाल के समुद्र-तट की ओर जब वह बढ़ ही रहा था कि अचानक फ्रांस के समुद्री लुटेरों ने उसके

बेड़े पर हमला कर दिया। देर तक उन समुद्री डाकुओं और कोलम्बस के बेड़े के लोगों में संघर्ष हुआ। आखिरकार, समुद्री डाकुओं ने लूटपाट कर उसके व्यावसायिक जहाजी बेड़े को जला दिया...।'

'फिर पापा?' रॉबिन अपनी उत्सुकता रोक नहीं पाता।

'गनीमत से जान बचाकर देर तक तैरते हुए कोलम्बस पुर्तगाल के समुद्र-तट पर पहुँचा—बिलकुल अधमरा और हलकान।' डेनिस गहरी साँसें लेकर कहते।

'पापा! आप तो यह किस्सा कुछ यों बता रहे हैं, जैसे कोलम्बस के संग-संग आप भी तैर रहे थे!' रॉबिन सराहना-भरी मुस्कान के संग कहता, 'फिर जब कोलम्बस अधमरा-सा हलकान समुद्र-तट पर पहुँचा...हाँ, पापा, उसके बाद?'

'यही तो इस कहानी की खास बात है रॉबिन...। पुर्तगाल के समुद्र तट पर पहुँचकर वह किसी तरह पुर्तगाल की राजधानी लिस्बन पहुँचा और वहाँ बस गया। कोलम्बस तब तक अविवाहित था। पुर्तगाल में ही उसने मिस फ़िलिपा मोनिज़ पेरेस्ट्रेलो से शादी की। सन् 1480 में फ़िलिपा से उसे एक बेटा हुआ—डियेगो।'

'अरे, वाह...दिस इज़ रिअलि ग्रेट...! इस तरह तो वास्को दा गामा के लिए कोलम्बस जीजा थे?' रॉबिन चुहल के अन्दाज़ में कहता।

'येस्स...यू कैन से...।' डेनिस भी मुस्करा देते और सहसा उनकी आवाज में एक मायूस भंगिमा-सी आ जाती, 'पर कोलम्बस और फ़िलिपा का दाम्पत्य लम्बा नहीं चल पाया। फ़िलिपा अपने बेटे डियेगो के जन्म के कुछ साल बाद ही चल बसी। उदास कोलम्बस नन्हे डियेगो को किसी तरह सँभाले वापस स्पेन आया। वहाँ कुछ साल बाद एक स्पेनी लड़की बिट्रिज़ ऐनरिक्ज़ डे एराना से उसने दूसरा विवाह किया। दूसरी पत्नी बिट्रिज़ से भी उसे एक बेटा हुआ—फ़र्नांडो। इस तरह दो देशों में इन दो शादियों से कोलम्बस को दो बेटे हुए। वहीं, वास्को दा गामा को अपनी पुर्तगाली बीवी कैटरीना से एक बेटी और छह बेटे हुए। कोलम्बस जहाँ सन् 1506 में गुजरा, वहीं वास्को दा गामा सन् 1524 में चल बसा। वास्को दा गामा के वंशज अभी भी हैं रॉबिन। और पुर्तगाल तो पुर्तगाल, भारत में भी उसकी यादें अमिट हैं बेटे...। कहीं पढ़ा था कि वास्को दा गामा की तेरहवीं पीढ़ी के कुछ लोग भारत के नन्हे-मुन्ने प्रान्त गोवा में रहते हैं। एक तो फ़ुटबॉल के नामचीन खिलाड़ी अगस्टो डे नोरोन्हा ए टवोरा, जिनका दुलार नाम लुबे था, उनका परिवार, सुना है, गोवा में ही है। लुबे फ़ैमलि वास्को-वंशज है। वास्को द गामा की बेटी इसाबेल द गामा के पक्ष से भी उसके कुछ वंशज अभी पुर्तगाल में हैं।'

कोलम्बस और वास्को दा गामा की इस लम्बी पारिवारिक गाथा को समेटते हुए डेनिस मुसककर अन्त में रॉबिन से कहते थे, 'बेटे, मैकलुस्कीगंज में एक 'ठाकुर प्रसाद' धान होता था। यह धान लम्बा सफेद, पर इसका चावल छोटा, उजला और टेढ़ा होता था। वास्को दा गामा एकदम 'ठाकुर प्रसाद' धान था। उजला, छोटा और टेढ़ा। और ऐसा टेढ़ा कि यूरोप की नकेल उसने भारत में सैकड़ों सालों के लिए डाल दी। पुर्तगाल के राजा के प्रोत्साहन से वह यूरोप के वास्ते पूरब के देशों का मार्ग ढूँढ़ने निकल पड़ा था।'

डेनिस को सुनते हुए रॉबिन सोचता, वह कैसा समय रहा होगा? वास्को दा गामा के बारे में उसने भी थोड़ा पढ़ा था। किताबें बताती थीं कि वास्को दा गामा ने भारत की समृद्धि के बारे में बहुत कुछ सुन रखा था। उसने सुना था कि यह अद्भुत देश सोने की

चिड़िया है। वास्को दा गामा आया तो, लेकिन किस तरह वह अपनी किश्ती में भारत के लिए ढेरों सन्ताप लेता आया, इसका पता यहाँ लोगों को बहुत बाद में चला। उसने भारत तक पहुँचने का समुद्री मार्ग ढूँढ़कर यूरोपीय देशों के व्यवसायियों-व्यापारियों में भारत पहुँचने की जैसे होड़-सी मचा दी।

बख़रैतों[1] की कमी नहीं थी। सब इस ख़ज़ाने तक पहुँचने के लिए बेचैन हो उठे। वास्को दा गामा की यात्रा के लगभग दो साल बाद सन् 1500 के दिसम्बर माह की कड़कड़ाती ठंड में जाने कितने समुद्रों को अपने जहाज़ से लाँघता हुआ पुर्तगाल का एडमिरल पेड्रो ए. कैबरल कोचीन पहुँचा। पुर्तगालियों के इस शौर्य का एहसास महान पुर्तगाली कवि लुई दे कामोस को होश सँभालने के साथ ही हुआ था। इसलिए कामोस ने सोलहवीं सदी में पुर्तगाली मल्लाहों-जहाज़ियों के साहसिक कारनामों का अपनी रचनाओं में जमकर यशोगान किया। हालाँकि, उनके बहुत पहले पुर्तगाल के यशस्वी कवि कामू अपनी व्यक्तिगत पीड़ा में मृदु आनन्द (सउदाद) को बड़े प्यार से उकेर रहे थे। पर जाँबाज़ पुर्तगाली जहाज़ियों को इन किताबी बातों में भला क्या रुचि होती! लहराता अथाह समुद्र ही उनको दीवाना बनाए रखता था। कुछ यही चरम की दीवानगी एडमिरल कैबरल में कूट-कूटकर भरी हुई थी। भारत आने के दौरान ही कैबरल ने ब्राज़िल को भी ढूँढ़ निकाला था। दरअसल, अचानक समुद्री तूफ़ान में कैबरल का जहाज़ एक अनजान जगह पर पहुँच गया। बहुत मुश्किल के बाद वहाँ कैबरल ने जहाज़ को लगाया और उस नये तलाशे गए देश को पुर्तगाली राजा के नाम पर शासन में ले लिया। इस जगह का नाम उसने 'सांता क्रुज' रख दिया। वर्षों बाद इसका नाम ब्राज़िल वृक्षों के नाम पर रखा गया—ब्राज़िल। पुर्तगालियों ने इस तरह लम्बे अर्से तक ब्राज़िल को अपनी कॉलोनी बनाए रखा। सोलहवीं सदी में काफ़ी तादाद में पुर्तगाली यहाँ आकर बसे। ब्राज़िल की ख़ूबसूरत आबोहवा इन लोगों को बहुत रास आई। भारत के साथ भी यही हुआ। भारत पहुँचकर पुर्तगाली एडमिरल पेड्रो ए. कैबरल ने धीरे-धीरे कोचीन राजा के साथ सघन व्यावसायिक सम्बन्ध क़ायम किया और दीर्घ काल के दौरान लगातार यह सम्बन्ध सघन से सघनतर ही होता गया।

डेनिस स्मृति पर ज़ोर डालते हुए कहते थे, 'रॉबिन! लगभग सन् 1501 से सन् 1663 तक पुर्तगालियों का दबदबा बढ़-चढ़कर वहाँ बना रहा। कोचीन राज परिवार को भी अरसे तक यही मुगालता रहा कि पुर्तगाली उनके पक्के हमदर्द हैं। पूरा इतिहास तुम्हें इसलिए बता रहा हूँ क्योंकि मैकलुस्कीगंज कहने को भले ही एक छोटा-सा गाँव है पर इसके बसने की वजह पुर्तगाल-इंग्लैंड से लेकर केरल और गोवा तक फैली हुई है।'

सुनहरा अंडा

डेनिस का जन्म राँची शहर के मोराहाबादी मुहल्ले के एक किराये के घर में हुआ था। पर जब उनके लिए दुनिया को धीरे-धीरे समझने की शुरुआत हुई, तो आँखों के

1. हिस्सेदार

सामने कंका पहाड़ी के पार्श्व में सघन जंगल के बीच बसा अपना 'गंज' था। ईसाई मिशनरीवालों ने यों दक्षिण बिहार के इस इलाक़े में अनगिनत गिरजाघर बनवाकर आदिवासियों को बहुतायत में ईसाई बनाया था, लेकिन ईसाई मिशनरीवालों ने कोई गाँव आबाद कर दिया हो, ऐसा नहीं था। पर मि. मैकलुस्की ने तो ज़िद बाँधकर एंग्लो-इंडियन समुदाय के लिए एक गाँव बसा दिया। डेनिस अपने बचपन के दिनों को याद करते कि कैसे गोबरछत्ते की तरह एंग्लो-इंडियंस के छोटे-बड़े बँगले उनकी आँखों के सामने उगते चले गए थे। और अब वही 'गंज' कितना बेगाना हो गया है! डेनिस को लगता, किसी बहुत पुराने अलबम की पीली पड़ चुकी तसवीरों को एक-एक कर पलटते हुए वे स्मृतियों की अनादि दुनिया में पहुँच गए हैं—प्राचीन इतिहास की पीली-भुरभुरी इबारतों के बीच।

मैकलुस्कीगंज के बसने की अन्त:कथा डेनिस ने अपने पापा मि. ब्रायन मैगावन से विस्तारपूर्वक सुनी थी। मि. ब्रायन मैगावन जब कभी मूड में होते, तो किसी कथावाचक की तरह एक-एक प्रसंग बताते थे कि एंग्लो-इंडियन समुदाय के भविष्य के प्रति मि. मैकलुस्की किस तरह चिन्तित हो उठे थे और अपनी कल्पना को दिल में छिपाए, वे किस तरह कलकत्ता से निकल पड़े थे। सबसे पहले वे बेंगलूर गए थे। बेंगलूर शहर से कुछ किलोमीटर दूर उन्होंने लगभग तीस एकड़ में फैला फलों का एक बाग़ देखा था, जिसके मालिक मि. मैकआइज़ाक नामक एक एंग्लो-इंडियन ही थे। मि. मैकलुस्की को लगा था कि बस, ऐसी ही कोई जगह होनी चाहिए, जहाँ एंग्लो-इंडियंस के वास्ते एक गाँव बस सके। बेंगलूर में तो बात बनी नहीं। लेकिन वापस कलकत्ता लौटने के दौरान उनकी नज़र बिहार के राँची-पलामू क्षेत्र के बीच के इस वन-क्षेत्र पर पड़ी। चारों तरफ़ पहाड़ियाँ और पर्णपाती जंगल। हाज़ार-बाज़ार से दूर। तब इस इलाक़े में कंका, लपड़ा और हेसालंग नामक छोटे-छोटे आदिवासी गाँव थे। मि. मैकलुस्की ने ठान लिया कि इन्हीं गाँवों को मिलाकर वे अपने सपनों का गाँव आबाद करेंगे।

यह इलाक़ा उन दिनों रातू महाराजा की ज़मींदारी में पड़ता था। अगह-बिगह में उनकी मिल्कियत फैली हुई थी। स्थानीय लोग कहते थे, 'जहाँ तक गोबर का चोत, वहाँ तक रातू राजा का जोत।' रैयत लोग रातू राजा को ईश्वर का अवतार मानते थे। इसलिए ज़मींदारी शोषण इस इलाक़े की ज़िन्दगी में बड़ी सहजता से शुमार था। ज़मींदार के अमला-फैला यहाँ भी मज़दूरों से खेत में जमकर बेठ-बेगार करवाते थे। इस बेगारी या बँधुआ मज़दूरी को इधर कहते थे—'बेंट-खेता'। पर 'बेंट-खेता' को सबने सिर-आँखों पर उठा रखा था। इस शोषण के ख़िलाफ़ कभी किसी ने सोचा तक न था। सोचते भी कैसे? कई पुश्तों से ज़मींदारी व्यवस्था इस इलाक़े के भोले-गरीब आदिवासियों की ज़िन्दगी में रची-बसी हुई थी। ब्रिटिश ख़जाने में लाट दाख़िल[1] करने के लिए सब मुस्तैदी से पैसे चुकाते थे। हालाँकि, नौकरों और गोड़ैतों के लिए कुछ जागीर ख़िदमती[2] और जागीर गोड़ैती[3] ज़मीनें भी थीं, जो कर-मुक्त थीं। ये गोड़ैत और नौकर-चाकर ज़मीनों की देखरेख करते और

1. कर
2. ज़मींदार की ओर से नौकरों को दी जानेवाली कर-मुक्त भूमि
3. गोड़ैतों को दी जानेवाली कर-मुक्त भूमि

रैयतों के सिर पर लाट दाख़िल करने के लिए चढ़े रहते। रातू महाराजा की ज़मींदारी इस तरह अमन-चैन से चल रही थी।

रातू महाराजा के मैनेजर थे मि. पेपी। बड़े महीन क़िस्म के ऊँचे खिलाड़ी। ग़ज़ब का पॉलिटिकल सेंस था उनमें। मि. मैकलुस्की अपनी योजना लेकर जब मि. पेपी से मिले, तो छूटते हुए मि. पेपी ने मदद का वायदा किया और रातू महाराजा से इस बारे में बात की। मैनेजर होते हुए भी रातू महाराजा पर क्योंकि पेपी साहब का ख़ासा दबदबा था, इसलिए रातू महाराजा ने हामी भर दी। रातू महाराजा ने कहा कि हमारे छपरबन्द[1] रैयतों की मौरूसी जगह-ज़मीन छोड़कर जहाँ जी चाहे एंग्लो-इंडियन लोग जगह ले लें। मि. मैकलुस्की की तो मानो मुँहमाँगी मुराद पूरी हो गई। झट उन्होंने लपड़ा, कंका और हेसालंग—इन तीनों गाँवों के नाम का प्रस्ताव दे दिया। रातू राजा ने ज़मीन दे दी। रातू महाराजा से स्थायी लीज़ होल्ड पर दस हज़ार एकड़ ज़मीन का एक डीड 13 अक्टूबर, 1933 को रजिस्टर्ड कराया गया। फिर मि. मैकलुस्की ने कलकत्ता के अपने कुछ ख़ास दोस्त डॉ. हेनरी गिडनी तथा ए.एस. बॉवर से भी इस योजना को क़ामयाब करने में पूरा सहयोग लिया।

उन्होंने अपनी यह योजना तत्कालीन भारतीय वायसराय लॉर्ड इरविन को भी बताई। आख़िरकार, 'द कॉलनाइज़ेशन सोसाइटी ऑव इंडिया' की मदद से सन् 1934 में मि. मैकलुस्की ने अपने सपने को सच कर दिया। 'कॉलनाइज़ेशन सोसाइटी' में उस समय तक़रीबन एक हज़ार शेयर होल्डर थे। बाहर-बाहर से लगभग साढ़े तीन सौ एंग्लो-इंडियन परिवार इन आदिवासी गाँवों में आकर बसे। दर-देहात की ज़मीन थी। काफ़ी सस्ती थी। महज 726 रु. में दस एकड़ ज़मीन का कैम्पस मिलता था।

डेनिस ने स्मृति को खँगालते हुए कहा था, 'रॉबिन! उसी समय तुम्हारे दादाजी ने भी यहाँ जमीन खरीदी थी और घर बनवाया था—किसी तरह पी.एफ. से लोन वगैरह लेकर। जिस समय मैकलुस्कीगंज के बसने की सरगर्मी चल रही थी, इत्तफाक से तुम्हारे दादाजी उस समय राँची के 'जेनरल पोस्ट ऑफिस' में पोस्टेड थे। तुम तो जानते ही हो कि वे 'पोस्ट ऐंड टेलिग्राफ़ डिपार्टमेंट' की नौकरी में थे। रेल और डाक-तार विभाग में, अंग्रेज़ों के उस जमाने में काफी संख्या में एंग्लो-इंडियन लोग नौकरी कर रहे थे। खलारी के पास एंग्लो-इंडियंस का एक गाँव बसाया जा रहा है—इसकी चर्चा चारों तरफ उन दिनों बड़े उत्साह से हो रही थी। मैकलुस्कीगंज में जमीन-मकान करने के बाद तुम्हारे दादाजी ने बहुत कोशिश-पैरवी कर अपना तबादला भी खलारी पोस्ट ऑफ़िस में करवा लिया था और फिर मैकलुस्कीगंज के अपने घर से खलारी तक साइकिल से उनका रोज का आना-जाना शुरू हो गया था। आज भी तुम उस इलाके में किसी से पूछोगे—मि. ब्रायन मैगावन...पोस्टमास्टर साहब...तो पुराने लोग जरूर पहचान जाएँगे।'

एक पल रुक डेनिस ने चेहरे पर चमक लाते हुए कहा, 'रॉबिन! उस समय मैं चार-पाँच साल का रहा होऊँगा। मुझे थोड़ा-थोड़ा याद है कि मैं पापा के साथ उनकी साइकिल के अगले रॉड पर बैठकर खलारी के सरकारी प्राइमरी स्कूल में पढ़ने जाया करता था। बाद में तो खैर, अपने गाँव में ही एंग्लो-इंडियन कम्यूनटि के प्रयास से बच्चों के लिए एक अच्छा-सा अंग्रेज़ी स्कूल खुल गया था। फिर मैं गाँव के ही उस स्कूल में

---

1. गाँव में स्थायी रहनेवाला डिही-निवासी

पढ़ने लगा था। हालाँकि, बाद के वर्षों में गाँव से बहुत-से एंग्लो-इंडियंस के बाहर-बाहर चले जाने के कारण वह स्कूल ठप पड़ गया। पर ओह, रॉबिन, सचमुच वे क्या दिन थे! अपने घर के गेट पर साइकिल की घंटी की ट्रिं-ट्रिं सुनते ही पता चल जाता था कि पापा आ गए। पापा की साइकिल की घंटी जैसे कॉलबेल का काम करती थी। छुट्टी के दिन तो साइकिल पर मुझे बिठाकर पापा न जाने कितने आदिवासी गाँवों से होकर गुज़रते थे। पापा का कितना आदर करते थे उन गाँवों के लोग...! सच में, बचपन से 'गंज' का मैंने खूब मज़ा लिया...।' डेनिस ने बिहँसकर याद करते हुए कहा था, 'उन दिनों 'गंज' में सिर्फ तीन लोगों के पास साइकिल थी। एक तो पापा, दूसरे मिसेज़ कारनी और तीसरे गाँव के तब दिन के पोस्टमैन सुखदाता प्रसाद। महुआ मिलान के रहनेवाले थे पोस्टमैन साहब। महुआ मिलान से 'गंज' का सफर ट्रेन से मात्र सोलह मिनट का था। वे रोज ट्रेन पकड़कर महुआ मिलान से 'गंज' आते थे। स्टेशन पर उनकी साइकिल चेन से बँधी खड़ी रहती थी। अपने झोले से निकाल कर साइकिल की सीट और घंटी का ऊपर का हिस्सा वे लगाते थे। फिर दिन भर साइकिल से घर-घर डाक बाँटते थे। शाम को 'गंज' स्टेशन पहुँचकर एक निर्धारित खंभे से चेन लगा कर वे साइकिल बाँधते थे और साइकिल की सीट तथा घंटी का ऊपरी हिस्सा हिस्सा खोल अपने झोले में डाल ट्रेन पकड़ कर चल देते थे।

डेनिस कुछ ग़लत नहीं कहते थे। गाँव का विशुद्ध आनन्द पाया था डेनिस ने अपने बचपन में। एक वनमुग्ध बचपन का दुर्लभ आनन्द। पर उस पर्वतारण्य में जब पन्ने की तरह चमकती नई हरी दूब की भाँति उन पुराने आदिवासी गाँवों के भीतर एक अद्भुत क़िस्म का नया गाँव आहिस्ता-आहिस्ता जड़ें जमा रहा था...तब लपड़ा, हेसालंग और कंका पहाड़ी की तलहटी में कई पुश्तों से बसे आदिवासी-गंझू लोगों को एकदम से ठकमुर्री लग गई थी, 'क्या होगा भाई...कम्पनी राज में ये गोरी-गोरी चमड़ीवाले हर-हाकिम...साहब लोग सबको खाकर...कहीं गाँव से चिड़ई-चुनमुनी तक को खदेड़-मारकर...गाँव को पूरी तरह हड़प तो नहीं लेंगे...? यह तो नहीं कह देंगे कि गाँव लीलाम[1] हो गया...? कुछ भी कर सकते हैं ये...देश में इन्हीं फिरंगियों का राज है...। इनकी ऐयारी और टीमटाम दुनिया जानती है।'

जोभिया और चाट्टी नदी के पास बसे टानाभगत टोले के लोगों ने भी कम अड़ा-अड़ी नहीं की थी। कुल मिलाकर इस नवोदित एंग्लो-इंडियन ग्राम की भूरी-ललछौंही पुरातन मिट्टी पर जब सुनहरे रंगों की सुर्खी का आरेख उभर-निखर रहा था और पुराने सघन वृक्षों की शीतल गझिन छाँव के नीचे नये सपनों के कई मीठे कोमल रंग चुपचाप आकार ले रहे थे, तो उसके ठीक समानांतर स्थानीय पुराने बाशिन्दों की आँखों में एक दुःस्वप्न की कड़वाहट तैरने लगी थी, 'क्या होगा अब? पछाँह के ये लोग पता नहीं, क्या-क्या मुसीबत करेंगे! इनके पीछे-पीछे 'दिकू' लोग भी गाँव में पाँव पसार रहे हैं। यहाँ अपना गाँव बसाने के पीछे जरूर इन लोगों की कोई गहरी साहबी चाल है। इन लोगों ने देश को तो मुट्ठी में किया ही हुआ है...अब हमारे गाँव, हमारे डीह[2]-डाबर[3] और हमारे पूर्वजों के सासन[4]

1. नीलाम
2. डीह—निवास की ज़मीन
3. खेती की ज़मीन का घिरा हुआ छोटा टुकड़ा
4. जहाँ उराँव लोगों के पूर्वजों की आत्मा निवास करती है।

को भी हथियाने आ गए...। इन लोगों को गरीबों का देह महकता है। इसलिए इस गरीब गाँव के लोगों को भगाकर ये पूरा गाँव सुड़क लेंगे।'

हालाँकि, कांग्रेस की सभाओं में यदाकदा गाँव से बाहर जानेवाले गाँव के एकमात्र सक्रिय कांग्रेसी कार्यकर्ता भुखला गंझू ने उस समय भयभीत ग्रामीणों को दिलासा दी थी कि, 'अगर ये लोग बेशी धाही दिखाएँगे न, तो मैं सीधे जाकर गांधी बाबा को बुला लाऊँगा... घबराने की बात नहीं...एक पैना से गांधी बाबा इन सबको खदेड़ मारेंगे। यह गाँव कोई इनकी बपौती है क्या...? देश अब आजाद होनेवाला है। ये लोग बस अब ढाई दिन के राजा हैं।'

पर इस दिलासा के बावजूद गाँव के अधिकांश लोग भयभीत थे। शुरू-शुरू में तो गाँव में साहबों को देख ये जान लेकर भागते, 'क्या पता, देख ले तो बुलाकर यह पिठार[1] जैसा गोरा लोग क्या सब अलबी-तलबी करे...इन लोगों की तो बोली भी समझ में नहीं आती न...इनके तो दाँत के नीचे ही अँगरेजी रहती है...।'

सबके होंठ में जैसे तम्बाकू दब गया था। मुँह बन्द और आँखों में छलछलाता सन्ताप। सबके पेट में हुड़हुड़ी पैठ गई थी। जब मि. मैकलुस्की गाँव बसाने के अपने अभियान के दौरान कंका, हेसालंग और लपड़ा के आदिवासियों...गंझुओं...और अहीरों के घर-घर जाकर सबको विश्वास में लेने की अथक कोशिश में जुटे थे, उस समय सारा देश प्रतिदिन एक डरावनी झुरझुरी आशंका से गुज़र रहा था, '...ये ब्रिटिश लोग...ये जुल्मी फिरंगी क्या भारत को आसानी से आजाद कर देंगे?'

सन् 1934 के वे दिन, जब मि. मैकलुस्की अपने सपने को सीने में सटाए दक्षिण बिहार के इस जंगली इलाक़े में घूम रहे थे, देश में अनगिनत अद्भुत राजनीतिक घटनाएँ घटित हो रही थीं। अर्से से ग़ैरकानूनी घोषित कांग्रेस पार्टी को परेशान ब्रिटिश हुकूमत ने उसी साल वैध घोषित कर दिया था और उसी साल बम्बई में कांग्रेस का विशाल अधिवेशन हुआ था। महात्मा गांधी ने 1934 में ही कांग्रेस की सदस्यता से त्यागपत्र देकर स्वतंत्र सदस्य की हैसियत से कांग्रेस अधिवेशन में भाग लेने का फ़ैसला किया था। सन् 1934 में ही 'कांग्रेस समाजवादी पार्टी' की नींव पड़ी थी। आचार्य नरेंद्रदेव से लेकर अच्युत पटवर्धन, जयप्रकाश नारायण, युसूफ़ मेहर अली और मीनू मसानी सरीखे कई दिग्गज समाजवादी इसके प्रमुख कर्ता-धर्ता बने थे। सन् 1934 में ही बिहार में भारी भूकम्प हुआ था...। बहुत तबाही...अपार विनाश किया उस भीषण भूकम्प ने बिहार का...। पर ध्वंस के बाद तेज़ी से नया सृजन शुरू हुआ...। इस नवसृजन की फ़ेहरिस्त में आहिस्ता-से मि. मैकलुस्की ने भी अपने समुदाय के लिए एक गाँव का सपना घुसा दिया था। अपने अटपटे समुदाय के जीवन की परीक्षण नलिका में मि. मैकलुस्की ने अपने हिसाब से सब कुछ घोलकर डाल दिया था—माया...ममता...संघर्ष...स्वार्थ...इच्छा...लिप्सा...प्यार...सब कुछ—मनुष्य मन का सारा विष-अमृत...।

धीरे-धीरे स्थिति कुछ सहज होती गई। बची-खुची आशंका व भय के बावजूद गाँव के उराँव, मुंडा, गंझू व अहीर लोग साहबों के तेज़ी से बन रहे पुर्चगीज़ शैली के नायाब बँगलों को बसाने-सजाने में जुटते गए। बँगलों और 'नई कटिंग' के पक्के घरों को बनाने के लिए

1. अरबा चावल का घोल

राजमिस्त्री लोगों की टीम साहब लोग ज़्यादातर कलकत्ता से लाए थे और कलकत्ता के ही एक एंग्लो-इंडियन कंट्रैक्टर जॉन गपर को मकानों को बनवाने का एकमुश्त ज़िम्मा दिया था। ज़बर आदमी था वह। लम्बे-चौड़े डील-डौलवाले ठेकेदार जॉन गपर को देख 'गंज' के लोगों ने हैरान होते हुए कहा था, 'बाप रे! हाथी जैसा मुड़ी है गपर साहेब का।' वाक़ई गपर का ठहाका छप्पड़ उड़ानेवाला था। ख़ुशी का उसका ठहाका अलग था, खिसियाने का अलग। वैसे, सामान्यतः वह मिलनसार था। मज़दूरों के साथ धूल में नीचे बैठ जाने में उसे कोई गुरेज़ नहीं था और उन सबके संग कच्चा चूड़ा-नमक फाँकने में भी परहेज़ नहीं था।

शुरू-शुरू में ठेकेदार जॉन गपर हावड़ा में रेल के 'कोयला बाबू' की नौकरी में था। बाद में रेल की नौकरी छोड़ उसने कलकत्ता में ही आलू की आढ़ती शुरू कर दी। इस व्यापार में ठीक-ठाक मुनाफ़ा था लेकिन ज़्यादा दिनों तक उसका इसमें दिल नहीं लगा। अब उसने ठेकेदारी का काम शुरू किया। कंसट्रक्शन के काम में अधिक मुनाफ़ा था और उसकी तबीयत इस काम में लग गई थी। कभी रेल की नौकरी में रहने के कारण रेल के बड़े साहबों से उसका अच्छा परिचय रहा था। इस परिचय के मार्फ़त उसे बहुत जगहों से ठेकेदारी का काम मिला। मैकलुस्कीगंज जब बस रहा था और रेल के बहुत-से रिटायर एंग्लो-इंडियन साहबों ने वहाँ घर बनवाने का निश्चय किया, तो उन सबको ठेकेदार जॉन गपर की याद आई।

रेल में 'कोयला बाबू' की नौकरी साधारण-सी थी लेकिन उस समय भी जॉन गपर पहनावे-ओढ़ावे में हमेशा किसी सितारे की ही धज में रहता था। आलू की आढ़त और बाद में कंसट्रक्शन के काम में जब उसे अच्छी कमाई होने लगी, तो अच्छे-अच्छे जूतों का उसे शौक़ चर्राया। उम्दा सिगरेट की उसे आदत लग गई। चिरकुमार होने के कारण उसका सारा ख़र्चा ज़्यादातर अपने ही ऊपर था। अक्सर अपने लैस-लिफ़ाफ़े को लेकर वह मुसककर कहता था कि, 'जीवन में भाग्य बस आपसे एक बार पूछता है। आप जैसा स्टैंडर्ड अपने लिए बनाओगे, गॉड चाहे जैसे, उसे पूरा कर देगा।' कंट्रैक्टर जॉन गपर का जन्म-कर्म क्योंकि कलकत्ता में हुआ था, इसलिए बँगला भी वह फ़र्राटा बोलता था। अपने जीवन स्तर को निभाने को लेकर वह गदगद हो ठहाके लगाते हुए बँगला के एक पुराने मुहावरे का ज़िक्र करना नहीं भूलता था—'जे खाय चीनी, ताके दाय चिन्तामणि।' यानी जो चीनी खाते हैं, उसके लिए चीनी का इन्तज़ाम भगवान कर देते हैं।

बहरहाल, 'गंज' के शुरुआती दिनों में ज़्यादातर एंग्लो-इंडियन साहबों के बँगलों को कंट्रैक्टर जॉन गपर ने बनवाकर देखते-देखते एक संसार गढ़ दिया था। लेबर के काम में उसने 'गंज' और उसके आसपास के गाँवों के मज़दूरों और रेज़ा[1] को रखा था। उसके पास वहाँ एक मज़बूत टीम हो गई थी। हालाँकि, 'गंज' के इलाक़े में दैनिक मज़दूरी का जो दर था, उससे अधिक वह कभी नहीं देता था। पर मज़दूरों को खिला-पिलाकर वह हमेशा टंच रखता था। किसी को बीड़ी-तम्बाकू की भी वह कमी नहीं होने देता था। मज़दूरों से काम कराने में तामझाम के जादू को वह बख़ूबी समझता था। इसलिए कभी-कभी मज़दूरों और रेज़ा सबको चमत्कृत करने के लिए वह दस रुपए के नोट में उम्दा तम्बाकू भर उसे

1. महिला श्रमिक

सिगरेट की तरह लपेटकर पीने लगता था। तब फटी आँखों से उसे देख सब हैरान हो जाते थे। उसके आलापन की ख़बर सुनकर दूर-दूराज़ के मज़दूर काम पाने के लिए अक्सर 'गंज' पहुँचते थे। मि. डेविड कैमरॉन के 'हाइलैंड गेस्ट हाउस' के पुराने ख़ानसामा कइला मियाँ को आज भी याद है कि कैसे बालूमाथ के बठेट गाँव से 'पाही' किया था—बँगलों में लेबर का काम पाने के लिए उसके अब्बा चम्मर मियाँ और अम्मी अमीना खातून ने। कंट्रैक्टर जॉन गपर आज भी हू ब हू उसे याद है। तब मुश्किल से आठ-नौ साल का एकदम 'ठुर्री' था कइला मियाँ। पर अपने अब्बा-अम्मी के साथ उसने तलवे का तेल निकालकर नौ कोस ज़मीन पैदल मापी थी। तीन आने मज़दूर लोगों को और दस पैसे रेज़ा लोगों को रोज़ मिलते थे। नंगे-बुच्चे लोगों को इससे फाज़िल क्या चाहिए था? वह सस्ती का ज़माना था, जब चावल एक रुपये का 20-22 सेर मिलता था और तीन आने किलो खस्सी का मीट। इसी तरह, कपड़ों में सबसे सस्ता-सादा जापानी मारकिन या आम छापवाला मारकिन था। कइला मियाँ को याद है कि उसकी अम्मी बैंगनी और लाल रंगों वाली बुलटेन की साड़ी पहनती थीं। ख़ैर, सिर्फ़ बँगले ही क्या, 'गंज' की सड़कें भी क्या शानदार बनी थीं! कइला मियाँ कहता है, 'एकदम शाही टोस्ट-सी सड़क!'

मकान और सड़क का काम साथ-साथ चल रहा था। मकानों का काम तो देर रात-रात तक गैसबत्ती और पेट्रोमैक्स जलाकर जारी रहता था। आज भले इन बँगलों की दीवारों से प्राचीनता की धूल झड़ती हो, पर अभी भी इन घरों की ज़ंग लगी पुरानी रेलिंगें और लकड़ियों की पुरानी घुमावदार कारीगरी गवाही देती है कि इन्हें सजाने में कितना यत्न किया गया था। छन्ने की तरह के जालीदार बरामदे भी अधिकांश घरों में बनाए गए थे। राजमिस्त्री ज़ुबैर मियाँ की आँखों के आगे निर्माण के वे सारे हलचल और हौलजौल भरे दिन मानो आज भी बस कल की बातें हैं। ज़ुबैर के अब्बा लट्टू मियाँ भी राँची के पतराटोली से उन्हीं दिनों में यहाँ 'पाही' किए थे और यहीं के होकर रह गए थे।

तक़रीबन पाँच एकड़ के विशाल परिसर में मि. जे.ई. स्मिथ का लाल खपड़ैलवाला छोटा-सा बँगला जब बनकर तैयार हुआ था, तो उसकी ख़ूबसूरती देखते बनती थी। मि. एफ.एच. लवडे के बँगले में 'रानीगंज-टाइल्स' का भरपूर इस्तेमाल किया गया था। इसी तरह मि. ई.जे. स्टीवर्ड...मि. ए. डिसिल्वा...मि. इ. बोट...कैप्टेन ग्रबर... सी. डॉब्सन...मि. एस.एल. वुड...मि. जे.डी. रॉज़र और न जाने कितने साहबों के एक-से-एक नायाब बँगले। इलाहाबाद से आकर 'गंज' में बसे रॉज़र दम्पती ने 'गंज' में बड़े टोप-टहंकार से 'फ़ैमलि स्टोर्स' और 'ड्रेस एजेंसी' की शुरुआत की थी। रॉज़र दम्पती के 'फ़ैमलि स्टोर्स' में क्या नहीं मिलता था। लोग मज़ाक में कहते थे, 'रॉजर साहब के यहाँ आलपीन से लेकर एरोप्लेन तक मिलता है।' मेसर्स टी. जे.एस. स्टाउट ऐंड संस के परिवारवालों ने रात-दिन एक कर बेहद ख़ूबसूरत 'मैकलुस्कीगंज क्लब' बनवाया था। उसके सुर्ख़ लाल फ़र्श पर कोई अपना चेहरा देख सकता था। इस क्लब के बारे में कहा जाता था—'अ स्टाउट एफ़र्ट बाइ अ स्टाउट फ़ैमलि...' यानी एक मज़बूत परिवार का मज़बूत प्रयास...। बहुत से साहबों ने अपने विशाल अहाते में 'ऑर्चर्ड' पर ज़ोर दिया था। 'गंज' में एक बार 'द कॉलनाइज़ेशन सोसायटी ऑव इंडिया' के शेयर होल्डरों की एक बैठक में मि. मैकलुस्की के अनन्य मित्र डॉ. हेनरी गिडनी ने कहा था, 'योर प्लॉट्स,

लेडिज़ ऐंड जेंटिलमेन, विल बी द गूज़ दैट लेज़ द गोल्डेन एग्स...आपकी जमीन...सोने का अंडा देनेवाला हंस...लेडिज़ ऐंड जेंटिलमेन...।'

मि. मैकलुस्की ने कहा था, 'मैं तब तक रहूँ न रहूँ, यह गाँव एक दिन सुनहरा अंडा साबित होगा।'

मि. मैकलुस्की की यही मूल परिकल्पना थी—एक गाँव बसाकर सबको जमकर खेती में जोत देना। उन्होंने शुरू में कहा था, 'कभी भी यहाँ आकर बसनेवाले एंग्लो-इंडियन यहाँ के गरीब किसानों को 'इंडियन रैयत' के रूप में ट्रीट नहीं करेंगे और उन सबके साथ जुटकर 'गंज' की खेती को ऐसी लाजवाब शक्ल देंगे कि सारे भारत में 'गंज' को 'गॉडेस् ऑव एग्रीकल्चर' कहा जाए। कृषि के मामले में देश का सबसे उन्नत ग्राम...! आवर व्यूज़ विल बिकम गोस्पेल्स ऐंड आवर इग्'ज़ाम्प्ल् द थीम फ़ॉर द होल इंडिया...! एंग्लो-इंडियन कम्यूनटि शैल सप्लाइ द ज्वायस नोट टू इट्स सॉङ् ऑव इमेनिसिपेशन...! हमारे विचार दूसरों के लिए प्रेरणा बनेंगे...और हमारा उदाहरण पूरे भारत के लिए एक आदर्श बन जाएगा...एंग्लो-इंडियन समुदाय अपने मोक्ष के गान से आनन्द की आपूर्ति करेगा...।' भाव-विह्वल होकर कहा था मि. मैकलुस्की ने।

हालाँकि, गाँव बसने की शुरुआत के साथ मि. मैकलुस्की चल बसे थे, पर उनके सामने देश के विभिन्न हिस्सों से एंग्लो-इंडियन परिवारों का आगमन यहाँ जारी हो गया था। इसके साथ जगह-जगह से रक़म-रक़म की चीज़ें आने लगी थीं। कइला मियाँ को अभी तक याद है कि चन्दवा का ढम्मन मियाँ कैसे झंगी की झंगी मुर्गी, चाहा, बतख़ और बगेरी लाता था। हनीफ़ बूचर ने तो खस्सी के गोश्त का अपना धन्धा देखते-देखते जमा लिया था।

शुरुआत वाक़ई बड़े जोर-शोर से हुई थी। बँगले बनने और उन सबकी लम्बी-चौड़ी चहारदीवारी खींचे जाने के साथ-साथ कलकत्ता के पास की घुघुडांगा की मशहूर नर्सरी 'हॉबि ऐंड कम्पनी' से एक-से-एक फलों के पेड़ मँगवाकर साहब लोगों ने अपने कैम्पस में लगाए थे। 'हॉबि ऐंड कम्पनी' ने फ़ोन या तार के ज़रिये भी पौधों के ऑर्डर देने की सुविधा दे रखी थी। फिर इकट्ठे महीने-दो महीने पर एक बार कम्पनी का आदमी सबके ऑर्डर के हिसाब से पौधे लेकर 'गंज' पहुँचता था। लोग ख़ास तौर से राँची जाकर हॉबि कम्पनीवाले को फ़ोन करते थे।

'हॉबि ऐंड कम्पनी' का टेलिफ़ोन नम्बर याद रखनेवाला था—2020...और उसके टेलिग्राम का नाम बड़ा दिलचस्प था—'हॉबि: दमदम जंक्शन'। भुगतान की सुविधा क्रॉस चेक या मनिऑर्डर से। वाक़ई एक-से-एक फलों के पेड़ हॉबिवालों ने 'गंज' भेजे थे। मसलन, अनन्नास ही लें तो 'द क्वीन...सिंगापुर जॉइंट'...। अमरूद...तो सफ़ेद-गुलाबी गूदेवाला इलाहाबादी अमरूद...बग़ैर बीजवाला 'बेदाना' अमरूद...बहुत बड़ा और गोल-मटोल बनारसी अमरूद और...जेली तैयार करने लायक़ बैंगनी छाँहीवाले छोटे-छोटे अमरूद 'कैटलीज़ ग्वाभा...'। ओफ़, केले भी क्या जानदार-शानदार! अनगिनत नाम-स्वाद व रंग-रूपवाले यानी 'काबुली ड्वॉर्फ़'...'चीनी चम्पा'...छोटे-छोटे गुच्छों में फलनेवाले मिश्री जैसे मीठे केले...'कनाई बंशी'...बड़े और मीठे—अतिप्रसिद्ध केले 'मार्तमान ऑव ढाका'...'काली बऊ' और...और...'घृत-कंचन'...'माल भोग'...। एक-से-एक लाजवाब केले।

हाथीदाँत-पीले रंग के गूदेवाले 'मार्तमान ऑव ढाका' का स्वाद डेनिस आज भी नहीं भूले थे। इसी तरह 'काबुली अनार'...सीलोन का प्रसिद्ध नारियल 'किंग कोकोनट' और आम...? एक-से-एक रसीले आम के पेड़...। कृष्णभोग, चौसा, गुलाबख़ास, बनारस का लँगड़ा, दमदम का लँगड़ा, मिश्री दमदम, बेलख़ास, मालदह, दशहरी, सफ़ेदा, बम्बई मल्लिका और हिमसागर से लेकर हापुस तक। मि. चाको डॉमनिक की विशाल अमराई तो पागल करनेवाली थी। सनक की हद तक वे आम के दीवाने थे। इसलिए 'गंज' में उनका मशहूर उपनाम 'मैंगो साहब' था। मि. ग्रेग नॉर्मेन भी कम सनकी नहीं थे। उन्होंने अपने कैम्पस में लगभग एक दर्जन काजू का पेड़ गोवा से लाकर लगाया था। 'गंज' की मिट्टी क्योंकि काजू के पेड़ों के लिए अनुकूल नहीं थी, इसलिए उनके ग्यारह पेड़ सूख गए। बहुत यत्न से एक पेड़ बच पाया। मि. स्टीवार्ड को एक बार पपीते का झोंक चढ़ गया, तो अपने पूरे कैम्पस को उन्होंने पपीते के पेड़ों से भर दिया। साहबी झोंक का कोई ठिकाना नहीं, कब क्या झोंक चढ़ जाए?

शुरू के ये दिन सचमुच सरगर्मियों के थे और यह सब देख यहाँ का पुराना आदिवासी समुदाय रह-रहकर बुरी तरह हलकान होता रहा था...'हाँ, तो क्या होगा अब...?'

एक शाम अगड़धत्त भुखला गंझू ने मि. रॉज़र से पूछ ही दिया था, 'क्या हजूर...देश आजाद हो जाएगा, तब आप लोग यहाँ से चले जाएँगे न...?'

सुनकर ज़ोर से हँस पड़े थे मि. रॉज़र, 'नहीं भुखला...! देश जब आजाद हो जाएगा तब भी एंग्लो-इंडियन लोग यहीं रहेगा...। अरे मैन, अंग्रेज़ लोग का मदरलैंड ये इंडिया नहीं, पर हम एंग्लो-इंडियन लोग का मदरलैंड...माँ की मिट्टी तो इंडिया ही है न...हम लोग नाम नेहादी[1] इंडियन नहीं, असली इंडियन...। हम भला किधर को अन्ते जाएगा...?'

हालाँकि, ब्रिटिश हुकूमत भारत में टिके रहने के लिए हर सम्भव कूटनीति अपना रही थी। सन् 1935 के अगस्त माह में ब्रिटिश हुक्मरानों ने 'गवर्नमेंट ऑव इंडिया ऐक्ट' पारित किया था। दरअसल, अंग्रेज़ चाहते थे कि भारत के लोग इस ऐक्ट को किसी तरह क़बूल लें और प्रान्तों में सरकार बनाएँ। इसलिए इस ऐक्ट को पारित करने के एक साल पहले अवैध घोषित कांग्रेस पार्टी को ब्रिटिश हुकूमत ने वैध घोषित कर दिया था ताकि नये ऐक्ट के तहत अस्तित्व में आई शासन-व्यवस्था में आन्दोलनात्मक गतिविधियों का परित्याग कर कांग्रेस शरीक हो। पर कांग्रेसियों ने इसका विरोध करते हुए साफ़ कहा था, 'हम इस ऐक्ट को हरगिज नहीं मानेंगे...। क्या करेगा चर्चिल...? काज़ी बनता है वह! इटली...जर्मनी की खुशामद करते-करते तो उसकी कमर खुद टेढ़ी हो रही है...। हम लोग तो उसकी कमर तोड़कर रहेंगे...।'

लेकिन ब्रिटिश सत्ता की कमर इतनी आसानी से नहीं टूटनेवाली थी। सन् 1937 से 1939 तक अंग्रेज़ों ने देश में साम्प्रदायिक तनाव जमकर भड़काया...। हिन्दू-मुसलमानों के बीच देश के विभिन्न हिस्सों में कई छोटे-बड़े दंगे हुए। महात्मा गांधी ने इसे शान्त करने के लिए देश भर का सघन दौरा किया और तनाव-क़बाहत भरसक कम करने की कोशिश की। सन् 1939 के उन्हीं दिनों में यूरोप में तब तक दूसरा महायुद्ध छिड़ चुका था। सितम्बर, 1939 के पहले सप्ताह में जर्मनी ने पोलैंड पर हमला कर दिया था और

1. बस, नाम के लिए

अंग्रेज़ों ने ऐलान कर दिया था कि वे जर्मनी के विरुद्ध लड़ेंगे। विश्व का परिदृश्य तेज़ी से बदल रहा था और सन् 1940 तक भारत में अंग्रेज़ों के विरुद्ध आन्दोलन ने फिर नये सिरे से ज़ोर पकड़ लिया था। हज़ारों हिन्दुस्तानी आन्दोलनकारियों को जेलों में ठूँसा जा रहा था। इस आन्दोलन को लेकर मैकलुस्कीगंज में आकर बसे एंग्लो-इंडियन साहबों का क्या रुख़ है, इसे जानने के लिए गाँव के कुछ गिने-चुने लोगों के अन्दर हरदम उत्सुकता बनी रहती थी। पर ज़्यादातर एंग्लो-इंडियन इन मुद्दों पर तटस्थ भाव ही प्रदर्शित करते। सन् 1942 के सघन 'भारत छोड़ो' आन्दोलन की सरगर्मियों से भरी एक दोपहरी में जब गाँव के एकमात्र सक्रिय कांग्रेसी भुखला गंझू को पुलिस गिरफ़्तार कर ले गई, तो गाँव के पुराने शगूफ़ेबाज़ों ने लगातार यह अफ़वाह फैलाने में कोई कसर बाक़ी नहीं रखी थी कि इन एंग्लो-इंडियन साहबों की 'गुप्त रिपोर्ट' पर ही बेचारे भुखला गंझू की गिरफ़्तारी हुई है। एक ऐसे ही अफ़वाहबाज़ ने तुक्का मारा था, 'भुखला गंझू बेचारा...! जानते हैं, इन अठन्नियों ने राँची के आला पुलिस अफसरों को क्या लिखित शिकायत भेजी...? लिख भेजा कि भुखला गंझू कांग्रेसी है। गाँधीजी के 'चले जाओ आन्दोलन'[1] का समर्थक है। चौक-चौराहे पर क्वीन विक्टोरिया को गाली देता रहता है...।'

पता नहीं, यह लिखित शिक़ायत किसी ने की थी या नहीं, लेकिन यह सच था कि भुखला गंझू को अंग्रेज़ों को गाली बकने में बड़ी तृप्ति मिलती थी। एक सुबह गाँव में नये-नये बसे मि. किट्सन जब मॉर्निंग वॉक से लौट रहे थे, तो भुखला गंझू ने आदतन फिर अंग्रेज़ों की माँ-बहन शुरू कर दी थी। मि. किट्सन ने बड़ी विनम्रता से कहा था, 'भुखला गंझू, तुम अपना मुँह को नाहक क्यों खराब करता है? क्या तुम्हारा गाली क्वीन सुनता?' बस, यही बात तूल पकड़ गई थी। कुछ ही दिनों बाद भुखला गंझू की गिरफ़्तारी ने इस मामले को और गरमा दिया। शक की सूई मि. किट्सन पर जा अटकी थी। कुछ आदिवासी युवक तो मि. किट्सन के घर पर उनसे निपटने के लिए पहुँच गए थे। पर तत्काल गाँव के कुछ समझदार लोगों ने हस्तक्षेप किया और मामले को ठंडा किया। उन्हीं दिनों गाँव के अकलू महतो से टोकर साहब की वो ठनी, जिसकी कल्पना तक कभी किसी ने नहीं की थी। एक सुबह मि. टोकर के कैम्पस में घुसकर अकलू महतो का बछड़ा चरने लगा था। साहबी फूँकवाले मि. टोकर दन्न से घर के भीतर गए, बन्दूक लेकर निकले और बछड़े को गोली मार दी। खून से सना घायल बछड़ा कैम्पस में गिरा छटपटा रहा था कि तभी अकलू महतो को ख़बर मिली। दौड़ा हुआ वह पहुँचा। बछड़े को गोद में लिया और सीधे बुढ़मू थाना पर ले जाकर खून से लथपथ बछड़े को दारोगा के सामने डाल दिया। दारोगा अंग्रेज़ था। पर उसने मि. टोकर को इस जुर्म में तीन महीने के लिए जेल भिजवा दिया।

बूढ़मू ब्रिटिशकालीन बहुत पुराना थाना है। मई 1951 तक मैकलुस्कीगंज इसी थाना के अन्तर्गत था। पर जब जून, 1951 को बुढ़मू से काटकर अलग खलारी थाना बना, तो मैकलुस्कीगंज को खलारी थाना के ज़िम्मे कर दिया गया। हालाँकि, मैंकलुस्कीगंज अभी भी बुढ़मू प्रखण्ड में ही है। यानी विधि-व्यवस्था संधारण और विकास के मामले में बुढ़मू प्रखण्ड पर ही मैकलुस्कीगंज आज भी निर्भर है। इसलिए कहना न होगा कि बुढ़मू से 'गंज' का लाट अभी तक लगा हुआ है।

1. 'क्विट इंडिया मूवमेंट'

खलारी को थाना बने भले कई दशक बीत गया लेकिन बुढ़मू थाना जैसा प्रताप इसका कभी न बन पाया। आज़ादी के पहले रहे बुढ़मू थाना के कई अँग्रेज़ दारोगा के क़िस्से 'गंज' में सदैव दन्तकथाओं की तरह चर्चित रहे। ब्रिटिश राज में बुढ़मू थाना का एक बीहड़ अँग्रेज़ दारोगा था, जिसकी अजब-ग़ज़ब कथाएँ हैं। उसने इस इलाक़े के कई अपराधियों और डाकुओं को जीवन से सेवानिवृत्त कर दिया था। 'गंज' के कई बूढ़े-पुराने लोग उसे याद कर कहते हैं, 'उस अँग्रेज़ दारोगा के नाम से इधर के बड़े-बड़े चोरों और डाकुओं को पेशाब होने लगता था और यहाँ के आम लोग उस दारोगा के कारण एकदम बेचिन्त-निश्चिंत रहते थे।'

ब्रिटिश शासन के दौरान जिस तरह उत्तराखण्ड के कुमाऊँ क्षेत्र के चर्चित दस्यु डाकू सुलताना को पकड़कर एक बहादुर अँग्रेज़ पुलिस अधिकारी फ्रेडी यंग ने फाँसी के तख़्ते तक पहुँचा दिया था और डाकू सुलताना के बेटे की पढ़ाई का ज़िम्मा लेकर उसे सरकारी अफ़सर बनवा दिया था, उसी तरह बुढ़मू थाना के उस औलिया अँग्रेज़ दारोगा जेम्स कुक ने इलाक़े के एक कुख्यात डाकू को एक संगीन मुठभेड़ में मार गिराया था और जब उस डाकू की विधवा दारोगा के पास कलपते हुए फ़रियाद लेकर पहुँची कि उसके पति को उसके किए का दण्ड तो मिल गया लेकिन उसकी बेटी की शादी अब कैसे होगी?

बुढ़मू थाना के उस अँग्रेज़ दारोगा जेम्स कुक ने दिन-रात एक कर ख़ुद उसकी बेटी के लिए घर-वर तय किया और पूरे शान-शौक़त से शादी कराई। इस तरह मैकलुस्कीगंज बसने के साथ इलाक़े के आदवासियों में अँग्रेज़ों और एंग्लो-इंडियन समुदाय को लेकर शुरुआती ग़लतफहमियाँ और भय की जो स्थिति थी, वह ऐसे ही कुछ अच्छे-अच्छे प्रसंगों के संग धीरे-धीरे दूर होती गईं। 'गंज' का माहौल बहुत कुछ नरम हो गया। गाँव के कुछ बुजुर्ग आदिवासियों ने साहब लोगों के मन को लगी गर्म भाप को साफ़ किया था, 'हजूर! पिनकने की बात नहीं। नया जूता थोड़ा काटता ही है। यह नई जगह है अभी आप लोगों के लिए, इसीलिए कुछ बेवकूफ लोग शक करते हैं। लेकिन आप लोगों की सचाई पतिआ जाएँगे न जिस दिन, उस दिन से जान ेने को तैयार हो जाएँगे...। फिर हमेशा उँगली पकड़े रहेंगे।'

जैसे-जैसे एंग्लो-इंडियन लोग ग्रामीणों के सुख-दुःख में साथ निभाने की इच्छा प्रकट करते गए, तो कड़वाहट भी कम पड़ती गई...। इनसे घुलने-मिलने के लिए गाँव के लोगों ने अंग्रेज़ी बोलने की भी कोशिश शुरू कर दी। जैसे कोई आहिस्ता-से मि. डिसिल्वा के यहाँ जाकर पूछता, 'मि. डिसिल्वा इज?' यानी क्या मि. डिसिल्वा हैं? दरअसल, इन्हें किसी ने बताया था कि 'इज़' का मतलब 'है' होता है। इस तरह शीतयुद्ध कमोबेश शिथिल हुआ और आपसी मेलजोल का वातावरण बनना शुरू हुआ।

गाँव में जब पहली बार चाँपाकल गड़ा, तो आदिवासियों ने चकित होकर कहा, 'जादू जानता है इ साहब लोग...लोहा के खुट्टा से पानी निकाल दिया।'

15 अगस्त, 1947 की आधी रात को तो बची-खुची कड़वाहट भी जाती रही, जब गाँव के अन्य लोगों के साथ एंग्लो-इंडियन साहब-मेमसाहब लोग भी जश्न मनाते हुए रात भर नाचते-झूमते रहे। गाँव के 'हाइलैंड गेस्ट हाउस' को किस तरह उस आधी रात में मोमबत्तियों और दीयों से सज दिया गया था, जब रेडियो ने घोषणा की थी कि देश को

आज़ादी मिल गई है। सुबह तक खाना-पीना, नाचना-गाना चलता रहा था...। उस आधी रात को याद करते हुए डेनिस विभोर हो उठते थे। गहरी अँधेरी उस आधी रात में...रोशनी और गाने-बजाने से खिला अपना गाँव उनकी आँखों के आगे जगमग हो जाता। मिसेज़ वुड रात भर पिऐनो पर अद्‌भुत सुर बिखेरती रही थीं। गाँववाले इस अंग्रेज़ी हारमोनियम की धुन पर विभोर थे। पिऐनो के सफ़ेद-काले कीज़ पर मिसेज़ वुड की उंगलियाँ थिरक रही थीं। उनके साथ सब कोरस में गा रहे थे—ला...ला...ला...डे...डे...डा...ला...ला... डे...डे...डा...डा...डा...सिंग अस अ सांग...यू आर द पिऐनो मैन...सिंग अस अ सांग टु नाइट...ला...ला...ला...डे...डे...डे...डा (गाओ...गाओ...पिऐनोवादक—आज की रात गाओ...आज की रात...)। टोरी एर्नाल्ड ने आनन-फ़ानन में उस रात बैंड का जुगाड़ किया था।

'मेरी उम्र उस समय सत्रह-अठारह साल की थी...इसलिए मुझे हू-ब-हू याद है सब कुछ...।' डेनिस गुनगुनाते हुए जैसे स्मृतिपूर्ण कक्षा में पहुँच जाते, 'आउअर मदरलैंड... वी कॉल हर इंडिया...। इफ़ वी आर वन...वी कैन सक्सीड...वी कैन सक्सीड...बिल्ड अ ब्राइट ऐंड न्यू टुमॉरो...इन आउअर लैंड...आउअर मदरलैंड वी कॉल हर इंडिया...।' (हमारी मातृभूमि...जिसे हम 'इंडिया' कहकर बुलाते हैं। अगर हम एक रहें...हम कामयाब होंगे...उज्ज्वल भविष्य बनाएँगे।) आजादी की उस आधी रात में किस तरह सब बैंड की धुन पर झूमते-गाते रहे थे! गाँव के आदिवासी अपनी तान में थे, 'तिरंगा फहरे असमान... लहू के बहल नदी...युद्ध घमासान...भागी गेलै फिरंगी बयेमान...तिरंगा फहरे...।'

आज़ादी के उस साल गाँव में थर्ड नवम्बर यानी 'फ़ाउंडर्स-डे' के मौक़े पर कलकत्ता से एंग्लो-इंडियन समुदाय के प्रमुख नेता मि. फ्रैंक ऐन्थनी विशिष्ट अतिथि के रूप में मैकलुस्कीगंज पहुँचे थे और 'हाइलैंड गेस्ट हाउस' में आयोजित कार्यक्रम के दौरान अपने ओजपूर्ण वक्तव्य में उन्होंने कहा था, 'लेट अस ऑलवेज़ रिमेम्बर दैट वी आर इंडियंस...द कम्यूनटि इज़ इंडियन...इट हैज़ ऑलवेज़ बीन इंडियन...। द मोर वी लव ऐंड आर लॉयल टू इंडिया...द मोर इंडिया विल लव ऐंड बी लॉयल टू अस...।' (हमें हरदम याद रखना चाहिए कि हम भारतीय हैं...हमारा समुदाय भारतीय है और सदैव से रहा है। जितना अधिक हम भारत को प्यार करेंगे, इसके वफादार रहेंगे, उससे अधिक हमारा देश हमें प्यार करेगा और हमारे लिए वफादार रहेगा।) आज़ादी के बाद 'गंज' में जैसे रूहानी आ गई थी। बस, आज़ादी के एहसास से लोग आनन्दित रहने लगे थे। एंग्लो-इंडियन समुदाय को लेकर आदिवासी समाज में जो रही-सही आशंका थी, वह लगभग दूर हो गई थी।

डेनिस देखते थे, रॉबिन पूरी तरह खो जाता था। उसे टोकते हुए डेनिस कहते थे, 'कहाँ गुम हो गए बेटे...?'

रॉबिन मुस्कराकर रह जाता और फिर उसी मुग्ध अलस भाव में डूबे-डूबे उसने एक दिन कहा, 'मैं सोच रहा था पापा, मैकलुस्कीगंज की कहानी पर तो एक अच्छा-खासा नॉवेल लिखा जा सकता है। क्या अद्‌भुत स्टोरी है वहाँ की...! रिअलि, यू आर वेरी फ़ॉर्चनट्...बड़े शहरों में पले-बढ़े हम जैसे लोग कितने बदकिस्मत हैं...। हमें सभी सुख-सुविधाएँ बढ़-चढ़कर मिलती रही हैं...पर सब अननेचुरल...।' रॉबिन भावुक हो जाता था, 'ओफ़ पापा, इतने अच्छे गाँव को छोड़कर क्यों चले आए आप? मेरे बचपन

के कुछ साल वहाँ गुजर जाते, फिर आते यहाँ...। हम भी वहाँ होते। मजे करते...। मेरे जीवन में यह अधूरापन तो रह ही गया...।'

ऐसे में गहरी उसाँस लेकर डेनिस कहते थे, 'हाँ, बेटे, हमने अपने बचपन में वहाँ खूब मजे किए थे। यू नो, मैकलुस्कीगंज में जिन लोगों के कैम्पस में अमरूद-आम वगैरह फलों के पेड़ कुछ ज्यादा थे, उन्हें हम शरारती बच्चों से हमेशा ही परेशानी रहती थी। ऑर्चर्ड में हम खिलन्दड़े बच्चा-कुच्चा लोगों का झुंड पेड़ों पर अक्सर मँडराता रहता था... और लोग खीजे रहते थे...। जाड़े के शुरू और बारिश के दिनों में अमरूद के पेड़ पाँच पंखड़ियोंवाले सफेद फूलों से लद जाते थे। इन फूलों के झड़ने के बाद अमरूद के नन्हे हरे फल निकलते थे और बड़े होते जाते थे। तब हम बच्चों का दल सलेटी-भूरी छालवाले औसत कद के इन पेड़ों पर तोते और बन्दरों की तरह मस्ती शुरू कर देता। हम लोगों का साथी एक आदिवासी लड़का था—बहादुर...बहादुर उराँव...! पेड़ों पर वह दुबला-सा लड़का! आह, क्या गिलहरी की तरह सरसराते हुए चढ़ता था...! एकदम फुर्र से पेड़ की फुनगी पर...! फुनगी की टहनी बड़ी पतली और नाज़ुक होती है...हम लोगों को फुनगी तक जाने में बड़ा डर लगता था, पर वह तो फर्राटे से देखते-देखते ऊपर...और फिर वहीं से वह अमरूद, आम वगैरह नीचे गिराता जाता था...। दौड़-दौड़कर हम सब उसे बटोरते, मगन-मुग्ध होकर हाँफते रहते। ऊपर फुनगी से वह आवाज लगाता, 'हो गया कि और?' नीचे से ऊपर उसकी तरफ नजर टिकाये हम सब उसके साथी चुप लगा जाते, यह सोचते हुए कि कुछ और जमा हो जाए, तो क्या बुरा होगा? वह फिर बरसाना शुरू करता, 'लो, पकड़ो...!' एक बार तो मि. ग्रेग नॉर्मेन के कैम्पस में लगे काजू के एकलौते पेड़ से लटक रहे हरे ललछौंहे कच्चे काजू की फलियों को बहादुर और मैंने चबा लिया था। ओहो, क्या बुरी गत हुई थी हम दोनों की! कच्चा काजू, जान की आफत। घंटों तक जैसे मुँह में आग-सी धधकती रही। बहादुर के माता-पिता ने शहद और अमावट खिला-खिलाकर किसी तरह हमारी जान बचाई।

बहादुर के पिता बागुन उराँव और उसकी माँ—दोनों कितना प्यार करते थे हमें...! मैकलुस्कीगंज और उसके इर्द-गिर्द कई आदिवासी परिवार ऐसे थे। इन आदिवासी गाँवों को मिलाकर ही तो बना था मैकलुस्कीगंज। गाँव में ज्यादातर गंझू, उराँव, मलार और मुंडा लोग हैं। 'गंज' के लपड़ावाले हिस्से में जहाँ साठ-सत्तर घर मुंडा आदिवासियों के हैं, वहीं 'गंज' के कंकावाले हिस्से में ज्यादा गंझू लोगों की आबादी रही है। बेटे, ये दिखते तो आदिवासियों जैसे हैं, पर दलितों की श्रेणी में गिने जाते हैं। 'गंज' के गंझू लोग मिट्टी के घरों की छत को छाड़ने में माहिर रहे हैं। अगल-बगल के गाँव वाले भी अपने गाँव के गंझू लोगों को घर छाड़ने के लिए लिवा ले जाते थे। रॉबिन, मुझे याद है भुटबा गंझू, जिसका इस काम में कोई जोड़ नहीं था। क्या गजब की झलसी[1] तैयार करता था वह! उराँव लोग भी अपने 'गंज' में अच्छी-खासी तादाद में हैं। 'गंज' में चाट्टी नदी जाने के लिए सड़क से दाएँ जहाँ मुड़ते हैं, वहाँ लातेहर और पलामू जिले की सीमा है। इसी के आसपास उराँव लोगों के लगभग दो सौ घर हैं, जो तीन टोलों में बँटे रहे हैं—चाट्टी नदी, तिलैया टाँड़ और क्वाँर पातर। उराँव के ये तीनों टोले सटे हुए हैं। बीच में कुछ टाना भगत लोग हैं।

---

1. छप्पर छानेवाली घास की रस्सी

झारखंड अंचल में जनसंख्या की दृष्टि से पहले नम्बर पर संथाल, दूसरे नम्बर पर उराँव और तीसरे नम्बर पर मुंडा लोग हैं। स्थानीय भाषा में उराँव लोग स्वयं को 'कुडुख' कहते हैं। वे कुड़ुख भाषा में बातचीत करते हैं। संथालों का नया साल जहाँ जुलाई यानी आषाढ़ में शुरू होता है, वहीं उराँव लोगों का 'न्यू इयर' धान कटने के बाद यानी नवम्बर-दिसम्बर से माना जाता है। उराँव लोगों का मुख्य पेशा खेती है। ये लोग धान, गेहूँ और सब्जी की खेती मुख्य रूप से करते हैं। खस्सी-बकरी और मुर्गी पालन भी करते हैं। इस इलाके के महुआटाँड़, लातेहार और बालूमाथ में भी उराँव लोगों की काफी संख्या है। महुआटाँड़ के ढेर सारे उराँव तो बहुत पहले धर्म परिवर्तन कर ईसाई बन गए थे। दरअसल, महुआटाँड़ में सौ साल से भी पुराना रोमन कैथलिक मिशन है और वे लोग आदिवासी बच्चों के लिए स्कूल चलाते रहे हैं।'

'मुंडा-उराँव ट्रायबल की अपनी अलग दुनिया है।...इंट्रेस्टिंग।'

'बेटे, आदिवासियों में सिर्फ मुंडा, उराँव ही नहीं, संथाल, पहाड़िया, खरवार, बिरहोर, मलार अनेक हैं। कुल 32 जनजातियाँ हैं झारखंड अंचल में। इनमें आठ आदिम जनजातियाँ हैं। लेकिन मैकलुस्कीगंज में मुंडा और उराँवों की बहुतायत के कारण हमें इन्हीं के जीवन और रहन-सहन को देखने का ज्यादा मौका मिला। उराँव पुरुष और स्त्रियाँ अपने जनजातीय त्योहारों में 'केरया' और 'खनरिया' कपड़े पहनते हैं। इनका नाच मैदान 'अखड़ा' कहलाता है। इनके प्रमुख देवता 'धर्मेश' हैं। उराँव के पुजारी 'पाहन' कहलाते हैं। इनका पूजा स्थल 'सरना' के नाम से जाना जाता है। झारखंड की यह सबसे फ्रंट लाइन की जनजाति है बेटे। उराँव लोग खस्सी का मांस, चिड़िया, अंडा और मछली खाना बहुत पसन्द करते हैं। अब शायद कुछ कम, पर शुरू में इन लोगों में बाल-विवाह की प्रथा जबर्दस्त थी। जैसे बहादुर की शादी नौ-दस साल की उम्र में ही हो गई थी।'

'अपने छोटे-छोटे दोस्तों की नन्ही बीवियों से आप मिलते रहे होंगे?' रॉबिन को हँसी छूट जाती।

'हाँ, बेशक! बालिश्त भर का लड़का और बीवी उससे भी बित्ते भर छोटी। बहादुर की गुठली जैसी बीवी से हम मिलते ही थे। अपनी सास की पीठ पर कामकाज में वह ठुमक-ठुमककर जुटी रहती थी। सास-बहू मिलकर क्या गजब ठोकवा[1] बनाती थीं। मुंडा और उराँव के सभी पर्व-त्योहार हमारे लिए एक जैसे थे। मुंडा लोगों के पर्व 'सरहुल' और 'कर्मा' के मौके पर तो बहादुर, टुइयाँ, खुशिया समेत हमारी पूरी बाल मंडली बड़े मजे करती थी। मुंडा लोगों के देवता 'सिंगबोंगा' और 'हातुबोंगा' हमारे बचपन के कौतूहल थे। कर्मा भादों महीने में मनाया जाता है। इसमें करम वृक्ष की पूजा होती है। 'सरहुल' में सखुआ पेड़ की। इसी तरह उराँव लोगों के ज्यादातर त्योहार खेती से जुड़े हैं। खलिहान में नई फसल के आने के साथ इनका त्योहार शुरू हो जाता है। दरअसल, उराँवों के मर्द-औरत, दोनों खेती में बहुत मेहनत करते हैं। ये मेहनत के साथ जीवन का आनन्द भरपूर मनाते हैं। इनके त्योहारों में शामिल होने पर तुम्हें पता चलेगा कि इनके आनन्द उठाने का क्या अन्दाज है और उन लोगों के जीवन में हास-परिहास किस कदर घुला-मिला है। इसी तरह सूरज की पूजा के लिए इनका 'टुसू' का त्योहार।' डेनिस की आँखों के आगे

1. एक मीठा पकवान

'सरहुल' और 'कर्मा' के अवसर पर 'गंज' के मुंडा लोगों का वह मस्त झूमता नृत्य जैसे सामने आ खड़ा होता था, 'फूलों से सुसज्जित पुरुष और उनकी झूम...ओफ्, रॉबिन! यह बताने की नहीं, देखने की चीज है।'

'रॉबिन, उराँवों के नाम जानते हो, ज्यादातर कैसे रखे जाते हैं?' लीज़ा बीच में चुटकी लेते हुए कहतीं, 'हिन्दी दिनों के नाम पर। जैसे सोम को जो पैदा हुआ वह सोमरा, मंगल को जन्मा मँगरू, बुध को जन्मा बुधुआ, शुक्र को जन्मा सुकरा और शनिवार को जन्मा तो सनीचरा। तुम्हारे पापा बुधवार यानी वेंज्डे को जन्मे थे, तो इनका नाम इस हिसाब से होता बुधुआ—बुधुआ मैगावन...!' लीज़ा हँसी से दोहरी हो उठतीं।

'और तुम्हारी मम्मी का जन्म शनिवार यानी सैटर्डे को है, तो इनका नाम होता सनीचरी देवी।' डेनिस हँसी से दोहरी हो रही लीज़ा को अपने ठहाके से ढँकते हुए कहते।

'इस हिसाब से मैं सोमरा हुआ?' रॉबिन हँस पड़ता, 'लेकिन आपके दोस्त का नाम तब बहादुर कैसे है?'

'बहादुर के पिता बागुन चाचा बताते थे कि वह जब पैदा हुआ था, तो उन्होंने देखा कि उसकी दोनों बाँहों पर तीर-धनुष का निशान है यानी एक बहादुर बच्चा...! बस, उसका नाम उन्होंने रख दिया—बहादुर...।'

'सच में क्या उनकी बाँहों पर तीर-धनुष का निशान था? क्या आपने कभी देखा था?'

'हाँ, बेटे, उसकी बाँहों पर बहुत गहरी तो नहीं पर तीर-धनुष जैसी कुछ रेखाएँ थीं। जब वह फूटकर जवान हुआ, तो एक घटना के कारण गाँव के लोग उसे नाज-दुलार में 'बाघ-बच्चा' भी कहने लगे।'

'बाघ-बच्चा...?'

'अरे, बाघ का बहादुर बच्चा। इसकी एक रोमांचक कहानी है।'

'पापा, आपके पास कहानियों का छल्ला है। रिअलि यू आर अ ग्रेट स्टोरी टेलर!'

'क्या बताऊँ मैं, बात से बात निकल गई! उस इलाके में यह कहानी कौन नहीं जानता है! एक बार बहादुर अपने एक रिश्तेदार परीखा उराँव के यहाँ लातेहार जा रहा था। साथ में उसकी तीन साल की बेटी थी। अचानक सुनसान जंगली रास्ते में उसने देखा कि सामने से एक बाघ आ रहा है। उस चाँपी[1] में बाघ को देखते ही झट उसने रास्ता बदल लिया। पर बाघ ने तो देख लिया था। कुछ आगे बढ़कर बाघ तेजी से पलटा और जब तक बहादुर सँभलता, तब तक उसकी बेटी को उसने खींचा और जंगल में भागने लगा। बहादुर में जाने कहाँ से बिजली की गति आ गई, बेतहाशा दौड़ते हुए उसने बाघ को धर दबोचा और जोर से उसकी गरदन को मरोड़ दिया। इससे बहादुर की बेटी उसके मुँह से छूटकर गिर तो गई लेकिन गुस्से से बाघ विकराल हो उठा। उसने बहादुर पर जोर से झपट्टा मारा। बचने का कोई रास्ता न देख जाने बहादुर को क्या सूझी कि उसने अपना पूरा हाथ बिजली की गति से बाघ के मुँह में, उसके गले के भीतर तक फँसा दिया। फिर क्या था, बाघ का दम घुटने लगा। वह बुरी तरह छटपटाने लगा और किसी तरह जान छुड़ाकर जंगल में भागा। उसी दिन से इलाके के लोग बहादुर उराँव को नाज में 'बाघ-बच्चा' कहने लगे। लोगों ने माना कि उस दिन साक्षात् देवता बहादुर की देह पर सवार हो गए थे।'

1. दो बस्तियों के बीच की निर्जन भूमि

'इसमें देवता ने क्या किया?'

'बेटे, ये आदिवासी हर बात का श्रेय देवताओं को देते हैं। किसी भी खुशी या दुःख की बात पर ये 'गंज' स्थित अपने 'सरना' और 'गाँवा देवती' पहुँचकर पूजा करते हैं। करम, सखुआ और बरगद-पीपल के झंखाड़ वृक्षों से घिरा होता है सरना और गाँवा देवती। पर इनके और भी कई देवी-देवता हैं, जिन्हें ये खुश करने में जुटे रहते हैं। जैसे 'गोइसाली' इनके पशुओं के देवता हैं, जिनके बारे में ये उराँव लोग मानते हैं कि अगर समय-समय पर इन्हें बनैले सूअर की बलि नहीं दी गई, तो इन लोगों के पशु यानी गाय-भैंस वगैरह मरने लगेंगे। 'दरहा' देवता को खुश करने के लिए ये खस्सी और मुर्गी की बलि चढ़ाते हैं ताकि घर में किसी को कोई बीमारी नहीं हो। इन जनजातियों के गोत्र यानी इनके ओरिज़िन कई तरह के प्रतीकों में बँटे हैं। जैसे संथालों में 'हांसदा' जिनका टाइटिल है, उनका प्रतीक जंगली हंस है। इसलिए हांसदा लोग जंगली हंस न मारते हैं, न खाते हैं। 'बेसरा' टाइटिल के संथालों का प्रतीक बाज है। ये बाज नहीं मार सकते। मुंडा जनजाति में जिनका टाइटिल 'सोय' है, उनका प्रतीक 'सोल मछली' है। इसलिए ये लोग सोल मछली नहीं खाते। मुंडा जनजाति की नवविवाहित लड़कियों के लिए 'सरहुल' का प्रसाद भी खाना मना है। जिनका टाइटिल 'धान' है, उनका गोत्र-प्रतीक 'वेंगा धान' है। ये वेंगा धान नहीं खाते। मुंडा महिलाओं के लिए धान बोना मना है। इसी तरह उराँवों में जिनका टाइटिल 'लकड़ा' है, वे अपने गोत्र के सिम्बल बाघ को नहीं मारते। उराँवों में जिनका टाइटिल 'एक्का' है, वे अपने ओरिज़िन के सिम्बल कछुआ को नहीं मारते। इसी तरह 'कुजुर' लतर नहीं काटते। 'केरकेट्टा' गौरैया नहीं मारते। 'मिंज' मछली नहीं मारते। उराँव जनजाति में 'तिग्गा' को बन्दर तथा 'तिर्की' को चूहा मारने की मनाही है। उराँव लोगों के बीच झाड़-फूँक करनेवाले भी होते हैं जिन्हें ये लोग 'पाहन' कहते हैं। पाहनों के बारे में ये लोग मानते हैं कि भूत-प्रेत और आत्माओं को ये अपने वश में रखते हैं। पाहन उराँवों के धर्मप्रधान और पुजारी होते हैं। वैसे मुंडा लोगों के भी धर्मप्रधान व पुजारी 'पाहन' ही कहलाते हैं। 'गंज' में बहादुर के अलावा हम लोगों की टोली में कुछ और लड़के थे—टुइयाँ गंझू, दुती भगत और खुशिया उराँव...। हालाँकि, खुशिया उराँव और टुइयाँ गंझू मुझसे कई साल बड़े थे। पर हम लोगों की धमाचौकड़ी में खुशिया और टुइयाँ भी बढ़-चढ़कर शामिल रहते थे। खुशिया का बाप झाड़-फूँक और तंत्र-मंत्र जानता था इसलिए 'गंज' के उराँवों ने उसे 'पाहन' का दर्जा दिया हुआ था, पर खुशिया के बाप की जब अचानक मौत हो गई, तो उसके चाचा ने खुशिया को मि. पार्किंसन के यहाँ काम के लिए नौकर रखवा दिया था...। फिर भी साहब की नजर बचाकर हम लोगों के संग खेलने के लिए वह बँगले से खिसक लेता था। रॉबिन, बहादुर जिस तरह पेड़ पर चढ़ने में माहिर था... खुशिया गाता बहुत मीठा था...और टुइयाँ गंझू भी क्या सुर लगाता था! खुशिया और टुइयाँ में गीतों का खूब मुकाबला चलता था...। पर वह पिद्दी-सा दुती भगत...? वह बड़ा दुष्ट था। भयंकर हरीफ। एक बार तो उसने अमरूद के पेड़ से टुइयाँ को धकेल कर गिरा दिया था। कई दिनों तक बेचारा टुइयाँ बिस्तर पर पड़ा कराहता रहा। लेकिन जो भी हो...आह, क्या बचपन था वह...! रॉबिन बेटे, तुमने ठीक ही कहा, इन बड़े-बड़े शहरों में पले-बढ़े लोगों को सारे सुख नसीब हैं, पर होते हैं ये नकली—अस्वाभाविक...। तुम्हें बचपन से

आम बहुत पसन्द रहे हैं, मैं ढेर सारा आम खरीदकर तुम्हारे लिए ला दिया करता...पर बेटे, जो मजा देहात में पेड़ की टहनियों पर उछल-उछलकर आम खाने में मिलता था न, वह मजा बाजार से खरीदकर लाए आमों में कहाँ? हम लोग सुग्गे की तरह अमरूद के पेड़ों पर झूलते थे। थोड़ा अमरूद खाते, नहीं मन करता तो आधा खाकर फेंक दिया करते थे...। वी वर लाइक मंकीज़...यू नो...।'

रॉबिन तनिक रुआँसा होने का नाटक करते हुए कहता, 'पापा, मैं बन्दर नहीं बन सका...। मुझे आपने गाँव में रहने नहीं दिया...।'

बचपन की एक पुरानी घटना को याद कर डेनिस तब हँसे बिना नहीं रह सके, 'बेटे, सच में बड़े शैतान थे हम...! एक शाम पापा से मिलने डाकघर में ही काम करनेवाले उनके एक दोस्त साइकिल से हमारे घर आए थे। घर के बाहर हम कुछ बच्चे खेल रहे थे। वे जब अन्दर पापा से बातचीत कर रहे थे, तो हम बच्चों की नजर उनकी साइकिल के हैंडिल से लटक रहे झोले पर पड़ी। हम लोगों ने उसे टटोला। उसमें पके रसीले आम भरे थे। बस, फिर क्या था...हम बच्चे एक-एक कर आम निकालते गए और बड़ी सावधानी से मुँह काटकर आम को चूस उसमें फिर से गुठली को सलीके से अन्दर डाल कर झोले में रखते गए...। अगले दिन पापा से शायद उन्होंने इसकी शिकायत की थी... और तब अगली शाम पोस्ट ऑफ़िस से लौटने के बाद पापा ने क्या कान खिंचाई की थी मेरी...। अरे, बहुत शरारत करते थे हम सब।...हर समय यही प्लान बनाते कि अगली कौन-सी नायाब शरारत की जाए। एक बार तो इसी शरारत के दरमियान हम कुछ बच्चों ने दियासलाई की तीली पुआल के एक टाल पर फेंक दी थी...। यह योजना दुती भगत की थी। बचपन से बड़ा शैतान था वह। टाल में आग लग गई थी और धू-धू कर जलने लगा था टाल...। हम सब की तो हालत खराब। बहुत मुश्किल से गाँव के लोगों ने बाल्टी का बाल्टी पानी झोंककर आग बुझाई। उस दिन हम लोगों को बहुत पिटाई लगी थी।'

'पुआल...टाल—यह क्या होता है पापा?'

'पुआल धान का डंठल होता है बेटे। माल-मवेशियों को चारा देने से लेकर झोंपड़ी छवाने के काम आता है यह...। धान कटने के बाद...जब धान झाड़ लिया जाता है तो वहाँ मैकलुस्कीगंज में बेहद सलीके से पुआल को गाँव के लोग गुंबद की तरह सजाते हैं बेटे, उसे टाल कहते हैं।'

'ओफ़्, पापा, क्यों चले आए अपने गाँव से..., रहना था न वहाँ...?'

डेनिस तब हँसकर कहते, 'अब तुम्हारी मम्मी जो न कराएँ...।'

डेनिस का इतना कहना कि मिसेज़ लीज़ा मैगावन तीर की तरह सनसनाती हुई पहुँचतीं, 'तो क्या मैं तुम्हें ज़बरदस्ती अपने कन्धे पर यहाँ उठा लाई थी मैन? अरे मिस्टर डेनिस मैगावन, अगर वहाँ पड़े होते न, तो आज दाने-दाने को तरसते होते। यह ठाठ-बाट न होती...। पूरी फटफट हो जाती। भला मुझे बुरा क्यों लगेगा? बेशक, वह एक सुन्दर गाँव था हम एंग्लो-इंडियंस का, पर गाँव की सुस्त दुनिया में हाथ-पैर जोड़े रखकर जिन्दगी कट जाती क्या?'

मिसेज़ लीज़ा मैगावन की एक ख़ास आदत रही थी। जब वह कुछ ज़्यादा ग़ुस्से में होतीं, तो अपने पति को पूरे नाम से सम्बोधित करतीं यानी मिस्टर डेनिस मैगावन...।

डेनिस फिर कोई प्रतिवाद नहीं करते थे। ठीक ही कहती थीं लीज़ा—गाँव सुन्दर और प्यारा था, पर वहाँ बैठकर जीवन तो नहीं चलता। जीवन की कुछ कठोर वास्तविकताएँ होती हैं और उसके आगे हर आदमी को अन्ततः झुकना ही पड़ता है। डेनिस को भी झुकना पड़ा था। डेनिस को वह दिन हू-ब-हू याद था जब मैकलुस्कीगंज में ही उन्होंने तय किया था कि वे रोज़ी-रोटी की तलाश में हांगकांग जाएँगे। हांगकांग जाने की डेनिस की उद्घोषणा पूरे मैकलुस्कीगंज के घर-घर में फैल गई थी।

'क्या कहा? डेनिस हांगकांग जाएगा?' मैकलुस्कीगंज के एंग्लो-इंडियन परिवारों में उस समय यह परिहास का विषय बन गया था, 'डेनिस मैगावन, जाएँगे हांगकांग...!' फिर इस जुमले में किसी ने और एक टिप्पा जोड़ दिया था, 'बनेंगे किंगकांग...!' कुल मिलाकर एक व्यंग्य कविता-सी बन गई थी :

'डेनिस मैगावन
जाएँगे हांगकांग
बनेंगे किंगकांग...।'

दरअसल, मैकलुस्कीगंज का कोई लड़का पहले कभी हांगकांग नहीं गया था। वहाँ कोई परिचित भी नहीं था, जो उस अपरिचित विदेशी शहर में कोई नौकरी लगवाने में डेनिस की मदद करता। बहरहाल, यह ख़बर जब काफ़ी फैल गई थी, तो धीरे-धीरे छड़ी टेकते एक शाम अपने लगातार मन्द-मन्द हिलते सिर के संग मि. ग्रेग नॉर्मेन डेनिस के घर आए थे। मैकलुस्कीगंज गाँव के वे बड़े बुजुर्ग थे। उनकी बात कोई नहीं काट सकता था। कुर्सी के हत्थे से अपनी पतली छड़ी को लटकाकर आहिस्ते-से बैठ, दीर्घ निःश्वास छोड़ते हुए मि. नॉर्मेन ने डेनिस के पिता से कहा था, 'ब्रायन, क्या सुन रहा हूँ मैं? पूरे गाँव में चर्चा है, डेनिस हांगकांग जा रहा है। भला क्या हो गया है इस लड़के को? एकदम कच्ची रोटी है यह। वहाँ तो अपने गाँव से अब तक कोई गया भी नहीं, जो इसकी मदद करेगा। तिस पर सुन रहा हूँ, पत्नी और अपने छोटे-से बच्चे को साथ ले जा रहा है? अपटी खेत में फँस जाएगा यह...।'

मि. नॉर्मेन जब बोलकर चुप हो चुके, तो मि. ब्रायन मैगावन ने कहा था, 'अब मैं क्या कहूँ! डेनिस बड़ा हो चुका है। अपना अच्छा-बुरा खुद समझेगा। धक्का से ही आदमी पक्का होता है। उसने मुझसे कहा कि मैं एक बार बाहर जाने के लिए उसकी मदद कर दूँ। सो प्रॉविडेंड फ़ंड के कुछ बचे पैसे मैंने टिकट के वास्ते उसे दे दिये हैं। जवान लड़का भला घर में बैठा कब तक रह सकेगा? ठीक है, जहाँ भी जाए लेकिन मेहनत करे और सुख से जिए।'

अपनी शादी के कुछ वर्ष बाद से ही डेनिस इस बात को बेहद गहराई से महसूस करने लगे थे कि रोज़ी-रोटी के लिए जल्द से जल्द उन्हें कुछ करना ही होगा। लीज़ा का भी यही ज़ोर था, 'डेनिस, तुम्हें अपने भविष्य के बारे में कोई-न-कोई निर्णय लेना चाहिए। सोचो, कब तक चलेगा ऐसे? पापा के पेंशन पर आखिर कब तक हम पलते रहेंगे?'

हालाँकि, बहुत दिनों तक डेनिस लीज़ा की इन बातों को कभी हल्के ढंग से, कभी धीमे से मुस्कराकर या फिर कभी एकदम से चुप्पी साध कर हवा में उड़ा दिया करते

थे लेकिन जब रॉबिन का जन्म हुआ और देखते-देखते उसके भी दो साल बीत गए, तो स्थिति कुछ ज़्यादा ही असहज होती चली गई थी।

आख़िरकार, डेनिस ने तय किया था कि वे बाहर जाएँगे। वे जानते थे कि आज भी इंग्लैंड में एंग्लो-इंडियंस एक 'आउट कास्ट' हैं...समाज बहिष्कृत सूरत में हैं। उन्हें वहाँ कोई इज़्ज़तदार जगह और ज़िन्दगी नहीं मिल सकती। बस, ऑस्ट्रेलिया और अमेरिका यही दो मुल्क हैं, जहाँ एंग्लो-इंडियन लोगों को क़ायदे की जगह मिलती है। मैकलुस्कीगंज के कुछ लड़के पहले भी ऑस्ट्रेलिया, अमेरिका और कनाडा गए थे। पर डेनिस की पुरानी आदत थी, हमेशा पटरी छोड़कर चलने की। उन्होंने ठान लिया था, वे किसी अनोखी जगह जाएँगे। उन्होंने पत्र-पत्रिकाओं में काफ़ी पढ़ रखा था कि हांगकांग ब्रिटिशों का एक ऐसा अनूठा शहर है, जहाँ के बारे में यह मशहूर है कि कोई महज चौबीस घंटे के भीतर एक कम्पनी खड़ी कर ले सकता है। उन्हें लगता था कि ब्रिटिशों के मातहत होकर भी हांगकांग कुछ अलग है। लन्दन की हेकड़ी से भिन्न। इसलिए वहाँ वे खप सकते हैं। उन्होंने यह भी पढ़ रखा था कि लोग रातों-रात वहाँ भिखारी से भामाशाह बन जाते हैं। वहाँ की फ़िल्म इंडस्ट्री की शोहरत भी उन्होंने सुन रखी थी। राँची के एक हॉल में भी कुछ समय पहले उन्होंने हिन्दी फ़िल्म 'हांगकांग' देखी थी। पूरी फ़िल्म की शूटिंग हांगकांग में हुई थी। ओफ़, क्या मस्ती...क्या आनन्द! उस फ़िल्म के कुछ गाने महीनों तक उनके होंठों पर थिरकते रहे थे। एक गाने का टुकड़ा कुछ यों था : 'घूम के आई चीन-मलाया...प्यार से उड़ी जापान...कहीं न देखा तेरे जैसा...निखरा हुआ जवान...ये जुल्फ़ें आवारा...दिलवालों में शोर मच गया...।' डेनिस जैसे निखरे जवान की ठौर तो हांगकांग में ही थी।

अगर क़िस्मत साथ दे जाए, तो हांगकांग में कुछ भी आश्चर्यजनक नहीं। यह हीरे-जवाहरात का शहर है, ऐसा ख़ुद ब्रिटिशर्स भी कहते रहे थे हांगकांग के बारे में। कारोबार चल निकला, तो आसमान छूती किसी इमारत में एक सुन्दर-सा घर, एक आबोदाना अपने लिए, अपनी लीज़ा के लिए और प्यारे बेटे रॉबिन के लिए। शानदार रॉल्स रायस कार...। फ्रैंच ब्रांडी कान्यैक की नशीली घूँट...।

'ओह लीज़ा...! सच, मजा आ जाएगा!' कहते थे सपनों में डूबते-उतराते डेनिस।

लीज़ा ऐसे में बिहँसकर कहती थीं, 'बस-बस, ज्यादा सपने अभी से मत बुनो, डेनिस! किताबों, अखबारों और विज्ञापनों में पढ़ा हुआ जो जादुई शहर तुम्हारे मन में बसा है, जरूरी नहीं कि हम भी वहाँ जाकर वह सब पा ही लें।'

पर डेनिस कहते, 'सपने देखेंगे नहीं, तो सच कैसे करेंगे, लीज़ा?'

जिस दिन लीज़ा और रॉबिन को लेकर डेनिस मैकलुस्कीगंज से विदा हो रहे थे, ओफ़, कैसा कारुणिक दृश्य था! खलारी के एक व्यक्ति को डेनिस ने कह रखा था, जो अपनी गाड़ी बतौर टैक्सी भाड़े पर चलाता था। टैक्सी आहिस्ता-से आकर गेट पर लग गई थी। सामान रखे जा रहे थे। मैकलुस्कीगंज के अधिकांश एंग्लो-इंडियन परिवार उन्हें विदा करने आए थे। डेनिस जा रहे थे। वे क्या अब फिर आएँगे कभी अपने गाँव? क्यों आएँगे भला इस निपट देहात में? पहले भी जो लोग गए, वे कहाँ लौटकर आए? हाँ, जिनके माता-पिता यहाँ रह गए थे, उनसे बस पत्राचार का नाता बना रहा था। उनके मरने के बाद वह भी सूत्र ख़त्म।

डेनिस के पिता मि. ब्रायन मैगावन की आँखें भरी हुई थीं। वे कुछ भी बोल नहीं पा रहे थे। टैक्सी छूटने के पहले तक वे रॉबिन को गोद में लिये रहे। रह-रहकर उसे चूमते रहे। रॉबिन तुतली बोली में कहता रहा था, 'दा...दा...द् दा...ह...।' फफककर रो पड़े थे मि. ब्रायन मैगावन।

डेनिस ने उनका कन्धा थाम लिया था, 'पापा...पापा...! हम जल्दी ही जाकर चिट्ठी लिखेंगे...। वहाँ पाँव जम जाए, फिर साल में कम-से-कम एक बार तो आएँगे ही यहाँ। अपने गाँव को कैसे भूल पाएँगे...?'

पर मि. ब्रायन मैगावन समझते थे कि एक बार ज़िन्दगी की तेज़ घुड़दौड़ में शामिल होने के बाद कौन पलटकर पीछे देखता है...!

टैक्सी मैकलुस्कीगंज से धीरे-धीरे निकल गई थी। हाथ हिलाते मैकलुस्कीगंज के लोग पीछे छूट गए थे—बहुत पीछे। डेनिस ने टैक्सी के पीछे के शीशे से पलटकर तब तक देखा था, जब तक वे लोग उनकी आँखों से पूरी तरह ओझल नहीं हो गए थे। सच, बहुत-बहुत पीछे छूट गया था मैकलुस्कीगंज। हांगकांग जाने के बाद वहाँ की बेहद तेज़ रफ़्तार ज़िन्दगी में डेनिस और लीज़ा गुम हो गए थे। बस, भागते गए थे। आगे—और आगे—और आगे। हांगकांग का यही जीवन था। समय किसी के पास नहीं। सबके पास मानो समय बहुत कम था। यही इस जादुई शहर की फ़ितरत और तहज़ीब थी। जान देने की हद तक सब यहाँ काम करते थे। आगे बढ़ने के लिए, जीवन की सर्वोत्तम अत्याधुनिक सुविधाओं को हासिल करने के लिए। जान देने की हद तक। ऐसे में कभी डेनिस तिक्त हो लीज़ा से कहते थे, 'लीज़ा, कितना शान्त-सरल जीवन था 'गंज' का और एक यह जीवन...। अलस्सुबह उठो और देर रात तक मरते-खपते रहो...। इस कशमकश में ही सारा जीवन खत्म हो जाएगा एक दिन...।'

लीज़ा इस पर बस संक्षिप्त टिप्पणी करती थीं, 'जीवन एक फड़कती हुई चुनौती है डेनिस...। रोज का एक महायुद्ध...। इसे पूरी दिलेरी से लड़ना चाहिए।'

डेनिस आनेवाले दिनों के युद्ध को अब भाँपते और विकल होते। हांगकांग के भविष्य को लेकर एक बड़ा संकट सामने मुँह बाये प्रतिपल हाहाकार कर रहा था।

अ ब्लडी टुथ

हांगकांग फिर भी ख़त्म नहीं होगा। दुनिया के मानचित्र से इसका नाम कभी कोई मिटा नहीं सकेगा। 'सुदूर पूरब का मोती' कहलाता है यह। पर मैकलुस्कीगंज...? रॉबिन महसूस कर रहा था कि पापा की तड़प दोहरी है। हांगकांग में व्यतीत इतने वर्षों का मोह जहाँ उन्हें परेशान किए हुए है, वहीं 'गंज' की स्मृति भी तीव्र हो गई है। मैकलुस्कीगंज को उसने महज़ पापा की कहानियों में सुना है। पर हांगकांग में तो उसका बचपन से समय गुज़रा है। फिर पापा की दोहरी तड़प उस पर क्यों हावी है? क्या यही अपनी मिट्टी की तासीर है? 'गंज' को लेकर एंग्लो-इंडियंस को वाक़ई माफ़ी नहीं दी जा सकती। पापा की

कहानी जारी रहती थी। वास्को दा गामा...पुर्तगाली एडमिरल पेड्रो ए. कैबरल और फिर पुर्तगाल से सन् 1503 में भारत आए तेज़-तर्रार कूटनीतिक अलफ़ंसो द ऐलब्युकर्क की कहानी। ऐलब्युकर्क ने भारत आकर जो काम शुरू किया, उसके पीछे उसकी दूरगामी योजना थी कि भारतीयों के बीच पुर्तगालियों की जड़ें बहुत गहराई से कैसे जमा दी जाएँ ताकि आनेवाली सदियों में पुर्तगालियों का निष्कंटक राज यहाँ क़ायम रह सके।

शुरू के कुछ वर्षों में पुर्तगाली सरकार भारत में कारोबार कर रहे अपने कारिंदों के लिए हर वर्ष पुर्तगाली महिलाओं का जत्था नियमित तौर पर जहाज़ी बेड़े से भेजती रही थी ताकि शारीरिक भूख की तृप्ति के लिए उन्हें तरसना न पड़े। इस जत्थे में वैसी पुर्तगाली महिलाएँ ज़्यादा रहती थीं, जिनका किसी कारण से विवाह नहीं हो पाता था। धीरे-धीरे पुर्तगाली हुकूमत को पुर्तगाल से महिलाओं को भारत भेजने का यह सिलसिला बहुत ख़र्चीला लगने लगा।

भारत को परत-दर-परत समझने में लगे पुर्तगाली कूटनीतिक ऐलब्युकर्क ने पुर्तगाली सरकार को आख़िरकार यह सुझाव दिया कि पुर्तगाल से महिलाओं को भेजना अब बन्द कर दिया जाए और भारत में व्यवसाय में जुटे पुर्तगालियों को ऐलब्युकर्क ने इस बात के लिए प्रोत्साहित करना शुरू किया कि वे यहीं भारत की लड़कियों से वैवाहिक सम्बन्ध क़ायम करें और शारीरिक तृप्ति की व्यवस्था करें। इस तरह ऐलब्युकर्क, जिसने बाद के दिनों में बहुत चालाकी से भारत में पुर्तगालियों का राजनीतिक प्रभुत्व स्थापित किया था, ने बहुत योजनाबद्ध ढंग से पुर्तगालियों को प्रेरित किया कि वे सब भारतीय लड़कियों से यौन सम्बन्ध बनाएँ। हालाँकि, इस बात की कड़ी हिदायत थी कि इसके लिए कोई ज़ोर-ज़बरदस्ती नहीं की जाए।

ऐलब्युकर्क ने 1510 ई. में जब गोवा को जीत लिया और गोवा को ही भारत में पुर्तगालियों का सत्ता-केन्द्र रखने का निर्णय लिया, तो उसके मन में यह तसवीर और साफ़ हो गई थी कि आनेवाले दिनों में भारतीयों से मधुर सम्बन्ध क़ायम रखने मात्र से ही बात नहीं बनेगी। उसका पक्का अनुमान था कि वह बेहतरीन प्रशासन देकर भी भारतीयों को बहुत दिनों तक सन्तुष्ट नहीं रख पाएगा। लिहाज़ा, उसने अपनी योजना के पहले चरण में गोवा को चरित्र से पुर्तगाली केन्द्र बनाने की ठानी। इसके लिए एक ही अचूक फार्मूला था—भारतीयों के साथ वैवाहिक या नाजायज़ शारीरिक सम्बन्ध क़ायम कर सन्तान पैदा करना। धर्म परिवर्तन कराना।

डेनिस गहरी साँस लेकर कहते थे, 'रॉबिन बेटे, जैसे धरती के गर्भ में नदी होती है, माँ के गर्भ में भी एक नदी होती है। माँ के गर्भ की नदी में तैरता हुआ उसका बच्चा एक दिन धरती के ऊपर आता है। अब तुमसे किन शब्दों में कहूँ, पर क्योंकि तुम अब बड़े हो चुके हो बेटे, ऐलब्युकर्क ने भारतीय लड़कियों के गर्भाशय की नदी में पुर्तगाली वीर्य को बड़े कायदे से टपका दिया था...।'

रॉबिन ख़ामोश होकर सुनता रहता। सचमुच, मनुष्य जीवन ही रहस्यमय और कठोर है...।एक एंग्लो-इंडियन समुदाय क्या, मनुष्य जीवन ही एक दोगला सच है, एक जानलेवा सच—अ ब्लडी ट्रुथ...अ ब्लैक ट्रुथ...। मानव सभ्यता का इतिहास ऐसे अभिशप्त प्रसंगों से भरा पड़ा है। इतिहास में ऐसे कई तीखे मोड़ आए हैं, जब अलग-अलग जातियों ने

आपस में मिल-जुलकर नई नस्लें बनाईं। उन्हें सामाजिक स्वीकृति भी हासिल हुई। उनकी अपनी सभ्यता और संस्कृति बनी। लेकिन कुछ नस्लें समय की गति में पिछड़कर सन्तप्त धुन्ध में धुआँते रहने को विवश हो गईं और आख़िरकार दोगले-काले सन्ताप में तब्दील हो गईं। डेनिस...उसके पापा...इसी दोगले सच का एक अध्याय कहते थे। क्या सच भी दोगला-काला होता है?

डेनिस क्षुब्ध स्वर में कहते थे, 'होता है न, बेशक होता है। एंग्लो-इंडियंस का सच तो कुछ ऐसा ही है। हम ऐसे पराये हैं, जो हमेशा अपने हैं...। और ऐसे अपने हैं, जो हरदम पराये हैं। बहुत मुश्किल अनैटमि[1]।'

एक एंग्लो-इंडियन के पास अपनी नई पीढ़ी को सुनाने के लिए और है ही क्या—मनुष्य के दोगले सच की लोमहर्षक कथाओं के सिवा, सोचते थे डेनिस मैगावन। उन्होंने अपने पापा मि. ब्रायन मैगावन से सुना था—अलफ़ंसो द ऐलब्युकर्क के समय से अस्तित्व में आए मनुष्य के एक सन्तप्त समुदाय का दोगला सच। बाद में पुर्तगालियों के आतंक से जब बड़े-बड़े घरानों के भारतीय अपने हरम में औरतों को छोड़-छोड़कर भागने लगे थे, तो ऐलब्युकर्क इसकी जानकारी पाकर बहुत ख़ुश हुआ था। उसने अपने पुर्तगाली सहयोगियों से कहा कि हरम में रह गईं उन भारतीय औरतों का वे पूरा-पूरा उपयोग करें। ऐलब्युकर्क ने प्रणय-क्रीड़ा के लिए व्यग्र अपने पुर्तगाली बांधवों के लिए हर सम्भव सुख-सुविधा भी उपलब्ध कराई। सार्वजनिक रूप से ऐसे लोगों को सम्मानित भी किया। इस तरह भारतीय लड़कियों व महिलाओं से पुर्तगालियों के नाजायज़ शारीरिक सम्बन्धों ने बेहिसाब अवैध सन्तानों को धरती पर लाना जारी रखा। हरम में पैदा वे बच्चे 'हरामी' का ख़िताब पाते गए।

डेनिस क्षुब्ध हो कहते, 'रॉबिन बेटे, पुर्तगाली जहाँ एक तरफ जहाज से समुद्र पार कर आए थे, वहीं यहाँ भारतीय कोख के समुद्र को भी वे सब पार कर गए।'

पुर्तगाली बाप और भारतीय माँ से पैदा बच्चे 'मेस्टाइस' कहलाते थे और भारतीय पिता तथा पुर्तगाली स्त्री से जन्मे बच्चे 'सेस्टाइस'। इन सेक्स सम्बन्धों के कारण भारतीयों में क्रोध न भड़के इसलिए पुर्तगालियों ने कुछ गिनी-चुनी अपनी पुर्तगाली लड़कियों को भारतीय पुरुषों से सेक्स सम्बन्ध बनाने की छूट दे रखी थी। पर ऐसे उदाहरण नगण्य थे। इस तरह भारत में इस सन्तप्त क़ौम का सूत्रपात करनेवाले पुर्तगाली ही थे। भारत में पुर्तगालियों के इस चारित्रिक पतन की हवा ने पुर्तगाल में भी अनैतिक सम्बन्धों को चरम पर पहुँचा दिया था। इसे वहाँ भी रोक पाना असम्भव हो गया था।

कहाँ से कहाँ की कहानी। यह पृथ्वी कितनी पुरानी होकर भी कितनी नई है! नित नूतन धरित्री। आदिकाल से कितने मनुष्य...कितनी चिड़िया...पशु...समुद्र...पहाड़...नदियाँ... वृक्ष...फूल...फल...खेत...और नई फ़सलें हर सुबह जागती नई आशा के साथ श्वास लेती रही हैं। कितने पुर्तगाली, डच, अंग्रेज़...आर्य...द्रविड़...विभिन्न नस्ल के जाने कितने लोगों के हाड़-मांस इस धरती में दफ़न हो गए अब तक...। मिट्टी बन गए। मनुष्य और मिट्टी का यह जीवन-चक्र सदा की तरह आज भी अपनी गति में है। कितनी हड्डियाँ मिट्टी बनकर खाद बन गईं—मनुष्य से पशु तक और चिड़ियों तक की कोमल हड्डियाँ मिट्टी में मिलकर खाद बन गईं। धरती ने फिर कोटि राशि अन्न उपजाकर नये-नये मनुष्य बना

1. शरीर-रचना विज्ञान

डाले... । नये पशुओं को फिर से पृथ्वी पर लाया और फिर से नई चिड़ियों को जन्म देकर आकाश को चहचहाहट से भर दिया। पर मनुष्य तो सदैव से इस धरती पर सन्ताप का ही व्यवसाय करता रहा है। सन्तप्त समृद्धि ही उसकी आकांक्षा रही है। भारत में पुर्तगालियों की बढ़ती समृद्धि ने इंग्लैंड, हॉलैंड और फ्रांस सरीखे अन्य यूरोपीय देशों का भी ध्यान भारत की तरफ खींचा और वहाँ के लोग भी व्यवसाय-वाणिज्य के लिए पूरब की ओर कूच करने के मंसूबे बाँधने लगे।

गोरे-बुर्राक़ पुर्तगालियों की गतिविधियाँ ज्यों-ज्यों कोचीन में बढ़ती गईं, कोचीन के दुश्मन राज्यों और विशेषकर कोज्झिकोड के राजा जमोरिन की बेचैनी तेज़ होती गई। केरल में जमोरिन के शाही वंश ने बारहवीं से अठारहवीं सदी तक कोज्झिकोड पर राज किया था। नारियल के पेड़ों और धान के खेतों से भरे...लवणमय रेतों से दमकते अपने राज्य में पुर्तगालियों को बुलाने के लिए राजा जमोरिन हर कुछ करने को तैयार था। धीरे-धीरे कोचीन राज्य के ये विरोधी इस फ़िराक़ में सक्रिय हो उठे थे कि पुर्तगालियों के मुक़ाबले वे लोग यूरोप के अन्य देशों के लोगों को अपने राज्यों में बुलाएँ। ज़ाहिर है, इस तरह यूरोपीय देशों के वास्ते भारत के सिंहद्वार के दोनों पल्ले पूरी तरह खुलते चले गए। कुछ समय बाद पुर्तगालियों का पीछा करते हुए हॉलैण्ड से डच भारत आए। भारत आने पर डचों को लगा कि पुर्तगालियों को औक़ात में लाकर ही वे भारत में अपनी धाक जमा सकते हैं। लिहाज़ा, डचों ने पुर्तगालियों के ख़िलाफ़ लगातार संघर्ष जारी रखा और अन्ततः पुर्तगालियों को परास्त करने के अपने मिशन में क़ामयाब हुए। सन् 1663 में डचों ने कोचीन पर क़ब्ज़ा जमा लिया और अपनी जीत के प्रतीक रूप में सन् 1665 में क्वीलोन में अपना एक किला भी बनवाया।

हांगकांग के भव्य अपार्टमेंट के अपने फ़्लैट में डेनिस को अक्सर सुनते हुए रॉबिन को लगता, जैसे गहरी रातों में युद्ध के पराजित घायल घोड़े दौड़ते हुए वापस आ रहे हों! सच, कितने युद्ध...कितनी प्रतिस्पर्धाएँ...! पुर्तगालियों और डचों के संघर्षपूर्ण परिदृश्य में ब्रिटिश सबसे आख़िर में आए और सबको ठंडा कर भारत पर लम्बे समय तक शासन किया। अंग्रेज़ों की 'ईस्ट इंडिया कम्पनी' ने भारत में बहुत मज़बूती से जड़ें जमा ली थीं। कम्पनी के कामकाज को सँभालने के लिए बीतते वर्षों के साथ उनके एक-से-एक दिग्गज भारत पहुँचते गए थे। सन् 1658 में जॉब चार्नक कम्पनी का काम देखने बंगाल पहुँच गया था। तब मुग़ल सल्तनत चरम तनाव के दौर से गुज़र रहा था। सन् 1658 में ही औरंगज़ेब ने दिल्ली की गद्दी सँभाली थी और सन् 1707 में 89 वर्ष की उम्र में वह इस फ़ानी दुनिया से कूच कर गया था। औरंगजेब की मौत के बाद बहादुरशाह प्रथम गद्दी पर क़ाबिज़ हुआ था और अंग्रेज़ों को यह भाँपते देर नहीं लगी थी कि 'सोने की चिड़िया' को अब बहुत आसानी से वे पिंजड़े में डाल सकते हैं। बीते वर्षों में अंग्रेज़ों ने अन्य यूरोपीय देश के लोगों को यहाँ से खदेड़ कर भगा दिया था। 'कम्पनी' का दबदबा भारत में चारों तरफ़ सिर चढ़कर बोल रहा था। सन् 1773 से कम्पनी का ज़िम्मा वारेन हेस्टिंग्स ने सँभाल लिया था। वह भारत का पहला गवर्नर जेनरल था। कहना न होगा कि अंग्रेज़ों के दबदबे से सारा देश सहमा हुआ था। सन् 1837 में क्वीन एलेक्ज़ेंड्रिना विक्टोरिया को महज 18 साल की उम्र में इंग्लैंड की राजगद्दी मिली। हिन्दुस्तान पर उनकी हुकूमत सन् 1876

से जो शुरू हुई, वह उनकी आख़िरी साँस तक रही। क्वीन विक्टोरिया ने 22 जनवरी, 1901 को दुनिया से कूच किया था। इसके बाद सम्राट सप्तम एडवर्ड ने हिन्दुस्तान की बागडोर अपने हाथ में ली। सप्तम एडवर्ड के समय तक भारत पर अंग्रेज़ों की दबिश और अधिक बढ़ गई थी। पुर्तगालियों और डच की तरह अंग्रेज़ों ने भी भारतीय महिलाओं के साथ शारीरिक सम्बन्ध जारी रखा और इस सन्तप्त कम्यूनटि की आबादी बढ़ती गई। सन् 1911 में सरकारी तौर पर बहुत कशमकश के बाद अंग्रेज़ों ने एंग्लो-इंडियन कम्यूनटि के रूप में इन्हें स्वीकार किया।

डेनिस ने डूबते स्वर में कहा था, 'रॉबिन, एंग्लो-इंडियन कम्यूनटि की मान्यता का सवाल लम्बे समय तक विवादों में रहा। शुरू में हमें 'यूरेशियन' कहा जाता था, पर सन् 1911 में ब्रिटिश सरकार ने जब इंडिया में जनगणना करवाई, तो पहली बार इस कम्यूनटि को बतौर एंग्लो-इंडियन पहचान मिली।'

'पुर्तगालियों का बहाया परनाला...!' रॉबिन ने तिक्त मन्द स्वर में कहा था।

'वह यहाँ तक आ पहुँचा।' रॉबिन के अधूरे वाक्य को पूरा करते हुए डेनिस जारी थे, 'हाँ, बेटे, वे पुर्तगाली थे, जिन्होंने सबसे पहले भारत और यूरोप के खून को घोलकर इस अभागे समुदाय को जन्म दिया। पुर्तगालियों की ये नाजायज औलादें अर्से तक 'लूज़ो-इंडियन' कहलाती थीं, जो अठारहवीं सदी के आते-आते भारत में पुर्तगालियों के पतन के साथ सब जगह से खिसककर बंगाल की तरफ चली आई थी। पर बंगाल में भी इन लोगों की स्थिति दयनीय बनी रही। जब उन लूज़ो-इंडियंस ने देखा कि अंग्रेज़ भारत में पूरे दमखम से जम गए हैं, तो अंग्रेज़ों की कृपा पाने के लिए उन लोगों ने अंग्रेज़ों सरीखे नाम रख लिये और उनके चाल-चलन को अपना लिया। इसलिए अभी भी बहुत से एंग्लो-इंडियन पुर्तगाली मूल के ही हैं। बाद में तो अंग्रेज़ों ने भी बेहिसाब नाजायज सन्तानें पैदा कीं और ब्रिटिश बाप से पैदा हुई ये औलादें अपने को शासकवर्ग का मानने लगीं। पर आखिर में क्या हुआ? अंग्रेज़ों ने अपनी इन औलादों को कहीं का नहीं छोड़ा। इसलिए कहा न बेटे, वी एंग्लो-इंडियंस आर अ ब्लडी ट्रुथ। हाँ...हाँ, एक खौफनाक सच।'

हांगकांग के आलीशान अपार्टमेंट के अपने ख़ूबसूरत-से घर में बिखरने लगते थे डेनिस मैगावन...। उनके घर से हांगकांग के उस विशाल बन्दरगाह को आसानी से देखा जा सकता था, जहाँ सारी दुनिया के मुल्कों के बड़े-बड़े जहाज़ आकर रुकते थे। तरह-तरह के मुसाफ़िर उतरकर यहाँ आनन्द करते, घूमते इस धनवन्त शहर में...। उस भव्य बन्दरगाह को डेनिस अपने फ़्लैट की खिड़की से निहारते हुए रॉबिन से कहते, 'बेटे, एंग्लो-इंडियन समुदाय एक ऐसा भटका हुआ जहाज था, जिसके लिए कोई बन्दरगाह नहीं था। ई.टी. मैकलुस्की ने एक छोटा-सा बन्दरगाह अपनी कड़ी मेहनत से जरूर बना दिया, पर क्या हमीं लोगों ने उसकी कोई परवाह की?'

रोशनी से नहाते हांगकांग के बन्दरगाह को देख सोचते डेनिस—यह भी अब मौत के क़रीब है। एक बन्दरगाह की दर्दनाक मौत—एक सुकून की मौत। एक ठौर का अवसान। हांगकांग उद्विग्न है। बुरी तरह। विक्टोरिया पार्क में आए दिन रैली निकल रही है। ओसन पार्क गहरी मायूसी में डूबा है। स्टेनली मार्केट से लेकर जंबो फ़्लोटिंग तक के रेस्तराँ में एक अव्यक्त-सी बेचैनी है। बस, दम तोड़नेवाला है एक बन्दरगाह। आख़िरी साँस के

पहले की छटपटाहट। इस बन्दरगाह की सम्भावित मौत पर कम-से-कम शोर और ग़ुस्सा तो है, लेकिन मैकलुस्कीगंज? उस छोटे-से बन्दरगाह की तिल-तिल कर हो रही मौत तो बेआवाज़ है।

सन्ताप की पलक

भादों से लेकर आसिन तक मैकलुस्कीगंज में हादसों की जैसे झड़ी लगी रही। मि. रेफ़ेल की मौत के ठीक एक माह बाद बहादुर उराँव की गिरफ़्तारी ने पूरे गाँव को छटपटाकर रख दिया था। सितम्बर माह के वे आख़िरी दिन थे। 'गंज' का आकाश हथिया नक्षत्र के प्रवेश के साथ बादलों से डगडग कर रहा था। सत्ताईस नक्षत्रों में तेरहवाँ नक्षत्र है—हथिया। प्राय: आसिन मास यानी कुआर में आनेवाला किसानों का राजा-नक्षत्र! हथिया की बौछार से 'गंज' के खेतों में धान की बालियाँ भीग-भीग कर गदरा रही थीं। कई पोखरों के कोनों में बारिश से भीगते कुमुद दलों का आनन्द देखते ही बन रहा था। मध्य आसिन के इन दिनों में करंज के पेड़ों से महुआ की तरह टप-टप कर चूते करंज के नन्हे फूल भी बारिश में भीगकर अपनी सुगंधि से हर साल की भाँति पूरे 'गंज' को गुड़ की तरह महमहाए हुए थे। हथिया की ऐसी ही गमक भरी घनी बौछार वाली एक विकराल रात में 'गंज' की उतार-चढ़ाववाली लहरदार सड़क पर एक क़तार से रोशनी फेंकती पाँच-छह पुलिस जीपें तेज़ी से बढ़ रही थीं। घटाटोप अन्धकार में वर्षा की उस तेज़ झड़ी को चीरकर बढ़ रही जीपों की हेडलाइट्स को मि. मेंडेज़ ने अचानक जब अपनी खिड़की से देखा, तो एक पल के लिए बुरी तरह चिहुँककर रह गए।

'इतनी रात गए यहाँ इतनी सारी पुलिस गाड़ियाँ?' मि. मेंडेज़ की लम्बी-चौड़ी क़द-काठी की बेचैन चहलक़दमी को जैसे रोकते हुए वहीं पलंग पर बैठीं मिसेज़ मेंडेज़ ने कहा, 'इस अँधेरे में आपने कैसे जान लिया कि ये पुलिसवालों की ही जीपें हैं? उफ़्फ़, आप भी हद हैं! मच्छर से हाथी मत बनाइए!'

'तुम चुप रहो, प्लीज़! लगता है, खलारी या टोरी में कोई बड़ी घटना घट गई है। आज शाम तक तो अपने 'गंज' में कुछ भी नहीं हुआ था।'

'ओफ़् गॉड! अगर कुछ हुआ भी है, तो आपको क्यों पसीना छूट रहा है? इन पुलिसवालों का क्या, ये जब जहाँ चाहें निकल पड़ें। चलिए, अब माथापच्ची बन्द कीजिए और सोइए। नींद खुलते सुबह से जो घर का काम देखता है न, उसको पता चलता है। आपको क्या? पेपर पढ़ेंगे, रेडियो सुनेंगे, लोगों से दिन भर गप्पें मारकर दस कप चाय पिएँगे और दुनिया भर की प्रॉब्लम को लेकर सिर धुनते रहेंगे। इंग्लैंड, अमेरिका, रूस, जापान और पता नहीं कहाँ-कहाँ का मामला आपको परेशान किए रहता है...! और 'गंज' तो 'गंज'...।' दोहरे बदन की गोरी-चिट्टी मिसेज़ मेंडेज ने नीरसता से मुँह सिकोड़ लिये, 'यहाँ अपने घर का किचेन कब से चू रहा है, इसकी कोई फिक्र है आपको? पता नहीं आपका बिलल्लापन कब छूटेगा!'

'अच्छा, अब ज्यादा बड़बड़ाओ नहीं। किसी भी बात पर रौरा मचाने की आदत है तुमको। जिसको देश-दुनिया और सोसाइटी में इंट्रेस्ट होगा, उसी को फिक्र भी होगी। एक अखबार तक पढ़ने में तो तुमको कोई दिलचस्पी नहीं,' भुनभुनाते हुए मि. मेंडेज़ लैम्प की बत्ती कम कर मच्छरदानी के भीतर घुस गए। पर पलंग पर पड़े-पड़े उनका मन देर तक बेचैनी की गिरफ़्त में रहा कि सुबह ज़रूर कोई-न-कोई धमाकेदार ख़बर मिलनेवाली है।

जीपों को जाते हुए जैक ने भी देखा था। सोने के लिए जाने से पहले जब 'क्वींस कॉटेज' के बरामदे पर कमानी से लटकी लालटेन की लौ को कम करने के लिए उसने घुंडी घुमाई ही थी कि अचानक सर्र-सर्र करती कई गाड़ियाँ स्टेशन रोड की तरफ़ जाती दिखीं। मि. मिलर बहुत देर पहले से अपने कमरे में गहरी नींद में थे। लालटेन की अत्यन्त मद्धिम लौ में बरामदे पर भूत की तरह खड़ा जैक देर तक उधेड़बुन में रहा। इसी तरह कुछ माह पहले भी पुलिसवाले देर रात गए आए थे और महुआ-मिलान से कुछ उग्रवादियों को पकड़कर ले गए थे। क्या पता, फिर कोई ऐसा ही मामला हो! बरामदे पर खड़े-खड़े मि. मिलर पर उसे खीज भी हुई। अजब आइटम हैं। अगर वर्षा होती रहे, तो इनका खर्राटा और ज़ोर पकड़ लेता है। वह ख़ुद एंग्लो-इंडियन है, इससे क्या? खुशिया पाहन ग़लत नहीं कहता है कि सेमल के फूल हैं ये साहब लोग। देखने में सुर्ख़ लाल, लेकिन इनके दिमाग़ और कान में रुई ठुँसी रहती है। भला ऐसा भी क्या सोना कि आसमान गिर जाए और आप हाँ-हूँ तक न करें? यही सुबह होने पर जब पता चलेगा, तो बिट-बिट कर जमा-ख़र्च लेना शुरू करेंगे—हाँ, तो रात को क्या हुआ जैक?—मि. मिलर अगर सबेरे पूछेंगे, तो वह कहेगा—खाक हुआ!—जैक मन-ही-मन बुदबुदाया और हल्की भचकवाले क़दमों के साथ धीरे-धीरे अपने कमरे में चला गया।

पुलिसवालों ने सारी जीपें स्टेशन के पास छोड़ दी थीं। टीन के ज़ंग लगे छोटे-से पुराने डिब्बे जैसा 'गंज' का स्टेशन गहरे सन्नाटे में डूबा था। स्टेशन मास्टर के दरबानुमा कक्ष पर भी ताला पड़ा था। अभी किसी ट्रेन के यहाँ रुकने का समय नहीं था। आधी रात को यहाँ 'शक्तिपुंज एक्सप्रेस' बस कुछ पल के लिए ठहरती है। पर अभी इसमें काफ़ी वक़्त था। बरसाती पहने पुलिस के तमाम राइफ़लधारी जवान रेल लाइन की पटरी के किनारे-किनारे पश्चिम चाट्टी नदी की तरफ़ बसे उराँव टोले की ओर बिजलौके की तरह लपकते जा रहे थे। मिट्टी और खर-पतार से बने उराँव टोले के तमाम घर उस समय वर्षा और अन्धकार के घनघोर घमासान में चुप और सहमे थे। पुलिसवालों को जैसे बहादुर उराँव के दरवाज़े तक पहुँचने के लिए सारा नक्शा मालूम था। पुलिस दल ने बहादुर उराँव के घर को कब चारों तरफ़ से घेर लिया, इसका पता शुरू में उराँव टोले में किसी को नहीं चला। पर बहादुर उराँव के घर का दरवाज़ा खुलवाकर जब चीते की फुर्ती के साथ पुलिस दल ने उसे दबोच लिया, तो बहादुर उराँव की पत्नी ने इस तरह ज़ोर का चीत्कार किया, जैसे लालटेन का गर्म स्याह शीशा बीच रात में गिरकर झन्न से टूट गया हो! पूरे उराँव टोले में 'जाग' हो गया। भारी हलदली मच गई। जिसके घर में जो भी था—भाला, गँड़ासा, तीर-धनुष, बर्छी या लाठी, सब लेते हुए घर से निकल पड़े थे। सनीचर उराँव तीर-धनुष लेकर घर से चीखते हुए निकला, 'बहादुर भाई के घर डकैत आ गए हैं।'

झक्की सुगुआ उराँव को कुछ नहीं मिला, तो गले में डुगडुगी लटकाकर टहंकार करने लगा, 'ढम...ढम...ढम...ढम...घेरो रे ऽ ऽ ऽ मारो रे ऽ ऽ ऽ ढम...ढम...ढम...!'

देखते-देखते उराँव टोले के लोगों ने ग़ज़ब की मोर्चाबन्दी कर ली थी। उस रात 'गंज' में ख़ून की बरसात हो जाती। पूरा उराँव टोला तम-तम कर उठा था। पर पुलिस गिरफ़्त में जकड़े बहादुर उराँव ने सबको त्योरियाँ चढ़ाते हुए कहा, 'पागल हो गए हो क्या तुम लोग? कानून हाथ में लोगे? कुछ नहीं होगा। मुझे जाने दो। देखते हैं, क्या करते हैं ये लोग। तुम लोग जाओ तो, ये सब तीर-धनुष घर में रखो।'

और उराँव टोले के लोगों ने तीर-धनुष तत्क्षण झुका लिये। स्थिति को नरम होते देख पुलिसवालों ने तब बेहद कूटनीतिक ढंग से कहा, 'थोड़ी-सी पूछताछ कर इनको बस एक घंटे में यहीं छोड़ जाएँगे।'

पर बहादुर उराँव को पुलिस सीधे उसी वक़्त राँची ले गई थी।

सुबह वर्षा थमने के साथ यह ख़बर पूरे 'गंज' और आसपास की तमाम आदिवासी बस्तियों में आग की तरह फैल गई थी। सनीचर उराँव ने हथेलियाँ मसलते हुए कहा, 'बहादुर भाई की बात उस समय हम लोगों को हरगिज नहीं सुननी चाहिए थी। चाहे जो होता, जितनी लाशें गिरतीं, पर पुलिसवालों को सुबह तक हमें गाँव में घेरकर रखना चाहिए था।'

दोपहर में खलारी थाना को आसपास के दर्जनों गाँवों के आदिवासियों ने तीर-धनुष से घेर लिया था। खुशिया पाहन ने थाना जाने के पहले अपने तीर-धनुष को पोंछते हुए कहा, 'बाघ-बच्चा को पकड़ा है न! एक सच्चे आदमी पर आईन-कानून दिखाता है...। गर्दाबाद करके रख देंगे। छीती-छान कर देंगे। आज खलारी थाना को तीरे पर टाँग लेंगे।'

क्वाँर पातर के बिन्दा उराँव ने टाँगी लेकर निकलते हुए कहा, 'आज कुछ नौ-छौ हो जाएगा।'

खलारी थाना के पास देर तक सनसनी मची रही। आदिवासियों की उस करमान भीड़ को बेक़ाबू देख थाना के सिपाहियों ने हवाई फ़ायर करने के लिए आख़िरकार जब पोज़ीशन ले ली, तो इंस्पेक्टर ने चीखते हुए कहा, 'ज्यादा अगरजीत[1] मत बनो। हबर-दबर करने से हम सब बर्बाद हो जाएँगे। तुम लोग इधर से हवाई फायर करोगे, उधर से तीरों की बौछार शुरू हो जाएगी। तब सीधे-सीधे गोली चलानी होगी। इन आदिवासियों की लाशें गिरेंगी...अखबारबाजी होगी...एक-से-एक हंगामा होगा और सबकी नौकरी जाएगी।'

हवाई फ़ायर को रुकवाकर वाक़ई इंस्पेक्टर ने बुद्धि से काम लिया। फिर थाना के मुंशी को भेजकर भीड़ में से पाँच आदिवासियों को किसी तरह मनाकर बुलवाया और कहा, 'गुस्से में तो तुम लोग होश खो बैठे हो। बहादुर उराँव को खलारी थाना ने नहीं पकड़ा है। सीधे राँची की पुलिस पकड़कर ले गई है। नहीं विश्वास हो, तो खुद हाजत में जाकर देख लो।'

सनीचर उराँव ने थाना के हाजत में झाँककर देखा, सचमुच वहाँ कोई नहीं था।

बहादुर उराँव की गिरफ़्तारी का जाल बुननेवालों को पूरा अनुमान था कि गिरफ़्तारी के बाद की क्या प्रतिक्रिया होगी। इसलिए बीच रात में पुलिस उसे लिये-दिये राँची चली गई

1. ढीठ

थी। दोपहर में मि. मेंडेज़ 'क्वींस कॉटेज' आए और बरामदे पर गुमसुम बैठे मि. मिलर से बोले, 'सुना आपने मि. मिलर, क्या हुआ रात को?'

'जैक ने सुबह ही सब कुछ बताया। किसी-न-किसी दिन, मुझे डर था कि ऐसा होगा। इस इलाके के खाऊ एम.पी., एम.एल.ए., अफसर और ठेकेदारों के लूट का विरोध जिस तरह कदम-कदम पर बहादुर कर रहा था, उसका बदला तो ये माफिया लोग लेते ही,' मि. मिलर की आवाज़ डूबी-डूबी थी।

'देर रात में जब पुलिस की गाड़ी मैंने देखी, तभी मुझे लगा कि कुछ-न-कुछ गड़बड़ है। आपको मालूम, बहादुर को डकैती और खून के इल्जाम में फँसाया गया है? अभी खलारी से एक आदमी लौट रहा था, उसी ने बताया। खलारी थाना को तो अभी तक आदिवासियों की भीड़ ने घेर रखा है।'

मेज़ पर चाय रखते हुए जैक ने गहरा रहस्य खोलने के अन्दाज़ में इधर-उधर देखकर भरसक धीमी आवाज़ में कहा 'असली बात मुझको मालूम है। बहादुर की गिरफ़्तारी दुती भगत ने कराई है। वह इसके लिए बहुत समय से लगा हुआ था।'

'मि. मिलर, जैक ठीक कह रहा है। 'क्वींस कॉटेज' के किचेन में बैठे-बैठे पता नहीं कैसे इसको असली रिपोर्ट मिल जाती है! बहादुर ने लोकल लोगों को लेकर जो 'आत्मरक्षा समिति' बनाई और दुती भगत जैसे करप्ट लोगों के धन्धे का विरोध शुरू किया, उसी का नतीजा है यह।' मि. मेंडेज़ ने जैक की तरफ़ शाबाशी के अन्दाज़ में देखा।

'अब आप लोग जो समझिए, पर 'गंज' में क्या हो रहा है, एक-एक मिनट की खबर छनकर मिलती रहती है मुझको,' जैक ने इस शाबाशी पर छितराते हुए कहा, 'छामा मोड़ से 'गंज' तक एम.पी. फंड से जो सड़क बन रही है और उसमें जो कमीशनखोरी और खिलवाड़ हो रहा है, उसके खिलाफ भी बहादुर ने अपनी 'आत्मरक्षा समिति' के साथियों के संग हाल ही में दुती भगत को बुरी तरह फटकारा था और कहा था, इसे तोड़कर फिर से बनाओ।'

'मालूम? उस रोड का ठेका दुती भगत ने ही ले रखा है?' मि. मेंडेज़ ने मि. मिलर की तरफ़ देखा।

'सब मालूम है,' मि. मिलर ने गहरी साँस ली, 'किसे नहीं मालूम कि इस इलाके के एम.पी., एम.एल.ए. और अफसरों का एजेंट है वह दलाल दुती भगत?' मि. मिलर के चेहरे पर तमतमाहट गहरा गई।

'मि. मिलर! 'गंज' जब बस रहा था और यहाँ जगह-जगह बँगले और कॉटेज बन रहे थे, तो दुती भगत का बाप करमन भगत बैलगाड़ी पर ईंट-बालू ढोता था। खुद मेरे पापा जब यहाँ घर बनवा रहे थे, तो मुड़ा-चुड़ा करमन भगत हरदम हाथ बाँधे खड़ा रहता था। आज तो उसकी हैसियत ही बदल गई है।' चाय की एक बड़ी घूँट भरकर मि. मेंडेज़ अपनी कुर्सी में पीछे टिक गए।

'अघाई भैंस भी पाँच कट्ठा। पैसे से उसका मन नहीं भरा है। कमाकर जबकि लहलह कर रहा है। उसके मुँह पर नाक है ही नहीं। और बिना नाकवाला आदमी कुछ भी कर सकता है,' दीवार से पीठ सटाकर खड़े जैक ने टीप दी, 'हम तो बहुत पहले ब्रॉडकास्टिंग कर दिये थे कि दुती भगत एक न दिन बहादुर उराँव को ले बीतेगा। 'गंज' का कोढ़ है दुती भगत।'

'बिलकुल! जंगल में लकड़ी की अनाप-शनाप कटाई के धन्धे से लेकर पुल और सड़क के ठेके तक, सब में जोड़-तोड़ और कमीशन का खेल—यही करता रहा है वह। देखते-देखते कितनी प्रॉपर्टि जोड़ ली इसने—'गंज' से लेकर राँची तक। बहादुर भला इस माफ़िया से कहाँ तक पार पाता?' मि. मिलर की आवाज़ में एक घुमड़ती हुई छटपटाहट थी, 'मि. मेंडेज! मुझे तो लगता है, ये माफ़िया लोग बहादुर को हमेशा के लिए तबाह कर देंगे, क्योंकि इस इलाके का अकेला फ़ाइटर है वह। लोकल प्रॉब्लम्स को लेकर वह बराबर लड़ता रहा है।' फिर तनिक रुककर उन्होंने कहा, 'जब से 'गंज' बसा, तभी से इसे बुढ़मू ब्लॉक के मातहत रखा गया है। बुढ़मू ब्लॉक ऑफ़िस पहुँचने के लिए 'गंज' के लोगों को चान्हो और माँडर ब्लॉक पार कर कितनी मुश्किल से जाना पड़ता है! हर बार एम.एल.ए. और एम.पी. के इलेक्शन में यह वायदा होता है कि 'गंज' को पास के खलारी ब्लॉक से जोड़ देंगे, पर आज तक कुछ हुआ? और याद है, बहादुर उराँव ने इस माँग को लेकर, खलारी जाकर कितनी बार धरना-प्रदर्शन किया। इस तरह लड़नेवाले कितने लोग हैं यहाँ? पर आज क्या हालत हुई बहादुर उराँव की?'

'मि. मिलर! आज का जमाना दुती भगत जैसे लोगों का है।' चाय की आख़िरी घूँट के साथ मि. मेंडेज की आवाज़ ख़ुश्क थी।

सनीचर उराँव ने तो थाना पर उमड़ी भीड़ के बीच लहकते हुए कहा था, 'कंका पहाड़ी के पत्थर का बना है बाघ-बच्चा बहादुर उराँव! दुतिया उसके पीछे पड़ा है? हाथी पर चढ़कर नाच रहा है? आटा-माटी कर देंगे स्साले का! छोड़ेंगे नहीं उस पिल्लू को! कुट्टी-कुट्टी काट देंगे। 'गंज' से कब तक भागकर रहेगा वह हरामी?'

थाना से निकलने के बाद आदिवासी युवकों की जमात 'गंज' के हेसालंग वाले हिस्से में दुती भगत के घर को फूँकने तक के लिए पहुँच गई थी, पर दुती भगत की बीवी ने सबके पाँव पकड़ लिए थे, 'उसके कसूर का दंड हमें क्यों?'

उराँव टोले के बड़े बुजुर्ग सखुआ उराँव ने कहा, 'जाने दो, दुतिया आएगा, तो उसको खस्सी की तरह काट देंगे, पर इन बकरियों को छोड़ दो।'

बहादुर उराँव की गिरफ़्तारी के बाद दुती भगत अर्से तक 'गंज' से भागा रहा। वह कभी आता भी, तो देर रात गए और मुँहअँधेरे निकल जाता। महीनों तक उसे किसी ने 'गंज' में नहीं देखा। टुइयाँ गंझू के शब्दों में, 'गंज' से 'तड़ीपार' था दुती भगत। खुशिया पाहन गहरी साँस लेकर कहता, 'बचपन में ब्रायन साहब का बेटा डेनिस, बहादुर, हम, टुइयाँ गंझू और यह दुतिया साथ खेलते-कूदते थे। शुरू से बड़ा अगत्ती था दुतिया। उसके रग-रग में कच-कच है। पर अब पिल्ही चमकी हुई है उसकी।'

शुरू से बहादुर उराँव को किनारे लगाने के लिए कम कोशिश नहीं की थी दुती भगत ने। दरअसल, आदिवासियों के विकास के नाम पर आनेवाले सरकारी पैसों की लूट ख़ुद आदिवासियों के नेता, बाहर के 'दिक्कू' अफ़सर, दुती भगत सरीखे स्थानीय दलाल, ठेकेदार और अपराधी जिस तरह एक अर्से से कर रहे थे, उस पर लगाम लगाने के लिए ही बहादुर उराँव ने गाँव-गाँव में आदिवासियों की 'आत्मरक्षा समिति' बना दी थी। बहादुर ने अपने साथियों को बार-बार कहा था, 'डरो मत। चोर-डाकुओं और पापियों के साथ कोई धर्मादा नहीं। तुम्हारे हक से जो खेले, उसको अपाहिज बना दो।'

फिर जब क़दम-क़दम पर ललकार बढ़ने लगी, तो दुती भगत ने एक दिन बहादुर से कहा, 'क्यों यह टंटा कर रहे हो तुम? अकाल कुसुम मत बनो। हम लोगों के साथ रहोगे, तो जो चाहोगे, पाओगे। अलग झारखंड जल्दी ही बनेगा और तब 'झारखंड मुक्ति मंच' की सरकार बनेगी।'

पर बहादुर उराँव ने कहा, 'दुती, यह सब बोलते हुए तुम्हारी जीभ क्यों नहीं गल जाती है? अरे, किसको बर्बाद कर रहे हो तुम लोग? अपने ही भोले-भाले आदिवासी भाई-बंधुओं को?'

उलगुलान! उलगुलान! बिरसा मुंडा के बाद अब बहादुर उराँव! धरती आबा! हर तीर की दमकती नोक पर बहादुर उराँव का चेहरा। दुती भगत ने 'झारखंड मुक्ति मंच' के अध्यक्ष से राँची में कहा था, 'इस जंगली हाथी को बाँधना ही पड़ेगा।'

इसके कुछ समय बाद ही जब महुआटाँड़ में डकैती पड़ी और डकैतों के दल ने गाँव के एक युवक रामेश्वर उराँव को सीने में गोली मार दी, तो पहले से तैयार बैठी पुलिस ने उसमें बहादुर उराँव का नाम डाल दिया था। पुलिस जब उसे ले जा रही थी, तो उसकी एकलौती बेटी नीलमणि का आर्त्तनाद कंका पहाड़ी को जैसे दहला गया था। हथिया की बौछार में रोज़ नहा रही कंका पहाड़ी इन दिनों कुछ ज़्यादा ही स्याह दिखने लगी थी और अतिरिक्त जलभार से ऊब-डूब करती चाट्टी नदी का भी हाहाकार मानो बढ़ गया था। मि. गिब्सन ने भारी स्वर में कहा, 'नेचर अपना दुःख अपने तरीके से जाहिर करता है। जरा देखो कुसुम, पलाश, महुआ, कदम्ब और आसन के इन पेड़ों को...कैसे सबका मुँह लटका हुआ है!'

पंडित रामाज्ञा पाठक ने कातर होकर कहा, 'कोई तुलसी की पत्ती मुँह में लेकर कहेगा कि बहादुर उराँव डाकुओं के दल में शामिल था, तो भी कोई विश्वास नहीं करेगा। अरे, जब दस्कन्धर रावण का नाश हो गया, तो ये दुती भगत क्या है?'

'भादों से आसिन तक क्या-क्या आतंक-वितंक नहीं हो गया 'गंज' में? लगता है, देवता लोग गाँव पर नाराज हो गए हैं।' खुशिया पाहन ने अपने बेटे पारसनाथ से हताश्वास होकर कहा।

सन्ताप की भारी काली पलकों की इस झपक को पारसनाथ भी महसूस कर रहा था। गाँव इन बीते दिनों में बुरी तरह पक गया है। उसका दादा अगर ज़िन्दा होता, तो ज़रूर गाँव की राहत के लिए कुछ-न-कुछ झाड़-फूँक और माया-मन्तर करता। पारसनाथ ने गहरी साँस लेकर कहा, 'जल्दी ही 'गाँवा देवती' में एक विशेष पूजा रखनी होगी। 'सरना' में जरूर कोई अनजाने में अपराध हुआ है।'

प्रकृति के शोक और उसके आनन्द को मनुष्य अगर समझ ले, तो ईश्वर की सृष्टि का महारास उसमें प्रतिपल भीगता रहेगा। पर प्रकृति की कातर मूक आर्तता की तह तक भला कितने लोग जाते हैं?

'इस इलाके की तरक्की का चैप्टर अब बन्द,' गहरे निःश्वास के संग मि. मेंडेज़ ने मिसेज़ मेंडेज़ से कहा।

'ओह गॉड...!' मिसेज़ मेंडेज़ से आगे कुछ कहते नहीं बन पड़ा।

'मि. रुबिन रेफ़ेल वाली घटना के बारे में तो मैंने डेनिस को पत्र में लिख दिया था, पर बहादुर वाली इस घटना के बारे में उसे हरगिज नहीं लिख पाऊँगा। वे दोनों बचपन के जिगरी दोस्त रहे हैं। कहाँ वह छटपटा जाएगा।'

उस शाम मि. मेंडेज़ की आवाज़ में एक छीलती हुई चिलक थी। दो दिनों से हथिया की तेज़ बौछार कुछ थमी हुई थी, पर झपसी लदी थी। हथिया की झपसी भी अजीब होती है। लगातार बारिश की झिरझिरी। आसमान में सूर्य का दरस नहीं। दिन में ही साँझ की रंगत।

टुइयाँ गंझू ने आसमान की हालत देखकर कहा, 'सतहिया लदा हुआ है। यह सात दिन से पहले खत्म नहीं होनेवाला।'

गहरे सन्नाटे में 'गंज' सीझ रहा था। हथिया की झपसी में कंका पहाड़ी भी सिकुड़ी-सहमी लग रही थी।

कॉकटेल

बीते तीन दशक अख़बार के पन्ने की तरह सामने हैं। डेनिस मैगावन अब पलटकर देखते हैं, तो लगता है, कुछ याद न करें। इन तीस वर्षों को बासी अख़बार की तरह मोड़कर रख दें। पर यह सम्भव नहीं। हांगकांग की आए दिन की आशंकाएँ और बेचैनी उन्हें परेशान करती हैं। हमेशा सदाबहार रहा हांगकांग आज हताश है। लेकिन परेशान तो उन्हें 'गंज' भी करता रहा है। अतीत और वर्तमान के बीच किस तरह पिसता है आदमी! अब 'गंज' जाने पर शायद हांगकांग उन्हें परेशान करे। इन तीस वर्षों में कितने उतार-चढ़ाव से गुज़रा है हांगकांग!

डेनिस जब हांगकांग आए थे, तो पाया था कि इस जादुई शहर का चेहरा सिर्फ़ वही नहीं था जो उन्होंने सिनेमा, अख़बारों और पत्रिकाओं के रंगीले विज्ञापनों में देख रखा था। भारी चकाचौंध के बीच यहाँ गहरे अँधेरे में डूबी हुई एक अलग उदास दुनिया थी। 'क्राउन कॉलोनी' के चीनी मूल के लोगों की भयावह भूतखापड़ दुनिया। वहाँ अथाह गरीबी थी। बेपनाह दुःख था...। सिर्फ़ सन्ताप ही सन्ताप। 'क्राउन कॉलोनी' के चीनी नस्ल के लोग बदरंग ढहे-ढनमनाए घरों में रहते थे। उनके लिए आसमान छूती बहुमंज़िली इमारतें एक असम्भव सपना थीं। कॉन्यैक की घूँट उनके लिए दुर्लभ थी...। लीज़ा ने करुणार्द्र हो कहा था, 'डेनिस, देखो, हांगकांग का एक और चेहरा है।'

पर डेनिस ने देखा, वे गरीब चीनी भी प्राणपण से जुटे रहते थे—मुँहअँधेरे से देर रात गए तक।

आगे बढ़ना है, हर क़ीमत पर। सब कुछ पा लेना है...। हर सूरत में। ज़िन्दगी के सारे हसीन रंगों को हासिल करना है। डेनिस देखते थे, सुबह से यहाँ के लोग फ़ैक्टरियों व विभिन्न दफ़्तरों-दुकानों में एड़ी-चोटी एक कर मेहनत से काम करते थे। शाम को घर भागते हुए आते थे। इतनी फ़ुरसत कहाँ कि संध्या में नाश्ते के बाद थोड़ी देर साँस ले सकें। फिर कहीं और काम पर निकल गए और देर रात तक लौटे। अभी भी डेनिस देखते थे—चीनी मूल के नौजवान या कि दूसरे युवक भी शाम को होनेवाले कम्प्यूटर क्लासेज़ के लिए भाग रहे हैं, तो कहीं अच्छी अंग्रेज़ी सीखने की कक्षा में दिन भर के काम-काज के बाद जुटे हुए हैं।

आगे बढ़ना है, तो मेहनत करनी ही होगी। लीज़ा कभी-कभी चुहल करती थीं, 'क्यों डेनिस, एक यहाँ की जिन्दगी और एक वहाँ की वह बैलगाड़ीनुमा जिन्दगी...। धीरे-धीरे... रफ्ता-रफ्ता...। सुबह हुई...दोपहर...शाम और रात...बस, खत्म...।'

डेनिस कहते, 'हाँ, बेशक। पर लीज़ा, पेड़ों का वह संगीत सुनती हो यहाँ...? जंगल की वह ख़ुशनुमा हवा क्या कभी यहाँ छूती है तुम्हारे मन को...? झुंड की झुंड चिड़िया यहाँ आती हैं क्या तुम्हारी मुँडेर पर...?'

लीज़ा मुस्कराकर कहतीं, 'बस...बस...दार्शनिक मत बनो डेनिस...!'

हांगकांग में कितनी मेहनत से दिन-रात एक कर...इधर-उधर काम कर...दो-तीन वर्षों के दौरान कई दफ़्तरों में नौकरी कर डेनिस और लीज़ा ने चार पैसे जोड़े थे। फिर एक छोटा-सा प्रेस लगाया था। पहले छोटे-मोटे काम मिलते थे, पर धीरे-धीरे प्रेस का काम बढ़ता गया था।

कुछ वर्ष बाद एक दिन लीज़ा ने डेनिस से कहा था, 'डेनिस, रोज के जॉब-वर्क के अलावा हमें कुछ रोचक किताबें भी छापनी चाहिए। बुक्स ऑव इंटरेस्टिंग शॉर्ट स्टोरीज़ एंड कॉमिक्स...।'

डेनिस को यह बात ख़ासी जँची थी। उन्होंने तत्काल कुछ स्थानीय पेशेवर लेखकों से सम्पर्क किया था, जो एक-से-एक सनसनी वाली कहानियाँ लिखकर दे सकते थे। पर डेनिस की सदैव एक शर्त होती थी—बहुत बड़ी नहीं। आज मोटी किताब पढ़ने की फ़ुरसत इस व्यस्ततम शहर हांगकांग तो क्या, दुनिया में कहीं भी किसी को नहीं है। इसलिए ज़्यादा से ज़्यादा 75 से 100 पृष्ठ तक छपकर आनेवाले रोचक उपन्यास। इन उपन्यासों तथा कॉमिक्स के लिए रेखांकन करनेवाले कलाकारों से भी डेनिस कहते, 'रंगों की दुनिया है यह। सबको भड़कीले रंग चाहिए। सादगी वाले उदास रंग नहीं चलेंगे...। कवर की तसवीरों को थोड़ा उत्तेजक तो होना ही चाहिए।'

लीज़ा दूर की देखती थीं। उन्होंने प्रेस के कारोबार से इन किताबों के प्रकाशन वाला नुस्ख़ा जोड़कर एक अलग चमक और रौनक़ ला दी थी। पहली ही किताब से काफ़ी ऑर्डर मिलने शुरू हो गए थे। पहली किताब डेनिस ने ग्राहम डिसूज़ा से 'सेक्स और अपराध' पर ख़ास तौर से लिखवाई थी।

ग्राहम डिसूज़ा सौ फ़ीसदी पेशेवर लेखक थे। चालू नुस्ख़ों में तरह-तरह के सनसनीख़ेज़ रंग भरकर कहानी गढ़ने में उनका जवाब नहीं था। डेनिस के प्रेस में जब वे 'द सेकेंड नाइट' की पांडुलिपि लेकर आए थे और उसके प्रथम अध्याय के कुछ पृष्ठ पढ़कर डेनिस और लीज़ा को उन्होंने सुनाए थे, तो छूटते हुए लीज़ा ने कहा था, 'बधाई, मि. ग्राहम डिसूज़ा! आपने तो पहले ही कुछ पृष्ठों में समाँ बाँध दी है। दिस विल बी द बेस्ट सेलर...आय एम श्योर...।'

डेनिस ने तत्काल पांडुलिपि को प्रेस में छोड़ दिया था और ग्राहम डिसूज़ा से पूछा था, 'हाँ, तो मि. डिसूज़ा, आप ऐसी स्क्रिप्ट हमें कितने-कितने दिनों पर दे सकते हैं?'

ग्राहम ने उसी पेशेवर हँसी के संग छूटते ही उत्तर दिया था, 'महीने में कम-से-कम एक तो जरूर...।'

'आर यू श्योर?' डेनिस और लीज़ा ने एक साथ चकित होकर पूछा था।

'हाँ, आश्चर्य क्यों हो रहा है मि. मैगावन? आप बस एडवांस रुपये देते जाइए और स्क्रिप्ट लेते जाइए।'

वह सिलसिला जो शुरू हुआ, तो रुका नहीं। एक मि. ग्राहम डिसूज़ा ही नहीं—माइकेल विलसन, सूज़न साराह...जाने कितने लेखक...और इनके एक-से-एक पतले, पर रोमांचक...संगीन कथानकों से भरपूर उपन्यास...। सूज़न साराह, जो एक उभरती लेखिका थी, के कुछ उपन्यासों ने भी अच्छा मुनाफ़ा दिया था। ख़ास कर सूज़न का वह उपन्यास 'द आफ़्टरनून मर्डर्स'—इसके लिए तो पहले से ही ज़बरदस्त बुकिंग हुई थी। पूरा न कर सके थे डेनिस सभी एजेंटों के ऑर्डर को। अद्भुत कहानी बुनी थी इस उपन्यास में सूज़न ने कि कैसे एक माफ़िया गिरोह है, जो ठीक दोपहर में हत्याएँ करता है। बड़ी सफ़ाई से। इस माफ़िया गिरोह की प्रधान एक महिला है। कैसे इस गिरोह ने एक-से-एक व्यवसायियों और बड़े लोगों को बड़ी सावधानी से मौत के घाट उतारा और लाख सिर पटककर भी पुलिस कभी उस गिरोह को नहीं पकड़ सकी है।

इस उपन्यास ने डेनिस को काफ़ी आर्थिक लाभ पहुँचाया था। गद्गद हो सूजन से डेनिस ने कहा था, 'आज के दौर की तुम अगाथा क्रिस्टी...पी.डी. जेम्स और मार्सिया मूलर साबित होगी सूज़न।'

अब तो इधर कॉलेज की अपनी पढ़ाई के साथ-साथ रॉबिन प्रेस, विशेषकर किताबों के प्रकाशन कार्य में काफ़ी रुचि लेने लगा था। लीज़ा ने डेनिस से कहा था, 'रॉबिन को धीरे-धीरे प्रेस की जिम्मेदारी देनी होगी। कल जाकर चलाना तो इसे ही है न।'

डेनिस को याद था, जिन दिनों वह मैकलुस्कीगंज में बेरोज़गार बैठे थे तब पापा ने उनसे कहा था, 'डेनिस, क्यों नहीं तुम यहीं मैकलुस्कीगंज में एक प्रेस खोल लेते हो? यहाँ आसपास में तो कोई प्रेस है भी नहीं। खाने-पीने लायक तो कमा ही लोगे।'

पर डेनिस ने बिहँसकर कहा था, 'भला कैसे चलेगा प्रेस यहाँ, पापा? एक तो यहाँ कभी बिजली नहीं रहती। ऐसे में कितने लोग हमारे यहाँ काम कराने आएँगे? जंगल में प्रेस...? लोग सुनेंगे, तो हँसेंगे...।'

उस दिन के बाद मि. ब्रायन मैगावन ने कभी डेनिस को प्रेस लगाने की सलाह नहीं दी थी। पर भविष्य को कौन जानता है? ख़ुद डेनिस को भी क्या पता था कि वह मैकलुस्कीगंज से इतनी दूर आकर भी एक प्रेस ही चलाएँगे! कभी-कभी वह रॉबिन से कहते थे, 'रॉबिन, तुम्हारे दादाजी बड़े दूरदर्शी थे। वही पहले आदमी थे, जिन्होंने मुझे प्रेस लगाने की सलाह दी थी। पर बेशक मैकलुस्कीगंज में। इतनी दूर हांगकांग शहर में नहीं।'

मैकलुस्कीगंज का ज़िक्र आते ही डेनिस आदतन सहसा मुग्ध हो उठते थे। अपने मनोहर गाँव से उनके विछोह और लगाव की धूप-छाँव को उनका बेटा रॉबिन भली भाँति महसूस करता था। वह उत्सुक रहता था कि कब उसके पापा ख़यालों की अपनी उस पुरानी दुनिया में लौटें। जैसे कभी-कभी रॉबिन कौतूहल के साथ पूछता, 'पापा, मेरा जन्म तो वहीं हुआ था न?'

रॉबिन का इतना पूछना कि डेनिस शुरू हो जाते थे, 'बेटे, जब तुम्हारा जन्म हुआ था, तो बड़ा जशन मना था 'गंज' में। ओह, वे क्या दिन थे! मेरे पापा यानी तुम्हारे दादाजी ने बेहद शानदार पार्टी दी थी गाँव में। वे तुम्हारे जन्म पर बेहद खुश थे। सबसे कहते

थे, 'माय ओनली संस सन...। आज इसकी ग्रैंड मदर होती, तो कितनी खुश होती।' मेरे पापा भी अपने माँ-बाप के एकलौते थे। मैं भी उनका एकलौता लड़का था और तुम भी एकलौते रह गए।'

सुनकर रॉबिन हँस पड़ता, 'ओह, पापा, क्या आप मुझसे यह गारंटी चाहते हैं कि आपके खानदान में एकलौती सन्तान की यह गौरवशाली परम्परा आगे मैं बरकरार रखूँ?'

तब मिसेज़ लीज़ा मैगावन अपनी ख़ास भंगिमा में मुस्कान को होंठों में दबाते हुए कहतीं, 'ओफ़्फ़ नो, हरगिज नहीं। मेरे तो दर्जन भर पोते-पोतियाँ होंगे। एक से काम नहीं चलेगा मेरा...आइ नीड फुल बंच...पोते-पोतियों का पूरा गुच्छा...।'

'लीजा, पता नहीं, तुम्हें 'गंज' के सादिक मियाँ याद भी हैं या नहीं? उनकी बीवी को हर साल बच्चा होता था। चौदह बच्चे हुए उनके और वे बच्चों की बरसात करनेवाली 'बरसैनी बेगम' कहलाती थीं। वह बड़े नाज से कहती थीं—'कच्चे-पक्के मेरे इक्कीस बच्चे हुए। उनके कहने का मतलब होता था कि सात बच्चे गर्भ में और जन्म लेते ही गुजर गए। चौदह बच्चे कायम रह गए।' डेनिस बिहँसकर लीज़ा से कहते थे, 'रॉबिन के लिए तुम्हें ऐसी ही बेगम चाहिए। चलो, ठीक है, हर महीने एक न एक 'बर्थ-डे' का प्रोग्रैम अपने यहाँ लगा ही रहेगा। इस महीने इस पोते का जन्म-दिन, उस महीने उस पोती का...। वाह, क्या कहने हैं लीज़ा...द ग्रेट वुड बी ग्रैंड मदर...! जानती हो, ग्रैंड मदर्स के बारे में एक पुरानी कहावत...? गॉड कुडनॉट बी एवरि ह्वेयर...सो ही मेड ग्रैंड मदर्स...।' डेनिस ज़ोरदार ठहाके लगाकर कहते थे।

बचपन में डेनिस का जन्म-दिन भी तो कभी बड़े धूमधाम से मनता था मैकलुस्कीगंज में। वैसे, रॉबिन का भी जन्म-दिन वे सब यहाँ हांगकांग में शानदार ढंग से मनाते रहे थे। काफ़ी शोर-शराबा और तामझाम के साथ। पर वह रौनक़ कहाँ, जो कभी डेनिस ने देखी थी! क्रिसमस में भी क्या रौनक़ रहती थी मैकलुस्कीगंज में! गाँव के बड़े-बुजुर्ग मि. ई. पायर क्रिसमस के अवसर पर 'क्लाउन' यानी जोकर बनकर कितना आनन्द बिखेरते थे! क्रिसमस को ज़्यादातर बच्चों का ही उत्सव माना जाता है। शायद इसीलिए 'गंज' के अधिकतर बुजुर्ग बच्चे बन जाते थे। क्रिसमस के अवसर पर होनेवाले 'सिंड्रेला डांस' का भी जोड़ नहीं था। क्रिसमस के अवसर पर बैंड का इन्तज़ाम कैसे होगा, इसकी चिन्ता सबको रहती थी। उस दिन बैंड मिलने की सम्भावना नगण्य रहती थी। पर एरनॉल्ड परिवार बैंड का जुगाड़ कर ही देता था। एक ज़माने में ख़ुद मि. सी.एरनॉल्ड बम्बई के एक जैज़ बैंड में सेक्सोफ़ोन बजाया करते थे।

तीस के उस दशक में ठीक क्रिसमस की समाप्ति के अगले दिन वहाँ वयस्कों के लिए ख़ास तौर पर दिलचस्प 'बॉक्सिंग' का आयोजन होता था। गाँव में मुक्कों के महारथी भी कम न थे। बॉक्सिंग के दौरान ग़ज़ब सनसनी रहती थी। धड़कते दिल से सब रिंग की ओर नज़रें टिकाए रहते थे, 'अब क्या होगा..? ये पंच मारा...वो नाक टूटी...! बॉब रे बॉब[1]...।' भारी-भरकम थिक ग्लब्स की तेज़ सनसनी...।

फिर उसी रात 'गंज' में नृत्य-संगीत का भव्य रंगारंग कार्यक्रम होता था। गाँव के सभी एंग्लो-इंडियन दम्पती देर रात गए तक हाइलैंड गेस्ट हाउस में झूम-झूमकर नाचते-गाते

1. हिन्दी मुहावरा 'बाप रे बाप' की एंग्लो-इंडियन अभिव्यक्ति।

थे। आदिवासी लोग इस 'चिड़ैया डांस' की गूँज चुपचाप ढुक्का लगकर बाहर से सुनते थे। डेनिस को याद था, ऐसे अवसरों पर एरनॉल्ड परिवार अपने विशिष्ट सुरीले संगीत से पूरे माहौल में जादू पैदा कर देता था। हालाँकि, सन् 1936 में जब इस गाँव के संस्थापक ई.टी. मैकलुस्की की मृत्यु का समाचार इन्हीं दिनों में आया था, तो उनके निधन के शोक में कुछ वर्षों तक यह सालाना जलसा ठप्प पड़ा रहा था। पर अन्य दिनों में तो यहाँ उत्सवों का दौर चलता ही रहता था, जैसे गाँव के 'वुडलैंड क्लब' में टेनिस और बैडमिंटन की प्रतियोगिता के ही शानदार आयोजन को लें।

दक्षिण बिहार के सघन जंगल के बीच बसे इस गाँव में रहकर भी मैकलुस्कीगंज के एंग्लो-इंडियन आए दिन आनन्द और उत्सव में मग्न रहते थे। इन उत्सवों में और आम दिनों में भी अंग्रेज़ी दारू और महुआ की शराब का 'कॉकटेल' लगभग हरेक शाम एंग्लो-इंडियन साहबों के हलक़ की एक ज़रूरत-सी बन गई थी। इसने अहित भी कम नहीं किया। पर इससे क्या? मौज़-मज़े के लिए थोड़ी-सी शराब तो चाहिए ही। शाम होते ही ज़्यादातर एंग्लो-इंडियन साहबों के घर में यह जुमला थिरकने लगता, 'अरे मैन, चलो, कुछ दारू-शारू हो जाए!'

आज़ादी के पहले जब शराब की दुकान चलाने का लाइसेंस मिलना बहुत कठिन था, उस समय भी पी.के. राय चौधरी नामक एक बंगाली व्यवसायी को यहाँ 'लिकर शॉप' चलाने का लाइसेंस मिला हुआ था। इसलिए गाँव में अंग्रेज़ी दारू की कमी कभी नहीं रही। इसके अलावा हँड़िया और महुआ की शराब का प्रकृति-प्रदत्त भंडार तो सदैव से है ही यहाँ। ख़ास कर बुधवार के दिन तो आज भी यहाँ के अधिकांश लोग महुआ पीकर टल्ली रहते हैं, क्योंकि बुधवार का मतलब हाट का दिन यानी पीपे का पीपा महुआ।

'गंज' की मस्तमौला हस्ती मि. मेंडेज़ अक्सर कहते हैं, 'इस गाँव के लोगों ने अब तक जितने रुपये का दारू पिया है, अगर उतने का सिल्वर खरीदा जाता, तो गाँव को सिल्वर के एक लेयर से ढँक दिया जाता।'

डेनिस भूले नहीं थे मि. जॉनाथन वार्डन वाली वह दारुण-करुण घटना...। महुआ के शराब की रमकी में कैसे डूबकर मर गए थे मि. वार्डन! वैसे यह बात बहुत पहले की थी, पर दुबली-पतली कायावाले मधुर स्वभाव के मि. वार्डन का चेहरा डेनिस की स्मृति में हू-ब-हू कौंध जाता। कलकत्ता की एक बहुत पुरानी और नामी जूट कम्पनी में किसी ऊँचे पद पर काम करनेवाले मि. वार्डन अविवाहित थे। चिरकुमार। एक दिन अपनी धुन में उन्होंने तय कर लिया था कि वे अब मैकलुस्कीगंज में हमेशा-हमेशा के लिए बस जाएँगे। लिहाज़ा, धुन के पक्के मि. वार्डन ने नौकरी से भी इस्तीफ़ा देने में कोई देर नहीं की थी और अपना सारा माल-असबाब लिये-दिये मैकलुस्कीगंज पहुँच गए थे। नौकरी छोड़ने के समय जो कुछ पैसे मिले थे, उससे मैकलुस्कीगंज में उन्होंने ज़मीन ख़रीदी। मकान बनाया। गृहप्रवेश भी पारम्परिक आदिवासी तरीके से भेलवा-पूजन...डंडाकट्टा के साथ किया। उन्होंने गम्भीर भंगिमा में कहा, 'यहाँ के उराँव लोग भेलवा-पूजन...डंडाकट्टा हर शुभ काम में करते हैं, तो मैं भी करूँगा। जैसी मिट्टी, वैसा कल्चर।'

सचमुच, शाहख़र्च आदमी थे मि. वार्डन। ताम-झाम से रहते थे। 'गंज' आकर वे सुख बिलस रहे थे। कहते थे, 'रुपया लोगों को ठगता है और मैं रुपये को ठगता हूँ मैन!'

'हाइलैंड गेस्ट हाउस' के बूढ़े ख़ानसामे कइला मियाँ को याद है, मि. वार्डन के पास रक़म-रक़म की चीज़ें थीं। एक-से-एक डिश तैयार करने की मशीन। चुनिन्दा फ़र्नीचर! 'गंज' में सबसे पहले अपने घर में जेनरेटर उन्होंने ही लगवाया था। वे कहा करते थे, 'मेरे न कोई आगे है, न कोई पीछे...। मुझे किसके लिए जमा करना है...?'

मि. वार्डन के पास सिनेमा का एक छोटा-सा प्रजेक्टर था। हरेक शाम वे अपने मकान के बड़े हॉल में गाँववालों को इस प्रजेक्टर से तरह-तरह की फ़िल्में दिखाते। और यही नहीं, फ़िल्म देखने के दौरान घर आए मेहमानों को छककर अंग्रेज़ी शराब भी पिलाते। पर ख़ुद जब तक महुआ का सीज़न रहता, महुआ की शराब ही पीते। जब से मि. वार्डन मैकलुस्कीगंज आए थे, तब से उन्होंने अंग्रेज़ी शराब से लगभग तौबा कर ली थी। अंग्रेज़ी शराब सिर्फ़ मेहमानों के लिए। अपने लिए बस महुआ की शराब। महुआ की शराब की तुलना में उन्हें दुनिया की उम्दा से उम्दा शराब फ़ीकी लगती थी। मि. वार्डन को इस बात का गहरा अफ़सोस था कि महुआ की शराब को किसी ने अन्तरराष्ट्रीय बाज़ार में पेश करने की क्यों नहीं सोची। हद तो यह थी कि अपने भोजन में महुअरी[1] को उन्होंने अनिवार्य कर लिया था। उनकी सनकों का अंत नहीं था। बहरहाल, लगातार कई वर्षों तक दोस्त-अहबाब के बीच शराब की नदी बहाने के बाद जैसाकि होना ही था, मि. जॉनाथन वार्डन की हालत चर्च के चूहे जैसी दयनीय हो गई। वे बुरी तरह ग़रीब हो गए। रम की रमरम्मी में सारा पैसा हाथ से निकल गया। रखा हुआ पैसा आख़िर लगातार उलीचे जाने पर कब तक रहता? इस तरह काजूभोज ख़त्म हो गया। 'हब्बा-हब्बा...कौड़ी-कौड़ी' का संकट हो गया। तो क़िस्सा कोताह यह कि प्रजेक्टर पर धूल की परत जमने लगी और लोगों को पीने-पिलाने का दौर भी एक अवसादपूर्ण अतीत बनकर रह गया। मुँह में सिगार लगाकर मि. वार्डन ख़ुद बरतन मलते, खाना पकाते। सभी नौकर-ख़ानसामे कपूर की तरह उड़ चुके थे। गाँव के लोगों में कुछ लोग कूट और कुछ अफ़सोस से कहते, 'मि. वार्डन चेफुआ[2] साहब बन गए।'

कठोर ग़रीबी के इस दौर में मि. वार्डन ग़म ग़लत करने के लिए महुआ की शराब में पहले से भी ज़्यादा धुत्त रहने लगे। बेहिसाब कर्ज़े के कारण जल्दी ही उनका ज़मीन-मकान बिक गया। मि. वार्डन सड़क पर आ गए। रात को स्टेशन की बेंच पर सोने लगे। फिर भी महुआ का मोह नहीं छूटा। मुफ़लिसी की इस स्थिति में बस गाँव के आवारा-खौरहा कुत्ते झुंड बाँधकर उनके साथ रहते। ये कुत्ते ही मि. वार्डन के गर्दिश के साथी रह गए थे। उनकी हालत पर तरस खाकर कोई-न-कोई एंग्लो-इंडियन परिवार या कोई उराँव या गंझू परिवार जब उन्हें रोटी-ब्रेड, केक के कुछ टुकड़े या भात देता, तो मि. वार्डन उसे इन आवारा कुत्तों के साथ बड़ी ईमानदारी से बाँटकर खाते थे।

मि. वार्डन की इस बदहाली के बारे में जब ऑस्ट्रेलिया में रह रही उनकी एकमात्र बहन को गाँव के एक एंग्लो-इंडियन परिवार ने पत्र लिखा, तो बहन ने व्याकुल हो तत्काल अपने भाई के लिए ऑस्ट्रेलिया आने के वास्ते टिकट के पैसे भेजे। गाँव में सबने कहा, 'इसे कहते हैं खून का टान।' पर बजाय ऑस्ट्रेलिया जाने के मि. वार्डन उस पैसे से भी शराब

---

1. आटा में महुआ मिलाकर बनाई हुई रोटी।
2. रस निकल जाने के बाद ईख की शेष नीरस सिट्ठी

पी गए। हाँ, नशे की स्थायी स्थिति में उन्होंने एक समझदारी का काम अपने भविष्य के लिए अवश्य कर लिया। अन्तिम बचे-खुचे पैसे का उन्होंने एक ख़ूबसूरत-सा कॉफ़िन... ताबूत बनवा लिया था और गाँव के चर्च में ले जाकर पादरी से उन्होंने नशे में डोलते हुए कहा था, 'फ़ादर! जब मेरा डेथ हो जाए...तो मुझे इसमें डाल देना।'

पर कॉफ़िन में मि. वार्डन के शव को डालने की नौबत ही नहीं आई। यह काम मि. वार्डन ने ख़ुद कर लिया। कहते हैं कि आपकी मौत अगर कल हो सकती है, तो इसका मतलब यह नहीं कि आज ही आप क़ब्र में लेट जाएँ। पर मि. वार्डन तो अलबेले थे। एक शाम जब उन्होंने काफ़ी पी ली और उन्हें लगा कि वे अब बस कुछ ही देर के मेहमान हैं, तो चर्च जाकर ख़ुद वे उस कॉफ़िन में लेट गए। चर्च के फ़ादर से कहा, 'मैं अब सो रहा हूँ इसमें...। मैं जा रहा हूँ फ़ादर...! तुम सरमन[1] करते रहो...गुड बाय...!'

चर्च के फ़ादर को लगा कि नशे की हालत में मि. वार्डन एक नया नाटक कर रहे हैं। 'ढोंगा बेंग[2]...।' फ़ादर बुदबुदा कर रह गए थे। पर अगली सुबह सचमुच मि. वार्डन उस कॉफ़िन के अन्दर मरे पाए गए। मि. वार्डन की इस घटना ने सबको दहला दिया था। गाँव के सभी दिग्गज नशेड़ी इस घटना से बुरी तरह सहम गए थे। बहुत दिनों तक इसीलिए यह सांध्यकालीन चरम 'आनन्द-पर्व' कमोबेश स्थगित रहा। पर भला यह कितने दिनों तक रुका रहता? जल्दी ही फिर 'गंज' में मधुर-मदिर हवा सिहकने लगी—महुआ की गन्ध को बड़े विलास के संग घोलती हुई...।

ठीक ही कहा जाता है कि इतिहास अपने को बार-बार दोहराता है। मि.वार्डन के दुनिया से कूच कर जाने के कुछ ही साल बाद 'गंज' की मधुर-मदिर हवा की सिहरन में ठीक उन्हीं की नाप के कलकत्ता से एक साहब प्रकट हुए—मि. सिरिल दा' कुन्हा। मि. वार्डन की तरह ही मौज़ी और अलमस्त। उनके पूर्वज गोवा के थे, जिनका सम्बन्ध भारत के पुर्तगाली गवर्नर रहे नीनो दा' कुन्हा से था। वही नीनो दा' कुन्हा, जो सन् 1531 में अपने कार्यकाल के दौरान पुर्तगाली भारत की राजधानी कोचीन से उठवाकर गोवा ले आए थे। बहरहाल, मि. सिरिल दा' कुन्हा को भी ठीक से पता नहीं था कि उनके पूर्वज कब और किन परिस्थितियों में गोवा से कलकत्ता आ बसे थे।

हमेशा अपनी ख़ुशमिज़ाजी में उमगते रहनेवाले मि. सिरिल दा' कुन्हा की ज़िन्दगी का एकदम छिलका छुड़ाया फ़लसफ़ा था, जिसमें कोई झोल-झाल नहीं था। मिसाल के लिए उनका मानना था कि दुनिया में कोई किसी बीमारी से नहीं मरता, बल्कि मरता इसलिए है कि उसने जन्म लिया। ख़ुश रहने के लिए ज़रूरी है दाँत साफ़ रखना। काम पर कोई देर से इसलिए आता है, क्योंकि अच्छी चीज़ें देर से आती हैं। गोरे बुर्राक, मँझोले क़द और दोहरी कायावाले मि. कुन्हा लम्बी अवधि तक कलकत्ता की अन्तिम यहूदी बेकरि 'नहौम एंड संस' के जेनरल मैनेजर थे। इस बेकरि की स्थापना सन् 1902 में एक बग़दादी यहूदी नहौम इज़राइल मोर्दकै ने कलकत्ता के 'न्यू मार्केट' में की थी। दशकों पुरानी इस बेकरि की 'टैग-लाइन' बेहद दिलचस्प थी—सेशिएट् यॉर टूथ क्रेविंग्स...! यानी—अपने मीठे दाँतों की लालसा को सन्तुष्ट करें।

---

1. नैतिकता या गलतियों पर भाषण
2. ढोंगी मेढक

चालीस के दशक में मि. सिरिल दा' कुन्हा ने 'नहौम एंड संस' बेकरि में नौकरी शुरू की थी और अपने परिश्रम के बूते वे इसमें जेनरल मैनेजर के पद तक पहुँचे। मि. वार्डन की तरह ही वे अविवाहित थे। उनके जीवन में और कुछ नहीं था सिवा 'नहौम एंड संस' के। कलकत्ता की इस मशहूर बेकरि की व्यवस्था वे एड़ी-चोटी एक कर सँभालते थे। हाँ, उनके जीवन में एक इल्लत थी और वह थी— ब्लू फ़िल्में। शराब-सिगरेट को उन्होंने कभी हाथ नहीं लगाया था। पर अपने अकेलेपन में भड़कती वासना को देर रात गए वे कुचलते थे। रौंदते थे। ब्लू फ़िल्मों को लेकर उनके विचित्र लगाव को उनका एकमात्र बचपन का मित्र जानता था। ज़िक्र छिड़ने पर अपने इसी मित्र से हँसते-हँसते मि. कुन्हा कहते थे, 'माइ डियर, अगर कहानी लिखने का थोड़ा भी शऊर मुझमे होता, तो मैं एक ऐसी दुनिया के बारे में कहानी लिखता, जहाँ सब कोई नीला रंग नहीं देख सकता।'

बचपन के अपने इसी मित्र से एक दिन मि. सिरिल दा' कुन्हा को मैकलुस्कीगंज के बारे में पता चला था। इस गाँव में उनके मित्र का पहले से थोड़ा परिचय भी था। लिहाज़ा, मित्र के संग ही मि. कुन्हा मुश्किल से तीन दिनों की छुट्टी लेकर मैकलुस्कीगंज का जीवन देखने गए। वहाँ दोनों मित्र मि. जॉर्ज मेनेंज़िज के एक छोटे-से गेस्ट हाउस में रुके। यह गेस्ट हाउस क्या, महज़ तीन कमरों का एक उद्यानपूर्ण घर था, जिसके दो कमरों का उपयोग 75 वर्षीय मि. मेनेंज़िज भाड़े के गेस्ट-रूम के रूप में करते थे। अतिथियों के ठहरने का दोनों कमरा छोटा पर मोहक था। किराया भी उसका अधिक नहीं था।

उस बहुत छोटे-से गेस्ट हाउस के मालिक मि. मेनेंज़िज एक अच्छे मेज़बान थे। मि. कुन्हा की तरह वे भी अविवाहित थे और एक आदिवासी सेवक के बूते अपना और अपने दो कमरे वाले गेस्ट हाउस का जीवन चलाते थे। वायलिन में उन्हें सिद्धि थी और इस उम्र में भी उनकी आवाज़ अच्छी थी। मैकलुस्कीगंज की उस पहली यात्रा में ही मुग्ध हो उठे थे मि. सिरिल दा' कुन्हा; क्योंकि आधी रात तक वहाँ खाना-पीना और गाना-बजाना चलता रहा था। गहरी रात की शान्ति में वायलिन के संग मंद-मंद गाते मि. मेनेंज़िज जैसे पृथ्वी से अन्तरिक्ष तक हूक भर रहे थे, '...मैं सारे दिन उदास रहता हूँ / मैं अब भी दुखी हूँ / तुम्हारे बिना मेरा पृथ्वी पर / कोई जीवन नहीं है / जब दिल सूख जाता है / पानी की तरह / प्रेम नीचे की ओर बहता है / और हमेशा के लिए चला जाता है / तुम्हारे प्यार की लौ ठंडे तारे के समान है / ख़ूब चमकता है / पर शहर को गर्म नहीं करता / मैं रातों को नींद में / पक्षी की तरह उड़ता हूँ / दिन का सामना करने के लिए / ताकत भरपूर समेटने की / कोशिश करता हूँ / मैं सारे दिन उदास रहता हूँ / तुम्हारे बिना मेरा पृथ्वी पर / कोई जीवन नहीं है।'

मि. मेनेंज़िज का संगीत थमते-थमते मि. कुन्हा की आँखों से टपटप आँसू झड़ने लगे थे। वर्षों पहले कलकत्ता के मिर्ज़ा ग़ालिब स्ट्रीट स्थित 'अर्मेनियाई कॉलेज' में पढ़नेवाली अपनी दोस्त मिलिना की बरबस याद आ गई। हीरे-सी दमकती ओस की कनी थी मिलिना...। मि. सिरिल दा' कुन्हा के जीवन की पहली और अन्तिम लड़की। उनके लिए वह क़यामत का दिन था, जब उन्हें एक दिन पता चला कि मिलिना ने अपने समुदाय के दबाव में एक आर्मेनियाई लड़के से शादी कर ली है। वैसे, आर्मेनियाई

समुदाय में यह कोई कठोर नियम नहीं है कि लड़के-लड़की अपने समुदाय में ही विवाह करेंगे। पर ज़्यादातर लड़के-लड़की अपने समुदाय में ही विवाह करते हैं। यही कारण है कि यह समुदाय संसार के सबसे कम मिश्रित समूहों में एक है। जो भी हो, मिलिना उनकी जीवन-साथी न बन सकी। मि. कुन्हा ने मान लिया कि उनकी ज़िन्दगी से हमेशा के लिए रोशनी चली गई है। उन्होंने कभी विवाह न करने का निर्णय लिया। मिलिना उन्हें नहीं मिली। पर अपने दिल में मि. कुन्हा ने उसे हमेशा के लिए रोक लिया था।

बहरहाल, मैकलुस्कीगंज की उस पहली यात्रा में ही मि. मेनेंज़िज से मि. कुन्हा को पता चला कि वे शीघ्र ही अपना घर बेचकर अपने छोटे भाई के पास हमेशा के लिए जर्मनी चले जाएँगे। हालाँकि, मि. कुन्हा के मन में पहले से कहीं कोई योजना नहीं थी लेकिन मि. मेनेंज़िज के घर बेचने के फ़ैसले को सुनते ही उन्होंने छूटते हुए उनका घर ख़रीदने का प्रस्ताव दे डाला। उन्होंने सोचा कि अगर आगामी दस-बीस वर्षों तक वे 'नहौम एंड संस' की सेवा में और रह ही लेंगे, तो कौन-सा तीर मार लेंगे। पता नहीं, मैकलुस्कीगंज में उस रात मि. कुन्हा के मन में अचानक क्या बिजली कौंधी कि उन्होंने वहीं उसी क्षण एक मिनट में तय कर लिया कि अब वे 'नहौम एंड संस' की चाकरी से मुक्ति लेंगे और 'गंज' में आकर अपना शेष जीवन व्यतीत करेंगे।

मि. जॉर्ज मेनेंज़िज को फ़ौरन बतौर पेशगी उन्होंने कुछ रुपये दिए और कहा कि एक पखवारे के अन्दर 'गंज' लौटकर वे उन्हें पूरा भुगतान करेंगे और घर की रजिस्ट्री कराएँगे। मि. मेनेंज़िज से उन्होंने बड़े अनुराग से कहा, 'आप यहाँ से चले जाएँगे फिर भी आपका नाम यहाँ के लोगों का मुँह मीठा करता रहेगा।'

'सो कैसे?' मि. मेनेंज़िज ने हैरान होते हुए पूछा।

'आपको पता चल जाएगा!' मि. कुन्हा हँस पड़े।

कलकत्ता वापस लौटकर मि. कुन्हा ने बग़ैर विलम्ब किए 'नहौम एंड संस' के मालिक इलियास नहौम को अपना त्याग-पत्र दिया और उनसे कहा कि अपनी ज़िन्दगी के कई सुनहरे साल उन्होंने 'नहौम एंड संस' को पूरी तल्लीनता से दिए लेकिन अब जीवन के बचे-खुचे दिन वे बिना किसी ज़िम्मेदारी के उन्मुक्त हो गुज़ारना चाहते हैं। नहौम ख़ानदान की दूसरी पीढ़ी के इलियास नहौम उनकी बहुत इज़्ज़त करते थे। सो बड़े भारी मन से उन्होंने अपने पुराने भरोसेमंद जेनरल मैनेज़र का त्याग-पत्र स्वीकार किया। इस्तीफ़ा के एक हफ़्ते बाद ही मि. सिरिल दा' कुन्हा 'नहौम एंड संस' के दिनों की ढेर सारी मधुर स्मृतियों को समेटकर 'गंज' आ गए और मि. मेनेंज़िज के संग राँची जाकर घर की रजिस्ट्री कराई। मि. मेनेंज़िज से उन्होंने कहा, 'आप जब तक चाहें यहाँ रहें, जब भी चाहें बेधड़क आएँ। कभी मत भूलें कि यह घर हमेशा आपका है।'

मैकलुस्कीगंज की अपनी पहली यात्रा में ही मि. मेनेंज़िज से घर की बात पक्की होने के साथ ही मि. कुन्हा ने मन ही मन तय किया था कि दिल लगाने के लिए वे 'गंज' में एक बहुत छोटी-सी बेकरि चलाएँगे। और यह उन्होंने घर ख़रीदने के महीने लगते न लगते शुरू कर दी थी। इसका नाम उन्होंने रखा था—'मेनेंज़िज बेकरि।' मि. मेनेंज़िज से अपनी बेकरि का उद्घाटन कराने के बाद ही मि. कुन्हा ने उन्हे छोटे भाई के पास जर्मनी जाने दिया था।

बेकरि के संचालन के लिए उन्होंने 'गंज' के मुनीर नामक एक पुराने ख़ानसामे को रखा था। संग-संग दो-तीन गंझू लोगों को उन्होंने मोटा-मोटी बेकरि-कला का प्रशिक्षण दिया था। इस तरह बेकरि शुरू हो गई। मुनीर के मार्फ़त वे ऑर्डर के मुताबिक़ लोगों को केक भिजवाने लगे थे। वे सीमित आइटम बनाते थे, जिसकी खपत हाथों-हाथ हो जाती थी।

ज़िक्र छिड़ने पर मि. कुन्हा 'नहौम एंड संस' की विरुदावली में कुछ यों मसरूफ़ हो जाते थे, 'वैसे तो 'नहौम एंड संस' एक से एक केक-पेस्ट्री के लिए मशहूर रहा है, जैसे कि—हनी लाइम प्लम केक, प्लम पुडिंग केक, मैक्रॉन केक, ब्लैक फ़ॉरेस्ट और न क्या-क्या! पर इसकी 'स्टोलेन पेस्ट्री' पर लोग कुछ ज्यादा ही फिदा थे। विशेषकर क्रिसमस के दिनों में इसके बनाए 'स्टोलेन' की बात ही जुदा थी।' एक पल थम मि. सिरिल दा' कुन्हा फिर जारी होते थे, 'स्टोलेन एक जमाने से लोकप्रिय जर्मन ब्रेड है, जो आमतौर से आटा, चीनी, खमीर और पानी से बनता है। इसमें दूध, मक्खन, नमक, अण्डा, रम, वेनिला और सुविधानुसार कई प्रकार का सूखा मेवा डाला जाता है। संक्षेप में, 'स्टोलेन' फलों से गुँथी एक नम भारी रोटी है। इस केक का जन्म यों तो जर्मनी में हुआ था लेकिन धीरे-धीरे इसे बनाने की विधि और लोकप्रियता सारी दुनिया में फैल गई।' बहरहाल, 'स्टोलेन' की दीर्घ चर्चा का उपसंहार वे कुछ यों हास्यपूर्ण भंगिमा के संग करते थे, 'और तभी एक गैंडा स्टोलेन खाने 'नहौम एंड संस' के भीतर घुसा।' क्षण भर के लिए थमकर फिर एक आनन्दपूर्ण भ्रू-विलास के संग वे पूछते, 'आप अनुमान लगाइए कि एक गेंडे का मुँह कितनी पेस्ट्री से भर सकता है?'

बहरहाल, अपनी पुरानी यादों के साथ मि. सिरिल दा' कुन्हा ने मैकलुस्कीगंज में नया जन्म लिया था। इलाक़े में एम.सी. सी. वालों के खौफ़ की चर्चा छिड़ने पर वे छूटते हुए हँसकर कहते थे, 'मैं भी एक रिटायर्ड डाकू हूँ। मुझे किसी से डर नहीं लगता।' इस तरह मैकलुस्कीगंज में बसाई अपनी नई दुनिया में मि. कुन्हा ख़ुश थे। उनका पूर्णकालिक सेवक मुनीर उनके साथ रहता था। नीली फ़िल्मों की शगल बदस्तूर उनके साथ थी। देर रात गए तक अन्दर से अपने बेडरूम की सिटकनी चढ़ाकर मि. कुन्हा ब्लैक एंड ह्वाइट टेलीविज़न से वी.एच.एस.-वी.सी.आर. मशीन को जोड़ ब्लू फ़िल्मों के संग नीली रातों में गोते लगाते रहते थे। उनके पूर्णकालिक सेवक मुनीर को बस इतना समझ में आता था कि रात को उसके साहब दिल बहलाने के लिए कुछ-कुछ फ़िल्में टेलीविज़न के पर्दे पर देखते रहते हैं। बहरहाल, आधी-आधी रात तक जागने के कारण मि. कुन्हा की नींद सुबह में देर से खुलती थी। पर एक दिन जब मि. कुन्हा दिन के दस बजे तक नहीं उठे, तो मुनीर को ज़ाहिर है कि बहुत घबराहट हुई। अनेक बार जब उनके कमरे के दरवाज़े पर दस्तक दे-देकर वह थक गया, तो बेचैन हो उसने फ़ौरन आस-पड़ोस के लोगों को बुला लिया। दस्तकों के बावजूद दरवाज़ा न खुलता देख पड़ोस के लोग भी भारी चिन्ता में पड़ गए और तब उन लोगों ने तय किया कि अब दरवाज़ा तोड़ ही देना चाहिए।

अनगिनत धक्कों के बाद जब दरवाज़ा टूटा, तो अन्दर का दृश्य देख सबके मुँह से एक साथ चीख निकल गई। दरअसल, मि. कुन्हा का अर्द्धनग्न शरीर कुर्सी पर एक तरफ़ ढलका हुआ था और उनका मुँह खुला, आँखें फटी-फटी थीं। शायद मि. कुन्हा आधी रात में ही चल बसे थे। उनकी कुर्सी के सामने मेज़ पर रखा टेलीविज़न खुला पड़ा था,

जिस पर लगातार ब्लू फ़िल्म के एक से एक नग्न और उत्तेजक दृश्य जारी थे। कमरे का सारा परिदृश्य अबूझ और रोमांचक था। सबने आपस में राय कर खलारी थाना को सूचना दी। पुलिस ने बुढ़मू अस्पताल से एक डॉक्टर को भी बुला लिया।

कमरे की हालत देख पुलिस भी सनाके में आ गई। टेलीविज़न पर उत्तेजक दृश्यों का कारवाँ और मि. कुन्हा के बिस्तर पर बिखरी पड़ी कई ब्लू फ़िल्मों की सीडी। पुलिस के साथ आए डॉक्टर ने गहरी साँस लेते हुए मेडिकल टर्म में कहा, 'रश ऑव अड्रेनलिन...।' खलारी थाना के इंसपैक्टर को फिर डॉक्टर ने सरल भाषा में समझाया कि अत्यधिक उत्तेजना के कारण हुए वीर्य स्राव से चल बसे मि. कुन्हा। तसल्ली के लिए मि. कुन्हा की नब्ज़ टटोलकर डॉक्टर ने कहा, 'आधी रात में इनकी मौत हुई है। पोर्नोग्राफ़ी देखने से अचानक कारडिएक अरेस्ट हुआ इनका। इस उम्र में अत्यधिक उत्तेजना से ऐसा होता है।'

ज़िन्दगी भर हज़ार तहों में मि. कुन्हा द्वारा छिपाकर रखा गया एक राज़ आख़िरकार अपनी कहानी सरेआम कह गया। कुछ ही पल में पूरे 'गंज' में ख़बर धू-धूकर फैल गई कि चिरकुमार मि. कुन्हा ब्लू फ़िल्म देखते-देखते भारी उत्तेजना से गुज़र गए हैं। उन्हें दफ़नाये जाने के समय ज़्यादतर लोग शोकाकुल के बजाय तमाशबीन थे। चर्च के पादरी जब उनकी आत्मा की शान्ति के लिए चर्च में प्रवेश कर रहे थे, तो चर्च उस समय ठसाठस भरा हुआ था। दरअसल, 'गंज' में यौन उत्तेजना के मर्ज़ से यह पहली घोषित मौत थी और गाँव के लोगों को यह तीव्र उत्सुकता थी कि ऐसी मौत को लेकर पादरी प्रार्थना में आख़िर क्या कुछ कहते हैं। बहरहाल, चर्च में सूई गिरने-सी शान्ति थी। पादरी ने धीर-गम्भीर हो कहना शुरू किया, 'कुछ आम कारण हैं, जो मृत्यु की परिस्थिति लाते हैं—जिनमें शरीर का तापमान अत्यधिक कम हो जाना, हवा की कमी और भुखमरी। दूसरी तरफ मनुष्य की यौन जरूरतें...। हालाँकि, यौन जरूरतों को रखने की अवधारणा बाइबिल आधारित नहीं है। ईश्वर किसी को कभी नहीं कहेंगे कि उसकी यौन जरूरतें आवश्यक हैं। ऐसा करके ईश्वर अपने ही वचन का खण्डन करेंगे।'

पादरी एक पल के लिए थमकर फिर जारी हुए, 'यह परमेश्वर की इच्छा है कि तुम पवित्र हो जाओ, तुम यौन अनैतिकता से दूर रहो। तुम में से प्रत्येक को अपने शरीर को पवित्र और सम्मानजनक तरीके से नियंत्रित करना सीखना चाहिए, न कि भावुकतावश वासना में डूबकर अपने को नष्ट कर लेना चाहिए। यीशु मृतक सिरिल दा' कुन्हा की आत्मा को उत्तेजना से मुक्त करें। उनकी आत्मा को पवित्र करें। धन्यवाद यीशु! थैंक यू प्रभु! मृतक सिरिल दा' कुन्हा की आत्मा पर कृपया अनुग्रह करें। हमें हमारे पापों से आजाद करने के लिए हम आपका धन्यवाद करते हैं जीसस! हम सिरिल दा' कुन्हा की शर्मिन्दगी को दूर करने के लिए प्रार्थना करते हैं प्रभु...! हाले लू याह[1]...हाले लू याह...!'

पूरा चर्च स्तब्ध था। चर्च से निकलते हुए गहरी साँसें भर-भरकर 'गंज' के एंग्लो-इंडियन लोगों ने कहा, 'मि. जॉनाथन वार्डन और मि. सिरिल दा कुन्हा की अनोखी और विचित्र मौत को 'गंज' कभी नहीं भूलेगा...।' गाँव के मुण्डा, उराँव और अहीर लोगों

1. चर्च में आराधना के समय कहा जानेवाला वाक्य—'परमेश्वर की महिमा...परमेश्वर की महिमा!'

ने कहा, 'देह का ताप किसमें नहीं होता। कुन्हा साहब ने किसी की बहू-बेटी की इज्जत तो नहीं लूटी...।'

बहरहाल, ये और ऐसे अनेक चित्र-विचित्र प्रकरणों से भरी पड़ी रही है 'गंज' के एंग्लो-इंडियन साहबों की दुनिया। गाँव के मुंडा, उराँव, गंझू और अहीर लोग भी धीरे-धीरे एंग्लो-इंडियनों के उत्सव और मातम का अंग बनते गए। वैसे शुरू के कई वर्षों तक एक दूरी ज़रूर बनी हुई थी। साहबी 'कम्प्लेक्स' तो था ही एंग्लो-इंडियनों में। हाथी के हौदे से उतरने को क़तई तैयार नहीं। पर कुछ समय बाद तो जैसे बाँध टूट गया...जब कुछ एंग्लो-इंडियन मर्द व औरतों ने गाँव के आदिवासी और साहू लोगों के साथ शादी तक बना ली। मि. मेरीडिथ ने एक आदिवासी लड़की से शादी की...मि. शेरार्ड ने भी अपनी आदिवासी आया सोमरी को बीवी बना लिया। चाट्टी नदी के पास कोलपाड़ा की सोमरी देखने में कुछ ख़ास नहीं थी। पता नहीं क्यों, मि. शेरार्ड उस पर बुरी तरह फ़िदा हो गए थे...। और मि. आर.जी. स्पार्क्स की बेटी मेरी ने जब गाँव के एक साहू बिरादरी के लड़के रामसेवक से शादी कर ली, तो दोनों तरफ़ से काफ़ी चीख-पुकार मची। पर इन रिश्तों के कारण एक अच्छी बात ज़रूर हुई कि गाँव में 'इनफ़िरियर'...'सुपिरियर' का कम्प्लेक्स बहुत कुछ ख़त्म हो गया...। रोटी-बेटी का रिश्ता ऐसा ही होता है।

एंग्लो-इंडियन समुदाय हालाँकि...दिल-ही-दिल में हरदम थोड़ा 'अलर्ट' तो रहा ही। ठीक है, चलो, रिश्ता बन गया...फिर भी—ये ट्रायबल...ये बनिये...ये अहीर...। उनकी यह नाज़ुक-सी अकड़ ट्रायबल, बनिये और अहीर लोग भी बाद में कुछ हेकड़ी सहित लेकिन सिर-आँखों पर उठाने लगे थे। फिर ऐसे में आनन्द में कोई कमी भला कहाँ से रहती? आए दिन जश्न...सेलिब्रेशन्...और मैचों का दौर...। हॉकी तो जैसे गाँव का घरेलू खेल बन गया था। झारखंड के जयपाल सिंह के भारतीय हॉकी टीम के कैप्टेन बनने और ओलम्पिक जीतने की कहानी से सबका पहले से दिमाग़ ख़राब था। 'गंज' बसने के पहले सन् 1928 में ही जयपाल सिंह ओलम्पिक में 'गोल्ड' जीतकर आ चुके थे। सन् 1928 में ही 'साइमन कमीशन' झारखंड अंचल के दौरे पर आया था। ओलम्पिक में जीतकर जयपाल सिंह झारखंड अंचल के एक नये नायक के रूप में उभरे थे।

मैकलुस्कीगंज के बसने के चार वर्षों बाद सन् 1938 में 'आदिवासी महासभा' की स्थापना हुई थी। 'गंज' में भी इसके कई सदस्य बने। सन् 1939 में 'आदिवासी महासभा' के अध्यक्ष बनने पर जयपाल सिंह 'गंज' भी आए थे, एक क्रिकेट मैच का उद्घाटन करने। हॉकी और फुटबॉल के संग-संग 'गंज' क्रिकेट में भी कम न था। डेनिस को याद था, मैकलुस्कीगंज के एंग्लो-इंडियन युवकों और पास के खलारी स्थित ए.सी.सी. सीमेंट फ़ैक्ट्री वालों के बीच क्रिकेट का शानदार मुक़ाबला होता था। मिसेज़ लीज़ा मैगावन जब कभी अच्छे मूड में होतीं, तो डेनिस से कहती थीं, 'याद है डियर, 'गंज' का वह फ़ैंसी ड्रेस कॉम्पटिशन? पहला इनाम मास्टर गिलबर्ट ने ही जीता था न! सँपेरे का क्या लाजवाब मेकअप किया था उन्होंने! औरतों में बेहतरीन मेकअप का प्राइज़ एलिन ने कैसे एक मुटल्ली पंजाबन का मजेदार मेकअप करके पाया था...।'

डेनिस तब मुग्ध हो निर्निमेष सुनते रहते थे और अन्त में एक तृप्त मुस्कराहट के साथ कहते, 'रॉबिन, सो यॉर् मदर ऑलसो लव्स मैकलुस्कीगंज। है न लीज़ा...?'

एक क्षण के लिए मिसेज़ लीज़ा मैगावन भी भाव-विभोर हो उठतीं। लीज़ा को डेनिस बताते कि मि. मेंडेज़ की हाल की चिट्ठी के मुताबिक मास्टर गिलबर्ट अभी भी जीवित हैं, 'बूढ़े जर्जर हो चुके हैं वे।' डेनिस कुछ इस भाव से कहते थे, मानो मास्टर गिलबर्ट के जर्जर रूप की वे कल्पना कर रहे हों।

ऐसी ही चर्चा के दौरान रॉबिन ने फिर एक दिन डेनिस से कहा था, 'पापा, आपको याद होगा, मैंने आपसे कहा था कि मैकलुस्कीगंज की थीम पर एक नॉवेल लिखने का मन बना रहा हूँ। सोचता हूँ, इसके पहले एक बार अपने गाँव की यात्रा कर आऊँ; बल्कि बेहतर तो यह होगा कि वहीं कुछ दिन रहकर मैं एक-एक चैप्टर आपको वहाँ से भेजता जाऊँगा।... ओह, पापा! इट विल बी थ्रिलिंग फ़ॉर मी...। इस किताब का नाम क्या देंगे—'दुनिया का एक अनूठा गाँव' या 'मातृभूमि'? या फिर एक सीधा-सादा नाम—'मैकलुस्कीगंज'? ...अच्छा, रहने दीजिए, नाम बाद में तय कर लेंगे। इस किताब को अपने प्रेस से छापेंगे और पापा, आप देखेंगे, अपने प्रेस से अब तक छपे सभी सनसनीखेज रोमांचक कथानकों वाले नॉवेल्स को यह बहुत पीछे छोड़ जाएगा। आइ कैन राइट वेल पापा...!' रॉबिन उत्साह में था। उसने मुस्कराकर कहा, 'जिस तरह महान फ़्रेंच लेखक ओनोर दे बालज़ाक इंग्लैंड के दिग्गज नॉवेलिस्ट वाल्टर स्कॉट के दीवाने थे और वाल्टर स्कॉट का चर्चित नॉवेल 'इवानहो' पढ़ने के बाद उन्होंने ठान लिया था कि उन्हें भी दुनिया का एक बड़ा लेखक बनना है, बालज़ाक के नॉवेल्स पढ़ने के बाद मेरा भी यही संकल्प है पापा।' फिर एक पल रुककर रॉबिन बिहँस पड़ा, 'और एक गजब संयोग है कि बालजाक ने भी एक प्रेस...छापाखाना चलाया था। वे साहित्य की किताबें छापते थे। पर साझेदारी का उनका वह कारोबार चला नहीं। कर्ज में डूबे बालजाक को अर्से तक पेरिस में कर्जदारों से छिपकर रहना पड़ा था। गनीमत है कि अपना प्रेस किसी साझेदारी में नहीं है। आप इत्मीनान रहिए पापा, हमारा प्रेस कभी घाटे में नहीं जाएगा। और किताबों के पब्लिशिंग को भी मैं कभी नीचे नहीं जाने दूँगा। हाँ, अपने गाँव की कहानी...नॉवेल फ़ॉर्म में लिखने की हसरत जरूर है मेरी।'

डेनिस उसकी क्षमता से अपरिचित थे, ऐसा नहीं था। वे देखते थे, अक्सर रॉबिन प्रेस में अपने नियमित लेखकों की पांडुलिपियों के बेहद सूक्ष्म बिन्दुओं को उभारता था। सूज़न साराह ने कई बार मुस्कान बिखेरते हुए डेनिस से कहा था, 'मि. मैगावन, आपके बेटे में एक अच्छा लेखक बनने की बहुत सम्भावना है। यह हम लोगों की तरह चालू मार्का लेखन नहीं, गम्भीर और सार्थक लेखन करेगा।'

सूज़न की बातों पर डेनिस और लीज़ा हँसते हुए कनखियों से रॉबिन की तरफ़ देखते। सूज़न कहती, 'कोई मजाक में नहीं, पूरी गम्भीरता के साथ कह रही हूँ। इस लड़के में मानव मन की गहराइयों को समझने की अद्‌भुत क्षमता है।'

सूज़न साराह की इन तारीफ़ों को रोकते हुए रॉबिन कहता, 'मादाम, मैं एक सामान्य-सा पाठक हूँ। एक पाठक बनकर मैं आप लोगों की स्क्रिप्ट को देखता-पढ़ता हूँ कि उन्हें पढ़कर किसी पाठक की प्रतिक्रिया क्या हो सकती है। बड़ा लेखक बनने की तो मैं कभी सोच भी नहीं सकता।'

सूज़न कहती, 'यही लेखक बनने की पहली सीढ़ी है, रॉबिन! तुमको लेकर मुझे यकीन है।'

पहली बार बात आई-गई हो गई। पर जब यह दूसरी बार रॉबिन ने अपने पापा-मम्मी से ज़ोर देकर कहा कि मैकलुस्कीगंज के जीवन पर वह एक उपन्यास लिखेगा, तो डेनिस तो डेनिस, ख़ुद लीज़ा को भी ख़ुशी हुई थी। लीज़ा ने कहा था, 'रॉबिन, तुम्हारा आइडिया बहुत अच्छा है। मैकलुस्कीगंज की स्टोरी वाकई बिकेगी...। इट विल सेल फ़ास्ट...। पर बेटे रॉबिन, इसमें कुछ चालू फ़ार्मूले भी भरने होंगे तुम्हें।'

रॉबिन ने थोड़ा मुँह बनाते हुए कहा, 'ओह, मम्मी, यह मेरी पहली कोशिश होगी और मैं नहीं चाहता कि मेरी भी इमेज़ डिसूज़ा, विलसन या सूज़न जैसी बन जाए।'

रॉबिन की इस बात पर डेनिस गद्‌गद हो बिहँसे, 'लीज़ा! ठीक कहता है रॉबिन। लेट हिम राइट ह्वाट कम्स फ्रॉम द हार्ट्...। रॉबिन टॉमस हार्डी, शार्लट ब्रौन्टि और जॉर्ज इलियट की तरह का नॉवेलिस्ट होगा। जैसे इन लोगों ने अपने इलाके की लाजवाब कहानियाँ कही हैं, वैसा ही।' फिर रॉबिन की तरफ़ मुख़ातिब होकर डेनिस ने कहा था, 'बेटे, एंग्लो-इंडियन समुदाय का जन्म ही दुःख और अपमान से भरा पड़ा है। एंग्लो-इंडियंस की लाइफ़ वैसे भी एक अजीब कॉकटेल है। पर मि. मैकलुस्की ने इन तमाम सन्तापों से एंग्लो-इंडियन समुदाय को ऊपर उठाने के वास्ते उस सघन वन में मैकलुस्कीगंज बसाया था। यह गाँव उस आदमी का चुना हुआ सावन था। उन लोगों की गलतफहमी को चूर करने के लिए, जिनकी दृष्टि में एंग्लो-इंडियन समुदाय अस्तित्व में रहने लायक था ही नहीं। यू मस्ट राइट इट...कोई नुस्खा-मसाला नहीं...।'

कुछ पल की ख़ामोशी के बाद गहरी साँस लेकर डेनिस मानो स्मृति की लम्बी सुरंग में दाख़िल हो गए थे, 'बेटे, वहाँ के जीवन में एक-से-एक चरित्र हैं। जैसे किट्टी टेक्सेरा की ही कहानी। बड़ी दर्द-भरी कहानी है उसकी। मेरी बचपन की दोस्त है वह...। आसमानी नीले फ्रॉक में...लाल रिबन से कसकर बाँधे गए सुनहले बाल उसके...। रॉबिन! बचपन में एकदम जापानी गुड़िया लगती थी वह...लाइक अ डॉल...। उसकी नीली आँखें... दमकती रहती थीं...यू नो...लाइक ट्विंकल...ट्विंकल लिट्ल स्टार...। मजाक में उसे मैं किट्टी सोल बुलाता था...! किट्टी सोल...यानी छतरी...अम्ब्रेला...। पर समय ने उसे क्या-क्या दिन नहीं दिखा दिये...! तुम्हारे दादाजी की डेथ के बाद जब मैं 'गंज' गया था, देखा था उसे आखिरी बार...।

पहली नजर में तो उसे बिलकुल पहचान ही नहीं सका...। महज मामूली कपड़ों में, गरीबी बुरी तरह टपक रही थी उन कपड़ों से...। उजड़े-बिखरे गेहूँ की पकी बालियों सरीखे उसके सुनहरे बाल...। धँसी हुई आँखें...। ट्विंकल...ट्विंकल लिट्ल स्टार...कहीं नहीं था...रॉबिन! दुःख ने अपने तीखे दाँत से बुरी तरह क्षत-विक्षत कर रखा था उसे। जब पहली नजर में मैं उसे नहीं पहचान सका था...तो मिस बॉनर ने कहा था—डेनिस, अपनी दोस्त को भूल गए—यह किट्टी है—तुम्हारी किट्टी सोल!—मेरे मुँह से एक सिसकारी निकल गई थी—किट्टी...?—किट्टी के होंठ पर एक उदास हँसी थी। उसके होंठ फटे थे...उसकी हँसी मलिन थी। क्या यह किट्टी है...?—ओह, किट्टी, यह क्या हुलिया बना लिया है तुमने?—मैंने बेसाख्ता छूटते हुए कहा था। वह हौले-से हँस दी थी। उसकी हँसी में दर्द था। सहसा वह फफक पड़ी थी और चुपचाप उठकर चल दी थी। मिसेज़ थ्रिपथॉप ने चकित होकर कहा था—इस लड़की को कभी इस तरह रोते तो नहीं देखा

था...। अपने संघर्ष के साथ ही यह दिन-रात जूझते हुए मस्त रहती है...। तुम्हें बरसों बाद देखा, इसलिए शायद आँसू आ गए इसके।

रॉबिन, समय बड़ा कठोर होता है। मुझे याद हैं किट्टी के मम्मी-पापा—मिस्टर एंड मिसेज़ टेक्सेरा...अंकल-आंटी...। कितने स्नेहिल लोग थे वे दोनों...! वे लोग मैकलुस्कीगंज के बहुत पुराने बाशिन्दे थे...। टेक्सेरा अंकल पहले ब्रिटिश आर्मी में थे। उन्होंने बाद में आर्मी से वॉलंट्रि रिटायरमेंट ले लिया था और मैकलुस्कीगंज रहने चले आए थे। दरअसल, किट्टी के नाना मि. इ.डी. रॉबर्ट्स ने अपने रिटायरमेंट के बाद मैकलुस्कीगंज में बसने के लिए जमीन ली थी। रॉबिन! किट्टी के नाना मि. रॉबर्ट्स असम के गवर्नर मि. विलियम रीड के पी.ए. थे। मि. रॉबर्ट्स को बस ले-देकर एक ही बेटी थी—किट्टी की मम्मी... मार्ज़री यानी टेक्सेरा आंटी...। टेक्सेरा आंटी बताती थीं कि उनका जन्म असम की तत्कालीन राजधानी शिलांग में हुआ था। कुछ समय तक उन्होंने नर्स का भी काम किया था। उसी दौरान उन्होंने पुर्तगाली मूल के गोअन मि. टेक्सेरा से प्रेम विवाह किया। जब मि. टेक्सेरा ने ब्रिटिश आर्मी से वॉलंट्रि रिटायरमेंट लिया, तो मि. रॉबर्ट्स की दिली इच्छा हुई कि उनके बेटी-दामाद भी उनके साथ मैकलुस्कीगंज में ही बस जाएँ। आखिरकार, मि. आर.ए. टेक्सेरा यानी किट्टी के पापा को अपने श्वसुर की इच्छा के आगे झुकना ही पड़ा। किट्टी के पापा ने खुद भी यहाँ दुल्ली में 40 एकड़ जमीन खरीदी और उसके बाद 16 एकड़ जमीन महुआटाँड़ के पास...। बड़े सुखी-सम्पन्न थे किट्टी के मम्मी-पापा...। रॉबिन, याद है मुझे, बचपन में मैं किट्टी के यहाँ अक्सर खेलने जाता था...। टेक्सेरा आंटी हमें केक देती थीं...। उफ़्! क्या उम्दा केक वे बेक करती थीं अपने घर में...! किट्टी को केक बहुत पसन्द थे, इसलिए हर दो-तीन दिन बाद केक बनाती ही थीं आंटी...। एक हरी टीन की छत वाला खूबसूरत-सा घर था इन लोगों का...। वहाँ एक-से-एक फलदार पेड़ थे। तरह-तरह के सुन्दर फूलों-फलों से भरा रहता था उनका कैम्पस...। अप्रैल के दिनों में उनके यहाँ मनाया जानेवाला इस्टर...। ईसाई समुदाय का वसन्त-पर्व! ओह, क्या आनन्दपूर्ण रॉबिन, कैसे बताऊँ! इस्टर पर आंटी का बनाया फ्रूट केक! उफ़्फ़्...क्या गजब का...! इस्टर के मौके पर हम सबको फ्रूट केक देतीं और पूरे लय में गाती आंटी यों ही याद हैं रॉबिन—हॉट क्रॉस बंस...हॉट क्रॉस बंस...वन अ पेनी...टू अ पेनी...हॉट क्रॉस बंस...! इफ़ दे हैव नो डॉटर्स...गिव देम टू योर संस।—आंटी वाज़ फ़ैब्युलस्[1] रॉबिन!

किट्टी अपने पापा-मम्मी की एकलौती दुलारी बेटी थी। एकदम तूत-शहतूत। किट्टी के पापा इसलिए कभी उसे स्कूल जाने देने को राजी नहीं हुए थे। आंटी से कहते थे—मार्ज़री, तुम खुद पढ़ाओ इसे घर पर।—आंटी काफी पढ़ी-लिखी थीं। हालाँकि, उनकी पढ़ाई विधिवत् किसी कॉलेज में नहीं हुई थी, पर उन्हें बहुत से विषयों का अच्छा ज्ञान था। 'बाइबिल' तो हमेशा उनके सिरहाने ही रहता था। रॉबिन, यू नो, शी वाज़ ए यूनीक लेडी। बहादुर भी काफी थीं वह...। जीवन में संघर्ष का यह माद्दा किट्टी ने अपनी मम्मी मिसेज़ मार्ज़री रॉबर्ट्स टेक्सेरा से ही पाया।

आंटी हरदम अपने घर में लोडेड राइफ़ल रखती थीं। दरअसल, एकाध बार कुछ डाकुओं ने उनके यहाँ से राइफ़ल उड़ाने की कोशिश की थी। टेक्सेरा अंकल झंझट

1. आश्चर्यजनक, सर्वश्रेष्ठ

से दूर रहनेवाले आदमी थे। उन्होंने आंटी से एक बार झल्लाकर कहा था—बेच देते हैं राइफ़ल को। कौन घर में मुसीबत पाले। हिफाजत से ज्यादा तो यह आफत है।—पर आंटी बड़े जीवट की औरत थीं। उन्होंने कहा—नहीं, बेचेंगे क्यों भला? डर गए, तो मर गए।—तब से वह चौबीसों घंटे राइफ़ल में गोली भरकर रखती थीं। एक रात डाकुओं के दल ने पूरी तैयारी से उनके घर पर धावा किया था। आंटी ने देर तक संघर्ष किया। पर भला डाकुओं के दल से वह कब तक जूझतीं? डाकुओं का दल उनसे राइफ़ल छीनकर ले गया...।

रॉबिन, धीरे-धीरे किट्टी बड़ी हो रही थी। केले के पेड़ जैसी सुन्दर, सुहावनी और हरी-भरी। पर बाद के दिनों में इस परिवार की माली हालत तेजी से बिगड़ती गई थी। लेकिन उतनी भी नहीं कि यह परिवार सीधे सड़क पर आ जाए। घर के कैम्पस में लगे दरख्तों पर होनेवाले फलों की बिक्री से कुछ पैसे आ जाते थे। किट्टी घर के बड़े कैम्पस के फलों को तोड़ने...सड़े फलों को छाँटकर अलग करने के काम में लगी रहती थी। उनके यहाँ एक आदिवासी मजदूर काम करता था—रमेश मुंडा...। बरकाकाना इलाके तरफ का था वह। मजदूरी की तलाश में 'गंज' आया था और टेक्सेरा अंकल के यहाँ काम में लग गया था। किट्टी उसके साथ फल के काम में लगी रहती थी। इस बीच थोड़े ही अन्तराल पर किट्टी के पापा-मम्मी गुजर गए थे। टेक्सेरा अंकल के बीमार पड़ने पर आंटी ने उनके इलाज के लिए बची-खुची कुछ जमीन और घर को गिरवी रखकर खलारी के एक महाजन से रुपये लिये थे। पर तमाम कोशिश के बावजूद वे अंकल को नहीं बचा सकी थीं। अंकल की मौत के सदमें ने टेक्सेरा आंटी को बुरी तरह तोड़ दिया और एक रात दिल के दौरे से वे भी गुजर गईं। इन दोनों के चल बसने के पहले मैं यहाँ हांगकांग चला आया था। तुम्हारे दादाजी के गुजरने पर जब मैं मैकलुस्कीगंज गया था, तो सारी कहानी सुनने को मिली थी मुझे।

सिहर गया था वह सब सुनकर मैं, रॉबिन! वह आदिवासी मजदूर रमेश मुंडा जिसके साथ किट्टी फलों के अपने बाग में काम करती थी, किट्टी से उम्र में बहुत बड़ा था। वह पहले से शादीशुदा था। महुआटाँड़ में उसकी ससुराल थी। पहली पत्नी से रमेश मुंडा को चार लड़कियाँ और एक लड़का भी था, पर बदहाली के उस कड़े दौर में उसने बराबर किट्टी का साथ दिया था। किट्टी उसकी दूसरी बीवी बनी—सब कुछ जानते हुए भी...। फिर उससे किट्टी को एक लड़का हुआ—बबलू। तीन बेटियाँ हुईं—सिलविया, इवलिन और लिंडा। बड़ी बेटी सिलविया बिलकुल किट्टी जैसी है। मैकलुस्कीगंज की उस यात्रा में ही मुझे लोगों ने बताया था कि किट्टी अब स्टेशन पर फल बेचती है। सुबह के आठ बजे लोकल ट्रेन पकड़कर फल बेचने कभी-कभी वह खलारी और टोरी स्टेशन तक चली जाती है। पर मैंने देखा था, उसे 'गंज' के लोग तब भी 'किट्टी मेमसाब' ही कहकर पुकारते थे।

हैसियत गिर गई थी, पर किट्टी, किट्टी थी रॉबिन...! अपने पुराने मकान और बची-खुची जमीन से भी वह बेदखल हो गई थी। मैंने सुना, अंकल की बीमारी के दौरान आंटी ने खलारी के महाजन से सूद पर जो रुपये लिए थे, वे रुपये काफी दिनों तक जब किट्टी नहीं चुका सकी थी, तो महाजन ने किट्टी का वह मकान, उसका बाग-खेत सब

अपने कब्जे में ले लिया। रॉबिन, फिर भी किट्टी नहीं हारी थी...वह आधी अंग्रेज़ और आधी हिन्दुस्तानी औरत...। अपने हालात के सामने उसने कभी घुटने नहीं टेके।

मिसेज़ थ्रिपथॉप ने मुझे बताया था कि अपने पति रमेश मुंडा से किट्टी का बस कहने को रिश्ता रह गया है। रॉबिन, जब मैं किट्टी के घर गया था, तो किट्टी की बेजार हालत देखी। उसके घर के दरवाजे से लटक रहा तार-तार परदा और टेबल पर फटा-चिटा टेबल क्लॉथ सब कुछ बताने के लिए काफी था। एक मटमैले टी-पॉट और कप में उसने चाय रखी और असहाय मुस्कराहट के संग कहा—किट्टी'ज टी। मि. मैकलुस्की का यही सपना था—अपने अस्तित्व की रक्षा के लिए लड़ो...। अच्छे-बुरे दिन धूप-छाँव की तरह आते-जाते हैं। रॉबिन, किट्टी मि. मैकलुस्की के सपने की जीती-जागती प्रतिमूर्ति है। उसमें धधक है। दूसरे एंग्लो-इंडियंस की तरह तमाम विपत्तियों के बावजूद मैकलुस्कीगंज से चले जाने का खयाल उसके मन में कभी नहीं आया। मैंने पूछा था उससे—किट्टी, क्या महाजन से तुम्हारे घर और बगीचे को वापस कराने में तुम्हारी कोई मदद करूँ मेरी दोस्त?—पर किट्टी ने कहा था—नहीं डेनिस! इसकी कोई जरूरत नहीं।—उसकी नीली आँखें एकबारगी जीवन्त हो गईं थीं। रॉबिन, एक से एक जीवन है, कहानियाँ हैं अपने मैकलुस्कीगंज में...। इन्हें लिखने में ईश्वर तुम्हारी मदद करें।'

यादों में खोये डेनिस की कहानी लम्बी हो जाती थी, पर रॉबिन इस लम्बी गाथा को सुनने के दौरान ऊबता नहीं था। लीज़ा, जो किचेन में काम करते-करते पिता-पुत्र की बैठकबाज़ी में कहानियों के जारी दौर को बीच-बीच में झाँक लेती थीं, ने कटाक्ष के स्वर में एक बार कहा था, 'रॉबिन, तुम्हारे पापा किट्टी पर बुरी तरह फिदा थे। किट्टी 'गंज' की तितली थी और तुम्हारे पापा शादी करना चाहते थे उससे...।'

रॉबिन मुस्कराकर रह गया।

डेनिस बुदबुदाकर बोले, 'ओह, लीज़ा...!' फिर रॉबिन की तरफ़ मुख़ातिब हो बोले, 'अच्छा, चलो, काम पर भी तो चलना है। प्रेस में कई लेखक अपना स्क्रिप्ट लेकर आनेवाले हैं। डिसकस करना है—सबसे, नई किताबों के बारे में। तुम चल रहे हो न?'

रॉबिन ने महसूस किया था, ये बातें कहते हुए डेनिस कहीं खोये थे। उनकी आँखें तरल थीं। इसे ग़ौर से देखकर ही कोई परख सकता था। क्यों तरल थीं डेनिस की आँखें? रॉबिन इसे समझ सकता था।

मैकलुस्कीगंज के जीवन में ग़ज़ब का जादू रहा था, जिसने डेनिस को स्मृतियों की डोर से बाँधे रखा था। डेनिस सरीखे लोग, जो किसी विवशतावश मैकलुस्कीगंज के बन्धन से निकले थे, वे जीवन-पर्यंत यहाँ की स्मृति-वीथियों में छटपटाते रहे थे। पुरानी पीढ़ी के जो लोग वहाँ थे, वे वहाँ से उखड़ने की कल्पना नहीं कर सकते थे। डेनिस को याद था, हांगकांग आकर बसने के कुछ वर्षों बाद उन्होंने अपने पिता मि. ब्रायन मैगावन को पत्र लिखा था : 'पापा, हम लोग अब यहाँ हर तरह से अच्छी स्थिति में आ गए हैं। जो छोटा-सा प्रेस हमने यहाँ लगाया, उसका काम बढ़ता जा रहा है। वैसे भी, हांगकांग ब्रिटिशों का अत्यन्त समृद्ध शहर है। इतने बड़े शहर में मेरे जैसे साधनहीन लड़के के लिए जम पाना कठिन था। पर लीज़ा ने कन्धे से कन्धा मिलाकर मेरा साथ दिया है। प्रेस के काम में हम दोनों दिन-रात जुटे रहते हैं। रॉबिन, ठीक है, वह अब काफी बोलने लगा है। आपके बारे

में पूछता है—दादाजी कब आएँगे? आप उसे देखकर बहुत-बहुत खुश हो जाएँगे। वैसे, जैसाकि आपने अपने पत्र में लिखा है, उसकी एक तसवीर मैं आपको भेज रहा हूँ। पर मेरी बस एक विनती मान लीजिए। अब आप सीधे यहाँ हम लोगों के पास आ जाइए।

लीज़ा भी यही चाहती है। रॉबिन छोटा है। उसकी अभी कोई समझदारी तो नहीं बनी है पर बेशक आपको पाकर वह बेहद खुश होगा। मम्मी अगर जीवित रहतीं, तो मुझे कोई चिन्ता न रहती। पर अकेले इस उम्र में आपका मैकलुस्कीगंज में रहना ठीक नहीं। वहाँ लोग-बाग भी क्या कहते होंगे कि किस तरह गैरजिम्मेदारी के साथ हमने आपको अपने हाल पर छोड़ रखा है! हालाँकि, मैकलुस्कीगंज की यादें मुझसे जीवनपर्यंत जुड़ी रहेंगी। मेरा बचपन, मेरी किशोरावस्था और युवावस्था बीती है वहाँ। अपने मकान के उस दाएँ वाले कमरे में रॉबिन का जन्म मुझे यों ही याद है। जीवन का अनुभव मुझसे कहीं ज्यादा आपको है। पर इस कड़वे सच को मान लेने में हर्ज नहीं होना चाहिए कि मैकलुस्कीगंज में आपका बेसहारा पड़े रहना उचित नहीं। वहाँ मकान में आप ताला मारकर किसके भरोसे छोड़ आएँगे, यह चिन्ता स्वाभाविक रूप से आपको हो सकती है। इसलिए मेरी मानिए (और लीज़ा की भी यही राय है), तो वहाँ का मकान बिक्री कर आप चले आइए। मैं समझता हूँ कि मकान की बिक्री में कोई समस्या नहीं होगी। लेनेवाले कई मिल जाएँगे। बस, अब आप आ ही जाइए। आपका पत्र मिलते ही यहाँ के लिए आपके टिकट की व्यवस्था कर मैं लौटती डाक से खबर करूँगा। निरन्तर, आदर के साथ।

आपका बेटा
—डेनिस'

डेनिस की लम्बी चिट्ठी का बस छह-सात पंक्तियों में मि. ब्रायन मैगावन ने उत्तर दिया था : 'बेटे, खूब सुखी रहो। मेरी चिन्ता बिलकुल मत करो। मैं यहाँ बहुत खुश हूँ। जीवन में क्या, मृत्यु के बाद भी यहाँ के लोगों को मैकलुस्कीगंज कभी मुक्त नहीं करता। शान्ति से मुक्ति क्या कोई भी आत्मा कभी चाहेगी? कभी नहीं। मेरे लिए मैकलुस्कीगंज नदी के जल पर रखी नाव की तरह एक प्रार्थना है। घोंसले के लिए पेड़ को दुआ दी जाती है। खैर, मकान की बात जहाँ तक तुमने लिखी है, उसे मेरे मरने के बाद तुम्हें बेचने का पूरा अधिकार है। तुम मेरे एकलौते बेटे हो, तुम्हारे सिवा यह दुस्साहस करने का अधिकार दूसरे को है भी तो नहीं। शायद मैंने कौवे की जीभ खा रखी है। लगता है, कुछ ज्यादा ही जी गया हूँ। पर क्या करूँ? मेरे पोते रॉबिन को मेरा खूब-खूब आशीष देना।

तुम्हारा
—पापा'

पापा का पत्र पढ़कर सिहरकर रह गए थे डेनिस। उन्होंने वह पत्र मोड़कर लीज़ा के हाथ में चुपचाप थमा दिया था।

'आ रहे हैं न, पापा...?' व्यग्रतापूर्वक लीज़ा ने डेनिस से पूछा था।

पर डेनिस ने कहा, 'खुद पढ़ लो...। तुम्हारी ही जिद पर मैंने मकान बेचनेवाली बात पापा को लिख डाली थी। पढ़ो, क्या लिखा है पापा ने...।'

लीज़ा ने पत्र पढ़ा और कुछ न बोलीं। अगले दिन भी उस पत्र को लेकर पति-पत्नी के बीच देर तक सन्नाटा छाया रहा था। इस सन्नाटे को आख़िरकार लीज़ा ने ही तोड़ा,

'डेनिस, गलती हो गई मुझसे। सच में मेरे ही कहने पर तुमने पापा को मकान बेचनेवाली बात लिखी थी। उन्हें ठेस पहुँची। आइ ऐम् सॉरी...।'

ऐसी ग़लती फिर डेनिस ने पिता के साथ जीवनपर्यंत नहीं की थी। पर धीरे-धीरे पिता से उनका पत्राचार ज़रूर कम होता चला गया था। प्रेस की बढ़ती ज़िम्मेदारी में निरन्तर उलझते ही चले गए थे डेनिस। क्रिसमस, नववर्ष या फिर जन्मदिन के कार्ड और छठे-छमासे स्वास्थ्य सम्बन्धी हालचाल के लिए लिखे गए औपचारिक पत्र—यही रिश्ता रह गया था उनका अपने पिता से। इस बात से डेनिस पक्के तौर पर वाक़िफ़ थे कि किसी भी सूरत में उनके पिता मैकलुस्कीगंज छोड़कर उनके पास रहने नहीं आएँगे। इसलिए नाहक में किसी तरह का मनोमालिन्य पालने से क्या लाभ? ख़ैर, अब तो यह सब एक स्मृति भर है—इत्र की एक छोटी-सी खाली शीशी की तरह एक ख़त्म ख़ुशबू की याद!

मुखिया मेंडेज़

पंडित रामाज्ञा पाठक का परिवार 'गंज' में 'महदेवा परिवार' कहलाता है। दरअसल, उनके दरवाज़े पर ही शिवालय है। मन्दिर में बड़ा-सा शिवलिंग स्थापित है। पर्वत पर बैठे शिव-पार्वती की मूर्ति भी है। रामाज्ञा पाठक के परदादा ने अपने घर के परिसर में शिवालय की स्थापना की थी। पूजा-पाठी है पाठक परिवार। 'गंज' और आसपास के गाँवों में हिन्दू धर्म के तमाम पूजा-पाठ और छोटे-बड़े त्योहारों का ज़िम्मा इसी परिवार के कन्धे पर है। तीन भाइयों का जड़ है इस परिवार का। तीनों वीरभद्र...शिव के गण। वैसे, पाठक परिवार के अलावा 'गंज' में एक और ब्राह्मण परिवार है—पांडे परिवार। पर धर्म-कर्म के मामले में सब पाठक परिवार का ही मुँह देखते हैं। बीते हुए कल्प में, पता नहीं, इस इलाक़े का क्या स्वरूप था। इस आदिवासी बहुल कोहिस्तान में उनके पूर्वज आख़िर क्या सोचकर बसे थे, इसकी गुत्थी पंडित रामाज्ञा पाठक आज तक नहीं सुलझा सके हैं। पर ऐसे गाँव में रहकर भी वे नियम-प्रमाण से ब्राह्मण-धर्म निभाते हैं। अब जब तक पार लग रहा है, लग रहा है। नई पीढ़ी से यह नेम-टेम थोड़े ही इतना निभ पाएगा। कहते हैं, सतयुग में लोग रस्सी की गाँठों को गिनकर हिसाब जोड़ते थे और अब लिखकर करते हैं। लिखा-पढ़ी में पाप बढ़ गया है। समय ऐसे ही बदलता है। रहट की तरह घूमता है समय।

तीन सप्ताह पहले आसिन मास में 'विजया दशमी' सम्पन्न हुई है। हालाँकि, 'गंज' में दुर्गा पूजा का उतना माहात्म्य नहीं है। आज अन्नकूट है। सूर्य स्वाती नक्षत्र में आ गए हैं। अमूमन हर साल अन्नकूट दीपावली के अगले दिन ही पड़ता है। कल दीपावली ठीक-ठाक ही गुज़री। छोटानागपुर में दीपावली का आयोजन 'सोहरई पर्व' के रूप में होता है। यह वास्तव में 'पशुओं का पर्व' है। इसलिए इलाक़े के अहीरों के लिए यह ख़ास महत्त्व रखता है।

'सोहरइया...सोहरइया...कहले रे अहीरा...सोहरइया गेलइ बड़ा दूर हो...।'

यानी सोहरई अब अगले ही साल आएगा। जो भी हो, कार्तिक 'पुन्न मास' है। पूरा कार्तिक मास ही त्योहार-पूजा से गुँथा रहता है। कार्तिक यानी महादेव के पुत्र! शायद इसलिए उनके नाम का महीना इतना उत्सवपूर्ण है, सोचते हैं रामाज्ञा। उनके दादा कहते थे कि कार्तिक के समान मास नहीं और कृतयुग के समान युग नहीं। कार्तिक मास का आरम्भ ही शरद पूर्णिमा से होता है। फिर करवा चौठ, धनतेरस, हनुमान जयंती, दीपावली, महालक्ष्मीपूजन, तब अन्नकूट...गोवर्धन पूजा। उसके अगले दिन भ्रातृ-द्वितीया और कायस्थों की चित्रगुप्त पूजा। इसके बाद गणेश चौठ...छठ...अक्षय नवमी...देवउठान एकादशी... और सबसे अन्त में कार्तिक पूर्णिमा स्नान पर्व। अक्टूबर के अन्तिम सप्ताह से नवम्बर के अन्तिम सप्ताह तक साँस लेने की फ़ुर्सत रामाज्ञा पाठक को नहीं रहती। अन्नकूट भी वे बड़े विधान के संग करते हैं। गाय और भगवान विष्णु की पूजा, तब ब्राह्मण-भोजन। एंग्लो-इंडियन साहब लोग बड़े कौतूहल से उनकी गतिविधियों को देखते हैं और मुस्कराते हैं। रामाज्ञा पाठक बिहँस पड़ते हैं—भला ये एंग्लो-इंडियन लोग क्या समझेगा अन्नकूट! अन्नकूट के दिन कम-से-कम पाँच ब्राह्मणों को भोजन कराने का विधान है। 'गंज' में पाँच ब्राह्मण जुटाना रामाज्ञा पाठक के लिए कभी-कभी पहाड़ हो जाता है। एक तो 'गंज' के पोस्टमैन भोला तिवारी उनके स्थायी ब्राह्मण हैं, बाक़ी चार पांडे परिवार के सदस्य। लेकिन अन्नकूट के अवसर पर रामाज्ञा पाठक वर्षों से मि. बी. मेंडेज़ को भी आमंत्रित करते रहे हैं। दरअसल, मज़ाक-मज़ाक में ही मि. मेंडेज़ उनके स्थायी ब्राह्मण अतिथि बन गए। हुआ यों कि एक बार 'अन्नकूट' के अवसर पर पांडे परिवार के कुछ सदस्य गाँव से बाहर थे और पाँच ब्राह्मण पूरे नहीं हो रहे थे। रामाज्ञा पाठक इसको लेकर बुरी तरह खिन्न थे। मि. मेंडेज़ से बातों ही बातों में उन्होंने कहा, 'पुरखों के टंट-घंट को छोड़ना ही पड़ेगा। अब 'गंज' में भोजन कराने के लिए पाँच ब्राह्मण कहाँ से जुटाऊँ?'

'एक ब्राह्मण तो मैं ही हूँ।' मि. मेंडेज़ ने भभाकर हँसते हुए कहा।

'मसखरी छोड़िए मेंडेज साहब।'

'अरे पाठक जी! कोई गोलमाल नहीं, बिलकुल सच। मेरा नाम बी. मेंडेज़ है यानी ब्राह्मिण मेंडेज़।' मि. मेंडेज़ ने ज़ोरों का ठहाका लगाया, 'आइ ऐम् अ कनवर्टेड ब्राह्मिण...।'

'चलिए, मान ली आपकी बात।' रामाज्ञा पाठक ने मुस्कराते हुए कहा, 'तब कल अन्नकूट में ब्राह्मण-भोजन के लिए आना है आपको मि. ब्राह्मण मेंडेज।'

'श्योर...श्योर!'

मि. मेंडेज़ ने पालथी मारकर बड़े आनन्द से भोजन किया। तब से हर साल वे पाठक परिवार के यहाँ अन्नकूट के ब्राह्मण-भोजन में आमंत्रित किए जाते हैं। रामाज्ञा पाठक उनकी चर्चा चलने पर हमेशा कहते हैं, 'ऐसा नेक आदमी त्रैलोक्य छानने पर भी नहीं मिलेगा।' बात सही है। क्रिसमस में मि. मेंडेज़ ख़ास तौर से पंडित रामाज्ञा पाठक के लिए बिना अंडा का केक अपनी पत्नी से बनवाते हैं। रामाज्ञा पाठक कहते हैं, 'सदाफल वृक्ष हैं मेंडेज साहब! इतना किससे पार लगेगा?' सचमुच, भलमनसाहत में मि. मेंडेज़ का जवाब नहीं। 'इंडियन एयर फ़ोर्स' की सेवा में लगभग ढाई दशकों तक रहे मेंडेज़ महाशय अपने जीवन के आदर्श पुरुष एयर मार्शल सुब्रतो मुखर्जी की इस बात को हमेशा गाँठ

बाँधकर चलते रहे हैं कि टेढ़ा होना आसान है पर सरल होना बहुत कठिन। सरल-सीधा होना गॉड की ब्लेसिंग है। एयर मार्शल सुब्रतो मुखर्जी 'इंडियन एयर फ़ोर्स' के फ़ाउंडिंग मेम्बर थे। उनकी तसवीर मि. मेंडेज़ ने आज भी अपने कमरे में लगा रखी है। इतने बड़े पद पर होकर भी अत्यन्त सहज-सरल थे मि. मुखर्जी। मि. मेंडेज़ सोचते हैं कि वे मि. मुखर्जी की तरह भले औलिया नहीं हो सकते, लेकिन भरसक सबका मन-मान रखने की कोशिश तो ज़रूर कर सकते हैं। अपनी इसी मिलनसारिता और ख़ुशमिजाजी के चलते मि. बी. मेंडेज़ गाँव के हर समुदाय में दूध-बताशे की तरह घुले-मिले हैं। यही वज़ह है कि मि. बी. मेंडेज़ से सब अभी से कह रहे हैं कि 'गंज' में अब जब कभी मुखिया का चुनाव होगा, तो उनको फाँड़ा बाँधना पड़ेगा।

टुइयाँ गंझू ताल ठोककर कहता है, 'एलेक्शन में मेंडेज साहब बस खड़े हो जाएँ, उनकी 'डिग्री' होकर रहेगी। अरे भाई, 'गंज' क्या! राँची जिला तक ठेके हुए हैं हमारे मेंडेज साहब। ऊ 'जिलाजीत' हैं।'

मिसेज़ मेंडेज़ इस चर्चा से ही खीज उठती हैं, 'गाँव का आदमी सब आपके माथा का सारा नस फ्यूज़ कर देगा। अन्धा बगुला कीचड़ खाता है। कोई जरूरत नहीं मुखिया-फुखिया में उठने की। बैरिस्टर बन जाइएगा क्या? बहादुर उराँव के बाद तब आपका नम्बर आएगा। 'गंज' को जो सुधारने चलेगा, जहन्नुम में जाएगा।'

मि. मेंडेज़ कोई टीका-टिप्पणी नहीं करते। वे समझते हैं कि 'गंज' के लोग इस बात की रट क्यों लगाए हुए हैं। लम्बी अवधि से 'गंज' एक अच्छे मुखिया के लिए तरस रहा है। मि. मेंडेज़ का परिवार 'गंज' का सबसे पुराना परिवार है। गाँव में सिर्फ़ उनके परिवार की रिश्तेदारियों को जोड़ा जाए, तो आधे एंग्लो-इंडियन वोटर उनके घर-परिवार और रिश्ते के ही लगेंगे। पर सिर्फ़ बँगलेदारों के वोट पर मुखिया का चुनाव थोड़े ही जीता जा सकता है। मि. मेंडेज़ अगर खड़े होंगे, तो उन्हें सबके वोट मिलेंगे—मुंडा, उराँव, गंझू से लेकर तेली, सूरी, पंजाबी, ब्राह्मण और मुसलमानों तक के वोट। सबके सुख-दुःख में खड़े रहते हैं मि. बी. मेंडेज़। गाँव की किसी बिरादरी का आदमी हो, ज़रूरत पड़ने पर दो बजे रात को भी उसकी मदद में निकल पड़ने में वे एक सेकेंड की देरी नहीं करते हैं। खुशिया पाहन के शब्दों में, 'गाँव के दमकल हैं मेंडेज साहेब। एकदम ठर्रा आदमी। तुरन्त पिकअप धरते हैं।' मि. मेडेज़ द्वारा किए गए कल्याण-कार्यों की लम्बी सूची है। गाँव के कोरामिन हैं वे। हर मर्ज़ की दवा। पंडित रामाज्ञा पाठक उन्हें 'संकटमोचन' कहते हैं। कुछ साल पहले मि. मेंडेज़ ने ही शरलक होम्स की तरह मि. डिकोस्टा की मुसीबत की गुत्थी सुलझाई थी।

दरअसल, मि. डिकोस्टा अपनी पत्नी के संग एक बार किसी काम से कलकत्ता गए हुए थे। गए थे ट्रेन से पर लौटने के समय उन्होंने तय किया कि कलकत्ता से राँची तक वे फ़्लाइट से आएँगे और राँची से 'गंज' के लिए टैक्सी ले लेंगे। मिसेज़ डिकोस्टा इस यात्रा से बेहद ख़ुश थीं। कलकत्ता के मशहूर 'न्यू मार्केट' में अरसे बाद उन्होंने जी भरकर शॉपिंग की थी। सोने का एक भारी नेकलेस भी लिया। फिर कलकत्ता से राँची तक की हवाई यात्रा का उल्लास अलग! पर राँची हवाई अड्डे पर मि. डिकोस्टा से ऐसी भयंकर भूल हुई कि 'गंज' पहुँचकर अपना सामान खोलते ही मिसेज़ डिकोस्टा रो-रोकर पागल

हो गईं। दरअसल, राँची हवाई अड्डे पर उतरने के बाद कन्वेअर बेल्ट[1] से सामान उठाते समय अपने बड़े-से लाल सूटकेस की जगह जल्दबाज़ी में बिना गौर किए मि. डिकोस्टा ने किसी दूसरे का वैसा ही बड़ा लाल सूटकेस उठा लिया था। ज़ाहिर है कि दूसरा यात्री मि. डिकोस्टा का सूटकेस अपना समझ, लेकर चला गया था।

'गंज' पहुँचकर मिसेज़ डिकोस्टा सूटकेस खोलने उठीं, तो उस पर एक छोटा-सा अपरिचित ताला पड़ा था, जिसकी चाबी उनके पास नहीं थी। मिसेज़ डिकोस्टा को तभी खटका लग गया कि उनका सूटकेस कहीं और जा चुका है। मिसेज़ डिकोस्टा की लताड़ पर जब मि. डिकोस्टा ने वह छोटा-सा ताला तोड़ा, तो उसमें पैंट-शर्ट, अंडरवियर, बनियान, तौलिया, नाइट सूट, शेविंग किट वग़ैरह पड़ा हुआ था। कहाँ कलकत्ता में की गई दो-ढाई लाख रुपये की ख़रीददारी और कहाँ ये मुँह चिढ़ा रहे अनजान कपड़े! मि. डिकोस्टा की लापरवाही पर फूट-फूटकर रो पड़ीं मिसेज़ डिकोस्टा।

सारे गाँव में ख़बर बिजली की तरह फैल गई कि अपने बौड़मपने में मि. डिकोस्टा क़ीमती सामान से भरा अपना सूटकेस छोड़ किसी दूसरे का कबाड़-भरा सूटकेस उठा लाए हैं और इस सदमे से मिसेज़ डिकोस्टा को दाँती पर दाँती लग रही है। पंडित रामाज्ञा पाठक ने अपनी ज्ञान-गंगा से एक चम्मच ज्ञान निकालते हुए कहा, 'अरे भाई, लोग पुत्र-शोक सहन कर सकते हैं, धन-शोक नहीं। खैर, गलती किसी से हो सकती है। बंदर भी पेड़ों से गिरते हैं।'

डिकोस्टा दम्पती के शोक की जानकारी मिलने पर मि. मेंडेज़ अगली सुबह मि. डिकोस्टा के यहाँ पहुँचे। उन्हें हैरानी हो रही थी कि मि. डिकोस्टा जैसे सचेत आदमी से इस तरह की ग़लती भला कैसे हो गई! पर ग़लती किसी पंडित और पोप से भी हो सकती है। मि. मेंडेज़ ने डिकोस्टा दम्पती को भरपूर सांत्वना दी और मिसेज़ डिकोस्टा से उस सूटकेस को दिखाने को कहा जिसे मि. डिकोस्टा धोखे से उठा लाए थे। सूटकेस को खोल मि. मेंडेज़ ने उसमें रखे एक-एक कपड़े का ग़ौर से मुआयना करना शुरू किया। आख़िरकार एक नई कमीज़ हाथ में लेकर ख़ुश होते हुए उन्होंने कहा, 'मिसेज़ डिकोस्टा! आँसू पोंछिए। आपका सामान मिल जाएगा।'

'वह कैसे?' मि. डिकोस्टा मारे विस्मय के चिहुँक पड़े।

'इस कमीज पर लगे टेलर के लेबल से,' मि. मेंडेज़ ने आश्वस्त होकर कहा, 'इस कमीज पर राँची के 'ग्रैंड टेलर्स' का लेबल लगा है। इसका मालिक मोहम्मद इलियास मेरा परिचित है। मि. डिकोस्टा, आपको लेकर मैं कल ही राँची जाकर 'ग्रैंड टेलर्स' के मालिक से मिलूँगा। वह अपना रजिस्टर देखकर बता देगा कि यह कमीज किसकी है।'

हैरानी से भरे मि. डिकोस्टा अगली दोपहर मि. मेंडेज़ के संग राँची पहुँचे। 'ग्रैंड टेलर्स' के मालिक मोहम्मद इलियास ने मि. मेंडेज़ का बहुत मान किया। दो-तीन घंटे तक नाप का रजिस्टर पलटते-पलटते आख़िरकार पता चला कि यह कमीज़ राँची के 'हरमू हाउसिंग कॉलोनी' निवासी अशोक सिन्हा की है। अशोक सिन्हा का फ़ोन नंबर भी रजिस्टर में दर्ज़ था। फिर क्या था, मि. डिकोस्टा के संग फ़ौरन मि. मेंडेज़ हरमू हाउसिंग कॉलोनी पहुँचे। संयोग से अशोक सिन्हा नामक वे सज्जन घर पर थे। उन्होंने मि. मेंडेज़

1. हवाई अड्डे पर सामान ढोने का लगातार चलनेवाला पट्टा

और मि. डिकोस्टा से कहा कि वे ख़ुद सूटकेस की अदला-बदली की इस घटना से परेशान थे। सिन्हा महाशय तत्क्षण मि. डिकोस्टा का सूटकेस उन्हें थमाने लगे लेकिन मि. मेंडेज़ ने लेने से मना कर दिया। उन्होंने कहा कि कल जब वे 'गंज' से उनका सूटकेस लाकर उन्हें सौंपेंगे, तभी मि. डिकोस्टा का सूटकेस लेकर जाएँगे।

अगले दिन यही हुआ। 'गंज' में लोगों ने कहा कि मि. मेंडेज़ अगर जासूस बनने की इच्छा रखते, तो आज वे दुनिया के नामचीन जासूस होते। वह 'गंज' के पोटाश हैं। सचमुच, मि. मेंडेज़ की महिमा अगम-अपार है।

कन्नू गंझू के बाप का 'एपेंडिसाइटिस' रात में फट गया। रातोंरात मि. मेंडेज़ उसको लेकर राँची भागे। उसका ऑपरेशन कराया। मि. मेंडेज़ नहीं होते, तो कन्नू के बाप की जान नहीं बचती। गाँव में डॉक्टर को लेकर भारी परेशानी है। कोई इमर्जेंसी हो तो खलारी-माँडर जाइए या फिर सीधे राँची। गाँव में एक डॉक्टर की तैनाती के लिए मि. मेंडेज़ लगातार लिखा-पढ़ी कर रहे हैं। गाँव की समस्याओं में मिसेज़ थ्रिपथॉप भी भरपूर दिलचस्पी लेती हैं। समस्याओं के निदान के लिए वे मि. मेंडेज़ से बराबर राय-सलाह करती रहती हैं। गाँव में समस्याओं का टाल बढ़ता ही जा रहा है। पीने के पानी से लेकर सिंचाई के पानी तक का घोर संकट है। धान, मड़ुआ और मकई गाँव की मुख्य फ़सल हैं। इसको पूरा पानी चाहिए। खुशिया पाहन कृषि वैज्ञानिक की तरह कहता है, 'धान-पान को नित स्नान...। धान और पान को रोज पानी चाहिए।'

लेकिन पानी आएगा कहाँ से? सावन-भादों से लेकर हथिया-चित्रा नक्षत्र ने कृपा की तो ठीक, वरना मारा। रामजी की चिड़िया, रामजी की खेती। पंडित रामाज्ञा पाठक बड़े लय के संग कहते हैं, 'अरे भाई, हथिया बरसे...चित्रा मँड़राय...घर बैठे धनहा अगराय...। हथिया की झड़ी और चित्रा का मेघ घुमड़े, तो धान की अपनी खेती पर किसान घर बैठकर अगड़ाता है। पर हर साल यह संयोग बनता कहाँ है!'

मिसेज़ थ्रिपथॉप ठीक कहती हैं कि धूल भी अगर एक जगह जमा होती चले, तो एक दिन वहाँ पहाड़ बन जाएगा। गाँव में वैसे भी समस्या सिर्फ़ एक नहीं है। जमीनों का विवाद भी रह-रहकर उखड़ता रहता है। रायबाबू मुखिया के ज़माने का जकड़िआया हुआ बहुत-सा विवाद आज तक नहीं सुलझ सका है। टुइयाँ गंझू कहता है, 'कुत्ता को चउका पर बिठाये, तो चाट के भागा।'

सारी समस्याओं की जड़ में है गाँव में मुखिया और सरपंच का न होना। राज्य में पंचायती चुनाव वर्षों से नहीं हुआ है। पता नहीं, बिहार सरकार पंचायतों को मारकर क्यों रखना चाहती है! पंचायतों का सारा पावर प्रखंड विकास पदाधिकारी यानी बी.डी.ओ. साहबों को मिला हुआ है। बी.डी.ओ. और एम.एल.ए.[1] मिलकर पंचायतों का जो उद्धार करें। बी.डी.ओ. के बारे में मि. मिलर अक्सर बिहँसकर कहते हैं, 'ब्लैक डुइंग अफ़सर... काले काम करनेवाला अफ़सर।'

पंडित रामाज्ञा पाठक कहते हैं, 'प्रखंड विनाश पदाधिकारी।'

मिसेज़ थ्रिपथॉप को किसी ने बता रखा है कि एम.एल.ए. लोग भी नहीं चाहते कि पंचायती चुनाव हो। पंचायत-पंचायत में मुखिया हो जाएगा, तो एम.एल.ए. लोगों को

1. विधायक

यहाँ पूछेगा कौन? अठारह साल से पंचायती चुनाव न होने के कारण एम.एल.ए. लोग ख़ूब मज़ा ले रहे हैं।

मि. गिब्सन को मालूम है कि मुख्यमंत्री से हाथ-पाँव जोड़कर एम.एल.ए. लोग पंचायत का चुनाव नहीं होने दे रहे हैं। राजीव गाँधी[1] ने प्रधानमंत्री के रूप में पंचायती राज व्यवस्था को जान से फ़ाज़िल पावर दे दिया। मुखिया हो जाएगा, तो चाँपाकल गड़वाने के लिए एम.एल.ए. की परिक्रमा कौन करेगा? मुख्यमंत्री भी क्या करे, वह तो एम.एल.ए. लोगों के ही दम पर है!

टुइयाँ गंझू कहता है, 'सब राजनीति का पॉलटिस[2] है। खाता न बही, एम.एल.ए. साहब जो कहें सो सही। पर 'गंज' में जो लोग मुखिया हुए, वही कौन-सा तीर मार लिए? सब हवा में मुगदर भाँजता रहता है। जिसको भी मुखिया-एम.एल.ए. बनाइए, खाने-पकाने में लग जाता है। मिट्टी छोड़कर सोफा-सेट बन जाता है। गौं का एक मुखिया आज तक 'गंज' को नहीं मिला। इस क्षेत्र के एम.एल.ए. राजाराम बैठा का चेहरा भी क्या याद है किसी को?'

मि. गिब्सन मुसककर कहते हैं, 'राँची डिस्ट्रिक्ट में है अपना 'गंज'। राँची डिस्ट्रिक्ट में सात असेम्बली सीटें हैं—सिल्ली, तमाड़, राँची, हटिया, खिजरी, माँडर और काँके। पर किसी को बताने में भी अजीब लगता है कि मैकलुस्कीगंज काँके असेम्बली सीट में पड़ता है। काँके माने पागलखाना! सारी दुनिया में काँके के इस पागलखाने की शोहरत है।'

'ठीक ही तो है। अपना 'गंज' क्या पागलखाने का ही एक पार्ट नहीं लगता?' मि. मिलर अक्सर इस चर्चा पर फिक्क से हँस देते हैं।

आज़ादी के बाद से ही हरिजनों के लिए सुरक्षित क्षेत्र है काँके और लगातार दो बार से यहाँ भाजपा[3] के एम.एल.ए. हैं राजाराम बैठा, पर आज तक 'गंज' में किसी ने ठीक से उनका चेहरा नहीं देखा। वैसे, इधर कांग्रेस का शुरू से असर रहा है। काँके सीट का पहले मतलब ही था—कांग्रेस सीट। लम्बे अर्से तक कांग्रेस के हरिहर राम यहाँ से विधायक रहे। ईसाई मिशनरी वाले और मुस्लिम तो कांग्रेस के वोट बैंक रहे ही हैं। पर इधर लगातार दो बार से कांग्रेस यहाँ भाजपा से पटखनी खा रही है। मोहम्मद लतीफ़ बिहँसकर कहता है, 'अरे भाई, जाफरानी[4] पार्टी अब यहाँ से हिलनेवाली नहीं।'

हालाँकि, 'गंज' में कांग्रेस का बचा-खुचा असर टोले और चौक के नामों में अभी भी दिखता है। मसलन नेहरू रोड और भुइयाँ टोली राजीव नगर मौजूद हैं यहाँ। रेलवे क्रॉसिंग के पार वाली सड़क जहाँ मिस बॉनर का बँगला है, 'नेहरू रोड' कहलाता है। 'हाइलैंड गेस्ट हाउस' वाली सड़क, जो स्टेशन की तरफ़ जाती है, का नामकरण 'इन्दिरा रोड' हो जाए, इसके लिए मि. डेविड कैमरॉन लगातार सबको कहते रहे हैं। लेकिन सिर्फ़ एक 'गंज' के कांग्रेसी होने से कुछ नहीं होता। अब काँके विधानसभा क्षेत्र के ज़्यादातर गाँव भाजपाई हो गए हैं। यही वज़ह है कि भाजपा के राजाराम बैठा पिछले दो बार से यहाँ विधायक हो

---

1. वर्ष 1984 से 1989 तक भारत के प्रधानमंत्री। वर्ष 1991 में उनकी हत्या हो गई
2. पॉलिटिक्स यानी राजनीति
3. भारतीय जनता पार्टी
4. केसरिया रंग

रहे हैं। हालाँकि, दो बार की अपनी विधायकी में बैठा ने क्षेत्र के विकास के लिए शायद ही कुछ किया हो। इलाक़ा जानता है कि बैठा का काम है ठेकेदारी और कमीशनखोरी।

लपड़ा का बूढ़ा रूपलाल महतो कहता है, 'और तो और, भोट के समय भी बैठा कभी 'गंज' नहीं आए।'

खुशिया पाहन मुँह बनाकर कहता है, 'कमाल है! राजाराम बैठा को जब बिना कुछ किये-दिये एम.एल.ए. का सिंहासन मिल जाता है, तो वह क्यों बन-बन मारा फिरेगा? फिर 'गंज' के बारे में तो वह जानता ही है कि ब्राह्मणों के दो घरों को छोड़, उसे यहाँ से वोट नहीं मिलना।'

मि. डिकोस्टा रहस्यमय भंगिमा में कहते हैं, 'मालूम, भले ही वह बी.जे.पी. का एम.एल.ए. है लेकिन ठेके-पट्टे के मामले में 'झारखंड मुक्ति मंच' वालों से भी उसका तालमेल है। सब मिल-बैठकर माल-टाल के लिए पूरा धन्धा-पानी करते हैं।'

'उफ़्फ़् मैन! झीखो मत। मारो गोली बैठा को। गाँव के लिए बस मुखिया काफी है। दीपक राणा का टर्म खत्म होने के बाद कितने साल गुजर गए, मुखिया का एलेक्शन ही नहीं हुआ है।' मि. मिलर की आवाज़ में घुरघुराहट है।

'सच में, एक एम.एल.ए. बेचारा क्या करेगा? उसके लिए सिर्फ एक 'गंज' ही नहीं है न! काँके के एक पागलखाने को सँभालने में ही वहाँ के सुप्रिंटेंडेंट की हालत ढीली रहती है। एम.एल.ए. बैठा को तो पूरा काँके एरिया देखना है। उस बेचारे की हालत जरा सोचो। वह बैठा नहीं रहेगा, तो पागल ही हो जाएगा। अवर एम.एल.ए. राजाराम बैठा... पुअर गाइ...।' मि. गिब्सन के चेहरे पर विदूषक जैसी माया का भाव है।

खुशिया पाहन सुथनी जैसा मुँह बनाकर कहता है, 'बैठा का आप बहुत पार्टीशन[1] लेते हैं। उसका बहुत फेफर[2] करते हैं। यह ठीक बात नहीं।'

मि. डिकोस्टा को हैरत होती है कि एंग्लो-इंडियन...ईसाई होकर मि. गिब्सन कैसे बी.जे.पी. के एम.एल.ए. की तरफ़दारी करते हैं! दिमाग ढीला है इस आदमी का। एकदम लूज़ ब्रेन! मि. डिकोस्टा को पक्का पता है कि बी.जे.पी. वाले ईसाई को पसन्द नहीं करते, ऊपर से भले जो कह लें। पर भाड़ में जाए एम.एल.ए.! अगल-बगल में धान, बीच में प्रधान। गाँव को बस एक ठीक-ठाक मुखिया चाहिए। उकबा गाँव है यह। रोज़ कुछ-न-कुछ उपद्रव। मुखिया नहीं रहने पर अभी सब अपने को मुखिया ही समझने लगे हैं। गुच्छे के गुच्छे काबिल-कठपिंगल लोग हैं 'गंज' में।

'गंज' की पंचायती सँभालना हँसी-ठट्ठा नहीं है। मि. मिलर कोई ग़लत नहीं कहते कि भले कोई स्कूल-कॉलेज पास कर ले, लेकिन 'गंज' पास करना आसान नहीं। आज़ादी के बाद से लपड़ा, हेसालंग, कंका और नवाडीह मिलाकर एक पंचायत रहा है। लपड़ा मौजा, हेसालंग ख़ास, कंका और नवाडीह के टोले, जैसे हरी-लाल 'मिर्चियाँ'! लपड़ा मौजे के टोलों में है महतो टोला (यानी लपड़ा ख़ास, जिसमें 'गंज' का स्टेशन क्षेत्र आता है), विकास नगर (जो पहले सियार टोला के नाम से मशहूर था), भुइयाँ टोली राजीव नगर, चाट्टी नदी (सरकारी दस्तावेज़ों में नाम है कोलपाड़ा), महुआटाँड़, क्वाँर पातर, जोभिया, मंगरूतरी

---

1. पक्ष लेना
2. फ़ेवर यानी समर्थन

और बगमरी। इसी तरह हेसालंग (ख़ास) के टोलों में गंझू टोला, बहेरटाँड़, बकुलियाटाँड़ और लरबेधुआ हैं। साहब लोग कंका को अपनी टेढ़ी जीभ से बोलते हैं—कोंका। कंका के टोलों में कंका ख़ास, गरतुआ, सखुआटाँड़, धुर्वा मोड़ और दुल्ली हैं। कोई टोला किसी से कमती नहीं। नवाडीह के टोले भी नहीं। इन टोलों के बीच एक ख़ामोश खींचतान हमेशा चलती रहती है। लेकिन हेसालंग, कंका और नवाडीह पर मुंडा बहुल लपड़ा मौजा का वर्चस्व शुरू से रहा है, यह कोई कहने की बात नहीं है। स्टेशन, पंचायत ऑफ़िस और साहबों के बेहतरीन बँगलों से लेकर 'हाइलैंड गेस्ट हाउस', 'पिकॉक गेस्ट हाउस' तक लपड़ा मौजे में हैं। यही नहीं, चाट्टी नदी, क्वाँर पातर और जोभिया भी लपड़ा मौजे में हैं। क्वाँर पातर और जोभिया दोनों उराँव बहुल टोला हैं। जोभिया में टाना भगतों के भी पन्द्रह-बीस परिवार हैं। कुछ टाना भगत लोग चाट्टी नदी के पास भी रहते हैं।

देश की आज़ादी के बहुत पहले 'टाना भगत' के नाम से आदिवासियों, ख़ास कर उराँवों के बीच समाज-सुधार का आन्दोलन चला था। सन् 1914 में। टाना भगतों ने तमाम दबिश के बावजूद अंग्रेज़ों को मालगुज़ारी देना बन्द कर दिया, तो कर दिया। बिलकुल टस से मस न हुए। आज भी ये टाना भगत गांधीजी को देवता की तरह पूजते हैं और महावीरी झंडा की जगह अपने आँगन में तीन सौ पैंसठो दिन तिरंगा झंडा लहराते हैं। 'गंज' के टाना भगत लोग अभी तक अपनी उसी पुरानी दुनिया में हैं। एक-से-एक मिज़ाजी लोग हैं लपड़ा मौजा में। इसलिए मि. मिलर के 'क्वींस कॉटेज' का पुराना ख़ानसामा जैक कहता है, 'लपड़ा को जिसने कंट्रोल कर लिया न, समझिए पूरे 'गंज' को कंट्रोल कर लिया।'

लेकिन आज़ादी के बाद जो पहला पंचायती चुनाव हुआ था, उसमें लपड़ा मौजा से मुखिया के लिए कोई उठा ही नहीं था। 'गंज' के पहले मुखिया बने थे नवाडीह के सीताराम साहू। लपड़ा मौजा के बूढ़े रूपलाल महतो को सीताराम साहू वैसे ही याद हैं और याद है इस पंचायत का पहला चुनाव। शुरू से लेकर जब तक सत्तर के दशक में पंचायत का आख़िरी चुनाव हुआ, 'गंज' की यह विडम्बना ही रही कि कोई स्थानीय व्यक्ति इस पंचायत का मुखिया नहीं चुना गया। एंग्लो-इंडियन साहबों की शह पर मुखिया बनते रहे बाहर से यहाँ आकर बसे दिकू लोग। तेली, सूरी, बंगाली, नेपाली, मारवाड़ी और गुजराती मुखिया-सरपंच बने लेकिन मुंडा और उराँवों में से किसी ने इस बारे में कभी सोचा ही नहीं। 'गंज' के पहले मुखिया सीताराम साहू का ख़ानदान लोहरदगा से आकर नवाडीह में बसा था। साहबों के आगमन के साथ व्यवसाय के लिए ऐसे बहुत-से बनिया परिवार 'गंज' के मौजों में आकर बस गए थे।

खुशिया पाहन कहता है, 'एक सीताराम साहू ही क्या, आप इतिहास का पन्ना उलटाकर देख लीजिए। साहब लोगों के गाँव में उतरने के बाद जो बनिया लोग पीछे-पीछे यहाँ आकर बसे, वे सब धन्ना सेठ बन गए। सीताराम साहू के अलावा मूंगालाल सेठ, जुगला सेठ, दीपचन्द सेठ...कितना नाम गिनाएँ...?'

खुशिया की आँखों के सामने सब समय गुज़रा है। सीताराम साहू शुरू में तरह-तरह के मसाले कन्धे पर लादकर पाँव-पैदल घूमते थे। वर्षों तक घूम-घूमकर मसाला बेचने के बाद उनके पास जब कुछ मोटी पूँजी बन गई, तो खलारी और हेसालंग के बीच नवाडीह

में उन्होंने किराने की एक अच्छी-सी दुकान खोल ली। तब आज़ादी मिले ज़्यादा दिन नहीं हुए थे। इस इलाक़े के तुमाँग, ढूप, करकट्टा और डकरा आदि जगहों में प्राइवेट कोलियरी कम्पनियाँ कार्यरत थीं। 'गंज' के बहुत से मुंडा, उराँव और गंझू इन कोलियरी कम्पनियों में बतौर मज़दूर कार्यरत थे। कुछ साहब लोगों ने भी 'गंज' में बसने के बाद इन कम्पनियों की मैनेजरी मोटी तनख़्वाह पर की। आसपास के इन कोयला खदानों से बहुत हद तक जुड़ी रही है 'गंज' की अर्थव्यवस्था। सीताराम साहू का इन कम्पनीवालों से भी अच्छा ताल्लुक़ था। इसलिए आज़ादी के कुछ साल बाद जब पंचायती चुनाव हुआ और सीताराम साहू मुखिया के उम्मीदवार बने, तो सबने मदद की—'गंज' के एंग्लो-इंडियनों से लेकर कम्पनीवालों तक ने। साहबों और कम्पनीवालों के कहने पर 'गंज' के मुंडा, उराँव, गंझू और अहीर—सबने समेटकर सीताराम साहू को वोट दिया। अग़ल-बग़ल के दूसरे पंचायतों में कौन मुखिया बनता है, यह ध्यान देने की बात नहीं, लेकिन 'गंज' में अगर कोई उल्टा-पुल्टा मुखिया बन गया, तो ठीक नहीं होगा—कोलियरी कम्पनी के मालिक़ानों की इस पर एक राय थी। सीताराम साहू इसी में मुखिया बन गए। लेकिन मुखिया का उनका कार्यकाल यूँ ही गुज़र गया। पंचायत की तरक्की के लिए वे कुछ नहीं कर पाए। अगले पंचायती चुनाव में सीताराम साहू ने शायद इसीलिए ख़ुद लड़ने से मना कर दिया।

दूसरे पंचायती चुनाव में फिर कोलियरी मालिकों और एंग्लो-इंडियन साहबों की शह पर 'गंज' आकर बसे एक बंगाली व्यवसायी पी. के. राय चौधरी मुखिया के उम्मीदवार हुए। 'गंज' में शराब के धन्धे का उन्हें बहुत पहले से लाइसेंस मिला हुआ था। उन्हें पैसे की कोई कमी नहीं थी। मि. गिब्सन का 'पिकॉक गेस्ट हाउस' तब उन्हीं का हुआ करता था।

पी. के. राय चौधरी के साथ ही तालमेल कर सरपंच पद के लिए खड़े हुए अग्रवाल बनिया दीपचन्द सेठ। जैसे मियाँ काठ का, वैसी सन की दाढ़ी! दोनों की जोड़ी कुछ ऐसी ही थी। दीपचन्द सेठ भी कुछ वर्षों में देखते-देखते बड़े कारोबारी बन गए थे। पी. के. राय चौधरी और दीपचन्द सेठ की पीठ पर साहबों का हाथ था ही, उन दोनों ने चुनाव में पैसे भी ख़ूब ख़र्च किये और क़ामयाब रहे।

लेकिन रायबाबू की मुखियागीरी और दीपचन्द सेठ की सरपंची के दिनों को 'गंज' के पुराने लोग आज भी भूल नहीं पाए हैं। 'गंज' में एक-दूसरे के बीच लगाने-बझाने का काम इन दोनों ने जमकर किया। गाँववालों ने इसीलिए सरपंच दीपचन्द सेठ का नाम 'परपंच सेठ' रख दिया था। प्रपंच रचने में मुखिया रायबाबू और भी माहिर थे। उनकी एकलौती बेटी कुएँ में गिरकर मर गई, पर ईश्वर के इस दंड के बावजूद वे सँभले नहीं। मुंडा, उराँव और गंझुओं की ज़मीनों को लेकर उन्होंने बहुत लन्द-फंद किया। उनको लेकर एक दोहा मशहूर था : 'हम रायबाबू हैं 'गंज' के मुखिया / झगड़ा न किसी का सुलझाए / हो सका तो उसको उलझाए...।'

मुखिया से ज़्यादा रायबाबू 'गंज' में ज़मीनों की ख़रीद-बिक्री के दलाल बन गए थे। झगड़ाहा-विवादास्पद ज़मीन कहाँ है, इसकी टोह में वे हमेशा रहते। झगड़ाहा ज़मीनों के मामलों के वे उस्ताद थे। मँजे हुए अमीन की तरह ज़मीन के गिरह, बित्ता, लग्गी, धूर-धुरकी, कट्ठा और बीघा का हिसाब उनकी ज़बान पर रहता था। ज़मीन के खेवट-लेखन के तीनों प्रकार—यानी मालिकी, लाखेराज़ और दरब्यानी हक़दार की बारीकियों को वे

सूक्ष्मता से जानते थे। ज़मीनों का डौल[1] तैयार करवाना उनके लिए बायें हाथ का खेल था। इसलिए रायबाबू की ज़्यादा पूछ थी। दरअसल, उन दिनों यहाँ बड़े-बड़े लोगों के बसने का सिलसिला लगा हुआ था। इनमें कलकत्ता के बंगाली रईसों से लेकर कुछ गुजराती लोग भी थे। इसलिए 'गंज' में ज़मीन की क़ीमत बढ़ती गई थी। रायबाबू मुखिया ने इसमें काफ़ी खेल किया। बड़े झमेलिया आदमी थे। साहब लोगों की ठकुरसोहाती में वे कुछ भी करने को तैयार रहते थे। गाँव के लोग खीजकर कहते भी थे कि 'रायबाबू मुखिया साहबों और कोलियरी मालिकों के डेउढ़ी देमान[2] बने हुए हैं।' इस आदमी ने अपनी मुखियागिरी में पूरे गाँव को बर्फ लगा दिया।'

लपड़ा मौजा का परमू महतो उस घटना को भूल नहीं पाया है, जब एक बार उसकी एक भैंस मार्टिन साहब के कैम्पस में घुस गई थी। रायबाबू मुखिया ने मार्टिन साहब के कहने पर परमू को ग्राम पंचायत की तरफ़ से नोटिस किया। केस को जाँचने का ज़िम्मा सरपंच दीपचन्द सेठ को मिला। रायबाबू के कहने पर सरपंच ने परमू के ख़िलाफ़ रिपोर्ट की कि उसकी तेरह भैंसें मि. मार्टिन के कैम्पस में एक साथ घुस गईं और पूरे बगीचे को तहस-नहस कर डाला। पंचायत की तरफ़ से परमू को 300 रुपया जुर्माना भरने को कहा गया।

लेकिन होनी की गति। संयोग से इस फ़ैसले के दिन ही पंचायत अफ़सर 'गंज' पहुँच गए। परमू दौड़ा हुआ उनके पास गया। उसने कहा कि उसके पास कुल तीन भैंसें हैं। अगर साबित हो जाए कि वह तेरह भैंसों का मालिक है, तो वह दो गुना जुर्माना भरने को तैयार है।

पंचायत अफ़सर को बात समझते देर नहीं लगी। उन्होंने स्वयं मामले की जाँच की। इसके बाद रायबाबू मुखिया और सरपंच दीपचन्द सेठ की जो भद हुई कि कई दिनों तक गाँव में वे दोनों सिर उठाकर चलने लायक़ नहीं रहे। दोनों की थुड़ी-थुड़ी हो गई। गाँव के लोगों ने कहा कि ऐसे नाजायज़ हुकुम दहिन धुरफंदी मुखिया और सरपंच को एक मिनट कुर्सी पर रहने का हक़ नहीं।

अगले पंचायती चुनाव में पी.के. राय चौधरी भाँप गए कि दोबारा खड़ा होने पर उनकी कोई गति बाक़ी नहीं रहेगी। इसलिए वे खड़े ही नहीं हुए। हेसालंग के बलदेव साहू इस बार मुखिया बने। इस इलाक़े में वे लकड़ी के बड़े ठेकेदार थे। मोटे पैसेवाले। पंचायत के उत्थान के लिए उन्होंने भी कुछ नहीं किया। लेकिन वे किसी का नुकसान करनेवाले आदमी नहीं थे। इसलिए लगातार बीस-बाईस वर्षों तक वे इस पंचायत के मुखिया बने रहे। आख़िरी पंचायती चुनाव में जब उन्होंने ख़ुद चुनाव लड़ने से इनकार कर दिया, तो दीपक राणा मैदान में उतरे। वे त्रिपुरा के अन्तिम महाराजा की फूफी के लड़के हैं। सब उन्हें नेपाली मानते हैं। उन्हें वोट देते हुए गाँव के ज़्यादातर लोगों ने हँसकर कहा, 'तेली-सूरी से लेकर जब बंगाली तक इस पंचायत का मुखिया हो गया, तो एक नेपाली ही क्यों बचेगा?'

यों दीपक राणा से भी लोगों को निराशा ही हाथ लगी। दीपक राणा के मुखिया बनने के बाद से बिहार में पंचायती चुनाव हुआ ही नहीं है। हालाँकि, अब कुछ समय से फिर सुगबुगाहट है कि पंचायती चुनाव होगा। इसलिए गाँव में सबने अभी से मि. मेंडेज़ को कहना शुरू कर दिया है कि उन्हें मुखिया के लिए उठना होगा। एंग्लो-इंडियन का गाँव

1. किसी को ज़मीन बंदोबस्त करने पर तैयार किया जानेवाला विवरण
2. ज़मींदारों के पटवारियों का प्रधान

और आज तक कोई एंग्लो-इंडियन यहाँ मुखिया नहीं बना। लोग भी क्या कहेंगे? हद हा्पट गाँव है।

अपने घर में ही मि. बी. मेंडेज़ के पास वोट की कमी नहीं है। चाहे क्रिसटेंसन परिवार हो या हॉरिगन परिवार—किसी-न-किसी रूप में सबकी नातेदारी 'गंज' के सबसे पुराने मेंडेज़ परिवार से है ही। ख़ुद मि.बी. मेंडेज़ आठ भाई-बहन हैं : तीन भाई, पाँच बहनें। मि. बी. मेंडेज़ के पिता मि. हैरी मेंडेज़ को अपने आठों बच्चों पर बड़ा नाज़ था। अच्छा-ख़ासा कुनबा था मि. हैरी मेंडेज़ का। भरापूरा और खाता-पीता। अपने ज़माने में वे 'गंज' की एक नामचीन हस्ती थे। रामगढ़ मिलिटरी कैंट में खाने-पीने के सामान के वे सबसे बड़े सप्लायर थे। 'मेंडेज़ बस सर्विस' के नाम से खलारी से राँची तक उनकी बस चलती थी। निजी उपयोग के लिए स्पोक वाली मोटर गाड़ी गाँव में सबसे पहले उन्होंने ही ख़रीदी थी। 'गंज' के तमाम एंग्लो-इंडियन परिवारों के बीच मेंडेज़ परिवार सबसे धनी था, जिसकी आमदनी के कई स्त्रोत थे। तब दिन गाँव में बिजली नहीं थी। पूरे 'गंज' में पेट्रोमैक्स एकमात्र मि. हैरी मेंडेज़ के घर में ही जलता था। बाद में जब परिवार की माली हालत ख़स्ता होने लगी, तो मि. हैरी मेंडेज़ ने अपनी बस में ड्राइवर की सीट ख़ुद सँभाल ली। उन्होंने ठंडे स्वर में कहा कि, 'ड्राइवर रखने में मुझे परता नहीं पड़ता।' पर इसमें भी रोज़ तमाशा होता था। स्टार्ट हो चुकी बस के पास अचानक अगर कोई आकर शिकार के शौक़ीन मि. हैरी मेंडेज़ के कान में कह देता कि साहब, अभी-अभी फलाँ जगह से एक बाघ गुज़रता देखा गया है, तो बस, फिर क्या था! तड़ से ड्राइवर की अपनी सीट से कूदकर घर से बन्दूक ले वे उस तरफ़ दौड़ पड़ते थे। इधर बस में बैठी सवारी की जान हलकान होती रहती थी। लोग बस में लगे रबर-हॉर्न को बजा-बजाकर मि. मेंडेज़ को बुलाने की कोशिश में झुँझलाते रहते थे। ये और ऐसी तमाशेबाज़ियों में ही एक दिन 'मेंडेज़ बस सर्विस' का जनाज़ा निकल गया। अभाव के बाघ ने मेंडेज़ परिवार को चबाना शुरू कर दिया।

गाँव के बुज़ुर्ग त्रिवेणी साहू को स्वाभिमानी मि. हैरी मेंडेज़ अभी भी हू-ब-हू याद हैं, 'महीनों तक एक-एक पैसे के अभाव में मेंडेज साहब कोंहड़ा-नमक खाते रह गए पर किसी के आगे हाथ नहीं फैलाया। उन्हें यह भी बर्दाश्त नहीं था कि उनकी परेशानियों को लेकर उनके सामने कोई चर्चा करे। पर मुझे वे बहुत मानते थे, इसलिए कभी-कभी अकेले में जब मैं उनसे कहता था—हे राजा! आपको सूखा-सूखा देखता हूँ, आपको उदास-उदास देखता हूँ, तो अच्छा नहीं लगता है।—मेरी बात सुन वे एक उदास हँसी हँस फिर जोरदार ठहाके लगाकर कहते—त्रिवेणी! किंग इज रिच...किंग इज रिच।—पर मैं समझता था, आँखों का पानी उनकी छाती में कैसे दग-दग भीग रहा है।'

इस तरह तमाम ग़ुरबत के बावजूद मि. हैरी मेंडेज़ कभी पस्त नहीं हुए। वे मज़बूत कलेजेवाले थे और इस बात में सौ फ़ीसदी यक़ीन करनेवाले कि सच्चे मर्द को कभी रोना नहीं चाहिए। अपनी साख और सम्मान पर तमाम आर्थिक संकट के बावजूद उन्होंने कभी बट्टा नहीं लगने दिया। वे कहते थे कि, 'बेटा मर जाए पर साख नहीं मरनी चाहिए।' ग़नीमत से अपने अच्छे दिनों में उन्होंने पाँचों बेटियों की अच्छी शादी कर दी थी। सबसे बड़ी डोरोथी थी—जो अपने पति के साथ विदेश में सुखपूर्वक रह रही थी। दूसरी बेटी जीन ने दिल्ली के एक बड़े व्यवसायी नन्दी खन्ना से शादी की थी। यह एक सफल प्रेम-विवाह

था। तीसरी बेटी कैथलिन का विवाह उन्होंने 'गंज' के ही अपने हमनाम मि. हैरी हॉरिगन के बेटे मालकम जेम्स हॉरिगन उर्फ़ मिकी हॉरिगन से किया था।

'गंज' के कंकावाले हिस्से में मि. हैरी हॉरिगन का घर था। मि. हैरी मेंडेज़ ने बचपन से मिकी हॉरिगन को देखा था। फूटकर लम्बा-तगड़ा जवाँ मर्द निकला था मिकी। एक दिन मि. हैरी मेंडेज़ ने मि. हैरी हॉरिगन से कहा कि हम दोनों हैरी, क्यों नहीं रिश्तेदार बन जाएँ?...और अगले ही हफ़्ते मिकी और कैथलिन की सगाई हो गई। दोनों हैरी समधी बन गए। मि. हैरी हॉरिगन कोलियरी में इंजीनियर रह चुके थे और टिस्को[1] कम्पनीवालों से भी उनकी अच्छी जान-पहचान थी।

लिहाज़ा, उनके लड़के मिकी हॉरिगन को टिस्को में फ़ोरमैन की नौकरी मिलने में कोई मुश्किल नहीं हुई थी। मिकी और कैथलिन का जीवन इस नौकरी में सुखद था। छुट्टियों में वे लोग टाटानगर यानी जमशेदपुर से अपने चारों बच्चों के साथ 'गंज' आते रहते थे। मालकम जेम्स हॉरिगन उर्फ़ मिकी हॉरिगन और कैथलिन की तीनों बेटियाँ—डेवी, जेनिथ, लेनिथ—और बेटे मालकम उर्फ़ मैलू बेसब्री से इन्तज़ार करते थे कि कब छुट्टी हो और वे सब 'गंज' के लिए कूच करें।

मि. हैरी हॉरिगन जब तक दुनिया में रहे तब तक वैसे भी उनका आदेश अपने दोनों बेटों—कीट और मिकी—के लिए यही था कि वे सब बाल-बच्चों सहित छुट्टियों में गाँव ज़रूर आया करें।

मि. हैरी हॉरिगन की एकलौती बेटी जेनी, जो ऑस्ट्रेलिया में अपने पति के साथ थी, की भी कोशिश रहती थी कि साल-दो साल में 'गंज' जाकर पापा-मम्मी से मिल आए।

मि. हैरी हॉरिगन अपनी पुत्रवधू कैथलिन से बहुत ख़ुश रहते थे। कैथलिन ने अपने व्यवहार से सबका दिल जीत रखा था। मि. हैरी हॉरिगन कभी-कभी मुसककर कहते थे, 'आखिर मेंडेज़ खानदान की बेटी है। रॉयल ब्लड। ऐसी बहू देकर ईश्वर ने मेरे घर पर मेहरबानी की है।'

मिकी और कैथलिन हमेशा दो शरीर एक जान बनकर रहे। दो बेटियों—डेवी और जेनिथ—के बाद कैथलिन को जब बेटा हुआ, तो मिकी ने पूछा, 'इसका नाम क्या रखोगी?'

तब कैथलिन ने मुसककर कहा, 'बेटा हुआ तो बाप का नाम होना चाहिए। इसका भी नाम वही रहेगा, जो तुम्हारा है—मालकम जेम्स हॉरिगन।'

मिकी हॉरिगन हँसकर रह गए। अपने हमनाम बेटे को वे 'मैलू' पुकारने लगे। उन्होंने कैथलिन से कहा, 'अब, प्लीज़, इसे 'मिकी' मत पुकारो, बाप-बेटे में इतना तो फर्क रहने दो।'

वर्षों बाद जब मैलू एक भरापूरा युवक हो गया, तो उसकी शादी हज़ारीबाग़ की एक एंग्लो-इंडियन लड़की शामीन से तय हुई। कोर्ट मैरेज़ के काग़ज़ात बनने के समय बाप-बेटे के एक ही नाम को लेकर कोर्ट में ख़ासी कोफ़्त हुई। कोर्ट के कर्मचारी यह मानने को तैयार ही नहीं थे कि बाप-बेटे का नाम बिलकुल एक हो सकता है। बहुत समझाने-बुझाने के बाद यह मामला सुलझा। कोर्ट के कर्मचारी ने आख़िरकार खीजकर कहा, 'हाँ-हाँ, एंग्लो-इंडियन लोगों में कुछ भी हो सकता है। ये सब ढेढ़िया मालभोग[2] है।'

---

1. टाटा आयरन ऐंड स्टील कम्पनी
2. एक प्रकार का धान

मिसेज़ कैथलिन हॉरिगन उस प्रकरण को याद कर आज भी हँसती हैं। उनके पति मिकी हॉरिगन के गुज़रे कुछ साल हुए लेकिन मिसेज़ कैथलिन हॉरिगन ने जो कहा था, वह आज सच है। मि. मालकम जेम्स हॉरिगन नाम का आदमी आज भी इस संसार में है—मैलू के रूप में। मैलू को जब बेटा हुआ, तो उसने ठहाके लगाकर कहा, 'इसका नाम रहेगा मालकम जेम्स हॉरिगन-थर्ड। इस नाम को कभी मरने नहीं दिया जाएगा।'

मिकी हॉरिगन एक अच्छे पिता के रूप में अपने बेटे-बेटियों के बीच अमर हैं। कई साल तक 'टिस्को' की नौकरी करने के बाद मिकी हॉरिगन ने वहाँ से इस्तीफ़ा दे दिया था और फरीदाबाद की 'एस्कोर्ट' कम्पनी में काम पर लग गए थे। पर यहाँ भी दिल नहीं लगा, तो पूरे कुनबे समेत वे मैकलुस्कीगंज के अपने घर में आकर स्थायी रूप से रहने लगे। तब तक उनके पिता मि. हैरी हॉरिगन इस दुनिया से चल बसे थे। अपने पुराने घर को मिकी हॉरिगन ने नये सिरे से सजाया-बजाया। उनके भाई कीट को लम्बे अर्से से गाँव से कोई दिलचस्पी नहीं रह गई थी। अपने पिता मि. हैरी हॉरिगन के निधन के बाद से कीट का 'गंज' आना-जाना ख़त्म हो गया था। पर मिकी टिस्को की नौकरी में जमशेदपुर और हज़ारीबाग़ रहने के बावज़ूद 'गंज' से अपने को कभी अलग नहीं कर पाए थे। इस तरह गाँव में फिर वे रम गए थे।

गाँव के इसी घर से उन्होंने अपनी दो बेटियों—डेवी और जेनिथ—की शादी की। बड़ी बेटी डेवी और उसके पति आइवन बैरेट तथा छोटी बेटी जेनिथ और उसके पति मनोज गुप्ता दोनों 'गंज' में ही रहते हैं।

डेवी अपने पति आइवन के साथ मिलकर 'सेंट जूडेज़ स्कूल' छोटे बच्चों के लिए चलाती है, तो वहीं जेनिथ ने भी अपने पति मनोज गुप्ता के साथ मिलकर एक स्कूल 'किड्स' खोल रखा है।

डेवी के पति आइवन के पिता जहाज़ की नौकरी में थे। आइवन का जन्म बम्बई में हुआ था। बचपन हैदराबाद में बीता और पढ़ाई-लिखाई कलकत्ता व शिलांग में हुई। आइवन एक बार अपने माता-पिता के संग मैकलुस्कीगंज घूमने आया था। मिकी हॉरिगन के परिवार से उन सबकी मुलाक़ात हुई। आइवन के पिता ने मिकी की बेटी डेवी को अपने बेटे के लिए पसन्द कर लिया। बाद में आइवन ने तय किया कि झूठ-मूठ नौकरी के लिए भटकने के बजाय वह डेवी के साथ 'गंज' में ही रहेगा और यहीं कुछ काम-धन्धा करेगा। दोनों ने दो छोटे कमरों से स्कूल की शुरुआत की।

मिकी हॉरिगन की दूसरी बेटी जेनिथ ने हज़ारीबाग़ के घाटोटाँड़ के निवासी मनोज गुप्ता से प्रेम-विवाह किया और जेनिथ हॉरिगन से जेनिथ गुप्ता बन गई। अपने पति के साथ 'गंज' में शुरू किया गया जेनिथ का स्कूल 'किड्स' अब चल निकला है। इसकी शाखाएँ आसपास के गाँवों—रोहिणी, टँडवा, बीजूपाड़ा और डकरा—में भी हैं।

मैलू भी अब अपने बहनोई मनोज गुप्ता के स्कूल से जुड़कर उसका काम-धन्धा देखता है। इंग्लिश मीडियम से पढ़े मैलू को हिन्दी गाने लिखने और उसे म्यूज़िक देने का बड़ा शौक़ है। कुछ साल पहले उसने किसी तरह कुछ पैसों का जुगाड़ कर राँची की एक लोकल म्यूज़िक कम्पनी से अपने गानों का एक कैसेट भी निकलवाया, पर उसकी मार्केटिंग ठीक से नहीं हो पाई। मैलू को अभी भी मलाल है कि 'गंज' का मोह छोड़कर

अगर वह बम्बई निकल जाता, तो आज बॉलीवुड में बतौर गीतकार बड़ी न सही लेकिन उसकी भी छोटी-मोटी पहचान बन चुकी होती।

अपने इन भाँजे-भाँजियों पर मि.बी. मेंडेज़ को बहुत फ़ख़्र है। मिकी हॉरिगन अपनी सबसे छोटी बेटी लेनिथ की शादी अपने जीवनकाल में नहीं कर पाए। मि. मेंडेज़ ने अपनी बहन कैथलिन को इत्मीनान दिला रखा है कि लेनिथ के लिए वे समय आने पर एक अच्छा लड़का ढूँढ़ निकालेंगे। अपनी पाँचों बहनों में मि. मेंडेज़ सबसे ज़्यादा लगाव कैथलिन से ही महसूस करते हैं। मि. मेंडेज़ की और दो बहनें शार्लेट और लॉरेन भी बाहर ही ब्याही हुई हैं। मिसेज़ कैथलिन हॉरिगन क्योंकि 'गंज' में ही ब्याही गईं, इसलिए अपने मायके से हमेशा उनकी निकटता रही है।

वैसे भी आठ भाई-बहनों में दो भाई और एक बहन को ही गाँव के लिए माया रही है। ख़ुद मि. बी. मेंडेज़, उनके मँझले भाई हैरल मेंडेज़ और बहन कैथलिन हॉरिगन 'गंज' में हैं। सबसे छोटे भाई जॉर्ज को तो शुरू से ही गाँव से कोई मतलब नहीं रहा है। जॉर्ज दिल्ली में बस गए हैं। हैरल मेंडेज सी.सी.एल. की नौकरी में थे। वहाँ से वॉलंट्रि रिटायरमेंट लेकर वे 'गंज' में ही रहते हैं। उनके दो लड़के और तीन लड़कियाँ हैं। दोनों लड़के गाँव में ही हैं। मि.बी. मेंडेज़ जब 'इंडियन एयरफ़ोर्स' की नौकरी में थे, तब भी गाँव से उनका गहरा लगाव रहा। साल में दो बार बाल-बच्चों समेत वे गाँव आते ही रहे थे। पर बहुत पहले एक बार वे फिसलते-फिसलते रह गए थे। यह मि. बी. मेंडेज़ के जीवन का शायद पहला और अन्तिम ग़लत फ़ैसला था। यही ग़नीमत हुई कि वह फ़ैसला लागू होने से रह गया था।

दरअसल, मि. व मिसेज़ बी. मेंडेज़ ने एक बार तय कर लिया था कि 'इंडियन एयरफ़ोर्स' की नौकरी से मुक्ति लेकर और मैकलुस्कीगंज का भी अपने हिस्से का घर-द्वार बेचकर वे इंग्लैंड में आराम से जाकर बस जाएँगे। मि. मेंडेज़ की पत्नी इस योजना से बहुत आह्लादित थीं। उनकी तीनों बेटियों—शैरॉन, इवान और शॉलिट—की भी ख़ुशी का कोई पारावार नहीं था। बहरहाल, विदेश जाने की हौंस में मेंडेज़ महाशय ने 'इंडियन एयरफ़ोर्स' की सेवा से पहले छुटकारा लिया था और अपना मकान बेचने के लिए राँची में एक ग्राहक भी ठीक कर लिया था। इसी योजना के तहत 'गंज' वाले घर के लगभग सारे फ़र्नीचर भी औने-पौने दाम में उन्होंने बेच डाले थे। अब इतना सामान ढोकर इंग्लैंड तो ले नहीं जाया जा सकता था।

बहरहाल, गाँव का घर बेचकर जाने का दिन आ गया था। मकान के ख़रीददार से यही तय हुआ था कि राँची में ही भुगतान लेकर मि. मेंडेज़ रजिस्ट्री कर देंगे और वहीं से निकल पड़ेंगे। उस दिन मैकलुस्कीगंज के एंग्लो-इंडियन परिवारों के सभी लोग मि. बी. मेंडेज़ के परिवार को विदा करने पहुँच गए थे। टैक्सी दरवाज़े पर खड़ी थी। वह दृश्य अत्यन्त कारुणिक होता था जब मैकलुस्कीगंज का कोई बाशिन्दा हमेशा-हमेशा के लिए वहाँ से जा रहा होता था।

तो क़िस्साकोताह यह कि नियत समय पर मेंडेज़ परिवार उस दिन घर से निकलकर गेट तक आ गया था। सब लोग अश्रुपूरित नेत्रों से वहाँ खड़े थे। अचानक मिसेज़ मेंडेज़ बुरी तरह हिलक-हिलककर रोने लगी थीं। तीनों बेटियाँ अलग सुबकने लगीं। इस घर से जुड़ी बरसों-बरस की स्मृतियाँ जैसे चारों तरफ़ से बादलों की तरह घिर आई थीं।

मि. मेंडेज़ का पुराना आदिवासी नौकर अलग ही एक कोने में फफक रहा था। और तो और, ख़ुद मेंडेज़ महाशय भी अपने आँसुओं को रोक नहीं सके थे। विदा करने आए गाँव के सभी लोग चकित थे कि इंग्लैंड जाने की तैयारी में कई दिनों से सुख की लहर में तैरते मेंडेज़ परिवार को अचानक यह क्या हो गया? मि. बी. मेंडेज़ ने अन्ततः अपनी पत्नी की तरफ़ डबडबाई आँखों से देखा, तीनों बेटियों को पुचकारा और नौकर को रुआँसी आवाज़ में झिड़कते हुए कहा, 'अबे बंपकिन-पंपकिन..., तू रोता क्यों है? हम लोग अब इंग्लैंड नहीं जाएँगे। चल, घर का दरवाजा खोल और वापस जो सामान जहाँ था, वहीं रख दे।'

मैकलुस्कीगंज के निवासियों ने खुली आँखों से देखा था कि ऐसा कहते वक़्त मेंडेज़ महाशय विह्वल होकर लगभग काँप रहे थे। लगता था, जैसे मेंडेज़ परिवार सात समन्दर पार का लम्बा सफ़र करके अभी-अभी मैकलुस्कीगंज के अपने इस पुराने घर में लौटा हो और अरसे बाद घर पहुँचने की ख़ुशी में तेजी से डूब-उतरा रहा हो! ख़ुद मि. मेंडेज़ को लग रहा था कि उनके घर के दरवाज़े और खिड़कियाँ ख़ुशी से फूल रहे हैं।

मि. मेंडेज़ बाद में अक्सर कहते भी रहे थे, 'मैं अपने जीवन में एक बहुत बड़ा अपराध करने जा रहा था। पर शुक्र है, ऐन वक्त पर मैं चेत गया।'

इस बात के तो ख़ैर बहुत साल हो गए। मि. मेंडेज़ तब से 'गंज' में हैं।

नौकरी से मुक्ति लेकर मि. बी. मेंडेज़ के 'गंज' आगमन के कुछ समय बाद उनके भाई मि. हैरल मेंडेज़ भी सी.सी.एल. की नौकरी से वॉलंटरि रिटायरमेंट ले अपने पाँचों बाल-बच्चों सहित 'गंज' आ गए थे और अपने पिता द्वारा निर्मित घर के अपनेवाले हिस्से में रहने लगे थे। गाँव आकर मि. बी. मेंडेज़ अपनी दूसरी बेटी इवान की शादी को लेकर चिन्तित थे। सबसे बड़ी बेटी शेरॉन की शादी तो उन्होंने पहले कर दी थी, पर शेरॉन के पत्रों से उन्हें पता चलता था कि वह अपने पति के व्यवहार से बहुत दुखी है। शेरॉन ने शादी के चन्द माह बाद उन्हें पत्र में लिखा था कि वह अपने पति से 'डायवोर्स' लेना चाहेगी। शेरॉन के वैवाहिक प्रकरण से आहत मि. मेंडेज़ कुछ ज़्यादा ही सचेत थे कि उनकी मँझली बेटी इवान की शादी में भी कहीं कुछ ऐसा-वैसा न हो जाए। तभी उनकी बहन मिसेज़ कैथलिन हॉरिगन ने उन्हें सुझाया था, 'मि. क्रिसटेंसन का बेटा ब्रूनो अपनी इवान के लिए बिलकुल 'फ़िट' बैठेगा। तुम मि. क्रिसटेंसन से बात चलाओ। मुझे उम्मीद है कि बात बन जाएगी।'

मि. एच.ई. क्रिसटेंसन राँची में आबकारी विभाग के डिप्टी कमिश्नर रहे थे। राँची में उनकी आख़िरी पोस्टिंग थी। यहीं से उन्होंने अवकाश ग्रहण किया था। रिटायरमेंट से बहुत पहले वर्ष 1963 में मि. क्रिसटेंसन ने 'गंज' में एक घर ख़रीदा था। दरअसल, 'गंज' के मि. टेलर अचानक पारिवारिक कारणों से यहाँ का घर बेचकर इंग्लैंड जाना चाहते थे। मि. क्रिसटेंसन को जब इसकी जानकारी मिली, तो उन्होंने यह प्रॉपर्टि उनसे ख़रीद ली।

वैसे यह मकान कभी मेंडेज़ परिवार का था। मेंडेज परिवार के 'गंज' में दो-तीन मकान थे लेकिन जब आर्थिक तंगी आई, तो उन्हें यह घर बेचना पड़ा था। अब यह घर मि. क्रिसटेंसन का था।

मि. क्रिसटेंसन लम्बे-चौड़े कुनबे के मुखिया थे। कुल नौ बच्चों के पिता। मि. व मिसेज़ क्रिसटेंसन को अपने इन नौ बच्चों पर बड़ा गर्व रहा था। मिसेज़ क्रिसटेंसन मुस्कराकर कहतीं, 'गाय को अपनी सींग कभी भारी नहीं लगती। ये मेरे नौ सितारे हैं।'

मि. क्रिसटेंसन के सबसे बड़े बेटे फ्रैंक ऑस्ट्रेलिया के एक स्कूल में नौकरी कर रहे हैं। दूसरे नम्बर की बेटी लॉर्ना ने दिल्ली के एक सरदार मि. गुल्लू रंधावा से प्रेम-विवाह किया और अमेरिका में सुख से रह रही हैं। तीसरे नम्बर के बेटे ब्रूनो की शादी तब तक नहीं हुई थी, इसीलिए मिसेज़ कैथलिन हॉरिगन ने ब्रूनो के बारे में अपने भाई से बात चलाने को कहा था।

मि. मेंडेज़ ने जब बात चलाई, तो एक झटके में मि. क्रिसटेंसन ने हामी भर दी थी। मिसेज़ क्रिसटेंसन ने कहा था, 'मेंडेज़ फ़ैमलि में रिश्ता बनाकर मुझे ख़ुशी होगी।'

मि. मेंडेज़ इस बात से मन-ही-मन ख़ुश थे कि ब्रूनो और इवान 'गंज' में ही रहेंगे। दरअसल, ब्रूनो ने अपने पिता मि. क्रिसटेंसन से कह रखा था कि उसके सभी भाई क्योंकि 'गंज' के बाहर ही सेट्ल कर चुके हैं, इसलिए वह 'गंज' में ही रहेगा और यहीं कुछ करेगा।

मि. क्रिसटेंसन ठहाके लगाकर कहा करते थे, 'यह अजीब इत्तफाक नहीं तो और क्या है कि यह घर कभी मेंडेज़ खानदान का था और आज मि. हैरी मेंडेज़ की पोती इवान फिर से इस घर की मालकिन बन गई है!'

ब्रूनो से इवान की शादी आशा के मुताबिक़ सफल रही। मि. मेंडेज़ को इवान के पारिवारिक परिवेश से बड़ा सन्तोष है।

ब्रूनो के बाद चौथे नम्बर पर मि. क्रिसटेंसन की बेटी ज़ेनिफर है। हालाँकि, ब्रूनो से पहले मि. क्रिसटेंसन ने ज़ेनिफर का विवाह सम्पन्न कर दिया था। इत्तफ़ाक़ से ज़ेनिफर की शादी भी 'गंज' में ही हुई थी मि. मेरीडिथ के बेटे डैनी से। अब तो मि. मेरीडिथ भी दुनिया में नहीं हैं।

डैनी जब महज चौदह-पन्द्रह साल का था, उन्हीं दिनों उसकी आदिवासी माँ, जो मध्यप्रदेश के एक आदिवासी गाँव की थी, मलेरिया से चल बसी थी। डैनी के पिता मि. मेरीडिथ तब गुज़रे जब डैनी बाक़ायदा एक भरा-पूरा युवक हो चुका था। डैनी ने एक आज्ञाकारी लड़के की तरह अपने पिता की पसन्द से शादी की थी। राँची के अवकाश-प्राप्त डिप्टी कमिश्नर मि. क्रिसटेंसन की बेटी ज़ेनिफर से।

ज़ेनिफर की शादी के लिए क्रिसटेंसन दम्पती ख़ासे चिन्तित थे। 'गंज' में उस दौरान किसी ने उन्हें मि. मेरीडिथ के बेटे डैनी के बारे में सुझाया था। मि. क्रिसटेंसन वैसे तो डैनी को जानते ही थे लेकिन जब शादी की बात उठी, तो उन्होंने डैनी के शील-स्वभाव के बारे में पूरा पता लगाया। ज़ेनिफर के लिए डैनी अन्ततः उन्हें भा गया।

पर जब मि. मेरीडिथ के पास मि. क्रिसटेंसन ने प्रस्ताव भिजवाया, तो मि. मेरीडिथ काफ़ी असमंजस में पड़ गए कि इतने बड़े आदमी की बेटी क्या उनके यहाँ एडजस्ट कर सकेगी? पर कई दौर की बातचीत के बाद बात बन गई। डैनी व ज़ेनिफर परिणय-सूत्र में बँध गए।

ज़ेनिफर के व्यवहार से उसके श्वसुर मि. मेरीडिथ काफ़ी सन्तुष्ट और ख़ुश थे। उन्हें विश्वास हो गया कि उनके एकलौते बेटे को यह सुघड़ लड़की सँभाल लेगी।

मि. मेरीडिथ ने सी.सी.एल. की अपनी नौकरी की कमाई से लम्बे-चौड़े कैम्पसवाला एक घर बनवाया था। पिता के गुज़रने के बाद विरासत में मिले नाना प्रकार के वृक्षों के आलिंगन से घिरे अपने घर 'द हर्मिटेज' के कैम्पस में डैनी ने जीवन-यापन के लिए एक 'पॉलट्रि फ़ार्म' खोल लिया।

ज़ेनिफर एक मेहनती मुर्गी की तरह फुदक-फुदककर 'पॉलट्रि फ़ार्म' के काम में अपने पति के साथ हमेशा जुटी रही है। इस तरह अपने तीनों बच्चों समेत डैनी-ज़ेनिफर अपना जीवन-यापन वर्षों से बग़ैर किसी शिकायत के यहाँ कर रहे हैं। मि. मेंडेज़ भी मानते हैं कि इस मायने में डैनी व ज़ेनिफर गाँव में अपने समुदाय के बूढ़े-बुज़ुर्गों की बहुतायत के बीच एंग्लो-इंडियनों की नई पीढ़ी के सच्चे प्रतिनिधि हैं।

अपने मैकलुस्कीगंज में टिके रहने के बारे में कभी किसी से पूछे जाने पर डैनी मुसककर कहता भी है, 'मैं तो यहाँ से जाने की बात कभी सात नींद में भी नहीं सोच सकता हूँ। मैकलुस्कीगंज को जो जीना चाहेगा, वह यहाँ की मिट्टी खोदकर कोई-न-कोई रास्ता निकाल ही लेगा।'

मि. क्रिसटेंसन जब तक जीवित रहे, उन्हें 'गंज' में रह रहे अपने बेटे ब्रूनो और बेटी ज़ेनिफर का बड़ा सहारा रहा। ज़ेनिफर से छोटी बहन ग्लेंडा गोवा में बसी हुई है। उसके पति मि. फ्रांसिस स्टुअर्ट शिप की नौकरी में थे लेकिन जब दिल का दौरा पड़ने से उनकी मृत्यु हो गई, तो जीवन-यापन के लिए ग्लेंडा गोवा के एक स्कूल में पढ़ाने लगी। ग्लेंडा के बादवाले तीनों भाई हर्बर्ट क्रिसटेंसन, केविन और डैरेल भी बाहर बसे हुए हैं। हर्बर्ट पश्चिम बंगाल के नादिया जिला के कल्याणी में स्कूल शिक्षक हैं। केविन ऑस्ट्रेलिया के एक स्कूल में पढ़ाते हैं। डैरेल कलकत्ता के एक स्कूल में वाइस प्रिंसिपल हैं। मि. क्रिसटेंसन की सबसे छोटी बेटी एंज़ेला अपने पति ब्रेडली मार्टिंज़ के साथ बम्बई में एक कम्प्यूटर कम्पनी चलाती है।

मि. क्रिसटेंसन के गुज़रने के बाद से मिसेज़ क्रिसटेंसन ज़्यादातर 'गंज' में बेटे ब्रूनो के पास रहती हैं या फिर गोवावाली बेटी ग्लेंडा के पास। ब्रूनो की पत्नी इवान मुस्कराकर कहती है, 'मम्मी को 'गंज' और गोवा के अलावा कोई जगह पसन्द नहीं।'

यहाँ 'गंज' में और सब कुछ तो ठीक है लेकिन मिसेज़ क्रिसटेंसन को यहाँ साँपों से बहुत भय लगता है। क्या पता, कब कहाँ से ये सरसराते हुए निकल आएँ! शंखचूड़ और फनिक! साक्षात् काल के अवतार!

साँपों को भगाये रखने की जड़ी इवान ने जोभिया के हरखू टानाभगत से ले रखी है। यह जड़ी जिस घर में रहती है, कहते हैं, साँप उधर का रुख़ नहीं करता। हालाँकि, ज़्यादातर लोग अपने घर में इस जड़ी को रखे हुए हैं, बावजूद इसके साँप निकल ही आते हैं।

टुइयाँ गंझू कहता है, 'अरे भाई, साँप लोग इस जड़ी को गम लिया है।'

कुछ ही दिन पहले तो करिया उराँव को 'फनिक' ने ऐसा डँसा कि मुश्किल से उसकी जान बची। फनिक यानी ब्लैक कोब्रा! चिहुँक उठती हैं मिसेज़ क्रिसटेंसन। 'गंज' में बग़ैर टॉर्च के वे एक पल नहीं रह सकतीं। शंखचूड़, बहिरा, फनिक, गेहुमन और करैत सह-सह करते हैं यहाँ। मि. मेंडेज़ को अपनी समधिन के भय पर हँसी आती है। उन्हें याद है, एयरफ़ोर्स के उनके एक मित्र को साँपों से इस हद तक डर लगता था कि

अगर किसी के घर में वे गले में साँप लपेटे भगवान शंकर की फ्रेम में मढ़ी तसवीर देख लेते थे, तो एक पल भी वहाँ नहीं रुकते थे। मि. मेंडेज़ बेटी इवान से मुस्कराकर कहते हैं, 'मदर इन लॉ को साँपों से बचाकर रखो।'

खुशिया पाहन बराबर मि. मेंडेज़ से कहता है, 'अपने गाँव में आदमी लोग में भी एक-से-एक बहिरा, करैत और फनिक है। सबसे बड़ा गेहुमन तो दुती भगत ही है। मुखिया बनकर आपको इन सबको दुरुस्त कर देना है।'

टुइयाँ गंझू तो ऐसे फनकता है, जैसे कल ही पंचायती चुनाव हो, 'आपको कौन हराएगा? आप जरठुआ[1] तेल हैं। आप खाली एलेक्शन लड़ना सकार लीजिये न। फिर तो हम अकेले सब देख लेंगे। हाँके भीम भये चौगुना...! पीठ पर आपका हाथ रहे, तो नजारा लगा देंगे हम। आपके सामने किसी का ताल-माल नहीं चलेगा। हम फ्रंट आदमी हैं, फ्रंट बोलते हैं। कोई हमको तोप से उड़ा देगा क्या? हम सबका गत्तर-गत्तर जानते हैं। सारा मुंडा, उराँव और गंझू एकमुहरी वोट देगा आपको। साहब लोग में आधा तो आपके खानदाने का है।'

मिसेज़ मेंडेज़ चिढ़कर कहती हैं, 'सब आपको इसी तरह जैक[2] पर चढ़ाकर बर्बाद कर देगा। गाँव की चिन्ता करने के लिए एक आप ही बचे हैं?'

गाँव की चिन्ता मि. मेंडेज़ की तीसरी और सबसे छोटी बेटी शॉलिट को भी रहती है। हर पत्र में वह पूछती है, 'पापा! अपने गाँव का कुछ डेवलपमेंट हो रहा है कि नहीं? गाँव को बचाइए।'

शॉलिट के 'गंज'-प्रेम को समझते हैं मि. मेंडेज़। उसके बचपन का काफ़ी वक़्त यहाँ गुज़रा है। मि. मेंडेज़ याद करते हैं कि छुट्टियों में जब वे गाँव आया करते थे और छुट्टी बीतने पर जाने का वक़्त आता था, तो शॉलिट ज़िद बाँध लेती थी, 'दो-चार दिन और रुकिए न पापा।' इसलिए साल में एक बार वह अपने पति डेविड इम्बर्ट के साथ सारस के जोड़े की तरह गाँव आती ही है।

देहरादून में रहती है शॉलिट। उसके पति वहाँ कार्मेल स्कूल में पढ़ाते हैं। शॉलिट जब पिछली बार गाँव आई थी, तो उसने कहा था, 'देहरादून का कुछ हिस्सा बिलकुल मुझे अपने गाँव जैसा लगता है।'

तब मिसेज़ मेंडेज़ ने मुँह बनाकर कहा, 'शॉलिट! तुम हर जगह अपना गाँव क्यों ढूँढ़ने लगती हो?'

गाँव को मि. मेंडेज़ की सबसे बड़ी बेटी शेरॉन भी बहुत याद करती है। बार-बार लिखती है कि अपने ख़ूंख्वार पति के साथ रहने से बेहतर वह 'डिवॉर्स' लेकर 'गंज' में रहना चाहेगी। मि. मेंडेज़ ग़ौर करते हैं, शेरॉन के पत्रों में विचित्र-सी सहम होती है। शेरॉन ने एक पत्र में लिखा है : 'यह आदमी नहीं, ब्लैक कोब्रा है पापा!'

मिसेज़ मेंडेज़ बिफरकर कहती हैं, 'मुखिया बनकर आप दूसरों की पंचायत जब करेंगे, तब। फिलहाल चुपचाप जाकर बेटी की पंचायत कीजिए।'

मिसेज़ क्रिसटेंसन डरती हैं साँपों से। शेरॉन भी।

---

1. कुसुम के बीज से निकाला हुआ तेल
2. भारी वस्तु को उठाने का उपकरण

बहिरा, करैत और फनिक यानी ब्लैक कोब्रा आदमी लोग में भी हैं—खुशिया पाहन कहता है। दुती भगत जैसे 'गेहुमन' ने बहादुर उराँव जैसे शख़्स की क्या दशा कराई? 'गंज' का मुखिया बनना है, तो साँप झाड़ने का मंत्र सीखना पड़ेगा। कभी-कभी सोचते हैं मि. मेंडेज़, और उनके होंठ एक कड़वी हँसी के साथ टेढ़े हो आते हैं।

बाबू की मुन्नी यानी लफड़ा गाँव की रूपकथा

अगहन महीना है। 'गंज' का हुलास इस महीने में छिपाए नहीं छिपता। टुइयाँ गंझू पुलककर कहता है, 'दिन फल भोजन और वर्ष फल उपजा...।'

धान का सूप है 'गंज'। मौसम की कृपा रहे, तो धान की कई संकर क़िस्मों की पैदावार यहाँ अद्भुत होती है। संकर मक्का उसी तरह झमटकर। पंडित रामाज्ञा पाठक इस ईश्वरीय कृपा की गुत्थी बड़े भाव से सुलझाते हैं, 'अरे भाई, अन्न में ही ब्रह्मा जी बैठे हैं। समझिए इस रहस्य को। वर्णसंकर आदमी हो सकते हैं, तो धान और मकई क्यों नहीं?'

गाँव में इस बार भी धान की फ़सल अच्छी हुई है। दरअसल, हथिया की बारिश ने तो साथ दिया ही, वर्षों बाद चित्रा ने अपना रूप दिखाया। हालाँकि, खुशिया पाहन मुँह बिचकाकर कहता है, 'चितरा बरसे, माटी मारे। इसका नतीजा अगली फसल में देखिएगा।'

अब आगे जो हो, फिलहाल तो खेतों से 'बोझे का बोझा' धान काटकर खलिहानों में लाया जा रहा है। गाँव के दोनों हटवे[1] टुस्सा मुंडा और आसिन उराँव को साँस लेने की फ़ुरसत नहीं रहेगी। मोहम्मद लतीफ़ मुसककर कहता है, 'अरे भाई, टुस्सा और आसिन सतदंता[2] बैल हैं। खेल-खेल में दसो हजार मन धान तौल देंगे। धान तो धान, दोनों जुट जाएँ, तो हाथी तौल देंगे।'

मि. डगलस गिब्सन मनातू के मउआर की 'गढ़ी' से एक हथिनी ख़रीदकर लाए हैं। मैकलुस्कीगंज से लगभग सवा सौ किलोमीटर की दूरी पर है मनातू। अंग्रेज़ों के ज़माने से यहाँ थाना, जिला परिषद् का डाकबँगला और डिस्पेंसरी रही है। ब्रिटिश राज में मनातू के ज़मींदार बाबू प्रयागजीत सिंह का इस इलाक़े में कई कोस तक ग़ज़ब का दबदबा था। इलाक़े के लोग उन्हें 'मउआर साहब' और उनके किलेनुमा घर को 'मउआर की गढ़ी' कहते थे। उनकी गढ़ी की विशालता को लेकर आज भी खुशिया पाहन कहता है, 'हाथी नचानेवाला घर।'

पलामू के इस इलाक़े में ज़मींदारी शान-गुमान की कलगी थे मउआर साहब। उनके हथियारख़ाने में क्या कुछ नहीं था। बाद में उनके वंशज बाबू जगदीश्वरजीत सिंह ने भी कमोबेश उस रुतबे को निभाने की कोशिश की थी। सामान्यत: अपने विरोधियों के मुँह में तुरन्त उबला गर्म आलू ठुँसवाना उनके द्वारा दी जानेवाली एक छोटी-सी सजा थी। अपनी गढ़ी में हाथी-घोड़ा से लेकर, कहते हैं कि जगदीश्वरजीत चीता तक पालते थे। उनको

1. अन्न तौलनेवाला व्यक्ति
2. सात दाँतोंवाला तगड़ा बैल

लेकर अफ़वाहें यहाँ तक थीं कि इलाक़े का जो आदमी कभी भूले से उनके आदेश को मानने से इनकार कर देता, उसे वे चीते के सामने डलवा देते। चीता उनकी गढ़ी के विशाल परिसर के एक हिस्से में चहारदीवारी के भीतर जालीदार बाड़ा लगाकर खुला छोड़ रखा गया था। उनके चीते को लेकर कई रोमांचक कहानियाँ थीं। मउआर और चीता एक दूसरे के पर्याय माने जाते थे। एक बार एक विदेशी पत्रकार ने मउआर जगदीश्वरजीत को लेकर अंग्रेज़ी में एक बड़ा-सा लेख भी लिख डाला था : 'द मैन इटर ऑव पलामू' यानी पलामू का आदमखोर।

मनातू गाँव से सटे पश्चिम में कई मील तक फैली गोरलटका पहाड़ी और उसके इर्द-गिर्द के सघन जंगल में एक समय हाथी से लेकर बाघ-चीता और भालू तक अच्छी ख़ासी तादाद में थे। गोरलटका पहाड़ी का ओर-छोर नहीं है। बाघ के तीखे दाँत सरीखी चोटी है इसकी। गोरलटका के चारों तरफ़ घना जंगल आज भी है। मनातू के जितने पश्चिम जाइए, जंगल ही जंगल मिलेगा। हाथियों का दल तो आजकल भी गोरलटका और उसके सटे जंगल में काफ़ी तादाद में विचरता रहता है।

मउआर जगदीश्वरजीत सिंह को गुज़रे कई साल हुए। अब मनातू मउआर के मौजूदा वंशजों का पहलेवाला लाम-क़ाफ़ तो नहीं रहा, पर इन दिनों भी हाथी-हथिनी का एक जोड़ा और कुछ घोड़े उनके दरवाज़े पर हैं।

कई महीनों से हाथी ख़रीदने के लिए बेताब मि. गिब्सन को जब जानकारी मिली कि मनातू मउआर के दरवाज़े पर साल भर पहले हाथी-हथिनी के जोड़े से पैदा हुई एक हथिनी बिकने को है, तो वे फ़ौरन मनातू के लिए निकल पड़े। तीस हज़ार रुपये में आख़िरकार उनकी बात बन गई। हथिनी को गलझंप लगाकर मि. गिब्सन अकेले मनातू से 'गंज' लेकर आ गए।

'कोई ऐसी-वैसी नहीं, यह मउआर की गढ़ी पर पैदा हुई एकदम अलाई मुहर[1] हथिनी है।' मि. गिब्सन हथिनी की नस्ल का परिचय भँवें ऊँची कर सम्पूर्ण भाव-भंगिमा के साथ देते हैं। हथिनी का नाम उन्होंने रखा है—मुन्नी।

जब से वे मुन्नी को लेकर आए हैं, तब से 'गंज' में चर्चा तेज़ है कि मि. गिब्सन हाथी का कारोबार शुरू करेंगे। पंडित रामाज्ञा पाठक मुसककर कहते हैं, 'हद है। अरे गिब्सन संच-मंच रहनेवाले आदमी हैं?' वे सब गुण में आगर हैं! मनमुखी! स्वेच्छाचारी! सर्वकर्मे रंभा विनियोगः।'

रामाज्ञा ग़लत नहीं कहते हैं। कई साल पहले 'गंज' से लेकर गुमला तक उन्होंने घोड़े की 'ब्रीडिंग' का धन्धा करने के लिए काफ़ी पैसा फूँककर स्टडफ़ार्म (गाँववालों के शब्द में 'तबेला') चलाया था। पर उस धन्धे में भारी घाटा खाने के बाद, वे मिसेज़ गिब्सन की फटकार पर हाथ-पाँव समेट, 'गंज' में आनेवाले 'चेंजर' लोगों के लिए अपने 'पिकॉक गेस्ट हाउस' को चलाने में पूरी तरह जुट गए थे। 'गंज' के लोगों ने मुसक कर कहा था, 'जब घोड़े भाग गए, तब गिब्सन साहब ने अस्तबल का दरवाजा बन्द किया।' इधर अर्से बाद मि. गिब्सन पर फिर भूत सवार हो गया था कि गेस्ट हाउस के पिछवाड़े में क्यों न

1. एकदम प्रामाणिक, शुद्ध वस्तु। अलाउद्दीन के समय की मुहरें पक्के खरे सोने की होती थीं। इसी आधार पर यह मुहावरा चल पड़ा।

वे हाथियों की 'ब्रीडिंग' का धन्धा साथ-साथ चलाएँ? हाथी के धन्धे में अच्छा-खासा 'मार्जिन' है। गंझू टोले के बूढ़े भुटबा गंझू की एक दिन अनायास कही यह बात उनके दिमाग में धँस गई है, 'ईख तक खेती, हाथी तक बनिज...।' यानी ईख से बढ़कर खेती नहीं, हाथी के व्यापार से बड़ा कोई व्यापार नहीं।

मि. गिब्सन ने 'पिकॉक गेस्ट हाउस' के बड़े-से परिसर में केले का सघन वृक्षारोपण कराया है। हाथी घास, पत्तों और पेड़ों की टहनियों के अलावा, फलों के प्रेमी होते हैं। फलों में भी ये केले के दीवाने हैं। 'पिकॉक गेस्ट हाउस' के परिसर में जिस झोंक में मि. गिब्सन ने केला लगवाया है, उसमें चन्द महीनों में यहाँ केले का जंगल हो जाएगा। पर हाथियों का 'ब्रीडिंग सेंटर' खोलने के लिए यह ज़रूरी है। टुइयाँ गंझू मुँह बनाकर कहता है, 'अब कुछ नहीं, बस ये हाथी की लीद बटोरेंगे।'

'गंज' के इलाक़े में हाथियों की आज भी कमी नहीं। मि. गिब्सन का अनुमान है कि मनातू की गोरलटका पहाड़ी और 'गंज' की कंका पहाड़ी के इर्द-गिर्द के घने जंगलों से लेकर चमरंगा के घनघोर जंगल तक हज़ारों हाथी हैं। पर किसी ने हाथियों की 'ब्रीडिंग' का कारोबार इस तरफ़ पता नहीं कभी क्यों नहीं किया? हालाँकि, इस इलाक़े में इन दिनों भी हाथियों के उपद्रव से लोग तबाह रहते हैं।

'हाथी तो एमसीसी उग्रवादी सबका बाप है।' टुइयाँ गंझू आँखें सिकोड़ चेहरे को भयावन बनाकर कहता है।

इस इलाक़े में वैसे भी रेलों का नया-नया ट्रैक बनाने के लिए जब से जंगल की कटाई में तेज़ी आई है, हाथियों का उपद्रव गाँव-गाँव में और बढ़ गया है। मि. मिलर कहते हैं, 'पलामू के फ़ॉरेस्ट एरिया का हाथी दामोदर नदी के किनारे का गलियारा बन्द हो जाने की वजह से राँची से लेकर 'गंज' के बीच तक फँस गया है और इसलिए बेचैन हो-होकर तबाही मचाता है।'

खुशिया पाहन के पास तो पूरी सूची है कि कैसे नवाडीह में मदमस्त हाथियों के दल ने एक औरत को रौंदते हुए, उसकी गोद में पड़ी डेढ़ साल की एक दूध-पीती बच्ची को सूँड़ में लपेट पत्थर पर ज़ोर से पटककर मार डाला और कैसे रामदगा बस्ती में एक बूढ़े को सूँड़ में कसकर इतनी बार पेड़ से मारा कि उसका पर्चा-पर्चा उड़ गया।

'अगिया बैताल की तरह बउराते हैं ये सुंड-भुसुंड। जहाँ भी जाते हैं, ठठ के ठठ। लेस्लीगंज, टोरी, मनातू से लेकर चमरंगा और रामदगा तक एक साल में नहीं कुछ तो पाँच सौ से अधिक घरों को हाथियों ने तहस-नहस कर दिया। फसल तो अलग से बर्बाद हुई। गजब की बात यह कि इस तांडव के संग-संग ये बच्चा भी पैदा करते चलते हैं। चमरंगा के पास पिछले ही माह तेरह हाथियों के झुंड ने कई आदिवासियों के घरों को रौंद दिया और उसके बाद वहीं मकई के खेत में एक हथिनी ने बच्चे को भी जन्म दिया। इनकी संख्या भी लगातार बढ़ती जा रही है।'

खुशिया पाहन 'पिकॉक गेस्ट हाउस' पहुँचकर हड़िया या महुआ की शराब की झिमक में मि. गिब्सन के पास जब अपना 'आल्हा' छेड़ता है, तो जल्दी चुप ही नहीं लगाता। अपने एकलौते हुसैनी और दरबारी खुशिया से देर तक हाथी-पुराण सुनने के बाद मि. गिब्सन उसे मनुहारते हैं, 'अरे, मेरा जंगलबाबू! तुम उस्ताद है जंगल का। तुम साथ

देगा, तो 'गंज' में हम हाथियों का ब्रीडिंग सेंटर खोलेगा। फ़ॉरेस्ट डिपार्टमेंट को इसमें पार्टनर बनाएगा। तुम देखना, यह देश का अनोखा एलिफ़ेंट ब्रीडिंग सेंटर होगा।'

'बाप रे...! आप हमेशा जबदाह बात करते हैं। आपकी बात सुनकर ही हमको झंप मार देता है। हमको यह सकार नहीं है साहेब।' खुशिया चीत्कार सरीखे नाटकीय स्वर में कहता, 'अपने बासा पर काल को पोसिएगा? भारी बलाय...बहुत पेटाह! राजा-दैव अगर बगद गया, तो पूरा 'गंज' को कुचल देगा। जिन औरतों को बच्चा होनेवाला रहता है, उसके तो ये जानी दुश्मन हैं। बीते समय में कितनी हथिनियों ने सूँड़ से झटका मारकर अनेक औरतों का गर्भ गिरा दिया।' फिर एक पल के लिए प्राचीन इतिहासकार की भंगिमा में मगन हो खुशिया कहता है, 'गिब्सन साहेब! संसार जब शुरू हुआ था, खुशिया तभी से कथा है कि हथिनियाँ गर्भवती औरतों पर बहुत जोर गुस्साई रहती हैं। गुस्साने का कारण यह हुआ कि सभी जानवर आदमी पर बहुत भरोसा करते थे। इसी बीच एक हथिनी को गर्भ ठहर गया। हथिनी एक गर्भवती औरत के पास गई और पूछा कि बहन, तुम कितने दिनों तक अपने बच्चे को गर्भ में रखती हो? उस दिन अपने पति से गर्भवती औरत की कुछ कहा-सुनी हो गई थी, सो उसने तनिक खीजकर कहा—पूरे अठारह महीने। जाओ, अब मुझे अपना काम करने दो।—औरत के जवाब को सही मानकर हथिनी ने अठारह महीने तक गर्भ में अपने बच्चे को रखा। पर बाद में जब उसे असलियत का पता चला कि औरत तो सिर्फ नौ महीने ही गर्भ में बच्चे को रखती है, तो हथिनी गुस्से से पागल हो गई। वह गुस्सा आज तक हथिनियों के भीतर से गया नहीं है। गर्भवती औरतों को देखते ही वे पागल हो उठती हैं। लेस्लीगंज से रामदगा बस्ती तक ऐसी घटनाओं के अनेक उदाहरण हैं।'

'अरे, नहीं, खुशिया! अकबकाओ नहीं। तुम एकाध हाथी फँसाओ तो सही। उसके बाद तो हाथी से ही हाथी बझेगा। फिर देखना, मालामाल हो जाएगा तुम भी।' मि. गिब्सन की आवाज़ हसरतों का आईना बन जाती है।

'उसके लिए बहुत जोगाड़ करना पड़ेगा। हड़िया और महुआ की शराब के बहुत प्रेमी होते हैं ये साले कलझँवे जंगली हाथी। गन्ध मिलते ही झुंड-के-झुंड उमड़ पड़ते हैं। हड़िया या महुआ की शराब का इंतजाम करके उन्हें जुटाया तो जा सकता है, पर उनमें से किसी को फँसाना असम्भव है। पूरा झुंड पगला जाएगा, अगर उनमें से किसी एक को भी पकड़ने की कोशिश की। गिब्सन साहेब! बकस दीजिए हमको। 'अल्टर' बात करने की आदत हमको नहीं है। पाँव-पाँव बात नहीं बदलता मैं। बाज आया मैं ऐसा मालामाल होने से। हमको एक्को लाल पैसा नहीं चाहिए। बहुत छोटी हाँड़ी का आदमी हूँ मैं।' खुशिया खुरपा जैसे अपने कत्थई दाँत निपोर देता है।

'ले, कॉफ़ि पी ले मुन्ना...मान जा मेरे राजा! तू जानता है कि हाथी से मेरा क्या प्यार है।' मि. गिब्सन ख़ुद से अपनी पसन्दीदा ब्लैक आइवरि ब्लेंड कॉफ़ि बनाकर उसे थमाते हैं, 'पता है, मैं जब भी कलकत्ता जाता हूँ, तो वहाँ से यह स्पेशल कॉफ़ि लाता ही हूँ।'

'क्या स्पेशल है इसमें?' खुशिया कॉफ़ि सुड़कते हुए पूछता है।

'वही तो कि क्या स्पेशल है इसमें! अरे मेरे जंगल बाबू, यह कॉफ़ि उत्तरी थाइलैंड देश में हाथी की पॉटी यानी लीद में शामिल बीजों से तैयार की जाती है। सौ ग्राम कॉफ़ि की कीमत सात हजार रुपये है यानी यह एक किलो कॉफ़ि सत्तर हजार रुपये की आती

है। बहुत मेहनत से इसे बनाते हैं। इसके वास्ते पहले तो हाथियों को कॉफ़ि की कच्ची फलियाँ खिलाते हैं। समझ लो कि एक किलो कॉफ़ि तैयार करने के लिए एक हाथी को 33 किलो कॉफ़ि की कच्ची फलियाँ खिलाई जाती हैं। फिर इसके बाद जब हाथी लीद गिराता है, तो ट्रेंड लोग उसमें से बीज चुन-चुनकर उसे धूप में सुखाते हैं और तब इसका कॉफ़ि पाउडर तैयार किया जाता है।'

मि. गिब्सन के इस मुग्ध विवरण को अवाक् खुशिया सुन रहा है।

'और समझे जंगलबाबू? कॉफ़ि की कच्ची फलियों के संग-संग क्योंकि हाथी गन्ना और केले भी भरपूर खाता है, इसलिए इस स्पेशल कॉफ़ि में गन्ने और केले की खुशबू भी आ जाती है।' अपनी कॉफ़ि महिमा के बखान के बीच अचानक हैरान होकर मि. गिब्सन पूछते हैं, 'क्या खुशिया, तुम कॉफ़ि नहीं पी रहा?'

'टुइयाँ तो कहता है, आप हाथी की लीद बटोरेंगे लेकिन आप तो लीद पी रहे हैं। जाइए, धर्म भ्रष्ट कर दिया आपने हमारा...। हाथी के फेरबाँक[1] और मथवाह[2] आप ही बनिए। आपके साथ नचनी नाच मैं नहीं नाच सकता।'

कॉफ़ि की दो-तीन घूँट पी चुका क्षुब्ध खुशिया लगभग भरे कॉफ़ि मग को छोड़ झल्लाकर निकल पड़ा, पर मि. गिब्सन ने 'ब्रीडिंग सेंटर' की अपनी ज़िद नहीं छोड़ी। 'हाथी मेरे साथी' का भूत उन पर बुरी तरह सवार था।

'पिकॉक गेस्ट हाउस' के पिछवाड़े में हाथियों का 'ब्रीडिंग सेंटर' खोलने की मि. गिब्सन की यह परियोजना ज़मीन पर नहीं उतर पाती, अगर बाबू अपनी बालसुलभ ज़िद न ठान देता। दरअसल, पिछले दिनों मि. गिब्सन 'पिकॉक गेस्ट हाउस' में बतौर केयर टेकर काम करनेवाली पार्वती और उसके नन्हे बेटे बाबू को लेकर खलारी में लगे मेला में गए थे। वहाँ मेले में एक आदमी अपना हाथी सजाकर लाया था और पाँच रुपये लेकर बच्चों को हाथी पर घुमा रहा था। हाथी पर चढ़ने के लिए मचल रहे नन्हे बाबू को भी मि. गिब्सन ने हाथी पर घुमा दिया था। और मेला से लौटने के बाद तो बाबू ने सुबह-शाम रट लगानी शुरू कर दी थी—नानू...हाथी!—हाथीवाली नई योजना और उस पर बाबू की ज़िद के बाद मि. गिब्सन ने तय कर लिया कि वे एक हाथी लेकर रहेंगे। इसी बीच जब उन्हें जानकारी मिली कि मनातू के मउआर के यहाँ एक हथिनी बिक्री के लिए है, तो उन्होंने तय कर लिया कि वे उसे ज़रूर खरीदेंगे। मि. गिब्सन ने सोचा, कुछ समय बाद फिर पैसों का इन्तज़ाम कर इसका जोड़ा लगा लिया जाएगा।

मि. गिब्सन के 'पिकॉक गेस्ट हाउस' के पोर्टिको में बँधी मुन्नी 'गंज' के लोगों और विशेषकर छोटे बच्चों के लिए तमाशा बनी हुई है। गाँव के मुंडा और गंझू टोले से लेकर उराँव टोले के छोटे-छोटे बच्चों का दल दिन भर मुन्नी के इर्द-गिर्द अठखेलियाँ करता है। बाबू तो ख़ैर सुबह में जागने से लेकर शाम में सोने तक मुन्नी से ही लिपटा रहता है। मुन्नी भी बच्चों के इस लाड़ को समझती है और बीच-बीच में पंखे जैसा अपना कान झलकर सूँड़ हिला देती है।

---

1. पशुओं का व्यापार करनेवाला
2. महावत, पीलवान

मि. गिब्सन के कहने पर पार्वती ने उसके माथे पर आलता से एक सुन्दर कमल की चित्रकारी कर दी है। मुन्नी का रूप इस शृंगार-पटार से और निखर उठा है।

'मुश्किल से एक साल की है मुन्नी। लिट्ल गर्ल।' मि. गिब्सन जब बहुत ख़ुश होते हैं, तो मुन्नी के चौड़े माथे पर दुलार से हाथ फेरते हैं, 'बड़ी सीधी है...सो सिम्पल! हमारा बाबू भी इसको चला लेता है।'

'आपको छोटी हथिनी वैसे भी पसन्द है, मि. गिब्सन।' मि. मेंडेज़ ने मुन्नी को देख मुसककर मि. गिब्सन की पीठ पर हाथ फेरते हुए कहा, 'आपने 'पिकॉक गेस्ट हाउस' को 'काँजी हाउस'[1] बना दिया, मैडम गिब्सन को इसकी खबर हुई है कि नहीं? वे सुनेंगी तो नाराज होकर ऑस्ट्रेलिया से दौड़ी आ जाएँगी।'

'वो बूढ़ी मुन्नी है मेरी। बस, ऑस्ट्रेलिया से चिंघाड़ेगी। अपनी हथिनी का चिंघाड़ना मुझे अच्छा ही लगता है मि. मेंडेज़! पार्ट ऑव लाइफ़! खैर, मुन्नी को लाने के बाद से अचानक एक आइडिया मुझे सता रहा है—फ़ैनटैस्टिक आइडिया मि. मेंडेज!'

'मि. गिब्सन, यू आर ओक ट्री ऑव द 'गंज'...। एकदम शाहबलूत के पेड़ हैं आप। पूरे लव ब्रेन! यहाँ के लोगों ने आपको पहचाना नहीं। दरअसल, इस गाँव के लोगों को नहीं पता कि दुनिया को आप जैसे ही कुछ विम्सिकल...सनकी-झक्की लोग चलाते हैं...।' मुस्कान दबाते हुए मि. मेंडेज़ ने यथासम्भव पुचकार से कहा, 'तो क्या है वो फ़ैनटैस्टिक आइडिया...?'

'आप कभी-कभी मेरे दिल के की-बोर्ड पर उँगलियाँ रख देते हैं मि. मेंडेज़...।' मि. गिब्सन ने गद्‌गद होकर कहा, 'अपने 'गंज' में अच्छी किसानी हो, इसकी फिक्र मुझे हमेशा से रही है। मैं बराबर सोचता रहता था कि इनके लिए मैं क्या कर सकता हूँ...और छटपटाकर रह जाता था। कोई आइडिया क्लिक नहीं कर रहा था। पर अभी मुन्नी को मनातू से लाते टाइम अचानक मुझे एक बहुत पुरानी बात याद आ गई।' मि. गिब्सन पुरानी यादों के दरीचे पर मानो खड़े हो गए और एक पल थमकर कहना शुरू किया, 'मि. मेंडेज़! शायद आपको मालूम हो न हो, मैंने लखनऊ यूनिवर्सिटी से अँग्रेज़ी में एम.ए. करने के बाद कुछ समय तक वहाँ के एक स्कूल में पढ़ाया भी था। लखनऊ के उन दिनों में यू.पी. गवर्नमेंट के डिप्टी फ़ॉरेस्ट मिनिस्टर जगमोहन सिंह से मेरी बड़ी दोस्ती थी। कई बार छुट्टियों में उनके साथ दौरे पर यू.पी. के जंगलों में भी गया। क्या बताऊँ मि. मेंडेज! एक बार एक जंगली इलाके की आदिवासी बस्ती में हम लोगों ने जो नजारा देखा, तो हैरान रह गया। वहाँ हाथी के ऊपर जुआ रखकर आदिवासी लोग अपने खेतों में हल चलवा रहे थे। यह देखकर जगमोहन सिंह तो उछल पड़े और मुझसे कहा—मि. गिब्सन! आजकल लोग ट्रैक्टर से खेत जुतवाते हैं। पर ट्रैक्टर के बजाय हाथी से खेत जुतवाना कितना इकनॉमिक...कितना फायदेमन्द है!—पचास के दशक में उस समय हम दोनों ने हिसाब लगाया था कि एक ट्रैक्टर की कीमत पन्द्रह हजार रुपये है और लाइफ़ पाँच साल, वहीं एक हाथी का दाम चार हजार रुपये है और वह नहीं कुछ भी तो पचास साल तक काम करने लायक रहेगा। पाँच साल पुराना होने पर ट्रैक्टर की कीमत घट जाएगी लेकिन हाथी की कीमत नहीं...।'

1. मवेशीखाना

'अमेजिंग...रीअलि फ़ैनटैस्टिक...।' देर से मि. गिब्सन को सुन रहे मि. मेंडेज़ की आवाज़ में शाबाशी थी, 'देन...तब क्या हुआ?'

'होगा क्या?' मि. गिब्सन अपने मौलिक शेखचिल्लीपन में थे, 'लखनऊ वापस लौटते ही मेरे दोस्त जगमोहन सिंह ने सीतापुर के एक सरकारी फ़ार्म में हाथी से हल जुतवाने का ऑर्डर जारी किया लेकिन बीच में ही सरकार चली गई। यह प्लैन जमीन पर नहीं उतर सका। अभी मनातू से मुन्नी को लाते टाइम वर्षों पुरानी वह बात अचानक याद आ गई। सोचता हूँ, अपने 'गंज' के किसानों के बीच इस प्लैन को शुरू करा ही दूँ।'

'ग्रेट...सुपर्ब...! तब देश-विदेश से पेपर और टी.वी. वाले आएँगे आपका इंटरव्यू लेने मि. गिब्सन! हल-जुते हाथी पर बैठाकर तसवीरें लेंगे आपकी...।' किसी तरह हँसी दबाकर मि. मेंडेज़ ने कहा, 'उन सबके लिए स्कूप होगा—सुपर स्कूप...।'

'इस प्लैन को जमीन पर उतारकर मैं खुद ही 'स्कूप ऑन पूप' पर जयपुर निकलूँगा।' मि. गिब्सन ने रहस्यमय भंगिमा में मुसककर कहा।

'पूप...यू मीन मल?' मि. मेंडेज़ ने हैरान होते हुए पूछा, 'किसके मल का स्कूप?'

'येस मि. मेंडेज़! मैंने सुना है कि जयपुर के कोई मि. शेखावत हाथी की लीद को रिसाइकल कर कागज का प्रोडक्शन करते हैं। इसकी ब्रांडिंग ही उन्होंने 'हाथी छाप कागज' नाम से की है।'

'रिअलि?'

'येस मि. मेंडेज़। यह सम्भव है। आपको शायद पता हो कि हाथी जो खाता है, उसका चालीस परसेंट ही पचा पाता है। इसलिए उसकी लीद से निकले फ़ाइबर यानी रेशे के इस्तेमाल से 'हाथी छाप कागज' बनता होगा। पहले जरा मैं जयपुर जाकर उनके काम को देख आऊँ फिर अपने 'गंज' में हाथियों का 'ब्रीडिंग सेंटर' शुरू करने के साथ ही यहाँ मैं भी 'हाथी ब्रांड पेपर' का प्रोडक्शन शुरू कराऊँगा।' फिर एक पल रुककर वे बोले, 'और सिर्फ हाथी ब्रांड पेपर ही नहीं, केला ब्रांड पेपर भी। हाथियों के वास्ते अपने कैम्पस में मैंने इतने सारे केले लगवाये हैं, उसका भी यूज होगा। केले के तने से भी कागज बनेगा। बस, आप देखते तो जाइए मि. मेंडेज़।' मुग्ध-मगन मि. गिब्सन ने बत्तीसी बिखेर दी, 'केले के पेड़ों से कागज, फ़ाइबर और खाद बनेगा।'

'सो खेती से लेकर कागज और खाद तक आप यहाँ हाथी दौड़ा देंगे? अमेजिंग... अमेज़िंग मि. गिब्सन...!' मि. मेंडेज़ ने एकदम झपताली मुस्कान के संग कहा, 'क्या कहूँ—एकदम कागजी बादाम हैं आप।' और फिर इधर-उधर नज़र दौड़ाते हुए कहा, 'पार्वती कैसी है? और आपका बाबू?'

'बाबू!' मि. गिब्सन ने ज़ोर से आवाज़ दी, 'देखो, मुन्नी कैसे सूँड़ उठाकर तुम्हें बुला रही है!'

दुलार में छितराए जा रहे बाबू की उँगली पकड़े 'पिकॉक गेस्ट हाउस' के डाइनिंग हॉल से पार्वती निकली, तो मि. गिब्सन ने दूर से ही बिहँसकर कहा, 'पार्वती! मि. मेंडेज़ तुमको पूछ रहे हैं तब से।'

'ओह, स्वीटी...!' मि. मेंडेज़ ने कन्धे उचका दिये, 'मि. गिब्सन को सँभालने की जिम्मेदारी तो तुम पर थी ही और अब यह मुन्नी भी...।'

'पार्वती की छोटी बहन है मुन्नी। हमारे बाबू की मौसी। बाबू ही असली फीलवान और महावत है मुन्नी का।' मि. गिब्सन ने फिक्क से हँसते हुए बाबू को गोद में उठाकर आहिस्ता-आहिस्ता सूँड़ हिला रही मुन्नी की पीठ पर बैठा दिया।

गद्‌गद बाबू ने मोती सरीखे अपने चन्द दाँत निकाल दिये।

मुन्नी की पीठ पर बैठकर बाबू 'पिकॉक गेस्ट हाउस' के कैम्पस में इसी तरह हर रोज़ दो-चार चक्कर लगाता है और मारे ख़ुशी के ठिलठिलाते बाबू को देख मि. गिब्सन का दिल बाग़-बाग़ होता रहता है। बाबू की हँसी के लिए वे कुछ भी कर सकते हैं। हाथियों का ब्रीडिंग-सेंटर एक बहाना है। अव्वल तो यही है कि गेस्ट हाउस की इस आर्थिक कशमकश की हालत में भी मुन्नी को वे बाबू की ख़ुशी के लिए ही ख़रीदकर लाए हैं।

खुशिया पाहन इस बात को समझता है, 'चुकिया में हथिया और हथिया में चुकिया,' वह मुसकते हुए कहता है, 'हमारे गिब्सन साहेब को पार्वती का बेटा अगर कह देगा कि चुकिया में हाथी डाल दीजिए, तो उसके लिए भी कोशिश करने से वे बाज नहीं आएँगे और कहेगा, हाथी में चुकिया को डाल दीजिए, तो सो भी करेंगे। बाबू उनके प्राण का पल्लव है। उसको गिब्सन साहेब ने दुलार में बहसा दिया है। बुढ़ापे का अंधा प्यार।'

मि. गिब्सन जब कभी कलकत्ता जाते हैं, तो बाबू के लिए कोई-न-कोई नायाब खिलौना ज़रूर लेकर आते हैं। कभी चकमक करता पेटेन टैंक, कभी रडार, लांचर, तो कभी बैटरी पर चलनेवाला हेलिकॉप्टर। मि. गिब्सन गद्‌गद भाव के साथ अपनी भौंहें फैलाकर कहते हैं, 'बाबू पायलट बनना चाहता है, पर हम इसको फौजी बनाएगा।'

पायलट और फ़ौजी क्या होता है, यह नन्हे बाबू की समझ से परे है लेकिन मि. गिब्सन उसके लक्षणों की व्याख्या अभिभूत होकर करते हैं। अपनी गोद में उछलते-कूदते बाबू को मि. गिब्सन पोएम सुनाने को कहते हैं, तो बाबू चाबीवाले खिलौने की तरह थिरकता-मटकता शुरू हो जाता है :

'चन्दा मामा आओ न
हमको गीत सुनाओ न
हम तो खाते हलवा-पूरी
तुम भी आके खाओ न
अ से अनार
आ से आम
इ से इमली
ई से ईख
राजा बेटा! कुछ तो सीख...।'

पोएम की समाप्ति पर मि. गिब्सन निहाल हो उठते हैं, 'उफ़्फ़, क्या जीनियस है हमारा बाबू!' बाबू को गोद में लेकर वे उछाल देते हैं और फिर उसे लपकते हुए कहते हैं, 'एक दिन बहुत बड़ा आदमी बनेगा हमारा बाबू...।'

'पिकॉक गेस्ट हाउस' के बरामदे पर खड़ी पार्वती मुस्कराती रहती है।

टुइयाँ गंझू क्षुब्ध होकर अपने गंझू टोले के लोगों से कभी-कभी कहता है, 'हाय री किस्मत! किससे कौन जुड़ाएगा, कोई नहीं कह सकता। कहाँ एक कंगली लड़की पार्वती और उसका बेटा बाबू...कहाँ गिब्सन साहेब...।'

मि. गिब्सन और पार्वती को लेकर ऐसी चर्चा चलने पर 'गंज' के लोग बरबस मुस्करा उठते हैं। यह लफड़ेदार गुदगुदीवाली रहस्यमय मुस्कराहट है।

इस गाँव का अपना बोली-भूगोल है। मज़ाक में लोग इस गाँव को 'लफड़ा' भी कहते हैं। लफड़ा गाँव! दरअसल, मैकलुस्कीगंज स्टेशन, डाकघर और हाइलैंड गेस्ट हाउस समेत इस गाँव का प्रमुख हिस्सा पुराने लपड़ा गाँव में पड़ता है। इस लिहाज़ से लपड़ा 'गंज' की राजधानी है। गाँव के लपड़ा वाले हिस्से की ज़िन्दगी में रसीले लफड़ों और अटक-मटक की कभी कमी नहीं रही है। उपालंभों और अफ़वाहों की तम्बाकूदार सुरसुराहट का यहाँ स्थायी बसेरा रहा है। मसलन, किसकी बेटी किसके साथ प्रेम-प्यार के चक्कर में भाग गई या भाग सकती है? कौन किस पर डोरे डाल रहा है...? या किस साहब-मेमसाहब का किससे 'गिटपिट' चल रहा है? एक-से-एक गलचउर।

टुइयाँ गंझू के शब्दों में, 'पूरा हेन-तेन, पूरा हाबी-जाबी।'

और सिर्फ़ यही नहीं, खुशिया पाहन आँख झिमककर कहता है, 'साहब लोग का आपस में इहाँ रीस और उपराचढ़ी भी कितना है...? खूब गोला-गोली[1], हर बात पर 'कटपीस'। सबके मगज पर गर्मी...। एतनी गो बात पर भी उत्फाल। बिगड़ कर फिरंट। कोई किसी से अपने को कमती मानने को तैयार नहीं...। बाबा रे...! 'गंज' में खाली स्टेशने पर आम-जामुन का गाछ आपस में गला-गला मिला हुआ है...बाकी आदमी लोग नहीं...।'

मैकलुस्कीगंज स्टेशन के प्लेटफ़ार्म के बीचोबीच सचमुच आम और जामुन के दो पेड़ आपस में कुछ इस कदर चिपटकर गुँथे हुए हैं कि दोनों की शाख़ें एक-दूसरे से होकर निकलती हैं। पता नहीं, इस तरह ये दोनों पेड़ आपस में लिपटकर अनायास ही उगे थे या किसी ने योजनाबद्ध ढंग से इन दोनों को यहाँ लगाया था! पर जो हो, यह 'गंज' का प्रकृति-प्रदत्त 'एम्ब्लम' है—प्रतीक चिह्न...। आम और जामुन के रस का असम्भव घोल ही तो है 'गंज'—अद्भुत स्वाद से छलकता...!

सृष्टि ने अपने हिसाब से आनन्द के शाश्वत भत्ते का दीर्घकालीन बन्दोबस्त 'गंज' के लिए कर रखा है। यहाँ एक-से-एक मनोहर फूलों की पंखड़ियों के भीतर अपनी पतली जीभ घुसाकर आसव पीती तितलियाँ भी शरारत के संग साहबों-मेमसाहबों की तरफ़ सुनहरी दमक उछालतीं, अपने अद्भुत रंगों के साथ आकर्षक विज्ञापन की तरह छलकती रहती हैं, 'टू लेंड अ गोल्डेन ग्लो टू योअर स्कीन...।' बड़ी भामिनी हैं 'गंज' की ये तितलियाँ...! मीठी शैतानियों की पिटारी। घास और झाड़ियों के बीच नित नई अठखेलियाँ करते फतिंगे भी कोई कम नहीं हैं। घनी झाड़ियों में सरसराते साँपों के पीछे तेज़ी से लपकते नेवले भी कभी-कभी ठमक जाते हैं, जब कोई हरा फतिंगा अपने पाँव में लगे कान में किसी ख़तरे का खटका पाकर जल्दी से पुटुस के पत्तों के भीतर छिप रहा होता है। रात को पेड़ों की झुरमुट में रसिक नर-मादा जुगनुओं का दल जब अद्भुत जगमगाहट के संग प्रणय-क्रीड़ा में निमग्न रहता है, तो इसे देख अपने घोंसले में मन्द-मन्द डोलती बया मुसकती रहती

1. गुटबन्दी

है...। उस वक़्त पेड़ के खोंड़र से निकले उल्लू को इस रंग-रभस से बड़ा मज़ा आता है। मि. गिब्सन और पार्वती के प्रसंग को लेकर 'गंज' के लोग भी घोसले में मन्द-मन्द डोलती बया की तरह ही मुस्कान छोड़ते रहते हैं।

मि. डगलस गिब्सन के साथ लोग चाहे जो मुखहँसी कर लें, पर उनकी डोर 'गंज' के साथ ग़ज़ब की मज़बूती से बँधी हुई है। मैकलुस्कीगंज गाँव के सदाबहार अंकल सत्तर साल पार कैप्टेन डगलस गिब्सन को 'मिट्टी का बेटा' या 'धरतीपुत्र' कहा जाए तो कोई अतिशयोक्ति नहीं होगी। वे जो कहते हैं न—'सन ऑव द स्वायल'...कुछ वैसा ही...। सधनु उराँव के शब्दों में, 'पक्का जगरनथिया धान[1]...।' चौड़ी क़द-काठी और मस्त-निराले स्वभाववाले मि. गिब्सन की ज़िन्दगी कम दिलचस्प नहीं है।

पर मि. गिब्सन की पूरी कहानी के पहले जरा तफ़सील से उनका कुर्सीनामा। मि. गिब्सन के दादा लेफ़्टिनेंट कर्नल पीटर लॉरेंस गिब्सन हैदराबाद निज़ाम के यहाँ बड़े कलामी अफ़सर थे। लिखने-पढ़ने में भी उनकी ख़ासी अभिरुचि थी। वे 'हैदराबाद बुलेटिन न्यूज़पेपर' के संस्थापक थे। मि. गिब्सन की दादी मिसेज़ आइरिस थॉमस गिब्सन भी कम नहीं थीं। वे भारत के अन्तिम अंग्रेज़ गवर्नर जेनरल लॉर्ड माउंटबेटन के ख़ानदान से ताल्लुक़ रखती थीं। मि. गिब्सन के दादा-दादी की शादी बेंगलूर में हुई थी। अपनी सुन्दर-सी दादी को याद करते हुए मि. गिब्सन पाते थे कि सम्भवत: उनकी दादी के ख़ून में कुछ इंडियन-इंडियन ज़रूर था, क्योंकि अपनी बेइंतिहा ख़ूबसूरती के बावजूद दादी अंग्रेज़ों की तरह दक्क् गोरी नहीं थीं। उनकी गोराई में बहुत हल्का-सा साँवलापन चुपके से झाँकता था, जो बेशक़ उन्हें और सुन्दर बनाता था। बहरहाल, मन में काफ़ी तर्क-वितर्क के बाद गिब्सन महाशय आख़िरकार इस निष्कर्ष पर पहुँचे थे कि उनकी दादी के मातृपक्ष के मार्फ़त सबसे पहले उनका ख़ानदान भारतीय रक्त के साथ निबद्ध हुआ था। अपने ननिहाल पक्ष के इंडियन ताल्लुक़ात से तो वे वाकिफ़ थे ही। मि. गिब्सन के पिता कर्नल पीटर क्लार्क गिब्सन बड़े ज़हीन इनसान थे। एक स्नेहिल पिता। अपने बच्चों के लिए सदैव कुछ ज़्यादा सचेत रहनेवाले। और मि. गिब्सन की माँ मिसेज़ जूली रोज़मेयर गिब्सन एक सख़्त अनुशासित महिला थीं। अपने बच्चों को प्यार करने का उनका ढंग कुछ अलग क़िस्म का था। वे इस मत पर जीवन भर दृढ़ रहीं कि माँ की थोड़ी भी ढिलाई बच्चों को बर्बादी के ढलान पर लुढ़का देती है। मिसेज़ जूली रोज़मेयर गिब्सन के पिता मि. लियोनार्ड रोज़मेयर की पैदाइश हैदराबाद में हुई थी। मि. लियोनार्ड रोज़मेयर के माता-पिता मि. डॉमिनिक रोज़मेयर और मिसेज़ मोनिका रोज़मेयर—दोनों की हैदराबाद में काफी इज़्ज़त थी। दरअसल, मि. डॉमिनिक रोज़मेयर के पिता हैदराबाद के निज़ाम के यहाँ मेकैनिकल इंजीनियर थे। इसी तरह मि. गिब्सन की माँ मिसेज़ जूली रोज़मेयर गिब्सन की नानी मिसेज़ एलिजाबेथ के पिता मि. एम.डी. बूथ भी बड़े ऊँचे घराने के थे। मिसेज़ एलिज़ाबेथ की माँ का नाम मिसेज़ डायना बेली बूथ था।

बहरहाल, मि. डगलस गिब्सन ने काफ़ी सतर्कता से अपनी वंशावली की तहक़ीक़ात की थी और बहुत हिफ़ाज़त से इसे अपनी स्मृति में कुछ इस तरह क़रीने से डाल रखा था कि यह ब्यौरा गड्डमड्ड न हो। मि. गिब्सन की परनानी के पिता यानी मि. एम.डी.

1. एक प्रकार का लाल मोटा चिपटा धान

बूथ हैदराबाद में 'निज़ाम कॉलेज' के प्रिंसिपल थे और लैटिन तथा दर्शनशास्त्र के अच्छे जानकार थे। मि. एम.डी. बूथ के पिता मि. डेविड बूथ कुछ रंगीन तबीयत के मालिक थे। उनकी शादी अवध के एक शाही मुस्लिम घराने में हुई थी। मि. एम.डी. बूथ की पत्नी डायना बेली बूथ के पिता ब्रिगेडियर सर रिचर्ड सेल का नाम किसी ज़माने में अफ़ग़ानिस्तान के युद्ध के समय काफ़ी गूँजा था। सर रिचर्ड सेल ने एक मुस्लिम घराने में शादी की थी। हालाँकि, रिचर्ड सेल महाशय की यह दूसरी शादी थी। उनकी पहली शादी इंग्लैंड में हो चुकी थी। इसलिए भारत में मुस्लिम लड़की से विवाह के बाद जो बच्चे हुए, उनको सर रिचर्ड सेल ने अपना नाम नहीं दिया। हाँ, अपने मातहत के एक ख़ासुलख़ास कुँवारे अफ़सर कर्नल बेली का नाम उन्होंने अपने बच्चों के पिता के रूप में दिया। कर्नल बेली इन बच्चों के 'धर्म पिता' बन गए थे। इसलिए पूरा बेली-वंश दरअसल बेली-वंश था नहीं। मि. डगलस गिब्सन से उनकी एक आंटी ने इस अतीतगत रहस्य का खुलासा करते हुए एक बार कहा था, 'डगलस बेटे! तुम लोग मदर साइड से बेली नहीं, बल्कि सेल हो। इसलिए तुम्हारे मदर साइड के बहुत लोग सेल-बेली टाइटिल भी लिखते हैं...।'

सचमुच, अनन्तकाल से तरह-तरह के रक्त और वीर्य की यह अखंड-यात्रा अद्भुत थी। और इस रक्त-वीर्य का निर्माण करनेवाली मिट्टी सचमुच नमनीय। शायद यही वज़ह थी कि अपनी मिट्टी के लिए अजीब दीवानगी थी मि. गिब्सन को। मि. गिब्सन के पिता कर्नल पीटर क्लार्क गिब्सन, जो अर्से तक हैदराबाद निज़ाम की नौकरी में थे, ने अपनी ज़िन्दगी में कई वर्षों तक हैदराबाद-दौलताबाद करने के बाद 'गंज' को अपना स्थायी घर बनाया था। इसलिए डगलस गिब्सन कहीं गए, पर हमेशा 'गंज' के रहे। बुढ़ापे में उनका यह 'गंज'-प्रेम तो और तीव्र हो उठा।

अखंड ग्राम-प्रेम के चलते कोई अपनी सुन्दर-सी बीवी को अलविदा कहने को तैयार हो जाए, यह मि. डगलस गिब्सन के वश की बात है। दरअसल, कई साल पहले जब एक शाम गिब्सन महाशय की बेगम मिसेज़ जून गिब्सन ने उन्हें अपना फ़ैसला सुनाया कि वे ऑस्ट्रेलिया जाकर बसेंगी और वहीं अपना कोई कारोबार शुरू करेंगी, तो सदैव पत्नी के दबदबे में रहनेवाले मि. गिब्सन ने आश्चर्यजनक ढंग से जीवन में पहली बार विद्रोह का झंडा उठा लिया था और छूटते कहा था, 'जूनी, लाइफ़ में कोई हमका-डमका मुझे पसन्द नहीं। यह जान लो कि आदमी चाहे लाख भटके या सिर पटके...समय से पहले और नसीब से ज्यादा उसे कुछ नहीं मिलता। तुम्हें जाना हो तो जाओ...। मैं तो यहीं रहूँगा...अपने 'गंज' में...।'

मि. गिब्सन समझते थे कि लाख समझाने के बावजूद उनकी पत्नी ने जिस बात के लिए ज़िद ठान ली, उसे करके रहेंगी। वे ऑस्ट्रेलिया जाकर दम लेंगी। और सचमुच, मिसेज़ जून गिब्सन अपने दो बेटों—मँझले बेटे रोनाल्ड, सबसे छोटे बेटे नील—और बेटी वनेसा के संग मि. गिब्सन पर बुरी तरह तरस खाते हुए ऑस्ट्रेलिया के लिए कूच कर गई थीं। खुशिया पाहन ने गहरी साँस लेकर कहा, 'गंज' की ठकुराइन आखिर चली ही गई।

बढ़ती उम्र में जब मि. गिब्सन को बीवी की ज़्यादा ज़रूरत थी, तो मिसेज़ जून गिब्सन ने अपनी बेटी वनेसा की बातों में आकर ऑस्ट्रेलिया जा बसने का मन बना लिया था। दरअसल, अपनी मम्मी को अपने साथ ऑस्ट्रेलिया ले जाने का पूरा जाल वनेसा

ने बहुत बारीक़ी से बुना था। वनेसा पहले कलकत्ता की एक प्रसिद्ध चाय कम्पनी के मैनेजिंग डायरेक्टर की पी.ए. थी। उसने और भी कई नौकरी बदली। उसका पति कलकत्ता में ठीक-ठाक ही नौकरी कर रहा था, पर एक दिन वनेसा ने कलकत्ता की ज़िन्दगी से ऊबकर घोषणा की कि वह ऑस्ट्रेलिया में बसने की सोच रही है। वनेसा ने अपनी मम्मी को भी ऑस्ट्रेलिया जाने के लिए तैयार कर लिया था। दरअसल, अपने दो छोटे-छोटे बच्चों की देखभाल के लिए उसे एक आदमी की ज़रूरत थी। सो वनेसा ने अपनी मम्मी को मैकलुस्कीगंज आकर ख़ासा मुलम्मा दिया और सब्ज़बाग़ दिखाये कि उनके साथ जाने से भाई लोगों के भविष्य का रास्ता खुलेगा...। अपने बेटों के भविष्य सँवरने की बात सुनकर आख़िरकार मिसेज़ जून गिब्सन ऑस्ट्रेलिया जाने के लिए तैयार हो गईं। तय हुआ कि वनेसा और उसके पति के संग मिसेज़ गिब्सन के साथ उनका बड़ा बेटा मिंटो, उसकी पत्नी रोज़ी, मँझला बेटा रोनाल्ड और नील भी जाएगा—वनेसा का छोटा भाई। मि. गिब्सन ने इस जोड़-तोड़ पर झुँझलाकर अपनी बीवी से कहा था, 'जूनी, बढ़ती उम्र में माँ-बाप अपने बच्चों की पॉलिटिक्स के मुहरे बनने लगते हैं...तुम भी इसकी शिकार हो गई हो...। भला क्या जरूरत है तुम्हें ऑस्ट्रेलिया जाने की? वैसे अगर घूमने-फिरने के लिए जा रही हो, तो बात अलग है...। वनेसा तुमको अपने बच्चों की आया बनाकर ले जा रही है, यह जान लो।'

पर उनकी ये सारी झुँझलाहटें अपने बीवी-बच्चों के सामने अनसुनी रह गईं।

अपने बीवी-बच्चों को गाँव से विदा करते हुए मि. गिब्सन की आँखें बेशक भीगने-भीगने को हो आई थीं, पर तत्क्षण उन्होंने अपने दिल को समझा लिया था कि सबसे सख़्त और रुखड़ा दाना दंतविहीन पोपले के मसूढ़े में ही धँसता है। आख़िर इसका क्या किया जाए?

हाँ, मि. गिब्सन के लिए एक बात ज़रूर राहत की हुई थी और वह थी अपनी माँ से मिंटो की बग़ावत। अपने पापा मि. गिब्सन का साथ देने के लिए अपनी माँ और भाई-बहन से विद्रोह कर, उनका बड़ा बेटा मिंटो 'गंज' में अपनी बीवी रोज़ी के साथ रुक गया था। ऑस्ट्रेलिया न जाकर 'गंज' में ही रहने के मिंटो के निर्णय पर उसकी बीवी रोज़ी बेहद क्षुब्ध हुई थी। मिंटो से इस बात पर उसका ज़बर्दस्त झगड़ा हुआ था।

मिसेज गिब्सन की नज़र में मिंटो अपने नामाकूल बाप पर गया था।

ऑस्ट्रेलिया में भी मिसेज़ गिब्सन अपने बड़े बेटे के भविष्य को लेकर बराबर चिन्तित रहती थीं, जिसे वह मैकलुस्कीगंज में बैठकर बाप के चक्कर में 'डुबो' रहा था। मिसेज़ गिब्सन ने बाद में भी लगातार कोशिश की कि मिंटो को समझा-बुझाकर जितनी जल्दी हो ऑस्ट्रेलिया बुला लिया जाए और किसी अच्छी नौकरी में उसे खपा दिया जाए। हालाँकि, मिंटो के पास तकनीकी शिक्षा की कोई डिग्री नहीं थी, जो ऑस्ट्रेलिया में उसे आसानी से कोई नौकरी दिला देती।

उधर मिंटो ने अपनी मम्मी को पत्र में एक बार साफ़-साफ़ लिखा था, 'तुम बेवजह परेशान मत हो...। मैं मैकलुस्कीगंज छोड़कर कहीं नहीं जानेवाला...।'

मिसेज़ गिब्सन ने खीजकर बेटी वनेसा से कहा, 'मिंटो अपने बाप का फोटो कॉपी है। बाप ने ही इसके नसीब में आगा मार दिया। इस गधे का क्या करूँ मैं?'

सचमुच, यह एक अजीब पहेली थी जिससे मिंटो कई दिनों तक जूझता रहा था, 'माँ बड़ी होती है या मातृभूमि...?' आख़िरकार, मिंटो के विवेक ने उसे इस उलझन से उबार लिया था, 'बेशक, मातृभूमि बड़ी होती है...मदर से भी बढ़कर है मदरलैंड...।'

मि. गिब्सन ने एक दिन भावुक होकर कहा था, 'अपनी मिट्टी की ताकत ही कुछ और होती है बेटे...! मिट्टी की ताकत...अपनी मिट्टी का अधिकार...। स्थानीय अधिकार से बढ़कर दुनिया में कोई दूसरा बड़ा अधिकार नहीं होता। मैकलुस्कीगंज का एहसास दुनिया का कोई हिस्सा हमें दे सकता है क्या?'

मिंटो अपने पापा की इन्हीं बातों का क़ायल था। मि. गिब्सन ने गहरी साँस लेकर कहा था, 'इंडियन फ्रीडम स्ट्रगल को मैंने अपने होश में देखा है मिंटो। बहुतेरे हिन्दुस्तानी बेटों ने अपनी माँ के मोह को झटककर मदरलैंड के लिए कुर्बानी दे दी।'

वैसे, ऑस्ट्रेलिया में गिब्सन परिवार का पहले से बहुत मज़बूत सूत्र था। मि. गिब्सन की एकमात्र बहन मिसेज़ इडा डिक्रूज़ ऑस्ट्रेलिया में अरसे से बसी हुई थीं और वहाँ की राजनीति में उनका ख़ासा दबदबा था। ऑस्ट्रेलियाई संसद की वे एक मुखर सदस्य थीं।

मिसेज़ गिब्सन को ऑस्ट्रेलिया में अपनी ननद का बहुत सम्बल था। शुरू से नफ़ासत और नाज़ों में पली मिसेज़ गिब्सन को ऑस्ट्रेलिया का जीवन काफ़ी रास आया था। ऑस्ट्रेलिया पहुँचने के कुछ महीने बाद उन्हें वहाँ 'इडीथ कोवेन यूनिवर्सिटी' में कैटरिंग इंचार्ज की नौकरी मिल गई थी। अपने उतार-चढ़ाव भरे जीवन को लेकर देर रात गए कभी-कभी बिस्तर पर लेटे हुए सोचती थीं मिसेज़ गिब्सन—कई दशक पहले की बात। अपने पापा लेफ़्टिनेंट कर्नल तारिक़ अली को वे याद करतीं। हैदराबाद स्टेट में क्या रुतबा था उनके पापा का! लखनऊ के पास परिवार की कभी पुरानी ज़मींदारी थी। पर पापा हैदराबाद निज़ाम के स्टेट फ़ोर्स में आ गए थे। उनके अंकल सर महमूद अली की क्या शान थी! उत्तर प्रदेश के राज्यपाल थे वे। हैदराबाद में कॉलेज के अपने सुनहरे मुरादों के दिनों को याद करतीं मिसेज गिब्सन। पता नहीं, सब कुछ कैसे हो गया! कॉलेज के एक कद्दावर हैंडसम युवक का जादू उनके ऊपर बुरी तरह छा गया था। इस एंग्लो-इंडियन युवक को घुड़सवारी में ग़ज़ब की महारत हासिल थी। रेस में उसके प्रशिक्षित घोड़े क़यामत का जलवा दिखाते थे। कलकत्ता में उस ज़माने में रेस के दौरान जब उस युवक का प्रशिक्षित घोड़ा 'डाइनैमिक ब्वाय' और 'ब्लू गॉड' लगातार अव्वल आता गया, तो कलकत्ता के बंगला से लेकर सभी अंग्रेज़ी-हिन्दी अख़बारों में उस एंग्लो-इंडियन नौजवान का नाम सितारों की तरह सुर्ख़ियों में छा गया। यह जाबिर युवक और कोई नहीं—मि. डगलस गिब्सन थे। रात के गहन सन्नाटे में टाप उठाये घोड़े पर लहराते बैठे मि. गिब्सन की छवि मिसेज़ गिब्सन को रह-रहकर कौंध जाती। 'गंज' ने इस आदमी को बर्बाद कर दिया।

रात भर बिस्तर पर करवट बदलती रहतीं मिसेज़ गिब्सन। वे अपनी शादी के प्रसंग को याद करतीं। अपनी बेटी की ज़िद के आगे अन्ततः झुके पापा की तरफ़ से हैदराबाद के ख़ानदानी परिवारों को यह कार्ड गया था—'मिसेज़ एंड मि. लेफ़्टिनेंट कर्नल तारिक़ अली रिक्वेस्ट द प्लेज़र ऑव यॉर कम्पनी टू विटनेस द होली मैट्रिमॉनी ऑव देयर डॉटर ज़ाहिदा विद डगलस...।' मुस्लिम रीति-रिवाज़ से यह भव्य शादी हुई थी। लेकिन विवाह

के थोड़े दिनों बाद ही मि. डगलस गिब्सन की इच्छा के मुताबिक़ ज़ाहिदा हिना ईसाई बन गईं और उनका नया नाम हो गया—जून गिब्सन। वैसे, जाहिदा हिना के ख़ानदानवालों की दिली तबीयत थी कि डगलस गिब्सन ही इस्लाम क़बूल कर लेते। लखनऊ का आली ख़ानदान था ज़ाहिदा का। पर मि. गिब्सन का रुख़ देखकर जब ज़ाहिदा ने ही ईसाई बनने का फ़ैसला ले लिया, तो इसमें कोई क्या बोलता?

ख़ैर, ज़ाहिदा उर्फ़ जून से विवाह के बाद भी नायाब घोड़ों को दौड़ाने का नशा मि. गिब्सन के सिर पर अर्से तक छाया रहा था। शुरू में मैकलुस्कीगंज में ही उन्होंने अपने घुड़साल (स्टड फ़ार्म) को लगभग अठारह एकड़ के परिसर में जमाया था। इस स्टड फ़ार्म का नाम उन्होंने बहुत प्यार से रखा था—'हिल व्यू स्टड फ़ार्म'। वे काफ़ी उत्साहित थे। लगे हाथ हज़ारीबाग़ में भी स्टड फ़ार्म खोलने का आमंत्रण किसी ने उन्हें दिया था। यहाँ उन्हें पचास एकड़ का एक विशाल परिसर सुलभ हुआ। पर एक साथ 'गंज' और हज़ारीबाग़ के तबेलों को सँभालना आसान नहीं था।

मि. मिलर ने एक बार आहिस्ते-से उन्हें इशारा किया था, 'मि. गिब्सन! इस इलाके में एक पुरानी कहावत सुनता रहा हूँ—रोड़े या कि घोड़े। यानी कंस्ट्रक्शन का काम और घोड़े की लगाम थामने में बड़े-बड़ों की हालत ढीली हो जाती है।'

मि. मिलर ने पते की बात कही थी। दो वर्ष लगते न लगते मि. गिब्सन का हज़ारीबाग़-वाला मामला तो डूब ही गया, 'गंज' का 'हिल व्यू स्टड फार्म' भी भारी घाटे में चला गया। मिसेज़ गिब्सन ने सख़्त झुँझलाहट के बाद अन्तिम चेतावनी दी, 'कुछ नहीं सुनना है मुझे। तुम तबेले को अभी बन्द करो।'

विफलता की गहरी पीड़ा के साथ आख़िरकार मि. गिब्सन घोड़े की पीठ से उतरे। 'गंज' के तबेले पर ताला मारा और 'रेस्ट हाउस' के धन्धे की तरफ़ ख़ुद को मोड़ दिया। अर्सा पहले पैसों का जोड़-तोड़ करके उन्होंने 'गंज' के मुखिया रहे पी.के. राय चौधरी से उनका 'पिकॉक गेस्ट हाउस' ख़रीदा था। कभी उनकी योजना इसमें नये सिरे से गेस्ट हाउस चलाने की थी। पर तबेलों के चक्कर में यह योजना ठप पड़ी थी। पत्नी की चेतावनी पर उन्होंने 'पिकॉक गेस्ट हाउस' की सफ़ाई कराई और धूमधाम से 'पिकॉक गेस्ट हाउस' में आनेवाले 'चेंजर्स' की सेवा-बानगी में पूरी तरह जुट गए। मिसेज़ गिब्सन ने इस धन्धे में उनका पूरा साथ दिया। लिहाज़ा, 'रेस्ट हाउस' का कारोबार चल निकला। पर 'रेसिंग' के जुनून को मि. गिब्सन दिल से मिटा नहीं सके। जिस महीने 'पिकॉक गेस्ट हाउस' में पर्यटकों की भीड़ बढ़ने से अच्छी आमदनी होती, वे फ़ौरन कलकत्ता की ट्रेन पकड़ लेते। मिसेज़ गिब्सन मारे गुस्से के गेस्ट हाउस में दाँत पीसती रह जातीं, 'पैसों की लरती-चढ़ती बढ़ते ही तुम पागल हो जाता है मैन। टाइम ही तुम्हारा ट्रीटमेंट करेगा।'

'रॉयल कलकत्ता टर्फ़ क्लब', जो सन् 1820 में बने भारत के सबसे बड़े 'कलकत्ता रेसकोर्स' का प्रबन्धन देखता है, के लोगों से भी मि. गिब्सन की पुरानी निकटता है। जुलाई से सितम्बर और नवम्बर से मार्च की अवधि में यहाँ घोड़ों का रेस होता है। इस अवधि में मि. गिब्सन अपने आप में नहीं होते। मिसेज़ गिब्सन मान चुकी थीं कि किसी का नेचर और सिगनेचर नहीं बदलता। मि. गिब्सन के हफ़्तों कलकत्ता में रहने के बावजूद वे गेस्ट हाउस का मोर्चा थामे रहतीं। इस तरह कुछ वर्षों में 'पिकॉक गेस्ट हाउस' पटरी पर आ गया।

सारी व्यवस्था सुचारु रूप से चल रही थी कि मि. गिब्सन को फिर खुजली शुरू हो गई। उन्हें पिछले कई सालों से मालूम था कि पास के गुमला नामक जगह में एक कोई मि. माइकेल जॉन ग्रिफ़िथ्स अपनी पत्नी के संग 'छोटानागपुर स्टड फ़ार्म' चला रहे हैं। मिसेज़ ग्रिफ़िथ्स का भी मिसेज़ गिब्सन की तरह मुस्लिम कनेक्शन था, जो उनके नाम में भी चस्पाँ था—मिसेज़ फ़ियोना इम्तियाज़ तैयबजी ग्रिफ़िथ्स। फ़ियोना हैदराबाद के सर अकबर हैदरी की भतीजी थीं। इस तरह घोड़ों के शौक़ और मि. व मिसेज़ ग्रिफ़िथ्स के पुराने 'हैदराबाद कनेक्शन' के कारण मि. गिब्सन बहुत जल्दी ही ग्रिफ़िथ्स दम्पती के क़रीब आ गए।

इधर मि. गिब्सन की लगातार गुमला दौड़ से मिसेज़ गिब्सन के मन में लगातार खतरे की घंटी बज रही थी। मिसेज़ गिब्सन ने कुछेक बार जब उन्हें टोका, तो मियाँ-बीवी में तीखी झड़प हो गई।

मि. गिब्सन दरअसल मन बना चुके थे कि ग्रिफ़िथ्स का स्टड फ़ार्म वे ख़रीद लेंगे। जब वे ग्रिफ़िथ्स दम्पती से मिले थे, तब तक उन लोगों के स्टड फ़ार्म की हालत बेहद ख़स्ता हो चुकी थी। आख़िरकार औने-पौने दाम में मि. गिब्सन ने ग्रिफ़िथ्स दम्पती से वह स्टड फ़ार्म ख़रीद लिया था। इस प्रकरण को लेकर मिसेज़ गिब्सन से उनका भारी झगड़ा हुआ था। कई दिनों तक मिसेज़ गिब्सन ने खाना-पीना छोड़े रखा। मि. गिब्सन की यह हरक़त अब उन्हें असहनीय लग रही थी। उन्होंने गुस्से में लगभग काँपते हुए कहा, 'अरे मैन! ज्यादा उधियाओ मत। इस बार तबेले के चक्कर में तुम्हारा जो तबला बजेगा, उसे तुम जिन्दगी भर याद रखोगे। तुम्हारी सारी इलाबाइस[1] झड़ जाएगी।'

पर मिसेज़ गिब्सन की चीख-पुकार का असर मि. गिब्सन पर भला क्या होना था! उनके सिर पर घोड़ों का भूत नये सिरे से सवार था।

बहरहाल, गुमला में ग्रिफ़िथ्स का स्टड फ़ार्म लेने के बाद शुरू के कई महीनों तक मि. गिब्सन गुमला दौड़-दौड़कर वहाँ का प्रबन्धन करते रहे थे। गुमला में 'हॉर्स ब्रीडिंग' में उन्हें थोड़ी सफलता मिली। गुमला से घोड़ों को सीधे मद्रास ले जाकर बेचने पर उन्हें कुछ मुनाफ़ा हुआ। इस सबसे मि. गिब्सन का जोश कुछ परवान चढ़ता कि वर्ष 1986 में अचानक तमिलनाडु के तत्कालीन मुख्यमंत्री एम.जी. रामचन्द्रन ने तमिलनाडु में 'रेसिंग' को बन्द करने का फ़ैसला ले लिया था। इसका असर यह हुआ कि उस साल दक्षिण बिहार से जो घोड़े बिकने के लिए मद्रास गए थे, वे नहीं बिके। मि. गिब्सन को इससे भारी क्षति पहुँची। इस घाटे को वे झेल नहीं सके। लिहाज़ा, अपने तमाम घोड़ों और गुमलावाले तबेले के सारे सामान को उन्होंने कौड़ी के मोल हरियाणा के कर्नल भीम सिंह के 'विक्रम ग्रीन लैंड्स स्टड फ़ार्म' को बेच दिया। साथ ही क़सम खाई कि अब घोड़ों के धन्धे में कभी नहीं पड़ेंगे।

मिसेज़ गिब्सन स्टड फ़ार्म के मुद्दे पर उसके बाद से हमेशा लाठी लिये बैठी रहती थीं। कुछ समय बाद तो ख़ैर वे ऑस्ट्रेलिया ही चली गईं। 'पिकॉक गेस्ट हाउस' का सारा दारोमदार अब मि. गिब्सन के कन्धे पर आ गया। ऑस्ट्रेलिया जाते वक्त मिसेज़ गिब्सन ने उनसे कहा था, 'लाइफ़ का गोल्डेन टाइम तुमने धुरफंदी में गुजार दिया। अब तुम्हें आटे-दाल का भाव समझ में आएगा मैन।'

1. रईसी

ऑस्ट्रेलिया जाने से इनकार कर मिसेज़ गिब्सन को उन्होंने और दुःख पहुँचाया था। मि. गिब्सन समझते हैं कि वे दुनिया छोड़ेंगे, तभी 'गंज' छोड़ेंगे।

मैकलुस्कीगंज मि. गिब्सन का अपना निज़ाम है। इसलिए दुनिया भर में वे लाख विचरण कर लें पर चैन की साँस उन्हें यहीं मिलती है। एक बार पत्नी के लगातार आमंत्रण के बाद महज़ घूमकर लौट आने की शर्त पर कुछ दिनों के लिए वे ऑस्ट्रेलिया गए भी, लेकिन जल्दी ही वहाँ से भागकर 'गंज' चले आए। अपने इस तकिया क़लाम से उन्हें कहीं निज़ात नहीं, 'हमारे 'गंज' में...।' 'गंज' की यह दिली निज़ामत आज भरे बुढ़ापे में भी उन्हें चाक़-चौबन्द रखे है। दरअसल, निज़ामत तो एक बचपन से मि. गिब्सन की रगों में है। 15 मार्च, 1926 को जब डगलस गिब्सन का जन्म हैदराबाद में हुआ था, तो उन दिनों वहाँ निज़ाम की हुकूमत थी। मि. गिब्सन के पिता अर्से तक निज़ाम के ख़ास मुलाज़िमों में थे। मि. गिब्सन की सारी पढ़ाई-लिखाई हैदराबाद में ही हुई थी। हैदराबाद का उन दिनों भी अपना जलवा था। कॉलेज की पढ़ाई ख़त्म करने के बाद मि. गिब्सन वहीं 'निज़ाम स्टेट फ़ोर्सेज' की सेवा में भर्ती हो गए।

इसी वज़ह से उनके नाम के संग 'कैप्टेन' का ख़िताब जुड़ गया। पर 'निज़ाम स्टेट फ़ोर्सेज' की क़वायद गिब्सन महाशय को बहुत दिनों तक रास नहीं आई। लिहाज़ा, जल्दी इस नौकरी को राम-सलाम कर वे सीधे लखनऊ चले आए। वहाँ लखनऊ विश्वविद्यालय से अंग्रेज़ी में एम.ए. किया और वहीं अध्यापन कार्य में रम गए। 'टीचिंग लाइन' मिसेज़ गिब्सन को चैन-सुकून की लग रही थी। पर मि. गिब्सन की बीमारी थी, कहीं ज़्यादा दिन न टिकने की। मिसेज़ गिब्सन इसको लेकर अक्सर एक देसी फकरा कहती थीं, 'कनुआं स्साला बहुधंधी, पठैं तेल को लावै अंडी...।' हज़ारीबाग़ के 'सन्त ज़ेवियर्स स्कूल' से लेकर बम्बई-कलकत्ता के कुछ स्कूलों में भी मि. गिब्सन ने पढ़ाया। कलकता में खिदिरपुर स्थित पुराने और मशहूर 'सेंट थॉमस स्कूल' में कुछ समय तक प्रिंसिपल रहे। बाद में 'ओस्मानिया विश्वविद्यालय' की सेवा में कुछ महीने रहे। नौकरी छोड़ने पकड़ने का यह सिलसिला सात-आठ सालों तक चला और आख़िरकार मि. गिब्सन ने तय कर लिया कि अब वे नौकरी के चक्कर में कभी न पड़कर मैकलुस्कीगंज में अपना 'स्टड फ़ार्म' चलाएँगे। 'स्टड फ़ार्म' वाला धन्धा जब बहुत जमा नहीं, तो 'गंज' में उन्होंने 'लर्न विद फ़न' नाम से एक प्री-प्राइमरि स्कूल की शुरुआत की। मिसेज़ गिब्सन ने खीजकर कहा कि इस बित्ते भर के स्कूल से जीने लायक़ भी पैसा नहीं आएगा। बस शुरू दिन से मिसेज़ गिब्सन ने इस स्कूल को भंडूल करने का जैसे बीड़ा ही उठा लिया। जो भी अभिभावक अपने बच्चे का नामांकन कराने आते, स्कूल की एडमिशन-इंचार्ज मिसेज़ गिब्सन उन सबको यह बताकर लौटा देतीं कि, 'मि. गिब्सन थे कभी बड़े-बड़े स्कूलों के प्रिंसपल। पर अब यह बुड्ढा अंग्रेज़ी वर्ड्स की लगभग सारी स्पेलिंग भूल चुका है। यहाँ पढ़कर बच्चे को क्या फ़ायदा होगा।' इस तरह मिसेज़ गिब्सन के परिश्रम से स्कूल जल्दी बन्द हो गया। अन्ततः मिसेज़ गिब्सन की इच्छानुसार मि. गिब्सन ने 'गंज' में गेस्ट हाउस का धन्धा शुरू किया।

घुड़सवारी और अध्यापन के अतिरिक्त मि. गिब्सन का एक और शौक रहा है, और वह है—राजनीति। पता नहीं, राजनीति का कीड़ा किस रास्ते गिब्सन ख़ानदान के खून में

घुस आया था! मि. गिब्सन की एकलौती बहन मिसेज़ इडा' डिक्रूज़ तो ऑस्ट्रेलियाई संसद की सदस्य रह चुकी थीं। प्यारे भाई को भी यह कीटाणु रह-रहकर काटता-गुदगुदाता रहता है। सन् 1969 से 1973 तक मि. गिब्सन 'द ऑल इंडिया एंग्लो-इंडियन एसोसिएशन' के सक्रिय सदस्यों में से एक रहे। पर सन् 1974 में जब देश में 'जयप्रकाश आन्दोलन' चरम पर था और 'एंग्लो-इंडियन एसोसिएशन' के प्रमुख नेता फ्रैंक ऐन्थनी इस आन्दोलन को समर्थन देने के लिए तैयार नहीं हुए, तो क्षुब्ध होकर मि. गिब्सन ने 'द ऑल इंडिया एंग्लो-इंडियन एसोसिएशन' से अपने को अलग कर लिया और अपने समुदाय के कुछ लोगों को बटोरकर 'प्रोग्रेसिव एंग्लो-इंडियन एसोसिएशन ऑव इंडिया' की स्थापना कर डाली। मि. गिब्सन तब लोकनायक जे.पी. और चौधरी चरण सिंह से भी मिले थे और अपने नवगठित एसोसिएशन की ओर से जनता पार्टी को समर्थन देने की बात की थी। सन् 1977 के लोकसभाई चुनाव में जोश से भरे मि. गिब्सन जनता पार्टी के प्रचार में दर-दर घूमे। और जब दिल्ली में जनता पार्टी की सरकार बन गई, तो गिब्सन महाशय को पूरी उम्मीद थी कि एंग्लो-इंडियन वाले कोटे से उन्हें लोक सभा सदस्य अवश्य मनोनीत किया जाएगा। पर ऐसा नहीं होना था, सो नहीं हुआ। 'गंज' के लोगों ने तब मुसककर कहा था, 'ईंट की देवी, माँगे प्रसाद...।' वैसे, अभी भी जोश में कभी-कभार मि. गिब्सन यह तय करने लगते हैं कि नहीं होगा, तो बिहार का अगला विधान सभा चुनाव वे किसी 'ओपेन सीट' से ज़रूर लड़ेंगे। मि. गिब्सन के लिए यह घोर विषाद का विषय है कि मैकलुस्कीगंज काँके विधान सभा क्षेत्र के अन्तर्गत है। यह अनुसूचित जाति यानी दलितों के लिए सुरक्षित सीट है। मि. गिब्सन सोचते हैं कि अगर काँके की सीट सुरक्षित न होकर 'ओपेन' होती, तो यहाँ से उनकी जीत को कोई रोक नहीं सकता। हजारों मील दूर जा बसी अपनी बीवी के ख़यालों को परे रखने के लिए मि. गिब्सन इन फ़ितूरों को बड़ी खूबी से पाले हुए हैं।

जब कभी राष्ट्रीय-अन्तरराष्ट्रीय राजनीति को लेकर मि. गिब्सन का जोशीला भाषण शुरू होता है, तो मिंटो मुसककर चुपचाप वहाँ से खिसक लेता है। मि. गिब्सन तब क्षुब्ध मुस्कान के संग कहते हैं, 'ताज्जुब है, मेरा बेटा होकर इसे राजनीति में 'इंट्रेस्ट' क्यों नहीं...?'

बड़े बेटे मिंटो और उसके बीवी-बच्चों को हमेशा मि. गिब्सन दिलोजान से चाहते रहे थे। उनपर जान छिड़कते थे। पर अचानक ज़िन्दगी के अन्तिम पड़ाव पर अपने सबसे प्रिय बेटे मिंटो से ही उनकी भयंकर ठन जाएगी, इसकी कल्पना भी उन्होंने नहीं की थी। सब कुछ बेहद अजीब-सा हुआ। और जो भी हुआ, उसने गाँव भर में रसीली अफ़वाहबाज़ी को भरपूर मौका दे दिया। मसलन—क्या हुआ...सुना है! बुढ़ऊ का कुछ 'लटपट' चल रहा है!...बुढ़ापे की उनकी इस अन्धी आशिकी को लेकर बहू-बेटे भी अब तीर-कमान लिये खड़े हैं...। अलिफ नंगा हो चुका है यह ढील मुहाँ[1] बुड्ढा! ओह...उम्र का भी कोई खयाल-बात नहीं... पोती दाखिल लड़की से...। आखिर क्या महसूस होता होगा इस उम्र में? सुना है, शिलाजीत खाता है...। शतावरी पिसवाकर पीता है।

मि. डिकोस्टा का निष्कर्ष था कि मि. गिब्सन को वियाग्रा[2] के नियमित सेवन ने पागल कर रखा है। गाँव के कुछ गाढ़े लोग मि. गिब्सन की अनुभूतियों को लेकर ख़ासे

---

1. वह बैल जिसकी जननेंद्रिय बहुत लटकी रहती है
2. यौन-शक्ति को बढ़ानेवाली दवा

उत्सुक-उत्साहित थे और काफ़ी मगजमारी के बाद कहते, 'लत्ती की लटकने की लत छूटती है कहीं! लुतुक...सिर्फ लुतुक...और क्या?'

हालाँकि, कुछ तटस्थ क़िस्म के लोगों ने आहें भरते हुए मि. गिब्सन के प्रति हमदर्दी जताने की क्षीण-सी कोशिश की थी, 'क्या करें बेचारे अंकल...? बुढ़ापे में जिसकी जोरू परदेस में हो, वह कोई तो सहारा ढूँढ़ेगा न...! मर्द को बीवी की जरूरत जवानी से कहीं ज्यादा बुढ़ापे में होती हैं...यह गिब्सन आंटी नहीं समझ सकीं...।'

पर ऐसा कहनेवाले महज़ दो-चार लोग ही थे। अधिक संख्या कटुक्ति करनेवालों की थी।

दरअसल, सारा लफड़ा मि. गिब्सन के 'पिकॉक गेस्ट हाउस' में काम करनेवाली किशोरवय की एक लड़की पार्वती को लेकर शुरू हुआ था। गाँव के लपड़ावाले हिस्से के एक ग़रीब अहीर परिवार की लड़की पार्वती लगभग चौदह-पन्द्रह साल की उम्र से ही मि. गिब्सन के गेस्ट हाउस में काम कर रही है। इस प्यारी-सी गहरे साँवले रंग की बच्ची के लिए मि. गिब्सन के मन में मात्र सहज अनुराग भाव रहा है। मि. गिब्सन को यों ही याद है, पार्वती की मुड़ी-चुड़ी और दीन-हीन माँ रनियाँ जब एक दिन चारों तरफ़ से हताश हो 'पिकॉक गेस्ट हाउस' के बरामदे पर अपनी बेटी को लेकर सहमते-सकुचाते हुए आई थी और मि. गिब्सन से कातर स्वर में अनुनय किया था, 'बड़ा साहेब! इसे रखेंगे अपने पास...? आपकी पनही[1] बनकर रहेगी। सितलबुकनी[2] है हमारी बेटी...। गेस्ट हाउस का सारा काम करेगी...और यहाँ से दो कौर मिल जाएगा, तो जी जाएगी मेरी बेटी...।'

एक पल के लिए मि. गिब्सन ने सोचा था कि यह छोटी-सी लड़की भला गेस्ट हाउस में कितना क्या काम कर पाएगी...? लेकिन अगले ही क्षण पता नहीं क्यों, अपनी मरणासन्न माँ से चिपटकर खड़ी आम के फाँक सरीखी आँखोंवाली उस दुबली-पतली साँवली बच्ची को देख उनके मन में गहरी करुणा उमड़ आई थी। उन्होंने कहा था, 'हाँ, ठीक है...काम करेगी यहाँ पार्वती...आज ही से...। क्यों, मन लगेगा न पार्वती...?'

उसी दिन से पार्वती 'पिकॉक गेस्ट हाउस' के काम-काज में जुट गई थी। गेस्ट हाउस में आनेवाले 'चेंजर्स' भी इस फुर्तीली लड़की की तत्परता से गदगद रहते थे।

मि. गिब्सन को मालूम था कि रनियाँ का पति यानी पार्वती का बाप जेल में है। एक हत्या के मामले में। उसका बाप गाँव में कर्नल अमरजीत सिंह के मकान को 'अगोरने' का काम करता था। अमरजीत दरअसल ज़्यादा बाहर-बाहर रहते थे। एक रात कर्नल अमरजीत के कैम्पस के पिछवाड़े में एक लावारिस लाश फेंकी हुई पाई गई। तहक़ीक़ात में आई पुलिस ने पार्वती के बाप को धर दबोचा था, 'तुम जब यहाँ रहते हो, तो भला यह कैसे हो सकता है कि तुमने हत्यारों को लाश फेंकते नहीं देखा हो? जरूर तुम भी क्रिमिनल्स से मिले हो...।'

इस तरह पार्वती का बाप जेल में डाल दिया गया। महज़ तीन डिसमिल ज़मीन पार्वती के बाप के नाम गाँव में थी। इससे परिवार का गुज़र क्या चलता! फिर भी बाप जब तक बाहर था, तब तक इधर-उधर हाथ-पाँव मारकर किसी तरह परिवार के लिए दो रोटी जुटा लेता था।

---

1. जूता-चप्पल
2. चना को भूनकर उसे आँटा की तरह पीसने पर बनी सामग्री, सत्तू

एक ज़माने में लपड़ा गाँव में पार्वती के दादा की काफ़ी ज़मीन थी। लपड़ा में अहीरों की अच्छी ख़ासी आबादी है। किसी ज़माने में ये अहीर लोग गाँव के अच्छे जोतदार थे। अनगिनत चक[1] के मालिक। उराँव और मुंडा लोगों से खेती में बढ़-चढ़कर होड़ लेनेवाले। बेशुमार अन्न उपजानेवाले कर्मठ-ज़िद्दी किसान। पर धीरे-धीरे बहुत सारे परिवारों की माली हालत बिगड़ती गई।

पार्वती की माँ रनियाँ गर्व से याद करती है, 'मेरे ससुर ने बहुत जमीन दान में दे दी... वह भी एक दिन था...। एक बहुत बड़ा मैदान दान में देते हुए उन्होंने कहा था कि इसमें लपड़ा का बच्चा लोग गेंदा खेलेगा।'

पर समय का पटकान। उनके वारिस ही एक दिन अकूत ग़रीबी के पाँव के गेंद बन जाएँगे, यह उन्होंने सोचा भी नहीं होगा। पति के जेल जाने के बाद से पार्वती की माँ रनियाँ अपने दो बेटों—सुबोध और प्रमोद तथा दो बेटियों—पार्वती और सुनीता—को लेकर लगभग विक्षिप्त-सी हो गई थी। आख़िरकार, लपड़ा में ही उसे किसी ने सुझाया था, 'गिब्सन साहब...वो पिकॉक गेस्ट हाउस वाले...उनसे काम के लिए क्यों नहीं मिलती? अरे, बेटों का क्या...ये तो कहीं बाहर जाकर भी मेहनत-मजदूरी कर लेंगे। बेटी को अकेले बाहर नहीं भेज सकती न...।'

और सचमुच मि. गिब्सन ने पार्वती को शरण दे दी थी। तब तक मिसेज़ गिब्सन ऑस्ट्रेलिया जा चुकी थीं। मि. गिब्सन गेस्ट हाउस के अकेले मालिक-मुख़्तार थे।

इस तरह 'पिकॉक गेस्ट हाउस' में पार्वती के दिन अच्छे कटने लगे। अच्छा खा-पीकर वह तेज़ी से बड़ी होने लगी। साफ़-सुथरे कपड़े और बढ़िया रहन-सहन में पल-बढ़ रही पार्वती का रूप-रंग अद्‌भुत निखर आया था। अब तक लगभग सोलह-सत्रह साल की हो चुकी पार्वती 'पिकॉक गेस्ट हाउस' की जान बन गई। गेस्ट हाउस के अपने अन्य सभी कामकाज के अलावा उसे हर पल यह भी ध्यान रहता है कि गिब्सन अंकल को कैसे समय पर बेड-टी मिले...कि वे ब्रेकफ़ास्ट कैसे ठीक से कर लिया करें...कि उनका लंच व डिनर डॉक्टर द्वारा बताए गए परहेज़ के हिसाब से कैसे हो...। उनके कपड़े किस तरह धुले, साफ़ और क़लफ़दार रहें और...और तो और, उन्हें ड्रिंक्स और बहुत अधिक सिगरेट पीने से कैसे रोका जा सके।—ये तमाम चिन्ताएँ पार्वती को गिब्सन अंकल के इर्द-गिर्द हमेशा सचेत रखतीं।

मि. गिब्सन को पार्वती की इन चिन्ताओं से बड़ा सुकून मिलता। छोटी बच्ची से भरी-पूरी लड़की बन चुकी पार्वती मि. गिब्सन की 'गार्डियन' बन चुकी थी। शुरू में मिंटो को भी यह अच्छा लगता था। आह्लाद में कभी-कभी मि. गिब्सन जब कहते, 'यह है हमारे गेस्ट हाउस की जूनियर मैट्रन', तो उनका बेटा मिंटो भी सहमति में मुस्करा उठता। पर मिंटो की बीवी रोज़ी की आँखों में पार्वती शुरू से खटक रही थी।

मिंटो की बीवी ने एक रात बिफरकर मिंटो से कहा, 'देख रहे हो न पापा को, किस तरह हरदम डोलते रहते हैं पार्वती के आसपास...उफ़्! सो हेटफ़ुल...रिअलि डिसगस्टिंग...।' और मिंटो का हाथ पकड़ मिंटो की बीवी ने उसे सीधे अपने श्वसुर के कमरे के बाहर पर्दे की आड़ में ले जाकर एक रात खड़ा कर दिया था, 'देख लो खुद अपने पापा को...किस

1. जमीन का बड़ा खंड

तरह यह शैतान पार्वती उनके पाजामे के भीतर हाथ घुसा-घुसाकर मालिश कर रही है...। किसी दिन हम लोग भारी मुसीबत में पड़ेंगे। बुढ़ापे में पापा का दिमाग सड़ चुका है...।'

उस रात मिंटो जैसे शान्त लड़के से भी रहा नहीं गया और बौखलाते हुए वह अपने पापा के कमरे में घुसा, 'यह क्या कर रहे हैं पापा आप...? शी इज़ लाइक यॉर ग्रैंड डॉटर...और उससे इस तरह...?'

पिता-पुत्र के इस अंगार-भरे संवाद के दौरान पार्वती सहमी हुई कोने में खड़ी थी। सिर झुकाये। स्तब्ध। अचानक मि. गिब्सन भी मिंटो पर ज़ोरों से चीख़ उठे थे, 'हाँ...हाँ, ग्रैंड डॉटर तो है ही मेरी...। क्या मेरी पोती मेरी सेवा नहीं कर सकती...? तुम बाप के पास चौकी दोगे?'

सत्तर पार मि. गिब्सन मारे तमतमाहट के हाँफते हुए आख़िरकार रुआँसे हो गए। उन्हें मिंटो से ऐसी उम्मीद नहीं थी। बाद में उन्होंने ठंडे दिमाग़ से सोचा था—ज़रूर यह मिंटो की बीवी थी, जो उनके ख़िलाफ़ मिंटो के दिमाग़ में कूड़ा भर रही थी।

दरअसल, 'पिकॉक गेस्ट हाउस' की सारी मिल्कियत-हुकूमत अब तक मि. गिब्सन के ज़िम्मे थी और मिंटो ने इसको लेकर कभी कुछ सोचा नहीं था कि यह मिल्कियत अब उसके हाथ में आ जानी चाहिए। पर मिंटो की चतुर बीवी रोज़ी यह सब सोचती थी। मिंटो के पीछे से मि. गिब्सन को हिलाने के लिए उसी ने पार्वती के मुद्दे को लेकर बहुत दिनों तक सोचने-विचारने के बाद यह तीर निशाने पर छोड़ा था।

मि. गिब्सन हैरान थे। अपनी जवानी के दिनों में वे हैदराबाद से लेकर कलकत्ता...और न जाने कितने महानगरों में रहे। उनके ऊपर जाने कितनी हसीन लड़कियाँ जान छिड़कती थीं, तब तो कभी वे डोले नहीं—हाँ, बस, एक लड़की...जिसको लेकर उनका मन डोले बिना नहीं रह सका, वह थी धरती की परी-सी बेइंतिहा ख़ूबसूरत लड़की—ज़ाहिदा हिना सुल्ताना...। मि. गिब्सन ने जब पहली बार ज़ाहिदा को देखा था, तो उन्हें लगा था कि बेमिसाल हुस्नोदमकवाली यह लड़की धरती का प्रथम चुंबन है...। एकदम ग्लास ब्यूटी! यह आग एकतरफ़ा नहीं थी। ज़ाहिदा भी दिल-ही-दिल में मि. गिब्सन पर क़ुर्बान थी। आख़िरकार, कुछ दिनों की मधुर जद्दोज़ेहद के बाद ज़ाहिदा हिना सुल्ताना उनकी ज़िन्दगी में बक़ायदा दाख़िल हो गईं—नाज़ों भरी परी की तरह ख़रामाँ-ख़रामाँ डोलती हुई...बड़े लाड़ और अनुराग से मिसेज़ गिब्सन बनकर...। ज़ाहिदा हिना सुल्ताना से मिसेज़ जून गिब्सन बनकर...। मि. गिब्सन भी अपनी ज़ाहिदा उर्फ़ जून के लिए एक क़द्दावर घोड़े की तरह थे—'डाइनैमिक ब्वाय'...'ब्लू गॉड...'। ज़ाहिदा हिना यानी जून...यानी मिसेज़ जून गिब्सन नाम की हसीन परी इस घोड़े पर सवार हो हवा में उड़ती थी...और पंख निकल आते थे इस घोड़े के तब...। पर अर्से बाद ज़िन्दगी अचानक इस तरह पलट जाएगी... ज़िन्दगी के इस आख़िरी मुक़ाम पर, यह कभी सोच भी नहीं सकते थे मि. गिब्सन। पर अब सोचते हैं अक्सर...।

कभी-कभार शाम को खुशिया पाहन जब महुए की शराब में उबडुब हो 'पिकॉक गेस्ट हाउस' पहुँच जाता है, तो मि. गिब्सन देर तक उसे बिठाकर बातचीत करते हैं और चेरी ब्रांडी की घूँट भरते हुए खुशिया को भी दो-तीन पैग चखा देते हैं, 'ले, पी खुशिया, इंग्लिश दारू।'

छकाछक होकर खुशिया अलाप छेड़ देता है। हर बार वह एक ही गीत गाता है, जो मि. गिब्सन को सबसे प्रिय है। खुशिया नशे की झोंक में भी समझता है कि मि. गिब्सन बस वही एक गीत सुनने के लिए उसे अपने पास इतनी देर तक बिठाते हैं और इंग्लिश दारू पिलाते हैं। खुशिया के ऊँचे अलाप से पूरा 'पिकॉक गेस्ट हाउस' गूँज उठता है :

'मैना-मैना कहलों
मैना कहाँ गेल भला
मैना लागिन हो
पिंजड़ा बनवाय देब मैना लागिन...।'

[मैं 'मैना, मैना' पुकारता रहा...लेकिन पता नहीं, मेरी मैना कहाँ चली गई? मैं सोचता ही रहा—अपनी मैना के लिए मैं एक पिंजड़ा बनवाऊँगा...।]

मि. गिब्सन की बन्द आँखें भर-भर आती हैं, जब खुशिया गीत के बीच मोड़ पर पहुँचता है :

'मैना त निर्मोहिया
संग छोड़ि दगा देल
मैना लागिन हो...
पिंजड़ा बनवाय देब मैना लागिन...।'

[उस निर्मोही ने तो मेरा संग छोड़ दिया, मुझे दगा दिया और मैं सोचता ही रह गया कि अपनी मैना के लिए मैं पिंजड़ा बनवाऊँगा...।]

और खुशिया पाहन गाने के आख़िर में जब करुणा का दाहक राग भरता है, तो मि. गिब्सन की छाती फटने लगती है :

'कहाँ जेमे ताके मैना?
अँगना मोर सूना भेल
मैना लागिन हो...।'

[अपनी मैना को ढूँढ़ने आख़िर मैं कहाँ जाऊँ? मेरा आँगन तो सूना हो गया। और मैं सोचता ही रह गया—अपनी प्यारी मैना के लिए मैं पिंजड़ा बनवाऊँ।]

मि. गिब्सन उस रात कुछ ज़्यादा पी लेते हैं। फ्रैंक सिनाट्रा, सर क्लिफ़ रिचर्ड, एंजिलबर्ट हंपरडिंक और जिम रीव्स के गानों के दीवाने मि. गिब्सन को खुशिया का यह एक गाना पागल कर देता है। जून बुढ़ापे में महज़ बेटी के उकसावे पर ऑस्ट्रेलिया चली गई थीं और इसलिए न पार्वती को लेकर उनपर ऐसी गन्दी तोहमत लग रही है। कभी-कभी वे ज़ोर देकर सोचते हैं—क्या सचमुच इस छोटी-सी साँवली लड़की से उन्हें प्यार हो गया है...? पार्वती का आँखों से ओझल होना उन्हें सालता है...। 'ब्लैक रोज़'—वे पार्वती को लाड़ में कहते हैं। शायद यही सब खटकता रहा हो बेटे-बहू को...। पर जो ख़याल रखे, वही न ख़ास है...। पार्वती न होती तो पता नहीं उनका क्या हाल होता...? कभी-कभी ख़ुश होकर वे पार्वती को चूम लिया करते हैं...पर यह तो कोई ऐसी-वैसी बात नहीं हुई...। क्या अपने बच्चे को लोग ख़ुश होकर नहीं चूमते...? शायद इसी सबको बढ़ा-चढ़ाकर रोज़ी ने मिंटो को उनके बारे में गुमराह किया था, वरना मिंटो जैसे लड़के से ऐसे उग्र व्यवहार की वे कल्पना नहीं कर सकते थे। जो लड़का अपनी माँ के साथ

जाने से इनकार कर बस उनके लिए गाँव में टिका रह गया था, उस लड़के का व्यवहार इस तरह कैसे बदल गया...?

पर गाँव में तो आकपाक की झड़ी-सी लगी थी, 'सुना है, बेटे ने घर छोड़कर माँ के पास ऑस्ट्रेलिया चले जाने की धमकी दी है...? बहू भी बुड्ढे की हरकतों से तंग आ गई है। रोज बाप-बेटे में टंटा होता है।' ऐसी और अनगिनत बातें। जितने मुँह उतनी बातें। आख़िरकार, नौबत यहाँ तक आ गई कि मिंटो ने अपनी मम्मी को ऑस्ट्रेलिया पत्र लिख डाला—यहाँ की पूरी सनसनीखेज़ स्थिति का ब्यौरा देते हुए। तब अपने पति को मैकलुस्कीगंज में छोड़कर ऑस्ट्रेलिया में निश्चिन्त हो बैठी मिसेज़ जून गिब्सन लगभग भागती हुई मैकलुस्कीगंज पहुँची थीं। भारी झगड़ा हुआ मियाँ-बीवी में। मिसेज़ गिब्सन ने अपने बेटे मिंटो से कहा, 'इस गाँव में डायन-बिसाही आम बात है। जरूर तुम्हारे पापा पर किसी ने जादू-टोना कर दिया है...।'

मि. गिब्सन ने भरसक सफ़ाई पेश करते हुए कहा था, 'तुम्हें शक है तो गाँव में पंचायत बुलाओ...।' अपनी सफ़ाई को सुपुष्ट आधार देते मि. गिब्सन ने कहा, 'गाँव की किसी लड़की के संग कोई ऐसा-वैसा करेगा, तो एम.सी.सी. के एक्सट्रीमिस्ट...उग्रवादी भला छोड़ेंगे? खच् से मुड़ी नहीं काट लेंगे?'

बहरहाल, सारा गाँव उस समय दिल थामे बैठा था कि अब जबकि मिसेज़ गिब्सन सिपहगीरी करने गाँव आ गई हैं, तो देखना है, बूढ़े बाबा की छोकरी से प्रेम-पच्चीसी के चक्कर का क्या परिणाम होता है। अफ़वाहबाज़ों ने तो एक सुबह यहाँ तक शोशेबाज़ी कर दी कि मि. गिब्सन से मिसेज़ गिब्सन की जमकर हाथापाई हुई है। ख़ैर, जो हो, गाँव के इस वयोवृद्ध दम्पती के चरम झगड़े का अन्त आख़िरकार इस फ़ैसले पर जाकर हुआ कि पार्वती की 'पिकॉक गेस्ट हाउस' से छुट्टी कर दी जाए। हालाँकि, बेहद भारी मन से मि. गिब्सन अपनी पत्नी के इस कठोर प्रस्ताव पर सहमत हुए थे। पर ऑस्ट्रेलिया से ख़ास तौर से इसी के लिए आईं पत्नी का सख़्त फ़रमान था...तो कोई दूसरा चारा नहीं था।

पार्वती को गेस्ट हाउस से जाने के लिए कहते हुए मि. गिब्सन ने झुँझलाकर अपनी पत्नी से कहा, 'जून, तुम कब तक ऑस्ट्रेलिया में बैठकर मुझे 'रिमोट कंट्रोल' से यहाँ चलाती रहोगी, बोलो तो...? तुम्हारे गारद और पहरे में मैं कब तक रहूँगा?' पर पत्नी की आग्नेय दृष्टि को देख वे सहमकर चुप लगा गए।

'पिकॉक गेस्ट हाउस' से पार्वती की विदाई के बाद मिसेज़ गिब्सन कुछ दिनों तक बेहद सुकून में रहीं और आश्वस्त हो गईं कि उनकी अनुपस्थिति में बुरी तरह बहक चुके मि. गिब्सन अब पटरी पर फिर से आ चुके हैं। लिहाज़ा, उन्होंने फिर वापस ऑस्ट्रेलिया जाने का कार्यक्रम बना लिया था। हालाँकि, मि. गिब्सन इस गुप्त आनन्द में थे कि पार्वती को लेकर मैकलुस्कीगंज में उनकी चाहे जो भी भद हुई हो, पर बुढ़ापे में उनके चरित्र को लेकर बुरी तरह आशंकित उनकी बेगम कम-से-कम इसी आशंका के मारे उन्हें छोड़कर अब ऑस्ट्रेलिया नहीं जाएँगी।

इस बीच पार्वती की माँ रनियाँ ने मिसेज़ गिब्सन के दबाव पर पार्वती की शादी भी किसी तरह ठीक कर दी थी। इससे मिसेज़ गिब्सन को और अधिक राहत मिली थी। ऑस्ट्रेलिया वापसी का उनका कार्यक्रम इसके बाद और पुख़्ता हो गया था।

तत्काल उन्होंने अपनी वापसी का टिकट तय कराया था। पर जिस दिन मिसेज़ गिब्सन को विदा होना था, उसके एक रात पहले 'पिकॉक गेस्ट हाउस' में महाकांड हो गया। दरअसल, शाम को घूमने के बहाने निकले मि. गिब्सन जब काफ़ी देर तक नहीं लौटे, तो चिन्तित हो मिसेज़ गिब्सन ने अपने बेटे मिंटो से कहा, 'तुम्हारे पापा अब तक नहीं आए...कहाँ चले गए आखिर...?'

इसके पहले कि मिंटो कुछ कहता, उसकी बीवी रोज़ी ने अपनी सास के श्वेत धवल बालों को सांत्वना में सहलाते हुए कहा, 'मम्मी! फिर गए हैं पापा अपने उसी अड्डे पर—पार्वती के यहाँ...। आपसे नजर बचाकर इस बीच भी पापा लगातार उसके घर उससे मिलने जाते रहे हैं। मैंने सोचा, आपसे कहूँगी तो घर में फिर झगड़ा होगा...। सच मम्मी, बड़ी सीधी हैं आप...।'

अपनी पुत्रवधू की बात को आँखें फाड़े, सुनती रहीं मिसेज़ गिब्सन और तब मिंटो की बीवी ने अन्तिम छौंक दी, 'मेरी बात पर विश्वास नहीं हो, तो खुद जाकर देख लीजिए...।'

अब तक बुरी तरह भभक उठी थीं मिसेज़ गिब्सन। उन्होंने दाँत पीसते हुए बेटे मिंटो से कहा, 'जरा चलो तो मेरे साथ।'

हालाँकि, मिंटो को अपनी बीवी की इस हरक़त पर ख़ासी कोफ़्त हुई थी—फ़ालतू में ऐन मम्मी के जाने के समय यह झाम फँसाने की क्या ज़रूरत थी? पर मम्मी के पीछे-पीछे वह भारी क़दमों से चल पड़ा था। मि. गिब्सन की साईत उस दिन सचमुच ठीक नहीं थी। पार्वती के घर खाट पर बैठकर उन्मुक्त हो पार्वती के संग किसी बात पर खिलखिला रहे मि. गिब्सन की नज़र जब सामने भभकती आ रही अपनी बीवी पर पड़ी, तो वे बिलकुल सफ़ेद पड़ गए। मिसेज़ गिब्सन ने उन्हें वहाँ कुछ नहीं कहा। वे एक सेकेंड खड़ी रहीं और बुरी तरह सहमे मि. गिब्सन रोबोट की तरह यंत्रवत् उनके पीछे चल दिये थे। उनके क़दमों में घबराहट घिसट रही थी। पार्वती अपनी झोंपड़ी के दरवाज़े पर हतप्रभ-सी खड़ी पीछे छूट गई थी।

'यू बास्टर्ड...! हमको राँधने के लिए ही तुम पैदा हुआ। तुम्हारे साथ कुछ पैथलॉज़िकल प्रॉब्लम है क्या? अपनी आदत नहीं छोड़ेगा न तू...?' मिसेज़ गिब्सन 'पिकॉक गेस्ट हाउस' की दहलीज़ पर पहुँचते ही ज़ोर से फट पड़ी थीं, 'क्या है उस कमीनी में...?' मिसेज़ गिब्सन गुस्से से काँप रही थीं।

मिंटो की बीवी ने उनका कन्धा सहलाते हुए कहा, 'आपकी तबीयत बिगड़ जाएगी मम्मी...प्लीज़! इतना गुस्सा मत कीजिए...।'

पर मिसेज़ गिब्सन को अपने ऊपर क़ाबू ही नहीं हो पा रहा था। जाल में फँसे हिरण की तरह मि. गिब्सन कुर्सी पर बुत बने बैठे रहे। उस रात किसी ने खाना नहीं खाया। सवेरे मिसेज़ गिब्सन को ऑस्ट्रेलिया के लिए विदा होना था। राँची से फ़्लाइट पकड़नी थी। मातम के आलम में सारी रात कटी।

सुबह जब मिसेज़ गिब्सन राँची के वास्ते टैक्सी में बैठ रही थीं, तो उनकी आँखें रात भर रोने की वज़ह से करौंदे की तरह लाल थीं। मि. गिब्सन विदा के उस क्षण में दूर हाथ बाँधकर खड़े थे। अपनी मम्मी को राँची एयरपोर्ट छोड़ने जा रहा मिंटो भी ख़ामोश था। मिंटो की बीवी ने टैक्सी का गेट बन्द करते हुए अपनी सास से बुदबुदाकर कहा, 'आप

जा रही हैं न, अब कल से पार्वती फिर 'पिकॉक' में आ जाएगी। फिर वही लीला शुरू हो जाएगी यहाँ। उफ़्, मम्मी! हमें किस जिल्लत में छोड़कर जा रही हैं आप...?'

अचानक क्या हुआ कि मिसेज़ गिब्सन टैक्सीवाले को रुकने के लिए कहकर टैक्सी से उतर पड़ीं। तेज़ डग भरते हुए आगे बढ़कर उन्होंने दूर हाथ बाँधे खड़े मि. गिब्सन का हाथ बड़े लाड़ से पकड़ा और अन्दर कमरे में ले जाकर दरवाज़े की सिटकनी बन्द करते हुए, अपने आवारा हो गए बुड्ढे पति को सीने से लगाकर उसी तरह भींचा-चूमा, जैसे अपनी शादी की पहली रात में भींचा-चूमा था। सख़्त मिज़ाज मिसेज़ गिब्सन की आँखें बरस रही थीं। उनका गला रुँधा था। उनके होंठ मन्द-मन्द थराथरा रहे थे...। आँसू, हिचकियों और होंठों के कम्पन में एक मद्धिम संगीत था : 'दे से यू फ़ाउंड समबडी न्यू / बट दैट वोंट स्टॉप माइ लव इन यू / आइ जस्ट कांट लेट यू वॉक अवे / फ़रगेट द लव आइ हैड फ़ॉर यू / हाउ कैन यू लिव विदाउट रिग्रेट / एम आइ दैट ईज़ि टू फ़रगेट...?' (लोग कहते हैं / तुमने किसी नये को पाया है / लेकिन यह तुम्हारे लिए मेरे प्यार को / रोक नहीं सकेगा / मैं तुम्हें यों ही नहीं जाने दूँगी / अपने प्यार को यों ही नहीं बिसराने दूँगी / तुम मेरे बिना बग़ैर अफ़सोस के कैसे रह लोगे / क्या मैं इतनी आसानी से भुला दी जानेवाली हूँ?)

मि. गिब्सन की आँखें डबडबा आईं। एंज़िलबर्ट हम्परडिंक...उसी का गाया हुआ है यह गाना। क्या सचमुच वे जूनी को भूल पाएँगे?

मिसेज़ गिब्सन ने हिचकियाँ भरते हुए अपने भारी वक्ष में उनका चेहरा भींचकर कहा, 'एक प्रॉमिस करो, मेरे जाने के बाद पार्वती 'पिकॉक' में नहीं आएगी। अगर तुमने पार्वती का चक्कर सचमुच छोड़ दिया, तो मैं ऑस्ट्रेलिया से हमेशा के लिए तुम्हारे पास यहाँ आ जाऊँगी। एक साल का समय देती हूँ तुमको। अगर मिंटो कन्फ़र्म कर देगा कि तुम अब रास्ते पर आ गए हो, तो मैं सचमुच आ जाऊँगी तुम्हारे पास।'

मिसेज़ गिब्सन के भारी-भरकम कोमल वक्ष में मुँह घुसाये मि. गिब्सन ने हामी भरते हुए फुसफुसाकर कहा, 'प्रॉमिस...। इस एक साल में तब तक मैं तुम्हारे लिए यहाँ एक सुन्दर कॉटेज़ बनवाकर रखता हूँ।' पर कमरे से निकलते हुए मि. गिब्सन ने कहा, 'मेरा भी एक रिक्वेस्ट मानोगी...?'

मिसेज़ गिब्सन एक पल के लिए ठिठक गईं।

'जूनी! पार्वती का परिवार बहुत गरीब है। और तुम्हें कैसे यकीन दिलाऊँ कि उससे मेरा कुछ भी ऐसा-वैसा नहीं है। तुम अगर परमिट करो तो उसकी माँ को यहाँ गेस्ट हाउस में काम दे दूँ, पर तुम कहोगी तभी...' मि. गिब्सन की आँखों में कोई महत्त्वपूर्ण फ़ैसला सुनने की प्रतीक्षा थी।

'ठीक है...। उसकी माँ को रख लो। पर छोकरी को हरगिज नहीं।' मिसेज़ गिब्सन ने 'छोकरी' शब्द को दाँतों के बीच पीसते हुए कहा और टैक्सी में बैठ गईं।

मिंटो को विदाई का यह अन्तिम पड़ाव वैसे अच्छा लगा, पर उसकी बीवी उधेड़बुन में कई दिनों तक फँसी रही थी कि अन्तिम क्षण में अचानक यह क्या हुआ?

मि. गिब्सन ने अगले ही दिन से पार्वती की माँ रनियाँ को 'पिकॉक गेस्ट हाउस' में काम पर बुला लिया था और गाँव में फिर से नई अफ़वाहबाज़ी शुरू हो गई थी कि 'वही काली

कमरी, वही दीनानाथ...। बुड्ढा अब पर्वतिया की माँ पर लाइन मार रहा है।'...बूढ़े भुटबा गंझू ने मुँह बिचकाकर कहा था कि, 'ऐसा लूज 'क्रेडिट' का आदमी कभी नहीं देखा था।'

इस बीच पार्वती की शादी हो गई थी और वह ससुराल चली गई। उसका पति बीजूपाड़ा के एक प्राइवेट स्कूल में मामूली तनख़्वाह पर पढ़ाता था। वह भारी झक्की-शक्की था। विवाह के दौरान उसके कानों में किसी ने मि. गिब्सनवाला प्रसंग डाल दिया था। लिहाज़ा, पार्वती की प्रताड़ना ससुराल में शुरू हो गई थी। पार्वती का पति हर रात उससे यही सवाल पूछता था, 'बोलो, उस बुड्ढे गिब्सन से तुम्हारा क्या सम्बन्ध था...?' हालाँकि, इसी तनातनी के दौरान पार्वती को गर्भ ठहर गया था। एक रात नशे की हालत में उसके पति ने उस पर यह मेहरबानी की थी। वह गर्भवती थी, फिर भी उसका अपने पति के हाथों पिटना बदस्तूर जारी था। एक रात जब उसके पति ने उसको पीट-पीटकर बिछा दिया, तो टूटी-तबाह पार्वती मुँहअँधेरे भागकर मैकलुस्कीगंज चली आई। रनियाँ ने उसी सुबह आकर मि. गिब्सन से फफकते हुए कहा, 'वह बचेगी नहीं साहेब। सुखौनी धर लिया है उसको।'

मि. गिब्सन ने पार्वती की दुर्दशा देखी, तो उनकी आँखों में आँसू भर आए। उन्होंने उसका पूरा इलाज कराया और जब डिलेवरी का समय आया, तो पास के माँडर स्थित अस्पताल में उसे दाख़िल कराया। बड़ा सुन्दर-सा गुलथुल बेटा हुआ पार्वती को।

पार्वती की माँ रनियाँ नानी बनकर तो ख़ुश हुई ही, मि. गिब्सन भी निहाल हो उठे। हर सुबह रनियाँ अपने नाती को लेकर 'पिकॉक गेस्ट हाउस' काम पर आती। जिस दिन बच्चे को वह नहीं लाती, उस दिन मि. गिब्सन ख़ासे बेचैन हो उठते। रनियाँ के घर पर जाकर तब वे पार्वती के बेटे से खेलते। 'पिकॉक गेस्ट हाउस' में आनेवाले 'चेंजर्स' से भी कहते मि. गिब्सन, 'यह बाबू है...। बहुत तेज बच्चा। एकदम जहर-तुर्की। इसमें मेरी जान बसती है।'

खुशिया पाहन दार्शनिक भाव में कहता है, 'वही आशा का लस्सा...। हमारे गिब्सन साहेब की मुट्ठी का अन्तिम बताशा है बाबू।'

बाबू के मुँह की दूधवाली गन्ध मि. गिब्सन को बहुत अच्छी लगती...। पार्वती के दूध से भीगी बाबू के मुँह की गन्ध...। 'पिकॉक गेस्ट हाउस' की तरफ़ पार्वती कम आती थी। ज़्यादातर मैकलुस्कीगंज के महुआ पेड़ों के नीचे दिन भर वह महुआ चुनती और भटकती रहती।

मि. गिब्सन को उसके लिए सच में तब बड़ी कसक होती थी। पर अपनी पत्नी को दिया वचन वे तोड़ना नहीं चाहते थे। इस बीच उन्होंने पत्नी के लिए 'पिकॉक गेस्ट हाउस' के ऐन बग़ल में एक ख़ूबसूरत-सा कॉटेज बनवा दिया था।

पर मिंटो की पत्नी रोज़ी बैठी नहीं थी। उसने अपनी सास को बगैर मिंटो की जानकारी के चुपके से एक पत्र डाल दिया था : 'मम्मी! आप कब आएँगी? यहाँ का तो हाल मत पूछिए। पार्वती अपने पति को छोड़ फिर गाँव आ गई है। एक बेटा है उसका...। पापा उसके पीछे पागल हैं। दिन भर उसके बेटे को गोद में लिये घूमते रहते हैं और सारा गाँव मुँह दबाकर उन पर हँसता है। ऐसे में यहाँ हम लोगों का रहना दूभर हो गया है।'

चिट्ठी पाते ही मिसेज़ जून गिब्सन ने ऑस्ट्रेलिया से मि. गिब्सन को एक पत्र लिखा था। इस पत्र की आख़िरी पंक्ति थी : 'यू रॉटेन लायर...! अब तुम मेरा मरा हुआ मुँह नहीं देखोगे...।'

मि. गिब्सन उस पत्र की भाषा से ही भाँप गए थे कि फिर मिंटो की पत्नी ने ऑस्ट्रेलिया चिट्ठी लिखकर उनके बारे में चुगली की है। लिहाज़ा, ग़ुस्से से उबलते मि. गिब्सन ने मिंटो और उसकी बीवी रोज़ी से कहा, 'तुम लोग फौरन यहाँ से चलते बनो। अब एक मिनट भी तुम लोग यहाँ नहीं रुक सकते...।'

ऑस्ट्रेलिया तक पत्र लिखकर उसकी पत्नी ने उसके पापा के ख़िलाफ़ अन्तरराष्ट्रीय षड्यंत्र किया है, इसका अन्दाज़ा न होने के कारण मिंटो भी मि. गिब्सन से बेतरह भिड़ बैठा। पिता-पुत्र में इस भीषण भिड़ंत की अन्तिम परिणति मिंटो और उसकी बीवी की वहाँ से विदाई के रूप में हुई। मिंटो अपनी बीवी रोज़ी के संग जमशेदपुर चला गया और वहाँ उसने एक प्राइवेट स्कूल में नौकरी कर ली।

जमशेदपुर से मिंटो की बीवी ने फिर अपनी सास को पत्र लिखा : 'हम लोगों को पार्वती के चलते पापा ने घर से निकाल दिया है। अब हम लोग जमशेदपुर में किसी तरह दिन गुजार रहे हैं।'

'पिकॉक गेस्ट हाउस' से मिंटो और उसकी बीवी की विदाई के साथ ही गाँव में नई चर्चाएँ शुरू हो गई थीं, 'गिब्सन ने पार्वती का सारा रस-कस निकाल लिया। इसके एवज में लगता है, बुड्ढा गिब्सन अपनी सारी जायदाद पार्वती के नाम लिख जाएगा...। घर छोड़कर मिंटो ने गलती की। जो हथेली भर भी चूक जाता है, वह थाह भर भी चूक जाता है। अब मैदान खाली है। बुड्ढा गिब्सन कुछ भी कर सकता है।'

पंडित रामाज्ञा पाठक ने बिहँसकर कहा, 'अरे भाई, शास्त्रों में लिखा है कि रस पुरुष के स्नेह का अन्त नहीं होता। गिब्सन साहेब कामदेव और षोडस के अवतार हैं।'

'रस क्या है...! रस इज़ लव...। ऐंड लव इज़ अ केमिकल लोचा...!' मि. मेंडेज़ फिक्क से हँस देते हैं।

ख़ैर, गाँव में चाहे जो भी रस-परिहास हो लेकिन इस सारे प्रकरण को मि. गिब्सन की इन टिप्पणियों से और बल मिल जाता है जब पार्वती के नन्हे बेटे को गोद में ऊपर उछालकर लेते हुए वे कहते हैं, 'बाबू को मैं फौज में लेफ़्टिनेंट जेनरल बनाऊँगा...फौज का बहुत बड़ा अफसर बनेगा हमारा बाबू...।'

गाँव के कुछ ज़्यादा घुटे लोग यह भी कयास लगाने में नहीं चूकते कि पार्वती के बेटे का मुँह बुड्ढे गिब्सन से मिलता है। मि. डिकोस्टा ने तो उसका नाम ही रख दिया है—'बेबी गिब्सन'।

इश्ख़ लिबे उर्फ़ पहली नज़र का प्यार

सिरपंचमी[1] बीत चुकी है। मध्य वसन्त के दिन हैं। बड़ी और मोटी पंखड़ियों वाले सेमल के लाल टहक और जोगिया रंग के फूलों ने अकेले दम पर ग़ज़ब की सुर्ख़ी फैला रखी

1. नई फ़सल के लिए वसन्त पंचमी के दिन की जानेवाली जुताई। वसन्त पंचमी का त्यौहार।

है। सेमल की शाख़ें पत्तों से ज़्यादा फूलों से लदी हैं। 'गंज' में वसन्त हर साल की तरह इस बार भी सेमल वृक्ष पर आकर ठिठक गया है। मि. डिकोस्टा मायावी भंगिमा के संग कहते हैं, 'वसंत की तरह सेमल का पेड़ भी कम छलिया नहीं। इस पर लटकी फलियों से रूई जब हवा में उड़ती है, तो उसे मुट्ठी में करना किसी के वश में नहीं...।' बहरहाल, अभी आम के पेड़ भी मंजर से झमटकर लदे हुए हैं। माघ के महीने में बीच-बीच में जब बारिश हो जाती है, तो मंजर की भीनी महक से 'गंज' कुछ ज़्यादा ही महमहा उठता है। क्वाँर पातर के बूढ़े सधनु उराँव के शब्दों में, 'मघड़ा पानी अमृत।' बात सही है। माघ की वर्षा से थोड़ी ठंडक भले बढ़ जाती है लेकिन रबी-राई की फ़सल में जान आ जाती है। गाँव मघड़ा के झकोरों से रह-रहकर भीग रहा है। नशे में मस्त खुशिया पाहन की रागिनी ऐसे में सुनने लायक़ होती है, 'माघ मासे अमुआँ मजरि गेल हो भैया...फागुन मास फरतै टिकोला...।' सखुए के फूलों की भीनी गमक भी कुछ कम नहीं। गाँव के दूसरे तानसेन टुइयाँ गंझू के अलाप में भी रभस है, 'आयल सरस वसन्त हो रामा...कलि मुसकाय...।'

मिसेज़ ऐलिस टॉमलिन का छोटा-सा उजाड़ बँगला भी आज वसन्त के उल्लास में उमग रहा है। उनके घर के आगे मौज़ूद बिलायती पाकर[1] की इतराहट देखते बन रही है। झुंड की झुंड चिड़ियों की चहक से भारी-भरकम पुराना पाकर वृक्ष मुदित है। सुबह से मिसेज़ टॉमलिन शाम की पार्टी की तैयारी में जुटी हैं। गाँव में उनके यहाँ होने जा रही पार्टी की चर्चा हेडलाइन में है। सब इस पार्टी को लेकर अटकलें लगा रहे हैं। मिसेज़ टॉमलिन ने पार्टी की वज़ह किसी को नहीं बताई है। उन्होंने कहा है कि वे पार्टी में ही सबको 'सरप्राइज़' देंगी।

गाँव में किसी को इस पार्टी की वज़ह मालूम है, तो वे हैं गाँव के पोस्टमैन भोला तिवारी। मिसेज़ टॉमलिन ने उन्हें किसी से कुछ भी नहीं बताने की हिदायत दे रखी है। पार्टी में भोला तिवारी भी आमंत्रित हैं। तिवारी 'गंज' के वी.आई.पी. हैं। उनकी प्रतीक्षा में यहाँ के बुज़ुर्गों की आँखें बिछी रहती हैं कि कब न्यूज़ीलैंड, ऑस्ट्रेलिया और कनाडा आदि से आए पत्र को लेकर वे दस्तक देंगे। कई सालों से तिवारी 'गंज' में पोस्टमैन हैं। तिवारी देखते हैं कि 'गंज' के छोटे-से डाकखाने में किस तरह इन साहब-मेमसाहबों की रूह अटकी रहती है। 'गंज' के डाकख़ाने में गुज़रे वर्षों में कई पोस्टमास्टर बदले। अभी मंडल जी पोस्टमास्टर हैं। पर पोस्टमैन तिवारी पोखर के जाठ की तरह यहाँ गड़े हुए हैं। पंडित रामाज्ञा पाठक बराबर मुसककर कहते हैं, 'तिवारीजी 'गंज' पोस्ट आफिस के जमकाठ[2] हैं।'

भोला तिवारी को साल में तीन-चार बार मौक़ा लगता है मिसेज़ ऐलिस टॉमलिन के घर डाक पहुँचाने का। तिवारी ने ग़ौर किया है कि जब कभी वे डाक पहुँचाने गए हैं, मिसेज़ टॉमलिन, पता नहीं, कहाँ खो जाती हैं! न्यूज़ीलैंड में बसे मिसेज़ टॉमलिन के एकलौते बेटे केथ का साल में कुल जमा दो-तीन पत्र या कार्ड और एक-दो बार मनीऑर्डर आता है। वर्षों से तिवारी यह सिलसिला देख रहे हैं। 'गंज' के डाकख़ाने में मिसेज़ टॉमलिन का खाता है। केथ साल में एक-दो बार में उतने रुपये भेज देता है, जिससे मिसेज़ टॉमलिन

1. बरगद की तरह का एक प्रकार का विशाल पेड़।
2. कुएँ की नींव के रूप में प्रयुक्त जामुन की लकड़ी का गोलाकार आधार।

का ख़र्च किसी तरह चल जाता है। हालाँकि, मिसेज़ टॉमलिन स्वाभिमानी हैं। उन्होंने कई बार केथ को अपने पत्र में मना किया है कि वह रुपये न भेजा करे। एक पेट तो कुत्ता भी पाल लेता है, कहती हैं मिसेज़ टॉमलिन। केथ उनके हरेक पत्र का जवाब दे न दे, वे हर महीने बिला नागा उसे पत्र लिखती हैं।

परसों भोला तिवारी जब मिसेज़ टॉमलिन के यहाँ डाक लेकर पहुँचे, तो पत्र पढ़कर हर बार की तरह वे गुम नहीं हुईं। उन्हें एक मिनट रुकने को कहकर वे अन्दर गईं और तश्तरी में केक का टुकड़ा लेकर आईं, 'ग्रैंड डॉटर हुई है। अभी यह किसी को बताना नहीं। मैं सबको सरप्राइज़ दूँगी।'

पोस्टमैन तिवारी ने महसूस किया, केथ का पत्र मिसेज़ टॉमलिन के लिए वसन्त की तरह आया है। शादी के वर्षों बाद बेटी हुई है उसको। पत्र के साथ उसने बेटी की तसवीर भेजी है। लिखा है, अपनी बेटी का नाम वह ऐलिस रख रहा है।

'तुम 'गंज' से हमारे यहाँ न्यूज़ीलैंड नहीं आ रही हो, तो देखो, ये नन्ही ऐलिस टॉमलिन आ गई'—केथ के पत्र की इस पंक्ति को बार-बार पढ़ती हैं मिसेज़ ऐलिस टॉमलिन और अपने कमरे में रोती हैं। उन्हें लगता रहा था कि उनके एकलौते बेटे को उनकी कोई परवाह नहीं। पर केथ के पत्र ने उनके सारे क्षोभ को धो दिया है। उन्होंने पत्र पढ़ते ही तय कर लिया कि पोती होने की ख़ुशी में वे घर पर पार्टी देंगी। वर्षों से यह ख़ुशख़बरी पाने की आस में वे तरस गई थीं। पता नहीं, तब तक वे दुनिया में रहें न रहें, पर शायद बड़ी होने पर कभी यह ऐलिस टॉमलिन अपने गाँव को देखने आए। उन्होंने अपने बिस्तर के बग़लवाली मेज़ पर पोती की तसवीर को फ्रेम में लगाकर रख दिया है। इस तसवीर को देखकर वे सोचती हैं, क्या बचपन में वे बिलकुल ऐसी ही नहीं थीं? केथ को मिसेज़ टॉमलिन ने लम्बी चिट्ठी लिखी है और लिखते-लिखते यह भी लिखा है : 'केथ, मुझे उम्मीद है, हमारी नन्ही ऐलिस भी 'गंज' को मेरी तरह प्यार करेगी। ऐलिस का वंडरलैंड इस दुनिया में सिर्फ़ 'गंज' ही हो सकता है।' मिसेज़ टॉमलिन को मि. मेंडेज़ की बात याद आ गई, 'इस रीयल वंडरलैंड को हमेशा एक ऐलिस की जरूरत है।'

मिसेज टॉमलिन ने ख़ुद घर-घर जाकर पार्टी के लिए सबको आमंत्रित किया है। मिस बॉनर, मि. मिलर, मि. और मिसेज़ मेंडेज़, मिसेज़ थ्रिपथॉप, जूडी, मेरी और रामसेवक डेविड, डैनी और जेनिफ़र, मि. मेंडोंसा, मि. रॉबिन्सन, मि. फ़र्गुसन, अमित और इलोना, डॉ. गोविन्द और अणिमा गोस्वामी, डी.आर. कैमरॉन, नोएल गॉर्डन, मि. डगलस गिब्सन, मि. और मिसेज़ डिकोस्टा, मिसेज़ कैथलिन हॉरिगन, किट्टी—किसी को उन्होंने भरसक मिस नहीं किया है। यहाँ तक कि टॉम हैंक्स को भी आमंत्रित किया है। स्व. रुबिन रेफ़ेल की अंत्येष्टि को लेकर उसने जो घिनौना नाटक किया, इसका फ़ैसला ऊपरवाले को करना है। मिसेज़ टॉमलिन किसी से राग नहीं रखतीं।

पार्टी भव्य होगी, इसमें किसी को शुबहा नहीं। वर्षों पहले इसी तरह केथ ने न्यूज़ीलैंड से चिट्ठी लिखी थी कि उसने एक स्पेनी लड़की से शादी की है, तब भी मिसेज़ टॉमलिन ने यादगार पार्टी दी थी।

शहर में लाखों के ख़र्चे से हुई पार्टी को लोग अगली सुबह भूल जाते हैं लेकिन गाँव में हुए भोज-भात को लोग कभी नहीं भूलते। गाँव के इतिहास में यह सब हमेशा के लिए

दर्ज़ हो जाता है। रेलवे क्रॉसिंग 'नेहरू रोड' के पास स्थित किराने की अपनी पुश्तैनी दुकान पर बैठे गाँव के एकलौते पत्रकार बसन्त ने ख़ुद सबको बताया है कि 'पता नहीं क्या हो गया है टॉमलिन मेम को...जी खोलकर खर्च कर रही हैं। किराने का सारा सामान तो खुद मैंने अपने यहाँ से भिजवाया है।'

मि. मिलर से अनुरोध कर मिसेज़ टॉमलिन ने व्यंजन तैयार करने के लिए सुबह से जैक की सेवा प्राप्त कर ली है। किट्टी को उन्होंने एक दिन पहले ख़बर की थी। सुबह से किट्टी उनकी मदद में आ गई है। उसने घर का कोना-कोना साफ़ किया है। फिर वह किचेन में जैक की मदद में जुट गई है।

अर्से से उजाड़-उदास पड़े इस बँगले के कैम्पस को मिसेज़ टॉमलिन ने आदिवासी मज़दूरों से दो दिनों में साफ़ करवाया है। झंखाड़ विलायती पाकर को कमर से नीचे चूना करवाकर सुसज्जित कराया है। मिसेज़ टॉमलिन का बँगला 19वीं सदी के ब्रिटिश-पुर्तगाली शैली के बँगले जैसा है। इस बँगले में वे वर्षों से अकेली रह रही हैं। बस, साथ में रहता है उनका काला गबरू कुत्ता—सिंडी। उनके पति मि. हेक्टर टॉमलिन को गुज़रे अब तो कई वर्ष हो गए। अपने पति की यादों के सहारे वे अकेले यहाँ जीवन व्यतीत करती रही हैं। मिसेज़ टॉमलिन के पति 'डनलप इंडिया कम्पनी' में नौकरी करते थे। अवकाश ग्रहण करने के एक-डेढ़ साल पहले उन्होंने मैकलुस्कीगंज में अपना घर बनवाया था। फिर नौकरी के पचड़े से मुक्ति पाकर टॉमलिन दम्पती यहाँ आकर रहने लगे थे। लगभग पाँच-छह साल मैकलुस्कीगंज में रहने के बाद जब मि. टॉमलिन अचानक एक दिन 'हार्ट् अटैक' से चल बसे, तो घर में अकेली रह गईं मिसेज़ टॉमलिन। उनका एकलौता लड़का केथ कई साल पहले न्यूज़ीलैंड में जा बसा था। पिता के निधन की ख़बर पाकर वह मैकलुस्कीगंज आया और वापस जाने के समय उसने माँ से कहा, 'मम्मी! अब आप यहाँ अकेली क्यों पड़ी रहेंगी? यहाँ का घर बेचकर आप, प्लीज़, मेरे साथ न्यूज़ीलैंड चलिए।'

मिसेज़ टॉमलिन ने बेटे से दो-टूक लहजे में कहा था, 'केथ बेटे! मैं अब यहीं आखिरी साँस लूँगी। 'गंज' के अलावा मेरे लाइफ़ के सिलेबस में और कुछ भी नहीं है। यहाँ से बाहर रहना और मरना मेरे लिए एक जैसा है। इसलिए छोड़ दो। मुझे यहीं अच्छा लगता है।'

यह जवाब पाकर केथ फिर कभी 'गंज' नहीं आया। हाँ, अपने पत्रों में हरदम वह शिकायत करता है कि बुढ़ापे में अकेले रहने की ज़िद वे क्यों बाँधे बैठी हैं। मिसेज़ टॉमलिन सोचती हैं—काश, केथ कभी मैकलुस्कीगंज के मर्म को समझ पाता!

मि. मिलर कभी-कभी गहरी उदासी में कहते हैं, 'मैकलुस्कीगंज एक बड़ा डर है। मुमकिन है, किसी दिन इसे आबाद करनेवाले एंग्लो-इंडियंस ही यहाँ नहीं हों!'

मिसेज़ टॉमलिन को यह डर खुरचता है। पर तमाम जोड़-घटाव कर उन्हें आश्वस्ति होती है कि सौ-दो सौ वर्षों तक इस गाँव के साथ ऐसा कुछ नहीं होनेवाला। खुशिया पाहन ने कई बार भभाकर हँसते हुए कहा है, 'फिकिर नॉट...। कलमी न सही, बिज्जू एंग्लो-इंडियन लोग यानी चवन्नी लोग...तो यहाँ हमेशा रहेगा—सृष्टि के अन्त तक।'

बिज्जू एंग्लो-इंडियन? मिसेज़ टॉमलिन के मुँह में कड़वाहट घुलने लगती है। डैनी मेरीडिथ और जेम्स पेंटोनी को खुशिया पाहन बिज्जू एंग्लो-इंडियन में गिनता है। दरअसल, दोनों के पिता ने आदिवासी औरतों से शादी की थी। डैनी के पिता मि. मेरीडिथ की पत्नी

रुक्मिणी मध्य प्रदेश की आदिवासी थी। इसलिए डैनी का रंग बादामी है। अपने दबे समतर रंग को लेकर डैनी के मन के किसी कोने में एक कसक ज़रूर है। शायद इसलिए अपनी आदिवासी माँ की तसवीर उसने घर में नहीं लगा रखी है, जबकि पापा मि. मेरीडिथ की शीशे में मढ़ी भव्य तसवीर उसके ड्रॉइंग रूम में सजी हुई है।

डैनी के पापा को गुज़रे मुद्दत हो गए। डैनी की माँ तब गुज़री थी, जब वह चौदह-पंद्रह वर्ष का किशोर था। मलेरिया से मरी थी डैनी की मम्मी। डैनी के ज़ेहन में जब कभी भूले-भटके मम्मी कौंधती है, तो एक चुप ख़ामोश औरत का चेहरा उभरता है। एक आया से ऊपर का 'स्टेटस' जिसे इस घर में कभी नहीं मिल सका। डैनी की मम्मी के बारे में उसकी बीवी ज़ेनिफर डैनी से कभी कुछ नहीं पूछती। वह समझती है कि डैनी के लिए मम्मी एक अन्दरूनी ज़ख़्म है, जिसे वह शायद कभी छेड़ना या छुड़ाना चाहे। मैकलुस्कीगंज से अधिकांश एंग्लो-इंडियन युवक गुज़रे वर्षों में रोज़ी-रोटी की तलाश में बाहर-बाहर चले गए, पर डैनी अपने बीवी-बच्चों के साथ यहाँ आज तक डटा हुआ है। डैनी की बीवी जेनिफ़र ने गाँव में रहने के सवाल पर डैनी का मन कभी नहीं गिराया है। गाँव के लोगों में आपस में अर्से तक हारा-बाजी लगी रही थी कि डैनी मेरीडिथ और जेम्स पेंटोनी देर-सवेर 'गंज' को अलविदा कह रोज़ी-रोटी की तलाश में अपने कुनबे को लेकर एक न एक दिन ज़रूर निकलेंगे, पर यह हारा-बाजी धरी की धरी रह गई। दोनों में से कोई अपनी जगह से नहीं हिला।

टुइयाँ गंझू कभी चर्चा चलने पर मुसककर कहता है, 'सिद्ध हो गया कि अपने गाँव के पाग[1] हैं दोनों। गाँव में कितना भी आँधी-तूफान उठा पर दोनों में से कोई बाहर पार्सल नहीं हुआ।'

स्व. एडली चार्ल्स पेंटोनी के एकलौते बेटे जेम्स पेंटोनी की क्या गत है, देखती हैं मिसेज़ ऐलिस टॉमलिन। स्व. एडली चार्ल्स बेटे जेम्स के लिए विरासत में एक जर्जर खपड़ैलवाले छोटे-से घर के सिवा कुछ नहीं छोड़ गए। अरसे तक जेम्स पेंटोनी बेरोज़गारी झेलता रहा था। ज़्यादा पढ़ाई-लिखाई नहीं थी उसकी, जो उसे आसपास के किसी प्राइवेट स्कूल में टीचर की नौकरी मिल जाती। आख़िरकार, उसे एक हज़ार रुपये मासिक पर नवाडीह के ईंट-भट्ठे पर मुंशी की नौकरी मिल गई। ईंट-भट्ठे की यह मुंशीगीरी न मिलती, तो सचमुच बिलट जाता जेम्स पेंटोनी का कुनबा। जेम्स पेंटोनी की मासूम-सी आदिवासी बीवी सूज़न कातर मुस्कराहट के साथ मिसेज़ ऐलिस टॉमलिन से कहती है, 'आंटी! ऊपरवाले ने एकदम ईंट से ठोककर किस्मत बनाई है हमारी...।'

बहरहाल, तमाम ग़रीबी-ग़ुरबत के बावजूद जेम्स पेंटोनी के दिल में यह ख़याल कभी नहीं आया कि वह और ज़्यादा पैसा कमाने के लिए गाँव छोड़कर कहीं बाहर चला जाए। अपनी मिट्टी के लिए जेम्स पेंटोनी की यह ज़िद मिसेज़ ऐलिस टॉमलिन को बहुत भाती है। स्व. डिसूज़ा का बेटा पीटर हालाँकि सिर से पाँव तक नालायक़ है, दुती भगत की परिक्रमा कर उसकी ज़िन्दगी चलती है, पर वह भी यहाँ टिका है। मि. मिलर उसे बबूल का काँटा कहते हैं। इसी तरह स्व. आर.ई. थॉप का बेटा वाल्टर थॉप भले अपने बीवी-बच्चों के साथ ऑस्ट्रेलिया में रहता है, पर मिसेज़ ऐलिस टॉमलिन बात-बात में उसका

1. पानी में चीनी घोलकर खौलाने पर बना पदार्थ।

उदाहरण देती हैं। बाप के गुज़रने के बाद भी ऑस्ट्रेलिया में रह रहे वाल्टर ने यहाँ का अपना घर-द्वार नहीं बेचा है। इस बारे में जब किसी ने उससे पूछा तो उसने कहा, 'पापा यूनीवर्स में जहाँ कहीं भी होंगे, उनको ठेस पहुँचेगी...।'

दो-तीन साल पर 'गंज' आकर वाल्टर अपने घर की रंग-टीप करा ही जाता है। अपने घर की रखवाली के लिए गाँव के ही एक मुस्लिम दम्पती सोबराती और इसहाक़ मियाँ को उसने कैम्पस में रख छोड़ा है। मिसेज़ ऐलिस टॉमलिन भावुक हो कहती हैं, 'दूर देश में रहकर भी अपनी मिट्टी से इतना मोह...! अपनी कम्यूनटि के ऐसे कुछ बच्चे ही तो हममें गर्व का अहसास भरते हैं...।'

मिसेज़ ऐलिस टॉमलिन ने भावातिरेक की ऐसी ही मन:स्थिति में एक दिन अपने बेटे केथ को न्यूज़ीलैंड पत्र लिखा था : 'केथ! वी एंग्लो-इंडियंस हैव फोर्ज्ड अ हिस्ट्री... इन मेनी वेज़...वी हैव एवरी रीज़न टू बी प्राउड...। (हम एंग्लो-इंडियंस ने कई तरह से इतिहास बनाया है। गर्व करने के लिए हमारे पास सारी वज़हें मौजूद हैं।) बेटे! मैं नहीं कहती कि तुम मैकलुस्कीगंज में आकर बैठ जाओ। पर दुनिया में जहाँ कहीं रहो...मत भूलो अपनी जमीन को। इसकी फ़ीलिंग बहुत ताकत देती है...।'

मिसेज ऐलिस टॉमलिन ने केथ को लिखे इस पत्र में वाल्टर थॉप का भी उदाहरण दिया था।

मिसेज़ मेरी डेविड को तो कोई सन्तान नहीं है, जिसको वे कोई ऐसी बात लिख सकतीं। पर सन्तान न होने की एक गहरी हूक के बावजूद मेरी डेविड के लिए मैकलुस्कीगंज का जीवन एक अविरल आनन्द रहा है। धरती की बेशक़ीमती नेमतों में से एक है यह गाँव उनके लिए। कटहल, जामुन, आम, बेल, व डंभा नींबू के पेड़ों से भरे और लाल-लाल सुहाग भरे पुष्प-गुच्छों से दीपते पलाश के वृक्षों से घिरे परिसरवाले खपड़ैल के अपने जर्जर घर में मिसेज़ मेरी डेविड अपने पति मि. रामसेवक डेविड के साथ घोर अर्थाभाव के बावजूद इस बुढ़ापे में बड़ी तृप्ति से गुज़र-बसर कर रही हैं। दरअसल, यह गाँव मिसेज़ मेरी डेविड के लिए मायका होने के साथ-साथ सुहाग का गाँव है। मेरी और डेविड की शादी के अब तो कई दशक बीत गए हैं, पर उस प्रसंग को याद करने पर मेरी डेविड के होंठ मुसकान से तिरछे हो जाते हैं : ओफ़, क्या हंगामा मचा था 'गंज' में उन दोनों की शादी को लेकर! मैकलुस्कीगंज गाँव के महुआटाँड़ हिस्से के निवासी रामसेवक साहू से जब मेरी डेविड ने विवाह करने का फ़ैसला किया, तो मेरी डेविड के पापा-मम्मी की अपेक्षा रामसेवक के परिवारवालों पर उसका असर अधिक हुआ। उन्होंने छाती पीट-पीटकर सीने को तवा बना लिया, 'रमसेवका मेमिनिया से शादी करेगा और हम जीते रहेंगे इस दुनिया में? उसको लेकर घर में टपा, तो मारकर खलिहान कर देंगे,' रामसेवक के पिता ने हुंकारते हुए कहा था।

'अनारकली और अर्दली की जोड़ी लग गई,' गाँव के लोगों ने बिहँसकर कहा था।

'कैसा लगेगा जब फ्रॉक पहननेवाली वह ठिंगनी मेम बहू बनकर आएगी हमारी चौखठ पर...?' रामसेवक की माँ उस दृश्य की कल्पना कर लगातार सिसकियाँ भर रही थीं। पर रामसेवक साहू के ऊपर इस विलाप का कोई असर नहीं होना था, सो नहीं हुआ। लिहाज़ा, विवाह के बाद रामसेवक को घर से निकाल बाहर कर दिया गया था। विवाह के तत्काल बाद रामसेवक साहू डेविड बन गए।

उनके पिता को जब इसकी जानकारी मिली कि रामसेवक अब धर्म परिवर्तन के बाद डेविड नाम से जाना जाएगा, तो बिफरते हुए उन्होंने कहा था, 'मेरे पूर्वजन्म के पापों का फल है यह लड़का। इस अभागे ने तो क्रिस्तान बनकर खानदान की नाक कटवा दी।'

गाँव के पुराने साहू परिवार के हट्टे-कट्टे कसरती बदनवाले रामसेवक कुछ साल तक मिलिटरी में 'गनर' थे। पर कम तनख़्वाह से असन्तुष्ट थे, इसलिए, सन् 1958 में मिलिटरी से त्यागपत्र दे हमेशा के लिए वे अपने गाँव मैकलुस्कीगंज आ गए थे।

मैकलुस्कीगंज में और भी कई पुराने साहू परिवार हैं। एंग्लो-इंडियन समुदाय ने जब यहाँ अपना स्थायी डेरा डाला, तो उनके पीछे-पीछे व्यवसाय के ख़याल से कई साहूकार लोग भी यहाँ आए थे। मिलिटरी से छुटकारा लेते हुए रामसेवक के मन में यही योजना थी कि गाँव में वे अपना कोई व्यवसाय शुरू करेंगे, पर उन्हें क्या पता था कि ऊपरवाले ने गाँव में उनके लिए एक दूसरा ही कथानक तैयार कर रखा है! गाँव वापस लौटे रामसेवक के कुछ महीने बीते थे कि मेरी डेविड से उनकी डोर अनायास ही फँस गई थी। पता नहीं ऐसा क्या हुआ कि जंगल व झुरमुट में कुछ मुलाक़ातों के बाद दोनों ने जीवन भर साथ निभाने की कसम खा ली। गाँव में एक साहू युवक के एक एंग्लो-इंडियन कन्या से प्रेम-विवाह के प्रसंग ने बहुत दिनों तक के लिए गाँव के गपोड़ियों और कनरसियों को एक अच्छा मसाला दे दिया था। ऐसे लोगों की सम्पादकीय टिप्पणी थी कि 'रामसेवक फौज से मौज में आ गया।'

उस समय रामसेवक साहू के गोतिये के एक मिडिल पास बुजुर्ग ने कहा, 'मीठो भावत नोन पर और मीठो पर नोन...! मेमिन से शादी कर सातवें आसमान पर है रमसेवका...। उसकी बोली-ठोली में घमंडी साउंड करने लगा है।'

कुछ लोगों ने परिहास में कहा था, 'मेरी मेम से शादी कर वह अब रामसेवक साहू कहाँ रहा? अब तो वह औरत का भगत मेरी सेवक साहू उर्फ मि. डेविड है।'

बहरहाल, रामसेवक उर्फ़ डेविड घर से निष्कासन के बाद काफ़ी दिनों तक अपनी ससुराल में रहे थे और मेरी के परिवार में बतौर 'घर जमाई' दूध-बताशे की तरह घुल-मिल गए थे।

मेरी के पिता मि. आर.जी. स्पार्क्स ब्रिटिश राज के दिनों में कानपुर में नौकरी करते थे। जब यह गाँव बस रहा था, उसी समय किसी ने उनको इसकी जानकारी दी थी। लिहाज़ा, सेवा निवृत्ति की अवधि से बहुत पहले अवकाश ग्रहण कर निराले मिज़ाज के मि. स्पार्क्स अपनी पत्नी जेन और पाँचों बच्चों को लिये-दिये मैकलुस्कीगंज पहुँच गए थे। स्पार्क्स दम्पती के तीन बेटियाँ थीं—बसन्ती (मि. स्पार्क्स ने बड़े अनुराग से अपनी सबसे बड़ी बिटिया का यह विशुद्ध भारतीय नाम रखा था), आइबी और सबसे छोटी मेरी। दो लड़के भी थे—बैजल और जॉर्ज। मि. स्पार्क्स ने नौकरी के दिनों में जोड़े पैसों और पी.एफ. आदि के पैसों को मिलाकर मैकलुस्कीगंज में लरबेधुआ के पास पन्द्रह एकड़ ज़मीन ख़रीदी थी और ज़ोर-शोर से खेती-बाड़ी में रम गए थे। ठेठ गाँव का यह जीवन स्पार्क्स परिवार को बड़ा रास आ रहा था। पर स्पार्क्स दम्पती के जीवन में कई वर्षों बाद भयंकर विषाद का दौर तब आया, जब उनके 22-23 वर्षीय पुत्र बैजल की मौत साँप काटने से हो गई थी। यों मि. स्पार्क्स बार-बार अपने बीवी-बच्चों को हिदायत देते रहे थे कि जंगल-झाड़

में साँप और विषैले कीड़ों का ख़तरा रहता है, पर होनी को कौन टाल सकता था! 'गंज' के लोगों का मानना था कि उसे 'करैत' साँप ने काटा है। करैत का काटा पानी तक नहीं माँग पाता है। बैजल की मौत ने स्पार्क्स दम्पती को झकझोरकर रख दिया था। बड़ी बेटी बसन्ती बचपन से ही ऊँचा सुनती थी और वह पूरी तरह सन्तुलित दिमाग की नहीं थी। इसलिए उसकी शादी की बात कहीं चलाने का कोई मतलब नहीं था। हाँ, मँझली आइबी का विवाह अच्छा हो गया। काफ़ी दौड़-धूप कर मि. स्पार्क्स ने आइबी की शादी की थी। लड़के का नाम था पैडी इ. मार्सेलीन। लड़का होनहार था। विवाह के कुछ माह बाद आइबी को लेकर वह ऑस्ट्रेलिया चला गया था।

सबसे छोटी-दुलारी बिटिया मेरी की शादी कैसे होगी, इसको लेकर स्पार्क्स दम्पती को बड़ी चिन्ता थी। कई जगह उन्होंने इसके लिए बात चला रखी थी। पर मेरी ने एक झटके में फ़ैसला लेकर अपने पापा-मम्मी को हक्का-बक्का कर दिया था। ख़ालिस अंग्रेज़ माता-पिता की सन्तान मि. स्पार्क्स ने कानपुर में अपनी नौकरी के दौरान पढ़े-लिखे अहीर परिवार की एक सुन्दर लड़की से प्रेम-विवाह किया था। यही थीं जेन—मि. स्पार्क्स के पाँच बच्चों की गर्वीली माँ। सो जब अपने घर में मेरी ने घोषणा की कि वह गाँव के रामसेवक साहू से शादी करेगी, तो तत्क्षण हत्थे से उखड़े मि. स्पार्क्स को शान्त करते हुए मेरी की मम्मी जेन ने भीनी हँसी के संग कहा था कि 'बेटी बाप पर जाती है। इसमें बिगड़ना क्या? फ्रस्टी[1] क्या होना? तुमसे कमती नहीं है तुम्हारी बेटी...।' बहरहाल, मि. स्पार्क्स किसी तरह सहज हुए। रामसेवक के परिवार वाले क्योंकि इस विवाह के सख़्त ख़िलाफ़ थे, इसलिए वर-वधू, दोनों पक्ष का सारा इन्तज़ाम अकेले दम पर मि. स्पार्क्स को दौड़-दौड़कर करना पड़ा था। सबसे छोटी बेटी की शादी चाहे जैसी भी ठीक हुई, पर मि. स्पार्क्स उसे पैसे के चलते हरगिज फीकी नहीं पड़ने देना चाहते थे। लरबेधुआ के अपने बड़े-से परिसर के गँवई परिवेश में मि. स्पार्क्स ने कम समय में क्या सुन्दर इन्तज़ाम किया था! इस चक्कर में उनका अनाप-शनाप ख़र्च हुआ। टुइयाँ गंझू ने उनसे कहा था कि 'अंकल जी, आतुर काज दरब[2] से होई। दोनों शादी के लिए आतुर हैं, तो जल्दबाजी में ज्यादा खर्च होगा ही।' हालाँकि, उस भव्य विवाह में गाँव के बहुत-से लोग नहीं आए थे कि कौन पचड़े में पड़े।

उस दिन फ़िरोज़ी कपड़े में बेहद खिली हुई थी मेरी। रामसेवक के बचपन का साथी टुइयाँ गंझू शुरू से मेरी को 'अड़हुल फूल' कहता आया है। रामसेवक डेविड को आज तक याद है कि शादी की उस रात महुआ की शराब में धुत्त होकर टुइयाँ गंझू मँजे नचनिये की तरह छनन-मनन करते हुए कैसे देर तक तान छेड़ता रहा था :

तोहों गुइयाँ अनाड़ी / मोहो गुइयाँ अनाड़ी / तोयँ तो गुइयाँ दुलारी
तोयँ तो बड़ा पियारी / दुइयो जने जोड़ाली रे...।

[ऐ मेरी जोड़ी! तू अनाड़ी है और मैं भी अनाड़ी हूँ। तू तो दुलारी है, बहुत ही प्यारी है। हम दोनों ने नेह जोड़ा है।]

यह गीत मेरी डेविड को भी बड़ा अच्छा लगा था। उन्होंने बाद में टुइयाँ गंझू से पूछकर इस गीत को याद कर लिया था। अब दशकों बाद पुरानी यादों को आपस में

1. फ्रस्ट्रेटेड (निराश)
2. द्रव्य (धन)

जोड़ते हुए कभी-कभी रामसेवक उर्फ़ डेविड जब मेरी डेविड को छेड़ते हैं, 'टुइयाँ गंझू ने क्या गाया था उस रात मेरी...क्या लाइन थी उसकी?' तो मिसेज़ मेरी डेविड के होंठ अंग्रेज़ीदाँ अन्दाज़ में मन्द-मन्द थिरक उठते हैं :

तोहों गुइयाँ देखले
मोहो गुइयाँ देखलों
तोयँ त' नहीं टोकले
तोयँ त' नहीं बोलले
चुपे-चुपे रहले रे...।

[जोड़ी! तुमने मुझे देखा, मैंने तुम्हें देखा...लेकिन तूने मुझे टोका नहीं, न कुछ बोली... चुप-चुप ही रह गई...।]

और छूटी हुई पंक्ति को डेविड पकड़ लेते हैं :

तोहों गुइयाँ हँसले
मोहो गुइयाँ हँसलों
संगे-संगे नचली
दुइयो जने झुमली
नवाँ गीत गवली रे...।

[जोड़ी! तुम हँसी, मैं भी हँसा, फिर हम संग-संग नाचे-झूमे और हमने नया गीत गाया...।]

टुइयाँ गंझू अब बुढ़ा गया है, पर अभी भी महुए के दारू से उसने मुक्ति नहीं पाई है।

हाड़-मांस का जीता-जागता मृदंग है टुइयाँ गंझू। कभी-कभार गहराती शाम में जब वह 'टुन्न' होकर थरथराते कदमों से झूमते-भटकते मेरी और डेविड के घर पहुँचता है, तो बैठकर देर रात तक रेघाता रहता है। और जब रामसेवक उर्फ़ डेविड उसे छेड़ते हैं, 'ओय लप्पू झन्ना[1], वह गुइयाँ वाला तुम्हारा गीत...?' तब गाते-गाते टुइयाँ झूलने लगता है, 'दुइयो जने झुमली...नवाँ गीत गवली रे...।'

मिसेज़ मेरी डेविड हँसी से तब दोहरी होती रहती हैं। आर्थिक कशमकश के बावजूद उनके चेहरे पर कभी कोई शिकन नहीं रही है। कोई अभाव-अभियोग नहीं। विवाह के बाद कुछ समय तक ससुराल में रहने के बाद रामसेवक उर्फ़ मि. डेविड को हेसालंग में भूदान की तीन एकड़ ज़मीन मिल गई थी। यह ज़मीन पहले किसी एंग्लो-इंडियन साहब की थी, जिसे बाद में कलकत्ता के एक बंगाली भद्रलोक बंकिम बनर्जी ने ख़रीदी थी। जीवन के अपने आख़िरी दिनों में बंकिम बनर्जी ने यह ज़मीन विनोबा भावे को भूदान में दे दी थी। गाँव में जब भूदानवाले ज़मीन वितरण करने आए, तो डेविड और मेरी ने अपनी समस्या रखी थी कि रहने के लिए उनके पास कोई जगह-ज़मीन नहीं है। आख़िरकार, भूदानवालों ने बंकिम बनर्जीवाली ज़मीन डेविड को दे दी थी। इस ज़मीन पर तब पुटुस की घनी झाड़ियों का जंगल था और चारों तरफ़ पलाश के पेड़ थे। काफ़ी मेहनत से कई दिनों तक साफ़-सूफ़ कर मेरी और डेविड ने इसे रहने लायक़ बनाया था। हालाँकि, ज़मीन के एक बंगाली दलाल ने डेविड को काफ़ी दिनों तक परेशान किया था। उसका

---

1. यह शब्द व्यंग्य-विनोद में अत्यन्त दुबले व्यक्ति के लिए आता है।

दावा था कि बंकिम बनर्जी ने यह ज़मीन भूदान को नहीं, बल्कि उसे दी थी। बहरहाल, काफ़ी मर-मुक़दमे के बाद उसका दावा झूठा साबित हुआ और डेविड ने चैन की साँस ली थी। डेविड ने पहले ज़मीन पर खपड़ापोश घर बनाया। धीरे-धीरे उन्होंने तरह-तरह के फलों के पेड़ लगाए। पलाश के पेड़ तो पहले से काफ़ी तादाद में उस परिसर में थे। पर अपनी तमाम दुनिया बसाने के बावजूद एक सन्तान न होने की कसक तो थी ही डेविड और मेरी के मन में। मेरी आज भी कभी-कभी उदास होकर कहती हैं, 'पिछले जनम की कोई चूक...।'

डेविड इस पर बिहँस पड़ते हैं, 'मेरी, अपना बच्चा भी कहाँ सुनता है आजकल...! मि. मैकलुस्की का कहाँ कोई वारिस था, पर एक दुनिया बसा दी उन्होंने। मेरी, दुआ करो...प्रेयर करो ऊपरवाले से कि इस गाँव की मिट्टी में मिलकर हम दोनों खाद बन जाएँ—इस गाँव की आनेवाली पीढ़ी के लिए...कमिंग जेनरेशन के लिए...।'

अतीत का स्मरण और भविष्य की कल्पना के बीच चलती है ज़िन्दगी। मिट्टी... हवा...आग...पानी और आकाश—इसी से बनी ज़िन्दगी। सब कुछ इसी का, सब कुछ इसी में। रामसेवक डेविड के होंठ क्षीण हँसी में आपरूपी टेढ़े हो जाते हैं।

अपनी स्मृति पर गाँव के पुराने निवासी मि. नोएल गॉर्डन भी कभी-कभी मुस्करा उठते हैं। उन्हें इस गाँव से जुड़ी अपनी गहरी जड़ों के इतिहास पर कभी-कभी हँसी आती है कि कैसे उनके पिता ने अपने 'गैस्ट्रिक प्रॉब्लम' के स्थायी निदान के लिए इस गाँव में बसने का फ़ैसला लिया था। साँवले रंग और सामान्य-सी क़द-काठी वाले मि. गॉर्डन के समूचे परिवार को 'गंज' की मिट्टी अपने मधुर बाहुपाश में अद्‌भुत माया से बाँधे हुई है। नोएल महाशय के पिता मि. विलियम पॉल गॉर्डन ने सन् 1946 में यहाँ ज़मीन ख़रीदी थी और घर बनाया था। विलियम साहब कलकत्ता के एक नामी जूट मिल में चीफ़ इलेक्ट्रिकल इंजीनियर थे। गॉर्डन परिवार कलकत्ता का पुराना निवासी था। पर मि. विलियम गॉर्डन बाद में धनबाद चले आए थे, क्योंकि वहाँ उन्हें ऊँची पगारवाली नौकरी मिल गई थी। नोएल गॉर्डन को आज भी छेड़ दीजिए, तो बचपन की पुरानी यादों की जुगाली करते हुए वे गर्व से बताएँगे कि कैसे धनबाद के जिस मकान में वे अपने माता-पिता के संग रहते थे, उसमें पहले कभी नेताजी सुभाष चन्द्र बोस देश की आज़ादी की लड़ाई के समय कुछ दिनों के लिए रुक चुके थे। शायद इसी कारण से मि. नोएल गॉर्डन सदैव नेताजी सुभाष के परम भक्त बने रहे हैं। नेताजी अभी तक जीवित हैं, इस बात पर देर तक बहस करना उन्हें अच्छा लगता है।

बहरहाल, गॉर्डन-परिवार कलकत्ता से धनबाद और धनबाद से आख़िरकार मैकलुस्की-गंज कैसे पहुँचा, इसकी कहानी सचमुच बेहद दिलचस्प है। मि. नोएल गॉर्डन के पिता मि. विलियम पॉल गॉर्डन को कलकत्ता-निवास के दिनों से गैस्ट्रिक का भारी कष्ट था। हर हमेशा पेट में गुड़गुड़ाहट, अपच और खट्टी डकार...। काफ़ी दवा-दारू के बावजूद कोई असर नहीं हुआ। धनबाद आने पर उन्हें किसी ने सुझाव दिया था कि वे राँची के किसी वन्य स्थल में जाकर कुछ दिनों के लिए स्वास्थ्य-लाभ कर आएँ। बतानेवाले ने उन्हें बताया था कि छोटानागपुर के पानी में ऐसा जादू है कि वह पत्थर तक पचा देता है और गैस का सवाल ही कहाँ! इस सुझाव का अक्षरशः अनुसरण करते हुए मि. विलियम

गॉर्डन राँची आए और वहाँ कुछ लोगों ने उन्हें मैकलुस्कीगंज के बारे में जानकारी दी। मि. विलियम गॉर्डन बीवी-बच्चों सहित मैकलुस्कीगंज पहुँचे। वहाँ लगभग एक सप्ताह रुके और आठवें दिन अपना सारा दवा-दारू उन्होंने फेंक दिया क्योंकि सचमुच उन्हें दवा-दारू की ज़रूरत नहीं रह गई थी। उसी दिन मि. विलियम गॉर्डन ने तय किया कि इस गाँव में वे ज़मीन लेकर घर बनाएँगे और नौकरी से अवकाश ग्रहण करने के बाद स्थायी रूप से यहीं रहेंगे। इस तरह 1946 ई. में मैकलुस्कीगंज में ज़मीन लेकर मि. विलियम गॉर्डन ने अपना घर बनवाया और 1958 ई. में जब वे नौकरी से रिटायर हुए, तो स्थायी रूप से यहाँ रहने चले आए। उस समय मि. नोएल गॉर्डन किशोर थे। महज़ सोलह-सत्रह वर्ष के। अपने पापा-मम्मी के संग गाँव आ जाने के कारण मि. नोएल गॉर्डन मात्र स्कूली पढ़ाई ही कर सके। कॉलेज तक नहीं पहुँच सके। कॉलेज की पढ़ाई न होने के पीछे अर्थाभाव एक प्रमुख कारण था। रिटायरमेंट के बाद नोएल के पिता ने एक बिज़नेस शुरू किया था। पर थोड़े समय में ही उनको भारी घाटा लग गया। लिहाज़ा, परिवार की माली हालत काफ़ी ख़स्ता हो गई थी। पर उनके पिता ने उन्हें ख़ुद से घर पर ही इलेक्ट्रिक की अच्छी-ख़ासी जानकारी दे दी थी। दरअसल, मि. विलियम पॉल गॉर्डन इलेक्ट्रिक की पढ़ाई विदेश में कर चुके थे और इलेक्ट्रिक का उन्हें काफ़ी कुछ ज्ञान था।

बाद के दिनों में पिता से प्राप्त इलेक्ट्रिक विद्या का सदुपयोग मि. नोएल गॉर्डन ने करना शुरू किया। कॉलेज की पढ़ाई भले ही उन्होंने नहीं की थी पर बुद्धि की प्रखरता में तो कोई कमी थी नहीं। सो मि. नोएल गॉर्डन राँची के सिनेमा हॉलों के मशीनों की रिपेयरिंग के काम में जुट गए थे। इसी दौरान एक दिन सिनेमा हॉल निर्माण कार्य के विशेषज्ञ आर्किटेक्ट कैप्टेन पी.एफ. रेनेल्स से वे टकरा गए। दोनों में बात बन गई और फिर दक्षिण बिहार में मि. नोएल गॉर्डन अपने नये साथी मि. पी.एफ. रेनेल्स के संग सिनेमा हॉलों के निर्माण-कार्यों का ठेका लेने लगे। इस क्रम में हज़ारीबाग़ जिला में भी इन लोगों ने लगातार तीन-तीन सिनेमा हॉलों को बनवाया। पर इस काम में भाग-दौड़ काफ़ी थी। सो भाग-दौड़ की ज़िन्दगी को अन्तिम प्रणाम कर मि. नोएल गॉर्डन मैकलुस्कीगंज में ही स्थायी रूप से रहने लगे। बिजली और रेडियो की छोटी-मोटी 'रिपेयरिंग' के काम से जीने लायक़ पैसा उन्हें गाँव में ही मिलने लगा। अब तो अपने एकलौते बेटे बॉबी गॉर्डन को भी उन्होंने इस काम में साथ-साथ रमा लिया है। हालाँकि, बॉबी ने एक्सरे-इ.सी.जी. में केरल से डिप्लोमा कोर्स किया हुआ है, लेकिन 'गंज' से निकलकर कहीं नौकरी करने की बात उसने कभी सोची नहीं है। मि. नोएल गॉर्डन की एकलौती दुलारी बेटी नेल्ली ठुमक कर कहती है, 'मेरे परिवार के लोग यहाँ से कहीं बाहर जा ही नहीं सकते...। वही पुरानी खानदानी बीमारी गैस्ट्रिक के डर से...।'

और मि. नोएल गॉर्डन यह कहते हुए हँसे बिना नहीं रह पाते हैं, 'अरी, ओ मेरी ग्रैंड मदर...बुढ़िया दादी...।'

मि. नोएल गॉर्डन ने अपनी बेटी का नाम वही रखा है, जो उनकी माँ का था—नेल्ली... नेल्ली गॉर्डन। यही जीवन-संगीत और रस है इस गाँव का, जो पीढ़ी-दर-पीढ़ी दोहराया जा रहा है। मि. गॉर्डन अक्सर विभोर होकर कहते हैं, 'अपना 'गंज' एकदम 'कचरस' है। गन्ने के रस में पानी मिलाकर बनाये शर्बत जैसा। 'गंज' का पानी यानी कचरस।'

पानी की कहानी डी.सी. हसन से भी जुड़ी है। राँची में कभी डिप्टी कमिश्नर हुआ करते थे ए.के.एम. हसन। 'गंज' के पानी पर फिदा होकर अवकाश ग्रहण करने के बाद वे यहाँ बस गए। वे कहते हैं कि 'इस गाँव का पानी मिनरल वाटर के बराबर है।' किताब और शिकार—यही शौक है डी.सी. हसन का। क्योंकि वे कभी राँची के डिप्टी कमिश्नर (डी.सी.) थे, इसलिए 'गंज' के लोगों ने उनके मूल नाम ए.के.एम. हसन को ग़ायब कर डी.सी. हसन कर दिया है। नामकरण के ऐसे मामले 'गंज' में अनेक हैं। संगीत के अनेक रागों की तरह। जैसे मि.टी.इ. रॉबिन्सन 'ट्यूनिंग रॉबिन्सन' के नाम से जाने जाते हैं। मि. मेंडेज़ उन्हें 'मोज़ार्ट[1] ऑव मैकलुस्कीगंज' कहते हैं।

एक अद्‌भुत मधुर आलाप है यह गाँव...जिसमें राग की सूक्ष्म परतें बारीक़ी से खुलती हैं। सुरम्य एकान्त की तन्मयता में मन्द-मन्द गूँजती...सुरों में बँधी एक बन्दिश के विविध रूप...। द्रुत एकताल में फूटती लय की अनूप धाराएँ...कई दिशाओं में...इस पृथ्वी पर...पसरती...। सम्पूर्ण सृष्टि में...पूरी गमक के साथ...आहिस्ता-आहिस्ता फैलती हुई...। ग्रामवासियों में अपने जीवन-राग को साधने का अन्दाज़ इतना अद्‌भुत...ज़िन्दगी की लयकारी में ऐसी भीनी ख़ुशबू कि बड़े-बड़े महान संगीत साधक मुग्ध होकर यह कहने को विवश हो जाएँ कि 'मियाँ! ये तो हवा में गाँठ पड़ गई...वाह, क्या कहने...!' मैकलुस्कीगंज यानी राग का रस...। मध्य रात्रि की जैजैवन्ती। लय का लावण्य...। और एक ख़ूबसूरत-से लम्बे अलाप के बाद राग की सम्मोहक बढ़त...। इसी सम्मोहक अलाप के ज़िन्दादिल साधक हैं मि. टी.इ. रॉबिन्सन...।

मि. नोएल गॉर्डन की तरह मि. रॉबिन्सन का बचपन धनबाद में बीता था। मि. रॉबिन्सन के पिता रेलवे की अपनी सेवा के दौरान धनबाद में पदस्थापित थे और 1955 ई. में रेलवे से अवकाश ग्रहण करने के लगभग तीन साल पहले उन्होंने मैकलुस्कीगंज में ज़मीन लेकर घर बनवाया था—इस इरादे से कि रिटायरमेंट के बाद यहीं रहेंगे। इस तरह अपने पिता के संग 'गंज' में रहने आए मि. रॉबिन्सन तब से लगातार 'गंज' में ही हैं। बाहर जाकर कुछ कमाने-धमाने का ख़याल दिल में कभी आया नहीं। हाँ, मि. रॉबिन्सन के बड़े भाई मि. ई.डब्लू. रॉबिन्सन आर्मी में थे, जो बाद में इंग्लैंड चले गए। पर मि. रॉबिन्सन के लिए आज भी उनका 'गंज' एक अनुपम राग है, जिसके वे दीवाने हैं। जीवन-यापन के लिए आसपास के स्कूलों में बतौर म्यूज़िक टीचर काम कर दो पैसों का जुगाड़ उन्हें हो जाता है और वे इसी में मस्त रहते हैं। संगीत कहाँ नहीं है! खेत-खलिहान, राह-डगर, हवा-पानी, नदी-पर्वत और आकाश-पाताल, कहाँ नहीं! वे कहते हैं, 'म्यूज़िक गोशे-गोशे में है।' गाँव के जीवन में रोपनी, कटनी, ओसावन, शादी-ब्याह, मुंडन—सबका संगीत है। लोकगीतों पर तो जान छिड़कते हैं मि. रॉबिन्सन। ओह क्या लय, क्या धुन! पूरबी, कजरी, बिरहा और आल्हा उनके मन में कुछ इस तरह हिलोर मारता है—जैसे पानी में मछली। इसी तरह छोटानागपुर का मस्त झूमर। आदिवासियों की वंशी की टेर, मांदल और तबला-ढोल की ध्वनि। मांदल की थाप पर कौन नहीं झूम उठेगा। गम्मत में बैठे तबलची को क्या कोई सुधबुध रह जाती है। कला मोक्ष का रास्ता है। मि. टी. इ. रॉबिन्सन उर्फ़ 'गंज' के 'ट्यूनिंग रॉबिंसन' संगीत-कला की चर्चा के साथ विभोर हो उठते हैं। दरअसल, संगीत से

1. दुनिया के एक महान संगीतकार। यूरोप के क्लासिकल युग के एक बड़े नाम।

बचपन के दिनों से लगाव रहा है मि. रॉबिन्सन को। और मैकलुस्कीगंज...! 'राग-देश' है यह गाँव उनके लिए। पर मौज़ में कभी-कभी वे कहते हैं, 'मैन, हमारा 'गंज' राग 'ललित-भटियार' है...। सुबह के दो मधुर रागों—'ललित' और 'भटियार'—के संगम से बना एक प्यारा राग...।' पंडित रामाज्ञा पाठक मुसककर कहते हैं, 'रॉबिन्सन शुद्ध जाति के 'टेंकी राग' में भी गाता है'

मैकलुस्कीगंज को मि. रॉबिन्सन सुबह के दो मधुर रागों का मिलन क्यों कहते हैं, यह वही बेहतर जानते हैं। वैसे, शास्त्रीय सुर-ताल का उन्हें ठीक-ठाक ज्ञान है। पर मैकलुस्कीगंज और आसपास के गाँवों के स्कूलों में 'म्यूज़िक सर' के नाते देश-प्रेम और धार्मिक गीतों में कुछ पॉप मिक्स कर वे इसलिए सिखाते हैं कि बच्चों की रुचि संगीत में बने। जब मि. रॉबिन्सन अपनी कक्षाओं में आँखें मूँदकर शुरू होते हैं, 'इस्ट और वेस्ट... इंडिया इज़ द बेस्ट...' तो बच्चे थिरकने लगते हैं। और जब मि. रॉबिन्सन कभी किसी दिन ज़्यादा मौज में रहे हैं, तो उनकी कक्षा इस क़िस्म के गीतों से गूँजती रही है, 'कम फ्रॉम इंग्लैंड...कम फ्रॉम स्कॉटलैंड...इफ़ यू आर लुकिंग फ़ॉर ग्लोरियस हॉली-डे...देन कम टू बॉम्बे...कम टू बॉम्बे...बॉम्बे मेरी है ऽऽऽऽ।' आख़िरी पंक्ति पर मि. रॉबिन्सन के संग बच्चों की हुमक और झूम देखने लायक़ होती है...बॉम्बे मेरी है...मेरी है...।' मि. रॉबिन्सन कहते हैं, 'इंग्लिश गाना...हिन्दी धुन...है न मजेदार...!'

मि. रॉबिन्सन की भावुकता विचित्र है। 1992 ई. में जब बम्बई में लगातार भीषण बम विस्फोट हुआ और साम्प्रदायिक तनाव में अनगिनत लोगों की जान गई, तो अर्से तक मि. रॉबिन्सन के होंठों से यह गीत नहीं फूटा...। एक दिन क्लास में जब किसी बच्चे ने उनसे पूछा कि 'सर, बॉम्बे मेरी है...वाला वो गाना...?' तो मि. रॉबिन्सन ने तनिक अचकचाते हुए कहा था, 'फिर कभी...फिर कभी बाबा...।'

मि. रॉबिन्सन के संगीत को मिस बॉनर बहुत पसन्द करती हैं। जब कभी उनका कुछ सुनने का जी करता है, तो मि. रॉबिन्सन को वे अपने यहाँ खाने पर बुला लेती हैं। मिस बॉनर ख़ास तौर से मि. रॉबिन्सन से 'लर्न टू बी लोनली...' वाला गाना ज़रूर सुनती हैं। मि. रॉबिन्सन इसे डूबकर गाते भी हैं :

लर्न टू बी लोनली,
लर्न टू फ़ाइंड यॉर वे इन डार्कनेस
हू विल बी देयर फ़ॉर यू
कम्फ़र्ट एंड केयर फ़ॉर यू?
लाफ़ इन लोनलीनेस!
लर्न टू बी लोनली...।'
[सीखो अकेलेपन में रहना
सीखो, अन्धकार में अपनी राह ढूँढ़ना।
तुम्हारे लिए वहाँ कौन होगा,
तुम्हारे सुख और तुम्हारी परवाह करने के लिए?
हँसो, अपने अकेलेपन में।
सीखो अकेलेपन में रहना...।]

मि. रॉबिन्सन जब गा रहे होते हैं, तो मिस बॉनर एकदम से कहीं खो जाती हैं। मि. रॉबिन्सन समझते हैं, अकेलेपन को जीना सीख पाना किसी के लिए भी कितना यंत्रणापूर्ण हो सकता है! मिस बॉनर के स्टडी रूम में उन्हें गाना सुनाते हुए कई बार उनकी आँखें भीग गई हैं और बड़ी सफ़ाई से उन्होंने चश्मा साफ़ करने के बहाने आँखें पोंछी हैं। चोरी से भीगी आँखें!...'हँसो अपने अकेलेपन में...हँसो'—इस पंक्ति तक पहुँचते-पहुँचते मि. रॉबिन्सन हर बार असहज हो जाते हैं।

मैकलुस्कीगंज में यह घर सबसे ख़ूबसूरत माना जाता है। इस घर का नाम है—'बॉनर भवन'। नेहरू रोड स्थित इस विशाल आल-बालवाले बँगले को गाँव के गंझू, मुंडा, उराँव और अहीर लोग कहते हैं—'बॉनर मेम की गढ़ी' या 'बॉनर मेम का किल्ला'। इस रोड का नामकरण 'नेहरू रोड' मिस बॉनर ने ज़िद ठानकर कराया था। उनकी नज़र में पंडित नेहरू सरीखा बाँका-सजीला पुरुष धरती पर कोई दूसरा नहीं हुआ। रेलवे क्रॉसिंग नेहरू रोड पर कुसुम के पुराने विशाल वृक्ष के समीप स्थित किराने की दुकानवाला 'गंज' का एकलौता पत्रकार, राँची से प्रकाशित 'प्रात: खबर' का संवाददाता बसन्त गर्व से कहता है, 'यह 'गंज' का सबसे वी.आई.पी. रास्ता है।'

नेहरू रोड की सबसे बड़ी वी.आई.पी. हैं—मिस बॉनर! उनके घर के प्रवेश द्वार पर नीचे फ़र्श पर आकर्षक अक्षरों में अंकित इस इबारत को अभी भी कोई देख सकता है : 'यॉर होम रिफ़्लेक्ट्स यू...आपका घर आपको प्रतिबिम्बित करता है...।' अस्सी वर्षीया मिस डोरथी पीस बॉनर 'मैकलुस्कीगंज एंग्लो-इंडियन एसोसिएशन' की प्रेसिडेंट हैं। ऊपर से झक्की और तुनुकमिज़ाज, पर अन्दर से उतनी ही सहज और संवेदनशील हैं मिस बॉनर। उन्होंने शादी नहीं की है। उनके साथ रहती है बस उनकी आदिवासी आया मरियम। बिल्लियों और बतख़ को उन्होंने अपने घर में पाल रखा है। एक पार्ट टाइम माली है, जो उनके बाग़-बग़ीचे की देख-रेख करता है। कुल जमा यही उनका पूरा कुनबा है। टुइयाँ गंझू के शब्दों में, 'ठरिया[1] है बॉनर मेम...।' मिस बॉनर के घर के मुख्य दरवाज़े पर एक पत्र-मंजूषा टँगी हुई है। इस पत्र-मंजूषा को खोलने के लिए शाम में छड़ी टेकते हुए हर रोज एक बार वे घर से बाहर निकलती हैं। शायद किसी का पत्र आया हो, सोचती हैं मिस बॉनर। पर अक्सर यह पत्र-मंजूषा उन्हें खाली मिलती है। भला कौन याद करनेवाला है मिस बॉनर को? उनका जी उदास हो जाता है। पर 'बॉनर भवन' के विशाल परिसर वाले उद्यान में खिले ख़ूबसूरत मौसमी फूल, उछलते-खेलते पालतू बिल्लियों-बतख़ों के बीच मिस बॉनर का दिल बहल जाता है।

फूलों और साहित्य की तो डिक्शनरी हैं मिस बॉनर। बस, साहित्य या फूल में से किसी के बारे में उन्हें छेड़ दीजिए और सुनते चले जाइए। 'बॉनर-भवन' के अपने उद्यानपूर्ण परिसर में, 'पॉण्ड' में खिले गहरे गुलाबी कमल दल को मुग्ध हो निहारतीं मिस बॉनर के मुँह से कमल की अपूर्व शोभा का कोई वर्णन सुने, तो बस सुनता रह जाए। शान्त छितराये कमल के बड़े-बड़े पत्तों और रंगों में सहसा डूब चुकीं मिस बॉनर कमल के रंगों के बारे में कहती हैं, 'यह रंग 'अमरनाथ रेड' है। पर सफेद रंग का कमल भी बहुत सुन्दर होता है।'

---

1. फलरहित हरा-भरा पौधा

भारत के महान कवि कालिदास ने अपनी अमर रचना 'अभिज्ञान शाकुंतलम्' और प्राचीन भारतीय कवि अश्वघोष ने अपनी प्रसिद्ध कृति 'बुद्धचरित' में कमल की शोभा का जो अपूर्व वर्णन किया है, मिस. बॉनर का वर्णन उसे जैसे फीका करने को आतुर रहता है। प्राचीन भारतीय ग्रन्थों में चर्चित कई वृक्षों और फूलों के नाम को लेकर वे रोमांचित हो कहती हैं, 'माधवीलता...बकुल...पलाश...कदम्ब...परिजात...कुसुम...शिरीष...। ओफ्फ़, क्या अद्‌भुत नाम हैं भारतीय लताओं और वृक्षों के...।' लगता है, जैसे वे वृक्षों के नहीं, अपने उपनामों की चर्चा कर रही हैं!

दुनिया भर के चुनिन्दा वृक्षों और फूलों से भरा 'बॉनर भवन' मैकलुस्कीगंज गाँव का 'नन्दन-कानन' है। सीज़न के दौरान क्यारियों में लगे कॉसमॉस...मैरीगोल्ड...बालसम... जीनिया...और ब्लू पॉपी सरीखे अनगिनत मौसमी फूलों से लेकर तरह-तरह के नामों वाले जावन्तो पौधे, मसलन—पेंटेड टंग...लेडीज़ लेस...मंकी फ़्लावर और लव-इन-ए-मिस्ट जैसे एक-से-एक नामों वाले पौधे, यानी बकुल, यानी माधवीलता या...पलाश जो 'बॉनर भवन' को हमेशा खिलाये रखते हैं।

आइ.टी.सी. में पच्चीस-तीस वर्षों तक नौकरी कर चुकीं मिस बॉनर अवकाश ग्रहण करने के बाद सन् 1969 से यहाँ आकर स्थायी रूप से रह रही हैं। हालाँकि, यहाँ ज़मीन लेकर मकान उन्होंने रिटायरमेंट के दस-बारह साल पहले बना लिया था। क्यों है मैकलुस्कीगंज? मिस डोरथी पीस बॉनर अपने जीवन के सूनेपन में हरदम इस सवाल से जूझती-टूटती रहती हैं। उन्हें यह बात हमेशा सालती रहती है कि जिस मैकलुस्कीगंज को मि. ई.टी. मैकलुस्की ने सिर्फ़ एंग्लो-इंडियन समुदाय के लिए यहाँ बसाया था, वहाँ से एंग्लो-इंडियन समुदाय घर-द्वार बेचकर क्यों लगातार भाग रहा है? मिस बॉनर अक्सर बिखरती रहती हैं, 'मैकलुस्की के सपने का गाँव लगभग खतम हो चुका है। उस आदमी का सपना टूट गया...। इस गाँव के हर बँगले का हाड़ काँपता है...।'

मिस बॉनर कब विह्वल हो विकल हो उठेंगी, कहना मुश्किल है। उनकी विह्वलता को टोकना कम ख़तरनाक नहीं है।

एक बार तो बड़ा अजीब हुआ। पता नहीं, क्यों और कैसे यह अफ़वाह बड़ी तेज़ी से फैल गई थी कि मिस बॉनर अपना घर बेचेंगी। इस अफ़वाह के सहारे हजारीबाग का एक मालदार व्यवसायी अलस्सुबह एक दिन अपनी गाड़ी से मैकलुस्कीगंज पहुँचा। बाहर से ही ख़ूबसूरत 'बॉनर-भवन' को देख वह बेहद ख़ुश हुआ और उसे लगा कि यह मकान उसे ख़रीद लेना चाहिए। मिस बॉनर से जाकर उसने मुलाक़ात की। मिस बॉनर ने उसे ऊपर से नीचे तक देखा, फिर मुस्कराते हुए कहा, 'ठीक सुना तुमने...मैं बेचूँगी घर को...। कितना दोगे...?'

'पूरे तीन लाख...।'

'अच्छा...?' मिस बॉनर ने हैरान होने का ख़ासा नाटक किया और फिर अपनी आदत के विपरीत बेसाख़्ता हँसने लगीं, 'तीन लाख दोगे तुम...? अरे कच्चा रोटी...! तीन लाख तो मेरे बाहरवाले गेट के एक पाये की कीमत है...।'

मिस बॉनर हँसती रहीं। उनकी सनक-भरी हँसी से वह व्यवसायी हतप्रभ था। उससे कुछ कहते नहीं बन रहा था। अचानक मिस बॉनर बुरी तरह चीख़ पड़ीं, 'गेट आउट...!'

उस व्यवसायी के जान लेकर भागने के बहुत देर बाद तक अपनी कुर्सी में धँसी मिस बॉनर क्रोध से काँपती रही थीं।

मिस बॉनर की भावुकता ग़लत नहीं है। पिछले वर्षों में एंग्लो-इंडियन परिवारों की संख्या यहाँ तेज़ी से घटी है, क्योंकि कई एंग्लो-इंडियन परिवार अपना-अपना मकान बेचकर विदेशों में बसने चले गए हैं। डेनिस मैगावन ही एक सिर्फ़ नहीं, ऐसे कितने परिवार हैं। मसलन—एटकिंस परिवार, कैबरल परिवार, रॉबर्ट कैस्टलरी का परिवार समेत कई परिवार यहाँ से विदेशों में जाकर हमेशा के लिए बस गए हैं।

रॉबर्ट कैस्टलरी की दोनों बेटियाँ वर्षों पहले ऑस्ट्रेलिया जाकर बस गई थीं। दोनों बेटियों की ज़िद थी कि उनके पापा-मम्मी उन सबके पास ऑस्ट्रेलिया आकर बस जाएँ। बहरहाल, पारिवारिक दबाव में अन्ततः रॉबर्ट मैकलुस्कीगंज का अपना मकान बेचने के लिए किसी उपयुक्त ग्राहक की तलाश में लग गए थे।

इत्तफ़ाक़ से उसी दौरान कलकत्ता निवासी एक चिकित्सक डॉ. गोविन्द दास गोस्वामी पत्नी अणिमा के संग छुट्टियों में मैकलुस्कीगंज घूमने आए हुए थे। दरअसल, डॉ. गोविन्द दास गोस्वामी के एक अनन्य मित्र राजीव दासगुप्ता मैकलुस्कीगंज में वर्षों से बसे हुए थे। उन्होंने गोविन्द गोस्वामी से कई बार अनुरोध किया था कि वे एक बार मैकलुस्कीगंज घूमने ज़रूर आएँ। सो एक दिन गोविन्द सपत्नीक पहुँच गए। वहाँ पहुँचकर उनको लगा कि अब तक स्थायी रूप से बसने के लिए जैसी जगह की परिकल्पना उन्होंने कर रखी थी, वह तो यही जगह है।

डॉ. गोविन्द दास गोस्वामी ने पत्नी अणिमा से पूछा था, 'अणिमा, क्या यह पहली नजर का प्यार नहीं?—लव ऐट् फ़र्स्ट साइट...?'

श्रीमती अणिमा गोस्वामी ने सहमति में सिर हिला दिया था।

डॉ. गोविन्द दास गोस्वामी घाना, नाइज़ीरिया, ब्रिटेन और अन्य कई देशों में वर्षों तक रह चुके थे, पर जो बात एक झटके में मैकलुस्कीगंज में उन्हें दिखाई दी, वह उन्हें अब तक अन्यत्र कहीं नहीं मिली थी। राजीव दासगुप्ता ने उसी समय उनको जानकारी दी कि मि. रॉबर्ट कैस्टलरी अपना मकान बेचकर ऑस्ट्रेलिया जाना चाहते हैं। फिर क्या था, डॉ. गोविन्द के दिल की मुराद मानो पूरी हो गई। उन्होंने रॉबर्ट से वह मकान ख़रीद लिया। वे तभी से स्थायी रूप से पत्नी अणिमा गोस्वामी के संग यहाँ रहने लगे।

अपने बच्चों को गोविन्द-अणिमा ने पत्र लिख दिया था : 'हम यहीं अपना बुढ़ापा काटेंगे। बहुत शान्ति है गाँव के जीवन में।'

उनके बच्चों ने पत्र मिलने पर चकित हो कहा था, 'सारी दुनिया घूमने के बाद पापा-मम्मी को आखिर यही जगह क्यों पसन्द आई? भला क्या बला है मैकलुस्कीगंज?'

और गोविन्द-अणिमा ने पत्र लिखकर बच्चों से कहा था : 'शान्ति एक अनुभूति है, इसका सिर्फ अनुभव किया जा सकता है, इसे महसूस किया जा सकता है। तुम लोग आओ, आकर कुछ हफ्ते के लिए सही, महसूस करो।'

डॉ. गोस्वामी कितने बेहतरीन चिकित्सक हैं और उनका डाइअग्नोसिस[1] कितना सटीक है, यह कोई मि. मेंडेज़ से पूछे। दरअसल, मि. मेंडेज़ की सबसे बड़ी बेटी

1. रोग के पता लगाने की क्रिया

शेरॉन को बहुत पसीना निकलता था। जाड़ों में गर्मियों की तरह उसे पसीना आता था। मि. मेंडेज़ ने कहाँ-कहाँ नहीं उसको दिखाया। और डॉ. गोस्वामी ने जब उसे देखा, तो अपने प्रिसक्रिप्शन पैड पर लिखा : 'दिस इज़ अ साइन ऑव गुड हेल्थ...।'

डॉ. गोविन्द दास गोस्वामी के अतिरिक्त कई और बंगाली परिवार यहाँ बसे हुए हैं। इनमें लालबिहारी गुप्त, अमित घोष, सुभाष चन्द्र घोष, राजीव दासगुप्ता, श्याम और नमिता भट्टाचार्य आदि के परिवार प्रमुख हैं। मिसेज़ थ्रिपथॉप के मकान के ऐन बग़ल से जानेवाले पतले-से रास्ते में कुछ दूर चलने के बाद लगभग बीस एकड़ के विशाल परिसर में बसे इस भारी-भरकम मनोहर बँगले का नाम है—'शान्ति निकेतन'। बँगले के मालिक हैं—अमित घोष। गाँव में उनका मशहूर नाम है—जर्मन घोष। इस नामकरण के पीछे वज़ह है। कलकत्ता के मूल निवासी अमित घोष अरसे तक जर्मनी में रहे हैं। वहाँ वे बिजनेस मैनेज़मेंट की पढ़ाई के सिलसिले में गए हुए थे। जर्मनी प्रवास के उन दिनों में एक सुन्दर-सी जर्मन लड़की उनकी ज़िन्दगी में आई। छरहरे बदन की वह लड़की, जिसकी मुस्कान आँखों से होंठ तक फिसलती थी, जर्मनी के एक प्रतिष्ठित प्रकाशन गृह में नौकरी करती थी। अमित मोशाय उस लड़की पर कुछ इस तरह दिलोजान से फ़िदा हो गए कि आख़िरकार उन्होंने उससे शादी कर ली। वह प्यारी लड़की, जिसे अमित घोष ने जीवनसंगिनी बनाया, उसका नाम था—इलोना यानी अमित घोष की ज़बान पर हर वक्त थिरकनेवाली—लोलो।

विवाह के कुछ समय बाद अमित घोष सपत्नीक भारत आए। कलकत्ता के अपने पुश्तैनी मकान में कुछ समय व्यतीत किया और आख़िरकार अचानक एक दिन तय किया कि वे मैकलुस्कीगंज में बसेंगे। जर्मनी जाने के पहले, कलकत्ता में रहने के दौरान, अमित बतौर पर्यटक कुछेक बार अपने दोस्तों के साथ मैकलुस्कीगंज आए थे। उसी समय से यह गाँव उनके मन में बसा हुआ था। उन्हें लगा था कि यह एक आम साधारण गाँव नहीं, अन्तरराष्ट्रीय पनाह है। सो अन्ततः इस सम्मोहन ने उनसे यह फ़ैसला करा लिया कि इलोना के संग अब वे एक 'फ़ार्म हाउस' मैकलुस्कीगंज में बनाकर रहेंगे।

ग्राम-जीवन से प्रेम इत्तफ़ाक़ से इलोना को भी था। जर्मनी में इलोना का अपना एक छोटा-सा प्यारा गाँव था। नदियों से घिरे उस गाँव का नाम था—वाल्वीज़। छुट्टियों में इलोना वाल्वीज़ जाना बहुत पसन्द करती थीं। इसलिए मैकलुस्कीगंज पहुँचकर इलोना को लगा, वह वाल्वीज़ पहुँच गई हैं। सचमुच, उन्हें अपार ख़ुशी हुई थी। ठेठ जर्मन में उन्होंने अपने पति अमित घोष से मुसककर कहा, 'अमित, इख़ लिबे मैकलुस्कीगंज...।'

जर्मन में 'इख़ लिबे' का मतलब होता है : 'मैं प्रेम करती हूँ'...। सो मुस्कराकर तत्क्षण इलोना को चूमते हुए अमित घोष ने कहा था, 'इख़ लिबे मैकलुस्कीगंज...इख़ लिबे लोलो...।'

इलोना का मन यहाँ के रमणीक अरण्य जीवन में रम गया। गाँव के एंग्लो-इंडियन परिवारों के बीच बहुत जल्दी वह काफ़ी घुलमिल गईं।

अमित घोष ने मैकलुस्कीगंज में लगभग बीस एकड़ ज़मीन लेकर अपनी सुन्दर-सी 'बाड़ी' बसाई। इस विशाल परिसर में पहले से नाना प्रकार के पेड़ थे। बाँस और शिऊली से लेकर बड़हल तक के पेड़। हरे-भरे इस परिसर का नाम अमित घोष ने काफी चिन्तन

के बाद रखा : 'शान्ति निकेतन'। धीरे-धीरे अमित व इलोना ने गाँव के स्थानीय आदिवासी मज़दूरों की मदद से इस परिसर में और कई पेड़ लगाये—हिमझुरी से लेकर नागपुरी सन्तरा और मेंडरिन नामक छोटा सन्तरा तक...।

अमित घोष ने एक दिन इलोना को हिमझुरी के आकाश छूते वृक्ष से लटके लम्बे सफ़ेद फूलों को दिखाते हुए कहा, 'बंगला के अमर कवि रवीन्द्रनाथ ठाकुर ने...जानती हो...हिमझुरी का नाम क्या रखा था...?...आकाश नील...। है न प्यारा नाम...?'

और कुछ वर्षों के साहचर्य के पश्चात् अपने पति से बंगला लगभग सीख चुकी इलोना ने आनन्दपूर्ण विस्मय से कहा, 'ओह! की भालो...इ नाम...आकाशनील...!'

अमित घोष की बाड़ी 'शान्तिनिकेतन' बीतते वर्षों के साथ काफ़ी सजती गई है। गाँव में अरसे से बसे डॉ. गोविन्द गोस्वामी ने अपनी अनुभवी आँखों को गोल-गोल नचाते हुए अमित घोष से एक बार खुश होकर कहा, 'पुरानी कहावत है—बंगाली की बाड़ी, मुसलमान की हाँड़ी और क्रिस्तान की गाड़ी देखने लायक होती है...। यानी बंगालियों का घर, मुसलमानों का खाना और क्रिश्चनों की गाड़ी बेहद सलीके की होती है। अमित! तुम्हारा घर ठेठ बंगाली बाड़ी है।'

बहरहाल, अपने बंगाली पति से इलोना बेहद ख़ुश रहती हैं और मुग्ध भाव से कहती हैं, 'मैं अपनी एकलौती बेटी की शादी के लिए कोई बंगाली लड़का तय करूँगी।'

अमित-इलोना को बस एक लड़की है—रेबेका। प्यारी-सी बच्ची। 'गंज' में आकर बसने पर अमित-इलोना को जो बस एक मुश्किल हुई, वह थी—रेबेका की अच्छी स्कूलिंग। जर्मनी से जब अमित-इलोना आए थे, तो रेबेका दस-ग्यारह साल की थी। जर्मनी में उसकी पढ़ाई ठीक-ठाक चल रही थी। जब वे लोग कलकत्ता आए, तो कलकत्ता के बेहतरीन 'ला मार्टिनियर स्कूल' में रेबेका का दाख़िला करा दिया। रेबेका कलकत्ता के कोन्नागर स्थित अमित के घर से स्कूल आ-जा रही थी और ख़ुश थी। पर जब एक बार गर्मी की छुट्टियों में रेबेका के संग अमित-इलोना 'गंज' घूमने आए और अचानक तय कर लिया कि अब उन्हें 'गंज' में रहना है, तो सवाल था—कलकत्ता में रेबेका कहाँ रहेगी? 'गंज' में कोई क़ायदे का स्कूल नहीं था, जहाँ वह पढ़ाई कर सकती। आख़िरकार, तय हुआ कि रेबेका को 'ला मार्टिनियर स्कूल' के हॉस्टल में डाल दिया जाए। यह एक ऐसा हृदयविदारक निर्णय था, जिसके लिए अमित, इलोना और रेबेका—तीनों तैयार नहीं थे। तीनों कभी अलग नहीं रहे थे। पर यह एक असहाय फ़ैसला था, जिसे अत्यन्त दुखी मन से तीनों ने स्वीकार किया। जिस दिन रेबेका को हॉस्टल में छोड़कर अमित और इलोना निकल रहे थे, तो इलोना और रेबेका की आँखें रो-रोकर सुर्ख़ थीं। अमित बस सांत्वना के इस अस्फुट वाक्य के संग खड़े थे कि 'गंज' से कलकत्ता कोई बहुत दूर नहीं है। वे हर पखवारे रेबेका से मिलने आ जाया करेंगे। अमित-इलोना ने अर्से तक ऐसा किया भी लेकिन रेबेका की उदासी दूर नहीं हुई। हॉस्टल में होना उसके लिए गहरी हूक थी, जो स्वाभाविक रूप से अमित-इलोना को दुखी करती रहती थी।

एक दिन रेबेका की सहपाठी और गहरी दोस्त अंजली उथुप ने अनायास एक झटके में कुछ वर्षों से चले आ रहे इस हूक और दुःख को बहुत ख़ूबसूरती से दफ़ा कर दिया।

देश-दुनिया में अपने पॉप संगीत को लेकर मशहूर अपनी अम्मा उषा उथुप को एक दिन अंजली ने अपनी उदास दोस्त रेबेका के बारे में बताया और पूछा कि क्या वह रेबेका को अपने घर में लाकर रख सकती है?

अपनी दोस्त के लिए अंजली की तड़प देख उषा उथुप को बेटी पर लाड़ आ गया। उन्होंने छूटते हुए हामी भर दी। दरअसल, वे हमेशा से अपने दोनों बच्चों—बेटी अंजली और बेटे सन्नी को कहती रही थीं कि इनसान बहुत बड़ा पैसे और शोहरत से नहीं, बल्कि तब होता है, जब वह बड़े दिल का हो।

अपनी अम्मा से अनुमति पाकर अंजली के पाँव धरती पर नहीं थे। वह वर्ष 1990 के बरसाती महीने की एक सुबह थी। झम-झम बारिश में खुशी से झूमती अंजली जब स्कूल गेट पर गाड़ी से उतरी, तो उसकी नज़र स्कूल के बरामदे पर उदास अकेली खड़ी रेबेका पर पड़ी। पीठ पर बस्ता लादे हाँफती-दौड़ती अंजली सीधे रेबेका के सीने से लग गई, 'ओय डार्लिंग! बस, तू तैयार हो जा। अब से तू मेरे घर रहेगी।'

अपनी प्यारी दोस्त अंजली के संग उसके घर रहने की बात सुन रेबेका फूली न समायी। तत्काल अंजली के संग-संग रेबेका 'ला मार्टिनियर' स्कूल की प्रिंसिपल के चैम्बर में गई। अंजली की नामचीन माँ से प्रिंसिपल परिचित थीं। अंजली ने उनसे कहा कि रेबेका उसके साथ उसके घर रहना चाहती है क्योंकि हॉस्टल में उसका जी नहीं लगता। साथ ही अंजली ने यह भी कहा कि उसने अपनी अम्मा से इस बात की अनुमति ले ली है। लिहाज़ा, प्रिंसिपल ने उषा उथुप से बात की और अंजली से कहा कि रेबेका के माता-पिता से भी सहमति लेनी होगी। इत्तफ़ाक़ से अगले ही दिन मैकलुस्कीगंज से अमित-इलोना कलकत्ता आनेवाले थे। इस प्रकार सर्वसम्मति से ख़ुश-ख़ुश रेबेका अगले दिन अमित-इलोना के संग अपने साज़-सामान समेत अंजली के यहाँ बालीगंज पहुँच गई। अमित घोष और इलोना ख़ुशी से हैरान और गद्गद थे। अमित घोष तो ज़माने से उषा उथुप के गानों के दीवाने रहे थे।

अत्यन्त स्नेही उषा उथुप ने रेबेका को सीने से लगा लिया। फिर तो अंजली की तरह उषा उथुप और उनके पति जानी उथुप के लिए रेबेका भी उनकी बेटी-सी हो गई। अंकल जानी के कारों के शौक में रेबेका को भी ख़ासी दिलचस्पी थी। अंकल जानी को अपनी बंगला मिश्रित जर्मन स्वर-शैली में मुसककर वह 'क्लासी मि. बेंटले' कहती थी। अंकल जानी से वह पूछा करती कि बेंटले[1] कार वह कब लेंगे!

एक सुबह आंटी उषा उथुप से उसने इसी मासूम लाड़ भरी बंगला-जर्मन स्वर शैली में उनका चश्मा माँगते हुए कहा, 'गिव मी यॉर् ग्लासेज़ आंटी। दे आर डोर्टी[2]...।' और हर सुबह उषा आंटी का चश्मा साफ़ करना रेबेका ने अपनी दिनचर्या में अनिवार्य कर लिया। इस तरह अपने मासूम प्यार से रेबेका उषा आंटी के दिल का हिस्सा बन गई।

उषा उथुप ने अमित-इलोना से एक बार मुस्कराकर कहा, 'रेबेका इतनी प्यारी है कि मुझे उसे मानना नहीं पड़ता, वह मुझसे अपने को मनवा लेती है।'

---

1. बेंटले कार कम्पनी की स्थापना सन् 1919 में लंदन के पास क्रिकलवुड में डब्ल्यू. ओ. बेंटले ने की थी। यह एक बहुत महँगी बेहतरीन कार है।

2. गन्दा

इलोना की बड़ी बहन एलके अपने हर पत्र में इलोना से रेबेका के बारे में पूछती है। एलके ने एक बार इलोना को लिखा था : 'रेबेका का तुमने फ़ोटो भेजा। बहुत अच्छा लगा। कितनी सुन्दर लगती है अपनी रेबेका...! कभी आओ न तुम लोग...जर्मनी...।'

जर्मनी में स्वजन के नाम पर इलोना की बस यही एक बड़ी बहन अब रह गई है—एलके...। इलोना के माता-पिता कुछ साल हुए, गुज़र गए हैं और एकलौता भाई भी अचानक चल बसा...। बच गई है यही एकमात्र बड़ी बहन एलके, जो छठे-छमासे उसे पत्र के ज़रिये याद किया करती है। एलके के पति रॉबर्ट के साथ कुछ साल पहले एक भयानक कार-दुर्घटना हो गई थी, जिसमें रॉबर्ट को अपना एक पाँव गँवाना पड़ा था। इलोना कभी-कभी सोचती है—जीवन के फूल की एक-एक पंखड़ी समय के साथ किस तरह बिखर जाती है...वह और एलके...उसके भाई...सब किस तरह बिखर गए! पर अपने तीनों भाई-बहनों में वही सबसे भाग्यवान निकली...। भारत आकर...और फिर मैकलुस्कीगंज में बसकर वह सुकूनज़दा है। मैकलुस्कीगंज के अपने विशाल अहाते में खेती-पत्ती के अलावा इलोना ने अमित की मदद से डेयरी का कारोबार तो शुरू किया ही, साथ ही बाहर से आनेवाले पर्यटकों के रहने-सहने व भोजनादि की भी व्यवस्था का काम शुरू किया। इससे भी साल में इन्हें कुछ आमदनी हो जाती है। अपने गेस्ट हाउस के काम में गाँव के दो गंझुओं को अमित-इलोना ने लगा रखा है।

साहब लोगों के घर-परिवार में दूध-बताशे की तरह घुले-मिले हैं गाँव के आदिवासी, गंझू और अहीर-मुस्लिम परिवार। लपड़ा मौजे का सत्तर वर्षीय खुशिया पाहन उराँव है। पर मुंडा लोग भी उसे बहुत मान और प्यार देते हैं। 'गंज' के लपड़ावाले हिस्से का पाहन होने के कारण 'गावाँ देवती' से लेकर 'सरना' और देवीस्थान तक में पूजा वही कराता है। 'गंज' में मुंडा, उराँव और गंझुओं में कोई ऊँच-नीच का भेदभाव नहीं। कंका की तरफ़ क्योंकि गंझुओं की आबादी अधिक है, इसलिए इस हिस्से का पाहन मंगल गंझू है। पाहन पद की गरिमा से मंगल गंझू हमेशा दबा रहता है। पर खुशिया पाहन ठीक उसके विपरीत है। एकदम पगला पाहन! आए-दिन शाम को महुआ की शराब पीकर वह 'टुन्न' हो जाता है, और अगड़धत्त की तरह चट्टान पर पालथी मार टूटी-फूटी अंग्रेज़ी में देर तक अरबराता रहता है। फिर अन्त में आहिस्ते-से उठकर थरथराते कदमों से गुनगुन करते हुए घर की तरफ़ चल पड़ता है, 'ऑडर हजूर...! आई रेडी सर...! हजूर गुड मॉर्निंग...गुड इवनिंग मेम साहब जी...। आइ गोइंग होम सर...। थैंक्यू सर...थैंक्यू सर...।' खुशिया सज़दे में दोहरा हो जाता है। गाँव के कुछ लोग कहते हैं, 'खुशिया की देह पर अभी भी पार्किंसन साहब आता है...और खुशिया को खेलाता है...।' लेकिन इन टीका-टिप्पणियों पर न तो खुशिया ने कभी ध्यान दिया है और न कभी उसके बेटे पारसनाथ उराँव ने। गाँव के लोग जो भी कहें, पर खुशिया पाहन के लिए पार्किंसन साहब अमर हैं, अमर रहेंगे।

खुशिया कहता है, 'इ नैनन के यही विशेष, यह भी देखा...वह भी देखा। पार्किंसन साहब को पाकर क्या-क्या नहीं देखा। इस खानदान का गुन नहीं गाएँगे, तो हड़हड़ी वज्र गिरेगा मुझ पर। जब बहुत बूढ़ा हो जाऊँगा और हाथ की लाठी थरथराने लगेगी, तब भी इस खानदान का साथ नहीं छोड़ूँगा।'

खुशिया का बेटा पारसनाथ भी पार्किंसन परिवार की आलोचना नहीं सह सकता है। मजाल किसी की कि ऑस्ट्रेलिया में बसे स्व. कैलम फ्रांसिस पार्किंसन के बेटे जेफ्री और फ़िशर के बारे में उसके सामने कोई 'अटपट' बोल दे।

मि. कैलम फ्रांसिस पार्किंसन तो कब के गुज़र गए। उनके दोनों बेटे जेफ्री और फ़िशर उन्हीं के जीवनकाल में ऑस्ट्रेलिया जा बसे थे। पार्किंसन साहब ने कलकत्ता में एक अनाथ बच्चे को भी गोद लिया था और उसका नाम रखा था—माइकेल। खुशिया पाहन के शब्दों में, माइकेल बाबू उसके पार्किंसन साहब का 'बालपोस' है। खुशिया और पारसनाथ के लिए माइकेल बाबू भी—'देवता' ही हैं। पार्किंसन साहब के दोनों बेटों ने साहब के मरने के बाद गाँव आकर यहाँ के जमीन-मकान को माइकेल बाबू के ज़िम्मे लगा दिया। माइकेल बाबू डकरा में सी.सी.एल. की नौकरी में हैं। इस अवस्था में भी अगर दो-चार दिनों पर खुशिया माइकेल बाबू से बँगले पर मिलने नहीं जाता है और बँगले के बैठकख़ाने में लगी पार्किंसन साहब और मेमसाहब की तसवीर को 'गुड मॉर्निंग' नहीं करता है, तो उसके पेट का पानी नहीं पचता है। खुशिया भी तो पार्किंसन साहब का 'बालपोस' बेटा ही है। पार्किंसन साहब को याद करते हुए जैसे वह अपने-आपमें नहीं रह जाता है, 'ओह, साक्षात देवता! चिराग बरता था उनके मुँह में।'

खुशिया के बेटे पारसनाथ उराँव ने तो पार्किंसन साहब को देखा भी नहीं; क्योंकि उसके जन्म के कुछ ही पहले पार्किंसन साहब गुज़र गए थे। पर वह अपने बाप के 'मरम' को समझता है। पारसनाथ खेती-बाड़ी के अलावा थोड़ा झाड़-फूँक भी करता है। सब कहते हैं, झाड़-फूँक का यह 'गुन' उसमें अपने दादा से आया है। पारसनाथ का दादा यानी खुशिया का बाप हालाँकि भरी जवानी में गुज़र गया, पर किसी ज़माने में वह इस घनघोर जंगल में रहनेवाले मुंडा-उराँव और गंझुओं के बीच झाड़-फूँक करने व जड़ी देनेवाला अकेला 'ओझा-गुनी' था। बाँझ औरतें उसके पास 'कोखिया गुहार' की विनती लेकर आती थीं। कितने की गोद भरी और कितने का असाध्य रोग ठीक हुआ। इसीलिए इलाक़े में उसका बड़ा मान था। किसी से कुछ लेता नहीं था पारसनाथ का दादा। बड़ा सनकी-लहरी आदमी। दादा का यह 'गुन' चुपचाप पोते के ख़ून में आ गया। पर पारसनाथ को अपने दादा से कुछ सीखने का मौक़ा नहीं मिल सका, क्योंकि उसके जनम के पहले ही उसके दादा ऊपर चले गए थे। पारसनाथ को झाड़-फूँक की शिक्षा दी थी बग़ल के गाँव के एक स्कूल मास्टर जगधीरुआ मुंडा ने। बड़ा गुनी-मातवर आदमी था जगधीरुआ मुंडा। भले अब वह दुनिया में नहीं है लेकिन पुराने लोग अभी भी उसको याद कर कहते हैं, 'बरमपिसाची था जगधीरुआ मुंडा...। अजीब बौरहा। औतारी। पटाखा चमत्कार का आदमी। धर्म का शरीर था उसका। मनुसदेवा उसकी मुट्ठी में था। हाथ को हवा में लहराकर जब जो चाहे, मँगवा दे...।'

पारसनाथ को जगधीरुआ मुंडा ने थोड़ा-मोड़ा 'गुन' ज़रूर दिया है। खुशिया जब-जब दारू में डोलते-बड़बड़ाते घर पहुँचता है, तो पारसनाथ नज़र बचाकर मुसक पड़ता है, 'फिर सवार हैं पार्किंसन साहेब...।' खुशिया झुक-झुककर और दोहरा होने लगता है, 'गुड इभनिंग हजूर...आई रेडी हजूर...।' और पारसनाथ अपने बाप को शान्त करने के लिए हाथ पकड़कर बिठाते हुए कहता है, 'थैंक्यू...थैंक्यू...। सीडॉन-सीडॉन...।' और

बस, अंग्रेज़ी के इस एक लफ़्ज़ पर खुशिया पाहन अनुशासित बच्चे की तरह नीचे चुक्की मारकर बैठ जाता है।

खुशिया पाहन का ख़ानदान इस गाँव में कई पुश्त से बसा हुआ है। ख़ुद खुशिया जब मूड में होता है तो कहता है, 'हमरा दादा के दादा के दादा के बीतल है...तब से हैं हियाँ...। हम लोग हियें के हैं। गाँव में पहले 'लम्बर' से।'

गाँव में जब एंग्लो-इंडियन साहब लोग आए थे, तो शुरू-शुरू में यहाँ का क्या दृश्य था, इसका बखान खुशिया पाहन बेहद माया पसारकर करता है, 'जब साहब लोग नया-नया आया न हियाँ...उस टैम गाँव का लोग बड़ा डर गया था। अस्सी मन पानी पड़ गया था सबके ऊपर। सब लोग कहता था, इ साहब लोग आया है न...तो हम लोग को खा जाएगा...कच्चे...। पर पाछे सब ठीक होते गया। हम भी तो पार्किंसन साहब के हियाँ काम करने लगा था, एतने गो से...। एकदम 'छोटा-मुटु' था हम उस टैम...।'

खुशिया का एक चाचा कंगला उराँव स्टेशन पर कुली का काम करता था। पार्किंसन साहब ख़ुद रेल का रिटायर साहब था। बड़ा साहब। एक दिन सुबह-सुबह पार्किंसन साहब ने कंगला को बुलाकर कहा था, 'कंगला! तुम एक छोटा-सा लड़का देगा हमको...घर में काम करने को वास्ते?'

'है हजूर...एक ठो है भतीजा हमारा...। एकदम छेना बच्चा...।'

'ठीक है, तो बँगले पर उसको जल्दी लेता आओ।' और खुशिया को लिये-दिये उसका चाचा उसी शाम पार्किंसन साहब के यहाँ पहुँच गया था।

पार्किंसन मेमसाहब ने ऊपर से नीचे तक खुशिया को निहारा और ख़ुश होकर कहा, 'कंगला! तुमको थैंक्यू...। ऐसा ही माफिक लड़का हम माँगता था...। सात रुपया मंथली देगा इसको...। क्यों, है न ठीक...?'

कंगला उराँव ने भक्ति भाव से सिर हिला दिया था, 'आप जो भी मुसाहरा[1] देंगे, वह मंजूर है हजूर।'

शुरू-शुरू में मैदे जैसे गोरे-चिट्टे साहब-मेमसाहब लोग के बीच दस-ग्यारह बरस के खुशिया को बहुत डर लगा करता था। पर मेमसाहब के दुलार ने धीरे-धीरे उसका भय दूर कर दिया था। हालाँकि, पार्किंसन साहब के बँगले पर पहली ही रात खुशिया ने सपने में अपने बाप को देखा। सुर्ख़ आँखों से उसके बाप ने पूछा था, 'की रे छौंड़ा, तूँ नोकरी करै छीही?' आधी रात में तब वह बिलख-बिलखकर रोने लगा।

मेमसाहब ने जब सुना, तो दौड़ी आईं और देर तक सिर सहलाकर उसे चुप कराया। खुशिया आज भी याद करता है, महात्मा थीं मेमसाहब। एक दिन तो दलदली आतंक में धँस गया था खुशिया। दरअसल, पार्किंसन साहब के बाथरूम में लगे 'कमोड' को देख उसे बहुत हैरत होती, इस सफ़ेद भाँड़ में ये लोग कैसे शौच करते हैं? बैठते किस तरह होंगे इस पर...? इस पर बैठने में तो सचमुच बड़ी मुश्किल होती होगी...। सो एक दिन इन्हीं पहेलियों का हल ढूँढ़ने के चक्कर में सूना पाकर उसने बाथरूम का दरवाज़ा आहिस्ते-से सटाया और कई बार प्रयास के बाद कमोड के ऊपर दोनों पाँव चुक्की-माली जमाकर बैठ गया। अभी उसका पेशाब भी पूरा उतरा नहीं था कि हलतलबी में उसके दोनों पाँव

1. वेतन

फिसलकर 'कमोड' में जा फँसे। खुशिया का तो होश उड़ गया। उसे एकबारगी लगा कि पाताल में उसके पाँव धँस गए हैं। कलेजे में बुरी तरह हौल पैठ गया। वह ज़ोर से चीख पड़ा, 'बचाइए साहब...हमको बचा लीजिए साहब...।'

खुशिया की हृदयविदारक चीख सुन मिसेज़ पार्किंसन भागती हुई पहुँचीं। वह तो ग़नीमत थी कि बाथरूम की सिटकिनी ऊपर होने के कारण दरवाज़ा अन्दर से बन्द नहीं कर पाया था खुशिया। बहरहाल, खुशिया की हालत देख मिसेज़ पार्किंसन की हँसी रुक नहीं रही थी। पेट पकड़कर वे हँसती रहीं और फिर दोनों हाथ पकड़कर कमोड से मुँह के बल लटके खुशिया को खींच लिया, 'अरे, इसमें क्या करने लगा तू?'

'देख रहा था, इस भाँड़ पर कैसे बैठते हैं आप लोग...!' खुशिया ने अपराधी की तरह नज़रें नीची किये धीमी आवाज़ में कहा।

'ऐसे बैठते हैं...।' मिसेज़ पार्किंसन ने तत्क्षण 'ढम्म' से कमोड पर बैठकर दिखाते हुए कहा, 'पर यह तेरे लोगों के लिए नहीं। आगे कभी मत बैठना इस पर...समझे? हाथ-पैर में दम नहीं और हम किसी से कम नहीं...! फूलिश?' मिसेज़ पार्किंसन के स्वर में दुलार भरी झिड़की थी। मि. पार्किंसन ने जब कमोड वाली कहानी सुनी, तो वह भी ख़ूब हँसे, 'क्यों बे, फिर बैठेगा उस पर?' खुशिया मारे लाज के दोहरा हो गया था।

बाथरूम में कमोड व्यवस्था को लेकर गाँव में ऐसे कई दिलचस्प वाक़ये हुए थे। मिस बॉनर ने बहुत शुरू में अपने माली से एक दिन बाथरूम की सफ़ाई करने को कहा। वह धूप से आया था। पसीने से तरबतर। बाथरूम में जाकर उसने सोचा, पहले हाथ-मुँह धो ले। कमोड में लगातार भरे रहनेवाले स्वच्छ पानी को देख उसने चुल्लू से पानी लेकर हाथ-मुँह धो कुल्ला करना शुरू किया। तभी मिस बॉनर बाथरूम सफ़ाई का मुआयना करने पहुँच गईं और सिर पीट लिया, 'ओह, नॉनसेंस! यह क्या कर रहा है तुम?'

मिस बॉनर ने झिड़ककर जब उसे कमोड का उपयोग समझाया, तो देर तक जैसे वह अपनी मति में नहीं था, 'मेमसाहब! हमको छुट्टी कर दीजिए। आपके यहाँ खाली झमेला है। मुझे कुछ समझ में नहीं आता।'

उसकी मनोदशा भाँपकर मिस बॉनर ने मुस्कराते हुए उसे पिपरमिंट की कुछ गोलियाँ थमाईं, 'इसे खा लो। सब ठीक हो जाएगा। ऊपर से नीचे तक सब साफ हो जाएगा।'

पिपरमिंट की गोली मुँह में डाल चकित हो माली ने कहा, 'यह तो बहुत ठंडा लग रहा है। मेमसाहब, आपके पास सब कुछ अजूबा है।'

शुरू-शुरू में पार्किंसन साहब के यहाँ खुशिया को सब कुछ अजूबा लगता था, पर धीरे-धीरे उसका मन रम गया। साहब-मेमसाहब, दोनों उसे खूब अच्छे लगते थे। खुशिया की माँ जब कभी बँगले पर उससे मिलने आती तो मेमसाहब कहतीं, 'तुम कोई फिकर नहीं करेगा...खुशिया को हम अपना बेटा माफिक रखेगा।' सो बेटा बनाकर रखा साहब-मेमसाहब ने।

चर्चा छिड़ जाने पर अभी भी खुशिया पाहन गाँव में सीना तानकर कहता है, 'जो मैंने देख लिया, वह कोई सात जनम में देखेगा क्या? अपने साहब के साथ कलकत्ता, बनारस—कहाँ का होटल नहीं 'मेनटेन' किया हूँ।'

सही मायने में बचपन से पार्किंसन परिवार के आश्रय में पहुँचकर खुशिया को एक ठाहर मिल गया था। दरअसल, खुशिया के पिता की भरी जवानी में हुई मौत ने खुशिया की माँ को एकदम खुक्ख, दाने-दाने को मोहताज़ कर दिया था। झाड़-फूँक की विद्या उसके पिता के लिए ख़ुद काम नहीं आई थी। कुछ लोग तो यह भी कहते थे कि किसी मंत्र का उल्टा असर हो गया था उसके पिता पर, इसीलिए उसकी मौत हो गई। ख़ैर, इस आकस्मिक विपदा में सहमा-सिकुड़ा खुशिया पार्किंसन परिवार का सेवक बनकर जी गया था। अच्छा खाते-पीते और पहनते-ओढ़ते हुए खुशिया धीरे-धीरे फूटकर जवान हो चीते जैसा फुर्तीला बन चुका था।

पार्किंसन परिवार का पूरा माहौल सदैव राग-रंग से भरा रहता था। खुशिया को यह बड़ा अच्छा लगता था। साहब लोग खाता-पीता...मौज-मस्ती करता...तरह-तरह का बाजा बजाता और एक-से-एक पता नहीं क्या-क्या गाना अंग्रेज़ी में गाता। एक रात देर तक साहब-मेमसाहब और उसका बेटा लोग गाता-बजाता रहा था। अचानक साहब ने कहा, 'खुशिया, आज तुम भी हम लोग को गाना सुनाएगा...।'

'पर साहब, हमको तो ये अंग्रेजी गाना सब आता नहीं।' खुशिया मारे शर्म के गड़ा जा रहा था।

'कुछ भी चलेगा...सुनाओ...।' पार्किंसन साहब पीकर मस्त थे।

'पर साहब, हम तो सिर्फ इधर का नगपुरिया गाना जानता...।'

'सुनाओ...जो जानता है तुम खुशिया...वही सुनाओ...।' मेमसाहब ने अनुराग से मुसकते हुए कहा।

खुशिया की तो जान फँस गई। उसे अपने आप पर पछतावा हो रहा था। बेकार उसने कह दिया कि वह नगपुरिया गाना जानता है। उसने तो सोचा था कि नगपुरिया गाना भला साहब क्या समझेगा, इसलिए सुनाने के लिए कहेगा ही नहीं। पर ये साहब-मेमसाहब लोग तो बड़ा झल्ला और मौजी होता है न! क्या पता, कब क्या धुन चढ़ जाए!

'क्या सोच रहा खुशिया...शुरू करो...चलो...।'

साहब ने फिर मस्त हुंकार भरी थी। और खुशिया ने दबे गले से...संकोच से रह-रहकर अवरुद्ध होते कंठ से गाना शुरू किया :

कजरा लगा लेले
गजरा सजा लेले
हँइस देले रे, गुइयाँ हँइस देले
मोर दिल के तोयँ खोपा में
बाँधि लेले...।

[तूने आँखों में काजल लगाया,
बालों में गजरे सजाये,
और तेरी हँसी...हाय!
तूने मेरे दिल को अपने जूड़े में
बाँध लिया...।]

'वाह, क्या स्वीटनेस है तुम्हारा आवाज में खुशिया—एकदम फालूदा!' पार्किंसन साहब ने प्रफुल्लित हो सिर हिलाते हुए कहा, 'गाओ आगे...।'

और खुशिया ने अब कुछ जोर की तान दी :

हँइस देले रे गुइयाँ
हँइस देले...
जड़ी जोग दइ देले
कइसन रोग दइ देले
मोहि लेले गुइयाँ
मोहि लेले...।
मोर दिल के तोयँ खोपा में
बाँधि लेले...।
[तुम हँस पड़ीं! तेरी हँसी
का सम्मोहन! तूने कोई
'जड़ी' सूँघा दी है। हाय!
तूने कैसा रोग लगा दिया है?
तूने मेरा दिल
अपने जूड़े में बाँध लिया है।]

खुशिया अब सचमुच पूरे तरंग में आ गया था। उसका अंग-अंग थिरक रहा था। नाच रहा था। नाच रहा था वह, 'मोर दिल के तोयँ खोपा में बाँधि लेले...हो बाँधि लेले...।'

खुशिया का गाना ख़त्म होते-होते पूरा माहौल ख़ुशनुमा हो उठा था। कुर्सी से एक झटके से उठकर आनन्द में डोल रहे पार्किंसन साहब ने उसकी पीठ थपथपाकर कहा, 'वाह, खुशिया! तुम तो छिपा हुआ सिंगर निकला...! दिल खुश कर दिया तुम आज...।'

मेमसाहब ने भीनी मुस्कान के संग पूछा, 'यह खोपा क्या होता है, खुशिया?'

'औरत के बाल का जूड़ा मेमसाहब।' मारे लाज के गड़ा जा रहा था खुशिया।

पार्किंसन साहब ठठाकर हँस पड़े, 'ओह, अच्छा! इसलिए बोला—मेरा दिल को तुमने जूड़ा में बाँध लिया। पर खुशिया, तुम्हारा मेमसाहब तो खोपा नहीं बाँधता...तब मेरा दिल कैसे बाँधेगा...?'

पार्किंसन साहब ने मिसेज़ पार्किंसन की तरफ़ नज़र दबाते हुए पूछा, तो एक चोर मुस्कराहट के साथ खुशिया ने कहा, 'अब इतना तो हम नहीं बता सकते साहब।' फिर तो देर तक हँसी होती रही।

माँ की तरह उसे मानती थीं पार्किंसन मेमसाहब! बस, एक बार छोड़कर उन्होंने उसे कभी नहीं डाँटा था। दरअसल, हुआ यह कि एक बार लगातार एक हफ़्ते से मेमसाहब का सिर दुखता रहा। साहब को लगा कि शायद ब्लड-प्रेशर बढ़ गया है। सारी जाँच हो गई पर कहीं कुछ नहीं निकला। ब्लड प्रेशर भी लगातार जाँच में ठीक पाया जा रहा था। तब आख़िर है क्या? साहब परेशान हुए जा रहे थे। इस तनाव को देख खुशिया भी चिन्ता में था। एक सुबह साहब इसी उधेड़बुन में मेमसाहब के पास बैठे थे कि खुशिया ने तनिक झिझकते हुए कहा, 'हम बताएँ कि मेमसाहब के सिर में दर्द क्यों होता रहता है?'

'बोलो!' मि. पार्किंसन ने हैरान होते हुए कहा।

'दिन भर बहुत बोलते रहने से मेमसाहब का सिर दुखता है।' खुशिया ने अफ़सोस से मिसेज़ पार्किंसन को देखते हुए कहा।

'यू...ब्लडी...बास्टर्ड...गधा...!' मिसेज़ पार्किंसन आपा खो बैठीं और मि. पार्किंसन की हँसी थमने का नाम नहीं ले रही थी।

'मुँह से कुछ गलती निकल गया हो, तो माफ कर दीजिए मेमसाहब।' खुशिया ने चकराये स्वर में कहा।

उसे यह समझ में ही नहीं आ रहा था कि उसकी बात पर जहाँ एक तरफ़ मेमसाहब लाल-पीली हो रही हैं, वहीं साहब गिलगिला-गिलगिलाकर हँसे जा रहे हैं। उस दिन से खुशिया ने मन-ही-मन क़सम खाई कि बड़े लोगों की समस्या में वह कभी अपना दिमाग नहीं घुसाएगा। हालाँकि, बाद में जब मिसेज़ पार्किंसन का मन शान्त हुआ, तो उन्हें भी हँसी छूट गई, 'एक दिन बहुत मार खाएगा ये मुझसे।' उन्होंने हँसते हुए कहा।

कहने को उन्होंने भले ही कह दिया लेकिन खुशिया को याद नहीं कि पार्किंसन मेमसाहब ने कभी उसका कान भी पकड़ा हो। चीनी से बनी फेनुआ मिठाई...एकदम बतासा थीं मेमसाहब।

पार्किंसन साहब भी दिल से खुशिया को मानते थे। एक बार गाँव के एक साहूकार से खुशिया को पार्किंसन साहब ने ही छुटकारा दिलाया था। दरअसल, खुशिया के बाप के बीमार पड़ने पर खुशिया की माँ ने उस साहूकार की दुकान से खाने-पीने का सामान कई महीनों तक उधार लिया था। पैसे के अभाव में पैंचा-पालट का सधान-पटान नहीं हो पाया था और साहूकार सूद सहित कर्ज़ की अदायगी के लिए खुशिया की माँ के कंठ पर चढ़ा हुआ था। कई दिनों से खुशिया को उदास देख पार्किंसन साहब ने ज़िद करके पूछा था, 'खुशिया! तुम सैड दिखता आजकल...कोई कुछ कहा तुमको...बोलो...?'

आख़िरकार खुशिया ने पूरी बात बताई और फ़ौरन साहब ने साहूकार को बुलवा भेजा, 'क्या जी, कितना का बकियौता है खुशिया के मदर पर?'

'तीस रुपया का सर...।' साहूकार ने हिसाब पेश कर दिया, 'पर इसका सूद भी...।'

पार्किंसन साहब ने पर्स से तत्काल तीस रुपये निकाले और साहूकार के हाथ में थमाते हुए कहा, 'चलो, हिसाब चुकता...। कोई सूद-फूद नहीं...। सूदी रुपैया नहीं पचता। निकलो तुम।'

साहूकार की सिट्टी-पिट्टी गुम थी। वह चुपचाप चला गया और तब कहीं जाकर खुशिया को कर्ज़ा-तगाबी से फ़ारखती मिली।

साहब ने उसे हिदायत दी थी, 'खुशिया! तुम अपना मदर को बोल दो, अब किसी से उधार-फुधार का कारोबार नहीं करेगा...समझा? खदुका[1] का भला कोई लाइफ़ होता है।'

ये और ऐसे अनेक प्रसंग थे, जिन्हें आज भी याद कर खुशिया का मन भर आता है। माँ-बाप से भी बढ़कर प्यार दिया साहब-मेमसाहब ने। मेम साहब कभी उसे बाज़ार भेजतीं, तो कभी पोस्ट ऑफ़िस, तो कभी फूल लगाने को बोलतीं। मेमसाहब ने उसे माली

1. ऋण पर जीनेवाला

के रूप में पूरा ट्रेंड कर दिया था। कहती थीं, 'प्लांट को ऐसे लगाते हैं खुशिया...।' अब तो खलारी में भी ब्यूटी पार्लर खुल गया है। पर खुशिया को याद है, बहुत साल हुए, मेमसाहब ने गाँव में 'ब्यूटी-पाला'[1] चलाया था। बड़ा-बड़ा शीशा एक कमरे में लगा था। ढेर सारा स्नो, पाउडर और क्रीम सब रहता था उसमें। 'गंज' की मेम लोग कुछ समय तक और 'खाबसूरत' बनने के लिए आती थीं उसमें। पर बाद में यह काम मन्दा पड़ता गया और साहब के कहने पर मेमसाहब ने 'ब्यूटी-पाला' बन्द कर दिया। उस काम में भी मेमसाहब का 'हेल्पर' था खुशिया।

इस तरह पार्किंसन परिवार की ख़िदमत में जुटा खुशिया लगभग तीस बरस का हो गया, पर अब तक उसने शादी नहीं की थी। दरअसल, सोचा ही नहीं कभी इसके बारे में। पर एक शाम जब साहब-मेमसाहब लॉन में बैठे थे, तो साहब ने पूछा, 'खुशिया, तुम्हारा शादी बनाने का कोई प्लान नहीं क्या?'

खुशिया शर्म से दोहरा हो गया था। काफ़ी पूछने पर उसने नज़रें नीची कर कहा, 'हमारा क्या पिलान...? आठो पहर चौंसठ घड़ी आप लोग के यहाँ डिप्टी[2] करते हैं। हमारे बारे में तो पिलान आप लोग न बनाएगा साहब...।'

पार्किंसन साहब-मेमसाहब दोनों ज़ोरों से हँस पड़े थे। मेमसाहब ने कहा, 'ठीक ही तो कहता खुशिया...ये हमारा बच्चा...तो इसकी शादी बनाने का प्लान और कौन करेगा...?'

पार्किंसन साहब ने खुशिया को धूमधाम से शादी करने के लिए पूरे पाँच सौ रुपये दिये थे। खुशिया इस तरह एक से दो हो गया था। पार्किंसन साहब के एहसानों को गिनना खुशिया के लिए आकाश के असंख्य तारों को गिनने के बराबर है।

पार्किंसन साहब के दोनों बेटे जेफ्री और फ़िशर ने खुशिया को हरदम बड़े भाई वाला मान-आदर दिया। पार्किंसन साहब जब गुज़र गए और जेफ्री-फ़िशर मैकलुस्कीगंज आए, तो खुशिया की आँखों के आँसू रुक नहीं रहे थे। उसका कलेजा यह जानकर और फट रहा था कि मेमसाहब अब हमेशा के लिए जेफ्री बाबू और फ़िशर बाबू के संग ऑस्ट्रेलिया चली जाएँगी। जेफ्री ने खुशिया को सीने से भींचते हुए कहा था, 'खुशिया, तुम बूढ़ा हो गया। रिटायर हो गया तुम। अब तुम घर पर आराम करो। हम तुमको पेंशन देगा। खाली कभी-कभी आकर हमारे गार्डेन को देख लेना। माइकेल यहाँ रहेगा...हम हर महीना उसको पाँच सौ रुपया तुम्हारे लिए भेज देगा...। माइकेल कभी कोई दिकदारी करे, तो हमको चिट्ठी लिखना...।'

पार्किंसन साहब के बेटे ने अपना कहा निभाया। खुशिया के लिए ऑस्ट्रेलिया से हर महीने पाँच सौ रुपये माइकेल के पास पहुँच जाते हैं।

इसलिए खुशिया कहता है कि, 'हम एक भगवान और दूसरा पार्किंसन साहब का नाम लेते हैं, बस। इस बुढ़पन तक चुन्नी-चोकर देकर हमको निभा रहा है उसका खानदान...।' अब तो आधा से ज़्यादा पवन निकल गया। खुशिया सोचता है, अब उसकी ज़िन्दगी है ही कितने दिन? पर जब तक साँस है, वह नमक की सैरियत देगा।

---

1. ब्यूटी पार्लर
2. ड्यूटी

माइकेल बाबू से एक बार खुशिया को पता चला कि जेफ्री बाबू 'बड़ा दिन' के तातिल[1] में मैकलुस्कीगंज आएगा। सुनकर खुशिया के आनन्द का पारावार न था। बड़ा दिन...! खुशिया ने हिसाब लगाया था मन-ही-मन...यानी पूस में आएगा जेफ्री बाबू...। धान की तरह! इस बुढ़ापे में भी बँगले के बगीचे को और बढ़िया बनाने में वह प्राणपण से जुट गया था ताकि बँगले में क़दम रखते ही जेफ्री बाबू का दिल ख़ुश हो जाए। पर बाद में माइकेल बाबू ने खुशिया को बताया कि, 'जेफ्री अभी नहीं आ पाएगा खुशिया...! दुनिया में कुछ भारी हलचल चल रहा है न, इसलिए बाद में आएगा, समझा?' सुनकर खुशिया कई दिनों तक उदास रहा। क्या-क्या नहीं मन बाँट रखा था उसने जेफ्री बाबू के आने की बात को लेकर...!

पुराने दिनों की याद कर पगलाया रहता है खुशिया। एक-से-एक मेम लोग भी क्या ग़ज़ब गुलज़ार किये रहती थी गाँव को...! एलेन मेमसाब...कारनी मेम...और भी कितनी...। इन दिनों भी कभी-कभी वह बॉनर मेमसाहब के यहाँ चला जाता है। जब पार्किंसन साहब ज़िन्दा था, तो गिरजा घर की चिट्ठी-चपाटी लेकर साहब अक्सर खुशिया को बॉनर मेमसाहब के यहाँ भेजता था। शुरू में खुशिया बॉनर मेमसाहब के यहाँ जाने में बड़ा आनाकानी करता था, तो एक बार पार्किंसन साहब ने पूछा, 'क्या है खुशिया, तुम बॉनर मेमसाहब के यहाँ क्यों जाने को नहीं माँगता?'

कुछ पल चुप रहकर जैसे बहुत सोच-विचार के बाद खुशिया ने निरीह भाव से कहा था, 'हजूर, माफी...! उस मोटी-डप्पू के यहाँ जाने के नाम पर ही हमको अदक समा जाता है। गाँव में सबको पता है कि अपने नौकर-चाकर की कनगुदी वह बात-बात में मसलती है। बड़ी खचरा है इ बॉनर मेमसाहब...ज्ञानकसाई...। एकदम ठेंठी कोदार[2]...। मनमुखी। कोई सोशलता नहीं। ठह-ठहकर खाली अंग्रेजी बोलता है। हाथ में हरदम छड़ी रखता है और बिगड़ जाने पर 'ब्लडी फूल' कहता है। वह अपनी बोली से ही मुकियाता है। हमसे उसका आतर-चातर नहीं होगा।'

सुनकर पार्किंसन साहब हँसने लगे और बोले, 'ठीक है खुशिया! हम बॉनर मेम को बोलेगा कि क्यों कहता है हमारे खुशिया को ब्लडी-फूल...। पर खुशिया, तुम जानता है, ब्लडी-फूल माने क्या होता?'

खुशिया ने उसी सरलता से कहा, 'नहीं साहब...। पर हमको कोई बताया कि इ अंग्रेजी का बहुत गन्दा गाली होता है...।'

पता नहीं, पार्किंसन साहब ने मिस बॉनर को क्या कहा, पर उसके बाद जब कभी खुशिया मि. पार्किंसन द्वारा भेजी गई गिरजाघर की चिट्ठी लेकर गया, तो मिस बॉनर ने मुस्कराकर उसकी पीठ थपथापते हुए कहा, 'खुशिया, तुम ब्लडीफूल नहीं...तुम अच्छा आदमी है...सीट डाउन...।' तब ख़ुशी से फूल जाता खुशिया। एक दिन लौटकर पार्किंसन साहब को उसने कहा, 'साहब! बॉनर मेमसाहब हमको अब सीडॉन बोलता है...ब्लडी-फूल नहीं कहता...। कोई अल्टर बात नहीं करता। उसके मुँह से अब लाल ही झड़ता है। एकदम पलीता बालूसाही है बॉनर मेम...। एकदम जरदा आम[3]...। हमेशा कहता है,

1. छुट्टी
2. पुराना घिसा हुआ कुदाल
3. सबसे पहले पकनेवाला ख़ुशबूदार पीला और स्वादिष्ट आम।

अपना साहब को मेरा सलाम दे देना...। अब हम समझ गए हैं साहब! बॉनर मेम हरी मिर्चा है। सिर्फ होंठ पर लहरती है। लाल मिर्चा की तरह पेट में जाकर नहीं लहरती है।'

खुशिया पाहन की टीक जिस तरह पार्किंसन ख़ानदान में गड़ी हुई है, बुढ़िया सोबराती ख़ातून की चोटी भी बीते पैंतालीस वर्षों से थॉप खानदान से कसकर बँधी हुई है। मैकलुस्कीगंज स्टेशन के ठीक सामने उस पार घने-घने पुराने सखुआ-पलाश के वृक्षों और पुटुस की झाड़ियों के बीच से होते हुए, उतार-चढ़ाव वाले एक रास्ते में कुछ दूर चलने के बाद स्थित सफ़ेद रंग के एक पुराने जर्जर बँगले को 'अगोरते' हुए, सोबराती उर्फ़ थॉप ख़ानदान की 'सोबराती आया' अब बूढ़ी हो गई है। उसके ख़ाविन्द इसहाक़ मियाँ को भी पता नहीं, थॉप ख़ानदान के लिए क्या कमजोरी है। वर्षों-वर्ष से लगभग बन्द पड़े मक़बरे-से दीखते इस चुप सफ़ेद बँगले के स्मृतिपूर्ण अतीत ने मियाँ-बीवी को जैसे अपने से चिपटा रखा है। नई-नई शादी हुई थी सोबराती की, जब वह इस बँगले में काम करने आई थी। किसी ने सोबराती को बताया था कि रेल लाइन के उस पार वाले बँगले में 'पनिया जहाज' का एक रिटायर कप्तान रहता है—थॉप साहब। उनको एक आया की जरूरत है। सोबराती का घरवाला इसहाक़ उस समय एक राजमिस्त्री के साथ 'हेल्पर' का काम करता था। पैसे की कड़की थी। सो एक सुबह थॉप साहब के बँगले पर सोबराती पहुँच गई।

थॉप साहब काफ़ी पूछताछ करने के बाद बोले, 'ठीक है आया, तुम काम करेगी। मंथली छह रुपया देगा तुमको। हाँ, ज्यादा नाश्ता-पानी के लिए दिक्क मत करना...।'

सोबराती ने शर्त कबूल ली। पर उसने भाँप लिया, थॉप साहब बड़ा कंजूस है। बेहद चीमड़। ज़िन्दगी भर पनिया जहाज़ पर बैठकर खाली लहर गिनते-गिनते इस आदमी को एक-एक दाना गिनने की बीमारी है—पाई-पाई...। पर थॉप मेमसाहब ठीक थीं। वह जानती थीं कि उनके साहब ज़रूरत से कहीं ज्यादा कंजूस हैं और ऐसे में किसी आया-ख़ानसामा का टिकना मुश्किल है। इसलिए थॉप साहब से नज़र बचाकर वह सोबराती को कभी डबल रोटी तो कभी कटोरी-कटोरी भर सूजी-आटा सब देती रहती थीं, 'सोबराती! यह ले जाओ। हाँ, तुम्हारा साहब न देखे।'

पर सोबराती देखती थी, थॉप साहब ख़ुद के लिए भी उतने ही कंजूस थे। सबेरे-सबेरे वह दूध में 'मकई' मिलाकर बड़ा मज़ा ले-लेकर खाते थे और पता नहीं, उस 'मकई' घट्ठा को गिटपिट अंग्रेज़ी में क्या कहते...हाँ, कार्नफ़्लेक्स...या क्या...! अरे, कुछ भी अंग्रेज़ी नाम उसका दे दिया जाए, लेकिन रहेगा तो वह मकई का घट्ठा ही न! पर थॉप मेमसाहब असली रईसज़ादी थीं। रसगुल्ला छीलकर खानेवाली। बेहद इसखी।[1] उनका जो मन करता, खातीं-पीतीं। देर से उठती भी थीं वह। ख़ुद थॉप साहब 'फ़जीरे' उठ जाते। हुई फज़र[2], चूल्हे पर नज़र। वह खुद कॉफ़ि बनाते और मेमसाहब को देते। पर क्या मजाल कि अपने हाथ से साहब ने सोबराती को कभी एक चम्मच भी कॉफ़ि पीने को दी हो!

गाछ-वृक्ष और फुलवारी के बड़े शौकीन थे मि. आर. ई. थॉप। अपने कैम्पस में लगे आम-अमरूद के एक-एक पेड़ पर लटके फलों की भी वे गिनती रखते थे। एक बार जब

1. शौक़ीन
2. प्रात:काल, बहुत सवेरे

सोबराती कुछ अमरूद तोड़कर खा गई, तो अगली ही सुबह उन्होंने कैफ़ियत पूछी, 'क्या आया, तुम कल अमरूद तोड़ा था न?' कंजूसी की इस एक इल्लत को हटा दें, तो थॉप साहब आदमी बुरे नहीं थे। बाद में तो सोबराती अपने ख़ाविन्द इसहाक़ के साथ थॉप साहब के कैम्पस में रहने लगी। दरअसल, मेम साहब ने कहा था, 'आया, तुम दूर रहता है, इससे दिक्कत होता है। तुम यहीं हमारे आउट हाउस में आ जाओ।' थॉप साहब ने भी जब देखा कि सोबराती और इसहाक़ के यहाँ रहने से उनको कोई अलग से ख़र्च नहीं पड़ेगा और चौबीसों घंटे का ताबेदार मिल जाएगा, तो उन्होंने भी कोई आपत्ति नहीं की थी।

थॉप साहब का बेटा वाल्टर अपनी मेम के साथ ऑस्ट्रेलिया में रहता है और तीन-चार साल पर कभी छुट्टी में मैकलुस्कीगंज आता है। थॉप साहब जब गुज़र गए, तो वह ऑस्ट्रेलिया से आकर अपनी माँ यानी थॉप मेमसाहब को ले गया। जाते समय मेमसाहब घर की दीवारों...कैम्पस के एक-एक पेड़ को छू-छूकर रोती रही थीं। तब बड़ी माया लगी थी सोबराती को। उसका वश चलता, तो मेमसाहब को वह रोक लेती। उसने वाल्टर से कहा भी, 'बाबा, हमारी मेमसाहब को यहीं रहने दो। हम कोई तकलीफ नहीं होने देगा अपनी मेमसाहब को...।'

पर वाल्टर ने कहा, 'आया, मुझे पता है, मम्मी का तुम पूरा केयर लेगी। पर मम्मी यहाँ रहेगी न, तो हमको चिन्ता लगी रहेगी...।'

गाड़ी में बैठते-बैठते सुबक भरी आवाज़ में थॉप मेमसाहब ने कहा था, 'इस घर को...बागीचे को देखना आया।'

सोबराती को हरदम लगता है कि थॉप साहब अभी भी इस बँगले में हैं। अब जबकि इस बँगले की पूरी मालिक-मुख़्तार ख़ुद वही है, तब भी पेड़ों पर लटके आम-अमरूद को वह बहुत हिम्मत जुटा करके ही तोड़ पाती है। लगता है, अचानक थॉप साहब बंगले के भीतर से पट्ठे की तरह दहाड़ते हुए निकलेंगे, 'आया! तुम फिर अमरूद तोड़ा?'

थॉप साहब के बेटे वाल्टर ने अपने घर को नहीं बेचा। सोबराती को वाल्टर की यह बात बहुत अचरज-भरी लगती है कि माँ-बाप के रहते जो वाल्टर पहले तीन-चार साल पर मैकलुस्कीगंज आता था, वह अब भी उसी तरह आता है। सोबराती उससे मेमसाहब के बारे में पूछती है, तो वाल्टर यह कहकर टाल जाता है, 'अब मम्मी चल भी नहीं पातीं। तुमको वह बहुत याद करती हैं, आया...।' पर सोबराती को अन्देशा लगता है कि मेमसाहब शाायद इस दुनिया में अब नहीं रह गई हैं।

वाल्टर अपनी मेमिन के साथ जब-जब यहाँ आया है, उसने पूरे बँगले की रँगाई-पुताई कराई है और हर बार सोबराती व इसहाक़ से कहा है, 'तुम लोग हरदम यहीं रहेगा। घर को देखेगा। मम्मी-डैडी का यह घर है। यह कभी नहीं बिकेगा।' पर चलते समय वाल्टर से जब भी सोबराती कुछ पैसे की माँग करती है, तो वाल्टर मुँह बनाकर कहता है, 'आया! पूरा कैम्पस तुमको रहने को दे दिया और क्या लेगी तुम? तुम्हारा बुतात[1] इसी से निकल जाएगा। इसी में उपजाओ...कमाओ...खाओ...। कितना बड़ा कैम्पस है...।'

तब बूढ़ा इसहाक़ आँखों ही आँखों में सोबराती से कहता है, 'एकदम डिट्टो थॉप साहब...।'

1. भोजन

थॉप साहब का रँगा-टीपा सफ़ेद बँगला भले दूर से मक़बरा जैसा दिखता हो, पर उनके आउट हाउस में रह रहे सोबराती आया के कुनबे से यह कैम्पस गुलज़ार रहता है। सोबराती-इसहाक़ के साथ उसकी बेटी अमना और दामाद दिलावर भी यहीं डेरा डाले हुए हैं। अमना का ख़ाविन्द दिलावर अपने श्वसुर की तरह राजमिस्त्री है।

दिलावर यों 'गंज' का ही रहनेवाला है, पर शादी के बाद वह ससुराल में रह गया—थॉप साहब के बँगले पर। 'गंज' के कुर्मी परिवार का लड़का दिलीप जब अमना से शादी करने के लिए इस्लाम क़बूल कर दिलावर बन गया, तो उसके परिवार वालों ने भारी हंगामा खड़ा किया था। इसलिए, घर से निष्कासित दिलीप उर्फ़ दिलावर अन्त में हारकर अमना के संग अपने सास-श्वसुर सोबराती और इसहाक़ के साथ थॉप साहब के बँगले पर ही रहने आ गया था। दिलीप को लेकर जब अमना हताश हो अपने माँ-बाप के पास शरण लेने आई, तो बुरी तरह क्षुब्ध इसहाक़ मियाँ ने सोबराती से कहा, 'अमना ने हमारी जान कफ़स में फँसा दी।'

बेटी के अनुराग में तब सोबराती ने छूटते हुए कहा, 'आप भी हद करते हैं। अरे, आँख में काजल कितना भारी लगेगा?'

सोबराती की बड़ी बेटी रोज़नी अपने ख़ाविन्द आज़म के साथ डकरा में रह रही है। आज़म डकरा में आयरन-वेल्डिंग का काम करता है। अमना ने चाहे जो किया लेकिन बुढ़ापे में अमना और दिलावर का बड़ा सहारा है इसहाक़ और सोबराती को। अमना की नन्ही बिटिया शबाना और उसका छोटा भाई अफ़ज़ल जब आम के टिकोले के दिनों में कैम्पस में ठुमक-ठुमककर अमिया चुनते हैं, तो यह देखकर बड़ा आनन्द मिलता है सोबराती को। अमना सबेरे-सबेरे मैकलुस्कीगंज के स्टेशनमास्टर बाबू के यहाँ चौका-बासन करने निकल जाती है, तो सोबराती ही इन दोनों बच्चों की चरवाही करती है। नन्ही शबाना वाल्टर साहब और उसकी मेमसाहब को तब-तब याद करती है, जब लच्छा मुरब्बा खाने का उसका जी करता है, 'नानी गे...ऊ वाल्टर मेम साहब जो लच्छा मोरब्बा दिया था हम लोग को...खरीद दो न वही वाला...?'

और सोबराती उसकी ठिनक को यह कहकर टाल जाती है, 'ऊ वाला मोरब्बा हियाँ कहाँ मिलेगा...ऊ शहर में मिलता है। कभी तुम्हरा नाना जाएगा न राँची, तो ले आ देगा। तब खइयो...।'

पर छितराये-ठुनठुनाते बच्चों के लिए सोबराती को स्टेशन जाकर मजीद की चाय कैंटीन से बिस्कुट लाना ही पड़ता है।

स्टेशन पर अब मजीद जिस चाय कैंटीन को चलाता है, वह कैंटीन पहले मिसेज़ कारनी की थी। बचपन से मजीद मिसेज़ कारनी के संग काम करता रहा था। मिसेज़ कारनी को कोई बाल-बच्चा नहीं था। लिहाज़ा, मरने के लगभग साल भर पहले मिसेज़ कारनी ने 'विल' कर दिया, 'मेरे बाद यह कैंटीन मजीद चलाएगा। मेरा सब कुछ मजीद का होगा। मेरा फ़्यूनरल भी यही लड़का करेगा...।' पता नहीं, कैसे मिसेज़ कारनी को यह आभास हो गया था कि वह अब ज़्यादा दिनों की मेहमान नहीं हैं। मिसेज़ कारनी ने जिस तरह मजीद को बेटे जैसा समझा था, मजीद ने भी उसी तरह अपने रिश्ते का निर्वाह किया।

मजीद की स्मृति से कारनी आंटी कभी निकल नहीं पाती हैं। महज़ साढ़े तीन-चार फुट की तो रही होंगी वे, पर कितनी सख़्तजान थीं! अपने काम से कोई समझौता वे हरगिज़ नहीं कर सकती थीं। अपनी छोटी-सी साइकिल पर फ्रॉक पहने कारनी आंटी जब 'गंज' में चक्कर लगाती थीं, तो दूर से देखने पर किसी अनजान आदमी को शक हो सकता था कि कोई स्कूली बच्ची जा रही है। मजीद ने आज तक उनकी वह साइकिल सँभालकर रखी हुई है। कई बार मजीद के बच्चों ने उस साइकिल को चलाने की ज़िद भी की, पर मजीद ने कहा, 'हरगिज नहीं। यह कारनी आंटी की यादगारी है। इसे कोई नहीं छुएगा।' मजीद मियाँ की दूसरी बेगम शाहिदा बच्चों पर झल्ला भी पड़ीं, 'हाँ...हाँ, मत चढ़ियो इस पर, यह रजिया सुलतान का घोड़ा ठहरा...।'

मजीद के पास कारनी अंकल और कारनी आंटी की यादगारी की ऐसी कई छोटी-मोटी चीज़ें हैं, जो उसकी दोनों बीवियों और उनसे हुए ग्यारह बच्चों के लिए भले फालतू और कबाड़ हों, लेकिन मजीद मियाँ के लिए तो वह सब कोहेनूर हीरे जैसी अमानत है। मजीद याद करता है तो लगता है, अंकल-आंटी जैसे बस सामने खड़े हैं। मि. कारनी रेल के बड़े साहब थे। कहते हैं, मि. ई.टी. मैकलुस्की के वे ख़ास दोस्तों में से रहे थे और 'गंज' को बसाने की मि. मैकलुस्की की योजना में उनका भी बड़ा सहयोग था। इसलिए रेल की नौकरी से रिटायरमेंट के पहले से वे बराबर मिसेज़ कारनी के साथ 'गंज' आते रहते थे और रिटायरमेंट के बाद तो ख़ैर, पूरे तौर पर यहाँ रहने ही लगे। 'गंज' में पहले सी.एस.ई. लाइन नहीं थी। बाद में अंग्रेज़ों ने इसको यहाँ लाया। मि. कारनी ने इसके लिए काफ़ी दौड़ धूप की थी। रेल की नौकरी के दौरान मि. कारनी बाँह पर जो रेलवाला 'लाल बिल्ला' बाँधते थे, उसे मिसेज़ कारनी ने उनके गुज़रने के बाद भी अपने बक्से में सहेजकर रखा था। वे मजीद से कहतीं, 'मजीद! तेरे अंकल की बाँह पर यह खूब जमता था।' मजीद ने आज तक बतौर 'चिन्हासी'[1] अंकल का वह 'लाल बिल्ला' बड़े जतन से सँभालकर रखा हुआ है।

कारनी दम्पती बहुत पहले दामोदर नदी के किनारे यानी हेसालंग से भी आगे बगमरी में रहते थे। 'गंज' का बगमरी का हिस्सा बहुत उपजाऊ है। धान से लेकर गन्ने तक की खेती होती है बगमरी में। कारनी दंपती बगमरी में सुख से थे। पर बाद में वे लोग बगमरी वाला अपना घर बेचकर 'हाइलैंड गेस्ट हाउस' में रहने लगे थे। दरअसल, देश की आज़ादी के बाद यह गेस्ट हाउस लगभग वीरान-सा हो गया था। एंग्लो-इंडियन समुदाय के दिग्गजों ने 'गंज' के बसने के दौरान बड़े शौक से अपने सामूहिक फ़ंड से इस गेस्ट हाउस को बनवाया था। बाद के दिनों में जब यहाँ वीरानी छाती गई, तो कारनी दम्पती इसकी देख-रेख करने आ गए। इससे इस गेस्ट हाउस की ज़िन्दगी थोड़ी बरकरार रह गई। पर अनगिनत कमरों वाले इस विशाल-से गेस्ट हाउस का रख-रखाव कारनी दम्पती के लिए आसान नहीं था। वहाँ कमरों में धूल की मोटी परत जमने लगी और कैम्पस में झाड़-झंखाड़ उगने लगे। अकेले दम पर मिसेज़ कारनी फिर भी जितना बन पड़ता, साफ़-सफ़ाई में जुटी रहतीं। हालाँकि, 'गंज' के कुछ लोग उस समय यह कहने से नहीं चूकते थे कि मि. कारनी ने इस गेस्ट हाउस पर क़ब्ज़ा जमा लिया है। दरअसल, पहले भी मि. कारनी पर एक बार 'गंज' में किसी ने ज़मीन क़ब्ज़ा का मुकदमा किया था।

1. निशानी

मजीद याद करता है, तो सिहर उठता है कि कैसे कारनी अंकल अपनी ज़िन्दगी के आख़िरी दिनों में लगभग अन्धे हो गए थे और कैसे कारनी आंटी छोटे बच्चे की तरह उनकी देखभाल करतीं। मि. कारनी जब गुज़रे थे, तो कई दिनों तक मिसेज़ कारनी 'हाइलैंड गेस्ट हाउस' के कमरे में बैठी सुबकती रही थीं। अमूमन हरेक सुबह एक बार 'गंज' में अपनी साइकिल से चक्कर लगाने की उनकी आदत थी। पर कई दिनों तक उनके इस रूटीन के बाधित रहने से 'गंज' में उदासी छाई रही थी। मि. कारनी की मौत के बाद से तक़रीबन एक महीने तक मिसेज़ कारनी के लिए बारी-बारी से 'गंज' के लगभग हर घर से खाना जाता रहा। वह भी किसी की हिम्मत उन्हें सीधे खाना पहुँचाने की थोड़े होती थी। हाइलैंड गेस्ट हाउस की सीढ़ी पर ही मजीद को खाना थमाकर लोग दबे पाँव चल देते थे।

बाद में जब मिसेज़ कारनी ने ख़ुद को सँभाला, तो फिर अपनी साइकिल झाड़-पोंछकर निकाली और सबके घर जा-जाकर अपने उसी निराले अन्दाज़ में झिड़कते हुए कहा था, 'क्यों मैन, एक महीने में तो तुम लोगों ने मेरी जान ही ले ली! पूरे महीने बिठाकर इतना खिलाया कि देखो, सीधे मेरा वज़न दो गुना हो गया है। अब साइकिल चलाने में भी मुझे मुश्किल हो रही है।'

मि. कारनी के गुज़रने के लगभग छह माह बाद मिसेज़ कारनी ने एनी गुप्ता नामक कलकत्ता के एक बंगाली सज्जन के हाथों 'हाइलैंड गेस्ट हाउस' को बेच दिया था। दरअसल, इस गेस्ट हाउस का कोई दूसरा दावेदार नहीं था, इसलिए इसकी मालकिन या जो कुछ भी कह लें, मिसेज़ कारनी ही थीं। पर उतने लम्बे-चौड़े बँगले का उपयोग एनी गुप्ता के लिए भी भला क्या था? सो उन्होंने मिसेज कारनी को ही प्रस्ताव दिया था कि वे अपनी देखरेख में 'गंज' आनेवाले 'चेंजर्स' के लिए यहाँ बाक़ायदे गेस्ट हाउस चलाएँ। बहरहाल, कुछ दिनों तक तो मिसेज़ कारनी ने इसमें गेस्ट हाउस चलाया। पर गेस्ट हाउस का धन्धा धीरे-धीरे जब उनकी सम्हाल से बाहर हो गया, तो एनी गुप्ता की भी इसमें रुचि घटती चली गई। आख़िरकार, एनी गुप्ता ने 'गंज' के ही डी.आर. कैमरॉन के हाथों 'हाइलैंड गेस्ट हाउस' को बेच दिया। मि. कैमरॉन ने इस गेस्ट हाउस को नये सिरे से शुरू किया। उधर मिसेज कारनी ने 'गंज'-स्टेशन पर कैंटीन चलाने का फ़ैसला लिया। मैकलुस्कीगंज स्टेशन पर प्लेटफ़ॉर्म के किनारे जाने कब से ट्रेन की एक रद्दी-सी पुरानी बॉगी पड़ी थी, उसी को मिसेज़ कारनी ने रंग-टीप कर टी-स्टॉल की शक्ल दे दी थी। धनबाद में रेल अधिकारियों के पास काफ़ी दौड़-धूप कर मिसेज़ कारनी ने स्टेशन के इस टी-स्टॉल को अपने नाम से विधिवत् बन्दोबस्त भी कराया।

मजीद को बचपन की वे बातें अभी भी हू-ब-हू याद हैं कि कैसे जब यह कैंटीन शुरू हुआ था, तो उसके अब्बा रमजान मियाँ और अम्मी सोमरी ख़ातून पीतल के एक साँचे में पाँवरोटी बेक करने में आंटी की मदद किया करते थे और किस तरह मुस्तैदी से हर पल आंटी के साथ लगे रहते थे। 'गंज'-स्टेशन के लिए उन दिनों नया-नया खुला यह टी-स्टॉल एक आनन्द-केन्द्र था।

टी-स्टॉल पर शीशे के मर्तबानों में तरह-तरह के बिस्कुट और मीठे ब्रेड होते थे और कारनी आंटी की 'स्पेशल चाय' हरदम चूल्हे पर खदकती रहती थी। गाँव के बच्चे कैंटीन

के आसपास किसी-न-किसी बहाने बिल्ली की तरह मँडराते रहते थे और ताक में रहते थे कि कब कारनी आंटी की पलक झपके और वे लोग शीशे के मर्तबानों से बिस्कुट-ब्रेड का टुकड़ा उड़ा सकें। कभी-कभी नक़ली ग़ुस्से का प्रदर्शन करती आंटी बच्चों की झुंड को डंडा लेकर दौड़ातीं, तो कभी मौज में बच्चों को पुचकार कर ख़ुद भी देतीं, 'चलो, लो, लो, ठूँसो और भागो...शैतान की औलादों...!' कारनी आंटी की बेक की हुई मीठी डबलरोटी में सचमुच कुछ जादू था।

बाद में धीरे-धीरे टी-स्टॉल के आधे से अधिक काम को मजीद ने सँभाल लिया था। एक बार जब मिसेज़ कारनी गम्भीर रूप से बीमार होकर बिलकुल बिस्तर से लग गईं, तो कैंटीन का सारा भार अकेले मजीद पर आ गया था। हाइलैंड गेस्ट हाउस के बिकने के बाद ही मिसेज़ कारनी को ज़िद कर मजीद के अब्बा यह कहते हुए अपने घर ले आए थे, 'आप अकेली कहाँ रहेंगी मेमसाहब? आपको हमारे साथ रहने में दिक्कत तो होगी, पर हम सब साथ रहेंगे।'

मजीद को याद है, उसकी शादी हुई थी और जब अपनी पत्नी सबीना को लेकर वह 'गंज' आया था, तो क्या ख़ुश हुई थीं मिसेज़ कारनी! अपने हाथ का एक सोने का कड़ा निकालकर मजीद की बीवी को चूमते हुए पहना दिया था। इसलिए मजीद की पहली बीवी सबीना को उनके लिए शुरू से बड़ी ममता रही। बाद में मजीद ने जब चुपचाप एक और शादी कर ली, तो मिसेज़ कारनी ने दो-तीन दिनों तक कुछ खाया नहीं और कई महीनों तक मजीद से बात नहीं की। मजीद की पहली पत्नी सबीना के आँसू ने उन्हें काफ़ी दिनों तक बेचैन किये रखा। एक दिन तो मजीद पर वे बुरी तरह फट ही पड़ीं, 'एकदम डोका[1] है तुम! इसमें ऐसा क्या नहीं था, जो तुम्हें दूसरी औरत लानी पड़ी? बालैमियाँ का गाना तुमको बार-बार सुनने का मन करता है न मैन!'

हालाँकि, मजीद ने उन्हें समझाने की भरपूर कोशिश की थी कि उसके मजहब में एक से ज़्यादा शादियों की छूट है, पर तेज़ मिज़ाज मिसेज़ कारनी को समझा पाना मुश्किल था। जितना उनके मन में मजीद के लिए प्रेम था, उससे रत्ती भर कम उसकी पहली पत्नी के लिए नहीं। इसलिए जब मिसेज़ कारनी बिस्तर से भी उठने में असमर्थ हो गईं, तो मजीद की पहली पत्नी सबीना ने जी-जान से उनकी सेवा की। अलबत्ता, भरे-भरे गुदाज़ बदनवाली मजीद की दूसरी पत्नी शाहिदा उनसे हमेशा कटी-चिढ़ी रही।

मिसेज़ कारनी के बिस्तर पर गिरने के बाद से 'गंज' के बहुत-से स्वार्थी तत्त्वों की नजर स्टेशन के टी-स्टॉल पर लग गई थी। कुछ लोगों ने इस बात को तूल देना शुरू कर दिया कि 'मुसलमान की बनाई चाय कैसे पिएँगे?' उन्हीं लोगों ने दूसरी तरफ़ रेलवे मुख्यालय को पत्र लिख भेजा कि मिसेज़ कारनी मृत्युशय्या पर पड़ी हैं। अब टी स्टॉल चलाना उनके वश का नहीं। इसलिए टी-स्टॉल की बन्दोबस्ती 'गंज' के किसी दूसरे आदमी के नाम कर दी जाए। इन लगातार की शिकायतों के कारण नौबत यहाँ तक आ पहुँची कि रेलवे के कुछ लोग मामले की 'इनक्वायरी' करने एक सुबह 'गंज' पहुँच गए। कुछ ही पल में चारों तरफ यह ख़बर आग की तरह फैल गई कि मजीद के हाथ से कैंटीन बस अब जाने ही वाली है। रेलवे अधिकारियों को अचानक जाँच में आया देख मजीद भी बुरी तरह परेशान

---

1. घोंघे की एक प्रजाति

हो उठा। लिहाज़ा, जाँच में पहुँचे अधिकारियों से कुछ पल की मोहलत माँग, अपने बड़े बेटे जिब्राइल को कैंटीन में छोड़कर मजीद भागा हुआ घर पहुँचा और मिसेज़ कारनी को सारी कहानी एक साँस में कह सुनाई। सब कुछ सुन लेने के बाद आंटी ने सख़्त लहज़े में कहा, 'मजीद! तुम मुझको चाहे किसी भी तरह मेरी साइकिल पर बिठाकर अभी स्टेशन ले चलो।'

'आप इस हालत में साइकिल पर...? आंटी, जाने भी दीजिए कैंटीन को। आपको मैं स्टेशन पर घसीटकर ले जाऊँ...यह मुझसे नहीं होगा।' मजीद अपनी छटपटाहट को भरसक दबाने की कोशिश कर रहा था।

दरअसल, उसने यह कल्पना भी नहीं की थी कि कुछ महीनों से बिस्तर पर ही शौच तक करने के लिए विवश कारनी आंटी अचानक एक पल में साइकिल पर बैठकर स्टेशन जाने की ज़िद ठान देंगी। पर मजीद की पहली पत्नी सबीना को उन्होंने सहारा देने को कहा और उठ खड़े होते हुए मजीद को ज़ोर से डाँट पिलाई, 'तुम मेरी साइकिल निकालते हो या मैं खुद...?' मिसेज़ कारनी एकबारगी जैसे अपने पुराने 'फ़ॉर्म' में आ गई थीं।

मजीद को तो पसीना छूट रहा था। किसी तरह सबीना की मदद लेकर आंटी को साइकिल की सीट पर बिठाया और आंटी को लेकर स्टेशन पहुँचा।

स्टेशन पर मिसेज़ कारनी के पहुँचते ही तमाशा लग गया। आंटी ने एकदम अट्ठा-बज्जर गिरा दिया। जाँच में आए रेल के उन अधिकारियों पर वे बुरी तरह बरस पड़ीं, 'देख लो मिसेज़ कारनी को...जिन्दा है मिसेज़ कारनी। तुम बाबा लोग हमको कानून पढ़ाने आया? रेलवे ऑफ़िस से एकदम छपुआ रसीद पर अलॉटेड है यह कैंटीन मुझको। अरे, मैन! हमारा साहब भी रेल का बड़ा अफ़सर था। ये मजीद बेटा है मेरा—माय सन...ये चलाएगा कैंटीन। अगर रिपोर्ट में तुम लोग कुछ उल्टा-पुल्टा किया न, तो हम हेडक्वार्टर जाकर तुम लोगों के चीफ़ से कम्प्लेन करेगा।' कारनी आंटी गुस्से से लगभग काँप रही थीं, 'हम जानता है, किन लोगों ने यह बदमाशी की है।'

जाँच में पहुँचे अधिकारी भी इस वाक़ये से बुरी तरह सकते में आ गए। पर कारनी आंटी भी कम खिलाड़ी नहीं थीं। जाँच में आए अधिकारियों को वे नाराज़ कर भेजना भी नहीं चाहती थीं। सो अचानक नाटकीय ढंग से तेवर बदलकर उन्होंने कहा, 'ज्यादा डाँट दिया न तुम लोगों को? तुम लोग कहेगा, कैसा सनकी बुढ़िया है...कब्र में पाँव है...पर इस तरह चिल्लाती है...। हमें अब तक चाय-पानी और खाने तक के लिए भी नहीं पूछा।' फिर मजीद की तरफ़ पलटकर मिसेज़ कारनी ने कहा, 'अबे गधे की दुम! कभी तो ढब की बात कर। साहब लोग इतनी दूर से आया है...जल्दी से इनके वास्ते कुछ खाने का इन्तजाम तो करो।'

पता नहीं, महीनों से बिस्तर से सटी मिसेज़ कारनी में अचानक कहाँ से इतनी शक्ति आ गई थी कि मजीद जब उन अधिकारियों के भोजन की व्यवस्था के लिए सिर पर पाँव रखकर निकला, तो कारनी आंटी ने मजीद के बेटे जिब्राइल का सहारा ले-लेकर उन अधिकारियों के लिए ख़ुद टोस्ट सेंका...चाय बनाई। हालाँकि, जर्जर मिसेज़ कारनी की दशा देख जाँच अधिकारी बुरी तरह सकपकाए हुए थे और मिसेज़ कारनी को टोस्ट सेंकने और चाय बनाने से लगातार मना कर रहे थे, पर मिसेज़ कारनी ने गहरी करुण मुस्कान

के संग कहा, 'इन हाथों से खा-पी लो मैन! आंटी के हाथों से खाने का मौका फिर कभी नहीं मिलेगा।'

उन अधिकारियों की वाक़ई अजीबोग़रीब स्थिति हो गई थी। उधर मजीद भी खाने का इन्तज़ाम कर स्टेशन पर हाज़िर हो गया था। आंटी ने सबको मुस्तैदी से कैंटीन के ठीक सामने कुर्सी-मेज़ लगवाकर खिलवाया और चलते वक़्त उन सबसे कहा, 'मुझको वर्ड दो कि मेरे बाद भी यह कैंटीन मजीद के पास रहेगा?'

और सचमुच, उन जाँच अधिकारियों ने लौटकर इस तरह रिपोर्ट बनाई कि मिसेज़ कारनी के गुज़रने के बाद भी उस कैंटीन पर किसी ने बुरी नज़र डालने की कभी ज़ुर्रत नहीं की।

हांगकांग में भी डेनिस मिसेज़ कारनी के पकाए उम्दा ब्रेड का स्वाद नहीं भूल पाए थे। वे अपनी पत्नी लीज़ा से कहते, 'कुछ भी कहो डियर, कारनी आंटी के पकाए ब्रेड का स्वाद आज तक जी में समाया हुआ है।'

मिसेज़ कारनी ने अपने पति के जीवनकाल में कितने अच्छे दिन देखे थे! पर बुरे दिन कब-किस पर अपना तीखा दाँत गड़ा देंगे, कौन जानता है।

डेनिस से उनके पिता मि. ब्रायन मैगावन ने एक बार पत्र में हल्की-सी चर्चा की थी : 'तुम्हें याद हैं न डेनिस, कारनी आंटी? आजकल टी-स्टॉल चलाती हैं बेचारी स्टेशन पर...। तुम्हें बहुत याद करती हैं। कहती हैं, डेनिस आएगा, तो उसे अपने हाथ से खास तौर से बेक कर केक खिलाऊँगी।' कई दिनों तक पापा के पत्र की उन पंक्तियों को बार-बार पढ़ते रहे थे डेनिस। एक बार जी में आया था कि कुछ पैसे वह कारनी आंटी को भेज दें। डेनिस ने पापा को भी पत्र में लिखा था, पर पापा ने लिखा था : 'नहीं बेटे, वह सेल्फ़ रेसपेक्ट के लिए मरती हैं। उनके मन को बहुत चोट पहुँचेगी।' पापा के गुज़रने के बाद जब डेनिस 'गंज' पहुँचे थे, तो मिले थे कारनी आंटी से। वही ज़िन्दादिल, सदाबहार आंटी। वापसी के समय आंटी ने एक बड़ा-सा केक बाँधकर दिया था, 'मेरे ग्रैंड सन रॉबिन के लिए...।'

मिसेज़ कारनी 1983 में गुजरीं। मजीद ने उनकी अंत्येष्टि में कोई क़सर बाक़ी नहीं रखी थी। उनकी आत्मा की शान्ति के लिए सैकड़ों लोगों को उसने खिलाया भी था और कहा था, 'आंटी ने जिन्दगी भर लोगों को जी खोलकर खिलाया-पिलाया...इसलिए उनकी याद में खिलाने-पिलाने से उनकी रूह को सुकून मिलेगा।'

मजीद ने स्टेशन की चाय कैंटीन के आगे टीन पर लिखवाकर एक तख्ती टाँग रखी है : 'कारनी टी स्टॉल'। यही नहीं, कैंटीन में पैसे रखनेवाले बक्से में उसने आंटी की तसवीर भी साट रखी है, 'आंटी इसमें जब तक बैठी रहेंगी, कोई कमी नहीं होने देंगी... बड़ी बरकतवाली थीं हमारी आंटी...।'

आंटी कारनी का कहीं कोई रिश्तेदार भी है, इसका ज़िक्र उन्होंने कभी अपने जीवनकाल में मजीद क्या, किसी से नहीं किया था। पर आंटी के गुज़रने के तक़रीबन चौदह महीने बाद आंटी के नाम से एक लम्बी चिट्ठी ऑस्ट्रेलिया से आई, तो मजीद को भी उस आदमी पर हैरानी हुई। बड़ा ढक आदमी है। यह चिट्ठी रॉरी टी. जॉयस नामक किसी सज्जन की थी। रॉरी ने अपनी दस-पेजी चिट्ठी में सिर्फ़ यही बात बार-बार

दोहराई थी कि पहली बार वह उनको पत्र लिख रहा है, इसलिए बेहद शर्मिंदा है और वह तभी समझेगा कि आंटी ने उसे माफ़ कर दिया है, जब आंटी ऑस्ट्रेलिया आने को राजी हो जाएँगी।

रॉरी ने पत्र में लिखा था, 'डियर आंट कारनी, अभी हाल में मैंने टेलीविजन पर बांग्लादेश और बिहार में बाढ़ की तबाही को लेकर एक डाक्यूमेंट्री देखी। मैं उस समय से रोमांचित हूँ कि बिहार में लोग कैसे रह रहे हैं। मुझे आपकी बहुत याद आई...पता नहीं, आप कैसी होंगी? हालाँकि, मैं आज तक आपसे मिला नहीं हूँ। बस, आपकी किशोरावस्था और युवावस्था की कुछ तसवीरें मम्मी के एलबम में देखी हैं। जैसाकि मुझे पता है कि मेरे बड़े भाई दाफ़ने ने आपसे कई साल पहले ऑस्ट्रेलिया आने का बहुत अनुरोध किया था, पर आप तैयार नहीं हुई थीं। आखिर आप यहाँ क्यों नहीं आना चाहतीं आंटी? हम लोग सम्बन्धी हैं और कैसा दुर्भाग्य है कि अगर कहीं किसी जगह यह इत्तफाक हो कि भीड़ में आप भी गुजर रही हों और मैं भी...तो हम दोनों एक-दूसरे को बगैर पहचाने अगल-बगल से गुजर जाएँगे। मम्मी अब दुनिया में नहीं हैं, पर आप तो हैं—मम्मी की बहन...। यहाँ हम लोगों को किसी चीज की कमी नहीं है। अच्छा-खासा बिजनेस है। बड़ा-सा घर है। बहरहाल, हमारा जो कुछ है, वह सब हम आपके कदमों पर डाल देंगे। बस, आप ऑस्ट्रेलिया आइए...हमें और कुछ नहीं सुनना। आपसे हम लोग अपने पूर्वजों के बारे में बहुत कुछ जान सकेंगे। आने में जो भी खर्च लगेगा, वह मैं भेज दूँगा...।'

पत्र अँग्रेज़ी में था। पोस्टमैन भोला तिवारी ने जब यह पत्र पढ़कर मजीद को पूरा मज़मून समझाया था, तो मि. मेंडेज़ से अनुरोध कर मजीद ने रॉरी को इस पत्र का जवाब लिखवाकर भिजवाया कि उनकी कारनी आंटी चौदह माह पहले गुज़र गईं और उसने ही उनका सारा क्रिया-कर्म सम्पन्न किया।

लिहाज़ा, कुछ ही हफ़्ते बाद मजीद के नाम ऑस्ट्रेलिया से रॉरी का पत्र आया था : 'डियर मजीद, आंटी नहीं रहीं, यह तुम्हारे पत्र से जाना और अब अपनी किस्मत को रो रहा हूँ। मेरा पूरा परिवार दुखी है। जीते-जी मैं उनसे कभी मिल न सका। वे कैसे गुजरीं... उनके आखिरी दिन कैसे रहे...इस बारे में विस्तार से जानने को बेचैन हूँ। मजीद, तुमने लिखा है कि तुम्हें उन्होंने बचपन से ही अपने पास रखा था और अब तुम्हीं उनकी कैंटीन चला रहे हो। जो भी हो, हमारे-तुम्हारे बीच एक बात जरूर 'कॉमन' है और वह हैं मिसेज़ विनीफ्रेड कारनी...। है न? आंटी के आखिरी दिनों की कोई तसवीर हो, तो तुम मुझे भेजोगे। भविष्य की तुम्हारी क्या सब योजना है, लिखना और मुझसे कोई मदद हो तो बेहिचक बताना। मेरी बदकिस्मती है कि आंटी कारनी इस दुनिया में अब नहीं हैं। उनसे मुझे ढेर सारी जानकारियाँ अपने खानदान के बारे में मिलतीं। मेरी माँ मिसेज हीथर जेन लेनॉक्स-मैथ्यूज़ का जन्म लाहौर के पास जैकॉबाबाद में हुआ था। उस समय लाहौर इंडिया में ही था। मेरी नानी तेरह बच्चों की माँ थीं। और तिस पर से आठ बच्चे उन्होंने गोद ले रखे थे। मेरी माँ बताती थीं कि कारनी आंटी इन गोद लिये आठ बच्चों में एक थीं। मजीद, मेरे पापा-मम्मी की शादी इंडिया में ही हुई थी। उन लोगों की शादी की ओरिजिनल तसवीर मेरे पास अभी भी है। हम लोगों को हरदम यह बताया गया कि मेरे नाना-नानी आइरिश थे। पर मेरी माँ शादी की अपनी तसवीर में बिलकुल इंडियन दिखती हैं। मेरी माँ

बहुत सुन्दर थीं। कारनी आंटी की जो कुछ तसवीरें हमारी माँ के पुराने एलबम में है, उन्हें देखकर कोई भी कह सकता है कि कारनी आंटी एंग्लो-सैक्सन थीं। इसी पहेली ने अर्से से मुझे परेशान कर रखा है मजीद कि क्या कारनी आंटी हमारी नानी की अपनी बेटी थीं और मेरी माँ गोद ली हुई बेटी...? अगर ऐसा होगा तब तो मेरी शिराओं में किसी-न-किसी तरह भारतीय खून बह रहा है, मजीद। जैसाकि मैंने तुम्हें बताया न कि, मेरी माँ का लुक इंडियन था। अगर सचमुच मेरी माँ का कोई एक साइड इंडियन था, तो हमारे वे इंडियन रिलेटिव कहाँ होंगे...? कारनी आंटी जीवित होतीं, तो शायद बतातीं। मैकलुस्कीगंज में कारनी आंटी के खानदान के बारे में कुछ पुराने लोग बतानेवाले हों, तो जरूर लिखना। शायद उनसे मेरे कुछ सवालों का जवाब मिल जाए।'

रॉरी जॉयस के इस पत्र को पाकर मजीद भी कई दिनों तक उधेड़बुन में रहा। उसने रॉरी के पत्रों की बाबत गाँव के कई बड़े-बुज़ुर्गों से बात की, पर किसी ने उसे कुछ ख़ास नहीं बताया। उसे ख़ुद पर हैरानी हो रही थी कि कारनी आंटी का 'पोसपुत' होकर भी वह उनके ख़ानदान के बारे में क्यों न कभी जान सका? मजीद ने याद किया, कारनी आंटी अपने बारे में बात करना क़तई पसन्द नहीं करती थीं। प्यार से छलकती मैकलुस्कीगंज की सदाबहार कारनी आंटी एक अबूझ पहेली ही रह गईं। हर सुबह जब कैंटीन में मजीद टीन के छोटे बक्सेवाला अपना कैश-बॉक्स खोलता है, तो कारनी आंटी की मुस्कराती तसवीर पर उसकी आँखें देर तक अटकी रहती हैं। उसे लगता है, कारनी आंटी उसकी पिछले जन्म की माँ थीं। किस मज़हब का वह और किस मज़हब की कारनी आंटी, पर...।

सच में, यह गाँव एक-से-एक दुर्लभ प्रजाति के प्राणियों का आशियाना है। गाँव के कुम्हार सुनू प्रजापति से लेकर हजाम प्रभु ठाकुर और दुनिया भर में अपने व्यंजनों को लेकर मशहूर शेफ़ रैंडोल्फ़ तक का बसेरा। यही नहीं, सेना से अवकाश-प्राप्त कुछ दिग्गज भी यहाँ हैं। लेफ़्टिनेंट जेनरल मायादास से लेकर बलजीत सिंह तक। ज़िन्दगी भर मोरचा, तोप, गोला और बन्दूक की दुनिया के इन दिग्गजों ने अवकाश ग्रहण किया, तो बाक़ी ज़िन्दगी चैन से गुज़ारने के लिए काफ़ी तलाश के बाद 'गंज' आकर बस गए। इस गाँव की गोद में सब बड़े आराम से समाये हैं। मि. मिलर के 'क्वींस कॉटेज' का ख़ानसामा जैक अक्सर मुँह बनाकर कहता है, 'एक-से-एक चैप्टर और एडिशन हैं हमारे 'गंज' में।'

जैक की ऐसी बातों पर गाँव के हजाम प्रभु ठाकुर को हँसी छूटती है—पता नहीं, क्या अर्र-दर्र करता रहता है मिलर साहेब का ख़ानसामा...। हाइलैंड गेस्ट हाउस के सामने करंज के बूढ़े वृक्ष के नीचे प्रभु ठाकुर के बेटे-पोते अब तो एक छोटा-सा सैलून भी चलाते हैं। पर जब गाँव में एंग्लो-इंडियन साहब लोग बसे थे, तो उस समय मुश्किल से बीस-इक्कीस साल का नवयुवक प्रभु ठाकुर साहब लोगों के घर जा-जाकर हजामत बनाता था। उसकी पत्नी चनियाँ घरों में जा-जाकर मेमसाहबों और गाँव की आदिवासी तथा अन्य समुदायों की स्त्रियों के नाखून नहरनी[1] से काटती थी। 'गंज' में चनियाँ को सब ठकुरपनियाँ[2] कहते थे। गाँव के बड़े बुज़ुर्ग स्व. ग्रेग नॉर्मेन की एक बात प्रभु ठाकुर कभी

1. नाखून काटने का छोटा उपकरण
2. हजाम की पत्नी

नहीं भूलता है। वे कहते थे कि, 'प्रभु! लाइफ़ में बारबर और टेलर...नाई और दर्ज़ी कभी नहीं बदलना चाहिए...।'

प्रभु ठाकुर को याद है कि उस ज़माने में आगे की तरफ़ 'कोनी' काटी जाती थी। बाल छँटाई में आज के ज़माने में तरह-तरह की 'कटिंग' है, लेकिन तब 'गंज' के साहब लोगों में भी चौअनियाँ-अठनियाँ 'कोनी' का चलन था। आज अपनी जीवन-संध्या में प्रभु उन साहबों को याद करते हुए अपने पोते अनन्त से कहता है, 'इस हाथ ने एक-से-एक साहबों के दाढ़ी-बाल बनाए हैं। साहब लोग खुश होकर बोलता—प्रभु, ऐसी हजामत बिलैंत में भी कोई नहीं बना सकता।'

प्रभु ठाकुर और उसकी नई पीढ़ी का उस्तरा जिस तरह चल रहा है...गाँव के कुम्हार सुनू प्रजापति और उसके बेटे रत्ती प्रजापति का चाक भी पृथ्वी की तरह अहर्निश घूम रहा है। खपड़ा और घड़ा—मुख्य रूप से दोनों बाप-बेटे यही बनाते हैं। हालाँकि, सुनू की बीवी शान्ति थपुआ खपड़ा की तरह मुँह बनाकर कहती है, 'अपना बिजनिस में लटके रहते हैं। पर बहुत खटाली है इसमें...और कोई ज्यादा कमाई भी नहीं, क्या करें...?'

माँ की बात के समर्थन में रत्ती भी मुस्कराकर कहता है, 'माटी ढोना...माटी मजना... माटी को मलकर गोंद बनाना...। सारा परिवार जुटा रहता है, तो दिनभर में मुश्किल से दो सौ खपड़ा बनता है। और खपड़ा बिकता है छह सौ रुपये हजार...। क्या पेट चलेगा इसमें...? पर लाचारी की दाल खेसारी...।'

हालाँकि, इस शिकायत के बावजूद सुनू और उसके बेटे रत्ती का चाक नहीं रुकता है।

सुनू और रत्ती के चाक की तरह लगातार ही चक्कर काटता जीवन है मशहूर शेफ़... यानी व्यंजन बादशाह रैंडोल्फ़ विलियम्स का। रैंडोल्फ़ का दावा है कि उसने ह्वाइट हाउस से लेकर बकिंघम पैलेस तक और मेक्सिको के रेस्तराँ से लेकर मशहूर अभिनेत्री एलिजाबेथ टेलर तक की रसोई सँभाली है। रैंडोल्फ़ का यह भी दावा है कि दुनिया का ऐसा कोई मुल्क नहीं, जहाँ जाकर उसने व्यंजन नहीं पकाया हो...। पच्चीस वर्षों तक तो वह हॉलीवुड के सितारों—बिंग क्रॉस बाय, बॉब होप और जॉर्ज हेमिल्टन—के यहाँ भोजन पकाता रहा था।

बहरहाल, दुनिया भर में स्वादिष्ट भोजन की ख़ुशबू बिखेरते घुमन्तू रेंडोल्फ को किसी से एक दिन मैकलुस्कीगंज के बारे में जानकारी मिली, तो वह अनगिनत फ़्लाइट बदलते हुए इस अनोखे गाँव को देखने आ पहुँचा। पहुँचने पर छूटते ही उसने तय किया कि भले ही वह सारी दुनिया में घूमता रहे, पर अपना स्थायी पड़ाव वह यहीं रखेगा।

देहरादून में पैदा रैंडोल्फ़ सचमुच मज़ेदार आदमी है। बड़ा ही दोस्तनवाज़। बहुत जल्दी उसने गाँव में मि. गिब्सन और मि. नोएल गॉर्डन जैसे अनगिनत दोस्त बना लिये। 'गंज' में रहने के लिए उसने मिस मॉरिस के घर को भाड़े पर लिया और मि. मिलर से कुछ पुराने फ़र्नीचर ख़रीदे। दो-तीन महीने रहकर अचानक वह एक दिन 'गंज' से ग़ायब हो गया। फिर एक दिन मि. नोएल गॉर्डन को उसने विदेश से एक कार्ड लिखा : 'नोएल! माइ डियर! मैं इन दिनों 'बॉस्टन रॉक म्यूज़िक कैफ़े' में हेड शेफ़ हूँ। 'गंज' की बहुत याद आ रही है। जल्द आऊँगा।'

अचानक कभी वह 'गंज' पहुँच जाता है और सप्ताह भर बाद किसी दूर देश की यात्रा पर कूच कर जाता है। 'गंज' में नोएल गॉर्डन को वह अपना एकमात्र अनन्य मित्र मानता है, इसलिए वह जहाँ भी होता है, वहाँ से बराबर मि. नोएल गॉर्डन को कार्ड डालता रहता है। कभी यह कार्ड मैक्सिको से, कभी थाइलैंड से तो कभी ग्वातेमाला के किसी रेस्तराँ के पते से वह लिखता है। पर एक बार तो रैंडोल्फ़ का एक कार्ड पाकर मि. गॉर्डन ख़ासा उखड़ पड़े। मि. गॉर्डन को यह कार्ड रैंडोल्फ़ ने इंग्लैंड से भेजा था।

दरअसल, इंग्लैंड के एक जेल से नोएल गॉर्डन नाम का कोई अपराधी जेल तोड़कर भाग खड़ा हुआ था। इंग्लैंड के अख़बारों में यह ख़बर सुर्ख़ियों में थी। रैंडोल्फ़ ने मज़ाक-मज़ाक में उस ख़बर की कटिंग को एक कार्ड पर चिपकाकर मि. नोएल गॉर्डन को मैकलुस्कीगंज भेज दिया था। कार्ड पाकर मि. गॉर्डन बेतरह झिकझिका उठे, 'इस तरह तो मरवाएगा कभी ये मरदूद।'

इस प्रकरण के कुछ दिन बाद जब रैंडोल्फ़ फिर गाँव में नमूदार हुआ, तो मि. गॉर्डन ने उसे कड़ी हिदायत दी कि वह ऐसे कार्ड उन्हें हरगिज़ न डाला करे। मज़ाकिया रैंडोल्फ़ बस ठठाता रहा, 'बॉब रे बॉब...! नोएल, तुम इतना डर गया?'...अपनी पाककला के बारे में 'गंज' में वह लोगों से कहता है, 'मैं चाहता हूँ कि दुनिया भर में लोग मुझे एक ऐसे कुक—बोबाची[1] के रूप में याद करें, जिसने लोगों को दिलचस्प स्वाद दिया...। लोग टहलें-घूमें और स्वादिष्ट भोजन खाकर कहें—ओह! दैट वाज़ टेरिफ़िक।'

हालाँकि, टुइयाँ गंझू की चुनौती है कि रैंडोल्फ़ अगर कटहल की आँठी की रोटी पकाकर दिखा दे, तो वह जीवन भर उसकी ग़ुलामी करेगा। बहरहाल, इस तरह की नोक-झोंक अपनी जगह है, लेकिन सच है कि रैंडोल्फ़ सरीखे अपने ऐसे अस्थायी निवासियों से भी 'गंज' आनन्दित और मुदित रहता है।

सुविख्यात बँगला फ़िल्म निर्देशिका अपर्णा सेन और प्रतिष्ठित बँगला रचनाकार बुद्धदेव गुहा का भी यहाँ घर रहा है। अपर्णा के श्वसुर कर्नल हरि शर्मा पहले बराबर यहाँ आकर रहते थे। पर बाद में उन्होंने कलकत्ता के एक सज्जन जी.एन. मित्र के हाथों अपनी कोठी बेच दी। हालांकि बुद्धदेव गुहा की 'गुहाबारी' तो आज भी है। छठे-छमासे वे यहाँ आते भी हैं—कहानियाँ-उपन्यास लिखने। उन्होंने अपनी 'बारी' की देखभाल के लिए कलकत्ता के ही एक कथित चिरकुमार मुखर्जीदा को तैनात कर रखा है। 'कथित चिरकुमार' से आशय है कि अर्से तक 'गंज' के लोगों की यही धारणा रही कि माननीय बिभूति भूषण मुखर्जी ऊर्फ़ मुखर्जीदा अविवाहित हैं लेकिन अंततः यह राज सामने आया कि 'गुहाबारी' में मुखर्जीदा ने सखुआटांड़ की आदिवासी लड़की कृष्णा को बतौर आया जो रखा, उसे चुपचाप जीवन सहचरी बना लिया। पर कृष्णा की चर्चा मुखर्जीदा से कोई नहीं करता है। यह कहानी 'गंज' के होंठ में तम्बाकू की तरह दबी हुई है।

बहरहाल, 'गुहाबारी' में पड़े-पड़े मुखर्जीदा ने ज्योतिष का गहरा अध्ययन किया है। जिन दिनों वे कलकत्ता में थे, प्रकांड ज्योतिषी घोषाल महाशय के सान्निध्य में उनका समय गुज़रता था। उन्हीं के श्रीचरणों में रहकर ज्योतिष का आरम्भिक ज्ञान मुखर्जीदा को

1. बावर्ची

मिला। अद्भुत सिद्धि थी घोषाल महाशय को। मुखर्जीदा सदैव किसी को कुछ बताने के पहले अपने गुरु के मुख का स्मरण करते हैं। उनके सामने की बात है। एक शाम घोषाल महाशय अपने आसन से उठने को ही थे कि एक अधेड़ व्यक्ति आया। घोषाल महाशय ने तनिक झल्लाकर कहा, 'अब इस समय मैं कुछ नहीं बता सकता।' पर अधेड़ व्यक्ति उनसे लगातार अनुनय करता रहा। आख़िरकार, घोषाल महाशय ने कहा, 'चलो, वहीं से अपना हाथ उठाकर हथेली दिखा दो।' लिहाज़ा, दरवाज़े पर से ही उस अधेड़ व्यक्ति ने अपने हाथ उठा दिये। देखते ही घोषाल महाशय ने चिहुँककर कहा, 'तुम अभी फौरन घर जाओ। कल अगर मिले, तो बताऊँगा।'

मुखर्जीदा को याद है, उस व्यक्ति के जाते ही बालसुलभ उत्सुकता में उन्होंने घोषाल महाशय से पूछा था, 'गुरुजी! इतनी दूरी से क्या आप उसके हाथों की लकीरें देख पाए? वह जितना व्यग्र था, मुझे लगता है कि कल फिर आएगा।' मुखर्जीदा भूले नहीं हैं कि दग्ध स्वर में तब घोषाल महाशय ने कहा था, 'तुम एकदम बोक्का है...। मैंने सब देख लिया। वह कल आएगा ही नहीं। प्रचंड मृत्यु योग है उसका। अगले दस मिनट में वह दुनिया छोड़ देगा। उसको बचाने का कोई उपाय मेरे पास नहीं था। इसलिए द्राविड़ प्रणायाम करने के बजाय मैंने उसे जल्द से जल्द चले जाने को कहा। अगर वह दस मिनट यहाँ रुकता, तो मेरे दरवाजे पर उसकी मृत्यु हो जाती।'

घोषाल महाशय की भविष्यवाणी से सन्न मुखर्जीदा घर के लिए निकल पड़े। घोषाल महाशय के घर से मुश्किल से पचास क़दम वे आगे बढ़े होंगे कि सामने एक भीड़ लगी देखी। उत्सुकतावश माजरा समझने के लिए मुखर्जीदा भीड़ में घुसे और जो दृश्य देखा, तो उन्हें लगा, वे वहीं अचेत हो जाएँगे। अभी दस मिनट पहले जो व्यक्ति घोषाल महाशय के यहाँ आया था, वह खून से सना, मरा पड़ा था। लोगों ने बताया कि एक ट्रक के तेज़ धक्के से अभी-अभी उस व्यक्ति की मौत हो गई थी। लगभग मतिसुन्न मनोदशा में मुखर्जीदा उल्टे पाँव भागते हुए घोषाल महाशय के यहाँ पहुँचे और उनके श्री चरणों में लोट गए। मन को स्थिर कर गुरुजी को सारा वृत्तान्त सुनाया और अन्त में विह्वल होकर कहा, 'बस, मेरा माथा ठोककर आशीर्वाद दीजिए गुरुजी कि मैं आपसे पूरी ज्योतिष विद्या सीख सकूँ।' और घोषाल महाशय ने उनका माथा ठोककर उन्हें हृदय से लगा लिया था।

गुरुजी के आदेश का पालन करते हुए उन्होंने ज्योतिष विद्या को कभी व्यवसाय नहीं बनाया। इसलिए 'गंज' के लोग उनसे नि:शुल्क मशविरा लेते रहते हैं।

'गुहाबारी' के दक्षिण-पूर्वी भाग में प्राचीन झंखाड़-वृक्षों से घिरे गाँव के 'सरना' में आदिवासी लोग अनुराग आने पर आधी-आधी रात तक पूजा करते हैं। साल में एक बार यहाँ बलि प्रदान भी होता है। किसी को नहीं मालूम कि मुँहअँधेरे जब 'सरना' में कोई नहीं होता, तो मुखर्जीदा यहाँ पहुँचकर ध्यान लगाते हैं। गुप्त बैताल हैं मुखर्जीदा।

त्रिपुरा के अन्तिम महाराजा की फूफी श्रीमती राणा का परिवार भी यहाँ रहता है। श्रीमती राणा के पुत्र दीपक राणा यहाँ की स्थानीय गतिविधियों में काफ़ी सक्रिय रहते आए हैं। वर्षों पहले जब 'गंज' में पंचायत का चुनाव हुआ था, तो दीपक राणा यहाँ के मुखिया भी चुने गए थे। इधर लगभग पन्द्रह वर्षों से पंचायत का चुनाव हुआ ही नहीं है। इसलिए

दीपक राणा ही अभी तक 'गंज' के मुखिया हैं। दीर्घकाल के लिए उनके मुखिया बनने की भविष्यवाणी मुखर्जीदा ने की थी।

हांगकांग में डेनिस मैगावन की यादों में जो गाँव बसा था, बीते वर्षों में उसमें काफ़ी तब्दीली आई थी। वैसे गाँव में छोटी-मोटी समस्याएँ तो पैदा होती ही रहती हैं। 'मैकलुस्कीगंज एंग्लो-इंडियन एसोसिएशन' की सचिव मिसेज़ थ्रिपथॉप अक्सर गाँव के खुर्राट पटवारी की तरह समस्या-बाणों से लैस रहती हैं, 'पानी की यहाँ बहुत किल्लत है। पानी के लिए कुएँ पर निर्भर रहना पड़ता है। पीने के पानी का इन्तजाम करवाने की काफी कोशिश की, पर अब तक कुछ हो नहीं सका। जमीन का म्यूटेशन भी यहाँ वर्षों से नहीं हो रहा है। तमाम उजबकों का जमावड़ा है गाँव में। गंजन होता रहे 'गंज' का। 'गंज' की फिक्र किसको है? ले-देकर एक बहादुर उराँव था, उसको भी फँसा दिया। अब कौन आवाज उठानेवाला है? बेशक मि. मेंडेज़ थोड़ा हाथ-पाँव चलाते रहते हैं, पर उनकी भी सीमा है। कोई कहाँ तक करे? आसपास के इलाके में टी.बी. के ढेर सारे मरीज हैं। पर डॉक्टर यहाँ रहे तब न...! वेटनरी डॉक्टर तक यहाँ नहीं रहते, जबकि यहाँ उसकी डिसपेंसरी है। बिजली अक्सर गायब ही रहती है। टेलिफ़ोन हरदम डेड। हाँ, बच्चों की पढ़ाई-लिखाई के लिए गनीमत है कि कैथोलिक मिशनवालों ने एक छोटा-सा स्कूल खोल रखा है।'

मिसेज़ थ्रिपथॉप के पास मैकलुस्कीगंज की स्थानीय समस्याओं की पूरी लम्बी-चौड़ी फेहरिस्त है। गाँव के लोग मानते हैं कि हर बस्ती को एक बूढ़ी खिड़की चाहिए, जो मुश्किल में थोड़ी रोशनी दे। यह बूढ़ी खिड़की मिसेज़ थ्रिपथॉप हैं। पर उन्हें सहज करने के लिए लोग कहते हैं, 'समस्या ढूँढ़ने चलिए आंटी, तो जन्नत में भी कोई-न-कोई समस्या मिल ही जाएगी। कबाहत कहाँ नहीं है?'

वैसे समस्या अनगिनत हैं इस जन्नत में। गाँव की नई पीढ़ी अपनी बेरोज़गारी को लेकर बुरी तरह झुँझलाहट में है। मज़बूरी के मारे कोई ट्रेन से कोयला चुराता है...कोई महुआ चुलाकर सी. सी. एल. में मज़दूरों के बीच जाकर बेचता है...। कई पढ़े-लिखे युवकों ने ईंट-भट्ठों में मज़दूरी शुरू कर दी है। इसलिए हर समुदाय के युवक...चाहे मुस्लिम... हिन्दू या आदिवासी युवक—सबकी नाक आवेश में फड़कती रहती है। यह शिकायतज़दा आक्रोश कमोबेश गाँव के एंग्लो-इंडियन समुदाय के प्रति है। अर्से से नौकरी की अर्ज़ी भरते हुए थक चुके आदिवासी, गंझू लड़के कहते हैं, 'अपने आन-बान और कटलरी[1] के सिवा क्या किया इन गोरे साहबों ने...? ये चाहते, तो क्या नहीं कर सकते थे? हमें नौकरी की कमी रहती क्या...? पर ये लोग तो बड़े-बड़े बँगले बनाकर हमेशा आराम से सोए रहे...। इनके बच्चों को दिक्कत होती, तब तो इन्हें पता चलता...! इनके बच्चे तो ऑस्ट्रेलिया-इंग्लैंड में कमासुत हैं...। पर यहाँ के लोकल बच्चे क्या करेंगे, इसके लिए ये क्यों सिर खपाएँगे...?'

इस हताशा और रेड़म-बहेड़म में गाँव के कई युवक कुछ साल से इस इलाक़े में सक्रिय एम.सी.सी.[2] उग्रवादियों से भी जुड़ गए हैं—क्रान्तिकारी 'कॉमरेड' बनकर। यही

1. चाकू, छुरी-काँटा आदि वस्तुएँ
2. माओवादी कम्युनिस्ट सेंटर

वज़ह है कि कुछ वर्षों में देखते-देखते एम.सी.सी. संगठन का इस इलाक़े में जाल बिछ गया है। कभी-कभी ग़ुस्से से भभकता हुआ आदिवासी युवक सुक्कू टोप्पो कहता है, 'बस, दिखावटी रिश्ता...। ताड़ और घास का फर्क कहीं मिटता है? हमारी जरूरत तो इन गोरे साहबों को बस रसोइये-खानसामे के रूप में रही...। गोरा-काला का फर्क तो हमेशा रह ही गया। ढेढ़िया मालभोग[1] हैं ये साहब लोग। बस, नाम के। कोई स्वाद नहीं। हमसे कोई पूछे कि किसके बँगले में कौन-सा पेड़ और फूल है, तो हम नहीं बता सकते...।'

फिर भी यह सब परोक्ष का आक्रोश है। मुँह पर कोई कह तो दे कि किसी के बेटे-भतीजे ने कभी किसी साहब-मेमसाहब से बेअदबी के लहज़े में बात की हो! क्षोभ से भरे आदिवासी लड़कों की जमात में शामिल एंग्लो-इंडियन युवक जेम्स पेंटोनी सबको दिलासा देता है, 'इन लोगों ने अपनी ही कम्यूनटि के यूथ के लिए क्या किया...? मुझे देखो...। मुझे कोई शिकायत नहीं...।' जेम्स पेंटोनी अपने को विदूषक की तरह पेश करता है और शेष लड़के ठठा पड़ते हैं, 'अरे, स्साला ढिल्लड़, तुम तो एकदम्मे बोक्का है...।'

खुशिया पाहन उसकी पीठ थपथपाकर कहता है, 'न जुड़ंते, महात्यागी।'

कैंटीन मजीद ऐसे में जेम्स पेंटोनी के चेहरे पर उदासी की दरारों को देखता है। वह खुशिया को झड़पता है, 'टटहास मत करो। इसके बाप की उम्र के हो तुम।'

मैकलुस्कीगंज गाँव से लगभग चार किलोमीटर दूर नवाडीह के ईंट-भट्ठे पर मुंशी का काम कर जेम्स पेंटोनी किसी तरह अपने कुनबे को घसीट रहा है। जेम्स पेंटोनी के दादा-दादी ख़ालिस अंग्रेज़ थे लेकिन उसके पिता मि. एडली चार्ल्स पेंटोनी ने गिरिडीह की एक आदिवासी लड़की से शादी की थी। जेम्स पेंटोनी की आदिवासी माँ का नाम था—फ़ेलोमिना। जेम्स पेंटोनी ने भी गुमला की एक आदिवासी लड़की से शादी की। सूज़न है उसकी बीवी का नाम। जेम्स पेंटोनी के आदिवासी दोस्त चुटकी लेते हैं 'तुम्हारा खानदान? अरे, लन्दन से सीधे गिरा भारत में ढप से...फिर बिहार में...और वहाँ से छोटानागपुर में ढपककर जम गया...।'

जेम्स पेंटोनी को अपनी आदिवासी बीवी सूज़न से दो बेटे हैं—लॉरेंस और हिमांशु...। सूज़न ने दूसरे बेटे के नामकरण के वक़्त ज़िद ठान दी थी, 'नहीं, इसका कोई इंडियन नेम रहेगा...।'

ईंट-भट्ठे की अल्प वेतन वाली नौकरी से किसी तरह दाल-रोटी चल रही है जेम्स पेंटोनी और सूज़न के छोटे-से कुनबे की। 'सब जीसस पार लगा रहे हैं,' कहता है पेंटोनी। गाँव के चर्च में बिला नागा वह सपरिवार प्रेयर में पहुँचता है। हालाँकि, अर्से से जेम्स देख रहा है कि उसकी एंग्लो-इंडियन बिरादरी के बड़े लोग अब छठे-छमासे चर्च के प्रेयर में आते हैं। गाँव के कुछ लोग फुसफुसाकर कहते हैं कि जब तक इस चर्च में एक एंग्लो-इंडियन प्रीस्ट थे—फ़ादर अर्थर, तब तक बड़ी पाबन्दी से चर्च आते थे ये एंग्लो-इंडियन लोग...। पर जब से ट्राइबल प्रीस्ट यहाँ के चर्च में आने शुरू हुए, साहब-मेमसाहब लोगों ने चर्च में धीरे-धीरे आना कम कर दिया।

गाँव के चर्च में फ़ादर लोगों को भी कम मुसीबत नहीं। कुछ साल पहले एक आदिवासी फ़ादर तो एम.सी.सी. उग्रवादियों के डर से गाँव छोड़कर भाग गए। दरअसल,

1. धान का एक प्रकार

एम.सी.सी. वालों ने एक बार चर्च की ज़मीन पर लगे पलाश, महुआ और शीशम के पेड़ों में से कुछ पेड़ों को काट लिया, तो फ़ादर ने पुलिस में रिपोर्ट दर्ज़ करा दी। बस, फिर क्या था? फ़ादर को रोज़ चर्च से उठा लेने की धमकी मिलने लगी। लिहाज़ा, एक दिन मुँहअँधेरे फ़ादर जान लेकर गाँव से भाग गए। उसके बाद जो भी फ़ादर आए, उन्होंने एम.सी.सी. वालों से कभी मुँह लगाने की जुर्रत नहीं की।

एम.सी.सी. में अहीरों का वर्चस्व शुरू से रहा है। पर इधर अहीरों ने खुलकर 'झारखंड लिबरेशन टाइगर' नामक सेना बना ली है। ताक़त दिखाने के लिए गंझू लोगों की भी 'तृतीय प्रस्तुति कमिटी' नाम से सेना है। हथियार का जवाब हथियार से देने के लिए सब तैयार हैं। इस इलाक़े के चर्च के फ़ादर लोगों ने सबको कई बार समझाने की कोशिश की कि हिंसा का रास्ता ठीक नहीं, पर सेना के कमांडरों ने उन्हें चेताया कि वे लोग औक़ात और दायरे में रहें।

पर एक सिर्फ़ चर्च या फ़ादर तक सीमित नहीं है मैकलुस्कीगंज। यह एक नन्हा भारत है, जहाँ मस्जिद की अज़ान भी गूँजती है, शिवालय का घंटा भी और मुंडा, उराँव तथा गंझू लोगों के 'सरना' का प्रार्थना-गीत भी।

खुशिया पाहन के शब्दों में, 'यहाँ राम-रहीम और पुरान-कुरान सब है।'

बीते कुछ दशकों में गाँव में मुस्लिमों की आबादी में ख़ासी वृद्धि हुई है। यहाँ मुसलमानों की टोली यों शुरू से रही है। इसी तरह दलित-गंझुओं का भी टोला। छुआछूत का चक्कर गाँव में हमेशा से रहा है। सब के कुएँ भी अलग-अलग रहे हैं—मसलन मुस्लिमों का 'जुलहवा इनार' और दलितों का 'अछोप इनार'। पर मुस्लिमों को सब कुछ के बावजूद 'गंज' ज़्यादा सुरक्षित लगता है। हाल-साल में भी बालूमाथ इलाक़े की तरफ़ जब एम.सी.सी. उग्रवादियों की मुस्लिम समुदाय पर दबिश बढ़ी, तो डेरा-डंडा उठाकर अनगिनत मुस्लिम परिवार मैकलुस्कीगंज पहुँचने लगे। एम.सी.सी. से फरियाने के लिए इन लोगों ने भी 'अली सेना' बना ली है। एम.सी.सी. से इस इलाक़े में मुस्लिम समुदाय की तनातनी आम है। बीते वर्षों में 'गंज' में मुस्लिम लोग मज़बूत हुए हैं। गोबरछत्ते की तरह इनके घर अब एक बड़े टोले की शक्ल में मौजूद हैं। जीवन-यापन का साधन इन लोगों ने माल-मवेशी के कारोबार को बना रखा है। गाय-बैल से लेकर खस्सी-मुर्गी बेचने तक। दो-एक मोमिन और दर्ज़ी लोग कपड़ा सिलने का भी काम करते हैं।

गाँव में मुस्लिमों की तादाद बढ़ी, तो एक मस्जिद की कमी खलने लगी। धीरे-धीरे चन्दे से एक छोटा-सा मस्जिद खड़ा हो गया। लातेहर से एक मुल्ला मौलाना मुश्ताक़ को बुलाकर खाना-खोराकी सहित दो हज़ार रुपये मासिक पर तैनात कर दिया गया। मौलाना मुश्ताक़ क़ाबिल आदमी हैं। इसहाक़ मियाँ कहते हैं, 'अरे भाई! अलिफ़ बे से लेकर जो दरियाव पार करा दे, वही न असली मुल्ला। मौलाना मुश्ताक़ में यह इल्म है। सब हसन-हुसैन की इनायत।' इनायत तो वाक़ई है। इसलिए 'गंज' का ईद-मुहर्रम भी लाजवाब! मुहर्रम के मौक़े पर ताज़िया और सिपर के साथ निकलनेवाला यहाँ का छोटा-सा जुलूस देखने लायक़ होता है। ताज़िया व सिपर की सजावट के क्या कहने! लाठी खेलने और तलवार भाँजने का जौहर अलग।

उधर पाठक परिवार का बनाया शिवालय तो पहले से है ही। शिवालय के विशाल घंटे की गूँज भगवान शंकर को इस अनोखे गाँव की याद रोज़ दिलाती है। अन्य हिन्दू पर्व-त्योहारों के अलावा अब तो 'गंज' में छठ भी कई वर्षों से मनाया जाने लगा है। कुल मिलाकर, अल्लाह, ईश्वर, जीसस और खाँटी आदिवासियों के 'सरना' के देवता—धर्मेश, सिंगबोंगा और हातुबोंगा—सब इस गाँव में मौज़ूद हैं...। और शुक्र है कि अल्लाह, ईश्वर, जीसस और सिंगबोंगा, हातुबोंगा तथा धर्मेश में कभी कोई तनातनी नहीं हुई है। कभी-कभार हल्का शीतयुद्ध का भाव आता है, तो एक झटके में कपूर की तरह उड़ भी जाता है...। आजीविका की कशमकश में आजकल कुछ भी उल्टा-पुल्टा सोचने की फ़ुर्सत ही किसे है भला...? एकान्तप्रिय एंग्लो-इंडियन समुदाय को तो और भी नहीं।

बूढ़ा टुइयाँ गंझू कहता है, 'ये रिटायर और लहतंगर[1] साहब-मेमसाहब लोग को क्या है...मारे माछ न उपछे पानी...।'

वैसे, मन्दिर-मस्जिद और गिरजा-गुरुद्वारा की एक बड़ी दारुण कहानी 'गंज' अपनी झुरमुटों में आज भी दबाये हुए है। चामा मोड़ से 'गंज' के रास्ते में नाना वृक्षों और पुटुस की झाड़ियों की सघनता के कारण किसी अनजान आदमी को पता नहीं चलेगा कि अन्दर लगभग एक-डेढ़ किलोमीटर घुसने पर यहाँ 'प्रेम-मन्दिर' नाम का कोई भुतहा खँडहर भी है। 'गंज' के लोग इस 'प्रेम-मन्दिर' के खँडहर की बड़ी कारुणिक गाथा सुनाते हैं। खुशिया पाहन दावे के साथ कहता है, 'वहाँ रात को आज भी भूत-प्रेत नाचते हैं।' टुइयाँ गंझू तो इससे एक क़दम और आगे बढ़कर अपनी आँखों को रहस्यमय भंगिमा देते हुए कहता है, 'वर्षों से बिला नागा हर रात एक प्रेतनी बैठकर रोती है वहाँ। वही, बाहरी खानदान की बहू।' गाँव के लोग भी महसूस करते हैं कि 'बाहरी का प्रेम-मन्दिर' इस गाँव के लिए आँखों के नीचे का स्याह धब्बा है।

वर्षों पहले की बात। दिल्ली के एक दिग्गज व्यवसायी नरेश चन्द्र बाहरी को किसी ने मैकलुस्कीगंज के बारे में बताया। 'गंज' की प्राकृतिक आभा-शोभा के बारे में सुनकर वे इतने आकर्षित हुए कि अपनी लम्बी-चौड़ी कारोबारी व्यस्तता से समय निकालकर 'गंज' आए। यहाँ पहुँचकर वे इतने मुग्ध हुए कि उन्होंने तय किया कि वे यहाँ प्रॉपर्टि लेंगे। और सिर्फ़ यही नहीं, इस सघन जंगल के बीच सर्व-धर्म-समभाव के नाम पर मन्दिर-मस्जिद और गिरजा-गुरुद्वारा एक जगह बनाएँगे। अकूत सम्पदा के मालिक नरेश चन्द्र बाहरी को पैसों की कोई कमी नहीं थी। उन्होंने जो जगह दुल्ली के निकट पसन्द की, वह मि. पिकॉक की 'प्रॉपर्टि' थी।

मि. पिकॉक कई एकड़ में फैली 'गंज' की लम्बी-चौड़ी प्रॉपर्टि बेचकर अपने एकलौते बेटे के पास इंग्लैंड जाना चाहते थे, पर कोई ऐसा ग्राहक नहीं मिल रहा था, जो इकट्ठे उनकी इतनी बड़ी प्रॉपर्टि ख़रीद सके। नरेश चन्द्र बाहरी को पहली ही यात्रा में जब इसका पता चला, तो उन्होंने मि. पिकॉक से बात की। बाहरी ने ज़मीन देखकर योजना बनाई कि भविष्य में वे यहाँ 'हर्बल प्रोडक्ट्स' का कारोबार शुरू करेंगे। मि. पिकॉक से एक-दो दौर की बातचीत के बाद उनकी बात पट गई और वह प्रॉपर्टि उन्होंने ख़रीद ली। मि. पिकॉक अपनी पूरी ज़मीन व बँगले की चाबी बाहरी महाशय को सौंप हमेशा के लिए

1. शिथिल शरीर वाले

इंग्लैंड चले गए। मि. पिकॉक से ख़रीदे गए बँगले का नरेश चन्द्र बाहरी ने नया नामकरण किया—'प्रेम-मन्दिर'! इसके बाद नरेश चन्द्र बाहरी ने अपने कुछ लोगों और 'गंज' के चुनिन्दा लोगों को लेकर एक 'प्रेम कुटीर ट्रस्ट' बनाया। फिर अपनी योजना के अनुरूप उन्होंने जंगल के बीच भव्य मन्दिर और मस्जिद बनवाए। इसके पहले कि वे गिरजा और गुरुद्वारा का निर्माण करवाते, उनकी मृत्यु हो गई।

बाहरी का सपना था कि 'गंज' के इस शुरुआती छोर पर वे एक ऐसा अद्‌भुत निर्माण करवा दें, जिसे देश-दुनिया के लोग देखने आएँ। पर उनका यह सपना अधूरा रह गया। 'गंज' के रामसेवक डेविड कहते हैं, 'उस जमीन का लक्षण शुरू से ठीक नहीं। उस जगह को लेने के बाद ही मि. पिकॉक की बीवी गुजर गई थी और बाहरी-खानदान तो खैर बर्बाद हो गया।'

नरेश चन्द्र बाहरी के निधन के बाद उनके एकलौते बेटे सुरेश बाहरी ने पूरी जायदाद की कमान थामी। इसके साथ ही तरह-तरह की मुश्किलें शुरू हो गईं। दरअसल, नरेश चन्द्र बाहरी के जीवनकाल में उनके साले यानी सुरेश के मामा योगेन्द्र दयाल आर्य बाहरी ख़ानदान की तमाम सम्पत्ति के प्रमुख कर्ता-धर्ता थे। पर अपने बहनोई नरेश बाहरी के गुज़रने पर उनके मन में लालच आ गया कि कैसे सुरेश को अँधेरे में रखकर धीरे-धीरे पूरी सम्पत्ति पर क़ब्ज़ा जमाया जाए। सुरेश बाहरी की पत्नी उर्शिया मामा की नीयत को ताड़ गई थी। इसलिए उसने ज़िद ठान ली कि मामा के चंगुल से निकलकर सुरेश सारी जायदाद बेचे और बाल-बच्चों समेत अमेरिका चल चले।

दरअसल, सुरेश के ससुरालवाले अमेरिका में रहते थे। सुरेश अपनी पत्नी की बात पर एक बार राज़ी भी हो गया, पर बाद में उसके मामा ने उसे ऐसी घुट्टी पिलाई कि सुरेश ने अमेरिका में बसने की योजना टाल दी। इसके बाद घर में कलह की स्थिति और बढ़ गई। हमेशा नशे और विलास में डूबा रहनेवाला सुरेश बाहरी एक दिन 'गंज' जाने के नाम पर अपनी पत्नी उर्शिया को राँची लाया। राँची में भी उसका मकान था। कहते हैं, राँची स्थित अपने आवास पर ही उसने पत्नी उर्शिया की हत्या कर दी और लाश को सेफ़्टी टैंक की टंकी में छिपाकर रख दिया। इसके बाद वह अपने बेटे-बेटी सौरभ और ऋचा को लेकर दुल्ली स्थित बँगले पर आया। वहाँ दोनों बच्चों को मारकर उसने गाड़ी की डिक्की में लादा और रातोंरात बनारस जाकर उनकी लाश को गंगा में प्रवाहित कर दिया।

सुरेश बाहरी का साला संयोग से उसी हफ़्ते भारत पहुँचा था। उसे जब पता चला कि उसके बहन-बहनोई राँची में हैं, तो वह राँची पहुँचा। पर राँची में उसे पता चला कि वे लोग दिल्ली लौट गए हैं। वह जब फिर दिल्ली लौटा, तो दिल्ली में उन सबको न पाकर शंकित हुआ कि ज़रूर कहीं कुछ गड़बड़ है। तत्काल राँची लौटकर उसने बहन-बहनोई की गुमशुदगी की रिपोर्ट पुलिस में दर्ज़ कराई। फिर तो रहस्य की परतें तेज़ी से खुलती चली गईं। सुरेश बाहरी को पुलिस ने गिरफ़्तार किया। पूरे मामले की सी.बी.आई. जाँच हुई। आख़िरकार, इस लोमहर्षक प्रकरण में सुरेश बाहरी को मृत्युदंड की सजा हुई।

बाहरी के इस ख़ूबसूरत मन्दिर-मस्जिद के इर्द-गिर्द अब सघन जंगल है। उजाड़-वीरान मन्दिर में राधाकृष्ण की संगमरमर की मूर्ति धूल-गर्द में डूबी रहती है। मन्दिर के ठीक

बग़ल में स्थित मस्जिद की भी यही गति है। खँडहर में तब्दील हो चुके बाहरी के बँगले 'प्रेम-मन्दिर' में दुल्ली गाँव का बंसी लोहार सपरिवार रहता है। वही आपरूपी 'गोड़इत' बन गया है इस लावारिस बँगले का। टुइयाँ गंझू कूट में कहता है, 'बंसी लोहार को बाहरी साहेब की जागीर गोड़ैती मिल गई है।'

बंसी को छठे-छमासे जब कभी झोंक चढ़ता है, तो झाड़ू लेकर मन्दिर-मस्जिद की साफ़-सफ़ाई कर देता है। इस उजाड़ प्रेम-मन्दिर-मस्जिद को देखने जब भूले-भटके चेंजर लोगों का कोई दल पहुँचता है, तो बंसी लोहार ही यहाँ गाइड की भूमिका निभाता है। बहुत माया-करुणा पसारकर वह बाहरी-परिवार की कथा सुनाता है। वह बताता है कि बाहरी ख़ानदान की बहू उर्शिया कैसे आधी रात को बिला नागा यहाँ कूट-कूट कर रोती है। बंसी लोहार अन्त में छाती फुलाकर कहता है, 'मैंने डर को घर बना लिया है।'

मि. मिलर ने 'गंज' की समस्याओं को लेकर लगातार प्रशासनिक स्तर पर लिखा-पढ़ी करनेवाली मिसेज़ थ्रिपथॉप से कई बार कहा है कि, 'बाहरी के प्रेम-मन्दिरवाले कैम्पस को अगर सरकार टेकओवर कर ले, तो कितना अच्छा हो! मि. बाहरी का खानदान तो मिट गया, पर उनके सपने को एक शक्ल मिल जाती।'

मिसेज़ थ्रिपथॉप ने इस बारे में कई बार राँची के उपायुक्त को 'प्रेम कुटीर ट्रस्ट' के पूरे इतिहास का उल्लेख करते हुए चिट्ठी भी लिखी, पर इन पत्रों की पावती उन्हें कभी नहीं मिली।

मिस बॉनर कहती हैं, 'हम बूढ़ों को क्या चाहिए...एक पावती...दो मीठे बोल।'

कोहरे में डूबी रहती हैं कई जोड़ी प्रतीक्षारत बूढ़ी आँखें। मैकलुस्कीगंज में ज़्यादातर अवकाशप्राप्त लोग ही निवास करते रहे हैं। इन लोगों का जीवन-यापन या तो मासिक पेंशन से, या फिर शेयर आदि में लगाये गए पैसों के मुनाफ़े से चलता रहा है। कुछ लोग स्थानीय स्तर पर ही छोटा-मोटा काम कर अपना ख़र्च चलाते रहे हैं।

डेनिस को याद था, पिता के निधन के कुछ ही माह पहले एक बार फिर डरते-डरते उन्होंने पिता को पत्र लिखा था : 'पापा, मैं समझता हूँ, पेंशन के उन थोड़े-से पैसों से आपका काम नहीं चल पाता होगा। अब प्रेस का मेरा कारोबार काफी बढ़ गया है। आपके आशीर्वाद से पैसे भी ठीक-ठाक हो जाते हैं। मेरी एक लालसा है, क्या आप उसे पूरी नहीं करेंगे? मैं चाहता हूँ कि प्रतिमाह कुछ पैसे महज जेब खर्च के लिए आपको भेजा करूँ। उम्मीद है, मेरी यह इच्छा आप ठुकराएँगे नहीं।'

उत्तर में मि. ब्रायन मैगावन ने लिखा था : 'डेनिस! तुम मेरे प्रति कितना स्नेह और सम्मान रखते हो, मैं इसे अच्छी तरह जानता हूँ। तुमने लिख दिया, मैं इसी से सब कुछ पा गया। मुझे किसी चीज की जरूरत होगी, तो भला किसे लिखूँगा—तुम्हीं को न! फिलहाल मुझे ऐसी कोई जरूरत नहीं। आशा है, तुम इसका बुरा नहीं मानोगे। मंथली पेंशन के पैसों में से हर माह कुछ-न-कुछ बच ही जाता है। उसे मैं स्थानीय आदिवासी बच्चों को पढ़ने के लिए फ़ीस के वास्ते दे देता हूँ। बड़े गरीब लोग हैं ये। मेरा खर्चा ही क्या है! थोड़ी जरूरतें हैं। बहरहाल, लीज़ा को मेरा आशीष कहना। मेरा प्यारा पोता रॉबिन कैसा है? क्या आनेवाली किसी छुट्टी में उसे मैकलुस्कीगंज भेज सकोगे? अपने गाँव को वह एक

बार मेरे जीते-जी देख तो ले। मैं जब तक जीवित हूँ तब तक तो एक सूत्र भी है, इसके बाद क्या रहेगा? उसे भेजोगे तो मुझे बेहद खुशी होगी। तुम्हारा ही—पापा।'

डेनिस ने तब कहा था, 'रॉबिन बेटे, मैकलुस्कीगंज तुम्हें जाना है, पर वहाँ जाने की खुशी में ऐसा न हो कि तुम अपनी पढ़ाई बिगाड़ लो...।'

रॉबिन ने मचलते हुए डेनिस का कन्धा थामकर कहा था, 'आप इसके लिए बेफिक्र रहें, पापा। अव्वल नम्बर लाऊँगा इम्तहान में...।'

अपने बच्चों के परीक्षफल को लेकर हांगकांग के सभी लोग चिन्तित रहते थे। यह बेचैनी यहाँ के जीवन में बहुत गहरे तक शुमार थी। उद्योग, व्यवसाय—हर क्षेत्र में आगे भागने की ललक...व्यग्रता! फिर पढ़ाई-लिखाई में क्यों पीछे? डेनिस देखते रहे थे, हांगकांग शहर के माता-पिता अपने बच्चों की शिक्षा के लिए निर्दयता की हद तक कठोर थे। पढ़ाई के सवाल पर कोई माफ़ी नहीं। एक बार तो बच्चों पर यहाँ एक सर्वेक्षण भी किया गया था, जिसमें पाया गया था कि साठ प्रतिशत मामलों में बच्चों को माता-पिता इसलिए पीटते रहे हैं कि इम्तहानों में उनको अच्छे अंक क्यों नहीं आए। पर रॉबिन ने डेनिस से कहा था, 'पापा, मुझे याद नहीं कि आपने पढ़ाई के लिए मुझे एक हल्की-सी भी चपत कभी लगाई हो। हाँ, मम्मी बचपन में कभी-कभार जरूर पढ़ाई के लिए मुझे थप्पड़ लगाती रहीं।'

लीज़ा इस पर बिहँसते हुए मुँह बनाकर कहती थीं, 'बेटे, अगर मैं भी सख्त नहीं रहती, तो तुम्हारी पढ़ाई हो चुकी होती।'

हांगकांग में रहनेवाले चीनी मूल के लोग भी हमेशा इस मामले में बड़े सतर्क रहे कि बच्चे पढ़ाई से न भागें। बिना पढ़े किसी भी क्षेत्र में कोई अच्छा नहीं कर सकता। शिक्षा व्यक्तित्व में शालीनता और शिष्टता लाती है। जीवन के किसी भी क्षेत्र में इनसान को एक सशक्त व्यक्तित्व प्रदान करती है, चीनी मूल के लोग ऐसा सख़्ती से मानते रहे थे।

डेनिस को याद था, उनके प्रेस में काम करनेवाली चायनीज़ रिसेप्शनिस्ट चूशू एक बार एक महीने की छुट्टी के लिए आवेदन लेकर आई थी। डेनिस ने थोड़ा चकित होते हुए पूछा था, 'चूशू, इतनी लम्बी छुट्टी...? क्या घर में कोई ज्यादा बीमार है...?'

चूशू ने तनिक मुस्कराकर कहा था, 'नहीं, घर में तो सभी ठीक हैं सर। दरअसल, महीने भर बाद मेरे बेटे का इम्तहान है। थोड़ी मेहनत मुझे भी उसके साथ करनी होगी। इसलिए यह छुट्टी...।'

डेनिस ने चूशू की छुट्टी मंजूर कर दी थी और देर तक भौंचक हो सोचते रहे थे। अपनी मित्र-मंडली में उन्होंने विस्मय के साथ कहा था, 'जानते हो फ्रांसिस! मेरे यहाँ जो रिसेप्शनिस्ट लड़की काम करती है, चीनी मूल की है वह। उसने अपने बच्चे की परीक्षा की तैयारी करवाने के वास्ते पूरे एक महीने की छुट्टी ली...।'

फ्रांसिस ने गम्भीर होते हुए कहा था, 'डेनिस, चीनी संस्कृति में एक विशिष्टता तो है ही कि शिक्षा को वे लोग पूरी पाबन्दी से व्यक्तित्व का अलंकार और आभूषण मानते हैं। जानते हो, चीन में लोग कहते हैं कि एक अच्छी जिन्दगी, एक अच्छा घर और एक अच्छी स्त्री—एक साथ किसी शिक्षित व्यक्ति को ही मिल सकती है। खास कर जो लोग बीते पचास वर्षों में चीन से विस्थापित होकर हांगकांग आ बसे, वे तो और भी इस बात पर एकमत रहे हैं कि एक नई जगह पर आदमी तभी अपने पाँव जमा सकता है, पर्याप्त

धन अर्जित कर सकता है, अगर वह शिक्षित और हुनरमन्द हो। डेनिस, यहाँ के एक प्रसिद्ध समाजशास्त्री हुए हैं मि. वांग सिउलुने। उन्होंने भी माना है कि दुनिया के विभिन्न हिस्सों से आकर यहाँ बसे लोगों में शिक्षा के प्रति इसलिए इतनी कटिबद्धता है। हालाँकि, इस कटिबद्धता के बावजूद चीनी मूल के छात्र पाँच प्रतिशत ही हैं, जो हांगकांग के दोनों विश्वविद्यालयों तक ऊँची पढ़ाई करने पहुँच पाते हैं।'

विक्टर, जो डेनिस और फ्रांसिस की बातें देर से सुन रहा था, ने कहा था, 'तुम लोग तो यह कह रहे हो पर यहाँ छोटे-मोटे कारखानों और व्यावसायिक संस्थानों में जो चीनी मूल के लोग काम करते हैं, उनकी मानसिकता तो यही है कि थोड़ी-सी बुद्धि और भरपूर मेहनत, ज्यादा-से-ज्यादा धन कमाने का यही राज है।'

फ्रांसिस ने छूटते ही कहा था, 'विक्टर, तुम हर बात को आधे-अधूरे ढंग से समझते हो। श्रम को तो ये महत्त्व देते ही हैं, पर यह भी कहते हैं कि बुद्धि का योग इस श्रम के साथ अनिवार्य है। चीनी तो यह मानते रहे हैं कि कभी पिछड़ना नहीं है किसी से, अगर पिछड़े तो यह संसार तुम्हें कच्चा चबा जाएगा।'

डेनिस ने सपाट लहज़े में अपनी प्रतिक्रिया ज़ाहिर की, 'पर ये अन्धविश्वासी भी कम नहीं होते।'

फ्रांसिस ने इस पर कहा था, 'गौर करके देखो तो इसका अच्छा पहलू पाओगे कि बहुत ज्यादा श्रम करने के बावजूद जब इन्हें असफलता हाथ लगती है, तब भी ये ज्यादा हताश नहीं होते। यह कहकर फिर अगली कोशिश में जुट जाते हैं कि भाग्य ने इस बार साथ नहीं दिया...अच्छा, अगली बार...।'

रॉबिन के मैकलुस्कीगंज जाने की बात पर लीज़ा ने 'अच्छा, अगली बार' तो नहीं कहा, पर बिहँसकर बोलीं, 'आखिर देहात से तुम दोनों बाप-बेटे को इतना लगाव क्यों है?'

डेनिस ने दार्शनिकवाली अपनी पुरानी मुद्रा में कहा, 'देहात जो है न लीजा, वह आदमी के जीवन का देह और हाथ है। देहात नहीं तो देहांत। मूर्ख नहीं थे मि. मैकलुस्की जो उन्होंने हम एंग्लो-इंडियंस के लिए बिहार के उस जंगली क्षेत्र में एक देहात कायम किया था। छोटा-सा अपना 'देस'। आदमी कितना सरल, सहज और स्नेहिल हो सकता है, इसका परिचय देहात में ही मिलता है। शहरी जीवन तो शातिरों का जीवन है। छल-कपट, राग-द्वेष, घृणा और उपेक्षा से भरपूर। हांगकांग के ही जीवन को लो न, कितने दुःस्वप्नों से भरा है यहाँ का जीवन?'

पर इन तमाम चर्चाओं के बावजूद रॉबिन के गाँव जाने का कार्यक्रम नहीं बन सका था; बल्कि पापा के अचानक गुज़रने पर डेनिस को ही गाँव जाना पड़ा था।

चाट्टी

मैकलुस्कीगंज में तक़रीबन हर मकान के मुख्य द्वार पर लकड़ी के नेमप्लेट ठुके हैं। इन पर वर्षों पहले अंकित अधिकतर नाम भले ही धुँधले पड़ चुके हैं, लेकिन मिटे नहीं हैं।

डेनिस मैगावन की स्मृति के साथ भी कुछ ऐसा ही है। कुछ धूमिल-अमिट यादें हैं, जो मन में अब तक बनी हैं।

डेनिस को वैसे ही याद है, रॉबिन का इंटर का इम्तहान ख़त्म हो चुका था। उसके पर्चे अच्छे गए थे। इधर उसके 'गंज' जाने की सारी तैयारी पूरी कर ली गई थी। पासपोर्ट-वीज़ा का सारा लफड़ा निपट चुका था। रॉबिन की ख़ुशी समाये नहीं समा रही थी...ठीक उस नन्हे बच्चे की तरह, जिसकी छोटी मुट्ठी में दबी मिठाई रस टपका रही हो। रॉबिन की ख़ुशी देख डेनिस भी आनन्द में भीग रहे थे। छुटपन में आम के रस से ख़ुद को भिगो-भिगोकर आम खानेवाला खिलन्दड़ा रॉबिन रह-रहकर डेनिस की आँखों के आगे कौंध रहा था। उस तरह मस्त होकर आम खाते किसी शहरी बच्चे को उन्होंने नहीं देखा था। बचपन में आम देखते ही दीवाना हो उठता था रॉबिन। लीज़ा के आम थमाते ही चार साल का नन्हा रॉबिन मगन हो अपने सारे कपड़े उतार फेंकता। फिर आम के छिलकों को बड़े मनोयोग से उतार, अपने पेट और मुँह को धीरे-धीरे आम के रस से लेपता, जैसे आम खाने के लिए ख़ुद को रस से भिगोकर पहले तैयार कर रहा हो!

मैकलुस्कीगंज जाने की तैयारी में मगन-मुदित रॉबिन को देख डेनिस के मन में वही रॉबिन छलक रहा था। रॉबिन के मैकलुस्कीगंज जाने के बारे में पापा को वे पत्र भी लिख चुके थे। उन्होंने लिखा था : 'पापा, पहली बार अकेले कहीं बाहर जा रहा है रॉबिन। कृपया राँची एयरपोर्ट पर आकर उसे रिसीव कर लीजिएगा।'

लीज़ा भी चिन्तित थीं, कैसे अकेले जाएगा? पर डेनिस ने कहा था, 'जाने दो लीज़ा! इस सबसे बच्चे का आत्मविश्वास बढ़ता है। फिर वहाँ पापा तो हैं ही।'

पर अचानक फ़ोन आया था। राँची आकर मि. मेंडेज़ ने डेनिस को फ़ोन किया था, 'डेनिस, तुम्हारे पापा कल नहीं रहे। सुबह जब दूधवाला दूध देने के लिए देर तक दरवाजा खटखटाता रहा और दरवाजा नहीं खुला, तो किसी तरह पिछवाड़े से जाकर खोला गया। तुम्हारे पापा, लगता है, पिछली रात ही किसी वक्त गुजर गए थे। बस, तुम आ जाओ...।'

फ़ोन का रिसीवर पकड़े डेनिस का हाथ काँप रहा था, 'ओह...! पापा नहीं रहे...?' डेनिस के मुँह से एक चीख़-सी निकल गई थी। पापा जब तक थे, तब तक वे कितना बेफ़िक्र महसूस करते थे!

माता-पिता के जीवित रहते बच्चे उनके प्रति कितने बेपरवाह रहते हैं! एक दिन अचानक उनके गुज़र जाने पर इसका एहसास होता है। गहरा तीव्र एहसास। डेनिस को लगा, आज वे अनाथ हो गए।

लीज़ा भागी हुई बग़ल के कमरे से पहुँची थीं, 'क्या हुआ...क्या हुआ डेनिस...?'

डेनिस की मुट्ठी में रिसीवर तब तक कसा हुआ था। हालाँकि, मि. मेंडेज़ यह ख़बर देकर फ़ोन रख चुके थे। डेनिस ने सोफ़े पर भहराते हुए कहा था, 'पापा नहीं रहे...कल रात ही...।'

रॉबिन जब कॉलेज से अपनी छुट्टियों और परीक्षाफल निकलने के बारे में सब कुछ पता करके लौटा, तो अवसन्न माहौल को घर में क़दम रखते ही भाँप गया था, 'क्या हुआ पापा, क्या मम्मी...?' रॉबिन ने अधीर होते हुए पूछा था। और जब अपने दादाजी के गुज़रने की ख़बर उसने सुनी, तो स्तब्ध रह गया।

डेनिस ने भर्रायी आवाज़ में कहा, 'याद है लीज़ा, पापा ने अपने आखिरी पत्र में क्या लिखा था? यही न कि मैं जब तक हूँ, तब तक एक सूत्र बचा है। मेरे बाद यह भी खत्म...। वह सूत्र खत्म हो गया लीजा...!'

सारा कार्यक्रम अब उलट-पलट गया था। मैकलुस्कीगंज अब डेनिस को जाना था। जल्दी से जल्दी, बगैर एक पल का विलम्ब किए हुए। डेनिस ने कहा था, 'रॉबिन, अभी तुम मत जाओ...। तुम भी मेरे साथ चले जाओगे, तो मम्मी यहाँ अकेली पड़ जाएँगी। प्रेस का काम-काज है...। बेटे, तुम जाना बाद में।'

रॉबिन चुप था। उसने कोई प्रतिवाद नहीं किया। ठीक है, वह जाएगा बाद में, पर कब? रॉबिन ने सोचा, अब तो दादाजी नहीं रहे...। क्या अब कभी वह मैकलुस्कीगंज जा पाएगा...? रॉबिन के सारे उत्साह पर पानी फिर गया था। उसने सोचा, अब कभी मैकलुस्कीगंज जाने का संयोग बना भी, तो क्या वहाँ वह आनन्द आ पाएगा, जितना दादाजी के होते हुए मिलता? पापा को पहचाननेवाले तो अभी कुछ लोग होंगे भी वहाँ, पर जब कभी वह जाएगा, तो उसे पहचाननेवाला कौन होगा? वहाँ के लोगों से उसका परिचय करानेवाला आख़िर कौन होगा? दादाजी होते, तो साथ ले जाकर सबसे परिचय कराते, 'मेरा ग्रैंड सन...मेरा एकलौता पोता रॉबिन...।' पर अब...?

डेनिस युद्ध-स्तर पर अपने वीज़ा का काम निपटाने में लगे थे। लीज़ा कपड़े-लत्ते और उनका सामान आदि ठीक करने में जुटी थीं। अगले दिन डेनिस की फ़्लाइट थी। रॉबिन और लीज़ा ने बड़े उदास मन से डेनिस को एयरपोर्ट जाकर विदा किया था।

मैकलुस्कीगंज...! अपने प्यारे-से गाँव जा रहे होने के बावजूद डेनिस गुमसुम थे...। उन्होंने रॉबिन और लीज़ा से अस्फुट स्वर में कहा था, 'देखो, कब तक लौट पाता हूँ! अब तो वहाँ का सारा काम-काज खत्म करके ही लौट पाना होगा।'

राँची पहुँचते ही डेनिस ने वहाँ से फ़ोन पर लीज़ा से कहा था, 'ठीक-ठाक पहुँच गया। बस, अब टैक्सी लूँगा...। डेढ़-दो घंटे में गाँव पहुँच जाऊँगा।'

टैक्सी ज्यों-ज्यों मैकलुस्कीगंज के क़रीब पहुँच रही थी, डेनिस के दिल की धड़कन बढ़ती जा रही थी...। ललछौंही मिट्टी वाली पथरीली ज़मीन। हल्की उतार-चढ़ाव वाली सड़क। टैक्सी हिचकोले खाती भागी जा रही थी। नौजवान टैक्सीवाले ने पूछा, 'क्यों साहब, लगता है, आप मैकलुस्कीगंज के ही रहनेवाले हैं? आप एंग्लो-इंडियन बिरादरी के हैं न?'

डेनिस ने बस सिर हिलाकर हामी भरी थी। वे बुरी तरह उद्वेलित थे...। अपनी इस बेचैनी को वे स्वयं भी जैसे ठीक से समझ नहीं पा रहे थे। एक तरफ पिता के गुज़र जाने की पीड़ा थी, तो अरसे बाद अपने इस सुपरिचित जंगली इलाक़े के एक-एक दृश्य को टैक्सी की खिड़की से वे निहार रहे थे और इस दुःख की मनोदशा में भी एक क्षीण-सा उल्लास उनके रोम-रोम में छाया हुआ था। धान के नरम हरे पौधों से भरे खेत वे अरसे बाद देख रहे थे। पर डेनिस ने ग़ौर किया था, पहले जितने वृक्ष इस इलाक़े में थे, उतनी तादाद में अब नहीं रह गए थे। जंगल थोड़ा उजाड़ और नंगा हो गया था।

रास्ते में एक जगह टैक्सीवाले ने अचानक एक धचके के साथ टैक्सी रोक दी तो सहसा डेनिस का ध्यान टूटा, 'क्यों, कुछ खराब हो गया क्या?'

टैक्सी ड्राइवर युवक ठेठ देसी अन्दाज़ में हँसा और बोला, 'अरे, नहीं साहेब, चाय नहीं पीजिएगा? बस, एक कप चाय पी लीजिए...और सीधे एक साँस में मैकलुस्कीगंज...।'

डेनिस के चेहरे पर फीकी हँसी तिर आई थी, 'ठीक है...चलो, चाय पीते हैं...।' गेट खोलकर वे टैक्सी से बाहर आ गए थे।

उस निर्जन में वह बेहद मामूली-सी चाय की दुकान थी। इस इलाक़े में चाय की दुकानें ऐसी ही रही हैं हरदम से। शीशे के 'बोइयाम' में देहाती छाप बिस्कुट...और चूरनवाली टीपिकल चाय...। पर इस वक़्त डेनिस को यह चाय बुरी नहीं लगी थी। टैक्सी ड्राइवर मुँह से आवाज़ निकालता चाय सुड़क रहा था। इस इलाक़े के लोगों की चाय पीने की ऐसी ही आदत है—सुड़ककर चाय पीने की। चाय पीते-पीते टैक्सी ड्राइवर ने अनमने ढंग से पूछा, 'क्यों साहेब! आप विदेश में रहते हैं क्या?'

डेनिस को लगा था, उसके इस सवाल का जवाब बस सिर हिलाकर देने से नहीं चलेगा; सो उन्होंने मुश्किल से कहा था, 'हाँ, हांगकांग में रहता हूँ। मैकलुस्कीगंज मेरा गाँव है।'

टैक्सी ड्राइवर युवक के होंठ टेढ़े हो गए, 'हूँ, उस गाँव से एंग्लो-इंडियन तो लगभग उजड़ते ही जा रहे हैं। ज्यादा लोग विदेश चले गए...। अब उनके पन्द्रह-बीस परिवार बचे होंगे। पर यह अच्छा नहीं हुआ...। एक तो ले-देकर यह गाँव था एंग्लो-इंडियनों का, उसे भी ये लोग भाग-भागकर चौपट करते चले गए।'

डेनिस कुछ पल उसकी बात सुनते रहे थे। फिर अचानक चाय की दुकान पर पड़ी काठ की बाबा आदम ज़माने की चितकबरी बेंच से उन्होंने तत्क्षण उठते हुए कहा था, 'चलो, भई, अब देर न करो...जल्दी पहुँचना है मुझे...।' चाय के दुकानदार को पैसे देकर डेनिस जल्दी से टैक्सी में बैठ गए थे।

टैक्सी चल पड़ी थी। फिर वही जंगल...। वही बंचर...जंगली हवाएँ...। हवा में सरसराते वृक्षों के पत्ते...मानो डेनिस का स्वागत करते...आह्लादित होते...। उन्हें जाते देख जैसे वे मुस्कराकर कह रहे हों—अरे देखो, वही अपना कच्चा-बच्चा...। कितना बुजुर्ग हो गया है...! बचपन से किशोरावस्था और अपनी जवानी के दिनों में जाने कितनी बार यह गुजरा होगा हम सबके बीच से होकर...। इसके रग-रेशों से परिचित हैं हम सब। कितना खिलन्दड़ा था यह...! अब देखो न, कैसा गम्भीर और गाल फुलाकर भारी बना हुआ है...! अरे, हँसो...हँसो भाई...वर्षों बाद मिल रहे हो...।

डेनिस के होंठों पर बरबस हल्की-सी मुस्कान तिर आई। उन्हें लगा, टैक्सी की खिड़की से सिर निकालकर वे भी कहें—मैं ही क्या, इन बीते वर्षों में तुम लोग भी तो बुजुर्ग हो गए हो। हरा-भरा रहने से क्या उम्र नहीं दिखती?

'चामा मोड़ आ गए हम...। बस, अब थोड़ी देर...।' टैक्सी ड्राइवर ने कहा।

और सचमुच थोड़ी ही देर में आ गया था मैकलुस्कीगंज। वे वर्षों बाद गाँव आए थे। हांगकांग चले जाने के बाद पहली बार। पर रास्ते उन्हें सब याद थे। डेनिस टैक्सी ड्राइवर को बेखटक रास्ता बताते गए थे और सीधा अपने घर के गेट पर आकर रुके थे। पल भर में ख़बर गाँव में फैल गई थी, डेनिस आ गए।...मि. ब्रायन मैगावन के बेटे हांगकांग से आ गए हैं।

थोड़ी ही देर में सारे लोग धीरे-धीरे डेनिस के घर पर जमा हो गए थे। लेकिन उससे पहले, घर पर उतरते ही डेनिस ने पाया था—सन्नाटा ही सन्नाटा। दरवाज़े पर ताला पड़ा था। वे कुछ देर कैम्पस में यों ही टहलते रहे। घर की चाबी किसके पास होगी? क्या पापा का 'फ़्यूनरल्' हो गया?—ये और ऐसे अनेक सवाल उनके मन पर बरस रहे थे। तभी एक स्थानीय आदिवासी सकुचाया हुआ थोड़ी दूर पर खड़ा दिखाई दिया। डेनिस ने उसे बुलाया, 'क्यों भाई, यहाँ कोई दिख नहीं रहा?'

आदिवासी मज़दूर ने बताया, 'हाँ, ब्रायन साहब को तो आज सुबह ही दफना दिया गया न। घर की चाबी मेंडेज साहब के पास होगी।'

'क्या...ब्रायन साहब को दफना दिया गया?' डेनिस को लगा था, उनकी ज़बान जल गई है...उनका हलक जल गया है।

फिर धीरे-धीरे मि. मेंडेज़, मिस बॉनर, मिसेज़ थ्रिपथॉप, मिसेज़ ऐलिस टॉमलिन, मि. डेविड कैमरॉन, मि. मिलर और मि. गिब्सन—सब लोग आ जुटे थे।

मि. मेंडेज़ ने घर का ताला खोलते हुए कहा था, 'डेनिस, हम लोगों को लगा कि तुम्हारे पहुँचने में कहीं ज्यादा वक्त न लग जाए...। डेड बॉडी देर तक रखनी मुश्किल थी...हल्की स्मेल आने लगी थी। सो बहुत इन्तजार के बाद, आज सुबह ही...।'

डेनिस अपने को तब रोक नहीं सके थे। फूट-फूटकर रो पड़े थे—अपने घर की दीवार से सिर टेककर, 'पापा, आपको अन्तिम बार देख भी नहीं सका...मैं आपका अभागा-बदनसीब बेटा...।'

सबने डेनिस को सांत्वना दी थी। मिसेज़ थ्रिपथॉप ने कहा था, 'तुम पर मि. मैगावन को बड़ा गर्व था...। अपने अन्तिम दिनों में तुम्हारी चर्चा करते-करते वे रोने लगते थे। तुम्हारे बेटे रॉबिन को भी बेहद याद करते थे वह...। कहते थे, एक बार मेरे जीते-जी मेरा पोता इस गाँव को आकर देख लेता...!'

डेनिस यह सब सुनकर विह्वल थे। ग्रेवयार्ड तक उनके साथ-साथ सब गए थे, जहाँ उनके पिता को दफ़न किया गया था। वहाँ की मिट्टी अभी भी उखड़ी और ताज़ी-ताज़ी थी। मि. मेंडेज़ ने कहा था, थोड़े दिनों बाद इसे पक्का करवाकर एपिटाफ़[1] लिखवा दिया जाएगा।

डेनिस ने अगरबत्तियों को जलाकर वहाँ मिट्टी पर खोंसते हुए भर्राये स्वर में कहा था, 'हाँ, इस पर यह लिखवा दिया जाएगा कि यह उस आदमी की कब्र है, जो मरने के बाद अभी भी मैकलुस्कीगंज को बेहद प्यार करता है।' डेनिस की आँखों से अविरल आँसू बह रहे थे।

मिस बॉनर ने कहा था, 'बेटे, सबके माँ-बाप एक न एक दिन दुनिया से जाते हैं। आँसू नहीं बेटे—आँसू नहीं...। पीछे नहीं, अब आगे देखो...!'

पर भावुक हो डेनिस ने कहा था, 'आँसू आने दीजिए। रोकिए मत। आँसू एक सीढ़ी है। हम जितनी बार आँसू निकालते हैं, जीवन की एक नई सीढ़ी तय करते हैं। मुझे याद नहीं कि आज के पहले मैं कब रोया था। हाँ, जब मम्मी गुजरी थीं तब...। आदमी अपनी आँखों से आँसू निकाल सके, ऐसे अवसर जीवन में कम ही आते हैं।'

1. समाधि-लेख

डेनिस की बात पर सबकी आँखें भीग गई थीं।

वह रात जैसे बीतने का नाम नहीं ले रही थी। अँधेरा डरावने विशाल भैंसों की तरह घुमड़ रहा था...। भयावह और ख़ौफ़नाक ज़ंगली भैंसे जैसे आपस में सींग टकरा-टकराकर आर्तनाद करते हैं, कुछ वैसी ही विकल रात...। डेनिस ने उस रात को अपने घर के भाँय-भाँय करते सन्नाटे में टकटकी लगाए बिताई थी। रह-रहकर बिस्तर से उठ वे घर के कमरों में बेचैनी से चहलक़दमी कर रहे थे। घर का एक-एक कोना सुबक रहा था...! एक-एक चीज बिसूर रही थी—कमरे की सभी तसवीरें भी...! पापा और मम्मी की दीवार पर टँगी पुरानी तसवीर...पेयर फ़ोटो...। सीलन से नष्ट होने को है यह तसवीर...! ख़ुद डेनिस के बचपन की तसवीर...। डेनिस ने सोचा, हांगकांग जाते वक़्त ले जाएँगे इन तसवीरों को और वहाँ इन तसवीरों की कॉपी किसी अच्छे फ़ोटोग्राफर से करवाकर, इसके नये प्रिंट बनवाकर, सँभालकर रखेंगे। इन तसवीरों की ज़िन्दगी तब बढ़ जाएगी।

डेनिस अगले कई दिनों तक अपने घर के एक-एक कोने में भाव-विह्वल हो घूमते रहे थे...। यह कमरा...हाँ, बचपन में इस कमरे में डेनिस पढ़ते थे...। मम्मी नियमित रूप से ख़ुद साथ बैठकर पढ़ाती थीं उन्हें...। लीज़ा से विवाह के बाद डेनिस इस कमरे में रहते थे...। इसी कमरे में जन्म हुआ था रॉबिन का...। हाँ, यही तो वह पलंग है...इसी पर हुआ था छोटा-सा लाल सुर्ख़ कोमल-नरम शिशु रॉबिन...। पर अब क्या किया जाए...? डेनिस को तो अब एकाध सप्ताह में वापस लौटना ही था...हांगकांग...। तब...तब क्या होगा इस घर का...? डेनिस को पापा के उस पुराने पत्र की पंक्तियाँ याद आई थीं, क्षोभ से भरी वे पंक्तियाँ, 'मेरे मरने बाद घर तुम बेच सकते हो। तुम मेरे एकलौते बेटे हो, डेनिस। तुम्हारे सिवा यह दुस्साहस करने का अधिकार और किसी को है भी तो नहीं...।' नहीं, नहीं बेचेंगे वे यह घर...। हरगिज नहीं। पिता की एकमात्र निशानी...अपना यह पुश्तैनी घर...अस्तित्व की अनुभूति...। नहीं...वह ताला मारकर भले हांगकांग चले जाएँगे, पर इस घर को हरगिज नहीं बेचेंगे। डेनिस ने सोच लिया था।

डेनिस से मिलने सुबह-शाम गाँव के ज़्यादातर लोग आते रहे थे। सब सोचते थे, वर्षों बाद आया है, पता नहीं फिर कब आएगा? और अब आएगा भी कभी या नहीं।

खुशिया पाहन और टुइयाँ गंझू ऐसे में एक सुबह कृष्ण मृग के जोड़े की तरह पहुँचे थे, 'सोचा, हौंगकौंग के हिरण से मिल लूँ। पता नहीं, कब छलाँग मारते हुए अलोप हो जाए हमारा डुन्नूबाबू...!'

'चलो, मैं तो हांगकांग का हिरण ठहरा, पर 'गंज' के तुम दोनों बूढ़े बन्दर क्या कर रहे हो आजकल...? खुशिया...टुइयाँ, तुम लोग तो सचमुच बुढ़ा गए यार...समय से पहले ही...।' डेनिस ने मुस्कराते हुए कहा था।

'सूखे फूलों की महक भला क्या होगी? अब तुम अपने-आपसे तुलना मत करो डेनिस...। हमारे तो ऊपर बज्र, नीचे धरती। कहाँ तुम्हारा दाना-पानी और कहाँ हम गरीबों का दाना-पानी...! दाने से ही न देह है...डेनिस...।' टुइयाँ गंझू के चेहरे पर मलिन हँसी छाई थी।

'खैर, छोड़ो...और तुम लोगों के गाने-बजाने का क्या हाल है...? कितने दिन पर मिले हैं हम...! चलो, हो जाए एक...!' डेनिस के स्वर में मनुहार जैसी छलक थी।

'ऐसे नहीं, आज शाम मेरे घर आना होगा...। महुआ की चुस्की लिये तो कितने साल हो गए होंगे तुम्हें। आज शाम तुम्हारे लिए इन्तजाम रखूँगा डेनिस...। टुइयाँ, तुम भी रहना।' खुशिया ने चमक-भरी आँखों से कहा था।

'खुशिया, तुम्हें याद है, ताड़ के पेड़ों के पास उसके फल 'तड़कुन' के लिए हम सब कितना पागल बने रहते थे...? गाँव का थीरू पासी जब ताड़ के पेड़ से ताड़ी उतारने के लिए चढ़ने लगता, तो उससे 'तड़कुन' तोड़ लाने की हम लोग कितनी मिन्नतें करते थे...! और हल्के-भूरे छिलके में पानी से भरा थलथलाता छोटा-छोटा तड़कुन पाकर हम कितने खुश होते थे...!' शाम को आने की हामी भरते हुए डेनिस ने कहा, 'खुशिया! तड़कुन को लेकर तुम कोई एक गाना भी गाते थे!'

'ताड़ काटे...तड़कुन काटे
काटे रे तड़खाजा
ऊपर हाथी, नीचे घंटा
चकमक...चकमक राजा
राजा का दुलारा बेटा
खूब बजावे बाजा...
ताड़ काटे...तड़कुन काटे...।'

'तड़कुन-गान' लय में गाकर खुशिया पाहन ने खिलखिलाते हुए कहा, 'डेनिस, तुमको लेकिन बाबा आदम जमाने की बातें याद हैं।'

'और तुम्हारे घर के पिछवाड़े वाले जामुन के पेड़ का क्या हाल है? गजब का जामुन होता था।' डेनिस ने मुस्कराकर पूछा।

'अरे, याद है न...मुँह में नहीं अँटता था...इतना बड़ा...। सूख गया वह पेड़। पता नहीं, क्या बीमारी लग गई...!' खुशिया के स्वर में अफ़सोस छलक आया था।

सुनकर डेनिस को लगा कि इन बीते वर्षों में आनन्द के जाने कितने स्वाद सूख गए। जैसे मुँह में नहीं अँटनेवाला जामुन। स्मृतियों में खोए डेनिस ने कुछ यों कहा, जैसे सितारों से जगमग किसी बहुत पुरानी प्यारी चाँदनी रात को याद कर रहे हों, 'खुशिया, तुम्हें याद है मि. चाको डॉमनिक का आम का वह घना ऑर्चार्ड...? वो प्यारी अमराई...?'

हाँ, बाबा! उनकी लदबद अमराई के चलते ही तो 'गंज' में सब उन्हें 'मैंगो साहब' कहते थे...! कितने आनंद से वे सबसे हहाकर मिलते थे। तुम्हारे हांगकांग जाने के कुछ साल बाद ही वे यहाँ का सब कुछ बेच अपने एकलौते बेटे पेड्रो के पास परदेस चले गए। मैंगो साहब और मैंगो मेम की काफी उम्र भी हो गई थी।'

'और उनका वो मैंगो ऑर्चार्ड?' डेनिस के स्वर में मायूसी थी।

'सब सूख गया...।हजारीबाग के एक कारोबारी के हाथों अपना बँगला और अमराई... यहाँ का अपना सब कुछ एकदम जड़ से बेचकर वह चले गए।' खुशिया पाहन ने गहरी साँस लेकर कहा, 'याद है न डेनिस, आम के मौसम में वे अपनी अमराई में ही आमों की प्रदर्शनी लगाते थे?'

'पूरा याद है खुशिया...! मालदह, बंबई, कलकतिया, कृष्ण भोग, लंगड़ा, दशहरी, रतौल, चौसा, बॉम्बे ग्रीन और सफेदा से लेकर साउथ इंडिया...दक्षिण भारत के भी कई

आम—नीलम, मलगोवा, सुवर्णरेखा, पाइरी, बैगनपल्ली...क्या नहीं थे उनके बागान में...!' डेनिस मानो मि. चाको डॉमनिक की अमराई में पहुँच गए थे।

'इतना ही? अरे डेनिस, उनके बागान में फजली, गुलाबखास, जरदालू, हिमसागर, केसर और वनराज आम भी था। दो सौ से अधिक आम के पेड़ थे मैंगो साहब के बागान में।' खुशिया ने विभोर होकर कहा, 'और हर आम के जन्म की कहानी मैंगो साहब को मालूम थी।'

'बिलकुल...! अरे खुद मैंने उनसे कई कहानियाँ सुनीं...। आमों की दिलचस्प कहानी मैंगो अंकल से...।' डेनिस ने आम के रसीले अनुराग में डूबते हुए कहा, 'एक बार मैंगो अंकल मुझे चौसा आम के बारे में बताने लगे...। कहने लगे—'डेनिस...! चौसा इज़ द बॉस...! यू नो...यू.पी...उत्तरप्रदेश के हरदोई जिले में संडीला नाम की एक जगह है। संडीला के एक ताल्लुकेदार के बागान में एक बीजू आम के पेड़ के रूप में यह निकला और चपटे-अंडाकार इस रसीले आम ने अपनी मिठास से सबको पागल कर दिया। नॉर्थ इंडिया का यह स्पेशल आम है...।' आमों को लेकर वे ऐसे बहुत-से किस्से बताते थे खुशिया।'

'अरे भाई, वह अपने से आम के पौधों का कलम बन्धन करते थे। आम के मूलवृंत का रेशा-रेशा उन्हें मालूम था। 'गंज' के बहुत सारे आम के पेड़ मैंगो साहब के तैयार किये कलम के हैं।'

'मालूम है...मालूम है खुशिया...! फरवरी-मार्च से जून-जुलाई तक...यानी वसन्त से बारिश की बौछार के दिनों तक दीवाने बने रहते थे मैंगो अंकल। फरवरी-मार्च में... वसन्त के दिनों में आम के पेड़ मंजर और बौर से गदराने लगते हैं। पर अंकल बताते थे कि इसी समय भूरे रंग का कुटकी और भुनगा कीड़ा बौरों पर लगता है। फिर बौर सूखने लगते हैं। अंकल बौरों की हिफाजत के लिए क्या कुछ नहीं करते थे। और बारिश के दिनों में? ओ माइ गॉड! धीमी या चाहे तेज बारिश हो...वे छाता लगाए तरह-तरह के आमों की गुठलियों को बोते और पता नहीं क्या-क्या...वीनियर ग्राफ़्टिंग-क्लेफ़्ट ग्राफ़्टिंग के खयालों में गुम रहते। 'ग्राफ़्टिंग' शब्द भी मैंने डॉमनिक अंकल से ही सुना था खुशिया।'

'हाँ, भाई, आम की डालों के कलम बन्धन में साँकुर की शाख और मूलवृंत की मोटाई कितनी होनी चाहिए, इसके वे जादूगर थे। बढ़िया फल आने और आम के पेड़ों की अच्छी बढ़त रखने के लिए वे पानी में कुलतार मिलाकर पेड़ों के चारों तरफ डालते थे...। गोबर की खाद का तो अपने बागान में वे ढेर ही लगाये रखते थे। मैंगो साहब के बागान जैसा आम बागान 'गंज' के लिए अब सपना है डेनिस।' खुशिया पाहन ने उदासी से कहा।

डेनिस कुछ पल ख़ामोश रहे। सच है कि जीवन हमेशा मधुर नहीं रहता। उतार-चढ़ाव से हलकान जीवन की फटी जेब से ज़िन्दगी की मिठास रह-रहकर चू जाती है। पर मनुष्य हारता नहीं है। फिर नये स्वाद...नई मिठास और नये आनन्द की जुगत में जुट जाता है। ख़ुशियों के नये बागान लगाने की योजना बनाता है।

उस शाम डेनिस बहुत अर्से बाद खुशिया के घर गए थे। महामोद की संध्या थी वह। महुआ और खुशिया-टुइयाँ की जुगलबन्दी के कारण शाम सुहावनी हो उठी थी।

'अपना हौंगकौंग बाबू सात समुंदर पार से बगैर घरवाली के गाँव आया है, तो...।' टुइयाँ गंझू के स्वर में आवेगमय उल्लास था।

'तो क्या...?' और खुशिया पाहन की तान छिड़ गई थी :

'नदिया ऊ पार मोरा
सजनी के गाँव भला
जाबूँ कैसे रे...!
नदिया जे भइर गेल
जाबूँ कैसे...जाबूँ कैसे रे?'

[नदी के उस पार मेरी सजनी का गाँव है। मैं कैसे जाऊँ? नदी उफान पर है। मैं कैसे जाऊँ?]

सुर में उभ-चुभ कर रहा था खुशिया पाहन। महुआ में चिलकते टुइयाँ गंझू ने खुशिया के अलाप को पूरा किया :

'जिया के जलाय देल
निगोड़ी नदी रे...!
जाबूँ कैसे...?'

[मन को दुखी कर दिया, इस निगोड़ी नदी ने। मैं कैसे जाऊँ?]

सोंधी गन्ध से भर उठी थी वह शाम। साँझ में यह जंगली इलाक़ा एकदम श्याम रंग में आ जाता है। महुआ के नशे में थिरकते खुशिया पाहन ने कहा, 'चन्द्रमा को देखो तो हौंगकौंग बाबू...! कैसे आकाश में थलकमल की तरह खिला डोल रहा है...! ऐसा सुन्दर चन्द्रमा तुमको 'गंज' में ही मिलेगा...। अपने ही गाम-धाम में। इसलिए भले ही हौंगकौंग में रहो, पर यहाँ के घर को जरूर बचाकर रखो...। यह प्यार का पगहा[1] है। इसको मत तोड़ना।'

खुशिया की बात पर नशे में मस्त टुइयाँ गंझू फिर सुर में आ गया और झूमने लगा, 'स्वर्ण रूप की बनी द्वारिका...गोकुल की छवि नाहीं...।'

उस रात घर वापस लौटने पर देर तक...आधी रात तक डेनिस के कानों में खुशिया और टुइयाँ गंझू की आवाज़ गूँजती रही थी : 'गंज' के आकाश में खिला थलकमल... बस, यहीं...यहीं...।' गहरी रात की गजगज चाँदनी में जंगल खल-खल हँस रहा था। 'बस, यहीं...बस, यहीं...जो यहाँ है, वह कहीं नहीं...।'

डेनिस गाँव में जब तक रहे, हर शाम कारनी आंटी केक लेकर पहुँचती रहीं, 'तुम्हारे पापा से मैंने कहा था कि डेनिस आएगा, तो उसे रोज अपने हाथ का बेक किया केक खिलाऊँगी।' आंटी ने अपने साथ आए पन्द्रह-सोलह साल के एक लड़के से परिचय कराते हुए अनुराग-भरी मुस्कान के साथ कहा था, 'मेरे टी-स्टॉल का छटंकी मैनेजर...मजीद...।'

मजीद ने झुककर सलाम किया।

मजीद की पीठ थपथपाते हुए डेनिस ने मिसेज़ कारनी से कहा था, 'आंटी! मैंने पापा को लिखा था कि आंटी मुश्किल में रहती हैं...तो मैं कुछ...।'

डेनिस ने अपनी बात ख़त्म भी नहीं की थी कि मिसेज़ कारनी ने उनका हाथ अपने हाथ में लेकर दबा दिया, 'सन...प्लीज़, स्टॉप...प्लीज़, स्टॉप।' मिसेज़ कारनी का गला भर आया था। मजीद के कन्धे पर हाथ रखकर मिसेज़ कारनी चली गई थीं।

1. पशुओं को बाँधी जानेवाली रस्सी

डेनिस के मन में एक अजीब-सी बेचैनी घुमड़ रही थी—कहीं नाराज़ तो नहीं हो गईं आंटी? पापा ने भी अपने पत्र में मना किया था।

पर अगली शाम फिर अपने ताज़े केक के साथ आंटी मौजूद थीं। चलते समय बहुत अटकते हुए मुश्किल से ये अल्फ़ाज़ वे कह पाईं, 'सन! कल तुमने कहा न...मैं पा गई...। पर तुम्हारी आंटी गरीब नहीं...इतना पैसा है तुम्हारी आंटी के पास...।' आंटी ने पैसे की मात्रा बताने के लिए जब दो दिशाओं में हाथ फैलाए, तो उनके फ्रॉक में काँख के पास की मसक और फैल गई थी।

मिसेज़ मेरी डेविड की स्थिति पर भी डेनिस को बड़ा अफ़सोस हुआ था। अलस्सुबह एक दिन वे एक बड़े-से झोले में डंभा नींबू लिये पहुँचीं, 'अपने कैम्पस का है। हांगकांग में ऐसा नींबू नहीं मिलेगा डेनिस। लीज़ा के लिए लेते जाना। वो लाइक़ करेगी गाँव का नींबू...।'

एक जमाने में छप्पन-छुरी रही मेरी को अभाव ने असमय बुढ़ापे में ढकेल दिया था। डेनिस ने ग़ौर किया, मेरी के पाँवों में कछुए जैसी घिसट थी...। अनगिनत पुरानी स्मृतियाँ व्याप गई थीं डेनिस को। क्या सनसनी मची थी बरसों-बरस पहले जब मेरी ने रामसेवक जी से शादी की थी...। वन-मंजरी थीं मेरी...और अब वही मिसेज़ मेरी डेविड...? डेनिस को लग रहा था, एक लम्बे नाटक की दर्शकदीर्घा में वे बैठे हैं।

एक शाम किट्टी आई थी...। शुरू में पहले दिन लोगों की जमघट में तो वे उसे पहचान ही नहीं सके थे। एकदम उजड़ी-उपटी किट्टी! तब मिसेज़ थ्रिपथॉप ने उनसे कहा था, 'क्या डेनिस! भूल गए हो अपनी दोस्त को? यह तुम्हारी किट्टी है।'

हांगकांग वापस जाने के पहले वे कुछेक बार गए थे किट्टी के घर...। किट्टी के बेटे बबलू और तीनों बेटियों सिल्विया, इवलिन और लिंडा से मिले थे...। सिल्विया... एकदम किट्टी...! नीले आसमानी फ्रॉक और लाल रिबन में बँधे बाल। किट्टी लगातार चुप-चुप रही थी।

इन आठ-दस दिनों के अन्दर डेनिस ने कई बार कोशिश की थी कि किट्टी को कुरेदें। किट्टी के भीतर कहीं कुछ जो सख़्त होकर जम गया है, वह पिघलकर बहे, पर किट्टी एक उदास-फीकी हँसी के संग अपने को समेटे रह गई थी। बस, एक बार उसने उचटती निगाह डेनिस पर डालकर पूछा था, 'यहाँ का अपना घर तो अब तुम बेच ही दोगे...?'

डेनिस से कोई सीधा जवाब देते हुए नहीं बन पड़ा था। अटकते हुए उन्होंने कहा था, 'देखो, क्या होता है!'

कोटर में धँसी अपनी नीली आँखों से उन्हें गहरे बेधते हुए किट्टी ने कहा था, 'देखना क्या है...ज्यादातर एंग्लो-इंडियन लोग माँ-बाप के मरते ही यहाँ का घर बेच-खोंचकर चले गए...तुम भी बेचोगे ही...।'

डेनिस ने महसूस किया, किट्टी के स्वर में तीखी आक्रामकता थी। उसने सहसा चेहरे पर बिखर आए अपने गन्दुमी सुनहले बालों को कसकर पीछे लपेट लिया और उठते हुए बोली थी, 'अच्छा, डेनिस...।' और विदा हो गई थी।

क्या कह गई किट्टी...? यहाँ आए दो-चार दिन ज्यों-ज्यों बीते थे, डेनिस के मन में यह बात तो दबे पाँव आती ही रही थी कि घर में ताला मारकर हांगकांग चले जाने से कैसे चलेगा? बग़ैर देखरेख के तो घर एक दिन भूत बँगला बन जाएगा। घर को ताला

मारकर जाना कोरी भावुकता होगी...। वैसे, डेनिस से मिलने आनेवाले लोगों ने कभी यह सवाल नहीं किया था, सिर्फ़ एक किट्टी को छोड़कर कि क्या करेंगे डेनिस अब अपने घर का? हालाँकि, बिना कहे भी यह बात मैकलुस्कीगंज के लोगों के मन में सबसे ऊपर थी। पर किसी को डेनिस से यह पूछना ठीक नहीं लग रहा था। किट्टी की बात अलग थी। वह फक्कड़, अपने संघर्ष और तबाही में मस्त औरत औपचारिकता जैसी बातों में कोई यक़ीन नहीं करती थी और न कभी यह फ़िक्र करनेवाली स्त्री थी वह कि ऐसा कहने पर कोई क्या सोचेगा। इसलिए उसने यह तल्ख़ बात सीधे-सीधे डेनिस से कह दी थी।

पर मैकलुस्कीगंज के अन्य लोग चाहे वे मि. मेंडेज़ हों, या मिसेज़ थ्रिपथॉप या मिस बॉनर सरीखी अभिभावक स्वरूप महिला—सब संकोच में थे कि यह पूछना क्या ठीक होगा? मिसेज़ थ्रिपथॉप ने तो पहले ही कहा था, 'डेनिस से यह सवाल पूछने का मतलब होगा कि हम यह चाहते हैं कि इस गाँव का एक पुराना परिवार अपने अस्तित्व की बेशकीमती निशानी...अपने पुश्तैनी घर को बेचकर चला जाए। अगर घर बेचने का आइडिया उसका नहीं भी होगा, तो ऐसा सवाल पूछकर क्या हम उसे उकसाने का अपराध नहीं कर बैठेंगे कि वह सोचने लगे कि हाँ, लोग भी पूछ ही रहे हैं...तो घर बेचा जा सकता है...।'

डेनिस के मन को यही बात परेशान करती रही थी कि क्यों नहीं कोई पूछ रहा है कि अब वे क्या करेंगे? अपने घर को किसके हवाले छोड़ उतनी दूर...उस दूर देश के शहर हांगकांग के लिए प्रस्थान कर जाएँगे...? डेनिस को, बल्कि हल्की-सी झुंझलाहट हुई थी। पर मैकलुस्कीगंज के लोग जैसे शपथ लिये बैठे थे, नहीं पूछेंगे कि डेनिस अपने पिता मि. ब्रायन मैगावन के निधन के बाद अब क्या करेंगे अपने घर का! हालाँकि, लोग-बाग उनसे नियमित उनके घर पर पूरी अन्तरंगता से आकर मिलते रहे थे। उतने दिनों में डेनिस को वहाँ कभी खाने-पीने की तो कोई फ़िक्र ही नहीं करनी पड़ी थी। उल्टे वह अपने व्यस्त कार्यक्रम से परेशान रहे थे। आज मि. मेंडेज़ के यहाँ सुबह का नाश्ता...। दोपहर का भोजन मिस बॉनर के घर पर...। रात का भोजन मिसेज़ ऐलिस टॉमलिन के यहाँ...। आमंत्रण ही आमंत्रण...।

एक दिन सुबह ही सुबह किट्टी ने भी आकर कहा था, 'डेनिस, कल ब्रेक-फ़ास्ट मेरे यहाँ। जो कुछ रूखा-सूखा...फिर भी...।'

डेनिस ने कहा, 'रूखा-सूखा...? क्या कहती हो तुम किट्टी...? तुम्हारे यहाँ जो मिलेगा, वह बेशक अच्छा होगा...। याद है किट्टी, बचपन में आंटी...तुम्हारी मम्मी कितना अच्छा-अच्छा केक देती थीं हमें...? हर दिन कुछ-न-कुछ...। वह प्यारी दुनिया कितनी जल्दी बीत गई किट्टी!'

किट्टी सिर झुकाये सुनती रही थी।

डेनिस ने ग़ौर किया था, वह सहसा असहज होने लगी। अपने बिखरे रूखे बालों को रह-रहकर समेटने लगी थी। सिर झुकाए हुए ही अस्फुट स्वर में वह बुदबुदाई थी, 'तो ठीक है डेनिस, कल सुबह...।'

किट्टी के जाने के बाद डेनिस देर तक सोच में डूबे रहे थे—ठीक नहीं किया उन्होंने, पुरानी यादों को छेड़कर...। शायद किट्टी अब पुरानी स्मृतियों में नहीं लौटना

चाहती...। मि. मेंडेज़ ने उसी दौरान एक दिन बताया था, 'दिन भर स्टेशन पर फल बेचती है किट्टी...। पूरे कुनबे को अकेले चलाती है...। इसका पति रमेश मुंडा अब इससे कोई खास ताल्लुक नहीं रखता...। किट्टी जूझती रहती है जिन्दगी से...लेकिन पुरानी यादों की हूक से वह अभी तक उबर नहीं सकी है। मैकलुस्कीगंज गाँव के हर हिस्से में वह जाती है, पर डेनिस, वर्षों से किट्टी ने अपने पुश्तैनी मकान की तरफ कभी भूले से रुख नहीं किया है, मानो वह हिस्सा उसके लिए इस गाँव का एक प्रोहिबिटेड एरिया... वर्जित क्षेत्र हो! शायद वह अपने उस घर को नहीं देखना चाहती, जो कभी उसका अपना था...। जहाँ अपने पापा-मम्मी के साथ सुख की छाँव में उसका बचपन बीता था...। किशोरावस्था बीती थी।...डेनिस, कोई बाजी लगा ले, लाख कहने पर भी किट्टी उस तरफ नहीं जाएगी...।'

किट्टी का घर? पर डेनिस क्या करेंगे...? अपने घर का डेनिस क्या करेंगे...? उन आठ-दस दिनों में देर रात गए तक छत की तरफ़ टकटकी लगाये सोचते रहे थे वह। और एक सुबह वह मिसेज़ थ्रिपथॉप के पास गए थे। बचपन से मिसेज़ थ्रिपथॉप डेनिस को बहुत स्नेह करती रही थीं—बिलकुल माँ का-सा निर्मल सहज प्यार...। पहले मिसेज़ थ्रिपथॉप का गाँव में एक बड़ा-सा घर था। पर बाद में आर्थिक संकट के कड़े दौर में मिसेज़ थ्रिपथॉप को अपना वह ख़ूबसूरत-सा बँगलानुमा घर बेचना पड़ा था...। वे एक छोटा-सा घर लेकर रहने लगी थीं। कुछ समय तक 'गंज' में राशन की दुकान भी उन्होंने इसी आर्थिक बदहाली के दौर में चलाई। ईश्वर ने विपत्ति का पहाड़ बुढ़ापे में तोड़ दिया था उन पर। सबसे पहले तो उनकी बेटी जूडी के पति का निधन हो गया और उसके बाद उनके पति मि. अर्थर जॉन थ्रिपथॉप गुज़र गए थे। मि. जॉन थ्रिपथॉप रेल के एक अवकाश-प्राप्त अधिकारी थे। मि. जॉन थ्रिपथॉप के निधन के बाद उनका बेटा क्रिस्टोफ़र...। भरी जवानी में उसकी भी मौत हो गई। हँसमुख मिसेज़ थ्रिपथॉप के घर से अरसे तक हँसी गायब रही थी।

पर ईश्वर दुःख देता है तो जीने का साहस भी। यही जिजीविषा है, इनसान के जीवन का आधार...। मिसेज़ थ्रिपथॉप की बेटी जूडी, जो अपने दोनों बेटों सहित उनके पास रहती रही थी, ने बहुत हौसला दिया था बुढ़ापे में, माँ को। किसी तरह जूडी और उनके बच्चों के सहारे मिसेज़ थ्रिपथॉप ने जी कड़ा कर बिखरे घर को बटोरा था। फिर पूरे गाँव के दुःख-सुख से उन्होंने ख़ुद को जोड़ लिया। 'मैकलुस्कीगंज एंग्लो-इंडियन एसोसिएशन' को दम तोड़ने से उन्होंने ही बचाए रखा।

डेनिस को घर आया देख वे आह्लादित हो उठी थीं, 'अरे बेटे...आओ...! जूडी... जूडी, देखो, कौन आया है! कुछ चाय-वाय भिजवाओ डेनिस के लिए।'

डेनिस थोड़ी देर तक बहुत ऊहापोह में रहे थे—कैसे कहें वह...? किन शब्दों में अपनी बात रखें मिसेज़ थ्रिपथॉप के सामने...?

मिसेज़ थ्रिपथॉप आदतन गाँव की विभिन्न समस्याओं को लेकर शुरू हो गई थीं। इस बीच अपने घर के भीतर जाकर वे एक मोटी-सी पुरानी लाल फ़ाइल भी ले आई थीं और एक-एक पत्राचार डेनिस को दिखाने लगी थीं कि कब-कब और कैसे उन्होंने गाँव की समस्याओं को लेकर प्रशासनिक स्तर पर पत्राचार किया है, 'डेनिस! ठीक कहते हैं

कि सात बार गिरो लेकिन आठ बार उठो। मैं हर काम सिलसिलेवार करती हूँ। चावल से पहले मैं नमक नहीं खाती।'

डेनिस चुपचाप मिसेज़ थ्रिपथॉप से 'गंज-पुराण' सुनते रहे और उनकी फ़ाइल के उन पीले पड़ चुके पत्रों को देखते रहे थे। पर भीतर से वह बुरी तरह विचलित थे—कैसे, किन शब्दों के ज़रिये वह कहें...अपनी बात...?

इसी बीच जूडी चाय लेकर आ गई थी...। काफ़ी देर हो गई थी अब तक...। मिसेज़ थ्रिपथॉप गाँव की समस्याओं की उस प्राचीन फ़ाइल से उबरी नहीं थीं।

आख़िरकार, डेनिस ने उठते हुए कहा था, 'आंटी, आपसे एक जरूरी बात करनी थी...एक मशविरा लेना था।'

मिसेज़ थ्रिपथॉप ने उन्हें भरपूर नज़रों से देखा था, 'हाँ, हाँ, कहो बेटे, क्या बात है...?'

डेनिस ने अटकते हुए अपनी बात किसी तरह पूरी की थी, 'आंटी, मैं तो अब हांगकांग चला जाऊँगा, पर यहाँ के घर का क्या करूँ...? किसके जिम्मे छोड़ जाऊँ?'

डेनिस को ख़ुद साहस नहीं हो रहा था कि एकबारगी कह दें कि वह मकान बेचना चाहते हैं। वह दूसरे के मुँह से यह प्रस्ताव सुनना चाहते थे, नेक सलाह के रूप में।

मिसेज़ थ्रिपथॉप ने उनकी आँखों में गहरे देखते हुए कहा था, 'क्यों बेटे, बेचना चाहते हो घर...? इससे फायदा होगा तुम्हें? ईश्वर की कृपा से तुमने अपने दम पर परदेस में अपनी दुनिया अच्छे-खासे ढंग से बसा ली...। अपने गाँव के मौरूसी घर को बेचकर कितने रुपये मिलेंगे तुमको—दो लाख...चार लाख...यही न...? पर बेटे, तुम अपने पापा-मम्मी की निशानी खो दोगे...? घर गँवा दोगे? अपना रूट? हांगकांग में भी, बड़ा भरोसा रहेगा इस एक छोटे से घर का, कि अपना एक गाँव है...वहाँ घर है अपना...। फिर तुम नहीं...क्या पता, कल तुम्हारे बेटे या तुम्हारे पोते का कभी जी कर जाए गाँव में आकर रहने का...। कल की कौन जानता है...?'

डेनिस से इसके बाद कुछ कहते नहीं बन पड़ा था। उन्हें लग गया था, मैकलुस्कीगंज में अपनी तरफ़ से कोई नहीं कहेगा कि वह अपना घर बेचें...। किट्टी की तल्ख आवाज़ रह-रहकर उनके कानों में गूँज रही थी—तुम भी घर बेच ही दोगे...। कई एंग्लो-इंडियन यहाँ से अपना घर बेचकर चले गए...और तुम भी यही करोगे।—उस टैक्सी ड्राइवर की बातें भी रह-रहकर मन में बजती रही थीं—हाँ, मैकलुस्कीगंज से एंग्लो-इंडियन तो लगभग उजड़ते ही जा रहे हैं। ज्यादा लोग विदेश चले गए। अब पन्द्रह-बीस घर बचे होंगे। पर यह अच्छा नहीं हुआ...।

डेनिस को लगा था, ऐसा क्यों हो रहा है उनके साथ? हांगकांग में उनके सभी दोस्त उनकी निर्णय-क्षमता को लेकर दाद देते रहे थे। कैसा भी विकट मसला हो...अपना दिमाग़ निर्णय लेने में तर्क-वितर्क में बँटा हो तो...डेनिस को बताओ...वह मिनटों में सुलझा देगा—कहते थे फ्रांसिस और विक्टर। पर यहाँ आकर डेनिस को क्या हो गया था? क्यों नहीं घर को लेकर वह कोई निर्णय ले पा रहे थे? रह-रहकर वह घर के एक-एक कमरे में घुमड़ते और परेशान होते रहे थे...! पापा-मम्मी की दीवार से टँगी तसवीर...। अपने बचपन की तसवीर...। भारी-भरकम पुराने डिज़ाइन का पलंग...! सखुआ की लकड़ी का यह पलंग मम्मी ने कभी बड़े शौक़ से बनवाया था...।

उन रातों में डेनिस ठीक से सो नहीं सके थे। एक विचित्र-सी, गहरी भूरी डरावनी बेचैनी उनके भीतर चक्रवात की तरह घुमड़ती रही थी। वह जान चुके थे, मैकलुस्कीगंज के लोग घर बेचने के मसले पर अन्त तक अपना-अपना मुँह सिये ही रहेंगे। पर एकबारगी इन आठ-दस दिनों की यंत्रणा के बाद वह नतीजे पर पहुँच गए थे—लीज़ा? हाँ, राँची जाकर लीज़ा से हांगकांग फ़ोन मिलाकर बात करेंगे वह...। लीज़ा ही बग़ैर किसी भावुकता के, परिस्थितियों के मद्देनज़र कोई सटीक-सही निर्णय ले सकती है। वह ख़ुद अभी गहरी भावुकता में हैं। मैकलुस्कीगंज का मोह उन्हें किसी निर्णय पर पहुँचने नहीं देगा। ऐसा सोचते हुए उनके मन के कोने में एक विश्वास धड़क रहा था—लीज़ा कह देगी घर के बारे में... घर की बिक्री के बारे में...। ऐसे नाज़ुक क्षणों में उसका दिमाग़ कभी विचलित नहीं होता।

अगले दिन सुबह घर में ताला मारकर वे बस से राँची निकल गए थे। जाते हुए मि. मेंडेज़ से कह गए थे, 'राँची जा रहा हूँ। लीज़ा से फ़ोन पर बात करनी है। शाम तक आ जाऊँगा...।'

और राँची पहुँचकर उन्होंने लीजा से फ़ोन पर बात की थी। लीज़ा ने व्यग्र होकर पूछा था, 'कब आ रहे हो डेनिस? क्या अब वहीं हमेशा के लिए रह जाने का इरादा है? यहाँ प्रेस के काम में मुश्किल हो रही है। रॉबिन अलग खोया-खोया रहता है। मैकलुस्कीगंज जाते-जाते रह गया, इस दुःख से वह अभी तक निकल नहीं पाया है।'

पर डेनिस ने कहा था, 'लीज़ा, मेरी बात सुनो। मैं तो आज और अभी चला आऊँ, पर गाँव के घर का क्या करूँ? अब घर को कौन देखेगा? मैं कई दिनों से परेशान हूँ लीज़ा।'

लीज़ा को निर्णय सुनाने में एक पल का भी विलम्ब नहीं हुआ था। जैसे वह इस बारे में पहले से निर्णय करके बैठी हुई थीं, 'करना क्या है डेनिस...! यही उलझने की बीमारी है तुम्हारी...। कहती हूँ तो बुरा लग जाता है...। वहाँ घर को कौन देखनेवाला रह गया है, जो घर को यों ही छोड़कर रखा जाए...? कोई मतलब नहीं है इसका...कोई सेंस नहीं। तो क्या तुम इसी चक्कर में वहाँ अटके हुए हो? ओफ़, माय गॉड...! मैन, प्रोफ़ेशनल बनो, इमोशनल नहीं...! जल्दी निपटाओ यार...! हाँ, गाँव में हर किसी से इस बारे में सलाह-मशविरा मत करने लगना...। सब भावुकता की बातें करेंगे। कहेंगे, एंग्लो-इंडियंस का गाँव इसी तरह खत्म हो जाएगा...। पर क्या एक हमीं लोगों ने गाँव बचाने का ठेका ले रखा है...? वैसे भी उस जगह की किस्मत सो चुकी है मैन।'

फ़ोन रखकर डेनिस को लगा था, लीज़ा ने छिलका छुड़ाकर कठोर वास्तविकता उनकी हथेली पर रख दी है। उन्हें भावुकता के कुएँ से ऊपर खींच लिया है।

लीज़ा से बात करने के बाद मैकलुस्कीगंज लौटने के लिए डेनिस ने टैक्सी ले ली थी। कोई बस उधर उस समय जानेवाली नहीं थी। फिर बस से चलने की आदत भी छूट गई थी उनकी। सुबह मैकलुस्कीगंज से बस पर राँची तक आने में ही वह परेशान हो गए थे।

टैक्सी अपनी रफ़्तार में थी।...जंगली-बंचर हवा की तेज़ सरसराहट उनके कानों को छू रही थी। सड़क किनारे लगे वृक्षों के पत्ते हवा के साथ मिलकर डोल रहे थे। पर डेनिस टैक्सी की खिड़की के बाहर के उन मनोहारी दृश्यों को देख नहीं पा रहे थे...। खिड़की से होकर भीतर आती हवा की सरसराहट भी आज उन्हें बहुत सहज नहीं लग रही थी। लग रहा था, मानो यह नम-उदास हवा उनका पीछा कर रही हो...! सड़क किनारे लगे वृक्षों

के हिलते पत्ते अपनी छाती पीट रहे हों—देखो...देखो, भाग रहा है यह लड़का...! अपने घर को बेचने का फैसला लेकर जा रहा है यह...! अरे, कोई है?...नहीं, कोई रोक नहीं सकते इसे।—अचानक डेनिस ने हड़बड़ाकर खिड़की के शीशे को दोनों तरफ़ चढ़ाकर बन्द कर दिया था और सीट की पीठ पर सिर टिकाकर निढाल पड़ गए थे।

शाम गहरा गई थी। टैक्सी घर पर आ लगी थी। डेनिस ने धीरे से टैक्सी का गेट खोला और किराये के पैसे ड्राइवर को चुकाकर गेट की तरफ़ बढ़े थे। उन्होंने महसूस किया था, जैसे उनके पाँव से कोई भारी वज़नी चीज़ बँध गई हो! नौ-दस दिन पहले जब वह इसी गेट पर टैक्सी से उतरे थे, तो बच्चों की तरह उनके पाँव हल्के थे, पर अभी क्या हो गया था? उस गहरी शाम में डूबा-घुला अपना घर उन्हें बहुत-बहुत उदास लगा था।

अपना घर? हाँ, अभी तक तो डेनिस का यह अपना ही घर था। रात भर नींद नहीं आई थी...। घर के दरवाज़े-खिड़कियाँ खुले थे...। रात के घने सन्नाटे में सखुआ वृक्षों के पत्तों की झरझराहट एक अजीब-सी सिहरन पैदा कर रही थी—एक आशंकित...क्षुब्ध सिहरन...। दूर जंगली झाड़ियों के बीच से कभी-कभार वन्य जीवों की आवाज़ें भी गूँजती रही थीं। आधी रात हो चुकी थी। तीखी चाँदनी थी। दरअसल, सावन-भादों की धूप और चाँदनी दोनों तीखी। मैकलुस्कीगंज चाँदनी में बेसुध सोया हुआ था। पर एक डेनिस थे, जो लाख यत्न के बावजूद सो नहीं पा रहे थे। उन्हें चाट्टी की याद आई...। ओह, चाट्टी! उन्हें लगा, चाट्टी नदी का जल कैसे अभी इस अनुपम चाँदनी का मुख देख रहा होगा—निर्निमेष...मुग्ध...अपलक! चाट्टी के इर्द-गिर्द के ताड़ वृक्षों के कड़े नुकीले पत्ते चाँदनी को कैसे आहिस्ता-आहिस्ता...चाट्टी के शान्त स्थिर जल में अभी ऊपर से उड़ेल रहे होंगे...!

इन दस-ग्यारह दिनों के प्रवास में वह सभी जगह गए, पर चाट्टी की तरफ़ नहीं जा सके। चाट्टी के पास रहनेवाले अपने बचपन के दोस्त बहादुर उराँव से नहीं मिल सके। नींद नहीं आ रही थी। जी में आया, अभी निकल पड़ें इसी आधी रात को चाट्टी की तरफ़...। वहीं बैठें जाकर...। फिर कभी क्या ऐसा क्षण आएगा उनके जीवन में...? चाट्टी का रास्ता हू-ब-हू याद था उनको। इस आधी रात में भी डेनिस आँख पर पट्टी बाँधकर पहुँच सकते थे, चाट्टी की कछार पर। रेलवे लाइन की पटरी को पकड़े-पकड़े पश्चिम की तरफ़ बढ़ते जाइए, तो छोटी-सी नदी है यह।

रात होने के बावजूद कहीं कोई भय की गुंजाइश नहीं थी। बीच जंगल में बसे इस गाँव में कभी कोई भय नहीं रहा। दरवाज़ा भेड़कर, घर में ताला मारकर डेनिस निकलने को हुए, पर जाने क्या सोचकर उन्होंने ताला खोलकर फिर रख दिया था। अब कल सुबह जाएँगे वहाँ। ओह, लीज़ा, तुम्हारी सखी...चाट्टी...! उन्हें याद है, अपनी शादी के बाद लीज़ा के संग जाने कितनी ख़ुशनुमा शामें चाट्टी के किनारे यूँ ही देर तक बैठकर उन्होंने गुज़ारी थीं। पर सहसा लीज़ा के दोपहर को कहे वे शब्द उनके मन पर ज़ोरों से हथौड़े की तरह बजने लगे थे।

डेनिस देर तक रुई की मानिन्द ख़यालों को धुनते रहे थे। लीज़ा मैकलुस्कीगंज से नफ़रत करती थीं, ऐसा नहीं था। पर वह उनकी तरह संवेदनशीलता से मैकलुस्कीगंज को लेकर कभी विह्वल-विचलित नहीं होती थीं। ऐसा भला क्यों था? औरतें तो पुरुषों

से ज़्यादा भावुक और संवेदनशील मानी जाती हैं। फिर इस निर्णय के पीछे क्या था? डेनिस आख़िरकार इस नतीज़े पर पहुँचे थे कि औरतें भावुकता और संवेदनशीलता को एक तार्किकता के साथ अपने अन्दर बेहद नफ़ासत से निभाती हैं, जबकि पुरुष भावुकता में तार्किकता को लगभग खो बैठते हैं। विरले पुरुष ही स्त्रियों की तरह दो-टूक होते हैं। शायद यह भी एक वज़ह है कि आम तौर से घरों में अपने बच्चों के साथ पिता के बजाय माँएँ ज़्यादा सख़्त होती हैं—कम-से-कम इस मायने में तो ज़रूर, कि उनके बच्चे शिष्ट व अनुशासित रहें और पढ़ाई-लिखाई में हरगिज़ न पिछड़ें।

डेनिस जानते थे, लीज़ा उनसे कहीं बेहतर दुनियादारी समझती हैं। अगर लीज़ा न होतीं, तो आज तक वह मैकलुस्कीगंज में ही पड़े रहते। स्त्रियाँ बचपन से ही व्यावहारिक होती हैं। सुव्यवस्थित ढंग से जीने का अभ्यास वह गर्भ से लेकर आती हैं। लड़के और लड़कियों में यही फ़र्क है। डेनिस को याद था, जब वह बचपन में स्कूल से घर आते थे, तो आते ही स्कूल बैग यहाँ फेंका...जूते वहाँ उतारकर फेंके...मोजे उधर डाल दिये...और मम्मी झींकती रहती थीं, 'परेशान कर देता है यह लड़का स्कूल से आते ही...। चन्द मिनटों में सारा घर तबाह करके रख देता है।' पर वहीं किट्टी की मम्मी टेक्सेरा आंटी मम्मी से कहा करती थीं, 'मिसेज़ मैगावन! अभी से इसी उम्र में बड़ी जिम्मेदार है किट्टी...। छोटी है, पर एक चीज इधर से उधर नहीं करती। कपड़े जहाँ रखे जाते हैं, वहीं कायदे से रख देगी...जूता स्टैंड पर जूते...।' मम्मी सुनकर कहती थीं, 'एक मेरे साहबजादे हैं...। बड़ा होगा, तो इसकी इन अफलातूनी आदतों से इसकी बीवी परेशान रहेगी और मुझे गालियाँ देगी कि कैसी इसकी माँ थी, अपने बेटे को बिगाड़कर रख दिया...।' पर डेनिस तो देखते थे, रॉबिन की भी कुछ ऐसी ही आदत थी और लीज़ा परेशान रहती थीं। अभी तक रॉबिन कॉलेज जाने के पहले नहाकर निकलने के बाद भीगा तौलिया बिस्तर पर फेंकता...कपड़े निकालने के क्रम में अलमारी के सारे कपड़ों को अस्त-व्यस्त कर देता। और लीज़ा खीजती रहती थीं—ठीक मम्मी की तरह, 'इसकी आदत से इसकी बीवी तबाह रहेगी और मुझे गालियाँ देगी कि कैसी माँ थी इसकी...अपने बेटे को बिगाड़ कर रख दिया।'

लीज़ा जब रॉबिन को लेकर झींकती थीं, तो डेनिस मुस्कराते हुए कनखियों से लीज़ा को देखते रहते थे। उन्हें लगता था, यह मम्मी बोल रही हैं। और लीज़ा बस डेनिस पर चढ़ बैठती थीं, 'हँसते क्या हो, तुम पर ही तो गया है...! शादी के बाद जब मैं मैकलुस्कीगंज आई थी, तो मुझे पता चला था बचपन की तुम्हारी हरकतों के बारे में।' डेनिस पुलकित हो मन्द-मन्द मुस्कराते हुए बस सुनते रहते थे।

डेनिस को बरबस याद आ जातीं वे सारी बातें—कैसे लीज़ा ब्याह कर आई थीं मैकलुस्कीगंज...। सेंट्रल कलकत्ता के 'बऊ बैरक्स' में लीज़ा का परिवार रहता था। कलकत्ता के इस इलाक़े में काफ़ी एंग्लो-इंडियन बसे हुए हैं। लीज़ा के पिता मि. क्लाइव का कलकत्ता में गारमेंट्स का ठीक-ठाक व्यवसाय था। कलकत्ता से मैकलुस्कीगंज का सम्पर्क रेल मार्ग से तो अरसे से बना ही हुआ था। लीज़ा के पापा-मम्मी कभी-कभार छुट्टियों में चेंज के लिए ट्रेन से मैकलुस्कीगंज आते रहते थे। डेनिस के पिता मि. ब्रायन मैगावन से उन्हीं दिनों लीज़ा के पिता मि. क्लाइव की मैकलुस्कीगंज में मुलाक़ात हुई थी। परिचय गाढ़ा हुआ था। शादी के पहले कुछेक बार डेनिस ने लीज़ा को उन्हीं यात्राओं

के दौरान देखा था। कलकत्ता में पली-बढ़ी लीज़ा...। महानगरीय जीवन में बनी-सँवरी लीज़ा...। डेनिस की शादी लीज़ा से बात-बात में पक्की हो गई थी। इसलिए मौज़ के क्षणों में डेनिस कहते थे, 'लीज़ा, तुमसे मेरा एरेंज्ड मैरेज़ नहीं, लव मैरेज़ हुआ था। हम विवाह के पहले कई बार मिल चुके थे।' लीज़ा तब बिहँसकर रह जाती थीं।

डेनिस कभी याद करते थे उस समय को, जब उनका विवाह सेंट्रल कलकत्ता के एक चर्च में हुआ था। इसी इलाक़े में बऊ बाजार पुलिस स्टेशन के ठीक पीछे प्रथम विश्वयुद्ध के ज़माने का बना 'बऊ बैरक्स' था, जिसके एक फ़्लैट में लीज़ा के माता-पिता रहते थे। सेंट्रल एवेन्यू के एक पतले-से लेन में छह ब्लॉक्स यानी खंडों में लाल सुर्ख़ ईंटों की बदरंग जीर्ण-शीर्ण तिमंज़िला इमारतें थीं, वक़्त ने जिसकी बड़ी-बड़ी खिड़कियों के हरे रंग को भी बहुत फ़ीका कर दिया था। प्रथम विश्वयुद्ध के समय अमेरिकी सैनिकों के लिए यह बैरक बनाया गया था और युद्ध के बाद जब अमेरिकी सैनिक वापस जाने लगे, तो वे अपनी सेवा-बानगी में जुटे रहे एंग्लो इंडियन परिवारों को बैरक के अधिकांश फ़्लैट हवाले करते गए। 'बऊ बैरक्स' के अपने मीठे बचपन को याद कर लीज़ा हमेशा विभोर हो उठती थीं। डेनिस याद करते हुए कहते, 'लीज़ा! तुम्हारी मॉम रेलवे मटन करी...लैम्ब पोटैटो चॉप्स और लैम्ब बॉल करी—क्या गजब बनाती थीं' बस, फिर क्या था...लीज़ा कलकत्ता की दमक और कौंध की परिक्रमा शुरू कर देतीं। मसलन 'बऊ बैरक्स' के एंग्लो-इंडियंस...सन यात सेन स्ट्रीट के चाइनीज...कैनिंग स्ट्रीट में रहनेवाले पुर्तगीज़... और पॉलक स्ट्रीट के यहूदी लोगों की सिफ़त।

डेनिस मैकलुस्कीगंज में रहने के दौरान सोचते थे—गाँव के जीवन के प्रति उनके और लीज़ा की सोच में इतना अन्तर क्यों है? और इसके पीछे उन्हें एकमात्र कारण लगता था, लीज़ा की महानगरवाली पृष्ठभूमि...। लीज़ा कलकत्ता सरीखे महानगर में पली-बढ़ी एक लड़की थी और वह थे ठेठ गाँव में पले-बढ़े। इसलिए लीज़ा गाँव के जीवन को मात्र चेंजर की तरह पसन्द करती रहीं। गाँव लीज़ा को कभी बुरा नहीं लगा, पर अन्ततः उनकी महानगरीय मानसिकता ने उन्हें कभी गाँव को चाहने नहीं दिया था। पर डेनिस...? देहाती डेनिस तो अपने गाँव को जी भरकर सदैव चाहते रहे थे।

वह रात किसी तरह कटी थी। सुबह जी कड़ा करके डेनिस मि. मेंडेज़ के पास गए थे। उन्हें आया देख शायद मि. मेंडेज़ भाँप गए थे, पर अपनी तरफ़ से उन्होंने कुछ नहीं कहा था। बिना किसी भूमिका के डेनिस ने कहा था, 'मैं यहाँ का अपना घर बेचना चाहता हूँ...। आप कहीं बात करवा दीजिए।'

मि. मेंडेज़ जैसे डेनिस से यह सुनने के लिए तैयार बैठे थे। और मि. मेंडेज़ क्या, भीतर-भीतर मैकलुस्कीगंज के सभी एंग्लो-इंडियन परिवार के लोग यह समझ चुके थे कि एंग्लो-इंडियन बिरादरी का एक और मकान इस सप्ताह बिकनेवाला है। मि. मेंडेज़ ने कोई तर्क-वितर्क नहीं किया और बोले, 'राँची के एक बिज़नेस मैन मि. घनश्याम अग्रवाल बहुत दिनों से यहाँ मकान लेना चाह रहे हैं। बतौर अपना रेस्ट हाउस वे इसे रखेंगे। पैसा भी ठीक-ठाक मिल जाएगा। मैं कल बात कर लेता हूँ राँची जाकर...।'

थोड़ी ही देर में पूरे गाँव में यह बात फैल गई थी कि डेनिस ने घर बेचने का फ़ैसला कर लिया है। ज़्यादातर लोगों ने कन्धे उचकाकर बिना कोई टिप्पणी किये यह भाव ज़ाहिर

किया कि यह तो जानते ही थे। यह कौन-सी नई बात? ऐसा नहीं होता, तब ही आश्चर्य की बात होती। बहरहाल, डेनिस को अपने साथ ले मि. मेंडेज़ अगले दिन राँची गए थे। चलते वक़्त मि. मेंडेज़ ने कहा था, 'जमीन-मकान का जरूरी कागज-पत्तर तो ले लो साथ में।'

डेनिस चौंके थे, यह तो ख़याल ही नहीं आया था। उन्होंने पापा की पुरानी अलमारी को खोला था। घर के काग़ज़ात की फ़ाइल मिल गई थी। फ़ाइल जल्दी से उन्होंने निकाली और अलमारी बन्द कर दी। ऐसा करने में उन्हें मुश्किल से पाँच-सात सेकेंड लगे होंगे। लाल रंग की वह पुरानी फ़ाइल आगे ही रखी हुई थी। पर फ़ाइल निकालते वक़्त उन्हें लग रहा था—कहीं कोई देख तो नहीं रहा...? अनायास डेनिस को लगा था, पापा देख रहे हैं चुपचाप, एकदम-से बुत बने...। और पापा के होंठों की सहस्त्र टुकड़ियाँ फट रही हैं। डेनिस पसीने से बुरी तरह भीग गए थे।

राँची में दो दिन रुकना पड़ा था। सारी बात पक्की होने में कोई परेशानी नहीं हुई थी। राँची शहर के बड़े व्यवसायी घनश्याम अग्रवाल अपनी अकुंठ हँसी के संग हो-हो कर हँसते हुए बोले थे, 'डेनिस बाबू, भला कोई परेशानी क्यों होगी? आप बेचना चाहते हैं और हम खरीदना चाहते हैं। बात पैसों की रही, तो दो पैसे इधर या उधर...और बीच में हमारे मेंडेज साहब तो हैं ही...।' घनश्याम अग्रवाल ने उन लोगों के साथ आकर पूरे घर का मुआयना कर लिया था।

रजिस्ट्री ऑफ़िस में अग्रवाल साहब के काफ़ी परिचित लोग थे। आनन-फ़ानन में ऊपर से नीचे तक इनाम-बख़्शीश दे-दिलाकर रजिस्ट्री का काम सम्पन्न हो गया था। चलते समय मि. अग्रवाल ने पूछा था, 'अच्छा डेनिस बाबू, पजेशन कब देंगे मकान का?'

डेनिस ने कहा था, 'बस, इसी के लिए रुका था। मैं तो कल ही निकलना चाहूँगा...। आप कल दिन के दस बजे तक मकान अपने जिम्मे ले लें।'

मि. अग्रवाल ने कहा था, 'तब ऐसा करते हैं, मैं गाड़ी से अपने मुंशी को दस बजे तक वहाँ भेज दूँगा। आप उसे चाबी सौंप देंगे। पर जो सामान वगैरह घर में होगा उसका?'

डेनिस सहसा अचकचा गए थे। इस बारे में उन्होंने कुछ सोचा नहीं था। फिर वहीं तत्क्षण उन्होंने मन-ही-मन तय किया था कि मैकलुस्कीगंज के परिचित परिवारों के बीच अपने उन चन्द सामान को वह बाँट देंगे। सो उन्होंने मि. अग्रवाल से मुस्कराते हुए कहा था, 'आप उसकी चिन्ता न करें। दस बजे तक घर आपको खाली मिलेगा...बल्कि मकान का पज़ेशन देकर मैं आपकी ही गाड़ी से राँची आ जाऊँगा।'

घनश्याम अग्रवाल ने उसी 'हो-हो' वाली हँसी के संग कहा था, 'गाड़ी की फिक्र न करें, डेनिस बाबू। फिलहाल तो अभी ही मैं अपने ड्राइवर को कहे दे रहा हूँ। वह आप लोगों को मैकलुस्कीगंज छोड़ आएगा।'

दोपहरी पार हो रही थी। आधे से अधिक रास्ते तक डेनिस और मि. मेंडेज़ में कोई बातचीत नहीं हुई थी। मि. मेंडेज़ लगातार खिड़की के बाहर नज़र गड़ाये हुए थे...। और डेनिस...? उनके भीतर आँधी फैली हुई थी। डेनिस इस सोच में डूबे थे, क्या करेंगे घर के सामान का...? किसे देंगे पापा की अलमारी...सखुए का पलंग...डाइनिंग टेबल और... ड्रेसिंग टेबल...? कौन तैयार होगा इसके लिए? सहसा बहादुर उराँव की याद आई। बचपन का उनका आदिवासी दोस्त बहादुर उराँव। कैसे गिलहरी की तरह सरसराते हुए चढ़ता था

पेड़ों पर...! उससे तो अब तक मुलाकात ही नहीं हुई उनकी...। उन्होंने तय किया, सारे सामान की अमानत वह उसे सौंप जाएँगे...। काम भी आएगा उस ग़रीब के...।

घनश्याम अग्रवाल की गाड़ी ने मि. मेंडेज़ और डेनिस को गाँव में उतार दिया था। उतरने के साथ ही डेनिस ने मि. मेंडेज़ से पूछा था, 'चाट्‌टी नदी के पास बहादुर उराँव रहता था। वह वहीं रहता है न?'

मि. मेंडेज़ ने छूटते ही कहा था, 'अरे, बाघ-बच्चा? वहीं तो...रेल लाइन की पटरी पकड़े-पकड़े पश्चिम की तरफ जाने पर...।'

डेनिस ने बीच में ही कहा था, 'चाट्‌टी की तरफ न...! अच्छा, तो वह अपनी उस पुरानी झोंपड़ी में ही रहता है?...ठीक है।'

मि. मेंडेज़ ने कहा था, 'हाँ, बस चाट्‌टी से थोड़ी दूर आगे...।' लेकिन फिर पलटकर मि. मेंडेज़ ने पूछा था, 'अचानक बहादुर उराँव से क्या काम पड़ गया तुम्हें?'

डेनिस ने आँखें झपकाते हुए कहा था, 'मेरा बचपन का साथी है, मिलना चाहता हूँ उससे। क्या करता है वह आजकल? हांगकांग जाने के बाद से तो अभी आया हूँ न! इस बीच कौन किधर मुड़ गया, क्या मालूम?'

मि. मेंडेज़ ने बिहँसकर कहा था, 'तुम्हारा दोस्त तो इस इलाके में आदिवासी आन्दोलन का बहुत कलामी और लड़ाकू नेता बन गया है...। दिन-रात घूमता रहता है दीवानों की तरह—कभी इस गाँव, कभी उस गाँव...। बड़ा अफलातून है भाई बागुन उराँव का बेटा...। एकदम हातिमताई...! जाओ, मिलो...।'

'अच्छा, तो मेरा दोस्त आदिवासियों का नेता बन गया...? यह तो जोरदार खबर दी आपने। अब जाता हूँ उसके यहाँ तो कान उमेठूँगा उसके...आदिवासियों के नेताजी के...।' डेनिस ने हँसते हुए मि. मेंडेज़ से कहा था।

'तुम्हारा एक और बचपन का दोस्त लीडर बना हुआ है। नेता है 'झारखंड मुक्ति मंच' का...। याद है, दुती भगत...? सक्रेटरी है वो जे.एम.एम. का...। बड़ा शैतान है वह...। पर बहादुर और उसमें कोई मुकाबला नहीं। कहाँ बहादुर सीधा-सच्चा इनसान और कहाँ वह ब्लैकमेलर दुती भगत...ओफ़्!' मि. मेंडेज़ ने गहरी साँस छोड़ते हुए कहा।

'अरे बचपन का बदमाश है वह...। मुझे याद है, बचपन में कैसे उसने एक बार पुआल के टाल में आग लगा दी थी और हम सब बुरी तरह पिटे थे।' डेनिस ने बिहँसकर कहा।

मि. मेंडेज़ अपने घर की तरफ़ बढ़ गए थे, पर डेनिस अपने घर नहीं गए थे। उनके क़दम तेज़ थे, रेल लाइन की पटरी के किनारे-किनारे पश्चिम...। चाट्‌टी नदी के किनारे के ताड़ के पेड़ ढलते दिन की धूप में दूर से ही चमक रहे थे। और यह थी चाट्‌टी...! दिन की आख़िरी सुनहरी धूप में आत्ममुग्धा यह नदी वर्षों पुरानी अपनी उसी आत्मलीन शान्त मुद्रा में बह रही थी। डेनिस कुछ देर तक वहाँ बरबस ठिठककर रह गए थे...। डूबते दिन की धूप कितने असम्भव प्रेम के साथ स्पर्श कर रही थी इसके निर्मल-निर्निमेष जल को...! पलाश के फूल सरीखे धूप के सुहाग में अलस पड़ी थी यह शान्त छोटी-सी मीठी नदी...। हांगकांग में रहने के इतने वर्षों बाद भी डेनिस इसे नहीं भूल सके थे। आगे भी क्या भूल सकेंगे? डेनिस को लगा, उन्हें देखकर...अचानक...चाट्‌टी गा-गाकर रोने

लगी है—ठेठ ग्रामीण स्त्रियों की तरह...जो अर्से बाद अपने किसी स्वजन-प्रियजन को देख, भावुक हो, पूरे लय के साथ गा-गाकर विलाप करती हैं।

गाँव? माने वृक्षों की घनी छाँव के बीच थोड़ी-थोड़ी दूरी पर बसी मनोहारी छोटी-छोटी झोपड़ियाँ। फिर आदिवासी गाँवों की इन झोपड़ियों का कहना ही क्या! एकदम साफ़, सुचिक्कन। गेरुआ और सफ़ेद रंगों से मिट्टी की दीवारों पर बनाए गए एक-से-एक लोकचित्र...। पेड़ों, चिड़ियों, फूलों और नदी के चित्र...।

ख़यालों में डूबे डेनिस अब इन्हीं आदिवासी घरों—'एड़पा'—के बीच थे। औरतें घर के अपने कामकाज में जुटी थीं। उनके बच्चे मगन हो खेल रहे थे। सूरज बस डूबने को था। शाम की आहट के संग इन घरों के पुरुष भी दिन भर की मेहनत-मशक़्क़त के बाद घर लौट रहे थे। वहाँ झोपड़ियों की तादाद अब पहले से दोगुनी-तिगुनी हो गई थी। इसलिए डेनिस तय नहीं कर पा रहे थे कि बहादुर उराँव का घर कौन-सा है।

उसी समय एक तेरह-चौदह साल की लड़की रानी रंग के फ्रॉक में उछलते-कूदते जाती दिखी। डेनिस ने आवाज लगाई थी, 'अरी बिटिया, सुन तो ज़रा...।'

आदिवासी ढब की वह साँवली लड़की रुकी। उसकी तीखी आँखें...तीर की तरह नुकीले नाक...डेनिस को एकबारगी लगा था, ज़रूर यह बहादुर की बेटी होगी। बहादुर की भी तो ऐसी ही आँख और तीर की तरह नुकीली नाक है...। बच्ची जिस लय से अभी थोड़ी देर पहले उछलते-कूदते दिखी थी, बहादुर भी तो बचपन में इसी तरह उछलता-कूदता और लहराता था...। डेनिस ने मन-ही-मन सोचा था—यह प्यारी गिलहरी बहादुर की ही है।

लड़की प्रश्नवाचक मुद्रा में अपनी तीखी-निर्मल आँखों के संग उनके सामने खड़ी थी। डेनिस ने पूछा था, 'अच्छा, बिटिया! बहादुर उराँव का कौन-सा घर है?'

लड़की की आँखों में बालसुलभ कौतूहल अनायास कौंध गया था, 'कहिए, मैं उनकी बेटी हूँ। पर अभी तो वे घर पर नहीं हैं।'

डेनिस को तत्काल अपने अनुमान पर बेहद ख़ुशी हुई थी, उनका अन्दाज़ा ठीक निकला था—यह बहादुर की ही बेटी है। यही तो सोच रहे थे वह कि बहादुर ने इसी को बाघ के मुँह से बचाया था। लड़की उसी कौतूहल भाव से तब भी खड़ी थी।

डेनिस ने बड़े अनुराग से उसे दुलारते हुए पूछा था, 'नाम क्या है तुम्हारा?'

'नीलमणि।'

'बड़ा प्यारा नाम है। तुम्हारे पिताजी कब तक आएँगे?'

'बस, आते ही होंगे। पास ही के एक गाँव में बैठक थी, उसी में गए हैं।'

डेनिस ने उसकी उँगली थामते हुए कहा था, 'अच्छा, चलो, तब तक बैठते हैं तुम्हारे यहाँ। मैं तुम्हारे पिताजी के बचपन का दोस्त हूँ। बचपन में हम लोग साथ-साथ खेला करते थे। पेड़ों पर उछलते थे। वैसे ही, जैसे तुम अपने दोस्तों के साथ आजकल करती होगी,' कहकर डेनिस हँसे थे।

तब तक अपने घर के सामने लड़की ने उन्हें ला खड़ा किया था। बाहर एक पुरानी खाट पड़ी थी, डेनिस उस पर अधलेटे-से बैठ गए थे। लड़की भीतर चली गई थी। शायद माँ को बताने कि पिताजी के कोई मित्र बाहर बैठे हैं। इसलिए थोड़ी देर में दरवाज़े के पीछे से एक स्त्री का स्वर आया था, 'बस, आ ही रहे होंगे।'

'भाभी, मैं डेनिस...पहचाना नहीं आपने?'

बहादुर उराँव की पत्नी आँचल सिर पर डाल मुस्कराते हुए बाहर आई, 'ओह, डेनिस बाबू? इतने साल बाद?'

नीलमणि तब तक एक बड़े-से चमचमाते काँसे के लोटे में पानी लिये उनके सामने आ गई थी, 'लीजिए।'

पहले तो उस बड़े लोटे से पानी पीना डेनिस को असम्भव लगा, लेकिन उन्होंने लड़की के हाथ से तत्काल लोटा ले लिया था और पीने लगे। उन्हें बहुत अच्छा लगा था—काँसे के लोटे के पानी का स्वाद। मुँह में बरसों पुराना स्वाद छा गया। बचपन में खेलते-कूदते अक्सर वह बहादुर के साथ उसके घर आते थे। काँसे की थाली और लोटे में बहादुर की माँ उन्हें और बहादुर को खाने-पीने को दिया करती थीं। उस बड़े-से लोटे में पानी भी खूब अँटा हुआ था। वह आधे से कुछ कम ही पानी पी सके थे। लोटा जैसे ही उन्होंने खाट के नीचे रखा, तो दूर से ही एक सुपरिचित उल्लास-मिश्रित आवाज़ ने उन्हें आनन्द से भर दिया था, 'अरे, कौन आया है भाई?'

यह बहादुर उराँव था, जो गद्‌गद हो उनकी तरफ़ लपकता हुआ आ रहा था। पास पहुँचते ही बहादुर ने गले मिलते हुए कहा था, 'आज थोड़ी देर बाद मैं तुमसे मिलने जानेवाला था। मुझे पता था, तुम कई दिनों से आए हुए हो, और कल जानेवाले हो। मुझसे तुम क्यों मिलते? मुझे तो लगा, तुम भूल गए होगे मुझको। खैर, ब्रायन चाचा की अंत्येष्टि के समय तो था मैं उस दिन, पर तुम नहीं आ सके थे।'

डेनिस ने कहा था, 'हाँ, मैं थोड़ी देर से पहुँचा था, तब तक उन लोगों को लगा कि शायद मुझे आने में देर हो इसलिए...।'

बहादुर ने गहरी साँस ली, 'हाँ, इसलिए। और बताओ, कैसे हो? कैसा है तुम्हारा हांगकांग?'

डेनिस ने बिहँसकर कहा था, 'बहादुर, मैं सब बतलाऊँगा, पर तुम पहले मेरे सवाल का जवाब दो। सुना है, तुम इस बीच आदिवासियों के बहुत बड़े नेता बन गए हो? यह नेतागिरी कब से शुरू कर दी, मैन?'

बहादुर उराँव विचित्र करुणा से मुस्कराया, 'डेनिस, नेतागिरी करने की हैसियत कहाँ है हमारी? तुम्हारा तो बचपन बीता है इस इलाके में। अपनी जवानी के दिनों में भी तुम रहे हो यहाँ। मुझे याद है, रोज बस से दो-दो घंटे का सफर तय करके कॉलेज की पढ़ाई करने तुम 'गंज' से राँची जाया-आया करते थे।

तुम तो जानते हो, इस इलाके के आदिवासियों की माल-जाल जैसी हालत। दिल्ली से लेकर पटना तक की सरकारें बस ढोल पीटती रही हैं कि आदिवासियों का अलाँ-फलाँ कल्याण किया जा रहा है, आदिवासियों के लिए अमुक-अमुक सुनहरी योजनाएँ तामील की जा रही हैं। सरकारी अमले-फैले उन तथाकथित योजना-परियोजनाओं को लेकर पूरे फौज-फाटे के संग आदिवासियों के इन अंचलों में आते रहे हैं...पर डेनिस, उन योजना मद के पैसों को लूटने के लिए, आदिवासियों के उत्थान के लिए नहीं।

सिर्फ यही नहीं डेनिस, उन्हें मात्र इसी से सन्तोष नहीं होता, उन्हें हमारी बहू-बेटियाँ भी चाहिए...। पैसे की भूख...। शरीर की भूख। सब कुछ बटोर लेने की एक हवस।

आदिवासी अंचल में कई बड़े उद्योगों की विशाल दुनिया बीते वर्षों में कायम हुई...। उदाहरण के लिए राँची का 'एच.इ.सी.' ही लो न...। जहाँ इन उद्योगों से इस इलाके में एक खुशहाल दुनिया आबाद हुई, वहीं आदिवासियों की हरी-भरी दुनिया उतनी ही तेजी से वीरान और हताश होती चली गई...। वन विभाग ने जंगल लगाने या बचाने का नहीं, बस काटने का काम किया...। जंगल में जीने की आदी इस कौम को जंगल और जमीन से लगातार बेदखल किया जाता रहा है।

डेनिस, ऐसे में जब-जब आदिवासियों ने अपनी आवाज उठाने की कोशिश की, तो पुलिस की गोलियाँ उनके मुँह में भर दी गईं। जेल की सींखचों में उन्हें ठूँस दिया गया। यही नहीं, इन गुजरे कुछ दशकों में जो सबसे बड़ी विडम्बना आदिवासी समाज के साथ रही है, वह यह कि हमारे अधिकतर नेता, जिन पर आदिवासी समाज ने पूरी आस्था के साथ विश्वास किया कि ये हमारी लड़ाई लड़ेंगे और हम वंचितों को अधिकार दिलवाएँगे, सुविधाभोगी और खुटचाली बन गए। दिल्ली-पटना में हमारे अधिकारों का चन्द रुपयों और सुख-सुविधाओं के लिए सौदा करने लगे।

डेनिस, गाँव के जो भी बचे-खुचे एंग्लो-इंडियन लोग हैं, वे बेशक बिखर रहे हैं और जब उन्हें घबराहट ज्यादा सताती है, तो वे घर-द्वार बेचकर विदेश चले जाते हैं। पर हम गरीब आदिवासी टूट-बिखरकर भी, घबराकर भी कहाँ भागेंगे? हम कहाँ जाएँगे...? सोचो, कब तक छाती पर जाँता रखे रहेंगे? हमें तो यहीं जीना-मरना है, इसी धरती पर।'

डेनिस सुनते रहे थे बहादुर उराँव को। इन बीते वर्षों में समय की आँच ने कितना तपा दिया है इसे, सोचा था डेनिस ने। डेनिस को याद था, नवीं तक की पढ़ाई करके छोड़ दी थी बहादुर उराँव ने। इसके पिता बागुन उराँव ने कहा था—अब अकेले मुझसे परिवार का बोझ नहीं चलेगा।—और बहादुर को पढ़ाई छोड़ पिता के संग अपनी छोटी-सी खेती में जुटना पड़ा था।

डेनिस मौन रहे थे, थोड़ी देर तक। बहादुर खाट पर बग़ल में ही ख़ामोश बैठा था। डेनिस को बहादुर की अभी थोड़ी देर पहले कही वे बातें परेशान कर गई थीं—इस गाँव के जो भी बचे-खुचे एंग्लो-इंडियन लोग हैं, वे बेशक बिखर रहे हैं और जब उन्हें घबराहट ज्यादा सताती है, तो वे घर-द्वार बेचकर विदेश चले जाते हैं। पर हम गरीब आदिवासी टूट-बिखरकर, घबराकर कहाँ भागेंगे डेनिस?—डेनिस के माथे पर हल्का-सा पसीना चुहचुहा गया था। एंग्लो-इंडियन समुदाय अपने गाँव में, अपनी छोटी-सी धरती पर जीने-मरने का संकल्प इन लोगों की तरह कभी क्यों नहीं ले सका...? भागता क्यों रहा घबराकर? डेनिस को लगा था, शायद बहादुर को यह पता चल गया है कि वह भी अपना घर बेचकर जा रहा है।

डेनिस का ध्यान आख़िरकार बहादुर ने ही तोड़ा था, 'किधर खो गए...?'

'बस, ऐसे ही...।'

शाम गहरा गई थी। इर्द-गिर्द के वृक्ष अँधेरे में डूब रहे थे...। अँधेरा सबको लील जाता है...। काला रंग सबको निगल जाता है...। वृक्षों की हरियाली को...। वृक्षों के बीच-बीच में मौज़ूद झोपड़ियों को...।

बहादुर की पत्नी ने ढिबरी जलाकर बाहर के ताखे पर रख दी थी। डेनिस को अच्छा लगा था। अँधेरे में मन्द-मन्द टिमटिमाती रोशनी। जीवन...जिजीविषा...। यानी कि हम

हैं...हम भागे नहीं हैं। अपने सामर्थ्य के साथ जूझते रहेंगे अन्त तक। ढिबरी की मद्धिम रोशनी में डेनिस ने ग़ौर किया था, बहादुर की तीखी आँखें दिप रही थीं। नुकीले नाक की तुर्शी और तीक्ष्ण लग रही थी। लड़ रहा है बहादुर, सन्तप्त-पीड़ित अन्धकार में डूबे अपने आदिवासी समुदाय के वास्ते, पर एंग्लो-इंडियन समुदाय...?

बहादुर की बिटिया तब तक काँसे की थाली में चना का भूँजा रख गई थी। बहादुर ने बिहँसकर कहा था, 'नीलमणि, चाचा के लिए बस यही...?'

नीलमणि ने असमंजस-भरी आँखों से पिता की तरफ़ ताका था, जैसे घर में इसके अलावा कुछ है ही नहीं, तो...? डेनिस ने छूटते हुए कहा था, 'अरे, और क्या चाहिए! तुम हद करते हो यार बहादुर। ठीक है, तुम जाओ बिटिया।'

दुविधा में ठिठकी लड़की भीतर चली गई थी। डेनिस और बहादुर मिलकर थाली में रखे भूँजे को फाँकने लगे। हाथ से भूँजा फाँकने का मज़ा ही कुछ और है। हांगकांग के जीवन में यह सब कहाँ? चम्मच, काँटे, छुरियाँ और शिष्टाचार के पचास लफड़े। डेनिस ने भूँजा फाँकते हुए सोचा था।

बहादुर ने पूछा, 'तब क्या कार्यक्रम है? कल चले जाओगे?'

डेनिस ने कहा था, 'हाँ, बहादुर, कल दस बजे तक चला जाऊँगा।'

बहादुर ने उसी बेतकल्लुफ़ी से भूँजा फाँकते हुए सवाल किया था, 'यहाँ के घर का क्या सोचा?'

डेनिस को एकबारगी लगा, क्या कहें वह? पर अब तक वह इस मसले को लेकर इतनी मानसिक यंत्रणा भोग चुके थे कि कहने में उन्हें कोई ज़्यादा असुविधा नहीं हुई थी, 'बहादुर, घर का क्या करते...? कोई देखरेख करनेवाला तो रहा नहीं, सो उसे बेच दिया।'

'कब, किसके हाथ?' चौंकते हुए बहादुर ने पूछा।

'हैं एक, राँची के व्यवसायी मि. अग्रवाल। वे यहाँ अपना एक रेस्ट हाउस रखना चाहते थे। उन्होंने लिया।'

अँधेरा था। इसलिए ढिबरी की मद्धिम रोशनी में डेनिस को यह सब बात करने में ज़्यादा असुविधा नहीं हो रही थी। अँधेरा या मद्धिम रोशनी में चेहरे का भाव दिन की रोशनी की तरह अधिक उजागर नहीं होता न!

'तब?' बहादुर ने गहरी साँस के संग पूछा था।

'कल दस बजे उनका मुंशी आएगा। मकान का जिम्मा उसे सौंपकर मैं चला जाऊँगा।'

'घर के सामान का क्या करोगे? वह सब तो साथ ले जाओगे न?' बहादुर ने आँखें झपकाते हुए पूछा था।

'तुम भी कमाल करते हो! क्या अलमारी, पलंग और कुर्सियों को मैं हवाई जहाज पर ढोकर हांगकांग ले जा सकूँगा?' डेनिस के स्वर में रुआँसापन था।

'अच्छा, मैं इतना गौर नहीं कर सका। तब उन सामान को बेच दो।' बहादुर ने तटस्थ स्वर में अपनी उँगलियाँ फोड़ते हुए कहा था।

'अरे, नहीं। उसे कहाँ बेचूँगा? मैं तो कहने आया हूँ कि वह सब तुम्हारे यहाँ रख देना चाहता हूँ। तुम्हारे पास पड़ी रहेगी, तो मेरी याद तुम्हें आती रहेगी।' डेनिस ने थोड़ा सम्हलते हुए फीकी मुस्कराहट के साथ कहा था।

यह कहते हुए अनायास एक घबराहट भी उन्हें हुई थी कि पता नहीं, बहादुर उनके प्रस्ताव को किस रूप में लेगा। बुरा तो नहीं मान जाएगा? इसलिए तत्क्षण डेनिस ने अपनी बात पर बल देते हुए कहा था, 'बहादुर, यह मैं कोई दान में तुम्हें नहीं दे रहा हूँ। बस, मैं अपनी अमानत तुम्हारे पास रखना चाहता हूँ। मुझे विश्वास है दोस्त, तुम ना नहीं कहोगे।'

'अमानत...? अब यहाँ क्यों छोड़ रहे हो? डेनिस, अमानत तो तुम्हारी अपनी मिट्टी है। उसको किसके जिम्मे लगाकर जा रहे हो?' खाट पर डेनिस की बग़ल में बैठे बहादुर उराँव की आँखें एक पल के लिए कुछ ज़्यादा ही तीखी हो गईं। डेनिस पर उसने गहरी नज़र डाली।

ढिबरी की मद्धिम रोशनी में डेनिस ने ग़ौर किया था, बहादुर उराँव की गहरी काली पुतलियाँ एकबारगी उसकी आँखों में तेज़ी से घूम गई थीं। डेनिस ने उसका हाथ थाम लिया था, 'प्लीज़, बहादुर...मेरे दोस्त...!'

बहादुर उराँव ने गहरी साँस लेकर कहा था, 'ओह, डेनिस! तुम मुझे भारी धर्मसंकट में फँसा रहे हो।'

डेनिस को उस क्षण लगा था कि उनके सिर से जैसे एक भारी बोझ उतर गया। बहादुर ने ना नहीं किया था। पर बहादुर ने अपने बालों में व्यग्रता से उँगलियाँ फेरते हुए कहा था, 'मुझे समझ में नहीं आ रहा है, डेनिस, यह तुम्हें क्या सूझ गई? फिर मेरे पास जगह कहाँ है? बोलो, कहाँ रखूँगा मैं, उतने सामान?'

डेनिस का स्वर भीगा था, 'पता नहीं क्यों, मेरी यही इच्छा हुई। मेरे लिए तुम्हारे मन में जगह होगी, तो मेरे सामान के लिए भी जगह निकल आएगी। खैर, कल सुबह मजदूरों की मदद से उन सामान को मैं तुम्हारे यहाँ रखवा जाऊँगा। तुम फिर कहीं किसी मीटिंग में नहीं चले जाना। जाते वक्त तुमसे मुलाकात होनी चाहिए।' डेनिस एक साँस में कह गए थे और उठकर लम्बे डग भरते हुए बहादुर उराँव के घर से विदा हो गए थे।

ठगा-सा बैठा रह गया था बहादुर उराँव, अपनी पुरानी-मटमैली खाट पर। उससे इतना भी सम्भव नहीं हो पाया था कि उठकर थोड़ी दूर डेनिस को छोड़ आए।

चाँदनी रात थी। शाम के शुरुआती अँधेरे को आहिस्ता-आहिस्ता काटती चाँदनी अब पूरे आकाश पर छा गई थी। वृक्षों के तने-पत्ते चाँदनी में डूब रहे थे। चाँदनी में सन्तृप्त खोई हुई थी चाट्टी नदी। छोटानागपुर, सिंहभूम और संथाल परगना तक स्वर्णरेखा, दामोदर, उत्तरी कोयल और शंख सरीखी इस आदिवासी अंचल में कई बड़ी-बड़ी नदियाँ हैं...। हुंडरू, हिरनी, दशम और बूढ़ाघाघ जैसे कई प्यारे जलप्रपात...। लेकिन 'गंज' की इस छोटी-सी प्यारी नदी की ठुमक ही कुछ और है। डेनिस चाट्टी के कछार पर फिर ठिठक गए थे। जंगली कौवों का झुंड वहाँ विचर रहा था। इधर 'पनकौवा' कहते हैं इसे। डेनिस मुग्ध हो देखते रहे थे पनकौवों की गतिविधियों को। चमकदार काले बतख़ों सरीखी, यह जंगली चिड़िया ग़ज़ब की ग़ोताख़ोर होती हैं। पानी में कैसे झट् से डुबकी मारकर ये मछलियाँ पकड़ती हैं! पेट भर मछलियाँ खा लेने के बाद तृप्त हो, कैसे फिर नदी के कछार पर निश्चिन्त भाव से पानी में भीगे अपने पंखों को झाड़ती हैं! मछलियों की टोह में पानी पर मँडरानेवाली लाल सिरवाली चिड़िया 'ठनकी' भी कभी-कभी पूरी टोली के संग चाट्टी पर मछलियों के लिए धावा करती है। पर ज़्यादातर यहाँ पनकौवों का जमावड़ा लगता है।

डेनिस जब यहाँ मैकलुस्कीगंज में रहते थे, तो चाट्टी के कछार से थोड़ी दूर हटकर पनकौवों के इस अभ्यास को कभी-कभी ऐसी ही चाँदनी रात में लीज़ा के साथ बैठकर चुपचाप निहारा करते थे। ख़ास कर, जुलाई से सितम्बर के बीच तो यहाँ पनकौवे झुंड के झुंड उमड़ते ही रहते हैं। लम्बी दुम, सख़्त नुकीली चमकदार चोंच...। गले के पास छोटे-छोटे सफ़ेद बुंदके...। सिर पर कलगी बस कहने भर को...। भादों की चाँदनी रात में तो ख़ास कर इन पनकौवों का काला रंग और दमकने लगता है। डेनिस पेड़ के पीछे पाँव दबाकर कुछ देर खड़े रहे थे...। कुछ पनकौवे उस समय चाट्टी में मछलियों के लिए डुबकियाँ लगा रहे थे। जिनकी चोंच में मछलियाँ आ गई थीं, वे पेट भरने के बाद अब कछार पर पंख का पानी आराम से झाड़ रहे थे। चाँदनी झर रही थी। सन्नाटा झर रहा था। चाँदनी और गहरे सन्नाटे में डूबा हुआ था मैकलुस्कीगंज...! हाँ, कभी-कभी पनकौवे आवाज़ कर इस माहौल में बेशक एक मोहक लय पैदा कर रहे थे। डेनिस लम्बे-लम्बे डग भरते हुए रेल की पटरी के किनारे-किनारे वापस जा रहे थे—अपने घर की तरफ़। अपने घर...?

अलस्सुबह डेनिस ने कुछ आदिवासी मज़दूरों को जुटाया था। दरअसल, सुबह-सुबह ही उनके घर के सामने से कुछ मज़दूर जाते दिखे थे। शायद वे सब काम पर निकल रहे थे। डेनिस ने बरामदे से आवाज़ दी थी, 'अरे भाई, सुनना तो इधर।' डेनिस के बुलावे पर मज़दूरों का वह दल गेट के भीतर आया था।

'सुनो, कुछ सामान है। मसलन, यही दो पलंग, एक अलमारी, एक-दो टेबल, दो-चार बक्से और कुछ कुर्सियाँ...। यह सब चाट्टी नदी के आगे जो बहादुर उराँव का घर है न, वहीं ले चलना है। बहादुर उराँव को तो जानते होगे तुम सब? बस, उसी के यहाँ।'

मज़दूरों के दल ने भीतर आकर सामान का मुआयना किया। वे छह लोग थे।

'इन सभी सामान को वहाँ तक पहुँचाने के तीन सौ रुपये लग जाएँगे साहब।' मज़दूरों के उस दल के 'मेट' ने डेनिस की तरफ़ मुख़ातिब होकर कहा था।

'ठीक है...। क्या अभी दे दूँ?' डेनिस ने व्यग्र होते हुए कहा था।

'नहीं, सामान पहुँचाने के बाद साहब।' उन मज़दूरों ने तब मुस्कराकर एक स्वर में कहा था।

बहादुर उराँव के यहाँ सभी सामान पहुँचाने में तीन फेरे उन मज़दूरों को लगाने पड़े थे। पलंग और अलमारी उठाते हुए उन सबने कहा था, 'बहुत भारी है, सखुए की है न!'

डेनिस ने उन लोगों के लौटने पर पूछा था, 'कोई परेशानी तो नहीं हुई? बहादुर घर पर थे न? उन्होंने कुछ कहा भी?'

पर मज़दूरों ने कहा था, 'नहीं, बहादुर भाई ने तो कुछ नहीं कहा।'

दो-ढाई घंटे में सब-का-सब सामान जा चुका था। डेनिस ने उन मज़दूरों को पहले तीन सौ रुपये दिये और फिर सहसा कुछ सोचकर तनिक आगे बढ़ चुके मज़दूरों को बुलाकर पर्स से पचास का एक और नोट निकालकर थमाते हुए कहा, 'लो, तुम लोग चाय-नाश्ता कर लेना।'

मज़दूर गदगद हो बख़्शीश के रुपये लेकर आगे बढ़ गए थे। सुबह के तब तक आठ बज चुके थे। दो घंटे बाद मि. अग्रवाल का मुंशी आनेवाला था। घर में ताला मारकर

डेनिस बहादुर के घर की तरफ़ तेज़ क़दमों से निकल पड़े थे। बहादुर घर पर था, शायद डेनिस की प्रतीक्षा में बैठा हुआ। डेनिस के यहाँ से आए सामान अभी उसके घर के बाहर ही रखे हुए थे। बहादुर खाट पर गुमसुम बैठा था।

'बहादुर...! मैं विदा लेने आया हूँ तुमसे, मेरे दोस्त...!' डेनिस ने खाट पर बैठे बहादुर का हाथ गर्मजोशी से थामते हुए कहा था।

सुबह की हल्की धूप में बहादुर ने अपनी तीखी आँखों से डेनिस की तरफ़ देखा। उसके होंठ कुछ कहने के लिए हिले, पर बस हिलकर रह गए।

'तुम कुछ कहना चाह रहे थे...शायद?' डेनिस के स्वर में थोड़ी बेचैनी और थोड़ी विह्वलता का मिला-जुला भाव था।

खाट से खड़े होते हुए बहादुर उराँव ने कहा था, 'अब कहना क्या...!'

डेनिस ने अपने हाथ में उसकी हथेली लेकर उसकी मुट्ठी बन्द करते हुए कहा था, 'नहीं, बहादुर! बस, एक दोस्त की अमानत है।...अच्छा, तो विदा।'

बहादुर असमंजस में वहीं खड़ा रह गया था। डेनिस तेज़-तेज़ क़दमों के साथ जा चुके थे।

तब तक घर पर उमड़े सारे लोग उन्हीं की प्रतीक्षा में थे। एक किट्टी को छोड़कर मैकलुस्कीगंज का एक-एक एंग्लो-इंडियन परिवार डेनिस को विदा करने आया था। मि. डिकोस्टा, मि. मेंडेज़, मि. मिलर, मिसेज़ ऐलिस टॉमलिन, मिसेज़ थ्रिपथॉप, उनकी बेटी जूडी—सभी बूढ़े-बच्चे, महिलाएँ, सब। कैम्पस के भीतर सब जमा थे। गेट पर पहुँचते ही डेनिस एक पल के लिए तो जड़वत् रह गए थे। बस, अब आधे घंटे...और ये सभी प्रियजन छूट जाएँगे। थोड़ी देर में छूट जाएगा गाँव...! पर क्या कभी डेनिस अपने ज़ेहन से निकाल सकेंगे अपने गाँव को...? यह तो कभी सम्भव नहीं हो पाएगा।

गेट खोलकर डेनिस अन्दर आए थे। सबकी आँखें भरी-भरी थीं। कोई कुछ बोल नहीं रहा था। डेनिस भी कुछ नहीं बोल पा रहे थे। आख़िरकार, मिसेज़ थ्रिपथॉप ने सन्नाटा तोड़ा था, 'सामान सब ठीक कर लिया न बेटे?'

डेनिस ने संक्षिप्त-सा उत्तर दिया था, 'हाँ।' उनकी क्षीण-सी आवाज़ गले में ही डूबकर रह गई थी। सामान क्या ठीक करना था? एक सूटकेस जो वह साथ लाए थे, उसमें कपड़ों के अलावा वह बैंक ड्राफ़्ट जो मि. अग्रवाल ने दिया था और...कुछ तसवीरें, पापा और मम्मी की पुरानी तसवीर...उनके बचपन की तसवीर...।

तभी एक धचके के साथ मि. अग्रवाल की गाड़ी गेट पर आकर रुकी थी। मुंशी गाड़ी का दरवाज़ा खोलकर चारों तरफ़ नजर दौड़ाते हुए गेट के अन्दर आहिस्ता-आहिस्ता दाख़िल हुआ था।

सवा दस बजने को थे। बरामदे पर पहुँचकर वहीं से एक नज़र पूरे मकान पर डालते हुए मुंशी ने कहा था, 'अच्छा, तो डेनिस बाबू! अन्दर कोई सामान रह तो नहीं गया आपका?'

डेनिस ने कहा था, 'नहीं, बस यही एक सूटकेस है।'

मुंशी ने तत्काल ड्राइवर को बुलाया था, 'सुनो, साहब का सूटकेस डिक्की में सँभालकर रख दो।' ड्राइवर ने वैसा ही किया।

फिर मुंशी ने डेनिस की तरफ़ मुख़ातिब होकर कहा था, 'तो अब चलें न?'

मुंशी के इस प्रश्न पर डेनिस ने सहमति में सिर हिलाया था।

मुंशी ने अपने साथ लाया हुआ एक बड़ा-सा पीतल का ताला दरवाज़े पर यह कहते हुए मार दिया था, 'ठीक है, अब एकाध सप्ताह बाद यहाँ मरम्मती के काम में हाथ लगवाएँगे।'

मुंशी जब ताला मार रहा था, तो डेनिस का जी हुआ था कि फिर से एक बार, आख़िरी बार घर के अन्दर एक-एक कोने में घूम आएँ और एक-एक कोने को अपने मन में जल्दी-जल्दी भर लें, पर बरामदे से नीचे उनके क़दम सीढ़ियों पर बढ़ गए थे। उन्हें लगा—अन्दर पापा मिलेंगे, उनके होंठों की सहस्र टुकड़ियाँ फट रही होंगी...।

बारी-बारी से सब गले मिले। मि. मेंडेज़, मि. डिकोस्टा, मि. मिलर, मिसेज़ थ्रिपथॉप, मिसेज़ ऐलिस टॉमलिन—सब-के-सब। तभी खुशिया पाहन और टुइयाँ गंझू तेज़ी से लपकते हुए आते दिखे। डेनिस गाड़ी में बैठते-बैठते रुक गए। खुशिया और टुइयाँ के चेहरे पर रुआँसेपन की चितकबरी लकीरें गहराई हुई थीं। डेनिस के गले लिपटकर दोनों टपकते आँसुओं के संग गा-गाकर विलाप करने लगे थे :

'कहाँ जाइ छिला
अंबा मंजर सहिया
कहियो घुरबे की ना...?
की रे अंबा मंजर!
कहियो घुरबे की नाहीं...?'

[ऐ मेरे आम के मंजर! कहाँ जा रहे हो? कभी लौटोगे कि नहीं? क्या सचमुच कभी नहीं लौटोगे?]

खुशिया-टुइयाँ के आँसुओं की अविरल धार और उनकी हिचकी में डेनिस को लगा, 'गंज' की चौहद्दी की धरती डगमग कर रही है...आवेश में काँप रही है कंका पहाड़ी और चाट्टी...! चाट्टी का वक्षस्थल नेह-छोह के इस आवेग के कारण ज़ोर-ज़ोर से ऊपर-नीचे हो रहा है।

'फिर आना बेटे, हम लोग तो हैं ही यहाँ।' मिसेज़ थ्रिपथॉप ने रुँधे गले से कहा था।

डेनिस जल्दी से गाड़ी में बैठ गए थे। उन्हें लगा, अब एक पल वह यहाँ रुक नहीं पाएँगे। एक बार मन किया था, बुक्का फाड़कर अपने गेट से चिपककर रोने लगें।

मुंशी ने ठंडे स्वर में पूछा, 'गाड़ी बढ़ाएँ?'

और गाड़ी बढ़ गई थी। मैकलुस्कीगंज धीरे-धीरे छूटता गया था। गाड़ी के पीछे के शीशे से पलटकर इस बार डेनिस ने नहीं देखा था। कैसे देखते? आँखें रह-रहकर भर रही थीं। और भरी हुई आँखों में सिर्फ़ धुँधलाहट ही धुँधलाहट...। पर मैकलुस्कीगंज की यादें डेनिस के मन में कभी धुँधली नहीं हुई थीं।

शरीफा का बीज

बबलू का चेहरा कल से तमतमाया हुआ है। किट्टी के बेटे बबलू को अगर कोई 'बबलू मुंडा' पुकार देता है, तो वह बुरी तरह आपे से बाहर हो जाता है। एकदम नौसादर!

उसकी इस चिढ़ से परिचित 'गंज' के कुछ खिलन्दड़े और कूढ़मगज लोग कभी-कभार उसे भड़काकर पूरा मज़ा लेते हैं। सुनहरे बालों और दोहरे बदनवाले बबलू का चेहरा तब टमाटर-सा सुर्ख़ और अन्ततः स्याह हो आता है। मुंडा 'टाइटिल' उसके लिए घास में छिपा साँप है। यह अक्सर फन उठा देता है। 'बबलू मुंडा...बबलू मुंडा...' और उसके कानों में पिघलता शीशा चूने लगता है। फिर कई दिनों तक इस मज़ाक के कारण पैदा हुआ अवसाद उसके भीतर छाया रहता है, जिसे सिर्फ़ और सिर्फ किट्टी ही समझती है।

बात-बेबात उसका भड़क उठना, खीजना और रुआँसा होकर ज़ोर-ज़ोर से चिल्लाने लगना या चुपचाप बग़ैर कुछ खाये-पिये घर से चल देना किट्टी को बहुत तड़पाता है। पर वह उससे कुछ नहीं कहती। वह समझती है कि क्या हुआ होगा और इस बारे में टोकने पर तकिये से मुँह दबाकर वह किस तरह अपनी आँखें सुर्ख़ करेगा। किट्टी की तीनों बेटियों—सिल्विया, इवलिन और लिंडा—के बीच अकेला भाई है बबलू। इसलिए न सिर्फ़ किट्टी बल्कि अपनी तीनों बहनों के लिए वह कलेजे का टुकड़ा है। उसकी हल्की-सी खिन्नता इन चारों से छिप नहीं पाती।

'क्या बात है, आज बड़ा कद्दू जैसा मुँह लटका है तेरा?' बड़ी बहन सिल्विया मुसकते हुए उसे टटोलती है।

'इससे तुझे क्या? तू अपना काम कर।' बबलू झनकता है।

सिल्विया हैरान हो एकटक उसकी तरफ़ देखती है, 'अरे ऐंठू! भूत चढ़ गया है क्या तेरे माथे पर?'

पर बबलू बग़ैर उससे कोई बाता-बाती किये उठकर चल देता है। और समय होता, तो बबलू उससे भिड़े बिना नहीं रहता।

सिल्विया भीतर-ही-भीतर परेशान हो उठती है कि इतना छेड़ने पर भी बबलू ने उससे कुछ कहा क्यों नहीं। इतने में तो पता नहीं वह झगड़-वगड़ कर आसमान सिर पर उठा लेता।

'बबलू को कुछ हुआ है, मम्मी?' सिल्विया किट्टी से पूछती है।

'मुझे क्या पता?' किट्टी बुदबुदाकर रह जाती है।

पर किट्टी का चेहरा यह बताने के लिए काफ़ी है कि बबलू को कुछ हुआ है। सिल्विया ने कई बार ग़ौर किया है, बबलू की उदासी और खीज मम्मी के चेहरे पर पूरी तरह उतर आती है। किट्टी किसी तरह भी इसे अपनी बेटियों से छिपा नहीं पाती। किशोर है बबलू तो क्या हुआ, घर का पुरुष तो वही है। उसके बाप रमेश मुंडा को तो उन लोगों की परवाह नहीं। अब तो इस घर में वह आता भी बहुत कम है। उसके आने का मतलब है—किट्टी और उसके बीच जमकर चिल्ला-चिल्ली। सचमुच वह प्रलय का दिन होता है। रमेश मुंडा जब कभी आया है, तीव्र छटपटाहट लेकर यहाँ से गया है। उसके संग यह छमाही फसाद किट्टी मानवश करती है। इस बात को रमेश मुंडा समझता है। पर जब ग़ुस्सा भड़कता है, तो यह बात उसे बिसरा जाती है।

'कर्जा खाया है क्या तुम लोगों का?' ज़ोर से घुरघुराता है किट्टी के चिल्लाने पर रमेश मुंडा।

'अरे ब्लडी मैन! ये बच्चा लोग सिर्फ मेरा जिम्मावारी है क्या?' किट्टी तब पंचम सुर में होती है। नगपुरिया-मिश्रित अंग्रेज़ी में वह देर तक बड़बड़ाती है।

किट्टी की इस नगपुरिया-मिश्रित अंग्रेज़ी को लेकर मि. मेंडेज़ अक्सर बिहँसकर कहते हैं, 'यह है किट्टी का लिंगुआ फ्रांका[1]।'

किट्टी की तीखी बौछार पर अन्ततः असहाय क्रोध में चीख़ता है रमेश मुंडा, 'तो क्या करें? लो, काट कर हमीं को खा लो। तुमको और तुम्हारे बच्चों को नेकटाइवाला साहब चाहिए था।' रमेश मुंडा बुरी तरह भनभनाता है, जैसे मधुमक्खी के छत्ते में घुस गया हो, देह-हाथ नोचते हुए वहाँ से निकलता है वह।

ऐसी तनातनी सिर्फ़ घर में होती है। वैसे लगभग हर रोज़ 'गंज' स्टेशन के पास किट्टी की रमेश से देखादेखी हो जाती है। पर वहाँ दोनों में कोई बात नहीं होती। बातचीत का मतलब है—झगड़ा। चौक-चौराहे पर किट्टी यह तमाशा नहीं चाहती। 'गंज' स्टेशन पर फल-मूल बेचकर अपने बच्चों की परवरिश तो वह करती ही रही है। पर वह महसूस करती है कि अपने बाप की लापरवाही इन बच्चों को भीतर तक खुरचती-कचोटती रहती है। इसलिए जब कभी भूले-भटके रमेश मुंडा घर पर आता है, तो बच्चों की शिकायत को सहलाने के लिए वह उससे झगड़ पड़ती है। हालाँकि, उसकी आत्मा से कोई पूछे, तो उसे अपने लिए रमेश मुंडा से कोई शिकायत नहीं। वह जानती है कि जिस परिवेश में रमेश मुंडा की परवरिश हुई है, उसमें उससे उम्मीद भला क्या की जा सकती है? उसे याद नहीं कि रमेश मुंडा ने उसे कभी एक सूत भी दिया हो। पर बबलू को यह समझाना मुश्किल है। बाप को देखते ही वह बुरी तरह विचलित होने लगता है। कहीं-न-कहीं उसके मन के कोने में यह बात सुलगती रहती है कि उसकी माँ के ऊँचे ख़ानदानी ख़ून को नाले में गिराने का अपराध इसी आदमी ने किया है। इसलिए अपने नाम के संग 'मुंडा' लगाया जाना उसे एकदम सहन नहीं।

वर्षों पहले की बात। बबलू जब छोटा था, एक दिन किट्टी उसका नाम लिखाने 'गंज' के सरकारी प्राइमरी स्कूल में गई थी। वहाँ लाख पूछे जाने के बावजूद उसने अपने पापा का नाम नहीं लिया था। और अन्त में चिलकती आँखों के संग स्कूल के हेडमास्टर से उसने कहा था, 'आप मुझसे कुछ भी पूछिए, पर मेरे पापा का नाम मत पूछिए।'

'इसको अपने बाप से इतनी नफरत क्यों है? जरा भेजना तो रमेश मुंडा को मेरे पास।' हेडमास्टर के स्वर में हैरानी थी।

'उसे कहने-सुनने से कोई फायदा नहीं। वह इस बात के लिए तो आपके पास हरगिज नहीं आएगा।' किट्टी ने बबलू के माथे पर हाथ फिराते हुए झुलसे गले से कहा था। आख़िरकार, स्कूल के रजिस्टर में उसका नाम लिखवाया था—बबलू टेक्सेरा।

'इसका नाम यही रहने दीजिए।' किट्टी की आवाज़ भीगी हुई थी।

नींद में बेसुध बबलू के चेहरे पर विकलता की परछाईं देख किट्टी की आँखें आज भी सूने में टपकने लगती हैं। शुरू से वह देखती रही है कि उसकी तीनों बेटियाँ अपने बाप से ख़ूब हिली-मिली रही हैं, पर बबलू को जाने क्या हुआ है! छुटपन में रमेश मुंडा जब कभी उसे गोद में लेता, तो वह रोते-रोते आसमान सिर पर उठा लेता। तब मारे खीज के हाँफते हुए रमेश मुंडा उसे किट्टी की गोद में पटकते हुए कहता, 'रखो इसे। बहुत रोता है यह हरामी।'

---

1. मिश्रित भाषा, जिसको यूरोप के पूर्वी भाग के लोग बोलते हैं।

किट्टी के चारों बच्चों में इवलिन और लिंडा हू-ब-हू अपने बाप रमेश मुंडा पर गए हैं। वैसे ही कुच-कुच काले बाल और दबा रंग। पर सिल्विया और बबलू में टेक्सेरा ख़ानदान की रंगत आई है। सुनहरे बाल और गाजर-सी ललछौंही गोराई। ज्यों-ज्यों बबलू बड़ा होता गया, यह बात उसके मन में गहरे तक बैठती गई कि उसके बाप रमेश मुंडा के चलते ही उसकी मम्मी की ज़िन्दगी तबाह हो गई। बबलू घर में टँगी अपने नाना मि. टेक्सेरा की तसवीर को बड़े ग़ौर से देखता। मि. टेक्सेरा की यह तसवीर उस ज़माने की है जब वे ब्रिटिश फ़ौज में हुआ करते थे। उफ़्फ़, क्या बाँके सजीले जवान थे उसके नाना! और यह काला-कलूटा खेत के बिजूके जैसा, देसी दारू पीकर हर-हमेश टुन्न रहनेवाला खूसट रमेश मुंडा? माथा का घाव! बबलू का वश चलता, तो वह अपने शरीर के खून को पूरी तरह निचोड़ फेंकता।

दरअसल, एक दिन किट्टी के साथ झगड़े में चीखते हुए रमेश मुंडा ने कहा था, 'तुम चाहे इनके लिए कुछ भी कर लो पर यह मेरा खून कहलाएगा।'

बबलू के कानों में रमेश मुंडा की वह चीख आज तक अटकी पड़ी है।

किट्टी के मन में कई बार यह बात आई है कि एक दिन इन चारों भाई-बहनों को बिठाकर वह अपने संग बीती एक-एक परिस्थिति के बारे में बताए कि कैसे और क्यों उसने पहले से शादी-शुदा और बाल-बच्चेदार रमेश मुंडा से शादी की थी, पर बहुत बार कोशिश करके भी वह अटक गई है। हालाँकि, जैसा बबलू समझता है, आदमी कोई बुरा नहीं है रमेश मुंडा। उसने जितने दिन सही, जिया है रमेश मुंडा को। पर ये आदिवासी होते ही हैं स्वभाव से थोड़े लापरवाह।

ऐसा नहीं था कि अपनी पहली पत्नी फुलवा से किसी नफ़रत या नापसन्दगी के कारण रमेश मुंडा ने किट्टी से दूसरी शादी कर ली थी। वर्षों से फुलवा अपने मायके महुआटाँड़ में बाल-बच्चों के संग रहकर पूरी गृहस्थी की गाड़ी खींचती रही थी। वह यह सोच नहीं सकती थी कि रमेश दूसरी शादी और वह भी 'गंज' की एक मेम से कर लेगा। लेकिन परिस्थिति ने अनायास किट्टी के वास्ते रमेश मुंडा को इतना सजल कर दिया था कि उसके भीतर का रक्षक जाने कहाँ से कमर कसकर खड़ा हो गया था! एकदम अकेली पड़ चुकी किट्टी मेम को वरण करनेवाला इस पथरीली माटी का मातवर पुरुष बन गया था रमेश मुंडा।

'गंज' आकर तब कितना बिलख-बिलखकर रोई थी फुलवा! कितना झगड़ा-फसाद किया था रमेश मुंडा से! फुलवा के पिता कपिल मुंडा बेटी के साथ महुआटाँड़ से 'गंज' आए थे। रमेश मुंडा पर पंचायत बैठाने के लिए कपिल मुंडा ने 'गंज' में जाने कितने लोगों के दरवाज़े की मिट्टी कोड़ दी थी, पर कोई इस लफड़े में गर्दन फँसाने को राज़ी नहीं हुआ था। कपिल मुंडा की एकलौती बेटी थी फुलवा। किट्टी की तरह ही फुलवा के कोई भाई नहीं था। बरकाकाना के डोमन मुंडा के बेटे रमेश से जब कपिल मुंडा ने अपनी बेटी की शादी की थी, तो यही सोचा था कि महुआटाँड़ की उनकी सारी ज़मीन की खेती-पत्ती का काम उनका दामाद सँभाल लेगा और घर-जँवाई बनकर रहेगा। रमेश के पिता डोमन मुंडा ने सोचा था कि अच्छे-खाते-पीते घर में शादी होने से रमेश की ज़िन्दगी बन जाएगी। पर शादी के पहले से बरकाकाना से 'गंज' आकर साहबों के बँगले के विशाल अहाते में स्थित फलों के बाग़ में काम करते हुए रमेश मुंडा इतना रम चुका था कि शादी के बाद

उसने कपिल मुंडा से साफ़ कह दिया था, 'महुआटाँड़ मैं आता-जाता रहूँगा, पर हमेशा के लिए वहाँ रहूँगा नहीं। 'गंज' का साहेब लोग हमको बड़ा मान-प्रधान करता है। 'गंज' मैं नहीं छोड़ने सकता।' उस समय तक टेक्सेरा परिवार के यहाँ भी रमेश मुंडा कामकाज से जुड़ चुका था। उसके बाद इसी तरह कई वर्ष बीते। फिर मि. व मिसेज़ टेक्सेरा की थोड़े-थोड़े अन्तराल पर हुई मृत्यु ने जैसे सारी दुनिया उलट दी।

किट्टी और रमेश की शादी के बाद महुआटाँड़ से आकर फुलवा ने पूरे गाँव के बीच किट्टी के साथ सिर्फ़ झोंटा-झोंटी नहीं की लेकिन बिलख-बिलखकर जाने कितनी जली-कटी सुनाई थी, 'मेरा नोर तुमको पड़ जाएगा। गल जाओगी रे किटिया! गल जाओगी तुम...!'

किट्टी को अब लगता है, फुलवा का आँसू सचमुच उसे पड़ गया। फुलवा के लिए उसे अफ़सोस होता है। कुछ समय पहले जब अचानक उसके चल बसने की ख़बर आई, तो किट्टी का दिल कई दिनों तक डूबा रहा था। परिस्थितिवश फुलवा के संग अन्याय का कारण तो वह बन ही गई थी।

फुलवा से रमेश को चार बेटी और एक बेटा है—सुरेश मुंडा। बेटियों की शादी फुलवा के जीते-जी एक-एक कर हो गई थी और बेटा सुरेश मुंडा मैकलुस्कीगंज स्टेशन पर रेल का कुली है। बबलू के साथी सुरेश को लेकर उससे चुटकी ले लेते हैं, 'वह रहा तुम्हारा भाई सुरेश मुंडा।'

इस परिहास पर सुरेश मुंडा सहज भाव से हँस देता है, उसे ऐसे मज़ाक से कोई फ़र्क़ नहीं पड़ता है, पर बबलू की नसें-भौंहें ज़रूर तड़क उठती हैं।

बबलू ने एक दिन घर लौटने पर किट्टी से कहा, 'सुन लो, मैं सुरेश मुंडा की तरह कुली-मजदूर नहीं बननेवाला।'

किट्टी ने महसूस किया कि बबलू कहना कुछ चाह रहा है और कह कुछ और रहा है। किट्टी तब फीकी हँसी हँसकर रह गई थी।

सुरेश मुंडा भोला लड़का है। स्टेशन पर लगभग रोज़ किट्टी की उससे देखा-देखी हो ही जाती है। किट्टी उसकी सौतेली माँ है, यह हिंसा किट्टी ने उसकी आँखों में आज तक नहीं देखी है। किट्टी बल्कि कभी कोई काम उसे कह देती है, तो जैसे वह निहाल हो उठता है। अक्सर स्टेशन पर 'कैंटीन मजीद' की बेंच पर सो जाता है सुरेश मुंडा। अपने बाप रमेश मुंडा से कोई ख़ास रप्त-जप्त नहीं है उसकी।

किट्टी के मन में कई बार हुआ है कि सुरेश को कहे कि वह रात को उसी के यहाँ आकर सो जाया करे, पर बबलू के चलते हमेशा यह बात उसके दिल में रह गई है। कंका पहाड़ी की तलहटी के ऐन नीचे गाँव के सबसे किनारे मिट्टी के गिलावे पर ईंट का बना एस्बेसटस की छतवाला दो कमरों का छोटा-सा घर है किट्टी का, जिसे अपना पुश्तैनी बँगला महाजन के हाथों गँवाने के बाद किसी तरह उसने सिर छिपाने के लिए रमेश मुंडा की मदद से कभी बनवाया था। ख़ुद मजदूर बन गए थे दोनों। ईंट ढोने से लेकर मिट्टी का गिलावा सानने तक। सिर्फ़ ईंट की जोड़ाई राजमिस्त्री ने की थी। जिस समय ग़ैर मज़रूआ परती ज़मीन पर यह घर इस पहाड़ी की तलहटी से सटकर उन लोगों ने बनाया था, उस समय तक इस हिस्से की भयावह निर्जनता में किसी ने बसने की हिम्मत नहीं जुटाई थी। आज इतने वर्षों बाद भी इधर इक्का-दुक्का घर ही हैं और वह भी काफ़ी-काफ़ी दूरी पर।

हालाँकि, किट्टी के घर की हालत अब ख़स्ता है। क्या पता, कब ढह जाए! मिट्टी के गिलावे का घर कितना चलेगा? ब्लॉक में जाकर बी.डी.ओ. के पास 'इन्दिरा आवास' के लिए जाने कितनी बार उसने अर्ज़ी दी है, पर बी.डी.ओ. हर बार मुसककर टाल गया है, 'मेम साहब को भी इन्दिरा आवास चाहिए?'

मेम साहब!—किट्टी घर की सीलन-भरी भुरभुरी दीवारों को चुपचाप निहारती है।

'गंज' के इस हिस्से में कभी सियारों की बहुतायत थी। इसलिए आज तक यह 'सियार टोली' के नाम से जाना जाता है। हालाँकि, गाँव के प्रमुख लोगों ने कुछ साल हुए, इसका नया नामकरण—'विकास नगर' कर दिया है। बावजूद इसके पुराना ही नाम सबकी ज़बान पर है। गाँव के इस हिस्से में ज़्यादा जंगल या फिर धनहर खेत हैं। रास्ते में इमली और जामुन के बहुत पुराने और जुआए पेड़ों के अलावा घनी बाँसबारियाँ, कुसुम, शिरीष, पलाश और अमरूद के पेड़ ग़ज़ब ढंग से गुत्थम-गुत्था हैं। होंठ में तम्बाकू चुभलाते हुए इस रास्ते से रोज़ बेधड़क आती-जाती है किट्टी। 'गंज' स्टेशन से गुज़रनेवाली देर शाम की आख़िरी ट्रेन में फल बेचकर घर लौटने के समय रास्ते में किट्टी को आज तक सरसों के दाने बराबर भय नहीं हुआ है, जबकि लोग कहते हैं कि इमली और जामुन के पेड़ पर भूत रहते हैं, पर किट्टी को तो आज तक किसी भूत से सामना नहीं हुआ है।

'भूत सोचते होंगे कि इस भूतनी से नाहक में भिड़कर कौन आफत ले!' कैंटीन मजीद बिहँसकर कहता है।

'हाँ, मैं भूतनी।' किट्टी की तीखी हँसी से कातरता टपक पड़ती है।

वैसे, 'गंज' के इस हिस्से में घर होने का मतलब है—घोर निरुपायता। पर 'गंज' के दूसरे हिस्से की तुलना में किट्टी को इस तरफ़ ज़्यादा शान्ति महसूस होती है। आते-जाते एक बार ज़रूर वह कंका पहाड़ी की चोटी की तरफ़ निहार लेती है। उसे हरदम लगता है कि उसके पापा-मम्मी कंका पहाड़ी की चोटी पर बैठकर पल-पल उन सबकी रखवाली कर रहे हैं।

'...किट्टी टेक्सेरा...! किट्टी मुंडा!' कंका पहाड़ी की तलहटी के जंगल और खेतों से आवाज़ों की टकराहट गूँजती है और आधी रात में नींद उचट जाने पर ताखे पर टिमटिमाती ढिबरी की लौ में किट्टी बेसब्री से तम्बाकू की अपनी डिब्बी ढूँढ़ती है। फिर घर की चौखट पर बैठ तम्बाकू मलते हुए दरवाज़े के बायें ऐन सटकर लगे शरीफा के पेड़ को वह देर तक निहारती रहती है। शरीफा की पतली टहनियों और कोमल पत्तियों के बीच मन्द हवा के साथ डोलते शरीफा रात को कितने अद्‌भुत लगते हैं! शरीफा का पेड़ उसने ख़ुद से यहाँ नहीं लगाया था। कभी इन बच्चों ने शरीफा खाकर बीज यहाँ फेंक दिया होगा, उसी से शायद यह उग आया। चिड़िया की बीट से गिरे बीज से भी कई बार पौधे उग आते हैं। पर बीज सहित शरीफा कौन चिड़िया खाती होगी? किट्टी के होंठ के कोर पर अँधेरे में भी हँसी की एक रेख छिटक जाती है। आदमी को ही कितनी सफाई से शरीफा खाना पड़ता है! वह सोचती है, ठीक शरीफा के उबड़-खाबड़ काली छाँहीवाले हरे छिलके की तरह है 'गंज', जो अपने आवरण में उसे बचपन से समेटे हुए है। शरीफा के सफ़ेद मीठे कोए के भीतर छिपा काला बीज...ठीक बबलू और उसके बाप रमेश मुंडा की तरह। शरीफा का काला बीज ही बबलू को तड़पाता है। किट्टी को अक्सर लगता है, उसकी कोख से बबलू नहीं, उसके पापा मि. टेक्सेरा पैदा हुए हैं, जो रमेश मुंडा जैसे

लापरवाह आदमी को हरगिज़ क़बूलने के लिए तैयार नहीं हैं। हालाँकि, अपने आख़िरी दिनों में पापा रमेश की सेवा से विह्वल थे। पर किट्टी कल्पना करती है कि अगर उनके जीते जी कभी वह रमेश मुंडा से शादी करने की बात करती, तो शायद आपा खोकर वे अपने को शूट कर लेते। उसके पापा एक ज़िम्मेदार पति और प्यार बरसानेवाले बाप ज़रूर थे पर अपने स्टेटस में किसी भी क़िस्म की गिरावट वे बर्दाश्त नहीं कर सकते थे।

पापा की बीमारी के दौरान मम्मी, वह ख़ुद और यह रमेश मुंडा था। रात-रात भर जागकर रमेश ने पापा की अटूट सेवा की थी। अत्यन्त करुणा से पापा कभी-कभी मम्मी से कहते थे, 'सुनो, इस ट्राइबल का एहसान मैं कभी नहीं चुका सकूँगा।'

पापा की बीमारी के लम्बे दौर में भरी-पूरी मम्मी प्याज़ की तरह गल गई थीं। पापा की बीमारी में घर के जो भी बचे-खुचे पैसे थे, एक-एक कर सब ख़र्च हो गए थे। यहाँ तक कि 'गंज' के सबसे बड़े महाजन बुलकन साव से काफ़ी रुपये सूद पर लेने पड़े थे। पर बिस्तर पर पड़े पापा के कानों में यह बात नहीं जाने दी गई थी। यह सुनकर अपनी उस हालत में भी पता नहीं, पापा कितने नाराज़ होते!

पापा की मौत के बाद हताशा की मारी मम्मी ने किट्टी की शादी के लिए काफ़ी कोशिश की थी, पर बात कहीं बन नहीं सकी। कुछ जगह तो बात बनते-बनते टूट गई। इस स्थिति ने मम्मी को बुरी तरह तोड़ डाला था।

एक सुबह किट्टी मम्मी के पलंग के पास यह जानने के लिए गई कि मुँहअँधेरे जग जानेवाली मम्मी अभी तक भला सोई क्यों हुई हैं? लेकिन मम्मी तो जा चुकी थीं। वे शायद आधी रात को नींद में चल बसी थीं। 'गंज' में सबने कहा कि यह उम्र मि. व मिसेज़ टेक्सेरा के जाने की नहीं थी। अपनी एकलौती बेटी की वे शादी तक न कर सके। मम्मी के गुज़रने के साथ ही किट्टी के सामने तसवीर साफ़ हो गई कि अपनी ज़िन्दगी के बारे में अब सारा फ़ैसला उसे ख़ुद अकेले करना है। इस बीच महाजन के कर्ज़ का सूद फंदे की तरह कसता जा रहा था। इससे उबरने का उसके पास एक ही रास्ता था, अपने घर की चाबी और बची-खुची ज़मीन महाजन को हमेशा के लिए सौंप देना। इसके अलावा और कोई उपाय नहीं था। उसके न कोई आगे था, न कोई पीछे। सड़क पर आने जा रही एक मुफ़लिस लड़की को कौन अपनी ओट देता? पर उस गहरी हताशा में जैसा और जो था, बस, मौजूद था यही रमेश मुंडा।

हताशा की उन रातों की एक रात किट्टी की स्मृति में आज तक चित्रलिखित है, जब ठीक अगली सुबह महाजन का आदमी उसके बँगले पर ताला मारने आनेवाला था और इसकी कल्पना मात्र से उसकी सिसकियाँ रोके नहीं रुक रही थीं। तभी संकोच और आवेश में थरथराते-काँपते हाथों से रमेश मुंडा ने उसका हाथ पकड़ते हुए कहा था, 'मेमसाब, हमारे होते आप रोएँगी?' और बस...। अनवरत हिचकियों और आँसुओं से भरी उस विदग्ध व्याकुल रात का वही एक क्षण! रमेश मुंडा के आश्रय में वह उसी पल समा गई थी। उसके बाद न तो अपने जीवन में किसी की उसने कल्पना की, न भूले से कभी किसी दूसरे मर्द की तरफ़ झाँका।

किट्टी को आज तक हू-ब-हू याद है रमेश मुंडा के संग अपनी शादी की वह रात। 'गंज' के एंग्लो-इंडियन लोगों ने जब सुना, तो घृणा से सबने लगभग एक जैसा मुँह बनाया,

'उफ़्फ़! उस काले-कलूटे सड़े हुए ट्राइबल मजदूर से शादी बना रही है किट्टी?' उसकी शादी में 'गंज' का कोई एंग्लो-इंडियन परिवार नहीं आया था। 'गंज' के गंझू लोगों ने ही वर-वधू, दोनों पक्ष की भूमिका निभाई थी। 'कोहबर घर' की भित्ति को हाथी, नदी और कमल आदि के चित्रों से आनन-फानन में भर दिया था। शादी के भोज के लिए अनाज, दूध और फल-सब्ज़ियों का भरसक इन्तज़ाम किया था।

किट्टी को याद है कि उसे किस दुलार से गंझू औरतों ने गा-गाकर दुलहन की तरह उसका मिसरी काजल किया था :

'के रे लानल मोरा सेंदुर
नयन भरि काजर गुइयाँ?
सैंयाँ रे लानल मोरा सेंदुर,
नयन भरि काजर गुइयाँ।'

[कौन लाया सिन्दूर और नयन भर काजल मेरे लिए? मेरा प्रियतम लाया मेरे लिए सिन्दूर और नयन भर काजल।]

आज भी जब 'गंज' में कहीं किसी आदिवासी घर-परिवार की शादी में वह इस गीत का टहंकार सुनती है, तो सीधे उस रात में वापस लौट जाती है। पर कहाँ गया वह काजल और सिन्दूर? सब पेट की आग में जल गया। छठे-छमासे जब कभी वह आईना देखती है, तो अपने चेहरे पर बढ़ती झुर्रियों को लक्ष्य करती है। वह असमय बूढ़ी हो गई है। सिल्विया को आलता से पाँव रँगना और काजल-बिन्दी लगाना बहुत पसन्द है। वह कभी-कभी झिमककर उससे कहती है, 'तुमको क्या हो गया है मम्मी...तुम काजल-बिन्दी क्यों नहीं लगातीं?'

'इस एज़ में?' किट्टी गहरी साँस लेकर खुद को हल्का करने की कोशिश करती है।

'असल में हम सबका बैड लक है रमेश मुंडा।' माँ-बेटी का यह संवाद सुनने के बाद जब बबलू ने एक दिन आवेश में तिनकते हुए कहा, तो अपने बेटे, जिसकी मूँछों के रोम निकलने शुरू हो गए हैं, को बहुत कातर असमर्थता से देख उठकर चल दी किट्टी। दिन भर स्टेशन पर उसका मन चिड़चिड़ाया-सा रहा। इस बीच कई ट्रेन आकर चली गई पर वह किसी ट्रेन में अपनी फलवाली टोकरी लेकर नहीं चढ़ी। रमेश मुंडा से इतनी दूरी हो जाने के बावजूद रमेश से आज तक उसका क्या रिश्ता है, वह ठीक-ठीक बबलू को कभी समझा नहीं सकी। वह खुद रमेश को चाहे जितना गाली-गलौज कर दे, पर उसके बच्चे रमेश के संग अपमानजनक व्यवहार करें, यह उसे गहरे तक सालता है। इसलिए कई मौक़े पर जब उसे लगा है कि बबलू अब रमेश से तनातनी करेगा, तो उसके पहले ही बीच में कूदकर वह रमेश के संग झगड़ पड़ती है, ताकि बबलू को उससे भिड़ने की नौबत न आए।

अब तो रमेश मुंडा से उन लोगों का नाममात्र का सम्बन्ध रह गया है।

'गंज' स्टेशन के ठीक बाहर चन्द फ़र्लांग पर सुरेश गुप्ता का एक छोटा-सा होटल है। बीते कुछ वर्षों से रमेश मुंडा इसी होटल में मिठाई का कारीगर है और सुबह से रात तक यहीं लगा रहता है। होटल की बेंच को रात में जोड़कर वह सोता है। साहबों के बँगले में मज़दूरी करने के बाद उसने कुछ वर्ष स्टेशन पर कुली का काम किया। हालाँकि, कुली की कमाई लहर-पहर की होती है। फिर भी 'गंज' आनेवाले 'चेंजर' लोग का सामान ढोकर

गेस्ट हाउस तक पहुँचाने के काम में उसने अपने को कुछ साल तक रमाये रखा। ख़ास कर, कलकत्ता से आनेवाली 'शक्तिपुंज एक्सप्रेस' ट्रेन जब आधी रात में 'गंज' स्टेशन पर पहुँचती, तो रमेश मुंडा वहाँ ज़रूर रहता। इस तरह कलकत्ता से आनेवाले बंगाली पर्यटकों के बीच वह इतना सुपरिचित हो गया कि प्लेटफ़ार्म पर पाँव रखते ही वे लोग पुकार लगाते, 'रोमेश मुंडा कुली किधर हाय?' ये बंगाली लोग भी साहबों की तरह हिन्दी बोलता है। रमेश मुंडा घनी मूँछों के बीच किसी तरह अपनी हँसी को छिपाता। स्टेशन से ही वह चेंजर लोगों का गाइड बन जाता, 'कंका पहाड़ी के ऊपर वाच टावर जरूर देखिएगा... और बाहरी साहेब का बनवाया प्रेम-मन्दिर...चाट्टी नदी...और मैकलुस्की साहेब का फाउंटेन...।' आधी रात में उतरे उनींदे यात्रियों की उत्सुकता तब बरबस सजग हो अपने कान फैला देती। हालाँकि, बातूनी बिलकुल नहीं है रमेश मुंडा। बहुत कम बोलनेवाला प्राणी। पर यात्रियों को ज़रूरत के लायक़ बात बता देना वह अपना धर्म समझता।

कुली के काम को बाद में रमेश मुंडा ने छोड़ दिया। भारी-भारी सामान उठाना और रात-रात भर ट्रेन की प्रतीक्षा में आँखें फाड़-फाड़कर जगना जब उसके लिए दूभर होने लगा, तो वह स्टेशन के बाहर स्थित सुरेश गुप्ता के चाय-जलपान वाले होटल में कप-प्लेट धोने के काम पर लग गया। सुरेश गुप्ता से उसने एक दिन कहा, 'सुरेश बाबू, बेडिंग-बक्सा ढोते-ढोते थक गया हूँ। अगर हो सके, तो अपने होटल में कोई काम दे दीजिए।'

'बर्तन साफ करने का काम होगा और पैसा भी ज्यादा नहीं दे सकूँगा। चेंजर लोगों से तो इनाम-बख्शीश भी तुमको मिलता होगा, पर यहाँ तो वह सब नहीं होगा। बित्ते भर का होटल है मेरा...किसी तरह समय कटता है...सोच लो।' सुरेश गुप्ता ने सारी परिस्थिति उसके सामने रख दी थी।

'क्या होगा? आप कोई जीवन भर का ठीका-पट्टा थोड़े लिखवा रहे हैं। आपसे पैसे के लिए तो मैंने कुछ कहा नहीं।' रमेश मुंडा बिहँस पड़ा।

रमेश के होटल पर आने के बाद से होटल की साफ़-सफ़ाई बढ़ गई थी। जहाँ सफ़ाई रहती है, वहीं लक्ष्मीजी आती हैं, रमेश के काम को देख सुरेश गुप्ता मन-ही-मन ख़ुश होते। वह ग़ौर करते कि वर्षों तक साहबों की संगत के कारण रमेश के काम में एक ख़ास सिफ़त तो थी ही। कभी-कभी परिहास में सुरेश गुप्ता चुटकी भी ले लेते, 'मेम से शादी और साहबों की सोहबत कर काला साहब बन गया हमारा रमेश मुंडा, पर दारू पीने की आदत ने इसे बर्बाद कर दिया।'

रमेश मुंडा की ईमानदारी के क़ायल होकर ही सुरेश गुप्ता कभी किसी काम से अगर बाहर जाते हैं, तो होटल का मालिक-मुख़्तार रमेश को ही बना जाते हैं, 'लो, यह कैश बॉक्स की चाबी। ठीक से सब देखते रहना।'

शुरू में रमेश मुंडा के बढ़े हुए भाव को देखकर सुरेश गुप्ता के होटल का पुराना मिठाई कारीगर सुखदेव बहुत कुढ़ता था, 'हुँह, दारूबाज पर इतना भरोसा!'

पर रात में होटल बन्द करने के बाद दारू की तलब ज़ोर करने पर रमेश मुंडा ने भले किसी से दस-पाँच रुपया कर्ज़ ले लिया हो, लेकिन कैश-बॉक्स को कभी भूले से उसने हाथ नहीं लगाया। विश्वास में धोखा करने से बढ़कर दुनिया में कोई पाप नहीं। नशे में टुन्न हो जाने पर भी कैश बॉक्स की चाबी को अपने गले में लटकी बद्धी से बाँधे होशियार रहता रमेश मुंडा।

रमेश से ख़ुंदक खाकर होटल का मिठाई कारीगर सुखदेव एक बार छुट्टी लेकर जो घर गया, तो आया नहीं। सुरेश गुप्ता की छाती उड़ने लगी थी, 'क्या करें, खाली चाय पर कितने दिन होटल चलाएँगे?'

'मैं गुलाब जामुन...कलाकन्द...चमचम और रसगुल्ला—सब बना दूँगा।' बहुत साहस करके रमेश मुंडा ने सुरेश गुप्ता से कहा था।

'क्या बोकराती कर रहे हो...! कोई अकासबानी हुई है तुमको क्या? सचमुच, तुम झाड़े हुए बेवकूफ हो। इस गदहपन का कोई जवाब है? तुम...मिठाई बनाओगे? मेरे पास गाय नहीं है, तो बैल को दुहें?' सुरेश गुप्ता मारे खीज के कुरकुरा उठे थे।

'एक बार कोशिश तो करने दीजिए।' रमेश मुंडा ने सिर झुकाये हुए बुदबुदाकर कहा था और रसगुल्ला बनाने के लिए दूध फाड़ने की तैयारी में जुट गया था।

सुरेश गुप्ता हैरान हो विस्फारित आँखों से सब कुछ देखते रहे।

रमेश ने पहले रसगुल्ला बनाया...फिर गुलाब जामुन और कलाकंद। मारे ख़ुशी के सुरेश गुप्ता ने उसे सीने से भींच लिया, 'आज तुमने तो हमको मुसल्लम पागल कर दिया।' अपनी ख़ुशी को ज़ाहिर करने के लिए सुरेश गुप्ता सही शब्द नहीं ढूँढ़ पा रहे थे।

दरअसल, मिठाई कारीगर सुखदेव को अर्से से मिठाई बनाते देख-देखकर ही रमेश को मिठाई बनाने का बहुत कुछ ज्ञान हो गया था। रमेश मुंडा का हाथ मिठाई बनाने में इस तरह सुतर जाएगा, इसकी कल्पना नहीं थी सुरेश गुप्ता को।

रमेश के मिठाई कारीगर बन जाने के बाद एक दिन उससे खुद सुरेश गुप्ता ने कहा, 'अब से तुम कप-प्लेट नहीं धोओगे।' सुरेश गुप्ता ने इसके लिए अलग से 'गंज' के ही भुच्चू गंझू को रख लिया था।

'गंज' में कई दिनों तक यह चर्चा का विषय बना रहा कि रमेश मुंडा का 'प्रमोशन' कप-प्लेट धोनेवाले से कैसे मिठाई कारीगर में हो गया।

सिल्विया, इवलिन या लिंडा जब स्टेशन की तरफ़ जाती हैं, तो उनके हाथों सुरेश गुप्ता की अनुमति से कभी-कभार रमेश मुंडा सखुआ पत्ते के दोने में लपेटकर घर के लिए कुछ मिठाइयाँ भिजवा देता है। अपनी बहनों से इसको लेकर बबलू की बहस भी हो जाती है, 'जाती होगी दुकान पर दुम हिलाते हुए...। लालची पिट्ठू सब कहीं की! तुम लोगों की तरह कल्लर नहीं हूँ मैं।'

बहनें उसके गुस्से पर ज़ोर से हँस देती हैं, तब उसे और ग़ुस्सा आ जाता है। कई बार किट्टी ने चुपचाप नाश्ते के समय उसके प्लेट में मिठाई डाल दी है और वह यह कहते हुए उठ खड़ा हुआ है, 'मुझे मिठाई अच्छी नहीं लगती।'

पिन कोड-829208

हांगकांग का रक्तचाप लगातार बढ़ा हुआ था। इसे सब महसूस कर रहे थे। इस रक्तचाप की कोई दवा नहीं थी। सुबह अख़बार की ख़बरों पर एक सरसरी निगाह डालकर

वितृष्णा के साथ डेनिस मैगावन ने अख़बार को मेज़ पर सरका दिया था। लीज़ा ने कुर्सी पर थोड़ा आगे झुककर मेज़ से अख़बार उठाते हुए कहा था, 'देखूँ जरा, क्या सब खबरें हैं...!'

'क्या खबर होगी भला...? सभी खबरें आशंकाओं और आनेवाले दिनों के आतंक से भरी हैं। आजकल रोज एक न एक लेख या सम्पादकीय इस पर रहता ही है—क्या होगा हांगकांग का 1997 के बाद...? इसके अलावा यहाँ की खबर रह क्या गई है?' डेनिस के चेहरे की विवर्णता को लीज़ा ने लक्ष्य किया। क्षोभ से कुचला हुआ चेहरा।

लीज़ा अख़बार घुटने पर रखे, डेनिस को चुपचाप सुनती रही थीं। डेनिस ने फिर गहरी साँस लेकर कहा था, 'आनेवाले दिन यहाँ कितनी यंत्रणा के होंगे लीज़ा, जब हांगकांग बकायदा चीन के हवाले कर दिया जाएगा? सोचो, क्या होगा तब यहाँ? एक सेकेंड हैंड जिन्दगी गुजारने की मजबूरी।' डेनिस शून्य में खो गए थे।

'भाग्य का हवाला देकर कब तक आदमी अपनी हताशा को टाल सकता है?' डेनिस ने आँखें चौड़ी करते हुए अपने दोस्तों से कहा था, तो लगा था, जैसे फ्रांसिस, विक्टर और डेनिस—इन तीनों दोस्तों के बीच अचानक वह गीत अपनी गहरी करुणा से मद्धिम स्वर में बजने लगा है—'बी हैप्पी टुडे...बी हैप्पी टुडे...!' आज की ख़ुशी को भरपूर जी लो, कल की कौन जानता है? पर इसी कल की तलाश में तो अभी से बहुतेरे लोग हांगकांग से भाग रहे थे। बीते कुछ दिनों में यहाँ के कई नामी चिकित्सक, विशिष्ट तकनीकी जानकार, इंजीनियर आदि ऑस्ट्रेलिया और कनाडा में जा बसे थे।

ऐसे लोग जो किसी तकनीकी क्षेत्र में माहिर नहीं थे, न दक्ष श्रमिक और न बड़े व्यवसायी थे, वे दक्षिण अफ्रीका, पनामा और टोंगा सरीखे देशों की तरफ़ रुख़ कर रहे थे। वर्ष 1997 के आगामी संकट की कल्पना से आक्रांत होकर हांगकांग से अब तक लगभग 65 हज़ार लोग अपना कारोबार समेट इन कुछ वर्षों में दूसरे-दूसरे देशों में जा बसे थे। पर भला कितने लोग रातोंरात यहाँ से निकलने की क़ूवत रखते थे? अधिक से अधिक दस-बारह प्रतिशत। बाक़ी लोगों को दीवार से सिर टकराना था। सभी परेशान थे—कम्युनिस्ट जब यहाँ लाल झंडे के साथ पहुँचेंगे, तो क्या होगा...? डेनिस को लगता था, उनके निर्णय में ग़लती हुई। मैकलुस्कीगंज में आज से वर्षों पहले सबने मना किया था, 'हांगकांग जाकर क्या करोगे? ऑस्ट्रेलिया जाओ...कनाडा जाओ...न्यूजीलैंड जाओ... वहाँ अपने मैकलुस्कीगंज के बहुत-से लोग पहले से जाकर रह रहे हैं।'

पर हरदम पटरी छोड़कर चलने की आदत रही थी उनकी। वे अड़े रह गए, 'नहीं, जाएँगे तो हांगकांग ही।' सो अब भुगतेगा कौन?

हांगकांग की तड़प को आज वे पल-पल देख रहे थे। लगभग 404 वर्गमील में फैला हांगकांग किसी ज़माने में चीन के कांगतुंग प्रदेश के शिनआन काउंटी के प्रशासनिक क्षेत्र का एक हिस्सा हुआ करता था। 'हांगकांग' चीनी भाषा का एक शब्द है, जिसका अर्थ है—एक सुगंधित बंदरगाह! यह कभी चीन का 'दक्षिणी द्वार' कहलाता था। पर जब अफ़ीम युद्ध हुआ, तो दुनिया भर में सर्वश्रेष्ठ प्राकृतिक बन्दरगाहों में से एक हांगकांग के प्रमुख भाग पर चीन की तत्कालीन छिंग सरकार से ब्रिटिश सरकार ने एक संधि कर इसे अपने अधिकार में ले लिया।

बाद में तो ब्रिटेन ने चीन से 99 वर्षों के लिए हांगकांग का विधिवत पट्टा ही लिखवा लिया। इस पट्टे की अवधि 1997 में समाप्त होते ही चीन हांगकांग को अपने स्वामित्व में वापस ले लेगा, यह सब जानते थे और परेशान थे। 'क्या होगा, तब क्या होगा?' डेनिस के सभी व्यवसायी मित्र लगातार चिन्ता ज़ाहिर करते रहे थे, 'डेनिस, चीन की सत्ता में कम्युनिस्ट कायम रह गए और खुले बाजार का सिद्धांत अगर कारगर नहीं हुआ, तो हांगकांग में व्यवसाय करना वाकई कठिन हो जाएगा। जिन्दगी दूभर हो जाएगी यहाँ की।'

डेनिस ने अपने दोस्तों की हताशा को कम करने के लिए तनिक मुस्कराकर कहा था, 'अरे भाई, चीन से कम्युनिस्ट भला कहाँ जानेवाले! बेचैन तो मैं भी हूँ, पर मैं तुम लोगों को उन दिनों की एक दिलचस्प बात बताता हूँ, जब मैं अपने देश में था। भारत के बिहार प्रांत की राजधानी यों तो पटना है पर दक्षिण बिहार के प्रमुख शहर राँची को बिहार की मिनी राजधानी का दर्जा प्राप्त रहा है। दक्षिण बिहार में आदिवासी काफी बसते हैं और उन्हें प्रशासनिक सूत्र से सीधे जोड़े रखने के लिए बिहार प्रांत के शासकों ने जमाने से राँची में मिनि राजधानी की व्यवस्था कायम कर रखी थी। हम एंग्लो-इंडियन लोगों का गाँव मैकलुस्कीगंज राँची से मात्र 64-65 किलोमीटर दूर है। मैं कॉलेज की पढ़ाई के लिए अपने गाँव से बस पर रोज राँची आया-जाया करता था। वहाँ 'राँची कॉलेज' में मेरा एक बड़ा जिगरी दोस्त था। वह अपने माता-पिता के संग राँची में एक किराये के मकान में वर्षों से रहता आ रहा था। मेरा वह दोस्त बताता था कि किराये के उस मकान के साथ अद्भुत बात थी। वह मकान कई बार बिक चुका था। मसलन, पहले वह एक मुस्लिम सज्जन का था। फिर उससे एक ईसाई ने वह मकान खरीद लिया और बाद में एक पंजाबी ने उसे लिया। पर उस दो मंजिले मकान के निचले हिस्से में मेरे दोस्त का परिवार हरदम किरायेदार बना रहा था, मालिक-ए-मकान भले बदलते रहे। जो भी नये मालिक आए, उन्होंने उस मकान के इस पुराने किरायेदार को नहीं हटाया। हाँ, थोड़ा-थोड़ा किराया जरूर सब मकान मालिक बढ़ाते गए।'

डेनिस के परम मित्र फ्रांसिस ने आँखें फैलाकर तनिक विस्मय का स्वांग करते हुए पूछा, 'तो तुम क्या कहना चाह रहे हो डेनिस? यही कि वैश्विक महानगर हांगकांग के मालिक भले बदलें, पर यहाँ के हमारे-तुम्हारे जैसे स्थायी किरायेदार,नहीं छेड़े जाएँगे?'

डेनिस ने कटुमुख व्यंग्य की भंगिमा में कहा, 'बेशक! मकान का किराया भले नया मालिक थोड़ा बढ़ा दे।'

फ्रांसिस, जो कपड़ों के व्यवसाय में था, ने गहरी साँस छोड़ते हुए कहा, 'हाँ, जिन्दगी ट्रांसफ़रेबुल होती जा रही है डियर।'

डेनिस और फ्रांसिस के एक अन्य व्यवसायी मित्र विक्टर ने कहा था, 'भाई प्यारे, बेचिंत रहो। तुमने देंग झियाओ पेंग का वह बयान नहीं पढ़ा? देंग झियाओ ने साफ कहा है कि 1997 के बाद जब हांगकांग चीन के जिम्मे आ जाएगा, उसके बाद भी आगामी पचास वर्षों तक हांगकांग में पूँजीवादी अर्थव्यवस्था बहाल रहेगी। यही नहीं, हांगकांग को कुछ विशेष स्वायत्तता भी मुहैया कराई जाएगी। इसलिए घबराने की जरूरत नहीं...। हम व्यवसायियों-कारोबारियों का क्या, जिसका खाएँगे, उसका गाएँगे।'

पर डेनिस ने मुँह बनाते हुए कहा था, 'इन कम्युनिस्टों की बात पर एतबार करना मुश्किल है। ये कब क्या बोलेंगे, फिर अपनी ही बात से पलटकर क्या कर बैठेंगे, कहना मुश्किल है। इसलिए दुनिया भर में कम्युनिस्टों की बुरी दशा होती जा रही है।'

फ्रांसिस ने बिहँसकर कहा था, 'समझोगे...कम्युनिस्टों के खिलाफ अगर तुम्हारी जबान ऐसी ही रह गई, तो भुगतोगे...। सत्ता में बैठे कम्युनिस्ट क्रूर बहुत होते हैं। याद करो, 1989 में चीन में क्या हुआ था? लोकतांत्रिक व्यवस्था के लिए सड़कों पर उतरे नौजवानों और वहाँ की जनता को कैसे पाशविक तरीके से कुचला था इन लोगों ने!' विक्टर ने डेनिस की तरफ़ मुख़ातिब होते हुए कहा था, 'हम दिल को चाहे कितना भी समझा लें पर तुम ठीक कहते हो, चीन के मातहत हांगकांग को पाला मारनेवाला है। 'हेंग-सेंग बैंक' की हालत अभी से डाँवाँडोल है। मुश्किल हर तरफ है। अब देखो न, इस उपनिवेश में इधर जब ब्रिटेन ने एक नया बन्दरगाह और एक नया हवाई अड्डा बनाने के लिए योजना तय की, तो चीन के सत्ताधारी नेता बिफर उठे और कहा कि 1997 के पहले हांगकांग में अब एक तिनका भी लगाने की अगर कोई योजना ब्रिटेन ने बनाई है, तो चीन से पहले इसकी अनुमति ली जाए। हालाँकि, ब्रिटेन के उच्चाधिकारी इस पर खासे उत्तेजित हुए कि ठीक है, नहीं बनेगा कोई नया हवाई अड्डा या बन्दरगाह, मंजूर है। पर चीन से अनुमति क्यों लेने जाएँगे? जरा सोचो, ब्रिटेन के लोग यहाँ हवाई अड्डा या बन्दरगाह बना ही देते, तो क्या 1997 में चीन को यह शहर सौंपने के पहले उस हवाई अड्डे या बन्दरगाह को वे अपने लिए उठा ले जाते कि आखिर वह चीन को ही हासिल होता? समझ नहीं आता, क्या चल रहा है चीनी सरकार के दिमाग में!'

विक्टर के इस लम्बे व्याख्यान पर डेनिस ने कहा, 'हाँ, यह तो सच है कि रोज नये लफड़े तो अब खड़े होंगे ही...। मैं तुम लोगों को बताऊँ कि इस सबसे सिर्फ हमीं लोग नहीं, हांगकांग में बसे चीनी मूल के लोग भी भीतर ही भीतर काफी आतंकित हैं। मेरे पड़ोस में एक मि. च्यांग का परिवार रहता है। यू नो वेल मि. च्यांग...।'

प्रत्युत्तर में विक्टर ने कहा था, 'हाँ-हाँ, कहो न, बखूबी जानता हूँ उसे। बहुत मेहनती आदमी है वह। जी-तोड़ मेहनत से उसने अपनी यह हैसियत बनाई है...।'

डेनिस बोला, 'हाँ, तो मि. च्यांग से कल सुबह मेरी बातें हो रही थीं। वह काफी चिन्तित थे। कह रहे थे, हम चीनी मूल के लोग भी कम परेशान नहीं हैं। इतने गाढ़े श्रम अर्जित की गई वर्षों की हमारी सारी कमाई कहीं झटके में न चली जाए...।' डेनिस का स्वर डूबा-डूबा था, 'फ्रांसिस! चारों तरफ हताशा ही हताशा...। अपने गाँव की बहुत याद आ रही है मुझे। अपने गाँव की याद के साथ अपने होठों के बीच बादलों की नरम आवाजाही महसूस करता हूँ...।'

फ्रांसिस ने मन्द-सूनी आवाज़ में कहा था, 'हाँ, गाँव की बात तो तुम्हीं बेहतर बता सकते हो डेनिस! हमने और विक्टर ने तो कभी गाँव का मुँह देखा भी नहीं। भला तुम्हें क्या परेशानी है? तुम्हारा तो इंडिया में अपना एक गाँव है। नहीं होगा, तो तुम वहीं जा बसोगे, पर हम लोग कहाँ जाएँगे...? यहाँ से ऑस्ट्रेलिया, कनाडा—यही जब जगह न...! महानगरों का जहर पीकर भटकते रहेंगे हम बदकिस्मत लोग...। काश, डेनिस, हमारे भी तुम्हारे जैसा कोई एक गाँव होता, तो मैं रोज की यह किच-किच छोड़ वहीं जाकर रहता!

एक तरह से देखो तो इनसान के जीवन में कोई बहुत ज्यादा जरूरत नहीं होती। फालतू में हम लोग सुबह से रात तक हाय-हाय करते रहते हैं। पर जैसाकि तुम्हीं बताते रहे हो, गाँव का जीवन तो ऐसा नहीं होता डेनिस। न हो, तो मुझे भी अपने साथ मैकलुस्कीगंज लिये चलना। हम भी वहीं बस जाएँगे...', फ्रांसिस ने आँखें झपकाते हुए मुग्ध मुस्कान के संग कहा, 'तुम्हारे गाँव के बारे में तुमसे मैंने जितना जो कुछ सुना है, उसके आधार पर मैं समझता हूँ कि तुम्हारे गाँव का टैग-लाइन होना चाहिए कि—मैं वह जगह हूँ, जो तुम्हें इंद्रधनुष देते हैं।'

फ्रांसिस को सुनते हुए डेनिस को लगा था, जैसे एक अनदेखा-सा वह गाँव फ्रांसिस के चेहरे पर अपने पूरे अनुराग के साथ छा गया है...। डेनिस ने अस्फुट स्वर में कहा, 'हाँ फ्रांसिस, जीवन के सातों रंग...।'

बचपन में स्कूल में पढ़ी कविता ऐसे में डेनिस के होंठों पर बरबस आ जाती। 'गंज' की प्यारी नदी चाट्टी को होंठ के बीच वे महसूस करते, 'पीस इज फ़्लोइंग लाइक अ रिवर... लेट इट फ़्लो थ्रू मी...ज्वाय इज़ फ़्लोइंग लाइक़ अ रिवर...फ़्लोइंग आउट टू यू एंड मी...। लेट द माइटी ज्वाय ऑव गॉड...फ़्लो आउट थ्रू मी...।' होंठों से लेटी है चाट्टी...और मुस्कराकर याद दिलाती रहती है कि मेरी एक सुरक्षित दुनिया है...।

एक तरफ़ हाहाकार करता...अनन्त-अथाह दुःस्वप्नों से भरा गर्जन करता हुआ महासमुद्र, तो दूसरी तरफ एक शान्त सरल-सी, सकुचाई नदी...। कहीं कोई हाहाकार नहीं... कहीं कोई गर्जना नहीं...बस, जीवनदायिनी कुछ शान्त-मधुर हिलकोर...! मैकलुस्कीगंज की वह छोटी-सी नदी...गाँव की क़लाई पर मन्द-मन्द फड़कती नन्ही-सी एक नब्ज़...! एकबारगी डेनिस हज़ारों-हजार मील दूर उस नदी के कछार पर जा पहुँचते थे। उनके मन में सहसा वे सारे दृश्य सजीव हो उठते। कैसे लीज़ा से विवाह के बाद वह अक्सर लीज़ा को संग लेकर 'गंज' की उस नदी की तरफ़ निकल जाया करते थे। लीज़ा को भी इस नदी से बेहद प्यार था। किसी के यहाँ जाना हो, तो लीज़ा दस नखरे करती थी, पर जभी वह कहते, 'चलो लीज़ा, तुम अपनी दोस्त के पास...।' बस, लीज़ा फ़ौरन तैयार हो जाती थीं...।

डेनिस ने लीज़ा से 'गंज' में कहा था एक शाम, 'लीज़ा, यह नदी तुम्हारी बहुत प्यारी दोस्त है...। सखी है तुम्हारी...।' सच, उस नदी का क्या नशा था...! नदी का नशा, जल का नशा—रोम-रोम में भीगता हुआ...! धीरे-धीरे...! बहुत धीरे-धीरे...! लीज़ा और डेनिस जाड़े के दिनों में कभी-कभी तो दोपहर के खाने-पीने से निपटने के बाद देर शाम तक वहीं बैठे रहते थे—उस नदी के कछार पर। वह आत्ममुग्ध चाट्टी नदी क्या उसी जगह आज भी मैकलुस्कीगंज में मन्द-मन्द नहीं धड़क रही होगी? चाट्टी कभी सूख नहीं सकती। बहती रहेगी वह सदा सर्वदा—अपने मौन से हरदम यह जताती कि जीवन विक्षोभ नहीं। पर हांगकांग के समुद्र का हाहाकार करता विक्षोभ?

विक्टर ने बताया था एक दिन, 'तुम लोगों ने 'चान-हो' का वह नया बहुचर्चित उपन्यास पढ़ा? इस उपन्यास का नाम है—'हांगकांग-97'। इसमें हांगकांग के वर्ष 1997 के बाद के उस संभावित आगामी जीवन का ही आतंक चित्रित है। आशंकित जीवन की मार्मिक गाथा है यह।'

फ्रांसिस का स्वर उदास हो गया था, 'उपन्यास की तुम बात कर रहे हो! कितना करुण है यह गीत—बी हैप्पी टुडे...! इस दर्द-भरे गीत में पूरी कथा है विक्टर—पूरी कथा...। हांगकांग के एक देश से दूसरे देश के हाथ में जाने के राजनीतिक फैसले के सामाजिक प्रभाव की कथा इस गीत के चन्द शब्दों में अपनी पूरी करुणा के साथ उपस्थित है...।'

डेनिस ने तब क्षुब्ध होते हुए कहा था, 'सच, जिन्दगी बिखर रही है दोस्त...! यह उदास जिन्दगी—बी हैप्पी टुडे...! बी हैप्पी टुडे...! पर खुशी कहाँ है..,कहाँ है खुशी...?'

ख़ुशी बस एक थी...जो डेनिस के हृदय के कोने में, अपनी पूरी हरीतिमा के साथ संचित थी—मैकलुस्कीगंज...। पर यह ख़ुशी सचमुच रह गई थी क्या?

गाँव...! डेनिस का चेहरा एकबारगी मुरझा जाता था। अनाज कटने पर जैसे खेत सुन्न हो जाते हैं, चेहरे पर कुछ वैसी ही ठूँठ वीरानी...। क्या गाँव को...वहाँ के अपने घर को जल्दबाज़ी में उन्होंने नहीं गँवा दिया था...? अब वहाँ कोई घर है उनका...? सचाई तो यही है कि मैकलुस्कीगंज में अब उनका कोई घर नहीं। जीवन में एक अपराध तो हो ही गया था उनसे—पूरे होशो-हवास में।

सचमुच, क्षति के दौरान मति नहीं रहती। हालाँकि, तत्काल वह अपने मन को समझा लेते कि घर भले ही गँवा दिया, पर गाँव थोड़े ही गँवाया। मैकलुस्कीगंज के वह एक पुराने ग्रामीण हैं, इस बात से वहाँ के लोग क्या कभी इनकार करेंगे?

डेनिस ग़ौर करते थे, रॉबिन आनेवाले दिनों में हांगकांग के सम्भावित संकट को लेकर उनसे कभी किसी क़िस्म की कोई आशंका नहीं ज़ाहिर करता था। वह तो बस प्रेस के काम में दिन-रात डूबा रहता। कॉलेज की पढ़ाई ख़त्म करने के बाद से उसने प्रेस के कामकाज की बागडोर अच्छी तरह थाम ली थी। दिन-रात काम ही काम। रात-रात भर वह नई-नई पांडुलिपियों पर बैठकर मग़ज़मारी करता। लीज़ा ने एक दिन कहा भी, 'रॉबिन बेटे, प्रेस का काम प्रेस में ही रहने दो। उसे प्लीज़, घर मत लाया करो।'

रॉबिन बस मुस्कराकर रह जाता।

डेनिस ने इसी पर लीज़ा से एक दिन कहा, 'काम में जुनून की हद तक डूबे अपने बेटे का यह जुनून थोड़ा कम करना चाहती हो, तो उसके गले में जल्दी से एक बाजा लटका दो।'

लीज़ा समझ गईं, डेनिस ने क्या कहा है। फिर भी तनिक अनभिज्ञ बनते हुए उन्होंने पूछा, 'क्या मतलब, कैसा बाजा?'

डेनिस ने कहा, 'अब ज्यादा भोली न बनो डियर! अरे, शादी करा दो रॉबिन की अब। उम्र पर ही कोई चीज ठीक लगती है। शादी करने की उम्र तो हो ही गई है, अब इसकी।'

लीज़ा ने मुँह बनाते हुए कहा, 'अच्छा, तो बाजा लटकाने का तुम्हारा मतलब शादी से है? क्या बीवियाँ बाजा होती हैं?'

डेनिस ने ठहाके लगाते हुए कहा, 'तो क्या तुम्हें नहीं मालूम? जो लगातार बजता रहे, ऐसा बाजा।' एक पल थम कर डेनिस फिर शुरू हुए, 'याद है लीज़ा, 'गंज' में शिरीष के कितने पेड़ थे...। चैत महीने में वे पीले फूलों से किस तरह भर जाते थे! हरेक फूल में कोमल पुंकेसर। फूलों के साथ लटकी इसकी सूखी लम्बी फलियाँ...। चपटी और कई

बीजों वाली फलियाँ अंत-अंत तक लटकी रहतीं और अक्सर हवा में इसकी फलियों की खड़खड़ाहट सुनाई देती...। इसलिए शायद शरारती वनस्पति विज्ञानियों ने शिरीष का एक नाम—'वूमंस टंग ट्री' भी रख दिया। रॉबिन को भी एक 'वूमंस टंग' चाहिए।'

रॉबिन ने थोड़ा मुँह बनाते हुए कहा, 'पापा! अभी नहीं, बस, कुछ दिन रुक जाइए। मेरे मन का एक संकल्प है कि मैं पहले अपना एक नॉवेल लिख डालूँ। पिछले कई वर्षों से मसालेदार लेखकों के दर्जनों सनसनीखेज नॉवेल्स की काट-पीट करते हुए मेरा मन अक्सर झुँझलाता रहा है कि इन लोगों से बेहतर चीज तो मैं जरूर लिख सकता हूँ। यह मैं घमंड नहीं कर रहा, पूरी विनम्रता से कह रहा हूँ। इसलिए, फिलहाल बस एक-डेढ़ साल और रुक जाएँ।'

लीज़ा ने बनावटी त्योरियाँ चढ़ाते हुए कहा, 'इस तरह लेखक लोग तो कभी शादी ही न करें!'

रॉबिन ने हँसकर कहा, 'मम्मी! मैं यह नहीं कह रहा हूँ। कई विश्वविख्यात लेखकों ने एक क्या, चार-चार शादियाँ की हैं। पर अभी मैं लेखक बना कहाँ हूँ? यही तो कह रहा हूँ कि जरा लेखक बन जाऊँ छोटा-सा भी...फिर शादी कर लूँगा। अभी हाल में तुम लोगों ने एक नये लेखक का वह साक्षात्कार नहीं पढ़ा? सात वर्षों तक लगकर उसने एक नॉवेल लिखा। इस नॉवेल पर उसे पैसे भी अपने प्रकाशक से बेशुमार मिले। तकरीबन तीन करोड़ रुपये। उस लेखक ने कहा—शादी करने के पहले अपना कैरियर बना लेना चाहिए और पर्याप्त पैसा भी जुटा लेना चाहिए। सो सात वर्षों तक जुटकर मैंने नॉवेल लिख अपना कैरियर बना लिया और भरपूर पैसे भी कमा लिये। अब शादी कर लूँगा।—इसलिए मम्मी, मेरा भी यही कहना है, पहले कैरियर बना लूँ...। एक लेखक के रूप में पूरा पैसा कमाने का कॉन्फ़िडेंस हासिल कर लूँ, फिर शादी कर लूँगा।'

डेनिस ने क्षुब्ध होकर कहा, 'क्या तुम्हें पैसे की फिक्र पड़ी है? यह सारा कारोबार किसका है रॉबिन?'

'जानता हूँ पापा, मेरा ही है सब। पर हर आदमी को अपनी जमीन खुद बनानी पड़ती है। शुरू में बस आप थोड़ा सहारा दे सकते हैं। दादाजी ने आपके और मम्मी के हांगकांग आने का बस इन्तजाम कर दिया था, पर यहाँ तो खुद एड़ियाँ घिसकर आप लोगों ने अपने को जमाया। हर आदमी जीवन में अपने निजी संघर्षों और अनुभवों से ही सीखता है। हाँ, माता-पिता और अभिभावकों से बस यह सहारा रहता है कि वे शुरू में थोड़ा सपोर्ट देंगे।'

डेनिस ने मुस्कान बिखेरते हुए कहा, 'अच्छा, सुन चुका तुम्हारा प्रवचन। तुम्हें हम लोगों से क्या सपोर्ट चाहिए, बोलो?'

डेनिस के इस सवाल का रॉबिन मानो इन्तज़ार ही कर रहा था। सो उसने छूटते हुए कहा, 'पापा, मैंने आपसे कहा था कि अपना पहला नॉवेल मैं अपने गाँव मैकलुस्कीगंज पर करना चाहता हूँ। बस, आप मेरे वहाँ जाने की सारी व्यवस्था करवा दीजिए। दो-तीन महीनों में मैं काम खत्म कर लौट आऊँगा। पापा, यह सपना है मेरा...।'

'हाँ, यह बात तो तुमने पहले भी कही थी। पर तुम चले जाओगे तो यहाँ प्रेस के काम-काज का क्या होगा? तुमने तो आधी से ज्यादा जिम्मेवारी इतने दिनों में सँभालकर मुझे राहत दे रखी है।'

'इसलिए तो मैंने आपसे सपोर्ट माँगा। दादाजी ने जब आपको हांगकांग भेजा था, तो क्या उन्हें नहीं झेलना पड़ा होगा?'

रॉबिन की इस बात पर सहसा डेनिस के शरीर में झुरझुरी-सी फैल गई। पापा? पापा को तो सिर्फ़ झेलना ही झेलना पड़ा था। झेलना तो यहाँ तक पड़ा था कि उनकी अंत्येष्टि के समय भी उनका एकलौता बेटा मौजूद नहीं रह सका था। डेनिस ने तत्क्षण मन बना लिया कि रॉबिन को मैकलुस्कीगंज भेजने की सारी तैयारी—मसलन पासपोर्ट-वीज़ा, रुपयों के ड्राफ़्ट आदि के काम वे जल्दी ख़त्म करवा देंगे। महज़ उपन्यास लिखने के लिए ही नहीं, मैकलुस्कीगंज जाने की पुरानी साध रही है रॉबिन की, इसलिए लीज़ा ने भी कुछ नहीं कहा। पिछले कुछ वर्षों से प्रेस में भूत की तरह काम करते हुए रॉबिन को भी तो एक चेंज की ज़रूरत है। काश, पापा आज वहाँ होते, तो कितना ख़ुश होते!

वैसे, मैकलुस्कीगंज तो रॉबिन जा रहा था पर डेनिस के उत्साह की सीमा नहीं थी। रॉबिन की यात्रा को लेकर वह एक-एक सूक्ष्म बातों पर ध्यान दे रहे थे कि वहाँ जाकर रॉबिन को किसी क़िस्म की हल्की-सी भी परेशानी न झेलनी पड़े। लीज़ा एक-एक सामान पर ध्यान दे रही थीं। सूई-धागा और बटन जैसी चीज़ों को भी रॉबिन के सूटकेस में रखना वह नहीं भूली थीं। कभी-कभी इन छोटी-सी चीज़ों के लिए भी ख़ासी परेशानी हो जाती है, सोचती थीं लीज़ा। रॉबिन हँसकर कहता, 'मुझे तो सूई में धागा तक घुसाने का अभ्यास नहीं। इसे ले जाकर क्या फायदा?'

पर लीज़ा कहतीं, 'ठीक है, नहीं आता, लेकिन अगर पास में रहेगा, तो किसी दूसरे से ही यह काम रिक्वेस्ट करके करवा तो सकते हो...।'

डेनिस तब ठहाके लगाते हुए कहते, 'बहस हो रही है माँ-बेटे में? इसीलिए तो मैं कह रहा हूँ कि शादी करा दो लीज़ा, बेटे की। अभी इसकी शादी हो चुकी होती, तो क्या तुम्हें यह चिन्ता होती कि इसकी कमीज में बटन कौन टाँकेगा? बेटे और बहू दोनों को भेज देते मैकलुस्कीगंज...। दोनों अपने गाँव में हनीमून मनाते।'

घर में हलचल थी। लीज़ा, डेनिस और रॉबिन—महज़ कुल जमा तीन लोगों के इस कुनबे में जितनी हलचल मच सकती है, मची थी। रॉबिन जा रहा है। डेनिस सुबह से रात तक जब-जब अवसर मिलता, रॉबिन को हिदायतें देते रहते, 'देखो, तुम्हारे रहने का इन्तजाम मैंने करा दिया है। वहाँ मि. मिलर हैं—मि. फिल कॉलिंस मिलर...। रेस्ट हाउस है उनका। उनके रेस्ट हाउस का नाम है—क्वींस कॉटेज़...। खाने-पीने का सारा इन्तजाम रहता है वहाँ। खानसामे भी अच्छे हैं। खाने-पीने में कोई परेशानी नहीं होगी।'

लीज़ा बीच में हस्तक्षेप करतीं, 'हाँ, बेटे, अपनी सेहत का खयाल रखना। मेरा तो जी घबरा रहा है। अकेले यह लापरवाह लड़का वहाँ कैसे रहेगा?' लीज़ा के स्वर में रुआँसापन आ जाता।

डेनिस तब लीज़ा को झिड़कते हुए कहते, 'लीज़ा! छह फुट का तगड़ा बेटा है तुम्हारा। दूध पीता बच्चा नहीं।'

फिर डेनिस रॉबिन से कहते, 'बेटे! यह मार्च, 1993 है। अप्रैल नहीं, मई में तुम 'गंज' जा रहे हो। 'गंज' के मौसम का मिजाज तुम्हें जान लेना चाहिए। दिसम्बर से फरवरी महीने तक वहाँ अच्छी ठंड पड़ती है। अक्टूबर से मार्च का महीना वहाँ सचमुच खुशनुमा होता है।

हाँ, मई-जून के महीनों में वहाँ की गर्मी का जवाब नहीं। पर मि. मिलर के रेस्ट हाउस में तुम्हें कोई परेशानी नहीं होगी। गाँव में बिजली का संकट स्थायी है, इसलिए एयरकंडीशन वगैरह तो नहीं है उनके रेस्ट हाउस में, फिर भी बुरा नहीं है। वहाँ मि. मेंडेज़ से जरूर मिलना। थ्रिपथॉप आंटी, ऐलिस आंटी, मिस बॉनर...मि. गिब्सन...मि. कैमरॉन—सबसे मिलना। तुम्हें देखकर वे सब बड़े खुश होंगे। थ्रिपथॉप आंटी 'गंज' की डिक्शनरी हैं। वे तुम्हें वहाँ के रोजमर्रे की जिन्दगी में क्या समस्याएँ हैं, इस बारे में बताएँगी। मिस बॉनर तुम्हें पूरा इतिहास बताएँगी। मिस बॉनर का जो 'बॉनर-भवन' है, वह एक छोटा-मोटा म्युज़ीयम ही समझो। ढेर सारी किताबों का संग्रह है उनके पास। किट्टी से भी जरूर मिलना...और हाँ...बहादुर से भी मिलना न भूलना। मेरा बचपन का दोस्त है बहादुर उराँव। इन लोगों के बारे में तो तुम्हें पहले से कई बार बता चुका हूँ।'

रॉबिन ने मुस्कराते हुए कहा, 'पापा, सबके नाम मेरी जबान पर हैं। सबका पता, सबका घर मेरी आँखों के सामने है। मिलर अंकल के रेस्ट हाउस का पता...मि. फिल कॉलिंस मिलर...'क्वींस कॉटेज़'...मैकलुस्कीगंज...ईस्टर्न रेलवे...जिला राँची...बिहार...पिन कोड-829208...। और पते बताऊँ...? पापा, सच तो यह है कि पते की जरूरत सिर्फ शहरों में होती है, क्योंकि शहर में कोई किसी को जानने की दिलचस्पी नहीं रखता। पर गाँव में सब एक-दूसरे को जानते हैं...। गाँव में एक आदमी से सारे गाँव के लोगों का पता पूछ लीजिए...।'

डेनिस ने भाव-विभोर होते हुए कहा, 'मान गया बेटे...! तुमने किसी गाँव की सूरत देखी भी नहीं, पर मुझसे ज्यादा ग्राम-ज्ञान तुम्हें है।'

रॉबिन ने कहा, 'नहीं, पापा! ऐसा कुछ नहीं। पर गाँवों के जीवन के बारे में मैंने बीते वर्षों में काफी कुछ पढ़ा है, इसलिए थोड़ा-थोड़ा जानता हूँ। एक बड़े समाजशास्त्री ने गाँव और शहर का फर्क बताते हुए दिलचस्प बात कही है कि शहर का जीवन जहाँ एक केटली में खौलते पानी जैसा है, तो गाँव का जीवन एक मिट्टी के घड़े में स्थिर शान्त जल सरीखा...।'

डेनिस रॉबिन को सुनते रहे और फिर कहा, 'पर बेटे! एक बात तो मैंने कही ही नहीं तुम्हें। वहाँ जा रहे हो, तो स्थानीय स्तर पर घुलने-मिलने के लिए थोड़ी-बहुत हिन्दी तो तुम्हें आनी ही चाहिए। यहाँ घर और बाहर में भी हम लोग अंग्रेज़ी ही बोलते हैं। एंग्लो-इंडियन समुदाय के बीच भी वहाँ अंग्रेज़ी चलेगी। पर तुम्हें स्थानीय आदिवासियों से वहाँ मिलना-जुलना होगा, बातें करनी होंगी, जैसे मेरा मित्र बहादुर उराँव। उससे तुम अंग्रेज़ी में बात नहीं कर सकोगे। वहाँ किसी से हिन्दी का अभ्यास जरूर कर लेना...। वैसे टूटी-फूटी हिन्दी, जो कभी-कभार हम लोग घर में शौकिया बोलते रहे हैं, उससे तो तुम वाकिफ हो ही।'

रॉबिन ने रहस्यमय मुस्कान बिखेरते हुए कहा, 'पापा, हिन्दी सीखने की तैयारी में पिछले साल भर से मैं जुटा रहा हूँ...।' अपने कमरे में जाकर वह एक किताब ले आया—'अच्छी हिन्दी सीखने की किताब।'

देखकर डेनिस के आश्चर्य का ठिकाना न रहा, 'अरे, तुम तो सचमुच छिपे रुस्तम निकले मैन! कभी बताया नहीं! तो मैकलुस्कीगंज जाने की तैयारी आप हर तरह से करते रहे हैं! एक्सेलेंट...!'

रॉबिन मन्द-मन्द हँसते हुए बोला, 'बस, रात में खुद से इस किताब को लेकर हिन्दी सीखने का अभ्यास करता रहा हूँ। इनसान को जितनी भाषा पर अधिकार हो, उतना अच्छा...।'

मोर के पाँव

सुबह से 'गंज' में तमाशा लगा हुआ है। मि. डगलस गिब्सन फ़ादर वाले सफ़ेद गाउन में सज-सँवरकर बैठे हैं और 'पिकॉक गेस्ट हाउस' से एंग्लिकन चर्च के लिए निकलनेवाले हैं। मि. गिब्सन के इस नये हुलिये का दर्शन पाने के लिए जो जहाँ है, दौड़ा आ रहा है। 'पिकॉक गेस्ट हाउस' पहुँचे मि. मिलर अचानक उनका यह स्वरूप देख हैरान हैं, 'ओफ़, मेरे बूढ़े बिल्ले! तुम्हें सैल्यूट करने का जी करता है। इस ड्रेस में तुम न जाने कितनों पर बिजलियाँ गिराओगे।'

प्रशंसा की बौछार ने मि. गिब्सन को आनन्द से लहालोट कर दिया है। उनकी ख़ुशी समाये नहीं समा रही है। फागुन उन पर चढ़ बैठा है।

मार्च के महीने में प्रकृति नये सिरे से 'गंज' में आनन्द की सलामी देती हुई मार्च करने लगती है। इन दिनों 'गंज' के खेतों में मीठी हलचल देखते बनती है। इस महीने में रबी की अधिकतर फ़सलें पकनी शुरू हो चुकी होती हैं। गेहूँ की बुआई जो किसान दिसम्बर अन्त में करते हैं, उनकी फ़सलों में इसी समय डेफी[1] आने शुरू हो चुके होते हैं। इनकी बालियों में दूध बनने लगता है। मार्च का महीना किसानों के लिए मरज़ी और कामना का महीना है। कभी-कभार दौंगड़ा[2] इस सब पर और परवान चढ़ा देता है। इसी समय दलहनी फ़सलों—मसलन मूँग और उड़द की बोआई होती है। अदरक और हल्दी की भी बोआई का यही महीना है। बैंगन की रोपाई 'गंज' के ज़्यादातर किसान फरवरी में कर लेते हैं, लेकिन जो नहीं कर पाते, वे मार्च में कर सकते हैं। खुशिया पाहन के शब्दों में—'पचता बैंगन'। पपीता रोपाई का यह माफ़िक़ महीना है। सूरजमुखी और गेहूँ के लिए सिंचाई की ब्योंत करने से लेकर पके सरसों की कटाई तक के लिए इस समय किसान को मुस्तैद रहना पड़ता है। पंडित रामाज्ञा पाठक किसानों के लिए 'मोक्षक' यानी मार्च को मोक्षदायक मास कहते हैं। और आज मि. गिब्सन भी कुछ वैसे ही मोक्षक भाव में हैं। उनका कारवाँ एंग्लिकन चर्च के वास्ते निकल चुका है। मि. गिब्सन के कारवाँ में जैसे 'गंज' के तमाम पेड़-पौधे और खेत-खलिहान तक मुसकते हुए शामिल हैं। ज़्यादातर पेड़ों पर पतझड़ के बाद निकले नये ताम्बई पल्लव अपनी शालीन इतराहट दिखाने लग गए हैं। हाँ, गुलमोहर और अमलतास के बहुत-से पेड़ों को पतझड़ के उजाड़ से अभी तक पूरी मुक्ति नहीं मिली है। इन पेड़ों की अनगिनत टहनियाँ अभी भी नंगी हैं। इन नंगी टहनियों से काले-काले साँप की तरह इनकी लम्बी पतली फलियाँ उदास झूल रही हैं। लेकिन 'गंज'

1. गेहूँ का अंकुरित होना
2. ग्रीष्म ऋतु की अल्प वृष्टि

के काग-कौवे गुलमोहर और अमलतास की उदासी को उड़ाने के लिए सुबह से शाम के बीच कई बार इनकी टहनियों पर पहुँचते हैं। जिन किसानों ने नवम्बर के अन्त में गेहूँ की बुआई कर ली थी, उनके खेतों में गेहूँ की लगभग पक चुकी बालियाँ कटने को तैयार हैं और दूर-दूर तक इनकी सुनहरी आभा पतझड़ की बची-खुची उदासी को किनारे ढकेल रही हैं। मकई की अपनी अलग आतुर छटा है। आम के पेड़ धानी मंजर के गुच्छों से लदे हैं। फागुनी हवा में मंजरों की भीनी सुगन्ध मुँहअँधेरे से किसी मानिन्द ठुमरी गायिका की भीनी 'कहन' की तरह फ़िज़ाँ में घुलने लगती है। देर रात तक मंजर और फगुनाहट की अलसभरी ख़ुशनुमा संगत चकमक करते सैकड़ों जुगनुओं के दलों के साथ 'गंज' के कण-कण में बेआवाज़ गूँजती रहती है। आम के जिन पेड़ों पर इस साल मंजर नहीं आए हैं, वे बेतहाशा नवकलशों से लदे हुए हैं। कहने की ज़रूरत नहीं कि आम के पुराने पत्तों के बीच हुलसकर निकले ये मनोहर नवल कलश मंजर की सुगंधि का जवाब अपने सुहावने रंगों से दे रहे हैं। नये-नये निकले आम के ताम्बई रेशमी पत्ते किस तरह धूप की तपिश में गहरे हरे रंग के होते चले जाते हैं, यह देखने की बात होती है। महुआ के सुर्ख़ पीले फूलों की महक और छटा भी अद्‌भुत। महीनों की चुप्पी के बाद कोयलों की कूक भी 'गंज' में जगह-जगह गूँजने लगी है।

'ओह, कितना प्यार लगता है!' कूक पर विभोर हो कहता है खुशिया पाहन।

प्रकृति की हलचल की होड़ में 'गंज' के अनगिनत कैम्पस के पिछवाड़ों में खड़े सहजन के पेड़ भी पीछे नहीं हैं, जिनकी शाख़ों से हरे ऊन की डोरियों जैसे नये-नये निकले सहजन डोल रहे हैं। सहजन के इन पेड़ों के नीचे उनके नन्हे सफ़ेद फूलों ने गिर-गिरकर एक श्वेत वृत्त बना रखा है। पर मामला यहीं तक नहीं है। मि. मेंडेज़ के घर की तरफ़ जानेवाले रास्ते में एक कतार से खड़े बुराँस के वृक्षों से लाल झुमकों की तरह लटके फूल अभी तक वसन्त का संगीत गा रहे हैं। यह वसन्त का ऐसा फूल है, जो 'गंज' की घनी हरीतिमा में पागलों की तरह लालित्य बिखेरता हुआ छा जाता है। सिर्फ़ सेमल का फूल इस पर भारी पड़ता है। बुराँस के एक क़तार से गिरे सुर्ख़ लाल फूलों ने सड़क किनारे के दोनों तरफ़ ऐसी अद्‌भुत धज तैयार कर रखी है, जैसे किसी विशिष्ट अतिथि के आगमन के अवसर पर रास्ते के दोनों तरफ़ सुर्ख़ी का लम्बा आरेख दिया जाता है। यही रास्ता आगे जाकर एंग्लिकन चर्च की तरफ़ मुड़ता है। मुँहअँधेरे से एंग्लिकन चर्च में मि. गिब्सन की अगवानी की तैयारी हो रही है।

अपने कमरे में एक दिन पहले सिलकर आया 'डीकेन' वाला सफ़ेद गाउन पहनकर मि. गिब्सन ने ड्रेसिंग टेबल के शीशे में जब थोड़ी देर पहले ख़ुद को निहारा, तो बाबू के संग उस समय कमरे में मौज़ूद पार्वती ने मुँह बनाकर कहा, 'बस, अब एक चूटा-कमंडल की कमी रह गई है।'

नानू के इस बदले कलेवर को देख सुबह से नन्हा बाबू उलझन में है। उसे समझ में नहीं आ रहा है कि आज नानू ने ऐसे कपड़े क्यों पहन लिये हैं। क्या अब नानू हमेशा ऐसे ही कपड़े में रहेंगे?—सोचकर बाबू हैरान है। पर बिल्ली का बच्चा ख़ुशी में जिस तरह घुरघुराहट की आवाज़ मन्द-मन्द निकालता है, कुछ वैसी ही घुरघुराहट बाबू के होंठों पर भी है। नानू के अचानक बढ़ोतरी पाए महत्त्व के कारण उसे भी अपनी औक़ात-वृद्धि का

आनन्द मिल रहा है। इसलिए मि. गिब्सन जब 'गंज' के पुराने एंग्लिकन चर्च में 'डीकेन' पद पर अपने राज्याभिषेक के लिए छोटे-मोटे कारवाँ के संग अभी पद-यात्रा करते हुए जा रहे हैं, तो बाबू उनके आगे उछलता-मचलता और बीच में मुड़-मुड़कर उन्हें निहारता चल रहा है।

टुइयाँ गंझू ने अचानक अलाप छेड़ दिया है, 'ठिमिर-ठिमिर...बाजना बाजे...शिवजी चलला बरात...।'

शिवजी की बारात जैसा ही विहंगम दृश्य है। बाबू का वश चलता, तो वह मुन्नी को भी अभी साथ ले आता। 'पिकॉक गेस्ट हाउस' से निकलने के समय उसने ज़िद बाँधी थी कि नानू के साथ वह मुन्नी को भी लेकर जाएगा। पर पार्वती ने झिड़क दिया, 'उस भीड़ में मुन्नी परेशान हो जाएगी।'

'क्या भाई, ये 'डेक्कन' माने क्या होता है? 'गंज' में पादरी और फादर तो बहुत देखा-सुना, पर डेक्कन?' खुशिया पाहन जो मि. गिब्सन के छोटे-से कारवाँ में टुइयाँ गंझू के साथ शामिल है, अचरज में मि. नोयेल गॉर्डन से पूछता है।

मि. गॉर्डन जब तक कुछ कहें, उसके पहले साथ चल रहे जेरी पिंटो चुहल करते हुए कहता है, 'डीकेन का मतलब होता है—डॉक्टर का कम्पाउंडर।'

'कम्पाउंडर?' खुशिया पाहन का चौड़ा मुँह कत्थई दाँतों के संग और फैल गया है, 'कभी-कभी एकदम नटुआ बन जाते हैं हमारे गिब्सन साहेब। यह फादरवाला लबादा पहनकर अब कम्पाउंडरी करेंगे क्या? इनकी पुरानी आदत है, तलवार की खोज में नाव तराशने की।'

'अरे नहीं, खुशिया! तुम जेरी की पूरी बात समझ नहीं सके।' मि. नोयेल गॉर्डन तनिक झुँझलाहट के साथ कहते हैं, 'चर्च में फ़ादर से एक सीढ़ी नीचे का दर्जा होता है 'डीकेन' का। जैसे सरना और गावाँ देवती में 'पाहन' का डिप्टी 'पूजे' होता है, उसी तरह फ़ादर के नहीं रहने पर 'डीकेन' चर्च का काम देखते हैं।'

'डीकेन माने हाफ़ प्रीस्ट।' यह मि. मेंडेज़ हैं, जो इस ऐतिहासिक मौक़े पर मि. गिब्सन की हौसला आफ़ज़ाई के लिए एंग्लिकन चर्च तक चल रहे हैं।

मि. मेंडेज़ की इस संक्षिप्त टिप्पणी पर मि. गिब्सन भभाकर हँस पड़ते हैं, 'मैं हाफ़ प्रीस्ट ही हो सकता हूँ मैन! फ़ुल प्रीस्ट होना मुझसे सात जनम में मुमकिन नहीं।'

मि. मेंडेज़ मुसकते हैं, 'मैं आज ही यह खुशखबरी भाभी को ऑस्ट्रेलिया लिख भेजता हूँ कि चलिए, अब तो हॉट सीट से उतरिए। आपके साहब कम-से-कम हाफ़ प्रीस्ट होने तक तो आ गए।'

'मेरी बेगम को 'गंज' बुलवा लो, तो मैं फ़ुल प्रीस्ट भी हो जाऊँगा।' मि. गिब्सन बच्चों की तरह खिलखिला पड़े हैं, 'मैन! समय तीर की तरह उड़ता है। मेरी बेगम समझती नहीं है कि गुस्से की आँच पर रोटी नहीं सेंकी जाती।'

मि. गिब्सन ने पलटकर पीछे चल रहे लोगों पर नज़र डाली है। उनकी आँखें पार्वती को ढूँढ़ रही हैं, पर पार्वती नहीं है। वह 'पिकॉक गेस्ट हाउस' में ही रह गई है। उसने उनके साथ बस बाबू को भेज दिया है। अर्से से जर्जर और वीरान पड़े 'गंज' के एंग्लिकन चर्च की पुरानी रौनक़ आज लौट आई है।

'डीकेन' के पद पर मि. गिब्सन का राज्यारोहण 'प्रेयर' आदि के संग कमोबेश भव्य ही रहा। भारत की आज़ादी के लगभग छह-सात साल पहले अंग्रेज़ों ने यहाँ पर प्रोटेस्टेंट चर्च बनवाया था, जो शुरू से एंग्लिकन चर्च ही कहलाता था। इसकी वज़ह यह थी कि चर्च जब बनकर खड़ा हो गया था, तो 'गंज' में आ बसे एक एंग्लो-इंडियन डॉक्टर पी.एस. बिडेल की पहल पर इसे राँची के एंग्लिकन चर्च से जोड़ दिया गया था। पर आज़ादी के कई दशक बाद राँची के आदिवासी बिशप मि. टेरॉन ने इस चर्च का विलय सी.एन.आई. यानी 'चर्च ऑव नॉर्दर्न इंडिया' के साथ बग़ैर किसी से राय-मशविरा किये करा दिया। इस बात से क्षुब्ध 'गंज' के 'एंग्लिकन कलेसिया' के मि. नोयेल गॉर्डन, मि. कैमरॉन और मि. गिब्सन सरीखे लोगों ने सी.एन.आई. में इस चर्च के विलय से इनकार करते हुए चर्च को पुरानी एंग्लिकन व्यवस्था के तहत ही रखने की घोषणा कर दी। बहरहाल, घोषणा करना तो आसान था, पर चर्च की व्यवस्था को सुचारु रूप से चलाना आसान नहीं था।

मि. गिब्सन 'डीकेन' यों ही नहीं बन गए। इसकी ज़रूरत अर्से से महसूस की जा रही थी। इस एंग्लिकन चर्च के चीफ़ प्रीस्ट अभी फ़ादर एन. हेम्ब्रम हैं। 'मुंडा' हैं वह। 'गंज' का एक हिस्सा, जो बसरिया गाँव कहलाता है, उसी बसरिया के मतिहास धान के दामाद हैं फ़ादर एन. हेम्ब्रम। इसलिए 'गंज' के लोग हेम्ब्रम को हमेशा से दामादवाला मान देते रहे हैं।

राँची में स्थायी रूप से रहनेवाले फ़ादर हेम्ब्रम अपनी बुलेट मोटरसाइकिल से महीने में कम-से-कम दो बार 'गंज' के इस चर्च का चक्कर लगाते रहे हैं, पर उनकी लम्बी अनुपस्थिति के चलते 'गंज' के लगभग पन्द्रह प्रोटेस्टेंट एंग्लो-इंडियन परिवारों को भारी असुविधा महसूस होती रही है। छोटी-छोटी बातों के लिए लम्बा इन्तज़ार करना पड़ता है। पर फ़ादर हेम्ब्रम के साथ समयाभाव के कारण मज़बूरी है। वे कई बार कह चुके हैं कि उन्हें 'समय का संकोच' है। इसलिए इन पन्द्रह परिवारों ने आपस में तय किया कि एन. हेम्ब्रम बेशक उनके चर्च के 'चीफ़ प्रीस्ट' बने रहें, लेकिन रोज़मर्रा की सुविधा के लिए अपने बीच के किसी बुजुर्ग को चर्च का 'डीकेन' बना दिया जाए।

हालाँकि, उनमें से अधिकांश लोग इस ज़िम्मेवारी को अपने सिर पर लेने को तैयार नहीं थे। पर इसी में एक सर्वमान्य नाम उन लोगों के बीच ऐसा आया कि आख़िर तक टिका रह गया—और यह थे 'गंज' के ख़ुशवन्त और सदाबहार मि. गिब्सन। सबकी उनमें यह आस्था थी कि किसी कुशल अभिनेता की तरह मि. गिब्सन सफलतापूर्वक बिना किसी संकोच के कोई 'रोल' कर सकते हैं। यहाँ तक कि पादरीवाला लबादा पहनकर 'डीकेन' का भी रोल।

मि. गिब्सन बिना किसी हील-हुज्जत के सबके आशानुरूप इसके लिए तैयार भी हो गए। पर मि. गिब्सन ने शुरू में एक बात सबके बीच साफ़ कर दी कि उनके 'डीकेन' बन जाने का मतलब यह नहीं कि वे रोज़ लबादा-चोंगा लगाकर चर्च में हाज़िरी बजाने जाएँगे। हाँ, मौक़ा-मुनासिब फ़ादर हेम्ब्रम की अनुपस्थिति में वे आँधी-पानी में भी ज़रूर मौज़ूद रहेंगे।

मि. गिब्सन की सारी शर्तें बग़ैर सुने लोगों ने मान लीं। सबकी जान में जान आई कि मि. गिब्सन ने किसी तरह यह ज़िम्मेदारी क़बूल की।

'पानी में कितना भी नीचे जाकर पाद लो, बुलबुले फिर भी दिखाई दे ही जाएँगे...' खुशिया पाहन ने मुँह बनाकर कहा, 'हमारे गिब्सन साहेब भले पादरी बन जाएँ लेकिन सैयाँ सुतिहें ओही कोनमा।'

पंडित रामाज्ञा पाठक ने सम्पूर्ण प्रकरण पर अपना निष्कर्ष यों दिया कि 'इसमें अब कोई सन्देह नहीं कि मि. गिब्सन 'गंज' के नटेश्वर हैं। उनकी आँखों में नीलकंठ का वास है।'

मि. मेंडेज़ के पत्र से ऑस्ट्रेलिया में बैठीं मिसेज़ गिब्सन को जब यह जानकारी मिली कि मि. गिब्सन अब 'डीकेन' बन गए हैं, तो जवाब में मि. मेंडेज़ को उन्होंने लिखा : 'सत्तर चूहे खाके बिल्ली चली हज को। कर्पूर खाने से कौवा उजला नहीं हो जाता। आप लोग भी मजे लेने के लिए 'गंज' में बढ़िया तमाशा कराते रहते हैं। डीकेनवाले लबादे में लड़कियों को छिपाने की भरपूर सहूलियत आप लोगों ने उसे दे दी है।'

कुछ माह पहले जब अपने तीसरे और सबसे छोटे बेटे नील के पत्र से मि. गिब्सन को मालूम हुआ था कि मिसेज़ गिब्सन ने 'इडीथ कोवेन यूनिवर्सिटी' के कैटरिंग इंचार्ज के पद से हाल में अवकाश ग्रहण कर लिया है, तो उन्होंने एक बेहद संक्षिप्त-सा प्यारा पत्र उनके नाम लिखा : 'डियर ओल्डी! अब वहाँ क्या कर रही हो? अब तो आ जाओ।'

मिसेज़ गिब्सन ने बिना देरी किये उत्तर दिया : 'माइ डियर गोल्डी! मैं तो फौरन आ जाऊँगी पर 'गंज' में रहने के लिए नहीं। मुझे वहाँ पागल नहीं होना है। मंजूर हो तो लिखो।'

मि. गिब्सन ने जब इसका कोई जवाब नहीं दिया, तो गहरी खीज के संग मिसेज़ गिब्सन ने अपने छोटे बेटे नील से कहा, 'मैं जानती हूँ, उस छोकरी पार्वती के चलते तुम्हारा बाप हरगिज 'गंज' नहीं छोड़ सकता। बिना गरदनिया पासपोर्ट के वह 'गंज' से नहीं निकलेगा।'

नील की शादी के मौक़े पर ऑस्ट्रेलिया न पहुँचकर मि. गिब्सन ने मिसेज़ गिब्सन को और क्षुब्ध कर दिया था। ऑस्ट्रेलिया की एक ट्रांसपोर्ट कम्पनी में ऑपरेशन मैनेजर के रूप में कार्यरत नील ने मिसेज़ गिब्सन के काफ़ी दबाव के बाद शादी करने का फ़ैसला किया था। जिस लड़की को नील ने पसन्द किया, वह सचमुच प्यारी-प्यारी है और मिसेज़ गिब्सन को एक नज़र में वह भा गई। पर शादी की तारीख़ के बारे में बात करते समय नील ने मिसेज़ गिब्सन से कहा, 'मम्मी, क्या मुझे अपनी शादी में पापा को इनवाइट नहीं करना चाहिए?'

इसके पहले कि मिसेज़ गिब्सन कोई प्रतिक्रिया ज़ाहिर करतीं कि उनके मँझले बेटे रोनाल्ड ने कहा, 'उफ़, नील! पापा आ जाएँ, तो सचमुच मजा आ जाए!'

अपने दोनों बेटों की बात सुन मिसेज़ गिब्सन ठक्क रह गईं। उनकी समझदार बेटी वनेसा ने स्थिति को भाँपकर चुप रहने में ही भलाई समझी। कुछ क्षण मौन साधने के बाद मिसेज़ गिब्सन ने कहा, 'देख लो पापा को इनवाइट करके। तुम दोनों भाइयों को भी अपने पापा-प्रेम का परिचय मिल जाएगा। तुम्हारा बड़ा भाई मिंटो तो अपने पापा-प्रेम का नतीजा भुगत ही रहा है। तुम भी देख लो पापा को बुलाकर।' फिर एक पल रुककर मिसेज़ गिब्सन ने तनिक कड़वाहट से कहा, 'हाँ, एक बात याद रखना...कि जब वह यहाँ आएगा, तो घर में आने के पहले उसे दो दिन होटल में रखकर उसका पूरा एच आई वी[1] टेस्ट कराया जाएगा। टेस्ट क्लिअर होने के बाद ही उसे घर में रहने दिया जाएगा।'

मिसेज़ गिब्सन ने हल्की त्यौरियाँ चढ़ाकर ये बातें कही तो थीं, पर अन्दर-ही-अन्दर वे ख़ुश थीं कि अगर बेटों के आमंत्रण पर मि. गिब्सन यहाँ आ गए, तो भूले से उन्हें वे 'गंज' जाने की बात सोचने भी न देंगी। क्या होगा, अधिक से अधिक 'पिकॉक गेस्ट

1. ह्यूमन इम्यूनो डेफिशियेंसी वायरस, जो मानव शरीर की प्रतिरक्षा प्रणाली की कोशिकाओं को संक्रमण से ग्रस्त कर देता है। यह अधिकतर मुँह, गुदा, योनि, लिंग या क्षतिग्रस्त त्वचा के ज़रिये शरीर में प्रवेश करता है।

हाउस' हाथ से निकल जाएगा। पर उसे भी वे मि. मेंडेज़ और मि. मिलर वग़ैरह को पत्र लिखकर शीघ्र बिकवाने के लिए अनुरोध करेंगी। एक बार यह नालायक़ बुड्ढा आ जाए तो सही।—मिसेज़ गिब्सन यह सोचकर मन-ही-मन मुस्कराईं। उन्हें लग रहा था कि अपने दोनों बेटों के अनुरोध को मि. गिब्सन किसी भी तरह टाल नहीं पाएँगे।

नील का पत्र पाकर मि. गिब्सन ने एक बार मन बनाया भी, लेकिन पता नहीं, फिर क्या सोचकर वे टाल गए और नील को लिखा : 'शादी के बाद तुम दोनों हनीमून मनाने 'गंज' आ जाओ। जल्दी लिख भेजो कि तुम लोगों के शानदार रिसेप्शन के लिए यहाँ मैं कौन-सी तारीख तय कर दूँ।'

नील के नाम मि. गिब्सन का पत्र पढ़कर मिसेज़ गिब्सन हत्थे से उखड़ गईं, 'नील! तुम दोनों के 'गंज' जाने का सवाल ही नहीं। दुनिया में और कोई जगह नहीं है क्या, जो उस फटीचर-से गाँव में हनीमून मनाने जाओगे?'

बुरी तरह तिलमिलाई मिसेज़ गिब्सन ने मि. गिब्सन को एक संक्षिप्त पत्र लिखा : 'अभी तो उस नटनी के साथ तुम्हारा ही हनीमून चल रहा है, बेचारा नील कैसे वहाँ हनीमून मनाने जाएगा? इस उम्र में जिस मनोरोग के तुम शिकार हो, उस पर 'गंज' में तुम्हारे पीठ पीछे लोग हँसते हैं, भले तुम्हें पता न चलता हो। मेरी राय मानो, काँके वहाँ से बहुत दूर नहीं। काँके पागलखाने के किसी अच्छे डॉक्टर से अपने को जल्दी दिखाओ।'

मि. गिब्सन ने लौटती डाक से लिखा : 'माइ डियर गुलबकावली! माई ग्लूकोज़! काँके के डॉक्टर से तुम्हारी सलाह पर मिला। डॉक्टर का कहना है कि मेरे मनोरोग को ठीक करने के लिए दवा से ज्यादा मुझे तुम्हारे साथ की जरूरत है। तुम्हारे 'गंज' आते ही तुम्हें साथ लेकर डॉक्टर ने मिलने को कहा है।'

इस उम्र में भी किशोर वय के लड़के-लड़कियों की तरह अपने पापा-मम्मी की छठे-छमासे की यह नोक-झोंक नील और रोनाल्ड के लिए सचमुच आनन्ददायी है। रोनाल्ड ने एक दिन अपनी बीवी हिलेरी से मुस्कराकर कहा, 'क्या तुम्हें लगता है कि पापा-मम्मी वाली उम्र में जाकर हम इनकी तरह सोलहवें सालवाली झोंक के संग लड़ सकेंगे?'

रोनाल्ड 'मुन्नी प्रकरण' को भूल नहीं पाता है। मुन्नी को मनातू से ख़रीदकर लाने की ख़बर देते हुए मि. गिब्सन ने मिसेज़ गिब्सन को जो हुशकाती हुई चिट्ठी लिखी, वह कुछ इस प्रकार थी : 'डियर ओल्डी! मेरी चुम्मी! घोड़ों का शौक तो तुमने अपने सामने दफन करा दिया था। उसकी कसक अभी तक बरकरार है। कभी पैसे हुए, तो उस शौक को फिर से आजमाऊँगा। हाँ, इधर हाथियों में पता नहीं क्यों, मेरी दिलचस्पी बढ़ी है। मनातू के मऊआर की गढ़ी से एक हथिनी खरीदकर लाया हूँ। हाथियों के आशिक की दुनिया में कमी नहीं। अफ्रीकी मुल्क स्वाज़ीलैंड के राजा ने अपनी बड़ी महारानी को सम्मानित करते हुए एक अनूठे टाइटिल से नवाजा है—'ग्रेट शी-एलीफेंट' यानी महान हथिनी। मेरा दिल करता है कि मैं भी तुम्हें इसी टाइटिल से 'ऑनर' करूँ। बहुत प्यार के साथ—तुम्हारा पुराना महावत।'

लौटती डाक से मिसेज़ गिब्सन का जवाब था : 'मरियल घोड़े! खुदा के गजब से डरो! दिमाग की सर्विसिंग कराओ। तुम मुझे 'ऑनर' करो, ऐसा बुरा दिन मेरी जिन्दगी में न आए।'

पर जब कभी घर में हास-परिहास चलता, तो रोनाल्ड ठहाके लगाकर कहता, 'अवर

मम्मी! द ग्रेट शी-एलीफेंट! पापा की दी हुई कमाल की टाइटिल।' मिसेज़ गिब्सन को भी तब हँसी छूट जाती है।

रोनाल्ड ऑस्ट्रेलिया की एक शिपिंग कम्पनी में 'शिपिंग सर्वेयर' की नौकरी में है। जहाज़ों की व्यवस्था और जहाज़ों पर होनेवाली माल की बुकिंग का काम उसके ज़िम्मे है। मम्मी से छिपाकर रोनाल्ड पापा को गाहे-ब-गाहे कार्ड और पत्र भेजता रहता है और उन्हें सावधान कर रखा है कि वे ऑफ़िस के पते पर ही जवाब दिया करें ताकि 'मम्मी को पता न चले'। मि. गिब्सन के जन्मदिन पर भी रोनाल्ड और उसकी पत्नी हिलेरी कार्ड भेजना नहीं भूलते हैं। एक बार बातों ही बातों में हिलेरी से जब बाप-बेटे के इस गुप्त पत्राचार की भनक मिसेज़ गिब्सन को मिली, तो वे बिफर पड़ीं, 'मुझे किनारे कर अच्छी खिचड़ी तुम बाप-बेटे पका रहे हो। अरे, उस नालायक के भरोसे तुम लोगों को मैंने छोड़ दिया होता, तो आज 'गंज' में ही तुम लोग 'गुल्ली-डंडा' खेलते होते।'

'मम्मी! आपके और पापा के झगड़े में हम लोग 'सफ़र' नहीं कर सकते।' रोनाल्ड ने खरगोश जैसा मासूम भाव चेहरे पर लाते हुए कहा।

रोनाल्ड की एकलौती बेटी जो संगीत में बहुत रुचि रखती है, अपने पापा से 'ग्रैंडपा' और उनके 'गंज' को लेकर ढेर सारे सवाल करती है। रोनाल्ड रस ले-लेकर मिसेज़ गिब्सन के सामने 'गंज' के जंगल, पहाड़, नदी और पक्षियों की कहानी उसे सुनाता है। उसके 'ग्रैंडपा' के स्टड फ़ार्म के एक-से-एक घोड़ों की भी कहानी सुनाता है, जिसके बीच उसके 'ग्रैंडपा' व्यस्त रहे हैं।

रोनाल्ड की 'गंज-गाथा' के बीच में कुढ़कर मिसेज़ गिब्सन उठ जाती हैं, 'उस बुड्ढे घोड़े को तो एक दिन मैं सबक सिखाऊँगी।' उनका जबड़ा सख़्त पड़ जाता है, जो बुढ़ापे की नरम त्वचा से अब साफ़ झलकता है।

मुन्नी को मनातू मऊआर की गढ़ी से ख़रीदकर लाने के बाद हाथी पालने का यह नया शौक मि. गिब्सन को भले चर्राया हो, लेकिन घोड़ा पालना उनके लिए आज भी ज़िन्दगी के पहले प्यार की तरह है। घोड़ों के बारे में उन्हें छेड़ने भर की ज़रूरत है। मुल्तानी घोड़ा, सरेसा घोड़ा, पहाड़ी घोड़ा—सबकी ख़ासियतों का बारीक़ ब्यौरा देते हुए उनके चेहरे की पुलक देखने लायक़ होती है। घोड़ों की उत्पत्ति से लेकर धरती पर अब तक इस नायाब जन्तु की यात्रा कैसे हुई, इस बारे में उनसे सुनना दिलचस्प है, 'घोड़ों के पूर्वज, जो 'इक्वस' कहलाते थे, सबसे पहले उत्तरी अमेरिका में पाए गए थे। लेकिन दस हजार साल पहले अचानक अज्ञात वजहों से घोड़े अमेरिका से गायब हो गए। एक लम्बे वक्त के बाद यूरोप ने इन्हें ढूँढ़ निकाला। बीते तीन हजार वर्षों से यूरोप, सेंट्रल एशिया और मिड्ल इस्ट में घोड़े का इस्तेमाल युद्ध के लिए शुरू हुआ।'

मि. गिब्सन घोड़ों पर लगातार बग़ैर एक पल रुके महीनों बोल सकते हैं, बशर्ते अगले के पास सुनने का उतना धैर्य हो। महज़ घोड़े के कारण प्राचीन युग के भारतीय वीरों में मि. गिब्सन को राणा प्रताप बहुत अच्छे लगते हैं। वे मानते हैं कि मि. प्रताप को वाक़ई उम्दा नस्ल के घोड़ों की अच्छी समझ थी।

वे कहते हैं, 'मि. प्रताप का चेतक 'चार्जर हॉर्स'[1] था।'

1. चार्जर हॉर्स : मध्ययुगीन युद्ध का घोड़ा

घोड़ों के लिए यह शौक़ उनके सभी बच्चों में बस उनके सबसे बड़े बेटे मिंटो ने उनसे हासिल किया था। हालाँकि, मिसेज़ गिब्सन ने लगातार कोशिश की थी कि मिंटो में अपने बापवाली यह बीमारी न आए। पर बचपन से मि. गिब्सन के 'स्टड फ़ार्म' को देखते हुए मिंटो घोड़ों की बहुत-सी बारीक़ियाँ जान गया था।

बीवी समेत मिंटो के मैकलुस्कीगंज से जाने के बाद एक अर्से तक मि. गिब्सन को उसकी कोई ख़बर नहीं मिली थी। पर एक दोपहर मि. गिब्सन को जब एक लिफ़ाफ़े में कुछ तसवीरों के साथ मिंटो की लम्बी चिट्ठी मिली, तो ख़ुशी से हिलकते मि. गिब्सन ने दोपहर से ही चेरी ब्रांडी पीनी शुरू कर दी। उन तसवीरों को रह-रहकर देख और पत्र को बार-बार पढ़कर उनकी आँखें छलछला रही थीं। सीमाहीन ख़ुशी में मि. गिब्सन का जी कर रहा था कि अगर मिसेज़ गिब्सन इस क्षण उनके साथ होतीं, तो उनके भारी वक्ष में वे देर तक अपना मुँह छिपाए रखते। मिंटो ने यह पत्र उन्हें सऊदी अरब से लिखा था। पत्र में उसने विस्तारपूर्वक लिखा था कि जेद्दा में पिछले एक महीने से एक लाख रुपये मासिक पगार पर एक अरबपति शेख़ के लम्बे-चौड़े स्टड-फ़ार्म का वह मैनेजर बन गया है। उसके मालिक शेख़ फख़्र के लड़के को इंग्लैंड के न्यू मार्केट से घोड़ों की 'रेसिंग' का लाइसेंस मिला हुआ है। मिंटो ने लिखा था कि वह घोड़ों को 'रेसिंग' के लिए तैयार कराता है और उसका मालिक इतने ही कम समय में उसकी कार्यक्षमता से बेहद खुश है। भावुक हो मिंटो ने लिखा था, 'पापा! आपके घोड़ों के शौक का मैं वारिस बन गया। क्या आप अब तक मुझसे नाराज हैं? आपकी नाराजगी भी मेरे लिए आशीर्वाद है। रोज़ी आपको अपना आदर कह रही है। पापा, कभी जेद्दा आइए। यहाँ के 'स्टड-फ़ार्म' को देख आपका दिल खुश हो जाएगा।'

मिंटो ने अपने शेख़ के स्टड फ़ार्म की खूबियों का विवरण देते हुए 'स्टड फ़ार्म' की चुनिन्दा तसवीरें भी भेजी थीं।

शाम होते न होते 'गंज' में यह ख़बर मि. गिब्सन के हवाले से तेज़ी से घर-घर में फैल गई कि मिंटो अरब जाकर घोड़ों के तबेले में एक लाख रुपये की नौकरी पा गया है। पर धीरे-धीरे जब पूरी कहानी सामने आई, तो 'गंज' में यह एक परिहासयुक्त उपलब्धि का ब्यौरा बन गया, 'अपने 'गंज' का मिंटो बिना किसी डिग्री के अरब में एक शेख के तबेले का घोड़ा डॉक्टर बन गया है।'

मिंटो की यह उपलब्धि 'गंज' में मज़ाक का विषय नहीं बनती, पर मि. गिब्सन के पेट में भला कोई बात कब तक पचनेवाली थी? ख़ुद उन्होंने ही धीरे-धीरे सबके बीच पूरा वृत्तान्त बढ़ा-चढ़ाकर प्रस्तुत कर डाला।

दरअसल, मि. गिब्सन से बुरी तरह झगड़कर मिंटो और उसकी पत्नी रोज़ी 'गंज' छोड़कर जमशेदपुर चले तो गए थे, पर वहाँ उनके दिन बहुत बेहतर नहीं बीत रहे थे। आख़िरकार मि. गिब्सन से पाई 'घोड़ों से मुहब्बत' की विरासत ने मिंटो की क़िस्मत का दरवाज़ा बहुत जल्दी खोल दिया। एक सुबह किसी अंग्रेज़ी अख़बार में मिंटो ने देखा कि सऊदी अरब के एक अमीर शेख़ ने जेद्दा स्थित अपने विशाल 'स्टड फ़ार्म' के वास्ते एक अनुभवी वेटनरी डॉक्टर की नियुक्ति के लिए विज्ञापन दिया है। मिंटो कोई वेटनरी डॉक्टर तो था नहीं, पर बहुत पहले से अपने पापा के 'स्टड फ़ार्म' में घोड़ों की सेवा-बानगी से लेकर 'हॉर्स ब्रिडिंग' और 'रेसिंग' के प्रशिक्षण कार्य को देखते-देखते उसे इन

सबके बारे में अच्छी-ख़ासी जानकारी थी। लिहाज़ा, अपना पूरा विवरण देते हुए मिंटो ने शेख़ के पास बॉयडाटा आवेदन सहित भेज दिया था, यह साफ़-साफ़ लिखते हुए कि उसने वेटनरी डॉक्टर वाली कोई पढ़ाई नहीं की है। कुछेक तेल के कुओं के मालिक उस अमीर शेख़ को भी शायद कोई और उपयुक्त आवेदन नहीं मिला था और फिर मिंटो की क़िस्मत! शेख़ को मिंटो का बेबाक ब्यौरा भा गया। फिर क्या था, रोज़ी और मिंटो खुशी से उमगते सऊदी अरब के लिए कूच कर गए।

हवाई जहाज़ की सीट पर मुस्कराती रोज़ी ने मिंटो से भाव-विह्वल होकर कहा, 'ईश्वर जो करते हैं, सब अच्छे के लिए, इस बात में अब मुझे विश्वास हो गया। पापा से झगड़कर अगर हम 'गंज' से नहीं निकले होते, तो इतना बड़ा मौका हमें नहीं मिलता।'

मिसेज़ गिब्सन को जब ऑस्ट्रेलिया में मिंटो की चिट्ठी मिली, तो मुसकते हुए उन्होंने बेटी वनेसा से कहा, 'चलो, तुम्हारे पापा में कम-से-कम एक चीज तो काम की थी, जिसे मिंटो ने सीखा। सच, मिंटो के लिए बड़ी चिन्ता लगी रहती थी।'

मिसेज़ गिब्सन की गहरी साँस में वर्षों पहले तेज़ कद्दावर घोड़े की तरह हवा से बात करता वह बाँका जवान बरबस कौंध गया था, जिस पर वे बुरी तरह फ़िदा हो गई थीं।...डाइनैमिक ब्वाय...ब्लू गॉड...! वर्षों पहले हैदराबाद की हवा में हिनहिनाते वे घोड़े मिसेज़ गिब्सन के सिकुड़े होंठों में अनायास सिहर उठे थे। उन्हें लगा, मि. गिब्सन भी शायद इधर उन्हें बहुत याद कर रहे हैं। इसलिए तो नहीं चाहकर भी मि. गिब्सन की उन्हें बहुत याद आ रही है।

मिंटो के पत्र को मि. गिब्सन ने अपने सिरहाने में गद्दे के नीचे रखा हुआ है। इसी सिरहाने में मिसेज़ गिब्सन के साथ की भी उनकी कई पुरानी तसवीरें हैं। अपनी पोती यानी रोनाल्ड की बेटी की भी तसवीर है। मि. गिब्सन याद करते हैं कि बिस्तर के गद्दे के नीचे अपने ज़रूरी काग़ज़ातों को रखने की उनकी आदत को लेकर कैसे मिसेज़ गिब्सन अक्सर खीज जाती थीं। अस्त-व्यस्तता मिसेज़ गिब्सन सहन नहीं कर सकती हैं, जबकि अस्त-व्यस्त जीवन मि. गिब्सन को आज तक सुहाया है। तनाव की वज़ह यही रही, सोचते हैं मि. गिब्सन।

डिनर के बाद 'पिकॉक गेस्ट हाउस' गहरे सन्नाटे में डूब जाता है। मि. गिब्सन का कमरा तो कुछ ज़्यादा ही। डिनर के बाद आधी-आधी रात तक बस चेरी ब्रांडी की घूँट इस सन्नाटे में मि. गिब्सन का साथ देने के लिए रह जाती है। पार्वती हर रात गेस्ट हाउस का कामकाज निबटाकर बाबू के साथ अपने घर चली जाती है। कुछ देर तक मि. गिब्सन 'पिकॉक गेस्ट हाउस' के बरामदे पर चक्कर लगाते हैं। पोर्टिको में बँधी मुन्नी अपने पंखे जैसे कान बीच-बीच में झलती बैठी रहती है। मुन्नी के लिए जोड़ा लगाना होगा। मि. गिब्सन सोचते हैं। जोड़ा तो किसी के पास नहीं—न उनका, न पार्वती का और न मुन्नी का। सब यहाँ अपना अकेलापन काट रहे हैं। अजीब है ज़िन्दगी! बेचैन होने लगते हैं मि. गिब्सन।

'...पिकॉक गेस्ट हाउस! नाचने के बाद मोर अपना कुरूप पाँव देखकर रोता है। इस जीवन के गीत और नृत्य के संग मुझे भी नाचना-गाना है और पिकॉक गेस्ट हाउस के कमरे के अकेलेपन में रोना है।'

रात के गहन सन्नाटे में भरभराते मि. गिब्सन अपनी कल्पना में मिसेज़ गिब्सन के भारी वक्ष में जब अपना मुँह घुसाते हैं, तो उनके भीतर मशहूर सिंगर फ्रैंक सिनाट्रा की दारुण आवाज़ गूँजने लगती है :

दिस इज़ अ लवली वे / टू स्पेंड एन इवनिंग / कांट थिंक ऑव एनीवन / ऐज़ लवली ऐज़ यू / अ कैज़ुअल स्ट्रॉल / थ्रो अ गार्डेन / अ किस बाय अ लेज़ि लैगून / कैचिंग अ ब्रेथ ऑव मून लाइट / हमिंग आउअर फ़ेवरिट ट्यून / दिस इज़ अ लवली वे टू स्पेंड एन इवनिंग.../ आइ वांट टू सेव / ऑल माइ नाइट्स एंड स्पेंड देम विद यू / दिस इज़ अ लवली वे...।

[यह एक प्यारा-सा तरीक़ा है / शाम को गुज़ारने का / मैं किसी के बारे में / सोच नहीं सकता / जो तुमसे हसीन हो / बाग़ में यों ही कुछ चहलक़दमी / फिर समन्दर से उठी बयार का / जैसे मुझे चूमना / चाँद / चाँद को निहारते एक गीत गुनगुनाना / यह शाम / इस शाम का ढलना / कितना प्यारा है / मैं अपनी तमाम रातें / चाहता हूँ बचाना / और बिताना चाहता हूँ तुम्हारे साथ / सिर्फ़ तुम्हारे साथ / यह एक प्यारा-सा तरीका है / शाम को गुज़ारने का।]

मि. गिब्सन का कंठ आख़िरकार गुनगुनाहट के अन्तिम छोर पर अवरुद्ध हो जाता है। उनकी पलकों के भीतर 'गंज' के आकाश में छाये घने बादल...जंगल...तेज दौड़ता घोड़ा...आहिस्ता-आहिस्ता कान झलती...पोर्टिको में सूँड़ हिलाती खड़ी मुन्नी... मुस्कराते हुए उन्हें अपने सीने से भींचती-चूमती मिसेज़ गिब्सन...भोली-सी उदास आँखोंवाली पार्वती...और उनके कन्धे पर उछलता-मचलता बाबू—सब गड्डमड्ड होने लगते हैं।

सोइच के कलेजा फाटे

वह चैत की अलस-भरी दोपहरी थी। नेहरू रोड में कुसुम के पुराने अगाध पेड़ के नीचे अचानक जब एक धचके में पुलिस की दो जीपें आकर रुकीं, तो अपनी किराने की दुकान के काउंटर पर ऊँघ रहे बसन्त की तंद्रा टूट गई। वह 'गंज' का एकलौता पत्रकार है। राँची से छपनेवाले लोकप्रिय हिन्दी दैनिक 'प्रातः खबर' का संवाददाता। गाँव-मुफ़स्सल के पत्रकारों को क्योंकि अख़बारवाले बतौर पारिश्रमिक एक धेला भी नहीं देते, इसलिए बसन्त जीवन-यापन के लिए अपने पुश्तैनी धन्धे यानी इस किराने की दुकान को सँभालता है। उसकी यह दुकान 'राम झरोखा' है, जहाँ बैठकर वह पूरे 'गंज' का मुजरा लेता रहता है। 'प्रातः खबर' में इसलिए 'गंज' की एक भी ख़बर उससे नहीं छूटती है। वर्षों के अनुभव से उसे इतना ज्ञान हो चुका है कि कौन-सी ख़बर रत्ती-मासा और तोले के वज़न की है और कौन-सी छटाँक या पाव-पसेरी भर की।

उस दिन तंद्रा टूटने पर बसन्त ने चौंककर देखा, खलारी के पुलिस इंस्पेक्टर राजेंद्र महतो के साथ आठ-दस पुलिसवाले जीप से उतर रहे थे। बसन्त के भीतर का पत्रकार जाग

उठा, कुछ-न-कुछ गड़बड़झाला ज़रूर है। उसकी दुकान पर आकर इंस्पेक्टर महतो ने बसन्त से पूछा, 'क्यों पत्रकार बसन्त! तुम्हें तो मालूम होगा, मजीद का घर किधर है?'

'कौन मजीद? इंस्पेक्टर साहब, आपको मालूम है कि इस गाँव में तीन मजीद हैं।' बसन्त ने आँखें झिपकते हुए चौकन्ने स्वर में कहा।

इस जवाब पर वहाँ मौज़ूद सभी पुलिसवाले कुछ क्षण के लिए असमंजस में पड़ गए।

दरअसल, 'गंज' में एकमुश्त तीन-तीन मजीद हैं। एक मजीद, जो अंडा बेचकर अपना गुज़र करता है। दूसरा, जो गैसबत्ती से लेकर लालटेन वग़ैरह ठीक करता है। तीसरा मजीद, मैकलुस्कीगंज स्टेशन पर कैंटीन चलाता है। अब जिस गाँव में एक ही नाम के तीन-तीन लोग हों, वहाँ पहचान के लिए क्या किया जाए? गाँव में तो खेतों, अमराइयों और पोखरों के भी नामकरण इसी पहचान की सुविधा के लिए हैं कि किसी को किसी प्रकार का भ्रम नहीं हो। मसलन, खेतों के ही नाम, तो परेवा जिरात, सुगना चउरी और बादर उराँव कुट्टी। पोखरों के नाम, तो बॉवर पोखर, भदई मुंडा पोखर और लेडी लवडे पोखर। अमराइयों के नाम, तो टुनमा गाछी, मेमिन गाछी, साहेब गाछी। इसी तरह 'गंज' के लोगों ने तीनों मजीद की पहचान के लिए उनके पेशे का नाम उनके संग जोड़ रखा है—अंडा मजीद, लाइट मजीद और कैंटीन मजीद। पर बाहरी लोगों को फिर भी उलझन हो जाती है। इसी उलझन में इंस्पेक्टर राजेंद्र महतो भी थे। वे तीनों मजीद को जानते थे, पर इनमें से कौन मजीद? इसी पहेली को सुलझाने के लिए बसन्त की दुकान के पास उन्होंने गाड़ी रोकी थी।

ख़ैर, कुछ देर की माथापच्ची के बाद जब पुलिसवालों ने ख़ुलासा किया कि वह मजीद जिसका बेटा जिब्राइल दिल्ली से शमीना नाम की लड़की को भगाकर यहाँ लाया है, तो विवश होकर बसन्त को बताना पड़ा कि, 'वह तो कैंटीन मजीद है। स्टेशन के 'कारनी टी स्टॉल' पर मिलेगा।'

कैंटीन मजीद उस समय टी स्टॉल पर था। शाम को गुज़रनेवाली ट्रेनों के वास्ते चाय की तैयारी में जुटा हुआ। चाय की पहली झोंक अलस्सुबह में होती है। इसके बाद फिर शाम को। इसलिए रात के तीन बजे ही टी-स्टॉल का चूल्हा सुलगाने के लिए मजीद घर से उठकर चल देता है। वैसे, कैंटीन की 'हरवाही' तो सुबह से रात तक करनी पड़ती है। लेकिन दिन के दस बजते न बजते चाय की खपत मन्द पड़ने लगती है। जाड़े की बात थोड़ी अलहदा ज़रूर है। पर जो भी हो, दस-साढ़े दस बजे तक कैंटीन के काम में मजीद का हाथ बँटानेवाला छोकरा टुकलू मुंडा भी पहुँच जाता है। तब मजीद टुकलू के ज़िम्मे कैंटीन को लगाकर खाना खाने घर के लिए निकलता है। एकदम लोंगिया मिर्च है टिपनी भर का टुकलू। मजीद ने टुकलू को जानबूझकर रखा हुआ है। उन लोगों को भी चुप रखने के लिए जो अक्सर इस संवेदनशील मसले को छेड़ते रहे हैं कि, 'मुसलमान के हाथ की चाय कैसे पिएँगे?' ऐसे नौटंकीबाज़ों के लिए मजीद ने चाय का एक अलग 'सस्पैन' ही रखा हुआ है। टुकलू मुंडा से बनवाकर ऐसे मुँह-होंठ सिकोड़नेवालों को चाय पेश की जाती है। वैसे, यह 'ड्रामा' गाँव के कुछ लोग ही करते हैं। ट्रेन पैसेंजरों को नुक्ताचीनी के लिए इतना समय कहाँ?

घर से खाना खाकर लौटने के बाद मजीद खाना खाने के लिए टुकलू को उसके घर भेज देता है। टुकलू के वापस आने तक वह शाम के लिए चाय की तैयारी लगभग पूरी कर लेता है।

उस नीम दोपहरी में पुलिस टीम जब 'कारनी टी-स्टॉल' पहुँची, तो हमेशा की तरह टुकलू खाना खाने घर गया हुआ था। मजीद कैंटीन में अकेला था। पहली नज़र में वह सोच भी नहीं पाया कि यह पुलिस टीम उसके बेटे जिब्राइल की गिरफ़्तारी के अभियान में पहुँची हुई है। खलारी के पुलिस इंस्पेक्टर राजेंद्र महतो को देख उसने स्वागत में मुस्कराकर कहा, 'बड़ा बाबू! आप सबके लिए चाय बनाते हैं। आज सवारी किधर निकली है?'

'तुम्हारा बेटा जिब्राइल कहाँ है? और वह लड़की शमीना? ये दिल्ली पुलिस के लोग हैं। जिब्राइल को गिरफ्तार करने आए हैं।' पुलिस इंस्पेक्टर राजेंद्र महतो ने ठंडे स्वर में कहा, 'मजीद, चाय अभी रहने दो।'

इंस्पेक्टर की बात सुनकर मजीद को लगा कि वह गश खाकर कैंटीन के फ़र्श पर ही गिर जाएगा। आख़िरकार, जिब्राइल मियाँ ने उसे यह दिन दिखा ही दिया! 'जोखा अनाज खाएँ और मल्हार गाएँ' वाला आदमी रहा है वह, लेकिन इस लड़के ने उसे कहीं का नहीं छोड़ा। मजीद की छाती बुरी तरह धड़धड़ा उठी। अपने कैशबॉक्स को खोलकर उसने कारनी आंटी की तसवीर देखी। काश, आज आंटी होतीं, तो कोई-न-कोई रास्ता निकालकर जिब्राइल को बचा ही लेतीं! कितना दुलार करती थीं आंटी जिब्राइल को!

बहरहाल, मजीद ने उसी हताशा में जग से ताबड़तोड़ पानी डालकर चूल्हे को बुझाया और जैसे-तैसे कैंटीन पर ताला जड़कर पुलिसवालों के साथ जीप की पिछली सीट पर बैठकर अपने घर चल पड़ा। प्यार-मोहब्बत की जहालत में पड़कर जिब्राइल ने जो किया है, वह तो उसे भुगतना ही पड़ेगा। वरना आज तक कैंटीन से लेकर उसके घर तक ऐसे किसी मामले में पुलिस कभी पहुँची भी थी क्या? कारनी आंटी आज होतीं, तो गुस्से से पागल हो जातीं। ग़नीमत हुई, यह सब दिन देखने के पहले वे दुनिया से कूच कर गईं। जीप की पिछली सीट पर बैठे कैंटीन मजीद के ज़हन में कुछ पल में अपना पूरा जीवन सिनेमा के रील की तरह घूम गया।

कैंटीन मजीद की ज़िन्दगी ऊपरवाले के फ़ज़ल से कमोबेश ठीक-ठाक चल रही थी। अपनी दो बीवियों से उसे आठ लड़के और तीन लड़कियाँ हैं। पहली बीवी सबीना से छह लड़के और एक लड़की। दूसरी बीवी शाहिदा से दो लड़के और दो लड़कियाँ। कैंटीन मजीद के इन कुल जमा ग्यारह बच्चों में सबसे बड़ा जिब्राइल है—सबीना का बेटा।

जिब्राइल की गिरफ़्तारी ने सबीना को बुरी तरह तोड़ डाला है। हर पल बिसूरती-सुबकती सबीना सूखकर काँटा हो गई है। ख़ुद मजीद का चेहरा अकाल के कौवा जैसा हो गया है। पूरे गाँव में यह चर्चा है कि मजीद ने अपनी बेवक़ूफ़ी से जिब्राइल को गिरफ़्तार करवा दिया।

दरअसल, सप्ताह भर पहले सुबह-सुबह लगभग मुँहअँधेरे जब शमीना नाम की एक लड़की को दिल्ली से लेकर जिब्राइल अचानक हारिल के जोड़े की तरह 'गंज' पहुँचा और अपनी अम्मी सबीना से कहा, 'अब्बा को बोल दो, मैं शमीना से निकाह करूँगा', तो कैंटीन मजीद के ग़ुस्से का पारावार नहीं रहा। उसने उबलते हुए सबीना से कहा, 'इस इलाके की सारी लड़कियाँ मर गई थीं क्या? गलती मेरी है। इस पर कभी मैंने जुआठ[1] डाला ही नहीं। इसलिए यह कांड तो होना ही था। पर दिल्ली की इसकी सारी मलफरी मैं एक मिनट में झाड़ दूँगा। जहद्दम कर दिया इस बेहूदे ने। उर्दू न फारसी, मियाँजी बनारसी।

1. जोतने के समय बैलों के कन्धे पर रखा जानेवाला लकड़ी का जुआ

जरा सोचो, इस लड़की के माँ-बाप की वहाँ क्या हालत होगी? इस नड़-बहत्तर[1] को बोलो कि चुपचाप लड़की को वापस इसके माँ-बाप के पास पहुँचा आए।'

जिब्राइल ने अपनी अम्मी से साफ़ कहा कि वह शमीना को यहाँ से वापस ले जाने के लिए नहीं लाया है। इस बात ने मजीद के लिए आग में घी का काम किया। मजीद के रह-रहकर भभकते ग़ुस्से को देख आख़िरकार शमीना ने ही साहस किया और मजीद से कहा, 'आप फिक्र न करें। मेरी अम्मी जिब्राइल से मेरी शादी को लेकर राजी हैं। हाँ, अब्बा थोड़ा जरूर खफा होंगे। पर आप उनसे बात कर लेंगे, तो वे भी मान जाएँगे।'

शमीना जब बोल रही थी, तो मजीद ने उसको पहली बार ग़ौर से देखा। दबे रंग की होने के बावजूद वह सुन्दर थी। उसके चेहरे पर ठोड़ी तारा[2] था। अपनी बात कहने के दौरान जब एक बार वह हल्के-से मुस्कराई, तो उसके गालों में गढ़े पड़ते दिखे थे।

शमीना की बात सुनकर मजीद का ग़ुस्सा कुछ शान्त हुआ। पर उसने तय किया कि शमीना के अब्बा से सीधे फ़ोन पर दिल्ली बात करने के पहले वह उस ठेकेदार नज़रुल खान से राँची जाकर फ़ोन पर बात करेगा, जिसके साथ जिब्राइल दिल्ली में काम करता था।

बहरहाल, राँची जाकर सबसे पहले मजीद ने नज़रुल खान को फ़ोन किया, तो नज़रुल खान से यह जानकर वह बुरी तरह परेशान हो उठा कि जिब्राइल द्वारा शमीना को भगाकर ले जाने के मामले में शमीना के अब्बा की शिकायत पर पुलिस दिल्ली में रह रहे मजीद के भतीजे इब्राहिम और मजीद के बड़े भाई के दामाद इज़राइल को गिरफ़्तार कर चुकी है। इस ख़बर की बेचैनी में ही मजीद ने ठेकेदार नज़रुल खान से शमीना के अब्बा ज़ाहिद खान का फ़ोन नम्बर लिया। यह फ़ोन नम्बर ज़ाहिद खान के पड़ोस का था। पड़ोसी ने हालात की नज़ाकत भाँपकर ज़ाहिद खान को फ़ौरन बुला दिया। परेशान और बेचैन कैंटीन मजीद ने तब फ़ोन पर ज़ाहिद खान से कहा, 'आपकी बिटिया शमीना को जरूर मेरा बेटा जिब्राइल बगैर आपकी इजाजत के ले आया है। पर वह मेरे पास यहाँ 'गंज' में पूरी तरह सुरक्षित है। अगर आप शमीना का निकाह जिब्राइल से नहीं चाहते हैं, तो 'गंज' आकर जब जी चाहे, शमीना को ले जाएँ।'

मजीद का शमीना के अब्बा ज़ाहिद खान को फ़ोन करना जिब्राइल की गिरफ़्तारी का कारण बन गया। मजीद के फ़ोन के दो दिनों बाद ही खलारी पुलिस को साथ लेकर दिल्ली पुलिस 'गंज' आई और शमीना को क़ब्ज़े में लेते हुए जिब्राइल को गिरफ़्तार कर दिल्ली ले गई। जिब्राइल इस मंगल को शमीना को लेकर 'गंज' आया था और उसके अगले मंगल को गिरफ़्तार होकर चला गया। जिब्राइल के ख़िलाफ़ शमीना के अब्बा ने दिल्ली के ओखला थाना में मामला दर्ज़ करा रखा था। 'गंज' से जिब्राइल को गिरफ़्तार कर पुलिस टीम पहले खलारी थाना ले गई और फिर वहीं से ट्रेन से दिल्ली। दिल्ली में जिब्राइल को सीधे तिहाड़ जेल भेज दिया गया और रोती-सुबकती शमीना अपने घर पहुँचा दी गई।

इस पूरे घटनाक्रम को लेकर कैंटीन मजीद कई दिनों तक एकदम काठ बना रहा। जिब्राइल इस तरह खेल-खेल में सीधे दिल्ली के तिहाड़ जेल चला जाएगा, उसने कल्पना तक न की थी। जिब्राइल और शमीना को कहीं पास के किसी जंगल में वह छिपा देता, तो नाक रगड़कर भी क्या पुलिस उन दोनों को ढूँढ़ पाती?

1. लम्पट
2. सुन्दर लड़की की ठोड़ी का तिल

जिब्राइल की अम्मी सबीना ने तो रो-रोकर घर को सिर पर उठा लिया कि ख़ुद मजीद ने जानबूझकर जिब्राइल की तबाही को दावत दी है। दरअसल, सबीना को शक था कि उसकी सौत शाहिदा की सलाह में आकर उसके शौहर ने शमीना के अब्बा को दिल्ली फ़ोन किया। एक तो इतनी बड़ी घटना और ऊपर से घर में ऐसे झंझ-मंझ से मजीद बुरी तरह झुँझलाया हुआ था। किसी के घर की इज़्ज़त झाँपने में उसी के घर की इज़्ज़त उघड़ गई।

'वहाँ दिल्ली में पुलिस ने इब्राहिम और इजराइल को गिरफ्तार कर हाजत में बन्द कर रखा था...जरा सोचो तो, यह कहाँ का इंसाफ है कि तुम्हारा बेटा इश्क लड़ाते हुए किसी लड़की को लेकर भाग जाए और उसकी सजा कोई और भुगते?' देर रात गए कैंटीन मजीद की आवाज़ में एक रुआँसी चीख़ थी। पर सबीना के आँसू झहरते रहे।

शमीना से जिब्राइल के प्यार का मामला बहुत दिनों से चल रहा था। जिब्राइल ने एक बार पहले भी शमीना को लेकर भागने की कोशिश की थी, पर ऐन ट्रेन में चढ़ते वक़्त शमीना के अब्बा ज़ाहिद खान ने नई दिल्ली स्टेशन पर दोनों को धर दबोचा था। हालाँकि, पहली बार हुए इस वाक़ये की ख़बर मजीद को नहीं थी। इस बात की जानकारी मजीद को जिब्राइल के गिरफ़्तार होकर जाने के कुछ दिनों बाद अपने भाई के दामाद इज़राइल की चिट्ठी से मिली। यह इजराइल ही है, जिसके चलते जिब्राइल दिल्ली गया था।

दरअसल, 'गंज' में जिब्राइल को निठल्ला बैठा देख एक बार इज़राइल ने ही उसको उकसाया था, 'कब तक यहाँ कैंटीन में सिर्फ जूठे गिलास धोते रहोगे? तुम दिल्ली आ जाओ। वहाँ एक-से-एक काम है।'

इज़राइल की इस बात ने जिब्राइल को बेचैन कर दिया और मजीद की अनिच्छा के बावजूद दिल्ली जाकर वह इज़राइल के साथ दिल्ली के एक 'टेंट हाउस' में काम करने लगा। कुछ महीने बाद इज़राइल ने बड़ी इमारतों के एक ठेकेदार नज़रुल खान के यहाँ नौकरी कर ली। जिब्राइल भी वहीं उसी के साथ काम पर लग गया। इज़राइल का अपना साला यानी जिब्राइल का चचेरा भाई इब्राहिम वहाँ पहले से काम पर लगा था। जिब्राइल क्योंकि दिल्ली में एकदम नया था और पहले से उसे किसी काम का कोई अनुभव नहीं था, इसलिए इब्राहिम और इज़राइल उसे पैसा नहीं, बस 'खाना-खोराकी' देते थे। धीरे-धीरे जिब्राइल इस बात से क्षुब्ध रहने लगा। भला यह कोई बात हुई कि मैं मेहनत करूँ और पैसा मेरे हाथ में आए ही नहीं? पर तमाम क्षोभ के बावजूद जिब्राइल अपने आक्रोश का इज़हार इज़राइल और इब्राहिम से कभी नहीं कर सका।

इब्राहिम और इज़राइल के साथ जिब्राइल दिल्ली के जामिया नगर इलाक़े की जिस 'खोली' में किराये पर रहता था, उसी के पड़ोस में शमीना के अब्बा ज़ाहिद खान भी सपरिवार रहते थे। ज़ाहिद ठेके पर बिजली की वायरिंग का काम करके जीवन-यापन करते थे। धीरे-धीरे जिब्राइल की आमदरफ़्त शमीना के यहाँ बढ़ गई। शमीना की अम्मी शहाना भी जिब्राइल को बहुत स्नेह करने लगी थी। जब शमीना को वह जिब्राइल से घुलमिलकर बातचीत करते देखती, तो उसे लगता कि उसकी बिटिया शमीना के लिए जिब्राइल क्या बुरा है? एकाध बार हल्के से शमीना की अम्मी ने अपने शौहर ज़ाहिद खान से चर्चा भी छेड़ी लेकिन ज़ाहिद खान ने छूटते हुए कहा, 'तुम्हारा दिमाग खराब हो गया है क्या? बिहार का लड़का तो हरगिज नहीं करेंगे...।'

बहरहाल, शमीना से निकटता के बाद 'गंज' से दूर रहने की जिब्राइल की रही-सही कसक ख़त्म हो गई थी और शमीना से उसकी अन्तरंगता लगातार परवान चढ़ती गई थी। अपनी बेटी से जिब्राइल की प्रेम पगी निकटता पर शमीना की अम्मी ने कभी एतराज़ नहीं किया। शमीना के अब्बा ज़ाहिद खान क्योंकि वायरिंग के ठेके के अपने काम में हमेशा व्यस्त रहते थे, इसलिए घर में क्या सब हो रहा है, इसका उन्हें कोई ख़ास इल्म नहीं रहता था। पर पहली बार जिब्राइल जब शमीना को लेकर भागा, तब ज़ाहिद खान को लगा कि शुरू में शमीना की अम्मी ने जिस बात की हल्की-फुल्की चर्चा की थी, उनकी ग़ैरहाज़िरी में उनके घर में कुछ वही खिचड़ी पक रही थी।

नई दिल्ली स्टेशन से शमीना को पकड़कर लाने के बाद ज़ाहिद खान ने अपनी बीवी शहाना को सख़्त हिदायत दी थी कि शमीना बेवज़ह घर से बाहर निकलने की ज़ुर्रत न करे। जिब्राइल का उनके यहाँ आना-जाना तो ख़ैर बन्द ही हो गया।

इधर इब्राहिम और इज़राइल ने भी जिब्राइल को चेतावनी दी कि आगे कभी अगर फिर ऐसी हरक़त उसने की, तो उसके अब्बा-अम्मी को फ़ौरन ख़बर कर दी जाएगी। जिब्राइल ने उन लोगों के सामने कान उमेठकर क़सम खाई कि अब शमीना क्या, किसी भी लड़की के चक्कर में पड़ने की ग़लती वह कभी नहीं दोहराएगा। इस तरह जिब्राइल व शमीना की पहली ग़लती को मोटे तौर पर माफ़ी दे दी गई। पर शमीना से दूरी बढ़ने के बाद से जिब्राइल का दिल हमेशा डूबा-डूबा रहने लगा।

उधर शमीना भी अक्सर खोई-खोई रहती थी। अक्सर घर के पास से मुँह लटकाए जिब्राइल को गुज़रते देखकर शायद शमीना की अम्मी शहाना का भी दिल पसीज गया। एक दिन शहाना ने जिब्राइल को बुलाकर उसका हालचाल पूछा। जिब्राइल मारे खुशी के उस सारी रात सो नहीं सका। उसे लगा कि शमीना की अम्मी जब उसका हालचाल पूछ रही थी, तो पर्दे के पीछे से शमीना भी साँस रोककर सारी बातचीत सुन रही थी। इस तरह जिब्राइल का शमीना के यहाँ फिर धीरे-धीरे आना-जाना शुरू हो गया था। हालाँकि, ज़ाहिद खान को यह बात बेहद नागवार लगी थी पर शमीना की अम्मी ने यह कहकर अपने शौहर को झिड़क दिया कि बच्चों ने एक बार ग़लती की, तो इसका मतलब क्या कि उन्हें बार-बार कोंचा जाए? उस दिन से ज़ाहिद खान ने फिर कुछ नहीं कहा। पर जिब्राइल को कभी भूले से टोका नहीं। जब कभी जिब्राइल उन्हें दिखता तो बस, एक उड़ती-सी बुझी निगाह वह उस पर डाल लेते। जिब्राइल को लेकर ज़ाहिद खान के मन में जो आशंका जमी हुई थी, वह बग़ैर बोले भी छलक पड़ती थी। और यह आशंका एक दिन सही साबित हुई, जब जिब्राइल दोबारा शमीना को लेकर लुत्ती की तरह उड़ गया।

इस बार जिब्राइल ने सतर्कता बरती कि कहीं पिछली बार की तरह वह फिर स्टेशन पर न पकड़ा जाए। लिहाज़ा, उसने एक-दो दिन दिल्ली में शमीना के साथ छिपकर बिताया और फिर आधी रात गए बिहार की ट्रेन पर सवार हो गया। उधर चारों तरफ़ शमीना को ढूँढ़ कर हताश हो चुके ज़ाहिद खान ने निकटतम ओखला थाने में रपट दर्ज़ कराई, जिसका मज़मून कुछ यों था : 'मैं ज़ाहिद खान, पुत्र रशीद खान, बटला हाउस, जामिया नगर, नई दिल्ली, बाउम्र 45 साल। मैं बिजली फिटिंग का काम करता हूँ। मैं पिछले हफ्ते एक शादी में बरेली गया हुआ था और घर पर मेरी बीवी शहाना बेगम व मेरी बेटी शमीना तथा दो

छोटे-छोटे बेटे थे। कल रात जब मैं बरेली से वापस आया, तो मेरी बीवी ने मुझे बतलाया कि मेरी लड़की शमीना (उम्र 16 साल) रात से गायब है। शमीना की बोलचाल पड़ोस में रहनेवाले लड़कों—जिब्राइल, इब्राहिम और इजराइल—से थी। मुझे पक्की जानकारी है कि शमीना को लेकर जिब्राइल भाग गया है। वह उसे बहला-फुसलाकर अगवा करके ले गया है। जिब्राइल के बहकावे पर शमीना घर से 35000 रुपये और तीन तोला सोना भी लेती गई है।'

ज़ाहिद खान की इस रपट के बाद पुलिस ने लगे हाथ मुहल्ले में मौज़ूद कैंटीन मजीद के भतीजे इब्राहिम को गिरफ्तार किया कि चाहे जैसे भी हो, जिब्राइल और शमीना भागकर गए कहाँ, इसका खुलासा करो।

इब्राहिम जब लाख दबाव के बावजूद कुछ न बता सका, तो पुलिस ने इब्राहिम के बहनोई यानी कैंटीन मजीद के बड़े भाई के दामाद इज़राइल को भी पकड़कर बन्द कर दिया। पर दोनों को मालूम ही कहाँ था कि शमीना को लेकर जिब्राइल कहाँ छिपा हो सकता है। जिब्राइल ने तो इस वाक़ये को अचानक अंजाम दे दिया था। पुलिस हाज़त में बन्द इज़राइल को बुरी तरह अफ़सोस हो रहा था कि पता नहीं, किस साइत में उसने इस नालायक़ जिब्राइल को दिल्ली आकर काम करने के लिए उकसाया था। पर जिब्राइल की मज़दूरी का पैसा अपने हाथ में रखकर इब्राहिम और इज़राइल ने जिब्राइल को महीनों से जिस तरह महज़ 'खाना-खोराकी' पर रखा हुआ था, और जिसका कि गुस्सा जिब्राइल को था, उसकी क़ीमत इब्राहिम और इज़राइल को जिब्राइल के चक्कर में फँसकर चुकानी पड़ गई।

बहरहाल, कैंटीन मजीद के दिल्ली फ़ोन करने के बाद तो सारा मामला ही सुलझ गया। जिब्राइल 'गंज' से गिरफ़्तार होकर तिहाड़ जेल पहुँच गया और इब्राहिम व इज़राइल को भी पुलिस की दबिश व सीखचों से मुक्ति मिल गई। यह सब कुछ हो गया, पर इस पूरे खेल में जिब्राइल बर्बाद हो गया।

दरअसल, दिल्ली पहुँचकर अपने अब्बा के दबाव में शमीना ने बयान बदल दिया। अदालत के बयान में शमीना की तरफ़ से कहलवाया गया, 'अभियुक्त जिब्राइल मेरे घर के सामने रहता था और अक्सर मेरी तरफ देखता रहता था। मैंने जब इसकी शिकायत अपने माता-पिता से की, तो आस-पड़ोस के लोगों ने एक बार उसकी पिटाई भी की। जिब्राइल इस पर काफी गुस्से में आ गया और उसने मुझसे कहा कि मैं तुम्हें छोड़ूँगा नहीं। मेरे अब्बा जब पिछले दिनों बरेली गए, तो जिब्राइल ने जोर-जबर्दस्ती मुझे साथ चलने को कहा। पहले मुझे वह अलीगढ़ ले गया। फिर कानपुर और पटना। वहाँ से वह मुझे राँची ले आया और फिर अपने गाँव मैकलुस्कीगंज। जिब्राइल ने दो बार मेरी इच्छा के विरुद्ध मुझसे शारीरिक सम्पर्क भी किया।' शमीना के अदालती बयान में यह बार-बार दोहराया गया कि 'मैं जिब्राइल से प्यार नहीं करती...।'

अदालती कार्रवाई के दौरान जब जेल से जिब्राइल को लाया गया और शमीना भी पहुँची, तो जिब्राइल से वह आँख नहीं मिला सकी। पर जिब्राइल ने ग़ौर किया, शमीना की कातर आँखों में एक अजीब छटपटाहट है, जो उसकी पुतलियों में क़ैद होकर रह गई है।

शमीना को याद कर जिब्राइल का कलेजा जैसे फटने-फटने को हो आता है। 'गंज' के दिनों में मुंडा-उराँव लोगों के बीच गूँजनेवाले गानों पर उसका ध्यान उतना नहीं जाता था, पर जेल के इस गहरे अकेलेपन में 'गंज' का एक गीत अक्सर उसके भीतर गूँजता

रहता है। शमीना का वह अदालती बयान कि 'जिब्राइल ने मेरे साथ जबर्दस्ती की', कि 'जिब्राइल से मुझे कोई प्यार नहीं'—इस नगपुरिया गीत के साथ जिब्राइल के दिल में जैसे बुरी तरह गड्डमड्ड होने लगता है :

हाय रे रानी!
सोइच के कलेजा फाटे...
तू जे नेह-माया छोड़ि देले...
माया छोड़ि देले...
हाय रे रानी!
सोइच के कलेजा फाटे!
ओही ले त रही जोड़ी
दुइयो हंसा के इ जोड़ी...!
गे रानी...!
गे रानी! सोइच के कलेजा फाटे...।

[हाय, मेरी रानी, तूने नेह-माया छोड़ दिया, यह सोचकर मेरा कलेजा फटता है। हम दोनों की हंस-हंसिनी की जोड़ी बिछड़ गई, तुमने नेह-माया छोड़ दिया, यह सोचकर मेरा कलेजा फटता है।]

आधी रात गए जिब्राइल को लगता है कि कंका पहाड़ी की तलहटी में...पेड़ों के सघन झुरमुट में...ढोल-माँदर की गूँज इस गीत के संग हर रोज़ बढ़ जाती है। पर झूम-झूम कर गहरा अलाप लेकर गानेवालों की अपार करुणा के बावजूद आधी रात का यह भयावह अँधेरा जैसे फट नहीं रहा है। उफ़्, शमीना! जिब्राइल को बिना नींद की रातों में एक घने-पुराने पेड़ के पीछे घुटनों में मुँह छिपाए सुबकती बैठी शमीना दिखती है।

जिब्राइल की ज़मानत के लिए कैंटीन मजीद बीते दिनों में दो-तीन बार किसी तरह कुछ पैसों का जुगाड़ कर दिल्ली भी गया है, पर क़ामयाबी नहीं मिली है। अदालत ने ज़मानत के वास्ते ज़मीन के काग़ज़ात और बिहार के किसी आदमी को पेश करने के अलावा जो कुछ शर्तें लगाईं, उससे कैंटीन मजीद बेतरह हताश हो गया है। थककर उसने जिब्राइल को उसकी क़िस्मत पर छोड़ दिया है, 'आँधी आबे, बैठ बिताबे।' आँधी के गुज़रने का बैठकर इन्तज़ार करने के अलावा और कोई उपाय नहीं। आख़िर जिब्राइल ने किसी का खून तो नहीं किया है न, जो कानून उसको फाँसी पर चढ़ा देगा।

तिहाड़ जेल से जब जिब्राइल का पोस्टकार्ड कैंटीन मजीद को आता है, तो मजीद का जी होता है, वह कैंटीन के चूल्हे में अपना मुँह घुसा ले। उसकी भलमनसाहत से जिब्राइल की यह हालत हुई। चाहे जो भी होता, शमीना से जिब्राइल का निकाह उसे करा देना चाहिए था।

उधर शमीना के अब्बा ने जल्दी-जल्दी शमीना की शादी कर शमीना को ससुराल भेज दिया। ज़ाहिद खान ने अपनी हैसियत से बढ़कर शमीना की शादी में ख़र्च किया। पर शमीना जब अपने शौहर के संग ससुराल विदा होने लगी और अपनी अम्मी शहाना के सीने से बुरी तरह चिपटकर रोई, तो शहाना ने उसके आँसुओं में जिब्राइल को लगातार देखा।

खंड : दो

कच्ची सड़क

दिन कितनी जल्दी बीत गए! रॉबिन के जाने का दिन कब आ गया, डेनिस और लीज़ा को इसका अन्दाज़ा भी नहीं लग सका। रॉबिन जा रहा है, अपने गाँव, जिसे अपने कल्पना-लोक में वह वर्षों से रेखांकित करता रहा था। लीज़ा का हृदय विदीर्ण हो रहा है। छाती फट रही है। एयरपोर्ट पर रॉबिन को मन्द स्वर में आँखें पोछते हुए कहा, 'बेटे, अपना खयाल रखना। चिट्ठी लिखते रहना। हाँ, राँची आकर कभी-कभार फ़ोन भी कर लिया करना बेटे...। सुनते हैं, 'गंज' का फ़ोन अक्सर डेड ही रहता है।'

लीज़ा की आँखों में आँसू देख डेनिस हँसे और आँखें चौड़ी कर घुड़कने के स्वर वाली नाटकीयता ओढ़ कहा, 'बेटा जा रहा है एक महान मिशन पर और रो रही हो न तुम...? इसे हँसकर विदा करो लीज़ा।' सहसा आँसुओं के बीच लीज़ा के होंठों पर हल्की हँसी छिटक गई। लीज़ा की पीठ थपथपाते हुए डेनिस बोले, 'राइट...दिस इज़ इट...।'

दिल्ली से दूसरी फ़्लाइट बदलकर रॉबिन राँची पहुँचा है। राँची एयरपोर्ट पर विमान की घड़घड़ाहट पहले तेज़ और फिर धीमी होती गई। विमान रुक गया। विमान से उतरते हुए रॉबिन चारों तरफ़ हसरत से निहार रहा है—राँची! पापा से अनगिनत बार वह चर्चाओं के दौरान राँची शहर के बारे में सुन चुका है। पापा ने कहा था, मैकलुस्कीगंज के लिए एयरपोर्ट के पास ही टैक्सी मिल जाएगी। थोड़ी देर में उसका सामान कन्वेअर बेल्ट पर आ गया। ट्रॉली में सामान रखकर वह निकास-द्वार की तरफ़ बढ़ा। एयरपोर्ट के बाहर निकलते ही टैक्सीवालों ने उसे घेर लिया है। ज़्यादातर टैक्सीवाले जोड़-तोड़ कर अंग्रेज़ी बोल उसे अपनी-अपनी तरफ़ आकृष्ट करने की चेष्टा कर रहे हैं। उसके हुलिये को देखकर टैक्सी ड्राइवरों को लग रहा है कि यह विदेशी पर्यटक ज़रूर शहर के किसी महँगे होटल में रुकेगा। इसलिए टैक्सी भाड़ा तो तगड़ा मिलेगा ही, होटलवाले से बढ़िया कमीशन अलग। पर रॉबिन ने ख़ालिस हिन्दी में कहा, 'नहीं, मेरे भाई, मुझे किसी होटल-वोटल में नहीं जाना है। मुझे जाना है मैकलुस्कीगंज—सीधे मैकलुस्कीगंज। दूसरी बात यह कि मैं हिन्दी में बात कर सकता हूँ। कृपया आप लोग अंग्रेज़ी बोलने की तकलीफ न उठाएँ।'

रॉबिन की बात से टैक्सी ड्राइवरों की जमात में एकबारगी मायूसी छा गई है। पर इस मायूसी से तत्क्षण उबरते हुए एक बुज़ुर्ग टैक्सी ड्राइवर ने अन्य कुछ छोकरेनुमा टैक्सी ड्राइवरों को परे हटाते हुए कहा है, 'तुम लोग नहीं समझोगे। अरे भाई, ये मैकलुस्कीगंज के ही होंगे। वह जो गाँव है न खलारी के पहले एंग्लो-इंडियनों का, वहीं के...। क्यों, है न साहब...?'

रॉबिन ने मुस्कराते हुए कहा, 'हाँ, आप बिलकुल ठीक समझे।'

बुज़ुर्ग टैक्सी ड्राइवर ने कहा, 'ज़रा ठहरिए, मैं टैक्सी ले आता हूँ। वहाँ किनारे लगी है।' तेज़ क़दमों से लपकता हुआ वह अपनी टैक्सी में जा बैठा और एयरपोर्ट के पोर्टिको में टैक्सी लाकर खड़ी कर दी। फिर अपनी सीट से फ़ौरन उतरकर उसने डिक्की खोली और रॉबिन के सारे सामान को एक-एक कर रखते हुए हँसकर कहा, 'लगता है, साहब लम्बी छुट्टी पर आए हैं, इसलिए इतना सारा सामान...।'

ड्राइवर की बात पर रॉबिन हल्के-से मुस्कराकर रह गया। एक विचित्र-सी अव्यक्त अनुभूति से गुज़र रहा है वह। एक मीठी धुकधुकी। उसे बरबस याद आई, हांगकांग के एयरपोर्ट की वह तेज़ हलचल और आपाधापी...। हज़ारों-हज़ार टैक्सियाँ...। बेशुमार लोग...। भागम-भाग...। किसी को किसी के लिए वक़्त नहीं। वहाँ के उन टैक्सी ड्राइवरों को भी नहीं, जो यह कहें, 'लगता है, लम्बी यात्रा पर जा रहे हैं, इसलिए इतना सारा सामान...।'

दरअसल, यह इत्तफ़ाक़ था महज़। अपनी गाड़ी कारखाने गई हुई थी। डेनिस ने तनिक तिक्त होते हुए रॉबिन से कहा था, 'मैं कह रहा था न तुमसे, अभी गाड़ी को कारखाने में मत दो। किसी तरह चल ही रही थी। बाद में कभी दे देते। अब तुम जा रहे हो और अपनी गाड़ी ऐन वक्त पर नहीं है। क्या फ्रांसिस से उसकी गाड़ी थोड़ी देर के लिए मँगवा लें?'

पर रॉबिन ने कहा था, 'पापा, आप छोटी-छोटी बातों को लेकर परेशान हो जाते हैं। ये टैक्सी भला क्यों चलती हैं? फ्रांसिस अंकल को बेकार क्यों तकलीफ दें? हम सब टैक्सी से चले चलेंगे एयरपोर्ट। आप लोग टैक्सी से ही वापस आ जाइएगा। अपनी गाड़ी तो थोड़ी-बहुत मरम्मती के लिए मैंने इसलिए ग़ैराज में दे दी थी कि गाड़ी ठीक-ठाक हालत में आपके पास रहे। मैं जानता था, मेरे जाने के बाद आप आलस्य में गाड़ी को ग़ैराज भेजेंगे ही नहीं। इसलिए अपने सामने मैंने गाड़ी ग़ैराज में भेज दी।'

डेनिस, लीज़ा और रॉबिन टैक्सी से एयरपोर्ट आए थे। टैक्सीवाले ने एयरपोर्ट पर डिक्की से जल्दी-जल्दी सामान उतारा था और पैसे लेकर चलता बना था।

पर राँची का यह बिरसा मुंडा एयरपोर्ट कितना छोटा और शान्त-सा एयरपोर्ट है! चारों तरफ़ वृक्षों से घिरा मनोहर एयरपोर्ट। इतनी शान्ति भी हो सकती है भला किसी एयरपोर्ट पर? कोई गहमागहमी नहीं...कोई हड़बड़ी नहीं। वैसे भी एयरपोर्ट पर रॉबिन के साथ वहाँ उतरनेवाले यात्री कोई ज़्यादा नहीं थे। हाँ, एक खद्दरधारी नेता जी को लेकर एयरपोर्ट पर दस मिनट की हलचल ज़रूर हुई। उनके दस-बीस समर्थकों ने उन्हें पोर्टिको में लपक-लपककर माला पहनाई और दो-तीन मिनटों तक अपने गले के पूरे सामर्थ्य से उन नेता जी के पूरे नाम के साथ 'ज़िन्दाबाद-ज़िन्दाबाद' किया। खद्दरधारी सज्जन सामने खड़ी एक सफ़ेद एंबेसडर गाड़ी में बैठ गए। उनके वे समर्थक भी पीछे खड़ी दो जीपों में किसी तरह ठुँस गए। फिर लहराती हुई वह सफ़ेद एंबेसडर गाड़ी और जीपें पोर्टिको से निकल गईं।

कुछ मिनटों का वह 'खद्दरधारी कार्यक्रम' रॉबिन को सचमुच बड़ा अनूठा लगा। नारे लगाते वे लोग किस लय से झूम रहे थे! ज़िन्दाबाद...! रॉबिन के कानों में वे स्वर अभी भी गूँज रहे हैं—ज़िन्दाबाद...! यानी ज़िन्दा रहो...आबाद रहो...। किसी के भी स्वागत के लिए कैसा अनूप शब्द है यह!

बुज़ुर्ग टैक्सी ड्राइवर से रॉबिन ने पूछा, 'कौन थे वे सज्जन?'

टैक्सी ड्राइवर की आवाज़ में व्यंग्यपूर्ण हँसी है, 'कौन, वह धमधूसर, जिसे लोग एयरपोर्ट पर माला पहना रहे थे? यहाँ का एक बड़ा आदिवासी नेता है। नेताओं के साथ नारों और मालों का खेल चलता रहता है यहाँ—झूठ-मूठ का।'

रॉबिन ने आँखें झपकाते हुए पूछा, 'क्यों? झूठमूठ का क्यों? कितना तो अच्छा है—जिन्दा रहो...आबाद रहो!'

टैक्सी ड्राइवर ने कहा, 'आप यहाँ नहीं रहते हैं, इसलिए क्या जानेंगे? यहाँ के ये नेता जब तक जिन्दा और आबाद रहेंगे, तब तक यहाँ का क्या कभी भला हो सकेगा?'

रॉबिन ने भाँप लिया, ड्राइवर गप्पी है। 'गंज' तक की यात्रा अच्छी तरह कट जाएगी।

जेठ की दोपहरी! मई की सन्न-सन्न दोपहरी में सड़क पर तीखी लू चल रही है। इस तरह धूल भरी लपट मारती गर्मी तो रॉबिन ने कभी देखी नहीं थी। पापा ने कहा था कि इन दिनों यहाँ काफ़ी गर्मी पड़ती है। पापा ने बताया था कि बिहार प्रान्त की ग्रीष्मकालीन राजधानी का दर्ज़ा-प्राप्त राँची शहर की ख़ुशनुमा आबोहवा का पहले कोई जवाब नहीं था, पर निरन्तर सघन होते शहर और कल-कारखानों के फैलाव ने राँची की ख़ुशगवार आबोहवा को काफ़ी ख़ुश्क बना दिया है।

टैक्सी अभी राँची शहर से बाहर नहीं निकली है। टैक्सी ड्राइवर कहता है, 'आपको तो कुछ ज्यादा ही गर्मी लग रही होगी? विदेश से आ रहे हैं न आप! मई शुरू है। राँची की सड़कों का अलकतरा तक मई की शुरुआत के साथ पिघलने लगता है। अप्रैल से ही तेज गर्मी शुरू हो जाती है...। पहले इतनी धधक-चमकवाली गर्मी नहीं पड़ती थी राँची में...। झारखंड अंचल का कभी शिमला कहलाता था राँची, और शहीदों का नगर भी।'

वाक़ई गर्मी काफ़ी है। रॉबिन ऐसी गर्मी का कभी आदी नहीं रहा है। लेकिन पता नहीं क्यों, उसे लग रहा है, यह गर्मी कोई उतनी बुरी नहीं। हर मौसम का अपना मिज़ाज होता है, सो है। राँची की सड़कों पर इस समय सन्नाटा लेटा है।

'गर्मी के चलते, देखिए, सड़क पर कितना सन्नाटा है! पर बाट और घाट कभी सूने थोड़े ही रहते हैं।' कहकर ड्राइवर मुस्कराता है।

सहसा रास्ते में रॉबिन की नज़र एक काली-आबनूसी पत्थर की बड़ी-सी प्रतिमा पर गई है। घुटने तक की धोती...नंगा बदन...सिर पर मोटी पगड़ी बाँधे...। रॉबिन ने तनिक कौतूहल-भरी भंगिमा में सीट से थोड़ा आगे सरकते हुए मूर्ति को ठीक से देखने की चेष्टा की है।

'आदिवासियों के एक महान क्रान्तिकारी बिरसा मुंडा हुए थे, यह उनकी मूर्ति है। ब्रिटिश राज में इनकी गिरफ्तारी के लिए 500 रुपये का इनाम ऐलान किया गया था। ये पकड़े गए। अंग्रेजों के जमाने में जेल में इनकी मौत हो गई थी।' गप्पी ड्राइवर ने आगे सड़क की तरफ़ देखते हुए कहा, 'जैसाकि सुनते हैं, ये अपने आदिवासी समाज के ऊपर हो रहे अत्याचारों के खिलाफ अंग्रेजों से लड़ रहे थे। इसलिए अंग्रेजों ने इन्हें जेल में सड़ा कर मार दिया था। आदिवासी लोग इन्हें 'भगवान बिरसा' और 'धरती आबा' के नाम से पूजते हैं।'

'ओह...अच्छा...!' रॉबिन के मुँह से अनमना-सा अफ़सोस निकला।

दरअसल, पापा ने उसे बिरसा मुंडा के बारे में थोड़ा बताया था। तभी टैक्सी ड्राइवर ने पलटकर कहा, 'पाँच मिनट के लिए एक तकलीफ देना चाहूँगा...। आगे फिरायालाल चौक पर घड़ी देखकर मुश्किल से मुझे पाँच मिनट लगेंगे। वहाँ एक परिचित को कुछ पैसे देने हैं। मेरे घर जाकर वह दे आएगा। कहीं मैकलुस्कीगंज से लौटते-लौटते देर न हो जाए। शाम के लिए घर का सौदा-सुलफ नहीं आएगा, तो बीवी बेहद नाराज हो जाएगी नाहक में...।' कहते हुए बुज़ुर्ग टैक्सीवाला थोड़ा हँसा।

रॉबिन ने हल्की-सी मुस्कराहट के साथ सिर को थोड़ा झटका देते हुए कहा, 'कोई बात नहीं। लेकिन पाँच मिनट से ज्यादा लेट नहीं होना चाहिए। मैकलुस्कीगंज जितना सबेरे पहुँच जाएँ, उतना अच्छा।'

कुछ देर बाद टैक्सीवाले ने फिरायालाल चौक के पास टैक्सी रोकी और उतरकर एक दिशा में चला गया।

रॉबिन ने देखा, वहाँ भी सामने चौराहे पर एक और वैसी ही काली-आबनूसी पत्थर की बड़ी-सी प्रतिमा लगी है। फ़ौजी लिबास में एक व्यक्ति की बन्दूक ताने मूर्ति है यह।

ड्राइवर जल्दी लौट आया। गाड़ी फिर चल पड़ी।

ड्राइवर ने कहा, 'यहाँ राँची में काफी प्रतिमाएँ हैं। वह एलबर्ट एक्का की मूर्ति थी। फौज में थे ये। ये भी आदिवासी थे। इसी इलाके के। लड़ते हुए मोर्चे पर अपनी जान दे दी। इसलिए भारत सरकार ने मरने के बाद इन्हें परमवीर चक्र से सम्मानित किया था। परमवीर एलबर्ट एक्का! पर मरने के बाद कोई चक्र दे देने या मूर्ति लगा देने भर से क्या होता है? परमवीर एक्का के बीवी-बच्चे पैसे-पैसे के लिए तरसते रह गए हरदम। अझेल हालत में है एक्का परिवार! किसी को कभी कोई फिक्र हुई भला? अभी हाल ही में तो राँची के एक अखबार में समाचार भी छपा था कि एक्का की विधवा बालम दीना एक्का गुमला के पास अपने गाँव जारी में खेतों में मजूरी कर पेट पाल रही है...। एक्का की कुर्बानी के बाद सरकार ने उनकी विधवा को पाँच एकड़ जमीन देने का जो ऐलान किया था, वह जमीन भी तो आज तक उन्हें नहीं मिली...। सचाई तो यही है कि इस देश में देशप्रेमियों और शहीदों के लिए लोग छाती पीट सकते हैं, आँसू बहा सकते हैं, पर उनके बीवी-बच्चों के लिए कुछ कर नहीं सकते...। उस दिन अखबार में एक्का परिवार की दुर्गति का समाचार पढ़कर मन लाज से प्याज हो गया। कोई अमीर आदमी नहीं हूँ मैं लेकिन सोचता हूँ, किसी दिन उनके गाँव जाकर जो सम्भव होगा, उनकी मदद कर आऊँ। क्या कहूँ, अपने देश में देशप्रेम को बस महान लोगों की मूर्तियों में चुनेट दिया गया है...। भयंकर ब्लफबाजी है...मत पूछिए...।' टैक्सी ड्राइवर ने कुछ मसीही अन्दाज़ में कहा।

रॉबिन को सुनकर अच्छा लगा—एक आदिवासी फ़ौजी जो मोर्चे पर जान दे गया, उसकी स्मृति को सार्वजनिक रूप से सम्मानित किया गया और इसके बावज़ूद यहाँ का एक सामान्य टैक्सी ड्राइवर तक विचलित और क्षुब्ध है कि इस परमवीर के बीवी-बच्चों के लिए कुछ नहीं किया गया। क्या पश्चिमी देशों में, ख़ास कर हांगकांग में यह सब सोचने की भी फ़ुरसत है किसी को...? किसी के परिवार या उसके बच्चे का क्या हुआ...? इसके लिए इस तरह अनजान-पराये लोग भी चिन्ता में क्षुब्ध हो सकते हैं भला?

रॉबिन ने विषयांतर करते हुए पूछा, 'अच्छा, मैं भूल गया, जहाँ एलबर्ट एक्का की मूर्ति थी, वह कौन सा इलाका कहलाता है?'

टैक्सी ड्राइवर ने अपने स्थायी लय में कहा, 'फिरायालाल चौक कहते हैं उसे। राँची शहर का प्रमुख बाजार का इलाका।'

रॉबिन ने देखा, उस दोपहरी में राँची के उस प्रमुख बाज़ारवाले चौराहे की ज़्यादातर दुकानें वीरान-वीरान-सी थीं। अपनी दुकानों पर बैठे दुकानदार भी उनींदे-से लग रहे थे। टैक्सी ड्राइवर ने तनिक चैन से कहा, 'इस रास्ते में खानदानी जाम लगता है। अभी दोपहर है, इसलिए राहत है...।' टैक्सी अब फिरायालाल चौक से काफ़ी आगे थी। रॉबिन ने देखा, आगे सड़क किनारे कुछ आदिवासी मज़दूरिनें हल्की भूरी छाँही वाले चौड़े-चौड़े हरे पत्तों की थाक लगा रही हैं। कई आदिवासी मज़दूर भी वहाँ उस काम में भिड़े हैं...। लू वाली हवा सड़क पर बुरी तरह साँय-साँय कर रही है। मज़दूरिनें घुटनों तक साड़ी बाँधे हैं। मज़दूरों के शरीर पर भी ज़्यादा कपड़े नहीं हैं। रॉबिन ने अफ़सोस से कहा, 'इस धधकती धूप में भी ये मजदूर...जुटे हैं बेचारे...।'

टैक्सी ड्राइवर ने गहरी साँस छोड़ी, 'इन लोगों को आदत है...। बड़ा सबूर है इनमें। आदिवासी हैं न ये लोग...। एकदम कठजामुन! सुबह मुँहअँधेरे अपने-अपने गाँवों से चल पड़ते हैं ये—सब्जी, सखुआ के पत्ते का दोना, लकड़ी का गठ्ठर सब लेकर...। फिर सूर्यास्त होते-होते इन्हें बेच-बाच, कुछ पैसे कमा कर अपने घर लौट आते हैं। बड़ी गरीबी है इनमें। आखिर ये सब न करें, तो करें क्या?'

रॉबिन को पापा की कही बातें याद आईं...। पापा ने बताया था, इस इलाक़े के आदिवासियों के बारे में...कि कितनी तबाही में जीते हैं ये लोग...। सड़क किनारे उन मज़दूर-मज़दूरिनों को लू की तेज़ लपटों से जूझते देख रॉबिन को लगा, जैसे गहरे बैंगनी फूलों के अनगिनत गुच्छे धधकती धूप की विशाल चट्टानों पर सिर टिकाये हों या कि सिर धुन रहे हों और...उनका रंग और भी तीखा बैंगनी हुआ जा रहा हो। रॉबिन को सहसा लगा, किताबों में गाँव की जिस सुन्दर दुनिया के बारे में उसने पढ़ रखा है, बिलकुल हू-ब-हू किताब की इबारतों जैसा नहीं होगा सब कुछ यहाँ। रॉबिन ने सोचा, कितने पैसे कमाते होंगे इतनी मशक़्क़त के बाद ये मज़दूर? हांगकांग में तो एक सामान्य मज़दूर भी अच्छा-ख़ासा कमा लेता है...।

टैक्सी अब तक शहर को लगभग छोड़ चुकी है। सड़क के दोनों किनारों पर वृक्षों की क़तारें दिखने लगी हैं।

'यह इलाका पंडारा कहलाता है। पहले तो यहाँ तक बहुत घना जंगल हुआ करता था, पर अब शहर इधर ही बढ़ रहा है—जंगल को धकेलकर...।' स्टिअरिंग को आहिस्ते-आहिस्ते घुमाते हुए ड्राइवर ने फिर कहना शुरू किया।

रॉबिन ने बाहर देखा, पुराने-पुराने झंखाड़ वृक्षों की थोड़े-थोड़े अन्तराल पर लगी जमघट और बीच-बीच में घुसे हुए कुछ पक्के शहराती मकान...। कुछ अधबने मकान भी। ड्राइवर ने ठीक कहा है—शहर जंगल को धकेल रहा है। फिर सड़क किनारे दोनों तरफ़ खेतों की क़तार और कई लम्बे-चौड़े घास के मैदान। एक परती ज़मीन में एक के ऊपर एक कर पड़े विशाल-भारी भरकम पत्थरों की छोटी-सी अट्टालिका...। कैसे लगते

हैं ये बड़ी-बड़ी गठरियों की तरह एक-दूसरे पर क़रीने से रखे हुए...! इसे इस तरह यहाँ किसने रखा होगा...? ज़ाहिर है, क़ुदरत ने।

'और यह रही कामरे बस्ती...।' ड्राइवर ने आगे सड़क की ओर देखते हुए कहा, 'कभी कोई एक कामरे बाबा हुआ करते थे इधर—बड़े चमत्कारी संत-पुरुष...! उन्हीं के नाम पर यह बस्ती...।'

रॉबिन को लगा, शायद यह कथक्कड़ ड्राइवर कामरे बाबा या इस गाँव के बारे में कुछ और कहेगा, पर कुछ मिनट की चुप्पी के बाद ड्राइवर ने मुँह खोला, 'यह काठीटाँड़ है...और...।' एक लम्बे अलाप के अन्दाज़ में ड्राइवर ने अपनी बात पूरी की, 'हाँ, वो दाएँ देखिए...रातू महल...।'

'रातू महल?' कत्थई-लाल रंग की एक पुरानी विशाल इमारत को देख रॉबिन के स्वर में उत्सुकता एकबारगी छलक गई।

'हाँ, रातू महल...! कभी इस इलाके में रातू राजा का राज चलता था, समझे न? राज-खानदान के वारिस लोग आज भी इसमें रहते हैं...। अब तो राजे-रजवाड़े नहीं रहे, पर इनके महल तो हैं ही...।' फिर दार्शनिकों जैसे अन्दाज़ में ड्राइवर ने कहा, 'हैसियत गिर जाने से नाम थोड़े बदल जाता है! रातू राजमहल का वह पुराना रुतबा भले अब न हो, पर कहलाएगा तो यह रातू महल ही...। है कि नहीं?' ड्राइवर ने एक झटके में रॉबिन की तरफ़ पीछे मुड़कर सहमति पाने के अन्दाज़ में देखा, तो रॉबिन ने मुस्कराकर सिर हिला दिया। पुरातन दीप्ति की झलक वाक़ई है रातू महल में।

थोड़ी देर बाद टैक्सी ड्राइवर ने बिहँसते हुए कहा, 'आज एयरपोर्ट पर जब आप हिन्दी में बोलने लगे थे, तो शुरू में हम भी चकरा गए थे कि यह अंग्रेज साहब खाँटी हिन्दी कैसे बोल रहा है...?'

रॉबिन को ड्राइवर के इस अचरज पर मज़ा आया, 'अच्छा...?'

'क्या चकराने वाली बात नहीं थी, आप ही कहें?'

रॉबिन फिर कुछ न बोला। थोड़ी देर पहले की धूप की वह तल्ख़ी धीरे-धीरे नरम पड़ती जा रही है। कुछ देर पहले बीच राँची शहर की सड़क से गुज़रते हुए कैसी तिलमिलाहट भरी गर्मी थी, पर आगे बढ़ती जा रही टैक्सी के साथ धीरे-धीरे एक नये वातावरण का प्रवेश हो रहा है। लगभग निरुद्विग्न और शान्त है, हल्की-सी उतार-चढ़ाव वाली यह सड़क। बीच में कभी-कभार एकाध लोग रास्ते से गुज़रते हुए दिख जाते हैं। पर वैसे, चारों तरफ़ निर्जनता ही है। रॉबिन ने ग्रामीण वन्य अंचलों की अद्वितीय शोभा के बारे में अब तक सुना या कुछ-कुछ पढ़ा भर था, पर वे सारे दृश्य उसकी आँखों के सामने से एक-एक कर अभी गुज़र रहे हैं। उसकी आँखें जिज्ञासा से खिड़की के बाहर देख रही हैं। सड़क किनारे अनगिनत जंगली झाड़ियाँ पसरी हुई हैं और उसके पीछे दूर-दूर तक वृक्ष हैं। हालाँकि, बीच-बीच में थोड़ी-सी फ़ाँक भी है। कभी यहाँ वृक्ष रहे होंगे शायद, जिन्हें काट लिया गया है, सोचा रॉबिन ने। वृक्षों की बेतरतीब टहनियों की सघन पत्तियों पर ढलती दोपहरी की धूप बड़े चैन से थिरक रही है।

'वह मुड़मा बस्ती है...।' ड्राइवर ने हाथ के इशारे से बताया, 'कभी मुंडा लोगों की जमींदारी थी यहाँ। बाद में उराँव आदिवासी भी यहाँ आ बसे। विजयादशमी के उत्सव के

आठ दिनों बाद हर साल यहाँ प्रसिद्ध 'मुड़मा मेला' लगता है। इस मेला में खेती में काम आनेवाले औजार और आदिवासियों के हथियारों से लेकर आदिवासियों के नाच-गाने में काम आनेवाला माँदर और नगाड़ा—यहाँ सब कुछ बिकता है।'

'हूँ।' रॉबिन ने खोये-खोये अन्दाज़ में कहा।

'आप यहाँ कुछ दिन रहेंगे, तो धीरे-धीरे सब कुछ जान जाएँगे इस इलाके के बारे में—खुद-ब-खुद...।' ड्राइवर ने महीन आवाज़ में कहा। रॉबिन बस सिर हिलाकर रह गया।

गाड़ी अपनी गति में है।...माँडर ब्लॉक...चान्हो ब्लॉक...और यह बीजूपाड़ा...। छोटी-छोटी दुकानों से भरापूरा एक किलकता हुआ देहाती चौराहा—बीजूपाड़ा। गाड़ी की गति यहाँ पहुँचकर अनायास धीमी हो गई है। चौराहे के मुहाने पर, ऊँचे पाये पर स्थापित एक छोटी-सी सफ़ेद मूर्ति...। पाये पर जड़े संगमरमर पत्थर पर खुदा उसका नाम है : 'स्वतंत्रता सेनानी सोमा टाना भगत'।

'इस इलाके के ये पुराने स्वतंत्रता सेनानी थे। अंग्रेजों को नाकोंदम कर दिया था इन्होंने। गांधीबाबा के खाँटी चेले थे।' गाड़ी रोककर ड्राइवर ने फिर अनुमति लेने के स्वर में पूछा, 'क्या यहाँ चाय पी लें थोड़ी-सी? अब तो बस आ ही गए...। आगे चामा मोड़... और थोड़ी देर बाद मैकलुस्कीगंज...।'

'ठीक है।' रॉबिन ने ख़ुद भी गाड़ी का गेट खोल दिया, 'चलें चाय पीने...।'

'इस होटल की मीठी पापड़ी बहुत मशहूर है...। अगर गाँव के लिए सन्देश लेना हो तो...।' चाय सुड़कते हुए ड्राइवर ने कहा, तो सामने काउंटर पर बैठा झोपड़ीनुमा चालू होटल का बूढ़ा मालिक अपनी घनी मूँछों में मुसक पड़ा। उसकी हँसी काउंटर के बग़ल के रैक पर परात में सजी मीठी पापड़ी-सी पगी थी।

रॉबिन कुछ कहता, उसके पहले ड्राइवर ने चाय ख़त्म कर उठते हुए होटल मालिक को अधिकारपूर्वक फ़रमान जारी कर दिया, 'साहब के लिए पापड़ी बाँध दीजिये। सन्देश ले न जाएँगे अपने गाँव के लिए।'

किसके लिए लेगा वह सन्देश? मिलर अंकल के लिए...या किसके लिए...? पर ड्राइवर ने तो पहले ही कह दिया है—सन्देश अपने गाँव के लिए...। हाँ, गाँव के लिए सन्देश...। बग़ैर चखे रॉबिन के मुँह में वह पीली मीठी पापड़ी बरबस घुल गई है।

'कितने की?' बूढ़ा होटल मालिक काउंटर की अपनी बूढ़ी कुर्सी से उठकर खड़ा है।

'दो सौ रुपये की दे दीजिए।' रॉबिन ने जेब से पर्स निकालते हुए कहा है।

गाँव के लिए बँधे सन्देश को ड्राइवर ने बड़े सन्तोषपूर्ण अनुराग से देखा है, जैसे सन्देश की ख़रीद करवाकर उसने रॉबिन को एक बड़ी सामाजिक चूक से बचा लिया है।

गाड़ी फिर सहज रफ़्तार में है। अग़ल-बग़ल लाल मिट्टी के छितराये मैदान...। सड़क किनारे 'पुटुस' के रंग-बिरंगे छोटे-छोटे फूलों से भरे झाड़ों का साम्राज्य और बीच-बीच में घुसी 'चिरचिरी' की बेशुमार झाड़ियाँ। इन बीते वर्षों में जंगल के बहुत कुछ कट जाने के बावजूद बीजूपाड़ा से 'गंज' तक का यह रास्ता सखुआ, जामुन, महुआ, आसन, सलई और गींजन के वृक्षों से अभी भी भरा पड़ा है। पुष्ट हरे पत्तों से लदे झबरे सखुआ पेड़ों का मोहक हरित मौन इस जंगली इलाक़े का कोई पुराना पारखी ही समझ सकता है। सखुआ के अग़ल-बग़ल में मौजूद आसन के पेड़ चाहे कितने लम्बे-ऊँचे क्यों न हों, पर इनकी

गिनती सखुआ के बाद ही होती है। रॉबिन को लग रहा है, इतने दिनों तक ज़िन्दगी की कितनी अच्छी और अपनी चीज़ें उससे छूटी रही थीं! यह एक पूरी अलग दुनिया ही है, जिससे हज़ारों-हज़ार किलोमीटर दूर रहकर उसने इतने साल बिता दिये।

अचानक कुछ दूर पर बहते हुए एक सोते पर रॉबिन का ध्यान गया। गाड़ी आगे बढ़ गई, फिर भी खिड़की से मुँह पीछे घुमाये वह तब तक देखता रहा, जब तक वह छोटा-सा सोता उसकी आँखों से ओझल नहीं हो गया। उसकी आँखों में जिज्ञासा-मिश्रित आनन्द की एक कौतूहलपूर्ण पुलक अभी भी है। ड्राइवर इसे भाँप गया है, सो गाड़ी की रफ़्तार तनिक धीमी कर रॉबिन की तरफ़ मुखातिब होते हुए कहता है, 'लगता है, इस इलाके में आप पहली-पहली बार आ रहे हैं!'

'यह कैसे आपने समझ लिया?'

ड्राइवर आगे की तरफ़ देखते हुए बड़ी बेतकल्लुफ़ी लेकिन अनुभवपूर्ण आधिकारिकता के साथ कहता है, 'पच्चीस-तीस बरस हो गए इस लाइन में, क्या इतना भी नहीं समझ सकता हूँ?'

'आपका सचमुच जवाब नहीं।'

'यह कोई चमत्कार की बात नहीं। उम्र के साथ अनुभव हो जाता है। क्या आपके कोई एंग्लो-इंडियन रिश्तेदार रहते हैं यहाँ? जब आपने कहा कि मैकलुस्कीगंज जाएँगे, तो मुझे लगा कि आप वहीं के रहनेवाले हैं।'

'भाई साहब! हूँ तो मैं मैकलुस्कीगंज का ही, पर जब मैं सिर्फ दो वर्ष का था तभी मेरे पिताजी हांगकांग चले गए थे। रोजगार के लिए। उसके बाद से मैं हांगकांग में ही रहा। मेरे दादा मि. ब्रायन मैगावन...शायद आप उन्हें जानते भी रहे हों...। पोस्ट मास्टरसाहब—खलारी पोस्ट ऑफिस के...। उन्होंने ही मैकलुस्कीगंज में घर बनाया था और आखिरी साँस तक वहाँ रहे थे। होश सँभालने के बाद बेशक मैं यहाँ पहली बार आ रहा हूँ।'

रॉबिन की बातों को सुन ड्राइवर पूरे अनुराग से हँस पड़ा है, 'अच्छा, ऐसा...? तो अब वहाँ कौन हैं आपके?'

ड्राइवर के इस प्रश्न पर रॉबिन एक पल के लिए अचकचाकर रह गया है। आख़िर क्या जवाब दे वह, कौन है अब उसका वहाँ? अपना घर भी तो नहीं। मि. मिलर के रेस्ट हाउस में उसे रुकना है।

'अपना गाँव है वहाँ...।'

'बिलकुल सवा लाख की बात कही आपने। जब अपना गाँव ही है, तो वहाँ कौन है, इसका सवाल कहाँ उठता है?' ड्राइवर खुलकर मुस्कराता है।

धूप अब तक काफ़ी मुलायम और कोमल हो चुकी है। सड़क से कुछ दूर के खेतों में आदिवासी मज़दूर और मज़दूरिनों का दल अपने काम में जुटा है। उनमें से कुछेक ने गुज़र रही टैक्सी की तरफ़ देखा है और फिर तुरन्त अपने काम में व्यस्त हो गए हैं।

'इस इलाके में लगता है, खेती अच्छी होती है। है न?' रॉबिन ने खेतों पर सरसरी निगाह डालते हुए कहा।

'हुँह, क्या खेती होगी! सिंचाई का साधन कभी सरकार ने इस इलाके में दिलाया ही नहीं। किसी तरह एड़ी घिसकर खेती करते हैं ये आदिवासी लोग। कई बार ऐसी नौबत

भी आती है कि साल के आधे समय तक किसी तरह अनाज चल पाता है, पर उसके बाद से चार-छह महीने भूख से जूझने और मरने की तबाही आ जाती है इन सबकी। पत्तों और कई जंगली कन्दों को उबालकर खाते रहते हैं फिर ये। जीना तो है न किसी तरह। हम-आप तो जान दे दें, पर उन पत्तों और उबले जंगली कन्दों को सूँघें तक नहीं। पर इन सबको आदत-सी हो गई है...।' ड्राइवर हल्की उसाँस छोड़ता है।

ढल चुकी दोपहरी की नारंगी-सी रोशनी में आकाश रँगा-रँगा जा रहा है। किसी वन कन्या के जैसे लज्जा से लाल हो गए कपोल! सहसा आकाश में पक्षियों का एक झुंड ऐसे में एक अद्‌भुत प्रभाव पैदा करते हुए उड़ता दिखाई दे गया है। नारंगी धूप में पक्षी दल के उठते-गिरते भूरे बादामी पंख कुछ इस तरह धीरे-धीरे ओझल होते डूबते चले गए हैं, जैसे वे सारे पक्षी अब ठंडे हो रहे सूरज के गोले के भीतर बने अपने घोंसले में घुस गए हों!

'इस इलाके में लगता है, जंगली पक्षी किस्म-किस्म के होंगे?'

'जंगली चिड़िया? एक-से-एक...। मौसम जब थोड़ा ठीक रहता है, तो कहते हैं, दूर देश की चिड़िया सब आ जुटती हैं यहाँ। और चिड़िया तो चिड़िया...अभी भी इस इलाके में जंगली हाथियों, तेंदुओं, जंगली सुअरों, भालुओं और आदमखोर भेड़ियों का भारी प्रकोप है। कितने आदिवासी बच्चों को अब तक खा गए ये आदमखोर तेंदुए और भेड़िये!'

'अच्छा, तो फिर...?'

'हाँ, बेशक, यकीन न हो तो मैकलुस्कीगंज में पूछ लीजिएगा किसी से। वहाँ भी जंगली हाथी, बाघ, भालू और बन्दर की जमघट क्या कम थी?'

शाम झलफला रही है। रॉबिन के स्वर में व्यग्रता है, 'अब और कितनी देर है पहुँचने में? मैंने सुना था, राँची से टैक्सी द्वारा मैकलुस्कीगंज पहुँचने में बस दो घंटे लगते हैं। पर अब तो दो घंटे से ज्यादा हो रहे हैं।'

ड्राइवर आहिस्ते-से बिहँसकर कहता है, 'कहने को तो लोग कह देते हैं, पर आराम से बगैर बहुत तेज ड्राइविंग किये लगभग ढाई से तीन घंटे लग ही जाते हैं। बस, अब पहुँचनेवाले हैं...मुश्किल से आधा घंटा और।'

अब आधा घंटा...उसका जी धड़क रहा है...। अब सिर्फ़ पच्चीस मिनट...और अब बीस मिनट...। उसकी धड़कन तेज़ होती जा रही है। आसमान साफ़ है। कुछ छोटे-छोटे उजले बादलों के बगूले ख़रगोश की तरह आसमान में फुदक रहे हैं। सड़क किनारे के वृक्षों और पुटुस की झाड़ियों पर साँझ सम्पूर्ण मौन के साथ पसर रही है। थोड़ी देर पहले की आकाश की नारंगी रोशनी अब चंपई रंग में तब्दील हो कहीं-कहीं हल्की-सी क्षीण धारियों की तरह आकाश में लटक रही है।

'लीजिए, चामा आ गया! एंग्लो-इंडियन लोग इसे अपनी टेढ़ी जीभ से बोलते हैं 'छामा'—छामा मोड़...।' ड्राइवर ने मुसकते हुए अचानक गाड़ी की रफ़्तार धीमी कर दी है।

रॉबिन ने फिर घड़ी पर एक नज़र डाली है और अनुभवी बुज़ुर्ग ड्राइवर उसकी उत्तेजना को भाँप गया है, 'आप कुछ बेचैन-से लग रहे हैं। होता है...होता है ऐसा...। होश सँभालने के बाद आप पहली बार जो जा रहे हैं अपने गाँव!' ड्राइवर के स्वर में बुज़ुर्गाना लाड़ है।

रॉबिन हँस पड़ा है। रॉबिन की नज़र अब ऐन सामने की एक तिकोनी पुरानी जालीदार बाउंड्री और उस पर अटके एक बदरंग पुराने बोर्ड पर है। चामा मोड़, ओ.पी. थाना—चान्हो, ज़िला राँची...पिपरवार एन.के. एरिया...।

ड्राइवर अन्तर्यामी की तरह रॉबिन के बग़ैर कुछ पूछे जैसे पहेली हल करते हुए कहता है, 'एन के एरिया माने नॉर्थ कर्णपुरा...समझे न...?'

चामा मोड़ के ऐन बीचोबीच की बाउंड्री पर लटके बड़े-से उस पीले जर्जर बोर्ड पर काले अक्षरों में और भी कई धूमिल पड़ते विवरण हैं, मसलन—उत्तरी कर्णपुरा क्षेत्र 17 किलोमीटर...पिपरवार क्षेत्र 24 किलोमीटर...।

'दरअसल, यह कोयला खदानों का इलाका है न...इसलिए सारा ब्यौरा उसी के बारे में है। खलारी से लेकर टंडवा तक तो खदान ही खदान है।' ड्राइवर जारी है।

चामा मोड़ पर भी चाय-पान और किराने की छोटी-छोटी दुकानें मिट्टी की दीवार और खपरैल की छतों वाले घरों में दिख रही हैं। गहराती शाम में हालाँकि अभी यहाँ कोई गतिविधि नहीं है। ड्राइवर ने गाड़ी को बाईं तरफ़ एक टूटे-फूटे रास्ते पर मोड़ लिया है। बाईं तरफ़ एक छोटे-से हरे बोर्ड पर पीले रंग में लिखा है—'वेलकम टू मैकलुस्कीगंज'।

'चामा मोड़ से मैकलुस्कीगंज की दूरी बस 12 किलोमीटर,' ड्राइवर गाड़ी को हौले-हौले बढ़ाते हुए मुसककर कहता है, 'चामा मोड़ से बायें मुड़ने के बजाय धुन में अगर दायें मुड़ गए, तो 'गंज' के बदले सीधे खलारी पहुँच जाइएगा।'

रॉबिन बिहँसकर रह गया है—ड्राइवर अगर बातूनी हो, तो अच्छे गाइड का काम करता है।

थोड़ी दूर आगे बढ़ने पर वृक्षों और झाड़ियों की एक घनी झुरमुट की तरफ़ इशारा करते हुए ड्राइवर कहता है, 'वह उधर रामदगा बस्ती है। इस बस्ती के किनारे एक एंग्लो-इंडियन सज्जन मि. इ.एच. हेंडर्सन का बँगला था। अब तो वह खँडहर हो चुका है। हेंडर्सन साहब कब के गुजर गए पर सुनते हैं कि उनकी बुढ़िया मेम कलकत्ता में अभी भी जिन्दा है।' ड्राइवर ने गहरी साँस छोड़ी है, 'मैकलुस्कीगंज में कहाँ उतार दूँ आपको? यहाँ सबको तो लगभग जानता ही हूँ। इन पच्चीस-तीस वर्षों में सैकड़ों बार सवारियों को लेकर आ चुका हूँ। कई बार चेंजरों को लेकर और कई बार यहाँ के एंग्लो-इंडियन साहबों-मेमसाहबों को लेकर। लीजिए, मैकलुस्कीगंज में प्रवेश कर रहे हैं...। किधर चलें?'

गाँव शुरू है।

'यह जो सड़क के दायें घर देख रहे हैं न, यह घर एक एंग्लो-इंडियन महिला का है। बुढ़िया वर्षों से अकेले बस एक कुत्ते के साथ इस घर में रह रही है। इसके पति को गुजरे अब तो बारह-चौदह साल से ज्यादा बीत गए। इसका बेटा विदेश में रहता है...।' ड्राइवर फिर गाइड की तरह जारी है।

'यह मिसेज़ ऐलिस टॉमलिन का घर तो नहीं?'

'हाँ, आपको कैसे मालूम? आप तो होश सँभालने के बाद यहाँ पहली बार आ रहे हैं?' ड्राइवर चकित है।

'मेरे पापा ने इन लोगों के बारे में मुझे काफी कुछ बता रखा है। वे तो बचपन से अरसे तक यहीं रहे थे।'

ड्राइवर को उसकी यह बात अच्छी लगी है, 'इसका मतलब कि गाँव का पूरा खसराबंदी[1] लेकर आप यहाँ आए हैं! अच्छा, मिसेज ऐलिस टॉमलिन के मकान के सामने जो घर था, वह...?'

'उस घर का नाम 'बईकाली' होना चाहिए...डॉ. गोविन्द दास गोस्वामी का घर।'

'एकदम पक्का। मान गया। आप इस गाँव का पूरा नक्शा दिमाग में सजाये बैठे हैं। पर आपने अब तक कहा नहीं कि गाँव में आपको किधर...कहाँ जाना है? गाड़ी किधर मोड़ूँ?' ड्राइवर पलटकर पूछता है।

'क्वींस कॉटिज।' कहते हुए हालाँकि एक आशंका रॉबिन के मन में सहसा पंख मार गई है कि कहीं यह बुजुर्ग टैक्सी ड्राइवर, जो यहाँ लगभग हर किसी को जानता है, यह न पूछे बैठे, 'क्वींस कॉटिज? यह तो गाँव है आपका, फिर 'क्वींस कॉटिज' क्यों...? क्या यहाँ आपका कोई रिश्तेदार नहीं...?'

'मि. मिलर का 'क्वींस कॉटिज' न?' टैक्सी ड्राइवर आगे कुछ नहीं पूछता है।

'वही।'

गाँव की टूटी-जर्जर मुख्य पक्की सड़क से ड्राइवर ने गाड़ी अब एक कच्चे रास्ते पर ढलका दी है। बग़ल में एक सफ़ेद पक्की इमारत है।

'इस मकान के बारे में भी तो जानते ही होंगे आप?'

'हाँ, यह मैकलुस्कीगंज का स्कूल होगा।' रॉबिन का स्वर सहज है।

'बिलकुल ठीक। आपके पिताजी ने, लगता है, यहाँ आने के पहले आपकी अच्छी क्लास ली है।'

कच्चे रास्ते पर गाड़ी फबक-फबककर बढ़ रही है। गाड़ी की जलती हेडलाइट्स में आगे का रास्ता दिख रहा है। मिट्टी-धूल वाला कच्चा रास्ता। इस रास्ते के किनारे झाड़ियाँ तो हैं ही, बीच रास्ते पर कहीं-कहीं दूब भी उगी हुई है। हेडलाइट की रोशनी में खिड़की से बाहर आगे की तरफ़ सिर निकाल रॉबिन देख रहा है—मिट्टी का कच्चा रास्ता... गाँव का रास्ता...। गाड़ी अचानक एक धचके के साथ बड़े-बड़े वृक्षों के बीच छिपे एक सुन्दर-से पुराने घर के सामने रुक गई है।

'यह रहा क्वींस कॉटिज।' ड्राइवर गेट खोलकर उतर जाता है।

गाड़ी रुकने की आवाज़ सुन पाँच सेल वाला टॉर्च जलाये, घुमावदार नाक और चमकती नम आँखोंवाले, दुबली पतली काया और औसत क़द के गोरे-बुर्राक़ एक बुजुर्ग सज्जन सफ़ेद पाजामे और धूसर भूरे शर्ट में धीरे-धीरे चलते हुए गिलहरी की-सी सतर्कता के साथ गेट तक आ गए हैं।

'मिलर साहेब, देखिए, कौन आए हैं!' बुज़ुर्ग सज्जन से ड्राइवर बेहद परिचित लहज़े में कहता है।

रॉबिन अब तक गाड़ी से उतर चुका है।

'बेटे! बहुत देर हो गई। मैं तो कब से तुम्हारा इन्तजार कर रहा था। आओ, चलो, डिक्की से जैक तुम्हारा सामान उतार लेगा।' मि. मिलर ने आगे बढ़कर उछाह के संग उसे छाती से चिपका लिया है। रॉबिन की पीठ पर पाँच सेल वाला उनका टॉर्च जल रहा है।

1. वह लेखा-पत्र, जो खेती के समय में तैयार किया जाता है।

'आपके साथ कुछ घंटों का यह सफर बहुत अच्छा बीता...।' रॉबिन ड्राइवर से मुख़ातिब है।

'अरे, ये तो 'गंज' से खूब अच्छी तरह परिचित हैं! अक्सर चेंजर्स को लेकर पहुँचते रहते हैं यहाँ। क्यों भाई?'

मि. मिलर की खिलखिलाहट पर बुज़ुर्ग टैक्सी ड्राइवर विनम्र हँसी के संग थोड़ा दोहरा हो गया है। रॉबिन से पैसे लेने के बाद गाड़ी स्टार्ट कर उसने घुमा ली है।

गाड़ी की हेडलाइट्स जलने के साथ मिट्टी वाला वह कच्चा रास्ता फिर झिलमिला उठा है। जंगली झाड़ियाँ और रास्ते पर कहीं-कहीं जन्मी दूब अपने हरेपन के साथ कुछ क्षण के लिए जगमगा गई हैं। तंग पैंट और धारीदार कमीज़ में थोड़ा भचककर चलनेवाला 'क्वींस कॉटेज' का दुबला-पतला अधेड़ ख़ानसामा सारे सामान एक-एक कर अन्दर ले जा चुका है। आख़िर में बीजूपाड़ा में ख़रीदी पापड़ी रॉबिन ने ख़ानसामा के हाथ में चुपचाप थमा दी है। पापा ने जैसा बताया था, सात-आठ कमरों वाला यह 'क्वींस कॉटेज' सचमुच मनोरम है। परिसर के अनगिनत वृक्ष, जो 'क्वींस कॉटेज' की चहारदीवारी का काम कर रहे हैं, रात के इस वक़्त घर के आगे तैनात ख़ुर्राट पहरेदारों की तरह लग रहे हैं। अन्दर क्यारियों और गमलों में भी अनगिनत पौधे हैं। रॉबिन कुछ पल के लिए चारों तरफ़ के दृश्य को निहार रहा है। ख़ानसामा को चाय का निर्देश देने के कुछ देर बाद मि. मिलर आवाज़ देते हैं 'रॉबिन बेटे, आओ, चाय पियो।'

रॉबिन बरामदे पर चला आया है। यहाँ पाँच-छह कुर्सियाँ और एक कपड़े वाली आरामकुर्सी है। एक पुरानी-सी बाबा आदम ज़माने की मेज़ भी रखी है।

'बैठो!' मि. मिलर ने भौंहें नीची की हैं और आरामकुर्सी में ख़रबूजे-सी शीतलता के साथ आहिस्ते-से बैठ गए हैं।

उनके धूसर भूरे शर्ट के नीचे के दो बटन ग़ायब हैं। 'यहाँ कौन देखता है' की एक आराम-सी बेपरवाही टूटे बटन की जगह चस्पां है। 'क्वींस कॉटेज' में मि. मिलर बस अपने ख़ानसामा जैक के साथ रहते हैं।

पापा ने बताया था कि उनकी बीवी मिसेज़ क्वीन मिलर गुज़र चुकी हैं और एकलौती बेटी अपने पति के साथ वर्षों से विदेश में है। मि. मिलर की कुल जमा सम्पत्ति, जो इस 'क्वींस कॉटेज' की शक्ल में है, की माया उन्हें यहाँ अटकाये हुई है। ख़ानसामा चाय की ट्रे मेज़ पर रख गया है।

मि. मिलर हाथ को थोड़ा आगे बढ़ाकर इशारा करते हुए कहते हैं, 'लो।'

बरामदे की छत की कमानीदार कड़ी से लटकी छोटी-सी एक लालटेन मद्धिम रोशनी बिखेर रही है। दो-एक जंगली फतिंगे गाहे-ब-गाहे उसके गर्म शीशे पर रह-रहकर टकरा रहे हैं।

'डेनिस की चिट्ठी कोई पन्द्रह दिन पहले मिली थी कि आज तुम यहाँ आ रहे हो। बहुत अच्छा किया बेटे! तुम्हारे दादा मि. ब्रायन मैगावन की बड़ी हसरत थी कि एक बार उनके रहते तुम अपने गाँव आते। पर सब परमेश्वर की इच्छा। इतने दिनों बाद, तुम आए तो सही। तुम्हारे लिए मैंने 'क्वींस कॉटेज' के सबसे बेहतरीन कमरे में इन्तजाम करवा रखा है। अब हांगकांग जैसा सुख-साधन तो नहीं है यहाँ लेकिन जो है, उसी में कुछ बेहतर।' मि. मिलर कहते हैं।

'गेस्ट हाउस में अभी कोई चेंजर नहीं है?'

'रॉबिन! अक्टूबर से चेंजर यहाँ आने शुरू होते हैं। अक्टूबर से फरवरी तक। अभी सीज़न नहीं है।' मि. मिलर ने चाय की बड़ी घूँट भरी है।

'रात के खाने में क्या पसन्द करेंगे?' ख़ानसामा आकर पूछता है।

'बता दो इसे। यह जैक है—'क्वींस कॉटेज' की जान! यहाँ का शेफ़...हेड कुक... कारपरदाज, जो कह लो। शुरू से मेरे साथ है। ओल्ड बैचलर...। इंस्टैंटली...एक झप में सब कुछ करता है। मेरा झप्पी बाबा है यह। और जानते हो, इसकी तनख्वाह क्या है? एक चुटकी नमक...बस! यह तुम्हारी सेवा में मौजूद रहेगा।' मि. मिलर भीनी मुस्कान के संग कहते हैं।

'हाँ, अंकल! फ़ॉर अ गुड कैट...अ गुड रैट...।' रॉबिन हँस पड़ा है।

'नहीं साहब! 'क्वींस कॉटेज' में हमेशा शहनाई बजानेवाला एक बन्दर।' बन्दर की-सी चपलता के साथ जैक मुस्कराकर दोहरा हो गया है, 'मैं चौबीस घंटे हाजिर हूँ। तेली का बैल घर में ही पचास कोस चलता है।'

'जैक! आपसे मिलकर बहुत अच्छा लग रहा है।' छरहरे बदन का औसत क़दवाला अधेड़ ख़ानसामा जैक पहली नज़र में उसे बड़ा फ़रमाबदार लगा है।

'जैक, ये रॉबिन साहब हैं। मैं बता चुका हूँ इनके बारे में तुम्हें। कुछ महीने रहेंगे यहाँ। इनकी हर सुख-सुविधा का खयाल आज से तुम्हारे जिम्मे है।' मि. मिलर सिर तिरछा कर जैक से कहते हैं। जैक बग़ैर कुछ बोले उसी फ़रमाबदार अदा में थोड़ा दोहरा हो गया है।

'जैक, खुद आप तय कर लें कि क्या बनाएँगे। भूख तेज लग रही है अब तो।' रॉबिन कहता है।

जैक रसोईघर की तरफ़ चला गया है और उल्टे पाँव एक प्लेट में मीठी पापड़ी सजाकर लेता आया है। प्लेट मेज़ पर रखते हुए आहिस्ते-से उसने मि. मिलर की तरफ़ देखते हुए सूचना देने के दायित्व के साथ कहा है, 'रॉबिन साहब लाए हैं। आपको तो मीठा मना है, फिर भी...।' जैक के स्वर में मि. मिलर के लिए परहेज़ की विनम्र हिदायत है।

'ये तो बीजूपाड़ावाली मीठी पापड़ी लगती है...। एक तो मैं लूँगा ही।' मि. मिलर ने बच्चों की सी बेसब्री के संग एक मीठी पापड़ी मुँह में डाल ली है, 'लाजवाब बनाता है। पहले मैं बहुत मँगवाकर खाता था। अब तो डाइबिटीज ने मुँह पर जाबी लगा दी है।' अचानक जैसे मि. मिलर को कुछ याद आया है, तो उन्होंने जैक को आवाज़ दी है, 'अपने लिए थोड़ी रख लेना और बाकी सबके यहाँ दो-चार पीस ही सही, पर कल जरूर दे आना। सबको बता देना कि रॉबिन साहब आ गए।'

'सबके यहाँ दो-चार पीस भेजना क्या मजाक जैसा नहीं लगेगा अंकल? यह पता रहता तो और पापड़ी लेता आता...।' रॉबिन के स्वर में झेंप है।

'नहीं-नहीं, एक टुकड़ा भी हो, तो कोई बात नहीं...। गाँव का रिवाज है। मेहमान का लाया सन्देश सबके यहाँ भेजा जाता है।' मि. मिलर आरामकुर्सी से उठ गए हैं, 'चलो, कमरा तो देख लो।' टॉर्च जलाकर मि. मिलर धीरे-धीरे आगे बढ़ गए हैं।

कमरा अच्छा है। बहुत बड़ा न होते हुए भी प्रशस्त लग रहा है। रॉबिन का सब सामान जैक पहले से वहाँ एक किनारे जमा चुका है। कमरे में एक पुराने तर्ज़ का पलंग

है। एक छोटी-सी पुरानी मेज़ और कुर्सी सामने बग़ीचे की तरफ़ खुलनेवाली खिड़की से सटाकर लगी हुई है। मेज़ पर एक लैम्प मन्द-मन्द जल रहा है। यहाँ बैठकर लिखने-पढ़ने में आनन्द आएगा।

दाईं तरफ़ दीवार पर एक मध्यम आकार का शीशा लगा हुआ है। रॉबिन ने मि. मिलर से कहा, 'अंकल, इसमें तो सारी सुविधा है!'

मि. मिलर ने कमरे के भीतर एक दरवाज़े पर टॉर्च की रोशनी फेंकते हुए कहा, 'यह अटैच्ड बाथरूम...।'

रॉबिन ने सन्तोष से उमगते स्वर में कहा, 'अंकल, आपने ठीक कहा। मैं समझता हूँ, इसे 'क्वींस कॉटेज' का सबसे बेहतरीन कमरा होना चाहिए।'

मि. मिलर ने हल्की उसाँस ली, 'बिजली की बड़ी समस्या है। चार-पाँच दिनों पर कभी थोड़ी देर के लिए भूले-भटके आती है। खैर, अब तुम आराम करो। जैक खाना ला रहा होगा। कल सुबह सबसे मिलना। सब पूछ रहे थे सुबह से तुम्हारे बारे में। मिसेज़ थ्रिपथॉप, मि. मेंडेज़, मिस बॉनर—सब-के-सब। दरअसल, डेनिस ने तुम्हारे आज आने के बारे में पहले ही सबको पत्र लिख दिया था।'

मि. मिलर टॉर्च जलाये धीरे-धीरे चले गए।

रॉबिन ने लैंप की मद्धिम रोशनी में खिड़की के बाहर झाँका। सब कुछ निःशब्द। ऐसी निःशब्दता भी हो सकती है भला? हांगकांग के निवासी क्या कल्पना भी कर सकते हैं कभी ऐसे नीरव वातावरण की? निःशब्दता—एक अनुपम अनुभूति...! एक अरण्य अनुभूति। खिड़की से बाहर देखते हुए रॉबिन को लगा, जैसे मानव मन की अजस्र कोमल अनुभूतियों का यह अरण्य परम तृप्ति से गहरी साँसें ले रहा है। इस निःशब्दता में अगर ज़ोर से बोलने की आदत वाले व्यक्ति आ जाएँ, तो यहाँ ज़ोर से बोलने में उन्हें अपराध-बोध होगा—नहीं, ज़ोर से नहीं बोलेंगे। कैसा लगेगा? ज़ोर से बोलिएगा, तो क्या लज्जा नहीं आएगी अपने आप पर?

यहाँ आदमी तो क्या, शब्दों की पदचाप भी सुनाई देती होगी। शब्दों की पदचाप-निःशब्द चतुर्दिकता में।

ख़ानसामा जैक ने कमरे में आकर रॉबिन का ध्यान भंग किया, 'रॉबिन बाबू, खाना...।' लैम्प को मेज़ के किनारे थोड़ा सरका कर उसने वहीं मेज़ पर खाना लगा दिया है।

खाना स्वादिष्ट है। वैसे है तो शाकाहारी भोजन, पर दो-तीन तरह की सब्ज़ियाँ, भुजिया दो-तीन तरह की, साथ में चटनी भी। दो-तीन रोटी और बर्फ़ के महीन बुरादों सरीखे झक्क सफ़ेद चावल। सोंधी ख़ुशबू से भरी गरम दाल।

जैक ने कहा, 'जल्दी में जो कुछ बन सका...।'

'अरे, नहीं जैक, तुमने तो जैसी तेज भूख थी मुझे, वैसा ही शानदार खाना खिलाया। इनमें से कुछ डिश के तो मुझे नाम भी नहीं मालूम। यह जो आलू का पिसा-पिसा प्याज-हरी मिर्च वाला है, क्या कहते हैं इसे?'

जैक ने मुस्कराते हुए अपने होंठ को चोंच की तरह लम्बा करते हुए कहा, 'चोखा...! इधर चोखा कहते हैं रॉबिन बाबू इसे।'

रॉबिन ने मन-ही-मन दुहराया—चोखा? बड़ा चुटीला नाम है!

पापा ने बताया था, मि. मिलर का 'क्वींस कॉटेज' पर्यटकों का मुख्य केन्द्र है। एक कमरे का भाड़ा यही कोई सौ-सवा सौ रुपये रोज़। एक बड़े कमरे में चार लोग तो ठाठ से रह ही सकते हैं। बिस्तर और कम्बल—सब कुछ वहीं मिल जाता है। खाने-पीने के लिए भी कहीं जाने की जरूरत नहीं। सब इन्तज़ाम है यहाँ। ख़ुद पकाना चाहें, तो बरतन और चूल्हे सुलभ हैं, पका लीजिए। नहीं, तो ख़ानसामा है।

वह थकान से चूर है। जैक मेज़ से थाली उठाकर ले गया है। जाते हुए उसने कहा है, 'रॉबिन बाबू, खिड़की खुली रखिएगा...अच्छी हवा आएगी। यहाँ किसी बात की चिन्ता नहीं। हाँ, दरवाजा जरूर भीतर से लगा लीजिएगा।'

जैक के जाने के थोड़ी देर बाद ही बिस्तर से उठकर उसने सिटकिनी चढ़ा दी और लैम्प की बत्ती थोड़ी नीचे कर दी।

खिड़की खुली है। खिड़की से हल्की मन्द हवा छनकर आ रही है। कैम्पस में शायद किसी सुगंधित फूल की झाड़ है, जिसकी मीठी ख़ुशबू हवा में आहिस्ते-आहिस्ते घुल रही है। हवा की गन्ध...। कच्ची मिट्टी की गन्ध...। पूरे परिवेश की गन्ध...। यहाँ तक कि आराम से जल रहे लैम्प के अत्यन्त मद्धिम प्रकाश की गन्ध रॉबिन के नथुनों में...फेफड़ों में और आख़िरकार मन में घुल रहे हैं। पूरा कमरा जैसे चैन की गहरी साँस ले रहा है!

नीला लिफ़ाफ़ा

पिछले कुछ वर्षों से बॉबी गॉर्डन के कमरे में हर रात जादुई बातें होती हैं। सारा गाँव जब नींद का आधा से ज़्यादा सफ़र तय कर चुका होता है, तो बॉबी के कमरे में ऑलिव यानी ज़ैतून का हरदम हरा-भरा रहनेवाला पेड़ तेज़ी से बढ़ता हुआ मैकलुस्कीगंज के ऊपर नीलकंठ के पंख सरीखे छाये आकाश को छूता रहता है। यह पारलौकिक दृश्य अपनी भावहीन गम्भीर आँखों से देखते हुए बॉबी गॉर्डन सारी-सारी रात गुज़ार देता है। ज़ैतून के पेड़ की शाख़ों से जहाँ कई जहरीले भुजंग साँप लिपटे दिखते हैं, तो कई चिड़ियों के जोड़े भी उसकी डालों पर फुदक-फुदककर एक-दूसरे को चूमते रहते हैं। दूसरी तरफ़ मधुमक्खियाँ अलग ही उन डालों पर लटके अपने छत्ते में घुसकर शहद बनाने में व्यस्त रहती हैं। फिर ज़ैतून की शाख़ों से धीरे-धीरे फूलों के गिरने का दृश्य उभरता है और पौ फटने तक उसका छोटा-सा कमरा ज़ैतून के सफ़ेद फूलों से भर जाता है।

रात के आख़िरी पहर अपने कमरे के गहरे अकेलेपन में बॉबी पल-पल महसूस करता है इन प्यारे फूलों का चुपचाप धीरे-धीरे टपकते रहना। बॉबी गॉर्डन के होंठों पर तब स्मृतियाँ ओस की बूँदों की तरह छाने लगती हैं।

'अ काइंड ऑव एवरग्रीन ट्री हैविंग स्मॉल व्हाइट फ़्लावर्स...सफेद फूलों से लदा हरदम हरा-भरा जैतून का पेड़।' ऑलिव की वह खनकती हँसी सुबह की सुगंधित हवा के संग बॉबी के कानों में गूँजती है। अपनी पहली मुलाक़ात में जब बॉबी ने ऑलिव का नाम पूछा था, तो यही कहा था ऑलिव ने। शादी के पहले सगाई की रस्म करने ऑलिव के

घर अपने पापा-मम्मी के साथ जब वह राँची गया था, तो कुछ देर के लिए दोनों अकेले छोड़ दिये गए थे। एक अजीब संकोच और 'बातचीत कहाँ से शुरू करें' जैसी घबराहट में ऑलिव का नाम पहले से मालूम रहने के बावज़ूद बॉबी ने जब ऑलिव से उसका नाम पूछा था, तो उसकी घबराहट को भाँप हँसी से दोहरी हो गई थी ऑलिव, 'तुम्हें मेरा नाम नहीं मालूम? पर मुझे तो मालूम है तुम्हारा नाम।' बॉबी के कमरे में ऑलिव की हरी-भरी हँसी से महकते वे सफ़ेद फूल हर रात सन्नाटे के साथ झड़ते हैं।

उफ़्, ऑलिव! बॉबी गॉर्डन के पास अपनी शादी का नीले लिफ़ाफ़ेवाला वह सफ़ेद-सा प्यारा कार्ड आज भी सुरक्षित है। आसमानी नीले लिफ़ाफ़े के ऊपर बायें कोने में छपे सुनहरे रंग के रिबन से बँधे सुर्ख़ लाल फूलों के गुच्छे हैं और उन गुच्छों को ऊपर से चूमता कबूतर का एक फड़फड़ाता जोड़ा। लिफ़ाफ़े के बीचोबीच सुनहरे रंग से छपा अंग्रेज़ी का एक नन्हा शब्द—'टू'...और उसके आगे लोगों का नाम-पता लिखने के लिए एक के नीचे एक खिंची तीन सुनहरी लकीरें।...टू...टू हूम? इतने समय बाद इस आख़िरी बच गए लिफ़ाफ़े पर भला किसका पता लिखा जाए? रात की गहरी नीरवता में बॉबी गॉर्डन के होंठ टेढ़े हो जाते हैं—'टू, मिस्टर एंड मिसेज़ बॉबी गॉर्डन...मैकलुस्कीगंज।' और क्या...? कमरे में ज़ैतून के भीने ख़ुशबूदार फूलों की बरसात शुरू हो जाती है।

और नीले लिफ़ाफ़े में रखा यह सफ़ेद कार्ड? ज़ैतून के प्यारे सफ़ेद फूलों की तरह। अपनी शादी पर सादगी से भरा यह सफ़ेद कार्ड राँची में कार्ड की दुकान पर ख़ुद बॉबी ने बहुत तजवीज़ कर पसन्द किया था। कार्ड के ऊपर-नीचे कोने पर छपे सुनहरे रिबन से बँधे सुर्ख़ लाल फूलों के गुच्छे और बीच में पुराने ज़माने की एक सजी हुई बग्घी के पिछले हिस्से का दृश्य। बग्घी में बैठने के लिए बढ़ती सुनहरी जड़ी वाले झक्क् सफ़ेद गाउन में एक प्यारी-सी लड़की का पृष्ठभाग और घुटने तक के पुराने फ़ैशन व अन्दाज़वाले हल्के नीले कोट व धरीदार पैंट में उसके साथ आगे बढ़ रहा एक गर्वीला लड़का। लड़की के सफ़ेद गाउन का धरती पर लहराता विशाल घेरा और उसके ऐन आगे सुनहरा रूमाल लिये बढ़ता लड़का। लड़की के दायें हाथ में नीचे को झुका गुलाबी फूलों का एक छोटा-सा गुलदस्ता। पश्चिम सागर की कोई स्वर्ण-कन्या जैसे अपने प्रियतम के संग बग्घी पर सवार होने के लिए बढ़ रही हो! अद्‌भुत चित्र! बॉबी गॉर्डन कार्ड को बार-बार पलटता है।

बॉबी गॉर्डन ने तो कल्पना भी नहीं की थी कि एक समय में नीले लिफ़ाफ़े वाला यह सफ़ेद कार्ड उसकी स्मृति का एक स्थायी धूसर चित्र बनकर रह जाएगा। साथ ही साथ अभिशप्त बन जाएँगी इस कार्ड के भीतर प्रकाशित पंक्तियाँ, 'मिसेज़ नोमिता गॉर्डन एंड मि. नोएल गॉर्डन रिक्वेस्ट्स द प्लेज़र ऑव यॉर कम्पनी टू विटनेस द होली मेट्रीमोनी ऑव देयर सन बॉबी विद ऑलिव...टू बी सोलेमनाइज़्ड ऐट्‌ सेंट मेरीज़ केथेड्रल, राँची...एंड देयर आफ़्टर ए रिसेप्शन ऐट्‌ गॉर्डन्स मैकलुस्कीगंज।'

जनवरी की मृदुल सफ़ेदी के संग मुस्कराती वह 24 तारीख़, कार्ड की इबारतों से उतरकर कमरे में घुमड़ने लगती है। किसी समय तक इस 24 तारीख़ का क्या महत्त्व था गॉर्डन परिवार के लिए? '24 जनवरी को राँची में बॉबी की शादी है, वहाँ ज़रूर रहना है। हाँ, 'गंज' के रिसेप्शन में भी। भूलना नहीं है बिलकुल।' पता नहीं, यह बात 'गंज' से लेकर राँची तक गॉर्डन परिवार ने उस समय अपने कितने परिचितों को कही होगी, पर

आज इस तारीख़ का भला क्या महत्त्व रह गया है गॉर्डन परिवार के लिए? अगर इसकी याद है भी, तो एक मूक सन्तप्त स्मृति की तरह, जिसका ज़िक्र भी अब घर में नहीं होता। पर हर साल 24 जनवरी को गॉर्डन परिवार में एक अनकहा-सा सन्ताप ज़रूर छा जाता है। उस दिन सुबह से रात तक जैसे सब एक-दूसरे से नज़रें चुराते हैं। चुपचुप रहते हैं। उस रात बॉबी गॉर्डन के कमरे में फूल नहीं गिरते।

सच, हर फूल ईश्वर का मौन प्रेम ही तो है। बड़े आहिस्ते-से ईश्वर ने फूलों में मनुष्य की कामनाओं को सुगंधि बनाकर सँजो दिया है। जीवन में अगर प्रेम न हो, तो क्या कामनाओं का कोई अस्तित्व रह जाएगा? बॉबी को यह सब सोचते हुए लगता है कि बिना कामना के जीवन का कोई अर्थ नहीं है। कामना! यानी मुस्कराती, आनन्द से उथल-पुथल होती मिसेज़ ऑलिव गॉर्डन। मैकलुस्कीगंज से ऑलिव के जाने के बाद बॉबी गॉर्डन का जीवन आख़िर रह क्या गया? अकेलेपन में निरन्तर घुमड़ता एक सन्ताप। देर रात गए ऑलिव को याद करते हुए बॉबी को लगता है कि ऑलिव कहीं नहीं गई है। ऑलिव उसके भीतर अभी भी सम्पूर्ण प्रेम और कामनाओं के संग मौजूद है।

ऑलिव ने 'गंज' से हमेशा के लिए जाने से कुछ दिन पहले उसके बालों में उँगलियाँ फिराते हुए भीनी मुस्कान से पूछा था, 'बॉबी! अगर एक दिन मैं हमेशा के लिए यहाँ से चली जाऊँ, तो तुम्हें कैसा लगेगा?'

तब फीकी-उनींदी मुस्कान के संग बॉबी ने पूछा था, 'ऑलिव! तुम जा पाओगी? अपने आप से पूछकर देखो।'

और अचानक छलछला आई अपनी बड़ी-बड़ी आँखों को ऑलिव ने बॉबी के सीने में छिपा दिया था। अपने सीने में छिपा ऑलिव का उस क्षण का वह चेहरा, आज भी बॉबी गॉर्डन अपने सीने में उसी तरह छुपा हुआ पाता है। मिसेज़ ऑलिव गॉर्डन का वह प्यारा-सा मासूम चेहरा। बॉबी के कानों में आज भी ऑलिव की वह गुनगुनाहट मन्द-मन्द गूँजने लगती है : 'लॉङ अगो एंड फ़ार अवे...आइ हैड अ ड्रीम वन डे...एंड नाउ द ड्रीम इज़ हिअर...बिफ़ोर मी...इन अ स्मॉल कैफ़े...द पार्क अक्रॉस द वे...द चेस्टनट ट्री...लॉङ अगो...।'

[बहुत पहले...बहुत दूर...एक दिन एक सपना आया था मुझे...आज वह सपना मेरे सामने है...। पार्क के पास...एक छोटे-से कैफ़े में...अखरोट के पेड़ के पास...बहुत पहले...।]

क्या हुआ उस सपने का? सब कुछ उलट-पलट होता चला गया। रोज़-ब-रोज़ की तनातनी को जितना ठीक करने की कोशिश की गई, बात और उतनी ही बिगड़ती चली गई। अब तो वह सब एक अतीत भर है—आँसुओं के खारेपन में घुलती रजनीगन्धा की ख़ुशबू जैसी। शादी की कैसी अद्भुत शोभा चढ़ी थी उन दोनों पर! सफ़ेद कार्ड पर छपे इसी मनोहर जोड़े जैसी। राँची का उस दिन का वह पुलकित सेंट मेरीज़ केथेड्रल...! हँसमुख, बड़ी-बड़ी आँखों और पान के पत्ते सरीखे होंठवाली दुलहन ऑलिव की सज-धज...और वह ख़ुद? जो भी हो, ऑलिव की आभा में उस दिन सब कुछ समाया हुआ था।

बॉबी की माँ मिसेज़ नोमिता गॉर्डन भी ख़ुशी से समाये नहीं समा रही थीं अपने एकलौते बेटे की बीवी की सुन्दरता पर। पहली नज़र में नोमिता गॉर्डन ने राँची के लालपुर

पीस रोड में रहनेवाले रामअवतार वर्मा की तीन बेटियों में सबसे छोटी ऑलिव को अपने बेटे के लिए पसन्द कर लिया था।

मि. नोएल गॉर्डन ने मुस्कराते हुए कहा था, 'एकलौते बेटे का मामला टेढ़ा होता है। कुछ भी गड़बड़ हुआ, तो आपके पास कोई दूसरा रास्ता नहीं होता। यह भी नहीं कि दूसरे-तीसरे बेटे में अपनी मुराद पूरी कर लें।'

ऑलिव से बॉबी की शादी की बातचीत जब शुरू हुई थी, तो यह बाधा उठ खड़ी हुई थी कि ऑलिव का परिवार रोमन कैथॉलिक है और बॉबी का प्रोटेस्टेंट। पर यह मुद्दा मि. नोएल गॉर्डन ने चुटकियों में उड़ा दिया था, 'दुनिया कहाँ से कहाँ चली गई और हम लोग प्रोटेस्टेंट-कैथॉलिक के ही पचड़े में फँसे हैं। लड़की पसन्द आ गई, तो यह सब कुछ भी नहीं सोचना।'

यों बॉबी की शादी के लिए और भी कई अच्छे परिवारों से प्रस्ताव आए थे, पर मिसेज़ नोमिता गॉर्डन की आँखों में ऑलिव बस गई थी। प्रस्तावों के संग आई अनेक लड़कियों की तसवीरों को देखने के बाद घूम-फिर कर वे फिर ऑलिव पर ही आ जातीं, 'जो भी कहो, इनमें ऑलिव जैसी कोई नहीं।'

आख़िरकार, ऑलिव के पिता रामअवतार वर्मा को हरी झंडी दे दी गई।

शादी के बाद मि. नोएल गॉर्डन ने 'गंज' में शानदार पार्टी दी थी। उस रिसेप्शन की तसवीरें आज भी गॉर्डन परिवार के अलबम में पड़ी हैं। पर ऑलिव के 'गंज' आने के तीन महीने लगते न लगते मुश्किलें शुरू हो गई थीं। अपनी सास नोमिता से ऑलिव की अनबन बढ़ती गई थी। घर के कामकाज को लेकर सास-बहू के बीच आए दिन तनाव भड़क उठता। बॉबी के लिए मुश्किल थी कि वह किसको समझाए, किसको बरजे। एकलौते बेटे के साथ यही परेशानी होती है—वह न माँ को समझा सकता है, न बीवी को। रात को जब ऑलिव कमरे में आती और आँसू टपकाना शुरू करती, तो सारी-सारी रात शीशे की गर्म पिघलती बूँदें बॉबी के सीने पर जमती रहतीं। रात को आवाज़ गूँजने के संकोच से खुलकर कुछ बातचीत करना भी मुश्किल। बस, चन्द फुसफुसाहटें, कुछ अस्फुट शब्द : कहीं पापा-मम्मी न कुछ सुन लें! उन रातों में बॉबी ने ऑलिव को यह समझाने की पूरी कोशिश की थी कि वह किसी भी तरह मम्मी से मिल-जुलकर रहने की कोशिश करे। कुछेक बार मम्मी से भी अकेले में बॉबी ने ऐसा ही कहा था, पर सुनने के लिए कोई तैयार न था—न मम्मी, न ऑलिव। इस तरह बात बिगड़ती गई। बॉबी के पापा-मम्मी का कहना था कि बॉबी की सास उनके बेटे को 'घर जमाई' और घर का 'केयर टेकर' बनाकर राँची में रखना चाहती है, वहीं ऑलिव के पापा-मम्मी की शिकायत थी कि ऑलिव से उसकी सास आया की तरह काम लेती है। ऐसे मामलों में वैसे भी शिकायतों-उलाहनों की कोई सीमा नहीं रह जाती।

आख़िरकार, घर में तनाव की स्थिति इतनी गहरा गई कि एक दिन ऑलिव की मम्मी अपने बेटे के संग 'गंज' आईं और कुछ देर तक की तीखी कहा-सुनी के बाद ऑलिव को हमेशा के लिए राँची ले गईं। ऑलिव जिस समय जा रही थी, बॉबी अपने कमरे में असमर्थ बैठा सब कुछ देखता रहा। ऑलिव जब तक अपनी माँ के संग गाड़ी पर नहीं बैठी थी, तब तक बॉबी को लग रहा था कि अन्ततः ऑलिव आँसुओं से फूट पड़ेगी और

राँची जाने से इनकार करते हुए अपने कमरे में आकर उसके पास बैठ जाएगी। पर ऑलिव ने ऐसा कुछ नहीं किया था। खिड़की से ऑलिव को अपनी माँ के संग जाते हुए देखकर बॉबी को लगा था कि घर का एकलौता बेटा होना कितना बड़ा अभिशाप है। अगर उस दिन ऑलिव के जाने के चरम तनाव भरे क्षण में वह बाहर जाकर ऑलिव को रोक लेता, तो तय था, पापा-मम्मी मारे अपमान के फूट पड़ते, 'जा रही थी, तो जाने देते। रोका क्यों उसे?' पर बाद में बॉबी ने महसूस किया, एक बड़ी चूक और कायरता हो गई उससे। चाहे जो होता, आगे बढ़कर उसे ऑलिव को जाने से रोक लेना था। फिर चाहे जो तूफ़ान उठता। घर का तूफ़ान, घर में ही ख़त्म हो जाता।

ऑलिव के जाने के कुछ दिनों बाद जब उसने ऑलिव के घर राँची फ़ोन किया, तो संयोग से फ़ोन ऑलिव ने ही उठाया था। ऑलिव ने एक ही बात कही थी, 'ठीक है, पापा-मम्मी मुझ पर नाराज थे, पर बॉबी, तुमने भी तो मुझसे एक बार रुक जाने के लिए नहीं कहा।'

मामला बस यहीं तक नहीं रहा। ऑलिव के परिवारवालों ने कुछ दिनों बाद राँची में गॉर्डन परिवार पर दहेज-यातना का मामला दर्ज़ करा दिया था। ऐसे मौक़ों पर 'गंज' में अटकलों की बयार कुछ ज़्यादा ही तेज़ हो जाती है। जितने मुँह, उतनी बातें। आषाढ़ के घने काले बादलों की तरह लोकापवादों के बादल 'गंज' के आकाश में मँडराने लगते हैं। इस परिस्थिति के लिए कोई गॉर्डन दम्पती को दोषी ठहराता कि नई-नवेली दुलहन को आते ही आया की तरह काम में नहीं झोंकना चाहिए था, तो कुछ इस मत के थे कि ऑलिव एकलौती बहू थी और घर की ज़िम्मेवारी उसे जल्द से जल्द महसूस करनी चाहिए थी। इस तरह के तर्क-वितर्क की ऊँचाई कंका पहाड़ी से कुछ ज़्यादा ऊँची थी। बॉबी और ऑलिव के माता-पिता भी कुछ सुनने को तैयार नहीं थे। केस-मुक़दमे ने परिस्थिति को और विकृत बना दिया था। अदालत से बहुत मुश्किल से गॉर्डन दम्पती को ज़मानत मिली थी।

फिर भी बॉबी ने ऑलिव को कई बार राँची जाकर फ़ोन किया। ऑलिव हमेशा बर्फ़ बनी रही। उसकी हँसमुख ऑलिव आख़िर किस सर्द तहख़ाने में खोई हुई है, सोचता बॉबी और ऑलिव के मुस्कानपूर्ण चेहरे को याद करने की भरपूर कोशिश करता।

पर बारिश की एक घनी काली रात में ऑलिव ने बॉबी को ख़ुद फ़ोन कर सुख से विस्मित कर दिया था। बराबर डेड रहनेवाला 'गंज' का फ़ोन पता नहीं कैसे उस रात ठीक था! बारिश से झम-झम करती रात थी वह, जब ऑलिव ने उसे फ़ोन किया था। बॉबी को लगा कि घर में सबके सो जाने के बाद ऑलिव ने चुपचाप उसे फ़ोन किया है। ऑलिव ने बॉबी से कहा था कि वह सुबह के ठीक चार बजे उसके घर के ठीक पासवाले मोड़ पर आ जाए, वह उसके साथ 'गंज' चली चलेगी।

बाक़ी बची रात में बॉबी सो न सका। घड़ी की सूई पर नज़र टिकाये रात के दो बज गए थे। तेज़ बारिश और अँधेरे के बावजूद रेनकोट डालकर रात के दो बजे बॉबी मोटरसाइकिल से राँची के लिए निकल पड़ा था। बॉबी की व्यग्रता देख मि. और मिसेज़ गॉर्डन भी उसे ऐसे समय और मौसम में जाने से रोक नहीं सके थे। उस बरसाती आधी रात में सूनी सड़क और किनारे के वृक्षों पर घनी भयावहता छाई हुई

थी। पर मोटरसाइकिल की तेज़ रफ़्तार के साथ राँची जा रहे बॉबी गॉर्डन के लिए कहीं कोई भय नहीं था।

ठीक चार बजे बॉबी ने घड़ी के भीगे शीशे पर नज़र डाली। ऑलिव के घर के पासवाले मोड़ पर वह देर तक पानी से तर-ब-तर खड़ा रहा। बारिश लगभग ख़त्म हो चली थी, पर वहाँ ऑलिव का कोई अता-पता न था। धीरे-धीरे पूरी सुबह हो गई। दुखी और बुरी तरह उदास बॉबी ने अपनी मोइटरसाइकिल 'गंज' की तरफ़ मोड़ दी थी। आख़िर ऑलिव ने उसे इस तरह परेशान क्यों किया, वह रास्ते भर सोचता रहा। मन को समझाने के लिए उसने उस दृश्य की कल्पना की कि ऑलिव जब चार बजे दबे पाँव निकलने की जुगत में थी, तो उसकी मम्मी ऐन वक़्त में जाग गई। इस वाक़ये के हफ़्ते भर बाद फिर राँची पहुँचकर बॉबी ने ऑलिव से बात करने की बहुत कोशिश की थी लेकिन हरेक बार ऑलिव की मम्मी ने फ़ोन उठाकर ठंडा-सा संक्षिप्त उत्तर दिया था, 'ऑलिव अभी घर में नहीं है।'

कई दिनों तक बॉबी गहरे अवसाद में डूबा रहा था। उसके कमरे में देर रात गए ज़ैतून के फूल फिर भी गिरते रहे थे। ऑलिव को याद कर अक्सर बॉबी के होंठों पर एक पुराने उदास गीत की पंक्तियाँ बेआवाज़ धड़कने लगती हैं : 'इफ़ यू एवर थिंक ऑव लीविंग मी...डोंट गो टू फार...द लव ऑव अ लाइफ़ टाइम...आइ थिंक ह्वाट यू आर...।' (अगर तुम मुझसे हमेशा के लिए जुदा होना चाहो...तो भी मत जाना बहुत दूर...। तुम ताउम्र प्यार हो...। सोचता हूँ मैं, यही तुम हो...।)

पर इस गीत की गूँज ऑलिव के कानों तक नहीं पहुँचती है।

'गंज' और राँची के बीच की यह कुछ घंटे की दूरी उन दोनों के बीच किस तरह हज़ारों मील की दूरी बनकर हमेशा के लिए ठहर गई है! ऐसा क्या है कि कोई बहुत आत्मीय छूटा सिरा फिर से कभी ज़िन्दगी की पकड़ में नहीं आ पाता है? आख़िर जीवन ने उसके साथ ऐसा उपहास क्यों किया? अपनी शादी के पुराने सफ़ेद कार्ड को देखकर बॉबी गॉर्डन को लगता है कि इस छोटे-से कार्ड में, अगर कोई ग़ौर से देखे, तो उसके जीवन की पूरी कथा समायी हुई है। कार्ड पर छपी बग्घी का अगला हिस्सा है ही नहीं। पता नहीं, किस मनहूस घड़ी में अपनी शादी के लिए उसने इस कार्ड को पसन्द किया था—टूटी-भग्न बग्घी के चित्रवाला कार्ड?

गहरी बेचैनी की ऐसी ही एक आधी रात में बॉबी गॉर्डन ने अपनी पुरानी डायरी की तहों से उस सफ़ेद कार्डवाले नीले लिफ़ाफ़े को निकाला और देर तक उसे उलटते-पलटते रहने के बाद, उसके ऊपर धीरे-धीरे भरसक सुन्दर अक्षरों में ऑलिव का पूरा पता लिखा : 'टू, मिसेज़ ऑलिव गॉर्डन...केयर ऑव मि. राम अवतार वर्मा...लालपुर पीस रोड...राँची...।' साथ में एक छोटी-सी पर्ची पर लिखा : 'प्रिय ऑलिव, अपना बेशकीमती धरोहर तुम्हारे पास भेज रहा हूँ। हमारी शादी के इस कार्ड में बग्घी का बस पिछला हिस्सा है। बग्घी का अगला हिस्सा और उसमें जुता घोड़ा...वह सब कहाँ है ऑलिव...शायद तुम ढूँढ़ पाओ। मैं तो नहीं ढूँढ़ पाया—तुम्हारा बॉबी।'

उसने तय किया कि अगली सुबह डाकघर खुलने पर टिकट साटकर लेटर बॉक्स में इस नीले लिफ़ाफ़े को वह ज़रूर गिरा देगा।

अगली सुबह डाकघर खुलने पर बॉबी गॉर्डन ने ऐसा ही किया। ऐसा करके पता नहीं क्यों, उसे आख़िरी राहत महसूस हुई।

लालटेन की रोशनी

उसके सीने में घुसकर सैकड़ों चिड़िया कलरव कर रही हैं। पूरा कमरा अचानक रंग-बिरंगी चिड़ियों से खचाखच भर गया है। कमरे में तिल धरने की जगह नहीं है। सिर से पाँव तक अपने शरीर पर फुदक रही चिड़ियों के चलते वह अजीब गुदगुदाहट से भरा है। वह नींद में मुस्कराया। इस तरह सपने में उसने चिड़ियों को कभी नहीं देखा था। सपने के बाद उसकी आँखें खुल गईं। उसने खिड़की पर नज़र डाली। बाहर अभी अँधेरा है। सुबह नहीं हुई है, लेकिन होने को है। 'क्वींस कॉटेज' के इर्द-गिर्द के पेड़ों पर चिड़ियों का कलरव तेज है। एक बेहद उल्लासपूर्ण तीव्र हलचल। रॉबिन को लग रहा है, जैसे हज़ारों छोटी-छोटी घंटियों को किसी ने हिलोर दिया है। उसने उठकर खिड़की के बाहर देखने की कोशिश की। चिड़ियों के गुंजार से तमाम पेड़ों के पत्ते जैसे चिड़ियों के पंख बने फड़फड़ा रहे हैं। कितना अनूप है पक्षी और पेड़ों का नाता...! पेड़ों के भीतर बैठी चिड़ियों की चोंच से सुबह निकल रही है। एक चहचहाती सुबह तेज़ी से फूट रही है नीली आवाज़ों के संग—चीं...चीं...चीं...चीं...चिअर...चिअर...आनन्द...आनन्द...! अन्तहीन दिगंत जैसे अत्यन्त निकट।

पूरी दुनिया के लिए सुबह, लगता है, 'क्वींस कॉटेज' के इर्द-गिर्द के इन्हीं पेड़ों और चिड़ियों के बीच से निकलती है। उसके होंठ मुस्कान से तिरछे हो आए। वह देर तक खिड़की के पास खड़ा निहारता रहा। अब अँधेरा छँट रहा है। किरण निकल रही है। उसने अनुमान लगाया, कंका पहाड़ी की ओट से नन्हा सूरज तेज़ी से उछलते हुए ऊपर आ रहा है—एक अनुच्चरित आवेग से झलमल करता।

प्रकृति की ऐसी रंगोली उसने कभी नहीं देखी थी। सुबह की ऐसी सज-धज हांगकांग में कहाँ? पापा ने बताया था, मि. मैकलुस्की ने जब इस गाँव को बसाने की योजना के तहत एंग्लो-इंडियन लोगों को देश भर में पत्र लिखा था, तो उनके लिफ़ाफ़े पर यह पंक्ति छपी थी : 'कॉलिंग द ब्यूटी स्पॉट ऑव छोटानागपुर, ह्वेयर एवरी प्रॉसपेक्ट प्लीज़ेज़...।' एंग्लो-इंडियन कम्यूनटि के 'मॉर्निंग पर्सन' थे मि. मैकलुस्की। अँधेरे में सिर धुनते अपने समुदाय की सुबह।

मिलर अंकल और जैक भी शायद नहीं जगे होंगे, सोचा उसने। अलसाकर वह फिर बिस्तर पर लेट गया। थोड़ी तंद्रा लग गई। सुबह की असम्भव मधुर नींद...। इतने सवेरे उठने की कभी उसे आदत नहीं रही है। यह तो प्रकृति के 'अलार्म'...चिड़ियों के कलरव ने मुँहअँधेरे उसकी नींद तोड़ी थी।

जब जैक ने चाय के लिए किवाड़ खटखटाया, तो वह जम्हाइयाँ लेते उठा, 'अरे, धूप निकल आई!'

जैक ने चाय मेज़ पर रखते हुए सुबह की सी मुस्कराहट के साथ कहा, 'मैं तो बहुत सबेरे आपको बेड-टी के लिए उठाने जा रहा था, पर मिलर साहब ने मना कर दिया। बोले, लम्बी यात्रा से आया है, सोने दो, मत उठाओ।'

चाय की घूँट भरते रॉबिन बाहर बरामदे पर आ गया है। आह, सूरज अपनी उद्वेगपूर्ण रोशनी से छोटानागपुर अंचल की पहाड़ी मिट्टी को कैसे आलिंगन में समेटता है, जैसे कोई वन-कन्या पूरे मान के संग अपने सुगठित प्रेमी के पुष्ट बाहुपाश में बँधी हो! इस अरण्य ग्राम का मान प्रकृति ने बहुत ध्यान और यत्न से रखा हुआ है।

बरामदे पर कमानीदार कड़ी से लटकी किरासन तेल से जलनेवाली लालटेन अभी बुझी हुई है। रॉबिन ने नज़दीक जाकर देखा, उसके शीशे के भीतर साँझ की रोशनी का धूसर रंग अभी भी अटका हुआ है।

उसे लालटेन अच्छी लगी। कहाँ हांगकांग की चकाचौंध, कहाँ यह नन्ही-सी लालटेन। अब यह शाम को जलेगी। धूप के उजास में 'क्वींस कॉटेज' काफ़ी खिला-खिला लग रहा है। कैम्पस के ऐन बाहर के विशाल कदम्ब वृक्ष ने भी अपनी मौज़ूदगी से 'क्वींस कॉटेज' को एक सुन्दर आभा सौंप रखी है। हरे-हरे छोटे लट्टू सरीखे कदम्ब पेड़ पर मन्द-मन्द डोल रहे हैं। गहरे कत्थई रंग का यह बँगला वाक़ई पुराने ज़माने की किसी रानी का बँगला लगता है। पर यह रानी और कोई नहीं...मिलर आंटी थीं...मिसेज़ क्वीन मिलर...। रॉबिन ने कल्पना की कि यहाँ क्वीन आंटी होतीं, तो और कितना अच्छा लगता!

तभी मिलर अंकल सामने आते दिखे। शायद मॉर्निंग वॉक से अभी लौट रहे हैं। उनके साथ एक बुजुर्ग सज्जन हैं—लम्बे-तगड़े...सुपारी के से हल्के भूरे रंग वाले।

रॉबिन ने बरामदे की सीढ़ियाँ उतरते हुए बेहद गर्मजोशी से कहा, 'गुड मॉर्निंग अंकल...!'

मि. मिलर ने पूछा, 'तुम्हें जैक ने उठा तो नहीं दिया? मैंने कह दिया था, जब तक खुद न उठे, मत उठाना। काफी थका होगा।'

रॉबिन ने कहा, 'जैक ने आपके आदेश का पालन किया। काफी अच्छी नींद आई। किसी नई जगह में यों मुझे अच्छी नींद शुरू के एक-दो दिनों तक नहीं आती है, पर यहाँ की तो बात ही अलग है अंकल!'

मि. मिलर के साथ वाले बुज़ुर्ग अब तक मुग्ध अपलक दृष्टि रॉबिन पर डाले खड़े हैं। मि. मिलर ने गर्मजोशी से कहा, 'मि. मेंडेज़, दिस इज़ रॉबिन...।'

अनुराग से छलक पड़े मि. मेंडेज़ ने दोनों बाँहें फैला दी हैं, 'मेरा हैंडसम्मा...!'

रॉबिन आगे बढ़कर मि. मेंडेज़ के सीने से लग गया है, 'अंकल...! सो नाइस ऑव यू...। मैं तो अभी तैयार होकर जाने ही वाला था आपकी तरफ...। पापा तो आपकी चर्चा करते नहीं थकते।'

मि. मेंडेज़ ने हल्का मुँह बनाने जैसी भंगिमा के साथ कहा, 'बदमाश छोकरे! तेरे साथ तो मैं पहले बॉक्सिंग करूँगा। तू सीधे मेरे यहाँ क्यों नहीं उतरा..? इस रेस्ट हाउस में क्यों...?'

मि. मेंडेज़ ने अपनी बात ख़त्म भी नहीं की कि मि. मिलर ने बीच में हस्तक्षेप करते हुए कहा, 'मि. मेंडेज़, ज्यादा बतख मत बनिये...। क्या आप यह समझ रहे हैं कि

'क्वींस कॉटेज' में इससे रेंट लिया जाएगा...? नो...हरगिज नहीं। हालाँकि, डेनिस ने मुझे पत्र में लिखा था भाड़े के बारे में...। मैंने उसे वो जवाब दिया कि उसकी बोलती बन्द हो गई। हिदायत दी है उसे कि आगे से ऐसी बात लिखने की तो क्या, सोचने की भी कभी जुर्रत न करे।'

मि. मेंडेज़ ने फौरन बात का रुख़ मोड़ते हुए कहा, 'बेटे, रास्ते में कोई दिक्कत तो नहीं हुई?'

'नहीं, बिलकुल नहीं। जिंगल बेल...जिंगल बेल...जिंगल ऑल द वे।'

रॉबिन की मुस्कराहट पर मि. मेंडेज़ एक पल के लिए जैसे खो गए, 'आह, मि. ब्रायन मैगावन आज होते, तो पोते को यहाँ देख कितने खुश होते!'

रॉबिन ने बग़ैर एक पल का विलम्ब किये कहा, 'मेंडेज़ अंकल! मैं आज अपना पुश्तैनी घर देखना चाहूँगा। अपने दादाजी की समाधि भी।' रॉबिन का स्वर थोड़ा भीग गया।

मि. मेंडेज़ ने अफ़सोस के स्वर में कहा, 'बेटे, मि. मैगावन की समाधि ढेर सारे जंगली झाड़ों के बीच अब तो ढूँढ़नी मुश्किल है। तुम्हारे पापा तो उनके फ़्यूनरल के बाद आए और थोड़े ही दिनों बाद चले गए थे। जहाँ तुम्हारे दादाजी को दफनाया गया था, उसे कहाँ पक्का कराया जा सका...? वैसे, डेनिस की योजना तो थी लेकिन...। बेटे, बेशुमार जंगली झाड़ों के बीच उनकी कब्र ढूँढ़ पाना अब मुश्किल है। नाउ इट्स इम्पॉसिबल...।'

सुनकर एक हतप्रभ कातरता रॉबिन के चेहरे पर छलक आई है।

मि. मेंडेज़ ने कहा, 'हाँ, अपने पुश्तैनी घर को तुम देख सकते हो, शौक से। वह इन दिनों मि. अग्रवाल का 'रेस्ट हाउस' है। बस, एक चौकीदार रहता है वहाँ। मि. अग्रवाल या उनके रिलेटिव्स का जब कभी छठे-छमासे मन करता है, तो यहाँ आते हैं दो-चार दिनों के लिए। खैर, तुम आराम से तैयार होकर मेरे यहाँ आओ। तुम्हें वहाँ तो ले ही चलेंगे और मिस बॉनर, मिसेज़ थ्रिपथॉप, मि. नोएल गॉर्डन—इन सबके यहाँ भी...। कल से सब तुम्हारी राह देख रहे हैं। रॉबिन, तुम्हारा मैकलुस्कीगंज आना हम सबके लिए एक सुखद घटना है बच्चे! एक परिवार जो यहाँ से बहुत पहले हमेशा के लिए चला गया था, उस परिवार का लड़का अपना गाँव देखने आया है। अच्छा, तुम अब तैयार होने जाओ, मैं चलता हूँ। तुम्हारा इन्तजार करूँगा। दरअसल, अभी सुबह-सुबह जब मि. मिलर ने मॉर्निंग वॉक के समय बताया कि तुम रात को ही आ गए, तो मैं अपने को रोक नहीं सका। मि. मिलर से कहा, चलिए तो जरा छोकरे की खबर लें।' मधुमक्खी की तरह गुंजन करते, धीरे-धीरे डग भरते मि. मेंडेज़ गेट से निकल गए।

रॉबिन कमरे में तैयार होने चला गया। बाथरूम से जब वह नहाकर निकला, तो जैक रस्से पर दौड़नेवाले सधे नट की तरह नाश्ता लेकर कमरे में हाज़िर था।

'यार, जैक! तुम बड़े हवादार आदमी हो।'

'लॉर्ड! नई अनजान चीजें शुरू में इसी तरह अच्छी लगती हैं।' जैक सहसा नज़ाकत में आधा झुक गया है, 'मेरा दावा है कि बहुत जल्दी आप मेरी रसोई से पनाह माँगते मिलेंगे।'

रॉबिन ने महसूस किया, जैक पूरा ठिठोलिया है। उसमें प्रहसन की सूक्ष्म क्षमता है।

नाश्ते के बाद वह मि. मेंडेज़ के घर की तरफ़ निकल पड़ा। निकलने के समय जैक ने मि. मेंडेज़ के घर का रास्ता उसे पूरा समझाया। मुस्कराकर रॉबिन ने कहा, 'तुम फिक्र मत करो, मैं पहुँच जाऊँगा।'

घर पर मि. मेंडेज़ उसकी प्रतीक्षा में बाहर अपने बरामदे पर बैठे मिले। मि. मेंडेज़ ने पूछा, 'घर ढूँढ़ने में कोई मुश्किल तो नहीं हुई?'

'नहीं, बिना किसी से दरयाफ्त किये सीधे आपके यहाँ पहुँच गया। पापा ने मुझे यहाँ के सारे लोकेशंस बता रखे हैं।'

मि. मेंडेज़ ने कहा, 'थोड़ा नाश्ता कर लो, फिर चलते हैं।'

रॉबिन ने कहा, 'नाश्ता करके निकला हूँ अंकल। कोई फ़ॉर्मलिटी नहीं। अपना घर है, माँगकर खा लूँगा। फिलहाल तो बस चलिए।'

तभी गोरी-चिट्टी दोहरे बदन की एक अधेड़ महिला नाइटी में अन्दर से निकलीं।

'क्वीन विक्टोरिया...।' बड़े नाटकीय अन्दाज़ में मि. मेंडेज़ ने बत्तीसी फैला दी।

'कहने की जरूरत नहीं...।' रॉबिन ने झुककर हाथ जोड़ लिये।

'रॉबिन है क्या?' मिसेज़ मेंडेज ने स्नेह से उसकी पीठ पर हाथ रख दिया।

'तुम्हें देखते ही समझ जाना चाहिए था क्वीन...।'

'बेटे! इनकी पंख पर मत बैठना। पूरे नीलकंठ हैं तुम्हारे अंकल...हरदम बिजली के तार पर ही बैठते हैं...।'

'नीलकंठ...?' रॉबिन के चेहरे पर प्रश्नचिह्न देख मिसेज़ मेंडेज़ ने मुसकते हुए मि. मेंडेज़ की तरफ़ देखा।

'मैगपाइ बर्ड...।' मि. मेंडेज़ ने हल्की झेंप के साथ कहा और फिर जैसे उनके ज़हन में कुछ कौंध गया, 'मैं नीलकंठ और बिजली की तार तुम्हारी आंटी।'

अपने पति की तरह ही मिलनसार मिसेज़ मेंडेज़ खिलखिला उठीं, 'अब रहने भी दो। रॉबिन पहली बार आया है। मैं नाश्ता बनाती हूँ। तुरन्त पाँच मिनिट में...।'

'नहीं, आंटी, नाश्ता मैं करके चला हूँ। आज रहने दीजिए, प्लीज़...!'

'बिलकुल नहीं। इस तरह कैसे चले जाओगे?' मिसेज़ मेंडेज़ हुलास मारकर जल्दी से अन्दर गईं और एक प्लेट में गुलाब जामुन लेकर आ गईं, 'कल ही बनाए थे...जरा चखो...।'

'खा लो महामहिम, किस्मतवाले हो...। क्वीन के पास चुंगी देनी होती है...और तुम्हें उल्टे मिल रही है...।' मि. मेंडेज़ मुस्कुराए।

'आप भी एक लीजिए न...!' रॉबिन ने प्लेट मि. मेंडेज़ की तरफ़ बढ़ाई।

'गुलाब जामुन? मैं तो रोज चखता हूँ। क्यों, है न क्वीन?' मि. मेंडेज़ शरारत से मुस्कुराए।

'ठीक है, तो अभी चलें आंटी।' रॉबिन ने मुश्किल से हँसी रोकते हुए कहा।

मि. मेंडेज़ गेट से निकलते हुए बोले, 'पहले मि. घनश्याम अग्रवाल के गेस्ट हाउस चलते हैं। उसके बाद और लोगों के यहाँ।'

थोड़ी देर बाद मि. मेंडेज़ एक पुराने-से घर के सामने जाकर रुक गए हैं और गेट पर से आवाज़ लगाई है, 'कोई है भाई? दिल सिंह...ओ दिल सिंह...?' फिर रॉबिन की तरफ़ तुरन्त मुख़ातिब होते हुए उन्होंने कहा, 'यह रहा तुम्हारा पुश्तैनी घर। दिल सिंह चौकीदार है यहाँ का। नेपाली है। पीछे आउट हाउस में बीवी-बच्चों के साथ रहता है। आ रहा होगा।'

तभी दिल सिंह लपकता हुआ आता दिखा।

'नमस्ते शाब।' नाटे कद, गठे बदन और उबले हुए आलू के रंग वाला दिल सिंह हाफ़ पैंट और गंजी में मुस्कराते हुए आकर गेट खोलने लगा, 'आइए!'

रॉबिन ने ग़ौर किया—नेपालियों की हँसी कितनी निर्मल होती है! भोली-सी सुहावनी पहाड़ी हँसी। इन लोगों की उम्र का भी जल्दी कोई अनुमान नहीं लगा सकता। उसे अपने एक दोस्त की कही बात बरबस याद आई कि—छोटे क़द का आदमी बच्चा नहीं होता। नाटे क़द का दिल सिंह बच्चा नहीं है।

दिल सिंह के पीछे-पीछे मि. मेंडेज़ के साथ रॉबिन अब अपने पुश्तैनी घर के परिसर में है। परिसर में लगे कुछ नारियल और सुपारी वृक्षों के गहरे हरे पत्ते मोरपंख की तरह मन्द-मन्द हिल रहे हैं। फूल का कोई पौधा इस परिसर में नहीं है। हालाँकि, ईंट को ज़मीन में एक-दूसरे पर तिरछे गाड़कर पुरानी क्यारियाँ बनी हुई हैं, पर इनमें पौधे नहीं हैं। इसमें घास बेतरतीबी से उगी हुई है।

मि. मेंडेज़ ने कहा, 'तुम्हारे दादाजी फूलों के बड़े शौकीन थे। जाने कहाँ-कहाँ से फूलों के पौधे जुटाए रखते थे! तरह-तरह के फूलों से खिला रहता था तुम्हारा घर। ये क्यारियाँ उन्हीं के समय की बनी हुई हैं। पर अब यह जैसे-तैसे है, किसी तरह।'

रॉबिन ने बरामदे पर खड़े होकर देखा, यह घर जैसे-तैसे अपने हाल पर खड़ा है।

पास खड़े दिल सिंह के असमंजस भाव को मि. मेंडेज़ भाँप गए हैं। अब तक वह नहीं समझ सका है कि मि. मेंडेज़ क्यों आए हैं, सो मि. मेंडेज़ ने कहा, 'दिल सिंह! ये मि. रॉबिन हैं। हांगकांग से आए हैं। कभी यह घर इन्हीं लोगों का हुआ करता था। मेरे कहने का मतलब कि इनके दादाजी का। घर बस जरा देखना चाहते हैं ये। पुरानी यादें जुड़ी हैं न यहाँ से...पुश्तैनी घर है, इसलिए...।'

दिल सिंह ने छोटी-छोटी आँखों को झपकाते हुए मुस्कराकर सिर हिलाया, 'अच्छा!'

रॉबिन को उसका आँख झपकाना अच्छा लगा। जिन लोगों की आँखें बहुत छोटी होती हैं, उनमें हरदम छोटे बच्चों की सी अनुपम अम्लान उत्सुकता उमगती रहती है। अभी जैसेकि दिल सिंह! कैसे उसने अपनी छोटी आँखें झपकाई हैं!

अन्दर जाकर दिल सिंह सभी कमरों के दरवाज़ों और खिड़कियों को खोल रहा है। बहुत दिनों पर शायद खुलने के कारण दरवाज़ों और खिड़कियों से चरमराहट की आवाज़ें आ रही हैं। अरसे बाद टूटती स्मृतिहीनता की शुष्क ध्वनि भी कैसी अजीब होती है!

मि. मेंडेज़ ने जब कहा, 'अन्दर चलो', तो सहसा रॉबिन को लगा, जैसे मि. मेंडेज़ मिट्टी के पुराने घड़े में मुँह घुसाकर बोल रहे हैं—ठीक घड़े में गूँजते शब्द की तरह, 'अन्दर चलो।' कहाँ चलो? स्मृतियों के अन्दर...? स्मृति में प्रवेश...? यानी आराम के साथ एक शीघ्रता...। पर रॉबिन की तो स्मृति नहीं है यह। पापा के कथालोक में है यह सब। जैसे किसी फ़रिश्ते ने बरबस उसकी मुराद पूरी कर दी हो...आमीन...ऐसा ही हो...।

अन्दर कमरे में क़दम रखते हुए रोमांचित हो रहा है रॉबिन—यही घर था उसका... उसके दादाजी का घर...। उसके परिवार की कितनी घटनाएँ हुई होंगी इस घर में! कितने सुखद-दुखद क्षण..! कितने उत्सव बीते होंगे यहाँ! और इसी घर में उसके दादाजी ने अन्तिम साँस ली।

मि. मेंडेज़ बताते जा रहे हैं, 'ब्रायन साहब इसी कमरे में रहते थे। मुझे तुम्हारी दादी भी अच्छी तरह याद हैं। ओह, इस घर के एक-एक कोने से क्या लगाव था उनका! पर बेचारी बहुत जी नहीं सकीं। इसी कमरे में तुम्हारा जन्म हुआ था रॉबिन...। मुझे वैसे ही याद है, कैसा शानदार उत्सव किया था तुम्हारे दादाजी ने तुम्हारे जन्म की खुशी में...! रॉबिन, उस दिन उनके पाँव धरती पर नहीं पड़ रहे थे।' कहते-कहते मि. मेंडेज़ वर्षों पीछे की दुनिया में खोने लगे हैं। लग रहा है, जैसे अतीत और वर्तमान के दो धरातल से निर्मित तीखे कोने पर खड़े मि. मेंडेज़ धीमे-धीमे जलतरंग बजा रहे हों, 'बड़े खुशदिल इनसान थे तुम्हारे दादाजी...। अब ऐसे लोग कहाँ...? रेयर...!'

रॉबिन को लग रहा है कि मि. मेंडेज़ ने बड़े दुलार से उसे किसी फूल के भीतरी घेरे में बिठा दिया है और वह सराबोर हो रहा है—उनकी स्मृतियों के इंद्रजाल से सिद्ध उन पंखड़ियों और पराग में...। रॉबिन के सामने वह दुनिया सजीव हो रही है। वह समय सामने बिहँसता हुआ खड़ा है, जिसे उसने कभी देखा नहीं था।

घर से बाहर निकलते हुए रॉबिन को लग रहा है, मम्मी आज ज़्यादा ही परेशान हो जाएँगी। आज तो पापा भी चिन्तित हो उठेंगे—क्यों नहीं आया फ़ोन? आज भी फ़ोन नहीं आया? रॉबिन के चेहरे पर थोड़ी उद्विग्नता गहरा गई है।

दिल सिंह गेट के पास हाथ बाँधे खड़ा है। 'फिर आइएगा।' बहुत अनुरागपूर्वक कहा है उसने।

रॉबिन ने धन्यवाद देने के स्वर में कहा, 'हाँ, दिल सिंह, अभी काफी दिन हूँ। आऊँगा।'

विदा होते हुए उसने कैम्पस और घर पर एक सरसरी निगाह डाली है। नारियल और सुपारी वृक्षों के लम्बे नुकीले हरे पत्तों के झालर हवा में हुलास के संग मन्द-मन्द डोल रहे हैं। रॉबिन को एकबारगी लगा, जैसे चुपके से फुसफुसाकर उसके कानों में कह रहे हों—फिर आना, आते रहना!

रेलवे क्रॉसिंग के पास नेहरू रोड और नेहरू रोड का पहला बँगला—'बॉनर-भवन'। पापा ने बताया था, मिस बॉनर का घर बहुत सुन्दर है। दूर से ही वह दोमंज़िली सफ़ेद इमारत कौंध रही है। आगे का विशाल गेट किसी पुराने किले के सिंहद्वार की तरह लग रहा है। मि. मेंडेज़ ने बुदबुदाकर पूछा, 'बेटे! इंग्लैंड का प्राचीन नाम तुम्हें मालूम?'

रॉबिन ने उत्सुकता से मि. मेंडेज़ की तरफ़ देखा।

'अलबियन...। ए...एल...बी...आइ...ओ...एन...। रॉबिन! मिस बॉनर का घर मिनी अलबियन ही है 'गंज' का। इंग्लैंड के प्राचीन रूप का एक बारीक कतरा...। वैसे, गाँव के आदिवासी लोग इसे 'बॉनर मेम की गढ़ी' कहते हैं—बॉनर-गढ़ी...।'

गला साफ़ करते हुए मि. मेंडेज़ ने यह कहा, तो एक क्षण के लिए रॉबिन को लगा कि वह मेंडेज़ अंकल को नहीं, किसी पुराने अजायबघर के अध्यक्ष...क्यूरेटर की टिप्पणी सुन रहा है।

मि. मेंडेज़ ने जब गेट पर से आवाज़ लगाई, तो औसत क़द की एक आदिवासी लड़की गेट के पास आई और मि. मेंडेज़ को देखते ही बोली, 'ओह, आप?' फिर गेट खोलकर कहा, 'आइए न, अंकल!'

मि. मेंडेज़ ने इधर-उधर नज़रें दौड़ाते हुए पूछा, 'मरियम, कहाँ हैं मिस?'

'रीडिंग रूम में बैठी हैं। आपके लिए क्या पूछना, चले जाइए।' लड़की ने रॉबिन पर एक अजनबी निगाह डालते हुए कहा और आगे बढ़ गई।

मि. मेंडेज़ ने रीडिंग रूम के दरवाज़े के पास खड़े होकर हल्का परदा सरकाते हुए कहा, 'गुड मॉर्निंग, मिस बॉनर!'

सामने मेज़ पर रखी किताब से सहसा आँखें उठाते हुए मिस बॉनर ने देखा, 'मि. मेंडेज़! रॉबिन आया?'

दरवाज़े के पास पीछे ही खड़े रॉबिन को बेहद नाटकीय ढंग से आगे कर मि. मेंडेज़ ने हँसते हुए कहा, 'यह रहा आपका रॉबिन!'

अपनी कुर्सी से टिकी छड़ी को हाथ में थामकर उठने की कोशिश करते हुए मिस बॉनर बेहद आह्लादित हो उठीं, 'अरे, मेरा रॉबिन...? ये तो वेस्टइंडीज़ के फ़ास्ट बॉलर माइकेल होल्डिंग जैसा लम्बा है!'

आगे बढ़कर रॉबिन ने पहले ही उन्हें थाम लिया है और गले लग गया है उनके। काफ़ी बूढ़ी हो गई हैं मिस बॉनर। पचहत्तर-अस्सी के आसपास की तो होंगी ही। हल्के नीले पाजामे और कमीज़ में गोरी बुर्राक़...सफ़ेद हो चुके सुनहले बालोंवाली पृथुलकाय मिस बॉनर। वे एक क्षण गहरे अनुराग से रॉबिन की तरफ़ देखती रहीं। रॉबिन उनकी कुर्सी से सटा उनका हाथ थामे खड़ा है। मि. मेंडेज़ बग़ल की कुर्सी पर बैठ गए हैं।

मिस बॉनर ने कहा, 'जब तू गोद में था न लीज़ा के, तभी तुम्हें देखा था। बिलकुल इत्ता-सा...!'

रॉबिन ने उनके बालों पर हाथ फेरते हुए कहा, 'कैसी हैं आप? तबीयत ठीक रहती है न आपकी? पापा-मम्मी वहाँ आपको खूब याद करते हैं।'

मिस बॉनर ने गहरी साँस लेकर कहा, 'रॉबिन! बुढ़ापा एक बोझ है बेटे...! आसपास की पहाड़ियों की तरह बूढ़ी हो गई हूँ...मैं भी...। किसी तरह इस भारी बोझ को घसीट रही हूँ। फिर भी बेटे, लाइफ़ इज़ अ ग्रेप-शुगर...अन्तिम साँस तक इसकी मिठास का मजा है।' फिर बात का पहलू बदलते हुए उन्होंने कहा, 'हाँ, तुम्हारे आने के बारे में डेनिस ने लेटर लिखा था मुझे। उसने लिखा था, इस गाँव पर तू कोई नॉवेल लिखना चाहता है। पर बेटे, क्या बचा है अब मैकलुस्कीगंज में, जो तुम लिखोगे इस पर? ओस के गहने से कोई किसी को कैसे सजा सकता है...!'

रॉबिन को लगा, मिस बॉनर अचानक बिखर रही हैं। उनकी आवाज़ में पतझड़ की पत्तियों में पाया जानेवाला पीलापन है...। रॉबिन ने बग़ल की कुर्सी पर बैठते हुए कहा, 'आपसे इस काम में बहुत मदद लेनी है मुझे। पापा ने बताया है, आपके पास ढेर सारी जानकारियाँ मिलेंगी। बहुत-सा ओस मिलेगा।'

मिस बॉनर कुछ पल के लिए ख़ामोश हो गईं।

मि. मेंडेज़ ने रॉबिन की तरफ़ देखा। उन्होंने आँखों ही आँखों में पूछा, 'अब चलोगे नहीं?'

इस छोटे-से रीडिंग रूम में रैक पर किताबें बड़े क़रीने से सजी हुई हैं। रैक के सबसे ऊपर के कोने में एक सुन्दर-सा लैम्प है और उसके पास ही सुनहरे फ्रेम में लगी एक सुन्दर-सी तसवीर। ज़रूर यह मिस बॉनर की युवावस्था की तसवीर होगी, सोचा रॉबिन ने।

सच, कितनी ख़ूबसूरत थीं मिस बॉनर! सीपिया रंग की इस तसवीर की मिस बॉनर और सामने की मिस बॉनर को कोई देखे, तो सहसा यक़ीन कर पाएगा? लेकिन इनसान की उम्र चाहे कितनी भी हो जाए, चेहरे में चाहे कितना भी उम्र के साथ परिवर्तन आ जाए, पर एक चीज़ में कोई परिवर्तन नहीं आता है—आँखों में। असंख्य झुर्रियाँ भले ही आँखों को ढँक लें, आँख की रोशनी भले घट जाए, लेकिन शरीर में अन्त तक बस आँखें ही हैं, जो भरसक अपने मूल स्वरूप को बरकरार रखती हैं। इस तसवीर की मिस बॉनर और सामने बैठी मिस बॉनर में एक ही चीज़ अपनी पहचान भरसक बचाए हुए है—आँखें!

रॉबिन ने उठते हुए कहा, 'यह तसवीर आपकी है न?'

मिस बॉनर के चेहरे की असंख्य झुर्रियों पर बरबस हँसी खेल गई, बोलीं, 'तुम गेस करो।'

रॉबिन ने उनका हाथ थामते हुए कहा, 'बेशक, आप ही हैं! आपकी उम्र में मैंने जन्म लिया होता, तो फिदा हो गया होता आप पर...हेलन ऑव ट्रॉय...और क्लियोपैट्रा से कम नहीं थीं आप।'

मि. मेंडेज़ ने ज़ोर का ठहाका लगाया है, 'एक्सेलेंट...एक्सेलेंट!'

मिस बॉनर भी पोपले मुँह से खिलखिला पड़ी हैं, 'इस उम्र में भी मिला न एक तारीफ करनेवाला!'

रॉबिन ने कहा, 'अच्छा, तो अभी चलता हूँ। आता हूँ जल्दी ही, चैन से। अपने नॉवेल को लेकर, मैकलुस्कीगंज के जीवन के बारे में काफी कुछ जानकारी लेनी है आपसे।'

मिस बॉनर ने फिर उठने का उपक्रम किया, पर रॉबिन ने उन्हें तत्काल उठने से रोकते हुए कहा, 'नहीं-नहीं, आप तकलीफ मत करिए।'

बाहर निकलते हुए मि. मेंडेज़ ने कहा, 'बड़े जीवट की हैं मिस। अपने अकेलेपन को बहुत खूबसूरती से जीती हैं।' एक पल थमकर फिर उन्होंने जोड़ा, 'रॉबिन, ऐसे लोगों का अकेलापन अंतहीन होता है।

रॉबिन ने गहरी साँस के संग कहा, 'अकेलेपन को विरले ही सही तरीके से जी पाते हैं...क्योंकि अकेलेपन को स्टिग्मा...कलंक की तरह देखा जाता है...। अंकल, इन्होंने शादी क्यों नहीं की...?'

'बस, कुछ यों ही...। आइ.टी.सी. में, जहाँ ये नौकरी करती थीं, उसके एक बड़े अधिकारी थे...बिहारी ही थे...शादी-शुदा...बाल-बच्चेदार...मिस बॉनर उन्हीं पर फिदा थीं... या यों कहो, दोनों एक दूसरे पर दिलोजान से फिदा थे। क्या हैंडसम आदमी था वह...! सुनता हूँ, उसने कई बार मिस से कहा था कि वह पहली पत्नी को अपनी दूसरी शादी के लिए राजी कर लेगा, पर मिस ही तैयार नहीं हुईं। कहा—जिससे प्रेम करो, उसको नष्ट मत करो...। मैं तुम्हारे बीवी-बच्चों के आँसू से अपने प्रेम को कर्स[1] नहीं करना चाहती...। मेरा जीवन सिर्फ तुम्हारे प्यार के अहसास के सहारे बीत जाएगा।—प्रेम की यह ऊँचाई...! दो शरीर एक जान होकर भी एक-दूसरे को आजाद रखने की यह ऊँचाई...रॉबिन! मैंने उन साहब को तीन-चार बार यहाँ देखा, जब मिस बॉनर रिटायर होकर यहाँ हमेशा के

1. अभिशप्त

वास्ते रहने आ गईं। इधर सात-आठ साल पहले पता चला, वे नहीं रहे...। इस उम्र में मिस बॉनर निपट अकेली पड़ गई हैं।'

अकेलापन यानी निर्जनता...जहाँ आदमी तो क्या, शब्दों की पदचाप सुनाई देती है।

अपने बरामदे पर आहट सुनकर मिसेज़ थ्रिपथॉप ने अन्दर से ही बेटी को आवाज़ दी, 'जूडी, जरा देखो तो, बाहर कौन है...?'

एक अधेड़-सी सामान्य कद की दुबली-पतली...अंगूर सरीखी आँखों वाली महिला अंडे की ज़र्दी सरीखे पीले स्कर्ट-ब्लाउज़ में बाहर आईं और मि. मेंडेज़ को देखते ही वहीं बरामदे से बड़े सधे स्वर में बोलीं, 'मेंडेज़ अंकल हैं, मम्मी।' फिर एक उड़ती-सी उत्सुक नज़र रॉबिन पर डाल मि. मेंडेज़ से बरामदे पर रखी कुर्सियों की तरफ़ इशारा करते हुए बोलीं, 'बैठिए न अंकल! मम्मी बस आ रही हैं।' फिर वह अन्दर चली गईं।

मि. मेंडेज़ ने कहा, 'रॉबिन, यह जूडी थी। मिसेज़ थ्रिपथॉप की बेटी।' मि. मेंडेज़ ने बैठते हुए रॉबिन से कहा, 'आओ, बैठो।'

परदा हल्के-से परे करते हुए हरे रंग के नाइट गाउन में दुबली-पतली अंग्रेज़ों-सी गोरी वृद्धा मिसेज़ थ्रिपथॉप सामने थीं। उठ खड़े हो मि. मेंडेज़ ने बिना किसी भूमिका के कहा, 'मिसेज़ थ्रिपथॉप, देखिए, रॉबिन...।'

मिसेज़ थ्रिपथॉप एकबारगी हुलसित हो उठीं, 'अरे, रॉबिन! मैं कल से तुम्हारे इन्तजार में हूँ। तुम आ गए, बहुत अच्छा किया। डेनिस और लीज़ा तो ठीक-ठाक हैं न बेटे? तुम्हारे यहाँ आने के बारे में चिट्ठी लिखी थी डेनिस ने।'

असीम स्नेह से रॉबिन के सिर पर हाथ फेरते हुए स्मृतियों के ऐश्वर्य-लोक में पहुँच गई हैं मिसेज़ थ्रिपथॉप। किसी सूख चुके वृक्ष से अनायास फूट पड़ी पत्रकली को देखने का यह विस्मय भरा सुख। इस गाँव से पूरी तरह अपना चिह्न मिटा चुके एक पुराने परिचित परिवार का लड़का...। किसी पुरानी किताब के नये संस्करण के झलमल करते आवरण चित्र-सा दमकता...। मिसेज़ थ्रिपथॉप आनन्द के मचान पर हैं। मि. मेंडेज़ की तरफ़ मुख़ातिब हो भावुक होते हुए उन्होंने कहा, 'मि. मेंडेज़, डेनिस के लिए जाने कितना लगाव रहा है मुझे। उसकी माँ गुजर गई, जब वह टीन एज का था। माँ का प्यार उसे हमीं से मिला। मेरी आँखों के सामने हाफ़-पैंट और कमीज में वह शरारती डेनिस आज भी खड़ा है। उस डेनिस का बेटा रॉबिन—माइ ग्रैंड सन...!'

छोटे-से पीले रंग के लगभग बदरंग हो चुके अपने मकान के बरामदे में बैठीं मिसेज़ थ्रिपथॉप...! रॉबिन को लगा, अपनी दादी को तो उसने देखा ही नहीं, पर दादी शायद ऐसी ही रही होंगी...। रॉबिन का मन सहसा अन्दर तक भीग गया।

'यू आर माय ग्रैंड मदर...दादी...!' रॉबिन ने धीमे स्वर में तरल मुस्कान के संग कहा, तो मिसेज़ थ्रिपथॉप की आँखें डबडबा आईं।

चश्मा उतारकर अपनी आँखें पोंछते हुए उन्होंने कहा, 'सुना आपने, मि. मेंडेज़...? जरूरी नहीं कि सबसे खून का ही रिश्ता हो, लेकिन कई रिश्ते खून के रिश्ते नहीं होते हुए भी अपनों से बढ़कर अपने होते हैं।'

रॉबिन ने देखा, घर के छोटे-से कैम्पस में यूकेलिप्टस[1] के दो लम्बे-लम्बे पेड़ आकाश का मुरेठा बाँधे यक्ष की तरह खड़े हैं। पापा ने बताया था, मिसेज़ थ्रिपथॉप के कैम्पस में दूर से ही आकाश छूते यूकेलिप्टस के दो पेड़ दिखाई देंगे। इन दोनों पेड़ों का पापा बड़ा जीवन्त बखान करते थे, कुछ इस तरह मानो पापा और ये पेड़ सगे भाई हों!

पापा बताते थे, 'बेटे, यूकेलिप्टस की राख के रंगवाली लम्बी-पतली पत्तियों और धूसर सुनहरी फलियों को मसलकर सूँघने का भी क्या सुख था—एक भीनी-सुनहरी गन्ध...! दोनों यूकेलिप्टस में जब छाल गिरने के दिन आते थे, तो बालसुलभता में उन छालों को यों ही उधेड़कर हटाने में पता नहीं क्या असीम आनन्द मिलता था, रॉबिन! धीरे-धीरे मौसम के साथ जब यूकेलिप्टस छाल से मुक्त हो जाते थे, तो उन दोनों मोटे-मोटे यूकेलिप्टस वृक्षों की गोराई अद्‌भुत संगमरमरी हो जाती थी। हाथ उस पर कुछ यों फिसलते थे, मानो किसी सफ़ेद झक्क पुष्ट गाय की निर्मल पीठ पर हाथ फेर रहे हों!'

मिसेज़ थ्रिपथॉप ने पूछा, 'क्या देख रहे हो?'

रॉबिन ने मुस्कराते हुए कहा, 'यूकेलिप्टस के पेड़ों को देख रहा हूँ दादी। पापा इन दोनों पेड़ों की बहुत चर्चा करते रहे हैं।'

मिसेज़ थ्रिपथॉप के स्वर में वही अनुराग है, 'बहुत धमाचौकड़ी किया करता था वह यहाँ दिन भर।'

तभी परदा सरकाकर जूडी ट्रे में चाय और कुछ खाने के सामान लेकर आईं। मिसेज़ थ्रिपथॉप ने आश्वस्ति के स्वर में कहा, 'रख दो बेटी। रॉबिन से परिचय हुआ? रॉबिन है—अपने डेनिस का बेटा...।' फिर रॉबिन से उन्होंने कहा, 'यह बुआ होगी तुम्हारी—जूडी...।' रॉबिन ने तत्क्षण उठकर हाथ जोड़ लिये, 'पापा से आपकी बहुत तारीफ सुनता रहा हूँ।... जूडी नाम की तो एक बहुत फ़ेमस एक्ट्रेस भी हैं अंग्रेज़ी फ़िल्मों की—जूडी गारलैंड...। मम्मी वहाँ जब कभी फ़िल्मों में जूडी गारलैंड को देखती हैं, तो खुश होकर पापा से कहना नहीं भूलती हैं—देखो, डेनिस, तुम्हारी बहन—जूडी...!'

जूडी एक पल के लिए ठमक गईं और हल्के-से मुस्करा पड़ीं। रॉबिन ने ग़ौर किया, जूडी के सुन्दर छोटे-से चेहरे में अवसाद का एक स्थायी भाव है।

'अभी आई,' कहकर वह अन्दर चली गईं।

टी-पॉट से चाय कप में डालते हुए मिसेज़ थ्रिपथॉप ने प्लेट में रखी पेस्ट्री की तरफ़ इशारा करते हुए कहा, 'लो रॉबिन...आप भी लीजिए न मि. मेंडेज़। रॉबिन, यह सब जूडी खुद बनाती है। यह बाजार का बना नहीं है। एक-से-एक जैम...जेली...और जामुन के ड्रिंक्स बनाती है जूडी...।'

रॉबिन ने सराहना के स्वर में छूटते हुए कहा, 'यह तो बहुत अच्छा...।'

चाय ख़त्म करने के बाद मि. मेंडेज़ ने शब्दों को जैसे दाँतों के बीच चबाते हुए कहा, 'मिसेज़ थ्रिपथॉप, अभी तो रॉबिन काफी दिन यहाँ रहेगा, आता रहेगा। अभी इजाजत दीजिए।'

मि. मेंडेज़ और रॉबिन अब गेट के बाहर हैं। बाहर रास्ते के दोनों तरफ़ पुटुस और भटकटैया की झाड़ियाँ दूर तक ढिठाई से पसरी हुई हैं। मि. मेंडेज़ चुप हैं। धीमे क़दमों से आगे बढ़ते हुए दोनों के बीच एक ख़ामोशी चल रही है।

---

1. मूल रूप से ऑस्ट्रेलिया का गंधयुक्त पत्तीवाला एक सदाबहार पेड़। हिन्दी में इसका नाम नीलगिरी है।

सहसा रॉबिन ने देखा, सामने पेड़ों की झुरमुट से तोतों का एक झुंड लहराता हुआ उड़ गया। लाल सुर्ख़ चोंचवाले ये हरे कचोर तोते बरबस कितनी शोभा बिखेर गए हैं।

प्रकृति की यह अगम-अपार रम्यता अद्भुत मनोहारी है। बस, टकटकी लगाकर देखते रहिए। पर यह रम्यता भी किसी-किसी की उदासी को तोड़ नहीं पाती। जूडी का पीला उदास चेहरा रॉबिन के ज़हन में कौंध गया और ख़ामोशी को तोड़ते हुए रॉबिन ने पूछा, 'अंकल! क्या जूडी पहले किसी जॉब में थीं?'

'रॉबिन, शुरू से पूरी हाउस वाइफ़ रही है जूडी। तुमको शायद नहीं मालूम हो कि इसके हस्बैंड की डेथ बहुत कम उम्र में हो गई थी। डाल्टेनगंज में स्कूल टीचर था वह। अचानक...। तभी से जूडी अपने दोनों बेटों—एशले और क्लेटन—के साथ माँ के यहाँ रह रही है। इसका एक भाई भी था...वह भी पहले ही चल बसा। इन हादसों ने तो मिसेज़ थ्रिपथॉप को तोड़कर रख दिया। मिसेज़ थ्रिपथॉप के बाद जूडी का क्या होगा—यह एक अहम सवाल है, जो मिसेज़ थ्रिपथॉप को बुरी तरह खाये जा रहा है।'

मि. मेंडेज़ कुछ पल के लिए चुप रहे, तो रॉबिन ने आहिस्ते-से पूछा, 'फिर?'

'वैसे जूडी के दोनों बेटे अब कुछ बड़े हो गए हैं,' मि. मेंडेज़ जारी हैं, 'और हाँ, इधर कुछ दिन पहले नेवी के एक रिटायर्ड कैप्टेन हैं—कैप्टेन क्लीमेंट मेंडोंसा...। वे गोअन हैं...। गोवा के रहनेवाले...और 1987 में नेवी से रिटायर होने के बाद से स्थायी रूप से मैकलुस्कीगंज में रह रहे हैं...।'

रॉबिन ने पेड़ों पर नज़र दौड़ाते हुए कहा, 'कैप्टेन मेंडोंसा से जूडी का क्या...?'

'वही तो बता रहा हूँ। कैप्टन ने जूडी के सामने शादी का प्रस्ताव रखा है...। दरअसल, इस पकी उम्र में उन्हें भी एक जीवनसाथी की जरूरत है। कैप्टेन की वाइफ़ को गुजरे कई साल हो गए। पहली वाइफ़ से उनको एक लड़का है और वह भी नेवी में ही कैप्टेन है। गोवा में अपने बीवी-बच्चों के साथ रहता है कैप्टेन मेंडोंसा का बेटा...। कैप्टेन मेंडोंसा के मैकलुस्कीगंज में बसने की भी अद्भुत कहानी है रॉबिन! बात सन् 1968 की है, जब किसी से मैकलुस्कीगंज के बारे में सुन कैप्टेन यहाँ घूमने आए थे। उसी दौरान इस गाँव की मिसेज़ डगन अपना घर बेचकर ऑस्ट्रेलिया जाना चाहती थीं। बस, कैप्टन ने मिसेज़ डगन का घर अपने रिटायरमेंट के बहुत पहले यहाँ खरीद लिया। फिर छुट्टियाँ मनाने बीच-बीच में यहाँ आने लगे। तभी से मिसेज़ थ्रिपथॉप के परिवार में इनका आना-जाना रहा है। इधर जब से कैप्टेन स्थायी रूप से यहाँ रहने लगे हैं, थ्रिपथॉप परिवार की हर आड़े वक्त में उन्होंने मदद की है। एक साल पहले मिसेज़ थ्रिपथॉप जब गम्भीर रूप से बीमार हो गई थीं, तो राँची ले जाकर उनके इलाज का सारा खर्चा कैप्टेन मेंडोंसा ने ही उठाया।'

मि. मेंडेज़ गहरी साँस लेकर चुप हुए और फिर शायद उन्हें लगा कि बात उन्होंने अधूरी ही छोड़ दी, तो जेब से रूमाल निकाल बड़े यत्न से पेशानी पर चमक रहे पसीने को पोंछते हुए उन्होंने कहा, 'इन्हीं सब कारणों से मिसेज़ थ्रिपथॉप ने जूडी से कहा कि वह कैप्टेन को जीवनसाथी बना ले। कैप्टेन के कानों में जब यह बात गई, तो उन्होंने जूडी के पास विवाह का बाकायदे प्रस्ताव रख दिया। पर पता नहीं, जूडी को क्या हो गया है, वह इस मुद्दे पर होंठ कसे बैठी है। वह अब तक मन नहीं बना पाई है। शायद

सोचती हो कि बड़े हो चुके उसके दोनों बेटे उसके इस निर्णय को लेकर क्या कहेंगे? कैप्टेन मेंडोंसा को पिता के रूप में स्वीकार करेंगे भी या नहीं? पता नहीं रॉबिन, इधर की क्या ताजा स्थिति है...! जूडी इस शादी के लिए किसी नतीजे पर पहुँची भी है या नहीं...! ऊपर से, कैप्टेन मेंडोंसा भले सख्त हैं लेकिन वे हैं बड़े भले आदमी...जूडी को इस रिश्ते से सुख मिलता...। और जूडी कितनी गुणी है...देखा न तुमने...खुद से कितना बढ़िया पेस्ट्री-केक सब बनाती है! उसके हाथ का जामुन से तैयार किया गया ड्रिंक्स...! कभी चखना...।'

मि. मेंडेज़ ने घड़ी देखते हुए कहा, 'अरे, बातों-बातों में पता नहीं चला, कैसे ढाई बज गए। अब शाम में चाहो, तो मि. डिकोस्टा से भी मिल लेना। फिलहाल तुम 'क्वींस कॉटिज' जाओ। मि. मिलर परेशान हो रहे होंगे। शाम को मैं ही तुम्हारी तरफ आ जाऊँगा।'

रॉबिन ने सहमति के भाव में हल्के-से सिर हिलाया।

जैक बाहर ही दिख गया, 'क्या रॉबिन बाबू, बहुत देरी लग गई? आपका खाना कब से ठंडा हो रहा है!'

रॉबिन बिना कोई जवाब दिये, हल्की-सी मुस्कान फेंक सीढ़ियाँ चढ़ गया। जैक ने पीछे से बढ़कर उसके कमरे का ताला खोल दिया, 'आप बैठिए। बस, मैं अभी खाना लाया।' कहते हुए जैक रसोईघर की तरफ़ झटकते हुए चला गया।

खाना खाने के बाद यों ही बिस्तर पर रॉबिन अधलेटा हो गया। जैक ने थाली मेज़ से उठाते हुए कहा, 'तबीयत हो तो दो-चार झपकी मार लीजिए। दिन में खाने के बाद दस मिनट भी सो जाइए, तो सेहत के लिए वैसे भी ठीक रहता है। मन भी तरोताजा हो जाता है—एकदम गार्डेन-गार्डेन!' रॉबिन ने कहा, 'जैक, दिन में तो सोने की मुझे आदत नहीं। हांगकांग में दिन में सोने की बात कोई कल्पना में भी नहीं सोच सकता।'

जैक जाते-जाते दरवाज़े पर पलटकर विदूषक की तरह हँसा, 'यह हांगकांग नहीं न है, रॉबिन बाबू! यहाँ सब कुछ बहुत आराम से चलता है।'

जैक के चले जाने के बाद रॉबिन कुछ मिनट तक अधलेटा ही रहा और फिर उठकर बैठ गया। मेज़ पर अपने लिखने-पढ़ने के सामान रखकर जरा ठीक कर ले। जैक से कहेगा वह, रात से खाना किसी स्टूल पर दिया करे। लिखने-पढ़ने की मेज़ के साथ कोई छेड़छाड़ नहीं।—सोचा रॉबिन ने। उसे याद आई, मम्मी ने एक टेबल क्लॉथ भी सूटकेस में रख दिया था। देते हुए बोली थीं, 'जिस मेज पर लिखोगे, उस पर बिछा लेना। लिखने की मेज ठीक से सजी रहे, तभी लिखने में मन लगता है।'

उसने सूटकेस से वह टेबल-क्लॉथ निकालकर बिछा दिया है। हल्के गुलाबी रंग के इस टेबल-क्लॉथ पर एक कोने में छोटे-छोटे नीले-बैंगनी फूल बने हुए हैं। अपना राइटिंग पैड, पेन स्टैंड, काग़ज़ रखने की ट्रे—सब उसने मेज़ पर निकालकर सजा दिया। फिर कुर्सी खींचकर वह मेज़ के पास बैठ गया, यह अच्छा हो गया। उसने एक नज़र नये सिरे से मेज़ पर डाली। खिड़की से सटकर लगे होने के कारण उस गुलाबी टेबल-क्लॉथ पर डूबते दिन की धूप आकर थकी-थकी-सी अब अलसाकर पसरी हुई है, कुछ इस भाव में कि अच्छा, झुक-मुख होने को है। तुम लोग बैठो, मैं चलूँगी अब थोड़ी देर में।

धूप की नरम रोशनी में टेबल-क्लॉथ के वे नीले-बैंगनी फूल खिल-खिल गए हैं। तभी किसी की आहट हुई। रॉबिन ने कुर्सी पर बैठे-बैठे पीछे मुड़कर देखा, जैक है।

'पाँच बजने को हैं, चाय चलेगी न?' जैक ने अपनी ख़ास फ़रमाबदार अदा में पूछा।

रॉबिन ने तनिक चकित होते हुए कहा, 'ताज्जुब है जैक, तुम घड़ी पहनते नहीं, यहाँ कोई दीवारघड़ी भी नहीं, फिर तुम्हें कैसे समय का ठीक पता चल जाता है? अभी पाँच बजने ही वाला है।'

जैक ने अनुभवी भंगिमा के साथ हँसकर कहा, 'धूप की रोशनी से पता चल जाता है रॉबिन बाबू! पाँच बजे गर्मी के दिनों में धूप 'क्वींस कॉटेज' के बरामदे पर आधी रह जाती है।'

जैक की बात पर रॉबिन को ज़ोरों की हँसी छूट गई, 'जैक, जिस दिन आसमान में बदल छा जाएँ और दिन भर धूप न निकले, उस दिन तो तुम खूब धोखा खाते होगे?'

जैक मुस्कराया, बोला, 'नहीं रॉबिन बाबू, ऐसे समय में भी समय जानने का अपना नुस्खा है। जो नेचर को ठीक से जान-समझ ले, उसे समय जानने में धोखा नहीं होगा। सूरज और चाँद से भी बढ़कर कोई घड़ी होती है भला? आपकी इस छोटी-सी गोल घड़ी से ज्यादा बड़ी है ईश्वर की वह गोल घड़ी...।'

थोड़ी देर बाद ही जैक चाय लेकर कमरे में आया और प्याला उसके हाथों में देते हुए बोला, 'साहब आपको पूछ रहे हैं।'

रॉबिन ने प्याला थामे ही उठते हुए कहा, 'कहाँ हैं अंकल?'

जैक ने आँखों को आगे उझकाते हुए कहा, 'बरामदे पर बैठे हैं...बाहर...।'

रॉबिन बरामदे पर आ गया। मि. मिलर कपड़े वाली आरामकुर्सी में बैठे हैं। चाय पीते-पीते मि. मिलर ने पूछा, 'तब कहाँ-कहाँ घूमना हुआ?'

पास की कुर्सी पर बैठते हुए रॉबिन ने कहा, 'आज मेंडेज़ अंकल के साथ, अपना पुश्तैनी घर देखने गया था। मिस बॉनर और मिसेज़ थ्रिपथॉप के यहाँ भी गया था। अभी शाम के बारे में मेंडेज़ अंकल ने कहा है कि वे यहीं आ जाएँगे, तब फिर और सबके यहाँ जाकर मिल लेंगे।'

मि. मिलर कुछ क्षण तक ख़ामोश रहने के बाद गहरी साँस लेकर बोले, 'कैसा लग रहा है, यहाँ आकर तुम्हें?' फिर तनिक रुककर कुछ सोचते हुए कहा, 'रॉबिन! इस गाँव के एंग्लो-इंडियंस में कई अद्‌भुत बातें हैं। तुम उपन्यास लिखनेवाले हो, इसलिए इन बातों पर शुरू से गौर करना। यहाँ की बातों के विषय का कोई ओर-छोर नहीं होता। गाँव-गँवई की बातों से लेकर ताजा-तरीन अन्तरराष्ट्रीय मुद्दों तक। जैसे, इंग्लैंड की हर छोटी-बड़ी घटना के बारे में यहाँ के एंग्लो-इंडियंस का चौकन्नापन दिलचस्प है। वहाँ के शाही घराने के एक-एक सदस्य के बारे में जानने से लेकर यहाँ के लोगों में इस बात को भी जानने की उतनी ही बेचैनी होती है कि कैमिला पार्कर बाउल्स के साथ प्रिंस चार्ल्स के अन्तरंग रिश्तों का ताजा उतार-चढाव क्या है और दोनों शादी कब करने जा रहे हैं? एक ब्रिगेडियर की पत्नी रही कैमिला पार्कर क्वीन के दरबार में रजत सम्मान की अधिकारी भी है। डायना से शादी के बहुत पहले से प्रिंस चार्ल्स अपने से उम्र में बड़ी इस औरत पर किस बुरी तरह फिदा थे...यह चर्चा सिर्फ यहाँ किसी से छेड़ दो और सुनो, चटखारेदार किस्से...।

पर सिर्फ यही नहीं, ब्रिटेन की 'कंज़र्वेटिव पार्टी' से लेकर 'लेबर पार्टी' की गतिविधियों पर गर्मागर्म बहस भी यहाँ की बातचीत का जरूरी हिस्सा है...। यहाँ कुछेक किराने की दुकानें हैं। तुम तो अभी हो ही, इसलिए पाओगे कि हैम के पैक्ड डिब्बे से लेकर एक-से-एक उम्दा सिगरेट-सिगार यहाँ के दुकानदार रखते ही हैं। इंग्लैंड में किराने की दुकानों में जैसे सामान रखे जाते होंगे...कुछ उसी तर्ज की कल्पना पर...। यहाँ रहकर जल्दी ही तुम यहाँ के जीवन से पूरी तरह परिचित हो जाओगे। रॉबिन, आज भी जैसाकि सुनता हूँ, लन्दन में एंग्लो-इंडियंस को अंग्रेज़ों के बराबर मान्यता का सवाल ही नहीं उठता। पर यह गाँव सारी दुनिया के सामने एंग्लो-इंडियंस के अस्तित्व की एकमात्र पहचान के रूप में गर्व से धड़क रहा है। हालाँकि, अफसोस, एंग्लो-इंडियन कम्यूनटि खुद इस दर्प को बचाकर रखने के लिए उत्सुक नहीं है। इस गाँव के अस्तित्व को बचाए रखने के लिए यह कम्यूनटि कभी बेचैन ही नहीं हुई।' मि. मिलर का स्वर उदास और मन्द है।

रॉबिन उन्हें सुन रहा है—चुपचाप।

शाम अब उतर रही है आहिस्ता-आहिस्ता। जैक इस बीच आकर लालटेन के शीशे को उठा उसकी बत्ती लेस गया है। रॉबिन ने लालटेन लेसते जैक को देखा। मैकलुस्कीगंज भी तो एंग्लो-इंडियन समुदाय का लालटेन ही है। कुछ क्षण के लिए लालटेन पर उसकी नज़र अटकी रही। 'गंज' की पूरी फ़िलॉसफ़ी का प्रतीक है—लालटेन।

मि. मिलर ने कहना जारी रखा, 'बहुत पहले की बात है बेटे, इस आदिवासी बहुल अंचल में एक अंग्रेज़ अफसर हुआ करता था—मेजर एडवर्ड रशेज़। बड़ा कलामी अफसर था वह। नेपोलियन के युग का उदय हो रहा था, उन्हीं दिनों। सन् 1799 से लेकर जनवरी, 1822 तक छोटानागपुर में उसके सख्त शासन से पत्ता-पत्ता काँपता था। जनवरी, 1822 को मेजर एडवर्ड रशेज़ इस दुनिया से चल बसा था। रॉबिन, अपने जीवनकाल में उसने छोटानागपुर के राजा और जमींदारों से लेकर रैयतों तक के विद्रोह को दबाया था। इस लिहाज से देखें तो वह बेहद क्रूर था। पर ब्रिटिश हुकूमत ने उसे यहाँ यही करने को भेजा था। वैसे, रशेज़ ने संभलपुर से लेकर हजारीबाग के इलाके तक आदिवासियों की नागपुरी भाषा को समृद्ध करने में अहम भूमिका निभाई थी। आदिवासियों के इलाके में अर्से तक रहकर उसने आदिवासी जनजीवन और संस्कृति के बारे में काफी गहरी जानकारी हासिल की थी। जहाँ चार्ल्स मेटकॉफ़ तत्कालीन राजधानी कलकत्ता में पूरे रुतबे से राज कर रहा था, वहीं एडवर्ड रशेज़, उसका मित्र, उन्हीं दिनों उस समय के विशाल छोटानागपुर क्षेत्र का बिलकुल एक्का राजा बना हुआ था।'

रॉबिन को समझ में नहीं आया कि मि. मिलर अचानक कहाँ से मेजर एडवर्ड रशेज़ की कहानी लेकर बैठ गए हैं, सो उसने कौतूहल से आँखें झपकाते हुए पूछा, 'अंकल, क्या एडवर्ड रशेज़ का कोई ताल्लुक मैकलुस्कीगंज से भी था?'

मि. मिलर ने उसी मन्द स्वर में कहा, 'हाँ, बेशक था बेटे! उसी पर आ रहा हूँ मैं।' मि. मिलर ने कथा के टूटे क्रम को आगे बढ़ाते हुए कहना शुरू किया, 'एडवर्ड रशेज़ बेशक सख्त प्रशासक था लेकिन वह इस बात का विरोधी था कि बाहर के ऐसे सरकारी अमले-फैले, जो जंगल में रहनेवाले संवेदनशील आदिवासी समाज के जीवन, रहन-सहन और संस्कृति से सर्वथा अपरिचित हैं, यहाँ आकर अन्धों की तरह आदिवासियों पर शासन

करें। रॉबिन, जैसाकि सुनता रहा हूँ, इस कलामी, पर आजीवन अविवाहित रहे अंग्रेज़ अधिकारी का अन्तरंग लगाव, कुछ ऊँचे घरानों की भारतीय महिलाओं से हुआ था और उस सम्पर्क से उसे बच्चे भी हुए। रॉबिन, ऐसे-ऐसे ही तो एंग्लो-इंडियन समुदाय का जन्म हुआ।'

रॉबिन ने आहिस्ते-से पूछा, 'मेजर एडवर्ड रशेज़ के जीवन का डिटेल कहाँ मिलेगा, अंकल?'

मि. मिलर एक क्षण कुछ सोचते हुए चुप रहे और बोले, 'शायद पुराने गज़ेटियरों में। रशेज़ की मौत तो संभलपुर में हो गई थी। उसके सभी निजी सामान और कागजातों को पहले कलकत्ता और बाद में इंग्लैंड भेज दिया गया था।' मि. मिलर कहकर चुप हो गए।

रॉबिन ने फिर उत्सुकता दिखाने का प्रयत्न करते हुए पूछा, 'अंकल! मेजर एडवर्ड रशेज़ के बारे में तो आपने बताया, पर मि. मैकलुस्की के दोस्त डॉ. हेनरी गिडनी का क्या किस्सा है..? मैंने मि. मैकलुस्की के सिलसिले में पापा से कई बार हेनरी गिडनी का भी नाम सुना...।'

मि. मिलर हँसे, 'एक ही दिन में सब जान जाओगे? खैर, तुमने ठीक पूछ लिया बेटे। बहुत उजली समझ है तुम्हारी। हम जैसे लोग इतिहास की दीवार पर लटके पुराने कैलेंडर हैं। हमारे पास आगे की नहीं, सिर्फ पिछली तारीखें हैं। वैसे, गुजरे जमाने के लोगों...सन् और तारीखों के मामले में मि. मेंडेज़ के सामने मैं तो कुछ भी नहीं। बड़े-बड़े हिस्टोरियंस... इतिहासकारों के छक्के छुड़ानेवाली मेमोरी है उनकी। ही इज़ द 'मेमोरी-मैन' ऑव 'गंज'। वैसे भी, गाँव का हर दूसरा आदमी एक छोट-मोटा इतिहासकार होता है।' मि. मिलर ने पहलू बदलते हुए कहा, 'डॉ. हेनरी गिडनी के बारे में तुम्हें जानना चाहिए। हेनरी गिडनी का मजबूत हाथ अगर मि. मैकलुस्की की पीठ पर न होता, तो मि. मैकलुस्की अपनी कम्यूनटि के लिए यह सब कुछ न सोच पाते और न कर पाते।' मि. मिलर ने गहरी साँस ली और फिर शुरू हो गए, 'बेटे, सन् 1919 में जब मोंटेग्यू-चेम्सफ़ोर्ड की रिपोर्ट आई और ब्रिटिश सरकार परिस्थितिवश शासन में ढील देने को तैयार हो गई, तो इंडियंस को भी सरकारी सेवाओं में अवसर मिलने की सम्भावना बन गई थी। एंग्लो-इंडियन समुदाय तब इस आतंक से भर उठा था कि अब तो नौकरी के लिए उन्हें इंडियंस से जूझना पड़ेगा।'

रॉबिन ने हामी भरते हुए सिर हिलाया। मि. मिलर की कथा जारी थी :

'दरअसल बेटे, अंग्रेज़ों ने एंग्लो-इंडियंस की स्थिति पेंडुलम की तरह कुछ ऐसी दयनीय बना दी थी कि उन्हें सबसे भय लगता था। वे अंग्रेज़ों से डरते थे और इंडियंस से चिढ़ते थे।'

कहीं-न-कहीं बहुत गहरे यह बात क्या आज भी एंग्लो-इंडियंस के भीतर नहीं दबी है, रॉबिन ने सोचा। पर उसने कुछ कहा नहीं। उसे लगा कि कहने से दूसरी ही बहस छिड़ जाएगी।

मि. मिलर अपनी रफ़्तार में थे :

'बेटे! मैं कह रहा था कि सन् 1919 के उन दिनों में एंग्लो-इंडियन कम्यूनटि को लगा कि उन लोगों को भी एक कारगर लीडरशिप चाहिए, जो उनके हक के लिए लड़ सके...आवाज उठा सके...। एंग्लो-इंडियंस का जो एक एसोसिएशन था 'एंग्लो-इंडियन अंपायर लीग', उसके प्रेज़िडेंट-इन-चीफ़ थे मि. अबॉट। वे अर्से से इस पद पर जमे हुए

थे और एंग्लो-इंडियन कम्यूनटि को लग रहा था कि मि. अबॉट से कोई बात नहीं बन पा रही है...। बस, सन् 1919 में अचानक परिस्थितियाँ बदलीं और मि. अबॉट की जगह डॉ. हेनरी अल्बर्ट जॉन गिडनी 'एंग्लो-इंडियन अंपायर लीग' के नये प्रेज़िडेंट-इन-चीफ़ बन गए। फिर वे जीवन भर यानी लगभग 22 वर्षों तक एंग्लो-इंडियन कम्यूनटि को नेतृत्व देते रहे। हेनरी गिडनी ने लगातार कोशिश कर अपनी कम्यूनटि को आगे लाने में काफी कुछ कामयाबी हासिल की थी...।'

'गिडनी-फैमिली कहाँ की थी अंकल?'

'बेटे, मि. गिडनी के दादा विलियम गिडनी इंग्लिशमैन थे और सन् 1857 में 'लखनऊ सीज़' में उन्हें अपनी जान गँवानी पड़ी थी। मि. गिडनी के फ़ादर जॉन गिडनी शुरू में 'रॉयल नेवी' की नौकरी में थे और फिर वे ग्रेट पेनीनसुलर रेलवे की नौकरी में चले गए थे। वे बम्बई से लगभग 85 किलोमीटर पूरब इगतपुरी में रहते थे। मि. गिडनी के फ़ादर ने पहली शादी यूरेसियन और स्पेनी डिसेंट की एक महिला मार्गरेट डेविड से की थी और इस शादी से उन्हें दो बेटे हुए थे। सन् 1873 में जन्मे हेनरी गिडनी छोटे थे। बड़े होकर हेनरी गिडनी ने मेडिकल की पढ़ाई की और आँख के एक नामी सर्जन हुए। हालाँकि, बेटे! गिडनी को यह बात सालती रही थी कि उन्हें मेडिकल की अपनी सरकारी सेवा में यूरेसियन होने के कारण अंग्रेज़ों से लगातार उपेक्षा मिली। इन्हीं सब कारणों से क्षुब्ध हो डॉ. गिडनी ने अपनी सरकारी नौकरी से बाद में इस्तीफा दे दिया था और बम्बई में ही प्राइवेट प्रैक्टिस करने लगे। सन् 1918 में वे 'एंग्लो-इंडियन अम्पायर लीग' से जुड़े और फिर उसके अगले ही साल वे मि. अबॉट की जगह इसके प्रेज़िडेंट-इन-चीफ़ बन गए।'

'वाकई, ग्रेट...!'

'हाँ, रॉबिन! बाद के दिनों में डॉ. हेनरी गिडनी बम्बई छोड़ स्थायी रूप से कलकत्ता रहने चले आए थे। कलकत्ता आने पर उन्होंने पुराने 'एंग्लो-इंडियन अंपायर लीग' को भंग कर दिया और एंग्लो-इंडियंस के बंगाल एसोसिएशन को 'ऑल इंडिया एंग्लो-इंडियन एसोसिएशन' की शक्ल दे दी। पर कलकत्ता में डॉ. हेनरी गिडनी के नेतृत्व को एंग्लो-इंडियन समुदाय के ही एक जाने-माने शिक्षाविद् हर्बर्ट स्टार्क ने चुनौती दी। हेनरी गिडनी के खिलाफ स्टार्क की मुहिम में 'इंडियन टेलिग्राफ़ एसोसिएशन' के जेनरल सेक्रेटरी, जो एंग्लो-इंडियन ही थे—मि. हैरी बार्टन, उन्होंने भी साथ दिया...। इन दोनों ने हेनरी गिडनी का 'एंग्लो-इंडियन एसोसिएशन' में लगातार विरोध किया।'

'ऐसी जेलसी क्यों?' कुर्सी पर पहलू बदलते हुए रॉबिन ने खिन्न चित्त से कहा।

'बता रहा हूँ बेटे!' एक क्षण के लिए मि. मिलर मौन रहे और फिर मन्द स्वर में कहना शुरू किया, 'वैसे हर्बर्ट स्टार्क ने ही हेनरी गिडनी को कलकत्ता में जमने में मदद की थी। पर जब हेनरी गिडनी अपनी गतिविधियों से जल्दी ही कलकत्ता के एंग्लो-इंडियंस के बीच छा गए, तो यह बात मि. स्टार्क को नागवार गुजरने लगी। मि. स्टार्क पहले एंग्लो-इंडियन थे, जो यूरोपियन स्कूलों के इंस्पेक्टर लेवल तक पहुँचे थे और कलकत्ता के शिक्षा जगत में अपना खासा दबदबा भी बना रखा था। उन्हें बाद में लगने लगा था कि बम्बई से बहुत बाद में आकर कलकत्ता में बसनेवाला गिडनी उनसे ज्यादा लोकप्रिय और प्रसिद्ध कैसे हो गया है। मि. स्टार्क ने तो 'द एंग्लो-इंडियन सिटिज़न'—नामक

अपने समुदाय के पेपर में कई बार गिडनी के खिलाफ अपमानजनक बातें भी छपवाईं। एक बार जब डॉ. गिडनी ने उन पर मानहानि का मामला चलाने की चेतावनी दी, तब से मि. स्टार्क ठंडे पड़ गए। रॉबिन, स्टार्क के दोस्त हैरी बार्टन का भी यही हाल हुआ। दरअसल, वे 'इंडियन टेलिग्राफ़ एसोसिएशन' के जेनरल सेक्रेटरी थे और रेलवे यूनियन के बाद अपनी एंग्लो-इंडियन कम्यूनटि के काफी लोग उन्हीं के एसोसिएशन में थे। मि. बार्टन अपने एसोसिएशन के एंग्लो-इंडियंस को हेनरी गिडनी के खिलाफ रह-रहकर भड़काते रहते थे। यू नो...अ काइंड ऑव मेंटल वार फ़ेयर...एक घिनौना मानसिक युद्ध...! इन लोगों की हरकत का करारा जवाब मि. गिडनी ने तब दिया जब बंगाल विधान परिषद में एंग्लो-इंडियन कम्यूनटि के नोमिनेशन का मामला उठा। मि. स्टार्क की शह पर बार्टन महाशय परिषद के लिए उम्मीदवार बन गए। पर मि. गिडनी ने कहा कि बंगाल विधान परिषद में एंग्लो-इंडियन समुदाय के दो प्रतिनिधियों का नाम नोमिनेशन के वास्ते दिये जाने के पहले अपने एसोसिएशन में ही दो नामों पर वोट करा लिया जाए। यही चुने दो नाम विधान परिषद में नोमिशन के लिए भेजे जाएँ। रॉबिन बेटे, इस चुनाव में मि. स्टार्क ने जहाँ मि. हैरी बार्टन और मि. इ.एस. पुशोंग को खड़ा कराया, वहीं मि. गिडनी ने कलकत्ता के एक नामी वकील एल.टी. मैग्वायर और कलकत्ता के ही एक जाने-माने कारोबारी तथा रिअल स्टेट एजेंट मि. ई.टी. मैकलुस्की को अपने उम्मीदवार के रूप में खड़ा किया। मि. मैग्वायर और मि. मैकलुस्की ने मि. बार्टन और पुशोंग को भारी मतों से हरा दिया। इस तरह बेटे, यह डॉ. हेनरी गिडनी थे, जिन्होंने मि. मैकलुस्की को सार्वजनिक जीवन में...पब्लिक लाइफ़ में...ला खड़ा किया था और अपनी कम्यूनटि की तरक्की के लिए उनकी रुचि जगाई थी।'

फिर तनिक थमकर मि. मिलर ने कहा, 'बेटे, मि. गिडनी के गुजरने के बाद इस कम्यूनटि का नेतृत्व मि. फ्रैंक ऐन्थनी ने सँभाला। लम्बे समय तक वे 'ऑल इंडिया एंग्लो-इंडियन एसोसिएशन' के प्रेज़िडेंट रहे। बड़े जीवट के इनसान थे। मौका लगे तो उनकी लिखी एक किताब 'ब्रिटेंस बिट्रेयल इन इंडिया : द स्टोरी ऑव द एंग्लो-इंडियन कम्यूनटि' जरूर पढ़ना। अंग्रेज़ों ने इस कम्यूनटि के संग जो दगाबाजी की, उसकी पूरी कहानी...।'

किसी पौराणिक कथा-वाचक की तरह अन्त में मि. मिलर ने कहा, 'अब ऐसे लोग कहाँ...? एंग्लो-इंडियन कम्यूनटि के मौजूदा जो गिने-चुने नेता लोग हैं, वे इन सबके पासंग भी नहीं हैं...।'

रॉबिन ने ग़ौर किया, इतिहास का किंचित् ऐश्वर्य मि. मिलर के चेहरे पर सहसा दमक कर बुझ गया है। वे जर्जर सूने चर्च के एक बूढ़े उदास पादरी की तरह लग रहे हैं। लालटेन की रोशनी में उनका चेहरा स्याह लग रहा है।

एम.एल.ए. ब्राउन साहब

साँझ गहरा रही है। मि. मेंडेज़ अभी तक नहीं आए हैं। रॉबिन की नज़र घड़ी पर गई है। व्यग्रता में अब तक दो-तीन बार उसकी नज़र घड़ी पर जा चुकी है। उसके जी में एक बार

आया, वही चल दे मि. मेंडेज़ की तरफ़। आ रहे होंगे, तो रास्ते में मिल जाएँगे। लेकिन पता नहीं, क्या सोचकर वह बैठा रह गया है।

साँझ के गहराते जामुनी रंग में हारिल के एक झुंड ने सामने के कदम्ब वृक्ष की सबसे ऊपरी टहनी से एक साथ कुछ इस तरह उड़ान भरी है, जैसे किसी सरनाम गवैये ने भरी साँझ में छोटी-छोटी मुरकियों, सुन्दर फंदों, कण और खटकों से सजे सुर की उड़ान भरी हो...! कुछ समय पहले जब तक धूप का आख़िरी सुनहरा कतरा कदम्ब वृक्ष की फुनगी पर टिका था, तो हारिल की जमात कदम्ब वृक्ष की फुनगी पर कुछ इस तरह बैठी थी कि दूर से लगता था, जैसे उन फुनगियों पर हारिल का झुंड बैठा नहीं, फला हुआ हो! अग़ल-बग़ल के वृक्षों पर हालाँकि अभी भी दूसरी-दूसरी चिड़ियों की जमघट है। ज़्यादातर एक वृक्ष पर एक ही रंग की चिड़िया हैं, तो दूसरे वृक्ष पर दूसरे रंग की...। थोड़ी देर पहले, विदा होती धूप में फुनगियों पर दमकती चिड़िया और तमाम वृक्ष ऐसे लग रहे थे, जैसे गन्धर्व और किन्नर राग-छवि की साज़-सज्जा में मगन हों। सहसा गुलमोहर के एक वृक्ष से नन्ही लाल चिड़ियों का एक और झुंड उड़ा है और धीरे-धीरे गहराते जामुनी रंग के क्षितिज में विलीन हो गया है।

रॉबिन ने देर से चुप बैठे मि. मिलर की आँखों में झाँकते हुए कहा, 'अंकल! अपना गाँव चिड़ियों का बड़ा घोंसला है।'

मि. मिलर ने कहा, 'इसमें क्या शक! अभी थोड़ी देर पहले हारिल का एक झुंड उड़ा था। घने पेड़ों पर ही यह चिड़िया ज्यादातर बैठती है और पके फलों को पाने के लिए टहनियों पर उल्टा झूलती रहती है। इनके पंखों का हरापन कुछ ऐसा कि पेड़ों में लटके पत्तों की तरह लगती हैं ये। और अभी गुलमोहर के पेड़ से छोटी-छोटी लाल चिड़ियों का जो झुंड उड़ा, वह ललमुनिया थी...। प्यारी चिड़िया...। उसकी चोंच और पीठ सुर्ख लाल और पूँछ गोल होती है...। अभी तो मई का महीना है, इसलिए कुछ कम है...। जून से अक्टूबर यानी वर्षा के दिनों में रॉबिन, इन ललमुनियों की अठखेलियाँ देखते बनती हैं...। ये धीमे-धीमे गाती भी क्या खूब हैं!'

रॉबिन ने मुस्कराकर कहा, 'तब तो मेड फॉर 'गंज' हैं ये।'

मि. मिलर कदम्ब वृक्ष की तरफ़ नज़र दौड़ाते हुए बोले, 'देख रहे हो न कि सामने कदम्ब पर से लगभग सारी चिड़िया जा चुकी हैं। लेकिन आधे-एक घंटे रुक जाओ। सैकड़ों चिड़िया, जो रात को इस कदम्ब और अगल-बगल के पेड़ों पर रहती हैं, आएँगी। तब सुनना उनका कोलाहल। ट्रेन की जेनरल बॉगी में सीट पाने के लिए जैसा शोर-शराबा और गहमागहमी होती है, कुछ वैसा ही।'

कुछ देर बाद कदम्ब समेत आसपास के वृक्षों पर कुछ वैसा ही नज़ारा देख रॉबिन को सुबह की याद आई है। हज़ारों छोटी-छोटी घंटियाँ जैसे एकसाथ फिर से हिलोर दी गई हैं। चिड़ियों के कोलाहल में पेड़ों की शाख़ों पर जगह पाने की बेचैनी साफ़ गूँज रही है। सुबह से अभी थोड़ी देर पहले तक एकान्त में मुदित-मगन झुरमुट से कूक रही कोयल शाम के कोलाहल से खीज रही है। यह खीज कोलाहल के बीच उसकी कूक में रह-रहकर गूँजती है। पर चन्द मिनट में कोलाहल थम गया है। 'क्वींस कॉटेज' के इर्द-गिर्द के तमाम पेड़ों पर शान्ति छा गई है। पेड़ और चिड़िया अब नींद के सफ़र में हैं। गहरायी साँझ के

साथ अब एक-दो तारे भी आकाश में झाँकने लगे हैं। ठीक उसी तरह जैसे शर्मीले बच्चे परदों के पीछे से बार-बार मुँह दिखाकर छिप जाते हैं, 'ज्ञात!'

रॉबिन ने सोचा, इस वक़्त पापा-मम्मी वहाँ हांगकांग में परेशान हो रहे होंगे। पापा का प्रेस से रह-रहकर घर पर मम्मी को फ़ोन आ रहा होगा, 'रॉबिन का फ़ोन आया?' रॉबिन को लगा, पता नहीं क्यों, इस वक़्त उसे घर की याद कुछ ज़्यादा ही आ रही है। जिस कमरे में वह सोता रहा था, उसे लगा, मम्मी भरी-भरी आँखों से अभी उस कमरे में खड़ी हैं। हॉस्टल में वह कभी नहीं रहा था, इसलिए इतनी उम्र होने के बावजूद उसे घर की याद कहीं ज़्यादा कचोटती है। पर हांगकांग में घर के लिए ऐसी अनुभूति कभी इतनी गहराई से क्यों नहीं हुई थी? प्रेस में बैठकर काम करते हुए साँझ आकर बीत जाती, कहाँ पता चलता था! मम्मी बिहँसकर कभी-कभी कहती थीं, 'पता चलेगा...रॉबिन बेटे कि शाम और रात कैसे आती है...जरा अपनी बीवी को घर में आ जाने दो। मम्मी को चाहे जितना परेशान कर लो, पर बीवी के पास नहीं चलेगा यह सब...कि पता ही नहीं चला, शाम कब बीत गई?' लेकिन 'गंज' की इस शाम में घर की याद अनायास बहुत आ रही है। हालाँकि, सुबह से लेकर दिन भर में उसे एक बार भी हांगकांग के घर का ख़याल नहीं आया।

शाम के साथ घर की याद ज़्यादा आती है, उसे यहाँ आकर महसूस हो रहा है। ऐसा क्यों होता है भला? शाम में ही क्यों? साँझ और घर का क्या सम्बन्ध है? गहरे आकाश में सफ़ेद पक्षियों का आख़िरी झुंड उड़ा जा रहा है। वह अपलक पक्षियों के उस दल का उड़ना बरामदे पर खड़ा होकर निहारता रहा। पक्षियों के पंखों में कितनी विचित्र आतुरता है! जल्दी घर पहुँचने की, अपने गाँव पहुँचने की...! वह भी तो अपने गाँव पहुँच गया है। वह भला इस साँझ में क्यों आतुर या उदास हो? पापा-मम्मी से कल सुबह साढ़े नौ बजे की बस से राँची जाकर फ़ोन पर वह बात कर लेगा। फिलहाल तो 'गंज' की यह शाम उसे अपने में समेट रही है।

गेट पर हल्की-सी आहट हुई है। धीरे-धीरे डग भरते हुए मि. मेंडेज़ अन्दर दाख़िल हो रहे हैं। रॉबिन ने सीढ़ियाँ उतरकर आगे बढ़ते हुए कहा, 'अंकल, यू आर टू लेट...कब से इन्तजार कर रहा हूँ...!'

मि. मेंडेज़ ने झेंपते हुए कहा, 'दरअसल, हम लोग 'आराम पार्टी' हैं रॉबिन! खाने के बाद थोड़ी आँख लग गई। अभी कुछ देर पहले जब आँख खुली, तो देखा, शाम काफी चढ़ गई है। सोचा कि तुम इन्तजार कर रहे होगे। बस, सीधा चला आ रहा हूँ। तुम्हारी आंटी ने कहा भी कि चाय तो पीते जाइए लेकिन मैंने कहा—नहीं, पहले ही देर हो गई है मुझसे। रॉबिन वहाँ कब से मेरी राह देख रहा होगा।' कहते हुए मि. मेंडेज़ बरामदे पर आ गए हैं।

मि. मिलर ने कहा, 'मि. मेंडेज़, बैठिए, मैं आपको अच्छी चाय पिलवाता हूँ—जैक के हाथ की स्पेशल चाय...। वैसे भी काफी देर हो चुकी है। मिलने-जुलने का प्रोग्राम कल-परसों...। अब तो लगातार चलता ही रहेगा यह सब।' फिर रॉबिन की तरफ़ सहमति पाने की मुद्रा में मि. मिलर ने कहा, 'है न रॉबिन? धीरे-धीरे सबसे तो मिल ही लोगे।'

रॉबिन ने कहा, 'हाँ, अंकल! कोई जल्दबाजी नहीं। वैसे अभी आप अच्छी चाय पिलवाने की बात कह रहे थे।'

मि. मिलर हँस पड़े, 'हाँ, प्योर दार्जिलिंग टी।' उन्होंने जैक को आवाज़ लगाई, 'जैक! सुनना तो ज़रा...।'

जैक आ गया। बग़ैर कुछ बोले अपनी प्रश्नवाचक आँखों से मि. मिलर की तरफ़ एक विनम्र सेवक की तरह उसने देखा।

मि. मिलर ने कहा, 'जैक, जरा दिल लगाकर कुछ चाय-पाय तो करो। दार्जलिंग लीफ़...।'

जैक ने अपनी ख़ास फ़रमाबरदारी मुद्रा में सिर हिलाया और चला गया।

मि. मेंडेज़ ने बातचीत की बागडोर अपने हाथों में लेते हुए कहा, 'तब मि. मिलर और कोई नई खबर? लेटेस्ट न्यूज़?'

मि. मिलर ने स्थायी मन्द स्वर में कहा, 'मि. ब्राउन की चिट्ठी आई है। गाँव में पानी की समस्या को खत्म कराने के लिए मि. ब्राउन ने एश्योरेंस दिया है। 'गंज' में कुछ किलोमीटर रोड भी वे बनवा देंगे। पहले भी अपने असेम्बली फंड से उन्होंने यहाँ थोड़ी दूर तक सड़क बनवाई थी।'

मि. मेंडेज़ ने मुँह बनाते हुए कहा, 'लगता है, मि. ब्राउन को हजारीबाग से कुछ फुरसत मिली है।'

मि. मिलर ने कुर्सी पर पहलू बदलते हुए कहा, 'यही बीमारी है हम लोगों में मि. मेंडेज़! हम कभी सटिस्फ़ायड नहीं हो पाते। हजारीबाग में भी तो कुछ एंग्लो-इंडियन परिवार रहते हैं। उनके लिए भी तो मि. ब्राउन की जिम्मेदारी बनती है कि सिर्फ एक यही...मैकलुस्कीगंज ही है उनके लिए...? फिर हजारीबाग में वे खुद रहते भी तो हैं...वहाँ घर है उनका...।'

मि. मिलर की नाक की टुनगी जैसे कुछ और नुकीली हो गई है, 'कुछ ही दिन पहले कोई बता रहा था कि पटना के 'डॉनबास्को स्कूल' वाले मि. ब्राउन से जाकर मिले थे कि स्कूल के सामने की सड़क बेहद खराब है...। अपनी ही कम्यूनटि के मि. रोज़ारियो द्वारा चलाये जा रहे इस स्कूल में जबकि पटना के एक-से-एक अफसर और बड़े लोगों के बच्चे पढ़ते हैं...। 'सबसे सड़क ठीक करवाने के लिए रिक्वेस्ट किया पर कुछ नहीं हो सका आज तक...। कहाँ जाते...आपके पास आए हैं,' डॉनबास्को स्कूल के लोगों की यह बात सुनकर मि. ब्राउन ने अपने फ़ंड से वहाँ के लिए सड़क की मंजूरी तुरन्त करवा दी। अब एक आदमी से कहाँ तक उम्मीद करेंगे आप? मि. ब्राउन की भी एक सीमा है न! बिहार सरकार की जो हालत है..., उसमें मि. ब्राउन जो करा लेते हैं, वह कम नहीं।'

मि. मिलर के प्रवचन का असर मि. मेंडेज़ पर शायद धर्मवाक्य की तरह पड़ा, सो गहरी साँस लेकर वे बोले, 'ठीक कह रहे हैं। इस माहौल में वे जो काम करा देते हैं, वही बहुत है।'

जैक चाय मेज़ पर रख गया है।

मि. मिलर ने कहा, 'लीजिए मि. मेंडेज़...लो रॉबिन...।'

रॉबिन ने चाय की प्याली उठाते हुए कहा, 'अंकल, कौन हैं मि. ब्राउन?'

मि. मेंडेज़ ने चाय की पहली घूँट का स्वाद लेकर कहा, 'रॉबिन, मि. ब्राउन एकलौते एम.एल.ए. हैं बिहार के हम एंग्लो-इंडियनों के। कभी आनेवाले किसी महीने में सम्भव हो, तो हजारीबाग या पटना जाकर मिल लेना उनसे भी...। वैसे, छठे-छमासे ब्राउन साहब

'गंज' आते रहते हैं। बिहार क्या, पूरे देश में एंग्लो-इंडियन कम्यूनटि की स्थिति के बारे में तुम्हें इनसे काफी जानकारी मिलेगी...।'

रॉबिन ने थोड़ी हैरानी से पूछा, 'क्या बिहार में एंग्लो-इंडियंस का कोई सुरक्षित चुनाव क्षेत्र भी है?'

मि. मिलर ने मन्द मुस्कान के संग हस्तक्षेप करते हुए कहा, 'अरे नहीं, ऐसा नहीं है। बिहार असेम्बली में एंग्लो-इंडियन मि. हेक्टर एंगस ब्राउन ही एक ऐसे विधायक हैं, जिनका कोई चुनाव क्षेत्र नहीं है। जो बिना चुनाव लड़े एम.एल.ए. बनते हैं।'

मि. मेंडेज़ ने बिहँसते हुए कहा, 'पटना में, बिहार असेम्बली में उनको देख बड़ा तमाशा लगता रहता है, रॉबिन। कुछेक बार जब सेशन के दौरान मैं पटना गया, तो मैंने भी देखा। अपनी बुर्राक गोराई और लम्बी-चौड़ी कद-काठी के कारण लगभग बहत्तर-तिहत्तर वर्षीय मि. हेक्टर एंगस ब्राउन खालिस अंग्रेज़ लगते हैं। उन्हें देखकर जो लोग उनके बारे में ठीक से नहीं जानते, वे हैरानी में पड़ जाते हैं। बिहार के ठेठ देहाती इलाकों से अपने काम के चक्कर में आम लोग अपने क्षेत्र के विधायकों के पीछे-पीछे भटकते हुए बिहार की राजधानी पटना में कायम बिहार असेम्बली की लॉबी में सेशन के दौरान पहुँचते हैं और अचानक जब देहात के वे लोग ब्राउन साहब को विधानसभा की बैठक में शरीक होने के लिए जाते हुए देखते हैं, तो एकदम से ठक् रह जाते हैं। सहसा उन लोगों को अपनी आँखों पर यकीन नहीं होता। दूर-दराज के गाँवों से वहाँ आए वे निपट देहाती लोग उधेड़बुन में उलझ जाते हैं कि आखिर अंग्रेज़-सा दीखनेवाला यह आदमी बिहार के किस चुनाव क्षेत्र से जीत कर आता है? उन लोगों को लगता है, जैसे किसी आश्चर्यलोक से यह अंग्रेज़ों सरीखे हुलियेवाला बूढ़ा एम.एल.ए. सीधा यहाँ चला आ रहा है। उन लोगों का कोई अनुमान अन्त तक काम नहीं करता है। यहाँ तक कि बहुत से दूसरे एम.एल.ए. भी, जो नये-नये जीत कर आए होते हैं, मि. ब्राउन को असेम्बली में देखकर शुरू में चौंक पड़ते हैं। मि. ब्राउन दरअसल कई टर्म से एम.एल.ए. हैं।'

मि. मिलर ने कहा, 'रॉबिन, मि. ब्राउन ज्यादातर अंग्रेज़ी में ही बात कर पाते हैं। हिन्दी उनकी बहुत अच्छी नहीं। इसलिए बिहार के मैक्सिमम एम.एल.ए. अपनी कमजोर अंग्रेज़ी के कारण मि. ब्राउन से बातचीत करने का सिरदर्द मोल लेना नहीं चाहते हैं।'

मि. मिलर की यह बात सुनकर रॉबिन को हँसी आ गई, 'अच्छा...ऐसा...!'

मि. मेंडेज़ ने गम्भीर स्वर में कहा, 'मि. ब्राउन सन् 1969 से बिहार में लगातार एम.एल.ए. होते आ रहे हैं। इस लिहाज से रॉबिन, उनका यह चौथा-पाँचवाँ टर्म है। पर इन बीते वर्षों में उनकी शैली में कोई चेंज नहीं आया है। खामोशी से वे असेम्बली जाते हैं। कुछ देर चुपचाप अपनी सीट पर बैठते हैं और चले आते हैं।'

'पर अंकल, ये बिहार असेम्बली में भला चुनकर...?' रॉबिन ने जैसे वाक्य पूरा नहीं करना चाहा, वैसे ही।

मि. मेंडेज़ ने मुसककर मि. मिलर की तरफ़ देखा, 'कुछ समझ रहे हैं...? अंग्रेज़ी डिक्शनरी में एक वर्ड है 'नैकर'—के...एन...ए...सी...के...इ...आर...। इसका माने होता है—बूढ़े घोड़ों को मार डालने...किल करने के लिए खरीदनेवाला आदमी...। लगता है, रॉबिन सवाल पूछ-पूछकर हम दोनों बूढ़ों को मार डालेगा...।'

मि. मिलर ने तब बिहँसकर शब्दों को जैसे दाँत से कूचते हुए कहा, 'अब हम जैसे इन लद्दू घोड़ों का क्या? रेस से खारिज हम बूढ़े घोड़े किस यूज़ के हैं? हम लोग तो अब धरती पर ऊपरवाले का आटा ही गीला कर रहे हैं न...!'

बात बहकती देख रॉबिन ने हँसते हुए कहा, 'अंकल, ओल्ड इज़ गोल्ड...।'

बस, मि. मेंडेज़ धीरे-धीरे विस्तारपूर्वक शुरू हो गए, 'बिहार असेम्बली में 324 एम.एल.ए. खुले चुनाव में जबरदस्त जोर-आजमाइश का इस्तेमाल कर आ पाते हैं। इसलिए, बहुत लोगों को आज तक यही भ्रम है कि बिहार असेम्बली में सिर्फ 324 सीट ही हैं। पर रॉबिन, एक सीट और है, जिस पर बगैर चुनाव लड़े एंग्लो-इंडियन कम्यूनटि का एक प्रतिनिधि नामजद किया जाता है यानी 325वीं सीट। इसके लिए 'एंग्लो-इंडियन एसोसिएशन' नाम प्रपोज़ करता है। बिहार असेम्बली में यही तीन सौ पच्चीसवें एम.एल.ए. हैं अपने हेक्टर एंगस ब्राउन। दरअसल, आजादी के बाद 'ऑल इंडिया एंग्लो-इंडियन एसोसिएशन' के प्रेज़िडेंट मि. फ्रैंक एंथोनी की पहल पर देश के पहले प्रधानमंत्री पंडित नेहरू ने भारत में रह रही एंग्लो-इंडियन कम्यूनटि के अधिकारों की सुरक्षा के लिए संविधान के आर्टिकिल-79 के तहत इस कम्यूनटि के दो लोगों को देश की लोकसभा में और एक-एक प्रतिनिधि को हरेक प्रान्त की असेम्बली में नामजद करने का प्रविज़न कराया था, जो आज तक चल रहा है। रॉबिन, इसी प्रविज़न के तहत मि. ब्राउन लगातार बिहार असेम्बली के सदस्य के रूप में नामजद किये जाते रहे हैं। आजादी के बाद से अब तक बिहार असेम्बली में मि. ब्राउन तीसरे एंग्लो-इंडियन एम.एल.ए. हैं।'

देर से सुन रहे मि. मिलर ने कहा, 'बिहार में सबसे पहले एंग्लो-इंडियन एम.एल.ए. के रूप में नॉमिनेट किये गए थे मि. माइकेल मॉरिस, जो कभी ब्रिटिश शासन में सीनियर पुलिस अफसर हुआ करते थे। क्यों, है न मि. मेंडेज़?'

मि. मिलर ने तनिक आँखें सिकोड़ते हुए मि. मेंडेज़ से अपनी बात की पुष्टि चाही, तो मि. मेंडेज़ ने सिर हिलाते हुए कहा, 'बिलकुल। आपने ठीक कहा, मि. मॉरिस ही बिहार असेम्बली के पहले एंग्लो-इंडियन एम.एल.ए. नामजद हुए थे। और आपको मालूम? नामजद होने के पहले वे हजारीबाग म्यूनिसिपैलिटी के चेयरमैन थे। उनका बड़ा बेटा एरिक भी तो हजारीबाग का एस.पी. था। मि. मॉरिस की एकलौती बेटी मिस मेरी मॉरिस अभी भी हजारीबाग में रहती हैं। मेरी ने हेयर ड्रेसिंग की ट्रेनिंग लन्दन में ली थी और बहुत दिनों तक जयपुर महारानी की हेयर ड्रेसर रही थीं। पर देश-दुनिया घूमने के बाद वह हजारीबाग चली आईं। अस्सी साल पार कर चुकीं मेरी मॉरिस के बारे में आज हजारीबाग में कौन जानता है कि किस ग्रेट हस्ती की बेटी हैं यह। खैर, यही दुनिया है...पर मि. मिलर, एक गुजारिश करना चाहूँगा आपसे, अगर आप परमिशन दें तो?'

मि. मिलर ने तनिक चौंकते हुए कहा, 'परमिशन की क्या जरूरत है? आप कहिए।'

मि. मेंडेज़ ने मुस्कराकर कहा, 'आपकी ऑर्थोडॉक्स दार्जलिंग-टी वाकई बहुत अच्छी थी। अगर एक बार वही फ़ाइनल-टी हो जाए, तो मजा आ जाए।'

मि. मिलर अपनी स्थायी मन्द मुद्रा के हिसाब से ठठाकर हँस पड़े, 'ओह, मि. मेंडेज़, मैं तो डर ही गया था कि ऐसी कौन-सी बात कहने की इजाजत माँग रहे हैं आप!' फिर मि. मिलर ने जैक को आवाज़ लगाई।

जैक आया तो मि. मिलर ने कहा, 'जैक, मि. मेंडेज़ तुम्हारी चाय के फ़ैन हैं। एक बार और हो जाए तो...।'

जैक हल्के से मुसककर रसोईघर में चला गया, 'हाँ, क्यों नहीं। अभी तुरन्त।'

जैक गया तो रॉबिन ने मि. मेंडेज़ को कुरेदते हुए कहा, 'हाँ, तो अंकल...।'

मि. मेंडेज़ भभाकर हँस पड़े, बोले, 'मान गया कि खुरच-खुरचकर बातों को निकालने में तुम्हारा जवाब नहीं। मि. मिलर ने ठीक ही कहा, बिहार में सबसे पहले एंग्लो-इंडियन एम.एल.ए. मि. माइकेल मॉरिस हुए थे। पर मि. मॉरिस जब गुजर गए, तो मिसेज़ ओसिया नामक एक महिला, जो कभी बिहार के वन विभाग में अधिकारी रह चुकी थीं, को एंग्लो-इंडियन कोटे से बिहार में एम.एल.ए. बनाया गया। एक दिन जब मिसेज़ ओसिया भी दुनिया से कूच कर गईं, तो नये सिरे से एंग्लो-इंडियन नस्ल के एक प्रॉपर आदमी की तलाश शुरू हुई। उसी समय ब्राउन महाशय को ढूँढ़ निकाला गया और बिहार असेम्बली में एम.एल.ए. के पद पर नोमिनेट कर दिया गया।'

मि. मिलर ने चश्मा उतारकर उसे रुमाल से पोंछते हुए कहा, 'रॉबिन, ब्रिटिश राज में मि. ब्राउन सेट्लमेंट अफसर हुआ करते थे। उनकी नौकरी का ज्यादातर समय बिहार के मुजफ्फरपुर, बक्सर और हजारीबाग में बीता था। नौकरी से रिटायरमेंट के कुछ पहले मि. ब्राउन बिहार के सहरसा जिले में एक्टिंग डी.एम....जिलाधिकारी भी बनाए गए थे।'

मि. मेंडेज़ ने तभी हल्की हुंकार के साथ कहा, 'कुछ समय के लिए तो वे पूरे तौर पर डी.एम. भी हुए ही थे। और हाँ, एक बात और बता दूँ कि मि. ब्राउन के फ़ादर मि. के.सी. ब्राउन कई वर्षों तक पटना हाइकोर्ट के रजिस्ट्रार थे।'

जैक ने चाय की ट्रे कुर्सियों के बीच पड़ी पुरानी-सी मेज़ पर लाकर फिर रख दी। मि. मेंडेज़ ने आभार भरे स्वर में कहा, 'थैंक्यू जैक! कुछ ज्यादा परेशान कर दिया न तुम्हें।'

जैक ने रसोई घर की तरफ़ जाते हुए किंचित् हँसी के संग कहा, 'हरगिज नहीं...। क्या कहूँ, यह सब कितना अच्छा लग रहा है। आप सबके साथ रॉबिन बाबू भी हैं। ऐसे दिन 'क्वींस कॉटेज' में बराबर बने रहें।'

चाय का प्याला तीनों ने बारी-बारी से उठा लिया। रॉबिन ने चाय की पहली घूँट भरकर सरल भाव से पूछा, 'मि. ब्राउन के बेटे-बेटियाँ क्या करते हैं?'

मि. मेंडेज़ तनिक मायूस स्वर में बोले, 'परिवार कहाँ? मि. ब्राउन तो अनमैरेड हैं। हजारीबाग के अपने पुश्तैनी मकान में वे निपट अकेला जीवन गुजारते हैं। पटना में उन्हें बतौर एम.एल.ए. प्रेज़िडेंट चैम्बर में एक छोटा-सा फ़्लैट मिला हुआ है, जिसमें वे सेशन के दौरान आकर टिकते हैं। बड़े मस्तमौला आदमी हैं वे। हालाँकि, लोगों से वह कम ही मिलते-जुलते हैं। या तो किताब पढ़ते रहेंगे या म्यूज़िक सुनते रहेंगे, बस, यही उनका जीवन है। रॉबिन, एक बार की रोचक घटना तुम्हें बताता हूँ। किसी काम से मैं पटना गया हुआ था। मि. ब्राउन के फ़्लैट पर गया, तो पाया कि बाहर दरवाजे पर बड़ा-सा ताला लटक रहा है। मैंने सोचा कि निकले होंगे कहीं। एक घंटे बाद फिर गया। पर ताला ज्यों-का-त्यों लटक रहा था। ठीक बगल के फ़्लैटवाले से मैं पूछने ही जा रहा था कि कहीं मि. ब्राउन हजारीबाग तो नहीं चले गए, तभी मि. ब्राउन का पुराना नौकर पॉल मुझे आता दिख गया। पूछने पर उसने जो कुछ भी बताया, सुनकर तो हँसते-हँसते मेरा बुरा हाल हो गया था।

दरअसल रॉबिन, उनके नौकर पॉल ने बताया कि वह जब सब्जी वगैरह खरीदने बाजार जाता है तो अन्दर फ़्लैट में ब्राउन साहब के होने पर भी बाहर गेट पर ताला मार जाता है, क्योंकि यही उनका आदेश है। मैंने बताया न तुम्हें कि वह लोगों से ज्यादा मिलना-जुलना पसन्द नहीं करते।'

रॉबिन को हँसी आ गई, 'मि. ब्राउन तो अद्‌भुत इनसान हैं।'

मि. मिलर ने आँखें चौड़ी करते हुए कहा, 'अद्‌भुत? रॉबिन, ऐसे इनसान विरले ही मिलेंगे। दुनियादारी से कोसों दूर। एक तो परिवार में बेचारे का कोई रहा नहीं। वैसे भी पूरे हजारीबाग में अब सिर्फ चार एंग्लो-इंडियन परिवार रह गए हैं। परिवार के नाम पर कह लो तो मि. ब्राउन की एक बहन थी और इस बहन की भी बस, एक लड़की थी। उसका नाम था—प्रिया। मि. ब्राउन की बहन तो बहुत पहले ही गुजर गई थीं। इस संसार में अपना कहने को बस बहन की वह बेटी प्रिया रह गई थी। बेहद प्यार करते थे प्रिया को वे। प्रिया ने एक फ़िल्म एक्टर इंदर ठाकुर से शादी की थी। एक बच्चा भी हुआ था उसे इंदर से। पर 'कनिष्क' हवाई दुर्घटना में वे सभी दुनिया से चल बसे। इंदर, प्रिया और उसका बच्चा तीनों 'एयर क्रैश' में खत्म हो गए। मि. ब्राउन उस दिन से बुरी तरह टूट गए। प्रिया की मौत ने उन्हें बुढ़ापे में तोड़कर रख दिया।'

मि. मिलर का स्वर कहते-कहते डूब-सा गया। एक हल्की-सी उदासी पल भर के लिए तिर गई। रॉबिन ने उसाँस लेकर कहा, 'ओह, दुनिया में कोई पूरी तरह सुखी नहीं। एक न एक दुःख सबके जीवन में नत्थी है।'

मि. मेंडेज़ ने चाय ख़त्म कर प्याली मेज़ पर रखते हुए कहा, 'हाँ, ऐसा है रॉबिन! पर आदमी हरदम दुःखों में नहीं रह सकता। रहेगा, तो जी नहीं पाएगा। जीने के लिए इनसान कोई-न-कोई प्यारी शगल या बहाना तलाश ही लेता है। जैसे मि. ब्राउन की ही बात कर रहे हैं न हम लोग। सही है कि प्रिया की मौत का गहरा सदमा उन्हें लगा, पर कुछ ही दिनों बाद उन्होंने अपने को इससे उबारा और म्यूज़िक सुनने...किताबों को पढ़ने के अलावा बागबानी के शौक में जुट गए। ब्राउन महाशय को म्यूज़िक से तो बेहद लगाव है ही, अमरीकी उपन्यासों को भी पढ़ने का नशा है। यही नहीं, हजारीबाग में अपनी एक एकड़ जमीन में फल उपजाने के शौक में भी वे जुनून की हद तक जुटे रहते हैं।'

मि. मिलर ने इसमें और कुछ विवरण जोड़ते हुए कहा, 'वे घुमक्कड़ भी जबरदस्त हैं। पहिया बँधा है उनके पाँवों में। इस उम्र में भी वह कहते हैं कि जिस दिन मैं घूमना बन्द कर दूँगा, समझिएगा, मेरी मौत करीब आ गई। खास कर, ट्रेन और बसों में आम आदमी की तरह घूमना उन्हें बहुत पसन्द है। एक बार उन्होंने मुझे इस बारे में बड़ा दिलचस्प तर्क दिया था। उन्होंने कहा था कि ट्रेन और बसों में यात्रियों के बीच अक्सर राजनीति और नेताओं को लेकर रोचक बहस-मुबाहिसे होते रहते हैं। यात्री लोग चीफ़ मिनिस्टर, उनके मिनिस्टर्स तथा एम.एल.ए. लोगों की कड़ी आलोचना किया करते हैं। अंग्रेज़ी और टूटी-फूटी हिन्दी बोलकर मि. ब्राउन भी जब इसमें अपनी राय देते हैं, तो सबका ध्यान उनकी ओर चला ही जाता है। रॉबिन, मि. ब्राउन समझते हैं कि उनका हुलिया देखकर कोई कल्पना नहीं कर सकता है कि यह आदमी बिहार असेम्बली का मेम्बर हो सकता है। इसलिए मि. ब्राउन कहते हैं कि उनकी यात्राएँ बेहद दिलचस्प होती हैं।'

मि. मेंडेज़ स्वर में कौतुक घोलते हुए बोले, 'सिर्फ यही नहीं है रॉबिन! मि. ब्राउन बिहार के अकेले ऐसे एम.एल.ए. हैं, जिन्होंने एम.एल.ए. लोगों को मिलनेवाली फ़ोन की सुविधा के बावजूद कभी फ़ोन नहीं लगवाया है। उनका कहना है कि टेलिफ़ोन विज्ञान का सबसे बेकार इनवेंशन है। यह बेवजह परेशानी पैदा करनेवाला डिब्बा है। रॉबिन, एम.एल.ए. बनने के पहले तो मि. ब्राउन काफी समय तक सरकारी नौकरी में भी रहे थे न, पर उस दौरान भी उन्होंने कभी अपने यहाँ फ़ोन नहीं लगवाया था।'

एक पल के लिए रॉबिन के चेहरे पर हैरत फैल गई। तभी मि. मिलर ने पूछा, 'जब आज जिक्र छिड़ ही गया है, तो एक बात जरा क्लिअर करें मि. मेंडेज़ कि नॉमिनेटेड एम.एल.ए. होने पर क्या दूसरे सभी एम.एल.ए. जैसे सारे अधिकार उन्हें प्राप्त हैं, या कुछ फर्क भी है?'

मि. मेंडेज़ ने कहा, 'मि. मिलर! दो मौकों पर ही दूसरे एम.एल.ए. और उनके अधिकारों में फर्क होता है। एक तो वे भारतीय राष्ट्रपति के चुनाव में वोट नहीं दे सकते हैं और दूसरा यह कि राज्यसभा के चुनाव में उन्हें वोट करने का अधिकार नहीं, वरना एक एम.एल.ए. के सारे अधिकार तो एंग्लो-इंडियन एम.एल.ए. को हासिल हैं ही। हर साल हर एम.एल.ए. को पाँच किलोमीटर सड़क अपने कोटे से बनवाने तथा अपने क्षेत्र में विकास कार्यों को कराने के लिए कुछ राशि एलॉट होती है, उसी तरह मि. ब्राउन को भी यह अधिकार प्राप्त है। इसलिए तो 'गंज' में भी उन्होंने एक बार अपने कोटे से थोड़ी दूर तक सड़क बनवा दी थी। अभी आप ही बता रहे थे न कि यहाँ पीने के पानी की समस्या को भी अपने स्तर से सुलझाने का उन्होंने आश्वासन दिया है।'

सारी बात सुनकर रॉबिन ने आश्वस्ति के स्वर में कहा, 'तब तो ठीक है। असेम्बली में सिर्फ कुछ मौकों पर वोटिंग राइट उन्हें नहीं है, बाकी सारे अधिकार तो उन्हें मिले ही हुए हैं। पर क्या किसी राजनीतिक दल से भी एंग्लो-इंडियन एम.एल.ए.-एम.पी. को जुड़े रहना होता है?'

मि. मेंडेज़ ने कहा, 'नहीं, राजनीतिक दलों से ताल्लुक रखने का कोई सवाल ही नहीं है। मि. ब्राउन का भी किसी पार्टी से सम्बन्ध नहीं है। बस, इस देश की एक सबसे अल्पसंख्यक आबादी के वे बिहारी प्रतिनिधि हैं।'

मि. मिलर ने हल्की हँसी के संग कहा, 'रॉबिन, बिहार जैसे जातिप्रधान स्टेट की राजनीति में इसलिए मि. ब्राउन सबसे खुशनसीब हैं। कम-से-कम उन्हें हर पाँच साल पर हाथ जोड़कर जिस-तिस के पास वोट माँगने के लिए भटकना नहीं पड़ता है।'

रॉबिन ने बिहँसकर मुट्ठी बन्द करते हुए कहा, 'हाँ, अंकल, वैसे भी जिस कम्यूनटि के वे प्रतिनिधि हैं, उसकी आबादी आधी की आधी मुट्ठी से भी बहुत कम है।'

मि. मेंडेज़ ने उसाँसें भरकर कहा, 'सही! बिहार में एंग्लो-इंडियन समुदाय तो आधी की आधी मुट्ठी से भी कम है। इस गाँव में ही अब कितने एंग्लो-इंडियन परिवार रह गए हैं! हजारीबाग में जहाँ मि. ब्राउन रहते हैं, वहाँ भी बस अब चार परिवार हैं। जहाँ कहीं भी ये एंग्लो-इंडियन लोग दर्जनों की संख्या में रहते थे, वहाँ अब इनकी संख्या उँगलियों पर रह गई है। हाँ, एक बात बताना मैं भूल गया। बिहार में एंग्लो-इंडियन कम्यूनटि का एक संगठन है—'वेलफ़ेयर एंड सोशल एसोसिएशन फ़ॉर एंग्लो-इंडियंस'। इसकी

सात शाखाएँ हैं—एक तो यहीं अपने मैकलुस्कीगंज में, फिर चक्रधरपुर, जमशेदपुर, मुसाबनी, गोमो, पटना और खगौल में। इस एसोसिएशन के भी चेयरमैन मि. ब्राउन ही हैं। एंग्लो-इंडियन कम्यूनटि की समस्याओं को यह संगठन भरसक सुलझाने का प्रयास करता है।'

रॉबिन ने तनिक उत्साहित होते हुए कहा, 'यह तो बहुत अच्छा है। एंग्लो-इंडियंस की समस्याओं को सुलझाने के लिए यहाँ कम-से-कम एक संगठन कुछ काम तो कर रहा है।'

मि. मिलर मौन थे। उन्हें ख़ामोश देख रॉबिन ने छेड़ा, 'क्यों अंकल, आप अचानक चुप हो गए?'

मि. मिलर ने आहिस्ते-से आरामकुर्सी पर पहलू बदलते हुए कहा, 'मैं तो कुएँ का मेढक हूँ...क्या बोलूँ? एंग्लो-इंडियन कम्यूनटि ने तो मुश्किलों का कभी सामना करना सीखा ही नहीं। मुश्किल देखी और भागते रहे। इतना भागे कि यह आधी मुट्ठी से भी कम भर की कम्यूनटि बुरी तरह छिन्न-भिन्न होती चली गई। आनेवाले दशकों में तो यह कम्यूनटि कहीं ढूँढ़े से भी नहीं मिलेगी। ठीक है, हमारा जन्म ही विडम्बनाओं से हुआ, पर रॉबिन, हम जूझ सकते थे इस विडम्बना से और अपनी तकदीर बना सकते थे। लेकिन हम हरदम रोते-बिसूरते रह गए और खत्म होते चले गए।' मि. मिलर का स्वर गहराती हुई रात के साथ 'क्वींस कॉटेज' के बरामदे पर लटकी लालटेन की अत्यन्त क्षीण रोशनी में डूब रहा है। वे अपने-आपमें कहीं खो गए हैं। उनकी आँखें सिकुड़ी हुई हैं।

रॉबिन ने देखा, लालटेन के शीशे का अधिकांश हिस्सा धुएँ से काला पड़ गया है। पर इसके बावजूद लगभग काले हो चुके शीशे से बामशक़्क़त अत्यन्त नगण्य रोशनी झिर रही है। सुर्ख रक्तिम कालिमा। इर्द-गिर्द गहराते अँधेरे से अन्तिम-अन्तिम तक एक युद्ध। रॉबिन ने धीमे स्वर में कहा, 'हाँ, अंकल, विडम्बनाओं को बहुत लोग दुःख मानकर चलते हैं और अन्ततः अपने को समाप्त कर लेते हैं। विडम्बनाओं को अगर इनसान जीवन की चुनौती मानकर चले, तो उसे कभी क्षोभ नहीं होगा।'

मि. मिलर ने गहरी साँस लेते हुए कहा, 'ठीक कहा रॉबिन, तुमने। हम एंग्लो-इंडियन लोग अपनी विडम्बना को चुनौती नहीं, दुःख मानकर चलते रहे हैं और इसलिए आज इस दशा में पहुँच गए हैं। शक, हूणों और मुग़लों की तरह अपनी कम्यूनटि इस देश में ठीक से 'मिक्स' नहीं हो पाई। हालाँकि, मि. मैकलुस्की और मि. हेनरी गिडनी सरीखी हस्तियों ने इसके लिए कोशिश कम नहीं की। मैकलुस्कीगंज गाँव क्या था? कोऑपरेटिव की तरह कायम एक कॉलोनी कह लो। पर मैकलुस्कीगंज क्यों तहस-नहस होता चला गया? एंग्लो-इंडियंस जन्मजात खर्चीले स्वभाव के होते हैं। पैसे का कोई जरिया रहा नहीं। जीवन के कड़वे सच से हरदम अनजान बने रहे। जानने की कोशिश भी नहीं की। अन्त में हताशा...सिर्फ हताशा, रॉबिन...। शिक्षा का भी भारी अभाव होता चला गया इस कम्यूनटि में। नई पीढ़ी में तो शिक्षा के लिए जैसे रुचि ही लगभग समाप्त हो गई। संस्कृति की बात क्या करें! हमारे संगीत...नृत्य—सब खत्म होते गए। और अब? अब कहने के लिए बचा ही क्या रह गया है...?'

मि. मेंडेज़ चुप हैं। बीच में सिर्फ़ एक गहरी साँस लेकर रह गए हैं। 'क्वींस कॉटेज' के बाहर ऐन सामने का विशाल कदम्ब वृक्ष अँधेरे और सन्नाटे के बीच घुलता हुआ गुमसुम खड़ा है। अग़ल-बग़ल के सखुआ वृक्षों के पत्ते कभी-कभी हल्की हवा में डोल रहे हैं।

काला बादल, काला गुलाब

गहराती रात के साथ एक धूसर-सी काली उदासी 'क्वींस कॉटेज' के बरामदे पर आहिस्ते-से सहटकर बैठ गई है। थोड़ी सिहकती हवा में सखुआ वृक्षों के पत्ते कभी-कभी झरझरा रहे हैं। चाँद एक मायापूर्ण आशा के संग हल्की रोशनी बिखेर रहा है। जैक ने कहा था—मई महीने में आकाश धूल से भरा रहता है। बीच में कभी-कभार बारिश की एकाध झड़ी से आकाश कुछ साफ़ हो जाता है और चाँदनी कुछ देर के लिए खिल उठती है।

रॉबिन ने देखा, चाँदनी मद्धिम है। उसने सोचा—आकाश धूल से भरा है, शायद इसलिए।

मि. मेंडेज़ ने पूछा, 'क्या सोच रहे हो बेटे?'

रॉबिन ने अत्यन्त धीमे स्वर में कहा, 'कुछ नहीं अंकल।' पर रॉबिन के स्वर में उदासी है।

सहसा मि. मिलर की तरफ़ मुख़ातिब हो उसने कहा, 'अंकल! मैकलुस्कीगंज एक अद्भुत प्रयोग था। यह सफल भी हुआ। आज फिर हम सब अगर संकल्प कर लें, तो बहुत कुछ सम्भव है। क्या ऐसा आपको नहीं लगता?'

मि. मिलर ने तनिक भावुक स्वर में कन्धे सिकोड़कर कहा, 'हाँ, रॉबिन, इनसान में संकल्प लेने की शक्ति हो, तो दुनिया में क्या मुश्किल है? मि. मैकलुस्की ने भी तो अपने संकल्प को ही सच किया था न! पर टूट-बिखर चुकी जिन्दगी को बटोर पाना अब यहाँ बहुत मुश्किल है। मलबे से महल नहीं बनता बेटे। हम झड़ते हुए फूल हैं। हमें हवाओं से भी चोट लगती है। हमारे इर्द-गिर्द क्या है बेटे? बस, उदासी! मैकलुस्कीगंज में जो भी पन्द्रह-बीस एंग्लो-इंडियन परिवार बच गए हैं, उनमें ज्यादातर उम्र की अन्तिम दहलीज पर पहुँचे हुए लोग हैं, जो बस मौत का इन्तजार कर रहे हैं। मि. पॉटर, मिसेज़ किंग, मिस बॉनर, मिसेज़ टॉमलिन—ऐसे चुनिन्दा लोग-बाग जब गुजर जाएँगे एक दिन, तब सिर्फ एक इतिहास...! मि. पॉटर अकेले रहते हैं। मिसेज़ किंग और मिस बॉनर की भी यही हालत है। हर बूढ़ा आदमी अपने-आपमें एक गाँव होता है बेटे! धीरे-धीरे इन बूढ़े लोगों की मौत के साथ यह गाँव भी पूरी तरह खत्म हो जाएगा। मि. मैकलुस्की के सपनों का कब्रिस्तान...। एंग्लो-इंडियंस के दर्दनाक इतिहास की कहानी कहता बेपनाह सन्नाटा भर रह जाएगा यहाँ रॉबिन...! बस, दर्द-भरा सन्नाटा...। आखिरी उदासी। इस दर्द और उदासी को आनेवाले समय में कौन महसूस करेगा...? चलो, अच्छा है। एक कर्सिड् रेस[1] अपनी समाप्ति पर है। ऐसा जीवन भला कब तक कायम रह सकता है?'

1. सन्तप्त नस्ल

मि. मेंडेज़ ने लम्बी चुप्पी के बाद घड़ी पर नज़र डालते हुए कहा, 'अरे, दस बज गए? मैं चलूँगा। रॉबिन, तुम भी जाओ, अब सोने की तैयारी करो। कल सुबह तुम्हें फ़ोन करने राँची जाना है। यहाँ के फ़ोन का हाल तो देखते ही हो। बस, नाम के लिए है यह काला खोखा। ठीक साढ़े नौ बजे मिसेज़ ऐलिस टॉमलिन के घर के पास तुम पहुँच जाना। वहीं राँची जानेवाली बस आकर रुकती है। अच्छा, तो मि. मिलर, मैं चलता हूँ।' मि. मेंडेज़ सीढ़ियाँ उतरने लगे।

उनके पीछे-पीछे टॉर्च जलाए मि. मिलर उन्हें छोड़ने गेट तक गए और रॉबिन भी।

'गुडनाइट अंकल! राँची से लौटने के बाद कल शाम को मिलते हैं।' रॉबिन ने कहा।

'हाँ-हाँ, शाम को तो मिलेंगे ही।' मि. मेंडेज़ धीरे-धीरे अँधेरे में ओझल हो गए हैं।

मि. मिलर ने सीढ़ियाँ चढ़ते हुए रॉबिन की तरफ़ पलटकर कहा, 'खाना खाकर अब सो ही जाओ। सुबह जल्दी उठोगे, तभी बस पकड़ पाओगे। देर तक सोये रह गए, तो कल भी नहीं फ़ोन कर पाओगे और वहाँ डेनिस खासा परेशान हो जाएगा।'

रॉबिन कमरे में चला गया। कमरे में मेज़ पर लैम्प की बेहद हल्की रोशनी तिर रही है। हल्के गुलाबी टेबल क्लॉथ पर बने नीले-बैंगनी फूल भी अभी उनींदे-से लग रहे हैं। रॉबिन ने एक भरपूर नज़र मेज़ पर डाली। मेज़ पर काग़ज़ रखनेवाली नीली ट्रे, राइटिंग पैड, मन्द प्रकाश में बेसुध-से हैं। कैम्पस में लगी रातरानी की झाड़ की महक मन्द हवा में पिछली रात की तरह आहिस्ते-आहिस्ते घुल रही है। तभी दरवाज़े पर आहट हुई। जैक खाना ले आया है।

रॉबिन ने अनुरोध के स्वर में कहा, 'जैक, कोई स्टूल होगा? मेज पर मैंने लिखने-पढ़ने का सामान रख दिया है। अगर कोई स्टूल हो, तो उसी पर खाना रखना ठीक रहेगा...।'

जैक ने थाली उसके हाथ में पकड़ा दी और बोला, 'तब एक सेकेंड इसे पकड़िए, मैं अभी किचेन से स्टूल लाया।' जैक किचेन से स्टूल लेकर तत्काल आ गया।

खाना शुरू करने के पहले उसने जैक से कहा, 'कल मुझे राँची जाना है। शायद सबेरे मेरी नींद नहीं खुल पाए। क्या मुझे सबेरे उठाने की तकलीफ कर सकोगे?'

जैक ने थोड़ी थकी मुस्कराहट के संग कहा, 'हाँ, क्यों नहीं रॉबिन बाबू। मैं तो मुँहअँधेरे उठ जाता हूँ। एकदम पाँच बजे जगा दूँगा। वैसे, राँची की बस तो साढ़े नौ बजे मिलेगी। पर हाँ, सबेरे उठकर आप आराम से चाय-नाश्ता कर निकल सकेंगे।' जैक चला गया।

खाना खाने के बाद वह बिस्तर पर यों ही थोड़ी देर तक उलटता-पलटता रहा। मि. मिलर के कुछ देर पहले कहे शब्द कमरे के सन्नाटे में ख़तरे की पगली घंटी की तरह मानो उसके कानों में बज रहे हैं, '...एक कर्सिड् रेस...एक सन्तप्त नस्ल अपनी समाप्ति पर है...। ऐसा जीवन भला कब तक कायम रह सकता है...?'

रॉबिन को लगा, दुःस्वप्नों का कैसा अँधेरा छाता जा रहा है...? एक स्थायी निश्चल अँधेरा...। वह तो इस गाँव की...यहाँ बसे एंग्लो-इंडियंस की एक अच्छी-सार्थक कथा लिखने आया है, पर इन एक-दो दिनों में उसने जो महसूस किया है—यह तो वह कथा नहीं है। ओह, नहीं-नहीं, कथा लिखने की बात तो बाद में, पहले तो सोचना होगा कि कैसे बचेगा एंग्लो-इंडियंस का यह एकमात्र गाँव...? उसकी धड़कन स्वाभाविक रूप से कुछ तेज़ हो गई थी। मन हुआ कि अभी मि. मिलर के कमरे में जाए और उन्हें झकझोरते हुए

उठाकर कहे, 'लानत है अंकल! आगे से कभी ऐसा नहीं कहिएगा...यह कर्सिड् रेस... यह सन्तप्त नस्ल...।' बिस्तर से उठकर कुछ देर तक वह यों ही कमरे में चहलक़दमी करता रहा।

उसने सोचा, वह पापा से कहेगा—हांगकांग में तबाही आने की आशंका से क्यों परेशान हैं? अपने गाँव आकर रहें...इसे बचाने की जरूरत है...। यह गाँव एक विकल फ़रमान है। पापा क्यों नहीं ठीक से समझ पाए? एक बार वहीं, जब हांगकांग में पापा 1997 की आशंकाओं को लेकर चिन्ता व्यक्त कर रहे थे तो उसने कहा था, 'पापा, अगर आपको किसी तरह की कोई परेशानी अभी से महसूस हो रही है, तो क्यों नहीं यहाँ का सब कुछ बेचकर हम लोग मैकलुस्कीगंज में जाकर बस जाएँ? वहाँ तो कभी कोई ऐसी चिन्ता नहीं होगी न।'

सुनकर मम्मी ने मुँह बनाते हुए कहा था, 'यह सरासर गदह पचीसी है। तू हरदम कल्पनाओं में घूमता रहता है रॉबिन। मैं तो अब सोच नहीं सकती वहाँ जाकर फिर से रहने की।'

और पापा कोई मज़बूत प्रतिवाद नहीं कर सके थे। शायद वे मम्मी के सामने हथियार डाल चुके थे।

उसकी मुट्ठियाँ बिस्तर पर लेटे-लेटे सहसा भिंच गई है—ठीक है, कोई नहीं आए यहाँ...। मम्मी तो मम्मी, लगता है, पापा भी सिर्फ़ कहने के लिए गाँव से प्रेम करते हैं। उन्हें भी इस उम्र में यहाँ फिर से अड्जस्ट करने में भय सताता है। ठीक है, सताता रहे... पर वह...वह तो अपने बारे में कोई निर्णय ले ही सकता है...। वह स्वतंत्र है—अपने बारे में कोई निर्णय लेने में...। वह रहेगा अब यहाँ...हर हमेशा के लिए...।

सोचकर जैसे उसे एक अजीब राहत, एक अद्भुत तृप्ति-सी महसूस हुई। उसे लगा, गाँव की चौहद्दी के भीतर की सम्पूर्ण धरती ज़ोरों से धड़क रही है। महसूस कर रहा है वह, इस वक़्त इसकी तेज़-तेज़ धड़कन को।...सच, मनुष्य मूर्छित हो सकता है...। संज्ञाशून्य हो सकता है...। उसके विचार विक्षिप्त हो सकते हैं...। पर धरती...मातृभूमि कभी मूर्छित... संज्ञाशून्य और विक्षिप्त नहीं हो सकती...। इसका अनुराग...प्यार भरी गुनगुनी-सी मीठी ऊष्मा धड़कती रहेगी—अनन्तकाल तक...। इस अनुराग को...जीवन-ऊष्मा को महसूस करना होगा और तब यह जीवन सन्तप्त और सांत्वनाविहीन नहीं रह जाएगा।

बिस्तर से उठकर वह मेज़ तक आया और कुर्सी धीरे-से पीछे सरकाकर बैठ गया। रातरानी की मन्द हवा में घुलती गन्ध से उसने अपने-आपको घिरा पाया। राइटिंग पैड सामने रख उसने क़लम का ढक्कन धीमे-से खोला। अपने भीतर शब्दों की पदचाप को अभी बड़ी शिद्दत से महसूस कर रहा है वह। अनुभूतियों की आहट...शब्दों की पदचाप। ओह, इस मद्धिम चाँदनी में वसुंधरा की वत्सलता अपने पूरे अनुराग के संग किस तरह धड़क रही है...? हाँ, इस धड़कन को भाँप रहा है वह—धक...धक...धक...। पास ही के किसी वृक्ष से रतजगा करनेवाले पक्षी का स्वर एक निमिष मात्र के लिए कौंध कर रह गया है—ट्विक...ट्विक...ट्विक...।

कौन-सी चिड़िया होगी? क़लम उँगलियों के बीच थामे उसने सोचा। फिर उसने पहली पंक्ति लिखी...। उस पहली पंक्ति को बड़े स्नेह से निहारा उसने...। फिर अगली

कुछ पंक्तियाँ—'अभी इस रात में भी पृथ्वी अहर्निश सूर्य की परिक्रमा में जुटी होगी... और सूर्य आकाशगंगा की परिक्रमा में...फिर भी कहीं-न-कहीं कुछ अविचल है...स्थिर है...निश्चल और अडिग है। वह है विश्वास...! इस निरन्तर गतिमय वसुंधरा और उसके निरन्तर गतिमय जीवन के बीच मैं अडिग हूँ...! विश्वास से भरा है मेरा हृदय...।'

लैम्प का शीशा लगभग पूरी तरह कालिख से छाया हुआ है...फिर भी उसके भीतर धड़कती एक मद्धिम-सी लौ...एक लाल सुर्ख़ कालिमा! रॉबिन को अब ज़ोरों की नींद आ रही है। उसने घड़ी देखी—अरे, साढ़े बारह बज गए? सुबह जल्दी उठना है उसे...। पलकों पर नींद लदी जा रही है। नींद का भारी लबादा अपने भीतर समेट रहा है उसे। तिस पर भी एक हल्की मुस्कान एक पल के लिए उसके होंठ पर तिर कर गुज़र गई है—चलो...आज से लिखने की कुछ शुरुआत तो हो गई...। कुछ पंक्ति ही सही...पर... आरम्भ...। बिस्तर पर आकर वह तकिये को बेसाख़्ता बाँहों में दबा सो गया और उसे इसकी सुधि भी नहीं रही कि अन्दर से कमरे का दरवाज़ा बन्द कर ले।

सुबह पाँच बजे ही जैक उसके बिस्तर के पास खड़ा होकर उसको जगा रहा था, 'रॉबिन बाबू...रॉबिन बाबू...! अरे, उठिए न, पाँच बजने को है।'

पहले तो रॉबिन को लगा कि जैक दरवाज़े के बाहर से पुकार रहा है, पर जब उसने आँखें खोलीं, तो पाया कि जैक बिस्तर के पास खड़ा है।

रॉबिन ने अधमुँदी आँखों से अलसाये स्वर में कहा, 'ओफ़, जैक, उठता हूँ भैया, बस अभी।'

जैक ने हँसकर कहा, 'रॉबिन बाबू, रात में आप दरवाजा भीतर से बन्द करना भूल गए थे। चोर-डाकुओं से तो यहाँ कोई खतरा नहीं रहता, पर रात के अँधेरे में कब कौन जंगली जानवर अन्दर घुस आएगा, कहना मुश्किल है। अभी कुछ महीने पहले ही तो एक रात मि. डैनी मेरिडेथ के कैम्पस में एक जंगली हाथी घुस आया था। पिछले जाड़े में डॉ. गोविन्द गोस्वामी के यहाँ एक तेंदुआ चला आया था।'

बिस्तर पर उठकर पालथी मार वह आराम से बैठ गया है। हालाँकि, रास्ते में तो टैक्सी ड्राइवर ने इस क्षेत्र में विचरनेवाले जीव-जन्तुओं के बारे में पूरा विवरण उसे दे दिया था, पर जैक द्वारा कही जा रही इन कौतूहलपूर्ण बातों पर जैक का दिल रखने के लिए उसने अचरज से आँखें फैलाते हुए कहा, 'अच्छा, ऐसा है यहाँ...बाप रे...फिर तो सँभल कर रात में सोना होगा!'

जैक ने सांत्वना-भरे स्वर में कहा, 'नहीं, ऐसी कोई घबराने, परेशान होने जैसी बात नहीं है, लेकिन थोड़ी सावधानी आदमी रखा करे, तो इसमें क्या जाता है!' फिर कमरे से निकलते हुए जैक ने तत्परतापूर्वक कहा, 'अच्छा, आप जल्दी से नहा-धो लीजिए। मैं तब तक चाय-नाश्ता आपके लिए तैयार करता हूँ।'

अँगड़ाई लेते हुए रॉबिन उठा। खिड़की के बाहर सुबह की सफ़ेद-झक्क ताज़गी पसरी हुई थी।

रॉबिन ने मेज़ पर रखी घड़ी पर नज़र डाली—घड़ी साढ़े पाँच बजा रही है। वह तौलिया लेकर सीधे बाथरूम में घुस गया। नहाने-धोने में उसे यों भी ज्यादा वक़्त नहीं लगता है। मम्मी उसके नहाने को लेकर कहती भी रही हैं, 'मर्दों का नहाना और औरतों का खाना

शायद ही कोई देख पाता है।' उसने सूटकेस का ऊपरी सिरा हल्के से उठा दिया—क्या पहनना ठीक होगा? कपड़ों पर एक सरसरी निगाह डालते हुए रॉबिन ने सोचा। अन्ततः नीली जिंस वाली पैंट और लाल टी शर्ट पहन वह जूते का फीता बाँधने लगा कि जैक नाश्ता और चाय लेकर आ गया।

उसने सिर उठाकर जैक की तरफ़ देखा, 'जैक, चाय तो ठीक है, पर इतनी सुबह नाश्ता करने की मुझे आदत नहीं।'

जैक ने मनुहार-भरे स्वर में झिड़कते हुए कहा, 'अब राँची में दिन में कहाँ खाएँगे आप, इसका कोई ठिकाना है? दिन में खाने के वक्त तो आप शायद क्या, नहीं ही आ पाएँगे। इसलिए चुपचाप नाश्ता कर लीजिए, तभी निकलिए। घर से बासी मुँह निकलने पर कहीं खाना भी नहीं मिलता है।'

जैक का झिड़कना उसे अच्छा लगा। उसने नाश्ते की प्लेट उठा ली। कमरे से निकलते वक़्त पर्स उसने सूटकेस से निकालकर जेब में रखा। फिर दीवार पर टँगे शीशे में एक भरपूर नज़र डाली—अब ठीक है, चलें।

बरामदे पर मि. मिलर रेडियो पर कोई शास्त्रीय संगीत सुनते हुए चाय पी रहे हैं, 'चल दिये? अभी तो सात ही बज रहे हैं। पूरे ढाई घंटे हैं।'

उसने सीढ़ियाँ उतरते हुए कहा, 'हाँ, सो तो है। पर यूँ ही थोड़ा टहलते हुए, घूमते-घामते जाऊँगा।'

मि. मिलर ने पूछा, 'शाम तक तो आ जाओगे न? सिर्फ एक फ़ोन करना है तुम्हें। और तो कोई काम राँची में नहीं?'

रॉबिन ने सबसे आख़िरी सीढ़ी पर रुककर कहा, 'नहीं अंकल, और क्या काम होगा? शाम से पहले ही आ जाऊँगा।'

मि. मिलर ने आश्वस्ति के संग कहा, 'ठीक है। यहाँ से सीधे मिसेज़ ऐलिस टॉमलिन के घर के पास चले जाओ। साढ़े नौ बजे के आसपास वहाँ से होकर बस गुजरती है। तुम हाथ देकर बस रुकवा लेना। वैसे भी दो-ढाई मिनट वहाँ बस रुकती ही है। छह रुपये लगेंगे राँची जाने के।'

रॉबिन ने इस मुद्रा में सिर हिलाया कि वह सब समझ गया है।

अभी वह धीरे-धीरे पूरे वातावरण का अन्तरंग अवलोकन करता टहलने की मुद्रा में चल रहा है। रास्ते में दूर कुछ आम के पेड़ दीख रहे हैं...एक छोटी-मोटी अमराई...। आम के खुरदरे भूरे वृक्ष आह्लादित लग रहे हैं। जैक ने क़हा था, 'बस, बारिश की एक-दो अच्छी झड़ी के बाद रोहिणी नक्षत्र में आम पककर तैयार हो जाएगा। आम में पूरा रस आ जाएगा।' हालाँकि, इस बार की आम की फ़सल को लेकर जैक दुखी है। उसके मुताबिक़ आम इस बार मार खा गया है। एक तो इस बार जाड़ा कुछ ज़्यादा ही खिंच गया, जिससे मंजर आने में देरी हुई। फिर होली के पहले दो-तीन दिनों तक वर्षा हो गई और बहुत मंजर तथा आम के ढेर सारे नन्हे-मुन्ने दाने गिर गए। ख़ासा नुकसान हुआ। इससे भी जो बच गया, उसे अप्रैल शुरू से ही भड़की तीखी गर्मी और पछुआ हवा ने बर्बाद कर दिया। जैक ने व्यथित होकर कहा था, 'रॉबिन बाबू, जो किसान मार्च अन्त से मई के दूसरे हफ्ते तक जड़ के पास की मिट्टी की हलकी जुताई कर पाँच-छह बार अपने आम के बगीचे

की सिंचाई कर देता है, उसका आम बंपर निकलता है। पाँच-छह बार सिंचाई हो जाने से जड़ों में नमी बनी रहती है और इससे गिरने की समस्या नहीं के बराबर होती है। आम का साइज भी बड़ा-बड़ा होता है। पर यहाँ 'कौन पसारे नैन' वाली हालत है। सबको बैठे-ठाले बस, आम ठूँसने से मलतब है।' बचपन से ही आम उसे बेहद पसन्द है। उसे याद है, जैसे ही हांगकांग में फलों की दुकानों पर पहला आम उतरता था, पापा उसके लिए आम लाना शुरू कर देते थे। पर इस वक़्त आम के पेड़ों को देख उसे पापा की बात याद आ रही है, 'बेटे, जो मजा बचपन में उस देहात में पेड़ की टहनियों पर उछल-उछलकर आम-अमरूद खाने में मिलता था, वह मजा बाजार से खरीदकर लाए इन फलों में कहाँ?'

पापा ने ठीक कहा था। उसे रोमांच हो रहा है अभी। आम को पेड़ पर लटका तो उसने कभी देखा ही नहीं था। वह थोड़ा मुड़कर आम के उन पेड़ों के बीच गया। कत्थई-भूरे रंग के इन पेड़ों पर फिर भी काफ़ी आम लटक रहे हैं। कुछ अलग क़िस्म की लाल चींटियाँ पेड़ों के तने पर मगन होकर रेंग रही हैं। कितना सुन्दर लग रहा है! ओफ़, कैसे लटक रहे हैं हरे-हरे पुष्ट आम! ऐसे खुरदरे-बदरंग पेड़ में ही इतना रसीला फल होता है। क्या अद्भुत लीला है ईश्वर की! किसी सुन्दर आदिवासी लड़की के पुष्ट स्तन की तरह आह्लाद से मन्द-मन्द डोलते ये आम। उसने घड़ी पर नज़र डाली—नौ बज रहे हैं, अब सीधे जाकर बस की प्रतीक्षा में उसे खड़े हो जाना चाहिए। उसकी रफ़्तार थोड़ी तेज़ हो गई है। मुश्किल से पाँच-छह मिनट लगे होंगे, मिसेज़ ऐलिस टॉमलिन के घर के पास वह पहुँच चुका है। उनके घर के सामने का विलायती पाकड़ चिड़ियों की फुदक-चहक में मुदित है। मिसेज़ टॉमलिन के चुप-ख़ामोश घर पर उसने एक नज़र डाली और सोचा—कल मिलेगा इनसे...। मिसेज़ टॉमलिन के घर के ऐन सामने के मकान पर भी उसकी नज़र गई है, 'बई काली'...डॉ. गोविन्द गोस्वामी का घर...इनसे भी कल-परसों ही...। मन-ही-मन उसने दोहराया।

धूप अब तक चारों तरफ़ छा गई है। बस आने तक कहाँ खड़ा हुआ जाए? उसने आसपास निगाह दौड़ाई। सामने अमलतास का पीले दहकते गुच्छों से गदबद पेड़ है। धूप में अमलतास...? क्या अपूर्व रंग-संयोजन है ईश्वर का! धूप के गुच्छों से लदा एक राज-वृक्ष...। टहलते हुए वह वहीं अमलतास के पेड़ के नीचे जाकर खड़ा हो गया। अमलतास के नीचे गिरी पंखड़ियों ने पीली कालीन बिछा रखी है। उसने ऊपर ग़ौर से निहारा, पेड़ की शाख़ों से लटके फूलों के बेशुमार सुनहरे झब्बे और उनके बीच साँप-सी लटकती पतली लम्बी अमलतास की काली-काली फलियाँ...। उसके होंठ टेढ़े हो आए। 'सुनहरे फूल और साँप'—एक अनलिखी कविता का शीर्षक जैसे होंठों पर सरक आया। हालाँकि, अमलतास वृक्ष के नीचे उतनी सघन छाया नहीं है। कई और घने छायादार वृक्ष यहाँ हैं। पर उसे जाने क्यों अमलतास के नीचे खड़ा होना अच्छा लगा। वैसे धूप उतनी ज़्यादा तीखी नहीं हुई है। उसने चारों तरफ़ देखा, और कोई यात्री नहीं है। मैकलुस्कीगंज के इस पड़ाव पर बस में चढ़नेवाला वह एकमात्र यात्री होगा आज। अन्य दिनों में भी यहाँ शायद यही स्थिति रहती होगी।

एक-दो यात्री। या किसी दिन वह भी नहीं। जैसे कि आज ही अगर वह राँची जानेवाला नहीं होता, तो आज यहाँ उस बस को एक भी सवारी नहीं मिलती। बस वाला भी यहाँ से जानेवाले यात्रियों की संख्या को लेकर अभ्यस्त होगा। अकेलेपन में उसके चेहरे पर

हँसी छलक गई। बस आने में अभी दस-पन्द्रह मिनट शेष हैं। उसने गहरी साँस ली और सोचा—क्या तब तक मिसेज़ टॉमलिन या डॉ. गोविन्द गोस्वामी के यहाँ जाकर बैठ ले? पर तत्क्षण उसने इस विचार को झटक दिया, कहीं वह बैठा न रह जाए और बस निकल जाए तब तक... । उसने ऊपर निहारा, बढ़ती धूप में अमलतास के गुच्छे अद्‍भुत तन्मयता में डूबे हैं। तभी रास्ते में पत्तों की धीमी चरमराहट हुई। उसने पलटकर देखा—हरे-सुगापंखी रंग की साड़ी में एक लड़की इसी तरफ़ आ रही है। कहीं वह भी बस ही पकड़ने तो नहीं आ रही है? हो भी सकता है। क्या पता!

वह लड़की कुछ नज़दीक आ गई है। उसकी हरी-सुगापंखी साड़ी के साथ उसके लाल सुर्ख़ ब्लाउज़ का रंग धूप में झिलमिला रहा है। गहरे साँवले रंग की तीखी नाक-नक़्श वाली यह सुन्दर लड़की ज़रूर आदिवासी ही होगी। उसे लगा, जैसे यह चेहरा उसने पहले कहीं देखा है। कहाँ देखा है? उसे अपनी बेवकूफ़ी पर हँसी आई, भला इस आदिवासी लड़की को वह कहाँ पहले देख सकता है, क्या हांगकांग में? उसने सोचा, वैसे भी मैकलुस्कीगंज की हर अनदेखी चीज़ उसे पहली बार देखने पर सुपरिचित लगती है, पता नहीं क्यों! चाहे वह लोगबाग हों, घर-मकान या पेड़े-पौधे हों—सब-के-सब उसे पहले कहीं देखे हुए लगते हैं।

लड़की ने इधर-उधर देखा। एक उड़ती नज़र उस पर भी डाली। रॉबिन को लगा, शायद सोच रही होगी—कैसा मूर्ख आदमी है! इतने घने छायादार पेड़ों को छोड़ अमलतास के नीचे खड़ा है। लड़की थोड़ी दूर पर एक पीपल के घने पेड़ के नीचे खड़ी हो गई है। इन दिनों पीपल के पत्ते किस क़दर रेशमी लगते हैं! पीपल के झिलमिलाते हरे पत्तों के नीचे लड़की की सुगापंखी साड़ी का रंग फिर भी डूबा-डूबा नहीं लग रहा है। पीपल के पत्तों की छाँव में एक अदद सुगापंखी रंग। एक ही रंग में कितने आयाम दिये हैं ईश्वर ने! हरा...हल्का हरा...गहरा हरा...सुगापंखी—एक रंग के भी कई उपरंग! लड़की ने अब आँचल के कोर से मुँह पोंछ कुछ सुभ्यस्त होने का उपक्रम किया है और बस आने की दिशा में अपनी आँखें जमा दी हैं।

धूप धीरे-धीरे तल्ख़ होती जा रही है। लड़की अभी भी बस आने की दिशा में देख रही है। रॉबिन ने घड़ी देखी है—बस को तो आना चाहिए। साढ़े नौ से ज़्यादा होने को है। उसने उकताहट-भरी आँखों से बस के आने की दिशा में देखा—ओह, हद है! यहाँ सब कुछ बेहद धीमा है। सोचा, बढ़कर इस लड़की से पूछे—क्या बस हमेशा लेट रहती है? यह तो जानती होगी इस बस का हाल। लेकिन फिर वह रुक गया—यह भी तो मेरी तरह इन्तज़ार कर रही है।

तभी दूर से एक हाँफती हुई जर्जर घड़घड़ाहट सुनाई दे गई। बस आ रही है। वह थोड़ा सचेत हो गया। ख़स्ताहाल पुरानी बसों-गाड़ियों की आवाज़ शायद इसी तरह उसके बहुत आगे तक रेंगती चलती है। दूर वृक्षों की झुरमुट के पीछे से बस आती दिख गई। गाँव में बस के आगमन की सूचना देने के लिए ड्राइवर ने हॉर्न बजाया। जंगली बतख़ की सी आवाज करता वह भोंपूनुमा हॉर्न पेड़ों की शाख़ों और पत्तियों के बीच कुछ क्षण के लिए गूँजता रहा। रॉबिन ने ग़ौर किया, तो उसे हँसी आ गई—बस की चाल और ढब कमोबेश बतख़ जैसी है। हालाँकि, ज़्यादा देर नहीं हुई है। अपने समय से बस पन्द्रह-

बीस मिनट लेट है। वृक्षों की शान्त कतारों के बीच से थहाते हुए धीरे-धीरे बढ़ रही बस को देखकर उसे बहुत अच्छा लगा। इस देहाती दुनिया में वृक्ष और बस का मन्द-मधुर अलाप। रॉबिन अमलतास के नीचे से थोड़ा आगे बढ़कर सड़क के बिलकुल किनारे आ खड़ा हुआ। पीपल के नीचे खड़ी लड़की धीमे डग भरती हुई थोड़ी दूर पर सड़क के किनारे सरक आई और फिर एक बार आँचल के कोर से उसने अपना मुँह पोंछा है। उसकी वेणी अभी ऐसे में थोड़ी इधर-उधर हो गई है। बस पर सवार होने के लिए उसमें एक अविचलित-सी तत्परता है।

रॉबिन को मिलर अंकल की बात याद आ गई। सो उसने बस को रुकने का इशारा करने के लिए दूर से हाथ उठा दिया। बदरंग-जर्जर बस बुढ़ापे की सी चरमराहट के साथ धड़-धड़ करते हुए रुक गई।

हल्के नीले धारीदार पाज़ामे और मटमैली-सी भूरी कमीज़ पहने, बस की गेट से झूलता खड़ा दुबला-पतला ख़लासी एक ख़म के साथ नीचे उतर गया। इसके पहले बस रोकने के लिए ख़लासी ने बस की गेट पर ज़ोरदार थाप दी थी, 'रोक्के...।' ख़लासी ने यह शब्द एक विशेष लय के संग कहा और बस के रुकते ही हड़बड़ाया, 'जल्दी, जल्दी चढ़िए!'

लड़की तब तक गेट के नज़दीक आ गई। अभी जाकर रॉबिन ने उसे क़रीब से देखा—तीखे नाक-नक्श वाली यह आदिवासी लड़की कौंधने वाली है, सुन्दर। लड़की गेट के पास रॉबिन के पीछे किंचित् असमंजस में खड़ी है। शायद यह सोचकर कि पहले आगे खड़ा यह युवक चढ़ ले और तब वह चढ़े। पर रॉबिन ने थोड़ा किनारा होकर हाथ से इशारा करते हुए कहा, 'बढ़िए।'

लड़की चढ़ गई। पीछे से रॉबिन भी चढ़ा और ख़लासी पहले की भाँति लपककर बस की सीढ़ी पर खड़ा हो अपना एक हाथ बाहर निकाल गेट से झूल गया। बस की ढीली गेट पर उसने फिर ज़ोर से दो बार थाप दी—झर्र...झर्र बस चल पड़ी। शायद बस को रोकने और बढ़ाने का इधर यही संकेत होता है, सोचा रॉबिन ने।

बस में घुसते हुए रॉबिन ने ख़लासी लड़के को ग़ौर से देखा, दुबला-पतला चौबीस-पच्चीस साल का यह लड़का चिड़ियों जैसी चौकन्नी आँखवाला है। इसकी आवाज़ जैसे इसकी चौकन्नी आँखों में अटकी है।

लड़की महिला सीट पर बैठ गई है। महिला सीट पहले से लगभग भरी हुई थी पर एक सीट की गुंजाइश किसी तरह बन गई। लड़की से बिना परिचय के भी रॉबिन को अजीब-सी राहत महसूस हुई कि लड़की को ठीक-ठाक जगह मिल गई। रॉबिन ने ख़ुद बैठने के लिए पूरे बस में एक सरसरी नज़र दौड़ाई। बस में कोई ठस्सम-ठस भीड़ नहीं थी, लेकिन सीटें सभी भरी हुई थीं। रॉबिन को फिर से देखकर अच्छा लगा कि लड़की को ग़नीमत से महिला सीट पर जगह मिल गई है।

रॉबिन को गेट के पास असमंजस में खड़ा देख ख़लासी ने केबिन की तरफ़ इशारा किया, 'उधर ड्राइवर साहेब की सीट के पीछे एक सीट खाली है, बैठ न जाइए।'

रॉबिन ने राहत की साँस ली। केबिन के भीतर वह ड्राइवर की सीट के पास गया। अधपके गलमुच्छों वाले अधेड़ ड्राइवर ने उसे हल्के मुड़कर देखा और आँखों से ही अपनी ऐन पीछेवाली तंग-सी सीट की तरफ़ इशारा किया, 'बैठ जाइए।'

यह सीट आरामदेह नहीं है, लेकिन खिड़की के ऐन बग़ल में होने के कारण तेज़ी से तल्ख़ होती जा रही धूप के बावजूद हवा आने से यहाँ थोड़ी राहत है। बाहर के दृश्य एक-एक कर आँखों से गुज़र रहे हैं। रॉबिन को उस बुज़ुर्ग टैक्सी ड्राइवर की याद आई—बड़ा जानकार और दिलचस्प आदमी था। यह बस ड्राइवर भी शायद उसी टैक्सी ड्राइवर की उम्र के आसपास का होगा। रॉबिन को उसका कन्धा दिख रहा है। उसकी कत्थई रेक्सीन कवर वाली सीट, जिस पर वह स्टीयरिंग थामे बैठा है, के पीछे सफ़ेद रंग में लिखा है—'चालक'। स्टीयरिंग के सामने ठीक ऊपर एक हिदायत भी कत्थई रंग की पृष्ठभूमि में सफ़ेद रंग से लिखी हुई है : 'चलती गाड़ी में कृपया चालक से बातें न करें'।

टैक्सी और बस के ड्राइवरों में यही अन्तर होता है। टैक्सी के ड्राइवर अपनी सवारियों से तुरन्त घुलमिल जाते हैं और रसीली-दिलचस्प बातचीत करते हुए आनन्द गति से रास्ता काट लेते हैं। इस मायने में टैक्सी ड्राइवर एक गाइड की भी भूमिका निभाते हैं। अगर कोई उस इलाक़े विशेष में नया-नया जा रहा है, तो टैक्सी ड्राइवर अपनी सवारी को उस क्षेत्र की महत्त्वपूर्ण बातों का संक्षिप्त-सा ही सही, पर ब्यौरा ज़रूर देते चलेंगे। जैसेकि उसी दिन जब वह टैक्सी से मैकलुस्कीगंज आ रहा था, उस बुज़ुर्ग टैक्सी ड्राइवर ने अनगिनत जानकारियाँ दी थीं—बिरसा मुंडा और एलबर्ट एक्का के बारे में...। इस क्षेत्र के आदिवासियों के दु:ख-तकलीफ़ के बारे में...। ऐसे रास्तों में जंगली जानवरों से होनेवाले सम्भावित ख़तरों से निबटने के बारे में...। अनगिनत बातें। हाँ, यह भी था कि रास्ते में कई जिज्ञासा रॉबिन ने उससे की थी। पर बस की यात्रा ठीक इसके विपरीत है—एक ख़ामोश—चुप यात्रा। चलती गाड़ी में चालक से बातें न करें। लगता है, इधर बसों में ऐसी बेशुमार रोचक हिदायतें दर्ज़ होती हैं। हिदायतें हांगकांग की बसों में भी लिखी होती हैं, लेकिन यहाँ की हिदायतें कुछ अलग-सी हैं।

बस में चढ़ने के बाद जब वह सीट पाने के लिए थोड़ी देर पहले गेट के पास खड़ा था और सीट के लिए नज़र दौड़ा रहा था, तो सीटों के ऐन बग़ल के ऊपरी हिस्सों में दर्ज़ उन अनगिनत हिदायतों-इबारतों पर उसकी नज़र गई थी। मसलन : 'पॉकेटमारों से सावधान, अपने सामान की रक्षा स्वयं करें, धूम्रपान निषेध, आदि।' महिला सीटों के पास महिलाओं का अजीब कार्टून-सा फूहड़ रेखांकन। क्या ज़रूरत है महिलाओं का ऐसा कार्टूननुमा चित्र वहाँ देने की? बस, सिर्फ यह लिख भर देने से भी काम चल सकता है : 'यह महिला सीट है'। पर शायद यह अनपढ़ लोगों की सुविधा के लिए रेखांकन हो! इस ग्रामीण अंचल में जो पढ़ नहीं सकते, वे चित्र देखकर समझ लेंगे।

अन्दर जब केबिन में वह बैठने आया, तो वहाँ भी कुछ अलग क़िस्म की इबारतें। इतनी हिदायतों के बीच दबोचा हुआ बेचारा यात्री भला बोलेगा कैसे? और चुप रहने की सजा झेलता बेचारा ड्राइवर! इससे बात नहीं करने के लिए बाक़ायदा सबको लिखित आदेश है। बस का ड्राइवर—बेचारा असामाजिक प्राणी...। ओफ़! बोलने का अपना कोटा, यह ज़रूर अपने घर पर जमकर पूरा करता होगा या कि शायद इन बस ड्राइवरों को चुप-चुप रहने की आदत-सी पड़ जाती हो।

बस की बोनट के ऐन ऊपर वाले रैक पर एक जटाजूटधारी किसी देवता की तसवीर लगी हुई है। चमकदार रंगबिरंगी पन्नियों की एक छोटी-सी माला उस पर लटकी है, जो

बस की गति के संग धीरे-धीरे हिल रही है। रॉबिन ने पढ़ा, तसवीर के नीचे लिखा है : 'जय भोलेनाथ'। शायद इन भगवान का नाम भोलेनाथ हो, रॉबिन ने अनुमान लगाया।

अब तक लगभग एक घंटा बीत गया है। धूप पूरी तल्ख़ी में है। मई महीने की अन्तिम तमतमाहट सड़क और अग़ल-बग़ल के वृक्षों पर साफ़-साफ़ झलक रही है। बाहर का सब कुछ तीखी धूप में माड़ी लगाए हुए कपड़े की तरह कड़कड़ लग रहा है। उस दिन टैक्सी से आते वक़्त दोपहरी लगभग बीत रही थी, सो उस दिन इस रास्ते में और अग़ल-बग़ल के परिदृश्य में मई की आज जैसी उत्कट तमतमाहट नहीं दिखी थी। वह सोता जो उस दिन रास्ते में आते समय उसे दिखाई पड़ा था, एक झटके में अभी उसकी आँखों से गुज़र गया है। उसकी आँखें एकक्षण के लिए बरबस सौम्य ठंडक से भर गई हैं।

अन्दर सभी यात्रियों से टिकट के पैसे वसूल, आधी बाँहवाले गहरे बादामी रंग के कुरते में कन्धे पर लाल गमछा लटकाये गबरू कंडक्टर अब केबिन में घुसा और एक-एक कर सबसे टिकट का पैसा बढ़ाने का इशारा किया। कंडक्टर अधेड़ नहीं है। इसे अभी युवक की श्रेणी में रखा जा सकता है। बोनट के बग़ल की सीट पर बैठे पाँच-छह यात्रियों से पैसे लेने के बाद वह रॉबिन की तरफ मुख़ातिब हुआ, 'राँची जाना है न? पैसे बढ़ाइए।'

रॉबिन ने दस का नोट बढ़ाया। कंडक्टर ने खुदरा दो रुपये और टिकट की छोटी-सी लाल पर्ची उसके हाथों में थमा दी।

मिलर अंकल ने कहा था—राँची जाने का बस भाड़ा छह रुपये लगेगा, पर इसने तो आठ रुपये लिये हैं? ख़ैर, दो रुपये के लिए क्या पूछताछ की जाए! पर फिर तत्क्षण उसने सोचा, आख़िर वज़ह तो पूछ ले, कोई जानकारी प्राप्त कर लेने में भला क्या तौहीन? सो उसने केबिन से साँड़ की तरह बाहर निकल रहे कंडक्टर से पूछ ही लिया, 'क्या राँची का किराया इधर बढ़ा है?'

उसके सवाल पर कंडक्टर थोड़ा थमा और तनिक खीज-भरे स्वर में कन्धे उचकाकर बोला, 'दो महीने हो गए किराया बढ़े और आप आज पूछ रहे हैं? पेट्रोल-डीजल की कीमत कितनी बढ़ गई, सो नहीं मालूम?' बड़बड़ाते हुए कंडक्टर केबिन से बाहर निकला और सामने बैठे अपने एक किसी परिचित यात्री से बोला, 'मैकलुस्कीगंज के ये एंग्लो-इंडियन लोग पता नहीं, किस टकसाल के ढले हैं! सात पूत राम के, एक भी ना काम के। अपने गाँव से दो-तीन महीने पर तो राँची जाते हैं और इस बीच क्या-कुछ हुआ, इन्हें कुछ पता नहीं रहता। दो महीने पहले बस का भाड़ा बढ़ा और वे साहब पूछ रहे हैं कि भाड़ा बढ़ गया क्या?'

रॉबिन के कानों में कंडक्टर की बड़बड़ाहट की अस्फुट आवाज़ पड़ रही है। जिस तरह यात्री और चालक के लिए बस में हिदायतें दर्ज़ हैं, कंडक्टर के लिए भी कोई हिदायत ज़रूर दर्ज होनी चाहिए, रॉबिन ने सोचा और उसके मन में हल्की हँसी रेंग गई। उसकी नज़र घड़ी पर गई। दिन के अब साढ़े ग्यारह बजने को हैं। बस को राँची पहुँचने में कितना समय लगता होगा? कितने बजे तक राँची पहुँचेगी बस? टैक्सी से तो कुछ ज़्यादा समय लगेगा ही इसे। पर रॉबिन को लगा, बस में किसी से कोई जिज्ञासा करना उचित नहीं। अब यह जब तक पहुँचे। जब पहुँच जाएगी, समझेंगे।

राँची में बस अब दाख़िल होनेवाली है। दूर से ही कुछ इमारतें दिखाई दे रही हैं। वैसे, शहर होकर भी राँची गाँव का स्वभाव त्याग नहीं पाया है। पक्की इमारतों के बीच

अभी भी यहाँ खेतों का अस्तित्व बरकरार है। सड़क के किनारे करंज, जकरंडा, सेमल, कोइनार, डुमर, गुलमोहर और कटहल के पेड़ों की अनवरत कतार है। अभी दो दिन पहले जब वह राँची उतरा था, तो कैसा लग रहा था! पर आज दूर से ही राँची, उसे वर्षों पुराना परिचित शहर लग रहा है।

बस शहर में प्रवेश कर चुकी है। सड़क पर अभी परसों वाला सन्नाटा नहीं है। पर कोई बहुत ज़्यादा भीड़ भी नहीं है। साइकिल...रिक्शा...स्कूटर...टेंपो...मारुति, एंबेसेडर-कार और कुछ अन्य गाड़ियाँ कमोबेश सड़क को अभी भी थोड़ा-बहुत व्यस्त किए हुई हैं। कुछ देर पहले से ही बस के यात्री-गण उतरने की मुद्रा में आ गए हैं। बस की गति शहर में घुसने के साथ धीमी हो गई है। पर बस की धीमी गति के साथ यात्रियों के उतरने की अधीरता को परिलक्षित किया जा सकता है। हालाँकि, रास्ते भर इतनी व्यग्रता लोगों में नहीं होती है, लेकिन गंतव्य के समीप पहुँचते ही जाने क्यों एक उतावलापन अनायास सबके सिर पर सवार हो जाता है! गंतव्य के पास पहुँच ही गए, तो व्यग्रता या अधीरता किस बात की? उतावलापन कैसा? पर सही है कि धैर्य कहाँ कोई रख पाता है!

बस के अनगिनत यात्री अपनी-अपनी सीट छोड़ गेट के पास बढ़कर सुनिश्चित कर लेने की जद्दोज़हद में जुटे हैं कि बस के रुकते ही सबसे पहले, बग़ैर एक पल का विलम्ब किए वे सब अपने-आपको बस से उतार ले पाने में क़ामयाब हो जाएँ। दो-चार यात्री तो शहर शुरू होने के साथ ही बस रुकवाकर उतर चुके हैं। इसको लेकर ड्राइवर अपने ख़लासी पर थोड़ा झल्लाया भी है, 'टेंगरा! बहुत उलाँक है तुम। बार-बार कहता हूँ, पर रोज वही धन्धा...। डेग-डेग पर गाड़ी रोकते चले, तो सारा दिन इसी में गुदश्त हो जाएगा।'

ड्राइवर की तल्ख़ी पर बोनट के सामने की सीट पर बैठे एक अधेड़ यात्री ने कहा, 'इस तरह झझकिये नहीं। सवारियों की सुविधा का खयाल तो रखना पड़ेगा न। जिसे जहाँ सुविधा महसूस होगी, वहाँ तो उतरेगा ही। ट्रेन और बस से चलने में यही तो फर्क है। ट्रेन में आप सिर्फ किसी स्टेशन पर उतर सकते हैं, लेकिन बस में चाहे जहाँ सहूलियत हो।' यात्री की बात में उलाहने का पुट है।

ड्राइवर ने थोड़े ठंडे पर तिक्त स्वर में कहा, 'भाई साहब, सवारियों की तो इच्छा रहती है कि सीधे अपने बिस्तर पर जाकर उतरें, पर आप सोचिए, यह सम्भव है क्या?'

रॉबिन के मन में हँसी छूट गई—चलो, 'चालक-यात्री संवाद' जारी हुआ। हिदायतों के मातहत आम तौर पर लोग नहीं रह पाते हैं।

बस स्टैंड आ गया है। ड्राइवर ने बस को स्टैंड परिसर में खड़ा कर दिया है। रातू रोड स्थित इस बस स्टैंड में अभी कोई ज़्यादा गहमागहमी नहीं है। वैसे अनगिनत बसें लगी हुई हैं। मसलन, यह राँची से जैरागी वाया चैनपर-डुमरी जानेवाली बस है। इस बस पर उसका नाम बहुत सजा कर लिखा हुआ है : 'सिमडेगा मेल'। यह बस राँची से जशपुर जानेवाली है। इस बस पर पूरा ब्यौरा लिखा है कि लोहरदगा से राँची की यह बस कैसे भंडरा और तुकोबेड़ो होकर जाती है। खलारी जानेवाली बस राय, खलारी और डकरा जाएगी। इस इलाक़े के कई जगहों के नाम बसों पर अंकित विवरण से मालूम हो गए। रॉबिन ने बस के भीतर से इधर-उधर नज़र दौड़ाई। रातू रोड बस स्टैंड के इर्द-गिर्द यों गन्दगी का अंबार

है पर उसके पास ही खैर, आसन, करम, चिलबी और कुसुम के विशाल वृक्षों से लेकर बाँस की सघन झुरमुट भी है, जो सुकून देती है।

आधे से अधिक यात्री बस से उतर चुके हैं। रॉबिन ने देखा, सुगापंखी साड़ी वाली लड़की भी उतर रहे दो-चार यात्रियों के पीछे क़तार में खड़ी है। मैकलुस्कीगंज में मिसेज़ टॉमलिन के घर के निकट पीपल वृक्ष के हरे-रेशमी पत्तों की छाँव में खड़ी इस लड़की की साड़ी के रंग में जो बात थी, वह बात क़तार में लगी, उतरने के लिए तिल-तिलकर आगे सरक रही, इस लड़की की इसी सुगापंखी साड़ी में अभी कहाँ है? एक ही रूप...एक ही सज्जा...एक ही वस्त्र...अलग-अलग वातावरण में एकदम अलग-अलग...! जैसेकि ख़ुद वही...।'गंज' में अमलतास के दहकते पीले गुच्छों के नीचे खड़ा वह और यहाँ बस से उतरने की बात सोचता वह...।

लड़की के आगे चल रहे तीन-चार यात्री उतर चुके हैं और लड़की ने गेट के पास पहुँच सीढ़ी पर उतरने के लिए एक पाँव बढ़ाया है। ऐसे में वह स्वाभाविक रूप से थोड़ा आगे की तरफ़ झुक गई है। उसका लाल ब्लाउज़ फिर से आहिस्ते-से झलक गया है और वेणी में भी किंचित् हलचल हुई है। फिर भी उतरते वक़्त लड़की के पाँव संयत और सधे हैं। उसमें उतरने का उतावलापन नहीं है।

लड़की उतरकर जा चुकी है। बस से उतरनेवाले मात्र दो-तीन यात्री ही रह गए हैं। रॉबिन भी गेट तक आ गया है। बस की सीढ़ी पर क़दम रखकर उतरते हुए मेंडेज़ अंकल की बात उसके मन में सबसे आगे है। मि. मेंडेज़ ने कहा था, 'राँची में एस.टी.डी.-आइ.एस.डी. यानी देश-विदेश कॉल करने के लिए अनगिनत लोगों ने जगह-जगह प्राइवेट टेलिफ़ोन बूथ खोल रखे हैं। यह अच्छा बिजनेस हो गया है आजकल। इसलिए फिरायालाल चौक के पास तुम्हें ऐसे कई बूथ मिल जाएँगे, जहाँ से तुम आसानी से हांगकांग बात कर लोगे। वहाँ कोई दिक्कत महसूस हो, तो सीधे टेलिफ़ोन एक्सचेंज चले जाना।'

बस स्टैंड के बाहर कुछ रिक्शावाले अभी यात्रियों के बैठनेवाली जगह पर बैठकर अपनी सीट पर पाँव टिकाये बीड़ी पी रहे हैं। रॉबिन को देख वे सब साकांक्ष हो गए। शायद उन लोगों को लगा है कि यह अंग्रेज़ सवारी रिक्शा से कहीं जाना चाहती है। कभी-कभार कुछ मनमौजी विदेशी पर्यटक रिक्शा पर शहर घूमने का आनन्द लेते हैं।

रिक्शावाले इसलिए विदेशी सवारियों के मनमौजीपन से अच्छी तरह परिचित हैं। ऐसी सवारियों से वे सब इशारे में या फिर दो-चार अंग्रेज़ी शब्दों को देसी लहज़े में बोल काम चला लिया करते हैं। सो रॉबिन को सामने देख एक रिक्शावाले ने तत्परतापूर्वक सीट से उतरकर पूछा, 'ह्वेयर...?'

और उसने प्रेम से पीठ थपथपाकर उस रिक्शावाले से कहा, 'वेरीगुड...मुझे फिरायेलाल चौक ले चलो...वहीं, जहाँ एक फौजी की बन्दूक ताने मूर्ति है। एलबर्ट एक्का की मूर्ति।'

रॉबिन को फ़र्राटे से हिन्दी बोलता देख उस रिक्शावाले को तो क्या, अग़ल-बग़ल के रिक्शों पर बैठे दूसरे रिक्शावालों को भी जैसे साँप सूँघ गया है। सब-के-सब विस्फारित नेत्रों से उसे देख रहे हैं, जैसे कोई जादू-टोना का खेल उन सबके सामने घटित हो रहा हो!

रॉबिन मुस्कराते हुए सीट पर बैठ गया और वह रिक्शावाला हक्का-बक्का यंत्रवत् अपनी सीट पर बैठ पैडिल मारने लगा। रिक्शा की सवारी रॉबिन को सचमुच बहुत

आनन्ददायक लग रही है। बिलकुल सुस्ती की मस्ती! चारों तरफ़ का आराम से नज़ारा लेते हुए जाइए।

कभी-कभी रिक्शावाले का घंटी टुनटुनाना भी उसे अच्छा लग रहा है। रिक्शावाला चुपचाप पैडिल मारता बढ़ रहा है। रॉबिन ने उसे टोकते हुए कहा, 'बड़े चैन-आराम की सवारी होती है न यह?'

अब जाकर जैसे रिक्शावाले का संकोच कहीं फटा, 'हाँ, सर, कोई पेटरोल-डीजल नहीं...आदमी का पसेना ही इसका पेटरोल है हुजूर...। कलकत्ता में तो हद का रिक्शा मिलेगा आपको...। यहाँ तो डरेवर के लिए सीट भी है...। वहाँ के रिक्शा में बस दो बड़ा-बड़ा पहिया होता है सर...आगे कोई पहिया नहीं...। आदमी घोड़ा की तरह दौड़कर घीचता है...। हपस-हपसकर। हाथ में घंटी और पैरे में बेरेक...। वहाँ तो रिक्शा घीचने में छाती टूट जाती है...। हम भी कुछ दिन कलकत्ता में वैसे रिक्शा को घीचे थे न सर...। फिर अपना कान ऐंठ कर वहाँ से भाग आए। धोपचट में मरिये जाते उस रिक्शा की डरेवरी में। कलकत्ता के हाथ रिक्शा की डरेवरी में इधर बिहार के बहुत लोग हैं सर...।'

रिक्शावाला पैडिल मारने के साथ अपनी बात की रफ़्तार में है। पूरे मौसम में। रिक्शावाला बार-बार रिक्शा चलानेवालों के सन्दर्भ में 'डरेवर...डराइवरी...' कह रहा है। पहले एक क्षण तो उसके लहज़े से रॉबिन को समझ में नहीं आया कि वह क्या कह रहा है, पर फिर वह समझ गया। उसे रिक्शावाले का आत्मसम्मान अच्छा लगा। क्या ग़लत कहा है उसने? रिक्शा चलाना भी तो एक क़िस्म की ड्राइवरी ही है—बड़े लोग भले इन्हें रिक्शा-पुलर कहें...!

एलबर्ट एक्का की ऊँचाई पर स्थापित मूर्ति रॉबिन को दूर से दिख गई, सो उसने कहा, 'लो, आ तो गए फिरायालाल चौक...।'

रिक्शावाले ने अब अचरज-भरी गहरी आँखों से उसकी तरफ़ पलटकर पूछा, 'आप क्या यहीं राँचिये में रहते हैं सर?'

रॉबिन हँस पड़ा, बोला, 'नहीं। परसों आया हूँ यहाँ।'

रिक्शावाले ने उसकी इस बात पर विश्वास नहीं करने जैसी भंगिमा के साथ सिर हिलाया, 'काहे बुरबक बनाते हैं सर...? आप यहाँ का बोली बोलते हैं...। इलाका सबका पूरा पहचान है आपको...। फिर कहते हैं कि यहाँ नहीं रहते हैं!'

रॉबिन ने कहा, 'ताज्जुब है, तुमको क्यों नहीं यकीन हो रहा है?'

रिक्शावाले ने कहा, 'हम लोग भी कई अंग्रेज़ साहेब-मेमसाहेब का सवारी उठाए हैं सर...। ऐसा नहीं...ऊ सब भी इधर का एकाध ठो बोली टो-टा कर बोलता है...पर आपकी तरह नहीं...। इधर का बोली तो एकदम तूफान मेल जैसा बोलते हैं आप...।' रिक्शावाले ने अब रिक्शा रोक दिया है और अपनी सीट से उतरकर खड़ा हो गया है।

यह फिरायालाल चौक है। राँची का सर्वाधिक भीड़ भरा प्रमुख चौराहा। सामने ही कई सीढ़ियों की ऊँचाई पर एक भव्य शॉपिंग कम्प्लेक्स। रिक्शा से उतरकर रॉबिन ने पूछा, 'कितने पैसे दे दूँ?'

रिक्शावाले ने अतिरिक्त रूप से शिष्ट बनते हुए कहा, 'क्या कहें आपसे? जो मन करे, दे दीजिए।'

रॉबिन ने रिक्शावाले के कन्धे पर हाथ रखा, 'मुझे तो नहीं मालूम, क्या भाड़ा होगा यहाँ तक का। तुम जो कहोगे, वह दे दूँगा।'

रिक्शावाला आत्मीय मुस्कान के संग हँसा, 'सचाई बात बोलें सर? अंग्रेज़ साहेब-मेमसाहेब का सवारी एक तो बरस में एकाध बार मिलबे करता है। न उन लोगों को यहाँ का इलाका पता रहता है, न वे सब यहाँ की बोली जानते हैं, इसलिए इतनी ही दूर का चालीसो-पचास रुपया उनसे ले लेते। पर आपसे क्या माँगें? आपके मुँह से तो इधर का बोली सुनकर ही हमारा भाड़ा असूल हो गया। अच्छा, चार ठो रुपया दे दीजिए आप।'

रॉबिन ने सोचा, इस निरक्षर-अनपढ़ रिक्शावाले में भी अपनी भाषा और बोली के प्रति कैसा अद्‌भुत लगाव है! यही है असली चेतना! रॉबिन ने एक दस का नोट पर्स से निकालकर उसे थमाते हुए कहा, 'रखो इसे...बाकी हमारी तरफ से तुम्हें बख्शीश।'

रिक्शावाला गदगद हो उठा, बोला, 'सर, कहीं और चलना हो, तो रुक जाते हैं हम...।'

रॉबिन ने कहा, 'नहीं भाई, शायद यहाँ ज्यादा समय लगे मुझको। तब तक तुम कुछ कमा लोगे।'

रिक्शावाला मुस्कराया और आगे बढ़ गया।

फिरायालाल मार्केट के पास रॉबिन ने निगाह दौड़ाई। सामने आइ.एस.डी.-एस.टी.डी. बूथ का बोर्ड नज़र आया। उसे राहत महसूस हुई। फ़ोन-बूथ को ढूँढ़ने के लिए उसे भटकना नहीं पड़ा। उसने बाहर से ही देखा, लगभग आठ-नौ लोग फ़ोन करने के लिए वहाँ पहले से मौज़ूद हैं। वह अन्दर जाकर वहाँ लगी एक कुर्सी पर बैठ गया। सभी आठ-नौ लोगों ने एक सरसरी दृष्टि उस पर डाली। फ़ोन-बूथ के अधेड़ संचालक ने शायद पहले ही भाँप लिया कि वह विदेश के किसी शहर में कॉल करने आया है। इसलिए उसके पास आकर बड़े आत्मीय भाव से कामचलाऊ अंग्रेज़ी में उसने पूछा, 'कहाँ कॉल करना है आपको?'

रॉबिन ने हिन्दी में उत्तर दिया, 'मुझे हांगकांग बात करनी है।'

उसके शुद्ध हिन्दी उच्चारण से बूथ संचालक सहित वहाँ मौज़ूद सभी लोगों के चेहरे पर बरबस अचरज-सा छा गया। शायद उन लोगों ने यही सोचा था—एक अंग्रेज़ होकर हिन्दी का इतना शुद्ध उच्चारण?

अधेड़ बूथ संचालक ने इससे प्रभावित होने के कारण थोड़ी तत्परता दिखाते हुए कहा, 'आप पहले बात कर लें...। फिर और लोग करेंगे।' ऐसा कहते हुए संचालक ने सबकी तरफ़ एक सिरे से इस मुद्रा में अपनी आँखों से पलभर में परिक्रमा कर डाली कि किसी को इसमें आपत्ति तो नहीं?

पर रॉबिन ने विनम्रता से उत्तर दिया, 'नहीं...मेरी बारी आएगी तो मैं कर लूँगा...। कोई जल्दी नहीं मुझे...। फिर ये लोग मुझसे पहले से अपनी-अपनी बारी की प्रतीक्षा में हैं।'

रॉबिन की इस बात पर लगभग एक समेत उन सभी लोगों ने कहा, 'आप बात कर लें पहले...। हम लोग थोड़ी देर बाद ही करेंगे, तो क्या होगा!'

रॉबिन ने महसूस किया, सबके स्वर में आत्मीय दबाव-सा है, पर वह कुछ पल के लिए असमंजस में कुर्सी पर बैठा रहा। तो भाषा की यही अनूप क्षमता है! अनजाने-अपरिचित लोगों से उनकी भाषा में बोल-बतियाकर एक पल में कितना लगाव, कैसा अपनापा पाया जा सकता है! वह निपट-निरक्षर रिक्शावाला...यहाँ टेलिफ़ोन केन्द्र पर

मौज़ूद ये लोग...। ज़्यादातर ये पढ़े-लिखे लोग ही लग रहे हैं...। एक ऐसे व्यक्ति से, जिससे वे अपनी भाषा सुनने की उम्मीद नहीं कर सकते थे, उसके मुँह से अपनी भाषा सुनकर कितने मुग्ध हैं सब! कुछ ही पल में वहाँ ऐसा माहौल बन गया कि उसे लगा कि उन सभी लोगों के इस अन्तरंग अनुरोध को अस्वीकार कर, वह सबके मन को ठेस पहुँचाने का अपराध कर बैठेगा। सो, टेलिफ़ोन केन्द्र के अधेड़ संचालक को बड़े संकोच के साथ उसने अपना हांगकांग का फ़ोन नम्बर देते हुए कहा, 'यह एक फ़ोन नम्बर है हांगकांग का...मिला दीजिए। पर अभी भी मुझे यह ठीक नहीं लग रहा है...अपनी बारी के पहले फ़ोन करना।'

मुस्कराते हुए टेलिफ़ोन बूथ के अधेड़ संचालक ने कहा, 'ऐसा कुछ नहीं। आप ऐसा हरगिज मत सोचिए।'

फ़ोन तुरन्त मिल गया। मम्मी ने फ़ोन उठाया है। 'हलो' कहते हुए मम्मी के स्वर में अपार व्यग्रता है। शायद बीते दो दिनों में हर बार फ़ोन की घंटी बजने के साथ वे इसी चरम व्यग्रता से फ़ोन उठाती रही होंगी। रॉबिन के स्वर में भी भावुकता भरा आवेग है, 'हलो मम्मी...रॉबिन हियर...। कैसी हो मम्मी...। मैं फ़ोन नहीं कर सका था अब तक...सॉरी...माफ कर दो...। दरअसल, यहाँ पहुँचकर एक-दो दिन सेट्ल करने में लग गया...।'

मम्मी का स्वर भर्राया हुआ है, 'दो दिन कैसे बीते हैं, तुम्हें मालूम?...तुम्हारे पापा कितने बेचैन हैं...। पापा प्रेस में हैं, उनसे बात कर लेना...। तुम्हारी आवाज सुनकर उन्हें राहत होगी...। वहाँ खाने-पीने में कोई दिक्कत तो नहीं...? मच्छर काफी होते होंगे...? बेटे, मच्छरदानी जरूर लगा लिया करना...।' मम्मी छोटी-छोटी हिदायतें तन्मयता से दिये जा रही हैं।

वह हँसते हुए बोला, 'मम्मी, तुम बेफिक्र रहो...। तुम्हारी हिदायतों को मैं हरगिज नहीं भूल सकता।'

मम्मी ने रुआँसे स्वर में कहा, 'मेरी हिदायतें अगर तू याद रखता, तो राँची उतरते ही फ़ोन नहीं करता? खैर, छोड़, पर पापा से प्रेस में बात कर ले...। हाँ, हर आठ-दस दिन पर जरा फोन कर लिया करना बेटे...। पहली बार हम सबसे इतनी दूर गया है तू, इसलिए चिन्ता लगी रहती है...। तुम्हारे दोस्त लोगों ने भी इन दो दिनों में बार-बार फ़ोन करके परेशान कर रखा है—क्या वहाँ से रॉबिन का कोई फ़ोन आया...? मैं क्या जवाब देती...? फ़ोन करते रहना बेटे...और काम जल्दी खतम करके लौट आने की कोशिश करना...।'

फ़ोन रखकर रॉबिन ने टेलिफ़ोन-बूथ संचालक से हांगकांग के अपने प्रेस का फ़ोन नम्बर देते हुए कहा, 'कृपया यह एक नम्बर और मिला दें वहाँ।'

प्रेस में फ़ोन पापा ने उठाया और रॉबिन की आवाज सुन गद्गद हो छूटते ही उन्होंने कहा, 'पहले मम्मी से घर पर बात कर लो। दो दिनों से परेशान है बेचारी।'

रॉबिन ने हँसते हुए कहा, 'मम्मी से बात करके ही आपको फ़ोन कर रहा हूँ। उन्होंने भी यही कहा कि पापा को फ़ोन कर लो।'

डेनिस हँस पड़े, 'तुम तो जानते हो, तुम्हारी मम्मी परेशान हो जाती है। जिस शाम तुम गए, उस सारी रात वह सो कहाँ सकी।'

रॉबिन ने कहा, 'दरअसल, नई जगह पर पहुँचकर सारा शिड्यूल थोड़ा इधर-उधर हो ही जाता है, इसलिए मैं फ़ोन नहीं कर सका पापा।'

डेनिस ने पूछा, 'वहाँ कोई दिक्कत तो नहीं 'क्वींस कॉटेज' में? मेरी तरफ़ से मि. मिलर को धन्यवाद कहना। मिस बॉनर...मिसेज़ थ्रिपथॉप...मि. मेंडेज़—इन सबसे तुम मिले या नहीं?'

रॉबिन ने कहा, 'हाँ, इन सबसे मिल चुका मैं...। मि. गिब्सन, मि. नोएल गॉर्डन और मि. डिकोस्टा से अब मिलना है...। धीरे-धीरे सबसे मिल लेंगे।'

डेनिस ने कहा, 'सबसे मिलते रहना, किट्टी और मेरे दोस्त बहादुर उराँव से भी मिल लेना...। तुम्हारे नॉवेल के लिए ये सब भी जानकारी देने के मामले में काफी हेल्पफ़ुल होंगे।'

रॉबिन ने पूछा, 'वहाँ प्रेस का कामकाज ठीक-ठाक है न पापा?'

डेनिस ने कहा, 'हाँ, बस, चल रहा है। इधर तो यही हांगकांग के ट्रांसफ़र को लेकर ब्रिटेन और चीन का रोज कुछ-न-कुछ लफड़ा हो ही रहा है। जैसेकि आज यहाँ के अखबारों की सुर्खियाँ हैं कि चीन के नेता हांगकांग के अंग्रेज़ गवर्नर क्रिस पैटन से सख्त नाराज हैं। दरअसल रॉबिन, क्रिस पैटन ने यह बहस तेज कर रखी है कि 1997 में हांगकांग को चीन के हवाले किये जाने के पहले यहाँ के डेमोक्रेटिक सिस्टम को और व्यापक बनाया जाना चाहिए, ताकि चीन के सत्ताधारी इस शहर की व्यवस्था को अपने हाथ में लेने के बाद मनमानी न कर सकें। इसको लेकर क्रिस पैटन पर चीन के सत्ताधारियों की नजर टेढ़ी हो गई है। इसी तरह चीन के ये सत्ताधारी ब्रिटिश सेक्रेटरी डगलस हर्ड पर भी खार खाये बैठे हैं। पता नहीं, ट्रांसफ़र के पहले और बाद में क्या-क्या तमाशा होगा...?'

रॉबिन ने कहा, 'अब फ़ोन रखता हूँ पापा। मैं फ़ोन करता रहूँगा।'

डेनिस ने अपने-आपमें लौटते हुए कहा, 'हाँ, कम-से-कम सप्ताह में एक बार फ़ोन कर लिया करोगे, तो हमें राहत रहेगी। तुम्हारी मम्मी परेशान नहीं होगी बेटे। अच्छा, पैसे-वैसे की जब कोई जरूरत हो, तो फौरन कहना...। ओ...के...ऑल द बेस्ट बेटे...।'

फ़ोन रखकर रॉबिन ने बिल के पैसे चुकाये। जितनी देर तक उसने बात की, उसे अनुमान था कि कुछ ज़्यादा बिल आएगा। पर उसके अनुमान से बिल काफ़ी कम था।

उसने टेलिफ़ोन बूथ संचालक को धन्यवाद दिया, 'बहुत धन्यवाद...बहुत शुक्रिया।' वहाँ बैठे लोगों की तरफ़ भी मुख़ातिब होकर उसने कहा, 'आप लोगों के स्नेह के लिए आभारी हूँ।'

टेलिफ़ोन बूथ से बाहर निकलते हुए उसने सोचा, अब जब कभी फ़ोन करना होगा, यहीं आकर फ़ोन करेगा। टहलते हुए वह सड़क पर कुछ आगे निकल आया।

धूप अभी तमतमाहट की पराकाष्ठा पर है। रॉबिन ने घड़ी देखी, सवा दो बज रहे हैं। मिलर अंकल ने बताया था, साढ़े तीन बजे के करीब 'गंज' वापस लौटने के लिए बस मिल जाएगी। इस लिहाज़ से अभी लगभग सवा घंटे हाथ में हैं। सुबह जैक ने इतना नाश्ता परोस दिया था कि भूख उसे महसूस नहीं हो रही है। सामने कुछ दूरी पर उसे कोल्ड ड्रिंक्स की एक दुकान दिखी। उसने सोचा, चलकर कोल्ड ड्रिंक्स पीते हैं।

सड़क पर सवारियों की तादाद अभी कम हो गई है। अधिकांश दुकानदार उनींदे-अलसाये से अपनी-अपनी दुकानों के काउंटर की कुर्सियों पर बैठे सड़क पर से ही दिख

रहे हैं। कोल्ड ड्रिंक्स की उस छोटी-सी कठघरेनुमा दुकान पर बैठा आदमी भी ऊँघ रहा है। इसलिए रॉबिन ने जब उसे आवाज़ दी, तो वह एकबारगी हड़बड़ा उठा है। फिर उसी हड़बड़ाहट से उपजी तत्परता में उसने रॉबिन को कोल्ड ड्रिंक्स की बोतल खोलकर बढ़ा दी। उसके पैसे चुका कर रॉबिन ने सोचा, अब क्या किया जाए? फिर उसने तय किया कि बस स्टैंड की तरफ़ थोड़ा पाँव-पैदल निकले। हालाँकि, यह गर्मी उसके लिए असहनीय है। पर उसे लगा, कोई रिक्शा या अन्य सवारी से भी बस स्टैंड तक जाने में गर्मी तो लगभग इतनी ही लगेगी।

अगर समय हो, तो पैदल चलने से, विशेषकर अगर कोई नई जगह हो, तो अच्छा रहता है। उस शहर की बनावट और रूप-रंग का सूक्ष्म परिचय आदमी को मिलता चला जाता है। रिक्शावाला बस स्टैंड से जिस रास्ते से होकर उसे लाया था, उस रास्ते का अनुमान लगाकर वह चल पड़ा। कुछ दूर तक उसने रास्ते के दोनों तरफ़ इधर-उधर देखकर आश्वस्त होना चाहा कि किसी ग़लत दिशा में तो नहीं चल पड़ा है, पर फिर वह आश्वस्त हो गया कि यह वही रास्ता है, जिधर से होकर वह आया था। राँची शहर के बारे में पापा ने बताया था कि इसे बिहार की 'मिनी राजधानी' का दर्ज़ा भारत की आज़ादी के बाद से ही बिहार के शासकों ने दिया था। पर कैसी बदहाल और तंग सड़कें हैं इस मिनी राजधानी की! रातू रोड बस स्टैंड जाने के लिए फिरायालाल चौक से अपर बाज़ार के तंग रास्ते में वह घुस गया, पर एकबारगी उसे लगा कि इस रास्ते से तो वह नहीं आया था।

'क्या यह रास्ता रातू रोड बस स्टैंड जाएगा?' उसने बग़ल से गुज़रते एक व्यक्ति से पूछा।

'हाँ, बिलकुल। बस, चलते चले जाइए।' उस आदमी ने बड़े इत्मीनान से कहा, 'रातू रोड बस स्टैंड जाने के लिए एक रास्ता काँके रोड से भी होकर है और एक यह भी।'

तब शायद आने के समय रिक्शावाला उसे काँके रोड वाले रास्ते से लाया था। अपर बाजार में गाड़ी, रिक्शा, ठेले और साइकिलों की रेलमपेल अभी देखते बन रही है। उसने दोनों किनारों में क़तार से गुँथी-मुथी दुकानों के बोर्ड पर नज़र दौड़ाई। अपर बाज़ार रोड में एक 'पुस्तक पथ' भी है। उसने देखा, इस नाम को सार्थक करने के लिए बीच-बीच में कुछ किताब की दुकानें भी हैं। इन्हीं दुकानों के बीच थोड़े-थोड़े फ़ासले पर मन्दिर और मस्जिद को भी अँटा लिया गया है। मस्जिद के नीचे रजाई के खोल, चादर और मच्छरदानी की दुकानें हैं। बीच-बीच में स्टील और पीतल के बर्तन की भी दुकानें। बहुत लम्बा है अपर बाजार रोड जिसके बीच गांधी चौक, महावीर चौक और प्यादा टोली भी है। प्यादा टोली के पास एक विशाल चहारदीवारी के भीतर बाँस, नीम और यूकेलिप्टस वृक्षों की जमघट है, जिस पर नज़र पड़ते ही अपर बाजार में छाई बेचैनी एक क्षण के लिए दूर होती लगती है। प्यादा टोली का आख़िरी छोर आ गया है।

रातू रोड बस स्टैंड अब दिख रहा है। तपती नीम दोपहरी में एक बींधती हुई वीरानी ने बस स्टैंड को दबोच रखा है। छोटानागपुर के विभिन्न हिस्सों में जानेवाली बसें एक क़तार से अभी अलसाई खड़ी हैं और यात्रियों की हलचल भी इस समय कम है। कुछ यात्री शेड के नीचे बेशक बैठे हैं। कुछ खोमचेवाले, जो तीन-चार घंटे पहले शेड के बाहर

खड़े होकर अपना सामान बेच रहे होंगे, अभी शेड के भीतर अपने खोमचे का सामान नीचे रखकर बैठे हुए सुस्ता रहे हैं।

शेड के भीतर बैठे एक खोमचेवाले से रॉबिन ने पूछा, 'मैकलुस्कीगंज जानेवाली बस किधर लगी हुई है भैया?'

खोमचेवाले के चेहरे पर कुछ पल के लिए एक अनजान-सा भाव खेल गया, 'मैसकुलीगंज? यह कौन-सी जगह है? नहीं मालूम मुझे।' खोमचेवाला मैकलुस्कीगंज का नाम लेने में तुतला गया है।

रॉबिन ने हल्के हँसकर कहा, 'अरे भाई, वही खलारी के पास...।'

खोमचेवाले के चेहरे पर यह सुनकर सहसा एक पहचान-सी लौट आई है, 'सो न कहिए। वह रही बस...।'

रॉबिन ने घड़ी पर नज़र डाली—लगभग आधे घंटे और हैं...। शेड के नीचे रॉबिन कुछ देर तक यों ही चहलक़दमी करता रहा। इस बस के लिए यात्रियों का पहुँचना अभी शुरू नहीं हुआ है।

राँची के बारे में...यहाँ के नगर जीवन के बारे में धीरे-धीरे जानना होगा। कितना प्यारा-सा छोटा नाम है, इस शहर का—राँची...! मिनी राजधानी का मिनी-सा नाम! क्या यह राँची नाम भी मैकलुस्कीगंज की तरह ही किसी व्यक्ति विशेष के नाम पर है, या बस यों ही? रॉबिन ने सोचा, वह इस बारे में कभी पूछेगा मिलर अंकल या मेंडेज़ अंकल से।

मैकलुस्कीगंज जानेवाली बस में अब थोड़ी हलचल हुई है। गेट खोलकर ख़लासी अन्दर घुसा है। रॉबिन ने उसके हुलिये से अनुमान लगाया—जरूर ख़लासी होगा यह। पर यह क्या? रॉबिन को तत्काल अचरज भी हुआ। वह ख़लासी-सा लग रहा बीस-इक्कीस साल का लड़का ड्राइवर की सीट पर आकर बैठ गया है और बस को स्टार्ट कर रहा है। दो-तीन बार घुरघुराकर बस स्टार्ट हो गई है और अब वह ख़लासीनुमा लड़का बसों की क़तार के बीच से धीरे-धीरे बस को बाहर निकाल रहा है। तो क्या यही छोकरा बस चलाकर ले जाएगा? शायद यह ड्राइवर ही हो, क्या पता! फिर भी उसके हुलिये से वह आश्वस्त नहीं हो पाया कि यह ड्राइवर होगा।

बस अब क़तार के बीच से निकलकर बस स्टैंड के एकदम बीच आ खड़ी हुई है। बस को बन्द कर वह ख़लासी के हुलियेवाला युवक ड्राइवर की सीट से उतर चुका है। इक्का-दुक्का यात्री अब पहुँचने लगे हैं। रॉबिन ने सोचा, बस अब जबकि बाहर आ लगी है, तो चलकर अन्दर सीट पर वह बैठ ही जाए।

वह अन्दर सीढ़ी के ठीक दाईं तरफ़ वाली सीट पर जाकर बैठ गया। धीरे-धीरे यात्री सीटों को भर रहे हैं। महिला सीट पर कुछ महिलाएँ भी आकर बैठ चुकी हैं। बस खुलने में अब मात्र आठ-दस मिनट रह गए हैं। तभी रॉबिन की नज़र सीढ़ी के पास गई। सुगापंखी साड़ीवाली वही आदिवासी लड़की अन्दर आ रही है। मई की तमतमाहट उसके आबनूसी चेहरे पर अभी भली भाँति दिख रही है। पसीना उसके चेहरे को भिगोये हुए है। उसने इधर-उधर नज़र दौड़ाई। एक झलक रॉबिन की तरफ़ भी देखा; शायद, यह सोचकर कि उसी की तरह यह युवक भी ज़ल्दी ही मैकलुस्कीगंज लौट रहा है। महिला सीट पर

वह जा बैठी है और आँचल से उसने चेहरे के पसीने को पोंछा है। ठीक उसी तरह जैसे मैकलुस्कीगंज में पीपल के पेड़ के नीचे आज उसने अपना चेहरा पोंछा था।

रॉबिन को अच्छा लगा। चेहरा पोंछने के बावजूद उसके चेहरे से धूप की तुर्शी अभी तक गई नहीं है। एक लाल सुर्ख़ कालिमा...। उसके तीखे नाक-नक़्श में और तुर्शी आ गई है। एक सुर्ख़ तमक।

तभी ड्राइवर वाली सीट के पास का गेट खट् से खुला, तो रॉबिन का ध्यान टूटा। पैंतीस-छत्तीस साल के इस व्यक्ति को अधेड़ क़तई नहीं कहा जा सकता है। उसने गाड़ी स्टार्ट कर दी है। अभी थोड़ी देर पहले जिस ख़लासीनुमा युवक ने क़तार से बस को लाकर बाहर किया था, वह गेट पर ख़लासी के खड़े होने की जगह पर खड़ा है। रॉबिन ने सोचा, उसका अनुमान ग़लत नहीं था। यह तो ख़लासी ही है और वह ड्राइवर। शायद इसी तरह थोड़ा-थोड़ा बस को आगे-पीछे करने का अभ्यास यह ख़लासी करता होगा। यही करते-करते मुमकिन है, कुछ साल बाद यह भी किसी बस का ड्राइवर बन जाए! इसी तरह सीखते होंगे। पहले ख़लासी, फिर ड्राइवर।

मैकलुस्कीगंज पहुँचते-पहुँचते शाम गहरा गई है। एक अजीब-सी थकान वह महसूस कर रहा है। जो भी हो, पर बस की यात्रा में थोड़ी हरारत हो ही जाती है। मिसेज़ ऐलिस टॉमलिन के घर से थोड़ी दूर पर ही बस रुकी है। ऐन सीढ़ी के दायें वाली सीट पर बैठे होने के कारण वह तत्काल नीचे उतर आया है। फिर पीछे से लड़की भी नीचे उतर आई। रॉबिन का क़दम धीमा है। आगे बढ़ते हुए उस लड़की ने रॉबिन की तरफ़ देखा। धूसर जामुनी रंग की इस साँझ में, उसकी गहरी घनी आँखें एक शालीन-सी सरल कौंध से भरी हैं। रॉबिन को हुआ, बढ़कर पूछे उससे—क्या इसी गाँव में घर है तुम्हारा? कहाँ रहती हो तुम? पर वह आगे नहीं बढ़ सका।

लड़की साँझ में डूबते वृक्षों की झुरमुट में धीरे-धीरे बढ़ती चली गई है। रॉबिन को यह दृश्य बड़ा काव्यात्मक लगा। इस भरी साँझ में, वृक्षों की झुरमुट में डूबती जा रही एक वनकन्या, अपने पीछे अपनी सुरम्यता इस रास्ते पर बिखेरती जा रही है। कोई भी इस रास्ते को देखेगा, तो उसे रुकना पड़ेगा और उसे यह रास्ता अपनी सुरम्यता में समा लेगा। रॉबिन ने सोचा, खाली मन शैतान का कारखाना...याकि कविता का कारखाना...। मन में अनायास कुछ पंक्तियाँ थिरक उठीं, 'हिअर इज़ अ ब्लैक रोज़ फॉर माइ लव...हिअर इज़ अ ब्लैक क्लाउड फ़ुल ऑव रेन...' (एक काला गुलाब मेरे प्यार के लिए...एक काला बादल बारिश से भरपूर...।) लड़की अब तक पूरी तरह ओझल हो चुकी है।

रॉबिन अपनी उसी धीमी मन्द गति में 'क्वींस कॉटेज' की तरफ़ जा रहा है। पत्तों की हल्की चरमराहट उसके पाँवों के नीचे बज रही है। कौन है यह लड़की? यह राँची क्या करने गई थी? इतनी जल्दी क्यों लौट आई? क्या सचमुच वह इसी गाँव की है? होगी तो इसी गाँव या आसपास के किसी गाँव की! बहरहाल, जो भी हो, उसे क्या लेना-देना? यह कुछ क्षण की एक सुन्दर अनुभूति थी महज़, और क्या!

मैकलुस्कीगंज में जीवन की प्रचुर गन्ध है। एक-से-एक अनन्य मधुर गन्ध का विपुल विलास! गाँव की चौहद्दी के भीतर की धरती और इसकी चौहद्दी के ठीक ऊपर के

निर्मल आकाश की गमक...! और कुछ देर पहले रास्ते पर बिखेरी हुई उस सुरम्य-सुगंधि की वह भीनी 'कहन'...।

खुली हुई आँखें

एक पल में बिन्दा उराँव की देह पसीने से उसन गई। क्वाँर पातर का बिन्दा उराँव हर रोज़ की तरह किरण फूटने के पहले जब धार के किनारे शौच करने गया, तो उसके मुँह से मारे भय के ज़ोरों की सिसकारी फूट पड़ी। वहाँ सामने झाड़ी में एक बड़े-से चट्टान के नीचे दो बच्चों की लाशें दबी पड़ी थीं। मुँहअँधेरे के उस गहरे सन्नाटे में धार के पास उसे इस तरह की यम-यातना से गुज़रना पड़ेगा, इसकी कल्पना बिन्दा उराँव को नहीं थी। सुबह की शीतल मन्द हवा के बावजूद चेहरे पर बरबस तड़तड़ा आए पसीने को कन्धे पर रखे अँगोछे से उसने बदहवासी में रगड़कर पोंछा और जल्दी-जल्दी किसी तरह शौच से निबटकर अपने उराँव टोले की तरफ़ बेतहाशा दौड़ पड़ा। उसका कलेजा किसी तरह थम नहीं रहा था। क्वाँर पातर के पंचम लुहार की भाथी जैसे उसके कलेजे में घुस गई थी।

टोले से तीन-चार लोगों को साथ लेकर वह जल्दी से धार की तरफ लपका। इन छोटे नादान बच्चों ने भला किसका क्या बिगाड़ा होगा? बिन्दा उराँव का मन करुणार्द्र हो उठा था। सभी ने झाड़ी में घुसकर देखा—एक लाश लगभग आठ साल के लड़के की थी और दूसरी लाश दस साल की एक बच्ची की। मारनेवाले ने दोनों बच्चों का मुँह पत्थर से बुरी तरह कुचल दिया था। बिन्दा उराँव का वश चलता तो उसी समय चट्टान हटाकर वह दोनों बच्चों की लाश निकाल लेता, पर साथ गए टोले के लोगों ने सख़्ती से रोक दिया, 'ज्यादा हुची-फुची करने की जरूरत नहीं। यह पुलिस का मामला है। लाशों को छूना, झंझट को छूना होगा। खलारी थाना को किरण फूटते ही हम खबर कर दें।'

दोनों बच्चों का कुचला हुआ चेहरा ख़ून के थक्के से काला पड़ा हुआ था और उनकी खुली हुई आँखें ज़र्द सफ़ेद थीं। मन मसोसकर आख़िरकार दोनों बच्चों की लाशों को उसी हालत में छोड़कर सबके साथ लौट आना पड़ा था बिन्दा उराँव को।

'फरीछ' होने के साथ यह ख़बर पूरे क्वाँर पातर में आग की तरह फैल गई है। अटकलों की सरगर्मी बढ़ती कि बूढ़े सधनु उराँव ने कान में यह ख़बर पड़ते ही चिहुँककर कहा, 'अरे, कहीं ये 'गंज' के इसहाक मियाँ के नाती-नातिन तो नहीं हैं? दो दिनों से इसहाक मियाँ जुलहाल हैं अपने नाती-नातिन की खोज में। परसों भी स्टेशन पर इसहाक मिले थे।'

वर्षों से 'गंज' स्टेशन पर क्वाँर पातर से जाकर फल व सब्जी बेचनेवाले सधनु उराँव ने अपनी आँखों को सिकोड़ते हुए सबसे कहा, 'तुम लोग देख लेना, ये बच्चे जरूर इसहाक मियाँ के नाती-नातिन होंगे। कुछ महीने से इसहाक मियाँ के दामाद और बेटी में झगड़ा चल रहा था। हमको लगता है, हो न हो, उसी झगड़े के चलते यह सब हुआ है।'

सुबह का उजाला तेज़ी से फूट रहा है। बिन्दा उराँव उन लोगों को साथकर खलारी थाना को ख़बर करने निकल गया है, जिनको लेकर वह लाशों को देखने धार के किनारे

गया था। निकलते समय सधनु उराँव ने बिन्दा से कहा, 'पुलिस को साथ लिये आना। इस सबमें देरी होने से परेशानी बढ़ती है।'

अपने पोते मंझी को सधनु उराँव ने उसी क्षण इसहाक मियाँ को ख़बर करने 'गंज' दौड़ा दिया। चीते-सा फुर्तीला है मंझी। सधनु उराँव को पोते पर बहुत गर्व है।

बाल हनुमान की तरह एक साँस में दरबर मारते हुए मंझी थॉप साहब के बँगले पर पहुँच गया और कलेजे की तेज़ धौंकनी को भरसक थामने की कोशिश करते हुए इसहाक़ मियाँ से कहा, 'तनी जल्दी चलिए तो क्वाँर पातर, वहाँ धार के पास दो बच्चों की लाश मिली है! पहचानिए तो चलकर कि कहीं आपके नाती-नातिन तो नहीं हैं? बच्चों का चेहरा पत्थल से कुचला हुआ है। आप ही पहचान सकिएगा।'

मंझी की बात सुनते ही इसहाक़ मियाँ के बग़ल में बैठी सोबराती बुक्का फाड़कर रोने लगी है, 'आ गे शबाना गे...रे मोरा अफजलवा...।' सोबराती के विलाप से सफ़ेद बँगलेवाला थॉप साहब का अहाता सुबह-सुबह बुरी तरह सिहरकर ज़र्द हो रहा है।

इसहाक़ मियाँ ने सोबराती को चुप कराने के लिए ज़ोर से झिड़कते हुए कहा, 'अभिये आँसू से जमीन नीप लो! तुम्हारा यही सब कन्ना-रोहट हमको अच्छा नहीं लगता। कोई जरूरी है कि वे दोनों अपने शबाना और अफजल ही हों!'

पर अन्दर-ही-अन्दर इसहाक़ मियाँ का भी कलेजा छनक रहा है। इस ज़ईफ़ी में क्या-क्या दिन न देखने पड़ें! रह-रहकर उनका मन अपने दामाद दिलावर पर जा रहा है, जो पिछले कई दिनों से अमना से झगड़ा करके भागा हुआ है। कहीं दिलावर ने ख़ुद ही तो नहीं अपने बच्चों का मुँह कुचलकर...? इंसानियत से उनका अक़ीदा[1] उठ गया है। हाथ पर लड्डू की तरह हमेशा रखा दिलावर को। उफ़्, कैसे-कैसे गन्दे ख़याल आ रहे हैं...या इलाही...परवरदिगार...! इन ख़यालों को एकबारगी झटककर इसहाक़ मियाँ फौरन मंझी के साथ क्वाँर पातर निकल पड़ने के लिए उठ खड़े हुए।

मंझी उराँव जब यह ख़बर लेकर पहुँचा था, तो अमना स्टेशन की तरफ़ निकली हुई थी। शायद कैंटीन मजीद से मिलकर दोनों बच्चों को ढूँढ़ने के बारे में ही कुछ कहने-सुनने गई थी। अच्छा हुआ कि मंझी के आने के समय वह नहीं थी, वरना मानती नहीं, साथ चलने की ज़िद ठान देती। रास्ते भर दिल और होंठों के बीच बुदबुदाकर दुआ करते मंझी उराँव के पीछे तेज़-तेज़ क़दमों से भागते गए इसहाक़ मियाँ।

बच्चों की लाश देखते ही इसहाक़ मियाँ अपने-आपमें नहीं रह गए। शबाना और अफ़ज़ल का बुरी तरह कुचला हुआ मुँह देख धार के किनारे की भीगी मिट्टी पर बिलबिलाते हुए वे छितरा गए। यहूदियों के आदि पैग़ंबर हज़रत इब्राहिम अगर मौक़े पर मौजूद होते, तो आस्तीन से आँखें पोंछ झुककर अपने विकल बेटे इसहाक़ को गोद में उठा लेते। सधनु उराँव ने गहरी करुणा से कहा, 'सम्हालिए अपने को मियाँ। हियाव करिए। आप ही जब ऐसे कीजिएगा, तो अमना की क्या हालत होगी?'

पर इसहाक़ मियाँ आँखें खोले देर तक उन दोनों नन्ही लाशों के बीच पड़े एक तीसरी लाश बने रहे। उनकी आँखें लगातार झरझरा रही हैं। वही हुआ, जिसकी आशंका उनको थी। यह ज़ुल्म दिलावर छोड़कर और कोई नहीं कर सकता। अमना से एक दिन झगड़े में

1. विश्वास

उसने धमकी भी दी थी कि दोनों बच्चों को वह मार डालेगा। उस समय तो लगा था कि दिलावर ने यह बात ग़ुस्से में कही है।

दरअसल, अमना से लगातार के झगड़े के बाद दिलावर एक दिन 'गंज' से भाग गया था। पर इसहाक़ मियाँ और सोबराती इस उम्मीद में थे कि एक दिन दिल-दिमाग़ ठंडा होने पर दिलावर फिर अमना के पास आ ही जाएगा। सच्चा प्यार बार-बार लौटता है। हाँ, इस बीच एक बार सोबराती ने जब इसहाक़ मियाँ से कहा कि 'दिलावर कहाँ है, कुछ तो पता करिए', तो हमेशा बहुत कम बोलनेवाले इसहाक़ मियाँ फूट पड़े थे, 'कहाँ से उसके लिए सी.आई.डी. लगाएँ? अमना से उसका निकाह कोई हम लोगों ने तो नहीं कराया था। खुद अपनी मर्जी से उसने किया था। अब अगर अपने खानदानवालों के चढ़ाने पर दिलावर का दिमाग बन-बन फिर रहा है, तो हम इसमें क्या करें?'

अम्मी-अब्बा की बात अमना दूर से सुनती रहती थी। कई दिनों से दिलावर उसे 'गंज' में दिखा नहीं था, लेकिन कुछ लोग बताते थे कि वह आसपास ही कहीं छिपा है। पर दिलावर इस वहशियत पर उतर आएगा, इसकी कल्पना अमना को नहीं थी।

खलारी पुलिस क्वाँर पातर पहुँच गई है। बेहद ख़ामोशी से दोनों बच्चों के बीच से इसहाक़ मियाँ उठे और सधनु उराँव को कलेजे से भींच लिया, 'हम बिना माथे की देह बन गए सधनु भाई!' गहरी साँस खींचकर ढबढबा गए हैं इसहाक़ मियाँ।

खलारी पुलिस ने इसहाक़ मियाँ के बयान पर दिलावर के ख़िलाफ़ मामला दर्ज़ कर लिया है। खलारी पहुँचकर दोनों बच्चों की लाश के पोस्टमार्टम की रस्मअदायगी भी पुलिसवालों ने जल्दी करवा दी। फिर भी खलारी पुलिस की जीप से दोनों बच्चों की लाश लेकर इसहाक़ मियाँ को 'गंज' पहुँचने में शाम हो गई।

'गंज' में यह ख़बर हर तरफ़ फैल गई है कि दिलावर ने ख़ुद अपने दोनों बच्चों का खून कर दिया है और फ़रार है। थॉप साहब के बँगले पर लोगों की भारी भीड़ उमड़ी हुई है। सोबराती छाती कूट-कूटकर रो रही है। अमना को दाँती पर दाँती लग रही है। उसकी दाँती छुड़ाने में इसहाक़ मियाँ की उँगली में ख़ून छलक आया। माँ-बाप बच्चे को सब कुछ दे सकते हैं, क़िस्मत नहीं। इसहाक़ मियाँ बरबस पुरानी यादों में लौट गए हैं। कैसे कुर्मी जाति का दिलीप महतो कलमा पढ़कर दिलावर बना और अमना से शादी की। इसहाक़ मियाँ दिलीप महतो से अमना के मेलजोल को लेकर शुरू से सख़्त ख़िलाफ़ थे। पर अमना की क़िस्मत में यही बदा था।

जैक थोड़ी देर पहले ही थॉप साहब के बँगले से लौटा है। बहुत विदग्धता के साथ उसने पूरे घटनाक्रम का बयान किया है। मि. मिलर ने रॉबिन से कहा, 'किसी-न-किसी दिन यह होना था। शादी के बाद से ही दोनों फ़ैमलि में टेंशन थी।'

टुइयाँ गंझू भी इसकी पुष्टि करता है, 'हाँ, दोनों साइड में काफी दिनों से 'डिफेक्ट' चल रहा था।'

दिलीप महतो की पहली शादी अपनी जाति में ही हुई थी, पर दिलीप की पहली पत्नी से बनी नहीं थी और कुछ साल बाद दिलीप ने उसे छोड़ दिया था। उसके बाद अमना से दिलीप के मेलजोल का सिलसिला शुरू हुआ था। दिलीप का पुश्तैनी घर 'गंज' से चार स्टेशन दूर गढ़वा में था। पर दिलीप का बाप राम प्रसाद महतो जब से 'गंज' में रेल के

'मेट' की नौकरी में आया, तब से धीरे-धीरे उसका पूरा परिवार गढ़वा से उठकर 'गंज' में आ बसा था। दिलीप और उसके पांचों भाई 'गंज' में ही पैदा हुए थे। इसलिए दिलीप 'गंज' का ही लड़का था। अमना से मिलने अक्सर दिलीप थॉप साहब के बँगले पर पहुँच जाता। इसहाक़ मियाँ को यह बात बहुत नाग़वार गुज़रती और वे सोबराती पर बरस पड़ते, 'तुम्हारी खुरबाढ़न बेटी एक दिन हम सबको बर्बाद कर देगी। उसको बता दो कि इन हरकतों से बाज आए।'

दिलीप और अमना की आशनाई को लेकर 'गंज' में तरह-तरह की प्रतिक्रियाएँ थीं, जिसका सबसे प्रमुख स्वर था, 'एक कमसिन मुस्लिम लड़की से एक कुरमी लड़का खुलेआम प्यार-मोहब्बत कर रहा है और सारा समाज चुप बैठा है। कहिए तो भला? काल होती हैं ये कमसिन लड़कियाँ।'

बहरहाल, यह चर्चा जब काफ़ी ज़ोर पकड़ गई, तो एक सुबह मुँहअँधेरे अमना को लेकर दिलीप 'गंज' से भाग निकला। लगभग चार साल तक दिलीप और अमना का कोई थाह-पता नहीं चला। दरअसल, 'गंज' से भागने के बाद दिलीप मध्यप्रदेश के एक शहर में मज़दूरी कर अमना के साथ रहने लगा। वहीं अमना से निकाह करने के लिए दिलीप ने कलमा पढ़कर इस्लाम क़बूल किया और दिलीप से दिलावर बन गया। दिलीप ऊर्फ़ दिलावर और अमना की बेटी शबाना वहीं मध्यप्रदेश में पैदा हुई। कुछ दिनों की सरगर्मी और हाय तौबा के बाद धीरे-धीरे जब 'गंज' के लोग दिलीप और अमना को भूलने लगे थे, ऐन तभी चार साल बाद अचानक एक सुबह 'गंज' पहुँचकर दिलीप और अमना ने सबको हैरान कर दिया था। दिलीप से दिलावर बने अपने बेटे को उसके बाप राम प्रसाद महतो ने घर में घुसने नहीं दिया था। पर थोड़ी-सी ना-नुकर के बाद इसहाक़ और सोबराती ने दिलावर और अमना को अपना लिया और थॉप साहब के बँगले पर एक कमरे में साथ रखने लगे।

'गंज' पहुँचने के साल भर बाद दिलावर और अमना को एक बेटा भी हुआ, जिसका नामकरण इसहाक़ मियाँ ने किया—अफ़ज़ल। अपने परिवार से दिलीप उर्फ़ दिलावर का 'गंज' में रहकर भी कोई सरोकार नहीं था। वैसे दिलावर और अमना को थॉप साहब के बँगले पर इसहाक़-सोबराती के संग रहते देखकर दिलीप उर्फ़ दिलावर के बाप-भाई को तिलमिलाहट ज़रूर होती रहती थी। पर दिलावर यह भाँपकर भी उनकी कोई परवाह नहीं करता था। साल-दो साल तक तो सब कुछ ठीक रहा। दिलावर इधर-उधर मज़दूरी कर खाने-पीने लायक़ थोड़ा-बहुत कमा ही लेता था, पर धीरे-धीरे ख़र्चे-पानी के मसले पर दिलावर और अमना में तकरार शुरू हो गई, जो लगातार बढ़ती गई। अमना का कहना था कि बच्चे अब बड़े हो रहे हैं और उनकी पढ़ाई-लिखाई कराने के लिए दिलावर को अलमस्ती छोड़कर ठीक से कमाई करनी होगी। दोनों में एक बार जमकर झगड़ा हुआ, तो दिलावर 'गंज' में पदस्थापित रेलवे के स्टेशन मास्टर के साथ पटना चला गया। दरअसल, स्टेशन मास्टर का घर पटना में था और उन्होंने दिलावर से कहा था कि वह उनके साथ पटना चलकर उनके घर का 'पोचारा' कर दे। पटना में कुछ दिन और रुककर दिलावर ने मज़दूरी की, मकानों में पोचारे आदि का काम किया और खा-पीकर ढाई-तीन हज़ार रुपये बचाए। फिर वह 'गंज' आ गया। पटना से आने के बाद जब अमना से दिलावर

का फिर झगड़ा हुआ, तब दिलावर ने थॉप साहब का बँगला छोड़ दिया। वह स्टेशन के बाहर सुरेश गुप्ता के होटल में खाना खाता और स्टेशन पर ही सो जाता। थॉप साहब के बँगले की ओर जाने के बीच में पड़नेवाली रेल की पटरी दिलावर के लिए जैसे लक्ष्मण रेखा बन गई थी। दिलावर ने तय कर लिया था कि न ही वह अमना के साथ रहेगा और न ही अमना को अब एक फूटी कौड़ी देगा।

अमना से दिलावर की लगातार फूट-फटक देख दिलावर उर्फ़ दिलीप के घरवालों को बहुत राहत और ख़ुशी मिल रही थी। उन लोगों को लग रहा था कि बस इसी मोड़ पर फिर से धर्म परिवर्तन कराकर दिलावर को दोबारा दिलीप बनाया जा सकता है। इस तरह इस्लाम और अमना—दोनों से उसे छुटकारा मिल जाएगा। कई दिनों तक क्षुब्ध और हताश होकर 'गंज' में भटकते दिलावर उर्फ़ दिलीप को आख़िरकार उसके परिवारवालों ने सहानुभूति प्रदर्शित कर विश्वास में लिया और दिलावर उर्फ़ दिलीप को इसके लिए तैयार कर लिया कि वह इस्लाम का परित्याग कर फिर से हिन्दू धर्म अपना ले। उसके परिजनों ने उसे यह भी दिलासा दी कि अपनी बिरादरी की एक सुन्दर-सी लड़की को ढूँढ़कर जल्दी-ही उसकी शादी करा दी जाएगी।

इस सबके बाद ही यह घटना घटी।

अमना को लगता है कि यह सब सोच-सोचकर वह पागल हो जाएगी। वह याद करती है कि कैसे दिलीप के क़रीब वह आई थी, फिर कैसे उसके साथ भागकर गई...। कैसे जब शबाना को उसने जन्म दिया था, तो ख़ुशी से पागल हुआ जा रहा था दिलावर...। और वही दिलावर...उफ़...!

अमना की आँखें रो-रोकर सुर्ख़ होती रहती हैं। शबाना और अफ़ज़ल को कैसे वह भूल सकेगी? शबाना और अफ़ज़ल की खुली ज़र्द आँखें उसके मन से कभी नहीं हट पाती हैं।

विशाल योनि

मिसेज़ ऐलिस टॉमलिन के घर के सामने का विलायती पाकर पूरी छटा में है। सैकड़ों चिड़ियों के गुंजार से पुलकित रहनेवाला यह भारी भरकम पाकर मिसेज़ टॉमलिन के बँगले का ध्वज है, जो दूर से दिखता है। पर किसी चीज़ को सिर्फ़ जानना-देखना ही महत्त्वपूर्ण नहीं है। दरअसल, उस चीज़ को महसूस करने में आपका क्या अनुभव है, यह अधिक महत्त्वपूर्ण है। यह ज़रूरी नहीं कि महसूस करनेवाली हर चीज़ बहुत बड़ी या बेशक़ीमती ही हो! मसलन, यह विलायती पाकर ही क्या, कुछ भी हो सकता है, जैसे मिसेज़ ऐलिस टॉमलिन के मकान के लकड़ी वाले पुराने बदरंग गेट के बग़ल में जाने कब से पड़ा हुआ एक बड़ा-सा पत्थर। हरी और हल्की पीली दूब की नन्ही झुरमुट में लगभग आधा डूबा हुआ।

यह महत्त्वपूर्ण नहीं है कि इस बड़े-से पत्थर का सिर्फ़ स्पर्श करने में आपको कैसा लगता है, बल्कि यह महसूस करना अधिक सिहरन भरा और अधिक रोमांचक है कि गहरी हरी और हल्की पीली दूब की मख़मली मंजूषा में किसी अँगूठी के नग की तरह इसका सजा

रहना कैसा लगता है? अपनी धुरी पर लगभग एक लाख किलोमीटर प्रति घंटे की तेज़ गति में सूर्य की अहर्निश परिक्रमा करती हुई धरती पर वर्षों से निश्चल पड़ा यह पत्थर आख़िर मैकलुस्कीगंज गाँव में और वह भी मिसेज़ ऐलिस टॉमलिन के घर के पास ही क्यों पड़ा है? यहाँ इसे किसने, कैसे और क्यों लाया था? महासागरों और महाद्वीपों से भरी धरती पर, मिसेज़ टॉमलिन के गेट के बग़ल में पड़े इस पत्थर का अस्तित्व भला क्यों है? इस सृष्टि के कण-कण के अस्तित्व के पीछे ईश्वर का कोई-न-कोई उद्देश्य अवश्य होता है।

सृष्टि में निरर्थक कुछ नहीं। यह बात अलग है कि हम बहुत-सी चीज़ों की सार्थकता से अनभिज्ञ होते हैं और इसलिए हमारी दृष्टि में बहुत-सी चीज़ें निरर्थक और व्यर्थ होती हैं। पर बहुत-सी व्यर्थ चीज़ों को भी ग़ौर से देखना चाहिए कभी-कभी। उसे महसूस करने का अनुभव उठाना चाहिए। इसका बड़ा अजूबा और अटपटा आनन्द है। जैसेकि सड़क पर लावारिस पड़ा किसी एक पाँव का कोई चिथड़ा हो चुका जूता ही सही। इसे पहननेवाले पाँवों में कभी कैसी पुलक रही होगी? कितनी आवश्यकता में यह ख़रीदा गया होगा? पता नहीं, अपने मालिक के पाँव से बँधा यह कितने उत्सवों में शरीक हुआ होगा...? इसी तरह की कई चीज़ें, जैसेकि सूखी पत्तियाँ...सब्जियों या फलों के छिलके...अंडों के सफ़ेद कलफ़दार कड़कड़ाते छिलके...मसलन कई ऐसी चीज़ें...जैसेकि...जैसेकि मनुष्य जीवन के अन्तिम समय में व्यर्थता का एहसास...। पर अगर तह में जाइए, तो पता चलेगा कि व्यर्थता-निरर्थकता जैसे शब्द सिर्फ़ मनुष्य के शब्दकोश में हैं...सृष्टि के शब्दकोश में नहीं।

सुबह-सुबह रॉबिन जब मिसेज़ ऐलिस टॉमलिन के घर पहुँचा है, तो दरवाज़े पर दस्तक की आवाज़ के साथ सिंडी की 'हू-हू' करती भौंकने की आवाज़ मिसेज़ ऐलिस टॉमलिन के कमरे के भीतर गूँजने लगी है।

'मैं, रॉबिन!' दस्तक के साथ रॉबिन ने कहा है।

गहरे पीले फ्रॉक, जिस पर छोटे-छोटे लाल फूलों का सुन्दर प्रिंट है, पहने मिसेज़ टॉमलिन ने दरवाज़े की झिर्री से रॉबिन को देखा, तो मुस्कान से भर उठीं और दरवाज़े की सिटकनी खोलते हुए कहा, 'कितने दिन हुए तुम्हें यहाँ आए, आज याद आई मेरी? मुझे तो लग रहा था, पता नहीं, तुम्हें डेनिस ने मेरे बारे में बताया भी है कि नहीं...? क्या पता, डेनिस को लगा हो कि अब तक मर-खप गई होगी बुढ़िया ऐलिस...।'

रॉबिन इसके पहले कि कुछ सफ़ाई देता, मिसेज़ टॉमलिन ने आगे बढ़कर मारे अनुराग के रॉबिन के माथे को चूम लिया है।

दरवाज़ा खुलने के साथ उधर सिंडी अपने काम में व्यस्त हो गया है—वह चारों तरफ़ से धीरे-धीरे चक्कर मारकर रॉबिन को भली भाँति सूँघने का कार्यक्रम जारी किए हुए है।

मिसेज टॉमलिन ने सिंडी को लाड़ भरी झड़की दी है, 'ओफ़, सिंडी, डोंट बी सिली...!'

रॉबिन ने सिंडी की गहरी काली चिकनी त्वचा को गुदगुदाते-सहलाते हुए कहा, 'डाँटिए मत इसे। कहाँ कुछ शैतानी कर रहा है बेचारा! बस, अपने घर आए अजनबी से परिचय कर रहा है।'

मिसेज़ ऐलिस टॉमलिन होंठों के बीच बड़े करीने से दबी मुस्कान के संग किचेन की तरफ़ बढ़ गईं, 'बस, दो मिनिट...। तब तक तुम सिंडी के साथ बैठो। मैं तुम्हारे लिए चाय बना लाती हूँ, फिर चैन से देर तक बातें करेंगे।'

'आप बैठिए। आज मैं आपको चाय बनाकर पिलाता हूँ। आप यकीन कीजिए, मैं सचमुच अच्छी चाय बना सकता हूँ।'

मिसेज़ टॉमलिन के पीछे-पीछे रॉबिन उनके किचेन में चला आया है।

स्नेह से मिसेज़ टॉमलिन बिहँस पड़ी हैं, 'तुमने कह दिया, तो समझो, मैंने पी ली तुम्हारी बनाई चाय। अरे मेरे प्यारे बुद्धू बाबा, अभी मैं इतनी लाचार नहीं हो गई हूँ कि तुम्हें चाय बनाकर न पिला सकूँ या खाना बनाकर न खिला सकूँ...। हाँ, जब यह शरीर बिस्तर पकड़ लेगा, तब भले बना देना। पर तब तो कहोगे—उफ़्! पता नहीं इस बुढ़िया की इतनी भारी पसरी हुई तोंद कब पचेगी? कब तक भरना पड़ेगा इस भयानक मोटी बुढ़िया का इतना बड़ा थुलथुला पेट...?' मिसेज़ ऐलिस टॉमलिन अपने प्राचीन पीले दाँतों के संग खिलखिलाईं, तो उनका बड़ा-सा पेट हिलक उठा।

रॉबिन को लगा, जैसे पूरी पृथ्वी...पृथ्वी के सभी महाद्वीप और महासागर छोटे-छोटे लाल फूलों के प्रिंट वाले गहरे पीले फ्रॉक के भीतर हिलोरें मार रहे हैं। रॉबिन की माँ...रॉबिन की माँ की माँ...जैसे सबकी अलग-अलग दुनिया समायी हुई है उनकी विशाल योनि में। बासन्ती वसुंधरा के विशाल गर्भ में क्षोभ और त्रस्त अतीत से भरी है कई गुज़री हुई दुनिया। पुरानी पृथ्वी और पुरानी दुनिया को समझने के लिए आख़िर कितना पीछे जाया जाए?

मिसेज टॉमलिन छन्ने से कप में चाय ढाल रही हैं। किचेन की खिड़की से सामने के जंगल को...वृक्षों की पुरातन दुनिया को रॉबिन आँख भरकर देख रहा है।

उधर सिंडी बार-बार दुम सिकोड़कर फैलाते हुए अभी तक यह अनुमान लगाने की कोशिश में जुटा है कि निपट अकेली उसकी बूढ़ी मालकिन के पास इस तरह अन्तरंगता में किचेन तक जाकर बात करनेवाला यह आदमी भला है कौन? जब से सिंडी का इस घर में आगमन हुआ है, तब से उसने इस घर में ऐसे किसी व्यक्ति को नहीं देखा है। इस घर में दूधवाला या टोकरी में सब्जियाँ बेचनेवालियों को भी घर के बरामदे से ही निबटा दिया जाता है। ड्राइंगरूम से कोई किचेन तक आ जाए—सिंडी ऐसा पहली बार देख रहा है। पर अपनी सारी जासूसी का वह कोई निष्कर्ष नहीं निकाल पा रहा है और इसलिए बार-बार अपनी दुम सिकोड़कर फैलाते हुए कशमकश में धीमे-धीमे गुरगुराने की अजीब आवाज़ें निकाल रहा है।

किचेन की खिड़की के बाहर फैले वृक्षों की सघन जमघट पर से रॉबिन की आँखें तब हटीं, जब चाय के प्यालों को ट्रे में थामे मिसेज़ टॉमलिन ने ड्राइंगरूम की तरफ़ मुड़ते हुए उसाँसें लीं, 'सामने के जंगल से तो मैं परेशान रहती हूँ। कल भी 'धामिन' का एक जोड़ा किचेन की नाली से भीतर आ गया था।'

'धामिन? यह क्या होता है?' ट्रे से चाय का प्याला ले सोफ़े पर बैठते हुए रॉबिन की आँखें विस्मय से सिकुड़ गई हैं।

मिसेज़ टॉमलिन ने चाय की पहली घूँट भरते हुए पूछा, 'देखो, चीनी ठीक है न? दरअसल, मैं थोड़ी फीकी चाय पीती हूँ। वैसे डॉक्टरों ने तो चीनी न लेने की कड़ी हिदायत दे रखी है, डायबिटीज़ के चलते। पर यह मुई जीभ मानती नहीं। मन जो है न रॉबिन, बिलकुल छोटा बेबी है। खाने-पीने को हमेशा मचलता रहता है। ओल्ड एज़ में देख रही हूँ कि मीठी चीजों के लिए कमजोरी कुछ ज्यादा बढ़ गई है। अब जो हो, डॉक्टरों के

प्रिसक्रिप्शन पर जीवन चलाना मेरे वश का नहीं ' मिसेज़ ऐलिस टॉमलिन के चेहरे की गहरी रेखाओं के बीच जैसे औषधियों की कड़वाहट आहिस्ते-से छलक गई है।

'आपको ब्लडप्रेशर तो नहीं है न?'

'टच वुड कि ब्लडप्रेशर नहीं है। और यही तो मेरा ट्रंपकार्ड है। अकेलेपन में ब्लडप्रेशर मैं अफ़ॉर्ड नहीं कर सकती।' वे बिहँसकर एक पल के लिए अपने-आपमें गुम हो गई हैं।

रॉबिन ने उनका ध्यान बँटाने के लिए चाय की पहली घूँट को स्वादते हुए कहा, 'एकदम ठीक है। आखिर चाय और शर्बत में कुछ तो फर्क होना चाहिए। मैं भी इससे ज्यादा चीनी चाय में पसन्द नहीं करता।' और तत्काल प्याले से दूसरी गहरी घूँट के संग रॉबिन फिर अपनी जिज्ञासा पर आ गया, 'अच्छा तो हाँ—धामिन?'

मिसेज़ ऐलिस टॉमलिन ने रहस्यमय भंगिमा में अपनी आँखों की नीली पुतलियों को गोल-गोल नचाया और हँस पड़ीं, 'रॉबिन बाब, यह साँप होता है। बड़ा अजीब साँप। इसका नर और मादा हमेशा एक साथ चलता है...।' विवरण देती हुई मिसेज़ टॉमलिन अभी बिलकुल मँजी हुई सँपेरिन लग रही हैं, 'रॉबिन, अपने 'गंज' में कई किस्म के साँप पाए जाते हैं—करैत, गेहुमन, सुगुआ और धामिन वगैरह। पर यहाँ धामिन ज्यादा है। धामिन साँप को रैट-स्नेक भी कहते हैं। यह सात-आठ फ़ीट तक लम्बा होता है और जहाँ घास-दूब ज्यादा हो, वहाँ रहना पसन्द करता है। और मैंने कहा न, हरदम ये जोड़े में चलते हैं। हालाँकि, ये जहरीले नहीं होते पर अपनी सख्त लपेट में जब ये दबोच लेते हैं या पूंछ से कड़ा झटका देते हैं, तो तड़पाकर रख देते हैं। एक दिन तो मेरे सिंडी को तड़पा दिया था धामिन ने...।' मिसेज टॉमलिन ने रोमांच का पिटारा कुछ इस तरह खोला, जैसे कोई मँजा जादूगर तमाशा देखने के लिए उत्सुक बच्चों की भीड़ के सामने इंद्रजाल दिखा रहा हो!

रॉबिन के स्वर में अधीरता है, 'अच्छा, फिर तो बड़ी मुश्किल हुई होगी...? कैसे हुआ यह?'

'हुआ क्या...? धामिन का मेन फूड है चूहा और मेढक। इसलिए शिकार की तलाश में इसका जोड़ा घरों में घुसता है। ऐसे ही एक दिन मुँहअँधेरे पता नहीं कब किचेन की नाली के रास्ते से धामिन का एक जोड़ा घर में घुस आया। मेरे भोंदू सिंडी की नजर उन पर पड़ गई और फिर क्या था, ये जनाब अपने पंजों से उस पर बुरी तरह टूट पड़े। भला इसके पंजों से धामिन मरता? किचेन की जिस नाली से धामिन का जोड़ा अन्दर आया था, उसी रास्ते से तेजी से सरककर बाहर निकल गया था। पर निकलते-निकलते उस जोड़े में से एक ने सिंडी को कसकर तेज झटका दिया। उफ़्! जो चीखा सिंडी, मैं इसकी चीख सुनकर भागी हुई किचेन में पहुँची और जल्दी से किचेन की खिड़की खोली, तो बाहर धामिन के जोड़े को सरसराते देखा। मैं समझ गई, सिंडी को धामिन ने अपनी पूंछ से तीखा झटका दिया है। कैसे-कैसे फिर टैक्सी से इसे राँची के वेटनरी हॉस्पिटल ले गई। वहाँ वेटनरी डॉक्टर ने इसकी छटपटाहट देख देखकर एहतियाती तौर पर इसे एक इंजेक्शन दिया और साथ ही एक मलहम देकर कहा कि चिन्ता की कोई बात नहीं। धामिन का विष नहीं लगता।'

बग़ल में जीभ निकालकर बैठे सिंडी के माथे पर दुलार में एक हल्की चपत जड़ते हुए मिसेज़ टॉमलिन मुस्करा उठीं, 'परेशान कर दिया था इस पाजी ने। उस दिन इसे टैक्सी से राँची ले जाने का इन्तजाम करने में मि. मेंडेज़ ने बहुत मदद की, वरना इसकी कराह

से तो मेरे हाथ-पाँव सुन्न हुए जा रहे थे। जीसस की तसवीर के आगे मैंने उस दिन कहा था—क्या मेरे जीवन के इस एकलौते सहारे को भी मुझसे छीन लेंगे? रॉबिन, जीसस ने मेरी सुन ली। कहाँ से तो मि. मेंडेज़ ने तत्काल एक टैक्सी ठीक कर दी, इसे लेकर राँची जाने के लिए। दरअसल, उस सुबह टैक्सी से कुछ चेंजर्स आए थे 'क्वींस कॉटेज' में। खाली टैक्सी राँची लौट रही थी कि मि. मेंडेज़ की नजर पड़ गई थी। सच, बड़े हेल्पफुल नेचर के हैं मि. मेंडेज़। उस दिन तो जीसस के दूत ही बनकर वे आ गए थे मेरे पास...।'

सीने पर उँगलियों से क्रॉस बनाते हुए मिसेज़ ऐलिस टॉमलिन की आवाज़ में नमी है। इस नमी का सबब रॉबिन भाँप रहा है। उनके ड्राइंग रूम की दीवारों पर टँगे शीशे के फ्रेम में क़ैद चन्द तसवीरों में जो नमी है—कुछ वैसी ही नमी उनकी आवाज़ में है। सामने की दीवार पर टँगी एक तसवीर में मिसेज़ टॉमलिन अपने पति के संग—दाम्पत्य सुख की इतराती हँसी के साथ चहक रही हैं...। लम्बे और सघन सुनहरे घुँघराले बालों वाली इस तसवीर की मिसेज़ ऐलिस टॉमलिन अपने ज़माने में बेशक सुन्दरियों में गिनी जाती होंगी। रॉबिन ने उठकर तसवीर को ग़ौर से देखा तो लगा, उस समय मिसेज़ टॉमलिन ने अपने लम्बे बाल शायद कृत्रिम रूप से घुँघराले बना रखे थे। उस ज़माने के 'फ़ैशन' में यह शुमार था शायद। वैसे भी एंग्लो-इंडियन महिलाएँ अपनी साज़-सज्जा के लिए हमेशा से कुछ ज़्यादा ही सचेत रही हैं—रॉबिन इससे अपरिचित नहीं है। रूज़, लिपस्टिक और आइब्रो पेंसिल कोई महिला आज अपने पर्स में लेकर चलती होगी, पर एंग्लो-इंडियन समुदाय की महिलाएँ उस ज़माने से अपने पर्स में यह सब लेकर चलती रही थीं जब भारत में महिलाओं के लिए कठोरतम पाबन्दियाँ थीं और औरतें 'सती' बनाई जाती थीं।

रॉबिन को कुछ पल तक अपनी तसवीर निहारते देख मिसेज़ टॉमलिन ने टहोका मारा, 'क्या देख रहे हो? जरूर सोच रहे होगे कि तसवीर में सींक-सी औरत और कहाँ यह अथाह पसरी बुढ़िया...! एकदम ढौंसा बेंग! मेरे हज़बेंड 'डनलप कम्पनी' में नौकरी करते थे और मैं उनसे कहती थी कि आपकी कम्पनी के नाम का असर आपसे ज्यादा मुझ पर पड़ गया।' मिसेज़ ऐलिस टॉमलिन हँसी से दोहरी हो रही हैं।

रॉबिन को लगा, तसवीर में मिसेज़ टॉमलिन के बग़ल में मौजूद वर्षों पहले दुनिया से कूच कर चुके उनके पति इस परिहासपूर्ण प्रसंग का स्मरण कर आज फिर तसवीर के भीतर मुसक रहे हैं।

'तसवीर में आपके बाल लम्बे देख रहा हूँ, आम भारतीय स्त्रियों की तरह...।'

रॉबिन की जिज्ञासा पर मिसेज़ ऐलिस टॉमलिन के चेहरे पर फिर से एक स्मृतिपूर्ण मुस्कान छा गई है, 'हाँ, बेटे, आम तौर से एंग्लो-इंडियन महिलाएँ बॉब कट या ब्वायकट ही रखती रही हैं, लेकिन पता नहीं क्यों, मेरे हज़बेंड को सनक थी कि मैं टीपिकल भारतीय महिलाओं की तरह लम्बे बाल रखूँ...जूड़े बनाऊँ और सोने के गहने पहनूँ। मेरे हज़बेंड कहते थे कि साड़ी, गहने और लम्बे बाल—यह सब औरत को गरिमा देते हैं। हालाँकि, एंग्लो-इंडियन औरतों ने गहनों को कभी महत्त्व नहीं दिया। बस, सुन्दर चटकीले कपड़े। पर मेरे हज़बेंड का औरतों के वास्ते एकदम भारतीय पैमाना था। उनके जीवन तक मैं भरसक उनकी इच्छाओं को निभाती रही, पर उनके बाद सब छूट गया। अब तो खुद बहुत बूढ़ी हो गई हूँ। अपनी देह नहीं सँभलती। बस, जीवन में एक ही लौ लगी है

बेटे, कि यह शरीर जितनी जल्दी हो, 'गंज' की मिट्टी में मिल जाए। अपने साहब की कब्र के बगल में मैंने अपने लिए जगह भी छुड़वा रखी है। पर फिक्र होती है तो बस, इस भोंदू सिंडी के लिए...। मेरे साथ रहते-रहते यह भी मेरे जैसा ही हो गया है। मेरे बाद कहाँ जाएगा यह...?'

मिसेज़ टॉमलिन ने अपनी भौंहें ऊँची कीं, तो लकीरों से भरे उनके चेहरे पर मृत्यु की सफ़ेदी बरबस कौंध गई। रॉबिन को लगा, सारे संसार से कटकर...न्यूज़ीलैंड में रह रहे अपने एकलौते बेटे से भी लगभग कट चुकीं मिसेज़ ऐलिस टॉमलिन का अस्तित्व फिर भी व्यर्थ नहीं है। वे सिंडी के लिए जी रही हैं। इस काले गबरू कुत्ते सिंडी के होने में मिसेज़ ऐलिस टॉमलिन के अस्तित्व की सार्थकता है। पर शायद उन्हें भी अपने अस्तित्व के इस सार्थक पक्ष का एहसास नहीं। रॉबिन को लगा, मिसेज़ टॉमलिन के घर के बाहर पड़े उस बड़े पत्थर का अस्तित्व मिसेज़ टॉमलिन के जीवन-सत्य से क्या नहीं जुड़ा हुआ है? ऐसा नहीं है, तो वह विशाल पत्थर मैकलुस्कीगंज गाँव में मिसेज़ ऐलिस टॉमलिन के घर के पास ही क्यों पड़ा है?

'और यह तसवीर?' बग़ल में लगी एक और बहुत पुरानी तसवीर पर नज़र डालते हुए रॉबिन ने जिज्ञासा की।

इस तसवीर में तलवार-कट मूँछ रखे एक बाँका-सजीला नौजवान है। रॉबिन ने अनुमान लगा लिया कि यह मिसेज़ टॉमलिन के पुत्र होंगे, जो न्यूज़ीलैंड में बस गए हैं।

मिसेज़ टॉमलिन ने गहरी साँस लेते हुए कहा, 'मेरा एकलौता बेटा है...माय ओनली सन—केथ। स्पेन की एक लड़की से इसने शादी की...। सुन्दर लड़की...। कितने साल हो गए केथ को देखे हुए! अपने फ़ादर के गुजरने पर जो यहाँ आया था—वही...। और हाँ, यह मेरी पोती की तसवीर है—जूनियर ऐलिस।'

मिसेज़ टॉमलिन उठकर अब अपने बेडरूम में बिस्तर के बग़ल की मेज़ पर रखी फ्रेम में मढ़ी एक तसवीर के पास खड़ी हैं। फिर उस तसवीर पर कुछ पल तक नज़रें टिकाये एक निःश्वास के साथ उन्होंने जोड़ा, 'बुढ़ापा का माने ही होता है रॉबिन—सिर्फ इन्तजार और पुरानी यादों की चाकरी...। हर सुबह आप आइने में देखिए कि चेहरे पर झुर्रियाँ कुछ और बढ़ गई हैं और यह मानकर झटक दीजिए कि इन झुर्रियों को आप लाख कोशिश करके रोक भी तो नहीं सकते। बुढ़ापे की ये झुर्रियाँ क्या हैं—स्मृतियों की ढीली-लाचार लकीरें...।' आहिस्ते-से डग भरते फिर वे ड्राइंग रूम में आकर बैठ गई हैं।

'न्यूज़ीलैंड से क्या कोई पत्र-वत्र भी नहीं आता?' रॉबिन के स्वर में एक अफ़सोस-मिश्रित तल्खी छलक आई है।

'हाँ, आता है...नये साल पर ग्रिटिंग्स भेजता है केथ। सबको अपने काम की बहुत व्यस्तता रहती है, बेटे। वैसे भी केथ मुझसे नाराज है। वह चाहता है कि मैं उसके पास न्यूज़ीलैंड चली जाऊँ। पर रॉबिन, मैकलुस्कीगंज छोड़ने की कल्पना मैं मौत के बाद भी नहीं कर सकती...।'

'मैकलुस्कीगंज से पहले आप लोग कहाँ रहती थीं?'

रॉबिन ने जान-बूझकर प्रसंग थोड़ा बदलना चाहा। उसे अफ़सोस हुआ कि उसने मिसेज़ टॉमलिन के ज़ख़्म को कुरेद दिया।

'मेरे हज़बेंड तो लगभग कलकत्ता में ही पोस्टेड रहे। रिटायरमेंट के डेढ़ साल पहले उन्होंने यहाँ बसने का फैसला लिया था और यह घर बनवाया था। मेरे लड़के की पूरी स्कूलिंग और कॉलेज की पढ़ाई कलकत्ता में हुई। वहीं से वह न्यूज़ीलैंड चला गया—एक अच्छे जॉब का ऑफ़र मिलने पर। इसलिए उसे मैकलुस्कीगंज की मिट्टी से भला क्या मोह होगा? वह यहाँ कभी ज्यादा रहा ही नहीं...! फिर भी मोह उसे होना चाहिए था...! यहाँ उसके बाप का बनाया घर था...।' मिसेज़ टॉमलिन ने अपनी हँसी से अपने भीतर के खोखलेपन को भरने की भरसक कोशिश की।

रॉबिन ने फिर इस प्रसंग को टाल दिया, 'वहाँ कलकत्ता में तो सुना है, अपनी कम्यूनटि के बहुत से लोग बसे हुए हैं?'

मिसेज़ टॉमलिन का स्वर उछाह से भर उठा, 'आज भी कलकत्ता में एजुकेशन के फ़िल्ड में एंग्लो-इंडियन लोगों का अच्छा-खासा दबदबा है बेटे। उस जमाने में भी ऐसा ही रुतबा इन लोगों का था, जब कलकत्ता अंग्रेज़ों की राजधानी थी।'

मिसेज़ ऐलिस टॉमलिन धीरे-धीरे पूरे मूड में आ गई हैं। रॉबिन को लगा, मिसेज़ टॉमलिन कलकत्ता के एंग्लो-इंडियन समाज के बारे में शायद काफ़ी कुछ कहेंगी, क्योंकि वहाँ रहने के दौरान उन्होंने बहुत कुछ देखा-जाना है। इसलिए रॉबिन बग़ैर कुछ बोले चेहरे पर विस्मय का भाव लिये उनकी तरफ़ मुख़ातिब है और वे जारी हैं, 'बेटे, अंग्रेज़ों के जमाने में भी कलकत्ता में पुर्तगाली मूल के एंग्लो-इंडियंस मसलन डिसूज़ा...लारकर्सटीन्स वगैरह का कलकत्ता के एजुकेशनल और कल्चरल लाइफ़ में काफी अहम रोल था। शुरुआती बेंगाली सिनेमा के साइलेंट स्क्रीन पर भी कई एंग्लो-इंडियन एक्ट्रेस छाई हुई थीं। सीता देवी का रीयल नेम रीनी स्मिथ था और इन्दिरा देवी दरअसल एफ़ी हिप्पोलेट थीं। बस, इनके नाम पर फ़िल्में चलती थीं। बंगाल में पुर्तगालियों से पैदा इन 'लूज़ो इंडियंस' का गहरा असर वहाँ की ईसाइयत पर भी था। डेरोज़ियो का नाम, पता नहीं, तुमने सुना है या नहीं...? 19वीं सदी के शुरू के दिनों में पुर्तगाली मूल के ये बड़े नामी एंग्लो-इंडियन पोएट हुए हैं। डेरोज़ियो की कविताओं में तुम उस समय के दौरान 'लूज़ो-इंडियंस' के इंपॉर्टेंस का जिक्र पाओगे...।'

'पर जैसाकि सुनता हूँ, पुर्तगाली मूल के एंग्लो-इंडियंस के वास्ते अंग्रेज़ों का रवैया अच्छा नहीं था...?' रॉबिन ने मिसेज़ टॉमलिन को थोड़ा कुरेदने की कोशिश की।

मिसेज ऐलिस टॉमलिन ने तनिक रुककर कहा, 'हाँ, बड़ा लफड़ा था। अंग्रेज़ों की तो छोड़ो, एंग्लो-इंडियंस के भी जो कई लीडर थे, उनका कहना था कि डिसूज़ा और डिसिल्वा वगैरह भारी-भरकम टाइटिलों से सजे बहुतेरे लोग पुर्तगाली नस्ल के रसोइयों और बार में गाना गानेवालों के बच्चे हैं। उन्हें एंग्लो-इंडियन के रूप में मान्यता नहीं दी जा सकती। उन एंग्लो-इंडियन लीडर्स का कहना था कि इन्हीं भुक्खड़ों के चलते एंग्लो-इंडियन कम्यूनटि की यह दुर्गति है...। उन लोगों की नजर में 'टॉमी-स्टॉक' के भिखमंगे लोग...।'

'यानी नरक में भी धक्का-मुक्की?' रॉबिन के चेहरे पर एक तिक्तता तिर आई है।

'हाँ, बेटे, तुमने ठीक कहा। इस अभागी कम्यूनटि के भीतर पहचान का—'आइडेंटिटी-क्राइसिस' का दुर्भाग्य हरदम छाया रहा है। खास कर 'लूज़ो-इंडियंस' को लेकर। डच लोगों ने जब पुर्तगालियों को गोवा खाली करने को मजबूर कर दिया, तो 'लूज़ो-इंडियंस'

पर मुश्किलों का पहाड़ टूट पड़ा। इन लोगों के लिए सरेंडर का एक 'डीड' पहली जनवरी, 1662 को बनाया गया था बेटे, जिसके आधार पर 'लूज़ो-इंडियंस' को कॉलोनियों में रहने की अनुमति दी गई थी। पर अपने पुर्तगाली संरक्षकों के अभाव में इनकी दुर्दशा बढ़ती गई थी। हालाँकि, ब्रिटिशर्स ने जब डचों को हराया था, उस समय 'मिक्सड रेस' को संरक्षण देने का एक 'डीड' बना था। पर ये 'डीड' बस नाम के थे। बेटे, दिन बीतने के साथ इन लोगों की स्थिति में थोड़ा सुधार आया। वे दोगले पुर्तगाली सैनिक, जो 'टोपाज़ेज़' या 'फिरंगी' कहलाते थे और अर्से तक बेकार-उपेक्षित पड़े रहे थे, को अंग्रेज़ों ने आखिर यह मानकर नौकरी दे दी थी कि सौ फीसदी हिन्दुस्तानियों की तुलना में 'मिक्सड रेस' के ये लोग अंग्रेज़ों के वास्ते ज्यादा वफादार तो जरूर रहेंगे...।'

क्षण भर की चुप्पी के बाद मिसेज़ टॉमलिन बिहँस उठीं, 'बीच में तो ऐसा भी दौर चला रॉबिन, कि अंग्रेज़ों ने 'मिक्सड रेस' की औरतों आइ मीन...'यूरेज़ियन' औरतों से, जो पुर्तगाली और भारतीय वीर्य-रक्त की उपज थीं, शादियाँ भी कीं। इस तरह इंडो-पुर्तगीज़-ब्रिटिश कम्यूनटि भी कायम हुई।'

रॉबिन के चेहरे पर कड़वी मुस्कराहट खेल गई है, 'सच, मनुष्य ने देह और सत्ता की भूख के कारण क्या-क्या न किया है!'

रॉबिन की आँखें सामने रैक पर रखी वर्ज़िन मेरी की तसवीर पर ठहर गई हैं। वर्ज़िन मेरी की वत्सल आँखें और स्मित करुण हँसी...होंठों में दबी-दबी...। मिसेज़ ऐलिस टॉमलिन ने बहुत पीछे लौटते हुए फिर कहा, 'बाद के दिनों में जब भारत आने की सुविधा बढ़ गई, तो अच्छे घरानों की अंग्रेज़ लड़कियाँ भी भारत आने लगीं। रॉबिन, 18वीं सदी में काफी संख्या में भारत आए अंग्रेज़ नौकरशाहों ने इन बड़े घरानों की अंग्रेज़ लड़कियों को अपनी बीवी बनाया। सिपाही और निचले स्तर के कम्पनी मुलाजिम इंडियन या यूरेज़ियन लड़कियों के संग देह की भूख पूरी करने लगे। यही नहीं, उस समय के बड़े अंग्रेज़ अफसर लोग भी अपनी बीवियों के घर में होते हुए 'यूरेज़ियन' या इंडियन लड़कियों के स्वाद को चखने का मौका नहीं छोड़ते थे...।'

'पर एक बात समझ में नहीं आती...।' रॉबिन ने आँखों में अचरज का भाव गहराते हुए कहा, तो मिसेज़ टॉमलिन ने पूरी सतर्कता के साथ नये सिरे से सोफ़े पर पहलू बदलते हुए पूछा, 'हाँ-हाँ, पूछो, कौन सी बात?'

'यही कि सभी एंग्लो-इंडियन अंग्रेज़ों की तरह गोरे बुर्राक क्यों नहीं होते या कि सबके बाल सुनहरे क्यों नहीं होते? जैसे के मैकलुस्कीगंज में ही कई ऐसे एंग्लो-इंडियन परिवार हैं, जिनका रंग बहुत दबा हुआ—धीमा है...याकि उनके बाल गहरे काले हैं...?'

रॉबिन के इस सवाल के ख़त्म होते-न-होते मिसेज़ ऐलिस टॉमलिन अपने ख़ास अन्दाज़ में खिलखिला उठीं, 'इंटरेस्टिंग क्वेश्चन...। रॉबिन! कलर के इश्यू को इंडियन कांस्टिट्यूशन ने बहुत कायदे से सुलझाया है। इसमें साफ लिखा है कि एंग्लो-इंडियन यानी वह आदमी जिसका फ़ादर या कोई मेल एनसेस्टर...पुरखा...इंडिया का परमानेंट बाशिन्दा था या हो; जिसका जन्म इंडिया में हुआ हो और जिसके माँ-बाप परमानेंटली इंडिया में रह रहे हों। एंग्लो-इंडियंस का सारा कलर-स्कीम इसी डेफ़िनिशन में छिपा है।'

एक पल थमकर मिसेज़ टॉमलिन फिर शुरू हो गईं, 'बेटे, तुम्हें एक दिलचस्प किस्सा सुनाती हूँ...। मैं जिन दिनों अपने साहब के साथ कलकत्ता में रहती थी, तब की एक घटना...। वहाँ एक मिसेज़ नैंसी थीं, अंग्रेज़ों की तरह बिलकुल गोरी...बुर्राक...और एक मिसेज़ जोसेफ़ थीं जो थोड़ा दबे रंग की थीं, वही जो सवाल तुमने उठाया। नैंसी और जोसेफ़ इत्तफाक से रिश्तेदार थीं। पर दोनों एक दूसरे को देखना नहीं चाहती थीं। दरअसल, मिसेज़ जोसेफ़ के फ़ादर यूरोपियन थे जबकि मिसेज़ नैंसी के फ़ादर एंग्लो-इंडियन। पर दोनों की माँ इंडियन थीं। एक बार क्रिसमस के एक आयोजन में दोनों में भयानक ठन गई। दोनों के बीच काफ़ी गाली-गलौज हुई। मिसेज़ नैंसी ने पब्लिकली मिसेज़ जोसेफ़ को 'काली कुतिया' कहा और जानते हो, मिसेज़ जोसेफ़ ने जवाब में क्या कहा? मिसेज़ जोसेफ़ ने चीखते हुए कहा—कुतिया तो तुम है। मेरा ब्लड प्योर...। मेरा बाप यूरोपियन। तुम्हारी चमड़ी गोरी है, पर ब्लड प्योर नहीं।—दरअसल, रॉबिन बेटे! भारत के कई प्रान्तों के लोगों के संग यूरोपियनों के सेक्सुअल रिलेशन के कारण एंग्लो-इंडियन कम्यूनटि के रूप-रंग और ढब में अपने-अपने हिसाब से अन्तर है। जिसकी माँ गहरी काली होगी, उसका बाप कितना भी गोरा होगा, पर उस बच्चे का रंग जाहिर है, थोड़ा धीमा तो होगा ही...।'

इस लम्बी बातचीत से सिंडी को ऊब हो रही है। वह बार-बार मिसेज़ ऐलिस टॉमलिन के पाँव पर अपना मुँह रगड़कर गूँ-गूँ की अजीबोगरीब आवाजें निकाल रहा है।

रॉबिन ने मुस्कराकर उठते हुए कहा, 'हम लोगों की नीरस बातचीत से यह बेचारा आज बोर हो गया।'

'इसकी आदत ही यही है। इसका मन रहता है कि मैं कुछ भी न करूँ, बस, इसी के पीछे लगी रहूँ।' मिसेज़ टॉमलिन अपने पाँव से सिंडी को मुश्किल से हटाकर उठते हुए बिहँस पड़ीं।

'आपके प्यार ने इसे कुछ ज्यादा ही दुलारा बना दिया है।' रॉबिन ने तेज़ी से पूँछ हिलाते सिंडी को सहलाते हुए कहा।

'हाँ, पर इसका प्यार मेरे पाँव की जंजीर बन गया है। इसके चलते मैं कहीं नहीं जा सकती।' फिर स्नेह पगी भीनी आवाज़ में मिसेज़ टॉमलिन ने कहा, 'बेटे, जीवन की यही तो एकमात्र इच्छा होती है : द नीड टू बी नीडेड—चाहे जाने की जरूरत...। है न...?'

रॉबिन से कुछ कहते नहीं बन पड़ा। मिसेज़ टॉमलिन अपनी इस बात में पता नहीं ख़ुद कहाँ गुम हो गई हैं।

रॉबिन जब सीढ़ियाँ उतरने लगा, तो मिसेज़ टॉमलिन सहसा जैसे अपने-आपमें लौटीं, 'फिर आना बेटे...जरूर आना। जब भी मन करे...।'

उसे जाते देख मिसेज़ टॉमलिन के पास खड़ा सिंडी भी तेज़ आवाज़ें निकालता रहा, जैसे मिसेज़ ऐलिस टॉमलिन के साथ वह भी जुगलबन्दी कर रहा हो—आना फिर...जरूर से...जब मन करे...।

मिसेज़ टॉमलिन के गेट के बाहर पड़े पत्थर पर रॉबिन की नज़र अनायास चली गई है। गहरी हरी और कुछ हल्की पीली दूब की मख़मली मंजूषा में किसी अँगूठी के नग की तरह सजा यह पत्थर...। इस जंगली घास को इस पत्थर की ज़रूरत है...। इस पत्थर को

इस जंगली घास की ज़रूरत है...। द नीड टु बी नीडेड...द नीड टु बी नीडेड...। रॉबिन के क़दम 'क्वींस कॉटेज' की तरफ़ बढ़ रहे हैं और अभी थोड़ी देर पहले कही गई मिसेज़ टॉमलिन की यह बात उसके मन में रह-रहकर किसी उदास गीत की तरह गूँज रही है।

मेरी और अमना

मेरी डेविड को नींद नहीं आती है। सारी-सारी रात अपनी खाट पर बस उकस-पुकस। गुजगुज अँधेरे में एक बेचैन टकटकी। रामसेवक डेविड समझते हैं उनकी मूक छटपटाहट को। इसलिए बीच रात में जब-जब उनकी तंद्रा टूटती है, तो वे पूछ लेते हैं, 'सोईं नहीं क्या?'

'हूँ, सो ही रही हूँ।'

'तुम मुर्गी की तरह सोती हो।' रामसेवक डेविड फीकी हँसी हँसते हैं।

रामसेवक डेविड की इस बात पर झुर्रियों में डूबे मेरी डेविड के सूखे गुलाबी होंठों पर अँधेरे में हँसी की क्षीण-सी लकीर बरबस कौंध जाया करती है।

'अच्छा, मैन! तुम तो सोने की कोशिश करो। यह मुर्गी तो पहरा दे ही रही है।'

मेरी दम-ब-दम उठकर बैठ जाती हैं और रामसेवक डेविड पर झींकने का नाटक करती हैं।

रामसेवक डेविड फिर कुछ नहीं बोलते। वे मेरी के सन्ताप और भय को भली भाँति समझते हैं और इसलिए आधी रात के इन कुछेक संवादों के बाद गहरी नींद में डूब जाने का आभास मेरी को देने की कोशिश करते हैं।

'गंज' के हेसालंग वाले हिस्से में कँटीले तार और पुटुस की झाड़ियों से घिरे आम, जामुन, कटहल, अमरूद, डंभा नींबू और सुर्ख़ फूलों से लदे पलाश के वृक्षवाले कैम्पस में चुपचाप दुबके अपने छोटे-से खपड़ापोश घर में उन दोनों ने एक लम्बी अवधि तक बेहद शान्तिमय जीवन व्यतीत किया। पर चीनी की बीमारी बहुत बढ़ जाने पर जब राँची के डॉक्टर ने रामसेवक डेविड को पिछले दिनों मेरी के सामने अन्तिम रूप से कह दिया कि, 'अब कोई चारा नहीं रामसेवक जी, आपकी एक आँख निकालनी होगी। शुगर ने उसको नष्ट कर दिया है', तो मेरी डेविड के सिन्दूरी कपोल आँसुओं से सीझ गए। उन्हें तत्क्षण लगा कि बुरे सितारों ने उन लोगों पर फिर से नज़रें गड़ा दी हैं। सन्तान न हो, तो पति ही सब कुछ हो जाता है। रामसेवक डेविड को लेकर वह इतने वर्षों से जीती-जागती रही हैं। शादी के बाद कई वर्षों तक जब बच्चा नहीं हुआ था, तो चर्च से लेकर मन्दिर तक कहाँ-कहाँ नहीं गई थीं मेरी डेविड—अपनी कोख के लिए मन्नत माँगने! कुछ लोगों की सलाह पर डेविड के साथ बैठकर नौ दिनों तक पंडित रामाज्ञा पाठक से 'हरिवंश'[1] भी सुना। यही नहीं, खलारी और राँची के डॉक्टरों से लेकर इलाक़े के ओझा-गुनी लोगों के किसी दरवाज़े को नहीं छोड़ा। डॉक्टरों ने कहा था, कमी मेरी में है। इसलिए मेरी ने कई बार रामसेवक से कहा था, 'तुम दूसरी शादी कर लो। मुझे हरगिज बुरा नहीं लगेगा।'

1. 'हरिवंश पुराण' के बारे में मान्यता है कि इसे सुनने से सन्तान की प्राप्ति होती है।

रामसेवक डेविड खीज पड़ते थे, 'क्या होगा, बच्चा नहीं होगा तो?'

'तो लाइफ़ में माया और दुनियादारी नहीं होगी।' शून्य में कहीं कुछ निहारती कहती थीं मेरी डेविड, तब रामसेवक डेविड भीतर-ही-भीतर भीग उठते थे।

एंग्लो-इंडियन होकर भी 'माया' का मतलब समझती हैं मेरी डेविड। कभी-कभी मेरी डेविड सोचती हैं कि अगर रामसेवक से पहले वे गुज़र गईं, तो रामसेवक को देखेगा कौन? 'गंज' में होते हुए भी रामसेवक के भाई-भतीजे तो उनसे मुँह ही फुलाये रहते हैं। अभी हाल में रामसेवक डेविड की एक आँख ऑपरेशन कर निकाल दी गई, यह जानकर जिज्ञासा में गाँव के कौन-कौन नहीं घर आए, पर रामसेवक के भाई-भतीजों के यहाँ से कोई एक पंछी-परबा तक नहीं देखने आया। रामसेवक ने भले ही यह बात कभी ज़बान पर नहीं लाई हो, पर मेरी ने रामसेवक डेविड की इस अव्यक्त कसक को कहीं गहरे तक महसूस किया है। जब गाँव का ही कोई जानबूझकर चोर मुस्कान के संग रामसेवक से पूछ बैठता है कि 'उधर से कोई देखने आया कि नहीं आपको?' तो मेरी ग़ौर करती हैं, रामसेवक उदास फीकी हँसी हँस देते हैं, 'काम-धन्धे में लगे हैं न सब। मौका लगेगा तो आएँगे ही।' फिर देर तक रामसेवक का चेहरा स्याह पड़ा रहता है।

साँवले रामसेवक डेविड का चेहरा कब-कब स्याह पड़ता है, इसे मेरी समझती हैं।

गाँव के हर घर की ख़बर इस मुँडेर से उस मुँडेर पर लेकर जब कौवे तक उड़ते हैं, तो मनुष्य की क्या कथा! बात बघारने की कला में यहाँ सबको महारत हासिल है। इसलिए 'गंज' के लोग भले पत्थर पचा लें, बात नहीं पचा सकते। उड़ते-पुड़ते रामसेवक के छोटे भाई की यह कटुक्ति मेरी तक पहुँची है, 'जैसी करनी, वैसी भरनी। अरे एक आँख क्या, धीरे-धीरे मेमिन उसको पूरा खा जाएगी। हमारे बाबूजी जब जिन्दा थे, तो वे कहते थे कि यह ठिंगनी मेम एक दिन इसको अन्धा बनाकर छोड़ेगी।' पर मेरी ने इस बात की चर्चा भूले से कभी रामसेवक के सामने नहीं की है।

ऑपरेशन कर बाईं आँख निकालने के बाद डॉक्टर ने रामसेवक डेविड को एक बड़ा-सा काला चश्मा दिया है। काला चश्मा लगाकर कैसा लग रहा है डेविड—एकदम सूरदास की तरह! मेरी डेविड की आँखें कई दिनों तक झरझराती रहीं।

'ओह, मेरी! रोती क्यों हो? अरे, बस एक आँख तो गई है। अन्धा नहीं हुआ हूँ न!' रामसेवक डेविड ने अपने मिलिटरीवाले पुराने तेवर में मुसकते हुए कहा, 'अच्छा, काने कौवे-सा मेरा चेहरा देखकर रो रही हो न तुम?'

'ढाबुस बेंग-सा चेहरा।' मेरी डेविड ने मुस्कराते हुए फ्रॉक की बाँह से अपने आँसुओं को पोंछ लिया।

रामसेवक डेविड के सामने वह फिर कभी नहीं रोई हैं। उन्हें लगा कि इस तरह उनके रोने से रामसेवक का मन कमज़ोर होता है। रामसेवक को चीनी की बीमारी है और मेरी को गठिया। मुँहअँधेरे अपने कैम्पस के पेड़-पौधों के बीच खुर-खार करते रहनेवाले रामसेवक को कभी चीनी की बीमारी भी हो सकती है, मेरी ने कभी यह सोचा नहीं था। गठिया तो मेरी के पिता मि. स्पार्क्स को भी था, इसलिए, मेरी के जोड़ों में जब तकलीफ़ शुरू हुई, तो मेरी को कोई आश्चर्य नहीं हुआ था। अन्ततः मेरी और रामसेवक इसी निष्कर्ष पर पहुँचे कि चीनी और गठिया को लेकर किसी तरह दोनों को अपना बचा-खुचा समय गुज़ारना होगा।

'गंज' में अपने हिस्से की पुश्तैनी ज़मीन की बिक्री से जो कुछ पैसा आया था, उसे बैंक में डाल देने से हर महीने जो थोड़ा ब्याज और कैम्पस में लगे कृष्णभोग-हिमसागर आम की बिक्री से साल में जो कुछ रुपया आ जाता है, दोनों का काम चल जाने भर के लिए यही काफ़ी है। जीवन में शुरू से कभी भी और अधिक...और अधिक की चाह उन लोगों ने की ही नहीं। फिर भी जीने के लिए थोड़ी-बहुत ज़रूरत तो है ही। इसलिए रामसेवक डेविड ने जब छोटे भाई से 'गंज' की अपनी पुश्तैनी ज़मीन में एक दिन हिस्सा माँगा, तो उसी दिन से रामसेवक के भाई-भतीजे उन दोनों से और मुँह फुलाकर बैठ गए।

दरअसल, मेरी से शादी के बाद से ही रामसेवक के नाराज़ पिता ने रामसेवक से हमेशा के लिए सम्बन्ध विच्छेद की घोषणा कर दी थी। रामसेवक डेविड आज भी भूल नहीं पाए हैं उस दिन को जब 'गंज' के चर्च में मि. स्पार्क्स की बेटी मेरी से शादी कर वे रामसेवक साहू से डेविड बनकर 'गंज' स्थित अपने घर पहुँचे थे। उनके पिता ने बुरी तरह लहककर कहा था, 'उस ठिंगनी मेम ने कोई अच्छर पढ़कर मार दिया क्या? उससे शादी करने के लिए तुमने धर्म परिवर्तन कर लिया। डेविड साहब बन गए! तुम बपजेठ हो। खुद अपने बाप हो। डेविड नाम का तो मेरा कोई बेटा नहीं है। हाँ, मेरा एक बेटा था रामसेवक, जो मर गया मेरे लिए। मैं देखूँ न देखूँ, तुम अपने कर्म का दंड जरूर भोगोगे। पूरे कर-कुटुम्ब के बीच तुमने नाक कटवा दी। हमारी जायदाद में से एक छदाम अब तुमको नहीं मिलेगा।'

पिता की इस उद्घोषणा से रामसेवक के छोटे भाइयों को तब अतीव प्रसन्नता हुई थी। रामसेवक डेविड के माता-पिता को भले एक कुजात एंग्लो-इंडियन लड़की से अपने बेटे की शादी को लेकर मरते दम तक मलाल रहा और ग़ुस्से में आकर उन्होंने चाहे जो कह दिया हो, पर रामसेवक के पिता ने अपनी सम्पत्ति में से रामसेवक को हक़ से वंचित करने की कोई लिखा-पढ़ी कभी नहीं की थी।

उधर काफ़ी हील-हुज्जत के बाद जब हेसालंग में रामसेवक और मेरी को भूदान की कुछ ज़मीन मिल गई, तो रामसेवक के छोटे भाइयों को और आश्वस्ति हो गई कि रामसेवक अब कभी पुश्तैनी ज़मीन में से अपने हक़-हिस्से की बात नहीं करेंगे। इसलिए, माता-पिता के जीते-जी रामसेवक अपने घर तो नहीं गए लेकिन रास्ते में कहीं मिलने पर अपने भाई-भतीजों से उनकी दुटप्पी हो जाती। पर जब धीरे-धीरे समय गुज़रा और आर्थिक तंगी रामसेवक के लिए असह्य होने लगी, तो एक दिन रामसेवक ने अपने छोटे भाइयों से जाकर कहा, 'भूदान की उस थोड़ी-सी जमीन से उपजता ही कितना है, जो हम लोगों का खाना-खर्चा चल जाएगा। बहुत तंगी रहती है। भाई, आज मरेंगे और कल घोड़ा चढ़ेंगे? अब मेरे हिस्से की जमीन बाँट दो। माँ-बाबूजी जिन्दा थे, इसलिए लिहाज में मैं कभी कुछ नहीं बोला। अरे, हम लोगों के न कोई आगे है, न पीछे। जो रह जाएगा, वह तो तुम लोगों के ही बाल-बच्चों का होगा।'

रामसेवक डेविड के इस अप्रत्याशित प्रस्ताव ने उनके भाइयों से ज़्यादा उनके भतीजों को बुरी तरह तिलमिलाकर रख दिया।

'उम्र हो गई अब आपकी। बुढ़ापे में ढुसियाहा[1] बैल बनने की कोशिश मत करिए। माथे पर सब लादकर ऊपर ले जाइएगा क्या?'

1. ढाही-टक्कर मारनेवाला बैल

एक भतीजे ने लगभग चिल्लाते हुए कहा, तो रामेवक डेविड ने बिहँसते हुए कहा, 'हाँ, सब लादकर ऊपर ले जाने की कोशिश करेंगे और जो हम नहीं ले जा पाएँगे, वह तुम पीछे से लेते आना।'

तनातनी का यह माहौल कई दिनों तक रहा। मेरी ने उस समय रामसेवक डेविड को झिड़कते हुए कहा, 'छोड़ दो मैन। मैं पहले तुमसे कहती थी न, इस लफड़े में नहीं पड़ना। इतने दिन हमने अपना शेयर नहीं लिया, तो काम चला कि नहीं?'

पर अपने भाई-भतीजों की बेअदबी को देख रामसेवक डेविड भी ज़िद पर अड़ गए, 'मेरे हिस्से के खेत में आज तक क्या उपज हुई, मैंने हिसाब माँगा कभी? जब इसका कोई एहसान नहीं, तो खेत दे ही देने पर क्या एहसान माननेवाले हैं ये लोग? ऊँट को बूट देकर क्या होगा?'

बात ज़्यादा बिगड़ती देख 'गंज' के कुछ बनिया बिरादरी के ही लोगों ने हस्तक्षेप किया और रामसेवक डेविड को उनके हिस्से की धनहर ज़मीन आख़िरकार दिलवा दी। घरारी के बारे में रामसेवक ने स्वयं कहा, 'घर-घरारी में मुझे नहीं हिस्सा बँटवाना। मेरे हिस्से में यही लोग रहें। हमारे मरने के बाद इन लोगों को पता चलेगा कि हम क्या थे।'

मेरी की भतीजी एनी ऑस्ट्रेलिया से बराबर मेरी को पत्र लिखती है, तो कहीं-न-कहीं रामसेवक डेविड के मन के किसी कोने में एक टीस तो उठती ही है। उनके भाई-भतीजे सब 'गंज' में हैं लेकिन मिलना-जुलना तो दूर, राह चलते दिख जाने पर बातचीत तक नहीं होती है। पर एनी उस दूर देश से मेरी की चिन्ता करती रहती है। बड़ी बहन आइबी की बेटी एनी ऑस्ट्रेलिया से मेरी को बराबर पत्र में यही लिखती है, 'डेविड अंकल को लेकर अब हमेशा के लिए तुम यहीं आ जाओ। मम्मी को भी एक नई जिन्दगी मिल जाएगी।'

आइबी अर्से से पक्षाघात की शिकार होकर बिस्तर पर है और उसके पति भी गुज़र चुके हैं। इसलिए आइबी अपनी एकलौती बेटी एनी के पास ही है। एनी ऑस्ट्रेलिया के एक स्कूल में पढ़ाती है। उसने विवाह नहीं किया है। मेरी को उसने अपनी माँ के एलबम में लगी तसवीरों में ही देखा है। पर अपनी मौसी से उसे लगाव है। इसलिए बिला नागा हर महीने वह चिट्ठी लिखती है। एनी की यह मासिक चिट्ठी मेरी के लिए संजीवनी है।

'चलें ऑस्ट्रेलिया?' एनी का पत्र रामसेवक डेविड के हाथ में रखते हुए मुसकती हैं मेरी।

'और अपने इन बच्चों का क्या होगा?' रामसेवक डेविड भीनी हँसी हँसते हुए कैम्पस के पेड़ों की तरफ़ देखते हैं।

रामसेवक के लिए तो ये तमाम पेड़ ही उनके बच्चे हैं।

मेरी डेविड जानती हैं कि अब इस उम्र में वे लोग भला कहाँ से ऑस्ट्रेलिया जाएँगे! पर एनी दो लाइन लिख देती है, तो वे आसमान पा जाती हैं। रामसेवक डेविड से वे बिहँसकर कहती हैं, 'चलो ऑस्ट्रेलिया न सही, लेकिन डेविड, एक न एक दिन तो इस कैम्पस को हमारे-तुम्हारे बगैर होना ही पड़ेगा।'

'अरे नहीं, मेरी! तब भी मैं कौवा बनकर यहाँ पलाश के पेड़ पर बैठा रहूँगा। तुम भी कोई पीली सुनहरी चिड़िया बनकर यहाँ अमरूद के पेड़ पर बैठना और इस काने कौवे को पहचान लेना।' रामसेवक डेविड ठहाके लगाते हैं।

'कौवा बनकर तुम करोगे क्या? तब तक तो इस कैम्पस में मोटे-मोटे चूहों का राज होगा मैन।' मेरी हँसती हैं, तो उनकी झुर्रियों में साँझ की लकीरें गहरा उठती हैं।

मेरी को याद है, रामसेवक ने एक बार कहा था, 'मेरी! तुम अमरूद का पेड़ हो, जो सबसे ज्यादा सूखा और गर्मी बर्दाश्त कर सकता है।'

इसलिए रामसेवक हर बार पीली सुनहरी चिड़िया को अमरूद के पेड़ पर बिठाते हैं। पीली चिड़िया...सुनहरी चिड़िया...अमरूद का पेड़...। मेरी बात का रुख़ मोड़ने के लिए ही चूहों की बात छेड़ देती हैं।

'इसलिए तो मैंने मूसा प्रजाति का केला लगाया है। चूहों का मुकाबला हमारा मूसा करेगा।' मुसक पड़ते हैं रामसेवक डेविड।

रामसेवक डेविड कैम्पस के चूहों से बुरी तरह परेशान रहते हैं। आम के नये पौधों को तो ये चूहे बचने ही नहीं देते हैं। आम्रपाली के पौधों की जड़ों को जब चूहों ने पिछले दिनों फट्-फट् काट दिया, तो रामसेवक डेविड सिर पकड़कर बैठ गए थे। मारे दुःख और सन्ताप के उन्होंने उस दिन खाना नहीं खाया। कितने यत्न से राँची की नर्सरी से छाँटकर लाए थे वे आम्रपाली के चुनिंदा पौधों को! पर चूहों का हमला सिर्फ़ पेड़ों तक ही सीमित नहीं है।

मेरी का एक निचला दाँत कुछ समय पहले टूट गया था, तो राँची में दाँत के एक डॉक्टर से दिखलाकर रामसेवक ने मेरी के लिए एक क्लिपवाला दाँत बनवा दिया था। रात में आम तौर से सोने के पहले मेरी उस क्लिपवाले दाँत को निकालकर ताखे पर रख देती हैं और लगभग हर महीने किसी-न-किसी रात चूहा उस दाँत को लेकर भाग जाता है। लिहाज़ा, घर की ज़रूरत की चीज़ों की मासिक ख़रीददारी करने के लिए जब डेविड सामान की लिस्ट लिखते हैं, तो सबसे ऊपर लिखते हैं, दाँत—एक।

कई बार अपने दाँत को इस तरह गँवाने के बाद अब मेरी दाँत को सोने के पहले पेटी में बन्द कर देती हैं, पर जब कभी आलस्यवश वे दाँत को फिर किसी रात ताखे पर रख देती हैं, तो चूहे दाँत को ग़ायब कर ही देते हैं।

रामसेवक हँसकर कहते हैं, 'मेरी! बूढ़े चूहों को तुम्हारा क्लिपवाला दाँत बहुत काम आ रहा होगा।'

'चूहा चोर...!' अपनी जीभ से टूटे हुए निचले दाँत के मसूढ़े को आहिस्ते-से टटोलकर बिहँस देती हैं मेरी डेविड, 'गॉड ने इन चूहों के ब्लड में ही चोरी की आदत डाल दी है।'

'अगहन के महीने में खलिहान से धान की ढेर सारी बालियाँ खींच-खींचकर ये अपने बिल में जमा कर लेते हैं।' रामसेवक डेविड मुसकते हैं, 'अगहन में मेरी, ये चूहे चार-चार शादियाँ भी कर लेते हैं, क्योंकि तब इन्हें खाने की इफरात रहती है।'

'जहन्नुम में जाएँ ये चोर!' मेरी मुँह बनाती हैं।

'डाकुओं से भरी दुनिया में चलो, हमें सिर्फ इन छोटे चोरों से ही जूझना पड़ता है।' रामसेवक डेविड ने आम के पेड़ों की जड़ों पर मिट्टी चढ़ाते हुए जिस सुबह यह कहा, दुर्भाग्य से उसी रात उनके यहाँ डकैती पड़ गई।

'गंज' में जन्म से लेकर आधा से अधिक जीवन बीत चुका है रामसेवक डेविड का, पर आज तक डकैती तो क्या, एक साधारण चोरी की भी घटना न तो 'गंज' के उनके पुश्तैनी घर पर हुई थी और न ही इसी घर में। इसलिए देर रात जब हथियारबन्द नक्सली

संगठन एम.सी.सी के नाम पर डाकू आए, तो रामसेवक और मेरी, दोनों का चेहरा रात की तरह स्याह पड़ गया।

खुशिया पाहन बड़ा आलापी आदमी है। 'गंज' का ग्रामोफ़ोन। बस, उसके कान में कोई ख़बर पड़नी चाहिए। रामसेवक डेविड और मेरी के यहाँ पिछली रात डकैती पड़ गई, इसकी जानकारी सबसे पहले खुशिया को ही सुबह-सुबह हुई। ख़बर मिलते ही जिज्ञासा में तत्काल वह रामसेवक डेविड और मेरी के यहाँ पहुँच गया। फिर खुशिया के ज़रिये पूरे 'गंज' को उस डकैती का सजीव विवरण मिला कि कैसे बन्दूक, रिवॉल्वर और कई तरह के हथियारों के साथ डाकू उनके घर आए। खुशिया ने रामसेवक डेविड और मेरी के यहाँ से लौटने के दौरान सबको बताया कि शुरू में रामसेवक डेविड और मेरी के आनाकानी करने पर किस तरह डाकुओं ने दोनों को धक्का देकर गिरा दिया और इस घटना के बाद किस तरह दोनों प्राणी पेटकुनिया देकर पड़े हुए हैं। रामसेवक डेविड के यहाँ डाका डालने के बाद डाकुओं के दल ने उसी रात रामदगा में मि. ई.एच. हेंडर्सन के हमेशा बन्द पड़े रहनेवाले बँगले के दरवाज़े के ताले को तोड़ दिया और जो कुछ मिला, लेकर चलते बने। एक रात में दो-दो जगह डकैती पड़ने की खबर जलती लाल मिर्च की धौंक की तरह 'गंज' में कुछ पल में फैल गई। थोड़ी ही देर में बात एक कान-दो कान से होते हुए बियाबान तक पहुँच गई।

'गंज' में चोरी-चकारी और डकैती की पहले तो कोई कल्पना नहीं कर सकता था। रामदगा, जहाँ मि. हेंडर्सन के बँगले के ताले को तोड़ डाकुओं के दल ने लूटपाट की, वहाँ से महज़ एक किलोमीटर दक्षिण घनघोर जंगल के बीच बसी चमरंगा बस्ती के बूढ़े-पुराने आदिवासी आज भी उस बहादुर और सजीली एंग्लो-इंडियन मेम को याद कर रोमांचित हो उठते हैं कि कैसे हर शाम अपने अरबी घोड़े पर बैठ वह क्लब में शामिल होने 'गंज' जाती थी और बिना किसी डर-भय के देर रात गए चमरंगा के सघन जंगल स्थित अपने बँगले को लौटती थी। और क्या मजाल कि कभी किसी ने उसे रास्ते में रोका-टोका हो! हाथियों का उपद्रव भले उन दिनों भी चमरंगा में था, पर चोर-डाकुओं का नहीं। चमरंगा जंगल के बीच नकटा पहाड़ी के इर्द-गिर्द वैसे हाथियों का झुंड आज भी लोटता रहता है, पर अब यह इलाक़ा हाथियों के उपद्रव की तुलना में चोर-डाकुओं और एम.सी.सी वालों से कहीं ज़्यादा त्रस्त है।

हेंडर्सन के बँगले के केयर टेकर बालकेश्वर को तो लोगों ने सुबह-सुबह थाना जाते देखा भी। रामदगा बस्ती के चरका साव का बेटा बालकेश्वर तो बस एक ही रट लगाए हुए था, 'क्या जवाब दूँगा बुढ़िया मेम को मैं? कलकत्ता में उसको जब खबर मिलेगी, तो आकर सीधे मेरा कपार फोड़ देगी।'

चामा मोड़ से 'गंज' के लिए मुड़नेवाले रास्ते पर महुआ, सेमल, पलाश, आम और अमलतास के असंख्य वृक्षों की झुरमुट में घुसा यह पुराना जर्जर बँगला राँची की तरफ़ से आने पर 'गंज' का पहला बँगला है। मि. हेंडर्सन अब दुनिया में नहीं हैं। मिसेज़ हेंडर्सन कलकत्ता में रहती हैं। बूढ़ी हो चुकी सन्तानविहीन मिसेज़ हेंडर्सन ने पुरानी स्मृतियों के मोहवश कभी इस बँगले को बेचने का विचार मन में नहीं लाया। इसे ख़रीदने का प्रस्ताव लेकर आए कई लोग गुज़रे वर्षों में निराश होकर लौट गए। मि. हेंडर्सन जब ख़ुद थे,

तो बालकेश्वर का बाप चरका साव उनकी सेवा में जुटा रहता था। पर जब मि. हेंडर्सन नहीं रहे और नि:सन्तान मिसेज़ हेंडर्सन बुढ़ापा काटने के लिए कलकत्ता के ओल्ड एज़ होम में चली गईं, तो काफ़ी बूढ़े हो चुके चरका साव की जगह उसके बेटे बालकेश्वर को दो सौ रुपये माहवारी पर बँगले के केयरटेकर का काम मिसेज हेंडर्सन ने सौंप दिया। हालाँकि, 'गंज' में सब कहते हैं कि यह बँगला आख़िर में बालकेश्वर को ही भोग होगा। सन्तानविहीन मिसेज़ हेंडर्सन भला और किसको देंगी? कुछ लोगों की अटकल यह भी है कि मिसेज़ हेंडर्सन अपने किसी रिश्तेदार को बँगला वसीयत में दे देंगी। बहरहाल, जो हो, लेकिन साल में एक बार दिसम्बर-जनवरी के दिनों में जब मिसेज़ हेंडर्सन 'गंज' आती हैं, तो उसके पहले से बालकेश्वर पूरे बँगले के एक-एक कोने की साफ़-सफ़ाई कर तैयार रहता है। इस बँगले के परिसर में एक और बहुत छोटा-सा खपड़ापोश घर है, जो मिसेज़ हेंडर्सन की मित्र मिस लॉक का है। नित्रता के कारण मिसेज़ हेंडर्सन के साथ एक बार मिस लॉक 'गंज' आईं और तभी से उनको रट लग गई कि इस जगह पर वे भी अपना एक छोटा-सा घर डालना चाहती हैं।

'बस, एक फ़ीलिंग के लिए।' मिस लॉक ने मिसेज़ हेंडर्सन से कहा।

'ओ.के.! चलो, ठीक है। कुएँ से पश्चिम एक कमरे का कॉटेज तुम बना लो। उतनी जमीन के लिए हम तुम्हारे नाम गिफ़्ट का कागज बना देगा।' बहुत सोचकर कहा था मिसेज़ हेंडर्सन ने।

उसी यात्रा में एक कमरे का खपड़ापोश कॉटेज मिस लॉक ने बनवाया था और लगभग दस धूर ज़मीन के लिए गिफ़्ट का एक काग़ज़ राँची जाकर मिसेज़ हेंडर्सन ने उसी यात्रा में उनके नाम बना दिया था। 'गंज' में यह कहानी कई दिनों तक चलती रही कि कैसे मिस लॉक चमोकन[1] की तरह मिसेज़ हेंडर्सन से चिपटकर उनकी प्रॉपर्टी की खुरदिहा[2] मालकिन बन गईं। मिस लॉक कलकत्ता के किसी स्कूल में टीचर हैं। मिसेज़ हेंडर्सन से उम्र में दसेक साल छोटी मिस लॉक कलकत्ता में बराबर 'ओल्ड होम' जाकर मिसेज़ हेंडर्सन की देखरेख करती हैं और 'गंज' के इस बँगले की सालाना रसीद वग़ैरह कटाने के लिए अब ज़्यादातर वही आती हैं। यही नहीं, दिसम्बर-जनवरी के महीने में मिसेज़ हेंडर्सन को किसी तरह सहारा देकर वे यहाँ लाती ही हैं।

'मैं जब तक जिन्दा हूँ, साल में एक बार मुझे यहाँ ले आया करो।' शरीर से लाचार हो चुकी मिसेज़ हेंडर्सन के इस अनुनय को मिस लॉक अभी तक प्यार से निभाती हैं।

पिछली बार जब वे मिसेज़ हेंडर्सन को लेकर शक्तिपुंज एक्सप्रेस से 'गंज' स्टेशन पर उतरी थीं, तो बँगले तक जाने के लिए गाड़ी की कोई सुविधा तत्काल उपलब्ध न होने पर बालकेश्वर के सहयोग से उन्होंने एक खटोले का इन्तज़ाम कराया था। पहले तो मिसेज़ हेंडर्सन को खटोले पर बैठकर जाने में बड़ा संकोच हुआ, 'हँसेगा न सब लोग।' पर दूसरा कोई चारा नहीं था। खटोले पर बैठकर जाती बूढ़ी मिसेज़ हेंडर्सन को देख 'गंज' में अच्छा तमाशा लग गया था। मिस लॉक खटोले के पीछे पाँव पैदल चल रही थीं। मिसेज़ हेंडर्सन अपनी असमर्थता पर लोगों को आँख फाड़ते देख खुद बिहँस रही थीं।

1. पशुओं की त्वचा में चिपटा रहनेवाला एक ऊष्मज कीड़ा
2. सम्पत्ति में छोटे अंश की मालकिन

दरअसल, 'गंज' के बँगले से मिसेज़ हेंडर्सन की कई मधुर स्मृतियाँ जुड़ी हुई हैं। मि. हेंडर्सन के उपयोग में आनेवाले सभी सामान और चुनिन्दा फ़र्नीचर को म्युज़ीअम् की तरह इस बँगले में सहेज दिया था मिसेज हेंडर्सन ने। पिछली यात्रा में मिसेज हेंडर्सन ने मिस लॉक से कहा था, 'अब समय मेरे लिए ठहर गया है। बचपन और जवानी के दिनों में समय कैसे तेज भागता था कि कुछ पता नहीं चलता था। पर ओल्ड एज़ में समय अचानक रुक गया है। जीते जी मैं म्युज़ीअम् की चीज बन गई हूँ।'

पर डाकुओं के दल ने मिसेज़ हेंडर्सन द्वारा बँगले में क़ायम उनके म्युज़ीअम् को बुरी तरह तहस-नहस कर दिया और कई पुरानी बेशक़ीमती चीज़ें उठाकर ले गए।

वैसे, बालकेश्वर रात को अपने घर से इस बँगले की तरफ़ हमेशा कान पाथे रखता है। एक खटके पर वह लाठी लेकर रात-बेरात दौड़ पड़ता है। लेकिन पता नहीं, पिछली रात उसे क्या हो गया कि इतनी बड़ी घटना बँगले पर हो गई और उसकी नींद नहीं खुली। उसने थाना जाकर सब कुछ दर्ज़ कराया—अज्ञात लोगों के नाम प्राथमिकी।

पर रामसेवक डेविड ने जिज्ञासा में पहुँचे लोगों से कहा, 'पुलिस में जाने से क्या होगा?'

पिछली रात के हादसे का सुमिरन कर मेरी की सुबक रोके नहीं रुक रही है।

'डाकुओं का दिमाग खराब हो गया है, मि. मिलर! रामसेवक डेविड और मेरी के घर डकैती डालकर जरा सोचिए तो उन्हें क्या हाथ लगा होगा? हमेशा बन्द रहनेवाले मिसेज़ हेंडर्सन के बँगले में क्या मिला होगा—मकड़ियों के जाले और छिपकलियों की फौज के सिवा?' मि. मेंडेज़ के स्वर में अफ़सोस छलक रहा है, 'रामसेवक और मेरी तो दिन को खाते हैं और रात के लिए झखते हैं। दाँत पर मैल तक नहीं उन लोगों के।'

'रॉबिन! डाकुओं को यह खबर भिजवानी पड़ेगी कि असली माल तो उन्हें मि. मेंडेज़ के यहाँ मिलेगा।' मि. मिलर फिक्क से हँस दिये हैं और रहस्यमय भंगिमा में धीमे स्वर में कहा है, 'सुना है, एम.सी.सी. के नाम पर ये डाकू आधी रात को रामसेवक डेविड के यहाँ पहुँचे थे।'

'अरे, साहेब! हम एकदम ओरिजिनल बात न कह रहे हैं आपको। हम तो अभी-अभी रामसेवक डेविड के यहाँ से ही आ रहे हैं। आधी रात को डाकुओं का दल उनके हाते में घुसा और कुंडी खटखटाकर कहा—दरवाजा खोलिए। हम पाटी के भाईजी लोग हैं।' खुशिया पाहन ने बीती रात के रोमांच को अपने चेहरे और आवाज़ में भरसक उतारते हुए कहा है।

'फिर?' मि. मेंडेज़ की भौंहें उत्सुकता के साथ ऊँची हो गई हैं।

'फिर क्या साहब! ई एम.सी.सी. वाले भाईजी लोग के नाम पर किसकी मैया बाघ बियाई है, जो दरवाजा नहीं खोलेगा? बेचारे डेविड ने दरवाजा खोल दिया और फिर तो डाकुओं ने उनके घर को उधेसकर रख दिया। पर उनके पास था क्या, जो मिलता?' खुशिया पाहन के चेहरे पर मायापूर्ण करुणा है, 'फिर भी मेरी मेम का पुराने दिनों का कुछ सोना और वक्त-मुसीबत के लिए बचाकर रखे गए जो एकाध हजार रुपये थे, वे तो चले ही गए। रात से ही भोकासी पार-पार कर रो रही है मेरी मेम।'

'तुम्हें पक्का मालूम कि वे एम.सी.सी. वाले नहीं थे?' मि. मेंडेज़ ने खुशिया को और कुरेदने के अन्दाज़ में देखा।

'एकदम गारंटी बात। अकची-बगची मैं नहीं करता। सी.आई.डी. लगाकर पता कर लीजिए। वे लोग बटमार और डाकू थे, पाटी नहीं। इधर कुछ समय से एम.सी.सी. के भाईजी लोग के नाम पर इलाके के बहुत से लंगे-लबार अपना हाथ साफ कर रहे हैं। एम.सी.सी. वाले भाईजी लोग ऐसा गिरा हुआ काम सात जनम में नहीं करेंगे। पर जो हो, इन घटनाओं से तो बदनामी पाटी और भाईजी लोगों की ही हो रही है। मेंडेज साहेब! पहले गुंडई में भी एक ईमानदारी थी, पर आजकल तो गुंडई में भी दो नम्बरी लोग भर गए हैं।'

'तुमने कभी पार्टी वाले भाईजी लोगों को देखा है, खुशिया?' मि. मिलर ने आँखों में अचरज छलकाते हुए पूछा है।

'एक-दो बार? अरे मिलर साहेब, सैकड़ों बार! समझिए कि सुन्न-मसान रात में मैं घर जा रहा हूँ और पाटीवाला सब सामने से हरबे-हथियार लेकर जा रहा है। सब जानता है कि यह 'गंज' का खुशिया पाहन है, पर कोई टोकता नहीं और न मैं टोकता हूँ। यही परिपाटी है। यह सब पवन है, आया-गया। यात्रा-पहर उस सबको टोकना नहीं चाहिए।' खुशिया पाहन जैसे कोई तिलिस्म खोल रहा है।

'टोक दिया तो?' मि. मेंडेज़ के स्वर में उत्सुकता है।

'तो सीधे मुड़िये न काट लेगा!' खुशिया ने अपनी उँगली को चाकू की तरह गले के पास रगड़ते हुए कहा, 'यात्रा-पहर में टोक को वह सब बहुत बुरा मानता है।'

इधर कुछ समय से 'गंज' में चोरी-डकैती की घटनाएँ अचानक बढ़ गई हैं। आसपास के छुटभैये अपराधियों ने एम.सी.सी. के आतंक का फ़ायदा उठाने के लिए यह तरीक़ा अपनाया है कि बीच रात में किसी के दरवाज़े पर धमक गए, 'दरवाजा खोलो। हम लोग पार्टी के आदमी हैं।'

एम.सी.सी. इस इलाक़े की 'असली सरकार' है। सरकार के आदेश को भला कौन टाल सकता है? एम.सी.सी. का मतलब ही है—ज़मींदार, मोख़्तार और लम्बरदार। इनकी बोली कानून है।

पिछले दिनों एक रात इसी तरह 'गंज' स्थित वन विभाग के रेंज ऑफ़िस में घुसकर डाकुओं के दल ने सरकार से वृक्षारोपण के लिए आए 46,000 रुपये को लूट लिया। दरअसल, उस रात डाकुओं का दल सबसे पहले 'फ़ॉरेस्टर' रामाशीष सिंह के यहाँ पहुँचा था और पार्टी के नाम पर दरवाज़ा खुलवाया था। उन लोगों ने वहाँ बैठकर पानी पिया और रामाशीष सिंह से कहा, 'रेंजर साहब से कुछ जरूरी बात करनी है। चलकर उनको उठाओ।'

आधी रात में फ़ॉरेस्टर रामाशीष सिंह की आवाज़ सुनकर रेंज़र मुक्तिनाथ पन्ना ने दरवाज़ा खोल दिया था। फिर क्या था, अपराधियों ने पहले पन्ना के घर में लूटपाट की। फिर पन्ना को लेकर रेंज़ ऑफ़िस गए और वहाँ आलमीरा का ताला खुलवाकर वृक्षारोपण मद के 46000 रुपये को भी समेट लिया। रेंज़र मुक्तिनाथ पन्ना और रामाशीष सिंह को साथ लेकर फिर यह दल रेंज़ ऑफ़िस के किरानी शुक्ला जी के यहाँ गया। रामाशीष सिंह से ही शुक्ला जी का भी दरवाज़ा खुलवाया। आतंकित रामाशीष करता भी क्या? पीठ पर सटी बन्दूक की नली ने हताशा में उसकी आवाज़ और ऊँची कर दी थी, 'बड़ा बाबू उठिए! देखिए, कौन लोग आए हुए हैं?'

शुक्ला जी ने दरवाज़ा खोलने पर सामने जो दृश्य देखा, तो इतना घबरा गए कि पेशाब करने के नाम पर थोड़ा आगे गए और लुंगी-गंजी में ही बग़ल के डैनी-जेनिफ़र के कैम्पस में आव-देखा न ताव, बस कूद गए। हालाँकि, डैनी और जेनिफ़र की चहारदीवारी पर गँथे शीशे से उनके हाथ-पाँव ख़ून से बुरी तरह तरबतर हो गए थे।

'गंज' के कनरसियों ने तो बाद में कई दिनों तक रस ले-लेकर यह भी कहा कि 'सुकुल जी के चूतड़ में शीशे का अनगिनत टुकड़ा घप गया। वे एकदम से हदस गए थे।'

जो हो, खलारी के अस्पताल में मरहम-पट्टी कराकर शुक्ला जी एक महीने की छुट्टी पर जो अपने गाँव गए, तो फिर कभी नहीं लौटे। उन्होंने पैरवी कर 'गंज' से तबादला ही करा लिया।

बहरहाल, मामले की तहक़ीक़ात में पुलिस जब अगले दिन 'गंज' पहुँची, तो डी.एस.पी. अर्जुन मिंज रह-रहकर फ़ॉरेस्टर रामाशीष सिंह पर ही गरज-बरस रहे थे, 'अरे भकुआ! पार्टी के नाम पर तुम सबका घर खुलवाने में अगुआ का काम करता है? तुम्हीं को एरेस्ट करेंगे। हगा-हगा के तुमसे सब कुछ उगलवाएँगे। जरूर तुम पार्टी से मिला हुआ है।'

रेंज़र मुक्तिनाथ पन्ना पर भी पुलिस चढ़ बैठी कि वे तो अनुभवी आदमी हैं, उनको तो दिमाग़ से काम लेना चाहिए था। पर इस पैंतरेबाजी का नतीज़ा कुछ नहीं निकला। 'गंज' के लोग आख़िरकार इसी नतीज़े पर पहुँचे कि पुलिस ने देह-हाथ चमकाकर फिर पूरे मामले का घोर-मट्ठा कर दिया और एक चूहे को भी नहीं पकड़ सकी।

लगातार की इन घटनाओं ने सबको बौखलाकर रख दिया। रामसेवक और मेरी के यहाँ पड़ी डकैती के बाद तो सबने अपने-अपने घरों में बाबा आदम ज़माने से रखी ज़ंग लगी तलवार, भाला, गँड़ासा, कत्ता और बर्छियों को निकालकर तय किया कि अब से हर रात 'गंज' में बारी-बारी से लोग 'जाग' करेंगे। आधी-आधी रात तक 'जाग' का यह सिलसिला अलग-अलग टुकड़ियों में शुरू हो गया।

मि. गिब्सन ने मुसककर ऐलान किया, 'चोर-डाकुओं से अब प्रीस्ट लड़ेगा। मैं 'गंज' का डीकेन हूँ। हाफ़ प्रीस्ट। मैं भी 'जाग' में रहूँगा।'

मि. गिब्सन डीकेनवाला सफ़ेद लबादा पहनकर सबसे पहले 'जाग' के लिए मौज़ूद रहते और 'जागते रहो' की पुकार अपनी नाभि से खींचकर लगाते।

'गंज' के कुछ लोगों ने कहा, 'बुड्ढे झंपाली को नींद नहीं आती है। इस ढहलेल अखज को तो 'जाग' में मन लगेगा ही।'

'जाग' के कार्यक्रम के लगातार जारी रहने के दौरान 'गंज' में फिर एक सुबह सनसनी मच गई। इसहाक़ और सोबराती की बेटी अमना 'गंज' के छोटे-मोटे दादा ख़ाज़ा ख़ान के साथ मुँहअँधेरे भाग गई। ख़ाज़ा ख़ान की पहले से तीन शादियाँ हैं। पर अमना के दोनों बच्चों की हत्या के बाद उसकी हताशा के दौर में अमना से अपनापा जताकर ख़ाज़ा ख़ान कब उसके क़रीब हो गया, इसका इल्म इसहाक़ मियाँ और सोबराती को भी नहीं हो सका। अमना को बहलाकर ले जाने के आरोप में ख़ाज़ा ख़ान पर इसहाक़ मियाँ ने थाना में जाकर केस कर दिया। यही नहीं, अपनी बिरादरी में इसहाक़ मियाँ ने जब खूब छाती पीटी, तो 'गंज' के मुस्लिमों ने ख़ाजा ख़ान को अपने 'अंजुमन' से निकालने का ऐलान कर दिया। पर इस सबसे अमना थोड़े लौटती।

अमना के भागने का क़िस्सा 'गंज' में चाय की चुस्की-सा बन गया है। इसहाक़ मियाँ के कुछ नज़दीकियों का अनुमान है कि अमना जेल में बन्द दिलीप उर्फ़ दिलावर के भाई-भतीजों के डर के मारे ख़ाज़ा ख़ान के संग भाग गई है। कैंटीन मजीद ने इसहाक़ मियाँ से कहा, 'बराबर अमना मुझसे कह रही थी कि दिलावर का गोतिया भाई लोग हमको मार देगा।'

दरअसल, कुछ महीने तक फ़रार रहने के बाद दिलावर गिरफ़्तार हो गया था। दिलीप उर्फ़ दिलावर के पिता और भाई को जब डी.एस.पी. ने जाकर अन्तिम रूप से धमकाया था कि अगर दिलावर जल्दी हाज़िर नहीं हुआ, तो पूरे परिवार को पकड़कर बन्द कर देंगे, तब जाकर पुलिस को दिलावर के बारे में सही सूचना मिली। दिलावर छिपकर चुनार में रह रहा था। पुलिस टीम ने वहाँ जाकर उसकी गिरफ़्तारी की। तब से दिलावर राँची जेल में है।

अमना ने भागने के पहले कचहरी में दिलीप उर्फ़ दिलावर के ख़िलाफ़ दो बार गवाही दी थी और कचहरी में आगे भी उसकी गवाही गुज़रनी थी। अमना जब-जब कचहरी में खड़ी होती, शबाना और अफ़ज़ल का कुचला हुआ चेहरा उसके सामने बुरी तरह घूमने लगता। कचहरी में दिलीप को भी लाया गया और अमना फटी आँखों से उसे देखती रही—क्या यह वही दिलीप...वही दिलावर है, जो कभी जान से ज़्यादा उसे प्यार करता था...? शबाना और अफ़ज़ल की ख़ुशी के वास्ते कुछ भी करने को तैयार रहता था? पर अमना ने देखा, पुलिस के संग तारीख़ पर जेल लाया गया दिलीप सचमुच उसका वह दिलावर नहीं था। अमना को लगातार वह जलती आँखों से घूरता रहा था। अगर दिलीप जेल से छूट गया, तो उसे नहीं छोड़ेगा।

कचहरी से लौटकर अमना लगातार उथल-पुथल में रही। 'गंज' का छुटभैया दादा ख़ाज़ा ख़ान अक्सर स्टेशन के पास उसे मिल जाता था। बड़े प्यार से मिलता था वह और मुक़दमे के बारे में उससे पूछता था। अमना को ख़ाज़ा ख़ान की यह बात बहुत राहत देती थी, 'क्या कर लेगा दिलीप और उसका खानदान? मैं अकेले देख लूँगा सबको। तुम बेफिक्र रहो अमना।' यही विश्वास जमाकर ख़ाज़ा ख़ान मुँहअँधेरे अमना को लेकर 'गंज' से भाग गया।

उस दोपहरी इसहाक़ मियाँ हेसालंग की तरफ़ से गुज़र रहे थे, तो मेरी और रामसेवक डेविड के यहाँ कुछ पल के लिए रुक गए। अमना का प्रसंग छिड़ने पर भर्राये गले से इसहाक़ ने रामसेवक डेविड से कहा, 'मेरी मेम से शादी करने के लिए रामसेवकजी आपने ईसाई धर्म अपना लिया था और रामसेवक डेविड बन गए। तब कितना हंगामा खड़ा किया था आपके खानदान के लोगों ने! सब देखा हुआ है। पर क्या हुआ, आप दोनों की जोड़ी अल्लाह के फजल से आज तक सलामत है। आप लोग पुराने दौर के लोग हैं, इसलिए मियाँ-बीवी के आपसी मोहब्बत को निभा ले गए। पर आज के ये मियाँ-बीवी अमना और दिलावर इस प्यार को नहीं निभा सके, दोनों की जिन्दगी बर्बाद हो गई।' इसहाक़ मियाँ ने गमछे से आँखें पोछीं, 'मेरी मेम और रामसेवक जी! आप दोनों की जोड़ी अल्लाह रसूल सलामत रखे। अमना के लिए दुआ करिएगा। बहुत कमनसीब है वह। उसकी बदकिस्मती बेअन्त है। पता नहीं, आवारा खाजा खान के साथ वह कहाँ और किस हाल में होगी!'

रामसेवक डेविड ने इसहाक़ मियाँ की पीठ पर हाथ रखते हुए कहा, 'सब ठीक हो जाएगा मौलाना प्यारे।' रामसेवक डेविड का गला भर आया।

मेरी डेविड वहीं कुर्सी पर जड़वत् बैठी रहीं। सच, कैसी क़िस्मत हुई अमना की!

इसहाक़ मियाँ को बाहर छोड़ रामसेवक डेविड अन्दर आए, तो देखा, मेरी कुर्सी पर उसी तरह बैठी कहीं खोई हुई हैं। मेरी के चेहरे को अपनी दोनों हथेली में भरते हुए रामसेवक डेविड ने कहा, 'अमना के लिए सोच रही हो? वह जहाँ भी हो, ईश्वर, उसकी जिन्दगी में किसी तरह खुशी वापस कर दें।'

बॉनर-भवन

बॉनर-भवन के सामने तमाशा लगा हुआ है। मिस बॉनर दनादन अंग्रेज़ी-देसी गालियों की बौछार कर रही हैं। दूर-दूर खड़े लोग सिर झुकाये मुसक रहे हैं। मिस बॉनर हाँफ-हाँफकर गालियाँ दे रही हैं। इतनी गालियाँ देने के बावजूद जैसे उन्हें सन्तोष नहीं हो रहा है।

दरअसल, सभी दिनों की तरह इस शाम भी 'बॉनर भवन' के मुख्य द्वार के मोटे खंभे से टँगे लेटर-बॉक्स के छोटे-से ताले को खोल मिस बॉनर ने लेटर-बॉक्स का नन्हा पल्ला हटाकर झाँकना ही चाहा कि चूहे का एक बच्चा मिस बॉनर के सीने से टकराकर जा उछला। हाथ में छड़ी थामे पृथुलकाय मिस बॉनर की तो क्षणांश के लिए जैसे साँस ही रुक गई। मारे घबराहट के एक गहरी चीख़ के संग जो पीछे हटीं, तो गिरते-गिरते बचीं। ग़नीमत है, उनके पीछे खड़ी उनकी आदिवासी आया मरियम ने उन्हें थाम लिया। क्रोध के मारे मिस बॉनर ने 'कुत्ता' और 'सूअर का बच्चा' से लेकर अंग्रेज़ी की चुनिन्दा गालियों की झड़ी लगा दी।

गुस्से में छड़ी के सहारे खड़ी मिस बॉनर की भारी भरकम काया बुरी तरह हाँफ-काँप रही है। मरियम उन्हें किसी तरह शान्त कर अन्दर ले जाने की लगातार कोशिश में है। महीने-दो महीने में 'बॉनर-भवन' के मुख्य द्वार पर यह दिलचस्प 'शो' होता ही है। मिस बॉनर के शेयर के काग़ज़वाले किसी लिफ़ाफ़े या उनकी आइ.टी.सी. की नौकरी के ज़माने के उनके किसी पुराने दोस्त की भूली-भटकी चिट्ठी को चूहे का बच्चा लेटर बॉक्स में कुतर डालता है; या खाली लेटर बॉक्स के भीतर बस तड़पता रहता है। ऐसे में मिस बॉनर जभी लेटर बॉक्स खोलती हैं कि बदहवास चूहे का बच्चा मिस बॉनर के सीने या चश्मे से जा टकराता है।

मिस बॉनर की आया मरियम जानती है कि ज़ेरी पिंटो सरीखे 'गंज' के कुछ शरारती एंग्लो-इंडियन लड़के और उनके आदिवासी साथी मिस बॉनर को चिढ़ाने के लिए चूहे का बच्चा पकड़कर चुपके से लेटर बॉक्स में घुसा देते हैं। शुक्र है कि मिस बॉनर को आज तक पता नहीं चल पाया है कि इस शरारत के पीछे कौन-कौन बच्चे हैं, वरना यह शिकायत लेकर वे कब का थाना-पुलिस कर चुकी होतीं।

यह छोटा-सा लेटर बॉक्स उसकी बूढ़ी मालकिन के लिए आफ़त की पिटारी है, सोचकर मुस्कराती है मरियम। इस लेटर-बॉक्स को लेकर अक्सर भड़कनेवाले ड्रामे पर खुशिया पाहन मुसककर मरियम से कहता भी रहा है, 'जोगी का कुत्ता बलाय...। तुम्हारी

बुढ़िया मेम के लिए यह लेटर-बॉक्स बलाय है।' पर इस लेटर बॉक्स में मिस बॉनर की जान बसती है। जैसे उनकी सारी जथा-पूँजी इसी में हो! बरसात के दिनों में इसमें पानी घुसकर चिट्ठियों को गीला न कर दे, इसके लिए मिस बॉनर ने किसी तरह जुगाड़ कर ट्रक के एक पुराने ट्यूब के टुकड़े को बतौर आवरण, लेटर बॉक्स की छेद पर बड़े यत्न के संग तार से लपेटकर लटका रखा हुआ है। हर शाम आदतन आहिस्ता-आहिस्ता छड़ी के सहारे डग भरते वह गेट तक आती हैं और लेटर बॉक्स के ताले को खोलकर देखती हैं। महीने-दो महीने पर ही एकाध चिट्ठी उन्हें मिलती है।

मिस बॉनर की दिनचर्या से सुपरिचित शरारती किशोर ज़ेरी पिंटो जाली में चूहे के बच्चे को फँसाने में जुटा रहता है। महीने-दो महीने पर जब ज़ेरी को इसमें क़ामयाबी मिलती है, तो वह अपने आदिवासी दोस्तों के साथ चूहे के बच्चे को चुपके से लेटर बॉक्स में डाल आता है और 'बॉनर-भवन' के पिछवाड़े में दम साधकर मिस बॉनर की मसालेदार गालियों का ठिलठिलाते हुए सामूहिक आनन्द लेता है। गाली बकने में मिस बॉनर को कोई आर-धार नहीं रहता।

मि. फ़र्गुसन के पोते ज़ेरी की शरारतों और सनक की कोई सीमा नहीं है। एक साल पहले मैकलुस्कीगंज में जब मलेरिया का प्रकोप काफ़ी बढ़ गया था, तो अपने पूरे शरीर पर ज़ेरी टिक-20 मलकर कई दिनों तक घूमता रहा कि 'देखें, अब ये रास्कल मच्छर मेरा क्या बिगाड़ते हैं!' पर मच्छर से लेकर मिस बॉनर तक शरारती ज़ेरी और उसकी जमात का कभी कुछ नहीं बिगाड़ सके।

भरी साँझ में मिस बॉनर को गेट पर चीख-पुकार करते देख एक क्षण के लिए तो रॉबिन कुछ समझ नहीं पाया कि आख़िर हुआ क्या है? पर बात समझने पर किसी तरह वह अपनी हँसी दबा पाया और मिस बॉनर को समझा-बुझाकर भीतर ले गया, इस पुख़्ता आश्वासन के साथ कि वह जल्दी ही उन शैतान लड़कों का पता लगा लेगा, जो अक्सर उनके साथ ऐसी हरकत करते रहते हैं।

ग़ुस्से से लगातार सुर्ख़ हुई जा रहीं मिस बॉनर ने गहरी साँस लेकर हुमकते हुए कहा, 'तुम नहीं जानते रॉबिन। 'गंज' के ये खरकट छोकरे स्साले फुटानी करते हैं। इन्हें नहीं मालूम कि हमने रंडी और लौंडे का डांस भी आगे की सीट पर बैठकर देखा है। ये चटनी मेरी[1] समझते हैं मुझको। मैं सबको जेल भिजवाकर रहूँगी।' मिस बॉनर अभी देहात की टिपिकल झगड़ालू औरतवाले फ़ॉर्म में है, 'रॉबिन! तुम एक दिन टेप रिकॉर्डर लेकर मेरे पास बैठो। एक साँस में मैं पाँच सौ हिन्दी-अंग्रेज़ी गालियाँ निकाल सकती हूँ। तुम गौर करके टेप पर फिर से सुनना, पाँच सौ गालियों में कोई गाली रिपीट् नहीं मिलेगी। 'गंज' का बोकाचोदा लोग अपने को समझता क्या है...।'

'चुप भी होइए।' मरियम ने बड़े अदब के साथ आहिस्ते-से कहा है।

रॉबिन ने मिस बॉनर को कन्धे से समेटते हुए कहा, 'आप देखिएगा तो सही कि इन शैतानों की मैं क्या खबर लेता हूँ!'

मिस बॉनर के परिसर में विचरनेवाला बतख का जोड़ा इस हंगामे से खिंचकर गेट पर आ गया है और 'क्वैक-क्वैक' का शोर नारंगी रंग की अपनी लम्बी चोंच खोलकर कर रहा है।

1. एंग्लो-इंडियन औरतों के लिए एक कूट सम्बोधन

शान्त हो चुकीं मिस बॉनर ने मुस्कराते हुए कहा, 'रॉबिन! ये बतख, कुत्तों से कम बड़े पहरेदार नहीं होते। देखो, कैसे शोर मचा रहे हैं गुस्से में!' पर 'बॉनर-भवन' के परिसर में लगे एक-से-एक वृक्ष और दुर्लभ पौधों की नवल क़लियों की सांध्यकालीन सुवासित शोभा में शोर और ऊँची आवाज़ एक अपवाद ही है। नन्दन कानन है 'बॉनर-भवन'। बरामदे पर लगी कुर्सी पर बैठी मिस बॉनर अब चुप हैं। थोड़ी देर पहले गेट पर शोर मचाता बतख़ का जोड़ा राजा-रानी की तरह बग़ीचे में चैन से घूम रहा है।

कोई शब्दाघात नहीं...कोई स्वराघात नहीं...बस, शब्दों की पदचाप...एक अनिर्वचनीय अनुभूति...प्रकृति की एक गहरी प्रतीति। प्रकृति के मृदुल होंठ पर थिरकता हुआ ही तो जैसे बसा हुआ है 'बॉनर-भवन'...। फूलों, नाना प्रकार की लताओं से सुसज्जित-आच्छादित। 'बॉनर-भवन' में पाँव रखते ही प्रकृति की लय का गहरा मधुर आभास होता है।

रॉबिन ने जानबूझकर बागबानी और फूलों की चर्चा मिस बॉनर के पास छेड़ दी है, 'आपके फूल-पत्तों का क्या हाल है? आपका बाग तो एक छोटा-मोटा बॉटेनिकल गार्डेन ही है।'

मिस बॉनर के चेहरे पर सहसा अपार आनन्द गहरा गया है, जैसे परिसर में खिले फूलों ने उन्हें बरबस गुदगुदा दिया हो! उन्होंने कुर्सी के हत्थे से लटकती अपनी छड़ी को पकड़कर उठने की कोशिश की, तो रॉबिन ने उन्हें तत्काल सहारा देकर उठा दिया।

'चलो, गार्डेन में तुम्हें ले चलती हूँ। कई दिन हो गए फूलों के पास गए...।' रॉबिन का सहारा लेकर बहुत सम्हल-सम्हलकर क़दम बढ़ाते हुए मिस बॉनर ने पुलक के साथ कहा है।

'भारतीय फूलों के बारे में मैंने काफी कुछ सुन रखा है। सुना है, एक-से-एक सुगंधित फूल पाए जाते हैं यहाँ?'

रॉबिन का कुरेदना था कि मिस बॉनर फूलों के मनोरम संसार में डूबने-उतराने लगीं, 'तुमने ठीक सुना है, रॉबिन! भारत तो पहले से सुन्दर फूलों का देश रहा है और मुगलों के बाद अंग्रेज़ों ने भी अपने साथ यहाँ एक-से-एक फूल लाये। मुगल शासन की शुरुआत के साथ पर्सिया और मध्य एशिया से यहाँ अनूठे फूलों का आगमन हुआ। मुगल शासक बाबर ने काफी मुश्किल से गुलाब को बसरा होते हुए यहाँ मँगवाया था...।' आँखें मींचकर कुछ याद करते हुए मिस बॉनर ने कहा, 'कोई 1526 ई. के आसपास...। आज तो गुलाब भारत में घर-घर की शोभा है।'

मिस बॉनर से पुष्प-गाथा सुनते हुए रॉबिन ने अचरज के साथ आँखें फैला दीं, 'अच्छा, तो भारत में गुलाब बसरा होते हुए आया था?'

'हाँ, बेटे! पर ब्रिटिशराज के दौरान काफी फूल भारत में लाए गए...अंग्रेज़ों और पुर्तगालियों के जरिये। कई शौकीन अंग्रेज़ अफसरों और मिशनरीवालों को इसका क्रेडिट जाता है...।' क्यारियों में लगे फूलों को ग़ौर से देखती जा रहीं मिस बॉनर ने गहरी साँस ली, 'रॉबिन बेटे! मिशनरी से जुड़े ऐसे ही एक सज्जन थे डॉ. फ़र्मिंगर...। इस अंग्रेज़ मिशनरी ने कई नये-नये फूलों से इंडिया को परिचित कराया और जहाँ तक मुझे याद है, 1863 ई. में फ़र्मिंगर ने इंडियन फूलों को लेकर एक बड़ी किताब लिखी—'फ़र्मिंगर्स मैन्युअल ऑव गार्डेनिंग इन इंडिया'।

सहसा मिस बॉनर ने क्यारी में लगे एक पौधे को दुलारते हुए कहा, 'रॉबिन बेटे! देखो, यह ब्लू पॉपी है। इस फूल की अद्‌भुत कहानी है। बहुत पहले यहाँ इंग्लैंड से फूलों का एक दीवाना आया था। उसका नाम था फ्रैंक किंगडन वार्ड...। भारत के अनूठे फूलों की तलाश में 1938 से 1956 ई. के बीच पता नहीं कहाँ-कहाँ पागलों की तरह जंगल-जंगल घूमता फिरा था वह! उसने ही जंगल में छिपे इस शर्मीले फूल ब्लू पॉपी को ढूँढ़ निकाला था...। सच, फूलों की एक अद्‌भुत दुनिया है रॉबिन। फूलों और किताबों के सहारे तो मैंने जिन्दगी गुजार दी बेटे!'

भावातिरेक में मिस बॉनर का पाँव डगमगा गया है। रॉबिन ने नये सिरे से उन्हें सँभाल लिया है। मिस बॉनर के चेहरे पर गहरा वात्सल्य घिर आया, 'और आज अपने प्यारे पोते रॉबिन का सहारा है...।' बगीचे के छोटे-से पौंड में शान्ति से पसरे कमल दल को आँखों ही आँखों में समोते हुए मिस बॉनर धीमे-धीमे डग भरकर बढ़ते हुए फूलों के गाइड की तरह कहती जा रही हैं, 'यह भारत का राष्ट्रीय फूल है रॉबिन—नेशनल फ्लावर...! देखो, कितने सुन्दर लाल कमल हैं! रेड लोटस। ये देखो...ये है—बेली...! मीठी गन्धवाली बेली रात में अद्‌भुत सुगन्ध फैलाती है...। यह रात में खिलती है। और रेड लोटस सुबह की पहली किरण के साथ। रॉबिन, हर सफेद फूल रात में खिलता है और रंगीन फूल सुबह की किरणों के साथ। फूलों का 'कलर-स्कीम' जो ठीक से जानता है न बेटे, वह जीवन का भी 'कलर स्कीम' अच्छी तरह निभा ले जाता है। तुम ढूँढ़ोगे तो पाओगे...हर आदमी के भीतर एक फूल छिपा है। जो हल्की-सी रोशनी पड़ने पर सिर्फ अपना रंग ही नहीं, खुशबू भी तुम्हारी तरफ उछालता है...। बस, तुम थोड़ी-सी धूप की किरण या चाँदनी दो...।'

रॉबिन को लगा कि मिस बॉनर के उद्यान के सारे फूल अपनी पंखड़ियों के भीतर मुस्करा रहे हैं। ठीक उसी तरह, जिस तरह किसी घर आए अतिथि के समक्ष अपने अभिभावक द्वारा प्रशंसित होने पर बच्चे हल्की मुस्कान के संग आँखों की पुतलियाँ नचाते हुए ख़ुशी और गर्व से गहरी साँस लेते हैं।

मिस बॉनर बहुत बात करने के मूड में हैं, मानो वर्षों से संचित पराग को उड़ेलना चाहती हैं! उन्होंने अपने माली नामदेव उराँव को आवाज़ देकर बग़ीचे में कुर्सी लगा देने को कहा है।

माली नामदेव पहले कुर्सी लगा गया और पीछे से छोटी-सी चायवाली मेज़ भी लेता आया है। मरियम की तरह वर्षों से मिस बॉनर की सेवा में रहते हुए उसे भी मिस बॉनर के हर मिज़ाज...पसन्द-नापसन्द का पूरा अन्दाज़ है। कुर्सी लगी और मेज़ नहीं, तो मिस बॉनर के लिए असहनीय हो जाता है, 'इतने साल हो गए मेरे यहाँ, तुमने थोड़ी भी तमीज नहीं सीखी...?'

मेज़-कुर्सी लगाकर माली नामदेव उराँव हाथ बाँधे खड़ा है। आँखों में अप्रत्यक्ष सवाल लिये, 'चाय या कॉफि? क्या सर्व करूँ?'

मिस बॉनर ने कुर्सी पर बैठते हुए रॉबिन से पूछा, 'क्या लोगे?'

'कुछ भी! ऐसा क्या?'

'ठीक है। मरियम को बोलो, दो कॉफ़ि भेजे!'

माली नामदेव चला गया। मिस बॉनर देर तक ख़ामोशी में डूबी रहीं और जब अपने-आपमें लौटीं, तो पूछा, 'बेटे, मन लग रहा है न यहाँ?'

रॉबिन ने बग़ैर कुछ कहे सहमति में सिर हिला दिया है।

'दरअसल, आजकल तेज रफ्तार जिन्दगी के आदी नौजवानों को गाँव का शान्त-धीमा जीवन जल्दी उबा देता है।' मिस बॉनर ने फीकी हँसी के संग कहा है।

'मैं तो आया ही हूँ यहीं के लिए। लिखने-पढ़ने के लिए प्रकृति की सुरम्यता में बसी जगह वैसे भी उपयुक्त मानी जाती है।'

मरियम कॉफ़ि रख गई है। रॉबिन ने कॉफ़ि का प्याला उठाते हुए मिस बॉनर की तरफ़ देखा। मिस बॉनर ने भी कॉफ़ि का प्याला उठाते हुए कहा, 'बेटे, कृति और प्रकृति का एक गहरा नाता होता है। कोई रचना तब तक जीवन की गहराइयों को छू नहीं सकती है, जब तक उसमें प्रकृति की फ़ीलिंग पोर-पोर नहीं भीगी हुई हो। रचना को जब तक प्रकृति की खुशबू नहीं मिलेगी, रचना एक कृति नहीं बन सकेगी। मैकलुस्कीगंज मि. मैकलुस्की की एक जीवन्त कृति ही थी न, प्रकृति के बीच बसी एक कृति। पर उनकी कृति के ज्यादातर पात्र जीवन की प्रकृति से अपरिचित रह गए और मि. मैकलुस्की की कृति को बरबाद कर डाला।'

मिस बॉनर जारी हैं, 'रॉबिन बेटे, कृति और प्रकृति के बीच भाषा एक पुल है, जो जीवन और उसकी फ़ीलिंग्स के बीच एक मजबूत बाँध होती है। यह नॉवेल जो तुम लिखोगे, वह किस भाषा में? जाहिर है, अंग्रेज़ी में?'

मिस बॉनर के इस प्रश्न पर वह आहिस्ते-से मुस्कराया, बोला, 'बेशक हिन्दी में। इस आदिवासी अंचल में बसे एंग्लो-इंडियन गाँव की कथा का प्रभाव हिन्दी में ज्यादा आत्मीय-अन्तरंग ढंग से उभर सकेगा। बाद में भले उसका मैं खुद अंग्रेज़ी अनुवाद करूँगा।'

मिस बॉनर गद्गद होते हुए बोलीं, 'तुमसे मैं यही जवाब सुनने की उम्मीद कर रही थी, बेटे। तुमने मेरे घर का नाम, जो आगे गेट पर लिखा हुआ है, पढ़ा?'

रॉबिन ने आहिस्ता-से कहा, 'हाँ, बॉनर-भवन...।'

मिस बॉनर ने कहा, 'बेटे, इस घर का नाम मैं 'बॉनर विला'...'बॉनर हाउस', कुछ भी रख सकती थी। पर यह 'बॉनर भवन' है। यही हैं एंग्लो-इंडियन। यही हम हैं माइ सन...।'

रॉबिन अपलक उन्हें सुन रहा है।

अँधेरा गहरा रहा है। मिस बॉनर ने चैन से कहा है, 'स्टडी रूम में चलें।'

रॉबिन उन्हें सहारा देकर स्टडी रूम में ले आया है। मिस बॉनर साहित्य और भाषा पर अहर्निश बोल रही हैं। पापा ने बताया था, 'मिस बॉनर को साहित्य और भाषा की अद्भुत पकड़ है...। हिन्दी में भी उन्हें वैसी ही महारत हासिल है। उन्हें बस छेड़ देना और सुनते जाना।'

मिस बॉनर अपने-आपमें खो गई हैं...। 'बॉनर भवन' के छोटे-से स्टडी रूम में शब्द...भाषा...प्रकृति...कृति जैसे सब-के-सब आराम से स्टडी रूम की छोटी-छोटी तिपाइयों पर...कुछेक कुर्सियों पर चुपचाप आकर बैठ गए हैं और सुन रहे हैं, पी रहे हैं, मिस बॉनर की बातों को।

मिस बॉनर ने भावविभोर स्वर में कहा, 'तुम कल्पना नहीं कर सकते हो मेरी खुशी का, मैं कितनी खुश हूँ तुमसे यह जानकर कि अपना यह नॉवेल तुम हिन्दी में लिखोगे बेटे...।'

रॉबिन ने कहा, 'इसलिए यहाँ आने के पहले मैं देर रात तक हिन्दी का अरसे से अभ्यास करता रहा था...।'

मिस बॉनर ने दार्शनिक अन्दाज़ में आँखें मूँदे-मूँदे ही कहा, 'मनुष्य की क्षमता अनन्त है बेटे...। इनसानी दिमाग एक जादू का डिब्बा है...। इस जादू के डिब्बे को जो पहचान जाता है, वह सारी दुनिया को दीवाना कर देता है...। उसके विचार युग-युग तक छाए रहते हैं...। धरती की धड़कन को जब-जब दिमाग गौर से सुनता है, कुछ-न-कुछ विस्मयकारी होता है। दूर नहीं जाओ, पारसी कम्यूनटि के लोगों को देखो, भला कितनी आबादी रही है इनकी? लेकिन उद्योग-व्यवसाय के क्षेत्र में पारसियों ने अद्‌भुत चमत्कार कर दिखाया। इसी दक्षिण बिहार के शहर जमशेदपुर को लो। पारसियों ने बड़ी मेहनत से आबाद किया इस शहर को...। सिंहभूम इलाके की धरती के भीतर के खजाने को परख लिया इन पारसियों ने और एक शानदार दुनिया खड़ी कर दी। पर एंग्लो-इंडियन कम्यूनटि? बस, कोट-पैंट...छुरी-काँटे...अंग्रेज़ी और साहबी लटके-झटके में चली गई।'

रॉबिन ने गहरी साँस लेते हुए कहा, 'क्या मि. मैकलुस्की के सपने को बचाया नहीं जा सकता...? यह असम्भव नहीं है अभी भी।'

मिस बॉनर डूबते स्वर में बोलीं, 'करके देखो...। पर रॉबिन, ईसा मसीह की एक बात जानते हो? अपने ऊपर जुल्म ढानेवालों को लेकर उन्होंने कहा था—फ़रगिव् देम ओ लॉर्ड! फ़ॉर दे नो नॉट ह्वाट दे डू।—हे ईश्वर! इन्हें माफ कर देना क्योंकि ये बेचारे नहीं जानते हैं कि ये क्या कर रहे हैं। पर अपनी एंग्लो-इंडियन कम्यूनटि के लिए ईश्वर से मेरी प्रार्थना ठीक इसके विपरीत है कि 'हे ईश्वर! इन्हें कभी माफ मत करना क्योंकि ये जानते रहे हैं कि ये क्या कर रहे हैं।'

मिस बॉनर बिखरने लगी हैं। चश्मा उतारकर उन्होंने आँखें पोंछीं। एक सवालिया सन्नाटा 'बॉनर-भवन' के इस छोटे-से कमरे को एकबारगी बेहद ख़ामोशी से झकझोर गया है। मिस बॉनर ने उसी भर्राये स्वर में कहा, 'इसलिए सोचती हूँ बेटे, क्या लिखोगे तुम अपने नॉवेल में? 'गंज' फारसी शब्द है। इसका मतलब है—खजाना...जमात...अनाज रखने का कोठा। अपनी कम्यूनटि के वास्ते मि. मैकलुस्की ने क्या कुछ नहीं जमाया था। पर अब? सिर्फ कसक...। बोलो, क्या लिखोगे?'

सच, क्या लिखेगा वह? उस दिन जब मेंडेज़ अंकल के साथ वह गाँव के एक हिस्से में निकला हुआ था और एक खँडहरनुमा भग्न बँगले को दिखाते हुए मेंडेज़ अंकल ने कहा था, 'रॉबिन, वह देखो...यह कभी मैकलुस्की साहब का घर हुआ करता था', तो रॉबिन के मुँह से सहसा एक सिसकारी निकल गई थी, 'यह...मैकलुस्की साहब का घर...? इसे तो स्मारक की तरह बचाकर रखा जाना चाहिए था...।'

मि. मेंडेज़ ख़ामोश थे। उस भग्न अवस्था में भी खँडहर के अवशेष उसे अलौकिक लगे थे। मि. मेंडेज़ ने कुछ दूर आगे जाने के बाद लगभग बुदबुदाने के से स्वर में एक

झेंप के साथ कहा था, 'रॉबिन, मि. मैकलुस्की की स्मृति में एक स्मारक भी है यहाँ... एक छोटा-सा फाउंटेन...।'

रॉबिन ने क्षुब्ध कौतूहल के संग छूटते कहा था, 'क्या उधर चल सकते हैं अभी?'

मि. मेंडेज़ ने कहा, 'हाँ, क्यों नहीं, चलते हैं 'हाइलैंड गेस्ट हाउस' के ठीक पीछे ही तो है...।'

मि. मेंडेज़ के पीछे चुपचाप वह चलता गया था। 'हाइलैंड गेस्ट हाउस' के पीछे पहुँचकर मि. मेंडेज़ ने उसी झेंप के स्वर में कहा, 'वह रहा फ़ाउंटेन रॉबिन।'

जर्जर अवस्था में था वह फ़ाउंटेन! रॉबिन को रोमांच हो आया...। वह भारी क़दमों से धीरे-धीरे उस भग्न फ़ाउंटेन के क़रीब गया और उसकी मिटती जा रही इबारतों को पढ़ने लगा : 'थर्ड नवम्बर...नाइन्टीन थर्टी फ़ोर...! दिस फ़ाउंटेन हैज़ बीन इरेक्टेड इन ऑनर ऑव मि. इ.टी. मैकलुस्की, एम.एल.सी.।...द ऑर्गेनाइज़र ऐंड फ़ाउंडर ऑव द कॉलनाइज़ेशन सोसाइटी ऑव इंडिया लिमिटेड...बाय हिज़ को-डायरेक्टर्स ऐंड मेंबर्स... एज अ सिम्बल ऑव देयर डीप एप्रिसिएशन ऑव हिज़ वर्क फ़ॉर द अपलिफ़्ट ऑव हिज़ कम्यूनटि...।'

इन चन्द पंक्तियों को पढ़ते-पढ़ते रॉबिन की जीभ सूख गई थी। क्या यही सम्मान एंग्लो-इंडियन कम्यूनटि ने दिया मि. मैकलुस्की को...?

रॉबिन के मुँह में तिक्तता भर गई—दिस फ़ाउंटेन हैज़ बीन इरेक्टेड इन ऑनर ऑव... यह टूटा...भग्न...उपेक्षित स्मारक...! ओफ़, मि. मैकलुस्की!

मिस बॉनर के घर से निकलते हुए उनके ये अल्फ़ाज़ रॉबिन के कानों में दहक रहे हैं : 'ईश्वर, मत माफ करना इन लोगों को क्योंकि ये जानते रहे हैं कि ये क्या कर रहे हैं...।'

मि. मैकलुस्की का वह खँडहर का भी खँडहर हो चुका मकान—ढहकर गिरने की तैयारी कर रहा वह फ़ाउंटेन—फिर से उसकी आँखों के आगे कौंध गया है...।

ईस्ट इंडियंस पिटिशन

रात हो चुकी है। रॉबिन ने 'क्वींस कॉटेज' के गेट पर से ही देखा, छज्जे की कमानी से लटक रही लालटेन की मद्धिम रोशनी में बरामदे पर मि. मिलर और मि. मेंडेज़ बातचीत में मशगूल हैं।

'कहाँ जमे हुए थे इतनी देर तक मैन? जरूर तुम मिस बॉनर के क्लास में फँसे होगे। है न?' मि. मेंडेज़ ने हल्के ठहाके के संग रॉबिन की तरफ़ देखा, तो रॉबिन ने आहिस्ते-से तिरस्कारसूचक हल्की हुंकार भरी और चुपचाप बग़ल की कुर्सी पर बैठ गया।

मि. मिलर भाँप गए कि रॉबिन कुछ असहज है। इसलिए कुछ देर की ख़ामोशी के बाद मि. मिलर ने ही सन्नाटा तोड़ा, 'कैसी हैं बॉनर मेम?'

'ठीक हैं।'

'कुछ मैटेरियल मिला उनसे नॉवेल के लिए?'

'हाँ, थोड़ा बहुत...।' रॉबिन की आवाज़ निस्तेज है।

'क्या सब...? हम लोग जान सकते हैं?' मि. मिलर ने हल्की मुस्कान के साथ उसे पुचकारा।

'यही, अपनी एंग्लो-इंडियन कम्यूनटि की बेचारगी और बेबसी की कहानी...।' रॉबिन ठंडी साँस छोड़ते हुए बोला।

जैक किचेन में है। मि. मिलर की आवाज़ पर जैक किचेन से बरामदे पर आया, तो मि. मेंडेज़ ने जिन्दादिल अन्दाज़ में उसे खदेड़ा, 'क्यों बे जैकफ्रूट...! तू कब तक किचेन में छौंक मारता रहेगा? चल, जल्दी से एक बार और चाय पिला। अब मैं चलूँगा...रात हो रही है। यह तो रॉबिन का बहाना है आजकल कि देर होने पर भी बेगम की डाँट से बच जाता हूँ।'

चाय का आदेश लेकर जैक किचेन की तरफ़ मुड़ने को था कि मि. मिलर ने उसे इशारे से रोक लिया और असमंजसपूर्ण अन्दाज़ में मि. मेंडेज़ की तरफ़ मुख़ातिब हो फुसफुसाए, 'जैक को मैंने एक दूसरी ही स्पेशल बात के लिए आवाज दी थी मि. मेंडेज़! दरअसल, एक उम्दा रम की बोतल कब से पड़ी है। सच पूछिए, तो रॉबिन के लिए अब तक बचाकर रखी थी मैंने...।'

'रम के आगे चाय क्या? रम मिटाये गम...।' मि. मेंडेज़ ने गुनगुनाहट के संग रॉबिन की तरफ़ देखा, 'हांगकांग में तो एक-से-एक उम्दा वाइन मिलती होगी, पर देहात में तो रम का ही मजा है रॉबिन।'

'जाओ, कुछ पकौड़े और तली मूँगफली ले आओ...। चाय का प्रोग्रैम कैंसिल।' मि. मिलर ने उठकर अपने कमरे की तरफ बढ़ते हुए जैक के कन्धे पर हाथ रखा, 'हाँ, तीन ग्लास...जग में पानी के साथ।'

'एंग्लो-इंडियंस में अब रम का ही ज्यादा चलन है रॉबिन, क्योंकि यह सस्ती शराब है।' मि. मेंडेज़ ने मि. मिलर के जाने के बाद रहस्योद्घाटन के अन्दाज़ में धीमे से कहा।

'आजकल तो वैसे भी शराब का चलन हर कम्यूनटि में बढ़ गया है, अंकल, पर अपनी एंग्लो-इंडियन कम्यूनटि में शुरू से सुनता हूँ, शराब का चलन रहा है?' रॉबिन ने मि. मेंडेज़ को कुरेदने की भंगिमा में पूछा।

'साहबी ठाठ का रोग तो तुम जानते ही हो, इस कम्यूनटि में पुराना है। उम्दा खाना... बढ़िया शराब...सुन्दर कपड़े...मौज-मस्ती...। रिटायरमेंट के बावजूद वही शाही-खर्चा, इसलिए कर्जे की नौबत। सूदखोर पठानों के मैक्सिमम क्लाइंट कलकत्ता...मुम्बई...बेंगलूर... जहाँ भी देखो, पहले एंग्लो-इंडियंस ही थे। बहुत से एंग्लो-इंडियन परिवार हैं, जिनके मर्दों ने दूसरे वर्ल्ड-वार के दौरान अच्छा पैसा बनाया...लेकिन उनके रहन-सहन का तो रॉबिन, कहना ही क्या था! ऐसे परिवारों ने शुरू की अपनी खर्चीली आदतों के चलते हमेशा के लिए बाद के दिनों में गरीबी को अपने घर में बिठा लिया।' फिर आँखों को झपकाते हुए चुटीले अन्दाज़ में मि. मेंडेज़ ने कहा, 'बेतहाशा खर्च के बाद जब-जब इनका हाथ खाली होने को आता है, तो इन परिवारों के बच्चे इंग्लैंड, न्यूज़ीलैंड और ऑस्ट्रेलिया वगैरह जाने की योजना बनाने में मशगूल हो जाते हैं। सपनों की तितलियाँ बुनने के सिवा इनके पास और रास्ता भी क्या बचता है?'

'आप भी तो, सुना, गाँव छोड़कर इंग्लैंड जा रहे थे?' रॉबिन ने हल्की हँसी के संग मि. मेंडेज़ को छेड़ा, तो वे ठठाकर हँस पड़े, 'तौबा-तौबा! बीवी-बच्चों की जिद के चक्कर में मैं अल्ट्रा-बेवकूफी करने जा रहा था। वह तो कहो कि सही समय पर अकल आ गई और मकान बेचने के लिए राँची के एक बड़े आदमी से लिया हुआ एडवांस वापस कर दिया।'

'क्या किस्सा चल रहा है मि. मेंडेज़?' हाथ में रम की बोतल थामे मि. मिलर ने अपनी आरामकुर्सी में बैठते हुए जिज्ञासा-भरी मधुर मुस्कान फेंकी, तो मि. मेंडेज़ ने झेंपभरी खिलखिलाहट के संग कहा, 'रॉबिन अपना पक्का रिपोर्टर है मि. मिलर। इसके पास बैठिए कि इंटरव्यू चालू कर देगा। वही किस्सा चल रहा है—मेरे मैकलुस्कीगंज छोड़ने के प्लैन वाला किस्सा...।'

'ओहो...अच्छा...!' मि. मिलर रम की बोतल मेज़ पर रखते हुए बोले, 'रॉबिन! मि. मेंडेज मेरे पुराने ग्लास-फ़ेलो हैं...।' और कुछ क्षण बाद तनिक मुस्कराकर मि. मेंडेज़ की तरफ़ गिलास बढ़ाते हुए कहा, 'गाँव के पुराने फ्रीडम-फ़ाइटर हैं मि. मेंडेज़। अपने गाँव के परथन[1]...। जैसे बगैर परथन के रोटी नहीं बेली जा सकती, वैसे ही 'गंज' में इनके बिना कुछ नहीं हो सकता। इसलिए कहा कि ये फ्रीडम-फ़ाइटर हैं। 'गंज' के परथन...।'

रॉबिन ने अपना गिलास थाम आँखों में विस्मय गहराते हुए मि. मेंडेज़ की तरफ़ देखा, 'क्या सच में? फ्रीडम फ़ाइटर रहे हैं अंकल आप?'

मि. मेंडेज़ ने गोल-गोल आँखें नचाते हुए कहा, 'हाँ, हाँ, क्यों नहीं! मि. मिलर हम लोगों के ग्रुप के बहादुर कमांडर थे।'

उनके इस व्यंग्य पर मि. मिलर हो-हो कर हँस दिये और हँसी को 'चीयर्स' कहकर समेटते हुए गिलास ऊपर उठा लिया, 'यह नशीली रात, रॉबिन बेटे के नाम...।'

तभी जैक दो बड़ी तश्तरी में पकौड़े और भूनी मूँगफली लाया, तो पूरा बरामदा ख़ुशबू से महमहा उठा। मि. मेंडेज़ ने मूँगफली टूँगते हुए, किचेन की ओर जाते जैक की तरफ़ देखकर कहा, 'मि. मिलर, आपका जैक काम करने में एकदम भूत है। जो कहिए, फौरन हाजिर। ऐसे लोग किस्मतवालों को ही मिलते हैं।'

मि. मेंडेज़ की बात पर मि. मिलर ने हुंकार भरी और रम की घूँट भरते हुए रॉबिन ने सहमति में गरदन हिलाई, 'बेशक, जैक वन पीस है। पर आपने कहा—जैक भूत जैसा है। भूतों के बारे में थोड़ा-थोड़ा मैंने भी सुना है। पर भूतों की असलियत क्या है, अंकल?'

रम के सुरूर में मि. मेंडेज़ ने छत फाड़ ठहाका लगाया, 'मि. मिलर! रॉबिन अभी भी छोटा-सा बच्चा है...। धरती पर नया-नया आया, जिज्ञासा से भरा एक नन्हा बच्चा... जो हर चीज देखकर पूछता है कि वो क्या है...ये क्या है...?'

मि. मिलर तीसरा पेग बनाते हुए बोले, 'प्यारा बच्चा तो है ही रॉबिन, इसमें क्या शक?'

रॉबिन ने भोले सुर में फिर ज़ोर से दोहराया, 'पर भूत? अंकल, टालिए मत, प्लीज़!'

'न...न...न...! रात में भूत का कोई जिक्र नहीं, वरना क्या ठीक, भूत आ ही जाए?' मि. मेंडेज़ ने मजा लेते हुए रम की गहरी घूँट लेकर मुँह में पकौड़ी घुसेड़ ली।

1. सूखा आँटा, जो रोटी बेलते समय चकला पर मला जाता है।

मि. मिलर ने रम की हल्की घूँट के साथ कहा, 'बेटे, भूत माने स्पिरिट...असम्भव काम करनेवाला स्पिरिट...! मरने के बाद हिन्दुओं का मानना है कि लोग भूत बन जाते हैं, जिन्हें आप देख नहीं सकते—यू नो...।'

मि. मिलर भूत के बारे में कुछ और रोशनी डालते कि मि. मेंडेज़ ने चौथा पेग खाली करते हुए बीच में हस्तक्षेप किया, 'चलो, जब बूढ़ों की गोद में बैठे हो, तो भूतों की कहानियाँ सुनो। इस 'कोकोनट' में क्या नहीं भरा है—हिस्ट्री...ज्युग्राफ़ी...साइंस... जिन्दगी—क्या कुछ नहीं! अभी भूतों का डिटेल सुनो। रॉबिन, बॉम्बे सिविल सर्विस में जॉर्ज़ क्लिफ़ोर्ड ह्वीट्वर्थ नामक एक साहब थे, जिन्होंने एक बड़ी यादगार डिक्शनरी तैयार की थी...! हाँ, उसका नाम था : 'एन एंग्लो-इंडियन डिक्शनरी'। इस डिक्शनरी में वे सभी टिपिकल भारतीय शब्द थे, जो अंग्रेज़ों द्वारा भी इस्तेमाल किए जाते थे...। मैंने उसी डिक्शनरी में भूत के बारे में एक सटीक डेफ़िनिशन पढ़ा था...भूत यानी स्पिरिट ऑव अ डेड पर्सन, अ गॉबलिन, अ फ़ायंड...भूत्स स्पेशली दोज़ ऑव मर्डर्ड और नोटोरियसली एविल लिव्ड पर्सन आर वरशिप्ड थ्रू आउट इंडिया...ऐंड आर द ओरिजिंस ऑव मोस्ट... विलेज़ डिविनिटिज़...।'

तनिक रुककर माथे पर बल देते हुए मि. मेंडेज़ ने फिर भूत के अधूरे अध्याय को पूरा करते हुए कहना शुरू किया, 'रॉबिन, भूत इज़ ऑलसो द नेम ऑव अ हाइयर ऑर्डर ऑव डेमांस, ऑव हूम 'शिवा' इज़ द लॉर्ड...भूत इज़ ऑलसो द नेम ऑव एन एलीमेंट, ऑव ह्विच, एकॉर्डिंग टू द हिन्दूज़...देअर आर फ़ाइव—अर्थ...वाटर...फ़ायर...एयर ऐंड ईथर...समझे...?' अन्तिम शब्द तक आते-आते लगा, जैसे मि. मेंडेज़ ईथर के नशे में खो रहे हैं, 'मि, मिलर...! एक बात आप मुझमें गौर करेंगे...जब-जब मैं कुछ अधिक ड्रिंक्स ले लेता हूँ, मेरी याददाश्त कुछ ज्यादा तेज हो जाती है...। अब देखिए न, डिक्शनरी में जाने कब की पढ़ी हुई बात अचानक सामने आ खड़ी हुई...।'

मि. मिलर ने थपथपाती भंगिमा में कहा, 'यह भी भला कहने की बात है!' फिर थोड़ा मुसककर मि. मिलर ने रॉबिन की तरफ़ देखा, 'मैंने कहा न रॉबिन! हमारे मेंडेज़ साहब इस गाँव के फ्रीडम फ़ाइटर हैं...एकदम परथन...।'

'छोड़िए, आप मजाक करते हैं। मेरे जैसा आदमी मैकलुस्कीगंज में तो क्या, आपको पूरे इलाके में टॉर्च लेकर ढूँढ़ने से नहीं मिलेगा।' मि. मेंडेज़ बिहँसकर अब अपनी कुर्सी पर ढलक गए हैं।

रॉबिन ने गिलास को मेज़ पर रखते हुए कहा, 'आपने अभी क्या बताया, शिवा इन भूतों के लॉर्ड हैं...? ये शिवा क्या हैं?'

मि. मेंडेज़ अपने उनींदेपन से उबरते हुए जैसे सचेत हो उठे, 'आज लगता है, तुम मेरी पूरी मेमोरी को सोख ही डालोगे...। लॉर्ड शिवा का नाम भोलेनाथ भी है... भोलेनाथ...एन एपिथेट ऑव शिवा...। 'गंज' में पाठक फ़ैमलि का शिव टेंपल है... कभी देखो जाकर...।'

रॉबिन के ज़हन में सहसा बस-यात्रा के दौरान बस की बोनट के ऐन ऊपर लगे उस जटाजूटधारी की तसवीर कौंध गई, जिसके नीचे लिखा था : 'जय भोलेनाथ'। अच्छा, तो ये हैं भोलेनाथ...? रॉबिन ने गहरी साँस ली। पता नहीं, उस बसवाले ने भूतों के लॉर्ड की

तसवीर क्यों लगा रखी थी? उसने सोचा, किसी दिन वह पाठक फ़ैमलि का 'शिव टेंपल' ज़रूर देखने जाएगा।

रात गहराती जा रही है। अँधेरे का मेहराब चारों तरफ़ तन गया है। हवा हल्की-हल्की बह रही है। आरामकुर्सी में ख़ामोशी से धँसे मि. मिलर ने झपकी भगाने के लिए झुर्रियों से घिरी आँखों को दोनों हथेली से मींचकर छोड़ा, तो रॉबिन को लगा मि. मिलर की आँखों की झिल्ली पक्षियों की तरह है।

मि. मिलर ने मस्तूल में लगे पाल की भाँति फड़फड़ाते हुए जम्हाई ली और बार-बार पलक झपका रहे मि. मेंडेज़ को हड़बड़ा दिया, 'उठिए मि. मेंडेज़...। चार पेग में ही टुन्न हो गए?'

मि. मेंडेज़ ने आँखें टिमटिमाते हुए सिर को हल्का झटका दिया, 'सोया कहाँ हूँ? अब चलूँगा भाई...।' कलाई घड़ी पर नज़र डालते हुए उन्होंने कहा, 'दस बज गए। अब जाना चाहिए।'

कुर्सी से लगभग आधा उठ चुके मि. मेंडेज़ को बैठाते हुए मि. मिलर ने स्तुति भाव के साथ कहा, 'लॉर्ड! अभी आप यहाँ से डिनर लेकर जाएँगे। जैक खाना सर्व कर रहा है। आपको अपनी मैडम से डाँट का डर है, तो मैं रॉबिन के साथ आपको घर पहुँचाने चलूँगा। मैडम से कहूँगा, प्लीज़, इनको कुछ मत कहिए। देरी के कसूरवार हम हैं...।'

मि. मेंडेज़ ने कोई प्रतिवाद नहीं किया और अपनी कुर्सी पर नशीली मुस्कान के संग फिर शिथिल हो गए। लेकिन अगले पल कुर्सी पर पहलू बदल मि. मेंडेज़ ने कुड़कुड़ाने वाली मुर्गी जैसी आवाज़ में कहा, 'जब तक जैक खाना लाता है, मैं रॉबिन का इंटरव्यू लेता हूँ। यह शैतान हरदम मेरा ही इंटरव्यू लेता रहता है।'

रॉबिन मुस्करा उठा, 'बेशक, चलिए, शुरू करिए...शूट योर क्वेश्चंस...।'

'हाँ, तो ये बताओ बच्चे कि तुम्हारा नॉवेल, जो तुम इस गाँव पर लिखनेवाले हो, कैसा होगा?'

'यह एंटी नॉवेल होगा...।'

'यह क्या बला है यार?'

'कहानी और कैरेक्टर्स के महत्त्व के बगैर लिखा गया एक बीसवीं सदी का उपन्यास...।' रॉबिन के स्वर में शरारत-भरी मुस्कान है।

'कहानी और कैरेक्टर, दोनों के महत्त्व के बगैर...एक नॉवेल? यह तो अंडे का मुरब्बा बनाने जा रहे हो यार तुम!' मि. मेंडेज़ के स्वर में कौतुक है।

'किया क्या जाए? कहानी का मतलब है—किसी की वीरगाथा...। रोमांच से भरी... एडवेंचर से उफनती...स्टोरी। पर एंग्लो-इंडियंस के जीवन में न तो कहीं से कोई वीरगाथा है, न कोई एडवेंचर...।' रॉबिन ने मि. मेंडेज़ को उकसाने के लिए ही यह तीर फेंका है।

मि. मेंडेज़ में इस चोट से एकबारगी फुरफुराहट-सी आ गई है। रम के नशे ने जैसे नये सिरे से उनके भीतर ज़ोर मारा और लालटेन की मद्धिम रोशनी में रॉबिन ने देखा कि मि. मेंडेज़ का चेहरा हल्की तिलमिलाहट के कारण कुचली हुई झरबेरी के सुर्ख़ गुलाबी रंग जैसा हो गया है, 'सुन रहे हैं न मि. मिलर! किस तरह नश्तर चुभो रहा है ये शैतान! अरे मैन, तुम्हें नहीं मालूम कि एंग्लो-इंडियंस कितने बड़े लड़ाके रहे हैं। खुद मैं एयरफोर्स में

रहा हूँ। एयर वाइस मार्शल मि. मॉरिस बार्कर इंडिया के पहले एंग्लो-इंडियन एयर मार्शल थे। तकरीबन सात एंग्लो-इंडियंस इस पोस्ट पर पहुँचे। मामूली बात है क्या?'

मि. मिलर ने भीनी मुस्कान के संग कहा, 'आज तुम बुरे फँसे बाबू! मेरे क्रॉनिक फ्रेंड मि. मेंडेज़ को 'वर्बल डायरिया' शुरू हो चुका है।' मि. मेंडेज़ ने उसी वीर भाव से कहा, 'आज तुमने बड़े मौके से मुझे छेड़ दिया है, जब मेरी याददाश्त कुछ ज्यादा ही काम कर रही है। वैसे भी, गाँव में सबके पास अपनी वीरगाथा होती है कि 'हम ये थे... हम वो थे...।' अरे मेरे बुद्धू बच्चे! तुम्हें नहीं मालूम कि 17वीं सदी के बीच और 18वीं सदी की शुरुआत में भारत में मराठा, राजपूत, मुगल और सिख लोग आपस में बुरी तरह युद्धरत थे। भारत में जमे यूरोपियनों ने युद्ध की स्थिति में उन भारतीय राजाओं की मदद की, जिनके वे आश्रित थे। इस दौर में, यानी लगातार युद्ध की स्थिति के लगभग सौ वर्षों में, सैनिकों की माँग स्वाभाविक रूप से जबर्दस्त बनी रही थी। रॉबिन, 'ईस्ट इंडिया कम्पनी' ने युद्ध की इसी स्थिति का फायदा उठाते हुए 'टेरिटरिज़' को अ'क्वाइअर करना शुरू किया था। अपने भारतीय संरक्षकों को सैन्य-सेवा सुलभ कराने के एवज में कम्पनी को टेरिटरिज़ मिल रही थी। ब्रिटिश सैनिकों की माँग उन दिनों सचमुच गजब की थी। उधर फ्रांस के साथ अलग ही इंग्लैंड का घमासान युद्ध जारी था। इसलिए सैन्य संख्या बढ़ाने और मजबूत करने के लिए 'ईस्ट इंडिया कम्पनी' ने एंग्लो-इंडियंस को भी काफी संख्या में सेना में बहाल किया था। उस समय अंग्रेज़ों को विश्वास था कि भारतीय औरतों से पैदा उनकी यह नस्ल उनके लिए बढ़-चढ़कर वफादार रहेगी। एंग्लो-इंडियंस अंग्रेज़ों के वफादार थे भी। अंग्रेज़ों की सेना में शामिल होकर एंग्लो-इंडियंस जान की बाजी लगाकर युद्ध लड़ते रहे। इस तरह रॉबिन, 18वीं सदी के इंटरवल तक अंग्रेज़ों ने भारत और यूरोप के अपने सभी दुश्मनों पर किला फतह कर लिया था। एंग्लो-इंडियंस की संख्या अंग्रेज़ों की फौज में काफी बढ़ती गई थी। अंग्रेज़ लोग इस कम्यूनटि की जाँबाजी पर बहुत खुश भी थे। उस समय एंग्लो-इंडियंस के बहुतेरे बच्चे इंग्लैंड तक पढ़ने भेजे जाते रहे और पढ़-लिखकर भारत वापस लौटने पर कम्पनी में उन्हें ऊँची तनख्वाह की नौकरी भी दी जाती थी।' मि. मेंडेज कहते-कहते कुछ पल के लिए थमे, तो मि. मिलर ने दरियादिल मेज़बान की तरह उनके खाली गिलास को फिर से भर दिया।

मि. मेंडेज़ अघाये अन्दाज़ में बोले, 'अब कितना लूँ? लगता है, आप लोग मेरी जान आज लेकर रहेंगे।'

मि. मिलर ने फुसलाने की भंगिमा में कहा, 'बस, यह आखिरी था—आखिरी...।'

मि. मेंडेज़ ने गिलास उठाकर आँखें सिकोड़ लीं और फिर शुरू हो गए, 'हाँ, तो समझे रॉबिन, इस तरह सन् 1600 से सन् 1785 तक एंग्लो-इंडियंस की हालत बहुत बेहतर थी। पर मार्च, 1786 के एक आदेश ने एंग्लो-इंडियंस को झकझोरकर रख दिया था और दुखों का जो सिलसिला शुरू हुआ, सो फिर थमा नहीं...।' अपनी रौ में डूबे मि. मेंडेज़ की शक्ल धुँधली-धुँधली हुई जा रही है।

'क्या आदेश था वह अंकल?' रॉबिन के स्वर में स्वाभाविक उत्कंठा है।

'14 मार्च, 1786 को जारी वह आदेश यह था बेटे, कि एंग्लो-इंडियंस के बच्चे अब पढ़ाई करने इंग्लैंड नहीं जाएँगे। जाहिर था कि कम्पनी की ऊँची तनख्वाहवाली नौकरियों

की सम्भावना इसके साथ ही एंग्लो-इंडियंस के लिए खत्म हो गई थी। न वे अब ऊँची पढ़ाई कर सकते थे और न उन्हें ऊँची तनख्वाहवाली नौकरी मिल सकती थी।'

'यह तो बहुत बुरा हुआ था।' रॉबिन का स्वर जैसे श्वासहीन हो गया है।

'सिर्फ यही नहीं हुआ रॉबिन, 1791 ई. के अप्रैल महीने में एक और आदेश जारी हुआ कि नेटिव इंडियंस के बच्चों को कम्पनी की सिविल या सैन्य सेवा में बहाल नहीं किया जाएगा। और 1795 ई. के एक तीसरे आदेश में तो इसे और छिलके की तरह छुड़ाकर बता दिया गया कि ऐसे लोगों जिनके माँ-बाप दोनों यूरोपियन नहीं हैं, उन्हें सेना में बैंड वगैरह बजाने के छोटे-मोटे काम के अलावा कोई नौकरी नहीं दी जाएगी...।'

मि. मेंडेज के चेहरे पर कड़वे इतिहास की सलवटें बुरी तरह गहरायी हुई हैं। अन्धकार में घिरे 'क्वींस कॉटेज' के बरामदे पर बैठे तीन अभिशप्त मनुष्यों को जैसे दुर्भाग्यपूर्ण इतिहास के हज़ारों-हज़ार हाथोंवाले दैत्य ने अचानक अपनी लपलपाती बदबूदार जीभ पर बिठा लिया है!

'फिर?' रॉबिन बार-बार कुर्सी पर पहलू बदल रहा है, 'आखिर अचानक की इस नाराजगी की वजह?'

मि. मेंडेज़ प्रत्युत्तर में कुछ कहते कि मि. मिलर ने मोर्चा थाम लिया, 'दरअसल, मुझे लगता है, इस नाराजगी की कई वजहें हुईं। लॉर्ड क्लाइब के समय में, सन् 1776 में सेना में विद्रोह हो गया था और अंग्रेज़ों को लगा कि क्या ठिकाना, कहीं आनेवाले दिनों में ये एंग्लो-इंडियन सैनिक भी न विद्रोह कर बैठें! जैसाकि अभी मि. मेंडेज़ ने तुम्हें बताया कि अंग्रेज़ों की सेना में एंग्लो-इंडियंस की संख्या काफी हो गई थी। रॉबिन, सन् 1786 से 1795 यानी दस वर्षों के भीतर-भीतर एंग्लो-इंडियंस की ऐसी बुरी दशा हो गई, जिसकी कल्पना वे लोग नहीं कर सकते थे। यहाँ तक पाबन्दी लगा दी गई कि ये कहीं जमीन भी नहीं खरीद सकते। इस तरह यह कम्यूनटि खेती करके जीने से भी वंचित कर दी गई और व्यापार से तो इसे कभी जुड़ने ही नहीं दिया गया। तुम समझ सकते हो रॉबिन कि अंग्रेज़ों को एंग्लो-इंडियंस की जब-जब जरूरत पड़ी, तो 'यूरोपीय खून' की दुहाई देकर उनकी मदद ली और अपना काम निकलते ही दो लात जमाकर कुत्ते की तरह भगा दिया...।'

मि. मिलर का चेहरा भट्ठी की राख की तरह ज़र्द हो गया है। वे एक गहरी साँस लेकर चुप हो गए हैं। मि. मेंडेज़ चुपचाप गिलास से छोटी-छोटी घूँट भर रहे हैं। यह चुप्पी रॉबिन के लिए असह्य हो रही है। उसे लग रहा है, घुप्प अँधेरी तूफानी रात में दो मस्तूलों वाले किसी पोत पर बैठा वह समुद्र में डोल रहा है।

'तब...?' रॉबिन की आवाज़ में व्यग्रता छलक आई है।

'तब क्या...? काफी अपमान और तबाही झेलने के बाद एंग्लो-इंडियन कम्यूनटि ने तय किया कि अपनी कम्यूनटि की पूरी समस्या ब्रिटिश संसद में रखवाई जाए। इसके लिए कलकत्ता के एक प्रमुख एंग्लो-इंडियन नेता मि. जॉन विलियम रिकेट्स बतौर एजेंट चुने गए कि वे एंग्लो-इंडियंस की परेशानियों का मेमोरेंडम इंग्लैंड लेकर जाएँ।' मि. मेंडेज़ ने याद करते हुए आँखें सिकोड़कर कहा, 'उस मेमोरेंडम का शीर्षक था : 'ईस्ट इंडियंस पिटिशन'। पर अंग्रेज़ों ने, रॉबिन, उस पिटिशन को जब कूड़ेदान में डाल दिया, तो बड़ा हंगामा हुआ। आखिरकार, अगस्त, 1833 में सरकार को यह ऐक्ट पास करना पड़ा कि

एंग्लो-इंडियंस को सरकारी नौकरियों में रखा जाएगा।' लालटेन की मन्द रोशनी में अभी मि. मेंडेज़ का चेहरा काँसे की किसी प्राचीन मूर्ति के सिर जैसा लग रहा है।

गिलास की आखिरी घूँट हलक में उड़ेल मि. मेंडेज़ ने तृप्ति के संग तेज़ डकार ली, 'ओह, सचमुच बढ़िया रम पिलाया आपने मि. मिलर! वैसे भी, आप जैसे कंजूस आदमी से इतनी दरियादिली की मैं उम्मीद नहीं करता था। क्रेडिट रॉबिन को मिलना चाहिए, जिसके नाम पर रम का ढक्कन आज आपने तोड़ ही दिया।' मि. मेंडेज़ चुटकी लेने से बाज नहीं आए।

मि. मिलर ने रम की तरावट भरी खिलखिलाहट में मि. मेंडेज़ को हिलोड़ते हुए कहा, 'मैं तो कंजूस हूँ, पर आप पैदाइशी बेवकूफ हैं। आपको याद है कि बातचीत की शुरुआत कैसे हुई थी? आपने कहा था कि आप रॉबिन का इंटरव्यू लेंगे, पर यहाँ तो उल्टे रॉबिन ने ही आपका पूरा इंटरव्यू ले लिया।'

मि. मेंडेज़ भभाकर हँस पड़े, 'मैं समझता नहीं हूँ क्या...? बड़ा घना और बीहड़ है यह लड़का। मैं क्या इसका इंटरव्यू लूँगा भला?' हँस रहे मि. मेंडेज़ की लम्बी ठुड्डी कुछ ज़्यादा आगे को निकल आई है।

रॉबिन भी खुलकर हँस पड़ा, 'मान लिया न आखिर कि आप सबसे ज्यादा आपके बच्चे सयाने हैं? अच्छा, छोड़िए, पर यह बताइए अंकल कि अंग्रेज़ों के भारत से जाने-जाने तक एंग्लो-इंडियंस की क्या यही दशा बनी रही थी?'

मि. मेंडेज़ फिर गम्भीर हो उठे, 'नहीं, बीच में एक बार राहत की स्थिति एंग्लो-इंडियंस के लिए तब आई थी, जब ट्रेन और टेलिग्राफ़ व्यवस्था अंग्रेज़ों ने भारत में शुरू की। रॉबिन, 1851 ई. में भारत में टेलिग्राफ़ व्यवस्था की शुरुआत हुई थी और सन् 1853 में भारत में पहली ट्रेन बम्बई से ठाणे तक के लिए शुरू हुई थी। शुरू में यह काम कठिनाई भरा था। लिहाजा, फिर इस काम के लिए अंग्रेज़ों को एंग्लो-इंडियंस की याद आई। इसलिए एंग्लो-इंडियंस ट्रेन और टेलिग्राफ़ की नौकरियों में काफी संख्या में लिये गए थे। पर फिर आगे चलकर स्थिति वही हो गई। सन् 1884 में कांग्रेस की स्थापना के बाद अंग्रेज़ों के खिलाफ इंडियंस ने भयंकर जेहाद छेड़ दिया था। उसके भी पहले 1857 ई. में भारी संघर्ष हुआ था। आखिरकार, अंग्रेज़ों ने भारत से जाते-जाते फिर धोखा दे ही दिया, यह कहते हुए कि एंग्लो-इंडियंस और डोमिसाइल्ड यूरोपियन, जो भारत के नेटिव हैं, के वास्ते अंग्रेज़ों की कोई जिम्मेदारी नहीं है। इस तरह एंग्लो-इंडियंस अन्तिम रूप से टूट गए रॉबिन...। पर आजादी के ऐन पहले भारत में अन्तिम उम्मीद के साथ नेशनल लेवेल पर एंग्लो-इंडियन कम्यूनटि ने अपने को संगठित किया...। 1941 ई. के दिनों में सर हेनरी गिडनी सरीखे एंग्लो-इंडियंस के नेता तो गुजर गए थे, पर आजादी के ऐन पहले से मि. फ्रैंक एंथोनी ने इस उदास कम्यूनटि को पूरे हौसले के साथ नेतृत्व दिया। वैसे, 1941 ई. में भारत में रॉबिन एक माइनॉरटी कम्यूनटि के रूप में एंग्लो-इंडियंस को मान्यता मिली थी। पर देश की आजादी के बाद तो लोकसभा से लेकर देश के कई प्रान्तों की विधानसभाओं में इस कम्यूनटि को राजनीतिक प्रतिनिधित्व देने के लिए रिज़र्वेशन का इन्तजाम किया गया...। हालाँकि, इन सारे प्रयासों के बावजूद, यह कम्यूनटि कभी अपने को मजबूत नहीं कर सकी। और नहीं, अपने मैकलुस्कीगंज की हालत तो तुम देख ही रहे हो...?'

मि. मेंडेज़ को सुनते हुए लग रहा है, जैसे रॉबिन अँधेरे के अस्फुट स्वर को सुनने की कोशिश कर रहा है। इस बीच जैक मेज़ पर खाना परोस गया है। अंडा करी और पराँठे की ज़ायक़ेदार गन्ध से पूरा बरामदा एकबारगी महक उठा है। पर इतना स्वादिष्ट भोजन करते हुए भी रॉबिन ने ग़ौर किया कि दोनों बूढ़े पता नहीं क्यों, कुछ ज़्यादा ही गमगीन हो उठे हैं। जैसे भयावह इतिहास के अरण्य में दोनों बुरी तरह थककर बैठ गए हों...!

'मैकलुस्कीगंज के आसमान में तारों की झिलमिलाहट अब पहले जैसी नहीं रह गई है।' मि. मिलर की आवाज़ में गहरी उदासी है।

तारों की झिलमिलाहट...? मैकलुस्कीगंज के स्कूल में पढ़ने आते आदिवासी-ईसाई बच्चे हालाँकि अभी भी क्रिसमस पर आँखें मूँदकर बड़े भक्तिभाव से गाते हैं : 'तारा झिलमिल...झिलमिल चमकता...बेथेलेहम के गौशाले में यीशु राजा जनमा...।'

मि. मिलर ने खिन्न स्वर में कहा, 'क्रिसमस पर तारों की झिलमिलाहट का गीत सब गाते हैं रॉबिन, पर कब्रिस्तान होते जा रहे इस गाँव को बचाने यीशु राजा क्यों नहीं आते हैं—क्यों नहीं? क्या यीशु राजा नहीं जानते कि यह गाँव तारों की झिलमिलाहट से दूर, दुर्भाग्य के अँधेरे में डूब गया है?'

'क्वींस कॉटेज' के बरामदे पर ठिठकी उदास रातों में अक्सर एक तिलमिलाहट के संग मि. मिलर अपनी आरामकुर्सी पर निढाल हो जाते हैं। बरामदे पर कमानीदार कड़ी से लटकी लालटेन की मद्धिम रोशनी फिर भी रॉबिन को प्राणहीन नहीं लगती है। इस अत्यन्त मद्धिम प्रकाश में भी प्राण शेष है। सांत्वना के स्वर में मि. मिलर से वह कहता है, 'अंकल, जब तक खुद हमारा मनोबल नहीं उठेगा, तब तक यीशु राजा भी आकर यहाँ क्या कर लेंगे...? कुछ भी नहीं। कमजोर लकड़ी को ही कीड़ा खाता है। यह गाँव कोई ईश्वर के चमत्कार से नहीं, बल्कि एक साधारण व्यक्ति की इच्छाशक्ति से अस्तित्व में आया था।'

रॉबिन की उत्साह-भरी बातों से मि. मेंडेज़ कभी-कभी जोश में आ जाते हैं, 'मि. मिलर, रॉबिन ठीक कहता है...। जो कुछ भी बचा-खुचा रह गया है, उसे ही समेट-बटोरकर इस गाँव को बचाने की कोशिश की जा सकती है।'

मि. मिलर के स्वर में तब झिड़क होती है, 'क्या बचा है अब? 'कॉलनाइज़ेशन सोसाइटी ऑव इंडिया' बनाई थी एंग्लो-इंडियंस ने, उसका क्या हुआ? अरसा हुआ उसे ठप्प हुए...। याद है मि. मेंडेज़, 'कॉलनाइजेशन सोसाइटी' के लेटर पैड पर छपा वह स्लोगन : डोंड वेस्ट इट...कॉलनाइज़ इट...? पर वह सोसाइटी वेस्ट हो गई...।'

रॉबिन ने उत्सुकता-भरे स्वर में पूछा, 'हाँ, मि. मैकलुस्की की स्मृति में बने फ़ाउंटेन पर मैंने इस सोसाइटी का नाम पढ़ा। यह सोसाइटी किसलिए बनी थी अंकल?'

मि. मेंडेज़ ने बीच में कुछ कहना चाहा, पर मि. मिलर ने उन्हें चुप करते हुए कहा, 'मि. मेंडेज़, मुझे कहने दीजिए...। रॉबिन, 'कॉलनाइज़ेशन सोसाइटी ऑव इंडिया' एंग्लो-इंडियन कम्यूनटि की अन्तिम बची-खुची उम्मीद से जुड़ी एक संस्था थी। भारत में जो एंग्लो-इंडियन रह गए, वे हरदम इसी 'कॉम्प्लेक्स' में फँसे रह गए कि हमारी रगों में अंग्रेज़ों का खून है। इसलिए हम 'रूलिंग क्लास' के लोग हैं। जबकि भारत के बाहर ऑस्ट्रेलिया...कनाडा या किसी दूसरे देश में जाकर रह रहा वही एंग्लो-इंडियन मजदूरी तक करने में नहीं हिचकिचाता था। लेकिन हिन्दुस्तान में वे साहब के बच्चे जो थे! जिन्दगी बसर

करने के लिए छोटे-मोटे काम में जुटना उन्हें बेइज्जती लगती थी। कैसे करेंगे अपने हाथ से यह काम? लोग क्या कहेंगे? तब तो इंडियन 'मजदूर' बन जाएँगे...! मि. मैकलुस्की... सर हेनरी गिडनी या फिर उन्हीं की तरह के कुछ जागरूक एंग्लो-इंडियन लोग इस 'कॉम्प्लेक्स' को लेकर बुरी तरह चिन्तित थे। अगर कम्यूनटि के लोगों के मन से यह 'कॉम्प्लेक्स' दूर नहीं किया गया, तो एक दिन इस देश के एंग्लो-इंडियन भीख माँगने की भी हालत में नहीं रह जाएँगे। इसी उधेड़बुन के बाद 'कॉलनाइज़ेशन' का फ़ार्मूला अपनाया गया था रॉबिन। कुछेक जगहों पर अपनी कम्यूनटि को केन्द्रित कर, हर छोटे-बड़े काम करने की आदत डालकर, लाइफ़ को चैन से लीड करने के लिए एक अभ्यास केन्द्र... एकान्त में जिन्दगी का एक वर्कशॉप...। ऐसी जगह, जहाँ उन्हें मजदूर बनकर काम करते हुए लज्जा नहीं आए। क्या गलत कह रहा हूँ मैं, मि. मेंडेज़...?'

मि. मेंडेज़ ने हल्की औपचारिक मुस्कान के संग कहा, 'एकदम दुरुस्त...आप बिलकुल सही कह रहे हैं मि. मिलर।'

रॉबिन ने फिर उत्सुकता से आँखें झपकाते हुए कहा, 'हाँ, मिलर अंकल! पहले आप अपनी बात तो पूरी करिए।'

मि. मिलर ने फिर सधे स्वर में कहना शुरू किया, 'रॉबिन, यह कॉलनाइज़ेशन का नुस्खा एंग्लो-इंडियन कम्यूनटि के लिए उम्मीद की अन्तिम किरण थी। पर कुछ भी तभी सम्भव होता अगर यहाँ के एंग्लो-इंडियन पहले अपनी मानसिकता बदलते। लेकिन ऐसा नहीं हो सका। 'कॉलनाइज़ेशन सोसायटी ऑव इंडिया' और मि. मैकलुस्की सरीखे महारथियों की यही कोशिश थी कि एंग्लो-इंडियन कम्यूनटि को गाँवों की दुनिया की तरफ मोड़कर पहले साहबी का भूत उतारा जाए और जीवन में कठोर मेहनत के महत्त्व से इस कम्यूनटि को परिचित कराया जाए। मि. मैकलुस्की ने देखा था कि पश्चिमी देशों में फ़ार्मिंग पर... कृषि पर...पूरी तरह निर्भर हो कठोर मेहनत से खेती कर लोग कैसे ठाठ से रहते हैं। मि. मैकलुस्की सरीखे दूरदर्शी एंग्लो-इंडियंस ने यही चाहा था कि एंग्लो-इंडियन कम्यूनटि के लोग गाँव में जाकर खेती शुरू करें...ऑर्चर्ड, डेयरी वगैरह का काम करें और सुख से जिन्दगी गुजारें। कुछ एंग्लो-इंडियन लोग गाँव में तो खैर किसी तरह रहने आ गए पर देहात में रहकर भी ये लोग साहब ही बने रह गए। किसान नहीं बन सके...मजदूर नहीं बन सके...।' बोलते-बोलते मि. मिलर का स्वर थोड़ा निढाल-सा हो गया।

तभी मि. मेंडेज़ ने कहा, 'मि. मिलर ने ठीक बताया रॉबिन! मि. मैकलुस्की ने बहुत चाहा था कि एंग्लो-इंडियन कम्यूनटि के युवकों को खेती में विशेष रूप से ट्रेंड कराया जाए। उन्होंने उन दिनों ढाका के 'सेकेंड्री ऐग्रिकल्चर स्कूल' के डायरेक्टर से एंग्लो-इंडियन लड़कों का वहाँ एडमिशन कराने के लिए सम्पर्क भी किया था। लेकिन कुछ सरकारी नुक्ताचीनी के कारण वह मुमकिन नहीं हो पाया था।'

मि. मिलर को जैसे फिर कुछ याद आया, सो पहलू बदलते हुए वे बोले, 'कॉलनाइज़ेशन सोसायटी ऑव इंडिया' का एक पेपर भी कलकत्ता से निकलता था रॉबिन : 'कॉलनाइज़ेशन ऑब्ज़र्वर'। उसका पता मुझे आज भी याद है : सेवेंटी फ़ाइव...पी...थिएटर रोड... कलकत्ता...। उस पेपर के नाम के ऐन नीचे एक स्लोगन छपा रहता था : यूनिटी...सेल्फ़ हेल्प...। पर एंग्लो-इंडियन लोग कहाँ निभा सके यूनिटी...कहाँ कर सके सेल्फ़ हेल्प...?'

रॉबिन ने मसीही अन्दाज़ में कहा, 'पर अंकल, यही एक फ़ार्मूला है—यूनिटी...सेल्फ़ हेल्प...यही आज बचा सकता है इस गाँव को।' फिर तुरन्त ही जिज्ञासा-भरे स्वर में रॉबिन ने पूछा, 'पर मिलर अंकल, सुनता हूँ, मि. मैकलुस्की एक बड़े व्यवसायी थे...कलकत्ता में उनका रिअल इस्टेट का अच्छा कारोबार था...तब उन्होंने बजाय एक गाँव बसाने के एंग्लो-इंडियंस के लिए कोई उद्योग या कारोबार क्यों नहीं शुरू करवाया? जैसाकि उस दिन मिस बॉनर ने मुझे बताया कि कैसे एक पारसी जमशेदजी टाटा ने इसी दक्षिण बिहार के जमशेदपुर में एक औद्योगिक दुनिया बसा दी...। मि. मैकुलस्की को तो उद्योग-व्यवसाय की अच्छी सूझ थी। उनका ध्यान इस तरफ क्यों नहीं गया अंकल?'

पर मि. मिलर की जगह इसका जवाब देते हुए मि. मेंडेज़ ने कहा, 'रॉबिन, अभी मि. मिलर ने तुम्हें क्या बताया? मि. मैकलुस्की एंग्लो-इंडियंस के 'कॉम्प्लेक्स' को पूरी तरह खत्म करना चाहते थे। वे चाहते थे कि एक निर्जन-एकान्त में एंग्लो-इंडियन लोग कठोर मेहनत के जीवन का अभ्यास करें। जमशेदजी की तरह अगर मि. मैकलुस्की कोई कल-कारखाना लगवा देते, तो एंग्लो-इंडियन कम्यूनटि के लोग भड़ककर भाग जाते, यह कहते हुए कि हम लोग इंडियन मजदूरों की तरह क्या कचरा, कोयला और मलबा ढोएँगे...? रॉबिन, मि. मैकलुस्की एक दूरदर्शी इनसान थे। वे अपनी कम्यूनटि के लोगों के मिजाज को खूब समझते थे।'

मि. मेंडेज़ की बात ख़त्म होने पर मि. मिलर ने कहा, 'बेटे, पारसियों की तुलना एंग्लो-इंडियंस से मत करो। पारसी लोग जन्मजात व्यवसायी बुद्धि वाले होते हैं। श्रम का महत्त्व वे जानते हैं। किसी भी पारसी से पूछो, कहेगा—श्रम में शर्म नहीं।'

मि. मेंडेज़ उठते हुए बोले, 'रॉबिन, मि. मैकलुस्की ने यही सब सोचकर कोई मिल या कारखाना नहीं—एक 'मुलुक' बसाया। यह नन्हा-सा मुलुक—मैकलुस्कीगंज।'

सच, क्या व्यवस्था थी कभी गाँव की, पर अब मिसेज़ थ्रिपथॉप यहाँ की व्यवस्था को लेकर हमेशा झींकती रहती हैं। खिन्न होकर वे कहती हैं, 'रॉबिन, यहाँ पहले सब इन्तजाम था। हर छोटी-छोटी चीज का खयाल रखा गया था। 'कॉलनाइज़ेशन सोसाइटी ऑव इंडिया' ने यहाँ एंग्लो-इंडियंस को सही रेट पर रोजमर्रे की जरूरतों वाले सामान को मुहैया कराने के लिए बाकायदा एक स्टोर खुलवा रखा था। सही कीमत पर जरूरत के सभी उम्दा सामान। पर धीरे-धीरे उस स्टोर की हालत खस्ता होती चली गई और वह स्टोर एक दिन बन्द हो गया। फिर यहाँ व्यवसायियों का प्रवेश हुआ। घटिया सामान ऊँचे दामों पर बेचने लगे वे सब यहाँ आकर। अपनी उदासीनता के कारण एंग्लो-इंडियन कम्यूनटि पर हर तरफ से मार पड़ती गई।'

रॉबिन ने तनिक आश्चर्य ज़ाहिर करते हुए कहा, 'वाकई, यह स्टोर वाली व्यवस्था तो बहुत अच्छी थी। इसे तो चलते रहना चाहिए था।'

मिसेज़ थ्रिपथॉप ने गहरी साँस लेकर कहा, 'रॉबिन, सिर्फ यही नहीं, पहले यहाँ 'ऑल इंडिया कॉलनी क्लब' के नाम से एक सामाजिक केन्द्रनुमा संस्था थी और मि. हेनरी गिडनी ने पहल कर यहाँ एक पंचायत जैसी कमेटी भी बनवाई थी। यह कमेटी गाँव की हर छोटी-बड़ी समस्या को सुलझाने के लिए मुस्तैद रहती थी। पर धीरे-धीरे यह कमेटी खत्म हो गई।'

रॉबिन ने मायूस स्वर में कहा, 'हाँ, बहुत कुछ खत्म हो गया।'

मिसेज़ थ्रिपथॉप ने कहा, 'हाँ, रॉबिन, पहले 'फ़ाउंडेशन-डे' का फ़ंक्शन कितने धूमधाम से मनाया जाता था यहाँ। मैकलुस्कीगंज फ्लैग-डे...और क्या-क्या न रौनक होती थी यहाँ...! कलकत्ता के एक-से-एक फ़ोटोग्राफर 'फ़ाउंडेशन-डे' पर आकर मैकलुस्कीगंज की तसवीरें खींच बिक्री करते थे। डांस-म्यूज़िक का एक-से-एक आयोजन होता था। खेल-कूद का भी यहाँ बेजोड़ सिलसिला था...। खेल-कूद के आयोजन में मि. पामर का परिवार मुस्तैदी से लगा रहता था रॉबिन...।'

रॉबिन ने कहा, 'हाँ, पापा ने बताया था यह सब...।'

मिसेज़ थ्रिपथॉप ने कहा, 'वह जो मि. मैकलुस्की की याद में फ़ाउंटेन है, उससे कुछ ही दूरी पर पहले लॉन टेनिस और बैडमिंटन का शानदार कोर्ट हुआ करता था। पर आज देखो जाकर, क्या हाल है वहाँ का...। सरकार का ध्यान भला क्यों जाएगा यहाँ की बुरी हालत पर? अस्पताल जो एक है भी, वह बेहद बुरी दशा में। वैसे एक सरकारी अस्पताल खलारी में है, लेकिन उसकी हालत भी ठीक नहीं। किसी की तबीयत अगर अचानक खराब हो जाए, तो यहाँ से मीलों दूर एक होली फ़ैमलि हॉस्पिटल है, वहाँ जाने के अलावा और कोई चारा नहीं...या फिर माँडर का सरकारी अस्पताल...।'

मिसेज़ थ्रिपथॉप के बरामदे पर बैठे हुए रॉबिन की नज़र मिसेज़ थ्रिपथॉप के कैम्पस में लगे यूकेलिप्टस के वृक्षों पर गई। अभिशप्त यक्ष की भाँति खड़े हैं ये दोनों वृक्ष। शापग्रस्त। संतप्त।

उस दिन मेंडेज़ अंकल के साथ जब वह गाँव में घूमता हुआ निकला था, तो रास्ते में यूकेलिप्टस वृक्षों की दो लम्बी कतारों के आख़िरी छोर पर एक घर को देख कुछ पल के लिए ठिठकते हुए उसने पूछा, 'अंकल, वह किसका घर है?'

मि. मेंडेज़ ने कहा था, 'मि. डिकोस्टा का...मि. डिकोस्टा का घर है यह।'

एक क़तार में लगे यूकेलिप्टस के आसमान छूते उन वृक्षों के बीच उस घर को देखकर लगा था, जैसे यह अभिशप्त यक्षों का हेड क्वार्टर हो...! मिसेज़ थ्रिपथॉप के कैम्पस में लगे दोनों यूकेलिप्टस वृक्ष ही कैसे अद्‌भुत लगते हैं!

रॉबिन को पापा की बात याद आई, 'यूकेलिप्टस शीत और बादलों को खींचनेवाला पेड़ है। इसलिए गर्मियों में दूसरे पेड़ों के नीचे की मिट्टी भले सूख जाएगी, लेकिन यूकेलिप्टस के नीचे की मिट्टी भीगी रहेगी।'

मि. मेंडेज़ ने एक शाम खिन्न स्वर में कहा, 'गुजरे वर्षों में पेड़ तो यहाँ के लगभग कट गए...। पेड़ों की घनी झुरमुट के सुकून से कभी भरा था अपना गाँव...।'

मि. मिलर यही तो बार-बार कहते हैं, 'एंग्लो-इंडियन कम्यूनटि के प्रति अपने प्रेम के वास्ते जंगल के बीच यह गाँव बसाया था मि. मैकलुस्की ने...। कंका पहाड़ी की काँख में बसा एक गाँव...। इसके उत्तर की तरफ हजारीबाग का इलाका...दक्षिण में राँची और पश्चिम में पलामू क्षेत्र। दक्षिणी हिस्से में एक बड़ी-सी नदी बहती है। साफी नदी कहते हैं इसको। दुल्ली से निकलकर कंका पहाड़ी तक बहती है यह नदी। बीच में पड़ता है मैकलुस्कीगंज। साफी नदी से ही निकली हुई है गाँव की छोटी-सी नदी चाट्टी। उफ़, प्रकृति का प्यार आज भी इस गाँव पर बरसता है रॉबिन!'

मि. मिलर की बात पर रॉबिन ने सोचा, कभी जाएगा चाट्टी की तरफ़ वह। पापा ने बताया था, चाट्टी से कुछ दूर आगे जाकर ही उनके बचपन के मित्र बहादुर उराँव का घर है। किसी दिन उनसे मिलने तो जाना ही है उधर।

इस बीच वैसे ज़्यादा मिलने-जुलने की ही व्यस्तता रही। कभी मिसेज़ मेरी डेविड के घर...कभी मिसेज़ कैथलिन हॉरिगन...कभी मि. नोएल गॉर्डन के घर...कभी टी.ई. रॉबिन्सन...तो कभी युवा एंग्लो-इंडियन दम्पती डैनी और जेनिफ़र तथा मि. मेंडेज़ के बेटी-दामाद इवान और ब्रूनो के घर...।

खुशिया पाहन और टुइयाँ गंझू से मिलना एक सुखद अनुभव रहा। कन्धे तक लम्बे बालों, ठिंगने कद और गठीले शरीरवाला खुशिया पाहन, तो वहीं ताड़ सरीखा लम्बा-काला और दुबला-पतला टुइयाँ गंझू। खुशिया पाहन और टुइयाँ गंझू को जब पता चला कि डेनिस का बेटा आया हुआ है, तो एक सुबह दोनों 'क्वींस कॉटेज' में हाज़िर हो गए।

मिलर अंकल ने मिलवाया, 'रॉबिन! ये खुशिया और टुइयाँ हैं...दोनों 'गंज' के जंगल बाबू! कीड़ा हैं दोनों जंगल के। इस इलाके का चप्पा-चप्पा इन्हें पता है। डेनिस के बड़े अजीज रहे हैं ये दोनों...।'

खुशिया ने आगे बढ़कर उसका हाथ अनुराग से अपने हाथ में लेते हुए कहा, 'भाग इस 'गंज' का...हमारे हौंगकौंग बाबू का राजा बेटा यहाँ आया तो...। तुम्हारे बाप के साथ हमारी रसगुल्ला-गुलाब जामुन छाप दोस्ती रही है।'

'पापा आप दोनों के गाने की तारीफ करते नहीं थकते हैं...।' रॉबिन मुस्कराता रहा।

'भक्क्...' खुशिया पाहन नाटकीय भंगिमा में हँसा, 'डेनिस ऐसे ही खटराग करता है...। अब वो गाना कहाँ...वो बजाना कहाँ...! नगपुरिया गीत को भी फिल्मी रोग लग गया है...। अब तो नगपुरिया में भी सुनोगे—परदा उठा रे...परदा उठा रे...हेमा मालिन... कौन हॉले...कौन फिलिम लागल है। रिक्शा चलयले ला रे...परदा उठा रे...। ठीक ही है, जमाना बदलने के साथ सब कुछ बदलता है...जीवन भी...गीत भी...।'

मि. मिलर ने बिहँसकर पूछा, 'अरे भई, खुशिया और टुइयाँ...! वो क्या नाम है हिन्दी फ़िल्मों के फ़ेमस म्यूज़िक कम्पोज़र का?'

मि. मिलर दिमाग पर ज़ोर डाल ही रहे थे कि टुइयाँ गंझू ने बालसुलभ मुस्कान के संग कहा, 'लछमी कान्त...पियारेलाल...।'

'हाँ-हाँ, इग्ज़ैक्टली...वही...।' मि. मिलर मुसक पड़े।

'ये लोग हम जोकरों की जोड़ी को मजाक में यही पुकारते हैं...।' खुशिया पाहन ख़ुशी से दोहरा हो उठा।

खुशिया और टुइयाँ के जाने के बाद मि. मिलर ने बताया कि कैसे मि. पार्किंसन के यहाँ बचपन से जुड़ा था खुशिया पाहन और मि. पार्किंसन के गुज़रने के बाद उनका लड़का जेफ्री हर महीने ऑस्ट्रेलिया से खुशिया को पाँच सौ रुपये पेंशन भेजता है।

मि. मिलर ने गहरी साँस लेकर कहा, 'ऐसे उदाहरण अब कहाँ मिलते हैं! मि. पार्किंसन के बेटे मिसाल हैं रॉबिन...। और खुशिया भी। वह जीवनदानी है उस फ़ैमलि का—एकदम डिवोटेड...। आज भी विदाउट फ़ेल हर सुबह खुशिया पार्किंसन के गेट

को प्रणाम करने जाता ही है...। अभी वह पार्किंसन के बँगले से ही होकर टुइयाँ के साथ यहाँ आया होगा...।'

स्पीड बोट

उस शाम डैनी-जेनिफ़र और उनके बच्चों के बीच बड़ा आनन्द आया। डैनी-जेनिफ़र की बेटी लेज़ली का जन्मदिन था और अपने घर पर आयोजित अत्यन्त अन्तरंग कार्यक्रम में डैनी ने रॉबिन को विशेष रूप से आमंत्रित किया था। अन्य आमंत्रितों में मि. मेंडेज़ के अलावा जेनिफ़र के भाई ब्रूनो, उसकी पत्नी यानी मि. मेंडेज़ की बेटी इवान, डॉ. गोविन्द दास गोस्वामी और उनकी पत्नी अणिमा गोस्वामी भी थीं।

जेनिफ़र ने जब बुज़ुर्ग गोस्वामी दम्पती से रॉबिन का परिचय कराया, तो आत्मीय मुस्कान के संग रॉबिन ने जेनिफ़र को बीच में ही रोकते हुए कहा, 'बस, ज्यादा बताने की जरूरत नहीं...मिसेज़ टॉमलिन के घर के ठीक सामने वाला घर 'बई-काली'...।'

डॉ. गोस्वामी की पत्नी अणिमा गोस्वामी की आँखों में वात्सल्यपूर्ण अनुराग उमड़ आया, 'बई-काली के पास से गुजरकर भी कभी आए नहीं...। मिसेज़ टॉमलिन तुम्हारी बहुत तारीफ करती हैं।'

डॉ. गोस्वामी ने मुसकते हुए हस्तक्षेप किया, 'कल शाम हमारे यहाँ डिनर पर तुम आ रहे हो...। अणिमा बहुत अच्छा खाना पकाती हैं। खाकर उँगलियाँ चाटते रह जाओगे...।'

बग़ल में खड़ी अणिमा गोस्वामी पति द्वारा की जा रही प्रशंसा के कारण संकोच से दोहरी हुई जा रही थीं, 'ऐसा कुछ भी नहीं है रॉबिन। इस उम्र में भी हाँकने की इनकी आदत गई नहीं है। अब जैसा भी कच्चा-पक्का...तुम खाकर शिकायत थोड़े करोगे...।'

तभी जेनिफ़र ने अपनी शालीन हँसी के संग कहा, 'लेडिज़ ऐंड जेंटिलमेन...अब 'बर्थ-डे' का प्रोग्रैम शुरू होता है। अटेंशन प्लीज़...!'

डैनी ने इस घोषणा का समर्थन अपनी तालियों से किया।

वृक्षों और लता-पत्र से घिरे उपवन में डैनी का एस्बेसटस शेडवाला घर रॉबिन को बहुत अच्छा लगा। घर के आगे गेट के धूसर सफ़ेद पाये पर उसने इस घर का नाम देखा—'द हर्मिटेज', यानी एक व्यक्ति, जो सबसे अलग-थलग एकान्त में रहता है। पर डैनी-जेनिफ़र का यह अकेलापन कुछ अलग क़िस्म का है...। डैनी के घर के परिसर में चलनेवाले पॉलट्री फ़ार्म के चूज़े और मुर्ग़े-मुर्ग़ियों की फुदक इस उपवनमय घर की सौम्य शोभा के अंग बने हुए हैं। उनके बीच चार-पाँच जोड़े बतख़ अलग से अपनी चोंचलेबाज़ी में जुटे रहते हैं। डैनी के बच्चे इन चूज़ों के साथ चूज़ों की तरह ही फुदकते रहते हैं।

डैनी की बिटिया लेजली ने जब केक काटकर मोमबत्तियाँ बुझा दीं, तो 'बर्थ-डे सॉन्ग' का दौर चला और इस मौज़ में ही बच्चों और मुर्ग़े-मुर्ग़ियों की फ़ौज को मस्त देख स्कूल के दिनों में पढ़ा एक गीत जाने कहाँ से रॉबिन के होंठों पर थिरकता हुआ चला आया।

बच्चों के अथाह आनन्द में डूबते-उतराते, रॉबिन ने विभोर होकर कहा, 'बच्चों! आज मैं तुम्हारे पापा-मम्मी पर एक गाना सुनाता हूँ...।'

रॉबिन को बचपन का जो पोएम याद आया, उसका शीर्षक वैसे था तो 'ओल्ड मैकडॉनाल्ड' पर इसकी जगह रॉबिन ने 'यंग डैनी'...'यंग जेनिफ़र' चस्पाँ कर दिया...।

रॉबिन की गुनगुनाहट पर मि. मेंडेज़ अपनी जाँघ पर थपकियाँ देने लगे। डॉ. गोस्वामी और उनकी पत्नी अणिमा हल्की तालियों के संग इस सुर में शामिल हो गए। ब्रूनो और इवान भी तरन्नुम में आ गए। पेट्रोमैक्स और रंगीन गुब्बारों से जगमग डैनी-जेनिफ़र का घर पूरे लय के साथ थिरकने लगा। इस बीच एक चूज़ा भी फ़ुर्र से उछलकर टेबल के नीचे गिरे केक के कणों को चुगने लग गया। सारी हलचल से बेख़बर। रॉबिन ने बड़े दुलार से चूज़े को अपने हाथ में ले लिया और शुरू हो गया :

यंग डैनी हैज़ अ फ़ार्म...
इ आइ...इ आइ...ओ...।
ऐंड ऑन द फ़ार्म ही हैज़ सम चिक्स...
इ आइ...इ आइ...ओ...।
विद अ चिक, चिक हेअर, ऐंड अ चिक, चिक, देअर...
हिअर अ चिक, देअर अ चिक,
एव्रि ह्वेयर अ चिक, चिक...
यंग डैनी हैज़ अ फ़ार्म...
इ आइ...इ आइ...ओ...।

रॉबिन ने एक पल रुककर मुस्कराते हुए कहा, 'यह अगला टुकड़ा हमारी जेनिफ़र भाभी के लिए :

यंग जेनिफ़र हैज़ अ फ़ार्म...
इ आइ...इ आइ...ओ...।
ऐंड ऑन द फ़ार्म शी हैज़ सम डक्स...
इ आइ...इ आइ...ओ...।
विद अ क्वैक, क्वैक हिअर, ऐंड अ क्वैक, क्वैक देअर...
हिअर अ क्वैक, देअर अ क्वैक,
एव्रि ह्वेयर अ क्वैक...।'

रॉबिन ने सुर तेज़ कर दिया, 'यंग कपल हैव अ फ़ार्म...इ आइ...इ आइ...ओ...इ आइ...इ आइ...ओ...।' अन्त में बच्चे भी झूमने लग, 'इ आइ...इ आइ...ओ...इ आइ...इ आइ...ओ...' और फिर डैनी-जेनिफ़र, इवान-ब्रूनो, गोस्वामी दम्पती...और संग-संग मि. मेंडेज़ भी अपनी खरखराहट-भरी भारी आवाज़ में हिलोरें लेने लगे, 'इ आइ...इ आइ...ओ...हो...हो...इ...आइ...इ आइ...ओ...।' इस लय के संग कमरे और बाहर बरामदे पर फुदकते मुर्ग़े-मुर्ग़ियाँ...बतख़ों के जोड़े...और उनके चूज़े भी छम-छम कर थिरकते नज़र आ रहे थे...। रॉबिन के गाने पर थिरकती जेनिफ़र सुन्दर हंसिनी-सी लग रही थी।

गोस्वामी दम्पती के यहाँ अगली शाम अद्भुत रही। 'बई-काली'—इस अवकाश-प्राप्त जोड़े का सही अर्थों में 'आनन्द-निवास' लगा उसे। संगीत...सुभोजन और अध्ययन-अध्यात्म से ओतप्रोत—'बई-काली'।

डॉ. गोस्वामी ने बड़े आह्लाद से कहा, 'तुम्हारी आंटी ने आज तुम्हारे लिए किचेन में अपनी सारी कला लगा दी है।'

थोड़ी ही देर में पूरा डायनिंग टेबल नाना प्रकार के व्यंजनों से सज गया। मेज पर सुसज्जित भोजन को देखना एक अद्भुत आनन्द है...। जैसे किसी को खुश होते देखना। श्रीमती अणिमा गोस्वामी ने अपने अनुभव-समृद्ध स्वर में कहा, 'बेटे! पुराने जमाने से कहावत चली आ रही है कि किसी को प्यार करना हो, तो पेट के रास्ते से करो...।'

'ये चेरी सूप लो।' डॉ. गोस्वामी ने सूप का प्याला बढ़ाते हुए कहा।

'ओह...बहुत बढ़िया...! कुछ अलग तरीके से आंटी ने बनाया है...।' रॉबिन ने पहली घूँट को जीभ पर स्वादते हुए चहककर कहा, 'कैसे बनाती हैं आंटी इसे?'

अणिमा गोस्वामी ने बड़ी बेतकल्लुफ़ी से कहा, 'बहुत आसान...। एक कप चेरी... लगभग दो कप गाढ़ा दही...दो-तीन चम्मच चीनी...एक चम्मच नींबू का रस...एक चम्मच नींबू के छिलके का बारीक कतरा...और एक-दो टुकड़े दालचीनी के...। चेरी के बीज को हटाकर पहले भीतर से गूदा निकाल लिया जाता है। फिर अन्य सामग्रियों के साथ हल्का पानी में मिलाकर कुछ पल उबालते हैं और तब सूप मिश्रण में मिलाकर ठंडा करते हैं। ठंडा होने पर फ्रिज में रख देते हैं...। पर यहाँ तो अक्सर लोडशेडिंग के चलते फ्रिज बेकार बैठा रहता है। तुम्हारी किस्मत से आज दोपहर में कुछ देर बिजली थी...। यहाँ दिन में तो कभी एकाध घंटे के लिए बिजली आती भी है, पर रात में तो कई सालों से बिजली आई ही नहीं है।' अणिमा गोस्वामी ने एक नि:श्वास के साथ अपना विवरण समाप्त किया।

आलू कचौरी, दही की गुझिया, पनीर लहसुनी टिक्का, सागवाला मटन और अन्त में पाइन एपल, केले के स्लाइस तथा मलाई में मिलाकर तैयार किया हुआ परम स्वादिष्ट स्वीट-डिश।

रॉबिन ने आँखें फैलाते हुए कहा, 'अंकल! जिन्दगी में इतना अधिक खाना मैंने कभी नहीं खाया था। वह जो कहते हैं न 'फ्रैगरेंस ऑव हैंड', आंटी के हाथ की बात ही कुछ और है।'

गोस्वामी दम्पती की आँखों में अद्भुत तृप्ति थी। श्रीमती गोस्वामी ने आह्लादित होते हुए कहा, 'आनेवाले जाड़े में मेरे बेटे-बहू...पोते-पोतियाँ—सब आ रहे हैं...। अरे, वे सब तो पागल कर देते हैं—माँ, आज यह बनाओ...तो कल वह बनाओ...।'

डॉ. गोस्वामी ने अपनी स्थायी प्रशंसक मुद्रा में कहा, 'दरअसल, मैकलुस्कीगंज में बसने के पहले रॉबिन, हम घाना-नाइज़ीरिया-ब्रिटेन—कई देशों में रहे...और जहाँ भी रहे, वहाँ का स्पेशल डिश अणिमा ने जरूर सीखा। आज वही सब सीखा हुआ बुढ़ापे में हमारे जीवन को सुखद बनाए हुए है।'

अपनी पाककला पर कैप्टेन क्लीमेंट मेंडोंसा को भी कम गर्व नहीं। अच्छे व्यंजनों का ज़िक्र चलने पर वे पेशानी को आँखों से ऊपर की ओर ठेलते हुए मन्द-मन्द सिर हिलाकर

कहते हैं, 'गोअंस आर गुड कुक्स..! मैं अगर शिप पर नहीं गया होता न, तो किसी फ़ाइव स्टार होटल का हेड शेफ़ होता...। हमारे गोवा में एक-से-एक डिश हैं...खाओ तो जी से न छूटे...।'

दरअसल, डॉ. गोस्वामी के यहाँ भोजन की अगली सुबह ही इत्तफ़ाक़ से मि. मेंडेज़ के संग मौज़ में रॉबिन घूमते-घामते कैप्टेन मेंडोंसा के यहाँ गया, तो व्यंजनों की लम्बी चर्चा छिड़ गई। हरी टीनदार छत वाले उनके बँगले की छत पर रॉबिन ने गेट के बाहर से देखा—लाल रंग का एक छोटा-सा 'स्पीड बोट' बड़े यत्न से उल्टा रखा हुआ।

मि. मेंडेज़ ने छत पर पड़े स्पीड बोट की तरफ़ मुसकते हुए इशारा किया, 'लुक...अ सेलर्स हाउस...। दिस इज़ कैप्टेन मेंडोंसा।'

'पर यहाँ स्पीड बोट का ये क्या करते होंगे?' रॉबिन ने हैरान स्वर में कहा।

'बस, एक फ़िलिंग...एक एहसास...।' मि. मेंडेज़ ने आँखें गोल-गोल नचाते हुए कहा।

रॉबिन को ख़याल आया, हांगकांग में बचपन से एक-से-एक बड़े जहाज़ों को जब वह देखता था, तो पापा से ज़िद करता था, 'पापा, हम भी एक शिप लेंगे...।' एक दिन पापा छोटा-सा खिलौनेवाला शिप ले ही आए थे...। बड़े यत्न से चलता था वह शिप। एक छोटे-से चम्मच में तेल डालकर...बत्ती में आग लगा शिप के भीतर वह डाल देता था...और बाथ टब को जाम कर लबालब भरे पानी में उस नन्हे-से शिप को डाल मगन हो झूमता रहता...। टक...टक...टक...टक धुआँ छोड़ता वह नन्हा-सा शिप अन्दर जब तक आग जलती, चलता रहता...। कभी-कभी बचपन के किसी पुराने खिलौने की याद कितनी अद्भुत होती है! रॉबिन के चेहरे पर मुस्कान खेल गई। कैप्टेन मेंडोंसा की छत पर उल्टे पड़े लाल स्पीड बोट को देख रॉबिन को लगा, उसके बचपन वाली वही 'टक-टक' चलनेवाली नाव कैप्टेन की छत पर पड़ी हुई है।

कैप्टेन मेंडोंसा अपने बँगले के बरामदे पर बैठे, पसीने से तर-ब-तर हो नारियल के एक कोये से उसके गूदे को खुरचने में पिले हुए थे। बग़ल में उनका पालतू कुत्ता स्मोकी आँखें बन्द किए लेटा था। गेट खुलने की आवाज़ के साथ उछलकर उसने भौंकना शुरू कर दिया। मि. मेंडेज़ को देख कैप्टेन ने उसे झिड़का, 'स्मोकी, स्टॉप! तुम बहुत हल्ला बनाता।'

मि. मेंडेज़ ने मुस्कराकर उनसे कहा, 'हलो कैप्टेन...! आज इस नारियल बेचारे की शामत आई हुई है न...! उफ़्, क्या महीन बुरादा खुरचकर निकाला आपने...!'

'मि. मेंडेज़! मैं सिर्फ पानी पर ही सख़्त नहीं रहा...सतह पर भी उतना ही सख़्त हूँ...।' कैप्टेन मेंडोंसा ने अपनी गर्वीली हँसी को तनिक स्थगित करते हुए पूछा, 'ऐंड दिस जेंटिल मैन...?'

'ये रॉबिन हैं कैप्टेन—मि. रॉबिन मैगावन...।'

कैप्टेन मेंडोंसा उसी गर्वीले अन्दाज़ में उठ खड़े हुए, 'कल ही तो किसी ने जिक्र किया मुझसे...हाँ, मिसेज़ थ्रिपथॉप ने बताया तुम्हारे बारे में...।' फिर बैठने का इशारा करते हुए कैप्टेन मेंडोंसा ने कहा, 'रॉबिन! मि. मेंडेज़ जानते हैं...आय हैव नो फ्रेंड्स हिअर...सब बैक स्टैब करता है यहाँ...। बस, एक मिसेज़ थ्रिपथॉप और मि. हॉलैंड के यहाँ कभी-कभार जाता हूँ। हाँ, 'जागृति विहार' के मि. उपाध्याय के यहाँ भी...बस...!

जे. कृष्णमूर्ति के भक्त मि. उपाध्याय का आश्रम 'जागृति विहार' देखने लायक है रॉबिन...! 'गंज' के डेवलपमेंट के लिए उपाध्याय ने बहुत कोशिश की है...। पर उनके पीछे भी लोग पड़े रहते हैं। इसलिए मैं यहाँ किसी से ज्यादा बातचीत नहीं करता। किसी का दरहम-बरहम करने की नौबत आ जाए, यह मुझे अच्छा नहीं लगेगा।'

'दरअसल, कैप्टेन 'आयरन मैन' हैं गाँव के और हमारे इस एकबोलिया बाबू का कोई पेयर है नहीं यहाँ...।' मि. मेंडेज़ ने मुस्कराकर बात को समेटते हुए कहा।

मि. मेंडेज़ की बात पर कैप्टेन मेंडोंसा कप्तानी ताव में आ गए, 'ऑफ़कोर्स मि. मेंडेज़, शिप पर भी सब मेरा लोहा मानते थे...।' फिर रॉबिन की तरफ़ मुख़ातिब होकर उन्होंने कहा, 'यंग मैन नाउ आय एम सेवेंटी...। पर जब तुम्हारी तरह शुरू के दिन थे, तो समुद्र को भी हथेलियों में पीसने का हौसला रखता था मैं...' कैप्टेन मेंडोंसा जैसे अनायास पतवार चलाने लगे, 'रॉबिन, एक बार फ़ेमस 'बोंगियन टी कम्पनी' का चीफ़ मैनेजर कलकत्ता में मेरे शिप पर आया। उसने मुझसे पूछा—क्या आपके शिप पर लन्दन के वास्ते चाय लोड कर दूँ...? 21 दिनों में पहुँचा तो देंगे न ठीक-ठाक से आप?—दअरसल, उस समय कोई 'टी-कम्पनी' इंडियन शिप पर माल लादने में हिचकिचाती थी। मैंने कहा—आप लादो तो सही।—रॉबिन! मैं शिप लेकर निकल पड़ा। क्या तूफान...क्या मुश्किलें...! बीच में अफवाह यहाँ तक उड़ गई कि मेरा शिप डूब गया...। पर जब मैं ज़िब्राल्टर से गुजर रहा था, तो मैंने मैसेज दिया कि मैं सही-सलामत हूँ। तुम यकीन करोगे? मैंने उन्नीसवें दिन 'बोंगियन टी-कम्पनी' का माल लन्दन उतार दिया था...। तब से इंडियन शिप को भी टी-लोड मिलने लगा...।' कैप्टेन मेंडोंसा ने गहरी साँस छोड़ते हुए विराम लिया, तो रॉबिन को लगा कि वह साक्षात सिन्दबाद के मुँह से उसकी कहानी सुन रहा है...।

'सिर्फ चाय की कहानी ही सुनाते रहेंगे, या कुछ होंठ भी गर्म करवाएँगे कैप्टेन...?'

देर से हाशिये पर बैठे मि. मेंडेज़ ने सुबह की ख़ुशनुमा ठुमक के साथ कहा, तो कैप्टेन जैसे सोते से जाग पड़े, 'ओह, सॉरी...वेरी सॉरी मि. मेंडेज़...! दरअसल, बैचलर आदमी हूँ न...वन ट्रैक हो जाता हूँ...।'

कैप्टेन मेंडोंसा किचेन में चले गए, तो मि. मेंडेज़ ने व्यंग्य-भरी फुसफुसाहट के साथ कहा, 'यहाँ सबकी अपनी वीरगाथा है...। मैंने कहा था तुमसे, विलेज़ लाइफ़ में हर आदमी के पास अपनी कोई-न-कोई वीरगाथा होती ही है...। शहर में ऐसा इक्सिपिरिअंस तुम्हें कम मिलेगा।'

कैप्टेन मेंडोंसा कुछ देर बाद ट्रे में चाय लेकर निकलते हुए बोले, 'अब जैसी भी बनी हो...देखिए...। वैसे मेरी चाय थोड़ी कड़ी होती है।' मि. मेंडेज़ और रॉबिन को चाय देकर ख़ुद चाय ले कैप्टेन मेंडोंसा बेंत की कुर्सी में धँस गए, 'इन फ़ैक्ट शिप की जिन्दगी इतनी सख्त होती है...कि शिप पर रहे आदमी की हर चीज सख्त हो जाती है...।'

'तभी तो...तभी तो...' मि. मेंडेज़ खिलखिला उठे, 'तभी तो सत्तर की उम्र में भी शहनाई बजाने का हौसला रखते हैं हमारे समुद्री सेनापति...।'

'ओह, मि. मेंडेज़...! आपको भी सुबह से कोई नहीं मिला न?' कैप्टेन मेंडोंसा की आवाज़ में एक सुखद झेंप कौंध गई। बात बदलते हुए उन्होंने कहा, 'इन फ़ैक्ट रॉबिन, बहुत रफ़-टफ़ लाइफ़ होती है शिप की...। मेरा जो पहला शिप था, उसका चीफ़

अफ़सर...जो 'क्र्यू' का इंचार्ज होता है...उससे मैंने एक सुबह कहा—सर, आज हम फ़िल्म जाएगा।—चीफ़ ने छूटते हुए कहा—ओह! सो यू आर द न्यू ब्लैक कैडेट।—मैंने कहा—येस सर—बस, फिर क्या था...'क्र्यू' इंचार्ज ने अपने जूते उतारे और मेरी तरफ फेंका—पॉलिश करो।—फिर पैंट और जाँघिया फेंका और बोला—वाश इट, देन गो टू शो।—बहुत टफ़ लाइफ़...इसलिए मेरे फ़ादर ने शिप की मेरी लाइफ़ को कभी पसन्द नहीं किया...।'

'ह्वाट इज़ अलॉटेड कैनॉट बी ब्लॉटेड...कैप्टेन...!' मि. मेंडेज़ ने घाघ दार्शनिक के तेवर में कहा।

'दैट इज़...दैट इज़...।' कैप्टेन मेंडोंसा के स्वर में एक स्वीकार भाव शामिल हुआ, 'मैं मानता हूँ इस बात को...फ़ेट् इज अ फ़ैक्ट...किस्मत पर मुझे बड़ा यकीन है। अब इसे किस्मत ही कहेंगे न...गोवा का मेंडोंसा मैकलुस्कीगंज में मेढक बनकर पड़ा है...।'

'डोंट लूज़ योर हार्ट...वेरी सून यू विल गेट यॉर मेढकी...।' मि. मेंडेज़ ने उठते हुए मुसककर कहा, 'पर इसके लिए कुछ खर्च-वर्च करना पड़ेगा...कुछ खिलाना-पिलाना पड़ेगा...है कि नहीं?'

कैप्टेन मेंडोंसा ने अपनी मुस्कराहट को दबाते हुए कहा, 'अब उसके लिए तो नहीं... पर खाने का क्या है...एनी डे...! रॉबिन को लेकर आइए, मैं स्पेशल गोअन डिशेज़ तैयार करता हूँ। गोअंस का तो नशा ही है...खाना-खिलाना...पीना-पिलाना...। नील सागर...और सुनहरे बालू तट के लोगों को कभी आजमाइए तो सही, मि. मेंडेज़...।' कैप्टन मेंडोंसा गोवा के व्यंजनों की फ़िहरिस्त सुनाते हुए बोले, 'टोका-बोका विद ड्राइ सॉल्टेड फ़िश से लेकर चावल कढ़ी और काड्डियो-बोड्डियो तक—सब पेश होगा।'

'गोवा की मस्ती की चर्चा मैंने बहुत सुनी है...।' रॉबिन ने सराहना के स्वर में कहा।

'याद मत दिलाओ उस गोलगप्पे की...। हमारा गोवा एक गोलगप्पा ही है न, रॉबिन। अरब सागर का पानी लहराता है बेटे, इन रगों में...। अपने गोवा से रूठकर ही तो यहाँ बैठा हूँ...।' कैप्टेन मेंडोंसा मानो गोवा की सुनहरी रेत पर लोटने लगे।

रॉबिन को लगा, जैसे अभी उछलकर वे बँगले की छत से लाल 'स्पीड बोट' को उतारेंगे और तेज़ गति से नील सागर को चीरते हुए आगे बढ़ जाएँगे...। तेज़-तेज़...टक... टक...टक...टक...। रॉबिन को लगा, भरे टब में फिर से खिलौने वाली उसकी नाव नाच रही है—टक...टक...टक...टक...! उसका जी किया, गेट पर खड़े मि. मेंडोंसा से वह कहे—अंकल! हर आदमी बचपन से सेलर होता है। एक बच्चा बारिश के पानी पर काग़ज़ की नाव तैराता है...या तेल-आग से चलनेवाले खिलौने की नाव टब में नचाता है। बचपन से ही मनुष्य जीवन के महासागर की यात्रा शुरू कर देता है...।

गेट पर मुस्कराते खड़े कैप्टेन मेंडोंसा को देखकर रॉबिन ने महसूस किया, सदियों का एक पुराना जहाज़ी...बीते युग का सिन्दबाद, तट पर थकी हुई लहरों के साथ संवाद स्थापित करने की नाकाम कोशिश कर रहा है।

इन बीते हुए कुछ दिनों में ये मुलाक़ातें अनगिनत...नाना प्रकार के स्वाद से भरी हुई रहीं। इतने दिन कैसे पलक झपकते पंख लगाकर उड़ गए, कुछ पता ही नहीं चला। लोगों से

मिलने-जुलने, नई-नई जानकारियों के नोट्स लेने में वह इतना व्यस्त रहा कि समय की सुधि ही नहीं रही।

बीते बुधवार को मि. मेंडेज़ ने उससे कहा, 'आओ रॉबिन, तुम्हें गाँव का हाट दिखाते हैं।'

रॉबिन पहले समझ नहीं सका, 'हाट...? यह क्या चीज है?'

मि. मेंडेज़ ने कहा, 'हरेक बुधवार को यहाँ एक ग्रामीण बाजार लगता है, इसे ही 'हाट' कहते हैं। आसपास के कई गाँवों के लोग सप्ताह भर का सौदा-सुलफ यहाँ आकर किया करते हैं। महुआ की शराब पीकर मस्ती करते हैं। आज यहाँ सबके सिर में महुआ समाया रहता है। वैसे महुआ के फूल का सीज़न अप्रैल के पहले हफ्ते में ही खत्म हो गया। लेकिन महुआ की शराब के कारोबारी और आदिवासी लोग सालों भर शराब बनाने के लिए उसके फूल को सुखा कर रखते हैं। खैर, छोड़ो, तुमने तो हांगकांग का उतना बड़ा विश्व बाजार देखा है। गाँव का बाजार कैसा होता है, चलो, यह भी देख लो।'

रॉबिन को बड़ी उत्सुकता हुई—हाट...! कितना छोटा-सा प्यारा नाम है...! यहाँ के ज़्यादातर नाम छोटे-छोटे हैं, प्यारे-से। जैसे हाट...जैसे राँची...जैसे कि चाट्टी...।

रास्ते में मि. मेंडेज़ बताते गए, 'हाट में आसपास के आदिवासी-हरिजन और अहीर-मुसलमान ही ज्यादातर सामान लेकर आते हैं। अपने गाँव और आसपास के गाँवों में आदिवासी और गंझू लोगों की आबादी ज्यादा है। अपने खेतों में जो सब्जी, फल ये लोग उगाते हैं, वह सब आकर इसी हाट में बेचते हैं।'

'अच्छा, अंकल, इधर के आदिवासी गुजर-बसर के लिए बस खेती पर ही निर्भर रहते हैं या और कुछ...? रोजगार का दूसरा कोई साधन आसपास में तो इनके लिए है नहीं?'

'हाँ, रॉबिन, मुख्य आधार तो खेती ही है। पर इधर खेती का भी हाल अच्छा नहीं। इसलिए गाँव से चार किलोमीटर दूर खलारी की ए.सी.सी. सीमेंट फ़ैक्ट्री में जाकर बहुत-से आदिवासी मजदूरी करते हैं। आसपास के कोयला खदानों में काम करते हैं। बहुत तो रोजी-रोटी की तलाश में आसाम, दार्जिलिंग के चाय बागानों और ईंट भट्ठों में मजदूरी करने के लिए यहाँ से चले गए।'

बातचीत करते-करते वे दोनों हाट पहुँच गए। धूसर मटमैली टोकरियों में तरह-तरह के सामान बेचने के लिए वहाँ कई औरत-मर्द बैठे थे...। गाँव के स्तर की छोटी-छोटी चीजें...लड़कियों-स्त्रियों के लिए लाल-हरे-पीले फीते...चोटियाँ...फुदने...टिकली... बिन्दी...काजल...मौसमी हरी सब्ज़ियाँ, कुछ मौसमी फल-फूल...मछलियाँ...। एक कोने में एक अधेड़ आदमी चावल के ढेर लगाये बैठा था...। एक तरफ़ सस्ते तेल की बनी ख़ास महक वाली मिठाइयाँ...। उन पर जाने कहाँ से मक्खियाँ जुटकर भिनभिना रही थीं...। शायद इन मक्खियों को पता रहता होगा कि आज बुधवार है, गाँव का हाट लगेगा। एक व्यक्ति गुड़ का बड़ा-सा टुकड़ा बोरे पर रखकर पालथी मारे बेचने के लिए बैठा हुआ था। उसकी निर्लिप्तता देखने लायक़ थी। उतनी देर में एक बार भी गुड़ पर मँडरा रही मक्खियों को उड़ाने की उसने कोशिश नहीं की थी। कुछ इस भाव से कि मक्खियाँ हैं, तो गुड़ पर मँडराएँगी ही।

रॉबिन को हाट का दृश्य बड़ा ही मनोहारी लगा। बिलकुल ग्रामीण संस्कार का टिपिकल बाज़ार! 'अब जो है, सो है' की निरपेक्ष...निर्लिप्त मुद्रा में। हाट के अन्तिम छोर पर मिट्टी के पीपों-घड़ों में छलकती महुआ की शराब...।

मि. मेंडेज़ ने उस तरफ़ इशारा किया, 'देखो...मैंने कहा था न...!'

डूबती दोपहरी की सुनहरी नारंगी रोशनी में, हाट की उस मद्धिम गहमागहमी में, एक अपार्थिव और प्राकृतिक लय शामिल था, जैसे किसी चित्रकार ने एक सादे कैनवास पर बेतरतीब ढंग से कई चटख रंगों को घोलकर बिखेर दिया हो और सभी रंग एक-दूसरे में घुलकर एक-दूसरे को अपने में समोने की कोशिश कर रहे हों! सहसा एक रंग तभी रॉबिन की आँखों में आहिस्ते-से फैल गया। उस दिन की बस वाली वही आदिवासी लड़की, यहाँ हाट में कुछ ख़रीददारी कर रही थी। पर आज उसने सुगापंखी रंग वाली साड़ी नहीं पहन रखी थी। गहरे बादामी रंग की साड़ी में वह उस दिन से कहीं ज़्यादा खिल रही थी। रॉबिन ने देखा, जब वह कुछ सामान ख़रीदने के लिए थोड़ा झुककर मोल-भाव करती, तो उसकी यत्न से गुँथी वेणी इधर-उधर झूल जाती।

शाम हो रही थी। मि. मेंडेज़ ने कहा, 'अब चलें।'

रॉबिन अपने-आपमें लौटा, 'ओह! हाँ, चलें।'

वह लड़की भी अब लौट रही थी। रॉबिन पर उसकी भी नज़र पड़ी। एक क्षण के लिए उसकी आँखों में आश्चर्य का एक स्वाभाविक-सा भाव तिर गया। रॉबिन को लगा, सहसा उसे यहाँ देखकर चकित है वह—यहाँ यह क्या कर रहा है? शाम की नारंगी रोशनी में वह फब रही है। गहरे बादामी रंग की साड़ी में, हल्की नारंगी रोशनी में झिलमिलाती एक वनकन्या...! एक आदिम रोशनी...। प्रकाश का एक अनुपम आचमन। शाम अब थोड़ी देर बाद रात में दाख़िल होनेवाली है। तब यह कैसी लगेगी? बचपन में स्कूल में पढ़ी लॉर्ड बायरन की एक कविता की कुछ पंक्तियाँ उसके मन में अभी बरबस कौंध गई हैं : 'शी वाक्स इन ब्यूटी...लाइक द नाइट...ऑव क्लाउडलेस क्लाइम्स ऐंड स्टारी स्काइज...ऐंड ऑल दैट्स बेस्ट ऑव डार्क ऐंड ब्राइट...शी वाक्स इन ब्यूटी...।' (...वो यूँ आती है, जैसे रात का ख़ूबसूरत साया...तारों से जगमगाते स्वच्छ आकाश की छाँव में...वो आती है यूँ...।) बचपन में, स्कूल में जबरन रटी हुई किसी कविता का अर्थ आगे जाकर कब, कहाँ और किस तरह खुलता है...!

लड़की अब नज़दीक से गुज़र रही है और एक परिचित-सी दृष्टि उसने रॉबिन पर डाली है, जैसे कह रही हो—उसी दिन तो बस में देखा था तुम्हें...। बिना परिचय का एक अपरिचित परिचय। रॉबिन का जी हुआ, उसे आवाज़ दे, बढ़कर परिचय करे उससे, लेकिन फिर मि. मेंडेज़ की तरफ़ उसने मुख़ातिब होकर कहा, 'तो चलें न अंकल?'

मि. मेंडेज़ भी उकताये ही हुए हैं, छूटते ही कहा, 'हाँ, अब चलना चाहिए। हाट भी तो खत्म ही हो रहा है।'

रॉबिन ने देखा, हाट में भीड़ अब काफ़ी क्षीण हो गई थी। सामान बेचनेवाले अपना बचा हुआ सामान समेटने की भंगिमा में आ गए थे। मि. मेंडेज़ के साथ रॉबिन धीरे-धीरे आगे बढ़ गया। चलते हुए वह सोचता रहा—अजीब संयोग है। इस आदिवासी लड़की में भला उसे क्या रुचि हो सकती है? कुछ भी नहीं। उस दिन क्योंकि बस पकड़ने के कुछ

पहले खाली समय में कुछ देर तक उसे देखा था, इसलिए याद रह गई थी, वरना सुबह से रात तक आदमी कितने चेहरे देखता है। सभी चेहरों को याद रखना सम्भव है क्या? पर किसी खास क्षण में, किसी सन्नाटे में अगर कोई खड़ा मिले, या गुज़र रहा हो, तो शायद वह चेहरा याद रह जाता है। अगर पहली बार बहुत भीड़ में इस लड़की को उसने देखा होता, तो अभी पहचान भी नहीं पाता। पर आबनूसी रंग की तीखे नाक-नक़्श वाली यह लड़की सामान्य से कुछ अलग हटकर तो है ही। शायद वह इसी गाँव में रहती है। या फिर आसपास के किसी गाँव से इधर आती हो। पर इतना तो तय है कि बस पकड़ने से लेकर हाट करने तक यह इसी तरफ़ आया करती है। एक बार मन हुआ कि मेंडेज़ अंकल से पूछे इसके बारे में...। शायद वे जानते हों इसे...। पर तत्क्षण यह सोचकर टाल गया कि पता नहीं, मेंडेज़ अंकल इसका क्या अर्थ लगाएँगे...! ख़ैर, जो हो, कोई हो, उसे क्या लेना-देना? बस, कुछ क्षण की एक सुन्दर अनुभूति थी यह, और क्या? एक क्षणिक सुरम्य प्रतीति...!

कंका

बबलू एक अठवारे से मुँह फुलाये हुए है। उसने स्टेशन के बाहर शिबू साव के बड़े-से कठघरे को डेढ़ सौ रुपये माहवारी पर लेने की बात तय कर ली है। वह इसमें स्टेशनरी और कैसेट की दुकान खोलना चाहता है। इसको लेकर किट्टी से उसने बहुत झंझ-मंझ किया है, 'सुन लो, मैं तुम्हारी तरह स्टेशन पर झख मारते हुए न तो आम-अमरूद बेचूँगा, न किसी के होटल में जूठा धोऊँगा और न ही कुली-रेजा का काम करूँगा। मैं अपनी एक छोटी-सी दुकान चलाऊँगा।'

'तो करो, कौन मना करता है!' किट्टी अपनी बुदबुदाहट में असमर्थता को ढाँपने की भरसक कोशिश करती है।

'मुझे कुछ पूँजी चाहिए।' बबलू की आवाज़ में तीखी घुरघुराहट है।

'कहाँ से आएगी पूँजी?' किट्टी अपनी चीख़ को लगभग रोकती है, 'एक कठघरे में भी दुकान जमाने के लिए कम-से-कम आठ-दस हजार रुपये तो चाहिए ही न। कहाँ से आएँगे इतने रुपये, बोलो तो? मेरे पास तो एक किर्री भी नहीं।'

'तभी तो कहता हूँ कि रमेश मुंडा ने हमारी जिन्दगी बर्बाद कर दी।'

'स्टॉप! चुप रहो, नालायक कहीं के!' पहली बार बबलू पर किट्टी इतने झन्नाटे में आई है।

'उफ्फ् मम्मी...!' सिल्विया और इवलिन कन्धा दबाकर उसे चुप कराने की कोशिश करती हैं, 'आप किसकी बात पर हाथ-पाँव नोच रही हैं? अपने से तो कुछ होगा नहीं इस टट्टू से।'

इस तनातनी के बाद से घर में गहरी चुप्पी है। अब तक तमाम अभाव के बावजूद घर में ऐसी चुप्पी कभी नहीं रही है। आँखों-आँखों में सब इसे महसूस कर रहे हैं। पर बबलू

किसी की तरफ़ नहीं देखता है। जब घर में रहता है, तो खाट पर तकिये में मुँह घुसाकर पड़ा रहता है। हर सुबह इन दिनों उसकी खाट के नीचे चाय की प्याली रखी-रखी ठंडी हो जाती है। सवेरे जो वह घर से निकलता है, तो देर शाम को अँधेरा गहराने पर ही लौटता है। दिन भर में किट्टी कभी उसे स्टेशन की तरफ़ भी नहीं देखती है। मजीद के कैंटीन में जबकि कहीं से घूमते-टहलते एक बार पहुँचकर चाय पीना उसकी मटरगश्तियों में शुमार रहा है, पर इधर कुछ दिनों से यह रुटीन ठप है। मजीद के यहाँ उसकी चाय 'फ्री' है। बचपन से मजीद के बेटे जिब्राइल का वह दोस्त रहा है। कैंटीन मजीद ने इस बीच कई बार पूछा है, 'बबलू को इधर नहीं देख रहा हूँ?'

'होगा कहीं।' किट्टी भुनभुनाकर रह गई है।

'यह उम्र खतरे का सिग्नल है मेमसाहब,' मजीद बीड़ी का कश ज़ोर से खींचकर नाक से धुएँ की जुड़वाँ रेख निकालता है, 'ये बागी शहजादे पता नहीं कब कलेजा तोड़कर रख दें। देखा न हमारे जिब्राइल मियाँ को? इन जंगली मुर्गों पर नजर रखो।'

'जहन्नुम में जाए!' किट्टी तम्बाकू को हथेली पर दुःख की तरह रगड़ती है।

सुबह उसने जी कड़ा कर बबलू से पूछा था, 'कहाँ रहता है दिन भर तू? कल भी कुछ खाया नहीं...' पर बबलू ने अपना कान और मुँह समेटकर जैसे जेब में डाल रखा है।

इवलिन कई दिनों की चुप्पी को तोड़ने का यह सही अवसर पाती है और हल्की मुस्कान के संग पिछले आम दिनों की तरह बबलू को छेड़ने की कोशिश करती है, 'देखो न भाकुड़ जैसा मुँह...! अरे, मुँह में बोली नहीं है क्या?'

पर बबलू उस पर एक तीखी नज़र डालकर मुँह फिरा लेता है।

'हुँह!' लम्बोतरे साँवले चेहरे वाली इवलिन मुँह बिचकाती है, 'ज्यादा आँख मत गुरेरो मुझ पर। मम्मी को डराना। मैं नहीं डरती तुमसे।'

'अरे घोंचू! कहीं एम.सी.सी. के चक्कर में तो नहीं पड़ गया है तू?' बबलू के कन्धे पर धौल जमाते हुए सिल्विया दुलार में खुक् से हँस पड़ती है।

'सिल्विया!' किट्टी की तरेड़ पर सिल्विया चुप हो जाती है।

और वक़्त होता, तो इसी बात पर बबलू देर तक सिल्विया से झगड़ता। बाताबाती करता। पर बग़ैर कुछ बोले वह जंगली बिल्ले की तरह सबको घूरता हुआ तेज़ी से बाहर निकल गया है।

किट्टी सुबह की खिली धूप में आँखें मिचमिचाकर उसे जाते हुए इस तरह देख रही है, जैसे घुप्प अँधेरे में उसे ढूँढ़ने की कोशिश कर रही हो! कुसुम, पलाश, इमली, जामुन, अमरूद और घनी बँसबाड़ियों की झुरमुट में बबलू रेशम के कीड़े की तरह गुम हो गया है। मजीद और सिल्विया की बात किट्टी के मन से बार-बार टकरा रही है। कलजिब्भा है मजीद। उसकी बात लग जाती है। एम.सी.सी. के चक्कर में बबलू कहीं सचमुच तो नहीं...? क्या ठिकाना! बेरोज़गार युवकों को एम.सी.सी. वाले इसी तरह बहलाकर अपनी जमात में शामिल करते हैं। हथियार थमाते हैं और ख़ून-खराबा कराते हैं। हाल ही में एम.सी.सी. वालों ने बालूमाथ में थाना को उड़ा दिया। ऐसी सनसनी मचाने में नये लड़कों को मज़ा आता है। कुछ दिन पहले ही तो बबलू एम.सी.सी. की तारीफ़ के पुल बाँध रहा था, 'एम.सी.सी. के चलते आसपास के कोलमाइंस में पचास रुपया से कम

अब किसी मजदूर की हाजिरी नहीं लगती। औरतों को पहले कम मजदूरी मिलती थी, पर अब मर्द-औरत सबकी बराबर की हाजिरी है।' समय रहते अगर बबलू को कोई काम नहीं पकड़ाया गया, तो वह कहीं? बहकने की उम्र तो यह है ही। क्या करेगी?...बबलू को पूँजी के लिए रुपये जुटाकर वह कहाँ से देगी? वह जानती है, सपनों और उम्मीदों के रेशमी कीड़े बबलू को कुतर रहे हैं। उसे 'गंज' की 'आँगनबाड़ी' में चपरासी की सरकारी नौकरी दिलाने के लिए किट्टी ने मि. मेंडेज़ से कई बार मिन्नत की थी कि वे कोशिश-पैरवी कर दें। पर यह पता चलते ही बबलू भड़क उठा, 'मैं नहीं करता ऐसी नौकरी। लोग उसे 'लिपस्टिक डिपार्टमेंट' कहते हैं। वहाँ खाली औरतें काम करती हैं। रमेश मुंडा की तरह मैं कुली-चपरासी नहीं बन सकता।'

कई बार तनातनी के दौरान रमेश मुंडा ने किट्टी से कहा है कि बबलू बरकाकाना जाकर अपनी पुश्तैनी ज़मीन में से हिस्सा बँटा ले, पर किट्टी समझती है कि रमेश मुंडा देह झाड़ने के लिए ऐसा कहता है। रमेश की पहली पत्नी फुलवा का बेटा सुरेश मुंडा जब ज़मीन बँटवाने कभी अपने गाँव नहीं गया, तो बबलू क्या जाएगा? बबलू को तो 'मेम का बेटा' कहकर रमेश के भाई लोग ऐसे ही दुरदुरा देंगे।

किट्टी का वश चलता, तो बबलू को वह खेती में लगाती। कई बार दबी ज़बान से उसने बबलू को 'बँटाई' पर खेती करने का सुझाव भी दिया है, पर बबलू खेती की बात एकदम सुनना नहीं चाहता, 'एक इंच भी खेत है क्या अपने पास? मुझसे खेती-खोला नहीं होगा। जो लोग खेती करते हैं, उन्हें तो हरदम रोते ही देखता हूँ। 'बँटाई' पर खेती करके तो चली जिन्दगी!'

'पर तुम्हें मालूम, 'गंज' जब बसा था, तो एंग्लो-इंडियन लोगों ने कहा था कि इस गाँव को फलदार पेड़ों से भर देंगे और ऐसी खेती करेंगे कि ऐग्रिकल्चर के मामले में 'गंज' सारे भारत को रास्ता दिखाएगा।'

'हाँ-हाँ, लेकिन हुआ क्या? कहाँ गईं 'गंज' को 'गॉडेस ऑव ऐग्रिकल्चर' बनाने की वे लम्बी-चौड़ी बातें? मम्मी, अब इन फालतू बातों का कोई मीनिंग नहीं।' बबलू की आवाज़ में झुँझलाहट होती है, 'आज हेल्पलेस लोग खेती करते हैं। हेल्पलेस मैं जरूर हूँ लेकिन यह काम मुझसे नहीं होगा।'

किट्टी ऐसे मौक़ों पर बात आगे नहीं बढ़ाती। चुप्पी तान लेती है। ठीक है, खेती में संकट है। पिछले ही साल तो 'गंज' और आसपास के इलाक़े में अकाल जैसी स्थिति हो गई थी। मौनसून बहुत आख़िर में आया। धान की रोपनी में काफ़ी देरी हो गई। बहुत-से बिचड़े तो सूख गए। भदई की खेती भी वर्षा न होने के कारण मारी गई और 'हथिया' में जब पानी नहीं पड़ा, तो रबी फ़सल की ठीक से बुआई नहीं हो सकी। लेकिन परेशानी चाहे जितनी हो, किसान खेती थोड़े ही छोड़ते हैं! बबलू को समझाना कठिन है कि खेत और पेट का कैसा अटूट नाता है। पेट भरा रहने पर ही लोग उसके कैसेट की दुकान से कैसेट ख़रीदकर संगीत सुनेंगे। एंग्लो-इंडियन लोगों के यहाँ तो टेपरिकॉर्डर रहा ही है। अब 'गंज' के दूसरे लोग भी राँची से नगपुरिया गानों का कैसेट लाकर टेप पर सुनते हैं। यहाँ कोई किसी से कम नहीं। बावजूद इसके 'गंज' के मुंडा, उराँव, अहीर और गंझू लोगों के बच्चों को खेत की मिट्टी का महत्त्व मालूम है।

किट्टी को लगता है, चूक उसी से हुई है। बचपन से बबलू की परवरिश में। वह भी साहब और गुलाम की गुत्थी में फँसकर रह गया है। मिट्टी छूने में इसलिए उसे परेशानी है।

'द कॉलनाइज़ेशन ऑब्ज़र्वर' के अगस्त, 1938 का एक फटा-चिटा अंक उसने आज तक सुरक्षित रखा हुआ है। एंग्लो-इंडियन कम्यूनटि की यह पत्रिका सन् 1932 में शुरू हुई थी। कलकत्ता में 75 पी, थियेटर रोड पर इसका दफ़्तर था। उसके पापा इसे नियमित लेते थे। इस पत्रिका के सहेजकर रखे पृष्ठों में उसकी सम्पादकीय टिप्पणी, किट्टी मन नहीं लगने पर कभी-कभी पढ़ती है, '...वी शैल मेक ऐग्रिकल्चर पे...ऐंड मैकलुस्कीगंज विल बी हेल्ड थ्रू आउट इंडिया ऐज़ द गॉडेस ऑव ऐग्रिकल्चर।' और सिर्फ़ खेती ही नहीं, साथ-साथ डेयरी भी। 'द कॉलनाइज़ेशन ऑब्ज़र्वर' के उन बचे-खुचे पृष्ठों को वह पलटती है। उसे उस समय की कई तसवीरें पत्रिका में दिखती है।

यह वर्ष 1938 की तसवीर है। एस.एल. वुड के परिवार की। मि. और मिसेज़ वुड 'गंज' के अपने फ़ार्म में लगभग एक दर्जन गाय-भैंसों के बीच खड़े हैं। वुड दम्पती की एकलौती बेटी इस तसवीर में भैंस पर बैठी है। यह एक दूसरी तसवीर है, जिसमें डॉली नामक एक एंग्लो-इंडियन महिला घास काट रही है। चित्र-परिचय में बताया गया है कि वह अपनी गाय के लिए घास काट रही है। 'द कॉलनाइज़ेशन आब्ज़र्वर' के हर अंक में अपने समुदाय की महिलाओं के लिए दो स्तंभ छपते थे। 'हार्ट् टू हार्थ टॉक्स'...दिल से लेकर चूल्हे तक की बातें...पहला स्तंभ। दूसरा स्तंभ—'ईव्स कॉर्नर' यानी...औरत का कोना...।

किट्टी सोचती है—काश, वह वक़्त वापस हो सकता? अब अगर वापस होगा भी, तो नई पीढ़ी के साथ ही न। किसी तरह बबलू इस बात को समझ सकता! 'गंज' में अभी भी क्या कुछ नहीं हो सकता...! नक़दी फ़सल के मामले में लाह उत्पादन का कोई जवाब नहीं। और 'गंज' में इसके लिए पलाश के पेड़ बेहिसाब हैं।...'फ़्लेम ऑव फ़ॉरेस्ट... टेसू...ब्यूटिया योनोस्पर्मा...छूल...किंशुक और ढाक...।' अमित घोष मुदित हो पलाश के सभी नाम और दुलार नाम गिना देते हैं। तब किट्टी मुसक कर उनसे कहती है, 'यू आर पागल पलाश...।' लाह की खेती पलाश के पेड़ों के संग-संग कुसुम और बेर के पेड़ों पर भी की जाती है। 'गंज' में कुसुम और बेर के पेड़ ही क्या कम हैं? कमी है बस करनेवालों की। बाज़ार में रंगीन लाह तीन सौ रुपये किलो बिकता है। लाह की चूड़ियों से लेकर मुहर बनाने तक इसके कई उपयोग हैं। पर यह सब कहा किससे जाए? 'गंज' से कुछ स्टेशन दूर लातेहर के पास टोरी में लाह निर्यात का सबसे बड़ा केन्द्र है। अब नाक के नीचे की चीज लोगों को आँख में उँगली घुसेड़कर तो नहीं दिखाई जा सकती।

कई बार तो किट्टी का जी हुआ है कि खलारी के खादी भंडार से क्वीन-बी समेत शहदवाला बक्सा वह ख़रीद लाए और बबलू से कहे कि वह 'गंज' में छोटे स्तर से ही सही, लेकिन शहद उत्पादन का काम शुरू करे। इसमें कुछ बक्से लेने में जो ख़र्च लगे, बाद बाक़ी कोई ख़र्च नहीं। फूलों और मंजरियों से पराग और मकरंद बटोरकर शहद बनाने का काम तो मधुमक्खियाँ ख़ुद ही करती हैं। सरसों से लेकर सहजन के फूलों और आम के मंजर तक से मधुमक्खियों की फ़ौज शहद बनाने के लिए रस का जुगाड़ करती रहती है। 'गंज' के लोग अगर कमर कसकर जुटें, तो यहाँ शहद का भारी उत्पादन हो सकता है। तब यहाँ के लड़कों को बहलाकर एम.सी.सी. वाले बन्दूक नहीं थमा पाएँगे।

'गंज' और आसपास के गाँवों के बेरोज़गार युवकों को इससे बड़े पैमाने पर रोज़गार मिल सकता है। इस तरह 'मधु ग्राम' बन जाएगा मैकलुस्कीगंज। ब्रांड नेम बन जाएगा—'हनी ऑव मैकलुस्कीगंज।'

अभी पिछले दिनों कैंटीन मजीद बता रहा था कि धनबाद[1] के टुंडी ब्लॉक के दर्जनों गाँवों में वहाँ की औरतें मधुमक्खी पालन में जुटकर शहद संग्रह कर रही हैं और उनके शहद की माँग कलकत्ता तक हो रही है। जब कभी उसने बबलू के सामने यह बात उठाई है, तो वह बुरी तरह बिनबिना उठा है, 'मम्मी! तुम्हारा दिमाग खराब हो गया है। अब यही करना है मुझे कि खेतों के पास और पेड़ों के नीचे बक्से लगाकर मैं उन्हें अगोरता रहूँ? दुनिया कहाँ से कहाँ चली गई और तुम...।'

किट्टी को लगता है, इस लड़के के चलते एक दिन उसके दिमाग की नसें फटकर रहेंगी। इसी बेचैनी में वह स्टेशन चल पड़ी है। उसकी टोकरी में आज कुछ ख़ास फल भी नहीं। किचकिच और तनाव के चलते पिछले दो दिनों से पैकार से फल लेने वह खलारी भी नहीं जा सकी है।

'इतना सेंटी[2] नहीं होने का मम्मी। कुछ खा तो लो,' इवलिन पीछे से आवाज़ देती है। उसकी आवाज़ में हल्की खीज है, 'अदहन[3] चढ़ा हुआ है। बस, चावल डालना है। थोड़ा घी के साथ गरम भात खा लो।'

'अभी भूख नहीं।' किट्टी बग़ैर मुड़े बढ़ गई है और बबलू की तरह ही पेड़ों की झुरमुट में ओझल हो गई है।

कल भी यही हुआ था।

'पागल!' लिंडा के होंठ के कोने तिरछे हो जाते हैं। वह खिन्न आँखों से अपनी दोनों बड़ी बहनों—सिल्विया और इवलिन—को देखती है।

'मम्मी को स्टेशन पर ही खाना दे आएँगे।' कुछ पल चुप रहने के बाद सिल्विया आहिस्ते-से कहती है।

'वह खाएगी?' लिंडा कातर आँखों से पूछती है।

इवलिन की आँखों में जैसे इसका जवाब भरा है।

'धत्, क्या ड्रामा है!' इवलिन से रहा नहीं जाता, 'अब एक मिनिट घर में रहने का मन नहीं करता।'

'तुम्हें मालूम, आजकल बबलू रोज कहाँ जाता है?' सिल्विया अपनी सुनहरी पलकें फैलाकर इवलिन से पूछती है।

इवलिन बस कन्धे उचकाकर रह जाती है।

हालाँकि, लिंडा को पता है कि हर सुबह बबलू कंका पहाड़ी पर जाता है। पर वह चुप है। उसे मालूम है कि कंका पहाड़ी के लगभग ध्वस्त हो चुके वाच टावर के पास सुबह से शाम तक बैठकर बबलू सारा दिन यों ही गुज़ार देता है। यह उसका प्रिय एकान्त है।

---

1. झारखण्ड का एक महत्त्वपूर्ण जिला, जो भारत के 'कोल कैपिटल' के नाम से ख्यात है।
2. भावुक
3. भोजन बनाने के लिए खौलता पानी

कंका की तलहटी में उसका घर है और कंका पहाड़ी की चोटी उसे रहस्य और रोमांच से भरपूर लगती है। सुबह से शाम तक कंका अपना रंग कैसे मायाविनी की तरह बदलती है! कोई ग़ौर से देखे, तो इसे पकड़ सके। सुबह की सुनहरी धूप के संग यह कितनी हरी-भरी होकर उभरती है! वही दोपहरी से इसका रंग गहरा नीला होने लगता है। शाम को शहद की तरह सुर्ख भूरी, हेमन्ती हो जाती है यह पहाड़ी। फिर रात को चाँद कंका की नुकीली चोटी पर नन्हे मोती की तरह दीपता है। बबलू को कंका की चोटी से चाँद को निहारना बहुत अच्छा लगता है।

'कुक्कू...।' कंका पहाड़ी को अनुराग में किट्टी कहती है। 'गंज' की कोयल है कंका, जो इस जंगल में आकर हमेशा के लिए बैठ गई है। आधी-आधी रात तक जब किट्टी को नींद नहीं आती है, तो वह अन्धकार में डूबी कंका की आकृतियों को निहारती है। इस पहाड़ी की असली शोभा किट्टी को दरअसल रात में लगती है। नक्षत्र-लोक सरीखी कंका! कुक्कू...यानी काली कंका का रूप सचमुच अपरूप है। एक अद्‌भुत मूक संगीत है कंका के सीने में, जिसे सिर्फ़ किट्टी ही सुनती है। कंका की आभा पर पापा-मम्मी मुग्ध रहते थे।

'मि. मैकलुस्की दूर से ही कंका को देखकर इस इलाके पर फिदा हो गए होंगे।' पापा कहते थे।

पाठक जी के मन्दिर में शिवलिंग के अलावा जिस तरह पर्वत पर बैठे शिव-पार्वती की मूर्ति है, किट्टी को लगता है, कुछ वैसी ही मुद्रा में उसके पापा-मम्मी कंका पर बैठ उन लोगों की प्रतिपल रक्षा करते हैं। कंका के पाँव के नीचे, ख़ैर, उसकी तो किसी तरह कट गई, पर इन बच्चों का क्या होगा? सोचकर ही वह अथाह में डूबने लगती है। खाट पर बेसुध सोई सिल्विया को माया से निहारती है। वह ग़ौर करती है, दिल ख़ुश रहने पर कभी-कभी सिल्विया गंझू औरतों के बीच गाया जाने वाला यह गीत मगन होकर गुनगुनाती है, 'कौन फूल फूले आधी-आधी रतिया...कौन फूल फूले भिनसार...। बेली फूल फूले आधी- आधी रतिया...चम्पा फूल फूले भिनसार...।' किट्टी समझती है, सिल्विया के भीतर भी बेली-चम्पा के फूल खिलने लगे हैं...। फूटकर खिल चुकी यह प्यारी-सी लड़की अपने भविष्य को लेकर कितनी बेपरवाह है? उसे सिल्विया पर बहुत दुलार आता है। सुनहरे बाल...दूध में छिड़के सिन्दूर-सा रंग और नीली आँखों वाली सुहावनी सिल्विया। किट्टी को लगता है, वह वर्षों पहले की दुनिया में लौट गई है और स्वयं अपने-आपको निहार रही है। प्रिंसेस सिल्विया...! वह होंठों ही होंठों में बुदबुदाती है। कभी-कभी वह सपने में देखती है, सिल्विया के लिए कोई प्रिंस आया है—सजीला राजकुमार...अपने सफ़ेद अरबी घोड़े पर तेज़-तेज़ दौड़ता।

अभी कुछ दिन पहले स्टेशन पर रमेश मुंडा ने बहुत सलाह की मुद्रा में उससे कहा था, 'बालूमाथ इलाके में मुंडा परिवार का एक लड़का है। उसके मुड़ी पर खेत भी अच्छा पड़ेगा। सिल्विया के लिए ठीक रहेगा। वह सुखी रहेगी। तुम कहो तो बात चलाऊँ?'

किट्टी से कुछ कहते नहीं बना था। वह सिर पर फल की टोकरी उठाकर घर के लिए तत्क्षण निकल पड़ी थी।...किट्टी मुंडा...सिल्विया मुंडा...। क्या सिल्विया उसी की जिन्दगी को दोहराएगी? रास्ते में कई बार वह लड़खड़ाते-लड़खड़ाते बची। उसे लगा,

उसके पाँव अब कमज़ोर पड़ रहे हैं। एक तबीयत हुई कि इस बारे में वह सिल्विया की राय जाने। पर इस चर्चा को घर में उठाने का मतलब था, फिर बबलू से तनातनी। बबलू सुनेगा, तो पागल हो उठेगा। बबलू कुछ कर नहीं सकता, सिर्फ़ ग़ुस्सा कर सकता है।

सिल्विया की शादी और बबलू का रोज़गार! कभी-कभी तो उसका जी करता है कि आधी रात में वह कंका पहाड़ी पर चढ़ती चली जाए। अन्धकार में डूबी इस पहाड़ी को छूकर महसूस करे। लेकिन आधी रात में कहीं बबलू उठेगा और उसे घर में नहीं देखेगा, तो बुरी तरह परेशान हो उठेगा। इसलिए चौकठ पर सारी-सारी रात बैठकर वह अपनी आँखों से दुःख को फटकती रहती है। बीच रात में कभी सिल्विया, इवलिन या लिंडा में से कोई पानी पीने के लिए उठती है, तो पूछती है, 'मम्मी! क्या तुम्हें नींद नहीं आ रही?' वह कोई जवाब नहीं देती है।

लिंडा सोचती है, कंका के पास सबके दुःख का जवाब है—मम्मी के दुःख का भी, बबलू की बेचैनी का भी। बबलू की तरह लिंडा को भी कभी-कभी कंका के उस उजाड़ पड़े वाच टावर के पास गहरे सन्नाटे में बैठना अच्छा लगता है। दोपहर के खाने के बाद पिछले दिन जब बबलू की टोह में वह कंका पर चढ़ती चली गई, तो उसका अनुमान सही निकला। बबलू भग्न वाच टावर के पास की टूटी हुई बेंच पर आसमान को ताकता चित लेटा था। सहसा उसे वहाँ देख वह बुरी तरह चौंककर उठ बैठा, 'तू यहाँ कैसे आ गई?'

'वैसे ही, जैसे तू आया है। खंजन देखने।' लिंडा की हँसी में फीकी चुहल थी।

'चल भाग! तू मत यहाँ आया कर। कभी-कभी यहाँ एम.सी.सी. वाले भी आते हैं।' बबलू की त्यौरियाँ बरबस चढ़ गईं।

'तू मिला है कभी एम.सी.सी. वालों से? मेरा तो बहुत मन करता है मिलने का।' लिंडा मचलते हुए कहती है, 'मैं उन सबको बताऊँगी कि तू मम्मी और हम सबको कितना सताता है। पता है, मम्मी आज भी बगैर कुछ खाये-पिये निकल गई?'

'तू चलती है यहाँ से?' बबलू तिनकने के बाद तुरन्त सूखी हँसी के संग मनुहार पर उतर आया, 'ए लिंडा, तू प्लीज़, चली जा! मैं आता हूँ न पीछे से।'

तीन बहनों के बीच इस एकलौते भाई का मनुहार ज़्यादातर बहनें ही करती हैं। ऐसा मौक़ा चौठी के चाँद की तरह आता है, जब बबलू ने मम्मी या बहनों का मनुहार किया हो। सो लिंडा कंका को निहारते हुए आहिस्ता-आहिस्ता नीचे उतरने लगती है।

वाच टावर तक आने के लिए नीचे से बनाई गई ये सीढ़ियाँ कितनी जर्जर हो चुकी हैं! पलस्तर किस तरह ज़ार-ज़ार उखड़े हुए हैं! अब टूरिस्ट लोग भी कहाँ आते हैं इस तरफ़। वाचटावर एम.सी.सी. का अड्डा बन चुका है। शायद इस भय से गाँव के लोग भी इधर आने से कतराते हैं। पर बबलू को कोई भय नहीं। कंका के पत्थरों और उस पर जमी जंगली घास से रगड़ाता हुआ बड़ा हुआ है वह। कभी-कभी मौज़ में वह किट्टी से कहता है, 'मम्मी! कंका मौसी है न हमारी?'

सन्तरे से गालवाला नन्हा बबलू अब बड़ा हो गया है। गुटुमुटु बबलू से किशोर और अब लगभग युवक बबलू। दाढ़ी-मूँछ भी आ गई है। अपनी मूँछ के लिए बबलू बहुत 'कंशस'

है। खुशिया पाहन मुसककर कहता है, 'इतने भारी मूँछ के वजन से किसी दिन बबलू मूँछ के बल न कहीं गिर जाए।' उसकी मूँछ पर मिसेज़ इलोना घोष उसे चार्ली चैपलिन कहती हैं।

सच, वक़्त कितनी तेज़ी से भागता गया है! इन बच्चों की आपसी नोक-झोंक और प्यार भरी टेनामेनी में दु:ख के बरस कैसे बीत गए! किट्टी कनखियों से बबलू को निहारती है और छटपटाती है। आख़िर बबलू को वह क्यों नहीं समझा पाती है? बबलू क्यों आज तक अपनी माँ को समझ नहीं सका है? शाम को स्टेशन से वह अमित और इलोना घोष से मिलने 'शान्तिनिकेतन' की तरफ़ निकल पड़ी। जब कभी उसे बेचैनी घेरती है या मन नहीं लगता, तो वह यहाँ आ जाती है। आज भी यही हुआ।

'गुड इवनिंग मि. जर्मन घोष!' अमित घोष अपने पेड़-पौधों का मुआयना करते किट्टी को बाहर ही दिख गए हैं।

'ओ किट्टी...किट्टी मेमसाब...! बहुत दिनों बाद?' फिर अपने बरामदे की तरफ़ बढ़ते हुए वे इलोना को आवाज़ देते हैं, 'लोलो! देखो, कितने दिनों बाद, कितनी बड़ी मेमसाब आई हैं!'

'ओह...हाउ स्वीट किट्टी! कहाँ गुम थीं इतने दिन तुम?' मिसेज़ इलोना घोष कमरे से बाहर निकलकर आह्लाद से उमड़ पड़ी हैं।

इस दम्पती का यही प्यार किट्टी को खींच लाता है। कोई कम्प्लेक्स नहीं। स्टेशन पर भी जब कभी ये मिलते हैं, तो इसी गर्मजोशी से। 'गंज' के बाक़ी बड़े लोग तो स्टेशन पर उससे नज़रें चुराते हैं कि ज़मीन पर बैठकर फल बेचती दो कौड़ी की किट्टी को कहीं टोकना न पड़ जाए। अमित और इलोना से वह अपना प्रॉब्लम डिस्कस करने कभी नहीं आई है। ज़िन्दगी में कुछ लोग ऐसे होते हैं, जिनसे बग़ैर कहे-सुने सारी बातें कह-सुन ली जाती हैं। बातचीत के बीच की बहुत सारी चुप्पियाँ मन के वास्ते राहत भर लेती हैं। अमित और इलोना के यहाँ चाय की बड़ी प्यालियाँ हैं। वह हर बार कहती है, 'इतने बड़े कप में चाय पीते-पीते मैं थक जाती हूँ।'

'मेमसाब को छोटे प्याले में चाय पिलाने की गुस्ताखी भला हम कैसे कर सकते हैं?' अमित घोष के ठहाके से हर बार इस बात पर बरामदा गूँज उठता है।

अमित-इलोना से ज़्यादातर देश-दुनिया और 'गंज' की समस्याओं पर ही उसकी बातें होती हैं। अमित घोष इस बात से बराबर क्षुब्ध रहते हैं कि रात को 'गंज' की सड़कें अँधेरे में डूबी रहती हैं।

'क्या 'गंज' के रास्तों को कभी रोशनी मिलेगी?' अमित घोष की यह बात लौटते वक़्त आज रास्ते के अँधेरे में फिर उसके भीतर गूँज रही है। 'गंज' को अँधेरे से कभी मुक्ति नहीं है। यहाँ के घर-घर में और मन-मन में अँधेरा भरा है। सिर्फ़ रास्तों और सड़क-पैरों की बात नहीं।

किट्टी के जेहन में 'द कॉलनाइज़ेशन ऑब्ज़र्वर' का फिर वही फटा-चिटा पीला पन्ना उभरता है। इसी में एक बार 'गंज' के निवासी मि. सी. एच मैरो का वर्षों पहले छपा पत्र किट्टी ने कई बार पढ़ा है। मि. मैरो ने इस पत्र में लिखा है कि 'गंज' का प्रत्येक एंग्लो-इंडियन सेट्लर अपने-अपने मकान के सामने की मुख्य सड़क पर रोशनी

की व्यवस्था कर उसे मेनटेन करे। वे पत्र में उस दौर के हिसाब से लिखते हैं कि सड़कों पर रोशनी की व्यवस्था की ज़िम्मेदारी अगर 'कॉलनाइज़ेशन सोसाइटी' या किसी प्राइवेट कम्पनी पर डाली जाएगी, तो इसमें बहुत पैसे लगेंगे और इसे कार्यरूप देने में कई दशक निकल जाएँगे। पर अगर कोऑपरेटिव बेसिस पर सभी 'सेट्लर' इस काम को ले लें, तो खेल-खेल में यह व्यवस्था क़ायम हो जाएगी। हर 'सेट्लर' तब गर्व से यह कह सकेगा कि 'वी डिड दिस।...इसे हमने किया।'

अँधेरे में घर की तरफ़ बढ़ते तेज़ क़दमों के संग मि. मैरो के पत्र की वे इबारतें आज किट्टी के आगे-आगे चल रही हैं। मि. मैरो ने उसी पत्र में लिखा है कि सड़कों पर रोशनी के लिए 'गंज' का प्रत्येक एंग्लो-इंडियन निवासी अपने मेन गेट पर एक लैम्प पोस्ट बनवा दे और उसको प्रत्येक शाम जलाने का ज़िम्मा ले। सबको यह करना है कि एक डेट्ज़ हेरीकेन लालटेन लेकर उसकी तेल-बत्ती का ध्यान रखें। किसको कितनी देर लालटेन जलानी है, इसका निर्णय 'स्टेशन कमेटी' करेगी। ज़रूरी नहीं कि लैम्प पोस्ट के लिए लालटेन एकदम नया ही हो। पुराना इस्तेमाल किया हुआ लालटेन भी चलेगा। इसे कार्यरूप देने के लिए 'कॉलनाइज़ेशन सोसाइटी' खलारी सीमेंट कम्पनी से भी बात करे कि बग़ैर मुनाफ़ा लिये वह सबके दरवाज़े पर एक-एक लैम्प पोस्ट ढाल दे। इसके एवज़ में हर लैम्प पोस्ट पर उस कम्पनी का विज्ञापन भी रहेगा। यह लैम्प पोस्ट ऐसा बनाया जाए, जो आगे चलकर इलेक्ट्रिक लाइटिंग में भी कभी काम आ सके।

मि. मैरो की सलाह पर कुछ अमल भी हुआ, पर अब वह एक अतीत भर है। हालाँकि, नाम के लिए 'गंज' में बिजली तो कब के आ गई लेकिन आज़ादी के पहले बने वे लैम्प पोस्ट कब के ढह चुके। अन्धकार के स्तूप बने वर्षों से ढहे-ढनमनाये ये अभिशप्त लैम्प पोस्ट और यह 'गंज'! एंग्लो-इंडियन समुदाय का एक ध्वस्त लैम्प पोस्ट!

'क्या 'गंज' के रास्तों को कभी रोशनी मिलेगी?' अमित घोष की आवाज़ एक बार फिर सिर से टकराती है। अँधेरे में आगे बढ़ते हुए एक सिसकारी छूटती है। कंका की आकृति अन्धकार में उभरती दिख रही है। थोड़ी देर में नन्हा-सा चाँद मोती की तरह इसकी नुकीली चोटी पर आकर आहिस्ते-से टिक जाएगा।

खुशिया पाहन इसे 'बालचन्द्र' कहता है। खुशिया बहुत दिनों से कह रहा है कि वह और टुइयाँ एक रात कंका के वाच टावर पर बालचन्द्र के प्रकाश में रात भर गाने का झकास प्रोग्रैम रखेगा।

मि. गिब्सन ने कह रखा है कि इस प्रोग्रैम में जो ख़र्च आएगा, वे उठाएँगे।

गाँव के लोग इस बात को हवा में उड़ाते हुए कहते हैं, 'खुशिया-टुइयाँ हाफ और गिब्सन साफ। इनकी बात बस सुनते रहिए।'

मि. गिब्सन हमेशा कहते हैं, 'गंज में ईश्वर का परमानेंट लैम्प पोस्ट है कंका।'

इस लैम्प पोस्ट के नीचे ही तो उसका घर है। फिर वह क्यों अँधेरे में है? वह देखती है—सामने कुसुम, पलाश, इमली, जामुन, अमरूद और बाँसबाड़ियों की झुरमुट चाँदनी का इन्तज़ार कर रही है। कल उसे पैकार से फल लाने खलारी जाना है। वह मन-ही-मन तय करती है कि वहाँ खादी भंडार से क्वीन बी—रानी मक्खी—सहित शहदवाला एक बक्सा ज़रूर ख़रीद कर लाएगी। उस बक्से को अपने दरवाज़े के बायें लगे शरीफ़े के

पेड़ से लटका देगी। बबलू चाहे जो करे, लेकिन वह 'गंज' को 'मधुग्राम' बनाने की शुरुआत कल से कर देगी।

एम.सी.सी.

सुबह से सारा गाँव खदक रहा है—चूल्हे पर रखी केतली के फूटते पानी की तरह। मुँहअँधेरे से गाँव में एक सनसनी भाप की तरह ज़ोर मार रही है। कंका में 'नेहरू रोड' रेलवे क्रॉसिंग के पास, पत्रकार बसन्त के किराने की दुकान के आगे भारी भीड़ है। स्टेशन के ठीक बाहर सुरेश गुप्ता की चाय-नाश्ते की दुकान पर भी वैसा ही मजमा लगा है। स्टेशन के भीतर मजीद मियाँ के 'कारनी टी-स्टॉल' पर भी लगभग वैसा ही नज़ारा।

सुबह की पहली चाय लेने के बाद रॉबिन ने सामान्य भाव में जैक से कहा, 'चाय का दूसरा-तीसरा राउंड 'कारनी टी स्टॉल' पर चलेगा, जैक। मैं मजीद के पास से होकर आ रहा हूँ।'

पर जैक के लम्बोतरे चेहरे पर चिन्ता की किंचित् लकीरें थीं, 'ठीक है...जाइएगा तो जाइए...पर आपको मालूम...टुइयाँ गंझू के बेटे बिफना को मुँहअँधेरे खलारी थाने की पुलिस पकड़कर ले गई।...बड़ा लवलीन लड़का...! गाँव में आज बहुत टेंशन है...। पूरा गाँव हॉट लाइन पर है।'

'क्यों, क्या हुआ?' रॉबिन के स्वर में सामान्य-सा विस्मय था।

उसे तत्क्षण लगा कि मार-पीट या आपसी झगड़े की कोई साधारण घटना हुई होगी। सामान्य बात को भी भयावह बना देना जैक की आदत है।

पर जैक ने उसी चिन्तित अन्दाज़ में कहा, 'होगा क्या...वही 'एम.सी.सी.'[1] वाला चक्कर...! आज से नहीं, बीते कई वर्षों से एम.सी.सी. पार्टी से तो लाट[2] है ही न टुइयाँ गंझू के बेटे का। इस इलाके के बहुत सारे लड़के बेरोजगारी की हालत में एम.सी.सी. हो गए हैं। सरकार तो वैसे एम.सी.सी. पर मनाही लगाए हुए है, पर लड़का-बच्चा लोग को आजकल बम-बारूद की पार्टी में ज्यादा मन लगता है न। जवान-जहान है...बेरोजगारी में बैठकर ठायँ-ठुईं के अलावा करेगा क्या...?'

जैक की सूचना सही निकली। रॉबिन ने रास्ते में महसूस किया—गाँव 'टेंशन' में है। रास्ते में जगह-जगह बस यही चर्चा। टुइयाँ गंझू के बेटे की गिरफ़्तारी का पूरा स्क्रीन-प्ले 'कारनी टी-स्टॉल' पर जारी है। मजीद की नज़र उस भीड़ में भी रॉबिन पर पड़ गई है। पहचानने की कोशिश में व्यग्र-सी दिख रही उसकी आँखों को रॉबिन ताड़ गया। सो बाहर टी-स्टॉल के कोने से ही उसने मुस्कराकर हाथ हिलाया, 'मजीद भाई...रॉबिन...।'

'रॉबिन बाबू, वहाँ बाहर क्यों हैं, अन्दर आइए...अन्दर।' मजीद ने भीड़ को किनारे हटने का इशारा किया, 'आने दीजिए भाई...इनको अन्दर आने दीजिए।' टी-स्टॉल के भीतर मजीद ने अपने स्टूल पर उसे जबरन हाथ पकड़कर बैठा दिया, 'नहीं...आप बैठिए...!

---

1. माओइस्ट कम्युनिस्ट सेंटर
2. सम्पर्क

मैं तो ऐसे ही दिन भर खड़ा रहता हूँ...।' फिर उसने स्मृतिपूर्ण मुस्कान के संग कहा, 'जैक ने बताया था आपके बारे में...। आपके पापा से तो मिल चुका हूँ...। बहुत साल हो गए उसके भी तो...कारनी आंटी तब जिन्दा थीं...।' लम्बे क़द, साँवले रंग और इकहरे बदनवाले अधेड़ मजीद ने एक नज़र सामने खड़े ग्राहकों पर फेंकी और चाय बनाने में जुटे अपने छोटे बेटे से कहा, 'बेटा! अंकल के लिए स्पेशल चाय...मलाई मार के...।'

टी-स्टॉल के बाहर मौज़ूद लोग चाय के संग टुइयाँ गंझू के बेटे बिफना गंझू की गिरफ़्तारी को लेकर तरह-तरह की अटकलबाज़ियों में मशगूल हैं। मलाई की परतवाली लाजवाब चाय पीते हुए रॉबिन भी उस लोमहर्षक गिरफ़्तारी की दृश्यात्मक गाथा सुनने लगा।

घटना अलस्सुबह हुई है। खलारी थाना के इंस्पेक्टर सुखदेव राम ने सबेरे-सबेरे... 'फरीछ' होने के पहले ही अपनी जीप टुइयाँ गंझू के दरवाज़े पर लगा दी। जीप रुकने की आवाज़ सुन अन्दर सोया बिफना ताड़ गया कि कुछ गड़बड़ है। घर के पिछवाड़े से भागने की कोशिश में वह था ही कि पकड़ा गया। बेटे को पुलिस इस तरह घसीटकर हथकड़ी लगाएगी, इसकी कभी कल्पना नहीं की थी सरल-निरीह प्राणी टुइयाँ गंझू ने। टुइयाँ ने जबकि क्या चिरौरी नहीं की, पर खलारी थाना का इंस्पेक्टर सुखदेव राम अन्त तक ज़िद पर अड़ा रह गया था, 'कोच्छ नहीं...तेरी माँ की...बेटा एम.सी.सी. बनता है...नक्सल... बन्दूक लूटता चलता है और बाप गीत गाता है...क्या जोड़ी है...स्साला...गवैया का बेटा भैनचो...एम.सी.सी. का गुंडा...! बोलो, एम.सी.सी. पाटीवाला सब तुम्हारे यहाँ आकर खान-पिअन करता है कि नहीं...? कबिलकंठी बनता है तुम लोग...! गलथर झाड़ देंगे। बिफना पर बन्दूक लूट कांड का मामला है...अब ई सड़ जाएगा जेले में...।' जीप के पीछे बिफना को आलू के बोरे की तरह पटककर, इंस्पेक्टर सुखदेव राम ने जीप बढ़वा दी।

टुइयाँ व उसकी घरवाली के विलाप से सुबह के पहले ही गाँव में 'जाग' हो गया।

बिफना का ताल्लुक़ 'एम.सी.सी.' उग्रवादियों से है, यह सन्देह पिछले कई महीनों से टुइयाँ को भी कुछ-कुछ हो रहा था। अचानक बग़ैर कुछ बताए कई-कई दिनों तक बिफना गाँव से ग़ायब हो जाता था और जब लौटता, तो उसकी आँखें स्याह और धँसी रहती थीं। टुइयाँ ने एकाध बार उससे पूछने की कोशिश भी की थी, पर बिफना कड़वी हँसी के संग टाल जाता। इधर दो दिन पहले आसपास के इलाक़े से 'एम.सी.सी.' के उग्रवादियों ने जब पाँच लाइसेंसशुदा बन्दूकें पदमन साहू, मरकस टोप्पो, मनोहर पंडा, हरि साहू और सूरज केरकेट्टा के यहाँ से लूटी थीं, उस दौरान भी बिफना गाँव से ग़ायब था। सच, बड़ा क्षुब्ध था टुइयाँ अपने बेटे के चलन पर। कभी-कभी पत्नी से वह कहता, 'बिफना एक दिन हमारा गला कटवाकर रहेगा...। तुम देख लेना...।' बन्दूक लूट काण्ड में बिफना की गिरफ़्तारी ने टुइयाँ की इस आशंका को आख़िरकार सच कर दिया।

बन्दूक लूट की घटना को लेकर पुलिस पागल हो गई थी। गाँव-गाँव में छापामारी का अभियान तेज़ था। सीधे राँची से डी.आई.जी. का हुकुम था—मरोड़कर रख दो 'एम.सी.सी.' वालों को।

मैकलुस्कीगंज चर्च के रेवरेंड फ़ादर टॉम लकड़ा अपने बन्द कमरे में प्रेयर करते हुए गहरी साँस लेकर बुदबुदाए, 'ओ गॉड! एम.सी.सी. की गुंडई का अन्त बहुत जरूरी है...चर्च के सारे पेड़ ये काट ले गए...।'

हालाँकि, फ़ादर जानते हैं कि एम.सी.सी. इस इलाक़े का असली मालिक-मुख़्तार है। इस इलाक़े के एम.सी.सी. एरिया कमांडर हेम्ब्रम के नाम से लोगों की रूह काँपती है। कहते हैं, साक्षात काल है हेम्ब्रम। ब्लैक कोब्रा। आदमी नहीं, दंतार! देवी-देवताओं की तरह हेम्ब्रम के भी सहस्त्र नाम हैं। 'एम.सी.सी.' के भय से पिछले कुछ फ़ादरों के भागने की कहानी से वाक़िफ़ रेवरेंड फ़ादर टॉम लकड़ा ने शुरू से ही यहाँ फूँक-फूँककर कदम रखा है। गाँव और आसपास के वे ग़रीब, जिनके बारे में धारणा थी कि उन्हीं लोगों के बीच 'एम.सी.सी.' का पॉकेट है, फ़ादर लकड़ा ने वहाँ पढ़ाई-लिखाई का अभियान शुरू कराया, 'खेत-टाँड़ अपनी जगह है—पर अगर तुम लोग पढ़ो-लिखोगे नहीं, तो पिंजड़े के तोते बने रह जाओगे...।'

इसी तरह एक साल जब अनगिनत गंझू परिवार डायरिया से तबाह था, तब भी चर्च की तरफ़ से फ़ादर लकड़ा ने ज़ोर-शोर से सबके लिए दवा-दारू का इन्तज़ाम किया था। इस सबके कारण ही 'एम.सी.सी.' ने आज तक फ़ादर टॉम लकड़ा के पुट्ठे पर हाथ नहीं डाला। पर रात-बिरात फादर के क्वार्टर में जब कुछ आदिवासी लड़कियाँ नियमित मिलने जाने लगीं, तो एक सुबह गेट पर एक हिदायत ज़रूर चिपकी मिली रेवरेंड फ़ादर टॉम लकड़ा को—'लड़कियों से बचो फादर...।'

फ़ादर टॉम लकड़ा के लिए यह छोटा-सा वाक्य 'थोड़ा कहा और बहुत समझा' जैसा था। वे चेत गए। हिदायत के बावजूद नहीं सँभलना, मुसीबत को दावत देने जैसी बात होती। 'एम.सी.सी.' की यह चेतावनी पा चुके फ़ादर टॉम लकड़ा एकदम तभी से 'पवित्र पुरुष' बनने की कोशिश में जुट गए थे। 'एम.सी.सी.' की गोलालाठी[1] की लोमहर्षक कहानी उन्होंने कई लोगों से सुन रखी थी। कुछ ही साल पहले तो मैकलुस्कीगंज से मि. बल को उठाकर ये 'एम.सी.सी.' वाले चलते बने थे। रँगीले मिज़ाज के सरदार शमशेर सिंह बल को अपनी बीवी से एकदम नहीं बनती थी। सो उनकी बीवी एक दिन भीषण झगड़े के बाद हमेशा के लिए राँची चली गईं और वहाँ उन्होंने एक स्कूल में नौकरी कर ली। इधर बीवी के पलायन के बाद मि. बल और छुट्टा साँड हो गए। गाँव और आसपास की कुछ गंझू लड़कियों को उन्होंने अपने यहाँ काम पर रख लिया। 'एम.सी.सी.' वालों को जब इसका पता चला कि सरदार बल लोभ-लालच देकर गंझू लड़कियों के साथ कुकर्म करता है, तो एक रात बल अपने बँगले से उठा लिये गए। कई दिनों तक बुढ़मू और खलारी थाना की पुलिस जंगल-पहाड़ छानती रही, पर बल को नहीं ढूँढ़ सकी। एक सुबह मात्र अंडरवियर में मि. बल अधमरी अवस्था में खलारी थाना के बाहर रस्सी से बुरी तरह जकड़े, कराहते पाए गए। थाना की चाहरदीवारी पर 'एम.सी.सी.' की तरफ़ से एक चिट्ठी सटी हुई थी : 'तुम पुलिसवाले स्साले खुद पापी हो। ऐसे लुच्चे-धिंगरे को भला सजा क्या दोगे? तुम्हारा कानून बल का कुछ भी नहीं करता, इसलिए इसे पकड़कर इसके होश ठिकाने लगा दिये गए हैं। आगे कभी कोई ऐसी हरकत अगर इसने की, तो इसका लिंग काट लेंगे।'

इस हिदायत ने मि. बल की ज़िन्दगी बदल दी और मि. बल का अंडरवियर फिर कभी ढीला नहीं हुआ। राँची में जब उनकी बीवी को इसकी जानकारी मिली, तो ख़ुश-ख़ुश

1. पाँव में लाठी फँसाकर पीटना

वे मैकलुस्कीगंज आईं। बल साहब ने आँखों में आँसू भरकर अपनी सरदारनी के आगे सौगन्ध खाई, 'जो हुआ, सो हुआ...मुझे माफ कर दो...।'

मिसेज़ बल फिर लौटकर राँची नहीं गईं और 'एम.सी.सी.' की भारी प्रशंसक बन गईं, 'यह क्रेडिट एम.सी.सी. को जाता है, जिसने आधी उम्र में मेरी उजड़ चुकी गृहस्थी बचा दी...। मैं तो फ़ैन हो गई हूँ इसकी...।'

बहरहाल, मिसेज़ बल का इतना बड़ा कल्याण किया था 'एम.सी.सी.' उग्रवादियों ने, पर ऑस्ट्रेलिया में बैठीं मिसेज़ गिब्सन के लिए तो कुछ भी नहीं सोचा। अपने पति को लेकर बुढ़ापे में परेशान मिसेज़ गिब्सन ने बेटे मिंटो (जो अपनी बीवी के साथ 'पिकॉक गेस्ट हाउस' से निष्कासन के बाद उन दिनों जमशेदपुर में बनवास के दिन गुज़ार रहा था) को बलवाली घटना के बारे में पता चलने के बाद लिखा था : 'पापा के बारे में तुम एम.सी.सी. वाले को क्यों नहीं बताते? मि. बल की तरह उनको भी पुरकस[1] पिटाई की जरूरत है। एम.सी.सी. वाले ही उनका दिमाग दुरुस्त कर सकते हैं...।'

मैकलुस्कीगंज से मिंटो और उसकी बीवी के पलायन के बाद मिसेज़ गिब्सन को चढ़ाने-बढ़ानेवाले कम नहीं थे। गाँव से ही किसी ने मिसेज़ गिब्सन को ऑस्ट्रेलिया पत्र लिखकर मि. बलवाली घटना बताई थी। दरअसल, उस समय मिंटो के जमशेदपुर जाने के बाद से ऑस्ट्रेलिया में मिसेज़ गिब्सन का रक्तचाप और बढ़ गया था। मिंटो और उसकी बीवी के गाँव में रहने से बुड्ढे के रास-रंग की ख़बर तो कम-से-कम बराबर मिल जाती थी। लिहाज़ा, गाँव के कुछ पुराने परिचित परिवारों को मिसेज़ गिब्सन बिला नागा पत्र लिखतीं और बीच-बीच में छोटे-मोटे 'गिफ़्ट' भी पार्सल करती रहतीं। कुछ 'लेन-देन' करते रहने से ही तो गाँव की ख़बर मिलती रहेगी—सोचती थीं मिसेज़ गिब्सन। और मिसेज़ गिब्सन से पत्राचार का सम्बन्ध बनाए रखनेवाले भी समझते थे कि ऑस्ट्रेलिया में बैठ अपने पति के चरित्र को लेकर तड़फड़ा रही इस बुढ़िया को कैसी-कैसी ख़बरें अच्छी लगेंगी। इसलिए मिसेज़ गिब्सन को अक्सर पत्रों के ज़रिये यह जानकारी मिलती रहती कि मि. गिब्सन आजकल किस तरह पार्वती के संग पींगें भर रहे हैं और कैसे कानूनी सलाह-मशविरे का दौर चला रहे हैं कि मैकलुस्कीगंज की सारी जायदाद पार्वती और उसके बेटे के नाम कर दी जाए।

जायदाद वाली ख़बर सचमुच भयानक थी मिसेज़ गिब्सन के लिए। उन्होंने उस दौरान मिंटो को आपातकालीन पत्र लिखा था : 'तुम जमशेदपुर में बैठे रहो, उधर उस कुतिया पार्वती और उसके पिल्ले के नाम तुम्हारा बाप सारी प्रॉपर्टी ट्रांसफ़र करने की सोच रहा है। मेरी मानो तो कुछ झेलकर भी सही, पूरी फ़ैमलि वापस 'गंज' चले जाओ। क्या करेगा बाप तुम्हारा...कुछ देर गालियाँ बकेगा...। चिल्लाएगा...बस...। तुम लोग कान में तेल डालकर पड़े रहना...। इस बेहाथ बुड्ढे को काबू में रखने का यही एक उपाय है।'

पर मिंटो ने साफ़ हाथ उठा दिया : 'हरगिज नहीं। अब उस नरक में नहीं जाएँगे...।'

हालाँकि, मिंटो की बीवी रोज़ी ने देर तक अपनी सास के तर्क के पक्ष में वकालत की थी, पर जो भी हो, मिंटो को यह प्रस्ताव क़बूल नहीं था। बाद में जब मिंटो को सऊदी अरब के शेख़ के स्टड फ़ार्म में नौकरी मिल गई, तो मिंटो ने रोज़ी से कहा, 'मम्मी और

1. भरपूर

तुम्हारे चक्कर में अगर मैं पड़ता न, तो आज यहाँ यह नौकरी नहीं मिली होती। मम्मी और पार्वती के चक्कर में मैं वहाँ बर्बाद हो जाता।'

वैसे, मिसेज़ गिब्सन भी कोई कम जादूगरनी नहीं थीं। दूर बैठे रहकर डोर फैलाने और समेटनेवाली बूढ़ी घाघ जादूगरनी। पर बदक़िस्मती से उनका हर जादू अपने पति के मामले में विफल हो रहा था। मिंटो जब 'गंज' जाने को तैयार नहीं हुआ, तो उन्होंने एक कारगर पाशा फेंका और वह था उनका निठल्ला भाई—मुबारक। अपनी ध्वस्त ज़मींदारीवाली बदहाल शाही विरासत में मिसेज़ जाहिदा हिना सुलताना उर्फ़ मिसेज जून गिब्सन के इस एकलौते भाई ने बीवी-बच्चों के साथ आधी से ज़्यादा उम्र लखनऊ में गुज़ार दी थी और ज़ाहिर था, अब मुफ़लिसी और तंगहाली मुबारक मियाँ को कसकर गले लगाये हुई थी। इसलिए सब कुछ सोच-समझ और ठोक-ठठाकर मिसेज़ गिब्सन ने अपने भाई मुबारक को चिट्ठी लिखी। जीजा के कारनामों का ब्यौरा और मिंटो के वहाँ जाने से इनकार के फ़ैसले का हवाला देते हुए मिसेज़ गिब्सन ने पूरी रणनीति समझाते हुए भाई को पत्र लिखा था : 'मुबारक! तुम बीवी-बच्चों के संग अब मैकलुस्कीगंज में ही रहो। वैसे भी लखनऊ में तुम दिक्कत में रहते हो। मैकलुस्कीगंज में तुम्हें कोई दिक्कत नहीं होगी। सिचुएशन को देखते हुए तुम्हें अपने कमीने जीजा को हैंडिल करना है। जितनी जल्दी हो सके, तुम लोग 'गंज' कूच कर जाओ और पहुँचते ही खत लिखो...।'

कुल मिलाकर लब्बोलुबाब यह कि बेगम रजिया सुलतान जिस अन्दाज़ में अपने प्रधान सेनापति को कूच का हुक्म देती रही होगी, ठीक उसी तरह मिसेज़ जून गिब्सन ने अपने भाई मुबारक को आदेश दिया था।

मुबारक की बेगम भी 'ऑपरेशन जीजा' के बारे में सुन बेहद खुश हुईं। मचलकर उन्होंने कहा, 'मैं तो ऐसी चिकोटियाँ काटूँगी बुड्ढे को कि उस छोकरी को वह तहखाने में दफ्न कर देगा...।'

बड़ी बहन के विकल फ़रमान और बीवी की हौसलाआफ़ज़ाई के संग मुबारक मियाँ जब अपने अधपके बालों को सहलाते हुए बीवी-बच्चों समेत 'गंज' पहुँचे, तो मि. गिब्सन को भाँपते देर नहीं लगी कि उनकी बीवी ने उनके लिए यह जिन्नात खुफ़िया बेड़ा भेजा है।

जैसीकि आशंका मिसेज़ गिब्सन और ख़ुद मुबारक को भी थी कि उसे देख मि. गिब्सन मारे क्रोध के अन्धे हो जाएँगे, वैसा कुछ नहीं हुआ। मि. गिब्सन ने उल्टे आनन्दित होने का अच्छा-खासा स्वांग किया, 'मुबारक! तुम्हीं देखो, तुम्हारी बहन के लिए मैंने कितना सुन्दर कॉटिज बनवाया है। पर यह उदासी का सूना मकबरा बना हुआ है। फालतू की झूठी बातों को लेकर जूनी ने यहाँ न आने की कसम खा रखी है। सारा खेल मिंटो की बीवी का है। वह अभी भी जूनी को बरगलाती रहती है। खैर, अब तो तुम लोग हो ही यहाँ, देखकर फैसला करोगे।' मि. गिब्सन ने 'पिकॉक गेस्ट हाउस' के ख़ानसामों...पार्वती की माँ रनियाँ...सबको हिदायत दी, 'साले साहब हैं...अब ये लोग यहीं रहेंगे...। इनकी खिदमत में कोई कमी न हो...। सारी खुदाई एक तरफ, जूनी का भाई एक तरफ...।'

मुबारक को भी इस मुफ़लिसी में अचानक भारी राहत मिल गई थी। चुपचाप खाइए-पीजिए और पानी (जीजा के साथ भरपूर दारू भी) की तरह दिन बहाइए।

गाँव के लोगों ने बिहँसते हुए कहा, 'दँतबिजड़ा मुबारक को मंजिल मिल गई।'

पार्वती और उसके बेटे की हलचल-चहलपहल बेशक 'पिकॉक गेस्ट हाउस' में क़ायम थी, पर दिन बीतने के साथ मुबारक और उसकी बेगम ने महसूस किया, जीजी के न रहने से जीजा को भी तो अपना अकेलापन काटने का कोई बहाना चाहिए...। लिहाज़ा, मुबारक मियाँ ने अपने जीजा मि. गिब्सन के सुखद-सौजन्य में कुछ समय व्यतीत करने के बाद जीजा की खुली तरफ़दारी करते हुए बहन को ऑस्ट्रेलिया ख़त लिखा : 'जीजा को लेकर तुम्हें बेवजह गलतफहमी है। थोड़े ही दिनों में इस गाँव का अन्दाजा मुझे हो गया है। यहाँ जबान के नीचे जबान रखनेवाले भरे पड़े हैं। पीठ-पीछे सब सबकी शिकायत करते हैं। जहूर में आकर...किसी के सामने सच्ची बात बोलने की औकात और ईमानदारी यहाँ किसी में नहीं। जीजा की नेकनीयती यहाँ किसी को नहीं सुहाती है। ऐसे ही लोग खतों के जरिये तुम तक शिकायतें पहुँचाते होंगे। जीजा बड़े नेक इनसान हैं। इनको लेकर कोई ऐसी-वैसी बात करने से हमें दोजख में भी जगह नहीं मिलेगी। पार्वती तो प्यारी बच्ची है। आती रहती है। उसका बच्चा भी बड़ा प्यारा है—बाबू...। तुम उसे देखोगी, तो बहुत खुश होओगी...। बहरहाल, वैसे भी अब तुम्हें कोई फिक्र करने की जरूरत नहीं है जीजी। अब मैं जो यहाँ हूँ।'

मुबारक का यह पत्र पढ़कर मिसेज़ ज़ाहिदा हिना सुलताना उर्फ़ मिसेज़ गिब्सन ने दाँत पीस लिये, 'उफ़्! तो इस भुक्खड़ को भी जाते ही अपनी तरफ मिला लिया कमीने बुड्ढे ने...?'

मिसेज़ गिब्सन की बेटी वनीशा ने उसाँसें भरकर कहा, 'मम्मी! इसमें तुमने मामू को इनवॉल्व ही बेकार किया...।'

अपने भाई की पाला-बदली से बुरी तरह क्षुब्ध मिसेज़ गिब्सन ने लौटती डाक से मुबारक को लिखा था : 'अब तुम्हें 'गंज' में रहने की कोई जरूरत नहीं। तुम पक्के खबीस हो। मैं नहीं जानती थी कि तुम वहाँ जाकर जीजा के खबास बन जाओगे। जीजा के कनगुदी बनने का नतीजा मैं तुम्हें बताऊँगी। तुम फौरन लखनऊ वापस हो जाओ...।'

पर मुबारक मियाँ तो हज़रते-दाग़ थे...। जहाँ बैठ गए..., बैठ गए...। 'पिकॉक गेस्ट हाउस' में 'चेंजर्स' लोगों के लिए आए दिन बननेवाला मुर्ग़-मुसल्लम..., गोश्त और दारू का दरिया उन्हें रास आ रहा था। जीजी ने सचमुच उन्हें जन्नत-बहिश्त का रास्ता दिखा दिया था। जन्नत में पहुँचकर वे जन्नत से भला कैसे मुँह मोड़ते? सो उन्होंने जीजी को एक छोटा-सा ख़त ऑस्ट्रेलिया लिख भेजा : 'जीजी! फिलहाल तो मैं यहीं रहूँगा। तुम्हारी भाभी और बच्चों का भी यहाँ काफी मन लग गया है। जीजा सरीखे पाक इनसान के साये में रहने का अपना एक अलग सुकून है। तुम वहाँ क्या कर रही हो? ऑस्ट्रेलिया में भला क्या रखा है? यहाँ जीजा तुम्हारे लिए कॉटेज बनवाकर इन्तजार में बैठे हैं...।'

मिसेज़ गिब्सन मसोसकर रह गईं। काश! अगर एम.सी.सी. के कमांडर का नाम-पता उन्हें मिलता, तो वे जीजा और साले, दोनों को वो सबक सिखातीं कि...। पर एम.सी.सी. प्रसंग चलने पर मि. गिब्सन गाँव में गर्व से यह कहना न भूलते हैं, 'अगर मेरा कैरेक्टर गड़बड़ रहता...तो मि. बल की तरह क्या ये एम.सी.सी. वाले मुझे उठा न ले गए होते...?'

गाँव में अर्से से पार्वती प्रकरण की शोहरत के बावजूद रेवरेंड फ़ादर टॉम लकड़ा की तरह मि. गिब्सन को एम.सी.सी. वालों ने आज तक एक छोटी-सी चेतावनी तक नहीं दी,

यह क्या कम बड़ा 'कैरेक्टर-सर्टीफ़िकेट' मि. गिब्सन के लिए है? इन सब कारणों से ही मि. गिब्सन भी मिसेज़ बल की तरह एम.सी.सी. के मुखर प्रशंसक हैं। टुइयाँ गंझू के बेटे बिफना की गिरफ़्तारी को लेकर वे बड़े गुस्से में हैं, 'ये थानावाले जो आम-कटहल के लिए मारा-मारी करते हैं, क्या कैरेक्टर है इनका...? इनसे तो लाख क्या, करोड़ गुना अच्छे हैं एम.सी.सी. वाले...।'

दरअसल, बिफना गंझू की गिरफ़्तारी के लगभग दस दिन पहले खलारी थाना के इंस्पेक्टर सुखदेव राम और थाना की महिला दारोगा मंजू सिंह में कटहल को लेकर भारी घमासान हुआ था। महिला दारोगा यानी इलाक़े की 'दारोगाइन' मंजू सिंह ने हुमचकर रख दिया था इंस्पेक्टर सुखेदव राम को। खलारी में मंजू सिंह के कैम्पस में लगे कटहल के पेड़ से जब सुखदेव राम के चौदह साल के बेटे ने काफ़ी कटहल तोड़ लिये, तो 'दारोगाइन' ने सुखदेव के बेटे को रँगे हाथों पकड़कर ख़ासी पिटाई की। बेटे को सुबकते घर आया देख सुखदेव की बीवी दारोगाइन से लड़ने पहुँच गई। मंजू सिंह ने आव देखा न ताव, उसे भी धुन डाला। सुखदेव राम ने मंजू सिंह पर केस किया। आरोप लगाया—हरिजन हैं, इसलिए कमजोर जानकर मारा-पीटा हमारे परिवार को। पलटकर मंजू सिंह ने भी केस किया—शुरू से जब से इस थाना पर वह आई है, उनसे नाजायज सुख चाहता है इंस्पेक्टर सुखदेव राम। इस प्रकरण से खलारी थाना की ख़ासी भद हुई।

बिफना की गिरफ़्तारी के बारे में सुन टुइयाँ गंझू के घर सांत्वना देने पहुँचे मि. गिब्सन ने कहा, 'जिस पुलिस का यह कैरेक्टर हो, वह दूसरे को क्या ठीक करेगी...डिसगस्टिंग...! सुना है कि सुखदेव राम और मंजू सिंह दोनों का तबादला ऑर्डर निकल चुका है। टुइयाँ, तुम घबराओ मत...डोंट वरी..! बिफना छूटेगा...। उसको छुड़ाने में जो खर्च आएगा... हम देगा तुमको...।'

टुइयाँ गंझू के यहाँ से लौटते समय मि. गिब्सन की तबीयत हुई कि 'कारनी टी-स्टॉल' पर दो घूँट चाय पी लें। मिसेज़ कारनी जब तक जीवित थीं, तब तक वे अक्सर आ ही जाते थे यहाँ चाय पीने...। टी-स्टॉल के बाहर मि. गिब्सन पर नज़र पड़ते ही मजीद ने पूरी मुस्तैदी और सम्मानपूर्ण तत्परता का प्रदर्शन करते हुए कहा, 'अंकल जी! भीतर ही आइए न, मैं एक खास आदमी से आपको मिलवाता हूँ।'

मि. गिब्सन भी कौतूहलवश जब स्टॉल के अन्दर आने के लिए मुड़े, तो मजीद ने फुसफुसाकर रॉबिन से कहा, 'मि. गिब्सन...!'

रॉबिन ने उठकर सम्मान में तनिक झुकते हुए कहा, 'गुड मॉर्निंग अंकल! मैं रॉबिन...।'

'मैं गिब्सन—'गंज' का सबसे बदनाम आदमी...। 'पिकल्ड जॉन'[1] ऑव गंज।' मि. गिब्सन कन्धे उचकाकर हँसे।

रॉबिन ने ग़ौर किया, ऐसी हँसी वही लोग हँस सकते हैं, जिन्हें यह पक्का यक़ीन रहता है कि अपनी ज़िन्दगी में उन्हें अब कुछ भी नहीं खोना है।

'मैंने तो आपकी कोई बदनामी नहीं सुनी है...!' रॉबिन मुस्कराता रहा।

चाय की घूँट भर मि. गिब्सन ने बात का पहलू अचानक बदलते हुए कहा, 'खैर, अभी तो आए ही हो...सब सुन लोगे...पर तुमको पता चला, 'गंज' के एक लड़के को

1. एंग्लो-इंडियन पुरुषों के लिए एक कूट सम्बोधन

पुलिस कैसे झूठे आरोप में पकड़कर ले गई...? 'गंज' की यही किस्मत है—झूठे आरोप झेलना...।'

चाय का प्याला काउंटर पर रखते हुए मि. गिब्सन ने कुछ छुट्टा पैसे काउंटर पर चुपचाप रख दिये और चलने को हुए, तो मजीद ने वे पैसे उठाकर बढ़ाते हुए कहा, 'ओह, ये क्या करते हैं, अंकल जी...?'

मि. गिब्सन ने अचानक मुसकते हुए नाटकीय भंगिमा में कहा, 'लुक...मैन...! मिसेज़ कारनी की तसवीर को देखो...। अगर मैं चाय के पैसे बगैर दिये यहाँ से निकला न, तो तसवीर से निकल...डंडा लेकर खदेड़ेंगी मिस मुझे...कहेंगी—मोटू-खोटू मेरे मजीद को कंगाल बना देगा...।' बिलकुल चार्ली चैपलिन स्टाइल ह्यूमर...प्यारा-सा मंकी ऐटिट्यूड...।

रॉबिन ने देखा, स्टॉल के भीतर लगी मिसेज़ कारनी भी तसवीर ही तसवीर में मुस्करा रही हैं।

सौन्दर्य का लेखक

'हलो इलोना! कैसी हो?' मि. मेंडेज़ ने रास्ते में मिली छरहरी, ख़ूबसूरत-सी एक अधेड़ महिला को अभिवादन किया, तो सुर्ख़ काले और सफेद स्कर्ट-ब्लाउज़ में हल्के गुलाबी रंग की वह महिला बेहद ज़िन्दादिली से मुस्कराई, 'फ़ाइन, ठीक हूँ...। आप कैसे हैं? अमित की शिकायत है कि आप बहुत दिनों से हमारे घर नहीं आए। रेबेका भी आपको पूछ रही थी। वह अभी छुट्टियों में कलकत्ता से आई हुई है।'

मि. मेंडेज़ अनुराग से छलक उठे, 'बड़ी प्यारी बच्ची है रेबेका...।' फिर तनिक रुककर उन्होंने कहा, 'इलोना! तुम लोगों की तरफ इधर नहीं आने की वजह हमारे ये साहब हैं। इनसे मिलो..., ये हैं मि. रॉबिन मैगावन...।' मि. मेंडेज़ अपने ख़ास नाटकीय अन्दाज़ में हैं।

मिसेज़ इलोना घोष का चेहरा विभोर मुस्कान से भर उठा है, 'ओह, अच्छा! रॉबिन के यहाँ आने के बारे में तो आपने बताया ही था।' फिर सहसा अपनी दोनों पतली भौंहों को जोड़ सिर हिलाते हुए इलोना घोष ने अपने होंठों की पतली पंखड़ी पर मुस्कान को टिकाये हुए कहा, 'तब तो आज कोई सुनवाई नहीं। मैं भी घर ही चल रही हूँ।' फिर रॉबिन को जैसे इत्मीनान दिलाते हुए बोलीं, 'बिलकुल पास है मेरा घर...दो मिनिट का रास्ता...। बस, एक-एक कप कॉफ़ि पिलाकर छोड़ दूँगी।'

रॉबिन ने ग़ौर किया, हँसी फिसलती है मिसेज़ इलोना घोष के चेहरे से—आँखों से लेकर होंठ के जोड़े तक थिरकती-फिसलती मोहक हँसी। जर्मन रंगत की उनकी अंग्रेज़ी भी उसे प्यारी लगी।

मि. मेंडेज़ ने बिहँसकर रॉबिन की तरफ़ देखा है और 'अब कोई उपाय नहीं' के अन्दाज़ में इलोना घोष के पीछे चल पड़े हैं।

‘रॉबिन! पहले इलोना जर्मनी में प्रकाशन के क्षेत्र में ही नौकरी करती थी। हमारे ‘जर्मन घोष...’ यानी अमित घोष, जो बाद में इसके पति बने, अर्से तक जर्मनी में थे, ब्याह कर ले आए बेचारी जर्मन गुड़िया को भारत के इस ठेठ देहात में।’

मि. मेंडेज़ अपनी बात में कुछ और जोड़ते कि इलोना घोष ने मधुर व्यंग्य के भाव में आँखें सिकोड़ लीं, ‘मि. मेंडेज़, यह क्यों कहा...‘बेचारी जर्मन’? मैं तो अच्छी-भली और खुश हूँ यहाँ...।’

मि. मेंडेज़ ने इलोना घोष की तरह ही मधुर व्यंग्य के साथ पलटकर कहा, ‘सॉरी... गलती हो गई इलोना...हद से ज्यादा खुश जर्मन लड़की...।’

मि. मेंडेज़ की इस भंगिमा पर इलोना घोष बेसाख़्ता हँस पड़ीं, ‘अब हुई न बात!’

मि. मेंडेज़ ने तत्काल बात को विस्तार देते हुए कहा, ‘इलोना, मैंने रॉबिन के बारे में तो तुम्हें बताया ही था कि इन लोगों का हांगकांग में किताबों के प्रकाशन का कारोबार है।’

इलोना घोष ने उसी मोहक अन्दाज़ में सहमति भाव से सिर हिलाया, ‘हाँ-हाँ, आपने तो बताया था।’ फिर रॉबिन की तरफ़ मुख़ातिब हो इलोना घोष ने पूछा, ‘क्या हाल है रॉबिन, हांगकांग के चीन में शामिल होने के मामले का...?’

‘पहली जुलाई, 1997 को हांगकांग बाकायदा चीन का हिस्सा हो जानेवाला है।’

‘हाँ, डेढ़ सौ वर्षों से ब्रिटेन की एक एशियाई कॉलनी अब चीन में मिल जाएगी। पर रॉबिन, चीन में मिलकर हांगकांग का जीवन क्या पहले जैसा नॉर्मल रह जाएगा?’

रॉबिन ने अनमने स्वर में कहा, ‘हांगकांग को अपने-आपमें आने में एक लम्बा वक्त लग जाएगा।’

आँखें झपकाते हुए इलोना घोष ने जोड़ा, ‘हमारे जर्मनी में ही देखो न, पहली जुलाई, 1990 को दोनों जर्मनी का मिलन हो गया—एक हो गई दोनों जर्मनी, पर आज भी वहाँ ओसिस (पूर्वी जर्मन) और वेसिस (पश्चिमी जर्मन) के बीच मन की एकता, मन का मिलन पूरी तरह नहीं हुआ है...।’

‘ऐसा क्यों?’

‘दरअसल, वेसिसों को लग रहा है कि ‘ओसिस’ उन पर बोझ बनकर जुड़े हैं और उधर ‘ओसिस’ को ‘वेसिस’ का पश्चिमी तामझाम गले के नीचे नहीं उतर रहा है।’ इलोना घोष ने खुलासा किया।

‘मैंने भी कहीं पढ़ा था कि पूर्वी जर्मनी में आज भी स्टालिनवादी मूल्य हावी हैं और इसकी वजह से वहाँ मुश्किलें हो रही हैं।’

रॉबिन ने आहिस्ते-से कहा, तो इलोना घोष ने तनिक हुमक के साथ हामी भरी, ‘जाहिर है, ऐसा होगा ही क्योंकि पूर्वी जर्मनी के लोग कम्युनिस्ट व्यवस्था में रहने के आदी थे, जहाँ विचारों के ज्यादा आदान-प्रदान की गुंजाइश कम थी और सारे महत्त्वपूर्ण फैसले एक केन्द्रीय शक्ति लिया करती थी, वहीं पश्चिम जर्मनी में स्थिति ठीक इसके उलट थी। इसलिए अब तालमेल कर चलने में थोड़ी मुश्किल हो रही है। सीमा खत्म होने और बर्लिन की दीवार ढह जाने से ही सिर्फ दिल नहीं मिल जाते। इसलिए मैं सोचती हूँ कि चीन की कम्युनिस्ट व्यवस्था में हांगकांग का गुजारा कैसे होगा? यह तो दो विपरीत पोल के मिलने जैसा है!’

'हाँ, हर नई व्यवस्था में शुरू में कुछ मुश्किलें तो होती हैं।' कुछ देर से मौन धारण कर चल रहे मि. मेंडेज़ से रहा नहीं गया।

'लो, घर आ गया।' इलोना घोष ने आह्लादित हो गेट की तरफ़ तेज़ डग भरते हुए कहा।

गाँव का यह हिस्सा भी कितना रमणीक है! चारों तरफ़ घने अनियंत्रित वृक्ष—इतने ऊँचे कि उसकी चोटी देखने से गर्दन दुखने लगे और नीचे धरती पर भरपूर उगी जंगली घास और झाड़ियाँ। रॉबिन ने सोचा, पता नहीं यह कौन-सी घास है? क्या यह बिच्छू घास है? क्या पता...क्या...! यही सब तो है सम्पूर्ण वन्यता। सारे वृक्ष भी इतने क़रीब-क़रीब कि एक-दूसरे से गुँथे, आलिंगनबद्ध लगते हैं।

'आदिवासियों की आज भी मान्यता है रॉबिन, कि इस जगह पर घने वृक्षों के बीच 'वनदेवी' रहती हैं और वही हरदम से इस गाँव की रक्षा करती रही हैं। कई कहानियाँ भी हैं कि कैसे आज से चालीस साल पहले जंगल के एक ठेकेदार ने ठीक यहाँ के पेड़ों को काटना शुरू किया ही था कि खून की उल्टी करते-करते उसकी मौत हो गई...। उसका पूरा खानदान बर्बाद हो गया।' उन सघन वृक्षों की शोभा में एक क्षण के लिए रॉबिन को खो गया देख मि. मेंडेज़ ने विवरण देने के अन्दाज़ में कहा है।

इलोना घोष के गेट के भीतर, बिलकुल गेट के कोने से उठँगा अमरूद का पेड़ रात भर जगे ऊँघते चौकीदार-सा लग रहा है—गहरे हरे रंग के कच्चे अमरूदों से लदा-फँदा। घर के बाहरी छज्जे पर पूरी तरह पसरकर मनीप्लांट की मोटी-मोटी लतरें किसी हट्टी-कट्टी लड़की की सघन गुँथी-चोटी की तरह अलस भाव से झूल रही हैं। यह मनीप्लांट बहुत पुराना लग रहा है। लगभग दस-पन्द्रह वर्ष पुराना। बग़ल की क्यारियों में सिर्फ़ गुलाब के पौधे हैं। मैकलुस्कीगंज में बहुत-सी गन्ध है। प्रकृति की अगम-अपार गन्ध। यह गन्ध कभी नष्ट होनेवाली नहीं है। अमर्त्य गन्ध है यह।

'क्या तुम्हारे कॉटिज में आजकल कोई चेंजर नहीं?'

मि. मेंडेज़ ने सीढ़ी पर खड़े-खड़े जिज्ञासा की, तो इलोना घोष ने इनकार में हल्के से सिर झटक दिया, 'कहाँ? वैसे भी चेंजर्स इधर कम ही आ रहे हैं। आजकल बस अपने डेयरी फ़ार्म पर ही हम लोग ज्यादा ध्यान दे रहे हैं।'

आहट सुनकर सुर्ख़ लाल फ्रॉक में किशोरवय की एक प्यारी-सी लड़की ने दरवाज़ा खोला, तो मि. मेंडेज़ लाड़ से भर उठे, 'अरी, ओ मेरी प्यारी बिटिया! कैसी है तू रेबेका? कलकत्ता से कब आई?'

लड़की ने चहक-भरी हँसी के संग कहा, 'ठीक हूँ अंकल। अभी एक हफ्ता पहले आई।'

'यह रेबेका है रॉबिन! मेरी बेटी...। कलकत्ता के 'ला मार्टिनियर' स्कूल में पढ़ती है। अभी छुट्टियों में आई है।' फिर रेबेका को रॉबिन की तरफ़ मुख़ातिब करते हुए इलोना घोष ने कहा, 'रेबेका! ये हैं रॉबिन...।'

इलोना घोष ने तनिक असमंजस में अटकते हुए मि. मेंडेज़ की तरफ़ देखा, 'रेबेका के लिए रॉबिन क्या हुआ—अंकल या भैया...?'

'ये खरगोश कब से अंकल होने लगा? अंकल तो मैं हूँ—इस गाँव का रजिस्टर्ड अंकल...। ये तो रेबेका का रॉबिन भैया है।' मि. मेंडेज़ बतख़ की तरह फड़फड़ाते हुए हँस दिये।

इलोना घोष की भावमयी आँखों में वात्सल्य गहरा गया है, 'रॉबिन और रेबेका—ये दोनों नाम वैसे भी क्या भाई-बहन के नाम जैसे नहीं लगते? क्यों, मि. मेंडेज़?'

'हाँ, बेशक! रॉबिन का माने जानती हो इलोना? रॉबिन माने गानेवाला पक्षी, जिसकी छाती पर लाल निशान सजा होता है...और अंग्रेज़ी डिक्शनरी में जो वर्ड है रेबेक, वह सारंगीनुमा एक बाजा होता है। गानेवाला पक्षी और मधुर धुन निकालनेवाला बाजा—दोनों संगीत से जुड़े...। फिर भला कैसे नहीं भाई-बहन होंगे?' मि. मेंडेज़ ने डिक्शनरी का अपना ज्ञान बघारते हुए खीसें निपोर दीं। फिर सजग होकर पूछा, 'अमित नहीं दिख रहे हैं? कहाँ हैं हमारे जर्मन घोष?'

'पापा बाथरूम में हैं। आ रहे हैं।' रेबेका के चेहरे पर उज्ज्वल मुस्कान है। माँ की तरह रह-रहकर फिसल पड़नेवाली हँसी इस लड़की के चेहरे पर भी स्थायी रूप से रहती है।

'रेबेका! रॉबिन भैया और अंकल को कॉफ़ि नहीं पिलाओगी?'

इलोना के इसरार पर रेबेका ने आज्ञाकारी बच्ची की तरह स्फूर्ति से उठकर अन्दर जाते हुए कहा, 'अभी लाई।'

'बड़ा प्यारा नाम है इसका। वैसे तो मेंडेज़ अंकल ने पता नहीं, इस नाम का क्या-क्या अर्थ बताया, लेकिन इसका यह नाम रखने के पीछे लगता है, आप दाफनी दु मौरियर के प्रसिद्ध उपन्यास 'रेबेका' से बहुत प्रभावित थीं। है न?'

रॉबिन की इस जिज्ञासा पर कांसनी रंग के वेल्वेट कवर की कुर्सी में धँसी इलोना घोष ने अनुराग से मुस्कान बिखेर दी है।

'सचमुच, 'रेबेका' का कैरेक्टर बहुत अद्‌भुत है। उस अमर नॉवेल के दूसरे कैरेक्टर्स भी अनूठे हैं, जैसे—मिसेज़ डैनवर्स...कर्नल जूलियन...फ़ावेल...और मैक्सिम...है न आंटी...?' रॉबिन ने एक दीप्ति के साथ गहरी साँस लेते हुए कहा।

इलोना घोष प्रत्युत्तर में शायद कुछ कहतीं कि मि. मेंडेज़ चहकते हुए उठे, 'हलो अमित! भई, हम कब से तुम्हारे इन्तजार में बैठे हैं। कैसे हो डियर?'

अमित घोष कुछ कहते कि फिर मि. मेंडेज़ ने बग़ैर एक पल का विलम्ब किए कहा, 'ये रॉबिन है। मैंने तुम्हें बताया था रॉबिन के यहाँ आने के बारे में। अपने गाँव का लड़का है। अद्‌भुत एडवेंचरस। नॉवेल लिखने आया है...बहुत 'बड़ा' लेखक बनने वाला है...।' मि. मेंडेज़ ने मधुर हास के साथ अपनी भौंहें 'बड़ा' कहते हुए ऊँची कर लीं।

अमित घोष की भीनी हँसी ने उनकी इस भंगिमा का बड़ा गरिमापूर्ण साथ दिया है। अपना हाथ बढ़ाते हुए साँवले रंग और सामान्य क़द-काठी के अमित घोष ने उसी मुस्कान के संग रॉबिन का हाथ अपने हाथ में ले लिया, 'मेरी शुभकामनाएँ। दुनिया में जिस किसी ने कोई यादगार काम किया है—ज्यादातर इसी उम्र में।' अमित घोष का स्पर्श आत्मीय है।

रेबेका ने ट्रे में कॉफ़ि लाकर मेज़ पर रख दी है। इलोना घोष ने हाथ बढ़ाकर कहा, 'कॉफ़ि लो रॉबिन...लीजिए, मि. मेंडेज़।'

'कभी खाने पर बुलाओ रॉबिन को।' अमित घोष की आवाज़ में वही भीनी आत्मीय ऊष्मा है।

'इसमें क्या है! कल ही...।' इलोना घोष ने मुस्तैदी से कहा, 'क्या पसन्द करोगे खाने में—चिकेन या फ़िश?'

'ऐसी क्या जल्दबाजी है...! मैं तो हूँ अभी...। अपना घर है...कभी खा लूँगा आकर...। इसके लिए किसी विशेष आयोजन की क्या जरूरत है?' रॉबिन ने जरा-सी मुस्कराहट के साथ कहा, तो इलोना घोष ने उसी आह्लाद से कहा, 'ठीक है, जब जी हो तुम्हारा। देखती हूँ, तुम कब अपने घर में खाना खाने के लिए खुद से आते हो।'

'तब...मैकलुस्कीगंज पर नॉवेल लिख रहे हो?' अमित घोष का स्वर वैसा ही धीर-गम्भीर है।

'हाँ, लेकिन फिलहाल तो इसके लिए डिटेल्स जुटाने में समय लगेगा।'

'यह तो है ही...। इसके साथ-साथ तुम्हें पूरे भारत में रह रहे एंग्लो-इंडियंस का डिटेल भी कुछ लेना होगा। तभी इस गाँव के एंग्लो-इंडियंस का पूरा रंग उभरकर आएगा कि भारतीय शहरों में रहनेवाले एंग्लो-इंडियंस और एक दूर देहात में रहनेवाले एंग्लो-इंडियंस के जीवन में क्या बेसिक अन्तर है?'

'जी! आपने सही कहा। इस गाँव का रंग तभी सही मायने में उभरेगा।' रॉबिन ने उत्साहपूर्ण बुदबुदाहट के साथ कहा।

अमित घोष ने कहना जारी रखा, 'कलकत्ता में तो एंग्लो-इंडियंस हैं ही, पर बेंगलूर में भी इनकी अच्छी खासी तादाद है। एक बार मैं बेंगलूर गया था, तो जानकर चकित रह गया था रॉबिन, कि बेंगलूर के दर्जनों इलाके में एंग्लो-इंडियंस छितराये हुए हैं। हालाँकि, मुख्य शहर से कुछ दूर पर हैं इनके इलाके, जैसे—मर्फ़ी टाउन...ऑस्टिन टाउन...बेंसन टाउन...फ्रेजर टाउन...लैंगफ़ोर्ड टाउन...कुक टाउन...सेंट थॉमस टाउन...रिचमंड टाउन... क्लीवलैंड टाउन...मैकाइवर टाउन...कॉक्स टाउन...रिच टाउन—कितनी कॉलनियों के नाम गिनाऊँ?' तनिक थमकर फिर अमित घोष ने कहा, 'ऑस्टिन टाउन और रिचर्ड टाउन में रॉबिन ज्यादातर कमजोर आर्थिक हैसियतवाले एंग्लो-इंडियंस रहते हैं...। रिचमंड टाउन और लैंगफोर्ड टाउन का इलाका बेंगलूर का ऐसा इलाका है कि जब कभी कोई एंग्लो-इंडियन परिवार अच्छी आर्थिक हैसियत में आ जाता है, तो इसी इलाके में घर लेना चाहता है। रॉबिन, इन दो इलाकों में ऊँचे स्टेटसवाले एंग्लो-इंडियंस के परिवार रहते हैं...।'

'एंग्लो-इंडियंस के बारे में आपने अच्छी-खासी जानकारी हासिल कर रखी है।' रॉबिन के स्वर में भरपूर सराहना है।

'मैकलुस्कीगंज में रहते-रहते, हम लोग भी एंग्लो-इंडियन हो गए हैं।' अमित घोष ने शालीन मुस्कराहट के संग मि. मेंडेज़ की तरफ़ देखा।

मि. मेंडेज़ गिलगिलाकर हँस पड़े, 'अरे भई, तुम तो प्रिंस ऑव वेल्स हो हम लोगों के...!' फिर रॉबिन की तरफ़ मुड़कर उसी परिहासपूर्ण मुद्रा में मि. मेंडेज़ ने कहा, 'रॉबिन, अपने नॉवेल में किसी बहाने से तुम्हें 'बकिंघम पैलेस' का भी थोड़ा हाल लिखना होगा। अंग्रेज़ों के नाजायज औलाद ही 'गंज' में बदहाल नहीं हैं, 'बकिंघम पैलेस' का राजपरिवार भी वहाँ बदहाली को बुरी तरह झेल रहा है। महारानी एलिज़ाबेथ का दुःख...उनके हस्बेंड प्रिंस फ़िलिप्स की तड़प और बेचैनी...। अपने पूर्वजों के पाप का फल इन लोगों को कैसे मिल रहा है, यह सब भी तुम अपने नॉवेल में जरूर लिखना...।' मि. मेंडेज़ फिर हल्की

सीटी के साथ गुनगुना उठे, 'गॉड सेव दि क्वीन...गॉड सेव दि क्वीन...। लाङ् लिव् आर नोब्ल क्वीन...! गॉड सेव आर ग्रेशस क्वीन...!'

मि. मेंडेज़ की इस अदा पर सब हँस पड़े हैं।

मि. मेंडेज़ आज बड़े आनन्द के मूड में हैं। सोफ़ा से उठकर रॉबिन के कन्धे पर हाथ रख, मि. मेंडेज़ ने आँखों को तिरछा करते हुए बड़े दीवाने अन्दाज़ में कहा, 'और एक टुकड़ा अपने इस लेखक के लिए...अपने हैंडसम्मा के लिए।' फिर वे पूरे तरन्नुम के साथ अपनी खरखराहट-भरी आवाज़ में शुरू हो गए, 'ऑथर ऑव ब्यूटी...गॉड ऑन हाइ...इट्स फ़ॉर यू दैट आइ साय...। ऐज़ लांग ऐज़ आइ लिव...! ओ माइ लव...आइ शैल गिव...आइ शैल गिव...आइ शैल गिव...।'

[सौन्दर्य के लेखक! सर्वशक्तिमान ऊपर! यह तुम हो, जिसके लिए मैं ललक से भरा होता हूँ। जब तक मैं जियूँ, ओह मेरे प्यार! मैं दूँगा, बस दूँगा...देता रहूँगा...।]

अमित घोष ने भावुकता में मि. मेंडेज़ को सीने से भींच लिया है। इलोना घोष की भावमयी आँखों का आनन्द चेहरे पर रह-रहकर फिसलती हँसी के साथ छलक रहा है। रेबेका मि. मेंडेज़ को इस तरह आँखें मूँदकर गाते देख अपनी शुभ्र दंतपंक्तियों को बिखेर किलक रही है...'ऐज़ लांग ऐज़ आइ लिव...ओ माइ लव...आइ शैल गिव...।'

'क्वींस कॉटेज' की तरफ़ मि. मेंडेज़ के साथ लौटते हुए...बजरी पर चलते हुए... रॉबिन को लग रहा है कि वह बच्चों की तरह उछलता-मचलता इन अनियंत्रित-आलिंगनबद्ध वृक्षों से लिपटकर गाता चले—सिर्फ़ गाता चले...।

कोहरे में प्यार और झाड़ी में छिपा दुष्ट

जून मध्य का जादू शुरू है। मुँहअँधेरे से काले-बैंगनी मेघों का अंबार लगा हुआ है। गर्मियों की सुबह में आम तौर से जिस आत्ममुग्ध शान्त भाव से ठंडी ख़ुशनुमा हवा धीरे-धीरे बहती रहती है, वैसा नहीं है। हवा अपेक्षाकृत तेज़ है। पक्षियों का दल तेज़ी से उड़ता जा रहा है। बादलों और हवाओं के बीच वृक्षों का आनन्द देखते बन रहा है। अब बादलों के धुँधलके में वृक्षों की पत्तियाँ अभिनन्दनमय मुद्रा में डोल रही हैं। यही नहीं, मिट्टी में, झाड़ियों और दूब में और 'क्वींस कॉटेज' की दीवारों तक में—हर चीज में जैसे एक उल्लासपूर्ण उमग है कि बस, अब कुछ देर में हमें भरपूर तरल स्पर्श मिलेगा और पिछले कई दिनों से सूरज की तमक भरी आक्रामकता से कुछ समय के लिए ही सही, पर मुक्ति मिलेगी। मेघ पश्चिम की तरफ़ से हुमक रहा है। वर्षा हुमचकर होगी।

थोड़ी देर पहले ही कमरे के दरवाज़े पर दस्तक देकर जैक एहतियाती स्वर में कह गया है, 'रॉबिन बाबू, खिड़की बन्द कर लीजिएगा, नहीं तो वर्षा की बौछार शुरू होने पर सारी मेज भीग जाएगी। कमरे में पानी आ जाएगा।'

जैक की बात पर वह मुस्करा उठा, कुछ इस अन्दाज़ में कि भीगने दो भाई, भीगने दो। अरसा हुआ, बहुत दिनों से कहाँ कुछ भीगा है? लेकिन तत्काल बिस्तर से उठकर

वह मेज़ के पास चला आया। हल्के गुलाबी टेबल-क्लॉथ के नीले-बैंगनी फूल भी जैसे खुलकर चहक रहे हैं। वह मेज़ पर थोड़ा आगे की तरफ़ झुककर कुछ पल बाहर का दृश्य निहारता रहा। सच, एक अद्भुत मृदुल क्षण!

उसे याद आई, अमर फ्रेंच रचनाकार होनेरे दे बाल्ज़ाक की वह एक बात, जो कभी कहीं उसने पढ़ी थी। बाल्ज़ाक ने लिखा है कि दुनिया में तीन चीज़ें बेहद सुन्दर हैं—एक तो पालयुक्त नाव; दूसरे, तेज़ दौड़ता हुआ घोड़ा और तीसरी, नाचती हुई लड़की। पर उसे अभी लग रहा है, बाल्ज़ाक को एक चीज इसमें और जोड़नी चाहिए थी—आकाश में थिरकते मृदुल मेघ, जो सम्पूर्ण वसुंधरा को बस कुछ पल में, अपने अनुपम आनन्ददायी आलिंगन में भींच लेते हैं। रॉबिन ने सोचा, ये मेघ अगर जल्दी बरसें नहीं, देर तक ऐसे ही छाये रहें, तो इस विलक्षण वातावरण में घूमते हुए, गाँव में कहीं किसी भी तरफ़ यों ही निकल जाने में कितना अच्छा लगेगा! यह प्रकृति...यह सृष्टि—सचमुच एक जादुई यंत्र है, सोचा उसने। ठीक कलाइडस्कोप...जिसको घुमाने से नाना प्रकार के रंग-बिरंगे सुन्दर आकार बनते दिख पड़ते हैं...और जो हरदम आकार बदलते रहते हैं...। उसने फिर आसमान को निहारा—घने काले बादलों के विपुल आनन्द से आकाश डगडग है।

बूँदाबाँदी शुरू हो गई है। सोंधी मिट्टी की महमहाहट उसके मन में धीरे-धीरे भर रही है। आह, मिट्टी की विलक्षण सुगंधि! पर रॉबिन को लगा, जैक ने ठीक कहा है, खिड़की खुली रही, तो सारी मेज़ भीग जाएगी। तेज़ बौछार से कमरे में पानी आ जाएगा। सो उसने खिड़की बन्द कर दी। इस सुबह में भी एक क्षण के लिए कमरे में अँधेरा छा गया है। मि. मिलर अभी तक अपने कमरे में हैं। उनके कमरे से रेडियो पर किसी पुरानी गायिका के शास्त्रीय संगीत की आवाज़ छनकर आ रही है : 'ओ राजाजी! खोलो किवड़िया जी... रस की बूँदें पड़ीं...।' एक क्षण के लिए मि. मिलर के दरवाज़े पर बरबस उसके पाँव थम गए। रस की बूँद तो चारों तरफ़ बरस रही है। वह बरामदे पर आकर चुपचाप एक कुर्सी पर बैठ गया है। बारिश अब घहरा रही है। पूरा वातावरण तेज़ी से भीग रहा है। मन भीग रहा है। हांगकांग के कृत्रिम परिवेश में पलने-बढ़ने वाला डेनिस मैगावन का बेटा रॉबिन, एक निहायत शहराती लड़का, इस ठेठ देहात के शान्त वन-परिवेश में मेघखंडों को देखकर मन-प्राण से भीग रहा है।

आकाश तो हांगकांग शहर के ऊपर भी है, मेघ वहाँ भी छाते हैं और हवा वहाँ भी बारिश के समय तेज़ बहती है। पर यहाँ जैसी अनुभूति, वहाँ उसे कभी क्यों नहीं हुई? एक मधुर रोमांच-सा हो रहा है उसे। 'क्वींस कॉटेज' परिसर के एक कोने में केले के पेड़ों की जमघट उसने देखी थी, पर बारिश में भीगते-नहाते केले के उन बड़े-बड़े पत्तों पर अभी उसकी नज़र टिक गई है। बारिश की बौछार से कुछ पत्ते फट भी गए हैं। ओह, क्या अद्भुत! केले के इन पत्तों में कुछ गहरे हरे पत्ते हैं...पुराने गहरे हरे पत्ते, लेकिन नये-नये निकले उसके कुछ सुकोमल पत्तों का हरा रंग एकदम सुगापंखी। उस दिन बस में चढ़ने जब वह आदिवासी लड़की आई थी, तो ऐसे ही रंग की साड़ी उसने पहन रखी थी न—केले के सद्य: नये सुकोमल पत्तों सरीखे परिधान में एक वनकन्या। केले के ये नये पत्ते कितने कोमल हैं! बारिश की बूँदों के साथ बेआवाज़ छलनी हो रहे हैं। अन्य पेड़ों के पत्तों की तुलना में कुछ ज़्यादा ही संवेदनशील पत्ते हैं ये।

तेज़ हवा और बारिश में 'क्वींस कॉटेज' के सामने कदम्ब समेत अनगिनत वृक्षों के पत्ते टूटकर नीचे पसर गए हैं। उन टूटे पत्तों से पट गई है—वृक्षों के आसपास की धरती। लेकिन केले के ये पत्ते तेज़ हवा और बारिश से बेशक बुरी तरह छलनी हुए हैं, पर टूटकर गिरे नहीं हैं। रॉबिन ने सोचा, कोमलता भले बुरी तरह छलनी होती है, पर जल्दी टूटती नहीं। उसने कल्पना की कि तेज़ बारिश में इन सुकोमल हरे पत्तों के पीछे वह लड़की कहीं छिपी है और उसका परिधान भीग रहा है...। अभी इस समय कहाँ होगी वह? वह भी इस बारिश को मुग्ध बैठी देख रही होगी कहीं। अच्छा, उस दिन पीपल की छाँव के नीचे खड़ी कैसी लग रही थी वह—राँची बस स्टैंड पर बस से उतरते हुए? फिर वापस यहाँ बस से उसी दिन लौटकर अकेले जाते हुए? उस दिन हाट में? रॉबिन ने अनुमान लगाया, अभी थोड़ी देर पहले मेघ भरे आकाश के नीचे से अगर वह गुज़र रही होती, तो कैसी लगती? उसने आँखें बन्द कर लीं—सचमुच अद्वितीय!

'चाय...गरम...!' बरामदे की बाबाआदम ज़माने की पुरानी मेज़ पर चाय की प्याली रखते हुए जैक ने सुर में कहा है।

उसने सराहना-भरी दृष्टि जैक पर टिका दी है, 'जैक, तुम मन की बात कैसे समझ जाते हो? अभी चाय पीने की सचमुच बड़ी तबीयत हो रही थी।'

जैक बग़ैर कुछ बोले लालबुझक्कड़ की सी हँसी के संग किचेन में चला गया है।

वह चाय पीने लगा। तेज़ बारिश में मैकलुस्कीगंज अभी धुँधला-धुँधला लग रहा है। वैसे ही, जैसे किसी महारथी चित्रकार की बनाई गाँव की बहुत पुरानी, धुँधली तसवीर अरसे बाद कोई देखे। धुँधले रंगों में डूबा एक गाँव।

चाय पीकर प्याली उसने मेज़ पर रख दी है। बारिश कुछ धीमी हो गई है। अब इसे बौछार नहीं, फुहास कहना ज्यादा उचित है। बारिश वैसे एक-डेढ़ घंटे ही हुई है, पर जमजमा कर। पूरा वातावरण एक-डेढ़ घंटे में ही निर्द्वंद्व हो गया है। बारिश की हल्की झिर-झिरी के बीच से अब सूरज की रोशनी आहिस्ते-से बीच-बीच में झाँक रही है, जैसे कोई रानी अपने महल के झरोखे पर हीरे-मोती की लड़ीवाली झालर के पीछे से सजी-धजी हेर-निहार रही हो! 'क्वींस कॉटेज' के बगीचे को निर्निमेष निहार रही हो...!

वर्षा की हल्की लड़ियोंवाले झालर को सरका अपने पूरे सुनहरेपन के साथ धूप निकल आई है। इसी धूप से पिछले दिन तक जो पत्ते तिक्त-उद्विग्न थे, उनमें बरबस एक सुनहरी दमक जैसे समाये नहीं समा रही है।

मि. मिलर ने अपनी आरामकुर्सी पर बैठते हुए कहा, 'आज सुबह-सुबह अच्छी बारिश हो गई...उमस भी बहुत बढ़ गई थी।'

रॉबिन ने सहमति-भरी आँखों से हल्के सिर हिलाया और घड़ी पर नज़र डालते हुए सहसा उठ खड़ा हुआ।

मि. मिलर ने तनिक साकांक्ष स्वर में पूछा, 'क्यों, उठ गए? अभी तो आठ भी पूरे नहीं बजे हैं। दस मिनट देर है आठ बजने में। इतनी सुबह कहाँ जाओगे? बैठो, चाय पिओ।' मि. मिलर ने अपनी कलाई घड़ी से नज़र हटाते हुए उसको देखा।

पर रॉबिन ने खड़े-खड़े ही कहा, 'अंकल, अभी नहीं बैठूँगा। पापा-मम्मी से बात किए कई दिन गुजर रहे हैं। उस दिन पापा-मम्मी से हांगकांग बात हुई, तो उन्होंने कहा

था, बीच-बीच में फ़ोन कर लिया करना। चिन्ता लगी रहती है। अभी तैयार होकर सोचता हूँ, राँची हो ही आऊँ। बात कर लूँगा, तो उन लोगों को तसल्ली हो जाएगी। वैसे भी आज सुबह-सुबह बारिश हो जाने से मौसम अच्छा है।'

मि. मिलर ने उसकी बात को अनसुनी करते हुए कहा, 'तुम बैठो तो सही। आज कैसे जा सकोगे? आज से पूरे एक सप्ताह के लिए 'झारखंड-बन्द' का कॉल, झारखंड मुक्ति मंच, ऑल झारखंड स्टूडेंट्स यूनियन और झारखंड पीपुल्स पार्टीवालों ने संयुक्त रूप से दे रखा है। आर्थिक नाकेबन्दी का कॉल है यह। इसलिए, एक सप्ताह तक तो वैसे भी सारा राँची शहर लगभग बन्द रहेगा। कोई सवारी नहीं चलेगी इस बीच। फिर यहाँ से कोई बस-टैक्सी या कोई और सवारी मिलेगी, तभी न राँची जा सकोगे। जैक से भी पूछ लो, उसे इस सबकी पूरी खबर रहती है। सचमुच, कोई सवारी नहीं मिलेगी।' मि. मिलर ने जैक को आवाज़ लगाई, 'जैक, सुनना तो जरा।'

जैक आया तो मि. मिलर ने पूछा, 'क्यों, आज से ही न आर्थिक नाकेबन्दी का कॉल है झारखंड वालों का?'

जैक ने कहा, 'जी साहब! आज से पूरे एक हफ्ते का। सभी झारखंडी पार्टियों ने एक साथ यह ऐलान दे रखा है। इन लोगों ने कहा है कि दक्षिण बिहार के इलाके से एक हफ्ता तक कोयले का एक टुकड़ा भी बाहर नहीं जाने देंगे। और कुछ भी नहीं बाहर जाने देंगे। कल शाम को मैं स्टेशन की तरफ घूमते हुए गया था। वहाँ देखा, उसी समय पुलिस की पेट्रॉलिंग पार्टी गुजरी थी। दरअसल, सरकार को डर है कि कहीं ये झारखंडवाले रेल की पटरियों को न उखाड़ें, ट्रेन-बसों में आग न लगा बैठें। कल से ही बड़ी सनसनी मची है। देखें, क्या होता है...!'

रॉबिन कुर्सी पर बैठ गया।

मि. मिलर ने कहा, 'यही समझाओ अपने रॉबिन बाबू को। कहते हैं, अभी राँची जाएँगे।'

जैक ने तनिक चौंकने के स्वर में कहा, 'क्या आज आप राँची जाने की सोच रहे हैं रॉबिन बाबू? जाएँगे कैसे? एक भी सवारी आज से नहीं चल रही है। जाइएगा एक सप्ताह बाद, सब कुछ ठंडा जाएगा तब।'

रॉबिन ने असमंजस भाव से पहले जैक की तरफ़, फिर मि. मिलर की तरफ़ देखा और चिन्तित अस्फुट स्वर में मि. मिलर से बोला, 'अंकल, वहाँ पापा-मम्मी चिन्ता में पड़े होंगे।'

मि. मिलर ने तनिक झल्लाहट के साथ कहा, 'तो फिर जो जी में आए, करो भाई। जाकर देखो, अगर बस जा रही हो, तो चले जाओ।'

पर जैक के स्वर में तेज़ प्रतिवाद है, 'नहीं रॉबिन बाबू, छह-सात दिनों में कुछ नहीं हो जाएगा। अगर जिद पर चल दिये और कुछ हो-हवा गया तो?'

रॉबिन चुप रह गया कुछ इस मुद्रा में कि अच्छा, चलो, हथियार डाल दिया मैंने।

फिर मि. मिलर ने रॉबिन के प्रति मनुहार जताने के से स्वर में जैक से कहा, 'हाँ-हाँ, नहीं जाएगा भई। पर तुम जल्दी से इसे एक बार और अच्छी चाय पिला दो।'

जैक के जाने के बाद थोड़ी आराम की मुद्रा में मि. मिलर ने पूछा, 'तब? यहाँ के बारे में अब तक थोड़ी-बहुत जानकारी तो तुम्हें हो ही गई होगी...क्या?'

रॉबिन ने कहा, 'हाँ, आप सबसे बात कर यहाँ के बारे में काफी कुछ नोट्स लिये हैं मैंने। पर इतनी जल्दी किसी जगह के जीवन के बारे में गहरे पैठकर सब कुछ समझ लेना सम्भव भी तो नहीं अंकल। किसी न्यूज़ मैगज़ीन या अखबार के लिए रिपोर्ट तो लिखनी नहीं है। नॉवेल का कैनवास बड़ा होता है। जब तक यहाँ की हरेक छोटी-से-छोटी सूक्ष्म बात मन में घुल-पच नहीं जाएगी, तब तक नॉवेल के लिए कुछ सोचा भी नहीं जा सकता।'

मि. मिलर ने धीरे-से सिर हिलाते हुए कहा, 'हाँ, सो तो है ही। इतनी जल्दी कहाँ से मुमकिन है।'

जैक ने चाय लाकर रख दी। दोनों चाय पीते रहे। बारिश ख़त्म होने के बाद से पक्षियों का दल एक पर एक जाने कहाँ से वृक्षों के इर्द-गिर्द उमड़ आया है। कौवे और गौरैयों से लेकर छोटी लाल टहक मुनियों की टोली भी वर्षा के बाद नीचे गिरे पत्तों के ढेर पर फुदक-चहक रही है। रॉबिन चाय पीता हुआ उन्हें निहारता रहा। अभी बारिश के ठीक पहले कहाँ थीं ये सब? शायद बारिश के रुकने का इन्तज़ार कर रही थीं, सो बारिश थमने के साथ झुंड की झुंड...टोलियाँ बाँधकर भागती हुई आ पहुँची हैं।

अभिभूत स्वर में रॉबिन ने कहा, 'बारिश होने से कितनी खुश हैं अंकल, ये सभी चिड़िया!'

मि. मिलर ने जानकारी देने के स्वर में अपनी आरामकुर्सी पर थोड़ा ऊपर सरकते हुए कहा, 'दरअसल, जून में मॉनसून आने के साथ वर्षा की जब शुरुआत होती है न रॉबिन, तो पंखदार दीमकों के झुंड जमीन के भीतर के अपने सुराखों से मौज-मजे करने काफी तादाद में बाहर निकल पड़ते हैं। इनमें दीमकों की जो क्वीन रहती है यानी रानी दीमक, वह भी होती है। वर्षा के साथ दीमकों का बाहर आना जैसे इन चिड़ियों के लिए उत्सव और भोज का मौका ला देता है। सुराख से बाहर निकल रहे दीमकों को तेजी से सभी चिड़िया चुगकर मस्त हो जाती हैं। अभी नीचे गिरे पत्तों पर बड़ी बेचैनी से जो सभी चिड़िया तुम्हें चोंच मारती फुदकती दिख रही हैं, सब दीमक ढूँढ़ रही हैं। जमीन से लेकर हवा तक में लपककर ये दीमकों को खाती हैं। पर रॉबिन, जैसे हर इनसान अपने संस्कार के हिसाब से व्यवहार करता है, वैसे ही हरेक चिड़िया अपने संस्कार के हिसाब से दीमकों को चुगती है। तुम चाहो, तो चुपचाप गौर से देख सकते हो। एक तरफ ललमुनिया और गौरैया को देखो, वहीं फूहड़ कौवों की जमात को देखो कि कैसे उचक-उचककर ये दीमकों का शिकार करना चाह रहे हैं। अबाबील तो यहाँ नहीं हैं, पर अबाबीलें बड़े मारक ढंग से दीमकों पर झपट्टा मारती हैं। देखने लायक होता है वह।'

रॉबिन ने सराहना के स्वर में कहा, 'चिड़ियों के व्यवहार पर लगता है, आपकी अच्छी स्टडी है, अंकल।'

मि. मिलर ने बिहँसते हुए कहा, 'स्टडी क्या खाक रहेगी, बेटे! बैठे-ठाले चिड़ियों-पेड़ों को देखने, रेडियो सुनने और थोड़ा-बहुत अखबार-किताब पढ़ने के अलावा यहाँ काम ही क्या है मुझे? 'गंज' में अकेला पड़ा यह मिलर क्या करेगा? 'बर्ड-वाचिंग' में आनन्द बहुत है। चिड़ियों के बारे में जानने की मेरी बचपन से उत्सुकता रही है। हालाँकि, पता नहीं क्यों, कभी-कभी मुझे डर लगता है रॉबिन कि कहीं ऐसा न कोई वक्त आए जब दुनिया में चिड़िया न हो। इस बेगाने संसार में क्या करने आएँगी चिड़िया?'

एक पल के लिए मि. मिलर कहीं खो गए।

रॉबिन को उन्हें टोकना मुनासिब नहीं लगा।

मि. मिलर फिर जैसे अपने-आपमें लौटे, 'कुछ साल हुए, किसी पेपर में मैंने पढ़ा था कि बम्बई में 'बर्ड-वाचर्स फ़ील्ड क्लब ऑव इंडिया' नाम से कोई पक्षी-प्रेमियों की एक संस्था चलती है—जुहू लेन, अँधेरी में। यह संस्था एक मंथली बुलेटिन 'न्यूज़ लेटर फ़ॉर बर्ड वाचर्स' भी निकालती है। मैंने एक बार उसके पते पर बस एक चिट्ठी डाल दी थी और तब से वे लोग मुझे नियमित रूप से अपना बुलेटिन भेजते रहते हैं। बुलेटिन में कोई भी पक्षी-प्रेमी, पक्षी से सम्बन्धित अपनी नई जानकारियों को भेजकर छपा भी सकता है। इस मंथली बुलेटिन को पढ़-पढ़कर ही मैं चिड़ियों के बारे में थोड़ा-बहुत जानने लगा हूँ। मन लगा रहता है इससे। इस जंगलात में समय काटने का कोई बहाना तो चाहिए न! इसी बुलेटिन से मुझे जानकारी मिली कि जो पक्षी-प्रेमी पक्षियों के बारे में कुछ ज्यादा ज्ञान रिसर्च की ऊँचाई तक रखते हैं, वे अपना आर्टिकल, 'जर्नल ऑव बॉम्बे नैचुरल हिस्ट्री सोसायटी' को छपने के लिए भेज सकते हैं।'

रॉबिन ने तनिक उत्सुक स्वर में पूछा, 'आपने कभी कोई लेख वहाँ छपने के लिए भेजा कि नहीं अंकल?'

मि. मिलर फिक्क से हँस दिये, 'तुमने भी गजब का सवाल किया। अब इस उम्र में लिखना कहाँ से सम्भव है...? मन लगाने और यहाँ समय काटने के लिए यही कुछ बुलेटिन-वुलेटिन, जो सुविधा से वे लोग भेजते हैं, उसे पढ़ता रहता हूँ, और क्या?'

रॉबिन ने कहा, 'पर अंकल, चिड़ियों के बारे में जानना जीवन में एक सहज उत्साह भरता होगा। यह एक बेआवाज उड़ान...एक शालीन उमंग ही तो है।'

मि. मिलर ने थोड़े सूफ़ियाना अन्दाज़ में कहा, 'इसे जो भी कह लो, पर यह मेरा खास शौक रहा है। चिड़ियों की सुन्दरता, उसका संगीत किसे नहीं भाता? जरूरी नहीं कि आप चिड़ियों के बारे में एक्सपर्ट ही हों। एक आम आदमी के रूप में भी चिड़ियों में रुचि रखकर अच्छा लगता है। रॉबिन, बहुत से लोग तुम्हें यह कहते मिलेंगे कि फलाँ जगह फलाँ-फलाँ चिड़िया नहीं दिखाई देती है। पर सचाई यह है कि उन लोगों को यह मालूम ही नहीं होता कि कब, कहाँ और किस मौसम में कौन-सी चिड़िया देखने को मिल सकती है। धरती का भला ऐसा कौन सा हिस्सा है जहाँ चिड़िया न हो? हिमालय से लेकर, राजस्थान के जलते-सुलगते रेगिस्तानी इलाकों तक में एक-से-एक चिड़िया होती हैं। बस, आम लोगों को यही मालूम नहीं होता कि उन चिड़ियों के आने का समय क्या होता है।'

रॉबिन ने कहा, 'जंगल में रहनेवालों को तो चिड़ियों के बारे में स्वाभाविक रूप से कहीं ज्यादा ज्ञान रहता होगा। एक-से-एक चिड़िया जंगल में आती जो रहती हैं।'

मि. मिलर ने गम्भीर स्वर में कहा, 'ऐसा नहीं है रॉबिन! वैसे आम तौर से लोगों के मन में यह गलतफहमी रहती है कि चिड़ियों के बारे में जानने के लिए जंगली इलाका सबसे माकूल है, पर सचाई यह नहीं है। चिड़ियों के बारे में जानने के लिए जंगली इलाका या जंगल सबसे बेकार जगह है। मुमकिन है कि तुम कोसों-कोस जंगल में बढ़ते चले जाओ और तुम्हें एक भी चिड़िया की आहट न मिले। पर हो सकता है, जब तुम्हारी सारी उम्मीदें जवाब दे जाएँ, तो अचानक तुम्हें चिड़ियों का कोई दल चहचहाता हुआ मिले।

जंगल में भी चिड़िया, एक इत्तफाक है रॉबिन। पर क्योंकि यह जंगल के बीच बसा गाँव है, इसलिए वैसा इत्तफाक नहीं है यहाँ। जहाँ अनाज-पानी का सिलसिला रहेगा, वहाँ चिड़िया आएँगी ही।'

रॉबिन ने तनिक विस्मित होते हुए कहा, 'अच्छा, यह मालूम नहीं था। मैं तो समझता था कि चिड़ियों के बारे में कुछ जानना हो, तो जंगल से बढ़कर कोई सही जगह नहीं।'

मि. मिलर ने कहा, 'मैंने यह थोड़े कहा कि जंगल में चिड़िया नहीं होतीं! पर मेरा कहना है कि बहुत से लोग जो यह समझते हैं कि जंगल के इलाके में हर कदम पर चिड़ियों का झुंड मिलेगा, ऐसा नहीं है।'

रॉबिन ने उठते हुए कहा, 'चिड़ियों की तो कहानी हुई अंकल, पर मेरा क्या होगा? अब एक सप्ताह तक मैं राँची नहीं जा सकूँगा। मैं समझ सकता हूँ कि पापा-मम्मी किस बेसब्री से हरेक दिन मेरे फ़ोन का इन्तजार कर रहे होंगे।'

मि. मिलर ने उसी स्थायी शान्त मुद्रा में कन्धा हल्का उचकाते हुए कहा, 'जैक से तुमने अभी सुना ही, क्या माहौल है! झारखंड पार्टीवाले किस तेवर में हैं! इसलिए न तुम्हें जाने से मना किया बेटे।'

रॉबिन ने क्षुब्ध स्वर में पूछा, 'आखिर झारखंड का मतलब क्या हुआ अंकल?'

मि. मिलर ने हल्के मुस्कराते हुए कहा, 'बेटे, झारखंड से मतलब है—एक अलग आदिवासी अंचल। लम्बे समय से आदिवासी लोग माँग करते आ रहे हैं कि बिहार, उड़ीसा, मध्य प्रदेश और पश्चिम बंगाल के आदिवासी बहुल हिस्सों को मिलाकर इन लोगों को एक अलग आदिवासी प्रान्त दिया जाए।'

रॉबिन ने आँखें फैलाते हुए पूछा, 'क्या, इन चारों प्रान्तों के आदिवासी अपने-अपने प्रान्तों के शासन से खुश नहीं हैं? इसका मतलब तो यही है न अंकल?'

मि. मिलर ने गहरी साँस लेकर कहा, 'हाँ, यह तो है ही। भारत की आजादी के बाद भी ये सीधे-भोले आदिवासी कभी अपना उचित अधिकार नहीं पा सके। दरअसल, इनके बीच से निकले इनके आदिवासी नेता भी लगातार बिकते गए और इन प्रान्तों का गैरआदिवासी नेतृत्व उन बिकाऊ आदिवासी नेताओं को अपनी सत्ता बरकरार रखने के लिए खरीदता चला गया। बीच में मारे गए निरीह भोले आदिवासी। इधर फिर झारखंड का बावेला मचा हुआ है। आदिवासी नेता लोग फिर दिल्ली-पटना-राँची तक डंका पीट रहे हैं, पर इनका मकसद अपने पिछड़े-पीड़ित आदिवासियों का हित करना नहीं; बल्कि किसी तरह एक अलग प्रान्त कायम करवाकर अपने लिए बाकलम खास सत्ता हासिल करनी है। झारखंड के नेताओं को इसलिए बहाना मिलता है, क्योंकि गैरआदिवासी राजनीतिक लीडरशिप का दिल साफ नहीं है। जो हालत है, उसमें अलग झारखंड अब ज्यादा दिनों की बात नहीं।'

कुर्सी को पीछे पकड़कर खड़े रॉबिन ने निःश्वास छोड़ते हुए कहा, 'अजीब तमाशा है...!'

मि. मिलर ने कहा, 'राजनीति का खेल बड़ा पेचीदा है। इसकी बारीकी को समझना बहुत मुश्किल है बेटे। खैर, अब तुम नहा-धो लो। आज देर तक सुबह ही सुबह काफी बैठकबाजी हो गई।'

रॉबिन ने मुस्कान बिखेरते हुए कहा, 'पर इन बैठकबाज़ियों में ही तो बहुत कुछ सीखता-जानता हूँ।'

मि. मिलर ने हल्के मनुहार से झिड़कते हुए कहा, 'अच्छा, खूब कही तुमने। भला हम लोगों के पास सिखाने को है क्या रॉबिन? बस, ऐसे ही किसी दिन बीत जाएँगे यहाँ हम लोग।' और तत्काल फिर उन्होंने पूछा, 'तब आज किधर निकलोगे? यहाँ लगभग सबसे तो मिल ही लिये न?'

रॉबिन ने कहा, 'हाँ! ज्यादातर लोगों से मिलने-जुलने का सिलसिला तो बन ही गया है अंकल, पर आज सोचता हूँ, जरा मिसेज़ किट्टी टेक्सेरा से मिल आऊँ। उनसे आज तक मिलने नहीं जा सका हूँ। पापा ने काफी कुछ बताया था उनके बारे में।'

मि. मिलर ने जैसे घिसटती आवाज में कहा, 'ओह, किट्टी से मिलने जा रहे हो? जरूर जाओ, बहुत खुश होगी वह...।'

पर रॉबिन ने ग़ौर किया, मि. मिलर के स्वर में एक घुटती हुई तकलीफ़ है। उन्होंने शायद कुछ कहना चाहा, पर कह नहीं पाए। रॉबिन अपने कमरे में चला आया।

उधर मि. मिलर बरामदे से नीचे उतरकर क्यारियों में लगे पौधों-फूलों को देखने लगे। बारिश की तेज़ बौछार में कुछ पौधे आधे झुक गए थे, कुछ बिलकुल ज़मीन छू गए थे। जैक को आवाज़ देकर मि. मिलर ने बग़ीचे में बुला लिया। छोटी-छोटी बाँस की कमचियों के सहारे उन ज़मीन छू चुके पौधों को जैक उठाकर सीधा खड़ा करने में जुट गया।

पर जब तैयार होकर रॉबिन कमरे से बाहर निकलने को हुआ कि सामने जैक नाश्ता ट्रे में लिये हुए हाज़िर। रॉबिन ने तनिक चकित होते हुए कहा, 'तुम्हारा भी जवाब नहीं जैक! अभी कुछ मिनट पहले तक तो तुम अंकल के साथ क्यारियों में जुटे हुए थे और तुरन्त नाश्ता भी तैयार कर पहुँच गए?'

जैक ने मुस्कराकर कहा, 'कितनी देर लगती है बनाने में! बल्कि, सच पूछिए रॉबिन बाबू, यहाँ तो कोई काम ही नहीं। हाँ, अक्टूबर-नवम्बर के सीजन में जब चेंजर लोग आते हैं, तो भले थोड़ा काम रहता है। आप जब से आए हैं, तो क्या कहूँ, कितना अच्छा लग रहा है!'

रॉबिन ने मुस्कराकर पूछा, 'अंकल कहाँ हैं? उन्होंने नाश्ता किया?'

जैक ने सिर हिलाते हुए कहा, 'अभी? अभी तो कैम्पस के एक-एक पौधे को देखने में उन्हें घंटे-दो घंटे लगेंगे। वे बाहर ही हैं।'

नाश्ता करके रॉबिन जब निकला, तो देखा, सचमुच मि. मिलर एक-एक फूल और पौधे को देखने-सँवारने में जुटे हैं। रॉबिन ने उनका ध्यान भंग करते हुए कहा, 'क्या हो रहा है अंकल? पौधे सब ठीक-ठाक तो हैं?'

मि. मिलर ने उसकी तरफ़ देख मुस्कराकर कहा, 'बारिश से फूल-पत्तियों को वैसे राहत मिली है लेकिन देख ही रहे हो, तेज हवा और बौछार में कुछ पौधों की क्या हालत हो गई!'

क्यारियों में लगे पौधों को नीचे बैठकर पूरी तन्मयता से ठीक-ठाक करते, सँवारते मि. मिलर के बग़ल में कुछ देर तक खड़ा हो रॉबिन पौधों को निहारता रहा। मैकुलस्कीगंज में मिस बॉनर के बाद अगर किसी का बग़ीचा सलीक़े का है, तो वह मिलर अंकल का

ही। रॉबिन ने प्रशंसा का पुट देते हुए पौधों में डूबे मि. मिलर से कहा, 'अंकल! आपके गार्डेन में भी एक-से-एक प्लांट हैं। कहाँ-कहाँ से ये सब जुटा लिये आपने?'

'करता भी क्या बेटे? बीवी बुढ़ापा आने के पहले ऊपर चली गई और एक बेटी है सोफिया—वह भी शादी के बाद इंग्लैंड चली गई। फिर तो बस यही चिड़िया...फूल और 'क्वींस कॉटेज'...यही सब...।'

इतने दिनों में पहली बार मि. मिलर अपने निजी जीवन के दर्द को ज़बान पर लाए हैं। रेल की नौकरी से अवकाश ग्रहण करने के बहुत पहले निपट अकेले रह गए थे मि. मिलर। वैसे जैक ने एक दिन बताया था, 'साहब की एकलौती बेटी सोफिया लव मैरेज कर इंग्लैंड चली गई...काफी दिन हुए इसके जब साहब सर्विस में ही थे...तभी...। मेमसाहब तो उसके पहले गुजर गई थीं...। सोफिया बेबी की चिट्ठी पहले कभी-कभार आती भी थी। पर अब तो कुछ वर्षों से वह लगभग बन्द...है।'

रॉबिन ने प्रसंग बदलते हुए एक पौधे को दिखाते हुए पूछा, 'अंकल, ये कौन-सा प्लांट है?'

'यह 'मंकी फ्लावर' का पौधा है बेटे! लाल और क्रिमसन कलर का दोहरे रंग का इसका फूल गजब सुन्दर होता है। खिलेगा तो देखना। और हाँ...' मि. मिलर ने क्यारी के पास से उठते हुए कहा, 'इसकी प्रजाति का जो सबसे नामी पौधा है, उसे 'रेड इम्परर' कहते हैं। 'रेड इम्परर' के लिए मैंने कई लोगों को कह रखा है कि अगर मिले तो दे...।'

'हाँ, 'क्वींस कॉटेज' में 'रेड इम्परर' को तो होना ही चाहिए। वैसे भी 'क्वींस कॉटेज' के जीते-जागते 'रेड इम्परर' तो आप हैं ही अंकल।'

रॉबिन की चुहल पर खिलखिला उठे मि. मिलर, 'बदमाश लड़के...!' फिर आगे की क्यारियों की तरफ़ बढ़ते हुए उन्होंने कहा, 'तुम्हें एक टीपिकल प्लांट दिखाता हूँ...।' वे एक कोने में लगे बड़े-से पौधे के पास जा खड़े हुए, 'रॉबिन, इसे देखो। आसमानी रंग के फूलों से जब यह लदेगा, तो लगेगा तुम्हें, जैसे बादलों के छोटे-छोटे प्यारे गुच्छे इसकी टहनियों पर लटक आए हैं।'

रॉबिन ने चेहरे पर अचरजयुक्त आनन्द का भाव लाते हुए पूछा, 'क्या नाम है इसका अंकल?'

मि. मिलर ने पहेली बुझाने के अन्दाज़ में गोल-गोल आँखें नचाते हुए मुसककर कहा, 'सुनोगे न, तो खुश हो जाओगे...। इसका नाम है—'लव-इन-अ-मिस्ट'...। कोहरे में प्यार! है न प्यारा नाम?' और फिर तनिक रुकते हुए उन्होंने जैसे रहस्योद्घाटन किया, 'पर इसका प्रचलित नाम ठीक इसके विपरीत है। सुनकर चौंकोगे! इसका प्रचलित नाम है—'डेविल-इन-द-बुश...' झाड़ियों में छिपा दुष्ट...।'

रॉबिन को हँसी छूट गई, 'ठीक तो है अंकल, इसमें अचरज क्या? जहाँ कोहरे में भीगता प्यार होगा, वहाँ कोई दुष्ट झाड़ियों में घात लगाए बैठा ही रहेगा। प्रेम और दुष्टता सब तो मनुष्य के भीतर है, जबकि फूलों में ऐसा नहीं। नीले आसमानी रंग का खिलनेवाला यह फूल...फूलों की दुनिया का इनसान है अंकल, जिसमें लव और डेविल दोनों एक साथ हैं।'

सुनकर मि. मिलर एक क्षण के लिए मुँह बाये रॉबिन का मुँह देखते रहे और आगे बढ़कर उसे बाँहों में भर लिया, 'ओह, क्या कह दिया तुमने बेटे...! लव-इन-ए-मिस्ट...

डेविल-इन-द-बुश...मनुष्य के भीतर ही अमृत और विष...। ओह, बेटे, मन भर दिया आज तुमने! यू मेड माइ डे!'

सीढ़ियों पर खड़ा जैक यह मनोहारी दृश्य देखकर मुस्करा रहा है। सीढ़ियों पर खड़े-खड़े मि. मिलर से उसने पूछा, 'साहब! अब ब्रेकफास्ट लेंगे न?'

'रॉबिन ने लिया?' मि. मिलर की जिज्ञासा पर जैक और रॉबिन ने जब हामी भरी, तो मि. मिलर बोले, 'ठीक है, मैं आ रहा हूँ।'

मि. मिलर कमरे की तरफ़ जाने लगे, तो रॉबिन ने पूछा, 'अंकल, मिसेज़ किट्टी का घर किस तरफ है?'

मि. मिलर ने कहा, 'किट्टी का घर वैसे तो है कंका पहाड़ी की तलहटी में, पर इस समय वह घर पर कहाँ मिलेगी? अभी स्टेशन पर मिलेगी तुमको वह।' मि. मिलर ने गहरी साँस लेकर कहा, 'वहाँ वह केले-अमरूद...मौसमी फल बेचती है रॉबिन। अभी जाओगे तो स्टेशन पर जहाँ आसपास के गाँवों की आदिवासी औरतें और कुछ मर्द मौसमी फलों और सब्जियों को टोकरी में लिये बैठे होंगे, वहीं उसी बीच में तुमको किट्टी भी बैठी मिल जाएगी।'

कई दिनों से चैन से मैकलुस्कीगंज स्टेशन को जाकर देखने की उसकी इच्छा थी। परसों मजीद भाई के टी-स्टॉल पर मुश्किल से पन्द्रह-बीस मिनट रुका था वह। स्टेशन पर ठीक से घूम कहाँ सका था। परसों बिफना गंझू की गिरफ़्तारी के चलते स्टेशन का माहौल कुछ असहज था। इसके बाद वह स्टेशन नहीं जा सका था। उसने दूर से बस देखी थी—पेड़ों के बीच से होकर गुज़रती रेल की पटरी और पेड़ों के बीच से लुकाछिपी करती हुई गुज़रती रेल। देर रात गए जब कोई ट्रेन जाती है, तो उसकी आवाज़ उसे बिलकुल पास-पास महसूस होती है। जैसे ट्रेन 'क्वींस कॉटेज' के उसके बिस्तर के ठीक बग़ल से होकर जा रही हो! रेल और पेड़, पेड़ और रेल—क्या तारतम्य है...! जीवन की रेल इस नीरवता में छुक-छुक करती...गाहे-बगाहे सीटी बजाती, पेड़ों से आँखमिचौनी खेलती...। उसे लगता है, इस गाँव से 'कैरल'[1] का संगीत भले लुप्त हो गया हो, पर इस तरफ़ से गुज़रती सभी रेल जैसे 'कैरल' के तरन्नुम में हर रोज़ चलती चली जाती है!

हालाँकि, वह तेज़ नहीं चला है, उसके डग धीरे हैं, लेकिन थोड़ी देर में वह स्टेशन पहुँच गया। स्टेशन पर कोई हलचल नहीं है। 'कारनी टी-स्टॉल' पर मजीद भी नहीं है। उसके कैंटीन में काम करनेवाला आदिवासी छोकरा टुकलू मुंडा अकेले गिलास-केतली से कुछ खटर-पटर कर रहा है। उस पर नज़र पड़ते ही टुकलू ख़ुशी से उमग गया है, 'नमस्ते अंकल। आइए, आपके लिए काँपी[2] मारकर चाय बनाता हूँ।'

पर उसने मुसकते हुए इशारे से मना कर दिया है। कुछ देर पहले एक ट्रेन गुज़री है। ट्रेन जाने के बाद का सन्नाटा इस छोटे-से स्टेशन पर हैरान बच्चे की तरह ठिठका हुआ है। स्टेशन मास्टर अपने कक्ष में अकेले बैठ कुछ लिखने में मशगूल हैं। इक्के-दुक्के लोग यात्रियों वाली बेंच पर बैठे हुए हैं। रॉबिन ने आसपास नज़र घुमाई—थोड़ी दूर पर

1. क्रिसमस का गीत
2. कॉफ़ि।

आसपास के देहात के कुछ आदिवासी मर्द और औरतें टोकरियाँ लिये बैठे हैं। शायद, मिसेज़ किट्टी इसी झुंड में होंगी।

टहलते हुए वह उसी झुंड की तरफ़ बढ़ गया। उसे क़रीब आते देख झुंड में एकबारगी सहज चौकन्नापन आ गया है। उन लोगों ने समझा, शायद कोई ग्राहक आ रहा है। अपनी-अपनी टोकरियों के पास बैठे वे औरत-मर्द बड़ी उत्सुकता से उस पर आँखें जमाये हुए हैं, जैसे देखें, इतनी देर बाद आया यह कोई एक ग्राहक उनमें से किसका सामान ख़रीदेगा? अब वह झुंड के बीचोबीच है। उन औरतों-मर्दों की मटमैली टोकरियों में ज़्यादातर केले...अमरूद...कच्चे आम...जामुन आदि हैं। पर किसी की टोकरी पूरी भरी नहीं है। किसी की टोकरी में बीस-पच्चीस आम, तो किसी की टोकरी में छह-सात दर्जन केले...या थोड़े-से जामुन...। आम की टोकरी लेकर बैठी एक आदिवासी औरत ने टोकरी का आम उलटते-पलटते हुए कहा, 'लीजिए न...पकने पर बहुत मीठा आम...। एतनी गो गुठली निकलेगा...सब मास ही है, हाड़ एकदम्मे नहीं...।'

पर रॉबिन ने जैसे उसकी बात सुनी ही नहीं।

एक क्षण खड़े होकर रॉबिन ने सब पर नज़र डाली। इन औरतों में किट्टी कौन होंगी? सहसा उसकी नज़र ठहर गई। मटमैले-बेहाल कपड़ों में लम्बोतरे चेहरे वाली हल्के ताम्बई रंग की एक निहायत खिन्न और दुबली अधेड़ स्त्री अपनी टोकरी में कुछ केले लेकर बैठी हुई दिख गई। अपने रूखे गँदले गेहूँ की पकी बालियों सरीखे बालों को बेतरतीबी से समेटकर बाँधे यह औरत कुछ अलग दिख रही है। एकबारगी रॉबिन को लगा, किट्टी यही होंगी...यही होंगी मिसेज़ किट्टी टेक्सेरा...। वह उस अधेड़ औरत की टोकरी के पास जा खड़ा हुआ। एक क्षीण-सी ख़ुशी, अधेड़ स्त्री के चेहरे पर सहसा छा गई, यह सोचकर कि शायद यह ग्राहक उसकी टोकरी के केले ख़रीद लेगा। उसकी टोकरी के पास उसे खड़े होते देख, उस झुंड के अन्य सभी मर्द-औरत एकबारगी मुरझा-से गए हैं। सामने ज़मीन पर नीचे बैठी अधेड़ स्त्री अब कुछ इस आतुर उत्सुकता से उसकी तरफ़ देख रही है कि बस, यह आदमी कहे और वह अपनी टोकरी के सारे केले उसके हाथ सिपुर्द कर उससे पैसे ले।

एक बार फिर उसके ऊपर सरसरी निगाह डालकर रॉबिन ने सोचा—ज़रूर यही किट्टी हैं। फिर अपने-आपको थोड़ा आश्वस्त करने के स्वर में उसने झुंड के अन्य मर्द-औरतों की तरफ़ मुड़कर पूछा, 'यहाँ किट्टी मेमसाब कौन हैं?'

अमरूद की टोकरी लिये कुछ दूर बैठी एक औरत ने थोड़े कटाक्ष के स्वर में कहा, 'उहे आपके सामने ही न बइठी है मेमसाहेब...।'

रॉबिन ने सामने नीचे बैठी अधेड़ स्त्री की तरफ़ फिर देखा—उसके चेहरे पर अभी थोड़ी देर पहले की ख़ुशी की वह कौंध अब नहीं है और उसकी जगह एक आश्चर्यमिश्रित आशंका ने ले ली है। फिर भी वह चुप है। वहाँ टोकरी लिये बैठी कुछ आदिवासी औरतों के अलावा एकाध मर्दों ने भी चुहल के स्वर में हल्के से टहोका लगाया, 'मेमसाहेब, इ गहकी आप ही को न जोह रहे हैं।'

अधेड़ स्त्री ने बग़ैर कुछ बोले एक गहरी नज़र उस पर डाली और आँखें झपका लीं।

रॉबिन ने थोड़ा झुकते हुए सद्भावना के से स्वर में पूछा, 'आप मिसेज़ किट्टी टेक्सेरा हैं—किट्टी आंटी...?'

किट्टी ने विस्फारित आँखों से उसकी तरफ़ देखा, तो गहरी धँसी उसकी नीली आँखें कुछ आगे उभर आईं, 'कौन हो तुम? मैं तुम्हें नहीं पहचानती!' झुँझलाकर उसने कहा और मुँह फेर लिया।

रॉबिन ने कहा, 'भला आप मुझे कहाँ से पहचानेंगी? मैं रॉबिन हूँ, रॉबिन—मि. डेनिस मैगावन का बेटा रॉबिन...। पोस्ट मास्टर साहब मि. ब्रायन मैगावन जो थे, उन्हीं का पोता। याद आया आपको? अब तो पहचाना न आपने मुझे?'

मुँह फेरकर झुँझलाई बैठी किट्टी अचानक भक्क् से उसकी तरफ़ फिर मुख़ातिब हुई और तीखी तिक्तता के संग बुरी तरह फट पड़ी, 'मैं नहीं जानती किसी डेनिस-वेनिस को...और न किसी ब्रायन-वायन को...। तुम्हें केले खरीदने हैं? अगर नहीं, तो जाओ, चले जाओ!'

एक पल के लिए हतप्रभ रह गया रॉबिन। झुंड के उन मर्द-औरतों में भी एक क्षण के लिए सनाका खिंच गया। एक औरत ने बग़ल में टोकरी लिये बैठे बूढ़े से फुसफुसाकर कहा, 'पता नहीं, काहे खिसिया गई मेमसाहेब इस पर!'

बूढ़े ने इशारे में उसी तरह अस्फुट बुदबुदाहट के संग कहा, 'होगा कुछ तीन-तेरह, कइसे कहें!'

किट्टी के चेहरे पर तमतमाहट अभी भी है। रॉबिन ने तनिक अनुनय के स्वर में कहा, 'क्या सचमुच आपको कुछ भी याद नहीं? या कि आप गुस्से में हैं, इसलिए?'

किट्टी अचानक अपनी टोकरी बग़ल में उठाकर अब भड़कती हुई उठ खड़ी हुई, 'हाँ-हाँ, मैं सबको जानती हूँ—लॉर्ड कर्जन को...जॉर्ज पंचम को...क्वीन विक्टोरिया को... तुम बोलो, तुम इनमें से किसके बेटे हो?'

रॉबिन ने महसूस किया, क्रोध के संग वह ज़ोरों से रुआँसी हो गई हैं। रॉबिन ने थोड़ा अटकते हुए कहा, 'आप सुनिए तो सही...।'

किट्टी जैसे चीख पड़ी, 'ओ, तो तुम भी लगता है, उन फ़िल्म बनानेवालों में से हो? तुम भी आए होगे कोई फ़िल्म या टीवी के लिए...यहाँ के एंग्लो-इंडियंस की ट्रैजडि पर कुछ बनाने के वास्ते! अवॉर्ड मिलेगा न तुमको? हरदम आते रहते हैं तुम्हारी तरह के लोग... पेपर...सिनेमा और टीवी वाले...यहाँ के मुर्दा एंग्लो-इंडियंस के दुःखों को अपनी-अपनी रीलों में समेट-बटोरकर पैसा कमाने...। इंटरनेशनल फ़ेम होगा न इससे...?'

किट्टी टोकरी लिये तेज़ी से चली जा रही है। उसके पीछे तेज़ डग भरता रॉबिन भी बढ़ा, 'क्या सचमुच याद नहीं हैं आपको डेनिस...? मि. डेनिस मैगावन...आपके बचपन के दोस्त?'

किट्टी एक क्षण रुकी और बींधती हुई आँखों से उसकी तरफ़ मुड़कर कहा, 'कहा न एक बार, कोई याद नहीं मुझे...। और मेरे बारे में पूछना है, तो पूछो जाकर जॉर्ज पंचम से...। लॉर्ड कर्जन और लन्दन की क्वीन विक्टोरिया से...। गाजीपुर में कब्र है लॉर्ड कॉर्नवालिस की। उसकी कब्र को ढूँढ़कर सिर पटको जाकर उस पर। उससे भी पूछो मेरे बारे में। सब मुझे जानते हैं। नॉनसेंस...।'

रॉबिन ने महसूस किया, किट्टी में एक असन्तुलन...एक रह-रहकर भड़क उठनेवाली विक्षिप्तता हावी है। उसके क़दम थम गए। किट्टी सनसनाती हुई उसी तरह बड़बड़ाते स्टेशन से निकलकर ओझल हो गई है।

रॉबिन का मन आर्द्र हो आया। क्या कथा बताई थी पापा ने इनके बारे में! अब जब वह राँची जाकर फ़ोन करेगा, तो पापा को क्या बताएगा उनके बचपन की इस दोस्त के बारे में? सुनकर तो वे भी बुरी तरह विचलित हो उठेंगे। बीते दशकों में 'गंज' की जो भी बदहाली हुई, उसकी जीती-जागती रूप हैं किट्टी।

स्टेशन के इस छोटे-से वीरान प्लेटफ़ॉर्म पर अभी वैसी ही ख़ामोशी है। वे दो लोग जो कुछ देर पहले वहाँ स्टेशन की बेंच पर बैठे थे, उनमें से भी एक नहीं है। बस, अब एक आदमी इस समय बेंच पर यहाँ बैठा है। रॉबिन ने मजीद के 'कारनी टी-स्टॉल' पर फिर नज़र दौड़ाई, पर मजीद नहीं दिखा। कैंटीन में काम करनेवाला आदिवासी लड़का अभी भी केतली-गिलास को इधर-उधर करने में मशगूल है। उसने सोचा, किस मुहूर्त्त में स्टेशन की तरफ़ आज आया वह। धीरे-धीरे चलते हुए वह 'क्वींस कॉटेज' के रास्ते पर बढ़ लिया। आधे रास्ते में एक बार उसके मन में आया, मिस बॉनर के यहाँ चला जाए, पर फिर उसने अपना ख़याल झटक दिया। किट्टी वाली घटना ने उसका मन बुरी तरह खिन्न कर दिया है। उसने सोचा, वह 'क्वींस कॉटेज' जाकर थोड़ी देर सोएगा। शाम को तबीयत हुई, तो मिस बॉनर के यहाँ जाएगा।

शाम हो गई, तब जाकर उसकी नींद खुली। जैक ने बरामदे की लालटेन और 'क्वींस कॉटेज' के सभी कमरों में लालटेन-लैम्पों की बत्ती को लेस कर संझा-बाती कर दी है। चाय पीने के बाद जाकर उसकी खुमारी टूटी है। वह बिस्तर पर उठ बैठा। दिन के कपड़े पहने हुए ही सो जाने के कारण कपड़े मुड़-चुड़ गए हैं। उसने एक सरसरी नज़र अपने कपड़ों पर डाली। अच्छा, देहात में चलता है...। उसने पलंग के नीचे घुसे जूते को बिस्तर पर बैठे-बैठे ही थोड़ा झुककर निकाला और उसे पहनकर उसके फ़ीते बाँधते हुए सोचने लगा—क्या संयोग रहा आज का? सुबह की शुरुआत तो अच्छी रही। बारिश में कितना आनन्द आया! लेकिन वह राँची नहीं जा सका...फिर किट्टी वाली घटना...। ग़ुस्से में भड़क कर जाती किट्टी, अभी तक उसके मन से निकल नहीं पा रही है। उसने सोचा, आज के दिन के बारे में क्या कहा जाए? मिला-जुला? हाँ, एक मिला-जुला दिन। अभी मिस बॉनर के यहाँ से हो आया जाए। वह भी उठकर अपने स्टडी रूम में आ गई होंगी, या नहीं तो अपने मकान के विशाल बरामदे पर अकेले कुर्सी लगाये बैठी होंगी, उसने अनुमान लगाया।

'बॉनर-भवन' का दृश्य वैसा नहीं है, जैसा रॉबिन ने अनुमान लगाया था। अपनी पालतू बिल्लियों और बतख़ों के छोटे-से कुनबे के बीच डायनिंग रूम की कुर्सी पर बैठी मिस बॉनर विकल हैं, 'मैं मरियम को लेबर-कुली की बीवी बनाकर जानवरों जैसी जिन्दगी नहीं जीने दूँगी पीयूष।'

रॉबिन ने दरवाज़े पर से ही देखा, एक अधेड़ आदिवासी मिस बॉनर के आगे असमंजस में हाथ बाँधे चुपचाप खड़ा है।

'मेरी जिन्दगी ही अब कितनी है! मेरे आँख बन्द कर लेने के बाद जो जी चाहे करना। तुम्हारी बेटी है, तो तुम्हारा हक है।' मिस बॉनर की भारी आवाज़ रुँधी-रुँधी है।

'मिस साहिबा का हुकुम! मरियम मेरी बेटी जरूर है, पर हमसे ज्यादा हक उस पर आपका है मिस साहिबा!' 'मिस साहिबा' कहने के क्षण हरेक बार वह अधेड़ आदिवासी दोहरा हो रहा है।

रॉबिन को देख मिस बॉनर ने रो-रोकर सुर्ख़ हुई जा रही अपनी आँखें रूमाल से पोंछीं, 'ओह, रॉबिन? आओ, बैठो। यह पीयूष मिंज है। हमारी मरियम का बाप। इतने वर्षों में मेरे पास जिस माहौल में बड़ी हुई है मरियम, अब क्या यह किसी मजदूर क्लास फ़ैमलि में शादी के बाद खप पाएगी? पर इसके बाप को जिद है कि वह जिस किसी के साथ भी इसकी शादी बना देगा। पर रॉबिन, मैं जीते जी मरियम की बदहाली नहीं देख सकती। मरियम मुझसे दूर हो जाएगी, यह सोचकर ही मेरा कलेजा फटने लगता है।'

रॉबिन ने माहौल को हल्का बनाने के लिए मुस्कराते हुए कहा, 'आयरन लेडी की आँखों में आँसू? मैं तो खुद ही हैरान हूँ। पर चलिए, आज यह फैसला हो गया कि आपके बाद 'बॉनर-भवन' में आपकी जगह लेगी हमारी मिस मरियम। 'बॉनर-भवन' के स्टेटस का लड़का तो इसे कभी मिलने से रहा। क्या मिस मरियम?'

भोली मरियम ने मनोहर दंत-पंक्ति बिखेर दी।

मिस बॉनर ने नाराज़ होने का अभिनय करते हुए कहा, 'शरारती लड़के! मारूँगी न इतना कि डेनिस भी हांगकांग से आकर तुझे नहीं बचा पाएगा।'

मि. मेंडेज़ ने रॉबिन को बताया था कि हर छठे-छमासे मरियम का बाप मरियम की शादी कराने के लिए मरियम को गाँव ले जाने का प्रस्ताव लेकर मिस बॉनर के पास आता है और तब-तब मिस बॉनर बिलख पड़ती हैं। रो-रोकर आँखें लाल कर लेती हैं। दरअसल, मरियम के बिना अब एक पल की वे कल्पना भी नहीं कर पाती हैं। मरियम से छोटे तीन भाई हैं और एक बड़ी बहन पॉलिन। मरियम का पिता पीयूष मिंज अपनी बड़ी बेटी पॉलिन की शादी के बाद से ही मरियम की शादी के लिए व्यग्र है। पर हर बार मिस बॉनर के विलाप के आगे नतमस्तक हो उसे गाँव लौट जाना पड़ता है। इस तरह किशोरी से लगभग युवती बन चुकी मरियम की शादी का मामला टलता जा रहा है। पीयूष मिंज को यह चिन्ता लगातार खाये जा रही है कि कहीं एक दिन ऐसा न हो कि मरियम की काफ़ी उम्र हो जाए और उसकी जोड़ का कोई आदिवासी लड़का मिले ही नहीं। पर 'बॉनर मेम' की माया के आगे वह मज़बूर है। हर बार अपने गाँव रघुनाथपुर लौटकर पत्नी को मरियम की शादी को लेकर उसे एक झूठी कहानी गढ़कर सुनानी पड़ती है कि बॉनर मेम ख़ुद मरियम की शादी के लिए कितनी परेशान और उत्सुक हैं। और यह भी कि बॉनर मेम ने मरियम की शादी में चढ़ाने के लिए कितने बेशक़ीमती जेवर बनवा रखे हैं। पर पीयूष मिंज समझ चुका है कि अपने जीते जी बॉनर मेम मरियम की शादी नहीं होने देंगी।

महज़ बारह-तेरह साल की उम्र में मरियम जब अपने गाँव रघुनाथपुर से मिस बॉनर के यहाँ रहने 'गंज' आई थी, तो उसे नाक पोंछने का भी शऊर नहीं था। पर साहबी सलीक़ों में अब मरियम का कोई सानी नहीं है। मिस बॉनर ने बीते वर्षों में अपने सख़्त

अनुशासन से मरियम को अपने अनुरूप ढाल लिया है। मिस बॉनर की आँख देखकर वह भाँप जाती है कि उसकी मिस साहिबा को क्या चाहिए। इसलिए मिस बॉनर भी उसे कलेजे से सटाकर रखती हैं। उम्र बढ़ने के साथ जब मिस बॉनर को गठिया के कारण चलने-फिरने में दिक़्क़त होने लगी, तो मरियम सुबह-शाम पसीने से लथपथ घंटों उनकी मालिश करती। कभी-कभी सोचतीं मिस बॉनर कि यह सिर्फ़ नाम की नहीं, सचमुच की मरियम है। पिछले जन्म की उनकी माँ है यह लड़की। 'बॉनर-भवन' के ऊपरी मंज़िलवाले मिस बॉनर के बेड रूम में ही वह फ़र्श पर बिस्तर डालकर सोती है—क्या मालूम, रात-बेरात मेमसाब को कोई दरकार पड़ जाए!

'गंज' में चुटकी लेनेवाले ऐसे लोग भी हैं, जो मिस बॉनर को समलैंगिक घोषित करते हुए मरियम के प्रति उनके अन्धे प्रेम को इसी से जोड़कर देखते हैं। पर इन चुटकियों और फ़ब्तियों से मिस बॉनर और मरियम के बीच कोई फ़र्क़ नहीं पड़ा है। मिस बॉनर ने खलारी स्थित इलाहाबाद बैंक और सेंट्रल बैंक में मरियम के साथ अपना संयुक्त खाता भी खोल रखा है। 'बॉनर-भवन' की सारी मिल्कियत ही सँभालती है मरियम। इसलिए मरियम का बाप पीयूष मिंज अपने गाँव में कहता भी है, 'बच्चे तो मेरे पाँच हैं। लेकिन मरियम राजकुमारी है।' और राजकुमारी बनने की क़ीमत मरियम चुका रही है।

कभी-कभी स्वार्थ और प्रेम इतना घुलमिल जाता है कि यह समझना कठिन हो जाता है कि स्वार्थ प्रबल है या प्रेम। सुबक से भरी मिस बॉनर की आँखों में यह पढ़ना सचमुच कठिन है। और निर्मल दंत-पंक्ति बिखेरती इस आदिवासी लड़की मरियम मिंज की आँखों में...? क्या यह ग़रीब आदिवासी लड़की सुख-सुविधापूर्ण जीवन के स्वार्थ में मिस बॉनर के पास अटकी है या सचमुच अपनी जर्जर-वृद्ध मालकिन से प्रेम और लगाव है इसे?

'पता नहीं, किस संयोग से आया मैं! आपको रोते देखने की तो मैं सोच भी नहीं सकता था।' रॉबिन ने मुँह बनाते हुए गहरी साँस ली।

'बेटे! ये आँसू भी अजीब हैं। तुम खुद अगर अपने बारे में सोचोगे कि तुम कब से नहीं रोये हो, तो तुम्हें याद करने में मुश्किल होगी।' मिस बॉनर ने कुछ सहज होते हुए कहा।

'यह तो आपने गजब की बात कही। अभी जब मैं याद करने की कोशिश कर रहा हूँ कि मैं पिछली बार कब रोया था, तो मुझे मुश्किल हो रही है।' रॉबिन ने अपनी भौंहें ऊँची करते हुए कहा।

'वही तो...वही तो...ये आँसू अजीब बला है, कब किसको लेकर निकल पड़े। पर छोड़ो...यहीं बैठोगे या स्टडी रूम में चलें?' मिस बॉनर अब पूरी तरह सहज हैं।

मरियम का बाप पीयूष मिंज मरियम से धीमे-धीमे बातें करता बग़ीचे में चला गया है।

रॉबिन ने थोड़ा अटकते हुए कहा, 'बाहर बरामदे पर बैठें तो क्या हर्ज?'

डायनिंग रूम की कुर्सी से छड़ी टेककर वह उठने को हुईं, तो रॉबिन ने उन्हें थाम लिया। मिस बॉनर ने माली नामदेव को आवाज़ दी, 'जरा बाहर बरामदे पर दो कुर्सियाँ दे देना और चाय भी।'

नामदेव ने तत्काल दो ईज़ि चेयर और मेज़ बरामदे पर लगा दी है। मिस बॉनर को सहारा देकर रॉबिन ने उन्हें कुर्सी पर बिठा दिया और फिर ख़ुद भी बैठ गया। थोड़ी ही देर में मरियम चाय लेकर आ गई।

मिस बॉनर ने पूछा, 'तब इस बीच तुम्हारा काम कितना आगे बढ़ा है?'

चाय की घूँट भरने के बाद रॉबिन ने कहा, 'शुरुआत ही कहाँ हुई है, जो बढ़ने की बात हो? अभी तो बस आप सबसे बातचीत कर जरूरी नोट्स ही ले रहा हूँ। जब लगेगा कि सारे तथ्य जमा हो गए हैं, तो शुरू करूँगा लिखना। फिलहाल सब कुछ धुँधला-धुँधला है।'

मिस बॉनर ने कहा, 'हाँ, बेटे, रचना लेखक से सही समय आ जाने पर खुद अपने को लिखवा लेती है। किसी लेखक की एक बात मैंने पढ़ी थी। उसने लिखा था कि अपने पात्रों को भले ही लेखक अपनी रचना में जन्म देता है, लेकिन धीरे-धीरे वे पात्र स्वयं अपना विकास करते चले जाते हैं। अगर लेखक जबरन उसमें कोई परिवर्तन लाना चाहे, तो भी नहीं ला सकता। उसके पात्र किसी कीमत पर उसे इसकी इजाजत नहीं देंगे।' फिर तनिक रुककर मिस बॉनर ने जोड़ा, 'यह बात अच्छे लेखक और अच्छी रचना के बारे में है। चालू-बाज़ारू लेखक और साहित्य के बारे में यह बात नहीं। चालू किस्म के लेखक तो अपने पात्रों से कुछ भी असम्भव, फूहड़पन की सीमा के आगे तक करवा सकते हैं।'

रॉबिन ने चाय ख़त्म कर प्याली रखते हुए कहा, 'साहित्य के बारे में लगता है, बस सुनता ही चला जाऊँ आपसे। उस दिन जो आपसे बातें हुईं, तो कई दिनों तक मन भरा-भरा रहा। आपने ठीक ही बताया, प्रकृति और कृति का सम्बन्ध और इन दोनों को जोड़ने में भाषा की अहम भूमिका के बारे में।'

मिस बॉनर ने भीनी हँसी के संग कहा, 'रॉबिन, गुजरे हुए लगभग पाँच हजार सालों में अपने भारत देश में तरह-तरह की जाति व धर्म के लोग-बाग आए। अलग-अलग रहन-सहन, संस्कृति, धर्म, भाषा और बोलियाँ गढ़ीं और अन्तरंग भाव से सब, एक साथ रहते रहे। भारत की विभिन्न भाषाओं के साहित्य को मोटे तौर पर पढ़ने की कोशिश रही है मेरी। अंग्रेज़ी तो अंग्रेज़ी, बँगला, उड़िया, उर्दू, कश्मीरी, असमिया, कन्नड़, तेलगू, गुजराती, तमिल, पंजाबी, सिंधी, मलयालम, मराठी और फिर संस्कृत—इन सभी भाषाओं के अच्छे साहित्य का समय-समय पर जब कभी कहीं मुझे अनुवाद पढ़ने को मिला—चाहे अंग्रेज़ी या फिर हिन्दी में, तो मैंने जरूर पढ़ा। रॉबिन, भारतीय भाषाओं के मूल में जाओगे, तो मुग्ध हो जाओगे बेटे!'

रॉबिन ने अभिभूत सराहना के संग कहा, 'आइ.टी.सी. की नौकरी में रहकर भी आपने साहित्य से ऐसा लगाव रखा, आश्चर्य होता है। अगर किसी विश्वविद्यालय में आप भाषाविज्ञान की प्रोफेसर रही होतीं, तो अचरज नहीं होता। पर एक गैर-साहित्यिक परिवेश की नौकरी में जीवन भर रहकर आपने यह रुचि बनाए रखी, अद्भुत बात है।'

मिस बॉनर ने मन्द हँसी के संग कहा, 'यह सब बस आन्तरिक सुख के लिए बेटे। नौकरी से इसका क्या लेना-देना? हाँ, रिटायरमेंट के बाद जब मैकलुस्कीगंज में रहने आई, तब से फुरसत के क्षण में पढ़ने का और अधिक मौका मिला।'

रॉबिन ने गहरी साँस लेकर कहा, 'हाँ, अध्ययन तो आन्तरिक सुख ही है, और क्या है?'

मिस बॉनर ने चश्मे के भीतर से आँखें झपकाते हुए कहा, 'बेटे, इनसान ने कैसे धरती पर पाँव रखा, कैसे अपने को सँभाला और यहाँ तक बढ़ाया, यह कथा जिस तरह

रोमांचित करती है, उसी तरह विभिन्न भाषाओं का जन्म कैसे हुआ और इन भाषाओं ने कैसे अब तक अपनी यात्रा जारी रखी है, इसकी कथा भी कम अद्‌भुत नहीं। जैसे इस धरती पर भाषाओं का अंकुर कैसे फूटा, साहित्य कैसे बना, अद्‌भुत कहानियाँ हैं इसकी।'

रॉबिन चुपचाप सुनता रहा।

बाहर हवा हल्के-हल्के सिहक रही है। हवा में सहज ही एक गहरा सुकून है। गहराती जा रही शाम के साथ अँधेरा बढ़ता गया है। मरियम ने अब अन्दर ड्राइंगरूम की मेज़ पर लैम्प जलाकर रख दिया है। ड्राइंगरूम के दरवाज़े के दोनों पल्ले खुले हैं। ड्राइंगरूम में मेज़ पर जलते लैम्प की रोशनी बरामदे से दिखाई दे रही है और शायद इसलिए बाहर बरामदे पर कोई रोशनी नहीं रहने के बावजूद, अँधेरा नहीं अखर रहा है।

मिस बॉनर कहती जा रही हैं, 'जितनी आधुनिक भारतीय आर्यभाषाएँ हैं, रॉबिन, इनका सूत्रपात ईसा की लगभग ग्यारहवीं सदी के समय से माना जाता है। जैसे असम प्रान्त की भाषा असमिया को ही लो। असमिया इस देश के सबसे पूर्वी क्षेत्र की आर्य भाषा है। अब जैसे कश्मीरी...इसका उद्‌गम शीना या भारत-ईरानी भाषा के दरदी समूह से माना जाता है बेटे, जिसने पहले आर्य संस्कृत, फिर प्राकृत और चौदहवीं सदी के करीब उस मध्य युग की फारसी का गहरा प्रभाव ग्रहण किया। इसलिए रॉबिन, कश्मीरी भाषा और साहित्य में इन सभी मिलेजुले प्रभाव की शोभा-सुन्दरता है। यह तमिल! लगभग बाइस सौ वर्ष से भी कुछ अधिक पुरानी परम्परा है, तमिल भाषा साहित्य की। तमिल के महान कवि सुब्रह्मण्यम भारती की तमिल से अंग्रेज़ी में अनूदित कुछ कविताओं की एक किताब होगी कहीं मेरे पास। आह, क्या भारतीय भाव है, उनकी कविताओं में...! रॉबिन, अब तो इन सभी भाषाओं में राष्ट्रीय भाव की रचनाएँ विरले ही लिखी जाती हैं। लेखन से भी राष्ट्रीय भाव गायब होता गया है। पहले राष्ट्रीय भाव का लेखन काफी था, पर आज लेखन भी व्यावसायिक भाव का हो गया है। गुलाम भारत के लोगों ने कम्पनी व्यवस्था से लड़कर इस देश को आजादी दिलाई थी और फिर इस आजाद भारत में बीतते दशकों के साथ वैसी ही एक अपनी कम्पनी व्यवस्था राजनीतिक लोग बनाते चले गए। इसलिए इंडियंस बीते कल में ब्रिटिशों से लड़े और अब आनेवाले कल में उन्हें अपने आपसे लड़ना होगा। एक बार अपने-आपसे लड़कर इस देश को फिर से आजाद कराना होगा। वही असली कारगर आजादी होगी बेटे!'

अँधेरे में मिस बॉनर के चेहरे का भाव परिलक्षित तो नहीं हो रहा है पर उनकी आवाज़ में एक गहरी डूब है।

मन्द स्वर में रॉबिन ने पूछा, 'जनजातीय भाषाओं की क्या स्थिति है?'

मिस बॉनर ने उसाँसें लेकर कहा, 'क्या स्थिति रहेगी? संथाली...उराँव...नगपुरिया—इन जनजातीय भाषाओं की क्या हालत रहेगी? राँची विश्वविद्यालय में जनजातीय भाषाओं का एक विभाग है। इन जनजातियों की जैसी बुरी दशा, वैसी ही इनकी भाषा की बुरी दशा...। ईसाइयत में आस्था होते हुए भी, मुझे कहने में कोई हिचक नहीं कि आदिवासियों द्वारा इस क्षेत्र में धर्म परिवर्तन कर काफी संख्या में ईसाई बनने से भी जनजातीय भाषाओं पर आघात हुआ है। फिर जब संस्कृत जैसी आदिभाषा लगभग मिट-सी गई इस देश से रॉबिन...राष्ट्रभाषा हिन्दी उपेक्षा का रोना रो रही है यहाँ, तो इन जनजातीय भाषाओं की

याद कौन करता है? हाँ, जनजातियों ने अपने गीतों में...नृत्य के बोल में अपनी भाषा किसी तरह बचा रखी है, बस!'

शाम पूरी तरह रात में दाख़िल हो चुकी है। रॉबिन ने उठते हुए मिस बॉनर से कहा, 'जी तो कभी नहीं करता आपकी बातों को छोड़कर जाने का। अब किसी दिन आता हूँ सुबह के वक्त ही। तब देर तक बैठूँगा। गाँव के बारे में और जानकारी लूँगा आपसे।'

मिस बॉनर ने फीके स्वर में कहा, 'ठीक।'

उठने के बाद सहज ही उसकी निगाह नीचे फ़र्श पर गई है। अँधेरे में बरामदे पर अंकित वह पंक्ति : 'यॉर होम रिफ़्लेक्ट्स यू...आपका घर आपको प्रतिबिम्बित करता है' उसे नहीं सूझी। अँधेरे में सब कुछ डूब जाता है—घर...इनसान...पेड़...पौधा...सब कुछ। पर अँधेरे में बस एक चीज़ आहिस्ते-आहिस्ते उपलाती रहती है—एहसास। व्यक्तित्व का एहसास तो अँधेरे में भी रहता ही है।

ईज़ि चेयर में बैठीं, अँधेरे में डूबीं मिस बॉनर का अकेलापन क्या मैकलुस्कीगंज की इस रात के अन्धकार में भी 'बॉनर-भवन' के पूरे परिसर में गहराया हुआ नहीं है!

अलग झारखंड

रॉबिन जब 'क्वींस कॉटेज' के गेट पर पहुँचा, तो वहीं से उसे लगा, मि. मिलर और मि. मेंडेज़ बरामदे पर बैठे बातें कर रहे हैं। वह गेट खोलकर अन्दर घुसा, तो मि. मिलर ने बरामदे पर से ही कहा, 'कहाँ इतनी देर रह गए रॉबिन? मि. मेंडेज़ कब से तुम्हारा इन्तजार कर रहे हैं।'

बरामदे पर आकर कुर्सी खींच रॉबिन बैठ गया।

मि. मेंडेज़ ने कहा, 'इधर दो दिनों से तुमसे मुलाकात नहीं हुई थी न, इसलिए सोचा, चलूँ और देखूँ, क्या कर रहा है हमारा ऑथर...!'

रॉबिन ने उन पर सरसरी नज़र डालते हुए पूछा, 'क्यों अंकल, आज आपने शेव नहीं किया है?'

'सैटर-डे है न, इसलिए...।'

'क्यों?'

'इस तरफ यही चलन है। शनिवार को तुम देखोगे, 'गंज' का जो भी एकाध सैलून है, वह भी बन्द रहता है।'

मि. मेंडेज़ ने जानकारी देने के स्वर में कहा, 'दरअसल, इधर शनिवार को दाढ़ी कमाना लोग अपशकुन मानते हैं...।'

रॉबिन के स्वर में किंचित् आश्चर्य है, 'क्या आप इन बातों में बिलीव करते हैं?'

'करना ही पड़ता है न! जिस मिट्टी-पानी में आदमी रहता है, वहाँ का थोड़ा-बहुत चलन जिन्दगी में आ जाता है मैन...। जैसे बैसाख-जेठ यानी बीच मई से बीच जून... यानी मिड मई में से मिड जून तक को यहाँ के लोग 'खरमास' कहते हैं। इन दिनों कोई

भी इम्पॉर्टेंट काम करने से लोग थोड़ा परहेज करते हैं। अब इसका क्या किया जाए कि शनिवार और हजामत को लेकर भी ऐसा ही पंगा है। फिर शनिवार को मैं हजामत नहीं ही बनाऊँ, तो कौन-सा पहाड़ गिर जाएगा?'

मि. मेंडेज़ फिर सरकती-सी हँसी के संग बोले, 'यह सब भी छोड़ो, मेरे नाम को ही ले लो। कायदे से मुझे 'मि. मेंडी' पुकारा जाना चाहिए। मेरे नाम के स्पेलिंग का 'ज़ेड' दरअसल चुप है। पर गाँव में कोई किसी को चुप रहने देता है? सब मुझे मेंडेज़ कहते हैं और मैं भी अब अपना नाम यही कहता हूँ। आखिर क्या किया जाए? जो सबकी पसन्द, वो अपनी पसन्द।'

तभी घड़ी पर नज़र डालते हुए मि. मिलर ने जैक को आवाज़ लगाई, 'जैक, ट्रांज़िस्टर लाना तो, साढ़े सात बज गए...जरा न्यूज़ सुनें, क्या सब हुआ आज झारखंड बन्द में?'

जैक तत्परतापूर्वक ट्रांज़िस्टर खोलते हुए बाहर आया और मेज़ के बीच ट्रांज़िस्टर रखकर ख़ुद भी एक किनारे हाथ बाँध खड़ा हो गया।

समाचार शुरू हो गया था। कुछ सरकारी निर्णयों...कुछ अन्तरराष्ट्रीय घटनाओं आदि की सुर्ख़ियाँ कहने के बाद समाचारवाचक ने झारखंड क्षेत्र में आर्थिक नाकेबन्दी के दौरान हुई घटनाओं के बारे में कहा कि किस तरह झारखंड आन्दोलनकारियों ने दक्षिण-पूर्व रेलवे के चक्रधरपुर तथा लोटापाहो स्टेशन के मध्य रेल की पटरियाँ क्षतिग्रस्त कर दीं, जिससे 23 डिब्बे पटरी से उतर गए और पैसेंजर गाड़ियों का आना-जाना पूरी तरह ठप रहा। कुछ ट्रेनों को राउरकेला में ही इन विस्फोटक स्थितियों को देखकर रोक रखा गया है। समाचार में आगे कहा गया कि कैसे इस आर्थिक नाकेबन्दी के चलते बोकारो इस्पात संयंत्र के अलावा राउरकेला, भिलाई, बर्नपुर और दुर्गापुर के इस्पात संयंत्रों को लौह अयस्कों की आपूर्ति नहीं हो पा रही है। जिस रेल लाइन को आन्दोलनकारियों ने क्षतिग्रस्त किया, उससे होकर हरेक दिन बत्तीस सौ टन लौह-अयस्क बोकारो इस्पात संयंत्र भेजा जाता रहा है। अन्त में, समाचार में कहा गया कि आन्दोलन के नेताओं ने केंद्रीय गृहमंत्री की आन्दोलन को रोकने की अपील को अस्वीकार कर दिया है।

समाचार ख़त्म होने के बाद ट्रांज़िस्टर बन्द करते हुए मि. मिलर ने गहरी साँस लेकर कहा, 'स्थिति सचमुच गम्भीर है। इस जंगल में तो हम लोगों को कुछ पता ही नहीं चलता।'

मि. मेंडेज़ ने कहा, 'हाँ, समाचार सुनकर तो स्थिति गम्भीर लगती है। पर शायद केन्द्र सरकार ने झारखंडवालों को इधर प्रस्ताव दिया है कि 'गोरखा हिल काउंसिल' या फिर हाल में जिस तरह असम के बोडो आन्दोलनकारियों को एक 'ऑटोनॉमस काउंसिल' की व्यवस्था दी गई है, उसी तरह की व्यवस्था ये लोग भी स्वीकार कर लें। पर शायद ये लोग अड़े हुए हैं कि नहीं, लेंगे तो अलग 'झारखंड स्टेट' ही।'

मि. मिलर ने क्षुब्ध स्वर में कहा, 'सौ बात की एक बात है मि. मेंडेज़ कि न इस मामले में केन्द्र सरकार का दिल साफ है, न ही बिहार सरकार का। और ये झारखंडी नेता तो सत्तालोलुप हैं ही। इन्हें हर हाल में बस सत्ता चाहिए। अपने गरीब आदिवासी समुदाय से इन्हें कोई माने-मतलब नहीं।'

मि. मेंडेज़ ने गहरी उदासी से कहा, 'पर इसका रास्ता क्या है? देश...प्रान्त...समाज सब इसी तरह टुकड़ों में बँटता जाएगा। अन्दर-ही-अन्दर खंड-खंड होता जा रहा है, यह

अखंड भारत। कभी पंजाब में खालिस्तान की माँग तेज थी...कश्मीर में लगातार अलग आतंक...सब जगह तो वही हाल है...।'

मि. मिलर ने आँखें सिकोड़ते हुए कहा, 'सरकार की तुष्टीकरण की नीति से हो रहा है यह सब। जब गोरखालैंड का आन्दोलन चल रहा था, तो वहाँ 'गोरखा हिल काउंसिल' दे दिया गया। असम में बोडोलैंड की माँग हो रही थी, तो वहाँ भी 'ऑटोनॉमस काउंसिल' दे दिया। अब झारखंड वालों को भी 'ऑटोनॉमस काउंसिल' देकर किसी तरह फिलहाल चुप करना चाहते हैं। यह फिलहाल चुप कर देने की आदत बहुत घातक है। जिसे आज आपने थोड़ा देकर चुप करने की कोशिश की, उसकी उम्मीद को आपने बढ़ावा दिया। सरकार सख्ती से बस एक बार कह दे कि अलगाववादी प्रवृत्ति को कोई तरजीह नहीं दी जाएगी। हाँ, इन क्षेत्रों के विकास पर सरकार खास ध्यान दे ताकि यहाँ के निवासियों का गुस्सा खत्म हो जाए। बिहार सरकार तो झारखंड इलाके पर बिलकुल ध्यान ही नहीं देती। पता नहीं, क्या चक्कर है!'

मि. मेंडेज़ ने देर से चल रही इस चर्चा को समेटने के अन्दाज़ में कहा, 'हमसे-आपसे ज्यादा बड़े-बड़े दिमाग के लोग सरकार में बैठे हैं। वे सब भी तो कुछ सोचते ही होंगे न!'

मि. मिलर ने तिक्त होकर कहा, 'खाक सोचेंगे! सोचते तो क्या यही हालत रहती? इसलिए आप अखबारों में खबरों को पढ़िए, किसी भी क्षेत्र की समस्या अब अलगाववादी नारे के संग ही शुरू होती है। हद है भई!'

रॉबिन चुपचाप उन दोनों की बातें सुनता रहा। थोड़ी देर पहले मिस बॉनर की कही वे बातें उसके मन में घुमड़ रही हैं, 'भारतीय बीते कल में ब्रिटिशों से लड़े और आनेवाले कल में उन्हें अपने-आपसे लड़ना होगा। एक बार अपने-आपसे लड़कर इस देश को फिर से आजाद कराना होगा। वही असली कारगर आजादी होगी...।'

रॉबिन का मन अनायास उद्विग्न हो आया—कब लड़ेंगे भारतीय अपने-आपसे? भारत की आश्रयमयी धरती क्या इसी तरह मूक होकर सब कुछ झेलती रहेगी? एंग्लो-इंडियनों को भी अपना गाँव बसाने के लिए इंग्लैंड ने कोई जगह नहीं दी। जगह दी तो भारत की वत्सला धरती ने। इस धरती की करुण कथा क्या इसकी सन्तान ही नहीं समझेंगे...? रॉबिन को लगा, मैकलुस्कीगंज की चौहद्दी के भीतर की धरती फिर तेज़-तेज़ धड़क रही है—धड़...धड़...धड़...धड़...!

खाने के बाद अपने कमरे में देर रात गए तक वह बिस्तर पर उलटता-पलटता रहा...। फिर उठकर मेज़ के पास आया। लैम्प की रोशनी अत्यन्त क्षीण है। शीशा लगभग काला पड़ गया है। कुर्सी धीमे से खींचकर वह बैठ गया है और राइटिंग पैड निकालकर कुछ दिन पहले उस पर लिखी अपनी पंक्तियों को देखने लगा है—'अभी इस रात में भी पृथ्वी अहर्निश सूर्य की परिक्रमा में जुटी होगी...और सूर्य आकाश गंगा की परिक्रमा में...फिर भी कहीं-न-कहीं कुछ अविचल है...स्थिर है...निश्चल...अडिग...वह है विश्वास...! इस निरन्तर गतिमय वसुंधरा और इसके निरन्तर गतिमय जीवन के बीच मैं अडिग हूँ...विश्वास से भरा है मेरा हृदय...।' पर उसका यह विश्वास भला क्या कर सकता है? बस, चन्द दिनों के लिए यहाँ आए हुए एक व्यक्ति के विश्वास की शक्ति ही क्या हो सकती है?

बिस्तर पर आख़िरकार आकर वह निढाल-सा लेट गया। जाने कब उसे नींद आ गई।

अलस्सुबह जैक उसके कमरे का दरवाज़ा ठकठका रहा है। उनींदी हालत में ही उसने उठकर दरवाज़ा खोला, 'क्या जैक?'

जैक ने सनसनी-भरे स्वर में कहा, 'आप तो रात में गहरी नींद सोए थे। जानते हैं, रात में यहाँ क्या हुआ?'

एक क्षण के लिए रॉबिन की आँखें खुली की खुली रह गईं। उसे पहले लगा, शायद किसी के यहाँ जंगली जानवरों ने रात को उत्पात मचाया। उसने चौंकते हुए पूछा, 'क्या हुआ रात को?'

जैक ने अपनी अभी थोड़ी देर पहलेवाली उसी भंगिमा में कहा, 'रात को मैकलुस्कीगंज स्टेशन पर झारखंड आन्दोलनवाले लोग अचानक टूट पड़े। वे लोग रेल की पटरी का फिश-प्लेट खोल ही रहे थे कि रेल पटरियों की हिफाजत के लिए गश्त लग रही पुलिस पार्टी ऐन मौके पर वहाँ पहुँच गई। तीन राउंड गोली चलाई पुलिस पार्टी ने उन आन्दोलनवालों को खदेड़ भगाने के लिए। वह तो गनीमत हुई, वरना आधे घंटे बाद ही अमृतसर-हटिया एक्सप्रेस गुजरनेवाली थी। पता नहीं कितना बड़ा हादसा हो जाता।' जैक के चेहरे पर एक अजीब खदबदाहट है, 'अगले तीन दिनों के लिए इसी सब वजह से पटना-बरकाकाना और पलामू एक्सप्रेस के साथ-साथ कई ट्रेनों को कैंसिल कर दिया गया है। आज स्टेशन पर लगातार यही बात हो रही है।'

जैक के कन्धे पर हाथ दिये वह बाहर बरामदे पर आ गया है, 'गम गलत करने के लिए डियर एक चाय पिलाओ।'

जैक भचकते क़दमों के साथ किचेन में चला गया है। कैम्पस के बाहर कदंब के पुष्ट विशाल पेड़ की डालों पर बैठी पीली दुमवाली चिड़ियों की एक छोटी-सी टुकड़ी अभी किलक-हुलस रही है।

खंड : तीन

काँके

बिफना गंझू बहुत मुश्किल से हाजत से निकला है। तीन दिनों से खलारी थाना की पुलिस उसे अवैध कस्टडी में रख खूँद-खूँदकर पूछताछ कर रही थी। राँची में कई साहबों के यहाँ बदहवास भटकने के बाद आख़िरकार टुइयाँ गंझू अपने बेटे बिफना को छुड़ाने में क़ामयाब हुआ है। 'गंज' में सब बुरी तरह उत्सुक हैं कि आख़िर कैसे हुआ यह...? दुनिया का आठवाँ आश्चर्य...! एम.सी.सी. होने का 'चार्ज' जिस पर हो, वह इतनी आसानी से भला छूट कैसे सकता है...?

छोटे खुट्टी का खुशिया पाहन अपनी घुच्ची आँखों को और घुचघुचाकर कहता है, 'सब संयोग...भाग...संयोग...।'

टुइयाँ के साथ बिफना को छुड़ाने के अभियान में खुशिया पाहन भी राँची गया था। इस घोर विपत्ति में साथी का पीठ नहीं पुरता, तो साथी किस दिन का? टुइयाँ और उसकी घरवाली का दहलानेवाला विलाप खुशिया के लिए असहनीय था। दोनों सावन-भादों बने हुए थे। बिफना को छुड़ाने का कोई रास्ता नहीं सूझ रहा था। पर मुसीबत की घड़ी में मि. गिब्सन पक्ष के पहाड़ बनकर खड़े हुए थे। उन्होंने एक बढ़िया-सा आवेदन तैयार कर दिया था डी.आई.जी. साहब के नाम और राँची जाने-रहने के लिए टुइयाँ की जेब में कुछ रुपये जबरन डाल दिये थे, 'वहाँ रहोगे—खाओगे कैसे?'

राँची में दर-दर भटकने के दौरान उस शाम टुइयाँ-खुशिया का संयोग लह गया। खुशिया पाहन प्रवेशी आदमी है। सन्तरी के पास रो-गाकर टुइयाँ को लिये-दिये खुशिया डी.आई.जी. साहब के बँगले के लॉन में पहुँच गया और अजीब दृश्य उपस्थित कर दिया...। लॉन में अपनी मेमसाहब के संग बैठकर चाय पी रहे डी.आई.जी. साहब का घुसते ही पाँव छान लिया टुइयाँ ने...आँखों से झर-झर मोतीधारी आँसू...। खुशिया पाहन भी दहाड़ मारकर रोने लगा। मौक़ा पाकर टुइयाँ ने विलाप करते हुए डी.आई.जी. साहब के पाँव पर सिर रखकर तान छेड़ दी...। पागलों की तरह फूट-फूटकर गा रहा था टुइयाँ, 'आप सिंहासन पर बैठे हो...प्रजा विपत सिर भार हो राजा...अमला गरीब़ उजाड़े...।'

डी.आई.जी. साहब की पत्नी को माया आ गई, 'क्यों रो रहा है ये दोनों ओल्ड ट्राइबल...?' डी.आई.जी. साहिबा की आवाज़ सुन गेट पर खड़े दोनों सन्तरी भागे हुए पहुँचे और टुइयाँ-खुशिया को घसीटकर उठाने को लपके, 'तमाशा मत करो साहब के पास...। अब यहाँ से चलो...!'

पर डी.आई.जी. साहब ने फ़ौरन रोक दिया, 'नहीं...कहने दो...क्या कहना है...।'

खुशिया ने मौक़ा देखते ही मि. गिब्सन का तैयार किया हुआ आवेदन चुपचाप बढ़ा दिया। पढ़कर डी.आई.जी. साहब ने कहा, 'अच्छा, तो एम.सी.सी. करता है तुम्हारा बेटा...? हेम्ब्रम के साथ घूमता है? खैर, इस बार तो मैं कह देता हूँ...पर आगे कभी ऐसी शिकायत नहीं मिलनी चाहिए...।'

टुइयाँ ने फिर उनके पाँव पर सिर रख दिया, 'कभी नहीं हजूर...अब कभी नहीं...।'

पर जब बिफना खलारी थाना के हाजत से निकला, तो धँसी स्याह आँखों से बाप को हुड़कते हुए बोला, 'क्यों छुड़ाया मुझे...? गरीब आदिवासी दाँतों जमीन पकड़कर रहें...चुपचाप जालिया लोगों की मार खाते रहें और सब कान में तेल डालकर घर में पड़े रहें...? कलप कर मरे हमारे पितरों के हाड़ इस मिट्टी में दबे हैं। अब यह नहीं चलेगा...। इस जुल्म को तोड़ना होगा...। कब तक छुड़ाते रहोगे मुझे—बोलो तो...?'

बहुत कम बोलनेवाला बिफना अपने बाप टुइयाँ को जिस तरह तरेड़ रहा था—देखकर खुशिया पाहन हैरान था। पर टुइयाँ ने फुसफुसाहट के संग खुशिया के कान में कहा, 'हाजत में बाबू की पुड़पुड़ी निकली हुई थी। दाँत का चौका सिकुड़ा हुआ था। पार्टीवालों ने इसको यही सब बोली रटाई है। ठीक हो जाएगा...।'

बिफना के छूटकर गाँव आने की ख़बर पाकर रॉबिन टुइयाँ गंझू के घर गया। बिफना से कुछ देर बात कर उसे अजीब रोमांच हुआ। एक पीड़ापूर्ण संकल्प...एक विचित्र डरावनी संयमित व्याकुलता दहकती दिखी बिफना के चेहरे पर, 'हमारे बाप-दादा ने तो काट ली...पर हम लोग...? दुःख का मेंह बहुत बरस चुका। हम लोग अब पत्ता उबालकर नहीं पिएँगे रॉबिन बाबू...। घोंघा-सितुआ नहीं बटोरेंगे...। लतमर्दन नहीं सहेंगे। जुल्म की नरेटी चाँप देंगे...। आदिवासियों को आज तक भरम में ही रखा गया है...।'

बिफना की छोटी काली नाक की टुनगी जैसे लहक रही थी...। यह आग कमोबेश यहाँ सभी आदिवासी युवकों की नाक की टुनगी पर चिलकती दिखती है। एक सिहरन भरी डरावनी कौंध।

आदिवासी युवकों के झुंड में हरदम घूमनेवाले एंग्लो-इंडियन युवक जेम्स पेंटोनी ने भी तो उससे यही कहा, 'रॉबिन दा! जिस पर चिलम चढ़ती है न, वही समझता है...।'

कई रातों तक बिस्तर पर ये बातें गूँजती रही थीं रॉबिन के मन में। देर शाम गए गाँव के धनकुट्टी मिल की आवाज की गूँज जैसी फक...फक...फक...फक...! हरेक शाम गूँजती इस आवाज़ से उसे लगता है, जैसे गाँव की धड़कन तेज़ हो गई है। अचानक तेज़ी से धड़कने लगा है गाँव का कलेजा...।

खुशिया पाहन ने उस दिन किस तरह कातर होकर कहा, 'मौनी बाबा हो गया है अपना 'गंज'। न कुछ बोलता है, न हँसता है, न रोता है...। सब कुछ चुपचाप पीता रहता है। कब तक चलेगा यह?' खुशिया पाहन की बात में एक विचित्र झसक थी।

रॉबिन ने बात को परिहास में बदलते हुए हँसकर कहा, 'गाँव मौन नहीं है...खुशिया अंकल! गाँव के होंठ में तम्बाकू दबा हुआ है, इसलिए बोल नहीं पा रहा है...।'

'भक्क...बदमाश कहीं का...!' खुशिया पाहन बिहँस पड़ा।

हालाँकि कहने को तो रॉबिन ने परिहास में यों ही कुछ कह दिया, पर 'गंज' के मौन को...'गंज' में घुमड़ते शब्दों की डरावनी चुप्पी को...वह भी धीरे-धीरे महसूस कर रहा है।

अक्षर नहीं, अक्षर का भ्रम। शब्द नहीं, शब्द का भ्रम। भाषा नहीं, भाषा का भ्रम। और भ्रम की कठोर परत से ढँकी हुई हरी-भरी धरती। पर धरती बंध्या नहीं है। अक्षर और शब्द किसी के बन्दी नहीं हैं। न ही कोई भाषा बंध्या है। बंध्या है, तो सिर्फ़ सरल-निष्कपट मानवता। बन्दी हैं, तो मात्र अपनी निश्छलता के मारे सरल मनुष्य। भ्रमों के भँवर में बुरी तरह उभलाते-चुभलाते, गोते खाते। काल साक्षी है, युगों से कुटिल प्रवृत्ति वाले कुछ मुट्ठी भर लोग विराट मनुष्यता को अपने पाशविक स्वार्थों के वशीभूत बन्दी बनाते रहे हैं और इसके लिए उन लोगों ने धरती...अक्षर...शब्द और भाषा तक के साथ समय-समय पर षड्यंत्र किया है, कपट किया है। निश्छल मानवता के हाथ-पाँव में छलपूर्वक शब्द-भ्रम की बेड़ियाँ पहनाने का षड्यंत्र। और यह निर्विकार मनुष्यता बिसूरती-कलपती रही है। रॉबिन ने सोचा, कभी-कभी किसी सुपरिचित पदचाप का भी भ्रम होता है। जैसे मैकलुस्कीगंज के अनन्य एकान्त में कभी-कभी सुपरिचित शब्दों की पदचाप का भ्रम। यह भ्रम भी दो तरह का होता है—एक अविश्वास से भरे मन का भ्रम। जो मन विश्वास से कोसों दूर है; जिसे हर पल आशंका सताती है कि कुछ भी हो सकता है। दूसरा है, विश्वास से भरे मन का भ्रम कि 'हाँ, जो हो रहा है, अच्छे के लिए।' ये सीधे-सरल आदिवासी विश्वास से भरे मन के लोगों की कोटि के हैं, जो अपनी हर तकलीफ़...तमाम मुसीबत यही मानकर झेलते रहे हैं कि 'हाँ, ऐसा हो सकता है। यह विपदा...यह विडम्बना है, तो इसमें क्या हर्ज़ है? इसमें ईश्वर का कुछ नेक भाव ही है।'

उस दिन मि. मेंडेज़ ने झारखंड आन्दोलन को लेकर छिड़ी चर्चा के क्रम में रॉबिन से यही तो कहा, 'ये आदिवासी लोग आँख मूँदकर विश्वास करनेवालों में से हैं। जिस किसी पर एक बार विश्वास कर लिया, तो बस कर लिया। फिर उसके एक इशारे पर बगैर आगे-पीछे सोचे, कुछ भी कर गुजरेंगे। भले बाद में उसके कारण इन लोगों को धक्का ही क्यों न खाना पड़ जाए। जैसेकि अभी इनके नेताओं ने कहा है—रेल की पटरियाँ उखाड़ो... ट्रक-बस और सरकारी दफ्तरों में आग लगा दो...! ये लोग आँख मूँदकर यह सब करेंगे।'

सच, कितने विश्वास से भरा मन है इनका! पर एक विचित्र शब्द-भ्रम है, सोचा रॉबिन ने। 'आदिवासी' शब्द का मारक शब्द—भ्रम! 'आदिवासी'—इस एक शब्द-भ्रम में जकड़ी एक ऐसी निर्मल मानवता, जिसे अब तक उसके उसी आदिम शक्ल में इतिहास बनकर तड़पते हुए जीवित रहने को विवश रखा गया है। इतिहास बनकर जीवित रहने को एक सन्तप्त मानवता, जिसे वर्तमान में कभी आने की इज़ाज़त ही नहीं दी गई है। पर क्या कोई मनुष्य, कोई भी मानव-समुदाय मात्र इतिहास बनकर जी सकता है? सिर्फ़ अपने आदि के अतीत की साँस भरकर...? नहीं, उसे जीवित रहने के लिए कुछ-न-कुछ वर्तमान तो चाहिए। यही शायद इनकी पीड़ा है—आदिवासी से वर्तमानवासी नहीं बन पाने की पीड़ा।

मि. मिलर से रॉबिन ने क्षुब्ध उत्सुकता भरे स्वर में पूछा, 'अंकल, आदिकाल से मानव-समुदाय धरती पर है, पर एक सिर्फ यही लोग क्यों आदिवासी कहे जाते हैं? क्या हर मनुष्य धरती का आदिवासी नहीं? अंकल, आप क्या मानते हैं?'

मि. मिलर ने उसाँसें लेते हुए कहा, 'बेटे, मैं कोई समाजशास्त्री या एंथ्रोपोलोजिस्ट तो हूँ नहीं कि आदिवासी की सटीक परिभाषा दूँ, लेकिन तुम्हारी बात तो मुझे ठीक लग रही है कि हर मनुष्य धरती का आदिवासी है, फिर एक यही लोग क्यों आदिवासी कहे जाते हैं?'

मि. मिलर कुछ और कहते कि रॉबिन ने तनिक खिन्न होकर कहा, 'यही शब्द-भ्रम है अंकल...।'

मि. मिलर ने तनिक चौंकते हुए आँखें फैला दीं, 'शब्द-भ्रम? कैसा शब्द-भ्रम, बेटे?'

रॉबिन ने शान्त स्वर में कहा, '...आदिवासी...।'

मि. मिलर थोड़ी देर तक अपने अन्दर उधेड़बुन में उलझे रहे—'शब्द-भ्रम...? क्या कहा रॉबिन ने?' लेकिन फिर उन्होंने रॉबिन से इस बारे में आगे कुछ नहीं पूछा। उन्हें लगा कि पिछले सप्ताह भर से आर्थिक नाकेबन्दी की ख़बरें रेडियो पर सुन-सुनकर और उन लोगों की 'झारखंड-बन्द' को लेकर छिड़ी आपसी चर्चाओं से वह थोड़ा उद्वेलित है। आख़िर कुछ भी है, एक संवेदनशील लेखक मन है न। सो मि. मिलर ने तनिक मुस्कराकर उसका ध्यान बँटाने की कोशिश करते हुए कहा, 'रॉबिन, लगता है, लेखक लोग अपने आसपास की हर छोटी-बड़ी घटनाओं के प्रति कुछ अधिक ही संवेदनशील होते हैं। अच्छा, चलो, छोड़ो इन बातों को। आज से तो नाकेबन्दी खत्म हो गई। तुम राँची कब जा रहे हो?'

रॉबिन ने मुस्कराकर अपने-आपमें लौटते हुए कहा, 'राँची अब कल सुबह जाऊँगा।'

रात में खाने की थाली लेकर उसके कमरे में दाख़िल होते हुए जैक ने कहा, 'दिन कैसे बीतते हैं रॉबिन बाबू! आप मई में आए थे और अब देखते-देखते जून भी अधिया गया। मॉनसून आ गया। एकाध बार बारिश भी हो गई। सड़ी गर्मी से अब जान छूटेगी।'

रॉबिन ने जैक की तरफ़ हँसकर देखा, 'हाँ, जैक! सचमुच बहुत अच्छा लगेगा।'

वह सोचने लगा, यह मॉनसून भी क्या शब्द है—मौन...सून...सूना...मौन...! इस सूने मौन को जमकर भिगोएगी वर्षा। धरती से लेकर मन तक एक तरल स्पर्श। उसी दिन बीच में एक बार थोड़ी देर के लिए वर्षा हुई थी, तो कितना अच्छा लगा था! उस वर्षा के बाद गाँव में घूमने के दौरान उसने देखा था—खेतों में खन-जोत का काम तेज़ी से जारी है। हल-बैल खेतों के भीतर परिक्रमा आरम्भ कर चुके थे। धान की बुवाई के लिए बिचड़े तैयार थे। मेंडेज़ अंकल ने कहा था, 'खेती-पत्ती की तैयारी शुरू हो चुकी।' उसे यह सब दृश्य बहुत अच्छा लगा। फिर से उपजने की तैयारी में बिछे खेत।

खाना खाकर वह बिस्तर पर लेट गया। जैक कमरे में थाली उठाने आया, तो उसका मन किया कि जैक से कहे—जैक, कल मुझे सवेरे जगा देना। राँची जाना है।—लेकिन फिर उसने यह सोचकर नहीं कहा कि अब तो सवेरे उठने की उसे खुद यहाँ आदत पड़ गई है। वह आप-से-आप सवेरे उठ जाएगा।

सवेरे तैयार होकर जब वह कमरे से निकलने लगा, तो जैक ने कमरे में आकर कहा, 'ऐसे नहीं चले जाइएगा। नाश्ता ला रहा हूँ। अभी नहीं रोकता, तो आप चुपचाप बिना कुछ खाए-पिए बासी मुँह निकल जाते।'

रॉबिन ने हँसते हुए कहा, 'जैक, इस तरह तो हांगकांग में मम्मी भी कभी मेरे पीछे नहीं पड़ी रहती थीं।'

जैक ने हल्की हँसी के संग नाटकीय मुद्रा में मुँह सिकोड़ते हुए कहा, 'आप भूल गए? जब आप यहाँ आए थे, तो मि. मिलर ने क्या कहा था? कहा था, यह जैक है, आज से यह तुम्हारी हर सुख-सुविधा का यहाँ खयाल रखेगा।'

कुछ ही मिनट बाद जैक नाश्ता ले आया।

कमरे से निकलते हुए जैक ने फिर मुड़कर कहा, 'रॉबिन बाबू, साहब ने कहा है, जाते समय उनसे मिल लीजिएगा। शायद राँची से कुछ दवा मँगवानी है उन्हें।'

नाश्ता करने के बाद मि. मिलर के कमरे के दरवाज़े पर उसने दस्तक दी, 'अंकल, मैं जा रहा हूँ। कुछ लाना है राँची से?'

मि. मिलर ने लेटे-लेटे ही कहा, 'अन्दर आ जाओ बेटे।'

मि. मिलर पलंग पर लेटे हुए हैं। देखते ही लग रहा है, आज उनकी तबीयत कुछ ठीक नहीं। पलंग के पास ही बेंत की एक पुरानी कुर्सी पर मि. मिलर के कुछ कपड़े बेतरतीबी से रखे हुए हैं। मि. मिलर ने कहा, 'बेटे, कपड़ों को जरा उधर रखकर बैठो। मैं तुम्हें डॉक्टर का पुरजा देता हूँ। ये दवाएँ राँची में ले लेना। इधर नहीं मिलती हैं ये दवाएँ।' फिर आहिस्ते-से एक हल्की कराह के संग उठकर मि. मिलर ने कमरे में रखी अपनी पुरानी छोटी-सी अलमारी से डॉक्टरी पुरज़ा निकाला और पैसे निकालकर देने लगे।

रॉबिन ने उनका हाथ थामते हुए कहा, 'रहने दीजिए अंकल। दवा ले आऊँगा, तब जितने पैसे लगेंगे, मैं ले लूँगा न आपसे।'

मि. मिलर फिर हाँफते हुए पलंग पर लेट गए, 'क्या बताऊँ, अरसे बाद फिर वही कमर और घुटने का दर्द रात से शुरू है। घुटने में थोड़ी स्वेलिंग भी है। खैर, तुम जाओ अब...बस आती ही होगी।'

वैसे बस के लिए लगभग आधे घंटे हाथ में हैं। नौ के क़रीब घड़ी की सूई पहुँची हुई है। फिर भी टहलते हुए वह निकल पड़ा है। रास्ते में बरबस आम के वृक्षों पर नज़र गई है उसकी। धूसर-भूरे वृक्ष आम से लदे-फँदे कितने गद्गद लग रहे हैं! कुछ ऊपर फुनगी के आम पके भी हैं। पूरा 'गंज' आम से लदा हुआ है। बम्बई, मालदह, मधुकली...लँगड़ा... बिज्जू...। आम से आच्छादित है 'गंज'। उसने याद किया, पापा किस तरह मुदित हो मि. चाको डॉमनिक उर्फ़ मैंगो अंकल के विशाल आम बाग़ान का ज़िक्र करते थे! वाक़ई, फ्रूट किंग है आम। सुबह, दोपहर और शाम—इन दिनों जैक अनिवार्य रूप से खाने से लेकर नाश्ते के संग आम का प्लेट परोसता ही है। बड़े नाज़ और आम जैसे ही मधुर प्यार से। आम इस बार झमठकर हुआ है। जैक ने बताया था, 'पिछले साल ठीक से नहीं हुआ था न...इसलिए इस साल जमकर फला है...। बीच में एकाध बार बारिश हो जाने से रस भी अच्छा आया है।' अभी उसी दिन तो मेंडेज़ अंकल के संग सुबह-सुबह वह लेफ़्टिनेंट जेनरल माया दास के यहाँ गया था। कितने सहज-स्नेहिल व्यक्ति हैं लेफ़्टिनेंट जेनरल मायादास! मेंडेज़ अंकल ने बताया था कि सेना से अवकाश ग्रहण करने के बाद सारी दुनिया में यही एक जगह काफ़ी तलाश के बाद जेनरल साहब को रास आई। जेनरल साहब के घर की सीढ़ियाँ रात भर टपके आम से सुबह में कुछ इस क़दर भरी हुई थीं कि देखकर आनन्द आ गया। रॉबिन ने देखा, जेनरल साहब के घर की ऐन सीढ़ी के पास लगा आम का पेड़ चुपचाप मुसक रहा था...। क्यों, कैसी लग रही है आम की

वर्षा...?—रास्ते में उन आम के पेड़ों को निहारते हुए उसने सोचा, किसी दिन इन आम के पेड़ों से वह जैक के साथ आकर आम तोड़ेगा। पेड़ पर चढ़कर तोड़ेगा।

किसके पेड़ होंगे ये सब? उससे पहले अनुमति लेनी होगी? ख़ैर, जैक को तो मालूम ही होगा, ये किसके पेड़ हैं। अभी उसे पापा की बात याद आ रही है और चलते हुए वह सोच रहा है—इस बार आम के पेड़ से ख़ुद आम तोड़कर ऐन आम के पेड़ के नीचे आम खाने का आनन्द उठाएगा वह...। ओह, मज़ा आएगा, सचमुच...! बचपन में जो आनन्द वह नहीं उठा पाया, अब जाकर उठाएगा। उसने एक क्षण रुककर आम के उन वृक्षों को भरपूर आँखों से निहारा। लगा, जैसे मुस्कराकर वे कह रहे हों—इसमें इतना सोचना क्या? जब जी करे, आ जाओ भई।—फिर उसके क़दम आगे बढ़ गए।

मिसेज़ ऐलिस टॉमलिन के घर के पास के सभी वृक्ष अब दिखने लगे हैं। सहसा एक हरी-सी झिलमिलाती अनुभूति उसकी आँखों में उठी है। पीपल के उसी हरे-रेशमी झिलमिलाते पत्तों वाले पुराने विशाल पेड़ के नीचे खड़ी वही लड़की उसे दिख गई है। नारंगी रंग की हरे पाड़ की साड़ी में दूर से ही एकदम चित्रलिखित-सी दिप रही है वह। रॉबिन के क़दम अनायास तेज़ हो गए हैं। कंका की नन्ही हरी-भरी पहाड़ी से धूप छलछलाती हुई गिर रही है। रॉबिन पीपल वृक्ष के क़रीब आ गया है। लड़की ने उसकी तरफ़ देखा और एक परिचित-सा भाव उसकी आँखों में थिरक गया है। उसी परिचित अन्दाज़ में रॉबिन ने उसके पास पहुँचते हुए हल्की मुस्कान के संग किंचित् झिझकते हुए पूछा, 'अच्छा, तो आप भी चल रही हैं?'

प्रत्युत्तर में लड़की के होंठ का पहले निचला हिस्सा काँपा, होंठ कुछ संकोच से अलग हुए और फिर एक अनुपम हँसी बरबस उसकी आँखों में छलछला गई, 'जी...।'

कितनी सुपरिचित-सी हँसी है यह—कंका की नन्ही हरी-भरी पहाड़ी पर सुबह की छलछलाती कोमल धूप की तरह...!

लड़की अपनी बड़ी-बड़ी आँखें नीचे ज़मीन की तरफ़ गड़ाये खड़ी है। शायद वह यह सोच नहीं पा रही है कि ऐसे में क्या किया जाए? ख़ुद रॉबिन भी नहीं सोच पा रहा है, क्या बातचीत की जाए इससे? यह तो बस 'जी' कहकर चुप हो गई है। उसे अपने-आप पर आश्चर्य हो रहा है, आज कैसे बढ़कर उसने इस लड़की को टोक दिया? यह जैसे अनायास हो गया। टोकने की बात अगर वह सोचता, तो आज भी टोक नहीं पाता।

हवा यों अभी कुछ ख़ास नहीं है, लेकिन शालीनता से डोल रही पीपल वृक्ष की हरी-रेशमी पत्तियाँ यह आभास करा रही हैं कि थोड़ी—बहुत थोड़ी-सी हवा है! बस, पत्तों को महसूस करने लायक़। उस दिन वाला अमलतास का पेड़ धूप में भरपूर सुनहरी रोशनी लुटा रहा है। अगर यह लड़की इत्तफ़ाक़ से कभी अमलतास के नीचे खड़ी हुई, तो? अमलतास के सुनहरे फूलों की डाल वह चुपचाप उसके ऊपर झकझोर देगा।

अमलतास से नज़र हटाकर रॉबिन ने ऊपर चारों तरफ़ फैली पीपल वृक्ष की पुरातन टहनियों पर नज़र फिराई और फिर लड़की की तरफ़ मुख़ातिब हो हल्की हँसी के संग कहा, 'लगता है, यह पीपल का पेड़ आपको बहुत प्रिय है, है न? उस दिन भी तो आप इसी पेड़ के नीचे खड़ी बस का इन्तजार कर रही थीं।'

लड़की हल्के-से मुस्कराकर रह गई। ऐसे में उसके सुन्दर-सुव्यवस्थित दाँत एक क्षण के लिए दिप गए। आदिवासी लड़कियों की दंत-पंक्ति कितनी सुन्दर होती है! एकदम से कौंधती दंत-पंक्ति, जैसे मेघ भरे सघन जामुनी आकाश में अचानक उड़कर एक शोभा उपस्थित करता सफ़ेद झक्क बगुलों का दल...! जैसे रातरानी के मीठे नन्हे फूल!

रॉबिन ने सोचा, वहाँ हांगकांग में लड़कियों से बात करने में तो उसे कभी कोई झिझक नहीं होती थी। एकदम धड़ल्ले से, बिलकुल बेतकल्लुफ़ी से। उसने याद किया हांगकांग की अपनी चन्द दोस्तों लारा, रोज़ालिन और कैरल को। वहाँ उन लोगों के साथ रेस्तराँ और क्लब में क्या मस्ती...क्या धूम! पर यहाँ पता नहीं क्यों, एक आदिवासी लड़की से बात करने में अजीब संकोच उसके आड़े आ रहा है। परिवेश और वातावरण के बदलने से लगता है, अनायास आदमी का व्यवहार भी बदल जाता है। लड़की पास ही चुप खड़ी है। रॉबिन ने फिर उसकी चुप्पी तोड़ने का जैसे यत्न करते हुए कहा, 'लगता है, आप इसी गाँव या किसी पास के गाँव की हैं। उस दिन हाट में तो दिखी थीं आप!' लड़की ने उसकी तरफ़ अब अपनी आँखें झपकाकर देखा और हल्के से हँसी, 'हाँ, उस दिन वहाँ।'

रॉबिन को लगा, अब पूछेगी शायद, 'हाट क्या करने गए थे?—पर लड़की ने कुछ नहीं पूछा और बस आने के रास्ते पर उसी दिन की तरह देखने लगी।

रॉबिन ने कहा, 'आपने मेरे सवाल का जवाब नहीं दिया।'

लड़की थोड़ा अचकचाकर चौंकी, 'कौन-सा सवाल?'

रॉबिन ने हँसकर कहा, 'यही कि क्या आप इसी गाँव की हैं या पास के किसी गाँव की?'

लड़की अब खुलकर हँस पड़ी, 'ओह, अच्छा...! इसी गाँव के अंतिम छोर पर चाट्टी नदी के थोड़ा आगे...।' लड़की ने आँचल से मुँह पोंछा और उसी दिन की भाँति सुभ्यस्त होने का उपक्रम करते हुए थोड़े सचेत उत्सुक स्वर में बोली, 'पर आप तो इधर कुछ दिनों से ही दिखाई दे रहे हैं...?'

रॉबिन को सुखद रोमांच हो आया। अभी तक वही इससे बातें कर रहा था। अब इसने भी कोई एक बात तो की!

लड़की की तीखी आँख और तराशी हुई नाक के बीच तक जैसे एक जिज्ञासा कौंध रही है। रॉबिन ने देखा, कोई साज-सज्जा नहीं। माथे पर एक हल्की-सी बिन्दी तक नहीं। नाक और कान भी ऐसे ही खाली। बस, एक सहज वन-सौन्दर्य, एक आत्ममुग्ध-अम्लान वन शोभा...। कोई विन्यास नहीं। नारंगी रंग की हरे पाड़ की साड़ी भी जैसे केले के नये सुकोमल पत्तों में सिमटी-सकुचाई प्रफुल्लित नारंगी धूप जैसी। रॉबिन ने थोड़ा अटकते हुए कहा, 'हाँ, कुछ दिन हुए, मुझे यहाँ आए हुए।' रॉबिन को लगा, शायद अब पूछेगी—किस सिलसिले में?—पर लड़की ने कुछ नहीं पूछा। रॉबिन ने पूछा, 'लगता है, राँची आप अक्सर जाती रहती हैं?'

लड़की जैसे फिर गहरे असमंजस में पड़ गई। इस असमंजस में उसने आँचल से तत्काल अपना मुँह फिर पोंछा। हालाँकि, इस समय उसके चेहरे पर पसीने का कोई क्षीण-सा भी आभास नहीं है। एक पल के लिए उसने फिर बस आनेवाले रास्ते की तरफ़ देखा।

बस आने में अभी और सात-आठ मिनट बाक़ी हैं। रॉबिन ने हँसकर कहा, 'देखिए, आपने फिर मेरे सवाल का जवाब नहीं दिया।' ऐसा कहते हुए रॉबिन को महसूस हुआ,

जैसे इस लड़की से बात करने में थोड़ी देर पहले जिस संकोच से वह अपने को छुड़ा नहीं पा रहा था, वह संकोच सिमटकर सहज और थोड़ा बेतकल्लुफ़ बनता जा रहा है। ऐसा सोचकर उसे अच्छा लगा।

लड़की ने उसकी तरफ़ देखा और जैसे फिर कहीं गहरे अटक गई।

रॉबिन ने हँसते हुए कहा, 'ठीक है, मत बताइए।'

लड़की ने सिर हिलाकर कहा, 'नहीं, ऐसा कुछ नहीं है। दरअसल...।'

रॉबिन ने उत्सुक स्वर में पूछा, 'हाँ, क्या कह रही थीं आप?'

लड़की के चेहरे पर उद्विग्नता की रेखाएँ गहरा गईं और अटकते हुए किसी तरह मुश्किल से वह अपनी बात पूरी कर पाई, 'दरअसल, दरअसल...मेरे बाबा वहाँ मानसिक आरोग्यशाला में हैं...।' लड़की ने छूटते हुए तत्काल फिर सफ़ाई के स्वर में कहा, 'वे कहीं से पागल नहीं हैं। उन्हें जबरन वहाँ बन्द कर रखा गया है।' अपनी बात को ख़त्म करते हुए वह थोड़ी असहज-सी हो उठी। उसने आँचल से फिर अपना मुँह जल्दी से पोंछा।

रॉबिन एक क्षण के लिए जैसे हतप्रभ रह गया। लड़की की बात का सिरा उसकी पकड़ में नहीं आ रहा है। अजीब बात है, एक तरफ़ इसने कहा है कि इसका पिता राँची मानसिक आरोग्यशाला में है और तुरन्त फिर कहती है, वह पागल नहीं है। उसे बन्द कर रखा गया है, ज़बरदस्ती। आख़िर क्या तुक है इसका? जो आदमी पागल नहीं है, उसे भला पागलख़ाना में क्यों ज़बरदस्ती कोई रखेगा? राँची के इस प्रसिद्ध पागलख़ाना के बारे में पापा ने उसे एक बार बताया था। चर्चित काँके का पागलखाना। राँची के काँके इलाक़े में।

दूर से आ रही बस की परिचित घड़घड़ाहट से उसका ध्यान भंग हुआ। पेड़ों के बीच 'गंज' के घुमावदार रास्ते पर बूढ़ी बस उसी दिन की पुरानी गति में धीरे-धीरे हाँफती हुई आ रही है। अब तो क़रीब आ गई है। ख़लासी गेट पर लटका हुआ है। उसने बस के गेट पर थाप देकर बस रुकवा दी है। लड़की महिला सीट पर जा बैठी है। रॉबिन को इस बार अन्दर ड्राइवर वाले केबिन में नहीं जाना पड़ा है। इसी तरफ़ एक सीट उसे मिल गई है। धूप में धीरे-धीरे तुर्शी आ रही है। फिर भी बस चलने के कारण गर्मी कुछ ज़्यादा नहीं लग रही है। हवा खिड़की से होकर ठीक-ठाक आ रही है। वह कुछ क्षण तक यों ही बाहर देखता रहा। पर उसका मन थोड़ी देर पहले कही लड़की की बात से उबर नहीं पा रहा है। आख़िर क्यों इस लड़की के पिता को राँची के पागलख़ाना में पागल नहीं होने के बावजूद ज़ोर-ज़बरदस्ती बन्द कर रखा गया है? सच, यह एक अजीब पहेली है।

उसने कनखियों से लड़की की तरफ़ देखा। वह खिड़की के बाहर नज़र टिकाये है। रॉबिन को लगा, जब तक लड़की से उसने बातचीत नहीं की थी, वह कितना अनजान था इससे! इस अनजानेपन में कितने अलग क़िस्म के सवाल इसको लेकर थे उसके मन में! पर अभी थोड़ी देर की बातचीत के बाद उन सभी सवालों की जगह इन अजीबोग़रीब सवालों ने ले ली है। इन सवालों से उसे जैसे एक अजीब बेचैनी-सी महसूस हो रही है। उसे लग रहा है, यह बस कब कितनी जल्दी राँची पहुँचे ताकि वह इस लड़की से पूछे, आख़िर क्या बात है? अच्छा, इसने बताया है कि इसका घर चाट्टी नदी के थोड़ा आगे जाकर है। तब तो यह पापा के दोस्त बहादुर उराँव को ज़रूर जानती होगी? राँची में बस से जब यह उतरेगी, तो इससे पूछेगा वह, बहादुर उराँव के बारे में।

रातू रोड बस स्टैंड पर बस रुकी, तो यात्रियों के बीच उतरने की आपाधापी फिर तेज़ हो गई। एक नवयुवक, जो उतरने की कुछ ज़्यादा जल्दबाज़ी में था, उतरनेवालों की पंक्ति में धीरे-धीरे आगे सरककर बढ़ती एक अधेड़ महिला को भी थोड़ा धकियाते हुए आगे निकलना चाह रहा था, तो उस महिला के साथ चल रहे एक बुज़ुर्ग व्यक्ति ने थोड़ा डपटते हुए कहा, 'देखते नहीं हो क्या? महिला सवारी की देह पर से लात रखकर उतरोगे?'

बुज़ुर्ग की इस हल्की गुर्राहट पर उस महिला ने भी धीरे-धीरे आगे सरकते हुए अपने आँचल को ठीक से भींच लिया और युवक की तरफ़ घूरकर देखा। जल्दी उतरने को उतावला युवक थोड़ी झल्लाहट भरी झेंप के संग अब उतरने के लिए तिल-तिल कर आगे सरकती क़तार में समा गया। हालाँकि, क़तार में समाते हुए उसने भी उस बुज़ुर्ग को तरेड़कर देखा।

रॉबिन अपनी सीट पर ही बैठा रहा। बीच में सरकती क़तार के कारण उस पार की महिला सीट पर अब तक बैठी वह लड़की कभी-कभी झलक जाती है। रॉबिन को अच्छा लगा। यह भी इस क़तार के निकल जाने की प्रतीक्षा में बैठी है। उसने खिड़की से बाहर देखा, दो बड़ी-बड़ी झंगी में बिक्री के लिए मुर्ग़े-मुर्ग़ियों को लेकर बैठा एक अधेड़ आदिवासी पलकें झपका रहा है।

क़तार में लगे सभी यात्री लगभग बस से उतर चुके हैं। उतरने के लिए अब छह-सात यात्री रह गए हैं। रॉबिन अपनी सीट से उठ खड़ा हुआ। लड़की उसके पहले उठकर गेट तक पहुँच चुकी है। नीचे उतरकर लड़की के क़दम कुछ तेज़ हो गए हैं। रॉबिन ने उतरते हुए पीछे से आवाज़ दी, 'सुनिएगा...एक मिनट।'

लड़की ने पलटकर उसकी तरफ़ देखा और थम गई।

रॉबिन ने पास आते हुए कहा, 'माफ कीजिएगा। आपने बुरा तो नहीं माना? दरअसल, आपसे एक बात पूछनी है।'

लड़की ने इस मुद्रा में बिना कुछ बोले अपनी आँखें झपकाईं, जैसेकि कहिए, क्या पूछना है? अग़ल-बग़ल के यात्री उड़ती निगाह दोनों पर डालते गुज़रते रहे।

रॉबिन ने कहा, 'बेहतर हो, बस स्टैंड से बाहर निकलकर बात करें।'

लड़की बिना कुछ बोले धीमे क़दमों से चल पड़ी।

बाहर गेट पर रिक्शावालों की चौकड़ी जमी है। एक रिक्शावाले ने रॉबिन को देख उचकते हुए पूछा, 'ह्वेयर?'

उनमें से एक रिक्शावाला, जो शायद उस दिन वाली जमात में था और रॉबिन को हिन्दी बोलते सुन चुका था, ने उस रिक्शावाले को चुप कराते हुए कहा, 'अरे क्या अंग्रेजी डिरियाता है...? बाबू इधर का भाषा धुरछट बोलते हैं।'

रॉबिन ने मुस्कराकर उसकी तरफ़ देखा और बढ़ गया। लड़की उसी तरह धीमे क़दमों से चल रही है। उसके क़दमों में भी यह जिज्ञासा उलझी हुई है कि आख़िर इस युवक को उससे क्या पूछना है? उसके क़रीब आने पर रॉबिन ने कहा, 'आपने बताया कि आपका घर चाट्टी नदी के कुछ आगे है। वहीं मेरे पिताजी के बचपन के एक मित्र रहते हैं—बहादुर उराँव। गाँव के लोग उन्हें 'बाघ-बच्चा' कहते हैं। उन्हें जानती हैं आप?'

इस सवाल के साथ लड़की की तीखी आँखों की पुतलियाँ जैसे एक पल की ख़ातिर स्तब्ध-सी रह गईं। होंठ थोड़ा थरथराए और फिर थम गए। उसने आँचल की कोर से जल्दी से चेहरा पोंछा। फिर भी जैसे वह ख़ुद को संयत नहीं कर पाई, 'लेकिन...आप...?' बुदबुदाकर वह चुप रह गई।

रॉबिन को लगा, आख़िर ऐसा क्या कह दिया उसने, जो यह अचानक इतनी परेशान हो उठी? हो सकता है, बेचारी बहादुर उराँव को नहीं जानती हो और अचानक बहादुर उराँव के बारे में पूछे जाने पर उलझन में पड़ गई हो—कौन बहादुर उराँव? पर इसमें उलझन में पड़ने या परेशान होने जैसी तो कोई बात नहीं है। ज़रूरी है क्या कि सब सबको जाने ही? नहीं पता होगा इसे। रॉबिन ने शान्त स्वर में कहा, 'ओह, अगर आप उन्हें नहीं जानती हैं, तो इसमें परेशान होने की क्या बात है? मैंने तो बस यों ही पूछ दिया...।'

लड़की फिर भी जस-की-तस है। उसकी तीखी आँखें स्तब्ध और अचम्भित हैं। उसकी नुकीली नाक पर एक बारीक़ कम्पन है। उसके होंठों में फिर एक हल्की हलचल हुई और तीखी आँखों में एक गहरा अवसाद छा गया। धीमे स्वर में पूछा उसने, 'आपके बाबूजी बहादुर उराँव के साथी हैं? क्या नाम है उनका?'

रॉबिन ने निस्तेज स्वर में कहा, 'मि. डेनिस मैगावन। वे, अरसा हुए, यहाँ से चले गए...हांगकांग में रहते हैं। पर आप तो बहादुर उराँव को जानतीं ही नहीं तो...छोड़िए, भूल हुई मुझसे...।'

लेकिन, लड़की ने बीच में उसे चुप करते हुए कहा, 'आप डेनिस चाचा के लड़के हैं?'

रॉबिन को एक पल के लिए जैसे अपने कानों पर विश्वास नहीं हो सका, अभी क्या कहा इस लड़की ने पापा के बारे में...? डेनिस चाचा...डेनिस चाचा...? फिर तत्क्षण अपने-आपमें लौटते हुए रॉबिन ने विस्फारित आँखों से उसकी तरफ़ गहरे देखा और विस्मित स्वर में पूछा, 'आप कैसे जानती हैं पापा को?'

लड़की ने सिर झुका लिया।

रॉबिन ने महसूस किया, उसका चेहरा बरबस विदीर्ण हो आया है। रॉबिन का कौतूहल तेज़ है। वह अपने-आपको जैसे रोक नहीं पा रहा है, सो इस बार तनिक ज़ोर देते हुए पूछा उसने, 'आपने बताया नहीं...कैसे जानती हैं पापा को?'

लड़की अब तक अपनी आँखें नीचे गड़ाए हुई है। आँखें ऊपर उठाकर अभी कुछ कहने में शायद वह बिलकुल असमर्थ है। कुछ पल की चुप्पी के बाद एकदम भर्राये क्षीण स्वर में वह बोली, 'मेरे बाबा हैं बहादुर उराँव...।'

रॉबिन को लगा, एकबारगी वह किसी गहरे अँधेरे-अथाह पाताल में गिर गया है... और यह लड़की भरी-भरी आँखों और आवाज़ में ऊपर से झुककर बोल रही है—मेरे बाबा हैं बहादुर उराँव...मेरे बाबा हैं बहादुर उराँव...। और पाताल में गूँजती इस भर्रायी आवाज़ के मारक दंश से उसका कान फटा जा रहा है।

ओह, तो यह बहादुर उराँव की बेटी है? वही बाघ-बच्चा...बहादुर उराँव पागलख़ाने में हैं? लड़की ने अब जाकर चेहरा ऊपर उठाया है। उसकी आँखों में हल्का गीलापन साफ़ परिलक्षित है। हालाँकि, अब वह अपेक्षाकृत थोड़ी संयत हो गई है। पर अपने उसी डूबे मन्द स्वर में उसने कहा, 'डेनिस चाचा की तो बाबा बराबर चर्चा करते रहे हैं। मुझे

याद है, कई साल हुए, एक बार मैंने देखा था डेनिस चाचा को। वे घर आए थे, बाबा से मिलने।'

रॉबिन उसे सुनता रहा—अपलक देखते हुए। उसे लगा, क्या यह पूरी घटना एक अद्भुत कथानक की तरह नहीं है? अगर वह पहले इसके यहाँ पापा के मित्र बहादुर उराँव से मिलने गया होता और वहाँ इससे मुलाक़ात हुई होती, सारी कथा जानने को मिलती, तो क्या यह एक सामान्य-सी बात नहीं लगती? पर इस तरह? कुछ इस तरह यह प्रसंग उसके सामने आया कि एक विचित्र कथा-सी घटित हो गई।

विस्मय को सफ़ाई से थोड़ा परे करते हुए रॉबिन ने कहा, 'क्या संयोग है? कई दिनों से मैं सोच रहा था कि चाट्टी नदी की तरफ जाऊँ। बहादुर अंकल से मिलने। इस बीच आपको तो देखा ही था। पर मुझे क्या मालूम था कि इस तरह हमारी मुलाकात होगी! आपको ही बाघ के मुँह से निकाला था न बहादुर अंकल ने?'

लड़की बस एक फीकी हँसी हँसकर रह गई।

फिर जैसे रॉबिन को कुछ याद आया और उसी अन्दाज़ में उसने पूछा, 'लेकिन अब तक आपने तो अपना नाम बताया ही नहीं? मैंने भी नहीं पूछा। क्या नाम है आपका?'

लड़की का निचला होंठ हिला फिर उसकी सुन्दर सुव्यवस्थित सफ़ेद झक्क दंतपंक्ति आहिस्ते-से झलक गई। धीमे स्वर में उसने कहा, 'नीलमणि।'

रॉबिन ने हल्की हँसी अपने चेहरे पर लाते हुए कहा, 'अद्भुत संयोग! मेरे नाम से आपका नाम कितना मिलता-जुलता है। रॉबिन कहते हैं मुझे। रॉबिन ब्लू और नीलमणि—मिलता है न?'

लड़की चुप रही। अब उसकी आँखों में वह थोड़ी देर पहले वाला गीलापन नहीं है।

रॉबिन ने पूछा, 'नीलमणि, किधर जाएँगी आप?'

नीलमणि ने उसी मन्द सधे स्वर में कहा, 'वहीं काँके...बाबा से मिलने...।' उसने आँखें नीचे झुका लीं।

रॉबिन ने कहा, 'चलिए, मैं भी चलूँगा बहादुर अंकल से मिलने...।'

नीलमणि जैसे असमंजस में पड़ गई। रॉबिन ताड़ गया, बोला, 'किस उलझन में पड़ गईं? बहादुर अंकल मुझे देखकर कितने खुश होंगे, आप सोच नहीं सकतीं। चलिए। कौन-सी सवारी उधर जाने के लिए मिलेगी? यहाँ से काँके कितनी दूर है नीलमणि?'

अपने ऊहापोह से उबरते हुए नीलमणि बोली, 'बस-ऑटो, कुछ भी...आधे घंटे लगेंगे अधिक-से-अधिक...।'

तभी पास से एक खाली ऑटोवाला गुज़रता दीख गया। रॉबिन ने हाथ देकर छूटते हुए आवाज़ लगाई, 'ऑटो...!'

ऑटोवाला रुक गया और अपनी सीट पर बैठे-बैठे ही थोड़ा दोहरा होते हुए सिर बाहर निकालकर उसने जल्दबाज़ी भरे स्वर में पूछा, 'किधर?'

तेज़ क़दमों से उसकी तरफ़ बढ़ते हुए रॉबिन ने कहा, 'काँके...।'

ऑटोवाले ने पूछा, 'जाकर लौट आना भी है क्या?'

रॉबिन ने उसके बिलकुल पास पहुँचते हुए कहा, 'हाँ, लौटना तो है ही।'

ऑटोवाले ने फिर पूछा, 'कितनी देर रुकेंगे वहाँ?'

'लगभग एक घंटा लग जाएगा।'

ऑटोवाला बोला, 'पचास रुपये लगेंगे जाने और आने के, बोलिए?'

नीलमणि ने आहिस्ते-से, पर थोड़ा दबाव देते हुए कहा, 'पूरा ऑटो रिजर्व कराकर चलने की क्या जरूरत है? बहुत पैसे कह रहा है। फिरायालाल चौक पर उस तरफ जानेवाले कई पैसेंजर ऑटो मिल जाएँगे। वे जाने के पाँच-छह रुपये लेंगे। बस में तो और कम। इसे जाने दीजिए।'

पर रॉबिन ने ऑटो पर बैठते हुए कहा, 'कोई बात नहीं। अब आगे से। इसे रोक लिया है। इसी से चलते हैं।'

नीलमणि पीछे की सीट पर चुपचाप बग़ल में बैठ गई है। पर उसके चेहरे पर इस फ़िजूलख़र्ची को लेकर हल्की-सी खिन्नता है। वह आगे रास्ते की तरफ़ देख रही है।

ऑटो अब मुख्य शहर से बाहर निकल चुका है। हल्की उतार-चढ़ाव वाली अपेक्षाकृत इस शान्त सड़क पर ऑटो ड्राइवर ऑटो को तेज़ गति से भगाये जा रहा है। बीच में एक बार आश्वस्त होने के लिए उसने पूछा है, 'काँके में मेंटल हॉस्पिटल ही जाना है न?'

रॉबिन ने कहा, 'हाँ भई, वहीं...।'

रास्ते के दोनों तरफ़ हालाँकि बीच-बीच में कुछ नये डिज़ाइन के मकान हैं, कुछ बनने की प्रक्रिया में आधे-अधूरे पड़े हैं, फिर भी इस रास्ते में एक निर्जनता पसरी हुई है। ये अधबने मकान भी इस निर्जनता को बल देते जैसे लग रहे हैं। वाहनों की भी कोई ख़ास आवाजाही इस रास्ते पर अभी नहीं है। अभी तक दो ट्रक इस रास्ते से गुज़रे हैं। कुछेक स्कूटर-मोटरसाइकिल भी। नीलमणि तब से लगातार रास्ते की तरफ़ ही देख रही है।

रॉबिन को लगा, सोच रही होगी, आज अचानक यह सब क्या हुआ! मैकलुस्कीगंज से यहाँ के लिए तो वह अकेली चली थी, बाबा से यहाँ आकर मिलने के लिए। लेकिन दूर-दूर तक यह कल्पना नहीं थी कि अचानक किसी जादुई घटना की तरह डेनिस चाचा का बेटा रॉबिन भी साथ होगा। ख़ुद रॉबिन ने भी तो यह नहीं सोचा था कि ऐसा होगा। रॉबिन के मन में एक हँसी हल्के तिर गई। हद है, नीलमणि अभी अगर ऐसा नहीं भी सोच रही होगी, तो भी वह सोच रहा है कि नीलमणि ज़रूर यही सब कुछ सोच रही होगी।

नीलमणि का ध्यान भंग करते हुए रॉबिन ने कहा, 'नीलमणि, क्या यह रास्ता कुछ-कुछ अपने मैकलुस्कीगंज जानेवाले रास्ते से मिलता-जुलता नहीं है?'

नीलमणि मुस्कराई फिर सहमति में थोड़ा सिर हिला दिया और बाहर रास्ते पर पहले की तरह अपनी आँखें जमा दीं।

लगभग आधा घंटा होने को है। रॉबिन ने नीलमणि से पूछा, 'आधा घंटा तो हो गया नीलमणि, अब कितनी दूर है?'

ऑटो ड्राइवर ने सुन लिया, सो उसने रास्ते की तरफ़ देखते हुए तनिक सपाट स्वर में कहा, 'बस, आ गए।' कुछ ही देर बाद ऑटोवाले ने ऑटो रोक दिया, 'लीजिए, काँके।'

रॉबिन ने ऑटो से उतरते हुए चारों तरफ़ नज़र दौड़ाई, दो लम्बी पीले रंग की चहारदीवारी के आख़िरी छोर पर पक्के की बेहद पुरानी विशाल इमारत और सामने ही एक बदरंग-सा लम्बा बोर्ड लगा है : 'राँची मानसिक आरोग्यशाला, काँके, राँची-6'। रॉबिन ने देखा, वहाँ सड़क के किनारे चाय-पान की कुछ मामूली-सी दुकानें हैं। टीन के पुराने टप्परों के नीचे एक साधारण-सा मोटर गैरिज भी है।

नीलमणि उतरकर खड़ी है। हालाँकि, उतरते हुए उसने ऑटो ड्राइवर से कहा, 'अन्दर गेट के पास भी आप लगा सकते थे...।'

ऑटो ड्राइवर ने कहा, 'दरअसल, आप लोगों को थोड़ी देर रुकना है न, इसलिए यहीं रोक दिया। मैं चाय-वाय पिऊँगा तब तक।'

रॉबिन ने कहा, 'ठीक है, तब तक आप चाय-पान करें। हम लोग आते हैं।'

पीली-धूसर रंग की चहारदीवारी के बीच की सड़क पर दोनों बढ़ गए। धूप अभी एकदम सिर पर तमतमा रही है। इक्के-दुक्के लोग मानसिक आरोग्यशाला की तरफ़ से सामने वापस लौट रहे हैं। शायद ये लोग भी उन्हीं की तरह मुलाक़ातियों में से होंगे, मन-ही-मन रॉबिन ने अनुमान लगाया। कैसे होंगे बहादुर अंकल?—रॉबिन ने सोचा। पता नहीं, उसे देखकर उनकी पहली प्रतिक्रिया क्या होगी? नीलमणि से तो वह पूछ भी नहीं सका है, पूरी बात। कैसे हुआ यह सब? बहादुर अंकल मानसिक रूप से असन्तुलित नहीं हैं, तो यहाँ कैसे आ गए? एक मन हुआ कि अभी ही पूछे नीलमणि से, लेकिन उसने सोचा, यहाँ रास्ते में यह सब पूछना उचित नहीं। लौटते समय पूछ लेगा।

नीलमणि अपने में डूबी सिर झुकाये चल रही है। इस पीली-धूसर चहारदीवारी के पीछे से ठीक सटे नीम के झंखाड़ पेड़ों की टहनियाँ कुछ इस तिरछे ढंग से सड़क की तरफ़ झुकी हैं कि सड़क पर कोई ख़ास छाया भी नहीं है।

मानसिक आरोग्यशाला के सामने दोनों अब खड़े हैं। कुछ लोग इधर से उधर आ-जा रहे हैं। नीलमणि ने कहा, 'ये यहाँ के स्टाफ लोग हैं।'

लोहे का एक बड़ा-सा गेट आरोग्यशाला की विशाल पुरानी इमारत के मुख्य प्रवेश द्वार पर लगा है। दो-तीन लोग उसके पीछे स्टूल लगाकर बैठे हुए हैं। पूरा जेल जैसा माहौल है। नीलमणि ने जानकारी देने के स्वर में धीमे से कहा, 'मानसिक रोगियों को इसी के भीतर रखते हैं।' फिर वह जैसे किसी को ढूँढ़ने के लिए नज़र दौड़ाने लगी।

रॉबिन ने थोड़ी व्यग्रता से कहा, 'अन्दर खबर तो भिजवाइए किसी से।'

नीलमणि ने कहा, 'वही ढूँढ़ रही हूँ। प्रणव चाचा, सुनील चाचा या और कोई जान-पहचान के दिखें, तो भीतर बाबा को खबर भिजवाऊँ।'

तभी धोती-कमीज़ में एक साँवले-से दोहरे बदन के अधेड़ सज्जन को आते देख नीलमणि ने छूटते ही कहा, 'ओह, प्रणव चाचा, आपको ही तलाश रही थी तब से। बाबा से मिलना है। अन्दर कहवा दीजिए न।'

अधेड़ सज्जन ने पास आते हुए मुस्कराकर कहा, 'हाँ, बिटिया, अभी कहता हूँ।' फिर तनिक थमकर उसके साथ रॉबिन को देख उन्होंने पूछा, 'ये कौन हैं आज तुम्हारे साथ बिटिया? क्या ये भी मिलेंगे?' अधेड़ सज्जन की आँखों में थोड़ा अचरज है।

नीलमणि ने कहा, 'हाँ, इनसे तो आपको मिलवाया ही नहीं। ये रॉबिन बाबू हैं। मैकलुस्कीगंज में बाबा के एक बचपन के साथी थे, डेनिस चाचा। वे अब विदेश में रहते हैं। उन्हीं के लड़के हैं। कुछ दिन पहले गाँव आए हैं। इन्होंने बाबा से मिलना चाहा तो...।'

अधेड़ सज्जन ने मुस्कराकर कहा, 'ओह! तो ये तुम्हारे गाँव के एंग्लो-इंडियन बिरादरी के हैं? मैं तो धोखा खा गया, कि नीलमणि बिटिया के साथ आज यह अंग्रेज बाबू कौन है?' गेट के पास बैठे आदमी से जाकर उन्होंने कुछ कहा और नीलमणि के पास लौट

आए, 'बिटिया, खबर भिजवा दिया है। बस, बहादुर भाई आ ही जाएँगे,' कहकर वे कुछ दूर खड़े एक व्यक्ति से आगे जाकर बात करने लगे।

रॉबिन ने नीलमणि से पूछा, 'क्या ये यहीं के स्टाफ़ हैं?'

नीलमणि ने उसकी तरफ़ देखा, 'कौन, ये जो थे...प्रणव चाचा...? ये बेचारे यहीं कुछ टाइप-वाइप का काम कर अपना जीवन किसी तरह गुजार रहे हैं। इस अस्पताल का रोज कुछ-न-कुछ रहता ही है न टाइप करने का। बहुत दुखभरी कहानी है इनकी रॉबिन बाबू। फिर अकेले प्रणव चाचा ही क्या, नृपेन चाचा...सुनील चाचा...परेश चाचा—इस पागलखाने में रॉबिन बाबू, अजीब-अजीब कहानियाँ हैं...। ये लोग कब के ठीक हो चुके हैं, पर इनके परिवार के लोग इन्हें घर ले जाने को तैयार नहीं हैं...। ऐसे में ये लोग...यहीं पड़े हैं...।' नीलमणि की आवाज़ में थोड़ा क्षोभ छलक आया है। अचानक नीलमणि आगे बढ़ गई, 'बाबा...! बाबा गेट पर आ गए।'

रॉबिन ने देखा, सामने गेट की ज़ंग लगी मोटी छड़ों को दोनों मुट्ठियों से पकड़े खिचड़ी बाल और बढ़ी हुई दाढ़ी वाला लम्बा-सा एक काला स्याह आदमी व्यग्रता से बाहर देख रहा है। क्या यही बहादुर अंकल हैं? नीलमणि उनके नज़दीक पहुँच चुकी है और पलटकर रॉबिन की तरफ़ उसने देखा है। रॉबिन उसके पीछे खड़ा है, चुपचाप।

नीलमणि ने तनिक उत्साह से कहा, 'ये रॉबिन बाबू हैं। अपने डेनिस चाचा के लड़के...।'

रॉबिन थोड़ा आगे बढ़ आया, 'अंकल...नमस्ते...।'

लोहे के गेट की छड़ को बहादुर उराँव ने आहिस्ते-से छोड़ दिया है। बिखरे-बेतरतीब खिचड़ी बालों और बढ़ी हुई दाढ़ी के बावजूद उनकी धँसी स्याह आँखों और तीखी नाक में एक विचित्र-सी दीप्ति कौंध गई है।

रॉबिन को सहसा याद आई, वर्षों पहले किसी अख़बार या पत्रिका में देखी नेलसन मंडेला की जेल में बन्द एक तसवीर। बिलकुल क्या ऐसी ही तसवीर नहीं थी? हालाँकि, जेल से वर्षों बाद रिहा होकर जब वही नेलसन मंडेला निकले, तो उस पुरानी जेल वाली तसवीर से उनकी क़द-काठी और भंगिमा—कहीं से मेल नहीं खाती थी। नेलसन मंडेला की रिहाई के बाद वाली तसवीर रॉबिन को याद थी। पर जेल की सीखचों के पीछे अधेड़ नेलसन मंडेला वाली वह तसवीर और सामने खड़े ये बहादुर उराँव...। सचमुच बाघ बच्चा! रॉबिन को एक विचित्र सिहरन महसूस हुई।

बहादुर उराँव विस्फारित नेत्रों से उसे देख रहे हैं। उनकी आँखों में किंचित् उल्लासपूर्ण एक दबा-दबा कौतूहल है।

नीलमणि उत्सुक आँखों से पिता की तरफ़ देख रही है कि पता नहीं, वे क्या कहें? तभी भारी आवाज़ में बहादुर उराँव ने आँखें चौड़ी करते हुए पूछा, 'कब आए?'

अपने को सहज बनाने की भरसक कोशिश करते हुए रॉबिन ने कहा, 'अपने होश में तो मैं कभी 'गंज' आया नहीं था। बहुत दिनों से यहाँ आने की इच्छा थी। इधर संयोग बन गया। लगभग डेढ़ महीने पहले आया हूँ। पापा आपको बहुत याद करते हैं। आपके साथ अपने बचपन की बातें अक्सर बताते रहे हैं। मैं जब यहाँ आ रहा था, तो उन्होंने बार-बार मुझसे कहा था, बहादुर अंकल से जरूर मिलना। पर मुझे क्या पता था कि...।'

रॉबिन अपनी बात पूरी नहीं कर सका। बहादुर उराँव ने उसी भारी आवाज़ में पूछा, 'कैसा है डेनिस?' फिर बाहर जाने क्या देखते हुए बुदबुदाहट के संग उन्होंने कहा, 'हम लोग बचपन के साथी रहे हैं।' और नीलमणि की तरफ़ देखकर उन्होंने कहा, 'नीलू! अपने यहाँ जो अलमारी और पलंग है, तुम जानती हो न, वह सब डेनिस की है।'

नीलमणि ने आहिस्ते-से सिर हिलाया, 'हाँ, बाबा...।'

रॉबिन को जैसे कुछ समझ में नहीं आया। बहादुर उराँव ने उसकी तरफ़ देखते हुए कहा, 'बेटे, जब तुम्हारे दादाजी गुजर गए थे, तो तुम्हारे पापा अपने घर की कुछ पुश्तैनी-पुरानी चीजें, पलंग और अलमारी मेरे यहाँ रख गए थे। डेनिस ने मुझसे कहा था, मैं तुम्हारे पास अपनी अमानत रखकर जा रहा हूँ। अब तो तुम आ गए हो। अपने पापा की अमानत जाकर ले लेना बेटे।' बहादुर उराँव कुछ पल के लिए ख़ामोश हो गए हैं।

'लेकिन, आते समय पापा ने मुझे इस बारे में कुछ भी नहीं बताया था!'

'हाँ, नहीं बताया होगा उसने। तुम्हारे बाप को तुमसे कहीं ज्यादा अच्छी तरह मैं जानता हूँ।'

'पर अंकल, मैं तो यहाँ बस कुछ दिनों के लिए आया हूँ। मैं उन सामान को लेकर क्या करूँगा?'

बहादुर उराँव बस ख़ामोश सूनी आँखों से बाहर देख रहे हैं। नीलमणि ने उनका ध्यान भंग किया है, 'बाबा! कुछ चाहिए तो नहीं?'

बहादुर उराँव ने अपनी आँखें धीमे से झपकाईं और फीकी हँसी हँस दिये, 'क्या चाहिए मुझे? कुछ भी नहीं नीलू...। बस, ठीक है। तुम्हारी माँ ठीक है न? उसके दमे का क्या हाल है?'

नीलमणि अस्फुट स्वर में दूसरी तरफ़ देखते हुए बोली, 'माँ ठीक है...इन महीनों में उसका दमा वैसे भी ठीक रहता है...।'

रॉबिन तब से बहुत बारीक़ी से ग़ौर कर रहा है, कहीं कोई हल्का झक जैसा भी तो नहीं है बहादुर अंकल में। नीलमणि ने कोई ग़लत नहीं कहा था। लेकिन तब क्यों? तब यहाँ ये कैसे हैं? रॉबिन का मन हुआ, बहादुर उराँव से ही पूछे—आख़िर यहाँ क्यों बन्द हैं आप? पर अपने-आपको जैसे वह बटोर नहीं पाया।

बहादुर उराँव के चेहरे पर अचानक उद्विग्नता की लकीरें गहरा गई हैं, 'तब ठीक है। जाओ अब तुम लोग।' कहते हुए वे एकबारगी मुड़ गए हैं। उनकी नंगी काली पीठ पर लम्बे बेतरतीब खिचड़ी बाल मटमैली रस्सियों की तरह फैले हुए हैं।

रॉबिन उन्हें जाते हुए देखता रहा। नीलमणि ने आहिस्ते-से कहा, 'चलें?'

रॉबिन जैसे अचकचाकर रह गया, 'ओह, हाँ...चलिए।'

उन लोगों को जाते देख वही अधेड़ सज्जन थोड़ा झटकते हुए नीलमणि के पास आए, 'क्या नीलमणि, भेंट हो गई न बहादुर भाई से? तुमसे बार-बार कहा है, यहाँ के लिए बिलकुल चिन्ता मत करो। हम लोग हैं न।'

नीलमणि के स्वर में कृतज्ञता भर आई है, 'हाँ, चाचा।'

फिर अधेड़ सज्जन ने रॉबिन की तरफ़ मुस्कराकर देखा और कहा, 'नीलमणि बिटिया कुछ ज्यादा चिन्ता करती रहती है।'

रॉबिन बिहँसकर रह गया है, 'अच्छा, प्रणव बाबू, फिर मिलेंगे आपसे।'

प्रणवदा ने आह्लादित होते हुए कहा, 'हाँ, जरूर...।'

बाहर निकलते हुए रॉबिन ने देखा, सड़क के दोनों तरफ़ की पीली-बदरंग चहारदीवारी के पीछे से सटकर लगे नीम के पुराने झंखाड़ पेड़ों पर तीखी धूप तड़क रही है। पागलख़ाने के आसपास के वृक्षों की क्या मनोदशा रहती होगी? इन वृक्षों की भी अजीब नियति होती है। जहाँ एक बार उग आए, आजीवन तम्बू तानकर उस जगह के मूक साक्षी बने रहते हैं। क्या पागलख़ाने के आसपास के इन पेड़ों में से कभी कोई पेड़ पागल हुआ होगा? रॉबिन ने सोचा, आदमी के जीवन में हर जगह मौज़ूद इन पेड़ों पर कोई वनस्पति विज्ञानी अगर शोध करे कि एक ही नस्ल के पेड़ अलग-अलग जगहों पर उगकर अपने अलग-अलग वातावरण का, ख़ास कर, अपने आसपास के मानवीय परिवेश का क्या प्रभाव ग्रहण करते हैं, तो कई अद्‌भुत तथ्य सामने आएँगे। कुछ-न-कुछ प्रभाव तो ये अवश्य ग्रहण करते होंगे। जब आदमी अपने जीवन में इन वृक्षों के पतझड़ और वसन्त को जीता है, तो क्या ये वृक्ष अपने आसपास के परिवेश की इनसानी अनुभूति को नहीं जीते होंगे?

ऑटो ड्राइवर सामने झोपड़ीवाली चाय की दुकान में बेंच पर बैठा किसी से गप लड़ा रहा है। मिल गया होगा कोई परिचित उसका। चाय का गिलास हालाँकि उसके हाथ में इस समय नहीं है। इतनी देर में चाय तो वह पी चुका होगा, सोचा रॉबिन ने। इतनी गर्म दोपहरी में चाय पीना पता नहीं कैसे अच्छा लगता है लोगों को! अच्छा लगता होगा, तभी तो मई-जून में भी ये चाय की दुकानें खुली रहती हैं। यहाँ मौसम का कोई फ़र्क़ चाय नामक पेय पदार्थ पर जैसे कभी पड़ता ही नहीं, जबकि आम तौर से लगभग हरेक जगह कोल्ड ड्रिंक्स चरम जाड़े के दिनों में लुप्त हो जाते हैं। लेकिन तीखी गर्मियों में भी चाय हाज़िर रहती है, कमोबेश सभी जगह।

ऑटो ड्राइवर ने दोनों को आते देख लिया, सो उस झोपड़ीवाली चाय की दुकान से निकलते हुए उसने बात कर रहे व्यक्ति से विदा ली और ऑटो के पास आते हुए बोला, 'क्यों साहब, घूम लिये पागलखाना? बाहर के टूरिस्ट लोग राँची आते हैं, तो यहाँ भी आ ही जाते हैं। काँके का नाम इस पागलखाने को लेकर देश-दुनिया में बड़ा जाना-माना है न, इसलिए,' कहते हुए वह ऑटो की अपनी सीट पर बैठ गया है।

रॉबिन ने नीलमणि की तरफ़ देखा। ऑटो ड्राइवर फिर आगे कुछ नहीं बोला। शायद वह भाँप गया कि इन लोगों को उसकी यह बात अच्छी नहीं लगी है।

मुख्य सड़क के उस पार भी एक बड़ी-सी जीर्ण-शीर्ण पीली इमारत है, जिस पर अब जाकर रॉबिन की नज़र पड़ी है। नीलमणि ने धीमे से कहा, 'इसमें औरतों को रखा जाता है, जो मानसिक रूप से असन्तुलित होती हैं।'

ऑटो ड्राइवर ने ऑटो की रफ़्तार फिर कुछ ज़्यादा ही तेज़ कर रखी है। ठीक है, आधे घंटे के पहले राँची पहुँच जाएँगे। हांगकांग फ़ोन करना है और मिलर अंकल के लिए दवा भी लेनी है। नीलमणि बाहर रास्ते की तरफ़ एकटक देख रही है। रॉबिन ने कनखियों से उसकी तरफ़ देखा, आदर्श रूप से ग्रामीण लावण्य...! रॉबिन ने कहा, 'आपको बहादुर अंकल 'नीलू' कहकर पुकारते हैं न? उस समय सुना मैंने। अच्छा है, 'नीलू'...।' नीलमणि के चेहरे पर पल भर के लिए मुस्कान की रेख छिटक गई है।

नीलमणि का संक्षिप्त-सा छोटा घरेलू नाम 'नीलू' इस इलाक़े के छोटे-छोटे नामों के साथ किस तरह मेल खाता है, जैसे चाट्टी...कंका...जैसेकि राँची...इसी तरह नीलू...! दो अक्षरों के छोटे-छोटे ये प्यारे नाम। पर तभी जैसे उसे ध्यान आया—काँके! दो अक्षरों का तो नाम यह भी है। रॉबिन को लगा, जैसे दो अक्षरों वाले ये नाम किस सुखद-दुखद विसंगतियों के साथ एक दूसरे से गुँथे हुए हैं! चाट्टी के पास रहनेवाली नीलू राँची आती है, काँके में अपने बाबा से मिलने। रॉबिन के मन में एक विचित्र-सी सिहरन हिलकोर गई है। पागलख़ाने की सीखचों के पार, बहादुर उराँव का वह दग्ध चेहरा उसे रह-रहकर उद्विग्न कर रहा है। कैसी विचित्र यंत्रणा झेल रहे हैं वे? उनके साथ-साथ क्या नीलमणि भी कुछ वैसी ही यंत्रणा से नहीं गुज़र रही है? इस स्थिति से बहादुर अंकल को उबारने के लिए क्या करना होगा? लेकिन फिर उसे लगा, उसकी बात भला क्या चलेगी यहाँ? कौन सुनेगा उसकी बात इधर? उसका मन क्षोभ से भर उठा—काश, वह कुछ कर सकता, बहादुर अंकल के लिए...!

उसने नीलमणि की तरफ़ देखा। वह पहले की भाँति शान्त-सहज भाव में बाहर देख रही है। हरे पाड़ वाली नारंगी रंग की उसकी साड़ी अभी कुम्हलाई हुई लग रही है। आज सुबह वहाँ मैकलुस्कीगंज में कितने खिल रहे थे ये हरे-नारंगी रंग नीलमणि पर...! हरी-भरी नन्ही-मुन्नी कंका पहाड़ी से छलछलाती सुबह की सौम्य-सरल धूप की तरह। कंका और काँके में मात्रा के हिसाब से भले ज़्यादा अन्तर नहीं हो, लेकिन दोनों के अर्थ में, इन दो-ढाई अक्षरों के छोटे-छोटे दोनों नामों में कितना ज़मीन-आसमान का अन्तर है! कंका से काँके का फ़ासला मुरझाहटों से भरा है।

ऑटो ड्राइवर से रॉबिन ने कहा, 'फिरायालाल चौक के पास भई, हमें उतार देना।'

ऑटो ड्राइवर ने सहमति में सिर हिला दिया।

थोड़ी देर बाद भीड़ भरे फिरायालाल चौक के पास उसने एक धचके के साथ ऑटो रोक दिया है। तपती दोपहरी के बावजूद इस समय सड़क पर भीड़ अच्छी-ख़ासी है। वाहनों की आवाजाही भी काफ़ी सघन है। सप्ताह भर की नाकेबन्दी के बाद फिर से सब कुछ नियमित हुआ है। इसलिए, आज इस कड़ी दोपहरी में भी सड़क और दुकानों पर इतनी भीड़ है; रॉबिन ने मन-ही-मन अनुमान लगाया। ऑटो ड्राइवर के पैसे चुकाकर उसने नीलमणि से कहा, 'बस, एक फ़ोन मुझे करना है, पापा-मम्मी को हांगकांग...फिर मिलर अंकल की एक दवा लेनी है और तुरन्त चलते हैं। आपको कहीं और तो नहीं जाना है?'

नीलमणि एक क्षण को चुप रही, फिर बोली, 'काफी समय हो गया। आज नहीं। वैसे कितना बज रहा होगा?'

रॉबिन ने घड़ी पर नज़र डालते हुए कहा, 'दो बजने वाले हैं। क्या किसी और से मिलने जाना था आपको?'

रॉबिन के स्वर में एक सामान्य-सी उत्सुकता है।

नीलमणि ने कहा, 'हाँ! रातू रोड की तरफ सामू मुंडा के यहाँ। पर अब अगली बार आने पर मिल लूँगी उनसे।'

रॉबिन ने उसी सामान्य उत्सुकता के स्वर में सड़क पर चलते हुए पूछा, 'कौन हैं सामू मुंडा?'

नीलमणि ने कहा, 'आदिवासी आन्दोलन के एक गुमनाम इतिहासकार कह सकते हैं रॉबिन बाबू उनको। बाबा जब बाहर थे, तो बराबर उनके सम्पर्क में रहते थे। बाबा के मामले को लेकर वही एक हैं, जो पिछले तीन वर्षों से लगातार पटना से लेकर दिल्ली तक कुछ-न-कुछ लिखा-पढ़ी करते रहे हैं। उन बेचारे की भला कौन सुनता है? पर इतने दिनों में उनका बड़ा सहारा रहा है। कभी मिलवाऊँगी उनसे आपको।'

रॉबिन ने कहा, 'ठीक है, अगली बार चलूँगा; आपके ही साथ।'

फिरायालाल चौक का वह आइ.एस.डी.-एस.टी.डी. टेलिफ़ोन बूथ संचालक उसे देखते ही फ़ौरन पहचान गया है, 'आइए...भाई साहब। हांगकांग ही न?'

रॉबिन ने मुस्कराकर कहा, 'हाँ, हांगकांग ही बात करनी है।' फिर तनिक रुककर रॉबिन ने कहा, 'लेकिन कृपया मेरी बारी आने पर ही...उस दिन की तरह नहीं।'

टेलिफ़ोन बूथ का संचालक हल्के-से बिहँसकर रह गया है।

फिर वहाँ लगी कुर्सी पर बैठते हुए रॉबिन ने नीलमणि से कहा, 'बैठिए।'

बैठे-बैठे रॉबिन ने सोचा, क्या पापा को बहादुर अंकल के बारे में बताना ठीक होगा? और किट्टी आंटी के बारे में? फिर उसने अपना यह ख़याल झटक दिया—नहीं, फ़ोन पर यह सब कहना ठीक नहीं। आसपास बैठे लोग भी सुनेंगे। यह सब अपने पत्र में वह तफ़सील से पापा को लिखेगा। टेलिफ़ोन बूथ पर आज उस दिन से कुछ ज़्यादा ही भीड़ है। लगभग आधे घंटे बाद उसका नम्बर आ सका। हालाँकि, बीच में कई बार टेलिफ़ोन बूथ के संचालक ने आँखों के इशारे से कहा, 'आ जाइए।'

पर उसने भी पलकें झपकाकर बिना कुछ बोले ही कह दिया, 'नहीं, अपनी बारी से पहले नहीं।'

अब जाकर उसकी बारी आ गई। नम्बर मिलाने के लिए डायल के छिद्रों में उँगलियाँ घुमाते हुए उसकी उँगलियों के पोर में उल्लास का घेरा चक्कर काट रहा है। मम्मी ने फ़ोन उठाया है, 'कौन? अरे रॉबिन?' मम्मी व्यग्रता में फूट पड़ी हैं, 'तुम जितनी जल्दी हो सके, अब आ जाओ बेटे। भला यह कोई तरीका है? बीस-बीस दिन तक कोई फ़ोन नहीं। ना बाबा, अब मैं कुछ भी नहीं सुन सकती। डेढ़ महीने से भी ज्यादा हो गए हैं। बहुत हुआ।'

रॉबिन ने संयत स्वर में कहा, 'मम्मी, समझने की कोशिश तो करो। एक हफ्ते से इधर सब कुछ बन्द था। आदिवासी लोगों ने अपने अलग प्रान्त की माँग के लिए यहाँ नाकेबन्दी, तोड़फोड़ और आगजनी का दौर चला रखा था। मैकलुस्कीगंज स्टेशन पर पिछले दिनों जब वे लोग रेल की पटरी का फिश-प्लेट देर रात गए खोल रहे थे, तो पुलिस को तीन राउंड गोली तक चलानी पड़ गई थी। ऐसे माहौल में मैकलुस्कीगंज से यहाँ आना बिलकुल असम्भव था मम्मी। आज नाकेबन्दी खत्म हुई है, तो राँची आ सका हूँ। तुम सोच नहीं सकतीं, मैं खुद कितना बेचैन रहा।'

मम्मी के स्वर में घबराहट बरकरार है, 'अगर वहाँ इतनी बुरी हालत है, तब तो बेटे, मेरी कसम तुम्हें...तुम जितनी जल्दी हो सके, आ जाओ। अब तो मेरी चिन्ता और बढ़ गई बेटे। पापा प्रेस में ही होंगे। उनसे अभी बात करो। लेकिन बेटे, आ जाओ।'

रॉबिन ने सांत्वना देने के स्वर में कहा, 'पापा से मैं बात कर लेता हूँ, लेकिन परेशान होने की बात नहीं है। यह सब चलता रहता है इधर।'

प्रेस में फ़ोन उठाते ही पापा बरस पड़े हैं, 'मम्मी से बात हुई क्या? बेटे! अब डेढ़ महीने से ज्यादा होने को हैं तुम्हारे गए हुए। प्रेस के काम-काज में काफी मुश्किल हो रही है। तुम्हारी कोई खबर नहीं पाकर मम्मी भी बेहद परेशान रहती हैं।'

रॉबिन ने हँसते हुए कहा, 'पापा, आप तो मम्मी की तरह मत करिए। दो-तीन महीने यहाँ और लगेंगे।'

पापा लगभग चिहुँक पड़े, 'दो-तीन महीने और?' 'दो-तीन महीने' कहते हुए उनके स्वर में ऐसा खिंचाव है, जैसे दो-तीन युग की बात हो!

रॉबिन ने समझाने के स्वर में कहा, 'पापा, आप तो समझ सकते हैं न!'

डेनिस आगे कुछ कह नहीं सके।

फ़ोन के पैसे चुकाकर रॉबिन नीलमणि के संग बाहर निकल आया। इधर-उधर नज़र दौड़ाने के बाद उसने नीलमणि से पूछा, 'इधर दवा की कोई दुकान होगी न?'

नीलमणि ने कहा, 'हाँ, यहीं तो है, एकदम पास में।' नीलमणि फिर उसके आगे हो ली।

दवा की दुकान एकदम पास ही मिल गई। रॉबिन ने सोचा, उसकी नज़र कैसे नहीं गई? डॉक्टर का पुरज़ा लेकर बुज़ुर्ग दवा दुकानदार ने सेल्फ़ में लगी दवाओं पर एक सरसरी नज़र डाली और तत्काल सेल्फ़ से दवा निकालकर काउंटर पर ले आया। आँखें सिकोड़ते हुए उसने पूछा, 'कैशमेमो भी बना दूँ?'

रॉबिन ने कहा, 'इसमें पूछने की क्या बात है? बना दीजिए।'

कैशमेमो लेने के बाद पैसे देकर वह दुकान की सीढ़ी से नीचे उतर आया। नीलमणि भी। वहीं बग़ल में रॉबिन की नज़र गई—एक पेपर-मैगज़ीन की दुकान। दुकानदार ने दुकान के कब्ज़ेदार लकड़ी के नीले पल्लों पर कील में घुसे मोटे क्लिपों के सहारे कई पत्रिकाएँ लटका रखी हैं।

रॉबिन ने सोचा, कुछ पत्रिकाएँ ख़रीद ले। मैकलुस्कीगंज में तो पत्र-पत्रिकाओं का दर्शन दुर्लभ है। अख़बार वहाँ आता भी है, तो हमेशा दोपहर बाद। मि. मिलर से एक दिन उसने कहा भी था, 'अंकल! बासी समाचार पढ़कर क्या फायदा? इससे तो बेहतर बस रेडियो पर न्यूज़ सुन लिया जाए।'

इस पर मि. मिलर ने कहा, 'जो हो रॉबिन! अखबार में समाचारों को आदमी इत्मीनान के साथ विस्तार से तो पढ़ता है।'

पेपर-मैगज़ीन का दुकानदार उसे मैगज़ीन उलटते-पलटते देख कुछ अंग्रेज़ी पत्रिकाओं के नये ताज़े अंक बढ़ाते हुए बोला, 'सर! यह सब आज ही आया है। इसे देखें।'

रॉबिन ने सोचा, आम तौर पर हर दुकानदार थोड़ी-बहुत यह समझदारी अपने में विकसित कर ही लेता है कि कौन ग्राहक क्या पसन्द कर सकता है। उसने उन अंग्रेज़ी पत्रिकाओं को एक झलक उलटा-पलटा। एक पत्रिका में 'द गार्ज़ियन' से साभार लेकर नयनाभिराम तसवीरों के संग एक रिपोर्ट छपी हुई है कि कैसे इंग्लैंड का एक गाँव इलवेडेन इन दिनों हलचल में है क्योंकि अन्तिम सिख महाराजा दिलीप सिंह, जो ईसाई धर्म स्वीकार कर इंग्लैंड में जा बसे थे, उनकी स्मृति में इंग्लैंड का एंग्लो-सिख समुदाय उनके निधन के सौवें वर्ष पर एक भव्य आयोजन इलवेडेन गाँव में करना चाहता है। उधर इलवेडेन गाँव के अंग्रेज़ लोग इसका विरोध कर रहे हैं। एक मिनट तक उसने रिपोर्ट पर सरसरी

नज़र दौड़ाई और पर्स से सौ रुपये का एक नोट निकालकर दुकानदार को थमाते हुए कहा, 'इसके पैसे काट लो।'

पत्रिका की क़ीमत काटकर दुकानदार ने बाक़ी के छुट्टे रुपये वापस कर दिये।

रॉबिन ने नीलमणि से कहा, 'अब बस स्टैंड चलें। बस का समय हो रहा है।' सामने से गुज़र रहे एक रिक्शावाले को उसने इशारे से रुकवाया और नीलमणि से कहा, 'बैठिए।'

बस में आधे से ज़्यादा यात्री जगह ले चुके हैं। बस का ड्राइवर हालाँकि अभी तक अपनी सीट पर आकर नहीं बैठा है। रॉबिन ने रिक्शा से उतरते हुए कहा, 'नीलमणि, आप बैठिए अन्दर। पता नहीं, सीट मिले भी या नहीं! मैं इसे पैसे देकर अभी आता हूँ।'

नीलमणि ने बाहर से ही अनुमान लगाते हुए कहा, 'जगह मिल जाएगी, आप आइए। हाँ, यह पत्रिका मुझे दे दीजिए। मैं आपके लिए सीट रख देती हूँ।' पत्रिका उसके हाथ से लेकर वह बस के अन्दर चली गई।

रिक्शावाले के पास दस रुपये का ख़ुदरा नहीं है। उसके छह रुपये बनते हैं। आसपास के एक-दो रिक्शावाले से उसने पूछा पर उसे निराशा ही हाथ लगी। रास्ता आख़िरकार रिक्शावाले ने निकाला। उसने गले में पान-सिगरेट की परात लटकाकर बेच रहे एक लड़के से पान खाया और चालाकी से दस का नोट बढ़ा दिया कि पान खा चुके हैं, अब तो इसका ख़ुदरा देना ही होगा।

'एक खिल्ली पान खाएँगे और दस का नोट बढ़ा देंगे—हुँह...!' पान-परातवाला लड़का झुंझलाया, 'आठ आने का पान और दस रुपये का नोट।'

रिक्शावाला निर्लज्जता से मुसकते हुए रॉबिन के पास लौट आया और अपने रुपये काटकर बाक़ी के चार रुपये उसे थमाते हुए कहा, 'खुदरा करवाना बड़ा झंझटिया काम है, सर। कोई जल्दी देता ही नहीं।'

पैसे जल्दी से जेब के हवाले कर वह बस में घुसा।

नीलमणि महिला सीट पर बैठ गई है। उसे देखते ही बोली, 'वहाँ दाएँ से चौथी सीट पर आपकी जगह रखी हुई है।'

रॉबिन सीट ढूँढ़ते हुए आगे बढ़ा। दो लोगों के बैठने की उस सीट पर खिड़की के किनारे बैठे हुए सज्जन उसकी पत्रिका उठाकर देख रहे हैं। रॉबिन बैठ गया। खिड़की किनारे बैठे सज्जन ने कहा, 'क्या आपकी पत्रिका है? मैं अभी देखकर देता हूँ।' पत्रिका के पृष्ठों में उनका चेहरा छिप गया है।

बस अब खुल गई है। नीलमणि तीन सीट आगे बाईं तरफ़ वाली महिला सीट पर बैठी है। पीछे से उसकी गुँथी हुई वेणी की पहली-दूसरी पेंच दिख रही है। पत्रिका में मशगूल सज्जन को रॉबिन ने कुछ देर बाद टोका, 'क्षमा करेंगे, क्या पत्रिका आप देख चुके?'

तनिक अचकचाकर उस व्यक्ति ने कहा, 'क्या पढ़िएगा अभी?'

रॉबिन ने कहा, 'जी हाँ, जरा मैं भी देखता।'

उस व्यक्ति ने तनिक क्षोभ से पत्रिका वापस करते हुए कहा, 'अच्छा, लीजिए। पूरा देख भी नहीं पाया।'

रॉबिन ने पत्रिका लेकर 'द गार्ज़ियन' से साभार प्रकाशित रिपोर्ट वाला पृष्ठ उलट डाला। तब से उसे उत्कंठा थी कि लन्दन के एंग्लो-सिख क्या कर रहे हैं, महाराजा दिलीप सिंह

की पुण्य स्मृति के आयोजन को लेकर? आख़िर इलवेडेन गाँव के अंग्रेज़ इस आयोजन पर आपत्ति क्यों कर रहे हैं? यह रिपोर्ट मेडेलीन बंटिंग नामक एक पत्रकार की लिखी हुई है। रिपोर्ट को उसने पढ़ना शुरू किया। शुरुआत अच्छी की है उसने। कई पत्रकार अपनी रिपोर्ट को कहानीपन का अच्छा लिबास पहना देते हैं। मेडेलीन ने शुरुआत कुछ ऐसे की है : 'इंग्लैंड के इस छोटे-से गाँव इलवेडेन को आसानी से वैसे अनदेखा किया जा सकता है क्योंकि लन्दन-नॉरविच सड़क पर कुछेक कॉटेज के अलावा वहाँ और कुछ ख़ास नहीं। धीमी गति से अगर आपने ड्राइविंग नहीं की, तो आँखें झपकाते ही यह ख़ामोश-सा छोटा गाँव कब ओझल हो जाएगा, पता नहीं चलेगा। पैदल चलनेवालों के लिए गाँव के सामने से गुज़रनेवाली यह सड़क गवाह रही है कि इधर अनगिनत दुर्घटनाएँ हुई हैं। वैसे स्थानीय लोगों का दावा रहा है कि यह इंग्लैंड का सबसे सघन वन क्षेत्र है। इलवेडेन गाँव ठीक जंगल के बीच बसा होने कारण अपनी ख़ामोशी में इस वन-शोभा का भरपूर आनन्द उठाता है। इलवेडेन गाँव के सराय की बूढ़ी मालकिन कहती है—'फूलों की पंखड़ियों में चुपचाप सिमटे पराग-सा गाँव है, इलवेडेन।'

रॉबिन ने सीट पर बैठे-बैठे अपनी आँखें बन्द कर लीं—इलवेडेन...यानी इंग्लैंड में बसा हूबहू एक मैकलुस्कीगंज...! लगता है, जैसे मैकलुस्कीगंज का ही जीवन्त चित्रण कर दिया गया है।

उसने फिर पढ़ना शुरू किया : 'इन दिनों यह गाँव इंग्लैंड में राष्ट्रीय स्तर पर अख़बारों के पहले पन्ने की सुर्ख़ियों का विषय बना हुआ है और आनेवाले दिनों में ये सुर्ख़ियाँ तब और बढ़ जाएँगी जब ब्रिटेन में बसे सिख समुदाय के तीस हज़ार लोग अपने अभियान में क़ामयाब हो जाएँगे।'

पढ़ते-पढ़ते रॉबिन की उत्सुकता बढ़ती जा रही है। इंग्लैंड के एंग्लो-सिखों ने अपना अभियान सुर्ख़ियों तक तो पहुँचा दिया, आगे अब जो हो। रिपोर्ट में आगे लिखा है : 'इंग्लैंड का इलवेडेन गाँव सिख समुदाय के लिए एक तीर्थस्थल की तरह रहा है। गर्मी के साप्ताहिक अवकाश के दिनों में बसों-कोच और गाड़ियों में बैठकर बर्मिंघम से लेकर लन्दन तक में रहनेवाले सिख परिवार साठ के दशक से ही इलवेडेन गाँव श्रद्धापूर्वक आते रहे हैं, अपने अन्तिम सिख महाराजा दिलीप सिंह की क़ब्र पर शीश नवाने। इसी इलवेडेन गाँव के पेरिस चर्च परिसर में महाराजा दिलीप सिंह दफ़न हैं। उनके बग़ल में ही जंगली घास और लताओं से ढँकी हुई महाराजा की पत्नी और बेटे की भी क़ब्र है। इन क़ब्रों के इर्द-गिर्द सिख बच्चों की कुछ प्लास्टिक की लाल, हरी, नीली, पीली, तलवारें किसी भी समय यहाँ बिखरी हुई मिल सकती हैं, जिन्हें भक्तिभाव में सिख परिवार यहाँ मौक़े-मौक़े पर चढ़ा जाते हैं। सिख लोग जैसा पारम्परिक तलवार-कृपाण रखते हैं, वैसा ही बच्चों का प्लास्टिक वाला तलवार-कृपाण।' पढ़ते हुए रॉबिन ने कल्पना की, प्लास्टिक की नन्ही रंग-बिरंगी तलवारें...ओह, सुन्दर...!

रिपोर्ट में कहा गया है कि 22 अक्टूबर को महाराजा दिलीप सिंह की सौवीं पुण्य तिथि है। महाराजा दिलीप सिंह का जन्म 4 सितम्बर, 1838 को और निधन 22 अक्टूबर, 1893 को हुआ था। इस लिहाज से इस साल 1993 में उनकी सौवीं पुण्य तिथि पड़ती है। ऐसे अवसर पर इंग्लैंड का एंग्लो-सिख समुदाय व्यग्र है कि कैसे इलवेडेन गाँव में

बसी महाराजा दिलीप सिंह की स्मृति को विश्व स्तर पर सुर्ख़ियों में ला दिया जाए। मात्र बारह साल की उम्र में महाराजा दिलीप सिंह ने ईसाई-धर्म क़बूल कर लिया था। ब्रिटेन की सरकार को अपनी सत्ता और मशहूर कोहिनूर हीरा सौंपने के बाद तो महाराजा दिलीप सिंह इंग्लैंड में ही रह गए थे और क्वीन विक्टोरिया के काफ़ी चहेते हो गए थे। इलवेडेन गाँव में वे विशाल रख-रखाव के साथ बस गए थे। कहते हैं, उस समय पैंतीस वर्षीया क्वीन विक्टोरिया इस कद्दावर हस्ती की काली सुरमई आँखों पर फ़िदा रहती थीं। क्वीन, दिलीप सिंह को अक्सर पैलेस में बुलाती रहती थीं। महाराजा के कई बच्चों का बपतिस्मा भी विंडसर में हुआ और उनके नाम थे—विक्टर, फ्रेडरिक और एडवर्ड।

रिपोर्ट में कहा गया है कि 'महाराजा दिलीप सिंह मेमोरियल कमिटी' के प्रमुख सदस्य सरदार हरबिन्दर सिंह ने कहा है कि हम इस भव्य समारोह के ज़रिये यह बताना चाहते हैं कि ब्रिटिश तथा सिखों का सम्बन्ध आज का नहीं, बहुत पुराना है। हम लोग इस समारोह को आयोजित करके इंग्लैंड में एंग्लो-सिखवाद को सुदृढ़ करना चाहते हैं। इलवेडेन गाँव के चप्पे-चप्पे से महाराजा की यादें जुड़ी हैं। इलवेडेन के प्राचीन हॉल का जीर्णोद्धार शाही मनोरंजन के लिए महाराजा ने ही कराया था। बाद के वर्षों में यहाँ शिकार आदि करने के लिए प्रिंस ऑव वेल्स भी आया करते थे। शिकार करने के लिए उन दिनों इलवेडेन का कोई जोड़ नहीं था। महाराजा दिलीप सिंह बाद में ब्रिटेन सरकार से अपने सालाना ख़र्चे की राशि और कुछ अन्य मसलों को लेकर काफ़ी क्षुब्ध हो गए थे। उन्होंने इसी क्षोभ में वापस पंजाब लौटना चाहा था, पर ब्रिटिश सत्ता ने इस आशंका के तहत कि कहीं कोई विद्रोह न हो जाए, उन्हें फौरन गिरफ़्तार करवा लिया था। बाद में, पेरिस में उनका निधन हो गया था। पर अन्ततः उनकी इच्छानुसार उन्हें इलवेडेन में दफ़नाया गया।

रिपोर्ट में आगे कहा गया है कि इलवेडेन गाँव के अंग्रेज़ों को महाराजा की स्मृति के आयोजन में होनेवाले तामझाम को लेकर आपत्ति है। इलवेडेन के अंग्रेज़ बाशिन्दों का कहना है कि चर्च में अधिक से अधिक एक सादा समारोह सम्पन्न कर, ये लोग कार्यक्रम मना लें। पर 'मेमोरियल कमिटी' वालों की भी ज़िद है कि वे लोग इलवेडेन में महाराजा दिलीप सिंह के जीवन से जुड़ी तसवीरों और सामान की एक भव्य प्रदर्शनी लगवाएँगे, संगीत समारोह शानदार करवाएँगे। कमिटी वालों का कहना है कि अंग्रेज़ों को यह महसूस कराया जाएगा कि सिख लोग यहाँ उनकी दया पर निर्भर नहीं हैं।

बस मध्यम गति में चली जा रही है। इलवेडेन गाँव की पूरी कहानी पढ़कर बस की सीट पर बैठे-बैठे एक विचित्र झुरझुरी-सी महसूस हुई रॉबिन को। ओह, इलवेडेन...! ब्रिटेन के एंग्लो-सिख समुदाय के लोग सचमुच नमनीय हैं। अपनी पहचान के लिए अंग्रेज़ों की तमाम नापसन्दगी और आपत्तियों के बावजूद वे कैसे अडिग हैं? क्या मैकलुस्कीगंज में यह नहीं हो सकता? अब तो मैकलुस्कीगंज में सर ई.टी. मैकलुस्की की याद में 'फ़ाउंडर्स-डे' तक नहीं मनाया जाता है। अजीब इत्तफ़ाक़ भी तो है, 22 अक्टूबर को इलवेडेन में महाराजा दिलीप सिंह की पुण्य स्मृति का दिन है और 3 नवम्बर को मि. मैकलुस्की का स्मृति-दिवस...।

पत्रिका बन्द कर उसने कुछ देर के लिए आँखें बन्द कर लीं। क्या 3 नवम्बर को मैकलुस्कीगंज में 'फ़ाउंडर्स-डे' का आयोजन अब नहीं हो सकता? इलवेडेन के आयोजन

के ठीक ग्यारहवें दिन यह आयोजन? इस बार 'गंज' में यह आयोजन ज़रूर होगा। कैसे नहीं होगा? अभी तो जून ही है, लगभग चार महीने तैयारी के लिए हाथ में हैं।

उसकी मुट्ठियाँ अनायास भिंच गईं। उसने सोचा, आज मैकलुस्कीगंज पहुँचते ही वह इस आयोजन की एक शानदार रूपरेखा तैयार करने की शुरुआत कर देगा। पैसों का भी इन्तज़ाम किसी तरह हो जाएगा। मैकलुस्कीगंज के जितने एंग्लो-इंडियन लोग बाहर गए हुए हैं, सबसे सम्पर्क साधा जाएगा। सबसे मदद ली जाएगी। उसका दिमाग तेज़ी से सक्रिय हो उठा। उसने सोचा, आज की राँची-यात्रा कई मायने में उल्लेखनीय रही। नीलमणि और बहादुर अंकल से मुलाक़ात-बात हुई और इस पत्रिका में इलवेडेन गाँव की कहानी पढ़कर 'फ़ाउंडर्स-डे' को इस बार यहाँ भव्य ढंग से आयोजित करने का अचानक विचार आया। अब एक-एक दिन तैयारी में लगाना है। क्या-क्या करना होगा...? सबसे पहले तो मि. मैकलुस्की के खँडहरनुमा घर को ठीक करवाकर रंग-रोगन करवाना होगा...फिर उस भग्न फ़ाउंटेन का जीर्णोद्धार...।

मैकलुस्कीगंज में बस लगभग आधे मिनट के लिए रुकी। वहाँ उतरनेवाले यात्री ये दो ही थे। बस से उतरकर नीलमणि ने पूछा, 'कहाँ रुके हुए हैं आप?'

रॉबिन ने कहा, 'क्वींस कॉटेज में।'

नीलमणि ने आँखें झपकाते हुए कहा, 'हाँ, अक्सर चेंजर्स लोग आकर रुकते हैं वहाँ। बचपन में 'क्वींस कॉटेज' के पास के स्कूल में ही पढ़ती थी न मैं। अक्सर स्कूल आते-जाते चेंजर्स लोगों की चहल-पहल वहाँ देखती रहती थी। पर अब तो कुछ वर्षों से चेंजर्स का इधर आना काफी कम हो गया है।' धीमे डग भरते हुए नीलमणि चल रही है।

रॉबिन ने कहा, 'हाँ, पिछले एक-सवा महीने से तो यहाँ मैं ही हूँ। 'क्वींस कॉटेज' में कोई चेंजर आया, नहीं दिखा। वैसे एक चेंजर आप मुझे मान सकती हैं। क्यों, है न नीलमणि?'

नीलमणि हल्के हँसी, बोली, 'आप अभी वहीं जाएँगे?'

रॉबिन ने मुँह बनाने की भंगिमा में भौंहें ऊँची कर सिर हिलाते हुए कहा, 'नहीं नीलमणि, 'क्वींस कॉटेज' नहीं। अभी मैं चाट्टी के पास जाऊँगा। आपको छोड़ने।'

नीलमणि उसी मन्द हँसी में सिर झुकाकर चलते हुए बोली, 'बहुत अच्छी बात है। इसी बहाने आप हमारे यहाँ रखे अपने पुश्तैनी सामान को भी देख लेंगे।'

रॉबिन ने कहा, 'हाँ, नीलमणि, चाट्टी नदी...आपका घर और अपने खानदान के पुश्तैनी सामान, सब देखूँगा।'

जून अन्त की शान्त-निरुद्विग्न साँझ मैकलुस्कीगंज पर पसरी हुई है। रॉबिन ने सोचा, जून की साँझ का कोई इनसानी स्वरूप होता, तो क्या वह बिलकुल नीलमणि की तरह नहीं होता? नीलमणि जिन परिस्थितियों में घिरी जूझ रही है, वैसी स्थिति में क्या कोई दूसरी लड़की अपने को इतना सहज रख पाती? अंग्रेज़ी में यों भी 'जूनो' माने होता है—अतिसुन्दर स्त्री...। अतिसुन्दर तो है ही नीलमणि...जूनो...!

रॉबिन ने पूछा, 'नीलमणि, कितने भाई-बहन हैं आप?'

नीलमणि मन्द स्वर में बोली, 'बस, मैं अकेली हूँ।'

तब तो और ज़िम्मेदारी है इस बेचारी पर। एक अकेली लड़की, अपनी माँ के साथ। पिता की दारुण विडम्बना से जूझती एक अकेली नीलमणि। जीवट की लड़की है यह। जब तक उसकी इससे बातचीत नहीं हुई थी, तब तक क्या उसे कहीं से भी यह आभास हो पाया था कि कैसा दु:ख है इसके भीतर?

रॉबिन ने पूछा, 'नीलमणि, पर आपने बताया नहीं, बहादुर अंकल के साथ यह सब हुआ कैसे? आखिर क्यों हुआ ऐसा?'

साथ चलते हुए नीलमणि कुछ देर तक चुप रही। रॉबिन ने भी उसे कुछ पल तक नहीं टोका। सहसा नीलमणि ने कहा, 'ऐसी कहानी है रॉबिन बाबू कि कोई कहानी भी ऐसी नहीं हो सकती। अच्छा-भला छोटा परिवार था हमारा। खेत कोई अधिक नहीं था। पर जो था, वह काफी उपजाऊ। बाबा बहुत मेहनत करते थे खेत में। सब कुछ ठीक-ठीक चल रहा था। बाबा ने मेरा नाम यहीं मैकलुस्कीगंज के स्कूल में लिखवा दिया था। कहते थे, आगे कॉलेज तक ऊँची पढ़ाई करवाएँगे मेरी। पर अचानक सब कुछ बिखरता चला गया रॉबिन बाबू। वे बीते हुए अच्छे दिन सपनों की तरह लगते हैं। दरअसल, बाबा आसपास के अपने आदिवासी समुदाय के दु:ख-दर्द से हर बखत जुड़े रहते थे। कहीं कोई मुसीबत में पड़ता, तो बाबा मुस्तैद रहते थे। पर एक आम आदमी की भला बिसात ही क्या है?

'बाबा को यह बात कहीं भीतर तक कचोटती रहती थी कि चाहे आदिवासी इलाके में तैनात सरकारी अफसर हों या इस इलाके के आदिवासी नेता, सब-के-सब भोले-भाले आदिवासी समुदाय को अपने स्वार्थ के लिए तबाह करते रहे हैं। आए दिन छोटे-छोटे, महज मामूली मामलों में पुलिस आसपास के गाँवों से आदिवासियों को पकड़ ले जाती और फिर वे सब जेल में सड़ते रहते। वन विभाग के अधिकारी सैकड़ों पेड़ खुद कटवाकर चुपचाप बिकवा दिया करते थे और उल्टे अपनी जान बचाने के लिए सबसे सस्ते इन आदिवासियों का नाम फँसा दिया करते थे। सड़क बनाने और पानी के लिए चाँपाकल गाड़ने के नाम पर भी वही लूट। आदिवासी नेताओं और अफसरों के पालतू ठेकेदार सड़क बनाने के नाम पर कुछ मिट्टी-कंकड़ बिछाकर गायब हो जाते थे और सड़क फिर कभी बन नहीं पाती। रॉबिन बाबू, इधर के सरकारी अस्पतालों और स्कूलों की भी बड़ी बुरी हालत रही है। बाबा को यह सब बहुत कचोटता था। हालाँकि, उनके वश का था ही क्या? पर कई बार बड़े नामी-गिरामी आदिवासी नेताओं को जा-जाकर उन्होंने कहा—बुरी हालत है। इस पर ध्यान दीजिए आप लोग। नहीं तो लोग अब बहुत दिन गोबर का कीड़ा बनकर नहीं रहेंगे।—पर अन्त में यह बात बाबा की समझ में आई कि इन अफसरों-नेताओं और ठेकेदारों में बहुत जोर आपसी मिलीभगत है। पुलिस को भी इन्हीं लोगों की शह रहती है। इसलिए सरकार में भी ये लोग जो चाहते हैं, कराते हैं। थाना-कचहरी सब इन्हीं की मुट्ठी में है।

'इलाके की समस्याओं को लेकर जब बाबा राँची दौड़ते रहते थे, तो माँ कभी-कभार दबे स्वर में बाबा से कहती भी थी—क्यों परेशान रहते हैं आप इस सबके फेर में? कुछ होगा इस सबसे?—पर बाबा की जिद थी, सो वे जुटे रहते थे। जब वे जान गए कि उनके इन प्रयासों से कुछ नहीं होनेवाला है, तो अन्त में उन्होंने अपने सभी साथियों से कहा—अपनी लड़ाई अब हम खुद लड़ लेंगे। राँची-पटना में कोई नहीं सुनने वाला है। वह सब करके

देख लिया।—फिर गाँव-गाँव में घूमकर, बैठक कर उन्होंने आदिवासियों की 'आत्मरक्षा समिति' बनवाई। उस समय तो बाबा का न दिन का ठिकाना रहता था, न रात का। बस, एक ही धुन कि हर गाँव में इस समिति की शाखा खुल जाए। आदिवासी लोग इस संगठन के जरिये अपनी समस्याओं से जूझना सीखें। इसके अलावा और रास्ता क्या है?

'थोड़े ही दिनों में लगभग हर गाँव में समिति की शाखा खुल गई थी। पर यही बाबा के लिए काल बन गया। 'गंज' का ही एक आदिवासी नेता है—दुती भगत। हालाँकि, बाबा के बचपन का साथी है, पर बहुत ही नीच किस्म का दलाल है वह। राँची-पटना से लेकर, कहते हैं, दिल्ली तक उसकी पहुँच है। उसने जाकर अपनी पार्टी 'झारखंड मुक्ति मंच' के बड़े नेताओं को चढ़ा दिया कि कल को यह बहादुर उराँव सबके लिए भारी संकट खड़ा कर सकता है। बड़े आदिवासी नेताओं को भी यह बात धँस गई कि यह अड़ियल आदमी कल को चुनौती और सिरदर्द न बन जाए। बस, शुरू हो गया उन लोगों का षड्यंत्र। उस दिन से अपराध के मामलों में बाबा को फँसाया जाने लगा। इधर 'आत्मरक्षा समिति' का अभियान भी तेज होता गया।'

नीलमणि को सुनते हुए रॉबिन बिलकुल खो गया। उसने रोमांचित होते हुए कौतूहल भरे स्वर में पूछा, 'फिर क्या हुआ नीलमणि?'

नीलमणि कहती गई, 'समिति की हलचल गाँव-गाँव में जोर पकड़ती गई थी। इसी बीच एक दिन फिर पहले की तरह वन विभाग के साहबों की मिलीभगत से काफी पेड़ कटकर चोरी-चोरी बिक गए थे। जाँच के लिए वन विभाग का वही बदमाश—घूसखोर अफसर आया, जो पहले भी पेड़ कटाई के कई मामले में, बहुत-से निरीह आदिवासियों को तबाह कर चुका था। समिति वाले समझ गए कि फिर वह यही हरकत करने जा रहा है और कुछ सीधे-सादे गरीब आदिवासी इसमें फँसाए जानेवाले हैं, तो उस घूसखोर नीच अफसर को समिति के लोगों ने जीप से उतारकर एक घर के भीतर खम्भे से बाँध दिया। खबर पाते ही उसी रात राँची से बड़े-बड़े हाकिम-हुक्काम आए। बाबा ने वन विभाग के अफसर को छुड़वा तो दिया था, लेकिन चेतावनी दी थी कि पेड़ काटने के पिछले सभी झूठे मामले निर्दोष आदिवासियों पर से उठा लिए जाएँ।

'इसी तरह एक बार अस्पताल और स्कूल को लेकर भी घमासान हुआ। अस्पताल का सरकारी डॉक्टर भूले-भटके महीनों बाद इधर आता था। यही खरमस्ती सरकारी स्कूल के मास्टरजी की भी थी। इन लोगों की भी समिति वालों ने जमकर बारी-बारी से पिटाई की थी। रॉबिन बाबू, वे डॉक्टर, मास्टर, जंगल के साहब, इलाके के ठेकेदार—जो सड़क बनाने और चाँपाकल गाड़ने का नाटक कर पैसा लूटते रहे थे, सबकी ऊँची-ऊँची पैरवी थी। समिति की इन धुआँधार हलचलों से बड़े आदिवासी नेता लोग बहुत नाराज हो उठे। सो पहले तो बाबा को कुछ केसों में फँसाकर उन लोगों ने दबाव में लाना चाहा। पर जब उन लोगों को लगा कि यह आदमी दबाव में आनेवाला नहीं है, तो उन लोगों ने तरह-तरह के प्रलोभन से बाबा को अपनी तरफ करने की कोशिश की। पर बाबा भला किसी लोभ में आनेवाले थे? उन लोगों का जब सारा प्रयास बेकार रहा, तब वे लोग बुरी तरह बौखला उठे। राँची में बाबा के एक पुराने परिचित हैं—सामू मुंडा। एक तरह से बाबा के वे गुरु ही हैं। वे बार-बार बाबा से कहते थे—बहादुर, इन नीच लोगों से लड़ने के पहले इनकी

नीचता के बारे में अच्छी तरह जान लो, वरना अभी तो ये छोटे-छोटे मामले हैं, आगे ये लोग किसी भारी मुसीबत में डाल सकते हैं तुम्हें।'

रॉबिन ने गहरी साँस के संग पूछा, 'नीलमणि, राँची में आपने इन्हीं सामू मुंडा के बारे में बताया था न?'

नीलमणि बोली, 'जी! उन्हीं के बारे में कहा था मैंने। सामू चाचा महान आदमी हैं। आप मिलेंगे, तब कहेंगे। सुनती हूँ, देश की आजादी की लड़ाई के दिनों में सामू चाचा ने अंग्रेजों को इतना तबाह कर रखा था कि जब वे एक दिन पकड़े गए, तो अंग्रेजों ने उन्हें सीधे कालापानी की सजा दी थी। बाबा बताते थे कि जब देश आजाद हुआ, तब जाकर सामू चाचा वहाँ से छूटकर आ सके थे। आदिवासियों के बीच बड़ा आदर-मान है सामू चाचा का, रॉबिन बाबू। चाचा नेहरू की तरह इस इलाके में वे सबके सामू चाचा हैं...' कहते-कहते नीलमणि एक पल को रुकी और फिर गहरे अफ़सोस के संग बोली, 'पर आदर-मान का क्या महत्त्व रॉबिन बाबू? बाबा को जब 'गंज' से गिरफ्तार कर पुलिस राँची लाई थी, तो सामू चाचा गए थे, बड़े हाकिमों के पास। सबसे जाकर बोले थे कि हुजूर, यह सामू मुंडा जीवन में कभी झूठ नहीं बोला। गांधीजी के रास्ते पर चला। मेरी बात पर विश्वास कीजिए। बहादुर उराँव को झूठे केस में फँसाया गया है। मैं उसके लिए आपसे न्याय की भीख माँगने आया हूँ, हुजूर।

'पर रॉबिन बाबू, सचाई और न्याय के लिए उन बड़े हाकिमों के आगे सामू चाचा की फरियादों का कोई असर नहीं हुआ। हालाँकि, उसके बाद सामू चाचा ने राष्ट्रपति-प्रधानमंत्री से लेकर कहाँ-कहाँ नहीं बाबा के मामले को लेकर चिट्ठी-पतरी की। पर यहाँ कौन सुनता है?'

रॉबिन ने कहा, 'उनके बारे में इतना कुछ सुनकर उनसे मिलने की मेरी भी उत्सुकता बढ़ गई है।'

नीलमणि ने कहा, 'जरूर मिलवाऊँगी उनसे। आदिवासी जीवन का इतिहास तो जैसे उनके मुँह में बसा हुआ है। बाबा बताते थे कि उनसे सुन-सीखकर कई लोग देश-विदेश में बड़े विद्वान बन गए। पर सामू चाचा? रातू रोड के पास अपनी झोंपड़ी में किताबों... पुराने कागजों और अखबारों के बीच घुसे उसी तरह बदहाली में रह गए। हालाँकि, रॉबिन बाबू! इसके लिए उन्हें कोई अफसोस नहीं।'

रॉबिन ने कहा, 'नीलमणि, आदिवासियों के बारे में जानने की मुझे भी काफी उत्सुकता है। आप अगली बार उनसे जरूर मिलवाएँ बल्कि एकाध सप्ताह में ही राँची चलते हैं। उनसे बातचीत कर अपने काम के लिए मैं जरूरी नोट्स लूँगा। नीलमणि, मैकलुस्कीगंज के एंग्लो-इंडियंस को लेकर मैं एक किताब लिखने आया हूँ। पहले तो मैंने सोचा भी नहीं था। लेकिन यहाँ आकर, एक-सवा महीने रह लेने के बाद, अब मुझे लगता है कि बिना आदिवासियों के बारे में अच्छी तरह जाने, यहाँ के बारे में कुछ भी लिखना उचित नहीं...' सहसा रॉबिन ने पूछा, 'नीलमणि, आपने यह बताया नहीं कि बहादुर अंकल किस मामले में पकड़कर ले जाए गए थे? वे पागलखाने कैसे भेज दिए गए?'

नीलमणि ने उसी मन्द स्वर में कहा, 'हाँ, रॉबिन बाबू, बात पूरी नहीं हो सकी थी। एक दिन एक विचित्र घटना हो गई। और यह तो होना था, किसी दिन। बाबा को

पकड़वाने के लिए दुती भगत और उसके लोग हर पल नजरें बिछाए हुए थे। एक रात 'गंज' के पास ही के एक गाँव में डकैती पड़ी। डकैतों ने एक आदिवासी का खून कर डाला और चलते बने। बाद में यह चर्चा जोरों पर थी कि यह घटना उन बड़े नेताओं और अफसरों की मिलीभगत से दुती भगत ने कराई थी। इसी डकैती और खून के मामले में उन लोगों ने बाबा को फँसा दिया। पुलिस आई और बाबा को गिरफ्तार कर चली गई। पुलिस जब बाबा को लेकर राँची पहुँची, तब भी इन लोगों ने बाबा से कहा था—सोच लो, अभी भी समय है। अगर हम लोगों के साथ मिल-जुलकर रहने की बात अभी भी कबूल लो, तो इस मामले से तुम्हें बेदाग निकाल लिया जाएगा।—पर बाबा की भी जिद थी, बोले—इस एक जनम में क्या, बार-बार जनम लेकर तुम जैसों से लड़ेंगे। तपौनी का गुड़[1] मुझे नहीं खाना।—फिर उस कुटिल-गन्दे दुती भगत ने राँची जेल जाकर बाबा से कहा था—बहादुर, बस, इतना ही नहीं, तड़पा-तड़पाकर मारे जाओगे तुम।—उसके कुछ ही महीने बाद उन्हें जेल के अफसरों और डॉक्टर द्वारा पागल घोषित करवाकर राँची मानसिक आरोग्यशाला भिजवा दिया था। दुती भगत ने पागलखाने में भी आकर कहा था—देखा, क्या कहा था मैंने? अब इन पागलों के बीच तड़प-तड़पकर मरोगे तुम। खून के केस में आजीवन कारावास होना ही है तुम्हें।—वह दिन और आज का दिन, बाबा तब से पागलखाने में पागल नहीं होने के बावजूद बन्द हैं। जेल से निकाल उन्हें सिर्फ सताने के लिए ही वहाँ रखा गया है। कई बार जबरन उन्हें बिजली का शॉक भी दिया गया। बाबा से उनके वकील ने एक बार शुरू में कहा भी कि वे पागलखाने में डाल ही दिये गए हैं, तो पागल होने का ढोंग अदालत में कर लें। इससे अदालत उन्हें राहत दे देगी। पर बाबा ने दो-टूक कह दिया कि मैं एक दाना भी झूठ अदालत में नहीं बोलूँगा। मेरा कोई अपराध नहीं है।—बहुत दिनों से कोई वकील भी अदालत में बाबा के लिए तारीख पर नहीं जाता। बस, ले-देकर एक सामू चाचा जुटे रहते हैं। पर सामू चाचा घिनौने लोगों के महाजाल को भला क्या काट सकते हैं...?'

गहरा चुकी साँझ में नीलमणि का चेहरा डूबा-डूबा है, 'बाबा की गिरफ्तारी के बाद से 'आत्मरक्षा समिति' की गतिविधियाँ ठप होती चली गईं और 'गंज' के आसपास एम.सी. सी. वालों की हलचल बढ़ गई। ये उग्रवादी बस, करो या मरो, यही करते हैं...।' सहसा नीलमणि रुक गई, 'रॉबिन बाबू, वह रही चाट्टी।'

रॉबिन ने देखा, जंगल के बीच गहरी साँझ में चाट्टी नदी अपने में मगन है। दुनिया के तमाम राग-विराग और लेन-देन से दूर, एक छोटी-सी प्यारी नदी। रॉबिन ने कहा, 'नीलमणि, चाट्टी के कछार पर मैकलुस्कीगंज की कितनी पीढ़ियाँ बीत गईं, है न?'

नीलमणि ने उसकी तरफ़ गहरी आँखों से देखा और बढ़ गई, 'रॉबिन बाबू, हमारा घर बस आ ही गया।'

इस वन-वीथि में मामूली-से मिट्टी के ये घर कितने सुन्दर लग रहे हैं! वृक्षों और लता-पता से घिरे मिट्टी के अनेक घर। शहर की विशाल इमारतों के खोखलेपन को नकारते ये छोटे-छोटे घर एक सुन्दर पक्षी-नीड़ की तरह ही तो हैं। धरती की गन्ध से उब-डुब एक छोटा-सा अनुराग भरा आश्रय।

1. ठगों का अपने दल में मिलाने से पहले बनाया जानेवाला प्रसाद

नीलमणि ने घर पर पहुँचते ही माँ को आवाज़ दी, 'माँ, देखो तो यह कौन आए हैं?'

एक अधेड़ आदिवासी स्त्री अगले ही पल बाहर आई और पहचानने की कोशिश करते हुए अन्त में सरल मन्द मुस्कान के संग बोली, 'नीलू, मैं नहीं पहचान सकी।'

नीलमणि एक क्षण के लिए हँसी, तो अँधेरे में उसकी दंतपंक्ति जगमग कर उठी, 'माँ, डेनिस चाचा को तो जानती हो न? उन्हीं के लड़के हैं ये रॉबिन बाबू।' फिर नीलमणि ने कहा, 'आइए न अन्दर!'

एक पुराने भारी-भरकम पलंग की तरफ़ दिखाते हुए बोली, 'रॉबिन बाबू, इसी के बारे में बाबा आपसे कह रहे थे। हाँ, वह अलमारी और कुर्सी भी...।'

पलंग की पाटी पकड़े वह कुछ पल यों ही खड़ा रहा। ढिबरी की हल्की टिमटिमाती लौ में उसकी आँखें बरबस भर आईं। उसे लगा, दादाजी अचानक पीछे से उसके कन्धे पर हाथ रखते हुए कह रहे हैं—रॉबिन, तुम आ गए! मैं बहुत खुश हूँ।—उसने नीलमणि की तरफ़ मुख़ातिब होते हुए बोझिल स्वर में कहा, 'तो अब चलें?'

तभी पीछे से नीलमणि की माँ ने कहा, 'बिना खाना खाए चले जाओगे, बेटे?'

नीलमणि ने भी कहा, 'हाँ, खाना तो खाकर जाइए।'

पर उसने कहा, 'नहीं, आज रहने दीजिए। वहाँ मिलर अंकल कब से इन्तजार कर रहे होंगे। मुझे जाना चाहिए।' वह बाहर निकल आया।

नीलमणि बोली, 'क्या कुछ आगे तक चलकर छोड़ दूँ? रात हो गई अब तो?'

रॉबिन हँस पड़ा, 'नीलमणि, क्या मैं छोटा बच्चा हूँ, जो मुझे रास्ते में डर लगेगा?'

नीलमणि बस मुस्कराकर रह गई, कुछ न बोली। लम्बे डग भरता हुआ वह निकल गया।

आकाश साफ़ है। एकदम झक्क निर्मल। चाँदनी आकाश में आँकी अल्पना की तरह चारों तरफ़ छिटकी हुई है। 'क्वींस कॉटेज' की तरफ़ तेज़ क़दमों से वह बढ़ा जा रहा है। नीलमणि का चेहरा बार-बार उसे कौंध रहा है। नीलमणि...! नील आकाश की मणि...। 'गंज' की कंठमणि...। उसने सिर उठाकर आकाश को देखा, चाँद अपनी सम्पूर्ण शोभा में मौजूद है। चाँदनी पेड़ों की झुरमुट पर चुपचाप लुकझुक करती थिरक रही है। जैसे नीलमणि...! मैकलुस्कीगंज की नीरवता में थिरकती एक अद्भुत सिहरन! एक अरण्य अनुभूति...! अनुपम अरण्य अनुभूति!

पन्ने में दबा फूल

सृष्टि अद्वितीय है। इसका रहस्य निस्सीम है। जीवन की रिक्त अवसन्न अँजुरी को यह निरन्तर प्रचुरता से भरती रहती है और मनुष्य का हृदय आनन्द से बार-बार फटने को होता रहता है। एक इकाई तृप्त होती है, तो ब्रह्मांड तृप्त हो जाता है। एक आनन्द को देख, दूसरी आशा का संचार होता है। इलवेडेन गाँव की कहानी रॉबिन ने मि. मिलर...

मि. मेंडेज़...मि. गिब्सन...मि. गॉर्डन...मिसेज़ थ्रिपथॉप...मिसेज़ टॉमलिन...और मिस बॉनर को बारी-बारी से पढ़ाई।

इलवेडेन की कहानी पढ़कर मिस बॉनर ने गहरी साँस लेते हुए कहा, 'बेटे, इंग्लैंड के इस गाँव की तरह फूलों की पंखड़ियों में चुपचाप सिमटे पराग-सा एक गाँव तो अपना 'गंज' भी था। पर धीरे-धीरे फूल की एक-एक पंखड़ी झड़कर बिखरती चली गई। हम जो कुछ लोग अब यहाँ हैं भी, तो फूल की बस सूखकर झड़नेवाली पंखड़ी ही न!'

रॉबिन ने कहा, 'यही जीवन-क्रम है। कोई फूल अन्तिम नहीं होता। फूल खिलते हैं... झड़ते हैं और फिर खिलते हैं।'

मिस बॉनर ने भावुक होते हुए कहा, 'यही विश्वास 'गंज' के एंग्लो-इंडियंस के भीतर से खत्म हो गया है। इनके भीतर अब ऑक्सीजन नहीं है। पर मुझे लगता है, शायद तुम इस खोये हुए विश्वास को लौटा लोगे रॉबिन।'

रॉबिन ने आहिस्ते-से कहा, 'सोच रहा हूँ कि क्यों न अगले थर्ड नवम्बर को यहाँ पूरे धूमधाम से 'फ़ाउंडर्स-डे' का आयोजन किया जाए? वही दिन इस खोये हुए विश्वास की वापसी का दिन होगा। फिर से एक नई शुरुआत। मैकलुस्कीगंज में नये जीवन की नींव।'

मिस बॉनर के चेहरे पर सहसा रोशनी फैल गई, 'मि. मिलर...मि. मेंडेज़...मिसेज़ थ्रिपथॉप—इनसे भी इस बारे में बात कर लो बेटे! मुझे तो लगता है, मि. मैकलुस्की के ग्रेट सोल ने तुम्हें यहाँ बुला लिया है...गॉड ब्लेस यू! ईश्वर तुम्हारी मदद करें। मुझसे जो कहोगे, तो मैं हूँ ही।'

रॉबिन ने बड़े इत्मीनान से कहा, 'बारी-बारी से, सबसे बात हुई है मेरी। सभी राजी हैं।'

मिस बॉनर बोलीं, 'बेटे, इस गाँव का गोल्डेन टाइम लौट रहा लगता है। यह किसे नहीं अच्छा लगेगा? कौन नहीं मदद करेगा इसमें?'

रॉबिन के चेहरे पर आबरू बचाने की ज़िद-सी झलक थी, 'मि. डिकोस्टा और मि. गिब्सन से मैंने रिक्वेस्ट किया है कि यहाँ से बाहर चले गए एंग्लो-इंडियन परिवारों की एक लिस्ट वे तैयार कर मुझे जल्दी दें। उन सबसे भी पत्राचार किया जाएगा। उन लोगों से इस मौके पर आने का अनुरोध किया जाएगा। अगर किसी वजह से वे नहीं आ सकते हैं, तो इस आयोजन के लिए वहाँ से कैसा क्या सहयोग कर सकते हैं, यह पता किया जाएगा।'

मिस बॉनर अपलक उसे सुनती रहीं।

रॉबिन ने कहा, 'मिसेज़ थ्रिपथॉप, मिलर अंकल और मेंडेज़ अंकल से मैंने अनुरोध किया है कि वे तीनों मिलकर पूरे आयोजन का ब्लू-प्रिंट तैयार करें और उसका अनुमानित खर्च जोड़ें। उसके तैयार हो जाने पर मि. नोएल गॉर्डन...मि. गिब्सन...मेंडेज़ अंकल की बहन मिसेज़ कैथलिन हॉरिगन...मि. मेंडोंसा...मिसेज़ इलोना घोष—हम सब लोग उस ब्लू-प्रिंट पर एक दिन बैठेंगे कि उसमें और क्या-क्या जोड़-घटाव किया जाए! अभी तो हाथ में लगभग चार महीने हैं भी न।'

मिस बॉनर ने चश्मे के भीतर आँखें झपकाते हुए बिहँसकर पूछा, 'बेटे, मुझे कोई काम नहीं दिया तुमने? शायद यह मानकर कि मैं तो हाड़-मांस की एक गठरी भर रह गई हूँ, क्यों?'

रॉबिन ने छूटते ही कहा, 'आप पर तो भारी जिम्मेदारी है। 'फ़ाउंडर्स-डे' पर एक अच्छी स्मारिका निकालने की योजना मेरे मन में है। इस स्मारिका की एडिटिंग का सारा जिम्मा आपको सँभालना है।'

मिस बॉनर ने भीनी हँसी के संग कहा, 'ठीक है...ठीक है...। पर इसमें तुमको मेरी मदद करनी होगी।'

रॉबिन ने आहिस्ते-से कहा, 'आप स्मारिका की योजना बना लीजिए और बस, शुरू हो जाइए। मि. मैकलुस्की की जीवनी...सर हेनरी गिडनी...मि. ए.एस. बॉवर...यहाँ से जुड़ी एक-एक हस्तियों की जीवन-गाथा...गाँव की खास-खास महत्त्वपूर्ण बातें...इतिहास... संस्कृति—सब कुछ हो इसमें। आप इसके लिए जब कहेंगी, मैं आ जाया करूँगा। इसमें मिसेज़ इलोना घोष आपकी मदद करेंगी। मैंने उनसे बात कर ली है। प्रकाशन का उन्हें अनुभव है। आपको तो पता ही होगा कि जब वे जर्मनी में थीं, तो एक बड़े पब्लिशिंग हाउस से जुड़ी हुई थीं। स्मारिका की तैयारी में वे बहुत मददगार होंगी।'

अचानक बीच में मिस बॉनर ने याद करते हुए कहा, 'अरे हाँ, लखनऊ के 'एंग्लो-इंडियन एसोसिएशन' के प्रेज़िडेंट एश्ले बर्न्स को भी लिखना आने को। पीटर फ़ैंथम को भी। पीटर यू.पी. एसेम्बली में एम.एल.ए. रहा है। रॉबिन, लखनऊ के भी एक-से-एक एंग्लो-इंडियन हुए। लखनऊ शहर का एंग्लो-इंडियन छोकरा हैरी रोज़र वेब्ब इंग्लैंड गया और क्लिफ़ रिचर्ड नाम से एक बड़े रॉक स्टार के रूप में मशहूर हुआ। उसका गाया सुपर-हिट गाना 'यू आर स्ट्रेंज़र इन टाउन' लखनऊ से उसकी दूरी के दर्द को बताता है। 'फ़ाउंडर्स-डे' पर वह आ जाए, तो मजा आ जाए। इसी लखनऊ शहर के 'पियर्स ब्रदर्स' हॉकी के इंटरनेशनल खिलाड़ी हुए। सन् 1965 में भारत-पाकिस्तान युद्ध में लखनऊ के एअर मार्शल डेंज़िल किलर और विंग कमांडर ट्रेवर जे. किलर का फ़ेम 'सेबर् जेट किलर ब्रदर्स' के रूप में हुआ। वे भारत-पाक वार के हीरो थे। इन दोनों ने पाकिस्तान के सेबर जेट विमानों को ध्वस्त कर दिया था।' फिर वापस स्मारिका के मुद्दे पर लौटते हुए मिस बॉनर ने जिज्ञासा के स्वर में पूछा, 'खैर, छोड़ो, स्मारिका छपवाओगे किस प्रेस में?'

रॉबिन ने कहा, 'अगले हफ्ते राँची जाऊँगा, तो किसी अच्छे प्रेस के बारे में पता कर लूँगा। प्रेस वाले से बात भी कर लूँगा कि सौ पेज़ की स्मारिका की दो हजार कॉपी छपवाने में क्या खर्च आएगा। हांगकांग के प्रेस का तो मुझे मालूम है, लेकिन पता नहीं यहाँ राँची के प्रेसवालों का क्या हिसाब-किताब है?'

मिस बॉनर ने अचरज से कहा, 'पर दो हजार कॉपी? इतनी कॉपी का क्या करोगे? अपनी एंग्लो-इंडियन कम्यूनटि में अधिक-से-अधिक बाहर भी सबको भेजोगे, तो पाँच सौ कॉपी से क्या अधिक लगेगा?'

रॉबिन ने मुस्कराते हुए कहा, 'स्मारिका की प्रतियाँ देश और बाहर...बाहर की सभी महत्त्वपूर्ण संस्थाओं...प्रमुख लोगों और महत्त्वपूर्ण अखबारों को भी भेजी जाएँगी कि एक गाँव है मैकलुस्कीगंज, जो फिर से खिल रहा है...कि नई कोंपलें निकल रही हैं इस गाँव में...कि गाँव का कायाकल्प हो रहा है...। सब परिचित होंगे नये सिरे से, इस गाँव के बारे में।'

मिस बॉनर भरी-भरी आँखों से एकटक रॉबिन को देखती रहीं। कुछ कहना चाहा उन्होंने, पर कंठ जैसे अनुराग से अवरुद्ध हो गया।

जून का अन्तिम सप्ताह है। अनवरत बारिश। लगातार तीन दिनों से एक बार भी वर्षा थमी नहीं है।

'कैसे होगा बुनछेक? यह लरछुत बारिश है, बहुत जिद्दी। अभी तो आर्द्रा लदा ही है। कम-से-कम पन्द्रह दिनों तक झड़ी लगी रहेगी।' खुशिया पाहन मौसम वैज्ञानिक की तरह आसमान निहारकर कहता है, 'आर्द्रा में ही पेड़ पर आम पकता है। गछपक्कू आम। इसके पहले तो हम लोग आम को जबर्दस्ती पकाकर खाते हैं। आर्द्रा और आम का रिश्ता जाननेवाले ही जानते हैं।'

टइयाँ गंझू उसके तुक में तुक मिलाता है, 'अरे भाई! अरदरा बरसे, सब कुछ हाँ। अमृत होती है अरदरा की वर्षा। अगहनी धान की रोपनी भी अरदरा की वर्षा के बाद ही होती है।'

'आर्द्रा के बारे में तो पुरानी कहबी है—अरदरा मास जे बोये साठी, दुख के मार निकाल के लाठी। साठ दिन के अन्दर साठी धान पककर तैयार हो जाता है। कितना सुंदर होता है चावल इसका। एकदम लाल। इसकी खेती भी कितनी आसान है। रोपनी का कोई चक्कर नहीं। बस खेत में धान छीट दीजिए।' खुशिया पाहन विभोर होकर कहता है, 'साठी पाके साठ दिन। बरखा होवे रात-दिन। आर्द्रा का प्रताप साठी धान में दिखता है।'

नीलमणि आर्द्रा की उस दोपहर जब उससे मिलने 'क्वींस कॉटेज' आई, तो उसके कुछ ही देर बाद वर्षा फिर शुरू हो गई। झम-झम करती बारिश में वह रुकी रही।

मि. मिलर ने कहा, 'अपने ही घर में हो न। बारिश रुके तब चली जाना।'

नीलमणि बस मुस्कराकर रह गई।

रॉबिन को अक्सर लगता है, नीलमणि की सुन्दर दंत-पंक्तियों में युग-युग की वर्षा समायी हुई है।

चाय की ट्रे के संग प्रकट होकर जैक ने बरामदे के सन्नाटे को तोड़ा, 'बारिश में पीजिए गरमा-गरम चाय।' फिर किचेन की तरफ़ मुड़ते हुए उसने कहा, 'वर्षा देर तक होगी।'

नीलमणि ने चाय की घूँट लेकर कहा, 'रॉबिन बाबू! आर्द्रा नक्षत्र के बारे में कहते हैं कि गाँव का पोखर-झाखर अगर आर्द्रा नक्षत्र में जलमग्न नहीं होता, तो फिर अगले साल का आर्द्रा नक्षत्र ही उसे जलमग्न कर पाता है।'

'आर्द्रा...?' रॉबिन ने नीलमणि के मुस्कानपूर्ण चेहरे को देखा और फिर बारिश देखने लगा।

बारिश थमने के बाद उस शाम रॉबिन, नीलमणि के संग, मि. मैकलुस्की के भग्न घर का मुआयना करने गया। नीलमणि ने गहरे क्षोभ से कहा, 'रॉबिन बाबू, यह बिलकुल भूत बँगला बन चुका है। गाँव के लोग तो इधर रात में डर से आते तक नहीं।'

रॉबिन ने कहा, 'हाँ, नीलमणि, 'फ़ाउंडर्स-डे' के पहले इस खँडहर को ठीक करवाना है और उस टूटे पड़े फ़ाउंटेन को भी।'

नीलमणि मि. मैकलुस्की वाले खँडहर को देखती रही। खँडहर और उसके बीच उग आए जंगल के बावजूद धीरे-धीरे पसर रही रात की चाँदनी में खँडहर अलौकिक लग रहा

था। मि. मैकलुस्की का भग्न स्वप्न...। अपनी भग्नता में भी भव्य। अपनी अवसन्नता में भी अप्रतिम।

रॉबिन को लगा, जैसे सघन झाड़ों से घिरा-भरा यह खँडहर कह रहा है—'रॉबिन, इस पार्थिव जगत की यही नियति है। बस, यही।' रॉबिन को एक विचित्र झुरझुरी-सी महसूस हुई।

नीलमणि ख़ामोश थी। एक लम्बी चुप्पी के बाद नीलमणि ने कहा, 'चलती हूँ। रात काफी हो गई है।'

रॉबिन ने गम्भीर स्वर में कहा, 'नीलमणि, 'फ़ाउंडर्स-डे' के आयोजन में आपको पूरा जुटना होगा। कुछ खास-खास आदिवासी गीत...कुछ नृत्य...। उस दिन के सांस्कृतिक आयोजन का महत्त्वपूर्ण हिस्सा होगा आदिवासी नृत्य-संगीत...। एंग्लो-इंडियन समुदाय भी तो आदिवासियों के संग-संग रहते हुए लगभग आदिवासी ही बन चुका है न!' फिर जैसे रॉबिन को ख़याल आया, 'अच्छा, राँची कब चलेंगी? सामू चाचा से मिलना है। बहादुर अंकल से भी जाकर मिलेंगे। उन्हें बताएँगे 'फ़ाउंडर्स-डे' के बारे में। बहुत खुश होंगे वे। नीलमणि, सामू चाचा से यह पूछेंगे कि बहादुर अंकल की रिहाई के लिए हमें क्या करना चाहिए। जैसा कहेंगे, वैसा किया जाएगा।'

नीलमणि कुछ क्षण चुप रही, फिर बोली, 'कल चलते हैं। राँची गए भी तो दस-पन्द्रह दिन हो गए।'

और यह हैं सामू मुंडा। राँची के रातू रोड की जर्जर-सी झोंपड़ी में अस्सी वर्ष से भी ऊपर के कृषकाय...हड्डियों के पिंजर सरीखे सामू मुंडा। थोड़ी देर की बातचीत के बाद रॉबिन को लगा, जर्जर शरीर में एक परम उर्वर मन-मस्तिष्क वाले सामू मुंडा एक उपेक्षित आदिवासी नक्षत्र हैं। उस बदहाल झोंपड़ी के भीतर रैक पर रखी किताबें...अख़बारों की फ़ाइल...पत्र-पत्रिकाएँ...पुराने गजेटियर...। नीलमणि ने पहले ही बताया था, स्वतंत्रता सेनानीवाला जो पेंशन इन्हें मिलता है; वह सब इन किताबों और अख़बारों में ही तो जाता है। उस प्रथम परिचय में ही रॉबिन को लगा, कितनी महान प्रतिभाएँ ऐसे ही तिल-तिल कर समाप्त हो जाती हैं और समाज को पता नहीं चलता।

नीलमणि ने रास्ते में बार-बार ताकीद कर दी थी, 'रॉबिन बाबू, थोड़े झक्की स्वभाव के हैं सामू चाचा...बस, सुनते जाइएगा...उन्हें...।'

नीलमणि के साथ उसे देख सामू मुंडा की झुर्रियों में डूबी आँखों में बरबस जिज्ञासा कौंध गई थी, 'ये कौन साथ आए हैं, नीलू...?'

नीलमणि ने कहा, 'चाचा, ये आपसे मिलने आए हैं। ये रॉबिन बाबू हैं। इनका परिवार 'गंज' का ही बाशिन्दा था। इनके बाबूजी यानी हमारे डेनिस चाचा बहुत पहले विदेश चले गए थे, रोजगार के सिलसिले में। बाबा के बचपन के साथी रहे हैं, डेनिस चाचा। एक-डेढ़ माह हुए, रॉबिन बाबू को यहाँ आए हुए। इधर के बारे में किताब लिखने आए हैं। हमसे कहा कि लिखने के पहले इधर के आदिवासियों के जीवन के बारे में ठीक से जानना जरूरी है। तभी मैंने इनसे कहा कि सामू चाचा से आपको मिलवाऊँगी। वे बहुत कुछ बताएँगे हम आदिवासियों के बारे में।'

पर सामू मुंडा ने गहरे नि:श्वास के संग कहा, 'रॉबिन साहब, क्या जीवन रहेगा आदिवासियों का? आदिवासियों की कहानी उन बदनसीब लोगों की कहानी है, जो लड़ते रहे...हारते रहे और लड़ते रहे...पर एक बात है, संघर्ष करना कभी नहीं छोड़ा...।'

रॉबिन ने छूटते हुए कहा, 'यही तो...यही मनुष्य की शक्ति है...निरन्तर संघर्ष...। इसी की कथा जानना चाहता हूँ आपसे। दरअसल चाचा, मैं यहाँ आया हूँ मैकलुस्कीगंज के एंग्लो-इंडियंस के जीवन पर एक किताब लिखने। लेकिन यहाँ आकर आदिवासियों के बारे में जो कुछ जाना-सुना, उसके बाद मुझे लगा कि आदिवासियों के जीवन-संघर्ष के बारे में बिना जाने कुछ भी लिखना बेमतलब होगा। नीलमणि ने जब आपके बारे में बताया, तो बहुत खुशी हुई। लगा, आदिवासियों के बारे में बहुत कुछ जान सकूँगा आपसे।'

सामू मुंडा ने उस पर गहरी नज़र डालते हुए कहा, 'रॉबिन साहब, अन्तहीन कहानी है इन अभागे आदिवासियों की। आज भी नब्बे प्रतिशत आदिवासी बच्चों को पर्याप्त पोषाहार नसीब नहीं। क्या कहूँ? मैं तो इस अवस्था में भी अक्सर निकल पड़ता हूँ, गाँवों की तरफ। जो मुझसे बन पड़ता है, करता हूँ। देखकर बड़ा दु:ख होता है। इन अभागे आदिवासियों पर किसी की दृष्टि नहीं।'

रॉबिन ने विनम्र स्वर में कहा, 'चाचा, मैं आपके लिए बस रॉबिन हूँ—रॉबिन! जैसेकि आपके लिए नीलू...!'

सामू मुंडा धीमे से हँसे, बोले, 'ठीक है रॉबिन! तुम तो मेरे पोते के बराबर हो। बोलो, कहाँ से शुरू करूँ?...अच्छा, यहीं रातू रोड में रहनेवाले एक आदिवासी मजदूर बुद्धदेव उराँव की कहानी से शुरू करता हूँ।'

रॉबिन ने नोटबुक और क़लम निकाल ली।

'क्या तुम यह सब नोट करोगे?'

रॉबिन ने आँखें झपकाते हुए कहा, 'जी, खास-खास बातें नोट करता चलूँगा, तो मुझे आगे किताब के काम में सुविधा होगी...।'

सामू मुंडा बिहँस पड़े, 'नीलू, पूरी तैयारी के साथ आया है रॉबिन मेरे पास!'

रॉबिन ने उत्सुक स्वर में क़लम का ढक्कन खोलते हुए कहा, 'हाँ, चाचा, आप किसी बुद्धदेव उराँव की कहानी कहने जा रहे थे...?'

सामू मुंडा ने गम्भीर स्वर में कहना शुरू किया, 'रॉबिन, यहाँ से कुछ ही दूर पर तो रहता है वह आदिवासी मजदूर बुद्धदेव उराँव। एक बार उसके जीवन में एक छोटी-सी घटना हुई, पर बुद्धदेव उराँव उस घटना को आज तक भूल नहीं सका है। आज भी जब उस घटना का जिक्र वह किसी से करता है, तो उसकी सफेद-सपाट आँखों में चमक आ जाती है। वैसे, बात बहुत छोटी-सी है। पर बुद्धदेव उराँव जैसे गरीब आदिवासी मजदूर के लिए तो वह घटना यादगार है। रातू रोड में ही यहाँ पुराने 'रातू राज' का महल है। इस महल को स्थानीय लोग 'गढ़ी' कहते हैं। रातू राजा के महल के अहाते में जो जमीन है, बुद्धदेव उराँव उसमें बतौर मजदूर खेती और बागबानी का काम अरसे से करता रहा है। शुरू से उसे मजदूरी कोई ज्यादा नहीं मिलती। फिर भी इस बात को लेकर उसके मन में कभी कोई शिकायत नहीं उठी। इसी छोटी-सी कमाई से उसका कुनबा किसी तरह पल रहा है। शुरू में कई लोग मजाक में उससे कहा भी करते थे—तुम्हारा नाम बुद्धदेव उराँव

नहीं, बुद्धू उराँव होना चाहिए। रातू राजा के यहाँ काम करके अब क्या मिलेगा तुम्हें? जितना पसीना तुम इसके यहाँ रोज बहाते हो, उतना काम बाहर करके दोगुनी मजदूरी मिलेगी तुमको।—बुद्धदेव उराँव अक्सर इन बातों को बिहँसकर टाल जाता। पर बहुत ज्यादा कुरेदने पर वह कभी-कभी एकदम से उबल पड़ता—ठीक है, राज चला गया, पर राजा हरदम राजा ही रहता है। मैं दो ही पैसा पाता हूँ, पर मुझे गर्व है कि मैं उस रातू राजा के यहाँ काम करता हूँ, जिसके पुरखों ने कई जुग तक छोटानागपुर पर राज किया।—रॉबिन, बुद्धदेव की इन बातों पर उसे चिढ़ानेवाले लोग कहते—छोड़ो। यह हमेशा बुद्धू ही रह जाएगा।

'रॉबिन, एक दिन जब बुद्धदेव उराँव रोज की तरह महल के अहाते में काम कर रहा था, तो घर से उसे खबर आई कि उसकी माँ गुजर गई है। वह जल्दी घर पहुँचे। माँ की मृत्यु का समाचार पाकर बुद्धदेव यह सोचकर सिहर उठा कि अब आवश्यक क्रिया-कर्म के लिए वह पैसे कहाँ से लाएगा? उसके पास तो इतने पैसे भी नहीं थे कि माँ के शव का अन्तिम संस्कार करने के लिए, वह लकड़ी खरीद पाता। लोगों ने उस समय भी चोट करने का मौका नहीं छोड़ा, कहा—जाओ, कहो अपने रातू राजा से कि एक आम का पेड़ दे दें। यही घड़ी है, जाकर आजमा लो।—सुनकर एकदम से बौखला उठा बुद्धदेव उराँव। अगले पल उसने तय किया—लोग ठीक कहते हैं। आज वह आजमा लेगा कि माँ के शव को जलाने के लिए रातू राजा उसे लकड़ियाँ देते हैं या नहीं। नहीं देंगे, तो वह कल से महल में काम करना छोड़ देगा। राजा रूठेगा, तो अपनी नगरी लेगा, हमारा क्या कर लेगा! वह तेज-तेज कदमों से रातू महल के भीतर गया। रातू राजा के इकसठवें वंशज महाराज चिन्तामणि शरणनाथ शाहदेव अपने कक्ष से हालाँकि कम ही निकलते थे। महल के कर्मचारियों को भी उनका दर्शन अरसे-अरसे बाद हो पाता था। महल के मुलाजिम कहते थे कि कुछ समय पहले जब से रानी गुजर गईं, तब से महाराज चिन्तामणि शरणनाथ शाहदेव काफी दुखी और विचलित रहते हैं और महल के अपने कमरे से कम ही निकलते हैं।

'रॉबिन, उस दिन बुद्धदेव उराँव तीर की तरह सनसनाता हुआ सीधे महाराज चिन्तामणि शरणनाथ शाहदेव के सामने जा पहुँचा और जोरों से हाँफते हुए एक ही साँस में बोला—'महाराज, मेरी माँ मर गई है। क्या उसे जलाने के लिए आप आम की लकड़ी भी नहीं देंगे?—पसीने से भीगे उसके आर्त्त चेहरे को निहारते हुए चिन्तामणि शरणनाथ ने कहा, 'क्यों नहीं देंगे? किसने कहा, नहीं देंगे? जाओ, मैनेजर से कहो। जितनी लकड़ियों की जरूरत पड़े, कटवा लो।—बुद्धदेव उराँव फिर कुछ कह नहीं सका। उसकी आँखें भीग गईं। उसने सोचा, वह ठीक ही तो गर्व करता है अपने राजा पर। रातू राजवंश का वह पुराना रुतबा भले आज न रहा, लेकिन राजा, राजा है। एक बैलगाड़ी आम की लकड़ी उसने काटी और अपनी माँ के शव का संस्कार सम्पन्न किया। वे लोग भी हैरत में थे, जो हरदम कहा करते थे कि यह खस्ताहाल रातू राजा अपनी मैल तक किसी को नहीं दे सकता, पर उसने अपने मजदूर बुद्धदेव उराँव को एक बैलगाड़ी आम की लकड़ी दे दी थी। रॉबिन, बीच में तुम्हें एक बात और बता दूँ...कहीं भूल न जाऊँ...तुम लोगों का गाँव है न मैकलुस्कीगंज...उसे बसने के लिए मि. मैकलुस्की को रातू राजा के पूर्वज ने ही जमीन दी थी।'

सामू मुंडा जारी हैं, 'रॉबिन बेटे, छोटानागपुर के नागवंशी राजाओं—फणिमुकुट राय और बैरीशाह-जैसे शासकों की परम्परा के कारण यह रातू राजा चर्चित रहा। फणिमुकुट राय प्रथम नागवंशी राजा थे। उन्होंने ही नागवंशी राज्य की स्थापना की थी। सुतियाम्बे में उन्होंने अपनी पहली राजधानी बनाई थी। खुद औरंगजेब ने इस राजपरिवार को 'शाह' की उपाधि दी थी। बाद में यह राजपरिवार रातू आ गया। रॉबिन, मुख्य राँची शहर से करीब 12 किलोमीटर पश्चिम राँची-लोहरदगा मार्ग पर है यह रातू रोड, जहाँ तुम अभी बैठे हो। इसी रोड में कुछ आगे जाने पर स्थित एक जमाने में भव्य रहा रातू महल धीरे-धीरे खँडहर जैसा होता गया है। पर महल के सिंहद्वार पर बना नागवंश राजघराने का प्रतीक चिह्न 'नाग' आज भी जैसे अपनी कथा कह रहा है। विक्रम संवत 1851 के दिनों में छोटानागपुर के नागवंशी शासक ने एक नाग-वंशावली तैयार करवाने का निर्णय लिया था। 1872 विक्रम संवत में यह नाग-वंशावली बनकर तैयार भी हुई और अरसे बाद 1933 में इसका प्रकाशन हुआ। इस वंशावली में छोटानागपुर के नागवंशी शासकों की कथा आदि से अन्त तक है।'

सामू मुंडा कुछ पल मौन रहकर फिर शुरू हो गए हैं, 'बहुत पुरानी कहानी है रॉबिन। कहते हैं, कुरू राजा जनमेजय काफी धूम-धाम से अपने राज्य में नाग-यज्ञ सम्पन्न करवा रहे थे। यज्ञ-स्थल पर हवनकुंड में जल रही सुगंधित लकड़ियों से पूरा वातावरण महमहा रहा था। इस नागयज्ञ में तक्षक का पुत्र पुंडरीक नामक नाग भी था। वह रह-रहकर उस यज्ञ-स्थल से भाग निकलने को आतुर था। भाग निकलने में आखिर वह कामयाब हो गया। भागने के बाद नाग पुंडरीक की इच्छा हुई कि वह मानव देह प्राप्त कर आगे का जीवन व्यतीत करे। उसने ऐसा ही किया। मानव देह धरने के बाद वह सीधे काशी गया। काशी में एक ब्राह्मण कन्या पार्वती के सौन्दर्य पर वह इतना मोहित हुआ कि उसने उससे विवाह कर लिया। पुंडरीक नामक उस नाग से पार्वती नामक वह सुन्दरी युवती गर्भवती हुई। अब उसे भय सताने लगा कि उसके नाग होने का रहस्य कहीं काशी में प्रकट न हो जाए, इसलिए वह पार्वती को संग लेकर भगवान जगन्नाथ का दर्शन करने के बहाने जगन्नाथपुरी की यात्रा पर निकल गया। जगन्नाथपुरी से जब वह वापस लौट रहा था, तो रास्ते में जो कहते हैं कि झारखंड का इलाका पड़ता था, पार्वती उससे यह बताने की जिद कर बैठी कि उसका सर्वांग इतना सुन्दर है, पर उसकी जीभ फटी क्यों है? उसकी जीभ दो हिस्से में क्योंकर बँटी है? ऐसी जीभ तो सामान्य आदमी की नहीं होती। सिर्फ नाग की होती है।'

'पत्नी की जिद के आगे विवश हो पुंडरीक नामक उस नाग को अपना रहस्य खोलना पड़ा। खैर, पत्नी को उसने रहस्य की कथा तो बता दी, पर उसे अपने इस कृत्य पर इतनी ग्लानि हुई कि उसने लौटने के उस मार्ग में स्थित एक गहरे जल-कुंड में कूदकर अपनी जान दे दी। क्षोभ और दु:ख से कातर उसकी पत्नी पार्वती ने भी उसके पीछे अपने जीवन का अन्त कर लिया। हाँ, पुंडरीक से अपने सद्य: जन्मे पुत्र को वह पृथ्वी पर छोड़ गई। पुंडरीक के उस पुत्र का नाम आगे चलकर फणिमुकुट हुआ, जो नागवंश का पहला शासक बना।'

'ओह, अद्‌भुत रोमांचक इतिहास है!' रॉबिन ने कथा सुनते हुए नीलमणि की तरफ़ देखा। नीलमणि भी मुग्ध भाव से कथा सुनने में डूबी हुई है। रॉबिन ने सोचा, अगर नीलमणि

से भेंट नहीं हुई होती, तो क्या सामू मुंडा से मुलाक़ात का यह दुर्लभ संयोग बन पाता? आदिवासी समाज के अद्‌भुत इतिहास को जानने का अवसर मिल पाता?

सामू मुंडा जारी हैं, 'इन नागवंशी राजाओं का दक्षिण बिहार के छोटानागपुर क्षेत्र में सदियों पहले शासन था रॉबिन, जो पौंड्र प्रदेश के नाम से जाना जाता था। यह नाम शायद उस पुंडरीक के नाम पर ही था। 'ऐतरेय ब्राह्मण' में भी 'पुंड्र' का जिक्र आता है। यों, कुछ विद्वानों का मानना है कि आदिकाल का वह पुण्ड्र देश मालदा से लेकर दिनाजपुर, राजशाही तथा गंगा और ब्रह्मपुत्र के मध्यवर्ती हिस्से तक फैला हुआ था। पर कई इतिहासकारों की स्पष्ट राय है कि वह पुण्ड्र देश और कहीं नहीं, दक्षिण बिहार का यह छोटानागपुर क्षेत्र ही था।

'राँची जिला गज़ेटियर तो कहता है बेटे कि छोटानागपुर का नामकरण 'छुटिया नागपुर' से छोटानागपुर हुआ था। छुटिया या चुटिया नामक एक गाँव था, जहाँ छोटानागपुर के नागवंशी शासक पहले निवास करते थे। छोटानागपुर के इस अंचल को नागवंशी राजाओं के पहले किस नाम से जाना जाता था, इसका सटीक विवरण तो कहीं नहीं मिलता, पर इसमें कोई सन्देह नहीं कि नागवंशी शासकों के कारण ही कालान्तर में यह छोटानागपुर क्षेत्र प्रसिद्ध हुआ। नाग की वह फटी हुई जीभ आज तक लपलपा रही है। बेटे, यहाँ अँधेरा है। चारों तरफ अँधेरा।' सामू मुंडा के झुर्रियों से लदे चेहरे पर एक सन्तप्त भाव तमक उठा है। धीरे से उठकर उन्होंने कोने में रखे मिट्टी के घड़े से पानी ढालकर पिया और पूछा, 'क्या रॉबिन, पानी पियोगे?...नीलू, तुम?'

रॉबिन ने कहा, 'नहीं चाचा, आपसे इन कहानियों को सुनकर तो लगता है, जैसे भूख-प्यास खत्म हो गई।'

सामू मुंडा ने फिर बैठकर अँगोछे से मुँह पोंछते हुए कहा, 'इन कहानियों को सुनकर तुम भूख-प्यास खत्म होने की बात कह रहे हो, बेटे? इन कहानियों के उन अज्ञात आदिवासी पात्रों के बारे में जरा सोचो...कल्पना करो जरा...कैसे इन अभागों की भूख-प्यास को रौंद दिया गया? जानते हो बेटे, 19वीं सदी से बिहार के आदिवासी समुदाय में एक विशेष संक्रमण का दौर आया। यह विभिन्न आदिवासी आन्दोलनों के क्रम और तेवर के बारे में जानकर तुम्हें पता चलेगा। हालाँकि, आदिवासी समुदाय में चौतरफा गिरावट आने की शुरुआत काफी पहले से यानी 17वीं सदी से हो गई थी, जब छोटानागपुर के शासक राजवंश ने हिन्दुत्व की तरफ विशेष रुझान दिखाना शुरू किया था। छोटानागपुर के राजा मुंडा आदिवासी थे, पर उन्होंने अपनी हैसियत और ऊँची करने के इरादे से हिन्दुत्व का नारा देना शुरू किया। मकसद था कि लोग उन्हें सिर्फ एक मुंडा आदिवासी शासक ही नहीं, बल्कि विस्तृत दायरे में देखें। उन्हें हिन्दू राजा के रूप में मान्यता मिले। हालाँकि, व्यापक होने का सोच बुरा नहीं था। कोई भी व्यक्ति या शासक अगर अपने सीमित दायरे से बाहर निकलना चाहता है, तो यह बेशक प्रशंसनीय है। पर जब छोटानागपुर के राजा ने अपनी पहचान एक खाँटी मुंडा आदिवासी के बजाय एक हिन्दू राजा के रूप में कराने की आकांक्षा की, तो आदिवासियों की अपनी मौलिकता, इस प्रक्रिया के साथ बुरी तरह प्रभावित होनी शुरू हो गई।'

तनिक रुककर फिर गहरी साँस लेने के बाद सामू मुंडा ने कहा, 'बिहार के आदिवासियों की किस्मत आजादी के बहुत पहले से ठोकर खाती रही है बेटे। 'धरती आबा' भगवान

बिरसा मुण्डा का भी अन्त दुखद हुआ। सन् 1895 में बिरसा मुंडा ने स्वयं को ईश्वर का दूत घोषित किया। ब्रिटिश सरकार ने उन्हें जेल में बन्द कर दिया। बहुत संघर्ष और उथल-पुथल-भरा जीवन था बिरसा का। बिरसा का जन्म रॉबिन, 15 नवम्बर, 1875 को हुआ और 9 जून, 1900 को राँची जेल में वे हैज़ा से चल बसे। बहुत अल्प जीवन! बिरसा की मौत ने आदिवासी समाज के हौसले को बुरी तरह तोड़ दिया। बिरसा की मौत के 14 साल बाद सन् 1914 में जतरा टाना भगत ने 'टाना भगत आन्दोलन' की शुरुआत की। पर गरीबी और हताशा की स्थिति में आदिवासियों का बड़े पैमाने पर अपने इलाकों से पलायन शुरू हो गया। लेकिन रॉबिन! आसाम-बंगाल जाने के बावजूद इन्हें कभी चैन नसीब नहीं हो सका। आसाम के चाय बागानों में छोटानागपुर-संथाल परगना के आदिवासी मजदूर, जिनमें मर्द, औरत व बच्चे सभी शामिल हैं और जो काफी तादाद में वर्षों से अंग्रेजों के जमाने से, वहाँ जाते रहे हैं, आज भी शोषित होने को विवश हैं। आसाम के चायबागानों में जाने के पहले अपनी विडम्बनाओं को लेकर बिहार के छोटानागपुर-संथालपरगना के ये आदिवासी अंग्रेजों के उस जमाने से किस कदर दुखी होते रहे थे रॉबिन बेटे, यह उनके उदास गीतों से पता लगता है।' सामू मुंडा ने आँखें बन्द कर अस्फुट स्वर में धीमे-धीमे गुनगुनाना शुरू किया :

'चल मिन्नी आसाम जाबो
देशे बड़ो दु:ख रे,
आसाम देश रे मिन्नी
चा बागान हरियाली रे।'

सामू मुंडा के स्वर में एक गहरी उदासी इस गुनगुनाहट के साथ छलक गई है। उन्होंने मन्द स्वर में कहा, 'रॉबिन बेटे, इस गीत में एक उदास आदिवासी माँ अपनी बेटी से कहती है—अरी मिन्नी, अपने देश में तो बड़ा दु:ख है। चलो, आसाम चलते हैं। वहाँ के चाय बागानों में कम-से-कम हरियाली तो है।—इन पंक्तियों से जाहिर है रॉबिन कि बिहार के आदिवासी ग्रामांचलों से आदिवासी औरत, मर्द और बच्चे कितने हरे-भरे रंगीन सपनों के संग आसाम जाते रहे हैं। पर इस गीत का दूसरा टुकड़ा जरा देखो, जो उनकी पीड़ा बड़ी मार्मिकता से उजागर करता रहा है कि वहाँ पहुँचकर इन लोगों को क्या-क्या भोगना पड़ता है।' सामू मुंडा जैसे फिर डूब गए, बोले, 'उस गीत की बाकी पंक्तियाँ हैं :

'सरदार बोले—काम-काम,
बाबू बोले—धरी आन
साहेब बोले—लीबो पीठेर चाम
रे जोड़ू राम!
फाकी दिये पथली आसाम।'

सामू मुंडा ने कहा, 'रॉबिन बेटे, गीत के इस अंश का अर्थ है कि काम लेनेवाला सरदार कहता है—काम करो, काम करो। मैनेजर कहता है—देखो, ये सब कहीं भागने न पाए, पकड़कर लाओ। साहब कहता है—इसकी पीठ की चमड़ी उधेड़ लो। अरे, एजेंट जोड़ू राम! यह तुमने किस पथरीले आसाम में लाकर हमें फेंक दिया? बिलकुल साफ है रॉबिन कि ये भोले वनवासी अपने बीच के ही आदिवासी एजेंट से अन्त में क्षुब्ध होते रहे हैं।'

सामू मुंडा अब ख़ामोश हैं। रातू रोड की यह बदहाल झोंपड़ी इस नीम दोपहरी में जैसे दीर्घ निःश्वास छोड़ रही है। सामू मुंडा ने पूछा, 'तुम लोगों ने कुछ खाया भी है या नहीं?'

नीलमणि बोली, 'चाचा, आप उसकी चिन्ता नहीं करिए। हम लोग गाँव से खा-पीकर आए हैं।'

सामू मुंडा ने मनुहार से झिड़कते हुए कहा, 'नीलू, उतने सुबह की चली हो। अब तक वह सब पच गया होगा। रॉबिन भी भूखा होगा। क्यों रॉबिन?'

रॉबिन ने हँसकर कहा, 'नहीं चाचा, मैंने कहा न, ये कहानियाँ सुनकर ही भूख-प्यास गायब है।'

सामू मुंडा बिहँस पड़े, 'बड़े सयाने हो तुम...पर यह धोकड़ा बात से नहीं भरता बेटे...।' उठकर वे बाहर निकल गए। जाते हुए बोले, 'तुम लोग ठहरो, मैं अभी आया।'

उनके जाने के बाद रॉबिन ने थोड़ी उत्सुकता से पूछा, 'इनके परिवार में और कौन-कौन हैं? इतनी देर से तो कोई दिखा नहीं?'

नीलमणि ने आँखें झपकाते हुए कहा, 'रॉबिन बाबू, परिवार कोई कहाँ है इनका। जवानी के दिन तो कालापानी की सजा में बीत गए। वहाँ से बाहर निकले तो जैसाकि सुनती हूँ, इन्होंने कहा—यह समाज ही मेरा परिवार है। यह देश ही मेरी गृहस्थी है। शादी इन्होंने नहीं की।'

रॉबिन के स्वर में एक अफ़सोस छलक गया, 'ओह! तो ये निपट अकेले हैं?'

नीलमणि ने कहा, 'नहीं, रॉबिन बाबू, इन्होंने अपने को कभी अकेला माना ही नहीं। क्या इतनी देर बात करके भी आपको यह नहीं लगा?'

नीलमणि कुछ आगे और कहती कि सामू मुंडा दो ठोंगा लिये अन्दर आ गए, बोले, 'यह लो, खाओ तुम लोग। मुरही और सिंघाड़ा है। और कुछ अभी मिला ही नहीं।'

रॉबिन ने कहा, 'चाचा, आप हम लोगों के चलते परेशान हो गए।'

सामू मुंडा ने बैठते हुए कहा, 'अपने बच्चों के लिए परेशान भी होना पड़े, तो क्या बुरा लगता है बेटे?'

नीलमणि और रॉबिन ठोंगे से मुरही लेकर फाँकने लगे। मुरही रॉबिन को अच्छी लगी। सच, कितना कोमल कुरकुरापन है मुरही के इन सफेद-सफेद दानों में!

सामू मुंडा ने पूछा, 'क्यों, ताजे हैं न? सिमसा हुआ तो नहीं है?'

'सिमसा' का मतलब रॉबिन समझ नहीं सका। लेकिन नीलमणि बोली, 'बिलकुल ताजे हैं चाचा, आज ही का तैयार किया हुआ लगता है।'

सामू मुंडा आश्वस्त होते हुए बोले, 'ठीक है।' फिर पालथी मारकर बाहर की तरफ़ देखते हुए, वे कुछ पल के लिए कहीं जैसे खो गए।

रॉबिन ने तनिक क्षोभ-भरे स्वर में उन्हें कुरेदा, 'चाचा, गैर-आदिवासियों ने लगता है, आदिवासियों को बीते सैकड़ों वर्षों में काफी सताया है। है न?'

सामू मुंडा तत्काल जैसे अपने-आपमें लौट आए, छूटते हुए बोले, 'नहीं-नहीं, बेटे...! दुनिया में सदियों से दो किस्म के इनसान होते आए हैं—अच्छे आदमी और बुरे आदमी...। बुरे लोग जब-जब समाज, राजनीति और सत्ता में हावी हुए हैं, तब-तब उन लोगों ने अपने स्वार्थ-साधन के लिए हिन्दू-मुसलमान...आदिवासी...गैर-आदिवासी...बिहारी...बंगाली...

पंजाबी...ब्राह्मण...यादव...कुरमी...सम्प्रदाय-जाति और क्षेत्रीयता का नारा दिया है और इस समाज को बार-बार नष्ट करने की कोशिश की है। ये सब इनसान के लोभ-लालच की विद्रूपताएँ हैं बेटे। यह लोभ-लालच राजनीति के आवरण में सदैव सरल मानवता पर, अच्छे लोगों पर, प्रहार करता रहा है।

'आज भी अनगिनत गैर-आदिवासी लोग हैं, जो आदिवासियों के उत्थान के लिए अपना जीवन समर्पित कर जुटे हुए हैं। दूर नहीं जाओ, इसी दक्षिण बिहार के आदिवासी बहुल क्षेत्र नीमडीह में वर्षों से आदिवासी समुदाय की सेवा और उत्थान में जुटी मूल रूप से पश्चिम बंगाल की एक बंग महिला बासन्ती देवी ने अपने को आदिवासियों के लिए पूरी तरह न्योछावर कर रखा है। अब तो बासन्तीदी की अवस्था भी काफी हो गई है, पर वे आज भी उसी उत्साह से अपनी जीवन-संध्या में आदिवासियों के बीच सक्रिय हैं। नीमडीह इलाके के आदिवासियों से बासन्ती देवी के बारे में जाकर जब कभी पूछोगे, तो वे सभी आदिवासी निर्मल मुस्कान बिखेरते हुए कृतज्ञता में जानते हो रॉबिन, क्या कहेंगे? कहेंगे—वह तो हम वनवासियों की देवी हैं।...बासन्तीदी तो गैर-आदिवासी हैं। ऐसे अनगिनत लोग हैं रॉबिन। इसी तरह उड़ीसा के ढेंकानाल क्षेत्र के आदिवासी अंचल में वर्षों से आश्रम चला रही हैं—मालती देवी चौधरी। मालती देवी के पति स्व. नबकृष्ण चौधरी उड़ीसा के बड़े प्रतिष्ठित मुख्यमंत्री थे। जानते हो रॉबिन, जिन दिनों नबकृष्ण बाबू मुख्यमंत्री के पद पर थे, उस समय भी मालती देवी ढेंकानाल के आदिवासी अंचल के अपने उसी आश्रम में वनवासियों के बीच रहती रहीं। नबकृष्ण बाबू से उन्होंने कहा था—अपने मासूम बच्चों को छोड़कर मैं कहाँ जाऊँगी भला?—नबकृष्ण बाबू ने भी जब राजनीति से संन्यास लिया, तो वे भी अन्ततः उसी आश्रम में रहने आ गए। रॉबिन, ढेंकानाल इलाके के आदिवासी समुदाय की गजब आस्था है, मालती देवी में। पूछोगे उनके बारे में तो कहेंगे—वे नम्मा हैं। हम सबकी नम्मा...माँ...। जंगल को कटने से बचाने की लड़ाई लड़नेवाले सुन्दरलाल बहुगुणा और आदिवासियों के उत्पीड़न से क्षुब्ध होकर अपना बड़ा सरकारी पद छोड़ आदिवासियों के बीच गाँव-गाँव में भटकनेवाले ब्रह्मदेव शर्मा गैर-आदिवासी ही हैं रॉबिन...। यहाँ कुछ दिन रहोगे...ऐसे-ऐसे लोगों के बारे में जानने की इच्छा रखोगे, तो चकित रह जाओगे...।'

रॉबिन ने कौतूहल-भरे स्वर में आँखें झपकाते हुए पूछा, 'तब यह अलग झारखंड प्रान्त की माँग...यह तोड़फोड़...आगजनी—ऐसा क्यों हो रहा है चाचा?'

सामू मुंडा करुणा से बिहँस पड़े, 'बेटे, राजनीति और सत्ता का कुचक्र है...। अंग्रेज गए तो इस देश में साम्प्रदायिकता का जहर फैला गए। हिन्दू-मुसलमान का झगड़ा आज तक देश में चल रहा है। कभी मन्दिर तो कभी मस्जिद। रॉबिन, बीते दशकों में आजाद भारत में राजनीति और सत्ता की विद्रूपताओं ने साम्प्रदायिकता के अलावा क्षेत्रीयता के जहर को भी भरपूर तैयार किया है...। सबको सत्ता चाहिए—चाहे क्षेत्रीयता का विष घोलकर मिले या साम्प्रदायिकता का...। यह अलग झारखंड प्रान्त की माँग ही क्या है? चन्द भ्रष्ट आदिवासी नेताओं को सत्ता चाहिए और अभी जिनके हाथ में सत्ता है, वे अपने हाथ से सत्ता जाने नहीं देना चाहते। बस, सत्ता छीनने और बचाने की कशमकश है। पहले बिहार, बंगाल और उड़ीसा—तीनों मिलाकर एक बड़ा प्रान्त था। धीरे-धीरे ये तीनों प्रान्त अलग हो गए, पर क्या आज भी इन प्रान्तों में समस्याएँ मुँह बाये खड़ी नहीं हैं? क्या अलग-

अलग तीन टुकड़ों में होकर भी इन प्रान्तों के वासियों का अपने शासन से क्षोभ नहीं है? झारखंड प्रान्त तो बन ही जाएगा बेटे, पर क्या इसकी गारंटी है कि आदिवासियों की सारी समस्याएँ हल हो जाएँगी? सीधे-सरल लोग हरदम तबाह रहेंगे बेटे—चाहे वे आदिवासी हों या गैर-आदिवासी...। यह वक्त है रॉबिन, कि भारतवासी साम्प्रदायिकता और जातीयता के साथ-साथ क्षेत्रीयता के खिलाफ भी कमर कसें और पूरे राष्ट्र के कल्याण की बात सोचें। वर्षा होती है, तो क्या वह सिर्फ अमीरों के महल पर ही गिरती है? उसकी बूँद तो झोपड़ियों पर भी पड़ती है बेटे। मिलजुलकर अगर सारे लोग पूरे राष्ट्र और समाज के कल्याण की बात सोचेंगे, तो इस देश का कण-कण आनन्दित होगा। कभी-कभी तो मुझे लगता है कि हम भारतवासियों को ऐलान कर देना चाहिए कि भारत एक राष्ट्र नहीं, अन्तरराष्ट्रीय भूमि है। यहाँ की भूमि सारी दुनिया की है। आओ, सब इसमें समा जाओ...।'

रॉबिन ख़ामोश सुनता रहा। मन भीग आया उसका। ठीक ही कहा सामू मुंडा ने, साम्प्रदायिकता और क्षेत्रीयता तो संसार के किसी भी राष्ट्र, समाज, समुदाय और व्यक्ति के लिए विनाश का फंदा है।

उठते हुए रॉबिन ने विनम्रता से कहा, 'चाचा, बहुत कुछ जान सका आज आपसे...।'

सामू मुंडा ने कहा, 'बेटे, तुम्हारी रुचि आदिवासियों में है, इसलिए इतना कहा। मुझे भी अच्छा लगा तुमसे मिलकर। राँची जब कभी आओ, तो जरूर मिलो।'

रॉबिन ने कहा, 'चाचा, नवम्बर के पहले सप्ताह में मैकलुस्कीगंज में 'फ़ाउंडर्स-डे' मनाने जा रहे हैं हम लोग। आपको उसमें आना होगा।'

सामू मुंडा ने आह्लादित स्वर में कहा, 'एकदम चलेंगे।' फिर सामू मुंडा ने तनिक गम्भीर स्वर में नीलमणि की तरफ मुख़ातिब होकर पूछा, 'क्यों नीलू, बहादुर कैसा है? इधर गई हो मिलने उससे?'

नीलमणि ने धीमे से कहा, 'जी, गई थी। पर आज यहीं बहुत देर हो गई, अब अगली बार जाऊँगी।'

सामू मुंडा ने निःश्वास छोड़ते हुए गहरी करुणा से कहा, 'ओह! पता नहीं क्या है ईश्वर की इच्छा!'

'चाचा, आप सिर्फ यह बताएँ कि बहादुर अंकल की रिहाई का रास्ता क्या हो सकता है? जो भी खर्च पड़ेगा, जो भी कोशिश करनी पड़ेगी, आप मुझ पर छोड़ दें, मैं सब कुछ करूँगा।'

सामू मुंडा कुछ पल तक भौंचक्क हो एकटक उसका मुँह देखते रहे, कुछ बोले नहीं। फिर उसकी पीठ पर आशीष-भरा हाथ फेरकर कहा, 'बहादुर इस धरती का एकदम कड़ा धात है बेटे...क्या बताऊँ मैं...! नीलू ने तुम्हें बताया होगा कि कैसे बहादुर को साजिश के तहत जबरन विक्षिप्त साबित कर तड़पाने के लिए पागलखाने में रखा गया है। इसके खिलाफ कई बार ऊपर तक मैंने चिट्ठी-पतरी की कि इस मामले पर मेडिकल बोर्ड बिठाया जाए। पर मेरी सुनता कौन है?'

एक क्षण के लिए गहरी ख़ामोशी छा गई। नीलमणि चुप, ज़मीन पर नज़र गड़ाये खड़ी रही। रॉबिन ने आहिस्ते-से कहा, 'नीलमणि, बस का समय हो रहा है।'

दोनों भारी क़दमों से सामू मुंडा से विदा लेकर बढ़ गए।

मैकलुस्कीगंज में बस से उतरने के बाद रॉबिन ने पूछा, 'नीलमणि, बहादुर अंकल ने जो वह संगठन बनाया था, 'आत्मरक्षा समिति' ही नाम था न उसका...?'

नीलमणि ने आहिस्ते-से सिर हिलाकर कहा, 'हाँ!'

रॉबिन ने कहा, 'नीलमणि, उसे हमें जिन्दा करना चाहिए। उस बिखरे संकल्प को बटोरना चाहिए...। वह गन्दी राजनीति से अलग हटकर आदिवासियों के लिए...'गंज' और आसपास के गाँवों के विकास के लिए एक साफ-सुथरा आन्दोलन था नीलमणि।'

नीलमणि चुपचाप चलती रही। सहसा उसकी तरफ़ उसने एक भरपूर दृष्टि डाली और आँखें झुका लीं।

शाम की क्षीण नारंगी रोशनी के मौन में डूबा मैकलुस्कीगंज। लग रहा है, जैसे किताब के पन्नों के बीच कभी दबाकर रख दी गई नारंगी रंग की पुष्प-पंखड़ियाँ हवा में उड़ते पृष्ठों के बीच झलक गई हों, किसी सुन्दर-सुकोमल कलाकृति की तरह! रॉबिन ने मन-ही-मन तय किया, आज रात से अपने उपन्यास के पहले अध्याय को वह आगे बढ़ाएगा।

वंश-वृक्ष

'गंज' में सबकी आँखें मुर्गे की तरह टेढ़ी हैं, सोचते हैं मि. गिब्सन और उनका मन बुरी तरह झिकझिका जाता है। यहाँ कोई किसी चीज़ को सीधे-सीधे देख ही नहीं सकता है। कोई ठीक से साँस भी ले कि सब 'सूँ-सूँ' करने लगते हैं, जैसे मिर्ची चबा ली हो! मोटी बात यह कि इसी हाथा-छाँटी और आमर्ष-ईर्ष्या ने 'गंज' को बर्बाद कर दिया। एकदम नीचू कर दिया। न सोचने का शऊर, न बोलने का। सब फत्-फत् करते रहेंगे। खाली फजूल की बात करेंगे। बहबूदी हाँकेंगे। बाबू के मुंडन को लेकर ही सारे गाँव में किस तरह ढोल-पिपही बज रही है! सारा गाँव खिलखिलाया हुआ है—अहा...हा...हा...ओ... हो...हो...वाह...वाह...! मि. गिब्सन अपने पोसपुत 'बाबू' का मुंडन करवा रहे हैं...। जरा पता तो चले आख़िर कि क्या सब तैयारी हो रही है...! कोई रहस्योद्घाटन करता, 'मुंडन तो खुद बुड्ढे का हो रहा है...। बढ़िया मुड़ा रहा है यह झकलेट गिब्सन...। कल ही तो राँची से सारी खरीददारी करके लौटा है। मैं भी उसी बस से राँची से 'गंज' लौट रहा था। बजरंगबली की तरह राँची से पूरा बाजार ही उठा लाया है। जी खोलकर खर्च कर रहा है बुड्ढा। इसकी आँखों का पानी ढल चुका है। पता नहीं, पार्वती और उसके बेटे को लेकर क्या सनक चढ़ी हुई है इसे...! पार्वती के बेटे के मुंडन का सारा खर्च उठा रहा है...!'

मि. डिकोस्टा भौंहें ऊँची कर कहते हैं, 'अरे भाई, बेबी गिब्सन का फ़ंक्शन है। कोई मजाक है क्या? पूरे ढोल-ढमक्का से होगा। पूरा बाजा-गाजा से...।'

टुइयाँ गंझू आँख झिमककर कहता है, 'धान नहीं...भुस्सा उसीन रहा है बुड्ढा उल्लू...। इस सबसे क्या मिलेगा इसको? बस, हाथ में सुन्ना। यही हाल रहा, तो एक दिन इसे यहाँ से कोपीन पहनकर भागना पड़ेगा।'

यह सब सुनकर कान पर ज़ोर का थप्पड़ लगता है मि. गिब्सन को, 'बास्टर्ड... कमीने...! खर्च मैं कर रहा हूँ, तो इन कंजड़ों की क्यों फट रही है...? उफ़, एक छोटे बच्चे को लेकर भी जलन...!'

'गंज' की कई ख़ूबियों में से एक ख़ूबी यह भी है कि जिसकी शिकायत हो, वह सम्बन्धित व्यक्ति तक जितनी जल्दी हो, ज़रूर पहुँच जाए। हर गाँव की तरह 'गंज' में भी शिकायत-संवाहकों की यह अहर्निश डाक-सेवा सदैव से चाक-चौबन्द और ज़बर्दस्त है। आग लगाकर पानी को दौड़नेवालों की यहाँ कमी नहीं। बाबू के मुंडन-प्रसंग में चल रहे 'गिब्सन-चालीसा पाठ' को पहुँचानेवाले पूरी मुस्तैदी से इन दिनों नियमित मि. गिब्सन तक पहुँचा रहे हैं।

इसलिए कभी-कभी तो मि. गिब्सन का जी करता है, 'गंज' के एक-एक आदमी से वे जमकर झगड़ लें। पर अन्ततः मन मसोसकर रह जाते हैं...। कलह करने से क्या फायदा? 'पकवाई देकर कच्चा खाना' वाली बात हो जाएगी। मन-ही-मन सोचते हैं मि. गिब्सन। बखेरा बढ़ाने से, बाता-बाती करने से लोगों को और चुटकी लेने का मौक़ा मिलेगा। इस चुटकी में पार्वती और बाबू की ख़ुशी मसल जाएगी। सब इसी ताक में हैं भी। पार्वती की काली श्यामल आँखों में छाया मुस्कान का आकाश बरबस कौंध जाता है मि. गिब्सन की आँखों में। ससुराल से हमेशा के लिए वापस लौट आने के बाद सूखकर काठी हो चुकी पार्वती के चेहरे पर वे अर्से बाद ख़ुशी का एक कतरा देख पा रहे हैं। बाबू के होने जा रहे मुंडन को लेकर गद्‌गद है वह।

दरअसल, पार्वती की माँ रनियाँ ने पिछले दिनों उनसे कहा था, 'साहब, बाबू अब बड़ा हो गया है...। अब उसका मुंडन करना होगा। जन्म-केश कटता है न बच्चे का...।'

'तो नाऊ बुलाकर कटवा देते हैं...।' मि. गिब्सन ने बेतकल्लुफ़ होकर कहा था।

'नहीं साहब। ऐसे थोड़े होगा। पहली बार जब जन्म-केश कटता है, तो पूजा-पाठ होता है। देवी का कपड़ा बदलता है। उनको सिन्दूर-प्रसाद चढ़ता है। भोज-भात होता है। पार्वती को तो ले-देकर यही एक बाबू है। कोई दूसरा-तीसरा भी तो नहीं...।' रनियाँ ने आँखें झुका लीं।

'जानता हूँ रनियाँ, मुंडन क्या होता है, पर हम लोगों का कहाँ मुंडन हुआ? बस, पापा सैलून ले जाकर एक दिन बाल कटवा लाये।' मि. गिब्सन हँसे।

'आप लोग साहब हैं...आप लोगों में नहीं होता। पर हम लोगों में तो होता है।'

'ठीक है, पार्वती क्या चाहती है? वह चाहती है, तो अपने बाबू का मुंडन प्रिंस की तरह होगा।' मि. गिब्सन गिलगिलाती हँसी हँसे, 'रनियाँ, गंज में वैसा मुंडन आज तक किसी का नहीं हुआ होगा...।'

मि. गिब्सन उस दिन से ज़ोर-शोर से जुट गए थे बाबू के मुंडन की तैयारी में। हालाँकि, वे जानते थे कि 'गंज' में फिर से तेज़ अफ़वाहबाज़ी शुरू होगी, जो सीधे ऑस्ट्रेलिया जाकर दम लेगी। लेकिन मि. गिब्सन ख़ुद पर मुस्काए—इस सबकी परवाह उन्होंने कभी की क्या? कब्भी नहीं। मुंडन को लेकर हलचल देख उनके साले मुबारक मियाँ ने भी आशंकित होकर कहा, 'जीजी सुनेंगी, तो आसमान सिर पर उठा लेंगी।'

मि. गिब्सन ने झटकते हुए कहा, 'मुबारक! अभी ही तुम्हारी जीजी ने कौन-सा आसमान को गोद में रखा हुआ है...?'

मि. गिब्सन के लिए पार्वती की झोंपड़ी की कच्ची ड्योढ़ी पर खिलखिलाते बाबू की निश्छल हँसी 'गंज' के कुटिल लोगों की हँसी से कहीं बड़ी है। बहुत बड़ी। बाबू की दो नन्ही मुट्ठियों में उनकी आत्मा बँधी है। यह सोचकर मि. गिब्सन का मन भर आता है। बाबू को जब वे गोद में लेकर उछालते हैं, तो लगता है कि वे माउथ ऑर्गेन बजाते हुए अपने बचपन में लौट गए हैं। बचपन में माउथ ऑर्गेन उनके मुँह से छूटता नहीं था। बाबू के लिए भी तो पिछले दिनों राँची से वे माउथ ऑर्गेन लेते आए थे। माउथ ऑर्गेन बजाकर बाबू कितना खुश होगा! दुकानदार को पैसा चुकता करने के पहले उन्होंने उस प्यारे से माउथ ऑर्गेन को दो-तीन बार अपने होंठों पर फिराया था...अच्छा है, ठीक है आवाज इसकी...। माउथ ऑर्गेन ख़ुद बजाकर उन्होंने बाबू को दिखाया, तो बाबू ने चिन्तित स्वर में उनसे कहा था, 'नानू! मेरा यह ऊपरवाला दाँत तो झूले की तरह हिल रहा है। यह बाजा मुझसे कैसे बजेगा?'

हँसते-हँसते लोटपोट हो गए थे मि. गिब्सन...। उसे सीने से लगाकर चूमते हुए मि. गिब्सन ने कहा था, 'लाओ तो देखूँ, तुम्हारा झूलेवाला दाँत...!'

'नहीं नानू, तोड़िए मत...। दुखेगा...।' बाबू गोद में उछल पड़ा।

'बिलकुल नहीं दुखेगा। नानू के हाथ से बाबू को दुखेगा...? कब्भी नहीं। तुम्हारे दाँत को मैं चुपके से मिट्टी में छिपा दूँगा...इसलिए कि कहीं कौवा न देख ले।'

'कौवा क्या करेगा नानू?'

'कौवा देख लेगा, तो तुम्हारा दाँत लेकर उड़ जाएगा। फिर नया दाँत नहीं उगेगा।'

'अच्छा?' बाबू गहरी चिन्ता में पड़ गया।

'इसलिए तो कहता हूँ, दिखाओ।'

बाबू ने मुँह खोल दिया, 'ये रहा नानू।'

'लो...ये निकल गया बाबू के मुँह का झूला...अब इससे होकर चलेगी छुक-छुक... रेलगाड़ी।' दाँत टूटने से रुआँसे बाबू को सहज करने के लिए बाबू को कन्धे पर लेकर मि. गिब्सन एकदम से लय में आ गए, 'छुक-छुक करती आई गाड़ी...आगे को मत जाना भाई...काले-काले धुएँ उड़ाती...धक-धक...धक-धक शोर मचाती...छुक-छुक करती आई गाड़ी...।' फिर बाबू के मोती-से चमकदार दाँत को मुट्ठी में भींचते हुए बोले, 'इसे मिट्टी में दबा देते हैं...बदमाश कौवे से छिपाकर...।'

दाँत टूटने से एक क्षण के लिए विकल हुए बाबू ने फिर हुलसित होते हुए माउथ ऑर्गेन लेकर कहा, 'अब यह बाजा बजाऊँ?'

'जरूर! अब तो खूब हवा निकलेगी मुँह से...। अब यह खूब बजेगा। चलो...चलो... शुरू करो...!' मि. गिब्सन ठठा पड़े।

घुँघराले-झबरे बालवाला बाबू उन्हें ज़िन्दा खिलौना लगता है। छोटे बच्चे ज़िन्दा खिलौने ही तो होते हैं...बाबू को अक्सर कन्धे पर झुलाते हुए सोचते हैं मि. गिब्सन। बाबू का घुँघराला-झबरा बाल मुंडन में कट जाएगा...कैसा लगेगा तब बाबू...? बाबू को चूमते हुए वे कहते, 'मेरे भालू का बाल कट जाएगा न...च्च...च्च...च्च...!'

किसी ने मुंडन के सामान की सूची बनाने के समय आहिस्ते-से कह दिया कि बाल कटाने के बाद बच्चा टोपी पहनता है।...और मुंडन के लिए बाबू के सिल्क के पाजामे-कुर्ते के संग-संग मि. गिब्सन ने बाबू के वास्ते एक सुनहरी ज़रीदार टोपी भी ख़रीद ली। पर सिर्फ़ यही नहीं, पार्वती...उसके भाई...माँ रनियाँ, पंडितजी और बाबू का बाल काटनेवाले नाई—सबके लिए पूरे कपड़े।

'गंज' के बूढ़े नाई प्रभु ठाकुर ने रनियाँ से कहा, 'ठीक है, मेरा पोता अनन्त चला जाएगा बाल काटने।'

पर मि. गिब्सन ने स्वयं प्रभु ठाकुर के घर जाकर कहा, 'प्रभु, तुम हमारे बाबू का बाल कैंची से उतारेगा। तुम्हारे हाथ का ब्लेसिंग्स चाहिए बाबू को।' रत्ती प्रजापति से उन्होंने कहा है, 'मुंडन की रस्मों के लिए मिट्टी के सारे बर्तन समय पर देना।'

पंडित रामाज्ञा पाठक को तो सबसे पहले उन्होंने कह दिया था कि मुंडन उन्हें ही आकर कराना है। अत: पाठकजी ने पतरा देखकर मुंडन का दिन निकालने के समय ख़याल रखा है कि मुंडन-कार्य शुभ लग्न में सम्पन्न हो।

मि. गिब्सन ने कोई ग़लत नहीं कहा, 'गंज' में ऐसा भव्य मुंडन शायद कभी किसी के बच्चे का हुआ होगा। मुंडन के एक दिन पहले अधिकांश एंग्लो-इंडियन परिवारों में स्वयं जा-जाकर मि. गिब्सन ने मुंडन में आने के लिए सबको आमंत्रित किया है। वे 'क्वींस कॉटेज' भी पहुँचे मि. मिलर और रॉबिन को आमंत्रित करने, 'बाबू का कल मुंडन है मि. मिलर... और रॉबिन, तुम भी सुनो...कल जरूर से आना है...। कल का लंच वहीं...पार्वती के घर...।'

'सच में बहुत अच्छा लग रहा है अंकल! कहाँ आप और किस घर का बाबू—ईश्वर क्या-क्या अद्भुत संयोग बनाते हैं...!' रॉबिन के स्वर में गहरी सराहना है।

सुनकर मि. गिब्सन चाय की प्याली हाथ में लिये तनिक भावुक हो उठे, 'रॉबिन बेटे, आम पेड़ पर होता है और मछली नदी में...पर दोनों कैसे एक थाली में आ जाते हैं! कौन किससे जुड़ाएगा, यह सिर्फ गॉड जानता है।'

आज मुंडन है। सुबह से ढोल और पिपही से गूँज रहा है पार्वती का दरवाज़ा। गाँव की औरतें मुंडन के 'मंगल-गीत' गा रही हैं :

'हीरामाला वाला बाबू के घुरमल-घुरमल केस
काहे पोसले रे बाबू...काहे पोसले केस
घी पोसल बाबू...
कड़ुआ तेल पोसल केस...।'

टहक पीली साड़ी में ग़ज़ब खिल रही है पार्वती। मि. गिब्सन ने उसके लिए सब कुछ सेट लगाकर ख़रीदा है। पीली साड़ी, पीला ब्लाउज़ और लाल चूड़ियाँ। पार्वती की माँ रनियाँ का पाँव जैसे धरती पर है ही नहीं। वह घिरनी की तरह नाच रही है। कभी देवी का वस्त्र बदला जा रहा है। कभी देवी को सिन्दूर-प्रसाद चढ़ रहा है। इस गहमागहमी से बाबू भौंचक है। अब जबकि नाई प्रभु ठाकुर ने बाल काटने के लिए कैंची भिड़ाई है, तो बाबू धार-धार रोने लगा है। न तो पार्वती के और न ही अपनी नानी रनियाँ के क़ाबू में किसी तरह आ रहा है बाबू। प्रभु ठाकुर ने कैंची रोक ली है।

मि. गिब्सन कुर्सी से उठ गए हैं और बाबू को गोद में ले लिया है, 'बाबू मेरे गोद में बाल छँटाएगा...। मेरा अच्छा बाबू है न...!' मि. गिब्सन ने बाबू के माथे को चूमते हुए कहा है।

और सब छक्क् रह गए हैं। बाबू सुबक के साथ चुप हो गया है। नाई प्रभु ठाकुर ने बाल काटने शुरू किये। बाबू के घुँघराले लट कट-कटकर मि. गिब्सन के पैंट-शर्ट पर गिर रहे हैं। मि. गिब्सन विभोर हैं। चरम आनन्द में हैं वे। मुंडन-स्थल के पास बँधी मुन्नी अपने कान व सूँड़ आनन्द से हिला रही है। बाबू की ज़िद पर मुन्नी को भी सजा-बजा कर मुंडन स्थल के पास सुबह से ले आया गया है। मुन्नी ने पुष्प वृष्टि के अन्दाज़ में अचानक सूँड़ ऊपर उठा लिया है। उधर 'मुंडन-गीत' गा रही गाँव की औरतों ने मुस्कराते हुए नई तान छेड़ दी है :

'गोदी चढ़ बैठे बबुआ
कि बाबा मुंडन करा देओ हे...।
सेहो केस फेकल बाँस बीट
कि आब वंश बढ़ल हे...।'

खुशिया पाहन गीतगाइनों के इस अलाप पर झूमते हुए मि. गिब्सन से कह रहा है, 'सुन रहे हैं न...आप ही पर हो रहा है गाना...बाबू के बाबा पर...।'

रॉबिन ने उत्सुक मुस्कान के संग पूछा, 'खुशिया अंकल! क्या कहा जा रहा है इस गाने में..., जरा हमको भी समझाइए...?'

खुशिया पाहन के लम्बे होंठ हँसी से पुलक गए, 'पोता अपने बाबा की गोदी में मुंडन कराने बैठा है...और कहा जा रहा है कि ऐ बाबा, पोते का मुंडन करवा दो...पोते का यह केश बाँस के बीट में फेंका जाएगा...कि वंश बढ़े...।' खुशिया पाहन ने अपने कत्थई-पीले दाँत निकाल दिये हैं, 'कितनी बड़ी बात—वंश बढ़े, वंश बढ़े...।'

रॉबिन के बग़ल में बैठे मि. मेंडेज़ रॉबिन की अटक शायद भाँप गए हैं, सो छूटते हुए उन्होंने कहा है, 'वंश...जेनरेशन...जेनरेशन...।'

रॉबिन ने अपनी डायरी में यह गीत दर्ज कर लिया है...इसका उपयोग ज़रूर वह किसी चैप्टर में करेगा।

'पर खुशिया अंकल, मुंडन में कटा बाल बाँस के झुरमुट में क्यों फेंका जाता है...?' रॉबिन की जिज्ञासा ख़त्म नहीं हुई है।

खुशिया पाहन बिहँस पड़ा, 'बाप रे, बड़ा इनक्वायरी करता है हमारे हौंगकौंग बाबू का बेटा...! अरे बेटा, बाँस को वंशवृक्ष मानते हैं...! मनुष्य का वंश...बाँस के बीट की तरह होता है...इसलिए बाँस के बीट में बाल डालने की रस्म है...।'

वहीं पास बैठे सुन रहे मि. गिब्सन पूरी व्याख्या से मुग्ध हो उठे हैं, 'खुशिया, क्या गहरा मीनिंग, है न...? इनसान और नेचर का कितना सुन्दर रिश्ता...!'

'सो ही तो...सो ही तो...।' प्रकृति-पुत्र खुशिया पाहन के स्वर में एक सहज गर्व टपक आया है।

लाल रंग में रँगी धोती पहने नाई प्रभु ठाकुर अब मुसकते हुए मि. गिब्सन के पास आकर खड़ा हो गया है, 'पोते के मुंडन की स्पेशल बख़्शीश लेंगे...।'

'जरूर...जरूर...।' मि. गिब्सन ने फौरन सौ रुपया निकालकर प्रभु की हथेली पर डाल दिया है।

उधर बाल कटाकर राहत पा चुका बाबू वहाँ जुटे बच्चों के संग फुदक रहा है। सहसा उसने पूजा के लिए सामने रखे चँगेरे में पड़े लड्डू को उठाकर मुँह में लगा लिया है। पूजा पर बैठे पंडित रामाज्ञा पाठक समेत तमाम गीतगाइनों को भी हँसी आ गई है। सब हँस पड़े हैं।

हँसते हुए रनियाँ ने बाबू को गोद में ले लिया है। हल्दी-दही से मलकर बाबू को गीत गा-गाकर नहाया गया है। नहाने के बाद सिल्क के पाजामे-कुर्ते और सुनहरी ज़रीदार टोपी में सजे बाबू महाशय मि. गिब्सन की गोद में उछल आए हैं।

मि. गिब्सन ने उसे गोद में सँभालकर ज़ोरदार ठहाका लगाते हुए कहा, 'मुन्नी तो है ही और बस, अब एक घोड़े की कमी रह गई है हमारे बाबू को...। बुलाकी घोड़े पर बाबू को चढ़ाकर बाबू की बारात निकालेंगे...। दुल्हा बनेगा...शादी बनाएगा मेरा बाबू...।'

घोड़े पर बैठने की बात सुन बाबू ठुनक पड़ा है, 'कब ला देंगे नानू, घोड़ा...?'

मि. मेंडेज़ ने ठहाका लगाते हुए कहा, 'बहुत बड़ा घुड़सवार था तुम्हारा नानू... हजारों घोड़े थे तुम्हारे नानू के पास...इतने घोड़े...।' मि. मेंडेज़ ने अपने दोनों हाथ फैला दिये हैं।

और एक क्षण के लिए लगा कि मि. गिब्सन घुड़सवारी के अपने पुराने संसार में लौट गए हैं...। कलकत्ता में रेस के दौरान हवा से बातें करता उनका जाबिर घोड़ा 'डायनेमिक ब्वाय'...'ब्लू गॉड' फिर ज़ोरों से हिनहिना उठा है उनकी स्मृति में। पर अब कुछ नहीं... अब सिर्फ़ बाबू...पार्वती का बाबू...उनका बाबू...! मि. गिब्सन की ज़िन्दगी में अब रेस का अन्तिम घोड़ा है—बाबू।

मुंडन का भोज बड़ा शानदार हुआ है। ग्रामीण भोज में शरीक होने का यह पहला अनुभव है रॉबिन का। नीचे पंक्ति में बैठकर पत्ते पर हाथी के कान जैसी पूरियाँ...दो-तीन तरह की सब्जियाँ...तीसी की चटनी...दही...लड्डू...और आम का आनन्द...। पार्वती की माँ रनियाँ ने हालाँकि ज़िद की कि साहब लोग कुर्सी-टेबल पर बैठकर खाएँ...नीचे पाँत में बैठने में उन लोगों को दिक़्क़त होगी।

'क्या दिक्कत होगी...? भोज का असली मजा आएगा नीचे बैठकर खाने में।'

रॉबिन की ज़िद पर आख़िरकार मि. मेंडेज़, मि. मिलर, मि. नोएल गॉर्डन और ख़ुद रॉबिन सबके सब आल्थी-पाल्थी मारकर नीचे बैठे गए हैं।

मि. गिब्सन ख़ुद पंक्ति में घूम-घूमकर सबसे आग्रह कर रहे हैं, 'और लीजिए! थोड़ा-सा तो और लीजिए! बस, एक लड्डू और...!'

यही है मनुष्य जीवन का सनातन क्षण। आनन्द का अप्रतिम क्षण, कि मैं आनन्द में हूँ...मेरे आनन्द को थोड़ा आप भी लीजिए...बस, थोड़ा-सा...। नहीं? अरे सो कैसे होगा...? बस, एक लड्डू भर आनन्द...।

सबके पत्ते पर मस्त गोरा-चिट्टा आम डालते हुए टुइयाँ गंझू अलग रस फैलाये हुए है, 'यह चौसा है, आमों का मौसा! चखने के बाद पक्का है कि और माँगिएगा।'

मि. गिब्सन उसे झिड़कते हैं, 'तुम माँगने का वेट मत करो। बस, देते जाओ।'

बाबू के कटे केश को बाँसबाड़ी में विसर्जित करने के लिए सब विदा हुए हैं। गीतगाइनें फिर सुर लगा रही हैं...। ढोल-पिपही वाले ने भी अपनी तान चरम पर पहुँचा दी है। ढोल की ढम-ढम पर मगन बाबू मुन्नी की पीठ पर बैठा है। नाई प्रभु ठाकुर का पोता अनन्त उसके साथ बैठकर उसे सँभाले हुए है। मुन्नी भी इस आनन्द को समझ रही है। मि. गिब्सन के पीछे रॉबिन है। रोमांचित-आह्लादित। बाबू के मुंडन के क्रम में बहुत कुछ नई जानकारी मिली है रॉबिन को—स्थानीय संस्कृति की, सामाजिकता की...।

बाँस की झुरमुट के पास आकर अब कारवाँ रुक गया है। पंडित रामाज्ञा पाठक ने कहा है, 'कोई बड़े बुजुर्ग...अपने घर के...अपने हाथों से बाँस के बीट के बीच वंशवृद्धि की प्रार्थना के साथ केश डालें।'

छूटते हुए ख़ुद पार्वती और उसकी माँ रनियाँ ने मि. गिब्सन से कहा है, 'बाबू का केश बाँस के बीट के बीच आप डालेंगे...। किसी दूसरे के डालने का सवाल नहीं...।'

'मैं...?' मि. गिब्सन एक पल के लिए बुरी तरह असमंजस में हैं...और उनका 'मैं...?' एक हैरान बुदबुदाहट के संग लुप्त हो गया है...।

बड़े यत्न से मि. गिब्सन ने बाबू के बाल लिये हैं और सामने बाँस की झुरमुट में धीरे-धीरे घुस गए हैं...। रॉबिन ने ग़ौर किया, मि. गिब्सन के पाँवों में एक कम्पन है...। इसलिए जब वे बाँस की झुरमुट से निकले हैं, तो उनकी आँखों पर रूमाल है।

जंगल की आग

गाँव में यह अफ़वाह अचानक भड़की है कि सरकार 'गंज' समेत इस इलाक़े के कई गाँवों को एक प्राइवेट कोल कम्पनी को लीज़ पर देने जा रही है। जल्दी ही चारों तरफ़ कोयले की खुदाई शुरू होगी। कोल कम्पनी का अनुमान है कि कई मिलियन टन कोयले का भंडार इस धरती के नीचे है। गाँव के गाँव विस्थापित होंगे। चारों तरफ़ हल्ला है कि कोल कम्पनी ने मुख्यमंत्री को यह लीज़ हासिल करने के लिए करोड़ों रुपये दिये हैं। मि. मेंडेज़ ने आशंकित स्वर में मि. मिलर से कहा, 'अपने गाँव का नामोनिशान मिट जाएगा।'

मि. मिलर डूबती आवाज़ में बोले, 'यों भी तो मिट ही रहा है मि. मेंडेज़।'

पर ऐसा हरगिज़ नहीं होने दिया जाएगा। रॉबिन ने नीलमणि से बात की है। आसपास के सभी गाँवों को इसके ख़िलाफ़ संगठित किया जाए। धरती में गड़े कोयले से ज़्यादा बेशक़ीमती हैं—धरती पर रहनेवाले ज़िन्दा कोयले।

इन बीते दिनों में नीलमणि तीखी धूप-चाँदनी बन गई है। सावन-भादों यानी अगस्त-सितम्बर के इन महीनों में बारिश, धूप और चाँदनी से लगातार भीग रहा है 'गंज'। इस समय में प्रकृति की शाश्वत छटा है हरियाली। वर्षा में नहाती, धूप में तमकती और तीखी चाँदनी में स्नान करती हरियाली। यही है नीलमणि! खेतों की मेड़ पर पूरी सख़्ती से जमी रुक्ष घास जैसा कठोर जीवन। फिर भी ओस जैसी मोती कूट-कूटकर भरी दुग्ध-धवल

हँसी। रॉबिन को कल्पना नहीं थी कि हरदम सकुचाई-सी इस सरल-सलज्ज लड़की के भीतर इतनी ज़बर्दस्त आग हो सकती है।

इधर कई दिन गुज़र गए हैं। नीलमणि नहीं दिखी है। सुबह-सुबह रॉबिन के क़दम अनायास चाट्टी की तरफ़ उठ गए हैं। धान के नरम हरे पौधों से जगमग खेतों से इन दिनों पूरा 'गंज' आनन्दित है। इन खेतों के अन्तिम छोर पर आदिवासियों के घर हैं। चाट्टी के पास बसे आदिवासियों के भीत के बने घरों को देखकर ही जैसे रॉबिन को मधुर रोमांच होने लगता है—एक हरित नशा...! भीत के घरों में जीवन की कैसी अद्‌भुत मधुर सोंधी गन्ध बसी रहती है! इन भीत के घरों के आँगन में मिट्टी का घड़ा रखने के लिए कितनी सुघड़ता से घड़े के आकार का मिट्टी का खाँचा बना होता है! अग़ल-बग़ल मिट्टी के दो बड़े अंडाकार रैक। सब कुछ मिट्टी के घरौंदों जैसा। इन घरों में मनुष्य की नग्न आकांक्षाओं का दैत्य कभी अट्टहास नहीं करता। इन घरों में रहनेवाले आदिम मनुष्य ने तो अपनी सारी इच्छाओं...कामनाओं...वासनाओं को खेतों में...कंका पहाड़ी के चट्टानों में...पुराने वृक्षों की जड़ों में...और चाट्टी नदी के शान्त-मृदुल जल में घोल दिया है, और इस अनुपम वसुंधरा के आनन्द में एकमेक हो गए हैं।

मैकलुस्कीगंज की दहलीज पर, हेसालंग...कंका और लपड़ा गाँव के वृक्षों की फुनगी से जाने कितनी बार फुदकते हुए, प्रात:कालीन चिड़ियों की तरह उल्लास से कलरव करते हुए माघ...फागुन...चैत्र...वैशाख...जेठ...आषाढ़...सावन...भादों...आश्विन... कार्तिक और अगहन...पौष के अनगिनत मास आए...। आषाढ़ की सघन बौछार ने बारंबार गाँव को तृप्त किया और अगहन के महीनों में खेतों में लगी धान की असंख्य दमकती बालियों ने जीवन को आश्वस्त किया। पंडित रामाज्ञा पाठक को जब सुर चढ़ता है, तो घंटों ग्राम-जीवन, कृषि, मेघ और ऋतुओं पर उनका संभाषण चलता है। निष्कर्ष में पंडित रामाज्ञा कहते हैं, 'शहरों की रचना मनुष्य ने की और गाँव की रचना प्रकृति ने...प्रकृतिर्ग्राममम सृजत्...नगराणि तु मानव निर्मितानि सन्ति...।' मुश्किल है कि 'गंज' में धैर्यवान श्रोताओं का ही संकट है।

पिछले हफ़्ते रॉबिन जब पंडित रामाज्ञा पाठक से मिलने गया, तो उनके आह्लाद की सीमा नहीं रही। विभोर भाव से वे शुरू हो गए, 'रॉबिन, मुझे पता चला है कि तुम हिन्दी बहुत अच्छी जानते हो। मैं चाहता हूँ, थोड़ा संस्कृत भी जानो। इस गाँव पर लिखने आए हो, तो थोड़ा कृषि को भी जानो। कृषि ज्ञान के लिए प्राचीन ग्रन्थों में 'कृषि पराशर' मानक ग्रन्थ है। भले साहब लोग यहाँ आ बसे, पर मूलत: मैकलुस्कीगंज एक खेतिहर गाँव है। और जिसको ऋतुओं का ज्ञान नहीं होगा, वे खेती क्या समझेंगे और क्या करेंगे? 'शतपथ ब्राह्मण' में कृषि यानी खेती का अर्थ ही है—जोतना, बोना, काटना और दौनी करके अनाज निकालना। मैं तुम्हें बताऊँ कि वर्ष के बारहों मास के लिए 'ऋग्वेद' में 'द्वादशार' शब्द आया है। 'यजुर्वेद' में सावन और भादों के महीनों को वार्षिक ऋतु, आश्विन-कार्तिक को शारद ऋतु और अगहन-पूस महीने को हैमंतिक ऋतु कहा गया है। फसलों का प्रमुख समय आश्विन, हेमन्त, वसन्त और ग्रीष्म है। और आषाढ़ का महीना—जब मेघ फसलों को सींचते हैं। खेती के लिए वर्षा और शारद ऋतु अमृत है। अहा, 'अथर्ववेद' में मेघ की क्या अद्‌भुत प्रार्थना की गई है—हे मेघ! तुम्हारे विद्युत को

नमन है। तुम्हारे वज्रघोष को प्रणाम है। तुम्हारी दृढ़ता और उष्णता को नमस्कार है। तुम हम सब पर कृपालु रहो!—अब अपने भारत में भी अधिकांश लोगों को भारतीय महीनों के नाम तक नहीं मालूम। उन्हें जब विक्रम संवत् का ही ज्ञान नहीं, तो भारतीय विक्रम संवत् के दिन, सप्ताह और महीने का क्या ज्ञान होगा?' एक पल के मौन में पंडित रामाज्ञा पाठक डूबे और फिर गहरी साँस लेकर कहा, 'पर रॉबिन, तुम ठीक से समझोगे, तो चकित होओगे कि अंग्रेजी कैलेंडर की कालगणना से विक्रम संवत् की कालगणना बहुत अत्याधुनिक, आगे और बहुत विकसित है।'

'यह विक्रम संवत् की पहेली मुझे अभी थोड़े में समझा दीजिए अंकल! एक-दो दिन में पालथी मार नोटबुक के संग आपके पास बैठूँगा।' रॉबिन ने उत्सुकतापूर्ण सराहना के संग कहा।

'संक्षेप में बस इतना समझ लो कि ईसा से करीब पौने अट्ठावन साल पहले विक्रम संवत् अस्तित्व में आया। इसे राजा विक्रमादित्य ने अनेक वर्षों तक सूक्ष्म गणना के पश्चात् प्रस्तुत कराया। विक्रम संवत् को पहले 'कृत संवत्' कहा जाता था। बाद में 'मालव संवत्' और अन्ततः क्योंकि यह कालगणना राजा विक्रमादित्य की उपलब्धि थी, इसलिए इसका नामकरण उन्हीं के नाम पर विक्रम संवत् हो गया, जो आज तक है। बड़ी लम्बी कहानी है यह सब...। कभी चैन से बैठोगे तो बताऊँगा।'

पंडित रामाज्ञा पाठक चाहे कितनी भी लम्बी कथा कह दें, उन्हें हमेशा लगता है कि बहुत कुछ छूट गया है। उनके ऐसे लम्बे भाषणों को लेकर खुशिया पाहन मुँह बनाकर कहता है, 'बाप रे...एकदम चकरिआ कोंहड़ा[1] हैं ये। इनसे मिलने का मतलब है कि कान की ड्रेसिंग के लिए तैयार हो जाइए।'

मुखर्जीदा इस पर टीप देते हैं, 'अरे भाई, रामाज्ञा बाबू ज्ञान के जलधर[2] हैं।'

लोग पीठ पीछे पंडित रामाज्ञा पाठक की लम्बी बात करने की आदत को लेकर चाहे जो भी खिल्ली उड़ाएँ, लेकिन वे हैं अगाध ज्ञानी। सचमुच भारत की मिट्टी को समझने के लिए यहाँ के ऋतुओं, काल गणना और फ़सलों को समझना होगा। काल और ऋतुओं के दुलार में ही मिट्टी है...मनुष्य हैं। और है आत्मा...।

नीलमणि के घर की तरफ़ तेज़ डग भरते हुए रॉबिन ने सोचा, अंग्रेज़ी के शब्द 'स्वायल' और 'सोल' में ज़्यादा का अन्तर नहीं है...। बस, 'आइ' और 'यू' का...। 'मैं' और 'तुम' का...! 'स्वायल' और 'सोल'—मिट्टी और आत्मा के बीच 'मैं और तुम' का नाता है। इसलिए लोग अपनी मिट्टी के लिए जान छिड़कते हैं। देश-देशान्तर में भटकता हुआ आदमी आख़िरकार अपनी मिट्टी के मोह से ही तो खिंचा चला आता है। मिट्टी खींचती है अन्ततः। रॉबिन का कभी-कभी जी करता है कि वह भी बँगलों और इमारतों की दुनिया को छोड़ ख़ालिस मिट्टी की दुनिया में आकर रहे...। 'क्वींस कॉटेज' से अपने सामान समेट भीत के इन्हीं घरों में से किसी एक में आकर रहे। धरती पर रौब गाँठते खड़े बड़े-बड़े बँगलों की दीवारों में तो सिर्फ़ सन्ताप का वास है, जबकि भीत के ये नन्हे-नन्हे घर इस क्षणभंगुर जीवन के आस्था भरे पड़ाव हैं।

1. चक्की की तरह का गोल कोंहड़ा
2. कभी न सूखनेवाला कुआँ

सब मिट्टी का। सब मिट्टी के। चट्टानों से टूटकर बनी 'गंज' की मिट्टी अपने गहरे भूरेपन में हरियाली से लदी-फँदी कैसी सहज-सुन्दर, महारूपा लगती है, जैसे हरे नारियल सरीखे पुष्ट वक्षस्थलवाली...हरदम मन्द लय में थिरकती...डोलती...एक बौरायी—गदरायी, वनलताओं से सुसज्जित सुन्दर-मांसल यक्षिणी! जैसेकि नीलमणि!

नीलमणि का मुस्कराता चेहरा चलते-चलते बरबस कौंध गया। आज सुबह-सुबह अपने घर पर उसे अचानक पहुँचा हुआ देख, वह कितनी ख़ुश हो जाएगी! रॉबिन के क़दम और तेज़ हो गए हैं। कोई कैसे ख़ुश होता है...? किसी की ख़ुशी की कल्पना करना... और किसी को ख़ुश होते देखना भी कितना आनन्दपूर्ण अनुभव है! किसी की ख़ुशी को देख हवा भी जैसे गुनगुना उठती है—देखो...देखो...कुछ फूल खिले हैं।

पर नीलमणि घर पर नहीं मिली। नीलमणि की माँ उसे देख व्याकुल-सी हो उठीं, 'पता नहीं रॉबिन बाबू, इधर कुछ दिनों से क्या हो गया है इसे! मुझे तो डर लग रहा है। कई दिनों से नीलू मुँहअँधेरे उठकर आसपास के गाँवों में निकल पड़ती है। आजकल कह रही है कि वह अपने बाप की तरह फिर सबको जुटाएगी—और जुल्म के खिलाफ लड़ेगी...। मुझे तो बहुत डर लग रहा है रॉबिन बाबू। पता नहीं, वह दुष्ट दुती भगत फिर क्या करे? इसके बाप को तो जीते-जी मार रखा है इन दुष्टों ने।'

बहुत कम बोलनेवाली नीलमणि की माँ हताश और व्याकुल हैं। एक गहरी क्लान्ति है नीलमणि की माँ के चेहरे पर।

रॉबिन ने लापरवाही से मुस्कराते हुए उनकी क्लान्ति को झटकने की कोशिश की, 'आप क्यों घबरा रही हैं? बहादुर अंकल के साथ जो कुछ हुआ, उस समय मैं यहाँ नहीं था। पर अब मैं यहाँ हूँ। ठीक कर रही है नीलमणि। बहादुर अंकल की मुक्ति के लिए... इस गाँव को बचाने के लिए, हम सबको लड़ाई लड़नी ही होगी।' फिर तनिक थमकर रॉबिन ने कहा, 'अच्छा, मैं चलता हूँ। नीलमणि को बता दीजिएगा। उसे समय मिले, तो 'क्वींस कॉटिज' में मुझसे मिलने कहिएगा...।'

लौटते हुए अभी वह एक विचित्र रोमांच का अनुभव कर रहा है। बहादुर अंकल की 'आत्मरक्षा समिति' को फिर से जीवित करने की बात उसने उस दिन जब नीलमणि से कही थी, तो क्या पता था कि यह लड़की अगले दिन से इस अभियान में जुट जाएगी!

अगले दिन सुबह-सुबह नीलमणि को 'क्वींस कॉटिज' में उपस्थित देख वह ख़ुशी से जैसे उमग पड़ा, 'कहाँ थीं?'

'कल सुबह चाट्टी नदी के पास इस इलाके के आदिवासियों की एक सभा बुलाई है...। कोयला कम्पनी को किसी सूरत में इस इलाके में टपने नहीं देंगे। बाबा की 'आत्मरक्षा समिति' के दिनों के उनके जितने साथी थे, वे सब आ रहे हैं कल...आप जरूर रहिए उसमें...।'

नीलमणि तनिक उत्तेजित और फिर लज्जावनत हो गई।

'ठीक है। मैं रहूँगा।' रॉबिन ने गहरी आँखों से नीलमणि को देखा।

कोमल-सी यह लड़की कंका पहाड़ी की चट्टानों से बनी है सचमुच। रॉबिन को लगा, कंका.पहाड़ी की पथरीली-खुरदुरी चोटी पर स्याह बादलों के झुंड दौड़ लगाते हुए

बहुत क़रीब आ चुके हैं...और तेज़ हवा की आँधियों से टकराते हुए फटकर बरसने ही वाले हैं। युद्ध में पराजित हो लौट चुके घोड़े फिर अपने अगले दोनों टाप उठाकर हुंकार रहे हैं—युद्धभूमि में कूच करने के लिए।

चाट्टी के पास स्याह बादलों के अजस्र बगूले जैसे धरती पर उतर आए थे अगली सुबह। आस-पास के पचासेक गाँवों से तीर-धनुष टाँगकर भारी संख्या में उमड़े आदिवासी चाट्टी के पास युद्ध पर निकली सेना का-सा दृश्य उपस्थित किये हुए थे—कुछ इस मुद्रा में कि हम फिर से जागे हैं और हमारा जागरण निर्णायक है। हमारा यह नव-संकल्प वज्र-सा कठोर है। रॉबिन को लगा, मैकलुस्कीगंज की चिर यौवना...शान्त बहनेवाली चाट्टी इस माहौल में जैसे शेरनी बन गई है—जंगल की मस्त ख़ूंख़ार शेरनी...!

सदैव शान्त-सहज रहनेवाली नीलमणि इस सभा में शेरनी-सी गरज रही है, 'उलगुलान...इन्कलाब! बिरसा मुंडा को इसी तरह जेल में कैद कर मार डाला था...। अब बहादुर उराँव...! आदिवासियों के हक के नाम पर दिल्ली से लेकर पटना और राँची तक 'झारखंड मुक्तिमंच' के तथाकथित आदिवासी नेता लम्बे समय से घिनौना खेल कर रहे हैं। ये हमारे नेता नहीं...आदिवासी हितों के सौदागर और दलाल हैं, जो सड़ी हुई व्यवस्था से मिलीभगत कर आदिवासी समाज का रोज गला घोंट रहे हैं...। इस इलाके के दर्जनों गाँवों को, सुना है, अब किसी कोयला कम्पनी को ये नेता काली कमाई करने के लिए लीज पर देने जा रहे हैं। गाँवों को उजाड़कर कोयले की खुदाई शुरू होगी। यह सहा नहीं जाएगा। बिरसा मुंडा से लेकर बहादुर उराँव तक के संघर्ष की इस मशाल को हम आगे बढ़ाएँगे। वर्षों से चुप बैठी 'आत्मरक्षा समिति' के लोग इसके लिए फिर पहले की तरह गाँव-गाँव में मोर्चा थाम लें।' नीलमणि का चेहरा आवेश से तमक रहा है। सामने की हुमकती भीड़ को गहरे आत्मविश्वास से निहारते हुए वह देर तक बोलती गई और अन्त में कहा, 'आज हम सब एक नये संकल्प के साथ यहाँ जुटे हैं। इसके लिए आप सबको हमारे बीच मौजूद एक विशेष व्यक्ति के प्रति कृतज्ञता रखनी होगी, जिनके दबाव और उत्साह बढ़ाने के कारण आज यहाँ यह दृश्य उपस्थित है। ये हैं रॉबिन बाबू...। इसी गाँव के बेटे हैं रॉबिन बाबू। यहाँ जन्म लेने के बाद बचपन से बाहर थे, पर अपने गाँव की मिट्टी इन्हें यहाँ खींच लाई है। इनके सम्मान में तालियों की गूँज करें...।'

तालियों की गड़गड़ाहट—बादलों की गड़गड़ाहट जैसी...। रॉबिन ने उठकर उस विशाल भीड़ को नमस्कार किया।

नीलमणि के भाषण के बाद अनगिनत आदिवासी युवकों का जोशीला वक्तव्य और आख़िर में बहादुर उराँव के बुजुर्ग आदिवासी साथियों का भाषण...। कार्यक्रम का अगला चरण क्या हो, संघर्ष के लिए साधन की व्यवस्था कैसे हो—इस पर सबके अपने-अपने विचार-सुझाव।

सभा की समाप्ति के बाद नीलमणि के चेहरे पर एक तीक्ष्ण दीप्ति है। हालाँकि, वह चुप है पर रॉबिन को लग रहा है, जैसे उसकी तीखी आँखें पूछ रही हों—ठीक रहा न?

नीलमणि...! नीलमणि...! क्रान्तिकारी आदिवासी नेता...कठोर यंत्रणा भोग रहे बहादुर उराँव की शेरनी बेटी...! कंका पहाड़ी की चट्टान सरीखी बेटी नीलमणि! गाँव-गाँव में

नये सिरे से जूझने को तत्पर उसकी 'आत्मरक्षा समिति' के जाँबाज आदिवासी योद्धा...! चारों तरफ़ धावा...चारों ओर नीलमणि...नीलू दी। पर नीलमणि कहीं नहीं। नीलमणि सब जगह...।

राँची में बैठे अधिकारियों के बीच एक बेचैनी पैदा करनेवाला नाम—तीव्र झुँझलाहट के साथ कि आख़िर क्या सलूक किया जाए इस लड़की के साथ? जंगल में नये सिरे से आग लगा देनेवाली इस लड़की के साथ सचमुच क्या बर्ताव किया जाए?

जंगल में आग लगानेवाली! जंगल में जादू जगानेवाली एक अग्नि आभा! अरण्य आभा—नीलमणि! 'क्वींस कॉटेज' के बरामदे पर रात की बैठकबाजी में मि. मेंडेज़ ने मुसकते हुए रॉबिन से पूछा, 'क्या कर रही हैं आजकल तुम्हारी शेरनी? लगता है, गाँव अब बच जाएगा। कोल कम्पनी शायद ही यहाँ आने की हिम्मत जुटा पाएगी। सुना है, आजकल इलाके के बी.डी.ओ., सी.ओ....थाना इंचार्ज...स्कूलों से गायब रहनेवाले मास्टर—ये सारे लोग 'आत्मरक्षा समिति' के डर से कुछ ज्यादा ही सतर्क रहने लगे हैं।' फिर एक पल रुककर मि. मेंडेज़ ने खिलखिलाते हुए कहा, 'सुन रहे हैं मि. मिलर? मैकलुस्कीगंज की इस शेरनी का रिंग मास्टर है रॉबिन...!'

बिहँसते हुए मि. मिलर बोले, 'सरकस की शेरनी का रिंग मास्टर तो सुना था और देखा भी है पर जंगल की शेरनी का रिंग मास्टर पहली बार सुन रहा हूँ।'

मि. मेंडेज ने जोरदार ठहाका लगाया, 'ऐसी-वैसी नहीं। बाघ के मुँह से निकली लड़की है यह।' मि. मेंडेज के ठहाके से 'क्वींस कॉटेज' के बरामदे पर उँघती हुई रात भी जैसे हड़बड़ाकर उठ बैठी है।

फ़ाउंडर्स-डे

कोई बन्धन नहीं। बन्धन का मोह नहीं। कोई विक्षोभ नहीं। सिर्फ़ स्पर्श। स्पर्श की अलौकिक अनुभूति। सिर्फ़ स्मृतियों की गन्ध। स्मृतियों को गहरे तक हिलोरती-सिहराती अनिर्वचनीय मृदुलता...। एक अपरूप-अदृश्य आशा की दीप्ति...। मुक्ति की प्रतीति। मैकलुस्कीगंज! मन का स्पर्श। आत्मा का स्पर्श। प्रेम का स्पर्श। नीलमणि! जादू से भरी जंगली हवा। एक सर्वमय अरण्य अनुभूति। यह चाट्टी! मन के अरण्य में मन्द-मन्द भीगती एक सिहरन। लज्जा से गड़ी जाती एक सद्य:स्नाता लड़की, अपनी लहरों की केश राशि से...जल राशि से कोमल वक्ष के दो सुन्दर गुलाबी फूलों को छिपाने का भरसक यत्न करती। चाट्टी के किनारे-किनारे ताड़ के लम्बे आकाश छूते पेड़ एक सरल प्रश्न की तरह मानो यह पूछते कि—आकाश और कितना दूर है? आश्विन के दिनों की गोधूलि वेला जब ताड़ के वृक्षों को लाँघती हुई चाट्टी के जल को छूती है, तो इस छोटी-सी नदी का प्रेम देखते बनता है। एक असम्भव सुन्दर सूर्यास्त का दृश्य। ताड़ के वृक्ष ऊँचाई से तब झाँकते हैं—देखते हैं नदी और सूर्य के महारास को...महालीला को। धरती के साँवले कपोल तब शर्म से लाल हो आते हैं। सूर्यास्त के बाद रह गए झीने

प्रकाश में चाट्टी का जल नीलाकाश का मुँह देखता है—ओह, सूर्य डूब गया! अच्छा, कोई बात नहीं...कल सुबह...।

पाँच महीने 'गंज' में कैसे बीत गए? 'गंज' के कई हिस्सों में कास के धवल श्वेत फूल खिलकर लहरा रहे हैं। कास का खिलना, मसलन वर्षा की विदाई। मई से सितम्बर माह तक बीत गया और जैसे कुछ आभास नहीं हुआ। उपन्यास के अध्यायों को लिखते, 'फ़ाउंडर्स-डे' की तैयारियों का लगातार निरीक्षण करते, कैसे बीत गए ये पाँच माह? इस बीच युद्धस्तर पर सबको आमंत्रण-पत्र भेजा गया है। गाँव से वर्षों पहले जो लोग ऑस्ट्रेलिया, न्यूज़ीलैंड और इंग्लैंड चले गए थे—सबको।

गाँव के अधेड़ पोस्टमास्टर मंडल जी ने बिहँसकर कहा, 'इतनी चिट्ठी 'गंज' से एक साथ कभी नहीं गई थी।'

खुशिया पाहन दोनों भौंहों को भरसक ऊँचा उठाते हुए कहता है, 'मंडल जी! बस, देखते जाइए कि कितने नमक-चमक से सब कुछ होता है।'

सोबराती आया ने एक लिखा हुआ पुर्ज़ा देते हुए कहा है, 'हमारे साहब के बेटे वाल्टर बाबा का यह पता है...उसको भी खत जरूर भेजियो। लिखियो, सोबराती आया आने बोल रही है।'

मोहम्मद लतीफ़ ने असमा का न्यूज़ीलैंड का पता बड़े यत्न से निकालकर दिया, 'असमा को भी कार्ड जाना चाहिए। वह जरूर आएगी।'

खुशिया पाहन ने मि. मेंडेज़ से कहा है, 'हमारे साहब के लड़कों—जेफ्री बाबू और फिशर बाबू—को मत भूलिएगा। माइकेल बाबू से उनका पता लेकर उन्हें जरूर लिखिएगा।'

यह अक्टूबर, 1993 का दूसरा सप्ताह है। शुक्रवार को चाँद देखते ही गाँव के मुस्लिम टोले में ईद की हलचल शुरू हो गई है। टुइयाँ गंझू ने विभोर होकर पोस्टमैन भोला तिवारी से कहा है, 'फ़ाउंडर्स-डे' पर तो यहाँ चाँदों का मेला लगनेवाला है।'

मिसेज़ ऐलिस टॉमलिन ने अपने बेटे को फिर चिट्ठी लिखी है, 'केथ! प्लीज़, यह फ़ंक्शन मिस मत करना। तुम लोग आना बेटे।'

मि. रॉबिन्सन ने भी दोबारा भाई को इंग्लैंड चिट्ठी लिखी है, 'फ़ाउंडर्स-डे पर 'गंज' आ रहे हो न?'

और मि. गिब्सन से जब रॉबिन ने पूछा, 'अंकल! आंटी नहीं आएँगी...?' तो मि. गिब्सन ने ऑस्ट्रेलिया का उनका पता रॉबिन को थमाते हुए कहा, 'मैंने तो लिखा है लेकिन मेरे कहने पर तो आने से रहीं। तुम लिखकर देखो...।'

रॉबिन ने अपना परिचय देते हुए विस्तारपूर्वक गिब्सन आंटी को ऑस्ट्रेलिया पत्र लिखा और लिखा कि 'फ़ाउंडर्स-डे' के मौक़े पर तो वे ज़रूर आएँ। रॉबिन ने अपनी तरफ़ से चिट्ठी में कोई कसर बाक़ी नहीं रखी थी, फिर भी रॉबिन को उम्मीद नहीं थी कि मिसेज़ गिब्सन अपना प्रोग्रैम बना लेंगी। पर गिब्सन आंटी का पत्र आया है, 'मैं 'गंज' आ रही हूँ। इतने बड़े ओकेज़न पर जब सभी आ रहे हैं, तो मैं भी आऊँगी और सबके बीच अपना फैसला करूँगी।'

मि. गिब्सन ने उनका पत्र पढ़कर मुसकते हुए कहा, 'चलो, इंटरटेनमेंट का एक आइटम और बढ़ा। बगैर किसी रिहर्सल के 'फ़ाउंडर्स-डे' के मौके पर एक अच्छा ड्रामा हो जाएगा।'

बहुत ख़ुश हैं मि. गिब्सन। हाँ, मुबारक मियाँ अपनी जीजी के आगमन की ख़बर से ज़रूर चिन्तित हो उठे हैं। बहरहाल, चिट्ठियाँ आ रही हैं। लगातार आ रही हैं कि कब कौन आ रहा है। पोस्टमैन भोला तिवारी घर-घर चिट्ठियाँ बाँटने में मगन हैं।

मि. थॉप के लड़के वाल्टर और मिसेज़ ऐलिस टॉमलिन के बेटे केथ का भी पत्र आ गया है—वे लोग आ रहे हैं, पूरे एक महीने के लिए सपरिवार...।

मिसेज़ टॉमलिन तो पोती को देखने की कल्पना मात्र से पुलकित हैं, 'आ रही है नन्ही ऐलिस।' वह अकेले में अक्सर मुसक पड़ती हैं।

आनन्द के इस वातावरण में गाँव का एकमात्र एंग्लो-इंडियन युवक पीटर है, जो लगातार नाक-भौंह सिकोड़ रहा है, 'रॉबिन को यहाँ से एलेक्शन लड़ना है क्या?' उसने कई मौक़े पर मुँह बनाकर कहा है।

पर मि. मेंडेज़ ने उसकी बातों को झटकते हुए कहा है, 'मि. डिसूजा जैसे नेक आदमी तो दुनिया से चले गए, पर अपने नालायक बेटे को धरती पर छोड़ गए। अरे, पीटर पालतू गीदड़ है दुती भगत का।'

मि. मिलर आहिस्ते-से कहते हैं, 'पूरा का पूरा कैक्टस।'

खुशिया पाहन बात को हवा में उड़ा देता है, 'उस ढोंढ़...पनिया साँप को लेकर बहस करने की कोई जरूरत नहीं।'

इस बीच एंग्लो-इंडियन सांसद मेजर विलियम...बिहार के एंग्लो-इंडियन एम.एल.ए. मि. ब्राउन और पटना के जानेमाने 'डॉनबास्को' स्कूल के प्रिंसिपल अल्फ्रेड रोज़ारियो से भी मुलाक़ात का बड़ा सुखद अनुभव रहा। दरअसल, 'फ़ाउंडर्स-डे' के आयोजन की योजना के साथ 'गंज' में सबकी एकमत से राय हुई कि दिल्ली जाकर अपनी कम्यूनटि के एम.पी. मेजर विलियम और पटना जाकर अपने एम.एल.ए. मि. ब्राउन से मिला जाए और इन लोगों से भी पूछा जाए कि इस विशेष आयोजन के अवसर पर वे लोग क्या सहयोग कर सकते हैं?

मि. मिलर ने हरदम की तरह अपने धीर-गम्भीर स्वर में कहा, 'हम लोगों को हर बात पर इस दौरान पैनी नजर रखनी होगी कि कोई भी बात नजरअन्दाज न हो जाए...कि हम कुछ मिस न करें...।'

मिसेज़ थ्रिपथॉप ने अधिक शान्ति से कहा, 'रॉबिन बेटे, सिर्फ 'फ़ाउंडर्स-डे' मना लेने से क्या होगा? इसके पहले बीच के इन दिनों में हमें मैकलुस्कीगंज के डेवलपमेंट के लिए भी जोरदार पहल करनी चाहिए ताकि इस सेलिब्रेशन का कोई मतलब लगे। आखिर अपनी कम्यूनटि के ये एम.पी....और एम.एल.ए. हैं किस दिन के वास्ते?'

मिसेज़ ऐलिस टॉमलिन ने सिर खुजलाकर एक कहावत याद करते हुए कहा, 'वो क्या कहते हैं कि बच्चे के रोने पर ही माँ भी दूध देती है। अपने एम.पी., एम.एल.ए. के पास कुछ कहने-सुनने से ही तो मदद मिलेगी।'

मि. मेंडेज़ ने मुस्कान-भरा निष्कर्ष दिया, 'रॉबिन, इसमें करना-धरना सब कुछ तुम्हें ही है। कोई काम ठंडा-मुंडा नहीं होना चाहिए। इस आयोजन के लीडर तुम्हीं हो। हमारी राय है कि मेजर विलियम और मि. ब्राउन से जाकर तुम बात करो। सिर्फ पाँच-सात दिन लगेंगे दिल्ली-पटना करने में। तुम कहोगे तो मैं भी तुम्हारी सुविधा के

लिए तुम्हारे साथ हो लूँगा! रॉबिन, रॉबिन! आइ द हीरो ऑव इच टेल...हर कदम का हीरो तुम्हें बनना होगा।'

मिस बॉनर ने गहरी साँस के संग मि. मेंडेज़ के इस प्रस्ताव की पुष्टि की, 'यही ठीक रहेगा। रॉबिन और मि. मेंडेज़ जितनी जल्दी हो, दिल्ली-पटना जाएँ।'

फिर तनिक रुककर अनुराग-भरे स्वर में मिस बॉनर ने कहा, 'बेटे! तुम लगभग मर चुके एक गाँव को जिन्दा करने जा रहे हो और याद रखो कि जीवन में कुछ भी करने लगो, तो उसके पहले मुड़कर देख लो कि उस काम में नेचर तुम्हारा साथ दे रहा है कि नहीं...। नेचर साथ दे, तभी उस काम में आगे बढ़ो...। और मुझे लग रहा है बेटे, नेचर तुम्हारा पूरा साथ दे रहा है।'

मि. मिलर ने सलाह दी, 'मि. मेंडेज़! रॉबिन के साथ आप पहले पटना जाएँ। वहाँ मि. ब्राउन से मिलें। हाँ, पटना में ही 'डॉनबास्को' स्कूल के प्रिंसिपल मि. अल्फ्रेड रोज़ारियो से भी मिलें...।' फिर रॉबिन की तरफ़ मुख़ातिब हो उन्होंने कहा, 'रॉबिन, रोज़ारियो बड़ा जीवट का आदमी है। मेजर विलियम से उसका बहुत अच्छा ताल्लुक है। रोज़ारियो से कहना कि 'गंज' के पूरे फ़ंक्शन के बारे में वह मेजर विलियम को फ़ोन जरूर कर दे। रोज़ारियो के फ़ोन के बाद जब तुम दिल्ली जाकर मेजर विलियम से मिलोगे, तो बहुत सहूलियत होगी।'

कैंटीन मजीद अपनी बीवी सबीना के साथ सुबह-सुबह 'क्वींस कॉटेज' आया है। जैक ने कमरे में आकर रॉबिन को सुबह का हेडलाइन दिया है, 'कैंटीन मजीद बाहर इन्तजार कर रहा है। साथ में उसकी वाइफ सबीना भी है।'

'क्या मजीद भाई? अरे भाभी भी आई हुई हैं...आप लोग खड़े क्यों हैं...बैठिए!' रॉबिन ने कमरे से निकल मुस्कराते हुए कहा है।

'आप और मेंडेज बाबू कल दिल्ली जा रहे हैं न रॉबिन बाबू?'

'हाँ, पहले पटना, फिर दिल्ली।'

'तो आपको मेरे लिए एक तकलीफ उठानी होगी। वहाँ तिहाड़ जेल में जिब्राइल है। उससे जरूर मिल लीजिएगा और उसकी रिहाई के लिए जो कुछ कर सकते हैं, कीजिएगा। मेंडेज बाबू सारा केस जानते हैं। ये उसके केस के कागजात हैं।' कैंटीन मजीद ने पीले पॉलिथिन में लिपटा काग़ज़ का एक पुलिन्दा थमाया, 'आपकी भाभी जिद करके मेरे साथ आई कि रॉबिन बाबू को जिब्राइल के वास्ते मैं भी कहने चलूँगी।'

पर मजीद के पीछे खड़ी सबीना चुप है।

'मैं जिब्राइल से जरूर मिलूँगा और वहाँ बात करूँगा कि उसके लिए क्या किया जा सकता है।'

'बस, एक बार वह 'गंज' आ तो जाए, फिर मैं कभी उसे यहाँ से जाने नहीं दूँगा। मैंने बार-बार उससे कहा था अपने 'गंज' में ही जीना-मरना, पर मेरी यहाँ सुनता कौन है?'

'जो हुआ सो हुआ। 'गंज' लौटकर जिब्राइल 'कारनी टी स्टॉल' चलाएगा।' रॉबिन ने मजीद के कन्धे पर हाथ रखते हुए कहा।

'वही तो...वही तो!' मजीद ने सबीना की तरफ़ देखा।

सबीना ने अपनी आँखें झुका लीं।

पटना के एम.एल.ए. फ़्लैट की इस ऊपरी मंजिल के कमरे में ज़िन्दादिल बुज़ुर्ग मि. ब्राउन से मिलना बड़ा आनन्ददायी रहा है। मि. मेंडेज़ के परिचय देते ही मि. ब्राउन ने अपनी आरामकुर्सी से उठकर रॉबिन को गले लगा लिया है, 'तुम्हारे बारे में मुझे पूरी जानकारी मिल चुकी है। बहुत खुश हूँ मैं तुमसे। इस बदनसीब कम्यूनटि को आज ऐसे ही जोशीले नौजवानों की जरूरत है बेटे! अपने बढ़ते कदम से तुम अपने पीछे आ रहे लोगों को... एंग्लो-इंडियन कम्यूनटि की आनेवाली अनगिनत पीढ़ी को हिम्मत दोगे।'

मि. ब्राउन सचमुच भीग-से गए हैं, 'रॉबिन बेटे! अपनी मातृभूमि...अपने मदरलैंड की तकलीफ को जो बेचैनी से महसूस करे, वही न सच्चा बेटा है। मैं इसमें पूरी मदद करूँगा। अपने एम.एल.ए. फ़ंड से मैं आज ही तीन लाख रुपया अलॉट करने के लिए लिख देता हूँ ताकि मि. मैकलुस्की के खँडहर हो चुके घर...उनके सम्मान में बने टूटे हुए फ़ाउंटेन और मैकलुस्कीगंज की कुछ टूटी सड़कों के रिनोवेशन का, जीर्णोद्धार का काम आयोजन के पहले पूरा हो जाए।'

मि. ब्राउन के चेहरे पर एक अद्‌भुत तृप्ति है, 'रॉबिन! मैकलुस्कीगंज में यह सब करने की मैं पहले से भी सोच रहा था, पर बात टलती जा रही थी। आखिर काम के लिए कोई मुस्तैद होनेवाला भी तो हो...लफ्फाजी और फकैती से कोई काम होता है कहीं?' मि. ब्राउन अपने भीतर कहीं खो गए हैं, उनकी आँखें सिकुड़ गई हैं।

ऊपरी मंजिल का मि. ब्राउन का छोटा-सा यह एम.एल.ए. फ़्लैट पचासेक छोटे-बड़े गमलों से भरा है। फ़्लैट का पूरा बरामदा गमले में लगे फूल-पौधों से खिला-खिला है। मि. ब्राउन ने अपने दुबले-पतले अधेड़ सेवक से परिचय कराया, 'यह पॉल है। इसकी हरी उँगलियाँ हैं। ये जो कुछ अपने हाथ से मिट्टी में डाल देता है, उसे खिलना है।' फिर मि. ब्राउन ने बुज़ुर्गाना हिदायत दी है, 'खाना तुम लोग यहीं खाओगे।' मि. मेंडेज़ की तरफ़ उन्होंने सिर घुमाकर पूछा, 'सामान कहाँ है आप लोगों का? क्या होटल में रुके हैं? यही सब उल्टा-पुल्टा काम होता है आपका...। जाइए, सामान लेकर यहाँ डालिए। मेरे इस्तेमाल में तो बस एक कमरा है। दूसरा कमरा तो खाली ही पड़ा रहता है।'

मि. मेंडेज़ खीसें निपोरते रॉबिन के संग होटल से सामान लाने चल दिये।

भोजन साथ-साथ लेने के बाद मि. ब्राउन ने रॉबिन के कन्धे पर हाथ रखते हुए कहा, 'मैं थोड़ी देर के लिए असेम्बली से हो आता हूँ। आजकल सेशन चल रहा है न। तब तक तुम लोग आराम करो या कहीं और जाना हो, तो वहाँ हो लो।'

मि. मेंडेज़ ने विनम्र बुदबुदाहट के संग कहा, 'तब तक हम लोग 'डॉनबास्को' जाकर मि. रोज़ारियो से मिल लेते हैं।'

'जरूर। रोज़ारियो से तो जरूर मिलो। उससे बहुत मदद मिलेगी।' मि. ब्राउन ने सीढ़ियाँ उतरते हुए मुस्कराकर कहा।

पाटलिपुत्र कॉलोनी में संयोग से मि. रोज़ारियो अपने घर पर ही मिल गए। मि. मेंडेज़ ने रास्ते में कहा था कि पहले पाटलिपुत्र कॉलोनी में उनके घर पर देख लेते हैं। वहाँ नहीं होंगे

तो दीघा चलेंगे, जहाँ उनका 'डॉनबॉस्को हाइस्कूल' है। दरअसल, दीघा मुख्य शहर से है बहुत दूर।—पर संयोग अच्छा है। मि. अल्फ्रेड रोज़ारियो पाटलिपुत्र कॉलोनी में मिल गए।

गठीले और छोटे क़द के गोरे-चिट्टे दाढ़ीदार चेहरेवाले लगभग अधेड़ मि. रोज़ारियो बेहद गर्मजोशी से मिले। पूरे परिचय के बाद रॉबिन ने कहा, 'आपसे मिलकर तो ऐसा लग रहा है, जैसे अपने सगे बड़े भाई से मिल रहा हूँ।'

मि. रोज़ारियो ने आह्लादित होते हुए कहा, 'मैं भी कितना खुशनसीब हूँ कि तुम्हारे जैसा छोटा भाई है मेरा।'

मि. मेंडेज़ ने इस पर संगत देते हुए कहा, 'अहा-हा...हिन्दी फिल्मों के बिछड़े दो भाई मिल गए...! क्या जम रही है दोनों भाई की जोड़ी!'

मि. रोज़ारियो पूरी योजना सुनकर बहुत सन्तुष्ट हुए हैं। 'फ़ाउंडर्स-डे' के आयोजन के पहले, बीच के इन दिनों में मैकलुस्कीगंज के डेवलपमेंट के लिए हरसम्भव कोशिश की जानी चाहिए, मि. रोज़ारियो इस बात से सहमत हैं। सामान्य रूप से जब कभी कुछ नहीं हुआ, तो एक विशेष 'ओकेज़न' के बहाने से तो कुछ हो। मैकलुस्कीगंज के लिए मि. रोज़ारियो की एक योजना रॉबिन को बहुत भायी है। इसलिए पूरी योजना के बारे में मि. रोज़ारियो से सुनने के बाद रॉबिन खिल उठा, 'वाकई, इससे तो जान आ जाएगी 'गंज' में।'

मि. रोज़ारियो की योजना में दम है। मि. रोज़ारियो का कहना है कि मैकलुस्कीगंज के विकास की चिन्ता तो की ही जाए, पर इसके साथ-साथ इस गाँव के एंग्लो-इंडियन परिवारों के लिए भी कुछ कारगर ढंग से किया जाए, जो बीते अनगिनत वर्षों से जीवन-यापन और रोज़ी-रोज़गार के मसले को लेकर बुरी तरह हताशा से गुज़र रहे हैं। मि. रोज़ारियो ने कहा कि अगर वे अपने 'डॉनबास्को' स्कूल की शाखा मैकलुस्कीगंज में खुलवाएँ और उसमें पढ़नेवाले छात्रों की आवासीय सुविधा के लिए स्कूल के साथ छात्रावास की व्यवस्था जानबूझकर नहीं रखें, बल्कि गाँव के एंग्लो-इंडियन परिवारों को इसके लिए प्रेरित करें कि वे लोग अपने-अपने निजी घरों में उन छात्र-छात्राओं के लिए रहने की अच्छी व्यवस्था करें, ताकि बाहर के ये छात्र इन लोगों के घर स्थित छात्रावासों में रहें और इसके बदले इन लोगों को पैसे दें, तो इससे 'गंज' के एंग्लो-इंडियन परिवारों को बहुत राहत मिलेगी। मि. रोज़ारियो ने कहा कि इससे छात्रों को भी सुविधा होगी और इस काम से जीवन-यापन के लिए मोहताज़ चल रहे एंग्लो-इंडियन परिवारों को भी आमदनी होगी।

मि. रोज़ारियो ने मि. मेंडेज़ की तरफ़ मुख़ातिब होकर कहा, 'मि. मेंडेज़! पेइंगगेस्ट की तर्ज पर 'गंज' में चलनेवाली इस योजना का नाम होगा—'फ़ैमलि कॉटेज हॉस्टल।'

मि. मेंडेज़ अपनी ख़ास अदा में चहक उठे हैं, 'मि. रोज़ारियो! इससे बेहतर तो कोई बात नहीं हो सकती। नई जिन्दगी मिल जाएगी सबको। एक तो पैसा मिलेगा और दूसरे, अकेलापन भी दूर होगा सबका...। और आपका नाम रोज़ारियो से रोज़गारियो हो जाएगा।' मि. मेंडेज़ के चेहरे पर बालसुलभ आनन्द गहरा गया, 'जरा सोचिए न, कितना अच्छा लगेगा...'गंज' के सारे घरों में छोटे-छोटे बच्चे रहेंगे। बचपन लौट आएगा सबका। पूरे गाँव का। गाँव के लोकल बच्चों की भी जिन्दगी बन जाएगी। दुनिया बहुत बदल चुकी है। अब तो गरीब से गरीब फ़ैमलि भी नथिया, बुलकी और कोला[1] बेचकर अपने बच्चों

1. खेती की जमीन का टुकड़ा

को अच्छे स्कूल में पढ़ाना चाहती है। स्कूल में कुछ गरीब बच्चों के लिए फ्रीशिप भी रखिएगा मि. रोज़ारियो।'

'आप जितनी जल्दी हो, इस योजना पर काम शुरू कर दें। अगर सम्भव हो, तो क्यों नहीं 'फ़ाउंडर्स-डे' के मौके पर ही स्कूल का उद्घाटन करा लिया जाए?' रॉबिन के स्वर में उत्साह उमग रहा है।

'हाँ, क्यों नहीं! अभी तो समय भी है। बस, बीच में जाकर स्कूल के लिए 'साइट सेलेक्शन' का काम कर लेना होगा। फिलहाल कम खर्चे में एक कंस्ट्रक्शन करवा लिया जाएगा और स्कूल शुरू करने के लिए बाकी इंफ्रास्ट्रक्चर तो है ही मेरे पास...। देखता हूँ क्या सम्भव है।' मि. रोज़ारियो ने कहा।

फिर प्रसंग बदलते हुए रॉबिन ने कहा, 'मैकलुस्कीगंज में सबकी राय हुई है कि अपने एम.पी. मेजर विलियम से अनुरोध किया जाए कि वे मैकलुस्कीगंज के विकास के वास्ते एम.पी. फ़ंड से कुछ मदद करवाएँ ताकि 'फ़ाउंडर्स-डे' के आयोजन के पहले कुछ काम की शुरुआत हो जाए, तो सबको सन्तोष होगा। अभी मि. ब्राउन से भी बातें हुईं। वे भी अपने एम.एल.ए. कोटे का कुछ फ़ंड रिलीज़ करने जा रहे हैं।'

रॉबिन की बात सुनकर मि. अल्फ्रेड रोज़ारियो गम्भीर हो उठे, 'मैं अभी मेजर विलियम से फ़ोन पर दिल्ली बात करता हूँ। मुझे यकीन है, वे निराश नहीं करेंगे।' फिर तनिक रुककर मि. रोज़ारियो ने रॉबिन से पूछा, 'उनसे मिलने तुम लोग दिल्ली जाओगे न?'

'हाँ, प्रोग्रैम तो हमारा यही है। कल सुबह की ट्रेन से दिल्ली।'

रॉबिन की इस बात पर मि. मेंडेज़ ने समर्थन में ज़ोर से सिर हिलाया।

'ठीक है, तो मेजर विलियम से मैं तुम लोगों के बारे में अभी ही जिक्र कर देता हूँ।' मि. रोज़ारियो ने अधिक शान्ति से कहा।

'मेहरबानी।' मि. मेंडेज़ ने कृतज्ञतापूर्ण स्वर में कहा।

फ़ोन पर मेजर विलियम से मि. रोज़ारियो की देर तक बातचीत हुई। मि. रोज़ारियो ने विस्तारपूर्वक रॉबिन का ज़िक्र करते हुए पूरे आयोजन की योजना की चर्चा की और कहा कि अगर अपने एम.पी. कोटे से वे कुछ कर देंगे, तो मैकलुस्कीगंज गाँव के पुनर्जन्म की कथा में उनका नाम स्वर्णाक्षरों में अंकित हो जाएगा।

मेजर विलियम से फ़ोन पर दिल्ली बात करने के बाद मि. रोज़ारियो के चेहरे पर सन्तोष की लकीरें पुलक गई हैं, 'गुड लक रॉबिन! मि. विलियम तैयार हैं। तुम लोग उनसे मिलो जाकर। कोई प्रॉब्लम हो, तो मुझे फ़ोन कर लेना।'

गेट तक आकर मि. रोज़ारियो ने रॉबिन और मि. मेंडेज़ को विदा किया है। रॉबिन का हाथ अपने हाथ में लेकर रॉबिन को गहरी आँखों से देखते हुए तनिक भावुक हो उठे हैं मि. रोज़ारियो, 'रॉबिन! अतीत की हर मुश्किलों का निबटारा वर्तमान करता है, इसलिए वर्तमान हरदम सुन्दर होता है। ऑल द बेस्ट डियर।'

रास्ते में मि. मेंडेज़ ने कहा है, 'रॉबिन! मि. ब्राउन के बाद एम.एल.ए. बनने का चांस मि. रोज़ारियो का ही है। मि. ब्राउन आजकल बीमार से रहने लगे हैं। इसलिए 'एंग्लो-इंडियन एसोसिएशन' को उन्होंने खुद यह सुझाव लिखकर दे दिया है कि इस टर्म के बाद मि. रोज़ारियो का नाम 'एसोसिएशन' द्वारा एम.एल.ए. के लिए 'रिकमेंड' किया जाए।'

रॉबिन ने सहमति-भरे स्वर में कहा, 'मि. ब्राउन अनुभवी और दूरदर्शी हैं। उन्होंने अपना सही उत्तराधिकारी चुना है।'

यह एक चमत्कार-सा दिखता संयोग ही है कि मेजर विलियम मैकलुस्कीगंज के वास्ते अपना अच्छा-ख़ासा एम.पी. फ़ंड देने के लिए तैयार हो गए हैं। दिल्ली में वे अपने सांसद-निवास पर देर तक मैकलुस्कीगंज के विकास को लेकर चर्चा करते रहे—कैसे डेवलपमेंट होगा...? क्या-क्या करना होगा...? कहाँ-कहाँ नई सड़कें बनवानी होंगी...? डैम और चेक डैम का कहाँ-कहाँ निर्माण होगा...? पूरे गाँव में स्ट्रीट लाइटिंग कैसे और कहाँ से कहाँ तक कराई जाएगी...? नालों का निर्माण कैसे होगा...? गाँव में कितने नये ट्यूबवेल लगने चाहिए...?

मेजर विलियम की इन जिज्ञासाओं की पूर्ति रॉबिन और मि. मेंडेज़ ने बहुत बारीक़ी से की और विकास की योजना का पूरा ख़ाका उनके आगे रख दिया...। मसलन, चार नये पुल बनवाने होंगे—कंका में तीन बड़े पुल और एक ह्यूमपाइप पुल की ज़रूरत होगी...। हेसालंग में दामोदर तक साढ़े तीन किलोमीटर की एक नई सड़क बग़ल में नालों के साथ बनवानी होगी...। गाँव में 'कंका' पहाड़ी पर पहले एक लकड़ी का बड़ा-सा 'वॉच टावर' था। वह कब से टूटा पड़ा है...उसकी जगह पहाड़ी पर कंक्रीट का एक नया वॉच टावर...। वहाँ पर्यटकों के लिए बैठने की व्यवस्था करनी होगी...। गाँव में कुछ सार्वजनिक स्थलों पर चाँपाकल गड़वाने होंगे...। और पूरा गाँव होते हुए मैकलुस्कीगंज रेलवे स्टेशन तक सोलर स्ट्रीट लाइट की व्यवस्था करनी होगी...। पैसे अगर बचें तो कुछ और काम, जैसे—पार्क रेंज होते हुए नेहरू रोड और रेलवे स्टेशन तक नई सड़क...। एक दूसरी सड़क नेहरू रोड से चाट्टी नदी तक भी, जो लेफ़्टिनेंट जेनरल माया दास के घर तक जाएगी...।

मेजर विलियम ने सन्तुष्ट होकर कहा, 'ठीक है। पहली खेप में 50 लाख रुपये कल ही अपने फ़ंड से रिलीज़ करने के लिए लिख रहा हूँ। एक हफ्ते में यह रुपया राँची के डिप्टी कमिश्नर के पास चला जाएगा...। तुम लोग उनसे मिल लेना और पूरी योजना के बारे में तो मैं उन्हें लिख ही दूँगा।' तनिक रुककर फिर मेजर विलियम ने कहा, 'दूसरी खेप में फिर 50 लाख रुपये दूँगा। लेकिन याद रहे, पहली किस्त के काम से सटिस्फ़ायड होने पर ही।'

रॉबिन ने मेजर विलियम से बहुत विनीत स्वर में कहा, 'विलियम अंकल! मैं समझता हूँ, मैकलुस्कीगंज को नई जिन्दगी देने की योजना पर आज खुद मि. मैकलुस्की भी अगर सोचने बैठते, तो शायद आपसे अधिक नहीं सोच सकते।'

मेजर विलियम हँस पड़े और रॉबिन की पीठ थपथपाते हुए कहा, 'रॉबिन बेटे, ऐज़ आइ एम, सो आइ सी...। यह बात हम सब पर लागू है...। पर एक बात हमेशा याद रखना, इस गाँव का सिर्फ विकास कर देने से ही कुछ नहीं होगा। इस गाँव के लिए दुनिया भर में फैली अपनी कम्यूनटि के भीतर एक मोह जगाना होगा...तभी कुछ बात बनेगी, वरना फिर से सब कुछ बिखर जाएगा...।'

तिहाड़ जेल में अचानक मि. मेंडेज़ को मिलने पहुँचा देख जिब्राइल की खुशी का पारावार नहीं है।

'ये रॉबिन हैं। अपने 'गंज' के मि. डेनिस मैगावन के लड़के। वही, जो हांगकांग में रहते हैं।' मि. मेंडेज़ ने जिब्राइल से उसका परिचय दिया।

'हाँ-हाँ, अब्बू उनका जिक्र करते हैं।' दुबले-पतले स्याह चेहरे वाले जिब्राइल की आँखों में चमक कौंध गई है।

'तुम्हारी रिहाई के लिए हम दोनों ने यहाँ एक अच्छे वकील मि. डिसूजा से बात की है। वे तुमसे आकर मिलेंगे।' मि. मेंडेज़ ने कहा।

'अब्बू-अम्मी से कहिएगा, उन सबकी बहुत याद आती है। अपने 'गंज' की बहुत याद आती है।'

'अब तुम जल्दी 'गंज' आ जाओगे—हमेशा-हमेशा के लिए।' रॉबिन ने उसकी पीठ पर हाथ रखते हुए कहा।

दरअसल, मेजर विलियम से रॉबिन ने जिब्राइल का पूरा मामला बताया था और किसी वकील से कह देने को कहा था, 'गंज का सीधा-सादा लड़का है। अर्से से तिहाड़ जेल में पड़ा है।'

'प्यार का आखिरी मुकाम तिहाड़ ही है।' मेजर विलियम हँस पड़े और दिल्ली हाइकोर्ट के वकील मि. थॉमस डिसूजा को फोन पर कहा, 'डिसूजा, एक छोटा मामला है। मि. मेंडेज़ और मि. रॉबिन, ये दो सज्जन आपसे सारे पेपर्स लेकर मिलेंगे। गरीब लड़के का केस है। इश्क-विश्क के चक्कर में पड़कर जेल की हवा खा रहा है। वह पैसा भी नहीं खर्च कर सकता है।'

मि. डिसूजा ने सारा पेपर देखने के बाद कहा, 'कोई खास मामला नहीं। मैं देख लूँगा। मेजर विलियम हमारे पुराने दोस्त हैं। उन्होंने कह दिया, तो अब इसमें क्या कहना! लड़का जल्दी अपने गाँव पहुँच जाएगा। लगता है, आज तक इस केस में ठीक से पैरवी नहीं की गई।'

मि. डिसूजा के यहाँ से निकलते हुए मि. मेंडेज़ ने कहा, 'मजीद खुशी से पागल हो जाएगा। जिब्राइल की रिहाई को लेकर वह हताश हो चुका है।'

'हाँ, अंकल! दिल्ली से हम लोग मजीद के लिए खुशी और 'गंज' के वास्ते मि. विलियम का फ़ंड—दोनों ले जा रहे हैं।' रॉबिन के स्वर में आनन्दपूर्ण सन्तोष है।

शरद की सिहरन

मेजर विलियम और मि. ब्राउन के फ़ंड का पैसा राँची के डिप्टी कमिश्नर के पास आ गया है। मिसेज़ थ्रिपथॉप, मि. मिलर और मि. मेंडेज़ के संग रॉबिन ने राँची जाकर डिप्टी कमिश्नर से सभी योजनाओं के बारे में विस्तृत बातचीत की है और कहा है कि कृपया वे ये सारे काम सीधे विभागों के माध्यम से करवाने का कष्ट करें, ताकि काम ठीक-ठाक हो।

मि. मेंडेज़ ने डिप्टी कमिश्नर से कहा, 'आपको तो बेहतर मालूम होगा कि ठेकेदारों से काम कराने का नतीजा क्या होता है। ठेकेदारों का किया काम साल-छह महीने बाद ही गिरने लगेगा।'

डिप्टी कमिश्नर इस बात से सहमत हैं।

गाँव में सबको यह चमत्कार-सा लग रहा है। चारों तरफ़ काम की सघन शुरुआत। युद्ध स्तर पर काम में जुटे मज़दूर और मुस्तैदी से काम का निरीक्षण करते विभागीय अधिकारी। विकास के हरे कल्ले 'गंज' में चारों तरफ़ फूट रहे हैं।

जैक का गर्व समाये नहीं समा रहा है, 'देखिए हमारे रॉबिन बाबू का कमाल। वर्षों से 'गंज' की सड़कों पर दो झोरी मिट्टी तक नहीं गिरी थी, वहीं सड़कें अब मचमच कर रही हैं। कब्रिस्तान का ढनमनाया बाउंड्रीवाल फिर से टाइट हो गया है।'

मि. रोज़ारियो इस बीच यहाँ आकर स्कूल के लिए 'साइट सेलेक्शन' का काम पूरा कर चुके हैं। ज़मीन की रजिस्ट्री उन्होंने युद्ध स्तर पर कराई है और भवन निर्माण के सामान 'साइट' पर गिरवाकर अपने आदमी को मुस्तैद कर गए हैं। साथ ही रॉबिन से कहा है कि वह कृपया बीच-बीच में काम का निरीक्षण कर लिया करे।

रॉबिन को स्वयं भी यह सब देखते हुए रोमांच हो रहा है—मैकलुस्कीगंज में पतझड़ के बाद फिर से कोंपलें फूट रही हैं। हालाँकि, मैकलुस्कीगंज के विकास-मद में आई भारी-भरकम राशि को गटकने के लिए स्थानीय स्वार्थी तत्त्वों ने कम हाथ-पैर नहीं मारा है। स्थानीय ठेकेदारों के गिरोह, 'झारखंड मुक्तिमंच' के स्वार्थी नेता—सबने राँची के डिप्टी कमिश्नर के पास जान लगा दी...। पर डिप्टी कमिश्नर ने यह कहकर सबको टाल दिया कि मेजर विलियम और मि. ब्राउन ने साफ़ लिखकर दिया है कि ये काम ठेकेदारों से हरगिज़ नहीं कराए जाएँ, इसलिए वे विवश हैं।

'सब शैतानी इस बदमाश छोकरे रॉबिन की है। इन अठन्नियों-चवन्नियों को औकात में रखना होगा।' दाँत पीसकर कुटिल दुती भगत ने कहा, 'इसी ने बहादुर उराँव की बेटी को भी नेतागिरी का चस्का लगाया है। यह ऐसे नहीं मानेगा।'

'50 लाख रुपये पर हम छाती में मुक्का मार भी लें, पर सुनता हूँ, मेजर विलियम ने फिर 50 लाख रुपये की दूसरी किस्त देने का वायदा किया है। क्या उससे भी हमें यह बदमाश छोकरा वंचित कर देगा?'

ख़ुर्राट स्थानीय ठेकेदारों की बेचैनी पर दुती भगत ने कहा, 'तब तक यह बाहर भी रहेगा क्या? घबराओ मत। मैं इसके पहले सब सेट कर दूँगा। 'झारखंड मुक्ति मंच' के अपने दिग्गज लोग हैं किस दिन के लिए? इस छोकरे को भी बहादुर उराँव की तरह पागलखाना भेजेंगे। बस, देखते जाओ।'

किसी ने नीलमणि को इस सबकी जानकारी दी है और ख़ुद रॉबिन को भी 'क्वींस कॉटेज' के पते पर धमकी भरी दो-तीन गुमनाम चिट्ठियाँ मिली हैं। रॉबिन ने इस सबको झटकते हुए कहा है, 'ये सब बेकार की बातें हैं। इन धमकियों से मैं नहीं घबरानेवाला। 'गंज' के विकास का एक पैसा भी इन पापियों को मैं छूने नहीं दूँगा। जान दे दूँगा अपनी।'

नीलमणि चुप है। हालाँकि, चिन्ता की बूँदें उसकी पेशानी पर अटकी हुई हैं। पर रॉबिन तो एक-एक काम की रोज़-ब-रोज़ की प्रगति से प्रफुल्लता में डूब-उतरा रहा

है। उसका मन रोमांच से भर रहा है। एक पुलकित सिहरन। कितना खिला-खिला लग रहा है 'गंज'! चारों तरफ़ हलचल। चारों तरफ़ बस एक ही चर्चा 'फ़ाउंडर्स-डे'-'फ़ाउंडर्स-डे'।

'गंज' का एकलौता पत्रकार 'प्रातः खबर' का संवाददाता बसन्त लगातार 'फ़ाउंडर्स-डे' की तैयारियों को लेकर अपने अख़बार में ख़बर दे रहा है। बसन्त ने राँची के सभी पत्रकारों को इस अवसर पर आने के लिए अभी से न्यौता दे दिया है।

तैयारी लगातार चल रही है। मि. मैकलुस्की का भग्न घर जीर्णोद्धार के बाद कैसा अपूर्व लग रहा है! इसहाक़ मियाँ ने मज़दूरों के साथ मिलकर इस पूरे घर का पोचारा और डिस्टेम्पर जिस तरह दिल लगाकर किया है, वह साफ़ झलक रहा है।

इसहाक़ ने भावुक होकर अपनी बीवी से कहा, 'सोबराती! अगर रूह नाम की चीज कायनात में कहीं होती है वाकई, तो मैकलुस्की साहब की रूह जरूर यहाँ का नजारा लेकर खुश हो रही होगी...।'

सचमुच चारों तरफ़ आनन्द-वर्षा...! और वह फ़ाउंटेन? जीर्णोद्धार के बाद अब जल की सुन्दर फुहार बिखेरता! उस शाम नीलमणि के साथ फ़ाउंटेन के पास खड़ा देर तक देखता रहा रॉबिन। उफ़, फ़ाउंटेन से उमगते फुहारों में क्या अथाह उल्लास है! फुहार में आनन्द से भीग रही है, नई-नई रंग-टीप दी गई ये पुरानी इबारतें : 'थर्ड नवम्बर नाइन्टीन थर्टी फोर...दिस फ़ाउंटेन हैज़ बीन इरेक्टेड इन ऑनर ऑव मि. ई.टी. मैकलुस्की...।'

रॉबिन की इच्छा थी कि मि. रेफ़ेल की अस्थियों को इसी मौके पर माँडरवाले कब्रिस्तान से मँगवाकर 'गंज' के क़ब्रिस्तान में स्थापित करा दे। 'गंज' बेरियल बोर्ड के अध्यक्ष माइकेल से भी उसने बात कर ली। पर मि. मेंडेज़ ने फिर आदतन इतिहास की सुरंग में घुसते हुए कहा, 'मि. रेफ़ेल की दुर्गति वास्को दा गामा की तरह मत कराओ बेटे। वास्को दा गामा की दो समाधियाँ हैं। तुम्हें शायद मालमू हो कि भारत की तीसरी यात्रा के दौरान कोचीन में उसकी मौत हो गई थी। रॉबिन, भारत में यूरोपियनों के इस भाग्य-विधाता को पहले सन् 1524 में कोच्चि के सेंट फ्रांसिस सी.एस.आई. चर्च, जो फ़ोर्ट कोचीन के नाम से मशहूर है, में दफनाया गया था। चौदह साल बाद सन् 1538 में पुर्तगालियों ने बड़े तामझाम से उसकी हड्डियों को कोचीन से ले जाकर अपने देश में दफनाया। पुर्तगाल की राजधानी लिस्बन की 'ओ ज़ेरोनिमोस मोनेस्ट्री' में उसकी दूसरी समाधि है। इस तरह पुर्तगाल की समाधि में वास्को दा गामा की हड्डियाँ हैं और कोचीनवाली समाधि ढनढन है।'

मि. मिलर ने मि. मेंडेज़ को चुप कराते हुए गहरी साँस लेकर कहा, 'रहने दो रॉबिन! मरे हुए आदमी को मत छेड़ो। मि. रेफ़ेल की आत्मा वैसे ही बहुत खुश हो रही होगी।'

रॉबिन ने देखा, नीलमणि की आँखों में शरद की सिहरन है। 'प्रेम कुटीर ट्रस्ट' के अरसे से उजाड़ मन्दिर-मस्जिद में भी रंग-रोग़न के बाद फिर से ज़िन्दगी आ गई है।

शरद की सिहरन! शरद की यह सिहरन तो जैसे 'गंज' के कण-कण में उमग रही है। गाँव के पोखरों में कुमुद के दल उल्लसित हैं। चाट्टी अपनी मंथर गति में भी उन्मत्त दिखती है। पापा ने ठीक कहा था, अक्टूबर से मार्च तक के महीने मैकलुस्कीगंज के होते हैं। यानी धीरे-धीरे चरम...।

आनन्द से विह्वल होते हुए मि. मेंडेज़ ने कहा, 'रॉबिन बेटे, तुम जिस दिन यहाँ आए थे, तो क्या हमें सपने में भी ऐसे दिन की उम्मीद थी? सुन्दर सपने इसी तरह दबे पाँव चुपचाप आते हैं और एक दिन सच हो जाते हैं।'

अमित घोष ने धीर-गम्भीर आवाज़ में कहा, 'विस्मय होता है रॉबिन। चन्द महीनों में सूखे बरगद में तुमने जान फूँक दी। नई पीढ़ी को ऐसा ही जिम्मेदार होना चाहिए। ड्रीमर नेवर स्लीप।'

शिव मन्दिरवाले पंडित रामाज्ञा पाठक ने भावुक होकर कहा, 'रॉबिन बाबू! आपको यहाँ भेजकर भोले बाबा ने अपनी जटा खोल दी है। 'गंज' पर वे कृपा की गंगा बरसा रहे हैं...। 'गंज' फिर से चढ़ंती पर है।'

धीरे-धीरे लोग पहुँचने लगे हैं। केथ लम्बी छुट्टी लेकर अपनी पत्नी व बेटी ऐलिस के साथ अक्टूबर के तीसरे सप्ताह में ही पहुँच गया है। वह अपनी बीवी और छोटी बच्ची के साथ पहली बार गाँव आया है।

भावविभोर मिसेज़ ऐलिस टॉमलिन ने रॉबिन को सीने से भींचते हुए कहा, 'पूरा 'गंज' तुम्हें ब्लेसिंग्स दे रहा है बेटे! जीसस ने आखिर इस गाँव में तुम्हें भेजकर हम सबको नई जिन्दगी दे दी।'

सुबह-सुबह 'क्वींस कॉटेज' पहुँचीं मिसेज़ थ्रिपथॉप तो ख़ुशी से रो पड़ी हैं, 'कल थर्ड नवम्बर! मेरे जीवन के इन अन्तिम निराश वर्षों को तुमने खुशी से भर दिया बेटे।' मि. मिलर की तरफ मुड़कर फिर मिसेज़ थ्रिपथॉप ने कहा, 'मि. मेंडेज़, आइ ऐम प्राउड ऑव माइ ग्रैंड सन।' और सहसा जैसे उन्हें याद आया, 'अच्छा, बेटे, कल डेनिस और लीज़ा की फ़्लाइट राँची में कितने बजे है? कल आ रहे हैं न वे दोनों? तुमने फ़ोन से कनफ़र्म किया?' मिसेज़ थ्रिपथॉप के स्वर में एक अधीर उत्सुकता है।

रॉबिन ने मुस्कराते हुए कहा, 'हाँ, बात हो चुकी हमारी। पिछले हफ्ते जब मैं राँची गया था, तो मैंने हांगकांग बात कर ली थी। पापा ने बताया था कि वे और मम्मी 3 नवम्बर यानी कल राँची एयरपोर्ट पर साढ़े ग्यारह बजे पहुँचेंगे।'

मिसेज़ थ्रिपथॉप गहरी आश्वस्ति के संग बोलीं, 'ठीक है। ओह, बहुत दिन बाद देख सकूँगी डेनिस और लीज़ा को!'

मि. मिलर ने हुलसते हुए कहा, 'अब बेटे का किया सेलिब्रेशन है, फिर डेनिस और लीज़ा ही नहीं आएँ? वे दोनों तो इसलिए भी आ रहे होंगे कि पिछले छह महीने से यहाँ फँसे अपने बेटे को वापस पकड़कर ले जाएँ।'

रॉबिन बस मुस्कराकर रह गया।

खुशिया पाहन लय में डोलते हुए 'क्वींस कॉटेज' पहुँचा है, 'जेफ्री बाबू आ गए हैं...साथ में फिशर बाबू भी...। ओह, आज हमारे पार्किंसन साहब होते, तो आत्मा जुड़ा जाती उनकी...!'

खुशिया पाहन के इस आनन्द में जुगलबन्दी करती सोबराती भी अपनी दुबली-पतली काया में लहराती पहुँची हैं, 'वाल्टर बाबा आ गए...मेम भी आई है उसकी...। उफ्, कितनी मोटी हो गई है वाल्टर की मेम! वाल्टर बाबा की चौगुनी।' सोबराती अनुराग से मुसकती है।

मि. गिब्सन तो अलस्सुबह ही राँची निकल गए हैं, मिसेज़ गिब्सन को रिसीव करने अपने साले मुबारक के साथ...।

मि. मिलर ने बिहँसकर कहा, 'ओल्ड ब्वाय गए हैं अपनी ओल्डी-गोल्डी को लाने...। पता नहीं, आने पर क्या नाटक पसारेगी उनकी बुड्ढन...!'

'क्वींस कॉटेज' के आसपास के वृक्षों पर रंग-बिरंगी चिड़ियों का दल अन्य दिनों से ज़्यादा मुँहअँधेरे से कल्लोल कर रहा है। रॉबिन ने थोड़े आश्चर्य-भरे स्वर में मि. मिलर से पूछा, 'अंकल, इनमें से कुछ चिड़ियों को पहले तो नहीं देखा था। क्या ये चिड़िया जाड़े के शुरुआती दिनों में इधर आती हैं?'

मि. मिलर ने मुस्कान बिखेरते हुए कहा, 'जो सब चिड़िया अरसे से मैकलुस्कीगंज का रास्ता भूली हुई थीं, वे सब धीरे-धीरे अब आएँगी बेटे।'

मेहमानों से मि. कैमरॉन के 'हाइलैंड गेस्ट हाउस' और मि. गिब्सन के 'पिकॉक गेस्ट हाउस' के कमरे भर गए हैं। डेनिस और लीज़ा के रुकने का इन्तज़ाम 'क्वींस कॉटेज' में है। बचे-खुचे मेहमानों को भी यहीं खपा लिया जाएगा। कल आयोजन है, इसलिए सुबह से देर रात गए तक 'क्वींस कॉटेज' में लोगों का ताँता लगा ही रहा है। कोई आकर पूछता—रॉबिन, माइक कहाँ लगाया जाएगा? कोई आकर सूचना देता—रंगीन पताकों की झालरें तैयार कर ली गई हैं। बस, कल टाँगना रह गया है उन्हें। कहाँ से कहाँ तक ये झालरें लगाई जाएँगी...? कोई आकर कहता—'फैंसी ड्रेस कॉम्पिटिशन' की सारी तैयारियाँ पूरी हो चुकी हैं। कार्यक्रम स्थल की पूरी व्यवस्था का ज़िम्मा क्योंकि डैनी और जेनिफ़र को दिया गया है, इसलिए रॉबिन सबको यही कहता, 'जाओ, वहाँ डैनी और जेनिफ़र होंगे, उनसे पूछो।' डैनी और जेनिफ़र ने इस आयोजन के लिए दिन-रात एक कर दिया है।

रॉबिन ने कार्यक्रम-स्थल की व्यवस्था का भार सौंपते हुए डैनी और जेनिफ़र से कहा था, 'आप लोगों का बड़ा सहारा है। आखिर हम युवा पीढ़ी को ही तो आगे का भविष्य देखना है।'

डैनी और जेनिफ़र को सहयोग देने के लिए मि. मेंडेज़ के बेटी-दामाद इवान और ब्रूनो भी जुटे हैं। मिसेज़ कैथलिन हॉरिगन का बेटा मैलू और मि. नोएल गॉर्डन का बेटा बॉबी भी मुस्तैद है। बॉबी की पत्नी ओलिव को भी रॉबिन ने कार्ड भिजवाया है। पर बॉबी जानता है, ओलिव नहीं आएगी।

मजीद की ख़ुशी समाये नहीं समा रही है। एक दिन पहले से उसने चाय की कमान सँभाल ली है। 'क्वींस कॉटेज' में हर दस-पाँच मिनट पर आगंतुकों के सामने चाय की ट्रे हाज़िर। ख़ालिस दार्जिलिंग टी! मजीद ने पहले ही कहा था, 'रॉबिन बाबू, गेस्ट लोगों के चाय का इन्तजाम 'कारनी टी स्टॉल' की तरफ से—एकदम फ्री। चाहे जो खर्च लगे...। कारनी आंटी की रूह को इससे सुकून मिलेगा...।'

जैक के उत्साह का तो ख़ैर पारावार नहीं है। कल मेहमानों के लिए नाश्ता और भोजन कैसे तैयार होगा, उसका सारा इन्तज़ाम जैक कर चुका है। नीलमणि ने रसोई में जैक का सहयोग करने के लिए अपने कुछ कार्यकर्ताओं की टीम तय कर दी है। किट्टी ने भी नीलमणि को बता रखा है कि वह किचेन में पूरा सहयोग करेगी।

जैक ने कहा, 'रॉबिन बाबू, आप चिन्ता मत करिए। नाश्ता, खाना, सब कुछ समय पर सबको मिलेगा।'

मिसेज़ थ्रिपथॉप की बेटी जूडी ने कहा, 'जैक, अच्छे जैम मैंने तैयार कर दिये हैं। जरा मेरे यहाँ चलकर उन्हें ले आओ।'

मिसेज़ मेरी डेविड ने याद दिलाते हुए कहा, 'मैने डंभा नींबू का अचार खूब तैयार कर रखा है। मँगवा लो।'

मिसेज़ कैथलिन हॉरिगन पिछले एक हफ़्ते से केक-पेस्ट्री की तैयारी में लगी हैं। किचेन के मोर्चे पर अणिमा गोस्वामी भी जुटी हैं। अचानक देर रात गए अपने साज़ो-सामान से लदे-फँदे 'वर्ल्ड फ़ेम शेफ' रैंडोल्फ़ महाशय भी 'गंज' पहुँच गए हैं। आते ही उन्होंने ऐलान किया है कि अपनी पाककला का असली जादू सही मायने में इस बार वे 'गंज' में दिखाएँगे।

जैक बिहँसकर मि. मिलर से कहता है, 'रैंडोल्फ सुकुल[1] आम है। हमेशा लास्ट मोमेंट में आता है।'

इस मौक़े पर संगीत की भी पूरी तैयारी है। आदिवासी से लेकर साहबी संगीत तक। 'मोज़ार्ट ऑव मैकलुस्कीगंज' यानी मि. टी.इ. रॉबिन्सन अपनी मंडली के साथ संगीत का जादू बिखेरने के लिए भरपूर उथल-पुथल में हैं।

मि. मिलर, मि. नोएल गोर्डन, मि. डिकोस्टा और कैप्टेन मेंडोसा बहुत दिनों से तहा कर रखे गए पुराने सूट को पहने खिल रहे हैं। सारी तैयारियाँ पूरी हैं। मिस बॉनर ने रॉबिन से पूछा, 'स्मारिका अभी नहीं आई?'

रॉबिन ने कहा, 'आप इसके लिए बिलकुल फिक्र न करें। स्मारिका तो एक सप्ताह पहले ही छप गई। मैं पिछले हफ्ते राँची गया था, तो प्रेस में जाकर देख आया था। बस, स्टीचिंग होनी बाकी थी। कल जब मैं पापा-मम्मी को राँची रिसीव करने जाऊँगा, तो साथ-साथ लेता आऊँगा।'

मिस बॉनर ने बाल सुलभ उत्सुकता-भरे स्वर में पूछा, 'अच्छा, कैसी छपाई हुई है? हुई है न अच्छी?'

रॉबिन ने कहा, 'बहुत सुन्दर। आप देखेंगी, तो कहेंगी।'

मि. मेंडेज़ ने हँसते हुए कहा, 'एडिटर हैं न स्मारिका की, इसलिए इन्हें बस एक उसी की चिन्ता लगी हुई है।'

पर मि. गिब्सन ने चेहरे पर अफ़सोस छलकाते हुए कहा, 'ओह! मि. ब्राउन और मि. रोज़ारियो इस मौके पर नहीं रहेंगे। बस, इन दोनों की कमी खलेगी।'

मि. मेंडेज़ ने इस पर सबको बताया है कि अचानक कलकत्ता में 'एंग्लो-इंडियन एसोसिएशन' की एक बेहद ज़रूरी मीटिंग में दोनों को जाना पड़ गया, वरना मि. ब्राउन और मि. रोज़ारियो के इस मौक़े पर न आने का सवाल ही नहीं था। दोनों अगले हफ़्ते 'गंज' आ रहे हैं।

रात में नीलमणि ने 'क्वींस कॉटेज' आकर कहा है, 'रॉबिन बाबू। चलकर कल होनेवाले आदिवासी नृत्य को देख तो लीजिए। कोई सुधार करना होगा, तो कर लेंगे। आज रात भर अभ्यास होगा।'

रॉबिन ने हँसकर कहा, 'नीलमणि, आदिवासी नृत्य-संगीत में भला मैं क्या सुझाव दूँगा? फिर आपकी तैयारी भला किसी सुधार की मोहताज होगी?'

1. आम के मौसम का आख़िरी आम, जो सावन-भादों में पकता है। इसमें बहुत सारे रेशे होते हैं।

पर नीलमणि ने शान्त स्वर में कहा, 'नहीं रॉबिन बाबू, एक बार आप खुद देख लेंगे तो मुझे और आसपास के गाँवों से आए सभी कलाकारों को सन्तोष होगा। एक और अनुरोध है आपसे...।'

रॉबिन ने तनिक चौंकते हुए पूछा, 'कहिए, इसमें अनुरोध की क्या बात है?'

नीलमणि ने कहा, 'कल माइक पर आदिवासी नृत्य-संगीत के समय कृपया यह घोषणा जरूर कर देंगे कि यह 'आत्मरक्षा समिति' की प्रस्तुति है। इससे सभी कलाकारों को दिल से खुशी होगी।'

रॉबिन ने भीनी हँसी के संग कहा, 'नीलमणि, यह उद्घोषणा एक बार नहीं, बार-बार की जाएगी कि इस 'फ़ाउंडर्स-डे' पर 'आत्मरक्षा समिति' के आदिवासी भाई-बहनों ने तन-मन से लगकर कितना सहयोग किया है।'

नीलमणि आश्वस्त हो गई, बोली, 'चलिए, अभ्यास देख लीजिए।'

देर रात गए लालटेन की मद्धिम रोशनी में झूमते-गाते दर्जनों आदिवासी कलाकार। ओह, अद्भुत संयोजन किया है नीलमणि ने! कल लोग देखेंगे, तो मुग्ध हो जाएँगे।

रॉबिन ने थोड़ा आश्चर्य करते हुए पूछा, 'रात में इन्हें इस तरह खुले बदन अभ्यास करते मुश्किल नहीं लगती?'

नीलमणि ने निरपेक्ष स्वर में कहा, 'कोई फर्क नहीं पड़ता...। खुशी में मुश्किल सूझती है?'

नृत्य के संग आदिवासी कलाकारों के दल ने जब एक गीत छेड़ा, तो रात के सन्नाटे में जैसे सारे वृक्ष गुनगुना उठे...जैसे हवा कुछ पल के लिए थम-सी गई। आगे से एक जोड़ा स्त्री और एक जोड़ा पुरुष गाता और पीछे से फिर दर्जनों कलाकार लय और ताल में डूबने-उतराने लगते :

'पेलो ही चिच्चिका
जवा पूंपन
हाड़े का उला जोगा वादैया
हाड़ेकन तिसीगोन
जवा पूंपन...।
लागी रे...ए...ए...।'

आगे का स्त्री-पुरुष दल जब सुर धरकर छेड़ता है, तो लगता है कि वृक्ष के पत्तों पर हवा सब कुछ भूलकर ताल दे रही है। लग रहा है अतीत का एक असम्भव आनन्द भरा...आरक्त प्रफुल्लता का कोई भूला हुआ अप्रतिम क्षण धीरे-धीरे मैकलुस्कीगंज के सघन वृक्षों की गदराई शाखों के नीचे से फिर गुज़र रहा है...।

कार्यक्रम की समाप्ति के बाद निकलते हुए रॉबिन ने कहा, 'नीलमणि, बहुत सुन्दर। हालाँकि, इस गीत का मतलब मैं नहीं समझ सका लेकिन फिर भी मुझे बहुत अच्छा लगा। क्या अर्थ है इस गीत का नीलमणि?'

उसके साथ चलती नीलमणि ने थोड़ा अटकते हुए कहा, 'यह उराँव गीत है रॉबिन बाबू। इसमें नायक कहता है—मेरी प्यारी ने मुझे एक फूल दिया। कहाँ रखूँ मैं इसे? मैंने इसे बक्से में रखा। बक्से में रखा। जब मैं बक्सा खोलता हूँ और उस फूल को देखता हूँ,

तो मुझे लगता है, मैं और कुछ नहीं, बस! अपनी प्यारी का मुख देख रहा हूँ।' नीलमणि ने किसी तरह मुश्किल से गीत का अर्थ पूरा किया है और आँखें नीची कर ली हैं।

रॉबिन को लग रहा है, इस गहरी रात में गाँव की चौहद्दी के भीतर की सम्पूर्ण धरती फिर धड़क रही है—तेज़...बहुत तेज़...धड़...धड़...धड़...धड़! सच, यह एक आरक्त प्रफुल्लता का क्षण ही है...। नीलमणि कब उसके वक्ष में समा गई...उसके मुँह में नीलमणि के अनारदाने दाँत अनायास घुल रहे हैं और इस अटूट असम्भव सन्नाटे में सम्बन्ध की एक अव्यक्त उष्ण भाषा सृष्टि के भीमकाय बरगद के नीचे एक संयमित व्याकुलता में रहकर भी संयम का जैसे अतिक्रमण कर रही है। ऐसा तो कभी सोचा भी नहीं था उसने। ऐसी कभी कल्पना भी नहीं की थी उसने...। यह काल का अप्रतिम क्षण... आरक्त प्रफुल्लता का...आरक्त सिहरन का क्षण...! रॉबिन को लगा, नीलमणि के भीतर... वह चाट्टी नदी के ओस से भीगते जल में डूब-उतरा रहा है। उसे लगा, धरती की नाभि के नीचे गुदे गोदने, फूल के गुच्छे की तरह खिल उठे हैं...। नीलमणि की आँखों में इस समय खरगोश की आँख भरी हुई है। अब वह चाट्टी के आख़िरी छोर से लौट रही है। रॉबिन ने देखा, उसकी वेणी में गुँथी रात में उल्लास के तारे छिटक रहे हैं। देर रात गए 'क्वींस कॉटेज' लौटते हुए रॉबिन के कान में अभ्यास कर रहे आदिवासी कलाकारों का स्वर जैसे दूर तक गूँजता रहा—'लागी रे...ए...ए...!'

मि. मिलर बरामदे पर आहिस्ता-आहिस्ता चहलक़दमी कर रहे हैं। गेट पर से ही देखा रॉबिन ने। सहसा उसकी नज़र गई—अभी इस वक़्त यहाँ यह औरत कौन है? बरामदे की सीढ़ियाँ चढ़ते हुए उसे जैसे आँखों पर विश्वास नहीं हुआ—यह तो किट्टी हैं।

मि. मिलर ने गहरी साँस लेकर कहा है, 'पिछले तीन घंटे से तुम्हारे इन्तजार में यहाँ बैठी है। बार-बार कहा, कल सुबह आकर मिल लेना। बहुत रात हो गई है। पर जिद्दी है न...बोली—नहीं! बिना मिले नहीं जाएँगे।'

रॉबिन को देखकर भी किट्टी चुप खड़ी है।

रॉबिन ने मुस्कराते हुए पूछा, 'आप मुझसे नाराज ही हैं?'

किट्टी फफककर रो पड़ी। बोली कुछ भी नहीं।

रॉबिन ने कहा, 'अरे, रो रही हैं आप? कल पापा-मम्मी भी आ रहे हैं। फ़ोन पर भी पूछ रहे थे पापा आपके बारे में।'

किट्टी पल्लू से आँखें पोंछते बिना कुछ बोले सीढ़ियाँ उतरकर धीरे-धीरे चली गई।

रॉबिन ठगा-सा खड़ा रहा। मि. मिलर से बोला, 'अंकल, यह क्या हुआ? इतनी देर इन्तजार करने के बाद बिना कुछ कहे चली गईं।'

मि. मिलर के स्वर में गहरी करुणा छलक गई है, 'बेटे, वह सब कुछ कह गई। अब क्या कहती? वह तुम्हारे पास खुशी के आँसू गिराने आई थी।'

रात बीत रही है। रात भर उसे नींद नहीं आई है। बिस्तर पर सिर्फ़ करवटें बदलता रहा है वह। कल सुबह जल्दी राँची के लिए उसे निकल जाना है। रात भर कल के सभी कार्यक्रमों को वह मन-ही-मन दोहराता रहा। कुछ भी भूलना नहीं चाहिए, वरना सब गड़बड़ हो जाएगा। दो दिन के लिए टैक्सी तो बुक है ही। बस का कोई चक्कर नहीं। जितना सवेरे हो सकेगा, वह इसी टैक्सी से राँची निकल जाएगा। पहले रातू रोड में

सामू चाचा को साथ लेगा। राँची जाकर प्रेस से स्मारिका उठाएगा। काँके जाकर पाँच मिनट के लिए भी बहादुर अंकल से आशीर्वाद लेगा। वहीं से एयरपोर्ट। फिर एयरपोर्ट से सीधे मैकलुस्कीगंज। उसने मन-ही-मन अनुमान लगाया—इसमें कितना समय लग जाएगा? कोई ज़्यादा समय नहीं। ठीक वक़्त पर सब काम हो जाएगा। वह समय पर मैकलुस्कीगंज पहुँच जाएगा। उसे इलवेडेन की याद आई...पता नहीं, वहाँ इलवेडेन में एंग्लो-सिखों ने महाराज दिलीप सिंह की स्मृति में कैसा उत्सव मनाया? अच्छा ही हुआ होगा, उसने सोचा। अब तो जो है, सामने है—थर्ड नवम्बर।

निर्णायक युद्ध

पिछली रात ही रॉबिन ने नीलमणि से कहा था, 'नीलमणि, कल सवेरे मैं राँची निकल जाऊँगा। आप यहाँ की व्यवस्था देखती रहिएगा।' फिर थोड़ा रुककर उसने कहा, 'बहादुर अंकल से भी जाकर आशीर्वाद लूँगा।'

नीलमणि कुछ क्षण ख़ामोश रही लेकिन सहसा उसने याद दिलाते हुए कहा, 'सामू चाचा को जाकर साथ ले लीजिएगा। वे आपकी राह देखेंगे।'

रॉबिन ने कहा, 'मुझे याद है नीलमणि। सामू चाचा को लेने के बाद मैं प्रेस जाकर स्मारिका लूँगा और तब बहादुर अंकल से मिलने जाऊँगा। उसके बाद एयरपोर्ट। वहाँ पापा-मम्मी को रिसीव कर सीधे यहाँ।'

नीलमणि ने आश्वस्ति के स्वर में कहा, 'ठीक है। आप यहाँ के लिए फिक्र मत करिए। सुबह से ही मैं अपने कलाकारों और 'आत्मरक्षा समिति' के सभी लोगों को लेकर आयोजन स्थल पर पहुँच जाऊँगी। जेनिफर और डैनी बाबू रहेंगे ही वहाँ। मैलू हॉरिगन और बॉबी गॉर्डन भी होगा। ब्रूनो बाबू और इवान भी। हाथों-हाथ हो जाएगा सब।'

रॉबिन ने मुस्कराकर कहा, 'नीलमणि, मुझे पूरा भरोसा है।' फिर जैसे रॉबिन को याद आया, बोला, 'हाँ, माँ को कल प्रोग्रैम में जरूर लाइएगा।'

नीलमणि ने थोड़ा अटकते हुए कहा, 'इस सबमें आएगी वह? माँ को संकोच लगता है, कहीं आते-जाते।'

रॉबिन ने कहा, 'मैं जानता हूँ, वे पुराने खयाल की हैं। पर उनसे कहिएगा, रॉबिन ने कहा है, जरूर से आने के लिए।'

नीलमणि ने हल्की हँसी के संग कहा, 'ठीक है, आपका संवाद मैं माँ से कह दूँगी।'

अलस्सुबह ही तैयार होकर वह कमरे से निकल पड़ा। जैक चाय-नाश्ता लेकर फिर सामने है। रॉबिन ने कहा, 'जैक, इतनी सुबह कोई नाश्ता करता है? सिर्फ चाय पी लेता हूँ।'

जैक ने अनुराग से झिड़कते हुए कहा, 'बिलकुल नहीं। मुँह जूठा किये बगैर घर से कोई जाता है भला? फिर आज इस खुशी के दिन? लीजिए, नाश्ता कीजिए।'

जैक का मन रखने के लिए चाय पीने के पहले उसने प्लेट से एक टोस्ट उठा लिया। उसकी आवाज़ सुनकर मि. मिलर अपने कमरे से बरामदे की तरफ़ आते दिखे। आते

हुए बोले, 'जल्दी आ जाना, बेटे...। स्वागत भाषण...तुम्हें ही करना है। तभी फ़ंक्शन की शुरुआत होगी।'

रॉबिन ने कहा, 'अंकल, स्वागत भाषण आप सब बड़े-बुजुर्गों में से कोई करते, तो ठीक रहता। मैं कई बार यह आप सबसे कह चुका हूँ।'

मि. मिलर ने आँखें बन्द कर सिर हिलाते हुए कहा, 'नो, हरगिज नहीं। यह तय हो चुका है, स्वागत भाषण तुम दोगे। सबकी यही राय है। ठीक है...ठीक है, अब तुम जल्दी विदा होओ राँची के लिए। यहाँ देर करोगे, तो लौटने में देर हो जाएगी।'

वह टैक्सी में जा बैठा। टैक्सी ड्राइवर को हालाँकि वह ख़ुद उठने के साथ जगा चुका था। टैक्सी ड्राइवर अपनी सीट पर बैठा स्टियरिंग पर फिर भी बार-बार झुक रहा था। रॉबिन ने आवाज़ दी, 'क्या अब तक नींद सवार ही है आप पर? अरे भाई, नींद तोड़िए।'

टैक्सी ड्राइवर अचकचाकर स्टियरिंग पर सचेत हो गया है। उसने झेंप-भरे स्वर में कहा, 'बस, थोड़ी आँख लग गई थी सर। चलिए न!'

ड्राइवर ने गाड़ी स्टार्ट कर दी है।

राँची के ठीक पहले रातू रोड गुज़र रहा है और रॉबिन ने ड्राइवर से कहा है, 'गाड़ी जरा धीमी करो। यहाँ एक सज्जन को साथ लेना है।' सामू मुंडा के घर के पास उसने गाड़ी रुकवा दी है।

सामू मुंडा उसी की प्रतीक्षा में बैठे हुए थे। गाड़ी रुकने की आवाज़ सुनते ही वे अपनी झोंपड़ी से बाहर आ गए, बोले, 'बस, चलता हूँ। अपना झोला ले लूँ जरा।' झोला लेकर वे बाहर निकल आए। गाड़ी में बैठते हुए बोले, 'नीलू क्या वहीं रह गई?'

रॉबिन ने कहा, 'हाँ, चाचा! मैंने कहा कि मैं भी जा रहा हूँ और वह भी नहीं रहेगी वहाँ, तो सब गड़बड़ हो जाएगा। वह वहीं तैयारियों को अन्तिम रूप देने के लिए रुक गई है।' फिर बीच में ड्राइवर की तरफ़ मुख़ातिब होकर रॉबिन ने कहा, 'ड्राइवर, अब सीधे राँची।'

राँची पहुँचते ही वह प्रेस गया। प्रेस का मैनेजर उसे गाड़ी से उतरते देख बरामदे पर से ही खड़ा-खड़ा तनिक ऊँचे स्वर में बोला, 'आइए, सर...! आपका काम पूरा है। कल से ही बंडल बाँधकर रखा है।' मैनेजर ने मुड़कर एक स्टाफ़ को बुलाया, 'सुनो, वह जो स्मारिका का पाँच बंडल बाँधकर रखा पड़ा है, उसे गाड़ी की डिक्की में सँभालकर ठीक से डाल दो।' फिर मुस्कराकर आहिस्ते-से उसने बिल पेश कर दिया।

पर्स निकालकर रॉबिन ने भुगतान करते हुए कहा, 'समय पर काम कर देने के लिए आपको बहुत-बहुत धन्यवाद।'

प्रेस का मैनेजर अपने उबड़-खाबड़ दाँतों को फैलाकर यथासम्भव विनम्रता से मुस्कराया, 'फिर कोई सेवा हो तो जरूर कहिएगा, सर! यह आपका प्रेस है।'

टैक्सी ड्राइवर स्मारिका के पाँचों बंडल डिक्की में बन्द कर अपनी सीट पर फिर से बैठ गया है। फिर पूछता है, 'अब किधर चलें?'

रॉबिन बोला, 'काँके...काँके चलो।'

टैक्सी ड्राइवर एक सेकेंड के लिए जैसे उधेड़बुन में पड़ गया है। पता नहीं, शायद यह सोचकर कि—काँके? ये काँके क्या करने जाएँगे? पर फिर उसने अगले सेकेंड गाड़ी स्टार्ट कर दी।

बग़ल में बैठे सामू चाचा ने गहरी साँस लेकर पूछा, 'क्या बहादुर के पास?'

रॉबिन ने सहमति में सिर हिला दिया है।

काँके जानेवाली सड़क पर अभी इस वक़्त सन्नाटा जम्हाइयाँ ले रहा है। सड़क किनारे के वे कुछ अर्द्धनिर्मित और निर्मित मकान भी अपनी सुपरिचित निर्जनता में गुमसुम हैं। टैक्सी ड्राइवर ने आगे सड़क की तरफ़ देखते हुए थोड़ा अटककर पूछा, 'सर, काँके में किधर...?' शायद सीधे एकबारगी यह पूछने में उसे संकोच हो रहा है कि 'क्या काँके के पागलखाने चलेंगे?'

रॉबिन ने कहा, 'काँके में मानसिक आरोग्यशाला...।'

टैक्सी ड्राइवर ने फिर गाड़ी को रफ़्तार दे दी है।

काँके आ गया है। मानसिक आरोग्यशाला की लम्बी-धूसर चहारदीवारी के मोड़ पर लगा आरोग्यशाला का बदरंग बोर्ड दूर से रॉबिन को दिख गया, 'टैक्सी मोड़ पर ही खड़ी कर लेना। पाँच-सात मिनट लगेंगे। बस, मैं गया और आया।'

टैक्सी ड्राइवर ने मोड़ पर गाड़ी रोक दी है।

गाड़ी से उतरते हुए उसने सामू चाचा से कहा, 'अभी थोड़ी जल्दी है। अगर आप भी बहादुर अंकल से मिलने चलेंगे, तो बहुत देर लग जाएगी। इसलिए आप गाड़ी में ही बैठें।'

सामू चाचा गाड़ी में बैठे-बैठे बोले, 'कोई बात नहीं, मैं तो हफ्ते भर पहले बहादुर से मिला ही हूँ।'

उस पीली धूसर चहारदीवारी के पीछे खड़े वृक्षों पर उसने एक उड़ती नज़र डाली और लम्बे डग भरता हुआ आरोग्यशाला के मुख्य द्वार की तरफ़ बढ़ गया। अब वह आरोग्यशाला परिसर में है। एक कर्मचारी से उसने शीघ्रता से पूछा, 'प्रणवदा किधर हैं?'

कर्मचारी ने उदासीन स्वर में इधर-उधर देखते हुए कहा, 'अभी तो यहीं थे। शायद ऑफिस में कुछ टाइप कर रहे हों! देख लीजिए न वहीं जाकर।'

प्रणवदा के बारे में एक दिन विस्तार से बताया था नीलमणि ने। मानसिक असन्तुलन के शिकार कलकत्ता के मूल निवासी प्रणवदा को उनके पिता ने लगभग बीस साल पहले यहाँ भर्ती कराया था। कलकत्ता की एक अच्छी कम्पनी में प्रणवदा टाइपिस्ट हुआ करते थे। फिर पिता गुज़र गए। घर में विधवा माँ के साथ एक छोटा भाई रह गया। आठ-नौ वर्ष पहले प्रणवदा को मानसिक आरोग्यशाला के चिकित्सकों ने एकदम दुरुस्त घोषित कर दिया। और सही में प्रणवदा पूरी तरह ठीक हो भी गए थे पर उनके छोटे भाई ने उन्हें वापस घर ले जाने से साफ़ इनकार कर दिया। असहाय विधवा माँ ने तब एक पोस्टकार्ड लिखा था, 'बेटे, तुम्हारे पिता तो अब हैं नहीं। छोटा भाई तुम्हें वापस घर लाने को तैयार नहीं है। कहता है, तुम्हारे आने से घर की बदनामी होगी।'

नीलमणि ने आगे बताया था, 'घरवालों ने जब साफ इनकार कर दिया, तो प्रणवदा क्या करते! यहीं आरोग्यशाला में कुछ टाइप-वाइप कर अपना जीवन चला रहे हैं। ऐसे कई लोग इस आरोग्यशाला में हैं, जिन्हें ठीक होने के बावजूद उनके घर के लोगों ने ही अपनाने से इनकार कर दिया है, जैसे—नृपेनदा, सुनीलदा...परेशदा।...महिला वार्ड में भी कई ऐसी औरतें हैं जो ठीक हो गई हैं, पर उनका परिवार उन्हें स्वीकार करने को तैयार

नहीं। सच, विचित्र दुनिया है पागलखाने की—अपनों के दंश से दग्ध इनसानों की एक अलग-थलग स्थायी उदास दुनिया!'

इन बीते छह महीनों में नीलमणि के संग कई बार यहाँ आकर बहादुर अंकल से मिलने के क्रम में प्रणवदा से भी अच्छी बातचीत हो चुकी है उसकी। प्रणवदा उसे देखते ही टाइप करना छोड़कर चकित हो बोले, 'आज नीलमणि बिटिया नहीं आई?'

रॉबिन ने मुस्कराने का यत्न करते हुए कहा, 'हाँ, कुछ काम से मैकलुस्कीगंज में ही रह गई।' फिर तनिक व्यग्र होते हुए उसने कहा, 'प्रणवदा, जरा जल्दी मुझे बहादुर अंकल से एक मिनट मिलवा दीजिए।'

तत्क्षण अपनी कुर्सी से उठते हुए प्रणवदा बोले, 'तुरन्त, अभी जाकर कहे देता हूँ।'

रॉबिन मुख्य द्वार के पास खड़ा हो गया। एक आदमी लोहे के उस बड़े गेट के पीछे वहाँ हमेशा पड़े रहनेवाले स्टूल पर अभी भी बैठा है। कुछ क्षण बीते तो उसने देखा, भारी कदमों से बहादुर अंकल सामने आ रहे हैं। उसे देख उनके चेहरे पर एक क्षीण-सी हँसी तिर गई है।

सीखचों के बिलकुल पास पहुँचकर बोले, 'कैसे हो रॉबिन? आज ही है न वहाँ आयोजन?'

रॉबिन ने कहा, 'जी, आज ही शाम को है। पापा-मम्मी भी हांगकांग से आज, खास कर इसी अवसर के लिए आ रहे हैं। उन्हें एयरपोर्ट जाकर लेना है।'

बहादुर उराँव के चेहरे पर हल्की मुस्कान आई और आँखें कुछ आनन्दमिश्रित आश्चर्य से सिकुड़ गईं, 'अच्छा, डेनिस आ रहा है और लीजा भाभी भी?'

रॉबिन ने कहा, 'जी...और दोनों आपसे भी मिलेंगे...।'

बहादुर उराँव ने बात बदलते हुए पूछा, 'और वहाँ तैयारी तो ठीक है न?'

रॉबिन ने कहा, 'जी! सब ठीक है। नीलमणि और उसकी 'आत्मरक्षा समिति' के साथियों ने तो आयोजन के लिए महीने भर से दिन-रात एक कर रखा है। नीलमणि आज यहाँ आती, पर वहाँ की व्यवस्था देखने के लिए वहीं रुक गई।'

बहादुर उराँव ने हल्की हँसी के संग कहा, 'यह तो होना ही चाहिए, बेटे।'

इतने महीनों में पहली बार रॉबिन ने देखा, बहादुर उराँव के चेहरे पर हल्की-सी ही सही, पर हँसी और मुस्कान एकाध क्षण के लिए दो-तीन बार आई है।

बहादुर उराँव ने शान्त स्वर में कहा, 'ठीक है बेटे, तुम्हारा संकल्प सफल हो।'

सहसा रॉबिन नीचे झुक गया और सीखचों के बीच से बहादुर उराँव के पैर छूते हुए बोला, 'अंकल, आशीर्वाद लेने आया था आपसे।'

एक क्षण के लिए तो बहादुर उराँव असहज-से हो गए, पर तत्काल सीखचों से दोनों हाथ बाहर निकालकर भर्राए स्वर में कहा, 'पूरा आशीर्वाद है बेटे—मेरा पूरा आशीर्वाद है।'

रॉबिन ने देखा, उनकी आँखें डबडबाई हुई हैं। बहादुर उराँव की आँखों में आँसू? नीलमणि की बात बरबस ज़हन में कौंध गई है। नीलमणि ने एक दिन कहा था, 'बाबा टूट गए रॉबिन बाबू, पर कभी झुके नहीं। जिस दिन वे जेल गए, उस दिन भी और जिस दिन पागलखाना भेजे गए, उस दिन भी, मैंने कभी बाबा की आँखों में आँसू नहीं देखे।'

पर अभी बहादुर उराँव की आँखों में उसने आँसू देखे। भीतर से गहराई तक सदैव अविचलित रहनेवाले बहादुर उराँव की आँखों में आँसू देखे उसने। उसने सोचा, नीलमणि से कहेगा वह इस अविस्मरणीय क्षण की बात।

बहादुर उराँव लम्बे डग भरते अब अन्दर जा रहे हैं। उनकी काली नंगी पीठ पर हमेशा की तरह बाल बेतरतीबी से बिखरे हुए हैं। रॉबिन जब-जब उनसे मिलने आया है, उसने ग़ौर किया है; कष्ट के बावजूद कितना आत्मविश्वास है उनके क़दमों में! हर क़दम—एक तय क़दम। हर डग—जैसे एक तय डग। जैसे ये क़दम कहते हों, किसकी ताक़त है, जो मुझे सूई की नोक के बराबर इधर से उधर डिगा ले!

टैक्सी ड्राइवर पास की दुकान पर चाय पी रहा है। उस पर नज़र पड़ते ही जल्दी से चाय सुड़कते हुए उठ खड़ा हुआ है, 'बस, एक मिनट, सर। आ गया।' फिर जल्दी से गाड़ी के पास आते हुए बोला, 'अब किधर चलेंगे, सर?'

गाड़ी में बैठते हुए रॉबिन ने कहा, 'एयरपोर्ट।'

सामू मुंडा ने जिज्ञासा के स्वर में पूछा, 'एयरपोर्ट? कोई आ रहा है क्या?'

रॉबिन ने कहा, 'जी, हांगकांग से मेरे पापा और मम्मी आ रहे हैं, इसी आयोजन के मौके पर, खास तौर से।'

सामू मुंडा ने चकित तृप्ति के संग कहा, 'अच्छा? बहुत अच्छी बात! अपनी मातृभूमि के लिए, जन्मभूमि के लिए तो यह प्रेम रहना ही चाहिए।'

एयरपोर्ट के पोर्टिको में ड्राइवर ने गाड़ी एक धचके के साथ खड़ी कर दी है। एयरपोर्ट परिसर में इस समय पुलिस की कई गाड़ियाँ खड़ी हैं। कुछ पुलिस वाले उन गाड़ियों में बैठे हैं और कुछ वहीं बातें करते हुए चहलक़दमी कर रहे हैं।

गेट खोलकर गाड़ी से उतरते हुए रॉबिन ने सामू मुंडा से कहा, 'आप भी आइए न चाचा। अभी प्लेन आने में आधे घंटे से कुछ ज्यादा ही देर है। तब तक आप अकेले गाड़ी में बैठे क्या करेंगे?'

सामू मुंडा कन्धे पर से बार-बार सरक रहे अपने झोले को समेटते हुए उतर गए। एयरपोर्ट के परिसर में खड़ी पुलिस की गाड़ियों की क़तार पर सामान्य-सी नज़र फेरते हुए वे बुदबुदाए, 'शायद कोई वी.आई.पी. आ रहा है।'

रॉबिन ने हामी भरी, 'हाँ, होगा कोई बड़ा नेता-मंत्री। उन्हीं की सिक्यूरिटी के लिए यह पूरी पलटन जमी हुई है शायद।'

पोर्टिको के ठीक सामने के दरवाज़े से वे दोनों अन्दर आ गए हैं। अन्दर भी पुलिस के अधिकारी व सिपाही चहलक़दमी कर रहे हैं।

रॉबिन ने घड़ी पर नज़र डाली है। बस, अब ठीक तीस मिनट रह गए हैं, फ़्लाइट के आने में। फिर उसने सोचा, यहाँ एयरपोर्ट के ही किसी कर्मचारी से पूछ लेना बेहतर होगा कि फ़्लाइट समय पर है या नहीं। सामू मुंडा से उसने कहा, 'चाचा, आप एक मिनट यहीं रुकिए, मैं प्लेन का पोज़ीशन पता करता हूँ।' कहते हुए वह ज्योंही बढ़ा कि उसने देखा, अचानक वहाँ मौज़ूद पुलिस के उन अधिकारियों और सिपाहियों का घेरा उसके चारों तरफ़ है। उसे तत्क्षण कुछ समझ में नहीं आया। अजीब बात है। क्या तरीक़ा है यह?

तभी उनमें से एक पुलिस का बड़ा-सा अधिकारी उसके पास आया और उस पर एक तीखी निगाह ऊपर से नीचे तक फेरते हुए बोला, 'आर यू रॉबिन मैगावन?' उसकी भाव-भंगिमा फ़िल्मों में दिखनेवाले करामाती पुलिस अफ़सर-सी थी। पर उसकी पतली आवाज़ उसके कड़क क़द-बुत से मेल नहीं खा रही थी।

रॉबिन को एक पल के लिए जैसे कुछ भी समझ में नहीं आया। उसने छूटते ही तनिक तेज़ स्वर में कहा, 'येस, आइ एम रॉबिन मैगावन। हाँ, रॉबिन मैगावन हूँ मैं। पर क्या बात है?' उसके स्वर में गहरा आशंकित आश्चर्य बरबस उबाल खा गया है।

सामनेवाले पुलिस अधिकारी का चेहरा अचानक बुरी तरह कठोर हो आया है, 'यू आर अंडर अरेस्ट।' उसने अपने ऐन बग़ल में खड़े सहयोगी से पलटकर कहा, 'कहाँ है इसका वारंट?'

बाज़ की-सी फुर्ती से उसके सहयोगी ने काग़ज़ बढ़ा दिया, 'यह रहा सर।'

पुलिस अधिकारी ने फिर वहीं सामने खड़े अपने दूसरे सहयोगी से कड़क के साथ कहा, 'हैंडकफ़।'

लगभग झपटते हुए वह दूसरा जूनियर पुलिस अफ़सर रॉबिन की तरफ़ बढ़ा। एयरपोर्ट पर मौज़ूद सभी लोग भीषण सनाके में हैं। उत्सुकतावश एयरपोर्ट के अधिकारीगण भी भागते हुए आ पहुँचे हैं। तभी तेज़ी से पीछे हटते हुए रॉबिन की चीख़ गूँज गई है, 'क्या कर रहे हैं आप? आखिर बात क्या है?'

अपने बड़े अधिकारी के निर्देश पर झपट्टा मारते हुए वह जूनियर पुलिस अफ़सर उसका हाथ पकड़कर अपनी तरफ़ खींचे जा रहा है। उधर पुलिस के घेरे की पीठ पर उमड़ी भीड़ से घेरा और सघन हो गया है। उस बड़े पुलिस अधिकारी ने अब ज़ोरों से कड़कते हुए कहा, 'तुम पर विदेशी एजेंट होने का चार्ज है रॉबिन मैगावन। तुम्हारे बारे में इंटेलिजेंस की रिपोर्ट है। बस, चुपचाप अपने को पुलिस के हवाले कर दो।'

उस बड़े पुलिस अधिकारी की कड़क के साथ वहाँ की भीड़ पर जैसे सनाका खिंच गया है। एक दूसरे के बीच फुसफुसाहट तेज़ हो गई—विदेशी एजेंट...विदेशी एजेंट...? रॉबिन सुन्न हतप्रभ खड़ा है। वह जूनियर पुलिस अफ़सर उसके हाथ में हैंडकफ़ के नट जल्दी-जल्दी कस चुका है।

सहसा भीड़ को चीरते हुए एक दारुण चीख गूँज गई है, 'अनर्थ...क्या अनर्थ हो रहा है यह...? शर्म नहीं आती है तुम लोगों को! अरे, यह इसी मिट्टी-पानी का लड़का है। कौन कहता है...? किसका कहना है कि यह विदेशी एजेंट है...? कमीनो...कुत्तों... हरामजादों, तुम सब लोग हो विदेशी एजेंट। भारतीय शरीर में एक-एक देशद्रोही...। कुत्तों... हरामजादों...!' यह सामू मुंडा हैं, जो ज़ोरों से आर्तनाद करते हुए किसी तरह भीड़ को चीरने की कोशिश कर रहे हैं।

उस बड़े पुलिस अधिकारी ने झुँझलाते हुए पूछा, 'कौन है यह बुड्ढा इसके साथ? मुँह बन्द करो स्साले का। दिमाग खराब कर रहा है। हुज्जत कर रहा है स्साला।'

निर्देश पाते ही एक दूसरा जूनियर पुलिस अधिकारी सामू मुंडा की तरफ़ लपका। सामू मुंडा के मुँह से थूक की झाग गिर रही है...। उन्माद में अब तक वे अपना कुर्ता... गंजी फाड़ चुके हैं। फटा हुआ कुर्ता और गंजी के चीथड़े उनके कृषकाय शरीर पर झूल

रहे हैं। जूनियर पुलिस अफ़सर ने हाथ लहराकर उनके मुँह पर ज़ोर से मारने का उपक्रम किया ही कि हाथ बँधे होने के बावजूद अपनी सम्पूर्ण ताकत से रॉबिन उस पर टूट पड़ा है। उसकी चेतना सहसा जैसे लौट आई है। वह जूनियर पुलिस अफ़सर भी सकते में आ गया है। उसके साथ के पुलिसकर्मियों ने एक तीखी तिलमिलाहट के संग फिर से रॉबिन को दबोच लिया है।

चीथड़े कुर्ते और गंजी की लटकी झालरें सामू मुंडा के शरीर पर आवेश में तेज़ी से काँप रही हैं। वह अब भी चीख़े जा रहे हैं।

सहसा रॉबिन पूरी शक्ति से चिल्ला पड़ा है, 'यह अनर्थ नहीं है सामू चाचा, यह अनर्थ के अन्त की शुरुआत है। शुरुआत है यह। साधारण मनुष्य का निर्णायक युद्ध। फ़ाइनल वार।'

बड़े पुलिस अधिकारी से उसके एक परिचित नेतानुमा खद्दरधारी व्यक्ति ने पूछा है, 'क्या चार्ज है इस पर?'

उस बड़े पुलिस अधिकारी की भौंहें एकबारगी जुट गई हैं, 'यह हांगकांग से यहाँ आया हुआ है। पिछले छह महीने से। इधर के आदिवासियों को तरह-तरह से इसने उकसाने का काम किया है। एम.सी.सी. उग्रवादियों को जो इतना बम-डायनामाइट रोज मिल रहा है, उसके लिए पैसा कहाँ से आता है? इसी तरह के विदेशी एजेंट दुश्मन देशों की खुफिया एजेंसी से इन उग्रवादियों को लाखों-करोड़ों रुपये मुहैया कराते हैं। इधर के कुछ बड़े नेताओं ने इसके बारे में इंटेलिजेंस को खबर दी। वह तो कहिए कि मौके पर खबर मिल गई।'

बड़े पुलिस अधिकारी की बात वहाँ भीड़ के और लोगों के कान में गई और सहसा सबके मुँह से एक सिसकारी छूट गई, 'कहिए तो...बाप रे...! यही तो हम लोग भी सोच रहे थे, कहाँ से इन एम.सी.सी. वालों को जुट रहा है यह सब?'

सामू मुंडा फिर चीत्कार कर उठे हैं, 'देशद्रोहियों...कुत्तों...' पर लात और मुक्कों की बारिश से पुलिस वालों ने उन्हें पटककर अधमरा कर दिया है।

बड़े पुलिस अधिकारी ने आख़िर में निर्णायक स्वर में त्यौरियाँ जरा ढीली करते हुए कहा, 'चलिए...हटिए आप सब लोग। ले चलो इसको। अभी कुछ देर में फ़्लाइट आनेवाली है। यहाँ मजमा रहना ठीक नहीं। चलिए, जल्दी हटिए सब लोग।' रॉबिन को पुलिस जीप में पीछे बिठा दिया गया है। सामू मुंडा ख़ून से लथपथ वहीं एयरपोर्ट के भीतर फ़र्श पर बेहोश पड़े हैं।

एयरपोर्ट के अधिकारियों ने तिक्त भाव से कहा है, 'इस मरते ओल्ड ट्राइबल को कहाँ छोड़कर चले गए पुलिसवाले?'

फिर उन्हीं में से किसी एक ने कहा, 'अरे, होगा कोई भुक्खड़। विदेशी एजेंट के पास तो बहुत पैसा होता है न। इधर-उधर गुप्त सूचनाओं को भेजने के लिए इस्तेमाल करता रहा होगा इसका।'

दूसरे ने छूटते हुए कहा, 'हाँ, ऐसे कंजरों पर किसी को जल्दी शक भी नहीं हो सकता है। ऐसे लोगों का ये विदेशी एजेंट खूब इस्तेमाल करते हैं।'

बेहोश और ख़ून से लथपथ नीचे बिखरे हुए सामू मुंडा पर हिकारत भरी नज़र फेरते हुए उन्हीं लोगों में से किसी एक ने एयरपोर्ट के अपने एक कनीय कर्मचारी को बुलाकर कहा, 'इसे बाहर तो कर दो। फ़्लाइट आनेवाली है। क्या यह कचरा यहीं पड़ा रहेगा?'

उस कनीय कर्मचारी ने फ़र्श पर छितराए सामू मुंडा के अशक्त हाथ को सशंकित भाव से थोड़ा झुककर उठाया और चौंकते हुए बोला, 'लगता है, यह मर गया सर!'

दूर से खड़े देख रहे एयरपोर्ट के अधिकारियों ने तेज़ आवाज में कहा, 'पहले तुम इसे गेट के बाहर तो कर दो।'

कनीय कर्मचारी अब हिम्मत बाँधकर नाक-मुँह सिकोड़ते हुए हाथ पकड़कर नीचे बिखरे पड़े सामू मुंडा को घसीटकर बाहर ले जाने लगा और अपने-आपमें ही बुदबुदाया, 'नहीं, मरा नहीं है। नाड़ी चल रही है इसकी।'

उस चेतनाशून्य दशा में भी एक बेहद अस्फुट स्वर, जो बहुत ग़ौर करने पर ही कोई सुन सकता था, सामू मुंडा के स्याह होंठ पर आया था, 'साधारण मनुष्य का युद्ध—निर्णायक युद्ध...।'

ऊपर एयरपोर्ट के आसमान पर प्लेन की गड़गड़ाहट गूँज गई है।

चुप आकाश

मैकलुस्कीगंज की यह शाम पूरी रौनक़ में है। पंचायत भवन के पास खुले मैदान में विशाल पंडाल के चारों तरफ़ लाल-पीले...हरे-नीले पताकों की झालरें। छोटे-छोटे हज़ारों रंगीन बल्बों की दमक। शीशम, सखुआ, साल, शिरीष, पलाश, आम, कुसुम और कदम्ब वृक्षों के झुरमुट में घुसकर नर और मादा जुगनुओं का जत्था उधर अलग ही प्रणय के आनन्द में चकमक कर रहा है। कुसुम की डाल के इर्द-गिर्द मँडराते हुए एक नर जुगनू ने एक मादा जुगनू को गहरा चुम्बन दिया है। ठीक ऊपर की डाल पर बैठी एक गिलहरी को चुम्बन का यह दृश्य बहुत अच्छा लगा है। वह आनन्द में शोर मचाती डाल पर तेज़ी से दौड़ पड़ी है। पर जेनरेटर की आवाज़ में गिलहरी का शोर दब गया है।

उधर माइक टेस्टिंग की गूँज अलग—हैलो...हैलो...माइक टेस्टिंग...। बीच-बीच में उल्लास भरे संगीत की लाउडस्पीकर पर सुमधुर मद्धिम गूँज...। सब लोग आयोजन स्थल पर पहुँच चुके हैं। नीलमणि एक-एक व्यवस्था का...आयोजन स्थल के एक-एक कोने का कई बार घूम कर निरीक्षण कर चुकी है। आदिवासी कलाकारों का दल थोड़ी ही देर बाद होनेवाली अपनी प्रस्तुति के लिए स्टेज़ के नेपथ्य में सुसज्जित खड़ा है और सबके आतुर पाँवों में एक गुनगुनाहट है : 'पेलो ही चिच्चिका...जवा पूंपन...हाड़े का उला... जवा पूंपन...लागीरे...ए...ए...।'

सारी तैयारी एकदम दुरुस्त। कहीं कोई कसर नहीं। 'फ़ैंसी ड्रेस कॉम्पिटिशन' के लिए पूरी तैयारी के साथ आए एंग्लो-इंडियन परिवारों के आनन्दित-उत्साहित लोग। इन परिवारों से बनकर आए एक-से-एक व्यंजनों का 'आनन्द मेला' उद्घाटन के लिए प्रस्तुत। बाहर-बाहर से भी कई एंग्लो-इंडियन परिवार आए हुए हैं, इस आयोजन में ख़ास तौर से शामिल होने। वे सब भी आनन्दमग्न हैं। न्यूज़ीलैंड से आए केथ के मित्र बोरिस और उसकी पत्नी ज़ेराल्डिन की ख़ुशी का पारावार नहीं है। आदिवासी नृत्य-संगीत के

अलावा अपने पसन्दीदा संगीत का कार्यक्रम पेश करने को उतावले गाँव के किशोर एंग्लो-इंडियन लड़के-लड़कियाँ भी हलचल में हैं। चाय की अनगिनत ट्रे लोगों के बीच लगातार घूम रही है। चाय का मोर्चा मजीद पूरी मुस्तैदी से सँभाले हुए है। उधर किचेन में व्यंजन बादशाह रैंडोल्फ़ की पीठ पर जैक के साथ जूडी और किट्टी भी जुटी हुई है। रैंडोल्फ़ के बनाए अन्तरराष्ट्रीय डिशों की ख़ुशबू से 'क्वींस कॉटेज' के किचेन में रोशनदान के पास अपने छोटे-से जाल में आठों पाँव आराम से फैलाकर पड़े आसकती मकड़े को भी सचमुच 'मज्जा' आ गया है, 'उफ़्, क्या स्वाद है जिन्दगी में!'—मकड़े ने अँगड़ाई ली है। ज़िन्दगी का स्वाद ठीक रहे, तो सब ठीक...। एकदम दुरुस्त। तो अब कार्यक्रम शुरू हो! पर कैसे शुरू हो? रॉबिन तो अभी तक नहीं पहुँचा है। उसी के स्वागत भाषण से शुरुआत होगी।

मि. मिलर ने तिक्त अन्दाज़ में कहा, 'मैंने उससे बार-बार कहा था, समय से कुछ पहले चले आना। मि. मेंडेज़, आज आपको उसके साथ राँची जाना चाहिए था।'

मिसेज़ थ्रिपथॉप ने आशंका व्यक्त की, 'दो ही बात हो सकती है। या तो डेनिस की फ़्लाइट लेट हो या शायद रास्ते में गाड़ी बिगड़ गई हो।'

मि. मेंडेज़ ने कहा, 'सचमुच, चिन्ता हो रही है अब तो।'

एक दिन पहले ही 'गंज' पहुँच चुकीं मिसेज़ गिब्सन ने मि. गिब्सन से चिन्तित स्वर में कहा, 'कुछ तो गड़बड़ जरूर है। पता नहीं, इस बार का यहाँ का मेरा ट्रिप कैसा रहे...। पिछली बार मैं किस तरह डिप्रेस्ड होकर गई थी...।'

खुशिया और टुइयाँ रास्ते पर ही नज़रें लगाए तब से खड़े हैं। सबकी निगाहें रास्ते पर लगी हुई हैं। बस, अब आ रहा है...। आ ही जाएगा रॉबिन।

नीलमणि बार-बार थोड़ा आगे बढ़कर देख रही है, 'ओह! क्या हो गया? कार्यक्रम का समय सचमुच बीता जा रहा है।'

कंका पहाड़ी पर ठिठकी साँझ राह को निहार रही है। चाट्टी किनारे के ताड़ वृक्ष उझककर मानो हेर रहे हैं—कहाँ रह गया रॉबिन? इस ठहरे हुए उत्सव के लोग अब बेचैन हो रहे हैं—कब तक आएगा रॉबिन?

राँची मार्च

शरद की सिहरन! यह ललछौंही पहाड़ी मिट्टी शरद तक पहुँचते-पहुँचते चरम आनन्द में प्रवेश कर जाती है। इस आनन्द की स्थिति में, अभी थोड़ी देर पहले तक तो सारा गाँव पुलक-सिहर रहा था। कुछ देर पहले तक 'गंज' की तितलियाँ भी फूलों की पंखड़ियों में अपनी लम्बी जीभ घुसाकर फूलों का आसव पीते हुए आनन्द से सिहर रही थीं। पर धीरे-धीरे यह सिहरन सीझ रही है—सबकी आँखों में। जंगल में शरद की गोधूलि की तरह। सबके चेहरे पर एक आशंकित सिहरन गहरा रही है—कहाँ रह गया रॉबिन? क्या डेनिस की फ़्लाइट में विलम्ब हुआ? क्या वज़ह हो सकती है भला देर होने की?

तभी दूर किसी वाहन की आवाज़ सुनाई दे गई। जैक ने उल्लसित होते हुए कहा, 'लीजिए, बस आ ही रहे हैं रॉबिन बाबू। सुन रहे हैं न आप लोग गाड़ी की आवाज?'

इसके साथ ही आगे बढ़कर कुछ लोग रास्ते के किनारे खड़े हो गए हैं। नीलमणि ने भी आदिवासी कलाकारों के दल को सचेत किया है, 'बस, अब कार्यक्रम शुरू हं।गा।' उसने चारों तरफ़ नये सिरे से नज़र दौड़ाई है—जैसे, सब कुछ ठीक तो है न?

थोड़ी ही देर बाद कार्यक्रम स्थल से कुछ फ़र्लांग दूर एक टैक्सी आकर रुकी है। पीछे की सीट से डेनिस और लीज़ा उतरे हैं। दोनों को देख सब एक संग जैसे चिहुँक पड़े हैं, 'और रॉबिन! रॉबिन कहाँ रह गया?'

नीलमणि तेज़ कदमों से गाड़ी के पास आ गई है, 'रॉबिन बाबू कहाँ हैं?'

सवालों की इस झड़ी के बीच लीज़ा की सिसकियाँ फूट पड़ी हैं। गहराई साँझ में गाँव के लोगों से घिरे डेनिस बुत बने खड़े हैं। मि. मेंडेज़ ने डेनिस को झकझोरते, बेचैन होते हुए पूछा है, 'आखिर हुआ क्या है? कुछ बोलते क्यों नहीं तुम?'

लीज़ा जार-जार रोए जा रही हैं। उनकी तेज़ सिसकियों ने एकबारगी सबको सन्न कर दिया है। अपने को जैसे भीतर से पूरी शक्ति से बटोरते हुए डेनिस भर्रायी आवाज़ में बस इतना बोल पाए हैं, 'आज एयरपोर्ट पर हम लोगों के आने के पहले ही रॉबिन को पुलिस ने अरेस्ट कर लिया...।'

सुनकर जैसे किसी को अपने कानों पर विश्वास नहीं हो रहा है। डेनिस और लीज़ा को वहाँ घेरे खड़े गाँव के सभी लोग एक साथ चीख पड़े हैं, 'गिरफ्तार कर लिया गया उसे! पर क्यों? नहीं...नहीं...ऐसा क्यों होगा? क्या ठीक से आपने पता किया...?' गाँव के सभी लोग मानो किसी तरह अपना मानसिक सन्तुलन सँभाल पा रहे हैं।

लीज़ा के साथ डेनिस की आँखें भी झरझरा रही हैं। मि. मिलर ने स्वभाव के विपरीत ऊँची आवाज़ में कहा है, 'आप सब जरा शान्त हों, पहले पूरी बात समझने दीजिए...।' फिर डेनिस के कन्धे पर सांत्वनापूर्ण हाथ रखते हुए मि. मिलर ने कहा, 'डेनिस, अगर कोई आफत आई है, तो इस तरह अधीर होने से काम नहीं चलेगा...। पहले ठीक से सारी बात तो बताओ...।'

डेनिस ने किसी तरह अपने को संयत किया और कहना शुरू किया, 'आज एयरपोर्ट पर जब हम लोग उतरे, तो वहाँ रॉबिन नहीं था। हम दोनों को हैरानी भी हुई। उसे तो वहाँ होना चाहिए था। उसने फ़ोन पर बार-बार कहा था कि वह एयरपोर्ट हम लोगों को लेने आएगा। मुझे लगा, हो सकता है, आयोजन की तैयारी में फँसे रहने के कारण नहीं पहुँच सका हो! पर लीज़ा ने कहा, ऐसा हो नहीं सकता। लीज़ा ने जिद की कि एयरपोर्ट के रिसेप्शन काउंटर से हम एनाउंसमेंट कराएँ...। अगर कहीं इधर-उधर होगा, तो सुनकर आ जाएगा। वैसे पता नहीं क्यों, एयरपोर्ट पर उतरते ही मुझे वहाँ का माहौल अजीब-अजीब लग रहा था—सहमा-सहमा...। बहरहाल, मैं रिसेप्शन पर गया और वहाँ बैठे एक स्टाफ़ से मैंने कहा—क्या आप एक तकलीफ हमारे लिए करेंगे?—उसने कहा—हाँ, आप बताएँ।—मैंने कहा—मेरा लड़का रॉबिन...रॉबिन मैगावन आज हमें यहाँ रिसीव करने आनेवाला था, पर वह कहीं दिख नहीं रहा...। हो सकता है, कहीं इधर-उधर हो...। प्लीज़, एक एनाउंसमेंट करवाने का कष्ट करेंगे आप...?—रिसेप्शन पर बैठा वह स्टाफ़

एक क्षण के लिए भौंचक मेरा मुँह देखता रहा। पहले तो मेरी कुछ समझ में नहीं आया, फिर उसने अजीब मुँह बनाते हुए कहा—रॉबिन मैगावन...? क्या वह आपका लड़का था?—मैंने बेचैन होते हुए कहा—हाँ...लेकिन आपको यकीन क्यों नहीं हो रहा है? क्यों यह सवाल पूछ रहे हैं आप...?

'उसने मेरी आँखों में पूरी कड़वाहट के संग घूरते हुए कहा—अभी आधे घंटे पहले यहीं से पुलिस उसे गिरफ्तार कर ले गई है। खुफिया अधिकारियों को उस पर विदेशी एजेंट होने का शक है।—सुनकर मेरी क्या दशा हुई होगी, आप सब सोच सकते हैं। लीज़ा तो रो-रोकर बेहाल हो उठी। एयरपोर्ट के उसी स्टाफ़ ने कहा—आपके लड़के के साथ एक बूढ़ा आदमी भी था, कोई ओल्ड ट्राइबल...। उसे पुलिस ने गिरफ्तार तो नहीं किया पर उसे बहुत मार लगी है...। शायद वह एयरपोर्ट के पोर्टिको के बाहर ही पड़ा हो अब तक...।—एयरपोर्ट का वह स्टाफ़ किसी और काम में व्यस्तता का बहाना बनाकर अपनी सीट से उठ गया। एयरपोर्ट के अधिकारियों से जब मैंने बात की, तो उन लोगों ने दोटूक कहा कि वे कुछ भी नहीं कह सकते। मुझे राँची के पुलिस अधिकारियों से मिलना चाहिए। खैर, लीजा को किसी तरह लेकर मैं पोर्टिको से बाहर निकला, तो देखा, एक बूढ़ा आदिवासी खून से लथपथ वहाँ एक किनारे पड़ा है। पहले तो मुझे लगा, कहीं अपने गाँव का ही तो कोई नहीं, जो रॉबिन के साथ आया हो! पर करीब जाकर देखने पर मुझे उसका चेहरा परिचित नहीं लगा।

'खून से बुरी तरह लथपथ उस बूढ़े की साँस चल रही थी। तभी यह टैक्सीवाला भागा आया। इसने बताया कि यही रॉबिन को लेकर 'गंज' से आया था। इस टैक्सीवाले की ही मदद से हमने उस बूढ़े को टैक्सी की सीट पर लिटाया। इससे मैंने कहा कि वह जल्दी से पास के किसी अस्पताल में ले चले, ताकि बूढ़े की जान बचाई जा सके। रास्ते में इस टैक्सीवाले ने पूरी घटना के बारे में बताया...। उस बूढ़े को एक अच्छे प्राइवेट नर्सिंग होम में भर्ती कर हमने डॉक्टर से कहा—जो भी सम्भव इलाज करना हो, करिए...। पैसों की फिक्र मत करिए...मैं आता हूँ। फिर इसी टैक्सी से मैं राँची के तमाम बड़े अधिकारियों के पास गया, पर कोई सुनने को तैयार नहीं। एक ने कहा—ज्यादा दलील मत दीजिए, नहीं तो आपको और आपकी बीवी, दोनों को बन्द कर देंगे।—राँची के एक बड़े पुलिस अधिकारी ने कहा—अभी उसका ट्रायल चलेगा। गम्भीर आरोप है उस पर। मामला आसान नहीं। इसमें कुछ नहीं हो सकता।—मैंने गिड़गिड़ाकर बार-बार कहा कि कम-से-कम एक बार मुझे बेटे से मिल तो लेने दीजिए, पर मेरी गिड़गिड़ाहटों का किसी पर असर नहीं हुआ। मैं लौटकर उस प्राइवेट नर्सिंग होम में आया। बूढ़े को तब तक होश नहीं आया था। पर उसकी हालत में धीरे-धीरे सुधार था। उसकी दवा वगैरह के पैसे और नर्सिंग होम की फीस देकर मैंने डॉक्टर से कहा, अब मैं कल आऊँगा। मैं कल्पना कर सकता था कि रॉबिन और हम सबकी कोई खबर नहीं पाकर आप लोग यहाँ कितने परेशान हो रहे होंगे...। सो मैंने सोचा, अब सीधे आप सबके पास चलूँ, फिर तय करेंगे कि अब क्या हो...।'

नीलमणि को लगा, उसकी नसें तड़क उठेंगी। ठीक उसके पिता की तरह...उसी तरह षड्यंत्र कर रॉबिन बाबू को भी फँसा दिया गया है। नीलमणि ने सोचा, वह आदिवासी बूढ़ा और कौन हो सकता है? ज़रूर वे सामू चाचा ही होंगे। वे भी तो आनेवाले थे, रॉबिन बाबू

के साथ। डेनिस की बात ख़त्म होने के साथ कुछ क्षण के लिए दग्ध मौन छा गया। गहराते अँधेरे में जैसे किसी को कुछ सूझ नहीं रहा है।

टुइयाँ गंझू आर्तनाद कर रहा है, 'बाप रे बाप...! ये पहाड़ सब बरक क्यों नहीं रहा है? धरती क्यों नहीं फट रही है...?'

मिस बॉनर...मिसेज़ टॉमलिन...मिसेज़ थ्रिपथॉप...किट्टी—सब फूट-फूटकर रो रही हैं। सबकी आँखें रो-रोकर सुर्ख़ हैं...। तो अब...? अब क्या हो? यह सवाल सबके चेहरे पर है...क्या होगा अब...? अब तो यह साँझ बीत रही है...। रात चढ़ रही है...।

सहसा जैसे मेघ भरे आकाश को बिजली चीरती है, नीलमणि भीड़ को चीरती हुई आगे आई है, 'होगा क्या...? हम सब अभी इसी दम यहीं से राँची के लिए चल पड़ेंगे...। पाँव-पैदल...। जान दे देंगे हम लोग...।' उसने उसी तीखी, विद्युत-सी चपलता से, सबके चेहरे पर नज़र फिरा डाली है।

और जैसे सबको अँधेरे में एकबारगी रास्ता दिख गया है। सब एकसुर में बेसाख़्ता बोल पड़े हैं, 'हाँ...हाँ, ठीक कहती है यह...। अभी इसी वक्त हम लोग राँची के लिए चल पड़ें—पाँव पैदल ही...। इस जुल्म को हरगिज नहीं सहेंगे...हम लोग वहाँ भूखे-प्यासे जान दे देंगे...।'

इस उद्घोष के संग आयोजन स्थल पर मुरझाये लटक रहे छोटे-छोटे बल्बों की झालरों और मुर्दनी के संग फहराते हजारों लाल-हरे-नीले पताकों में जैसे अद्भुत दमक आ गई है। आदिवासी नर्तकों के दल ने बढ़ते हुए कहा है, 'फिर सोचना क्या है? बढ़िए...।'

गाँव के बुजुर्ग इतनी दूर पाँव-पैदल कैसे जाएँगे? इसलिए उन सबको मना किया जा रहा है कि वे सब गाँव में ही रुकें। पूरे गाँव को खाली करके जाना उचित नहीं होगा। पर मिस बॉनर ने साफ़ कहा है, 'नहीं, चलेंगे तो सब चलेंगे।'

मि. गिब्सन, मि. रॉबिन्सन, मि. नोएल गॉर्डन और कैप्टेन मेंडोंसा ने भी हामी भरी है, 'बिलकुल ठीक...।'

मिसेज़ मेरी डेविड अलग ज़िद में हैं, 'मुझे पैदल चलने में कोई दिक्कत नहीं होगी... मैं चल लूँगी।'

पर डैनी और जेनिफ़र ने कहा है, 'नहीं आंटी, पाँव-पैदल आप बुज़ुर्गों को बहुत मुश्किल होगी।'

टुइयाँ गंझू ने चिन्तित हो कहा है, 'इतना बड़ा लाद[1] लेकर बॉनर मेम इतनी दूर चल पाएगी...?'

मि. मेंडेज़ अलग खीजे हुए हैं, 'क्या विंटेज़ कार-रैली निकालनी है? अजीब तमाशा है।'

आख़िरकार, तय हुआ है कि डेनिस और लीज़ा अभी जिस टैक्सी से यहाँ आए हैं, उसमें यथासम्भव बुज़ुर्गों को बिठा दिया जाए। टैक्सी गाँव के जुलूस के संग-संग धीमी गति से चलती रहेगी। टैक्सीवाले ने भी इस पर कोई असहमति ज़ाहिर नहीं की है। वह भी कौतूहल में है, गोरे-गोरे अंग्रेज़ साहब-मेमसाहब लोग...काले-काले आदिवासी—सब एक संग क़दमताल करने को आतुर...! यह दृश्य उसके लिए विचित्र, किन्तु सत्य है।

1. पेट

टुइयाँ गंझू ने हाथ उठाकर ज़ोर का ललकारा दिया है, 'उलगुलान...!'[1]

खुशिया पाहन ने लगे हाथ उसी ऊँचाई में सुर मिलाया है, 'उलगुलान...उलगुलान...!'

नीलमणि ने सबको पंक्तिबद्ध हो जाने को कहा है...। आदिवासी नर्तकों का दल आगे-आगे है...। बीच में एंग्लो-इंडियन परिवारों के लोग...। आख़िर में गाँव के स्थानीय आदिवासियों का जत्था...। और सबके पीछे बुज़ुर्गों से लदी टैक्सी। रात आसमान पर सवार है। आसमान में तारे ज़्यादा नजर नहीं आ रहे हैं। लग रहा है, जैसे आसमान के सभी तारे...अन्तरिक्ष के सभी छोटे-बड़े नक्षत्र मैकलुस्कीगंज गाँव से चल रहे इस छोटे-से अनूठे जुलूस में नीचे उतरकर शामिल हो गए हैं।

नीलमणि ने मुड़कर सबसे कहा है, 'सूरज निकलने तक हम लोग राँची में होंगे।'

बन्द दिशाएँ

काल का अन्धकार सबको लील लेता है। काल के असीम विस्तार में एक-एक कर विलीन होना मनुष्य की नियति है। पर अन्ततः यह मनुष्य की उज्ज्वल शान्ति के लिए है। कैप्टेन विलकिन्सन...कर्नल जे.आर. ओस्ली...कैप्टेन होनिंगटन...और...और...वह अज्ञात आदिवासी रंची मुंडा! सब काल के विराट-अथाह गाल में जाने कब के समा गए। शून्य में विलीन हो गए। और यह राँची शहर? दक्षिण बिहार का प्रशासनिक केन्द्र यह राँची शहर रोज़-ब-रोज़ किस तेज़ी से कालकवलित हो रहा—यह शायद यहाँ रहनेवालों को भी नहीं मालूम।

बहुत...बहुत दिन पहले की बात। रंची मुंडा नामक एक आदिवासी ने बेहद परिश्रम से एक गाँव बसाया था। उसके निधन के बाद उसकी स्मृति में उस गाँव का नाम पड़ गया—राँची। बाद में, 1834 ई. के दिनों में कैप्टेन विलकिन्सन ने किशुनपुर और उसके आसपास के कई गाँवों को मिलाकर रंची मुंडा द्वारा बसाए गए प्राचीन आदिवासी गाँव राँची के नाम पर राँची शहर को बसाया था। अपने ज़माने में कैप्टेन विलकिन्सन ने यहाँ कई बेहतरीन सरकारी भवनों का निर्माण कराया था। सबसे पहला भव्य भवन उसने ओल्ड कमिश्नर्स कम्पाउंड में बनवाया था, जो उन्नीसवीं सदी के आख़िर तक छोटानागपुर कमिश्नर का आवास बना रहा। बहुत बाद में उस भवन को गिराकर उसकी ज़मीन के बीचोबीच सड़क का निर्माण कर दिया गया था। इसी तरह जहाँ कभी विलकिन्सन साहब का कोर्ट लगता था, वहाँ आज़ादी के बाद लोकनिर्माण विभाग का दफ़्तर खुल गया।

यह विलकिन्सन था, जिसने राँची के अपर बाज़ार इलाक़े में राँची का पहला जेल बनवाया था और बाद में जेल के क़ैदियों की मदद से उसने राँची में एक विशाल पोखर खुदवाया था, जो अर्से तक, अंग्रेज़ों के भारत से जाने के बहुत बाद तक 'विलकिन्सन टैंक' के नाम से मशहूर था। बाद में उसमें कुछ लोग लगातार डूबकर मर गए थे। इसलिए धीरे-धीरे यह टैंक 'भुतहा तालाब' के नाम से मशहूर हो गया। विलकिन्सन के बाद लेफ़्टिनेंट

1. विद्रोह

कर्नल जे.आर. ओस्ली के हाथों में राँची की प्रशासनिक बागडोर आई थी। ओस्ली का हाथ बँटाने के लिए राँची में उपायुक्त का भी एक पद बनाया गया था, जिस पर कैप्टेन होनिंगटन सबसे पहले तैनात किये गए थे। बाद के दिनों में भी अनगिनत लोग राँची का प्रशासन चलाने आए। आख़िर कितनों की कथा कही जाए? भारत की आज़ादी के बाद के कई दशक राँची ने गुज़ार लिये। पर राँची की स्थिति दिनोंदिन बदतर होती गई। माफ़िया-डॉन के सनसनीखेज खेलों...बमबारी और ख़ून-खराबा...प्रशासनिक अराजकता का सन्ताप...बात-बात में लाठी चार्ज...फ़ायरिंग...और टीयर गैस से त्रस्त होता गया यह शहर। कोई आश्चर्य नहीं, इसी तरह किसी युग में यह शहर अपने तमाम सन्तापों के संग काल के अन्धकारपूर्ण असीम विस्तार में विलीन हो जाए। पर जब तक यह शहर है, तब तक इसका सन्ताप भी।

राँची पहुँचते-पहुँचते सब बुरी तरह हलकान हैं। नीलमणि ने ठीक कहा था 'सूरज निकलने तक हम लोग राँची में होंगे।' सुबह की किरण फूट रही है। मि. मेंडेज़ ने व्यग्र होकर कहा है, 'राँची में सीधे हमारी कौन सुनेगा? यह तो जंगल में बैठकर रोने जैसा होगा। हमें मेजर विलियम और मि. ब्राउन से फ़ोन पर दिल्ली-पटना सम्पर्क करना चाहिए। जब तक ऊपर से कुछ प्रेशर नहीं बनेगा, यहाँ राँची में—चाहे कैसा भी जुलूस निकाल दीजिए, कोई नहीं सुननेवाला...।'

'बेशक...। आपका कहना सही है। रॉबिन की गिरफ्तारी यों ही नहीं हो गई। लोकल पॉलिटिशियंस और क्रिमिनल-कंट्रैक्टर्स के नेक्सस की यह साजिश है। इस जाल को काटना आसान नहीं।' मि. मिलर ने गहरी साँस के साथ मि. मेंडेज़ की बात से सहमति प्रकट की है।

'मुझे लगता है, मैं अब उसे शायद ही देख सकूँगी।' लीज़ा की आँखें लगातार रोने से सुर्ख़ हो आई हैं, 'मैं मर जाऊँगी...मर जाऊँगी मैं!'

'ईश्वर उसे बचाएँगे।' मिसेज़ ऐलिस टॉमलिन ने ढाढ़स का हाथ लीज़ा के कन्धे पर रख दिया है, 'रोओ मत। जीसस उसकी रक्षा करेंगे।'

'हालात को सिवा कबूल लेने के इनसान के हाथ में और क्या होता है? अपने बेटे को कुछ नहीं होगा लीज़ा!' डेनिस ने लीज़ा की तरफ मुड़कर कहा है। उनका स्वर बहुत शान्त है।

'अपनी जन्मभूमि के लिए लड़के ने किसी मुसीबत की परवाह नहीं की। मेरा बच्चा...!' मिस बॉनर के होंठ सुबक के कारण फटने को हैं, 'मेरा तो जी बहुत घबरा रहा है।' पसीने की अनगिनत बूँदें उनकी झुर्रियों में रेंग रही हैं।

'रॉबिन ने जो कुछ किया, वह एक ऐतिहासिक जरूरत थी।' मि. मिलर ने शान्त पर दृढ़ स्वर में मिस बॉनर की तरफ़ मुख़ातिब होकर कहा है, 'हमें अपना प्रयास जारी रखना चाहिए और ईश्वर से प्रार्थना करनी चाहिए।'

'मिलर चाचा ठीक कह रहे हैं। कोई प्रयास बाकी नहीं रखना है।' नीलमणि के स्वर में मज़बूत संकल्प है, 'आप लोग दिल्ली-पटना जहाँ भी उचित समझें, तत्काल खबर दें। रॉबिन बाबू को रिहा कराकर ही हम लोग यहाँ से जाएँगे।'

मि. मेंडेज़...डैनी...जेनिफ़र...वाल्टर थॉप...जेफ्री...और किट्टी—सब टेलिफ़ोन बूथ पर गए हैं। पर बदक़िस्मती जैसे सभी दिशाओं के द्वार बन्द कर देती है, वैसा ही कुछ है।

दिल्ली फ़ोन करने पर पता चला है कि मेजर विलियम कलकत्ता से अभी तक नहीं लौटे हैं। एक सप्ताह बाद लौटेंगे। बूथ पर आकर मि. मेंडेज़ को कौंधा है कि मि. ब्राउन तो अपने एम.एल.ए. फ्लैट में फ़ोन ही नहीं रखते हैं। मि. मेंडेज़ ने मि. रोज़ारियो के नम्बर पर पटना फ़ोन मिलाया है। रोज़ारियो भी कलकत्ता में ही हैं।

टेलिफ़ोन बूथ से लौटे मि. मेंडेज़...डैनी...जेनिफ़र...वाल्टर...जेफ्री...और किट्टी के चेहरे पर मुर्दनी छाई देख यह समझने में किसी को देर नहीं लगी है कि उन लोगों को अपने मिशन में थोड़ी भी सफलता नहीं मिली है। पर नीलमणि ने पूरी गर्मजोशी से सबकी हौसला आफ़ज़ाई की है, 'क्या हुआ मेंडेज चाचा? किसी से बात नहीं हुई? इससे क्या फर्क पड़ता है? हम लोग तो यहाँ अपने दम पर लड़ने आए हैं।'

नीलमणि के इस अकूत आत्मविश्वास से डेनिस को भी तत्क्षण जैसे बहुत बल मिला है और उस गहरी तकलीफ़ में भी हल्की मुस्कराहट के संग नीलमणि की पीठ थपथपाकर उन्होंने कहा है, 'सच, बहादुर की बेटी बहादुर जैसी...। इत्ती-सी थी, जब बचपन में इसे देखा था...।'

डेनिस ने अपनी छोटी उँगली का माप दिखाया।

'इन्कलाब—मुर्दाबाद! राँची पुलिस—मुर्दाबाद! रॉबिन को रिहा करो...रिहा करो...रिहा करो...!' राँची के वरिष्ठ पुलिस अधीक्षक के दफ़्तर के आगे जुलूस का नेतृत्व कर रही नीलमणि का चेहरा नारे की निरन्तर तेज़ होती उत्तेजना के साथ रह-रहकर रक्तिम हो रहा है।

पीछे से नारों की ललकारों के साथ आर्तनाद-से करते एंग्लो-इंडियंस, 'राँची पुलिस—शेम...शेम...! लांग लिव रॉबिन मैगावन...!'

फिर जुलूस में शामिल आदिवासी युवकों का हुमकता स्वर, 'राँची पुलिस—हाय...हाय...! नेता...गुंडा...ठेकेदार—ये तीनों जूते के यार! जुल्मी पुलिस—मुर्दाबाद...। रॉबिन बाबू को रिहा करो...!'

मिस बॉनर...मिसेज़ ऐलिस टॉमलिन...मिसेज़ थ्रिपथॉप...मिसेज़ कैथलिन हॉरिगन, जो पुलिस अधीक्षक के दफ़्तर के सामने गेट के किनारे सीधे ज़मीन पर धूल में लिथड़ती हुई बैठी हैं, भी अपने क्षीण स्वर में हर सम्भव शक्ति के साथ नारे को अपना ज़ोर दे रही हैं। नारे में शामिल लीज़ा की आवाज़ लगभग काँप-सी रही है। उनकी आँखों से आँसू गिरने बन्द नहीं हुए हैं।

अभी तक वरिष्ठ पुलिस अधीक्षक दफ़्तर नहीं पहुँचे हैं। उनके दफ़्तर के आगे तैनात सिपाहियों ने इस जुलूस को देख ठेठ भोजपुरी में अचरज से आपस में कहा है, 'का हो...इ ससुर अंग्रेजवन...अदिवसियन सब के मेला काहे आइल बा?'

'ओह, ऊ एक ठो विदेशी एजेंट काल्हे पकड़ाया है नू हवाईअड्डा पर...उसी का खानदान का होगा सब।' सिपाहियों में से एक ने आगे जानकारी दी है, 'कल तऽ हम थे ही हवाई अड्डा पर उसकी गिरफ्तारी के टैम...।'

दिन के क़रीब बारह बजे वरिष्ठ पुलिस अधीक्षक पहुँचे हैं। गेट के पास ही वे अपनी गाड़ी से उतर गए हैं। सबने उन्हें घेर लिया है। मिस बॉनर, मिसेज़ ऐलिस टॉमलिन, मिसेज़ कैथलिन हॉरिगन और मिसेज़ थ्रिपथॉप भी उठकर उस गोलबन्दी में शामिल हैं। मिसेज़ थ्रिपथॉप की बेटी जूडी ने माँ का हाथ थाम रखा है। मिसेज़ थ्रिपथॉप के पाँवों में कम्पन है। जूडी के लाख मना करने के बावजूद वे उठकर भीड़ की गोलबन्दी में आ गई हैं।

'हम लोगों के साथ ज़ुल्म हुआ है। मैकलुस्कीगंज की एंग्लो-इंडियन कम्यूनटि के साथ आज तक ऐसी घटना नहीं हुई थी। और हादसा हुआ भी तो किसके साथ? उस सबसे पवित्र लड़के के साथ जो गांधी है हमारे 'गंज' का...। जो अपनी कम्यूनटि को...अपने गाँव को मौत से बचाने हमारे बीच पहुँचा है...।' मि. मेंडेज़ ने वरिष्ठ पुलिस अधीक्षक की आँखों में आँखें डालकर पूरी दृढ़ता से कहा है और फिर डेनिस की तरफ़ मुड़कर कहा है, 'एस. पी. साहब! ये डेनिस मैगावन हैं—रॉबिन के फ़ादर...। यह रो-रोकर बदहाल चेहरेवाली औरत है रॉबिन की मदर लीज़ा...। अपने गाँव के 'फ़ाउंडर्स-डे' में शामिल होने कल ही ये लोग हांगकांग से यहाँ आए थे। अपने पापा-मम्मी को ही रिसीव करने कल रॉबिन एयरपोर्ट गया था...। वर्षों बाद अपने गाँव आने पर यही तोहफा मिला रॉबिन के पैरेंट्स को...!'

'आप लोगों के साथ मेरी पूरी हमदर्दी है। पर रॉबिन मैगावन के खिलाफ गम्भीर आरोप हैं। स्थानीय आदिवासियों को भड़काने और एम.सी.सी. उग्रवादियों को आधुनिक हथियारों के लिए उन विदेशी एजेंसियों से रुपया दिलवाने का भी उस पर आरोप है, जो देश में अस्त-व्यस्तता पैदा करने में सक्रिय हैं। 'झारखंड मुक्ति मंच' के एम.पी. एंथोनी लकड़ा ने और इसी पार्टी के संगठन सचिव दुती भगत ने इन बातों की लिखित शिकायत की है। दुती भगत तो आपके मैकलुस्कीगंज के ही हैं। इन जिम्मेवार-सम्मानित लोगों की शिकायत को नजरअन्दाज भी तो नहीं किया जा सकता।'

वरिष्ठ पुलिस अधीक्षक के चेहरे पर हल्की त्योरी चढ़ी हुई है, लेकिन अपने स्वर को उन्होंने भरसक सांत्वनापूर्ण बनाए रखा है।

'तो क्या रॉबिन बाबू को आप नहीं छोड़ेंगे?' नीलमणि लगभग चीख पड़ी है।

नीलमणि की चीख पर बुरी तरह भड़कते हुए वरिष्ठ पुलिस अधीक्षक की आँखें सुर्ख़ हो गई हैं, 'तुम कौन हो? बहुत चिल्ला रही हो?'

'नीलमणि! नीलमणि उराँव है मेरा नाम। और कुछ?' नीलमणि की तमतमाहट चरम पर है।

'ओह, तो तुम्हीं हो नीलमणि...? नीलमणि उराँव...? इधर बहुत नाम सुना है तुम्हारा...। आज दर्शन हो गए। सुना है, बहुत क्रान्ति जगा रखी है तुमने अपने इलाके में, रॉबिन मैगावन के उकसावे पर...! गलती हुई, तुम्हें भी उसके साथ बन्द करना था।' वरिष्ठ पुलिस अधीक्षक ने नीलमणि को ऊपर से नीचे तक तरेड़ते हुए कहा है।

'अभी देर क्या हुई है? बन्द कर दीजिए। मुंसिफ हैं न आप! आप लोग यह कर ही सकते हैं।' तिलमिलाहट से भरी नीलमणि और आगे चली आई है।

इसके साथ ही जुलूस के आदिवासी युवक नारों से उफन उठे हैं, 'पुलिस जुल्म—मुर्दाबाद!...राँची पुलिस—हाय-हाय...!'

बुरी तरह झल्लाहट से भरे वरिष्ठ पुलिस अधीक्षक के तेज़ी से पाँव पटकते अपने कक्ष की तरफ़ बढ़ते ही इशारा पाकर वहाँ मौजूद पुलिस बल ने जुलूस पर लाठियों की तड़तड़ाहट शुरू कर दी। नीलमणि के सिर में काफ़ी चोट आई है। मि. मिलर को चोट से बचाने के लिए डैनी और जेनिफ़र ने बढ़कर तेज़ लहराती हुई लाठी का वार अपने ऊपर झेल लिया। मि. मेंडेज़ को कन्धे में काफ़ी चोट लगी है। इस भयानक अफ़रा-तफ़री में तीनों वृद्धाएँ मिस बॉनर...मिसेज़ ऐलिस टॉमलिन और मिसेज़ थ्रिपथॉप बुरी तरह दहशत

से भरी हुई हैं। मिसेज़ थ्रिपथॉप तो अन्त में अचेत होकर गिर पड़ीं। उनके घुटने और केहुनियों से खून रिस रहा है। उन्हें होश नहीं आ रहा है। जूडी और लीज़ा किसी तरह उन्हें सँभालने की कोशिश में जुटी हैं। नीलमणि पर तो अन्त-अन्त तक पुलिसवाले शिकारी कुत्तों की तरह टूटते रहे। नारे लगा रहे आदिवासी युवकों को तो पहले ही लहूलुहान कर बेसुध कर दिया गया है। आख़िरकार, नीलमणि पर धुआँधार बरसती लाठियों के बीच किट्टी तीर की तरह सनसनाती हुई घुसी है और नीलमणि के ऊपर जा गिरी है। अपने शरीर से उसने नीलमणि को भरसक ढँक लिया है। लगातार लाठियाँ झेलकर भी किट्टी टस से मस नहीं हुई है। अन्दर से जब एक सिपाही ने आकर वरिष्ठ पुलिस अधीक्षक का फ़रमान सुनाया कि 'लाठी-चार्ज' अब बन्द कर दिया जाए, तब पुलिसवाले अपनी लाठियाँ शान से तौलते हुए रुके हैं।

भरी दोपहरी में विचित्र आतंक फैल गया है। बेधक मर्मांतक दुःख में लिपटे सब-के-सब हतप्रभ-हताश हैं। मिसेज़ थ्रिपथॉप को अब तक होश नहीं आया है और जूडी उन्हें होश में लाने की अथक कोशिश में उनके शरीर को बार-बार झकझोरकर रो रही है। डेनिस ने इस हालत में ख़ुद को सम्हाला है और आनन-फ़ानन में मिसेज़ थ्रिपथॉप को टैक्सी पर उसी 'नर्सिंग होम' में ले जा रहे हैं, जहाँ कल उन्होंने सामू मुंडा को भर्ती कराया था। डेनिस ने जूडी, किट्टी और नीलमणि को टैक्सी में साथ ले लिया है।

'नीलमणि और किट्टी की भी मरहम-पट्टी वहीं करा दूँगा। मि. मिलर, मि. मेंडेज़ और लीज़ा, तुम सभी पाँच-छह टैक्सी कर अभी फौरन 'गंज' जाओ सबको लेकर...। मि. मेंडेज़, आप कुछ दवा ले लीजिएगा अपने लिए रास्ते में।' फिर डेनिस ने लीज़ा से कहा, 'हाँ, मिस बॉनर, मिसेज़ ऐलिस को सँभालकर ले जाना...और रास्ते में किसी अच्छी जगह इन लोगों को खाना खिलाना...। पैसे हैं न?'

लीज़ा ने जिम्मेवारी-भरे स्वर में कहा है, 'आप बेफिक्र होकर जाएँ और थ्रिपथॉप आंटी को देखें। हम लोग ठीक से 'गंज' पहुँच जाएँगे।'

'नर्सिंग होम' के बुज़ुर्ग डॉक्टर ने मिसेज़ थ्रिपथॉप को देखते ही कह दिया है, 'ब्रेन हेम्रेज! मुश्किल है अब तो।'

जूडी फूट-फूटकर रो पड़ी है। डेनिस की आँखें भी छलक आई हैं। और बरबस छलक आई हैं बचपन की वे सारी स्मृतियाँ...कि किस तरह मम्मी की डेथ के बाद मिसेज़ थ्रिपथॉप ने माँ का-सा प्यार-दुलार उन्हें दिया था।

सामू मुंडा पहले से कुछ ठीक हैं। 'नर्सिंग होम' पहुँचते ही नीलमणि ने उनका हालचाल लिय। ह। 'नर्सिंग होम' की नर्स ने नीलमणि और किट्टी की मरहम-पट्टी तुरन्त कर दी है।

पूरी घटना के बारे में नीलमणि से जान व्यथित हो सामू मुंडा ने कहा है, 'इसे अब कानूनी और जमीनी तौर पर लड़ना होगा—जमकर...। मैं भी ठीक हो रहा हूँ। तुम लोग भी दो-चार दिन में जरा ठीक हो जाओ। फिलहाल तो जूडी की माँ को लेकर चिन्ता लगी है।'

मिसेज़ थ्रिपथॉप नहीं रहीं। जूडी रो-रोकर बेज़ार है। उसका तो आख़िरी सहारा उठ गया है। शाम को डॉक्टर ने मिसेज़ थ्रिपथॉप की कलाई पकड़ी और गहरे अफ़सोस के साथ बुदबुदाकर छोड़ दिया, 'आइ ऐम सॉरी! ये तो चली गईं।'

बेड के नीचे बेजान झूल रहे मिसेज़ थ्रिपथॉप के हाथ को पकड़कर डेनिस फूट-फूटकर रो पड़े हैं। सामू मुंडा ने उन्हें किसी तरह सँभाला है और 'नर्सिंग होम' के बरामदे पर विलाप करती हुई लुढ़कती जूडी को नीलमणि और किट्टी ने किसी तरह क़ाबू में किया है।

'नर्सिंग होम' के एम्बुलेंस में मिसेज़ थ्रिपथॉप के पार्थिव शरीर को स्ट्रेचर पर रख दिया गया है। शाम के गहराते अँधेरे में एम्बुलेंस गाड़ी मैकलुस्कीगंज की सड़क पर भागी जा रही है। जाड़े के दिनों की शाम अँधेरे को कितनी जल्दी अपने पास बुला लेती है—खिड़की से बाहर देखते हुए सोच रही है नीलमणि। उसका मन बुरी तरह विचलित है। एक साथ कई चेहरे उसके मन में गड्ड-मड्ड हो रहे हैं।

जूडी की आँखों में आहत जानवर की आँखों जैसी कातरता है, जो जाल से निकल पाने की उम्मीद छोड़ निश्चेष्ट-सा हो जाता है। डेनिस को उसकी कातरता बुरी तरह खुरच रही है। भीतर से अपने-आपको काफ़ी बटोरकर, बहुत देर बाद डेनिस कह सके हैं, 'जूडी! सिर्फ तुम्हारी ही नहीं, आज फिर से मेरी भी मम्मी चली गईं। मैं तो दोबारा अनाथ हो गया हूँ। तुम फिक्र मत करो...तुम्हारे भविष्य के लिए मैं सारी व्यवस्था करूँगा...।'

जूडी ने गहरी करुणा से डेनिस की तरफ़ देखा है और सिर झुका लिया है। बारिश में भीगी तितली-सी लग रही है वह। अपने पंख का बोझ ढोने में भी असमर्थ।

गाँव आ गया है। एम्बुलेंस जैसे ही गाँव में घुसा है कि थोड़ी ही दूर बाद, 'बई-काली' से कुछ ही आगे, मि. मेंडेज़ टॉर्च लिये अँधेरे में थहाते हुए जाते दिख पड़े हैं। डेनिस ने ड्राइवर को उनके पास गाड़ी रोकने का इशारा किया है। अचानक एक धचके के साथ गाड़ी रुकने की आवाज़ से मि. मेंडेज़ तनिक चौंक और अचकचा से गए हैं। पर एम्बुलेंस के हेड लाइट की रोशनी में डेनिस पर नज़र पड़ते ही वे बेचैनी से खिड़की के पास आ गए हैं, 'डेनिस! कैसी हैं मिसेज़ थ्रिपथॉप? पीछे बैठी हैं?'

तभी देर से चुप जूडी जोर-जोर से सिसकने लगी है। बिजली की गति से, लगभग नाचते लट्टू की तरह अपनी काँपती टाँगों पर मि. मेंडेज़ एम्बुलेंस के पीछे गए हैं, स्ट्रेचर पर निश्चल पड़ी मिसेज़ थ्रिपथॉप को खिड़की के शीशे पर टॉर्च जलाकर देखा है और बुरी तरह फफक पड़े हैं, 'कौन-सा शाप लग गया है हम लोगों को? लगातार एक पर एक हादसा! ओह गॉड...!' मि. मेंडेज़ के हाथ में झूल रहे टॉर्च की रोशनी बुझ गई है। वे सुबकते-काँपते किसी प्रेत छाया की तरह डोल रहे हैं।

डेनिस गेट खोलकर नीचे उतर आए हैं, 'पूरी कोशिश की गई...। कोई कसर बाकी नहीं रखी गई...पर आफत और मौत से आप कहाँ तक लड़ सकते हैं?' डेनिस ने मि. मेंडेज़ को शान्त करने के लिए सीने से भींच लिया है।

'हाँ, विपत्ति से एक दूरी तक ही लड़ा जा सकता है। भारी संकट आ गया है हम लोगों पर डेनिस!' फिर तनिक अटकते हुए मि. मेंडेज़ जैसे हवा को मुँह में चबाते हुए बोले, 'डेनिस! तुम लोग तो अभी आ ही रहे हो, इसलिए तुम्हें कहाँ से पता होगा...?' मि. मेंडेज़ रह-रहकर सूख रहे अपने होंठ को जीभ फिराकर भिगोने की कोशिश कर रहे हैं।

'क्या हुआ...फिर कुछ हुआ...क्या...? आप लोग ठीक-ठाक से पहुँच तो गए?' डेनिस के स्वर में एक दबी-सी चीख है, 'लीज़ा कहाँ है?' डेनिस के पूरे शरीर में एकबारगी झुरझुरी-सी फैल गई है...कहीं लीज़ा को तो कुछ नहीं...? वह जानते हैं, रॉबिनवाले हादसे

को वह आसानी से नहीं झेल सकती है...। तत्क्षण फिर अपने-आपमें लौटते हुए डेनिस ने मि. मेंडेज़ के कन्धे को झिंझोड़ा, 'आप कुछ कहते क्यों नहीं हैं...? जल्दी कह डालिए... वरना मुझे कुछ हो जाएगा...।'

मुश्किल से मि. मेंडेज़ बोल पाए हैं, 'मिस बॉनर को सिविअर पैरलिटिक अटैक हो गया है डेनिस...। पूरे राइट साइड में...। भारी शरीर होने की वजह से और मुश्किल हो गई है...। पेट भी अचानक काफी फूल गया है उनका और पेशाब नहीं उतर रहा है। परैलसिस ने उनकी आवाज भी छीन ली है। मछली की तरह गूँगी हो गई हैं मिस बॉनर...। आइ थिंक...शी विल ऑलसो नॉट सरवाइव...। बहुत तकलीफ है उन्हें। पिछले कई घंटे से सब लोग वहीं बैठे हैं—'बॉनर-भवन' में...। डॉ. गोस्वामी हालाँकि पूरी कोशिश कर रहे हैं कि कम-से-कम मिस बॉनर का पेशाब तो जल्दी उतर जाए...। शायद युअरिनरी ब्लैडर में पेशाब जमा हो जाने की वजह से उनका पेट इतना फूल गया है...। इट लुक्स लाइक फैट ऑव अ ह्वेल...। अभी तो मैं डॉ. गोस्वामी के घर 'बई-काली' से कुछ और दवा लेकर वहीं जा रहा हूँ। डॉ. गोस्वामी ने अपने घर भेजा था कुछ जरूरी दवा लाने। मिसेज़ गोस्वामी ने ये कुछ दवाएँ दी हैं, जो डॉ. गोस्वामी ने लिख भेजी थीं...। लीज़ा मिस बॉनर के पास ही बैठी है...।'

मि. मेंडेज़ के इस पूरे विवरण ने सबको स्तब्ध कर दिया है। सुबकती-सिसकती जूडी अब चुप है।

'यह हुआ कब? आज जब आप सब राँची से वापस गाँव लौट रहे थे तब तो वे ठीक थीं...?' डेनिस के स्वर में अफ़सोस-मिश्रित आश्चर्य है।

'हाँ, गाँव पहुँचने तक वे ठीक थीं। गाँव पहुँचकर सबसे पहले हम लोगों ने उन्हें ही उनके घर पर उतारा। हालाँकि, रास्ते में वे लगातार चुप-चुप ही रही थीं। रास्ते में रुककर ढाबे पर हम सबने खाना खाया, उस समय भी लीज़ा के बहुत जिद करने पर उन्होंने बस थोड़ा सलाद लिया। दरअसल, रॉबिनवाली घटना और आज राँची में हुए हादसे ने उन्हें भीतर तक छेद दिया।' मि. मेंडेज़ ने गहरी साँस के संग आगे कहा, 'मिस बॉनर को घर पर छोड़कर आए मुश्किल से एक घंटा तो हुआ ही होगा कि उनका माली बदहवास दौड़ता हुआ सबसे पहले मेरे पास आया—साहब! लगता है, मिस साहिबा को हवा मार दिया—माली ने बताया कि घर के भीतर पहुँचते ही वे सोफा पर बैठ कुछ देर तक लम्बी-लम्बी साँसें लेती रहीं, फिर सिंक के पास जाकर उन्होंने लगातार दो बार भारी उल्टियाँ कीं। खुद को सँभालते न सँभालते वहीं सिंक को पकड़े ही वे गिर पड़ीं। आँखें पथरा-सी गईं उनकी और पाजामा भी दस्त से गीला हो गया। मरियम और माली के बीवी-बच्चों ने किसी तरह उन्हें साफ-वाफ कर बिस्तर पर लिटाया...हिलाया-डुलाया...पर कोई आवाज नहीं...। थोड़ी देर बाद बोलने की कोशिश भी जब उन्होंने की, तो घरघराहट के अलावा कोई आवाज नहीं निकली। मरियम ने देखा कि बोलने की कोशिश के दौरान उनका मुँह टेढ़ा बहक रहा है। वह घबरा उठी और फौरन माली को मेरे पास दौड़ाया...। फिर मैंने मि. मिलर और डॉ. गोस्वामी को खबर दी। आधे घंटे में सब 'बॉनर-भवन' में जुट गए। तब शाम के करीब छह बजे होंगे। डॉ. गोस्वामी ने देखते ही कहा—राइट साइड में परैलसिस...। हालाँकि, तब तक मिस बॉनर भीतर से पूरे होश में आ गई थीं। पर बहुत बोलने की कोशिश के बावजूद बोल नहीं पा रही थीं। हम सबके सामने बस दो-ढाई घंटे के भीतर देखते-देखते उनका पेट फूलकर

पहाड़ हो गया। उनकी आँखों के कोने से लगातार आँसू बहते रहे और तकलीफ बढ़ने के साथ एक विचित्र डरावनी-सी आवाज उनके मुँह से रह-रहकर निकलती रही। अभी तक उनकी हालत वैसी ही है। हालाँकि, डॉ. गोस्वामी पूरी कोशिश में लगे हैं।'

'ठीक है, आप जल्दी दवा लेकर वहाँ बढ़िए। हम लोग थ्रिपथॉप आंटी की 'डेड बॉडी' को उनके घर में फिलहाल 'सेट्ल' कर 'बॉनर-भवन' पहुँच रहे हैं। मिस को अगर अभी राँची ले जाने की जरूरत होगी, तो साथ में यह एम्बुलेंस है ही। मैं तो कहता हूँ, उन्हें अभी राँची लिये चलते हैं, नर्सिंग होम में। थ्रिपथॉप आंटी का 'फ़्यूनरल' तो अब सुबह में होगा। तब तक रात भर में मिस का प्रॉपर ट्रीटमेंट तो वहाँ शुरू हो जाएगा। डॉ. गोस्वामी खाली हाथ से भला यहाँ ट्रीटमेंट करेंगे भी, तो क्या? उनके पास यहाँ जरूरी 'इक्विपमेंट्स' भी तो नहीं होंगे। खैर, आप बढ़िए, मैं अभी आता हूँ।'

डेनिस की बेचैनी देख मि. मेंडेज़ ने सांत्वना के स्वर में कहा, 'पहले तुम मिसेज़ थ्रिपथॉप की 'डेड बॉडी' को उनके घर में ठीक से उतरवाकर रात भर के लिए 'सेट्ल' तो करो...। थैंक गॉड! गर्मी के दिन नहीं हैं, इसलिए 'डेड बॉडी' के वास्ते कोई चिन्ता नहीं। हाँ, अगर हो सके तो चारों तरफ परफ़्यूम स्प्रे कर अगरबत्तियाँ जरूर जलवा देना...। क्या बदकिस्मती है डेनिस! इस गाँव के लिए हरदम जान छिड़कनेवाली इन दोनों बुढ़ियों ने सचमुच गाँव के लिए अपनी जान दे दी। पता नहीं, अभी 'बॉनर-भवन' में जब यह खबर दूँगा, तो सब पर क्या बीतेगी। मिसेज़ थ्रिपथॉप हमारे बीच नहीं रहीं, यह बात वहाँ अभी कोई सोच भी नहीं रहा होगा।'

मिसेज़ थ्रिपथॉप के दरवाज़े पर ड्राइवर ने एम्बुलेंस को आहिस्ते-से रोक दिया है। जूडी के दोनों बेटे कौतूहल में दौड़ते हुए बाहर आए हैं। गेट खोलते ही जूडी फिर बाँध तोड़कर धारोधार रो रही है। उसका यह रोना रात के गहरे अँधेरे में किसी मृत्यु-धुन की तरह भयावह लग रहा है। डेनिस ने देखा, कैम्पस में खड़े यूकेलिप्टस के दोनों पेड़ भी जैसे मृत्यु से सन्तप्त हैं। इन जुड़वाँ यूकेलिप्टस की भी माँ अब नहीं रहीं। जूडी के दोनों बेटे बेतरह रो रहे हैं। मरे हुए लोग तो परम शान्ति के अज्ञात लोक में समा जाते हैं, पर जीवितों के पास बस सन्ताप रहता है।

डेनिस ने जूडी को मिसेज़ थ्रिपथॉप की डेड बॉडी के पास ही रहने को कहा है। सामनेवाले जिस कमरे में मिसेज़ थ्रिपथॉप सोती थीं, उसी कमरे में उनके शव को रखवाकर डेनिस ने कहा, 'सुबह जल्दी से कॉफ़िन का इन्तजाम करना होगा...। जूडी, तुम यहाँ खयाल रखना। मैं मिस बॉनर को देखता हूँ...।' जूडी को सँभालने के लिए डेनिस ने किट्टी को वहीं उतार दिया है। फिर नीलमणि की तरफ़ पलटकर डेनिस ने पूछा, 'बिटिया! तेरी तबीयत ठीक नहीं। क्या पहले तुम्हें घर छोड़ दूँ?'

'नहीं चाचा। इस हालत में क्या मुझसे सोया जाएगा? मैं आपके साथ चलती हूँ। आपको अकेले कैसे छोड़ दूँगी...। अगर अभी मिस बॉनर को लेकर राँची जाने की जरूरत पड़े, तो मैं चलूँगी आपके साथ।'

गेट पर ही बाहर कैप्टेन मेंडोंसा मिल गए हैं। मिसेज़ थ्रिपथॉप के बारे में मि. मेंडेज़ से सुनकर वे इस अँधेरे में लगभग दौड़ते हुए पहुँचे हैं। डेनिस ने अस्फुट स्वर में कहा है, 'जूडी को सम्हालिए कैप्टेन।'

'बॉनर-भवन' निःस्वर विलाप में डूबा है। तेज़ क़दमों से डेनिस और नीलमणि भीतर पहुँचे हैं। मन्द धुएँ से सनी लैम्प की विकल रोशनी में बिस्तर पर पड़ी हैं मिस बॉनर और सब उन्हें घेरे बैठे हुए हैं—इलोना...मिसेज़ कैथलिन हॉरिगन...डैनी...जेनिफ़र... अमित घोष...मि. गिब्सन...मि. नोएल गॉर्डन और उनका लड़का बॉबी...मिसेज़ ऐलिस टॉमलिन...मि. मिलर...मि. डिकोस्टा...मि. मेंडेज़ और लीज़ा...। टुइयाँ और खुशिया भी। सब-के-सब...। सामने कुर्सी पर बैठे डॉ. गोस्वामी हर सम्भव दवा चला चुके हैं...। मि. मेंडेज़ ने जैसा बयान किया था, स्थिति वही है।

'आँ...ग्याँ आँ...ओं...ओं ग्याँ।' कम्बल में लिपटी मिस बॉनर अपने बायें हाथ से रह-रहकर नाभि और पेड़ू के बीच रगड़ने की असफल-सी कोशिश कर रही हैं और कम्बल के भीतर हाथ घुसाये लीज़ा उनका हाथ बार-बार हटा पेड़ू के नीचे तक उनको सहला रही हैं।

'पेशाब उतर जाए, तो इन्हें नींद आ जाए। नींद की सूई भी दी जा चुकी है।' डेनिस को देख लीज़ा ने उसाँसें भरकर कहा है, तो मिस बॉनर के सिर की तरफ़ बैठीं मिसेज़ ऐलिस टॉमलिन के होंठ सुबक से थरथरा उठे हैं, 'मिस का लाइफ़ जीसस के हाथ में है...! बस, गॉड के हाथ में...। मिसेज़ थ्रिपथॉप को तो जीसस ने शरण में ले लिया।' मिसेज़ ऐलिस टॉमलिन आँसुओं को रोक नहीं सकी हैं, तो अपने फ्रॉक की आस्तीन से आँखों को ढक लिया है।

'सब ठीक हो जाएगा...।' बग़ल की कुर्सी पर बैठ डेनिस ने रूमाल से मिस बॉनर की ठुड्डी पर फैले लार को पोंछते हुए कहा, तो मिस बॉनर की फटी निश्चल आँखों में डेनिस को देख शायद पहचान कौंध गई, 'ओं...ओं...ग्याँ...आँ...ओं...ओं...।'

अपने भीतर की पूरी बची-खुची शक्ति और चेतना से वे बोलने की कोशिश कर रही हैं, जो अन्ततः एक विद्रूप चीत्कार में तब्दील हो जाता है।

'शायद तुम्हें पहचान रही हैं।' लीज़ा ने उनके स्वर को समझने की पूरी कोशिश करते हुए कहा है, 'ओं...ओं कर कहीं रॉबिन को तो नहीं पूछ रही हैं?'

डेनिस ने मिस बॉनर के रूखे बालों में उँगलियाँ फिराते हुए उनकी फटी-फटी आँखों में झाँककर पूछा, 'रॉबिन को ढूँढ़ रही हैं मिस...? वह आ गया है। गाँव आ गया है। बस, आएगा आपके पास थोड़ी देर में।'

पता नहीं, मिस बॉनर को कुछ समझ में आया भी है या नहीं, लेकिन उन्होंने अपना टेढ़ा मुँह खोल दिया है और लार से उनकी ठुड्डी का आधा हिस्सा फिर पुत गया है। डेनिस ने उनकी ठुड्डी पोंछ दी है। असह्य पीड़ा मिस बॉनर की असंख्य झुर्रियों में तिनक रही है। कम्बल से झुर्रियों भरा उनका भारी बायाँ हाथ बाहर ढलक गया है और फिर से वे अपने बायें हाथ से नाभि और पेड़ू के बीच रगड़ने की विफल कोशिश कर रही हैं।

मरियम रो रही है और जीसस की तसवीर के आगे खड़ी है। वह बुरी तरह नर्वस है। बीच-बीच में उसकी सुबक तेज़ हो जाती है, 'लगता है, मिस बचेंगी नहीं।'

मि. मेंडेज़ ने उसकी पीठ पर हाथ रखकर झिड़क-भरी सांत्वना में कहा है, 'पागल लड़की, कुछ नहीं होगा मिस को। तुम चुप रहो।'

मिसेज़ ऐलिस टॉमलिन ने रुई के फाहों सरीखे उनके बालों में उँगलियों को फेरना तेज़ कर दिया है। लीज़ा, जो देर से कम्बल के भीतर उनका पेट सहला रही हैं, ने उनके बायें हाथ को पकड़कर स्थिर करने की कोशिश की है और फिर से जब कम्बल के भीतर

हाथ घुसाया है, तो उस उदासी में भी खुशी से चिहुँक पड़ी हैं, 'लगता है, पेशाब उतरेगा। बूँद-बूँद कर टपक रहा है डॉ. गोस्वामी।'

'कुछ देर तो लगेगी ही।' डॉ. गोस्वामी बुदबुदाकर रह गए हैं।

पास खड़ी माली की बीवी आगे आ गई है। उसने लीज़ा को बरजते हुए कहा है, 'लाइए न, मैं सहला देती हूँ मिस साहिबा को...बिस्तर गीला कर रही हैं। आपको दिक्कत होगी...।'

पर लीज़ा ने हल्की झिड़क के साथ उसे रोक दिया है, 'क्या हुआ? बिस्तर गीला करें या दस्त करें, मैं अपने हाथों से साफ करूँगी। जब तक ये ठीक नहीं होंगी, मैं इन्हीं के पास हूँ। मेरे रॉबिन के लिए ही तो आज थ्रिपथॉप आंटी और यह...।' मुश्किल से आँखों में देर तक थामकर रखे गए अपने आँसुओं को लीज़ा रोक नहीं सकी हैं।

लीज़ा को रोते देख मिसेज़ ऐलिस टॉमलिन से भी नहीं रहा गया है और मिस बॉनर के माथे को चूमकर वे बिखरने लगी हैं, 'लीजा! दिस इज ऐन एपिक् बेलि...! इस पेट ने भले ही किसी को जन्म नहीं दिया...इस दूध को किसी ने नहीं पीया...पर मिस बॉनर मदर जैसी रहीं इस कम्यूनटि की। मदर इन ट्रू सेंस...।'

'वेरी पायस...।' देर से चुप बैठे मि. मिलर भर्रायी आवाज़ में बुदबुदाए हैं।

'मेरी राय में यहाँ वक्त बर्बाद करना ठीक नहीं। राँची से मैं एम्बुलेंस से आया ही हूँ और उसे अभी छोड़ा नहीं है...। मिस को वहीं नर्सिंग होम में ले चलना चाहिए। क्यों डॉ. गोस्वामी! दरअसल, आपके पास भी तो यहाँ प्रॉपर इक्विपमेंट्स और मेडिसन नहीं होंगे?' डेनिस डॉ. गोस्वामी की तरफ़ मुख़ातिब हैं।

डॉ. गोस्वामी ने छूटते हुए सहमति जताई है, 'डेनिस ठीक कह रहे हैं। इमर्जेंसी में तो यहाँ प्रेयर करने के सिवा और कोई चारा नहीं रह जाता है। मिस अगर राँची के नर्सिंग होम में एकाध हफ्ते रह लेंगी, तो इनकी तकलीफ थोड़ी कम हो जाएगी। इस एज में सिविअर परैलसिस का पूरा क्योर नहीं है।'

देर से दीवार की टेक लेकर खड़े टुइयाँ गंझू ने आश्वस्त स्वर में कहा है, 'राँची के 'किन्नी'[1] में मिस एकदम ठीक हो जाएँगी।'

'हाँ...हाँ, वहाँ इलाज शुरू होते ही इनकी सारी बीमारी कैप्चर हो जाएगी।' खुशिया पाहन ने टुइयाँ गंझू की बात का समर्थन किया है।

'फिर यही ठीक है।' डेनिस उठ खड़े हुए हैं और सामने किवाड़ के पल्ले से सटकर खड़ी नीलमणि से कहा है, 'बिटिया! ड्राइवर को बोलो, एम्बुलेंस कैम्पस में सीढ़ी के पास लगा दे।'

एम्बुलेंस सीढ़ी के पास लग गया है।

'इनको स्ट्रेचर पर उठाकर एम्बुलेंस में डालना होगा। मिस के कपड़े बदल दीजिए।' मि. मेंडेज़ ने कमरे से निकलते हुए कहा, तो लीज़ा ने मरियम की तरफ़ देखा है। सुबक-भरी आँखों से मरियम अन्दर कपड़े लाने चली गई है।

मिस बॉनर का सफ़ेद ढीला पाजामा और हरे रंग की एक ढीली गंजी उसने लाकर लीज़ा को थमाई, तो लीज़ा ने हिदायत के स्वर में कहा है, 'एक बैग में मिस के कुछ कपड़े और टॉवेल-वॉवेल डालकर दे दो।'

1. क्लीनिक

लीज़ा और मिसेज़ कैथलिन हॉरिगन ने बड़े यत्न से कम्बल के भीतर ही मिस बॉनर का गीला हो चुका पाजामा निकाल दूसरा पाजामा पहना दिया है। गंजी निकालकर पहनाना मुश्किल है। मिस बॉनर फिर अपना बायाँ पैर और हाथ ज़ोर-ज़ोर से घिसटने लगी हैं, 'आँ...आँ...ग्याँआँ...ओं...।' शायद उनके अन्दर की चेतना को आभास हो रहा है कि उनको उलटा-पलटा जा रहा है। पर धीरे से वे फिर स्थिर हो गई हैं।

लीज़ा ने डैनी और उसकी पत्नी जेनिफ़र से कहा है, 'ज़रा तुम लोग मिस के पीछे हाथ डालकर उठा दो ताकि गंजी निकाली जा सके।'

डैनी और जेनिफ़र ने मिस बॉनर के लटकते काँख में हाथ डालकर उन्हें मुश्किल से उठाया है। किसी तरह लीज़ा और कैथलिन ने पहले उनकी गंजी निकाली है। झुर्रियों से भरी उनकी गोरी बुर्राक विशाल छाती असहाय-सी नीचे ढलक गई है। फिर लीज़ा और कैथलिन बड़ी मुश्किल से हरी गंजी की दोनों बाँहों में उनका हाथ घुसा सकी हैं। डैनी और जेनिफ़र के हाथों के सहारे कुछ पल को टिकी मिस बॉनर चिर शव...ममी... की तरह लग रही हैं। उनकी झुर्रियों में करुण आरक्ति है और ललाट पर पसीने की हल्की परत निकल आई है। साँस भी बुरी तरह अचानक धौंकनी-सी तेज़ चलने लगी है। झूले जैसी ढीली-ढाली हरी गंजी में उनका बड़ा-बड़ा स्तन तेज़ साँस के संग जैसे बाहर आने-आने को हो रहा है।

मिसेज़ ऐलिस टॉमलिन ने गहरी करुणा के संग सीने पर क्रॉस का चिह्न बनाकर, फिर उनके सीने को सहलाते हुए कहा है, 'कितनी एलिगेंट लेडी थीं मिस! और आज...?'

एम्बुलेंस से स्ट्रेचर कमरे में लाकर रख दिया गया है। कम्बल हटा पेड़ू के नीचे मिस बॉनर के पाजामे के नाड़े को बाँधते हुए लीज़ा ने आश्वस्ति के भाव में कहा है, 'इससे साँस लेने में दिक्कत नहीं होगी मिस को।'

डेनिस ने गहरी आँखों से लीज़ा को देखा है। सच! इन दो दिनों में कितनी बदल गई है लीज़ा?

डैनी, ज़ेनिफर, लीज़ा और इलोना—सबने मिलकर मिस बॉनर के नीचे कम्बल किसी तरह सरकाकर लगाया है। फिर डेनिस ने कहा है, 'लीज़ा, तुम लोग अब हट जाओ। तुम लोगों से इन्हें उठाकर स्ट्रेचर पर लिटाना सम्भव नहीं होगा।'

डेनिस, डैनी, मि. नोएल गॉर्डन, उनका लड़का बॉबी, मि. मेंडेज़ और काफ़ी देर से हाथ में हाथ बाँधकर खड़े जैक ने कम्बल के कोर को चारों तरफ़ से मज़बूती से पकड़ते हुए मिस बॉनर को उठाकर स्ट्रेचर पर रखा है और एम्बुलेंस में डाल दिया है। इस ठंड में भी सब पसीने से भीग गए हैं।

स्ट्रेचर पर लेटी मिस बॉनर बायाँ हाथ फिर पटकने लगी हैं। ऐसे में गोरा-चिट्टा उनका बड़ा-सा पेट, जो उनकी हरी गंजी से लगभग आधा बाहर निकला हुआ है, रह-रहकर बुढ़ापे की करुण मांसलता के संग थलथला रहा है। एम्बुलेंस में उनके सामने बैठी लीज़ा ने उनकी गहरी नाभि पर हाथ रखते हुए कहा है, 'पहले से कुछ तो रिलैक्स हुआ है।'

मिस बॉनर अब स्थिर हैं। उनके बायें हाथ की हलचल थम गई है। भीतर का असाध्य कष्ट अब बस उनकी साँसों का उपयोग कर रहा है।

एम्बुलेंस में लीज़ा के साथ नीलमणि भी बैठ गई है। डेनिस ने डैनी से कहा है, 'डैनी! तुम भी चलते तो ठीक रहता।'

डैनी, जो शायद डेनिस के आदेश की प्रतीक्षा में ही था, लीज़ा के बगल में बैठ गया है।

आगे ड्राइवर के बग़ल की सीट पर बैठ डेनिस ने मि. मेंडेज़ और मि. मिलर की तरफ़ मुख़ातिब हो कहा, 'सुबह थ्रिपथॉप आंटी के कॉफ़िन का इन्तजाम जितनी जल्दी हो, करवाकर रखिएगा। मैं जितना सबेरे सम्भव होगा, यहाँ पहुँचने की कोशिश करूँगा। हाँ, लीज़ा, डैनी और नीलमणि मिस के पास नर्सिंग होम में ही रुके रहेंगे।' एम्बुलेंस जब सरकने लगा, तो डेनिस ने याद करते हुए कहा, 'अभी जाकर आप लोग जूडी को देख लीजिए। किट्टी भी वहीं है। और हाँ, जब तक मैं न आ जाऊँ, थ्रिपथॉप आंटी का फ़्यूनरल रोक कर रखिएगा।'

एम्बुलेंस तेज़ होने के साथ सारी आकृतियाँ अँधेरे में पीछे डूब गई हैं। एम्बुलेंस की खिड़की से डेनिस ने आकाश को आँख भर निहारा है—रात के गाढ़ेपन के साथ आकाश में बर्फीली धुन्ध की सिहरन पहले से कुछ बढ़ी हुई है। डेनिस ने रास्ते की तरफ़ देखते हुए लीज़ा से कहा है, 'लीज़ा, मिस को कम्बल से ठीक से ढँक दो। ठंड कुछ बढ़ी हुई है।'

एम्बुलेंस मैकलुस्कीगंज से काफ़ी आगे निकल गया है। आकाश में छितराए बादलों के कुछ सफ़ेद टुकड़े सारस की तरह कुछ यों लहरा रहे हैं, जैसे अपनी चोंच से बर्फीली हवा उगलने में व्यस्त हों! डेनिस ने खिड़की का शीशा ऊपर चढ़ा दिया है।

रात की क़ब्र पर पीला चाँद

जिब्राइल हफ़्ते भर पहले तिहाड़ जेल से छूटकर आ गया है। कैंटीन मजीद के दाँत खुशी से झँपा नहीं रहे हैं। सूखकर स्याह हो गया है जिब्राइल। मजीद ने तय कर लिया है कि वह महीने-दो महीने में जिब्राइल का निकाह अच्छा घर-परिवार देखकर कर देगा। जिब्राइल जिस दिन 'गंज' आया, उसके अगले दिन मजीद उसे लेकर राँची गया, रॉबिन से जेल में मिलवाने। रॉबिन ने बिहँसकर जिब्राइल से कहा, 'मैं जब तुमसे मिलने गया था, तो तुम जेल में थे। तुम आए, तो मैं जेल में हूँ।'

'आप इस अगहन में ही बाहर आ जाएँगे। मुझे यकीन है, ऊपरवाला इस जुल्म का फैसला जल्दी करेगा।' मजीद की आवाज़ नम थी।

शीतकाल! शीत और कुहासे से लिपटी है अगहन मास की पृथ्वी। इस समय कुलकुल ठंड। चिल्ले का जड़काला। पर ऐसे में अगहन की मनोहर छवि राँची स्थित 'बिरसा मुंडा केन्द्रीय कारागार' के ठीक बग़ल के धान के खेतों में मिलती है। रात भर ओस से भीग कर इन खेतों में सुबह की किरण के साथ अलसा कर झुके शहद रंग के पके धान के शीश यह बताने के लिए काफ़ी हैं कि आम, बाँस, कटहल, कुसुम और पीले फूलों वाले शिरीष के वृक्षों से भरा पड़ा भव्य राँची राजभवन, अमलतास और गुलमोहर की छाँववाली जज कॉलोनी या काँके रोड में सेमल और करंज से घिरा आर्मी फ़्लैग स्टाफ़ हाउस, भीड़ भरा अपर बाजार, लकदक शो रूमों से भरा फिरायालाल चौक भले राँची को एक भारी-भरकम

शहरी तुर्रा देता हो, लेकिन मन से राँची आज भी एक गाँव है। तालाबों और खेतों से भरा पड़ा। अपने गँवईपन को बचाने की ज़िद पर अड़ा एक शहर। जेल की सीखचों और सेल का सन्ताप अपनी जगह है, लेकिन शहर के मध्य स्थित 'बिरसा मुंडा केन्द्रीय कारागार' अन्दर से एक गाँव ही है। सुबह के कुहासे में डूबे जेल के वार्ड कैसे लगते हैं—जैसे ख़रगोशों या सफ़ेद चूहों के अनगिनत दरबे हों! रॉबिन को याद है, स्कूल में कभी-कभी अधूरा 'होम-वर्क' ले जाने पर या कि क्लास में ज़्यादा शोर-शरारत करने पर टीचर छुट्टी बन्द कर देती थीं। आख़िरी घंटी के बाद प्रेयर भी ख़त्म...। सब दोस्त घर जा रहे हैं पर कुछ बच्चे क्लास में जाली में फँसे चूहे की तरह तड़प रहे हैं। फिर ढूँढ़ते हुए मम्मी पहुँचती थीं और क्लास टीचर से अनुरोध कर, छुड़ाकर, झिड़कते हुए घर लाती थीं। सेल की तकलीफ़ भरी स्थिति में भी रॉबिन के होठ किंचित् हँसी के संग विद्रूपता से टेढ़े हो जाते हैं। जेल जीवन का छोटा-मोटा क्षणिक अनुभव तो स्कूल के दिनों में वह ले ही चुका है।

पिछले दिनों में पापा-मम्मी उससे दो बार मिले हैं—किसी तरह जेल आई.जी. से परमिशन लेकर। रॉबिन को लगा, मम्मी कहीं सीखचों के उस पार से भी बचपन के उन स्कूली दिनों की तरह झिड़कना न शुरू कर दें। पर मम्मी लगातार निःशब्द आँसू बहाती रहीं। पापा मुश्किल से एक-दो वाक्य बोल सके हैं, 'इस बार गाँव में किसी ने क्रिसमस नहीं मनाया...।' पापा की तड़प उनकी आवाज़ में छलक जाती है। पापा के साथ आए राँची के नामी-गिरामी वकील मि. आलोक गुप्ता ने सांत्वना में पापा की पीठ पर आहिस्ते-से हाथ रखा। मि. गुप्ता अनुभवी हैं। उन्होंने दोनों मुलाक़ात में बताया है कि खुफ़िया अधिकारियों के संग पूछताछ के क्रम में उसे कैसे पेश आना चाहिए।

इन बीते एक-सवा महीनों में राँची जेल का यह परिसर कितना सुपरिचित हो गया है! जेल परिसर के सभी गिने-चुने पेड़, हरी-पीली दूब, रुग्ण और उदास काले-पीले कैदी! सबसे परिचय। सबसे अपनापा। पिछले बारह वर्षों से बैल की चोरी के आरोप में बन्द है चान्हो प्रखंड का धानी मुंडा। जेल में रसोई बनानेवालों की टीम में वह भी है। उसके परिवार की हैसियत नहीं कि अदालत में उसके लिए एक वकील तक रख सके। असमर्थता का पत्थर अपने सीने पर रखकर शायद उसके घर के लोग भी उसे भूल गए हैं। आधी रात को धानी मुंडा के गाने की दर्द-भरी आवाज़ उसकी तन्द्रा को तोड़ती है : 'बहुरि न अइबो अइसो नगरी सुनऽ मन सजनी...।'

ऐसी दुनिया में फिर क्या आना? धानी मुंडा के गाने के भीतर की सिसकियों को रॉबिन महसूस करता है। जेल में बैल चोरी से लेकर साइकिल चोरी तक के आरोप में अनगिनत कैदी इसी तरह वर्षों से पड़े हैं। धानी मुंडा करुणा से बिहँसकर कहता है, 'ऊपरवाला भी हमें भूल गया है। इसलिए उसे हर रोज कहता हूँ कि फिर ऐसे संसार में मत भेजना। चौरासी के चक्कर में नहीं नाचना मुझे।'

जेल के पश्चिमी मुख्य दरवाज़े के पास दुर्गा और शिव के दो छोटे मन्दिरों के पंडित पांडे जी शाम की आरती के बाद आरती की थाली लेकर क़ैदियों के बीच बिला नागा आते हैं। आरती की जगमग थाली रॉबिन को बहुत अच्छी लगती है। जब वह श्रद्धापूर्वक आरती लेता है, तो पंडित जी भीने से अपनी घनी मूँछों के भीतर मुस्करा उठते हैं। जेल के मुख्य द्वार पर ये दोनों मन्दिर किसी ज़माने में यहाँ पदस्थापित रहे

दो कारापालों ने बनवाया था। दोनों मन्दिरों के इर्द-गिर्द आम, कटहल और पीपल के पेड़ हैं, जिनके चारों तरफ़ लाल गोल चबूतरा बना हुआ है। कैदियों से मिलने आए दूर-दराज़ के लस्त-पस्त मुलाक़ाती इन चबूतरों पर बैठकर थोड़ी राहत पाते हैं। पर इस सबसे अलग जेल गेट के मुख्य द्वार के लगभग सामने एक संग सटकर खड़े दो विशाल यूकेलिप्टस की मौज़ूदगी रॉबिन को एक अजीब राहत देती है। लगता है, जैसे मिसेज़ थ्रिपथॉप के कैम्पस के वही जुड़वाँ यूकेलिप्टस उसकी खोज-ख़बर लेने के लिए जेल के मुख्य द्वार पर आकर डट गए हों!

वह सेल की सीखचों से रात-रात भर देखता है—जेल के भीतर के गिने-चुने पेड़ों पर उठंगे कुहासे को। रात और चाँद को अकेलेपन में निहारना कैसा विचित्र लगता है! एकदम से छम्म-छाम! विचित्र नीरवता! आकाश के डगडग अन्धकार में हल्के पीले कमल-सा उदास चाँद...। रात की क़ब्र पर पीले फूल-सा पड़ा चाँद...। रॉबिन ने सोचा—नीलमणि कैसी होगी? उसके ज़हन में कौंध गई नीलमणि द्वारा 'फ़ाउंडर्स-डे' के लिए तैयार कराई गई उस नृत्य-गीत की पंक्तियाँ : 'पेलो ही चिच्चिका...जवा पूंपन...।'

रॉबिन ने याद किया, इस उराँव गीत का अर्थ पूछने पर नीलमणि ने कैसे झिझकते हुए बताया था, 'यह उराँव गीत है रॉबिन बाबू! इसमें नायक कहता है, मेरी प्यारी ने मुझे एक फूल दिया। कहाँ रखूँ मैं इसे? मैंने इसे बक्से में रखा। जब मैं बक्सा खोलता हूँ और उस फूल को देखता हूँ तो मुझे लगता है, मैं और कुछ नहीं, बस अपनी प्यारी का मुख देख रहा हूँ।'

सेल की सीखचों के पार अक्सर चाँदनी को निहारते हुए रॉबिन सोचता है, वह नीलमणि को देख रहा है...और कुछ नहीं—बस, अपनी प्यारी का मुख देख रहा है...। उदास मुख। रॉबिन को लगता, जैसे...जैसे उसके सेल के ठीक सामने हर रात सरसों के बेशुमार फूल खिल आए हों और तुरन्त मुरझा गए हों! रात के गहरे अकेलेपन में रॉबिन को अक्सर लगता रहा है कि वह पिघल रहा है...और जुड़ रहा है...पिघल रहा है और ढल रहा है एक नये साँचे में...। समय इसी तरह अपना टाँका लगाता है। समय एक सूई—पृथ्वी पर टिक-टिक घूमती हुई सूई! चीथड़े मनुष्य को प्रतिपल सीती हुई...। जेल के ज़्यादातर क़ैदी, ऐसे ही चीथड़ों की ढेर हैं—समय की सूई सबको सी-पिरो रही है...।

शुरू-शुरू में जेल के ज़्यादातर क़ैदी उसे कौतूहल से देखते और फुसफुसाकर आगे बढ़ जाते, 'यही है न वह विदेशी कैदी...उग्रवादियों का खूँखार सरगना...? पर देखने में तो कितना भला लगता है!' जेल के पुराने दादा-छाप क़ैदी भी शुरू में इन्हीं सब आशंकाओं के कारण उसको टोकना मुनासिब नहीं समझते थे कि इससे बात-चीत कर कौन आफ़त मोल ले? पर अब धीरे-धीरे सब उससे सहज होकर घुलमिल गए हैं। ख़ुफिया अधिकारियों की जेल में लगातार आमदरफ़्त बनी हुई है। बराबर बस वही कुछ तरेड़ते सवाल—झारखंड आन्दोलन और एम.सी.सी. के उग्रवादियों से तुम्हारा क्या रिश्ता है? इन उग्रवादियों को हथियार और पैसे कहाँ से मिलते हैं? कौन-कौन-सी विदेशी एजेंसियाँ इसमें सक्रिय हैं?—इन सारे सवालों के आगे रॉबिन की चुप्पी राँची जेल के मुख्य द्वार पर लटके ताले से भी भारी हो जाती है और इसलिए खुफ़िया अधिकारियों की तिलमिलाहट बढ़ती जा रही है, 'यह ऐसे हरगिज नहीं बोलेगा। थर्ड डिग्री अपनाये बगैर काम नहीं चलेगा।' कंजी आँखोंवाला एक खुफ़िया अधिकारी जो टीम का प्रमुख है शायद, ने एक दिन खीजकर कहा है।

खुफ़िया टीम के एक-दूसरे अधिकारी ने इस पर कहा, 'बोलना तो होगा इसके बाप को। मैकलुस्कीगंज में जहाँ कभी भी उग्रवादियों ने पहले कोई वारदात नहीं की थी, वहाँ इसकी मौजूदगी में रेल की पटरियाँ उखाड़ी जा रही थीं...।'

शाम में खुफ़िया टीम के जाने के बाद जेल अधीक्षक ने रॉबिन के सेल के पास आकर समझाया है, 'तुम अगर सीधे-सीधे सब कुछ बता दोगे, तो तुम्हारी रिहाई पर विचार हो सकता है।'

रॉबिन ने सपाट-सा जवाब दिया, 'आप लोग मेरा सच एक दिन जरूर जान लेंगे। मुझे खुशी होगी सुपरिंटेंडेंट साहब कि जिस राँची जेल के वार्ड नम्बर पाँच में बिरसा मुंडा ने दम तोड़ा था, मेरे जैसा मामूली लड़का वहीं आखिरी साँस भर ले।' रॉबिन के चेहरे पर तीखी हँसी चिलक गई, 'सुपरिंटेंडेंट साहब! क्या मेहरबानी करके आप मुझे उसी वार्ड नम्बर पाँच में बन्द कर देंगे, जिसमें बिरसा मरे थे...?'

जेल सुपरिंटेंडेंट ने एक पल के लिए रॉबिन को भरपूर निहारा और ख़ामोशी से आगे बढ़ गए।

राँची जेल में आने के बाद रॉबिन को इस बात की बड़ी उत्सुकता थी कि वह उस वार्ड को जाकर देखे, जिसमें आदिवासियों के महान क्रान्तिकारी योद्धा बिरसा मुंडा की मौत हो गई थी। पापा ने तो बताया ही था, नीलमणि, सामू चाचा और बहादुर उराँव के कई पुराने मित्रों-सहयोगियों से भी वह बिरसा की वीर-गाथाओं को सुन चुका था।

रॉबिन भूला नहीं था, जब वह राँची एयरपोर्ट पर पहली बार उतरा था और उसे मैकलुस्कीगंज ले जा रहे बुज़ुर्ग टैक्सी ड्राइवर ने रास्ते में बिरसा की काली-आबनूसी आदमक़द प्रतिमा दिखाते हुए कहा था, 'आदिवासियों के एक महान क्रान्तिकारी नायक थे बिरसा मुंडा...उनकी मूर्ति है यह...। अंग्रेजों के जमाने में इनकी जेल में मौत हो गई थी। ये अपने आदिवासी समाज के ऊपर हो रहे अत्याचार के खिलाफ अंग्रेजों से लड़ रहे थे...। इसलिए अंग्रेज़ों ने इन्हें जेल में सड़ाकर मार दिया था...।'

सेल की ठिठुरती रातों में, ठंड से सुन्न सलाखों को थामे, अन्धकार में आँखों को डुबोते रॉबिन को लगता है—इस नीरवता में बिरसा उसके भीतर गूँज रहे हैं...। अपने समुदाय को दुःख से उबारने के लिए बिरसा ने अपना जीवन दे दिया। मनुष्य जीवन की सच्ची सार्थकता देने में है। पर आदिवासी समुदाय के नेतागण? इन्हें सिर्फ़ चाहिए...बस, लेने में ही इनकी गति है। पिछले दिनों तो 'झारखंड मुक्तिमंच' के सांसदों को लेकर यों भी सारे भारत में ख़ासी चर्चा रही थी। विपक्षी सांसदों ने कटाक्ष करते हुए कहा था, 'झारखंड मुक्तिमंच के सांसद तो सरकारी दामाद हैं।'

दरअसल, पिछले दिनों जब केन्द्र सरकार के विरुद्ध विपक्ष ने तीसरी बार अविश्वास प्रस्ताव लाया, तो प्रधानमंत्री ने बड़े आत्मविश्वास के संग कहा, 'हमें विश्वास मत हासिल होगा। सदन में हमारे कई अदृश्य मित्रगण हैं।'

अदृश्य मित्रों में 'झारखंड मुक्तिमंच' के यही नौ सांसद थे। यह चर्चा आम थी कि प्रधानमंत्री से पाँच-पाँच करोड़ रुपये लेकर इन आदिवासी सांसदों ने सरकार के पक्ष में मतदान किया था।

महान बिरसा की शहादत...! और स्टीफेन सोरेन...जॉन लकड़ा...सूरज मरांडी सरीखे भ्रष्ट-पतित आदिवासी सांसद व नेतागण! सरल-निष्कपट आदिवासी समुदाय के

ये घिनौने राजनीतिक सौदागर! पर रॉबिन को लगता है कि सिर्फ़ इन आदिवासी नेताओं को क्यों दोष दिया जाए...? अपने देश और समाज के लिए यहाँ किसी को दर्द महसूस होता है क्या? अख़बारों के पन्ने यहाँ नेताओं-अफ़सरों के घोटालों और माफ़िया गिरोहों की सनसनीख़ेज़ हरकतों से आए दिन भरे रहते हैं...। मनुष्य जीवन तो देने की गरिमा से जुड़ा था। अब देने की गरिमा से बहुत दूर जा चुका है मनुष्य—बहुत दूर...। पर वह देगा...। देगा वह अपना जीवन। अपने समुदाय के लिए, अपने गाँव मैकलुस्कीगंज के लिए...। मिसेज़ थ्रिपथॉप की शहादत भले चर्चा का विषय नहीं बनी, ख़बरों की सुर्खी नहीं बनी, पर वह माँ थीं 'गंज' की...।

रात के अथाह एकान्त में मिसेज़ थ्रिपथॉप का वात्सल्य से भीगा चेहरा बरबस कौंध जाता है।

पहली बार यहाँ जेल में जब पापा-मम्मी उससे मिलने आए थे, तो कुछ भी नहीं बताया था मिसेज़ थ्रिपथॉप या मिस बॉनर के बारे में। पर दूसरी बार जब पापा-मम्मी वकील के संग मिलने आए और उसने कुरेद-कुरेदकर सबका हाल-चाल पूछा, तो पापा की आवाज़ रुँध गई, 'थ्रिपथॉप आंटी चली गईं बेटे...।'

मिस बॉनर के बारे में भी पापा ने बताया कि किस तरह परैलिटिक अटैक के बाद पन्द्रह दिनों तक राँची के नर्सिंग होम में रहने के बावजूद उनका राइट साइड सुन्न का सुन्न ही रहा और डॉक्टर ने अफ़सोस के साथ बस इतना कहा, 'इन्हें गाँव ले जाइए। अब ये इसी तरह रहेंगी...गॉड की मर्सी पर...।'

मम्मी ने भर्राये अस्फुट स्वर में कहा, 'बेटे! आवाज तो लगभग चली गई है उनकी, पर भीतर से उन्हें पूरा होश है...। लेकिन ज्यादा दिन नहीं बचेंगी वो...। शायद तुम्हें एक बार देखने के लिए ही वे 'बॉनर-भवन' में बिस्तर पर पड़ी साँस ले रही हैं...।'

रॉबिन की आँखें अक्सर रात के गहरे सन्नाटे में भर-भर आती हैं। अब किससे सुन पाएगा वह भारत का इतिहास...? फूलों और भाषा की कहानी...? नहीं, मिस बॉनर मूक नहीं हो सकतीं—कभी नहीं! उनका स्वर, उनकी संवेदना इस सृष्टि की अनन्तता में सदैव मौज़ूद रहेगी।

रॉबिन को जेल में बन्द रहने की असह्य पीड़ा जब कभी होती है, तो यही सब सोचकर। उसका जी करता है कि काश, वह 'बॉनर-भवन' जाकर मिस बॉनर को देख पाता!

वैसे रॉबिन की रिहाई के लिए डेनिस को साथ लेकर मेजर विलियम...मि. ब्राउन... मि. रोज़ारियो—सब लगातार दिल्ली-पटना एक किए हुए हैं। केन्द्रीय गृहमंत्री से लेकर पटना में राज्यपाल तक को प्रतिवेदन देकर पूरी स्थिति से अवगत कराया गया है। मेजर विलियम की तो 'झारखंड मुक्तिमंच' के सांसद सूरज मरांडी से संसद की लॉबी में ख़ासी झड़प हो गई जब सूरज मरांडी ने कहा कि, 'रॉबिन मैगा़वन सचमुच विदेशी एजेंट है।'

मेजर विलियम जैसे झपटते हुए टूट पड़े, 'देश को तो तुम लोग बेच रहा है...यू ब्लडी ब्रोकर्स...!'

पापा ने जेल की दूसरी मुलाक़ात में सब कुछ बताया और यह भी बताया कि मि. ब्राउन और मि. रोज़ारियो ने पटना में राज्यपाल से इस 'इशू' पर दोबारा भेंट की है। पापा ने बताया कि मैकलुस्कीगंज में 'डॉनबास्को' स्कूल की बिल्डिंग बनकर लगभग

तैयार हो गई है, पर मि. रोज़ारियो ओपनिंग को इसलिए टाल रहे हैं कि रॉबिन की रिहाई के बाद ही अब कुछ होगा।

'मि. रोज़ारियो तुम्हारे भारी प्रशंसक हैं।' पापा ने कहा।

'पर पापा, सिर्फ मेरी रिहाई नहीं, बहादुर अंकल की रिहाई के लिए भी पूरी कोशिश होनी चाहिए; बल्कि उनकी रिहाई तो पहले होनी चाहिए...।'

'हाँ, बेटे! वह कोशिश भी जारी है। उम्मीद है हमें, उसमें भी कामयाबी मिलेगी। तुम्हारे इशू पर अभी जब हम लोग गृहमंत्री से दिल्ली में मिले थे, तो बहादुर वाले मुद्दे की भी चर्चा हुई...। अपने वकील मि. गुप्ता बहादुर भाई वाले केस को भी देख रहे हैं। हमने इस बीच दो बार बहादुर भाई से मुलाकात की है। मि. गुप्ता साथ थे। बहादुर की हालत देख रुलाई छूट गई। कोई कोशिश छोड़ी नहीं जाएगी बेटे, बहादुर के लिए भी...। पर तुम जानते हो, यहाँ के सरकारी साँड़ों से निबटना बहुत आसान नहीं...। लेकिन बेटे, मैंने अपना मन बना लिया है...सफरिंग्स आर लेशंस बेटे...।' तनिक रुककर भारी स्वर में फिर डेनिस ने कहा है, 'मैं तो अब यहीं हूँ...। हाँ, तुम्हारी मम्मी को सोचता हूँ, अगले सप्ताह हांगकांग भेज दूँ, ताकि जल्दी से वहाँ का कारोबार समेटने में ये जुट जाएँ। बेटे, अब हम सब यहीं रहेंगे, हरदम के लिए। अपने 'गंज' में...।'

रॉबिन ने सीखचों से अपना हाथ निकाल डेनिस के हाथ को भींच लिया है, 'ओह! पापा...।' खुशी की एक सिसकारी-सी निकल गई है रॉबिन के मुँह से...।

लीज़ा ने आहिस्ते-से मनुहार भरे लेकिन भर्राये स्वर में कहा है, 'तुम खुश रहने की कोशिश करना बेटे...। जितनी जल्दी हो सकेगा, मैं लौटने की कोशिश करूँगी। मेरा शरीर बस वहाँ रहेगा पर मन तो तुम्हारे पास टँगा रहेगा—यहीं...। ईश्वर सब ठीक करेंगे।'

'अब निकलिए। वक्त हो गया।' जेल वार्डन की आवाज़ से रॉबिन और डेनिस की तन्द्रा टूटी है।

सारी रात सेल में पापा की आवाज़ उसके कानों में गूँजती रही है : 'अब हम सब यहीं रहेंगे...अपने 'गंज' में...।' रॉबिन को लगा, दूर से दौड़ते आ रहे बादलों को वह देख रहा है—पहाड़ की पथरीली-खुरदुरी चोटी पर दौड़ लगाकर आते बादलों को...। समुद्र और नदियों को फलाँगते, लगातार आगे बढ़ते बादलों को, जो तेज़ हवा की आँधियों में फटकर बस बरसने ही वाले हैं।

लहराते साँप

सवेरे से गाँव मति में नहीं है। पिछली रात बहादुर उराँव नहीं रहे। सुबह-सुबह 'राँची मानसिक आरोग्यशाला' की गाड़ी से यह समाचार लेकर किसी तरह पूछते-पाछते प्रणवदा नीलमणि के यहाँ पहुँचे हैं। गाड़ी उन्होंने स्टेशन के पास ही छोड़ दी है। नीलमणि की माँ छाती पीट-पीटकर विलाप कर रही है। उसके हृदय-विदारक रुदन से पूरा उराँव टोला चिहुँककर दौड़ पड़ा है। सनाका छा गया है पूरे टोले में। नीलमणि धारोधार रो रही है।

बिन्दा उराँव रह-रहकर भोकार पार रहा है। सनीचर उराँव पंचम सुर में बिलख रहा है, 'दुष्ट दुतिया ने बाघ-बच्चा को मरवा दिया। छोड़ेंगे नहीं उस कमीने को!'

'क्वींस कॉटेज' की तरफ़ से गुज़र रहे लाइट मजीद ने जैक से कहा, 'जैक भाई! गाँव का 'सितारे हिन्द' चला गया।'

पंडित रामाज्ञा पाठक भर्राये स्वर में बस दो शब्द बोल पाए हैं, '...जटायु मरण।'

बहादुर उराँव की मौत की ख़बर 'गंज' क्या, पूरे इलाक़े में जंगल की आग की तरह पसर गई है। सिर्फ़ बुढ़मू और खलारी ही नहीं, मनातू, चान्हो, चन्दवा, बालूमाथ और माँडर से लेकर रातू और काँके प्रखंड के सभी आदिवासी गाँवों में शोक और बेचैनी छा गई है। दोपहर से सभी गाँवों से भारी तादाद में आदिवासी लोग 'गंज' में उमड़ रहे हैं। सामू मुंडा विकल दशा में पहुँचे हैं। जहाँ जो सुन रहा है, दौड़ा हुआ पहुँच रहा है। सबके चेहरे पर तमतमाहट है। दुती भगत अगर सामने मिल जाए, तो आदिवासी लोग उसे भुरकुस कर देंगे। तीर से छल्ली-छल्ली कर देंगे। बहादुर उराँव के साथ शुरू से अब तक जो कुछ हुआ, उसके पीछे वही कमीना दुती भगत है। दुती भगत अपना ज़्यादा समय राँची में बिताता है।

खुशिया पाहन कहता है, 'राँची में अब वह अपने पंख सुखा रहा है।'

खुशिया ग़लत नहीं कहता। 'झारखंड मुक्तिमंच' के नेताओं की सोहबत में दुती भगत ने अच्छा पैसा बनाया है। अब वह राँची से ही अपनी दलाली चलाता है। ठेकेदारी और दलाली के बूते 'गंज' से लेकर राँची तक, दोनों जगह उसने अच्छा चास-बास बना लिया है। रातू रोड में पक्का का विशाल मकान पीट लिया है। पाँच पेट्रॉल पम्प हैं उसके। बहादुर उराँव की गिरफ़्तारी के बाद से वह 'गंज' डर से बहुत कम आता है। 'गंज' के मकान में उसके माँ-बाप रहते हैं। बीवी-बच्चों को अब वह राँची में ही रखता है। पर 'गंज' का जो कोई भी राँची में उससे मिल जाता है, उससे वह कुटिल हँसी के संग कहता है, 'तुम लोग क्या समझते हो? मैं 'गंज' नहीं जाता हूँ, इससे क्या...मैं राँची में ही बैठकर 'गंज' को आज भी जोतता हूँ।'

कैंटीन मजीद पिछले दिनों राँची गया था, तो अचानक अपर बाज़ार में दुती भगत सामने टकरा गया। उससे भी उसने यही बात कही थी। इसलिए बहादुर उराँव की मौत की ख़बर सुनकर कैंटीन मजीद ने भर्राये गले से कहा, 'बहादुर उराँव जैसे सच्चे इनसान के साथ दुती भगत ने जो भी किया, इसके लिए खुदा उसे माफ नहीं कर सकता।'

गाँव के चप्पे-चप्पे में विषाद गहराया हुआ है। चाट्टी नदी मानो छाती कूट-कूटकर विलाप कर रही है। गहन अवसाद में कंका पहाड़ी का रंग किस तरह राख जैसा हो जाता है, इसे समझनेवाले समझते हैं। चमरंगा के जंगल में स्तब्धता छाई है। गोरलटका पहाड़ी सन्ताप का कम्बल ओढ़े सिकुड़ी हुई है। मि. मिलर ने गहरी करुणा से कहा है, 'द फ़ाइटर ऑव दिस विलेज़ हैज़ गॉन...इस गाँव का शेर चला गया। यह दुनिया दुती भगत जैसे रास्कल्स के वास्ते है, बहादुर जैसे ग्रेट के लिए नहीं। अलग 'झारखंड स्टेट' तो दो-चार साल में बन जाएगा लेकिन उस पर राज करेंगे दुती भगत जैसे गिरे हुए लोग।'

टुइयाँ गंझू ने कातर स्वर में कहा, 'क्या कहें साहब! जब से यह खबर सुनी है, मुँह में धान देते हैं तो लाबा हो रहा है। इस गाँव का नाज...वीर जलन्धर...जोरावर धरती से उठ गया।'

बहादुर उराँव 'मानसिक आरोग्यशाला' में बन्द थे, तब भी गाँव को एक बल का

एहसास था। उम्मीद थी कि झूठे मुक़दमे से उबरकर एक दिन वे सबके बीच आएँगे। पर अब यह उम्मीद हमेशा के लिए ख़त्म।

नीलमणि 'मानसिक आरोग्यशाला' की ही गाड़ी से प्रणवदा, डेनिस और मि. मेंडेज़ के साथ काँके के लिए निकल चुकी है। वहाँ जाकर डेड बॉडी को रिसीव कर 'गंज' लाना होगा। सूर्यास्त के पहले उराँवों के श्मशान 'मसना' में अन्त्येष्टि हो जानी चाहिए।

रास्ते भर डेनिस की आँखें रो-रोकर सुर्ख़ हैं। बचपन की सारी स्मृतियाँ सिनेमा के रील की तरह एक-एक कर मन में घूम रही हैं। किस संयोग में वे आए कि माँ जैसी मिसेज़ थ्रिपथॉप और भाई जैसे भाई बहादुर उराँव को गँवा दिया। रॉबिन को यह ख़बर वे कैसे बता पाएँगे?

उस दिन भी जेल में मिलने पर रॉबिन ने कितना ज़ोर देकर कहा था, 'पापा, सिर्फ मेरी रिहाई नहीं, बहादुर अंकल की रिहाई के लिए भी पूरी कोशिश होनी चाहिए; बल्कि उनकी रिहाई तो पहले होनी चाहिए।' पर बहादुर उराँव इस कड़वी ज़िन्दगी से ही रिहा हो गए।

गाड़ी में प्रणवदा ने बताया कि कैसे अचानक पिछली रात उन्हें ज़बर्दस्त दिल का दौरा पड़ा था। प्रणवदा ने कातर स्वर में नीलमणि से कहा, 'नीलू! रॉबिन के जेल जाने की खबर के बाद से बहादुर भाई गहरे सदमे में थे। कहते थे, 'गंज' का कुछ भला नहीं होनेवाला।'

बहादुर उराँव की मौत की ख़बर से 'एम.सी.सी.' वाले बुरी तरह क्षुब्ध हैं। दोपहर से गाँव में अफ़वाह तेज़ है कि बहादुर उराँव की मौत की ख़बर सुनते ही 'एम.सी.सी.' की छोटानागपुर जोनल कमेटी ने अपातकालीन बैठक बुलाकर दुती भगत को जनअदालत लगाकर फाँसी देने का ऐलान कर दिया है। गाँव का सुगुआ उराँव यह भी ख़बर लाया है कि इसके साथ ही 'एम.सी.सी.' ने इलाक़े के सभी एम.एल.ए. और एम.पी. को सख़्त हिदायत दी है कि अब अगर वे अपने क्षेत्र में घूमना चाहें, तो उन्हें 'एम.सी.सी.' के एरिया कमांडर हेम्ब्रम से अनुमति लेनी होगी। सुगुआ उठल्लू-लबड़ा नहीं है। कोई हवाई बात नहीं करता। एकदम अन्दर की बात लाता है। कल तक पूरे इलाक़े में पार्टीवाले जगह-जगह इसकी नोटिस भी चिपका देंगे।

पिछले एक हफ़्ते से सब कुछ उल्टा-पुल्टा चल रहा है। चार-पाँच दिन पहले डैनी-जेनिफ़र के यहाँ डकैती पड़ गई है। लगता है, आसपास के छुटभैये अपराधी फिर सक्रिय हो गए हैं।

इधर मिस बॉनर की हालत और बिगड़ गई है। 'पिकॉक गेस्ट हाउस' में मि. व मिसेज़ गिब्सन में घमासान चरम पर है। खुशिया पाहन दबी ज़बान से कहता है, 'केर और बेर का साथ कहाँ से निभेगा...?'

मि. मेंडेज़ की बड़ी बेटी शेरॉन अपने पति के यहाँ से बोरिया-बिस्तर समेट हमेशा के लिए 'गंज' आ गई है। मिसेज़ मेंडेज के आँसू सूख नहीं रहे हैं। शेरॉन की पीठ पर लहराते काले साँप सरीखे अनगिनत दाग हैं। शेरॉन उनकी तीनों बेटियों में सबसे सुन्दर रही है। दुलार में मिसेज मेंडेज़ उसे 'इंग्लिश रोज़' कहती रही हैं। पर वह इंग्लिश रोज़...! स्याह हो गई है शेरॉन। इस स्याही की ढबक मि. मेंडेज़ के चेहरे पर भी आ गई है। पता नहीं, गाँव को और कैसे-कैसे दिन देखने हैं! अफ़वाह फिर नये सिरे से तेज़ है कि कोल कम्पनी अब जो दिन नहीं इलाक़े के सर्वे के लिए पहुँचनेवाली है। मुसीबतों का कहीं अन्त नहीं लगता। फिलहाल तो सारा गाँव बहादुर उराँव के शव की प्रतीक्षा में बेचैन है। खुशिया पाहन की आवाज़ में छटपटाहट है, 'मेवा था अपना गाँव, पर मवाद बन गया।'

खंड : चार

चौड़ी मुस्कान

नये साल की शुरुआत के साथ 'गंज' पूरे औल-फौल में है। तीखे और मीठे बहस-मुबाहिसे में एकदम से लाल टूस। यह वर्ष 1994 का जनवरी माह है। महीने का मध्य। बीता साल गाँव के लिये बहुत दर्दनाक रहा। पता नहीं, आगे क्या हो! 'गंज' के आदि शंकराचार्य पंडित रामाज्ञा पाठक झल्लाकर कह रहे हैं, 'अब बचा क्या है! अति हो गई। इस अतिपातक परिवेश में यहाँ टिकना कठिन है। पर मेरे दरवाजे का शिवालय मेरे लिए गले की घंटी है। मेरे पूर्वजों ने अगर यहाँ शिवालय स्थापित न किया होता, तो इस माहौल में यहाँ से मैं एक मिनट में निकल जाता। अब ऐसी शक्ति तो मुझमें है नहीं, जो शिवालय उठाकर किसी दूसरे गाँव को चला जाऊँ।'

टुइयाँ गंझू उनके क्रोध को सहलाते-पुचकारते हुए कहता है, 'एकदम सही बात है बाबा। ऐसी पट्ठा पछाड़ शादी...! बाप रे, कल की घटना से तो 'गंज' लत्ता-लत्ता हो गया।'

गाँव का बूढ़ा हजाम प्रभु ठाकुर गहरी साँसें लेकर कहता है, 'जीवन बीत गया इस गाँव में रहते हुए लेकिन ऐसी बादी बात यहाँ कभी नहीं हुई थी। अब चारों तरफ जग-हँसाई। कल दोपहर से अखबारवाले यहाँ बादुर की तरह लड़ी लगाए हुए हैं।'

हालाँकि, गाँव में कुछ लोग ऐसे भी हैं, जो कल की घटना को 'न भूतो, न भविष्यति' कहते नहीं अघा रहे हैं। खुशिया पाहन हैरान होकर कह रहा है, 'इस कलियुग में सीता मैया को भी फेल कर देनेवाली कोई लड़की हो सकती है, मैं सपने में नहीं सोच सकता था।'

इस घटना को लेकर रामसेवक डेविड और मेरी भी मुग्ध हैं। बतरस की ढेंकी[1] चल रही है। गाँव का एकलौता पत्रकार बसन्त विशेष समाचार के संकलन में बाहर से आ रहे अपने पत्रकार बांधवों के स्वागत में जुलहाल है।

उराँव टोले के सुगुआ उराँव के एकलौते बेटे जयपाल की शादी ने पूरे गाँव को हलचल में ला दिया है। सुगुआ उराँव भले अँगूठा छाप है लेकिन गहरे पानी का आदमी है। गाँव के उठल्लुओं और लबड़ों से वह हमेशा सात कोस दूर रहता है। पर कल से सुन्न-अवाक् बना बैठा है सुगुआ। उसके टटौघर[2] पर पता नहीं, ईश्वर ने यह वज्र क्यों गिराया है! बड़े लाड़ और सपने से उसने अपने एकलौते बेटे का नामकरण 'मरांग गोमके' जयपाल सिंह[3]

---

1. धान कूटने का एक यंत्र
2. घास-फूस की बनी झोपड़ी
3. जयपाल सिंह मुंडा (3 जनवरी, 1903—20 मार्च, 1970) हॉकी के अंतरराष्ट्रीय खिलाड़ी होने के संग-संग आदिवासियों के बड़े नेता थे। वर्ष 1928 में वे ओलम्पिक में भारतीय टीम के कैप्टेन बने थे। वर्ष 1938 में उन्होंने 'आदिवासी महासभा' का गठन किया था। फिर अपनी 'झारखंड पार्टी' बनाई थी। छोटानागपुर में वे 'मरांग गोमके' यानी महान नेता के नाम से मशहूर थे।

के नाम पर किया था। फ़ुटबॉल में जब उसके बेटे जयपाल का नाम होने लगा, तो सुगुआ को कभी-कभी लगता—एक दिन इस अंचल का दूसरा 'मरांग गोमके' बनेगा उसका बेटा।

सुगुआ उराँव का सगा छोटा भाई मुनचुन उराँव भाई के कन्धे पर बार-बार सांत्वना के हाथ रखकर कह रहा है, 'वह बेहूदा...मर चुका है हम लोगों के लिए...।'

सुगुआ की घरवाली गीता उराँव लहककर कहती है, 'डोका...डपोरशंख! इस लड़के ने तो मेरी कोख जला दी। दुनिया में एक घरवाली को डेबना मुसीबत है...और यह एक संग दो-दो को निभाएगा...?'

गाँव के लोग इस घटना को लेकर पक्ष-विपक्ष में चाहे जो भी बकतूती कर लें लेकिन इतना तो सभी मान रहे हैं कि ऐसा बेउरेब प्रसंग पहली बार गाँव में सामने आया है। गाँव का अच्छा होनहार फ़ुटबॉलर, सुगुआ उराँव का एकलौता बेटा जयपाल इस तरह दो पाँवों से दो-दो गेंद गोल करेगा, यह किसी की कल्पना में नहीं था।

'गंज' के एक टोले सखुआ टाँड़ की लड़की मधुमती और दूसरे टोले मंगरूतरी की सुखमणि दोनों उस पर जान छिड़कती थीं। जयपाल दोनों तरफ़ पंख फड़फड़ाता हुआ प्यार की पींगें भरता रहा था। बहरहाल, प्यार के इस त्रिभुज में तूफ़ान तब आया, जब जयपाल ने अन्ततः तय किया कि वह सुखमणि से शादी करेगा।

जयपाल की शादी सुखमणि से होने जा रही है, जब यह ख़बर 'गंज' में फैली, तो मधुमती बहुत दुखी हुई। बहुत विकल। उसने यह बात अपनी भाभी से कही कि जयपाल के बिना वह नहीं जी सकती। मधुमती की विह्वलता देख उसकी भाभी से रहा नहीं गया। उसने जयपाल से मिलकर कहा कि वह मधुमती के संग सरासर अन्याय कर रहा है। उसके बिना मधुमती मर जाएगी।

मधुमती को लेकर ज़ाहिर है, जयपाल भी पसोपेश में पड़ गया। मधुमती के लिए प्यार का एक कोना तो उसके मन में था ही।

'गंज' में इदरी से बिदरी बातों के भी पंख होते हैं। इस तरह यह बात सुखमणि के कानों तक पहुँची। उसे मधुमती के लिए बहुत अफ़सोस हुआ। हालाँकि, सुखमणि की जगह कोई और लड़की होती, तो वह ग़ुस्से से पागल हो उठती। जयपाल को बुरी तरह ज़लील करती कि उससे प्यार की पींगें भरने के संग-संग उसने दूसरी लड़की को झाँसे में क्यों रखा? पर सुखमणि ने तो सबको हैरान कर दिया—बुरी तरह हैरान। चाट्टी नदी के पास मिलने के लिए उसने जयपाल को खबर भिजवाई। उस शाम उसने जयपाल को बड़े दुलार से कहा कि वह उसके संग-संग मधुमती से भी शादी कर ले। उसे इससे कोई एतराज़ नहीं होगा। मधुमती के संग वह ख़ुश-ख़ुश निभा लेगी। सुखमणि ने जयपाल से कहा कि वह उसकी ख़ुशी के लिए कुछ भी कर सकती है।

सुखमणि के प्रस्ताव से जयपाल जैसे अपने-आपमें नहीं रहा। ऐसी भी ग़ज़ब लड़की होती है भला! उसे सुखमणि पर बहुत लाड़ आया। काफ़ी बेचैनी से जूझकर सुखमणि के कहे मुताबिक जयपाल ने मधुमती को उसकी भाभी के ज़रिये सन्देश भिजवा दिया कि वह एक संग सुखमणि और मधुमती दोनों से शादी करेगा। हालाँकि, तब भी जयपाल को सन्देह था कि इस प्रस्ताव से मधुमती शायद ही सहमत हो। पर सुखमणि के फ़ैसले के

बारे में जानकर मधुमती की आँखें भर आईं। कोई लड़की किसी के प्यार में डूबकर इस हद तक जा सकती है, यह वह कभी सोच नहीं सकती थी।

वर-वधू पक्षों की ओर से कोई भी इस प्रकार के विवाह के लिए तैयार नहीं था, पर जयपाल की फ़ुटबॉल टीम के सारे साथियों ने कमर कसकर पूरे उत्साह से इस विवाह को अंजाम दिया।

जयपाल के साथी जब शादी के कपड़ों की ख़रीददारी के लिए खलारी गए और कपड़े की दुकान पर दुलहनों के वास्ते शादी के दो जोड़े और दूल्हे के लिए मात्र एक धोती-कुर्ते की माँग की, तो दुकानदार को बड़ा आश्चर्य हुआ। भला यह कैसी शादी है? एक दूल्हा और दो दुलहनें? पर जब जयपाल के साथियों ने दुकानदार को पूरी कथा बताई, तो वह भी बाग़-बाग़ हो गया। दुकानदार ने अपनी तरफ़ से दोनों दुलहनों के लिए दो रेशमी दुपट्टे भी बँधवा दिये।

शादी को लेकर चाहे जो भी अहस-बहस हो, पर इस शादी ने अन्ततः 'गंज' की बत्तीसी फैला दी है। अख़बारों में इस शादी को लेकर लगातार ख़बरें छप रही हैं। एक-से-एक प्यार-चकित शीर्षकों के संग। खुशिया पाहन बिहँसकर कहता है, 'एक और 'हथिया-शादी' का पान-फूल बस कुछ ही दिनों बाद बरसनेवाला है। इन रँगीली अजूबा शादियों से 'गंज' छबीला गाँव बन गया है। जाकर देखिए, बूढ़े हाथी और बूढ़ी हथिनी की शादी के लिए खुशी से गाँव के चर्च का बत्तीसा नहीं झँप रहा है।'

अर्से से खँडहर-सा वीरान पड़ा मैकलुस्कीगंज का बूढ़ा चर्च इन दिनों सचमुच बच्चों की तरह ख़ुशी से चहक रहा है। ताज़ा रँगी-टीपी चर्च की सफ़ेद दीवारें सारस-सी गर्दन ऊँची किये खड़ी हैं। गाँव के ऊपर लहराता मध्य जनवरी की दोपहरी का गहरा नीला आसमान भी नया-नया ही रँगा-पुता लग रहा है। दरअसल, कैप्टेन क्लीमेंट मेंडोंसा ने अपने ख़र्चे से अपनी शादी के ख़ास मौके के वास्ते इस 'खलटिस' हो चुके चर्च का शानदार रंगरोगन करवाया है। पंडित रामाज्ञा पाठक ने जोड़-तोड़ कर शादी के लिए 'दिनगुन्नी' की है। गाँव के लोग बिहँस रहे हैं, 'बुड्ढा एकदम चुभक रहा है। शादी के लिए ऐसी उमक तो नौजवानों में भी नहीं होती...।'

टुइयाँ गंझू ने मुँह बनाकर कहा है, 'दिमाग भसिया गया है मेंडोंसा साहब का। पूस में कहीं शादी होती है? पूस की बात फुस्स!'

बहरहाल, यह एक बड़ा प्यारा-प्यारा सा समय है, जो पिछले दिनों के सन्तापों को सहसा झटकते हुए आया है। जयपाल की अनूठी शादी की पीठ पर ही एक और अलबत्त शादी की तैयारी! 'गंज' के चर्च में किसी की शादी हो, यह अवसर गाँव में कई वर्षों बाद आया है। इसलिए शायद गाँव की गहरी सर्द उदासी बरबस पिघल गई है और खेतों से पिछले दिनों कटकर आई धान की बालियों की तरह घर-घर में खुशी की फुलझड़ियाँ छितरा गई हैं।

व्यंजन बादशाह विलियम रैंडोल्फ़ भटके बादल की तरह एक सप्ताह पहले अचानक पहुँच गया है। मि. नोएल गॉर्डन ने उससे कहा है कि इस मौक़े पर चौका-चाटी उसे ही सँभालना है। जूडी और कैप्टेन मेंडोंसा की शादी को लेकर हास-परिहास और अटकलों की ख़ुशनुमा झालरों का कोई ओर-छोर नहीं है।

मसलन : '70 साल का दूल्हा और 50 साल की दुलहन...! जयपाल और सुखमणि-मधुमती की अलबेली शादी की तरह बेमिसाल शादी होगी यह भी...एकदम ता-ता थैया।' या फिर यह कि 'जूडी राजी कैसे हो गई अचानक कैप्टेन मेंडोंसा से शादी के वास्ते...? मिसेज़ थ्रिपथॉप के जीते-जी तो कभी तैयार नहीं हुई थी...। पर उनके गुजरते ही क्या जादू हो गया...? सुना है, जूडी का बड़ा बेटा एशले इस शादी के सख्त खिलाफ है और घर छोड़कर भाग जाने की धमकी दे रहा है...। उधर कैप्टेन मेंडोंसा के एकलौते बेटे ग्लैड ने भी गोवा से चिट्ठी लिखकर बुड्ढे को धमकाया है...।'

ऐसे मौक़ों पर गाँव में गप की चाशनी आप-से-आप गाढ़ी होने लगती है। रसीली चुस्की का अवसर कोई नहीं छोड़ना चाहता है। इस सबके निष्कर्ष में पंडित रामाज्ञा पाठक तनिक गुनगुनाकर कहते हैं, 'कुहुक-कुहुक करे...कारी रे कोइलिया...सोवत मदन जगाये...! तोरी बोली ना सोहाय।' फिर मुसक पड़ते हैं, 'मदन व्यथा में कोयल की बोली भी नहीं सुहाती है। मदन व्यथा समझते हैं...मदन व्यथा? गिब्सन साहब हों या मेंडोंसा साहब, और अब चढ़ंती पर सुगआ उराँव का बेटा जयपाल—सबके माथा पर कामदेव नाच रहे हैं। छोड़िए, इस गाँव की यह पुरानी बीमारी है।'

सारा गाँव उत्सुक आनन्द के महातरंग में हिलोरें ले रहा है। सखुआ वृक्षों के गहरे हरे पत्तों, पुटुस के लाल-पीले नन्हे फूलों की घनी झाड़ों और यहाँ तक कि सघन हरी-भरी बँसबाड़ियों में भी एक उत्सवपूर्ण किलक है। विवाह के लिए सजती हुई ड्रेसिंग टेबल के सामने खड़ी जूडी के गालों में भी हँसी गहराई हुई है, 'बूढ़ी दुलहन...।' अपने आप पर मुसकते हुए वह बुदबुदाई है। हालाँकि, पिछली शाम जेनिफ़र ने बड़े लाड़ से ख़ुद आकर जूडी से कहा था, 'शादी के लिए कल मैं आकर सजा दूँगी आपको...।'

पर मारे संकोच के टाल गई जूडी, 'इस बूढ़ी औरत को क्या सजाओगी जेनिफ़र...?'

'बट यू आर अ न्यू वुमन नाउ...।' जेनिफ़र हँस पड़ी थी अपने पूरे सुन्दर दाँतों के संग।

आज ख़ुद को सँवारते हुए जूडी को भी लगा—उसके भीतर से एक नई लड़की निकल आई है। अपनी पहली शादी पर भी इतनी नहीं सजी थी वह, उसने याद किया। आज सुबह-सुबह वह बिस्तर में अकेली पड़ी अपने कैम्पस में लगे यूकेलिप्टस के पेड़ों पर खेलती-इठलाती कोमल धूप को देखते हुए पता नहीं क्या-क्या सोचती चली गई थी। अपनी पहली शादी का एक-एक दृश्य जैसे उसकी आँखों के आगे खड़ा हो गया : ओह! क्या दिन थे वे भी...! दीवार पर पड़ती धूप की सुनहरी चिप्पियाँ पुरानी स्मृति की पीली पड़ी तसवीरों-सी बेशक़ीमती लग रही थीं।

तभी कैप्टेन ने दरवाज़े पर दस्तक दी और उठकर जब जूडी दरवाज़े पर गई, तो चौखट पर ही कैप्टेन मेंडोंसा ने मुस्कराते हुए जनवरी की सर्द सुबह से भरी अपनी हथेली उसके गालों पर रख दी, 'सोचा, आज के इस यादगार दिन की शुरुआत तुम्हें गुड मॉर्निंग करके करूँ...।'

जूडी हैरान रह गई।

कभी न गुनगुनानेवाले कैप्टेन मेंडोंसा के होंठ मन्द-मन्द थिरक रहे थे, 'आइ लव यू फ़ॉर अ थाउजेंड रिजन्स...। नो मैटर ह्वाट द वर्ल्ड में से अबाउट मी...। बट मोस्ट ऑव ऑल, आई लव यू। बिकॉज़ यू आर यू।' (मैं तुम्हें प्यार करता हूँ—हज़ार वज़हों

से। कोई हर्ज़ नहीं कि दुनिया मेरे बारे में क्या कहती है, पर अव्वल यह है कि मैं तुमसे प्यार करता हूँ...क्योंकि तुम...तुम हो।)

'ओह, कैप्टेन...!' जूडी इसके आगे कुछ न कह सकी।

कैप्टेन मेंडोंसा की हथेली में अटकी सुबह की ठंडक जूडी को अच्छी लगी। भारी कन्धों, मज़बूत बाँहों और तीखे चौकन्नेपन से भरे गहरे साँवले चेहरे वाले औसत क़द के कैप्टेन मेंडोंसा की आँखों में यों भी सालों-साल तक की समुद्र की सुखद-शान्त ठंडक बसी हुई है। वे गर्व से कहते भी रहे हैं, 'मैंने 40 साल समुद्र पर बिता दिये...।' हालाँकि, ज़िन्दगी के चार दशक समुद्र और जहाज़ पर व्यतीत कर चुके कैप्टेन मेंडोंसा ने रिटायरमेंट के बाद अपनी ज़िन्दगी के जहाज़ को स्थायी रूप से मैकलुस्कीगंज में लगा दिया था।

मैकलुस्कीगंज में रहने के अपने फ़ैसले के बारे में कैप्टेन मेंडोंसा ने नेवी के अपने दोस्तों से कहा था, 'विदेश जाकर रहूँगा, तो वहाँ इज्जत नहीं मिलेगी...। वहाँ तो सब कहेंगे—ओ कॉफ़ि...अरे ओ चॉकलेट!—यह मुझे बर्दाश्त नहीं होगा। अपने देश में...अपनी जमीन पर जो इज्जत और शान्ति मिलती है, वह दर-दर भटकने से कहीं नहीं मिल सकती...।'

मूलत: गोवा के निवासी कैप्टेन क्लीमेंट मेंडोंसा एंग्लो-इंडियन नहीं होने के बावजूद मैकलुस्कीगंज में कैसे आ बसे, इसकी एक अद्‌भुत कहानी है। अपने रिटायरमेंट के तक़रीबन बीस साल पहले मैकलुस्कीगंज में मिसेज़ डगन का घर उन्होंने ख़रीद लिया था। हालाँकि, मैकलुस्कीगंज में घर ख़रीदने के बावजूद उन्होंने यह कभी सोचा नहीं था कि रिटायरमेंट के बाद वे गोवा के अपने पुश्तैनी घर को छोड़कर यहीं रहने का फ़ैसला करेंगे। गोवा की अपनी मिट्‌टी से बहुत प्रेम था कैप्टेन मेंडोंसा को। काजू प्लांटेशन के लिए उनके दादा और पिता ने कैसे बड़े-बड़े चट्‌टानों को कई-कई दिनों तक काटकर ज़मीन तैयार की थी—वह सब समुद्र की लहर-भरी ज़िन्दगी में कभी भूल नहीं पाए थे कैप्टेन मेंडोंसा...। पर गोवा से कटते चले जाने का एक बड़ा कारण हुआ। दरअसल, कैप्टेन मेंडोंसा के पिता चाहते थे कि उनका बेटा पढ़-लिखकर एक बड़ा डॉक्टर बने। लेकिन सन् 1942 की एक दोपहर उन्होंने पिता की घोर अनिच्छा के बावजूद चुपचाप इंडियन ब्रिटिश शिप की नौकरी ज्वाइन कर ली थी। वे आख़िर तक अपने पिता के सामने ज़िद पर अड़े ही रहे थे, 'पापा, मैं सेलर बनना चाहता हूँ।' उनके सख़्त-मिज़ाज पिता ने तत्काल उन्हें घर से निकल जाने को कहा था। उनकी माँ कुछ साल पहले गुज़र चुकी थीं। वे होतीं, तो शायद उन्हें रोक लेतीं। पर अपने बाप जैसे ही ज़िद्‌दी क्लीमेंट मेंडोंसा घर से निकल जाने की पिता की चेतावनी पर उसी समय घर छोड़कर निकल गए थे। इस तरह कई साल निकल गए।

इस बीच मेंडोंसा ने कलकत्ता की एक ख़ूबसूरत लड़की टेरेसा से शादी करने का फ़ैसला किया और टेरेसा को कहा, 'इस शादी के बारे में पापा को मैं नहीं लिखूँगा। तुमको लिखना है, तो लिखो।' लिहाज़ा, टेरेसा ने मेंडोंसा के पिता को पत्र लिखा : 'मैं आपके बेटे क्लीमेंट से शादी कर रही हूँ। यह शादी कलकत्ता में होगी। हमारी इच्छा है कि आप इस शादी में जरूर शरीक हों।' पर मेंडोंसा के पिता को नहीं आना था, सो वे नहीं आए।

शादी के तीन साल बाद मेंडोंसा को लड़का हुआ और फिर टेरेसा ने मेंडोंसा के पिता को गोवा पत्र लिखा : 'आपको पोता हुआ है।' मेंडोंसा के जिद्‌दी पिता इस बार

सारी ज़िद भूल गए और घर का पुराना 'फ़ैमलि गोल्ड' लेकर पोते को देखने भागे हुए कलकत्ता पहुँच गए। फिर भी बाप-बेटे की ज़िद हमेशा क़ायम रही। कोई अपनी ज़िद से हिलने को कभी तैयार नहीं हुआ। मेंडोंसा के पिता अपने पोते से मिलने बराबर कलकत्ता आते रहे और एक बार पुत्रवधू और पोते को गोवा भी बुलाया, पर अपने बेटे से कभी बात नहीं की। कैप्टेन मेंडोंसा की ज़िद थी कि अपने बेटे ग्लैड को भी वे सेलर बनाएँगे, अपनी तरह। कैप्टेन मेंडोंसा के रिटायरमेंट के थोड़े ही दिनों बाद ग्लैड भी नेवी में कैप्टेन बन गया था। कैप्टेन मेंडोसा को अफ़सोस होता है कि काश, उनके पिता तब तक जीवित होते तो वे कहते, 'पापा! आपका पोता भी सेलर बन गया...। कैसा लग रहा है आपको? हाँ...? हाँ...? हा...हा...हा...!'

हालाँकि, सेलर की ज़िन्दगी कितनी मुश्किलों से भरी होती है—यह बात बख़ूबी समझते हैं कैप्टेन मेंडोंसा। महीनों-महीनों तक घर-परिवार और बीवी-बच्चों से दूर। शिप के अपने उन दिनों को वे याद करते हैं...उनका बेटा ग्लैड आठ साल का हो गया था, पर वह उसके एक भी 'बर्थ-डे' में शरीक नहीं हो सके थे। पत्नी टेरेसा ने एक बार उनसे कहा, 'इस तरह तो ग्लैड तुमसे कटता चला जाएगा। तुम उसके दोस्त बनो।'

लिहाज़ा, एक लम्बी छुट्टी के दौरान कैप्टेन मेंडोंसा ने बेटे ग्लैड के संग दो गन, दो राइफ़ल और एक रिवॉल्वर लिया और शूटिंग-फ़िशिंग के लिए अपनी लाल जीप लेकर कलकत्ता से निकल पड़े।

किसी ने उन्हें दक्षिण बिहार के जंगलों के बारे में कभी बताया था। और वाक़ई, दक्षिण बिहार के जंगली इलाक़े में भटकते हुए बड़ा मज़ा आया था दोनों बाप-बेटे को। पर जब वे वापस लौट रहे थे, तो गुमला में उन्हें किसी ने कहा, 'दक्षिण बिहार आकर मैकलुस्कीगंज नहीं गए? आपकी यात्रा अधूरी रह गई।'

ज़िद के धनी कैप्टेन मेंडोंसा ने अपनी जीप बताये हुए रास्ते पर मोड़ दी थी। जंगल के बीच बसा गाँव मैकलुस्कीगंज उन्हें बहुत अच्छा लगा। मैकलुस्कीगंज में अमरूद के बेशुमार पेड़ों को देख उनके बेटे ग्लैड ने मचलकर कहा था, 'पापा, हम गुलेल बनाएँगे।'

'गंज' के एक आदिवासी ने गुलेल बनाकर ग्लैड को थमाते हुए कहा था, 'लो बाबू, यह ढेलकुशी[1]।'

और ग्लैड का दिल बाग़-बाग़ हो गया था। उसने जब गुलेल में गोढ़ा[2] फँसाकर चलाया, तो कैप्टेन मेंडोंसा को लगा कि गुलेल के सामने जीप पर रखे उनके राइफ़ल, रिवॉल्वर और गन—सब फीके हैं।

कैप्टेन मेंडोंसा उस यात्रा में मिसेज़ डगन के दस एकड़ में फैले विशाल उद्यान वाले बँगले में कई दिनों तक बतौर 'पेइंग-गेस्ट' ठहरे थे। विदा होते समय मिसेज़ डगन को जब उन्होंने कलकत्ता का अपना पता दिया था, तो मिसेज़ डगन ने मुसककर कहा था, 'आपके बेटे ग्लैड को यह जगह बहुत पसन्द आई है और शायद आपको भी...। अगर आनेवाले दिनों में आपका पता मैकलुस्कीगंज का हो जाए, तो कैसा रहे?'

---

1. गुलेल
2. गुलेल से फेंका जानेवाला पत्थर

कैप्टन मेंडोंसा तब मिसेज़ डगन की बात पर ज़ोर का ठहाका लगाकर रह गए थे। पर कुछ ही महीने बाद एक दिन उन्हें अपने कलकत्ता के पते पर मिसेज़ डगन की चिट्ठी मिली थी। संयोग से कैप्टेन मेंडोंसा का शिप उन दिनों कलकत्ता में ही पोर्ट पर था और इसलिए वे कलकत्ता में थे। मिसेज़ डगन ने उन्हें पत्र में लिखा था कि वे मैकलुस्कीगंज का घर बेचकर ऑस्ट्रेलिया जाना चाहती हैं। अमुक तारीख़ को कलकत्ता के अमुक होटल में वे रुकेंगी। अगर वे उनसे सम्पर्क करना चाहते हैं, तो कर सकते हैं।

कैप्टेन मेंडोंसा को निर्णय लेने में एक पल की भी देरी नहीं हुई थी। वे मिसेज़ डगन से निर्धारित तिथि को कलकत्ता के उस होटल में मिले और मकान ख़रीदने की बात तय कर ली। लगभग आधे दाम में मिसेज़ डगन ने अपना घर उनको बेच दिया था, यह कहते हुए कि 'कैप्टेन! घर तुम्हें नहीं, तुम्हारे बेटे ग्लैड को दे रही हूँ। वह अपनी छुट्टियों में अमरूद की शाखों से जी भरकर गुलेल बनाएगा।'

मिसेज़ डगन अद्‌भुत महिला थीं। बेहद दिलदार। बेहद भावुक। उनके पहले पति मि. डगन अच्छे लेखक थे और चैन से लिखने-पढ़ने के वास्ते ही उन्होंने मैकलुस्कीगंज में घर बनवाया था। पर जब यहाँ आने के कुछ साल बाद ही उनका निधन हो गया, तो उस विशाल परिसर वाले बँगले में मिसेज़ डगन बेहद अकेली हो गई थीं। कैप्टेन मेंडोंसा के हाथ बँगला बेचकर वे ऑस्ट्रेलिया गईं और वहाँ एक चार्टर्ड एकाउंटेंट से दूसरी शादी की। पर उनकी यह दूसरी शादी ज़्यादा दिनों तक निभी नहीं। आख़िरकार, मिसेज़ डगन मैकलुस्कीगंज लौट आईं और यहीं उन्होंने अपनी आख़िरी साँस भरी। कैप्टेन मेंडोंसा ने उन्हें चाबी सौंप दी थी, 'आपका घर है। इसे सम्हालिए। मैं तो बस छुट्टियों में आता हूँ।' पर मिसेज़ डगन दो साल के भीतर चल बसीं। इस घर से मि. व मिसेज़ डगन की तसवीर और उनका नेमप्लेट कैप्टेन मेंडोंसा ने कभी नहीं हटाया।

मिसेज़ डगन से घर ख़रीदने के बाद कैप्टेन मेंडोंसा ने सोचा था कि इस घर का इस्तेमाल छुट्टियों में वे 'रेस्ट हाउस' की तरह करेंगे। बँगले की देखरेख के लिए उन्होंने 'गंज' के ही एक आदिवासी को रख लिया था और गाँव के एक बुजुर्ग मि. हॉलेंड से अनुरोध किया था कि वे बँगले के कैम्पस में होनेवाले आम, अमरूद और शरीफ़ों की सालाना बिक्री के पैसों से उनके बँगले के केयरटेकर की तनख़्वाह प्रतिमाह दे दिया करेंगे और बाक़ी पैसे उनके खाते में पास के बैंक में जमा करा दिया करेंगे। इस तरह वर्षों तक यही व्यवस्था चलती रही। बीच में दो साल तक तो ख़ैर मिसेज़ डगन भी रहीं और यथासम्भव देखरेख करती रहीं। छुट्टियों में जब कभी कैप्टेन मेंडोंसा पत्नी टेरेसा और बेटे ग्लैड के साथ मैकलुस्कीगंज आते, तो हॉलेंड परिवार और मिसेज़ थ्रिपथॉप परिवार में ही उनका ज़्यादा आना-जाना रहता। मैकलुस्कीगंज के इन दोनों परिवारों से कैप्टेन मेंडोंसा की प्रगाढ़ता गुज़रे वर्षों में काफ़ी बढ़ती गई थी। कैप्टेन मेंडोंसा अपनी पत्नी और बेटे के साथ यहाँ आकर बेहद सुकून पाते थे।

पर रिटायरमेंट के कुछ साल पहले पत्नी टेरेसा की मौत ने कैप्टेन मेंडोंसा की ज़िन्दगी वीरान कर दी। एकलौता बेटा ग्लैड, जो नेवी में आ गया था, अपनी पत्नी बर्नाडेट के साथ गोवा के अपने पुश्तैनी घर में रह रहा था। क्या रिटायरमेंट के बाद बेटे के साथ गोवा में रहा जाए? इस सवाल से रिटायरमेंट के अपने आख़िरी वर्षों में बुरी तरह जूझते रहे थे

कैप्टेन मेंडोंसा। आख़िरकार उन्होंने तय किया था कि गोवा की सारी सम्पत्ति बेटे के नाम लिख वे ख़ुद मैकलुस्कीगंज में रहेंगे। हालाँकि, बेटे और बहू दोनों ने काफ़ी ज़िद की थी कि वे उन लोगों के संग गोवा में रहें, पर कैप्टेन मेंडोंसा ने साफ़ कहा था, 'बेटे, मैंने शुरू से ही अपनी तबीयत से जिन्दगी जी है और अब भी मैं उसी तरह जीना चाहता हूँ। तुम सब कभी-कभी 'गंज' आते रहना।'

मैकलुस्कीगंज में कैप्टेन मेंडोंसा इस तरह स्थायी रूप से रहने आ गए थे। अपने कैम्पस को पूरा साफ़ कराया था। बँगले की रँगाई-पुताई कराई थी। मिसेज़ थ्रिपथॉप ने शुरू में कई दिनों तक अपने ही घर से उनको खाना भिजवाया था। कहा था, 'कैप्टेन! जब तक आप अपने घर में ठीक से सेट्ल नहीं कर जाते, आपका खाना हमारे यहाँ से जाएगा।' इस तरह मिसेज़ थ्रिपथॉप और उनकी बेटी जूडी के परिवार से पहले से भी ज़्यादा घुल-मिल गए थे कैप्टेन मेंडोंसा।

कुछ साल पहले मिसेज़ थ्रिपथॉप जब बहुत बीमार पड़ी थीं, तो कैप्टेन मेंडोंसा ने राँची में अपने ख़र्चे से उनका लम्बा इलाज़ कराया था। इसलिए एक दिन मिसेज़ थ्रिपथॉप ने कैप्टेन मेंडोंसा के सामने ही जूडी से कहा था, 'जूडी! मेरे बाद क्या होगा तुम्हारा? मैं तो कहती हूँ, तुम कैप्टेन मेंडोंसा से शादी कर लो। इनकी वाइफ़ के भी गुजरे कितने साल हो गए और तुम भी अकेली हो। तुम दोनों साथ हो जाओ, तो दोनों की बाकी जिन्दगी खुशी-खुशी कट जाएगी। मैं माँ हूँ न तुम्हारी। तुम्हें गलत सलाह नहीं दूँगी। रही बात तुम्हारे दोनों बेटों की, तो वे भी बड़े हो रहे हैं और अब कुछ वर्षों में अपनी जिन्दगी में जुटेंगे। आखिर तुम्हारी जिन्दगी यहाँ ढोने के लिए बैठे तो नहीं रहेंगे। मैं जानती हूँ जूडी, मेरे बाद तुम बेहद अकेली पड़ जाओगी।'

पर जूडी अपने दोनों बेटों—एशले और क्लेटन—का चेहरा देखकर ख़ामोश रह गई थी। ख़ास कर, बड़े बेटे एशले का चेहरा देखकर, जो माँ की इस उम्र में शादी की बात सुनकर आवेश से तमतमा उठा था। उसकी ख़ामोश तमतमाहट को ख़ूब समझती थी जूडी। जूडी ने मिसेज़ थ्रिपथॉप से अकेले में एक दिन कहा था, 'मम्मी! मैं समझती हूँ, कैप्टेन मेंडोंसा बड़े हेल्पफुल हैं। मौके-मौके पर उन्होंने कितनी मदद की है हमारी! पर तुम देखती हो न, उनसे मेरी शादी की बात सुनते ही एशले के चेहरे का रिएक्शन...?'

मिसेज़ थ्रिपथॉप ने तब अपने अनुभव-सम्पन्न स्वर में कहा था, 'जूडी! वे कच्चे हैं अभी। धीरे-धीरे खुद जिन्दगी की सचाई से परिचित हो जाएँगे। तुम कोई गलत काम तो नहीं कर रही हो न...लीगली शादी कर रही हो।'

पर इसके बावजूद मिसेज़ थ्रिपथॉप की ज़िन्दगी तक जूडी इस मसले को टालती गई थी। जूडी ने सोचा भी नहीं था कि उसकी माँ अचानक अनायास उससे बिछड़ जाएगी। पर मिसेज़ थ्रिपथॉप की मृत्यु के कई दिनों बाद एक शाम कैप्टेन मेंडोंसा ने जूडी के घर पहुँचकर बहुत झिझक के संग सचेत स्वर में पूछा, 'जूडी! कुछ सोचा तुमने...? तुम्हारी मम्मी का लास्ट विश...।'

जूडी के सूखे होंठ हल्के-से थरथराकर रह गए और आँखें भर आईं।

'जूडी...!' कैप्टेन मेंडोंसा बुदबुदाकर रह गए। आगे कुछ कह नहीं पाए।

जूडी ने तब भरी-भरी आँखों से कैप्टेन मेंडोंसा को देखा और उसे लगा कि इस बूढ़े जहाज़ी की अथाह समुद्री आँखें कितनी निर्मल और निर्दोष हैं! भरी हुई आँखों के संग जूडी हल्के-से मुस्करा पड़ी। उस क्षण उसका लम्बोतरा पीला चेहरा कुछ ज़्यादा ही भावपूर्ण हो आया।

'ठीक से सोच लो...। यह दो जवान आशिकों की शादी नहीं है। हमारी शादी का मकसद अब मौज-मस्ती नहीं होगी न...। यह तो दो अकेले लोगों का, अपने अकेलेपन को आपस में बाँटने का अच्छा इन्तजाम करना भर है।' कैप्टेन मेंडोंसा ने सहज होने की भरसक कोशिश की।

'पर क्या हमारे बच्चे इसे पसन्द करेंगे?'

'इंटरेस्टिंग...रिअली...।' कैप्टेन मेंडोंसा ज़ोरों से हँसे, 'इस पहेली को लेकर अपनी मम्मी के समय से तुम उलझी हो। जूडी, इस इश्यू पर मुझे भी अपने बेटे से बात हुई। पिछली छुट्टियों में जब मेरा बेटा ग्लैड यहाँ अपने बीवी-बच्चों के संग मुझसे मिलने आया था तभी मैंने उससे पूछा था—बेटे, अगर मैं जूडी से शादी कर लूँ तो कैसा रहेगा?...यू नो जूडी...। तुम्हारी मम्मी भी नहीं हैं। मेरा बुढ़ापा कैसे कटेगा?—शुरू में तो उसे लगा कि मैं मजाक कर रहा हूँ, पर जब उसने देखा कि मैं इस बात पर गम्भीर हूँ, तो वह अचकचाकर चुप हो गया। मैंने जब देखा कि मेरी यह बात उसे जँची नहीं, तो जानती हो जूडी, मैंने उससे क्या कहा? कहा—बेटे! मैंने तुमसे सवाल ही गलत कर दिया। तुम्हारी मम्मी से जब मैंने शादी की थी, तो क्या तुमसे परमिशन लिया था?—और एकबारगी ग्लैड जोर से हँस पड़ा। दोनों हाथ उठाकर खड़ा हो गया वह हँसते हुए—ओ.के. पापा...ओ.के...। यू आर ओल्ड बट यू थिंक यंग...। आइ एम सॉरी पापा!—तब मैंने उसे थपथपाकर कहा—'बेटे, यू नो, इट्स अ यंग थिंकिंग वर्ल्ड...। ऑलवेज़ थिंक यंग...।'

जूडी एकटक सुनती रही कैप्टेन मेंडोंसा को और वे जारी रहे, 'लोग क्या कहेंगे, अगर इसको लेकर तुम परेशान हो, तो लोग क्या हमारी जिन्दगी का जिम्मा लेंगे? कैसा लगता है जूडी, जब जिन्दगी में आप लिस्टलेस हो जाते हैं। जिन्दगी के लिए आपकी लिस्ट खत्म हो जाती है...तब...? इसलिए जूडी! तुम्हें परवाह होगी लोगों की, पर मैं परवाह नहीं करता...। मैं तो सबको साफ कहता हूँ जूडी—गॉड हैज़ मेड एवरी वन विद नो बोन इन द टंग...बट माइ टंग हैज़ अ बोन...। जूडी! मैं हाजी-बाजी बात नहीं करता। जो भी करता हूँ, साफ-साफ करता हूँ।' कैप्टेन मेंडोंसा कुछ-कुछ असहज-से हो गए।

'चाय पिएँ...?' जूडी ने उन्हें सहज करने के लिए पूछा।

'ठीक है। ब्लैक टी...।' कैप्टेन मेंडोंसा ने अपने स्वभाव के अनुरूप कड़ी चुप्पी ओढ़ ली।

चाय लाकर मेज़ पर रखते हुए जूडी ने सिर झुकाए अस्फुट स्वर में पूछा, 'तब...? कौन-सी डेट ठीक रहेगी?'

'गुड टी, विद गुड न्यूज़...।' कैप्टेन मेंडोंसा के लम्बे होंठ मुस्कान से और फैल गए। चाय की पहली चुस्की के साथ उन्होंने कहा, 'वह मैं जल्दी तय करके तुम्हें बताता हूँ।'

जूडी की आँखों में किशोरियों की-सी शर्मीली चमक कौंध गई। अपना फ़ैसला सुनाते हुए अठारह-बीस साल की लड़की की तरह उसका दिल धड़क रहा था।

जंगल में बसे गाँव में यह ख़बर जंगल में लगी आग की तरह फैल गई और पिछले दिनों की लम्बी गहरी उदासी के बाद गाँव के होंठों पर बरबस हँसी फूट पड़ी। तारीख़ तय हो गई। चर्च की रँगाई-पुताई तेज़ी से शुरू हो गई। जूडी के घर की साफ़-सफ़ाई भी। जूडी ने अपने घर के लिए बहुत से नये-नये गमले ख़रीदे। नये परदे लगाये। मज़दूर लगाकर घर के छत की हरी टीन को फिर ताज़े हरे रंगों से निखारा। दीवारों पर फिर से सफ़ेद पेंट। इस घर को पहले देख चुका कोई भी आदमी अब इस घर को देख कुछ पल के लिए ज़रूर धोखा खा जाएगा। सचमुच कई नई तब्दीलियाँ। अनगिनत नये परिवर्तन।

अपने जीवन के इस नये लय में रम गई है जूडी। उसने दोनों बेटों को भी अच्छी तरह समझाकर विश्वास में लेने की भरसक कोशिश की है। लेकिन एशले ने साफ़ कह दिया है कि उनकी शादी के बाद वह घर छोड़ देगा। हाँ, इस शादी के पहले वह कोई तमाशा खड़ा करना नहीं चाहता। उसने जूडी को बता दिया है कि मि. मेंडेज़ की भाँजी यानी मिसेज़ कैथलिन हॉरिगन की सबसे छोटी बेटी लेनिथ के साथ शादी बनाकर वह 'गंज' से हमेशा के लिए निकल जाएगा और उन लोगों से कभी कोई ताल्लुक़ नहीं रखेगा। लेनिथ से एशले के प्यार का आभास जूडी को पहले से रहा है। उसने मुसककर एशले की इस धमकी को मधुर मोड़ देते हुए कहा, 'गुड डील! लेनिथ बुरी नहीं रहेगी। चलो, तुम यहाँ नहीं आओगे, पर तुम्हारी ससुराल में तो कभी-कभार तुमसे मुलाकात हो जाएगी न। बेटे, आज मुझे लग रहा है कि तुम कितने बड़े हो गए हो।'

एशले की बात को जूडी कोई तूल नहीं देना चाहती है; बल्कि उसे अच्छा लगा है कि यह क़दम उठाकर एशले जीवन की वास्तविकताओं से रू-ब-रू होगा। ज़िम्मेदार बनेगा। मिसेज़ कैथलिन हॉरिगन की सबसे छोटी बेटी लेनिथ...बचपन से उसे देखती आई है जूडी। कोमल-सी प्यारी लड़की है। जूडी के होंठों पर अकेले में एक क्षण के लिए मुस्कान छिटक गई कि अपनी शादी के तुरन्त बाद वह मदर-इन-लॉ भी बन जाएगी। पर यह बात जूडी ने अभी किसी से नहीं बताई है। छोटे बेटे क्लेटन से भी नहीं। अब एशले आगे जो तमाशा करे, लेकिन उसकी शादी के लिए कुछ तो इन्तज़ाम करना होगा। जूडी मन-ही-मन हिसाब लगाती है। इधर घर को ठीक-ठाक कराने में बहुत पैसे निकल गए।

कैप्टेन मेंडोंसा ने भी अपने बँगले की अच्छी सजावट कराई है। वैसे तय हुआ है कि कैप्टेन शादी के बाद अपने कुत्ते स्मोकी के साथ जूडी के घर पर ही रहेंगे और देर-सवेर अपना यह घर बेच देंगे। पर जब बिकेगा, तब बिकेगा। फिलहाल तो जूडी की यह नई ससुराल है और जूडी ने दिन-रात एक कर इस घर के कोने-कोने को सजा दिया है। भावुक हो कैप्टेन ने जूडी के कन्धे पर आहिस्ते-से हाथ रखकर कहा, 'जूडी! यू ट्रीट माइ ड्रीम्स टेंडरली...।'

'अच्छा...! ऐसा?' जूडी ने हँसकर आँखें फैला दीं।

नीले स्कर्ट और सुरमई रंग के स्वेटर में वह खिल रही थी। कैप्टेन मेंडोंसा यह स्वेटर उसके लिए राँची से ख़रीद लाए हैं।

जूडी और कैप्टेन मेंडोंसा की शादी की तैयारियों की हलचल के बीच अचानक सुखमणि और मधुमती से जयपाल की शादी ने गाँव की दुगदुगी में दम कर दिया। पर अब दिल सम्हालकर फिर से गाँव जूडी और कैप्टेन मेंडोंसा की शादी के लिए पंख पसार रहा है।

जूडी और कैप्टेन मेंडोंसा की शादी को लेकर हर घर में हलचल और ऊहापोह की स्थिति है कि आख़िर इस बूढ़े जोड़े को 'मैरिज-गिफ़्ट' क्या दिया जाए? मि. मेंडेज़ ने बिहँसकर कहा है, 'भई, मैं तो एक जोड़ा फूलगोभी का गुलदस्ता गिफ़्ट में पेश करूँगा। फूलगोभी-सी दुलहन और फूलगोभी-सा दूल्हा। और भला क्या दिया जाए?'

मि. गिब्सन ने मुसकते हुए ऐलान किया है, 'मैं दोनों को 'हिस्ट्री ऑव कंडोम्स' नाम की मशहूर किताब प्रेज़ेंट करने जा रहा हूँ...।'

मि. गिब्सन ने पार्वती से मुन्नी के मस्तक और उसके शरीर के अन्य हिस्सों पर सुन्दर चित्रकारी कराई है, 'कैप्टन मेंडोंसा और जूडी इसी पर सवार होकर चर्च जाएँगे।'

मि. मिलर ने जूडी के लिए चाँदी के गहनों का एक सुन्दर सेट और मि. मेंडोंसा के लिए अच्छी-सी टाई ख़रीदी है।

डेनिस राँची से जूडी के लिए एक सुन्दर-सा सोने का नेकलेस ख़रीद लाए हैं और कैप्टेन मेंडोंसा के वास्ते एक बेशक़ीमती सूट का कपड़ा।

मिसेज़ ऐलिस टॉमलिन ने दोनों के लिए सुनहरे डायल की दो घड़ियाँ मँगवाई हैं और भावुक हो कहा है, 'काश, आज मिसेज़ थ्रिपथॉप होतीं! ओह, कितनी खुश होतीं वे...! उनकी कितनी इच्छा थी इस शादी के वास्ते...!'

अपनी मिट्टी

शादी के समय चर्च परिसर में जूडी कुछ ज़्यादा ही भावुक हो उठी है। डेनिस ने उसके बड़े भाई की भूमिका बढ़-चढ़कर निभाई है। रात में डेनिस ने 'हाइलैंड गेस्ट हाउस' में अपनी तरफ़ से रिसेप्शन का भव्य इन्तज़ाम किया है।

'लीजा भाभी भी नहीं हैं...और रॉबिन...! मैंने जल्दबाजी कर दी...।' जूडी अफ़सोस के संग बुदबुदाई तो डेनिस ने ठहाके लगाते हुए कहा, 'तुम्हारी शादी ने अच्छे दिनों की शुरुआत कर दी है जूडी। अब सब कुछ अच्छा होगा। तुम देखना...।' डेनिस की आँखों में ख़ुशी की कौंध है।

ठीक अगले हफ़्ते डेनिस की बात सच हो गई। सुबह-सुबह राँची से रॉबिन के वकील मि. गुप्ता ने अपनी गाड़ी से अपने जूनियर को भेजा है एक अप्रत्याशित सुखद सन्देश लेकर : 'रॉबिन का रिलीज़ ऑर्डर मिल गया है। जल्दी इस गाड़ी से राँची पहुँचें।'

सन्देश पाकर डेनिस आनन्द से अवाक् हैं और उन्हें लग रहा है कि काश, यह ख़बर सुनने के लिए यहाँ लीज़ा होती! ख़ुशी से नाच उठती वह। इस ख़बर ने वैसे भी बिजली की गति से सारे गाँव को ख़ुशी से हिलोर दिया है। ख़ुश होने पर जैसे बिल्ली घुरघुराती है, मि. मिलर ने उसी ख़ुशनुमा घुरघुराहट के संग उद्घोष किया है, 'रॉबिन के आने पर वैसा ही आयोजन किया जाएगा, जैसा उस दिन 'फ़ाउंडर्स-डे' के लिए किया गया था। उस अधूरे आयोजन को अब पूरा किया जाएगा। रॉबिन यंग मैकलुस्की है 'गंज' का...।'

डेनिस के संग रॉबिन की रिहाई के मौक़े पर गाँव से बहुत लोग जाने को व्यग्र थे, पर डेनिस ने ख़ुद सबको रोक दिया, 'नाहक में परेशान होंगे सब...।'

डेनिस के साथ बस नीलमणि गई। नीलमणि के उत्साह को देख डेनिस उसे मना नहीं कर सके। नीलमणि को देख रॉबिन ख़ुश होगा, डेनिस ने सोचा, और उनके चेहरे पर अनायास एक मुस्कान छलक गई।

हल्की उतार-चढ़ाव वाली सड़क पर गाड़ी तेज़ी से भागी जा रही है...। चामा मोड़...बीजू पाड़ा...माँडर...मुड़मा...और अब रातू...। सड़क किनारे सखुआ, शीशम और यूकेलिप्टस की सघन क़तार का सुखद लहराव...। रातू महल के ऐन पहले दाईं तरफ़ एक विशाल 'चर' में दूर-दूर तक असंख्य सफ़ेद कमल प्रात:कालीन ठंडी हवा में मस्त-मगन डोल रहे हैं। खेत के दूर तक फैले इस पानीदार हिस्से में जनवरी की सुबह की बर्फ़ीली सफ़ेदी, लगता है, इन श्वेत कमलों में अपने सम्पूर्ण आनन्द के संग समाई हुई है। डेनिस को लगा, दिग्दिगन्त हँस रहा है। हँस रही है अपनी सम्पूर्ण उज्ज्वलता के संग सम्पूर्ण सृष्टि।

नीलमणि ने आहिस्ते-से कहा है, 'रास्ते में सामू चाचा को उनके घर से साथ ले लें, तो वे बेहद खुश होंगे।'

'हाँ, क्यों नहीं! यह कितनी जरूरी बात, देखो, मैं कैसे भूल गया...!' डेनिस ने सराहना-भरी हुमक के संग कहा।

रॉबिन की रिहाई होगी—इस ख़बर से सामू मुंडा की ख़ुशी का पारावार नहीं है। डेनिस को लगा, उनसे रत्ती भर भी कम ख़ुश नहीं हुए हैं सामू मुंडा। उन्होंने गहरी साँस लेकर कहा, 'काश, आज बहादुर जिन्दा होता!'

नीलमणि ने अपनी कातर आँखें सुबह की रोशनी में नहाते, तेज़ी से पीछे छूटते जा रहे पेड़ों पर जमा दी हैं। डेनिस के चेहरे पर भी बरबस एक पीड़ा गहरा गई है।

राँची! राँची जेल का दृश्य अद्भुत है। सारे क़ैदी रॉबिन को छोड़ने उमड़ आए हैं। बीते ढाई महीने में कितना अपनापा हो गया था सबसे! रॉबिन का मन भरा-भरा है। क्या इन लोगों से फिर मिलना सम्भव हो पाएगा...? जेल-जीवन का एक अनोखा अनुभव रहा। जेल अधीक्षक ने निकलने के पहले बिहँसकर कहा है, 'बिरसा मुंडा का वार्ड नम्बर पाँच तुम देखना चाहते थे न? नहीं देखोगे?'

बिरसा मुंडा वार्ड! वार्ड में खड़े होकर रॉबिन के शरीर में झुरझुरी-सी फैल गई है। लगा, बिरसा अभी भी इस सेल के भीतर तड़प रहे हैं...। तड़प रहे हैं बिरसा।...'...ओह, बिरसा...!' रॉबिन ने उस सेल की जंग लगी सीखचों को श्रद्धा से छुआ...। बिरसा मुंडा सेल...। बिरसा की स्मृति में यह सेल...। पर सन्तप्त बिरसा को अभी तक मुक्ति नहीं। जंगल-पहाड़ के आदिवासी जनगण जब तक सन्तप्त हैं, कैसे मुक्त होंगे बिरसा...? बिरसा मुंडा की मूर्ति और बहादुर उराँव का चेहरा बरबस मन में गड्डमड्ड होने लगा है। आज़ाद भारत के बिरसा ही तो थे बहादुर अंकल। यह अमरज, ऐसी अमरता कितने को मिलती है! उसे लगा, वार्ड नम्बर पाँच के सेल में बिरसा मुंडा और बहादुर उराँव एक संग खड़े हैं।

क्या पापा के साथ नीलमणि भी आई होगी उसे लेने? जेल-गेट के बाहर उसे कौन-कौन मिलेंगे...? मम्मी तो वापस नहीं ही लौटी होंगी...। सेल से लेकर जेल-गेट तक के चन्द फ़र्लांग में ही मन में कितने प्रश्न...?

बाहर निकलते ही लगभग दौड़कर डेनिस ने रॉबिन को बाँहों में भरकर चूम लिया है। सामू चाचा ने हाथ थामकर पूछा, 'बहुत झेलना पड़ा न बेटे? पर दुःख भी ईश्वर का एक वरदान ही है। तुमने सहकर सबको जगा दिया, सबको सचेत कर दिया...।' विह्वल हैं सामू मुंडा।

पास खड़ी नीलमणि के होंठों पर भीनी हँसी है। अब तक चुप खड़े वकील मि. गुप्ता की तरफ़ इशारा करते हुए डेनिस ने कहा है, 'रॉबिन बेटे! गुप्ता अंकल को थैंक्स दो। इन्होंने तुम्हारी रिहाई के लिए दिन-रात एक कर रखा था...।'

'थैंक्यू अंकल...!' रॉबिन मि. गुप्ता के गले लग गया।

गाड़ी अब फिरायालाल चौक से गुज़र रही है। अचानक डेनिस ने गाड़ी रुकवा दी है, 'बेटे, मम्मी से बात कर लो टेलिफ़ोन बूथ से...। तुम्हारी आवाज सुनकर कहीं वह खुशी से फोन पर ही न बेहोश हो जाएँ...। इसलिए पहले मैं बात करूँगा और कहूँगा कि कलेजा थामकर रखो, तो एक अच्छी खबर दूँ...और बस, तुम्हें फ़ोन थमा दूँगा...।'

रॉबिन मुस्करा उठा। सामू मुंडा और नीलमणि डेनिस की बात सुनकर मुसक पड़े।

डेनिस ने प्रेस में फ़ोन मिलाया, 'कैसी हो लीज़ा?'

'मैं जैसी भी हूँ पर दसेक दिन में पूरी तरह यहाँ का मामला निपटा रही हूँ। प्रेस की बिक्री की बात पक्की हो गई है...। एक चायनीज़ बिजनेसमैन हैं, उन्हीं से...। पर रॉबिन कैसा है? तुम मिले उससे इधर...? उसकी रिलीज़ को लेकर मि. गुप्ता क्या कह रहे हैं?'

'सिर्फ बोलती रहोगी या बोलने भी दोगी...? अभी कल मैं जेल में मिला हूँ रॉबिन से। तुम्हें उसकी आवाज सुनाने के लिए टेप ले गया था चुपके से। लो, सुनो रॉबिन की आवाज...।' डेनिस ने फ़ोन का रिसीवर जल्दी से रॉबिन के हाथ में थमा दिया।

'मम्मी! कैसी हो...?' रॉबिन की आवाज़ सुनते ही लीज़ा समझ गईं...और बस कुछ बोलने की जगह सुबक ही सुबक...।

'मैं छूट गया हूँ मम्मी...। अब रो क्यों रही हो...?' भावुकता में रॉबिन की आवाज़ काँप रही है।

'इमोशन...। इमोशन...बेटे।' सुबक के बीच लीज़ा बहुत मुश्किल से बोल पाईं।

डेनिस ने फ़ोन ले लिया, 'लीज़ा! बस, अब हम लोग 'गंज' निकल रहे हैं। तुम फिक्र मत करना। मैं एक हफ्ते में आ रहा हूँ। फिर हम लोग जल्द-से-जल्द वहाँ का सब कुछ निपटाकर 'गंज' आ जाएँगे।'

'और रॉबिन? उसको वहाँ अकेले मत छोड़ो।' लीज़ा अपनी सुबक को सम्हाल नहीं पाईं।

'अरे नहीं! अब यहाँ सब कुछ ठीक है। रॉबिन को कोई दिक्कत नहीं होगी। वह एक तूफान था, जो गुजर गया लीज़ा। रॉबिन 'क्वींस कॉटेज' में ही तब तक रहेगा। हम लोग जितनी जल्दी होगा, हांगकांग से लौट आएँगे। इतने दिनों की वहाँ की गृहस्थी तुम्हें

अकेले समेटने में परेशानी होगी लीज़ा, इसलिए मैं आ रहा हूँ।' डेनिस की बात पर लीज़ा ने कोई प्रतिवाद नहीं किया।

'सचमुच, मम्मी अकेले परेशान हो जाएँगी।' रॉबिन ने टेलिफ़ोन बूथ से निकलते हुए सहमति जताई।

जनवरी की इस खुनकभरी सुनहरी दोपहरी में गाड़ी मैकलुस्कीगंज की तरफ़ भागी जा रही है। वही जंगल...वही बंचर हवा...। हवा में सरसराते वृक्षों के पत्ते—आह्लादित... स्वागतमय भंगिमा में...। डेनिस की आँखें टैक्सी की खिड़की के बाहर उन दृश्यों पर फिसल रही हैं। डेनिस ने रॉबिन की तरफ़ देखा—सहसा उनके होंठों पर एक मुस्कान तिर गई है।

'क्या हुआ पापा?' रॉबिन के चेहरे पर एक जिज्ञासापूर्ण हँसी है।

'नहीं, बस, यों ही...। तुम्हारा उपन्यास पूरा हुआ...। बेटे, यू डिड यॉर नॉवेल वर्क...।'

'फ़ॉर आउअर मदरलैंड...। इसके लिए उकसाया तो आपने ही था पापा...।' रॉबिन के चेहरे पर एक मधुर तृप्ति है...।

'अन्तिम सच मातृभूमि होती है बेटे...! अपनी मिट्टी अन्त-अन्त तक खींच लेती है। यही है बीज और मिट्टी का रिश्ता। एक एंग्लो-इंडियन लेखक ने अपने किसी लेख में बहुत मार्मिक लिखा है : इफ़ इंग्लैंड इज़ द लैंड ऑव आउअर फ़ादर्स...इंडिया इज़ द लैंड ऑव आउअर मदर्स...। इफ़ टू अस इंग्लैंड इज़ अ हैलोड मेमोरी...इंडिया इज़ अ लिविंग वेरिटी...और हम फिर से अपनी माँ के पास...अपनी मिट्टी पर पहुँच गए...।' डेनिस अपनी रौ में बह रहे हैं।

रॉबिन को लग रहा है, जैसे वह हांगकांग के अपने फ़्लैट में बैठ पापा को सुन रहा है।

इ आइ...इ आइ...ओ...

मैकलुस्कीगंज की यह शाम रौनक़ में है। 'फ़ाउंडर्स-डे' वाली उस दिन की तैयारी को आज फिर हू-ब-हू दोहराया गया है। हाँ, तेज़ ठंड की वज़ह से आयोजन स्थल में ज़रूर परिवर्तन किया गया है। 'हाइलैंड गेस्ट हाउस' को दिन भर में झलकाकर रख दिया गया है। गेस्ट हाउस के चारों तरफ़ लाल-पीले...हरे-नीले पताकों की ख़ूबसूरत झालरें...। खलारी से किराये पर लाए गए जेनरेटर के सहारे छोटे-छोटे हज़ारों बल्बों की मनोहारी दमक...। मि. मेंडेज़ ने सजे-धजे 'हाइलैंड गेस्ट हाउस' को पुलकित हो निहारते हुए कहा है, 'इस गेस्ट हाउस के अच्छे दिन अब लौट आए हैं...। अभी जूडी के रिसेप्शन के बाद तुरन्त रॉबिन के आगमन पर यह शानदार फ़ंक्शन...। यह नया साल 1994 सचमुच जमीन से आसमान तक को सींचते हुए आया है।'

मि. मेंडेज़ की बात पर मि. मिलर और कैप्टेन मेंडोंसा ने मुस्कराकर हामी भरी है। पंडित रामाज्ञा पाठक एकदम-से विभोर हैं, 'आज 'गंज' गंगोदक[1] बन गया।'

1. गंगा का पवित्र जल

दरअसल, सुबह डेनिस और नीलमणि के राँची जाते ही मि. मेंडेज़,...मि. मिलर... मि. गिब्सन...मि. नोएल गॉर्डन...मि. कैमरॉन...जूडी...किट्टी...डैनी...जेनिफ़र...और मिसेज़ कैथलिन हॉरिगन—सबने आनन-फ़ानन में रॉबिन के आगमन की ख़बर पाकर गाँव में रॉबिन के मधुर अभिनन्दन और स्वागत की तैयारी युद्धस्तर पर कर डाली। गाँव में जगह-जगह पर प्लैकार्ड...'वेलकम रॉबिन'...'वी आर प्राउड ऑव यू रॉबिन' चौड़े काग़ज़ और गत्ते की तख़्ती पर हाथ से लिखकर पेड़ों पर लटकाए गए। 'क्वींस कॉटेज' के किचेन में रैंडोल्फ के साथ जैक ने दिन भर कूद-कूदकर शाम के लिए भव्य 'हाइ-टी' और डिनर तैयार किया है। साथ में सांस्कृतिक कार्यक्रम का एक छोटा-मोटा आयोजन भी तय किया गया है। जर्जर बूढ़े मास्टर गिलबर्ट ने क़ैद में हथकड़ीबन्द युवा क्रान्तिकारी रॉबिन का शानदार मेकअप किया है।

मि. मेंडेज़ ने हँसते हुए मि. मिलर से कहा है, 'याद है, मास्टर गिलबर्ट जब यंग थे, तब उन्होंने इसी गेस्ट हाउस में सँपेरे का क्या लाजवाब मेकअप पेश किया था...। आज भी मास्टर गिलबर्ट का इस फन में मुकाबला नहीं...।'

जेनिफ़र और डैनी की बिटिया लेज़ली ने ठुनककर कहा है, 'मैं तो आज वही वाला गाना सुनाऊँगी, जो रॉबिन अंकल ने हमारे बर्थ-डे पर सुनाया था...यंग डैनी हैज़ अ फ़ार्म—इ आइ...इ आइ...ओ...! यंग जेनिफ़र हैज़ सम डक्स—इ आइ...इ आइ...ओ... और आज मैं इसमें जोड़ूँगी—रॉबिन अंकल हैज़ अ फार्म...इ...आइ...इ आइ...ओ...।'

लेज़ली के इस अन्दाज़ पर जेनिफ़र हँस पड़ी है, 'अच्छा बाबा, गाना। यही गाना।'

'बई-काली' के पास पहुँचने पर पेड़ों से लटके प्लैकार्डों को देख आनन्दपूर्ण अचम्भे से डेनिस ने कहा है, 'वह देखो रॉबिन! तुम्हारे स्वागत में तुम्हारा गाँव...।'

विदा लेते दिन की क्षीण नारंगी रोशनी में साँझ के पंख फड़फड़ा रहे हैं। सड़क किनारे पसरे पुटुस फूलों की झाड़ पर धूप की अटकी हुई चिलक अब ढलकती दिख रही है। रॉबिन ने कहा है, 'पहले 'बॉनर-भवन' चलेंगे।'

'बॉनर-भवन' की उदासी बाहर से ही दिख रही है। मिस बॉनर की स्थिति ठीक नहीं है। बिस्तर पर निश्चेष्ट-सी पड़ीं मिस बॉनर पता नहीं रॉबिन को पहचान पाई भी हैं या नहीं, लेकिन अपना बायाँ हाथ पटक-पटककर कुछ बोलने की असफल चेष्टा ज़रूर करने लगी हैं।

'शायद आपको पहचान रही हैं। भीतर से पूरा होश है इनको।' मरियम ने धीमे-से कहा है।

रॉबिन ने मिस बॉनर के रुई के फाहे सरीखे बालों पर हाथ फेरते हुए तनिक ऊँचे स्वर में कहा है, 'मैं आ गया हूँ। आप अब जल्दी ठीक हो जाएँगी।'

मिस बॉनर कुछ सेकेंड तक अजीबोग़रीब आवाज़ें निकालने के बाद शान्त हो गई हैं।

'हाइलैंड गेस्ट हाउस' लाउडस्पीकर पर लगातार बज रहे संगीत की सुमधुर गूँज में झूम रहा है। गाँव के 'लक्ष्मीकांत-प्यारेलाल' यानी खुशिया पाहन और टुइयाँ गंझू माइक पर हिलोरें ले रहे हैं :

'चम्पा-चमेली फूला फुलियो गेल
गुइयाँ मोरा झट आवे...!
बनाय के गजरा

देखय मोरा असरा...
गुइयाँ मोरा झट आवे...।'

खुशिया पाहन ने फिर ज़ोर की हलहली दी है :

'सावन के बूँदा बरसि चलियो गेल,
गुइयाँ मोरा झट आवे...।'

अचानक डैनी ने माइक पर आकर घोषणा की है, 'रॉबिन आ गए हैं...। बस, पहुँच रहे हैं।'

गाँव के सारे एंग्लो-इंडियन परिवार...आदिवासी कलाकारों का दल...नीलमणि की 'आत्मरक्षा समिति' के तमाम कार्यकर्ता—सब हलचल में व्यस्त। हॉल में ख़रगोशों की तरह उछल रहे छोटे-छोटे बच्चे। और...हॉल में पहुँचकर आनन्द और उमंग के ज्वार में गोते खाता रॉबिन। उल्लास का चरम क्षण! उछाह का कोई ओर-छोर नहीं! मि. मिलर ने अत्यन्त भावुक स्वागत भाषण देने के बाद कहा, 'जोरदार तालियाँ बजाकर स्वागत करिए अपने यंग मैकलुस्की का...।'

तालियों की गड़गड़ाहट के बीच हाथ जोड़े बुत-सा खड़ा है अभिभूत रॉबिन।

'आप सबका प्यार...आप लोगों की ब्लेसिंग्स...।' रॉबिन की आवाज़ रुँध गई है। वह आगे कुछ बोल नहीं पा रहा है। एक क्षण के लिए पूरे हॉल में ख़ामोशी छा गई है।

'हमारे दुःख और...आवेश ने हमारी मिट्टी की तासीर जगा दी...फिर से...। आज अपने बहादुर उराँव की बहुत याद आ रही है। उसकी कुर्बानी बेकार नहीं जाएगी। अपनी मिट्टी के लिए बहादुर को बहुत प्यार था। प्यार बहुत साहस देता है...इंपॉसिबुल करिज...। अपनी मातृभूमि...अपने मदरलैंड...अपने 'गंज' के लिए रॉबिन का प्यार रॉबिन की हिम्मत बना। आजादी के बाद आज फिर एक बार अपना 'गंज' आजाद हुआ है। जैसाकि आप सबको पता होगा कि अब रॉबिन के पापा-मम्मी—मि. डेनिस मैगावन और मिसेज़ लीज़ा मैगावन—हमेशा के लिए 'गंज' में रहेंगे...। है न बेहद खुशी की बात? बेटा माँ-बाप को आखिर अपनी मिट्टी पर खींच ही लाया।' तालियों की बारिश से पूरा हॉल डूब गया है। यह मि. मेंडेज़ हैं, जो आनन्द के महातरंग में माइक पर डूब-उतरा रहे हैं, 'अब मैं डेनिस से कहूँगा कि वे इस मौके पर दो शब्द कहें...।'

माइक के सामने खड़े डेनिस कुछ क्षण तक मूक रहे। भावातिरेक के इस क्षण में शब्द जैसे पकड़ में ही न आ रहे हों। भरे गले से डेनिस ने कहा, 'अभी मि. मेंडेज़ कह रहे थे—आजादी के बाद अपने 'गंज' को यह दूसरी आजादी मिली है...। ठीक कहा इन्होंने। हम भूल गए थे अपनी मिट्टी की तासीर...अपनी धरती का करिश्मा...। मुझे याद है, देश को जब आजादी मिली थी...उस रात 'गंज' में भी आधी रात से सुबह तक जश्न मनाया गया था—आज की तरह ही...। उस रात जो गीत गाया गया था, मेरा जी करता है, आज इस मौके पर फिर से आप सबके बीच उसे गुनगुनाऊँ।'

तालियों की गड़गड़ाहट फिर से गूँज उठी है, 'जरूर...जरूर...।'

'हाँ, यह खुशी की घड़ी है...इसमें गीत और गुनगुनाहट की ही जगह है...।' डेनिस ने हल्की मुस्कान के संग कहा और शुरू हो गए, 'आउअर मदरलैंड...वी कॉल हर इंडिया...इफ़ वी आर वन...वी कैन सक्सीड...वी कैन सक्सीड...बिल्ड अ ब्राइट एंड

न्यू टुमॉरो...आउअर मदरलैंड...वी कॉल हर...।' इन पंक्तियों के साथ मि. रॉबिन्सन की उँगलियाँ पियानो के सफ़ेद-काले कीज़ पर अनवरत थिरक रही हैं।

डेनिस अपनी अन्तिम पंक्ति पर पहुँचे ही हैं कि मि. गिब्सन की गोद में बैठे बाबू ने फ़ौरन जेब से अपना माउथ ऑर्गन निकाल लिया है, 'नानू, मैं बजाऊँ...?'

'क्यों नहीं...!' मि. गिब्सन लाड़ से हँसे हैं और उसकी पीठ थपथपा दी है।

मि. गिब्सन के बग़ल में बैठी मिसेज़ गिब्सन हालाँकि मि. गिब्सन की गोद में बाबू को जमा देख लगातार असहज हैं। उनकी चढ़ी हुई त्यौरी छिपाए नहीं छिप रही है। मि. गिब्सन इसे कनखियों से रह-रहकर देख रहे हैं और मुसक रहे हैं। यह बेपरवाही उनके चेहरे से टपक रही है कि अब जो हो, सो हो। मि. गिब्सन की थपथपाहट से उत्साहित-मुदित बाबू ने डेनिस की पंक्तियों के आख़िरी क़तरे को माउथ ऑर्गेन पर मटकते हुए थाम लिया है। हालाँकि, माउथ ऑर्गेन के सुर का उससे कोई तालमेल नहीं है, पर तालियों की मूसलाधार बारिश शुरू हो गई है।

कोने में खड़ी खुशी से दमकती नीलमणि ने बढ़कर बाबू को गोद में उठा लिया है। खुश बच्चों के शोर से 'हाइलैंड गेस्ट हाउस' एकबारगी ज़ोर से किलक उठा है।

जेनिफ़र की बेटी लेज़ली ने आव देखा न ताव, उछलकर सामने आ गई है और ठुमक-ठुमककर गाने लगी है, 'रॉबिन अंकल हैज़ अ फार्म—इ आइ...इ...आइ...ओ...इ... आइ...इ आइ...ओ...।'

लेज़ली की इस धूम में देखते-देखते हॉल के सभी बच्चे शामिल हो गए हैं। 'गंज' के स्थायी सुरसाधक...म्यूज़िक सर मि. रॉबिन्सन भी पियानो छोड़कर बच्चों के संग ताल देने लगे हैं।

'ओह, लवली! कितना अच्छा लग रहा है न...!' मिसेज़ ऐलिस टॉमिलन ने अपने बेटे केथ और उसकी बीवी की तरफ़ मुड़कर कहा है।

केथ की नन्ही बिटिया अपनी माँ की गोद में अपने नये-नये निकले गिने-चुने दाँतों के संग खिलखिला रही है। केथ इस बार लम्बी छुट्टी लेकर 'गंज' आया है। इसलिए मिसेज़ टॉमलिन की खुशियाँ समाये नहीं समा रही हैं। 'गंज' की यह रात वाक़ई आनन्द से भीग रही है।

मि. मेंडेज़ और मि. नोएल गॉर्डन भी आख़िरकार नाच-गाने की धूम में शामिल होने से अपने-आपको रोक नहीं सके हैं। लगभग उछलकर बच्चों के सुर में सुर मिलाने लगे हैं। अब गाने में जेनिफ़र...डैनी...जूडी...किट्टी और अन्ततः मिसेज़ ऐलिस टॉमलिन... डेनिस और मि. मिलर भी डोलते हुए शामिल हो गए हैं।

हॉल के एक कोने में जैक और कैंटीन मजीद अलग ही शुतुरमुर्ग की तरह गर्दन हिला-हिलाकर नाच रहे हैं। रैंडोल्फ़ ने जैक की बाँह पकड़कर कहा है, 'ओय, शलगम! डिनर सर्व नहीं करना क्या? आधी रात हो रही है मैन!'

पर समय की परवाह यहाँ किसी को नहीं है। वैसे भी लगातार सर्व हुए 'स्नैक्स' के कारण किसी को भूख नहीं है। सब मस्त हैं। मगन।

अचानक चिड़ियों की चहचहाहट से जैसे सबको ख़याल आया है। रॉबिन ने याद किया—'गंज' की वही पहली सुबह...। एक चहचहाती श्वेतिमा तेज़ी से फूट रही है...

नीली आवाज़ों के संग...। कई बच्चे अपनी माँ के कन्धे पर ही सिर डालकर नींद में पहुँच चुके हैं। आनन्द के पारावारहीन प्रवाह में। मिसेज़ टॉमलिन द्वारा धन्यवाद ज्ञापन के बाद सब नींद लदी अलस मुस्कान के संग हॉल से निकल रहे हैं। रैंडोल्फ़ ने सबको डाइनिंग हॉल में बुला लिया है। उसने व्यंजनों में कोई कला बाक़ी नहीं रखी है। मि. मेंडेज़ ने चहककर कहा है, 'दिस इज़ अर्ली मॉर्निंग डिनर...।'

रॉबिन ने नीलमणि को आँख भरकर देखा है। वह मुस्करा रही है। सुबह की शीतल धूसर सफ़ेदी के संग। रॉबिन ने डेनिस से कहा है, 'पापा! मैं नीलमणि को घर छोड़ आता हूँ। बाहर अभी भी अँधेरा है।'

'ओ.के...ओ.के...!' डेनिस मुस्करा उठे हैं और दोनों की पीठ थपथपाकर गहरे लाड़ से दोनों को बाँहों में समेट लिया है। जैसे इससे ज़्यादा क़रीब कुछ भी नहीं। अनन्त दिगंत जैसे अनायास सिमटकर अत्यन्त निकट आ गया है।

'गंज' के आकाश की शीतल धूसर सफ़ेदी में अभी भी दो-एक तारे अटके हैं। 'गंज' के गहरे सन्नाटे में चाट्टी की तरफ़ निकल पड़े रॉबिन और नीलमणि को देखने की ललक में मानो ठिठके हों! कंका पहाड़ी की तलहटी में 'गंज' सुबह के आख़िरी पहर की मीठी नींद में विभोर है। चाट्टी के किनारे रॉबिन और नीलमणि देर तक चुप खड़े हैं। निहार रहे हैं माघ की चाट्टी को निर्निमेष...। माघ की सुबह में सिहरती समाती चाट्टी। रॉबिन को लग रहा है, 'गंज' की चौहद्दी के भीतर की सम्पूर्ण धरती फिर से धड़क रही है—तेज़... बहुत तेज़...! धड़...धड़...धड़...धड़...! एक आरक्त प्रफुल्लता का असम्भव क्षण। नीलमणि कब उसके वक्ष में समा गई है...कुछ पता नहीं चला है...। चाट्टी किनारे के ताड़ वृक्षों को लाँघता माघ का आकाश चाट्टी के जल पर सिहर रहा है।

माँ गंगा

मि. गिब्सन से अन्तिम और निर्णायक संग्राम के बाद मिसेज़ गिब्सन ऑस्ट्रेलिया कूच कर गई हैं। खुशिया पाहन सख़्त अफ़सोस से कहता है, 'उनको मनाने में गिब्सन साहेब की नौओ गति हो गई। लेकिन फेल हो गए वे। बाप रे...! आग का गोला है गिब्सन मेम...।'

लीज़ा हांगकांग का सब कुछ निपटाकर डेनिस के साथ लौट आई हैं। इतने वर्षों की वहाँ की गृहस्थी और कारोबार को समेटना आसान न था। लीज़ा ने सब कुछ धैर्य से किया। डेनिस समझते थे कि इन व्यावहारिक मामलों में लीज़ा उनसे कहीं ज़्यादा सक्षम हैं। हालाँकि, हांगकांग भले छूट गया हो, लेकिन वहाँ व्यतीत समय उन लोगों के जीवन का एक सुनहरा अध्याय तो है ही। इसलिए डेनिस महसूस कर रहे हैं कि हांगकांग छूटने की हूक से लीज़ा पूरी तरह उबर नहीं पाई हैं। बेटे की बात न होती, तो वे हांगकांग से हिलनेवाली नहीं थीं।

इस बीच डेनिस ने मि. मेंडेज़ के साथ राँची जाकर कई दौर की बातचीत में घनश्याम अग्रवाल को समझाने की कोशिश की है कि उनके पुराने घर को वे आज की क़ीमत

पचास हज़ार रुपये थमा दिये हैं ताकि इस घर की बिक्री के बारे में वे अब और किसी से बातें न करें।

'गंज' संस्कृति के अनुरूप एक घंटे में पूरे गाँव में ख़बर फैल गई है कि जर्मन घोष ने एडवांस देकर एस.सी. घोष के मकान का 'छेका' कर दिया है। पर 'शान्तिनिकेतन' की बिक्री का मामला 'जगन्नाथजी का अटका' बन गया है। वैसे घर देखने के लिए बहुत लोग आ चुके हैं लेकिन पलटकर कोई नहीं आया है। अमित घोष ने इलोना से बारंबार कहा है, 'लोलो! 'शान्तिनिकेतन' उसी को बेचेंगे, जो सचमुच इससे प्यार करेगा।'

इलोना ने बिहँसकर कहा, 'वह आशिक आए तो।'

और 'शान्तिनिकेतन' को प्यार करने का प्रस्ताव लेकर एक सुबह अन्तरराष्ट्रीय स्तर का एक पेशेवर फ़ोटोग्राफर मारख़म लैथरडेल 'गंज' में दाख़िल हो गया। फागुन के इन आख़िरी दिनों में वाक़ई अमित-इलोना के लिए वह फागुन की तरह आया है। मारख़म का आगमन 'गंज' में चर्चा का विषय बना हुआ है। हालाँकि, 'गंज' में ऐसे लोगों का आना कोई नई बात नहीं रही है। इसी तरह वर्षों पहले दुनिया का मशहूर शेफ़ रैंडोल्फ़ विलियम्स भी यहाँ आया था। पर ऐसे लोगों के गाँव में क़दम डालते ही उनकी कुंडली निकलने लगती है। आजकल मारख़म की कुंडली निकाली जा रही है।

'गंज' के लोगों में जासूसी का नैसर्गिक गुण है। मारख़म की कहानी धीरे-धीरे खुल रही है। उसके नाम की स्पेलिंग 'एमएआरसीयूएस' है लेकिन अपने नाम का उच्चारण वह 'मारख़म' करता है। गाँव के अंग्रेज़ी जाननेवाले लोग इस पेचीदगी को लेकर भी मग़ज़मारी कर रहे हैं।

मारख़म के साथ कैलाश यादव नामक एक युवक भी आया है। खुशिया पाहन ने याद करते हुए सारी बात पेश कर दी है कि मारख़म और कैलाश को कुछ साल पहले भी वह 'गंज' में एक बार देख चुका है, 'जेठ का महीना था वह।' खुशिया को महीना तक याद है। पर साल को लेकर वह पक्का नहीं है, 'बस, साल ही नहीं फरिया रहा है।' वह सिर खुजाते हुए कहता है।

पत्रकार बसन्त भी इस बात की तस्दीक करता है कि कैलाश के साथ मारख़म तीन-चार साल पहले यहाँ आया था और चप्पे-चप्पे में घूमकर गाँव की ढेर सारी फ़टॉग्रफ़ि की थी।

मारख़म के बारे में गाँव के लोगों को बहुत-सी बातें पता चल गई हैं। मसलन यह कि फ़टॉग्रफ़ि के पेशे के सिलसिले में पूरे साल उसे ख़ास तौर से दुनिया के चार देशों—अमेरिका, पुर्तगाल, कनाडा और भारत—में घूमना होता है। वाराणसी में भी वह काफ़ी समय व्यतीत कर चुका है। वहाँ के जीवन पर फ़टॉग्रफ़ि की उसकी एक क़िताब भी छप चुकी है। वाराणसी प्रवास के दौरान ही कैलाश यादव उसके निकट आया। तब कैलाश महज एक फूटता हुआ किशोर था। मारख़म जब बनारस की गलियों-घाटों और मन्दिरों की तसवीरें उतारता घूम रहा था, ठेठ बनारसी बोलता हुआ कैलाश उसके कैमरे का बैग उठाये पीछे-पीछे चलता था। मूलत: बिहार के गया का रहनेवाला कैलाश उन दिनों बनारस में अपने एक बड़े भाई के साथ रहता था। उसका भाई बनारस के 'ताज़ होटल' का मुलाज़िम था। हर साल का यह ऐसा सिलसिला बन गया कि मारख़म

जब बनारस आता, वह अपने साथ कैलाश को ले लेता। फिर भारत में जहाँ कहीं भी मारख़म जाता, कैलाश चमोकन की तरह उसके साथ होता। इस तरह तक़रीबन दस-बारह वर्षों से कैलाश यादव का सम्पर्क मारख़म से था। टुइयाँ गंझू मुसककर कहता है, 'दमड़ी के तीन कैलाश को घी का कुप्पा हाथ लग गया।'

मारख़म की काफ़ी दिनों से हसरत थी कि भारत के किसी घनघोर जंगली आदिवासी क्षेत्र में उसका एक घर हो, जहाँ वह साल में एकाध बार आया करे। कैलाश का एक और भाई हजारीबाग में था। मारख़म जब फ़टॉग्रफ़ि के सिलसिले में कैलाश के साथ एक बार हजारीबाग पहुँचा, तो कैलाश के भाई ने 'गंज' के बारे में उसे विस्तारपूर्वक बताया। इसके बाद ही सबसे पहली बार मारख़म 'गंज' आया। यहाँ आकर उसे लगा कि यही उसकी कल्पना का वह गाँव है, जहाँ उसका एक घर होना चाहिए। पर स्थानीय लोगों से इस इलाक़े में एम.सी.सी. के आतंक की बात सुन वह वापस लौट गया था। इसके बावजूद 'गंज' उसे बार-बार खींचता रहा। 'गंज' की उसकी तसवीरें भी अन्तरराष्ट्रीय स्तर पर ख़ासी चर्चित रहीं। कई साल बाद भटके बादल की तरह मारख़म फिर यहाँ आया है। इस बार हर हाल में यहाँ एक घर ख़रीदने का निर्णय लेकर। 'शान्तिनिकेतन' उसे बहुत भाया है। उसे जल्दी पुर्तगाल जाना है। इसलिए अमित-इलोना से बात पक्की होने के बाद फ़ौरन भुगतान और आनन-फ़ानन में उसने रजिस्ट्री कराई है।

मारख़म ने 'शान्तिनिकेतन' का नाम बदलकर 'झारखंड बाग़' कर दिया है। वह मनमौजी है। इस इलाक़े में जिस वैन पर वह घूमता है, उसे उसने पूरी तरह हरे रंग से पेंट कर रखा है। वैन के आगे-पीछे उसने वैन का नाम लिखवा रखा है—'हरा हाथी।'

मारख़म की इन अफ़लातूनी हरकतों पर टुइयाँ गंझू अपनी घुच्ची आँखों को मिचमिचाकर कहता है, 'सब भाभट[1] है। यह सब ताल-माल देखते हुए आँखें थक चुकी हैं।'

मारख़म ने 'झारखंड बाग़' का जीर्णोद्धार दिन-रात एक कर ख़ुद अपने हाथों से किया है। गाँव में सब यही कह रहे हैं कि खाली कैमरा नहीं, छेनी-हथौड़ी का भी मास्टर है मारख़म। अमित-इलोना भी अपने पुराने घर के बदले रूप को देख हैरान हैं। खुशिया करुण स्वर में कहता है, 'लेकिन उसके लिलार में भोग कहाँ है! गलतकिया लगाकर भोग तो करेगा उसका स्टेपनी कैलाश।' खुशिया की ख़बर सही है। मारख़म की अनुपस्थिति में कैलाश यादव 'झारखंड बाग़' और 'हरा हाथी' को सँभालेगा। टुइयाँ गंझू ने कैलाश से कई बार मारख़म के बीवी-बच्चों के बारे में जानने की कोशिश की है। पर कैलाश लगातार टाल गया है। टुइयाँ दाँत निपोरकर कहता है, 'बहत्तर हाथ की अँतड़ी है इस अहीर की। इसके पेट से बात निकलवाना मुश्किल है।' हालाँकि, गाँव के ख़ुफ़िया तत्त्वों ने असलियत की खुदाई कर ली है कि मारख़म की कई शादियाँ टूट चुकी हैं। खुशिया पाहन ने मुँह बनाकर कहा है, 'बंडा है बेचारा।'

मारख़म ने अपने घर की बैठकी में पारम्परिक भारतीय आभूषणों से लदी 'इंडियन वुमन' की अन्तरराष्ट्रीय स्तर पर प्रसिद्ध अपनी तसवीरें लगा दी हैं। मि. मेंडेज़ को वह

1. नकली प्रदर्शन

घर दिखाने ले गया है। उन्होंने घर के बदले स्वरूप की दिल खोलकर तारीफ़ की है और 'इंडियन वुमन' की तसवीरों पर एक उड़ती निगाह फेंक मारख़म की पीठ थपथपाकर कहा है, 'तुम पक्के 'गंज' मेटेरियल हो। नाउ यू डिज़र्व वन इंडियन कुक्कू इन योर झारखंड बाग...अब तुम्हारे झारखंड बाग में बस एक भारतीय कोयल की जरूरत रह गई है।'

क्षण भर के लिए एक झेंप भरी मुस्कान मारख़म के चेहरे पर आकर फिसल गई है।

मारख़म अब छह-सात महीने बाद लौटेगा। उसके कैम्पस में सन्नाटे के चमगादड़ न झूलें, इसके लिए उसने योजना बनाई है कि स्थानीय लोगों की सहायता के लिए 'झारखंड बाग़' के मेन गेट के कोनेवाले हिस्से में स्थित शेड के नीचे वह एक क्लीनिक खुलवाएगा। यहाँ ग़रीब लोगों को मुफ़्त दवाएँ मिलेंगी। सप्ताह में कम-से-कम दो दिन यहाँ एम.बी.बी.एस. डॉक्टर लोग आकर बैठें, इसके लिए मारख़म ने खलारी और राँची के डॉक्टरों से बात की है। वह उन सबकी फ़ीस का वहन करेगा। मरीज़ों को एक अद्धी[1] नहीं देनी होगी। मेन गेट के कोने में शेड डालकर क्लीनिक की जगह बना दी गई है। क्लीनिक का नामकरण कर बोर्ड भी टाँग दिया गया है—'धनेसरी क्लीनिक'। कैलाश यादव की दिवंगत सास का नाम है धनेसरी, जिसकी मौत कई साल पहले साँप काटने से हो गई थी। मौक़े पर इलाज न हो पाने के कारण वह चल बसी थी। कैलाश से उसकी सास की मौत की करुण कथा मारख़म ने सुनी थी। यही 'धनेसरी क्लीनिक' की स्थापना का आधार बना है। यह कथा 'गंज' में फैल गई है। टुइयाँ गंझू ने अचरजपूर्ण उसाँस के साथ कहा है, 'तर गई धनेसरी।'

'शान्ति निकेतन' की बिक्री के बाद अमित घोष ने एस.सी. घोष के बँगले का पूरा भुगतान डेविड कैमरॉन को थमा दिया है। एस.सी. घोष जल्दी ही कलकत्ता से राँची आकर रजिस्ट्री कर देंगे। अमित-इलोना इस बँगले को ठीक-ठाक कर सजाने-बजाने में जुटे हैं। पंडित रामाज्ञा पाठक ने बिहँसकर कहा है, 'चलिए, घोष को घोष से गति मिली।'

इधर मि. गिब्सन को भी 'पिकॉक' की बिक्री के मामले में सद्गति प्राप्त हो गई है। सब कुछ अकस्मात् हुआ। पटना से लोक-निर्माण विभाग के एक अवकाश-प्राप्त चीफ़ इंजीनियर जगत नारायण पांडे अपने बेटे-बहू और पोते-पोतियों की फ़ौज के संग पिछले दिनों 'गंज' घूमने आए थे। मि. गिब्सन से उनकी लम्बी बातचीत हुई और महज़ पन्द्रह लाख रुपये में 'पिकॉक' की बिक्री का मामला फ़ाइनल हो गया।

जगत नारायण पांडे को पैसे की कोई कमी नहीं। पटना से राँची तक उनके कई प्लॉट और मकान हैं। नौकरी के दौरान काली कमाई के कारण पांडे ने कई बार निलंबित होने का रिकॉर्ड बनाया। 'पिकॉक' एक नज़र में पांडे को गड़ गया था। पांडे को पक्का अनुमान है कि अलग 'झारखंड' प्रान्त बनने में अब ज़्यादा दिन नहीं है। केन्द्र सरकार का रुख़ देखकर तो ऐसा ही लगता है। अलग 'झारखंड' प्रान्त बनते ही यहाँ भी बँगलों की क़ीमत में रातोंरात इज़ाफ़ा होगा। जगत नारायण पांडे हिसाबी आदमी हैं। उन्होंने मन-ही-मन अनुमान लगा लिया है कि 'पिकॉक' को ख़रीदना एक लाभप्रद निवेश होगा।

1. दमड़ी का आधा

हालाँकि, मि. गिब्सन के सभी शुभचिन्तकों ने उन्हें अन्त-अन्त तक सचेत किया था कि 'पिकॉक' को बेचना उनके लिए आत्महत्या जैसी घटना होगी। वे दर-ब-दर हो जाएँगे। अपना अन्त बिगाड़ेंगे। सबको पता था कि 'पिकॉक' की बिक्री का पैसा उनके पास कितने दिन टिक पाएगा। वैसे 'गंज' में अफ़वाह की गश्त तेज़ थी कि मि. गिब्सन हार-पार कर अब ऑस्ट्रेलिया चले जाएँगे।

दरअसल, इस बार भी जब मिसेज़ गिब्सन ऑस्ट्रेलिया लौटने लगीं, तो पार्वती के मसले पर मियाँ-बीवी में भारी घमासान हुआ। मिसेज़ गिब्सन ने इस तनातनी में जीजा की तरफ़दारी करनेवाले अपने भाई मुबारक मियाँ और उनके कुनबे को अपने सामने 'गंज' से चलता किया। इस तरह ऑस्ट्रेलिया जाते-जाते मिसेज़ गिब्सन ने मि. गिब्सन की कोई दशा बाक़ी नहीं रखी। दुर्गति के इसी दौर में मिसेज़ गिब्सन का दिल रखने के लिए उन्हें फिर से पार्वती की 'पिकॉक' से छुट्टी करनी पड़ी। पार्वती की छुट्टी का मतलब बाबू की भी छुट्टी। इस तरह मि. गिब्सन ने तमाम आय-उपाय कर ग़ुस्से से जलजल करती अपनी बेगम को किसी तरह दिलासा देकर विदा किया कि जितनी जल्दी होगा, 'पिकॉक' को बेचकर वे ऑस्ट्रेलिया आ जाएँगे। पर मिसेज़ गिब्सन, मुबारक मियाँ, पार्वती और बाबू के जाने के बाद से मि. गिब्सन 'लगता नहीं है दिल मेरा उजड़े दयार में' वाली दशा में पहुँच गए थे। 'पिकॉक' को बेचने के बाद तो सचमुच बहादुर शाह ज़फ़र वाली उनकी गति हुई।

पार्वती, मिंटो और मुबारक मियाँ के प्रकरण को लेकर 'पिकॉक गेस्ट हाउस' के धन्धे से बेशक उनका मन बुरी तरह ऊब चुका था। इसलिए अब वे किसी नये धन्धे में अपनी क़िस्मत आज़माना चाहते थे। ऑस्ट्रेलिया जाने का उनका दूर-दूर तक इरादा नहीं था। इसको लेकर अफ़वाहें चाहे जितनी थीं, लेकिन सच यही था कि मि. गिब्सन 'गंज' से हिलने वाले नहीं थे। जगत नारायण पांडे से भुगतान लेने और 'पिकॉक' की रजिस्ट्री करने के साथ-साथ उन्होंने पांडे से इक़रारनामे का एक काग़ज़ भी तैयार कराया कि वे जब तक जिएँगे, 'पिकॉक' में एक कमरा उन्हें रहने के लिए दिया जाएगा।

ख़ैर, सारी लिखा-पढ़ी के बाद जगत नारायण पांडे 'पिकॉक' की देखभाल के लिए बहाल एक अधेड़ लंठ रामबुझावन तिवारी को जब यह निर्देश देकर पटना के लिए कूच करने लगे कि 'पिकॉक' के पिछवाड़ेवाले 'सर्वेंट रूम' के कबाड़ को साफ़ कर मि. गिब्सन के हवाले कर दिया जाए, तो मि. गिब्सन का चेहरा पतझड़ के पत्ते की तरह पीला पड़ गया। उन्होंने जगत नारायण पांडे से अटकती आवाज़ में कहा, 'पर मि. पांडे! उसमें तो अटैच्ड बाथरूम भी नहीं। रूम भी बहुत छोटा है। मुश्किल से एक बेड घुस पाएगा।'

जगत नारायण पांडे ने जवाब में उपेक्षा-भरी उड़ती नज़र मि. गिब्सन पर डाली और अपने मुलाज़िम तिवारी से यह कहते हुए गाड़ी में बैठ गए कि वह सर्वेंट रूम के एक कोने में कमोड व नल लगवा दे। मि. गिब्सन इसका कुछ भी प्रतिवाद नहीं कर सके और पांडे की गाड़ी उनके मुँह पर धुएँ उड़ाती निकल गई।

पांडे के मुलाज़िम रामबुझावन तिवारी ने सर्वेंट रूम के प्रवेश-द्वार पर ही मि. गिब्सन के लिए कमोड व नल लगवा दिया। सूरत यह हो गई कि कमोड होकर ही मि. गिब्सन

अपने बिस्तर तक किसी तरह पहुँच सकते थे। गाँव के लोगों ने गहरे अफसोस से कहा, 'इसी दिन के लिए ये घरघरा रहे थे।'

'पिकॉक' का हुलिया एक पखवारे में ही पूरी तरह बदल दिया गया। जो 'पिकॉक' पहले खुला-खुला और ख़ुशनुमा था, जहाँ के पोर्टिको में सूँड़ हिलाती मुन्नी मस्त रहती और दिन भर बच्चे खेलते थे और जहाँ पोर्टिको से दस क़दम पर मौज़ूद पीपल के पुराने विशाल वृक्ष की पूजा के लिए हरेक शनिवार को गाँव के लोगों की जमघट लगती थी, वह अब इतिहास हो गया। शनिवार के दिन पहले की तरह जब लोग पीपल की पूजा करने आए, तो जगत नारायण पांडे के मुलाज़िम रामबुझावन तिवारी ने अपने मालिक का फ़रमान सुनाया कि पीपल की पूजा करनी है, तो अपने घरों में पीपल रोप लें। यह गेस्ट हाउस है, दुंदा साव की ठकुरबाड़ी नहीं।—एक पखवारे के भीतर राजमिस्त्री और मज़दूरों की फ़ौज जुटाकर 'पिकॉक' के चारों तरफ़ ऊँची चहारदीवारी खड़ी कर दी गई और यही नहीं, उसके ऊपर कँटीले तार का मज़बूत घेरा भी मढ़वा दिया गया। कुल मिलाकर जंगल का 'पिकॉक' पिंजड़े में बन्द हो गया। खुशिया पाहन ने गहरे अफ़सोस से कहा, 'एक तो जगत नारायण पांडे अपने हरामी है और मनेजर भी रामबुझावन तिवारी जैसे पिजाये हुए लंठ को बनाकर गया है।'

टुइयाँ गंझू ने आहें भरते हुए कैंटीन मजीद के स्टॉल पर चाय की घूँट भरते हुए कहा, 'पता नहीं, क्या भूत चढ़ गया गिब्सन साहेब को जो इस कनतूतुर...जहरीले बेंग पांडे को 'पिकॉक' दे दिया!'

मि. गिब्सन को यह हिदायत पहले ही दे दी गई थी कि मुन्नी को जल्दी से वे कहीं ठिकाने लगाएँ। हाथी का इस कैम्पस में किलो-किलो भर मल-मूत्र त्यागना पूजा-पाठी पांडे जी को अच्छा नहीं लगता। बदले हालात को पता नहीं, मुन्नी कैसे भाँप गई थी! वह देर रात गए अजीबोग़रीब आवाज़ें निकालती। रात भर मुन्नी की चिंघाड़ से हुई अनिन्द्रा के कारण पांडे का मुलाज़िम रामबुझावन तिवारी सुर्ख़ आँखों से मि. गिब्सन को सुबह-सुबह हुड़कता। इस गंजनपूर्ण स्थिति में एक पार्वती ही थी, जो मि. गिब्सन का पूरा ख़याल रखती और उनके वास्ते दोनों वक़्त का खाना अपने घर से पकाकर लाती। गाँव के अफ़वाहबाज़ों ने नया शोशा छोड़ा कि 'पिकॉक' की बिक्री से मिले रुपयों को पार्वती हर हाल में बुड्ढे से चूसकर रहेगी। पलटवार में कुछेक लोगों ने पार्वती की तरफ़दारी में कहा कि जब इस बुड्ढे ने उसकी देह की रत्ती-रत्ती तोड़ दी और उसे चूसकर सिट्ठी बना दिया, तो भला पार्वती ही उसे क्यों छोड़े?

बहरहाल, ये तमाम चर्चाएँ और 'पिकॉक' में हो रही दुर्गति अपनी जगह थीं लेकिन मि. गिब्सन अपनी मुट्ठी के रुपयों को लेकर चेरी ब्रांडी और एरिस्टोक्रेट ह्विस्की की घूँटों के साथ नई योजना के सपनों में हिलोरें ले रहे थे।

शुरू में 'गंज' के लोगों को यह लगा था कि घरेलू तनातनी से तंग आकर मि. गिब्सन ने 'पिकॉक' को बेचा है, पर यह ऊपरी सचाई थी। अन्दरूनी सचाई कुछ और थी। दरअसल, पिछले दिनों मि. गिब्सन को जानकारी मिली थी कि रातू राज के युवराज गोपाल शरण नाथ शाहदेव अपने रातू महल के ऐन सामने के विशाल कैम्पस में एक शानदार 'फ़न कैसेल' बनाने जा रहे हैं। इसमें एक-से-एक दिलचस्प आइटम रखे जाने की योजना

है। मसलन घुमावदार पटरी पर चलने वाला चार सीटों वाला विशाल मेढक, बच्चों की ट्वाय ट्रेन और बोटिंग के लिए नावें। हाथी-ऊँट की मज़ेदार सवारी आदि। यह जानकारी मिलने के बाद ही इत्तफ़ाक़ से मि. गिब्सन ने 'द स्टेट्समैन' अख़बार में एक बड़े-से बोट की बिक्री का विज्ञापन देखा। डीज़ल से चलने वाला 'माँ गंगा' नामक तीस फ़ीट लम्बा और दस फ़ीट चौड़ा यह बोट पचास सीटों वाला था। विज्ञापन पढ़ने के साथ ही मि. गिब्सन ने फ़ौरन तय किया कि वे इस बोट को ख़रीदकर रातू युवराज के 'फ़न कैसेल' में भाड़े पर चलवाएँगे। 'पिकॉक' को बेचने के पहले से अपनी नई आगामी योजना का सारा ख़ाका उनके दिमाग़ में तैयार था। रातू के युवराज से इस सिलसिले में वे लगे हाथ बातचीत भी कर आए थे। मुन्नी को भी उन्होंने 'फ़न कैसेल' में ही डालने का फ़ैसला किया। इस तरह रातू युवराज से बातचीत के बाद मन-ही-मन सब कुछ तय-तमन्ना कर मि. गिब्सन ने 'पिकॉक' की बिक्री का डंका पीटा था। वे बेचैन थे कि कितनी जल्दी 'पिकॉक' बिके और वे 'माँ गंगा' को ख़रीदने बोट के मालिक आर.एन. गुहा के पास पश्चिम बंगाल के रायडिगी पहुँच जाएँ। हुआ भी यही। 'पिकॉक' की बिक्री का पूरा पैसा हाथ में आने के हफ़्ते भर बाद ही मि. गिब्सन ने कलकत्ता की ट्रेन पकड़ ली। वे कहाँ और क्या करने जा रहे हैं, इस बारे में उन्होंने पार्वती तक को नहीं बताया। रायडिगी पहुँचकर उन्होंने 'माँ गंगा' के मालिक गुहा महाशय से बात की। बोट का पूरा इतिहास दरयाफ़्त किया। यह जानकर मि. गिब्सन अत्यन्त प्रफुल्लित हुए कि कुछ वर्षों से पानी में खड़ा यह असाधारण बोट पहले 'सुन्दरवन' में चलता था। कस्टमवालों ने कभी 'एंटी स्मगलिंग पेट्रोलिंग' के लिए पाँच हज़ार रुपये मासिक भाड़े पर इसे ले रखा था। 'माँ गंगा' के रोमांचक और साहसिक अतीत से पूर्णतया अवगत होने के बाद मि. गिब्सन ने आर.एन. गुहा से चार लाख रुपये में बोट ख़रीदने की बात पक्की कर ली। पर 'माँ गंगा' क्योंकि वर्षों से चालू हालत में नहीं थी, इसलिए उसके जीर्णोद्धार में मि. गिब्सन को दो लाख रुपये और ख़र्च करने पड़े। वे गर्व से काफ़ी समय तक कहते रहे, 'सिर्फ बोट का गेयर बॉक्स बनवाने में साठ हजार रुपये लग गए।' इस तरह 'माँ गंगा' की मरहम-पट्टी करवा मि. गिब्सन ने उसे बामशक़्क़त रातू के 'फ़न कैसेल' की छोटी-सी झील में ला खड़ा किया।

मि. डिकोस्टा ने कसैला मुँह बनाकर कहा, 'एकदम 'कोलैप्स कोच' है यह आदमी...।'

झील के हिसाब से बोट बहुत बड़ा है। ज़ाहिर है, झील में बोट का मुड़ना मुश्किल नहीं, असम्भव साबित हुआ। बोट झील में एक स्तूप की तरह शुरू से खड़ा है। मुन्नी भी 'फ़न कैसेल' ले आई गई है। 'गंज' के लोगों ने 'माँ गंगा' की पूरी कथा सुनी, तो छूटते हुए कहा, 'बस, यही 'माँ गंगा' गिब्सन साहब को गंगा लाभ करा देगी।' अपने नये तथाकथित 'बोट-बिज़नेस' की देखरेख के लिए मि. गिब्सन ने प्रत्येक दिन रातू आने-जाने के लिए एक मारुति वैन भी ख़रीद ली थी। एक ड्राइवर भी रख लिया था। इस तरह 'पिकॉक' की बिक्री का आधा से ज़्यादा रुपया 'माँ गंगा' में बह गया। कुल मिलाकर रातू के 'फ़न कैसेल' की छोटी-सी झील पर बैठी 'माँ गंगा' की तरह मि. गिब्सन भी अब 'पिकॉक' के सर्वेंट रूम के भीतर घुटनों में सिर देकर बैठ गए हैं।

खुशिया पाहन के शब्दों में, 'सूखकर अमचूर हो चुके हैं। सुकुड़ गए हैं गिब्सन साहेब।' मारुति वैन उन्होंने बेच डाला है। ड्राइवर का वेतन और पेट्रॉल का पैसा उनके लिए मुश्किल पड़ने लगा था। वे दिन-रात नशे में धुत्त रहने लगे हैं। अपनी जेब में वे चौबीसों घंटे 'माँ गंगा' बोट की तसवीर रखते हैं और 'पिकॉक' के आसपास से गुज़रनेवाले हर व्यक्ति को बोट की तसवीर और उसका स्वर्णिम इतिहास सुनाते हैं। मना करने पर पार्वती को उन्होंने कई बार बुरी तरह झिड़का है।

मि. मेंडेज़ और मिसेज़ ऐलिस टॉमलिन ने मिसेज़ गिब्सन को उनकी विक्षिप्तता के बारे में विस्तारपूर्वक पत्र लिखा है और सुझाव दिया है कि सम्भव हो, तो वे ख़ुद जितनी जल्दी आकर या बेटे को भेजकर मि. गिब्सन को यहाँ से ले जाएँ।

डेनिस ने अफ़सोस के साथ मि. मेंडेज़ से कहा है, 'याद हैं मि. जॉनाथन वार्डन? और मि. कुन्हा? ठीक वही इतिहास मि. गिब्सन दोहरा रहे हैं।'

टुइयाँ गंझू तनिक बोझिल स्वर में कहता है, 'समय की बात! सवा लाख पूत, सवा लाख नाती, उसके घर में दीया न बाती...।'

रॉबिन पनचक्की

यह वर्ष 1995 का चैत महीना है। सूर्यमुखी मास! भारतीय वर्ष का प्रथम मास है—चैत! गाँव के एकलौते संस्कृत विद्वान पंडित रामाज्ञा पाठक कहते हैं, 'इस मास का मूल नाम चैत्र है! दुलार में लोग 'चैत' और बकदुलार में 'चइत' कहते हैं।'

चैत्र और महुआ का अटूट नाता है। महुआ के पेड़ों पर पीले फूलों की झालर लदी हुई है। आम के वृक्षों की टहनियों से झूलते हरे टिकोले चैत की दोपहरी के ताप और झक्कड़ से परेशान हैं। अलबत्ता कोयल की कूक में मिठास बढ़ गई है। खेतों में गेहूँ की कटनी लगभग समाप्त है। पर इस सबसे अलग गाँव नई हलचल में है। खुशिया पाहन अपनी कत्थई-पीली मुस्कान के संग रह-रहकर तान लगाता है, 'आइल चैत उत्पतिया हो रामा...चैत रे महीनवाँ...।'

चैत उत्पाती महीना है। गेहूँ कटने के साथ ही गाँव में एक अद्‌भुत उत्पात मचा है। 'गंज' के कुटचालियों का अकबक नहीं चल रहा है। गाँव में आए-दिन खेत की मेड़ें टूट रही हैं। लगभग पचास बीघे ज़मीन को तो मिला भी दिया गया है। गाँव में अब सामूहिक खेती होगी। अब कोनू[1] को जोतने की समस्या नहीं रहेगी। धान की बुनाई से ही सझिया खेती का शंख बज जाएगा। रोज़-ब-रोज़ अग़ल-बग़ल के गाँवों के लोग जत्था बनाकर इस अचरज को आकर देख रहे हैं। रॉबिन और नीलमणि के अहर्निश अभियान और लगन का परिणाम है यह। गाँव को अब किसी अमीन-ज़रीब की ज़रूरत नहीं। ज़मीन की मापी के लिए कोई मोरब्बा लाइन और सिकमी लाइन अब नहीं चाहिए। क्वाँर पातर के थुरथुर बूढ़े सधनु उराँव को तो देखकर भी अपनी आँखों पर यक़ीन नहीं हो रहा है।

1. हल से न जुत पानेवाला खेत का कोना।

जिस गाँव में इंच-इंच ज़मीन के लिए मर-मुक़दमे की नौबत आती रही है, वहाँ मेड़ें कैसे धड़ाधड़ टूट रही हैं!

भुटबा गंझू ने मुँह बनाकर कहा है, 'बैसाखी मेढक के बच्चों की तरह इन अड़बंगे लोगों के फुदकने से क्या होगा? एकदम बेढब बात। सारी फिलफिलाँसी अन्त में फुस्स होकर रह जाएगी।'

वहीं हैरान सधनु ने इसहाक़ मियाँ से कहा है, 'इसहाक भाई! लगता है, 'गंज' में सतयुग आ गया है। थोड़े दिनों में यहाँ ताला-कुंजी की भी जरूरत नहीं रहेगी।'

सधनु की बात पर उसी के टोले का बिन्दा उराँव झिमककर कहता है, 'एकदम्म। यह होकर रहेगा...गारंटी बात।'

बिन्दा उराँव सरीखे 'आत्मरक्षा समिति' के तमाम सदस्य कमर कसे हुए हैं कि आसपास के सभी गाँवों में भी सामूहिक खेती का मंत्र जैसे भी हो, पहुँचा दिया जाए। लेकिन एक बार पहले यह 'गंज' में सफल हो जाए। 'गंज' के लोगों के दिमाग़ में यह बात घुसाना कठिन नहीं, असम्भव था। गाँव में रॉबिन और नीलमणि ने जब योजनाबद्ध ढंग से इसके लिए अभियान छेड़ा, तो सबकी पहली प्रतिक्रिया थी कि यह शुद्ध पागलपन है। वाह-वाह, यह कैसे होगा कि लोग मेड़ तोड़कर दूसरों के खेत में अपना खेत मिला देंगे? पर लगातार दिन-रात जुटकर रॉबिन और नीलमणि ने बहुत हद तक लोगों को यह समझाने में क़ामयाबी हासिल कर ली है कि मेड़ें न सिर्फ़ धरती के टुकड़े करती हैं, बल्कि आपसी कलह का कारण बनकर थाना और अदालत की चौखट तक ले जाती हैं।

चलो, ठीक है, सामूहिक खेती शुरू हो जाएगी, लेकिन अनाज कैसे बँटेगा? अनाज का बाँट-बखरा आसान है क्या? इस सवाल से भी रॉबिन और नीलमणि को कम नहीं जूझना पड़ा है। दोनों ने गाँव के हर टोले में लगातार छोटी-छोटी बैठकों के ज़रिये सबको यह धैर्यपूर्वक समझाया है कि जिसका जितना खेत होगा, उस हिसाब से उसको अनाज मिल जाएगा और इसी तरह खेती की लागत में भी जिसका जितना खेत होगा, उसके मुताबिक़ लोगों को अंशदान और श्रमदान करना होगा।

खुशिया पाहन कहता है, 'इस गाँव में चमकुल खादर[1] लोगों की कमी नहीं है। एक-से-एक देहचोर और मनचोर...।'

रामसेवक डेविड ने भरे गाँव में छाती ठोककर ऐलान कर दिया है कि उन्होंने इस योजना की सफलता के लिए अपना जीवन दान कर दिया है।

किट्टी ने भी कहा है कि उससे जितना बन पड़ेगा, वह जान लगाकर जुटेगी।

मि. मेंडेज़ और मि. मिलर ने इस बात पर ग्रामीणों की बैठक में मुहर लगाई है कि 'गंज' की सामूहिक खेती सारे देश के लिए आदर्श बन जाएगी। सामूहिक खेती की ही तर्ज़ पर डेयरी और मछली पालन का काम होगा। गाँव के जितने पोखरे हैं, सब में सामूहिक तौर पर मछली का जीरा डालकर उसका लाभ सबको यथोचित मिलेगा।

गाँव में पलाश के बेशुमार पेड़ हैं—रंगीन लाह के जन्मदाता। छोटानागपुर का राजा फूल है—पलाश! 'गंज' के बग़ल में लातेहर के समीप टोरी में लाह का सबसे बड़ा निर्यात केन्द्र है। और राँची में तो ख़ैर 'सेंट्रल लाह इंस्टीच्यूट' ही है—'भारतीय लाह अनुसंधान

1. बोझा डालते समय भड़कनेवाला बैल

संस्थान'। मि. मेंडेज़ को मालूम है कि लाह के उत्पादन में वन विभाग भी मदद करता है। इसलिए वे चाहते हैं कि 'गंज' में भी रंगीन लाह के उत्पादन की पहल होनी चाहिए। जुलाई माह से सरकारी 'लाह संस्थान' से लाह का बीज मिलना शुरू हो जाता है। शीत ऋतु तक लाह की फ़सल पूरी तैयार हो जाती है।

खुशिया पाहन अपने कत्थई दाँत फैलाकर कहता है, 'तो इसमें हरजा क्या है? लाह तो वाह है। बाजार में तीन सौ रुपये किलो लाह बिकता है। मेंडेज साहब गाँव के पुराने डिही हैं। 'गंज' से राँची तक का सारा झपसी-झटास मालूम है इनको...।'

खुशिया पर चुटकी लेते हुए टुइयाँ गंझू कहता है, 'अरे भाई, गौर से देखिए न...हमारे खुशिया भाई का सारा दाँत लाह का ही बना हुआ है।'

उधर किट्टी की ज़िद गाँव में मधुमक्खी पालन शुरू कराने की है। बग़ैर ज़्यादा हाथ-पाँव चलाये गाँव में शहद का उत्पादन होगा। मधुमक्खी पालन के लिए ज़रूरी है—हर परिवार को 'क्वीन-बी' सहित एक-एक बक्सा उपलब्ध कराना। रॉबिन ने खलारी जाकर खादी भंडार के मैनेजर से बात की है। किफ़ायती दर पर सबको यह बक्सा वे जल्दी उपलब्ध करा देंगे। मधुमक्खियाँ तब फूलों से पराग बटोरने में जुट जाएँगी और रानी मक्खियों को साँस लेने की फ़ुर्सत नहीं रहेगी। कैंटीन मजीद पुलकित होकर कहता है, 'रॉबिन बाबू के रूप में 'गंज' में हातिमताई आया है। ऐसा इनसान नामुमकिन को मुमकिन बना देता है।'

रॉबिन और नीलमणि को इन दिनों साँस लेने की भी फ़ुर्सत नहीं है। नीलमणि की मदद से रॉबिन ने खेतों की सुविधाजनक सिंचाई के लिए बाँस और टिन की चादर से एक पनचक्की तैयार की है। गाँव के लोगों को इस पनचक्की ने बाग़-बाग़ कर दिया है। अब ज़मीन से पानी कैसे निकलेगा, इसके लिए पम्प चलाने की चिन्ता नहीं। बग़ैर डीज़ल-बिजली और मशक़्क़त के नदी-नालों से पानी खींचकर 'गंज' के खेतों में इस पनचक्की से सिंचाई होगी। गाँव के लोगों ने इस पनचक्की का नाम ही रख दिया है—'रॉबिन पनचक्की!' मि. मेंडेज़ इसे 'रॉबिन टरबाइन' कहते हैं। लेकिन यही नहीं, रॉबिन और नीलमणि के पास 'पइन' और 'आहर' की भी योजना है। इसे जल्दी अमली जामा पहनाया जाएगा।

जैसे भी हो, 'गंज' को 'गॉडेस ऑव एग्रीकल्चर' बनाकर दम लिया जाएगा। इस गॉडेस के भाल पर विकास का कुंकुम लगेगा। रॉबिन ने राँची और पटना से कई कृषि वैज्ञानिकों को इन बीते दिनों में बुलाया है। गाँव में लगातार कई दौर में कार्यशाला कराई है। खेती की नई तकनीक गाँव के लोग जरा समझें तो सही। दुनिया कहाँ से कहाँ चली गई। खेती में नित नये-नये प्रयोग हो रहे हैं। लेकिन 'गंज' पाषाण युग की खेती में अभी तक अटका फँसा है। कार्यशालाओं में कृषि वैज्ञानिकों ने लोगों को बताया है कि अगर वे सब खेतों में रासायनिक खाद का उपयोग करने के बजाय जैविक खाद का प्रयोग करते हैं, तो उनकी खेती लाजवाब हो जाएगी। जैविक खाद के वास्ते कृषि विशेषज्ञों ने 'केंचुआ पालन विधि' की जानकारी सबको दी है और विस्तार से बताया है कि केंचुआ द्वारा बेकार के कार्बनिक पदार्थों से 'वर्मी कम्पोस्ट' तैयार होता है, जो फ़सलों के लिए रामबाण है।

खुशिया पाहन चिन्तित स्वर में कहता है, 'इतनी बड़ी-बड़ी बात यहाँ के इन लदगोबरों के दिमाग में एक ठोप भी गई होगी क्या?'

तय हुआ है कि सनीचर उराँव और बिन्दा उराँव, जो खेत की मेड़ तोड़ने में सबसे आगे थे, वर्मी कम्पोस्ट के उत्पादन की शुरुआत वही दोनों करेंगे और हर टोले में छोटे-छोटे स्तर पर इसके वास्ते लोगों को प्रशिक्षित करेंगे।

टुइयाँ गंझू ने केंचुआ के नमूना को देखते ही चिहुँककर कहा, 'बाप रे! यही चाली खेत में इतना कमाल करता है? बचपन में बंसी खेलने के लिए हम लोग इसको बंसी की कमानी में फँसाते थे।'

देखते-देखते बैसाख आ गया है। अमलतास और गुलमोहर की छटा देखते बन रही है। अमलतास फूलों के सुनहरे झब्बे रॉबिन को बहुत भाते हैं। ऐसी ही सुनहरी रोशनी का इन्तज़ाम गाँव में उसे करना है। रॉबिन और नीलमणि ने तय किया है कि 'गंज' में रोशनी के लिए किसान ख़ुद 'सोलर लाइट' की व्यवस्था करेंगे।

किट्टी ने मारे अनुराग के मुँह बनाकर कहा है, 'पूछना जर्मन घोष से कि मैं 'गंज' के रास्तों में रोशनी के लिए कब से हल्ला कर रही हूँ।'

नेहरू रोड में सरकारी ग़ैरमजरुआ ज़मीन पर एक बड़ा-सा फूस का घर जनसहयोग से बनाकर 'आत्मरक्षा समिति' का कार्यालय खोल दिया गया है। इसमें 'अतिथि कक्ष' से लेकर महिलाओं की गोष्ठी के लिए 'इन्दिरा गांधी सर्किल' का कक्ष भी बनाया गया है। मि. मेंडेज़ ने 'वाह-वाह' करते हुए कहा है, 'बेशक, नेहरू रोड में इन्दिरा गांधी के नाम पर कुछ तो होना ही चाहिए था।'

पूरा गाँव दीवाना बना हुआ है। खुशिया पाहन के शब्दों में, 'पगलाया हुआ है।'

सामुदायिक विकास, सामूहिक प्रयास, सहकारिता, सहभागिता और श्रमदान जैसे अनजान शब्द धूल झाड़कर 'गंज' में मुस्कराते हुए टोले-टोले में टहलकर लोगों को जगा-जुटा रहे हैं। बीच-बीच में हुई बैसाखी वर्षा ने भी गाँव को आनन्द से झलमला दिया है। आम के बड़े हो चुके टिकोलों में भी दमक आ गई है।

दुती भगत हाल में कैंटीन मजीद से फिर राँची में टकरा गया था। कुटिल हँसी के संग उसने पूछा, 'क्या मजीद मियाँ! 'गंज' में यह क्या हट्टगोल हो रहा है? जेल जाने के बावजूद छोकरे का दिमाग ठिकाने पर नहीं आया है? सारी फनफनी एक मिनट में फेन बनकर बह जाएगी। गाँव का गांधी बनने चला है...! जिस छोकरे ने विदेश में जिन्दगी बिताई, कभी खेत का मुँह नहीं देखा, वह लेरू-बच्छा मेड़ कटवाकर सामूहिक खेती करवाने जा रहा है। पूछना उससे, फसलों का टूँड़[1] क्या होता है, वह जानता है? उसको तो तुम लोगों ने टिकैत बना रखा है। 'गंज' के लोगों का दिमाग भसिया गया है।'

मजीद को कैंटीन के सामान की ख़रीद-फरोख़्त के लिए महीने में कम-से-कम एक बार राँची जाना ही होता है। राँची में दुती भगत से इसलिए गाहे-बगाहे उसका सामना हो जाता है। 'गंज' को लेकर दुती भगत के एकालाप को वह चुपचाप सुन लेता है। उससे कोई बहस नहीं करता। कान को उगलदान बना लेता है। दुती भगत के माँ-बाप 'गंज' में ही रहते हैं लेकिन 'गंज' में वह क़दम नहीं रख सकता। कैंटीन मजीद ने हर बार ग़ौर किया है कि अपने बनवास पर उसकी खीज साफ़ टपकती है।

1. जौ, गेहूँ और धान आदि की बालियों में ऊपर की ओर निकला हुआ कोमल नुकीला भाग।

गाँव के लोग तो उसे देखना नहीं ही चाहते और 'एम.सी.सी.' वाले भी इस इन्तज़ार में हैं कि कब वह 'गंज' टपे। बहादुर उराँव की मौत के बाद 'एम.सी.सी.' के एरिया कमांडर हेम्ब्रम ने तो पर्चा साट कर ऐलान कर रखा है कि दुती भगत इस इलाक़े में आएगा, तो उसे जन-अदालत लगाकर फाँसी दी जाएगी। हेम्ब्रम साक्षात काला नाग है। वह छोड़ेगा नहीं। गाँव के लोगों से कहीं ज़्यादा डर दुती भगत को हेम्ब्रम से है।

रोज़ारियो का सावन

मि. ब्राउन नहीं रहे। रात साढ़े सात बजे आकाशवाणी पटना के प्रादेशिक समाचार ने सबको स्तब्ध कर दिया है। लगभग दो-तीन मिनट तक समाचारवाचक मि. ब्राउन की जीवनी बोलता रहा, साथ ही उसने यह भी गिनाया कि मुख्यमंत्री लालू प्रसाद यादव से लेकर राज्यपाल समेत बिहार की किन-किन हस्तियों ने उनके निधन पर शोक व्यक्त किया है। इस समाचार से 'गंज' में लोग बुरी तरह शोकित हैं। समाचार की भाषा में जिसे 'शोक की लहर' कहते हैं, यहाँ वही छाई हुई है। पत्रकार बसन्त 'प्रातः खबर' दैनिक के लिए गाँव के महत्त्वपूर्ण लोगों का वक्तव्य लेने में रात से ही व्यस्त है। सबने कहा है कि मि. ब्राउन के साथ बिहार में एंग्लो-इंडियन समुदाय के एक युग का अन्त हो गया।

मि. मिलर ने भर्राये स्वर में मि. मेंडेज़ से कहा, '6 मई, 1995 की कल की तारीख याद रख लीजिए। इस कम्यूनटि का एक मसीहा चला गया। आज 'गंज' में जितना ट्यूबवेल है या कुछ अच्छी सड़कें हैं, तो वह सब मि. ब्राउन की देन है। ही वाज़ अ ट्रू लीडर। उस आदमी को अपने लिए कुछ नहीं चाहिए था।'

मि. मिलर ने रूमाल से आँखें पोछीं, तो मि. मेंडेज़ की भी आँखें छलछला उठीं। गाँव में मि. ब्राउन की मृत्यु के समाचार से किसकी आँखों से दो बूँद आँसू नहीं गिरे हैं। और 'गंज' ही क्या, मुसाबनी, हजारीबाग, जमशेदपुर, धनबाद, गोमो, चक्रधरपुर से लेकर पटना और खगौल तक पूरा एंग्लो-इंडियन समाज व्यथित है।

टुइयाँ गंझू गहरी साँस लेकर कहता है, 'अभी तो बैसाख ही है। आषाढ़ से माघ तक बूढ़े-पुराने लोगों के ऊपर जाने का मौसम रहता है। पता नहीं, ब्राउन साहब पहले कैसे चले गए?' पंडित रामाज्ञा पाठक सबको परितोष देने के स्वर में कहते हैं, 'जो भी हो, पर ब्राउन साहब सीधे बैकुंठ गए हैं।'

रॉबिन और नीलमणि ने 'हाइलैंड गेस्ट हाउस' में शोकसभा का आयोजन किया है। 'गंज' का ऐसा कौन बूढ़ा-बच्चा है, जो इसमें नहीं आया है। एंग्लो-इंडियन समुदाय के तमाम लोगों के अलावा लेफ़्टिनेंट जेनरल मायादास, डीसी हसन, 'गुहाबारी' के मुखर्जीदा' से लेकर पोस्टमैन भोला तिवारी, हजाम प्रभु ठाकुर, कुम्हार सुनू प्रजापति और उसका बेटा रत्ती, खुशिया पाहन और उसका बेटा पारसनाथ, टुइयाँ गंझू और उसका बेटा बिफना, मोहम्मद लतीफ़ बेटे अल्ताफ़ के साथ, सधनु उराँव पोते मंझी के साथ, इसहाक़-सोबराती, कैंटीन मजीद बेटे जिब्राइल के संग और अंडा मजीद, लाइट मजीद भी। यहाँ तक कि

गाँव में फूस का घर छाड़नेवाला बूढ़ा भुटबा गंझू और हनीफ़ बूचर तक। दुःख-सुख में ही तो गाँव की एकता दिखती है। कुछ ऐसा ही दृश्य तब उपस्थित हुआ था, जब बहादुर उराँव अचानक चल बसे थे। 'हाइलैंड गेस्ट हाउस' के बूढ़े खानसामा कइला मियाँ को याद है कि मि. कैमरॉन की एक बात पर 'हाइलैंड' के आगे की टूटी सड़क को मि. ब्राउन ने महीने भर में बनवा दिया था। भुटबा गंझू भूल नहीं पाता है कि जब उसने पीने के पानी का दुखड़ा रोया था, तो मि. ब्राउन ने उसके दरवाजे पर सात दिनों के अन्दर चाँपाकल गड़वा दिया था। खुशिया पाहन कहता है, 'भेदभाव नहीं था ब्राउन साहब में। दानी कर्ण था वह। जिसके लिए जो बन पड़ा, किया। ऐसा मातवर आदमी जल्दी नहीं होगा।' इसलिए इस बार भी वर्ष 1995 के बिहार विधान सभा चुनाव के बाद मुख्यमंत्री लालू प्रसाद यादव ने ब्राउन साहब के लाख मना करने के बावजूद उनको फिर से नामजद करते हुए मुसककर कहा था, 'राइट और रौंग, ब्राउन बाबा स्ट्रांग!' चन्द महीने पहले ही तो फिर से वे एम.एल.ए. मनोनीत हुए थे।

'प्रातः खबर' ने पूरे एक पृष्ठ में उनकी सचित्र जीवनी छापी है। गाँव में अख़बार की लूट हो गई है। पत्रकार बसन्त ने अपने सम्पादक को सगर्व सूचना भेजी है कि 'गंज' में अख़बार 'ब्लैक' में बिका है। जेम्स पेंटोनी ज़ोर-ज़ोर से अपने आदिवासी दोस्तों के बीच कैंटीन मजीद के स्टॉल के आगे 'प्रातः खबर' में छपी मि. ब्राउन की जीवनी बाँच रहा है, '16 अप्रैल, 1909 को पटना के छज्जूबाग में जन्मे मि. ब्राउन के पिता स्व. के.सी. ब्राउन पटना हाईकोर्ट में रजिस्ट्रार थे। मि. हेक्टर एंगस ब्राउन की आरम्भिक शिक्षा-दीक्षा नैनीताल के 'सेंट जोसेफ़्स कॉलेज' में हुई थी। 'पटना कॉलेज' से उन्होंने अंग्रेज़ी ऑनर्स में सर्वोच्च स्थान प्राप्त किया था। उन्हें स्वर्णपदक मिला था। बिहार प्रशासनिक सेवा में वे वर्ष 1933 से 1966 तक रहे। वे सेना में ढाई वर्षों तक मेजर भी रहे थे। वर्ष 1968 से बिहार विधान सभा में आखिरी साँस तक वे एंग्लो-इंडियन समुदाय के मनोनीत एम.एल.ए. रहे।'

जेम्स पेंटोनी के इर्द-गिर्द खड़े आदिवासी लड़के ठठाकर हँस पड़ते हैं, 'अरे अकान बोक्का! तुम क्या सीखे, साढ़े बाइस? अभी भी तो तू कुछ सीख ले कि कैसे-कैसे बड़े लोग हुए तुम लोगों में और तू स्साला ढिल्लड़ हेन-तेन...हाबी-जाबी में ही रह गया!'

जेम्स पेंटोनी के लटके मुँह के आगे चाय की प्याली बढ़ाते हुए कैंटीन मजीद तुरन्त बात बदल देता है, 'ये अखबार वाले भी कमाल के हैं। ब्राउन साहब के बचपन से बुढ़ापे तक का फोटो देखो; पता नहीं कहाँ से रातों-रात जुटा लिया।'

जेम्स पेंटोनी के हाथ से अख़बार लेकर आदिवासी लड़के मि. ब्राउन की तसवीरें देखने में तल्लीन हो गए हैं। मजीद ग़ौर करता है, जेम्स पेंटोनी का चेहरा अभी तक बुझा है। इसके पिता स्व. एडली चार्ल्स पेंटोनी और आदिवासी माँ फ़ेलोमिना को देखा था मजीद ने। दोनों की याद है मजीद को। आज जेम्स पेंटोनी जैसा भी है, उसमें उसका क्या कसूर? लोग बस यही नहीं समझते कि ज़िन्दगी ताश की गड्डी है। पता नहीं, कब किस पत्ते की अहमियत हो जाए!

मि. ब्राउन के बाद अब इस कम्यूनटि का एम.एल.ए. कौन बनेगा, ताश की गड्डी का कौन पत्ता रुतबा पाएगा, इस पर सबकी नज़र है। मि. गिब्सन ने घोषणा की है कि

वे अपना बॉयडाटा लेकर मुख्यमंत्री लालू प्रसाद यादव से मिलने जा रहे हैं। टुइयाँ गंझू मुँह बिचकाकर कहता है, 'हाँ-हाँ...गाँव के मुख्तार साहेब अपने पनिया जहाज 'माँ गंगा' पर चढ़कर जाएँगे पटना...।'

खुशिया उसे बरजता है, 'अरे टुइयाँ, गिब्सन साहब का बात, घोड़ा का पाद। सबको पता है कि अपनी जिन्दगी में ही ब्राउन साहब ने वसीयत कर दी थी कि उनके बाद रोजारियो साहब को एम.एल.ए. बनाया जाए।'

मि. मेंडेज़ हँसते हैं, 'खुशिया, इस सबमें वसीयत नहीं चलता। लेकिन खबर पक्की है कि एंग्लो-इंडियन एसोसिएशन ने चीफ़ मिनिस्टर लालू प्रसाद यादव के पास मि. रोज़ारियो का नाम रिकमेंड किया है।'

मि. मेंडेज़ के पास छनकर ख़बरें आती हैं। मि. रोज़ारियो की नामज़दगी की ख़बर भी सबसे पहले उन्हीं के पास आई है। मि. रोज़ारियो के मनोनयन को लेकर गाँव नाना टिप्पणियों और विश्लेषण में मशग़ूल है। पंडित रामाज्ञा पाठक कह रहे हैं कि 'गंज' में 'डॉनबॉस्को' स्कूल के साथ-साथ एंग्लो-इंडियन लोगों के घर-परिवारों में बच्चों का हॉस्टल खुलवाकर मि. रोज़ारियो ने जिस तरह सबके लिए दाना-पानी का जुगाड़ कर दिया, उसी पुण्य का उन्हें फल मिला है। पंडित रामाज्ञा कहते हैं, 'बाबू साहब, यह कलियुग है। इसमें पाप और पुण्य दोनों का फल फटाक् से मिलता है।'

लेकिन 'गुहाबारी' के मुखर्जीदा के अंक ज्योतिष की गणना कुछ और ही कह रही है। मुखर्जीदा के अनुसार 8 अगस्त, 1995 को मुख्यमंत्री लालू प्रसाद यादव ने मि. रोजारियो को एम.एल.ए. मनोनीत किया है। उनके मनोनयन की तारीख़, माह और वर्ष का योग चार होता है। इस लिहाज़ से मि. ब्राउन की तरह रोज़ारियो का राजयोग लम्बा नहीं होगा।

मि. मिलर ने यह सुनकर कहा है, 'मुखर्जीदा कीरो के नाती हैं। मरते वक्त अपने ज्ञान की सारी थाती कीरो इन्हें ही समेटकर दे गया था।'

मि. मेंडेज़ कहते हैं, 'मुखर्जीदा कौन मार उलमा[1] हैं, जिनकी बात गम्भीरता से ली जाए? किसका कितने दिनों का राजयोग है, यह तो ऊपरवाला ही जानता है, लेकिन इसमें शक नहीं कि अपने स्ट्रगल के बूते रोज़ारियो बूँद से समुद्र बने हैं। ईश्वर ने उन्हें यह 'अगस्त-गिफ़्ट' दिया है।'

वाक़ई, मि. अल्फ्रेड रोज़ारियो की कहानी से जो परिचित हैं, वे ही मि. मेंडेज़ की बात को समझ सकते हैं। रोज़ारियो के पिता मि. जोज़फ फ्रांसिस डी रोज़ारियो चक्रधरपुर में ट्रेन के ड्राइवर थे। मेल ड्राइवर के पद से वे रिटायर हुए थे। अल्फ्रेड रोज़ारियो की माँ मिसेज़ रीटा डी रोज़ारियो तभी गुज़र गई थीं, जब रोज़ारियो बहुत छोटे थे। लिहाज़ा, रोज़ारियो और उनकी बहनों को उनके पिता ने लालन-पालन के लिए पांडिचेरी के निकट माही भेज दिया था, जो पूर्व में फ्रेंच कॉलोनी थी। यहाँ रोज़ारियो के दादा ब्रोनो डी रोज़ारियो रहते थे। रोज़ारियो भाई में अकेले थे और चार बहनें थीं। दो उनसे बड़ी थीं—इसाबेल और लूसी। इसाबेल इन दिनों जमशेदपुर के पास आर्द्रा में अपने पति के साथ रहती हैं। इसाबेल के पति रेल की नौकरी से अवकाश ग्रहण कर चुके हैं। लूसी मध्य प्रदेश के गडरवारा नामक जगह

1. पंडित, ज्ञानी

के एक स्कूल में नौकरी करती हैं। लूसी के पति भी रेलवे में थे, जो अब दुनिया में नहीं हैं। रोज़ारियो से दो छोटी बहनें डायना और इवान हैं। डायना तो रोज़ारियो के साथ पटना में रहती हैं और 'डॉनबास्को' में पढ़ाती हैं जबकि इवान 'गंज' में 'डॉनबास्को' के बच्चों के लिए हॉस्टल चलाती हैं। इवान के पति केरल में थे, जिनकी मृत्यु कई साल पहले हो गई।

शुरू में कई वर्षों तक अपने जीवन की राह ढूँढ़ने के लिए अलफ्रेड रोज़ारियो ने काफ़ी मशक़्क़त की। सन् 1965 में जमशेदपुर में काफ़ी हाथ-पाँव मारने के बावजूद जब बात नहीं बनी, तो रोज़ारियो पटना स्थित 'सेंट माइकेल स्कूल' में पढ़ाने आए। इसी स्कूल में जॉर्ज टिमोथी डेनियल अपनी पत्नी डेफ़नी डेनियल के साथ बतौर शिक्षक कार्यरत थे। पटना रोज़ारियो के लिए बिलकुल नया शहर था। रोज़ारियो की निकटता डेनियल दम्पती से बढ़ी। डेफ़नी की छोटी बहन डोरथी, जो उन दिनों 'इलाहाबाद टीचर्स ट्रेनिंग कॉलेज' में पढ़ रही थीं, छुट्टियों में एक बार अपने बहन-बहनोई के पास आईं। डोरथी से रोज़ारियो की मुलाक़ात वहीं हुई। इस मुलाक़ात की परिणति 9 दिसम्बर, 1967 को दोनों की शादी के रूप में हुई। विवाह के बाद डोरथी भी पटना के 'सेंट माइकेल स्कूल' में टीचर हो गईं। सन् 1973 में रोज़ारियो और डोरथी ने छोटे पैमाने पर पटना में ख़ुद अपना स्कूल शुरू किया—'डॉनबॉस्को एकेडेमी'। दोनों के अटूट परिश्रम ने कुछ ही वर्षों में रंग लाया। पटना के दीघा में ज़मीन लेकर रोज़ारियो दम्पती ने विशाल परिसर में स्कूल की इमारत बनवाई। और फिर इसके कई साल बाद मैकलुस्कीगंज में 'डॉन बॉस्को' की शाखा खुली। अल्फ्रेड रोज़ारियो पटना आने के कुछ साल बाद से ही ब्राउन साहब के सम्पर्क में थे। ब्राउन साहब के प्रोत्साहन से ही उन्होंने पटना के समीप खगौल के 'एंग्लो-इंडियन एसोसिएशन' की गतिविधियों में सक्रियता शुरू की। दरअसल, यह मि. ब्राउन ही थे, जिनकी पहल पर मि. अर्थर मैनले के नेतृत्व में 'एंग्लो-इंडियन एसोसिएशन' की खगौल शाखा का गठन सन् 1975 में हुआ था। मि. ब्राउन ने 'डॉनबॉस्को एकेडेमी' की स्थापना में भी अल्फ्रेड रोज़ारियो और डोरथी की ख़ासी मदद की थी। सन् 1980 में मि. ब्राउन के साथ ही अल्फ्रेड रोज़ारियो पहली बार मैकलुस्कीगंज आए थे। डोरथी ने रोज़ारियो को बताया था कि उनके पिता स्व. आर.ए. विलसा ने ब्रिटिश गनरी से अवकाश ग्रहण करने के बाद सन् 1946 में मैकलुस्कीगंज के समीप मायापुर में ज़मीन लेकर घर बनवाया था। पर अचानक उनके चल बसने के कारण वहाँ सब कुछ बिखर गया। मैकलुस्कीगंज में रोज़ारियो ने अपने श्वसुर की जगह-ज़मीन के बारे में पता लगाने की भरपूर कोशिश की, लेकिन कोई काग़ज़-पत्तर नहीं होने के कारण वह सम्भव नहीं हो सका। उसी दौरान रोज़ारियो को पता चला कि एक स्थानीय कोलियरी के माइनिंग इंजीनियर रसिक लाल पाठक 'गंज' का अपना घर बेचना चाहते हैं। डोरथी ने उनसे कहा, 'यहाँ एक घर लेना ही है।' रोज़ारियो ने रसिकलाल पाठक का मकान ख़रीद लिया। वह दिन और आज का दिन, रोज़ारियो का 'डॉनबॉस्को' गाँव की रीढ़ बन चुका है। एम.एल.ए. रोज़ारियो को 'गंज' के लिए क्या-क्या करना चाहिए, इसको लेकर सबके पास ज़बानी सूची तैयार है।

सावन के दिन हैं ये। रोज़ारियो के एम.एल.ए. नामज़द होने की ख़बर 'गंज' में सावन की तरह आई है। खुशिया पाहन विभोर होकर कहता है, 'रोजारियो साहब का सावन मन गया। पाँच बरस तक अब वे सावन का झूला झूलते रहें।'

मि. मेंडेज़ खुशिया के कन्धे पर हाथ रखकर कहते हैं, 'अगस्त राजा महीना होता है। रोम के सम्राट अगस्ट्स के नाम पर यह महीना है। अगस्त में मि. रोज़ारियो को एम.एल.ए. का ताज मिला है बाबू।'

रोज़ारियो का गाँव में 'नागरिक अभिनन्दन' किया जाएगा। लेकिन लगातार पछवा बहने के कारण कई दिनों से तेज़ धारदार वर्षा हो रही है। खुशिया पाहन के मुताबिक़ सावन में पछवा और भादव में पुरवैया हवा बारिश को बुलाती है। टुइयाँ गंझू छूटते हुए अपना एक दोहा जोड़ता है, 'बादर ऊपर बादर धावै, कह टुइयाँ जल आतुर आवै।' यानी जब बादल के ऊपर बादल दौड़ने लगें, तो आतुर वर्षा होगी। अभी जो वर्षा हो रही है, वह आतुर ही है।

रॉबिन ने सबसे कहा है कि थोड़ा बुनछेक हो, तो अभिनन्दन की तारीख़ तय की जाएगी। मिस बॉनर अलग लटकी हुई हैं। मि. मेंडेज़ कहते हैं, 'कम-से-कम भादों तक मिस खेप जाएँ।'

दरअसल, मिस बॉनर की हालत देखकर मरियम के बाप पीयूष मिंज ने इसी सावन में मरियम की शादी ठीक कर दी है। लड़का नेलसन माँडर का रहने वाला है और वहीं के एक स्कूल में पढ़ाता है। मि. मिलर चिन्तित हैं। वे डेनिस से पूछते हैं, 'शादी के बाद कुछ समय के लिए तो मरियम को ससुराल जाना ही होगा। तब तक मिस बॉनर को कौन सँभालेगा?'

मि. मिलर को इत्मीनान दिलाते हुए लीज़ा कहती हैं, 'चिन्ता की बात नहीं। कम-से-कम हम और डेनिस तो उनके लिए हैं ही।'

किचेन से निकलकर जैक ने रहस्योद्घाटन किया है, 'मालूम, मरियम के होनेवाले हस्बेंड नेलसन ने शर्त रखी है कि मरियम को हमेशा माँडर में रहना होगा। तब क्या होगा?'

जैक की बात पर टुइयाँ गंझू अपने को रोक नहीं पाया है, 'अरे भाई, हम नेलसन के बापे को जानते हैं। घड़ा भर धान नहीं और घटेसर राजा। 'बॉनर भवन' की राजकुमारी से शादी होने पर नेलसनवो शर्त रखने लगा है। हद्द बात है!'

खुशिया पाहन ने अपना प्राचीन कत्थई दाँत बिदोर कर टुइयाँ गंझू को बरजते हुए कहा है, 'अरे नये दूल्हे का सब छजता है। आषाढ़-सावन में डोका का भी मुँह खुल जाता है।'

इन तमाम परिचर्चाओं से मि. मेंडेज़ बुरी तरह खीज उठे हैं, 'प्लीज़! आप लोग बन्द कीजिए इस टॉपिक को। लगता है, मरियम नहीं, पामेला एंडरसन की शादी होने जा रही है!'

द हैंड ओवर

शाम से बारिश शुरू है। झुंड के झुंड बादल अनवरत पानी ढरका रहे हैं। जंगलबाबू उर्फ़ 'गंज' का मौसम वैज्ञानिक खुशिया पाहन कहता है, 'शाम की वर्षा और शाम को घर आया मेहमान-रात भर रुकता है।' खेतों में धान की रोपनी के लिए किसान तन-तन कर रहे हैं। कल 'पहिरोप' होगा। अपने-अपने खेतों में पूरब की तरफ़ मुख कर लोग धान के पाँच आँटी बीहन रोपेंगे। इस मौक़े पर 'खेत-भोज' भी होगा। यह सब करने से धरती माता प्रसन्न रहती हैं। देवताओं की कृपा बनी रहती है। रोपनी के बाद 'कर्मा परब' जमकर

मनेगा। धान के खेतों में भेलवा की टहनियों को हर साल की तरह पाबन्दी से डाला जाएगा। भेलवा की पत्तियाँ धान के पौधों को कीड़े का शिकार होने से बचाती हैं। तीसरे साल तो वर्षा का टोटा ही लग गया था। रोहिणी नक्षत्र गुज़र गया लेकिन वर्षा का कोई अता-पता नहीं था। धान का सारा बीज लावा हो गया था। अभी ऊपर वाले की मेहरबानी है। दो साल से इंद्रदेव इस इलाक़े का ग़ज़ब साथ भी दे रहे हैं, वरना वर्षा धोखेबाज़ दोस्त है। सिर्फ़ इसी के भरोसे रहने पर सूखा या दाहड़। सधनु उराँव को याद है कि पहले खेती में पटवन के लिए गाँव के कुएँ ही एकमात्र आसरा थे। किसान कुएँ से लाठ, मोठ और हत्था से खेतों को पटाते-पटाते पस्त हो जाते थे। पर रॉबिन और नीलमणि ने गाँव में सामूहिक खेती की शुरुआत के साथ इस बीच सिंचाई के लिए 'हेसालंग बाँध' और लपरा के 'भीतर खोलका बाँध' को सामूहिक श्रमदान से दुरुस्त कराकर 'पइन' की खुदाई कराई है। पइन की खुदाई में चार महीने लगे हैं। फरवरी से मई तक। टुइयाँ गंझू गम्भीर भंगिमा के संग कहता है, 'कुआँ से पानी लेकर हत्था से खेतों में पानी छींटना ठट्ठा नहीं था। बाँह चढ़ जाती थी। पर अब 'पइन' और 'आहर' ने सारी विपदा मिटा दी है।' पंडित रामाज्ञा पाठक गद्गद हो डेनिस और लीज़ा से कहते हैं, 'यह कहावत गलत नहीं कि—बाढ़े पूत पिता के धर्मा, खेती उपजे अपने कर्मा।' दो साल के अनवरत सामूहिक परिश्रम का परिणाम है कि 'गंज' का धनहर खेत, भीठ और टाँड़ सब सोना उगल रहा है। भदई, अगहनी, रबी और दो फ़सिला के अलावा दूसरी भी फ़सलें। किसान जगा रहे, तो काश्तकारी में भला क्या दिक़्क़त है? डेयरी और मधुमक्खी पालन का भी जवाब नहीं। रॉबिन और नीलमणि ने डेयरी के लिए 'होली काउ कोऑपरेटिव' और शहद के लिए 'हनी बी सोसाइटी' बना दी है। इसी तरह पोखरों में मछली पालन के लिए समिति 'ब्लूफ़िश सर्किल'। पोखरों में समय पर जीरा पड़ जाए, तो भला मछलियों की क्या कमी रहेगी? वैसे भी, मछलियों का धन्धा, ज़िन्दा धन्धा होता है। इस अहर्निश अभियान में देखते-देखते दो साल कैसे निकल गए, कुछ पता ही नहीं चला। सामूहिक खेती और इन तमाम गतिविधियों की देखादेखी अग़ल-बग़ल के गाँवों में भी शुरुआत हो गई है। 'आत्मरक्षा समिति' के सदस्य गाँव-गाँव में सत्तू-सम्मर बाँधे दो साल से ऐसे ही नहीं भटक रहे हैं। हमेशा सोये रहनेवाले प्रखंड के कृषि पदाधिकारी भी अब बराबर आते हैं। पिछले साल उन्हीं की पहल पर बिन्दा उराँव और सनीचर उराँव को सरकार ने 'किसान श्री' की उपाधि दी। खुशिया और टुइयाँ को 'कृषि पंडित' का सम्मान मिला। मधुमक्खी पालन में सक्रियता के लिए किट्टी टेक्सेरा को भी 'किसान श्री'। जैक ने मि. मिलर से कहा है, 'अब लीजिए न टोकरे का टोकरा किसान-श्री और कृषि पंडित।'

गाँव में खेती-पत्ती तो मस्त है, लेकिन बाकी ख़बरें ठीक नहीं। रेल अधिकारियों ने स्टेशन के 'टी-स्टॉल' का किराया बेहिसाब बढ़ा दिया है। मजबूर होकर भरे दिल से मजीद ने 'कारनी टी-स्टॉल' को बन्द कर दिया है। इतना भाड़ा में मजीद क्या, किसी को नहीं पोसाएगा। मजीद अब बँटाई पर खेती कर रहा है। जिब्राइल की शादी उसने कर दी है। पर मजीद को कोफ़्त होती है कि अब तक जिब्राइल में ज़िम्मेदारी नहीं आई है। वह किट्टी से कहता है, 'तुम्हारा बबलू और मेरा जिब्राइल एक नाप का है।'

मिस बॉनर अभी तक लटकी हैं। बिस्तर पर लेटे-लेटे वे और पर्वत हो गई हैं। हालाँकि, शादी के बाद पति नेलसन को समझा-बुझाकर मरियम उन्हीं की सेवा में है। मरियम ने

नेलसन को समझाया है कि मिस साहिबा के बाद 'बॉनर भवन' की मिल्कियत उसे ही मिलेगी। बीच में छोड़कर भाग जाने से सब गड़बड़ हो जाएगा।

नेलसन को बात समझ में आ गई है। इसलिए स्कूल से छुट्टी मिलने पर वही माँडर से 'गंज' चला आता है। पर कभी-कभी वह खीजकर कहता है, 'पता नहीं...इस चिरकढाँस[1] बुढ़िया से कब मुक्ति मिलेगी!' सुनकर मरियम उसे बुरी तरह झिड़कती है।

पिछले साल यानी 1996 में मरियम को एक बेटी हुई है। मरियम ने उसका नाम रखा है—अनुबेला। नन्ही गदबदी अनुबेला को वह मिस बॉनर के विशाल थलथलाते पेट पर डालकर कहती है, 'बोलो, दादी...दादी...!' अनुबेला चीनी के दानों जैसे दाँत निकालकर खिलखिलाती है। मिस बॉनर बीच-बीच में आवाजें निकालती हैं। लीज़ा और डेनिस बिला नागा रोज़ एक बार मिस बॉनर को देखने आते हैं।

रॉबिन और नीलमणि को भी जब मौक़ा निकलता है 'बॉनर-भवन' पहुँच जाते हैं।

खुशिया पाहन अफ़सोस से कहता है, 'पता नहीं, कब इनको मुक्ति मिलेगी! पापी प्राण अटके न छटके...कहाँ हंसा लटके...।'

'गंज' को कई दुखों से मुक्ति मिल चुकी है लेकिन 'एम.सी.सी.', 'झारखंड लिबरेशन टाइगर', 'अलीसेना' और 'तृतीय प्रस्तुति कमिटी' की तनातनी से मुक्ति मिलनी सम्भव नहीं दिखती। ख़बर है कि हेम्ब्रम ने 'एम.सी.सी.' को नये सिरे से चाकचौबन्द किया है। इधर झारखंड आन्दोलन अलग जलबल कर रहा है। जो सूरत है, उसमें साल-दो साल में झारखंड बन ही जाएगा। बिहार से झारखंड अलग हो जाएगा हमेशा के लिए, जैसे हांगकांग इसी पहली जुलाई, 1997 को ब्रिटेन से अलग हो गया है। अब यह चीन में विदेशी निवेश का प्रवेश द्वार हो गया है। पर अभी भी हांगकांग के साथ कशमकश कम नहीं। मि. मेंडेज़ दार्शनिक भाव में डेनिस और लीज़ा से कहते हैं, 'हांगकांग से झारखंड तक, यही जीवन है, मिलना-बिछुड़ना।'

फ्रांसिस ने डेनिस को विस्तारपूर्वक पत्र लिखा है कि 'हैंड ओवर' कार्यक्रम का आयोजन कैसे पूरे तामझाम के संग 30 जून, 1997 को हांगकांग के 'कनवेंशन एंड एक्जीबिशन सेंटर' में सम्पन्न हुआ। इसके अगले दिन से हांगकांग की ब्रिटेन से विधिवत जुदाई हो गई। पत्र-पत्रिकाओं में भी इसकी ख़बरें तसवीरों के संग छपी हैं। फ्रांसिस ने चिट्ठी के साथ एक पत्रिका भी भेजी है। फ्रांसिस ने लिखा है कि 'हैंडओवर' कार्यक्रम में मौज़ूद 'प्रिंस ऑव वेल्स' ने क्वीन की ओर से ब्रिटेन शासन की हांगकांग से विदाई का भाषण पढ़ा। इंग्लैंड के नवनिर्वाचित प्रधानमंत्री टोनी ब्लेयर से लेकर चीन की तरफ़ से ख़ुद राष्ट्रपति जियांग जेमिन उपस्थित थे। डेनिस से पत्रिका लेकर लीज़ा हांगकांग के हस्तांतरण कार्यक्रम की पूरी रिपोर्ट पढ़ गई हैं। विक्टर ने भी डेनिस को पत्र लिखा है, 'यहाँ क्वीन रोड, किंग्स रोड का नाम अभी तक वही है। क्वीन विक्टोरिया और किंग जॉर्ज की मूर्तियों को भी नहीं हटाया गया है लेकिन लाल रंगवाले सभी 'रॉयल मेल पिलर बॉक्स' को हटाकर हरे रंग का 'हांगकांग पोस्ट बॉक्स' लगा दिया गया है। डाक टिकटों और रुपयों से क्वीन एलिज़ाबेथ की तसवीर हटा दी गई है।'

---

1. हमेशा बीमार रहनेवाली

फ्रांसिस ने अपने पत्र में लिखा है कि, 'मुश्किल यह सब नहीं। परेशानी इस बात की है कि यहाँ राजनीतिज्ञों और नौकरशाहों के बीच 'एक देश—दो शासन पद्धति' और 'भाषा-नीति' को लेकर आए दिन खींचतान हो रही है।' डेनिस को इसका अन्दाज़ है, क्योंकि ब्रिटेन के शासन में हांगकांग ने ज़्यादातर नौकरशाहों की ही सत्ता देखी। इसकी वज़ह से हांगकांग का सामाजिक-राजनीतिक ढाँचा पर्याप्त विकसित नहीं हो सका। अब चीन के रंग में ढलने में ज़ाहिर है, मुश्किल हो रही होगी। लीज़ा देखती हैं, हांगकांग के जीवन और वहाँ आए बदलावों को लेकर नीलमणि के पास ढेर सारी जिज्ञासाएँ हैं। वे मुसककर कहती हैं, 'रॉबिन को तुम्हें 'हैंडओवर' कर दोनों को हनीमून मनाने हांगकांग ही भेज देंगे। तब अपने से देख लेना।'

डेनिस ने इस पर ज़ोरदार ठहाका लगाया है, 'पंडित रामाज्ञा पाठक से शादी का डेट निकलवा लूँ?'

नीलमणि का चेहरा शर्म से लाल हो उठा है, जैसे कोई सुर्ख़ लाल चिड़िया आकर उसके चेहरे पर बैठ गई हो! रॉबिन मारे झेंप के कमरे से निकल गया है।

प्रारब्ध

आज रॉबिन और नीलमणि की शादी है। बीते एक सप्ताह से सारा गाँव इसकी तैयारी में रहचह कर रहा है। गाँव के चर्च को दुलहन की तरह सजाया गया है। यह वर्ष 1998 का वसन्त है! लगभग चार साल पहले जूडी और कैप्टेन मेंडोंसा की शादी के समय जो चर्च की रँगाई-टिपाई हुई थी, उसके बाद अब जाकर ही इसका रंग-रोग़न हुआ है। डेनिस और लीज़ा ने दिल खोलकर ख़र्च किया है। चर्च अब एकदम चमचम कर रहा है। अब बीस-पच्चीस वर्षों तक चर्च को छूने की ज़रूरत नहीं होगी।

टुइयाँ गंझू बत्तीसी फैलाकर कहता है, 'अरे भाई, तेल भी जले और इजोत भी न हो!'

सामू मुंडा दो-तीन दिनों से आकर 'गंज' में पाल्थी जमाये हुए हैं। कन्या पक्ष की सारी तैयारियों का भार उन्हीं पर है। कन्यादान उन्हीं को करना है। विवाह के विधि-व्यवहार में किसी प्रकार की कोई कमी नहीं होनी चाहिए, इसको लेकर वे पग-पग पर नज़र रख रहे हैं। कुछ भी गजपट नहीं हो। नीलमणि की माँ से उन्होंने कहा है, 'छोटी चूक भी सारी तैयारी खराब कर देगी।'

खुशिया पाहन उनकी बात का समर्थन करता है, 'एकदम जायज बात। ठाँव लगे तो काजल, कुठाँव लगे तो कालिख।'

अनुमान है कि शाम को चर्च परिसर में आसपास के एकाध दर्जन गाँवों के लोग पहुँचेंगे। किट्टी का पति रमेश मुंडा चिन्तित है, 'हजार-बजार लोगों को कंट्रोल कैसे किया जाएगा?' लेकिन 'आत्मरक्षा समिति' के स्वयंसेवक किस दिन के लिए हैं? सनीचर और बिन्दा उराँव ने अपने सभी साथियों को एक सप्ताह से यही ट्रेनिंग दी है कि किसको कहाँ रहना है और क्या करना है।

'गुहाबारी' वाले मुखर्जीदा कहते हैं, 'यह विवाह एक विराट सम्मेलन है।' पर वर-वधू का योगायोग मुखर्जीदा के अंक ज्योतिष के हिसाब से बहुत सुखद नहीं है। अब इस मौक़े पर मुखर्जीदा कुछ बोलेंगे, तो सबसे पाँच बात सुनेंगे।

विवाह का मुहूर्त पंडित रामाज्ञा पाठक ने निकाला है और गणना कर बताया है कि वर-वधू का अजर-अमर योग है। कुश का कलेप नहीं होगा दोनों को।

मुखर्जीदा अपने चिरस्थायी मन्द स्वर में कहते हैं, 'पाठक जी षट्शास्त्री हैं। विधाता का विधान बदल दे सकते हैं।'

भाग्य से प्रबल कुछ भी नहीं। घर-घर यही चर्चा है। हाथी चढ़कर देवी को पूजा है नीलमणि ने जो रॉबिन जैसा पति मिला है। सधनु उराँव कहता है, 'परालब्ध[1] पहले बना, पाछे बना शरीर।'

डेनिस भावविह्वल हो मि. मिलर और मि. मेंडेज़ से कहते हैं, 'आज बहादुर होता, तो उसे कितनी खुशी होती!'

नीलमणि की माँ ख़ुशी से झरझर रो रही है। उसकी मणि को रॉबिन जैसा मुकुट मिला है। जाके पद पनही नहीं, ताहि दिये गजराज। गाँव में कौन बराती और कौन सराती, पता करना मुश्किल है। मौसम का ज़ोर अलग। फागुन के दिन हैं। वसन्त में सारा गाँव वैसे भी हर साल की तरह पुलकित है। पतझड़ के बाद फिर से जमकर हरीतिमा छाई हुई है। भुटबा गंझू के शब्दों में—इस समय 'गंज' खूब गमगम करने लगता है।

पंडित रामाज्ञा पाठक कहते हैं, 'अरे बुरबक! इसीलिए न वसन्त को ऋतुराज कहा गया है, क्योंकि प्रकृति नये सिरे से जीवन शुरू करती है।'

मि. मेंडेज़ खिलखिला उठते हैं, 'साफ-साफ यह कहने में क्या दिक्कत हो रही है कि बसंत के दिनों में पूरे नेचर का 'लव-ग्लैंड्स' ऐक्टिव हो जाता है...।'

गाँव का तानसेन टुइयाँ गंझू जब टुन्न होकर आलाप छेड़ता है, तो फिर देर तक रेघाता है, 'अंग-अंग हिलोरे हो रामा...। कलि मुसकाय...।'

व्यंजन बादशाह रैंडोल्फ़ विलियम्स किसी भारी मज़बूरी में नहीं आ सका है। मि. नोएल गॉर्डन ने ख़ुद उसे पत्र लिखा था और इस शादी का कार्ड डेनिस की तरफ़ से भेजा था। रैंडोल्फ़ ने वर-वधू को शुभकामना का तार भेजा है। पोस्टमैन भोला तिवारी तार लीज़ा के हाथों में दे गए हैं। हांगकांग से भी तार और चिट्ठियों का ताँता लगा है।

आसपास के दर्जनों गाँवों से दोपहर से ही लोगों का रेला शुरू है। हजाम प्रभु ठाकुर कहता है, 'शाम को करमान भीड़ लग जाएगी।'

कोई आगंतुक बग़ैर खाए न लौट जाए, डेनिस और लीज़ा ने इसकी ज़िम्मेवारी मि. मेंडेज़, मि. मिलर, मि. नोएल गॉर्डन, माइकेल और अमित घोष को दे रखी है। इन लोगों ने गाँव के युवा तुर्कों—डैनी-जेनिफ़र, बॉबी गॉर्डन, मैलू, बबलू, जेम्स पेंटोनी, पारसनाथ, रत्ती प्रजापति और अल्ताफ़ वग़ैरह सबको जोत रखा है। अब नौजवान...यंग टर्क ही भविष्य हैं। इन्हें ही सब कुछ टेकना है। खाने-पीने का मोर्चा, ज़ाहिर है, जैक, कइला मियाँ और कैंटीन मजीद का है। इलोना, जूडी, किट्टी और कैथलिन हॉरिगन इनकी पीठ पर हैं। रसोई पकानेवालों की चार पेशेवर टीम सुबह से जुटी हुई है। रमेश मुंडा ने

1. प्रारब्ध

इस मौक़े पर स्पेशल इमरती छानने की ज़िम्मेवारी ले रखी है। मरियम भी नन्ही अनुबेला को गोद में थामे जैक की हलचल में शामिल है। विक्षिप्तता के बावजूद मि. गिब्सन रातू के 'फ़न कैसेल' से मुन्नी को दो दिनों के लिए माँग लाए हैं। वर-वधू चर्च तक इसी पर जाएँगे। पार्वती ने मुन्नी की साज-सज्जा पूरी कला से की है। कैलाश यादव मारख़म की गाड़ी 'हरा हाथी' लेकर सुबह से तत्पर है। शादी-ब्याह में दस दौड़-धूप है। गाड़ी हमेशा हाथ में रहनी चाहिए। मि. मेंडोंसा इस आयोजन में कोई ज़िम्मेवारी नहीं मिलने से कुपित हैं।

खुशिया कहता है, 'ऐसे जहर पिनकी आदमी को क्या काम दिया जाए? हर मौके पर घोघना फुलाने की आदत है इनकी।'

शाम में चर्च का दृश्य अभूतपूर्व है। भीड़ सँभाले नहीं सँभल रही है। मि. डिकोस्टा कहते हैं, 'दिस इज़ अ हिस्टोरिकल सीन...ऐतिहासिक दृश्य है यह।'

मि. मेंडेज़ और मि. मिलर समेत सभी लोग खाने की तैयारी का मुस्तैदी से निरीक्षण कर रहे हैं। चर्च के बाहर मैदान में लगे पंडाल में खाने की व्यवस्था की गई है। मैदान के एक कोने में मि. रॉबिन्सन यानी 'मोज़ार्ट ऑव मैकलुस्की' की म्यूज़िक टीम लगातार संगीत की झड़ी लगाए हुई है। अभी मैलू वायलिन पर गा रहा है। मि. रॉबिन्सन ने यह भविष्यवाणी कर उसकी हौसला अफ़ज़ाई की है कि मैलू में महान म्यूज़िशन जॉन मेयर[1] के सारे गुण हैं।

बबलू ने मुसककर कहा है, 'रॉबिन्सन अंकल ने मैलू को पगला दिया है।'

मैलू वायलिन पर 'माइ सोल रीडिम्स टुनाइट...वी गो...वी गो...वी गो...ऑल नाइट...अ सेफ़र प्लेस ह्वेअर वी कैन लव ऑल नाइट' की धुन के चरम पर है।...आज मैंने अपनी आत्मा के राग को वापस पाया है...चलो, हम चलें...चलते रहें...सारी रात... जहाँ हम सारी रात...सुकून से प्यार कर सकें...। चर्च के भीतर भी रोशनी और उल्लास की जुगलबन्दी चरम पर है।

माथे पर चाँदी का मुकुट और चाँदी के बारीक तार से झलाबोर सफ़ेद 'गाउन' में नीलमणि सुबुक परी-सी लग रही है। रॉबिन सफ़ेद-धवल सूट में कौंध रहा है। दोनों सजी-धजी मुन्नी पर सवार, चर्च की तरफ़ बढ़ रहे हैं। उसके पीछे 'हरा हाथी' में डेनिस, लीज़ा, मिसेज़ ऐलिस टॉमलिन, मिसेज़ किंग, सामू मुंडा और नीलमणि की माँ हैं। चर्च के बाहर मुन्नी की पीठ से उतरने पर फ़ादर ने वर-वधू को 'ब्लेसिंग' दी है। फिर सबके सब चर्च के अन्दर गए हैं। सबसे आगे 'अल्टर' के सामने दूल्हा-दुलहन को बिठाया गया है। बग़ल में डेनिस, सामू मुंडा, लीज़ा और नीलमणि की माँ हैं। यानी कन्या पक्ष और वर पक्ष। अब फादर 'क़रार' करा रहे हैं। बारी-बारी से एक-दूसरे का हाथ पकड़ रॉबिन और नीलमणि ने फ़ादर द्वारा पढ़ाये जा रहे विवाह के क़रारनामे को दोहराया है, 'मैं रॉबिन! आपको अपनी पत्नी के रूप में स्वीकार करता हूँ...! मैं नीलमणि! आपको अपने पति के रूप में स्वीकार करती हूँ...यह वचन देता हूँ...यह वचन देती हूँ कि दुःख में...सुख में...अँधेरे में...उजाले में हम सदा आपके विश्वासी बने रहेंगे।'

---

1. मिश्रित संगीत यानी फ़्यूशन म्यूज़िक के जनक जॉन मेयर का जन्म कलकत्ता के एक निर्धन एंग्लो-इंडियन परिवार में हुआ था। 'कलकत्ता स्कूल ऑव म्यूज़िक' में वायलिन की दीक्षा फिलिप सांद्रे से लेने के बाद संगीत के दिग्गज जुबिन मेहता के पिता मेहली मेहता से भी संगीत का प्रशिक्षण पाकर जॉन मेयर ने लन्दन के 'रॉयल अकादमी ऑव म्यूज़िक' का स्कॉलरशिप पाया और आगे चलकर फ़्यूशन म्यूज़िक के सरताज बने।

क़रारनामे के बाद एक प्लेट में सिन्दूर और अँगूठी फ़ादर ने ब्लेसिंग के साथ पेश किया है। वर-वधू ने एक-दूसरे को अँगूठी पहनाई है। रॉबिन ने जब नीलमणि की माँग में सिन्दूर भरा है, तो चर्च का पूरा परिवेश भावपूर्ण हो गया है। डेनिस, लीज़ा, नीलमणि की माँ, सामू मुंडा, मि. मिलर, मि. मेंडेज़ और किट्टी ने ख़ुशी से छलक आए आँसुओं को पोंछा है। माला आदान-प्रदान के बाद बधाई देने के लिए रॉबिन और नीलमणि के पास भीड़ बाँध तोड़कर उमड़ पड़ी है। अब गंझू टोले की औरतों ने नीलमणि के चारों तरफ़ गोलबन्द होकर अलग ही टहंकार छेड़ दिया है, 'सुन्दर रानी बेटी के भुइयाँ लोटे केस...।'

उल्लास की इस घड़ी में किसे रोका-टोका जा सकता है! इस प्रीतिमति रस पर नियंत्रण किसके वश में है? नीलमणि और रॉबिन धीरे-धीरे भीड़ में सरकते हुए चर्च के बाहरी परिसर में आ गए हैं। इधर पंडाल में केक काटा जा रहा है। केक ही है, तो परात का परात। मि. मेंडेज़ भौंह ऊँची कर कहते हैं, 'इतने लोगों के लिए इससे कम में क्या होता?'

भोजन का भव्य इन्तज़ाम है। आसपास के दर्जनों गाँवों से आए लोग कह रहे हैं कि ऐसा आयोजन पूरे परोपट्टा में पहली बार हुआ है।

मिसेज़ ऐलिस टॉमलिन के साथ चर्च से निकलकर 'हरा हाथी' पर बैठ रॉबिन और नीलमणि 'बॉनर-भवन' गए हैं। मरियम भी साथ में है। वर-वधू ने मिस बॉनर का पाँव छुआ है। मिस कटे हुए बरगद की तरह निष्प्राण-सी लेटी हैं। पिछले दो दिनों से उनकी हालत ज़्यादा बिगड़ी हुई है। आवाज़ भी बन्द है। मरियम गहरी साँस लेकर कहती है, 'बस, जो दिन, सो दिन।'

अनुबेला को उनके पेट पर डालकर मरियम उन्हें चेत करने की भरपूर कोशिश करती है लेकिन साँस के अलावा मिस बॉनर के शरीर में कोई स्पंदन नहीं है। नीलमणि और रॉबिन ने उनके माथे को चूमा है। उनकी आँखें फिर भी पथराई हुई हैं। कोई कौंध नहीं। मिसेज़ ऐलिस टॉमलिन नम आँखों से कहती हैं, 'तुम दोनों की शादी तक के लिए ही शायद इनकी साँस अटकी रही है। अब एनी टाइम...।'

मिस बॉनर पिछली रात नहीं रहीं। पूरा गाँव मातम में है। रॉबिन और नीलमणि की शादी का यह पाँचवाँ दिन है। पंडित रामाज्ञा पाठक ने कहा है, 'वर-वधू की चतुर्थी बीतने के बाद ही मिस ने प्राण त्यागा, यह भी अद्भुत बात है।'

गाँव के ग्रेवयार्ड में मिस बॉनर के 'फ़्यूनरल' की तैयारी माइकेल ने मुस्तैदी से कराई है। बहादुर उराँव, मिसेज़ थ्रिपथॉप, मि. ब्राउन और अब मिस बॉनर की मौत ने गाँव को बुरी तरह आहत किया है। लेकिन मिस की मौत के साथ ही 'बॉनर भवन' के स्वामित्व को लेकर घमासान छिड़ गया है। आर.सी. मिशनवाले 'बॉनर-भवन' पर दख़ल-क़ब्ज़ा करने पहुँचे, तो मरियम से उन लोगों की ख़ासी तकरार हुई।

दरअसल, 'बॉनर-भवन' के बग़ल की अपनी ज़मीन मिस बॉनर ने कई साल पहले आर.सी. मिशनवालों के हाथ बेची थी और एक 'विल' किया था कि अगर मिशनवाले बुढ़ापे में उनकी देखरेख करेंगे, तो 'बॉनर-भवन' भी मिशनवालों को मिल जाएगा। पर मरियम का दावा है कि मिशनवालों की उपेक्षा से दुखी होकर मिस ने उस 'विल' को बाद में रद्द कर दिया था। मिस बॉनर का एक दूसरा 'विल' मरियम ने पेश किया है, जिसमें 'बॉनर-भवन' वे उसके नाम कर गई हैं।

मिशनवाले इस 'विल' को जाली बताते हुए राँची सिविल कोर्ट में गए हैं और युद्ध स्तर

पर कोर्ट का निर्देश लेकर मामले के निपटारे तक 'बॉनर-भवन' के ड्राइंगरूम और स्टडी रूम में अंचलाधिकारी को भिजवाकर ताला मरवा दिया है। लेकिन नीचे का डाइनिंग रूम और ऊपर की पूरी मंज़िल मरियम के ज़िम्मे है। मरियम कहती है कि अब उसकी लाश ही 'बॉनर-भवन' से जाएगी। वह केले का जूठा पत्ता नहीं कि उस पर खाने के बाद उसे फेंक दिया जाए। गाँव मरियम की पीठ पर है। मरियम के पक्ष में सब गवाही देने को तैयार हैं। रॉबिन की राय है कि 'बॉनर-भवन' के निचले हिस्से को 'बॉनर-म्युज़ियम्' बना दिया जाए और ऊपर की मंजिल मरियम को मिले। मरियम को इस पर कोई एतराज नहीं। वह एक ही रट लगाए है कि, 'मजीद भाई को 'कारनी टी स्टॉल' मिला था न, तो 'बॉनर-भवन' मुझे क्यों नहीं?'

पर मामला अदालत में है। भले गाँव मरियम का साथ दे, पर आर.सी. मिशनवालों से लड़ाई तो लड़नी ही होगी।

खुशिया पाहन कहता है, 'मर-मुकदमा कहीं आसानी से फरियाता है क्या?'

मि. गिब्सन का मामला फरिया गया है। अपने मँझले बेटे रोनाल्ड को मिसेज़ गिब्सन ने 'गंज' भेजा है। रोनाल्ड अपने पापा को ऑस्ट्रेलिया ले जाएगा। सर्वेंट क्वार्टर में मि. गिब्सन की दुर्दशा देख वह स्तब्ध है। इसलिए 'गंज' पहुँचने के दो घंटे के भीतर उसने ज़बर्दस्ती सारी 'पैकिंग' कर डाली है। मि. गिब्सन अभी भी किसी सूरत में यहाँ से हिलने को तैयार नहीं। पार्वती फूट-फूटकर रो रही है। बाबू उनसे अलग ही लिपटकर गला फाड़ रहा है, 'नहीं...नानू मत जाइए!'

मि. गिब्सन लगातार कह रहे हैं कि वे 'माँ गंगा' और 'मुन्नी' को बेचकर ऑस्ट्रेलिया आ जाएँगे, पर रोनाल्ड कुछ भी सुनने को तैयार नहीं है।

'मुझे यहीं मरने दो। स्टुपिड...इडियट...कोई जबर्दस्ती है क्या? अरे नहीं...मैं नहीं जाऊँगा।'

रोनाल्ड की पकड़ से निकलने की कोशिश कर रहे मि. गिब्सन की चीख़ में गहरा विलाप है। टैक्सी ड्राइवर की मदद से रोनाल्ड ने उन्हें किसी तरह दबोचकर गाड़ी में डाला है। सारा गाँव सन्न हालत में 'पिकॉक' के पास जुट गया है।

खुशिया पाहन और टुइयाँ गंझू की आँखें छलछलाई हुई हैं।

खुशिया पाहन ने गहरी साँस लेकर टुइयाँ गंझू से कहा है, 'रस के मुनीर थे हमारे गिब्सन साहेब और आज...?' उसकी आवाज़ भर्रा गई है।

डेनिस ने टैक्सी की खिड़की से मि. गिब्सन के चेहरे को छूकर कहा है, 'बस, थोड़े दिनों में आ जाइएगा। देखिए तो, बेटा कितनी दूर से आया है आपको लेने...!'

डेनिस की हथेली मि. गिब्सन के आँसुओं से तर हो गई है। सहसा रोनाल्ड पर डेनिस की नज़र गई है। उसकी भी आँखें झरझरा रही हैं।

बिरसा

खेती में अब 'गंज' का हाथ पकड़ने वाला कोई नहीं। वर्ष 1999 अब समापन पर है। इस बार भी अगहन में धान का अंबार लगा है। खलिहानों में धान के बड़े-बड़े टीलों पर बुरी

'बिरसा? तुम जानते हो न, कितना स्ट्रगल रहा बिरसा के लाइफ़ में? जेल में ही बिरसा की मौत हो गई थी। नाम का असर जिन्दगी में बहुत पड़ता है बेटे।'

'लेकिन बिरसा अमर हैं पापा! उस जमाने में अपनी सोसाइटी के लिए उस आदमी का 'कमिटमेंट' तो देखिए। आइ सैल्यूट हिम...।'

'ओ.के...ओ.के...ही विल बी...बिरसा ब्रायन मैगावन...।'

बिरसा के साथ उसके दादा जी का नाम! रॉबिन को लगा, दादाजी सामने की कुर्सी पर बैठे मुदित-विभोर हैं। रॉबिन ने डेनिस का हाथ थाम लिया, 'ओह, पापा, ग्रेट...!'

झारखंड आन्दोलन बुरी तरह लहक रहा है। इस आन्दोलन को कोई बिरसा चाहिए। खुशिया पाहन अपने कत्थई दाँत फैलाकर डेनिस से कहता है, 'नन्हा बिरसा धरती पर आ गया है। देखना न, अब सब कुछ आप-से-आप होता जाएगा...। झारखंड इस 2000 साल में बनकर रहेगा। कृष्ण भगवान ने कैसे जन्म लेते ही चमत्कार शुरू कर दिया था!'

झारखंड आन्दोलन की इस तीखी तपिश में ही सन् 2000 का बिहार विधानसभा चुनाव हुआ है। शायद झारखंड इलाक़े के क्षेत्रों का बिहार के साथ यह अन्तिम चुनाव है। पर इस चुनाव के बाद सात दिनों तक पटना में चले राजनीतिक नाटक ने अगर किसी का सबसे ज़्यादा नुकसान किया है, तो मि. अल्फ्रेड रोज़ारियो का। आसमान से गिरे हैं रोज़ारियो। खुशिया पाहन विस्मय से छलकते हुए कहता है, 'मुखर्जीदा उस समय जब बोले थे, तभी मेरा माथा ठनका था। भाई...अलबत्त ज्ञानी आदमी हैं मुखर्जीदा...।'

'गुहाबारी' के मुखर्जीदा के अंक ज्योतिष का लोग चाहे जो भी उपहास करें, लेकिन पाँच साल पहले की उनकी भविष्यवाणी आज सही साबित हुई कि स्व. ब्राउन की तरह मि. रोज़ारियो का 'राजयोग' दीर्घकालिक नहीं है।

सब कुछ बड़े नाटकीय तरीके से हुआ, जिसकी कल्पना तक मि. रोज़ारियो ने नहीं की थी। इस बार के बिहार विधानसभा चुनाव के बाद बिहार के राज्यपाल विनोद चन्द्र पांडे ने केन्द्र की एन.डी.ए. सरकार के इशारे पर 'समता पार्टी' सुप्रीमो नीतीश कुमार को सरकार बनाने के लिए आमंत्रित कर दिया। बहुमत नहीं जुटा पाने के कारण महज सात दिनों की सुलतानी कर नीतीश तो मुख्यमंत्री की गद्दी से चले गए और लालू प्रसाद यादव की पत्नी राबड़ी देवी अन्ततः बिहार की मुख्यमंत्री बनीं। लेकिन सात दिनों की सत्ता की सारी ताक़त लगाकर नीतीश कुमार ने अल्फ्रेड रोज़ारियो की जगह बिहार विधानसभा की 325वीं सीट पर एंग्लो-इंडियन विधायक के रूप में पटना स्थित 'सेंट डॉमनिक स्कूल' के संचालक मि. जोज़फ़ पिचली गलस्टॉन यानी जे.पी. गलस्टॉन का मनोनयन राज्यपाल विनोद चन्द्र पांडे के पास अपनी अनुशंसा भेजकर करवा दिया।

'गंज' में मि. जे.पी. गलस्टॉन के एंग्लो-इंडियन एम.एल.ए. बनने की ख़बर बिजली की गति से पहुँची है। मि. मिलर ने कहा है, 'लगता है, नीतीश कुमार मि. रोज़ारियो से पिछले जनम का कोई बदला चुकाने के लिए ही सात दिनों के वास्ते मुख्यमंत्री हुए थे।'

एम.एल.ए. पद के स्थायी दावेदार मि. डगलस गिब्सन के पास मि. गलस्टॉन के मनोनयन को लेकर एक अलग ही कहानी है। वे सबको बता रहे हैं कि अन्दर की रिपोर्ट जो उनके पास छनकर आई है, वह ये है कि नीतीश कुमार 'जे.पी. आन्दोलन' से निकले

नेता हैं। 'जे.पी.' नाम से उनको बहुत लगाव है। यही वज़ह हुई कि जे.पी. गलस्टॉन को आँख मूँदकर उन्होंने एम.एल.ए. नोमिनेट कर दिया।

मुखर्जीदा फिर अपने अंक ज्योतिष को खँगाल रहे हैं। अजीब संयोग है कि 8 अगस्त, 1995 को बहैसियत मुख्यमंत्री लालू प्रसाद यादव ने मि. रोज़ारियो को एम.एल.ए. नामज़द कराया था और 8 मार्च, 2000 को नीतीश कुमार ने मि. जोज़फ़ गलस्टॉन को। मुखर्जीदा के मुताबिक मि. गलस्टॉन के मनोनयन की तारीख़, माह और वर्ष का योग रोज़ारियो की तरह ही चार होता है, लेकिन मि. गलस्टॉन की नाम-राशि से क्योंकि इसका मेल खाता है, इसलिए गलस्टॉन का राजयोग रोज़ारियो से ज़रूर लम्बा रहेगा। बल्कि शायद गलस्टॉन का ख़ानदानी राजयोग हो!

टुइयाँ गंझू ने तनिक चकित होकर मुखर्जीदा को कुरेदा है, 'यह खानदानी राजयोग का माने नहीं समझे?'

मुखर्जीदा तटस्थ स्वर में कहते हैं, 'अब इसका माने समझाना होगा? अरे, जिस ग्रहयोग में गलस्टॉन एम.एल.ए. बने हैं, वह खानदानी राजयोग का संकेतक है। माने गलस्टॉन के बाद उनका बेटा।'

मि. मिलर के पास इसकी चर्चा करते हुए टुइयाँ कहता है, 'मुखर्जीदा का ब्रेन अब लास्टे स्टेज में है। अभिये से ये गलस्टॉन के बेटा को भी एम.एल.ए. बना रहे हैं।'

मि. मेंडेज़ मुसककर बात टालते हैं, 'अरे, तो अपने देश में खानदानी राज कोई नई बात है क्या? जय जवाहरलाल की!'

टुइयाँ गंझू मुँह बिचकाकर कहता है, 'हाँ...हाँ...हाथी...घोड़ा...पालकी...मदन गोपाल की...जय जवाहरलाल की...। आपकी बिरादरी में गलस्टॉन नेहरू एम.एल.ए. बने हैं।'

वैसे रोज़ारियो को हटाकर गलस्टॉन के मनोनयन पर लालू प्रसाद यादव ने यह कहते हुए कड़ी आपत्ति की है कि जिस नीतीश सरकार का अस्तित्व ही सन्देहास्पद था, उसकी अनुशंसा पर राज्यपाल को एंग्लो-इंडियन समुदाय के लिए सुरक्षित सीट पर किसी का मनोनयन करना ही नहीं चाहिए था। लालू ने राज्यपाल पांडे से मिलकर अपना विरोध दर्ज़ किया है।

मि. कैमरॉन कहते हैं, 'अब क्या? मि. रोज़ारियो का तो गला कट गया। मि. गलस्टॉन ने नये एंग्लो-इंडियन एम.एल.ए. के रूप में शपथ भी ले ली।'

खुशिया पाहन गम्भीर मुद्रा में कहता है, 'इस मन्दबुद्धि की बात भी जरा सुन लीजिए। गड़बड़ इसलिए हुआ क्योंकि रोजारियो साहब यह भूल गए कि जेकर राज, सेकर दोहाई।'

अपने मनोनयन को लेकर मि. गलस्टॉन शपथग्रहण के बावजूद हैरान हैं। पटना के श्रीकृष्णपुरी मुहल्ले में उनके पड़ोस में रहनेवाले 'समता पार्टी' नेता नीतीश कुमार अचानक बिहार के मुख्यमंत्री बनने के बाद उनपर इस तरह कृपालु हो जाएँगे, वास्तव में गलस्टॉन और उनके परिजनों को दूर-दूर तक इसकी कल्पना नहीं थी। दरअसल, नीतीश के मुख्यमंत्री बनने के बाद भी जहाँ मि. रोज़ारियो आश्वस्त थे कि नीतीश बहुमत साबित नहीं कर पाने के कारण दो-चार दिनों में मुख्यमंत्री पद से हट जाएँगे, वहीं पटना की राजेन्द्र नगर कॉलोनी में स्कूल चलानेवाले मि. जोहांस से लेकर चर्च से सम्बद्ध मि. विंटेल जैसे कुछ लोग एंग्लो-इंडियन एम.एल.ए. पद पर अपने मनोनयन के लिए

नीतीश कुमार के यहाँ एड़ी चोटी एक किए हुए थे। इस अफ़रा-तफ़री की गन्ध मिलने पर मि. जोज़फ़ गलस्टॉन को भी हुआ कि क्यों न वे भी अपना बॉयडाटा अपने पड़ोसी नीतीश कुमार को सिपुर्द कर दें। नीतीश जब रेल मंत्री थे, उससे पहले से मि. गलस्टॉन की उनसे निकटता रही थी। गलस्टॉन का बॉयडाटा हाथ में लेते ही नीतीश कुमार ने उन्हें राज्यपाल से मिलने भेज दिया। राज्यपाल से बातचीत कर तीसरे ही दिन मि. गलस्टॉन के मनोनयन की अधिसूचना नीतीश कुमार ने राजभवन से जारी करवा दी।

इस तरह गलस्टॉन महाशय के भाग्यविधाता नीतीश कुमार महज़ सात दिनों तक मुख्यमंत्री रहकर छुट्टी पा गए। अब फिर से बिहार में लालू-राबड़ी राज है। राबड़ी देवी मुख्यमंत्री की गद्दी पर हैं। पर मि. गलस्टॉन पूरे जोश-ख़रोश में हैं। बिहार के एंग्लो-इंडियन समुदाय के वास्ते उनके पास अनगिनत योजनाएँ हैं। उन्होंने घोषणा की है कि 'बिहार एंग्लो-इंडियन एसोसिएसन' के छहो ब्रांच की वे शीघ्र बैठक बुलाएँगे और बिहार में अपनी कम्यूनटि की समस्याओं पर गहन रूप से विचार-विमर्श करेंगे। इस कम्यूनटि के साथ बिहार में आवासीय संकट भी भारी है। इसका निदान निकाला जाएगा। संग-संग एंग्लो-इंडियन ग्राम मैकलुस्कीगंज के विकास के लिए भी कोई कसर नहीं छोड़ी जाएगी।

'गंज' के प्राचीन परमानेंट सी.आई.डी. लोग इन दिनों मि. जोज़फ़ गलस्टॉन की कुंडली निकालने में लगे हुए हैं। अंडा मजीद गर्व से कहता है, 'इस गाँव के खुफिया लोग एकदम 'फिक्स-जाँच' करते हैं। न एक आना कम, न एक आना ज्यादा।'

मि. गलस्टॉन का मैकलुस्कीगंज से भले कभी वास्ता नहीं रहा है, पर इससे क्या? बिहार में जो भी एंग्लो-इंडियन एम.एल.ए. बनेगा, उस पर 'गंज' का 'दाबी' कौन छीन लेगा? बिहार के एंग्लो-इंडियन एम.एल.ए. के लिए 'गंज' काबा-काशी है। गाँव के ख़ुफिया सूत्रों ने मि. गलस्टॉन की पूरी कहानी छानकर निकाल ली है।

इस 'खुफ़िया रिपोर्ट' के मुताबिक़ मि. गलस्टॉन पटना के निकट के आरा शहर के नवादा मुहल्ले के निवासी हैं। खुशिया पाहन हुमककर पूछता है, 'अरे वही वीर कुँवर सिंह वाला न आरा?'

मि. मेंडेज़ उसे शान्त करते हैं, 'हाँ भई...वही आरा।'

टुइयाँ गंझू अपने को रोक नहीं पाता है, 'तब तो ये 'जा तानी-खा तानी' वाले भोजपुरिया एंग्लो-इंडियन हैं।'

मि. मिलर सबको झिड़ककर चुप करते हैं, 'पहले पूरी बात तो सुनिए।'

कथा फिर शुरू होती है। मि. गलस्टॉन के पिता स्व. एम.ए. गलस्टॉन वर्षों पहले कलकत्ता से आकर आरा में बसे थे। आरा शहर में उन्होंने ट्यूबवेल-बोरिंग का धन्धा शुरू किया था। आरा के पुराने लोग अभी भी उन्हें याद करते हैं। एम.ए. गलस्टॉन साहब पूरे आधे दर्जन बच्चों के पिता थे। उनमें पाँच बेटे और एक बेटी। उनके सबसे बड़े पुत्र एच.ए. गलस्टॉन पटना के जेनरल पोस्ट ऑफ़िस में टेलिटाइपराइटर के अधीक्षक थे। कुछ साल पहले वे एक सड़क-दुर्घटना में चल बसे। दूसरे पुत्र डी.पी. गलस्टॉन का पटना में 'सेंट कैरेंस स्कूल' डंका बजाये हुए है। तीसरे नम्बर पर ख़ुद नये एम.एल.ए. साहब। चौथे भाई टी. गलस्टॉन एम.एल.ए. साहब के ही पटना स्थित स्कूल 'सेंट डॉमनिक' में पढ़ाते हैं। सबसे छोटे नेलसन की मृत्यु सिर्फ़ ग्यारह वर्ष की उम्र में हो गई थी। स्व.

एम.ए. गलस्टॉन की एकमात्र पुत्री आइडा आरा में ही बसी हैं। उनके पति वहाँ के एक स्कूल में पढ़ाते हैं।

'गंज' के अल्ट्रासाउंड खुफ़िया दस्ते को हासिल कथा के मुताबिक एम.एल.ए. गलस्टॉन के पिता बहुत कम उम्र में गुज़र गए थे। उस समय गलस्टॉन महज़ बारह साल के थे। उनकी माँ ने बहुत संघर्ष से अपने छहो बच्चों को पाला।

इसहाक़ मियाँ कहते हैं, 'यहाँ उल्टी कहानी है। रोजारियो साहब की अम्मी बचपन में गुजर गई थीं और इनके अब्बा।'

जैक ठंडी आहें भरकर कहता है, 'इनकी स्टोरी में भी बहुत ट्रेजेडी है।'

मि. मिलर इशारे से जैक को चुप रहने को कहते हैं।

मि. मेंडेज़ बता रहे हैं कि जोज़फ़ गलस्टॉन ने किस तरह पटना के 'सेंट माइकेल स्कूल' से पढ़ाई की। फिर आरा के एच.डी. जैन कॉलेज में नाम लिखाया। आरा में कॉलेज की पढ़ाई के संग-संग आर्थिक संकट के कारण वे आरा स्थित एक कैथोलिक मिशन स्कूल में भी पढ़ाया करते थे। कॉलेज की पढ़ाई समाप्त करने के बाद सन् 1960 में मि. गलस्टॉन पटना के कदमकुआँ मुहल्ले स्थित 'सेंट सेवरेंस स्कूल' में शिक्षक हो गए। यहाँ वे पाँच वर्षों तक पढ़ाते रहे। फिर वे मुज़फ्फरपुर के 'प्रभात तारा स्कूल' में वाइस प्रिंसिपल बनकर चले गए। यहाँ छह वर्षों तक रहने के बाद वे फिर पटना के 'सेंट सेवरेंस स्कूल' में आ गए और वर्ष 1982 तक इस स्कूल में रहे। उसके बाद ही उन्होंने पटना में अपने बड़े भाई डी.पी. गलस्टॉन की देखादेखी ख़ुद 'सेंट डॉमनिक स्कूल' की नींव डाली। जिस तरह डोरथी ने अपने पति रोज़ारियो की मदद 'डॉनबास्को अकेडेमी' चलाने में की थी, उसी तरह जोज़फ़ गलस्टॉन की पत्नी मॉलिरीटा ने 'सेंट डॉमनिक' चलाने में कन्धे से कन्धा मिलाकर उनका साथ दिया। मॉलिरीटा से वर्ष 1960 में मि. गलस्टॉन ने प्रेम विवाह किया था।

खुशिया पाहन चिहुँककर कहता है, 'यह तो एकदम दिलीप कुमारवाले 'राम और श्याम' सिनेमा की कहानी है। रोजारियो साहब और गलस्टॉन साहब—दोनों ने प्यार करके शादी की, फिर स्कूल खोला...एक की माँ बचपन में गुजरी, तो एक के बाप...।'

अंक ज्योतिषी मुखर्जीदा कहते हैं, 'और दोनों के एम.एल.ए. बनने में भी चार अंक का खेल है।'

मि. मिलर खीजकर कहते हैं, 'पागल हो गए हैं आप सब। पहले देखिए तो कि मि. गलस्टॉन 'गंज' के लिए कितना क्या करते हैं।'

मि. मेंडेज़ तटस्थ स्वर में कहते हैं, 'सब कुछ झारखंड बनने पर डिपेंड करता है।'

झारखंड का बनना अब कोई रोक नहीं सकता। 25 अप्रैल, 2000 को ख़ुद लालू प्रसाद यादव ने अपने विधायकों को 'सिग्नल' देकर 'वनांचल राज्य' के गठन से सम्बन्धित 'बिहार राज्य पुनर्गठन विधेयक, 2000' को 'बिहार विधानसभा' और 'बिहार विधान परिषद' से पारित करा दिया है। केन्द्र सरकार अब किसी भी दिन घोषणा कर सकती है। प्रधानमंत्री अटलबिहारी वाजपेयी अपने राज-काज में उत्तरांचल, छत्तीसगढ़ और झारखंड बनाने का इतिहास क़ायम करना चाहते हैं। इन राज्यों के लिए वर्षों पुराना आन्दोलन

रहा है। भाजपा को इससे राजनीतिक लाभ मिलेगा। लेकिन विवाद नाम को लेकर है। भाजपावाले 'वनांचल' नाम पर अड़े हैं और 'झारखंड मुक्ति-मोर्चा' के नेता शिबू सोरेन उर्फ़ 'गुरुजी' जैसे लोग कह रहे हैं कि, 'नहीं, नाम रहेगा तो झारखंड ही।'

खुशिया पाहन कहता है, 'यह नाम पलटी का क्या तमाशा है! झारखंड कोई आज का नाम है क्या?'

बूढ़ा सधनु उराँव भी इसका समर्थन करता है, 'जंगल-झाड़ की अधिकता के कारण ही तो झारखंड नाम प्रसिद्ध हुआ।'

पंडित रामाज्ञा पाठक को भी 'वनांचल' नाम पर आपत्ति है। वे कह रहे हैं कि, 'झारखंड क्षेत्र का शाब्दिक अर्थ वन प्रदेश है। पर इसका मशहूर नाम झारखंड ही है।' वे कहते हैं, 'कोई आकर हमसे शास्त्रार्थ करे। नाम तो इस अंचल के कई कहे गए हैं। 'वायु पुराण' में इस अंचल का नाम 'मुरंड' और 'विष्णु पुराण' में 'मुंड' है। महाभारत के 'दिग्विजय पर्व' में इसे 'पुंडरीक देश' और 'पशु भूमि' कहा गया है। चीनी यात्री ह्वेनसांग ने इस क्षेत्र को 'की-लो-ना-सु-फा-ला-ना' कहा, तो टॉलमी ने 'मुंडल'। अब ऐसे में क्या किया जाए? इस प्रान्त को 'पशुभूमि' नाम देंगे? इसका नाम मुरंड, मुंडल या मुंड रख देंगे? हद्द हो गई भई...!' इस तरह नये प्रान्त के नाम से लेकर प्रान्त के प्रथम मुख्यमंत्री तक के लिए अटकलों की भारी सरगर्मी है।

'झारखंड मुक्ति मोर्चा' के कार्यकताओं ने तो इस 22 अक्टूबर को राँची में 'विजय रैली' तक निकाल दी। शिबू सोरेन ने इस रैली के ज़रिये भाजपा पर दबाव बनाने की भरपूर कोशिश की है कि भाजपावाले कोई अपना मुख्यमंत्री न बनाकर उन्हें झारखंड का पहला मुख्यमंत्री बनाएँ। मि. डिकोस्टा कहते हैं, 'वाकई, आनेवाले वर्षों में झारखंड के अनेक चीफ़ मिनिस्टर होंगे। लेकिन फ़र्स्ट चीफ़ मिनिस्टर का हिस्टोरिकल इम्पार्टेंस होता है।'

वैसे, आसार नहीं हैं कि शिबू सोरेन प्रथम मुख्यमंत्री बनेंगे। भाजपा अपना मुख्यमंत्री बनाएगी। झारखंड क्षेत्र के कुल 81 विधायकों में अकेले 32 सीट भाजपा के पास है और उसके समर्थक दलों को जोड़कर कुल 40 सीटें। एंग्लो-इंडियन एम.एल.ए. की सीट भी बिहार से कटकर झारखंड विधानसभा में आनेवाली है। भाजपा को फिर भी एक सीट की मोहताजी है। चर्चा है कि सरकार बनाने के लिए एक विधायक को भाजपा पटा लेगी।

पंडित रामाज्ञा पाठक कहते हैं, 'राज बनाएगी भाजपा, तो राज कौन करेगा जी?'

यह 15 नवम्बर, 2000 है। बिरसा मुंडा का जन्मदिन! अलग झारखंड प्रान्त आज बन गया है। केन्द्र की वाजपेयी सरकार ने एक साथ तीन प्रान्तों—उत्तरांचल, छत्तीसगढ़ और झारखंड—का ऐलान किया है। वाजपेयी सरकार में केंद्रीय पर्यावरण राज्यमंत्री बाबूलाल मरांडी झारखंड के पहले मुख्यमंत्री बने हैं। 15 नवम्बर को रात के एक बजकर पाँच मिनट पर उनके शपथ लेते ही झारखंड भारत का 28वाँ प्रान्त बना है। वैसे मुख्यमंत्री पद के लिए खूँटी के भाजपा सांसद कड़िया मुंडा ने भी कम ज़ोर नहीं लगाया था।

मुख्यमंत्री मरांडी के लिए नया राज चलाना असान नहीं है। झारखंड राज्य के कुल 18 जिलों में से 14 जिलों में उग्रवादियों का असली राज चलता है। उग्रवादियों ने तो

पूरे झारखंड में पर्चा साटकर ऐलान कर रखा था कि 15 नवम्बर को वे लोग बाबूलाल मरांडी को हरगिज़ शपथ नहीं लेने देंगे। हेम्ब्रम ने खुलेआम बुढ़मू प्रखंड में सशस्त्र उग्र प्रदर्शन किया। हज़ारीबाग़ जिला के गोला थाना क्षेत्र में भी 'एम.सी.सी.' वालों ने मुरी और रामगढ़ के बीच बारूदी सुरंग बिछाकर तीन-चार किलोमीटर तक रेल की पटरियाँ उड़ा दीं। यह सब पूरे 'झारखंड' में हो रहा है। 'झारखंड मुक्तिमोर्चा' के सुप्रीमो शिबू सोरेन ने सी.एम. नहीं बनाए जाने से नाराज़ होकर अपने समर्थकों को अलग निर्देश दिया है कि जहाँ जो सरकारी गाड़ी और दफ़्तर दिखे, उसे फूँक दो। बाबूलाल मरांडी का शपथ-ग्रहण कड़ी सुरक्षा में हुआ है। अलग प्रान्त बनते ही 'झारखंड' जल उठा है। इसलिए शपथ-ग्रहण के तत्काल बाद 'बिरसा जयंती' के अवसर पर मुख्यमंत्री मरांडी ने कहा है कि वे उग्रवादियों से आमने-सामने बात करने को तैयार हैं। पर इसका भी कोई असर नहीं हो रहा है। 'झारखंड मुक्तिमंच' वाले अलग खेल में जुटे हैं। सरकार पर दबाव बनाए रखने की रणनीति उनकी भी है।

'गंज' में चर्चा तेज़ है कि दुती भगत भी किसी बोर्ड-निगम का अध्यक्ष पद हासिल करने के लिए पैंतरा मार रहा है। क्या पता, बन भी जाए! राजनीति में आज ठगमोदकों की ही पूछ है। हाल में मि. डिकोस्टा अपने एक काम से राँची गए थे, तो फिरायालाल चौक पर दुती भगत से उनकी मुलाक़ात हो गई।

दुती भगत ने हुमकते हुए उनसे कहा, 'क्या डिकोस्टा साहब, देख रहे हैं न, मरांडी साहब की बत्ती कैसे उड़ रही है?...झारखंड का सी.एम. जान के डर से सात ताले में रहता है...। आपके 'गंज' के सी.एम. का क्या होगा?'

मि. डिकोस्टा ने बात को हवा में उड़ाते हुए कहा, 'अरे दुती, 'गंज' का असली सी.एम. तो तुम है।'

अफ़वाहों के बिना 'गंज' जी नहीं सकता। ताज़ा अफ़वाह यह है कि मि. गिब्सन के बीवी-बच्चों ने भले उनकी बदहाली पर तरस खाकर उन्हें ऑस्ट्रेलिया मँगवा लिया था लेकिन उनकी हरक़तों से तंग आकर उनका बेटा उन्हें कलकत्ता के एक 'ओल्ड एज़ होम' में डाल गया है। 'पिकॉक गेस्ट हाउस' में कभी मैनेजर रह चुके गाँव के गोपी चौरसिया को सोलह आने पक्की ख़बर है कि मि. गिब्सन कलकत्ता के खिदिरपुर स्थित 'मेरी कूपर ओल्ड एज होम' में स्मृति-लोप के शिकार होकर पड़े हैं। पर 'गंज' के कुछ शगूफ़ेबाज़ों के मुताबिक़ कोई होम-वोम नहीं, अपने फटे पैंट-कोट में मि. गिब्सन कलकत्ता की सड़कों पर भीख माँगते देखे गए हैं। मि. मिलर ने क्षुब्ध हो मि. मेंडेज़ से कहा है, 'बात अगर सच है, तो हमें कलकत्ता जाकर मि. गिब्सन को यहाँ ले आना चाहिए।'

मि. मेंडेज़ फिक्क से हँस देते हैं, 'किस फेर में हैं? यहाँ के बकतूत-बातूनियों को नहीं जानते हैं क्या?'

अलग झारखंड राज्य बनने के बाद गाँव का पहला 'अगहन' है। बोझे का बोझा धान गाँव के खलिहानों में लगा है। रिकॉर्ड-तोड़ धान हुआ है। बारिश ने पूरा साथ दिया। बारिश का पानी सीधे फसल के गाभ में ही जाकर गिरता है। टुइयाँ गंझू कहता है, 'जेकर बने असढ़वा, सेकरे बारहो मास।'

गाँव में 'क्रिसमस' का आयोजन इस बार कुछ ज़्यादा ही धूमधाम से हुआ है। मि. मेंडेज़ मुसककर कहते हैं, 'कॉकपिट[1] पर जब रॉबिन जैसा पायलट हो, तो 'क्रिसमस' का आनन्द उड़ान भरेगा ही।'

रॉबिन और नीलमणि इन दिनों 'ग्रामसेवा केन्द्र भवन' और गाँव के अत्यन्त निर्धनों के लिए सामूहिक सहयोग से पक्के के पचास घर तैयार करवाने में जुटे हैं। 'आत्मरक्षा समिति' का नया संकल्प है कि हर साल सामूहिक सहयोग से निर्धनों को पक्का का पचास घर बनवाकर दिया जाएगा। इस योजना का नामकरण किया गया है 'मैकलुस्की आवास योजना।' सरकारी 'इन्दिरा आवास योजना' महज़ काग़ज़ पर है। उसका कितना इन्तज़ार किया जाए?

यह जनवरी, 2001 के शुरुआती दिन हैं। कड़ाके की ठंड। पर रात-रात भर पेट्रोमैक्स जलाकर राजमिस्त्री और मज़दूर लोग जुटे हैं। इस 26 जनवरी, 2001 को 'मैकलुस्की आवास योजना' के तहत ग़रीबों को हर सूरत में घर आवंटित कर दिया जाएगा। कंका की तलहटी में ये घर तैयार कराये जा रहे हैं। राजमिस्त्री और मज़दूरों का 'पेमेंट' कर रात के बारह-बारह बजे तक अपनी मोटरसाइकिल पर नीलमणि के साथ रॉबिन घर लौटता है। डेनिस सहित मि. मेंडेज़ और मि. मिलर ने कई बार कहा है कि अभी झारखंड में समय-साल ठीक नहीं जा रहा है। उग्रवादियों के नाम पर बहुत-से अपराधी आजकल अपनी रोटी सेंक रहे हैं।

रॉबिन मुसककर कहता है, 'कुछ नहीं होगा, आप लोग बेवजह घबराते हैं।'

लीज़ा को मालूम है, रॉबिन किसी की सुननेवाला नहीं। लीज़ा झुँझलाकर डेनिस से कहती हैं, 'उसे कदम-कदम पर मत टोकिए।'

रातें सुरक्षित बीतती रहीं, लेकिन 23 जनवरी की यह सुबह साक्षात काल बनकर आई है। 'गंज' को जैसे दिल का दौरा पड़ गया है। इससे घनघोर काली सुबह और क्या हो सकती है? सुबह-सुबह नीलमणि के साथ अपनी मोटरसाइकिल पर कंका की तलहटी में घरों के निर्माण कार्य का निरीक्षण करने निकले रॉबिन और नीलमणि को अज्ञात हत्यारों ने गोली मार दी है। कंका की तलहटी से एक किलोमीटर पहले रास्ते के दायीं ओर नीलमणि गिरी हुई है। उसके माथे में चार गोलियाँ लगी हैं, वहीं बायीं तरफ़ एक गड्ढे में रॉबिन गिरा हुआ है। उसके सिर और पेट में तीन गोलियाँ धँसी हैं। हाहाकार कर रहा है 'गंज'। आज सचमुच 'गंज' की आत्मा बिलख रही है। रो रही हैं धरती माता। स्तब्ध है पूरी प्रकृति।

घटनास्थल पर सबसे पहले पहुँचनेवाला टुइयाँ गंझू कुहक-कुहककर विलाप कर रहा है, 'दीया के टेम जरै छतिया...जीवन बीख समान...हो तलफत धरती-असमान...।'

टुइयाँ गंझू रह-रहकर ज़मीन पर लोट रहा है। उसका बेटा बिफना उसे भरसक शान्त करने की कोशिश कर रहा है।

लीज़ा को दाँती पर दाँती लग रही है। मरियम उन्हें सँभालने के लिए घर पर ही रुक गई है। मिसेज़ ऐलिस टॉमलिन की आँखें अनवरत झहर रही हैं। किट्टी को साथ लिये वे लीज़ा के पास पहुँची हैं।

डेनिस को अपनी मोटरसाइकिल पर लेकर बॉबी गॉर्डन घटनास्थल पर पहुँचा है। सामने का दृश्य देख डेनिस वहीं धम्म से नीचे बैठ गए हैं। मि. नोएल गॉर्डन टपकती

---

1. वायुयान में चालक के बैठने की सीट

आँखों से कहते हैं, 'अजीब विडम्बना है...आज 23 जनवरी...नेताजी सुभाष का जन्मदिन और नीलमणि-रॉबिन की शहादत...।'

मि. गॉर्डन याद करने की कोशिश कर रहे हैं कि ईसा को सूली पर कब लटकाया गया था...कि चन्द्रशेखर आजाद इलाहाबाद के अल्फ्रेड पार्क में कब शहीद हुए थे...कि दाराशिकोह को औरंगजेब ने कब मरवाया था। मि. गॉर्डन को अपना दिमाग सुन्न होता लग रहा था।

देखते-देखते आसपास के गाँवों से हज़ारों की भीड़ घटनास्थल पर उमड़ पड़ी है। खलारी और बुढ़मू—दोनों थाना की पुलिस पहुँच चुकी है। पोस्टमार्टम के लिए लाशों को खलारी ले जाने की तैयारी हो रही है। समाचार पाकर सामू मुंडा भी पहुँच गए हैं। उन्होंने हत्यारों के पकड़े जाने तक आमरण-अनशन की घोषणा की है। वे अनवरत रोये जा रहे हैं, 'कहाँ हो सिंग बोंगा...बिरसा आबा...कृपा करो!'

सनीचर उराँव की आँखों से लगता है, खून टपक जाएगा, 'वही...वही कुत्ता...हरामी...दुतिया...।' सनीचर की गर्जना से भीड़ उत्तेजित हो उठी है। दुती भगत के घर की एक-एक ईंट आज यह भीड़ तीर लेगी। खुशिया पाहन हिलक-हिलककर रो रहा है, 'गाँव का मुरेठा चला गया रे बाप...!' मि. मिलर अवरुद्ध कंठ से पुलिसवालों को कह रहे हैं, 'कांट्रैक्ट किलर[1] के जरिये दुती भगत ने खून करवाया है...इसमें कोई शक नहीं। आप लोग ठीक से इन्वेस्टिगेट कीजिए।'

इलोना के संग वहाँ मौज़ूद अमित घोष छलकती आँखों को पोंछते हुए कहते हैं, 'मि. मिलर बिलकुल ठीक कह रहे हैं।'

मुखर्जीदा भी सहमति में सिर हिला रहे हैं।

नीलमणि की माँ नन्हे बिरसा को किसी तरह गोद में सँभाले अन्तिम बार बेटी-दामाद का मुँह देखने पहुँची है। खून से सना है रॉबिन और नीलमणि का शरीर। लाशें पुलिस जीप में डालने के लिए उठाई जा रही हैं। नन्हा बिरसा अपनी नानी की गोद से हाथ हिला रहा है।

जैक, कैंटीन मजीद और पंडित रामाज्ञा पाठक को तो जैसे बकोर[2] लगा हुआ है। जीभ जबड़े में फँसी है।

खुशिया पाहन का चेहरा आँसुओं से सीझा हुआ है। उसने अनायास नीलमणि की माँ की गोद से बिरसा को ले लिया है और उसे कन्धे पर रखकर पागलों की तरह लगातार नाचते हुए आर्तनाद कर रहा है, 'उलगुलान...क्रान्ति...उलगुलान...क्रान्ति...!'

कुछ पल बाद अचानक उठकर डेनिस ने खुशिया पाहन को गले से लगा लिया है, 'रॉबिन-नीलमणि अमर हैं।' फिर नन्हे बिरसा को लेकर डेनिस ने कहा है, 'यह है न रॉबिन!'

देर से अपने को ज़ब्त किए मि. मेंडेज़ बुरी तरह फफक पड़े हैं। उन्होंने आहिस्ते-से डेनिस के कन्धे पर हाथ रख दिया है। नन्हा बिरसा खीरे के बीज सरीखे दाँत निकाल मुसक रहा है।

हवा अचानक तेज़ हो गई है। आँधी के आसार हैं। माघ की दोपहरी में कंका की नुकीली चोटी पर सूरज काँसे की थाली की तरह स्याह लाल हो रहा है। उधर रक्त-मेघों के दल से गोरलटका पहाड़ी घिर रही है।

---

1. भाड़े के हत्यारे
2. आवाज गुम होना